中国当代文学作品导读

主　编◎贾丽萍
副主编◎佘小杰
　　　　田　庆

中国社会科学出版社

图书在版编目(CIP)数据

中国当代文学作品导读/贾丽萍主编.—北京：中国社会科学出版社，2020.12
ISBN 978-7-5203-7512-2

Ⅰ.①中⋯ Ⅱ.①贾⋯ Ⅲ.①中国文学—当代文学—文学欣赏 Ⅳ.①I206.7

中国版本图书馆 CIP 数据核字(2020)第 229277 号

出 版 人	赵剑英
责任编辑	周慧敏 任 明
责任校对	朱妍洁
责任印制	郝美娜

出　　版	中国社会科学出版社
社　　址	北京鼓楼西大街甲 158 号
邮　　编	100720
网　　址	http://www.csspw.cn
发 行 部	010-84083685
门 市 部	010-84029450
经　　销	新华书店及其他书店
印刷装订	北京君升印刷有限公司
版　　次	2020 年 12 月第 1 版
印　　次	2020 年 12 月第 1 次印刷
开　　本	710×1000　1/16
印　　张	61.75
插　　页	2
字　　数	1044 千字
定　　价	358.00 元

凡购买中国社会科学出版社图书，如有质量问题请与本社营销中心联系调换
电话：010-84083683
版权所有　侵权必究

目　录

小　说

山地回忆 ································· 孙　犁（3）
铁木前传（存目） ······················· 孙　犁（10）
我们夫妇之间 ··························· 萧也牧（11）
洼地上的"战役"（存目） ················ 路　翎（25）
保卫延安（存目） ······················· 杜鹏程（26）
三里湾（存目） ························· 赵树理（27）
组织部来了个年轻人 ····················· 王　蒙（28）
红豆 ··································· 宗　璞（58）
红日（存目） ··························· 吴　强（82）
红旗谱（存目） ························· 梁　斌（84）
林海雪原（存目） ······················· 曲　波（85）
百合花 ································· 茹志鹃（86）
山乡巨变（存目） ······················· 周立波（95）
青春之歌（存目） ······················· 杨　沫（96）
上海的早晨（存目） ····················· 周而复（98）
三家巷（存目） ························· 欧阳山（100）
创业史（第一部）（存目） ··············· 柳　青（102）
红岩（存目） ················· 罗广斌　杨益言（104）
李自成（存目） ························· 姚雪垠（106）
大刀记（存目） ························· 郭澄清（108）
班主任 ································· 刘心武（110）
钟鼓楼（存目） ························· 刘心武（130）
乔厂长上任记 ··························· 蒋子龙（132）
爱，是不能忘记的 ······················· 张　洁（167）
人到中年 ······························· 谌　容（181）

春之声 ·· 王　蒙（248）

活动变人形（存目） ····················· 王　蒙（258）

陈奂生上城 ·································· 高晓声（259）

受戒 ·· 汪曾祺（269）

芙蓉镇（存目） ···························· 古　华（286）

哦，香雪 ····································· 铁　凝（288）

玫瑰门（存目） ···························· 铁　凝（299）

那五（存目） ······························· 邓友梅（300）

人生（存目） ······························· 路　遥（302）

平凡的世界（存目） ····················· 路　遥（304）

黑骏马（存目） ···························· 张承志（305）

高山下的花环（存目） ················· 李存葆（306）

今夜有暴风雪（存目） ················· 梁晓声（307）

我的遥远的清平湾 ······················· 史铁生（309）

绿化树（存目） ···························· 张贤亮（323）

棋王（存目） ······························· 阿　城（324）

透明的红萝卜 ······························ 莫　言（325）

蛙（存目） ·································· 莫　言（365）

你别无选择（存目） ····················· 刘索拉（367）

小鲍庄（存目） ···························· 王安忆（368）

长恨歌（存目） ···························· 王安忆（370）

爸爸爸 ··· 韩少功（371）

山上的小屋 ·································· 残　雪（402）

虚构（存目） ······························· 马　原（406）

合坟（《厚土——吕梁山印象》之一） ·· 李　锐（408）

古船（存目） ······························· 张　炜（415）

浮躁（存目） ······························· 贾平凹（416）

风景 ·· 方　方（417）

涂自强的个人悲伤（存目） ·········· 方　方（470）

烦恼人生（存目） ······················· 池　莉（472）

顽主（存目） ······························· 王　朔（473）

追月楼 ··· 叶兆言（474）

现实一种	余 华	(512)
活着（存目）	余 华	(548)
妻妾成群（存目）	苏 童	(549)
一地鸡毛（存目）	刘震云	(550)
一句顶一万句（存目）	刘震云	(551)
黄金时代（存目）	王小波	(552)
白鹿原（存目）	陈忠实	(553)
凤凰琴（存目）	刘醒龙	(555)
哺乳期的女人	毕飞宇	(556)
玉米（存目）	毕飞宇	(564)
一个人的战争（存目）	林 白	(566)
私人生活（存目）	陈 染	(567)
贫嘴张大民的幸福生活（存目）	刘 恒	(568)
成长如蜕（存目）	叶 弥	(570)
尘埃落定（存目）	阿 来	(572)
清水里的刀子	石舒清	(573)
夹边沟记事（存目）	杨显惠	(581)
信	刘庆邦	(582)
中国：一九五七（存目）	尤凤伟	(594)
乡村，穷亲戚和爱情	魏 微	(596)
花腔（存目）	李 洱	(617)
歇马山庄的两个女人（存目）	孙惠芬	(619)
喊山	葛水平	(620)
额尔古纳河右岸（存目）	迟子建	(657)
丁庄梦（存目）	阎连科	(659)
城乡简史	范小青	(661)
三体（存目）	刘慈欣	(675)
放生羊	次仁罗布	(677)
中国在梁庄（存目）	梁 鸿	(690)
春尽江南（存目）	格 非	(692)
狐狸和一个女人的上午	秦 岭	(694)
深山来客	朱山坡	(705)

好人宋没用（存目） …………………………… 任晓雯（713）

诗　歌

回答 …………………………………………… 何其芳（717）
鱼化石 ………………………………………… 艾　青（722）
祈求 …………………………………………… 蔡其矫（724）
望星空 ………………………………………… 郭小川（726）
这是四点零八分的北京 ………………………… 食　指（736）
雪白的墙 ……………………………………… 梁小斌（739）
划呀！划呀！父亲们
　——献给新时期的船夫 …………………… 昌　耀（741）
冬 ……………………………………………… 穆　旦（746）
回答 …………………………………………… 北　岛（750）
致橡树 ………………………………………… 舒　婷（752）
一代人 ………………………………………… 顾　城（755）
太阳 …………………………………………… 杨　炼（756）
先锋 …………………………………………… 骆一禾（758）
春天，十个海子 ……………………………… 海　子（760）
有关大雁塔 …………………………………… 韩　东（762）
中文系 ………………………………………… 李亚伟（764）
母亲 …………………………………………… 翟永明（770）
独身女人的卧室（节选） ……………………… 伊　蕾（772）
峨眉的风 ……………………………………… 孔　孚（775）
一个人老了 …………………………………… 西　川（777）
镜中 …………………………………………… 张　枣（780）
感谢父亲 ……………………………………… 于　坚（782）
雨中的马 ……………………………………… 陈东东（786）
帕斯捷尔纳克 ………………………………… 王家新（788）
纪念维特根斯坦 ……………………………… 臧　棣（791）
岁月的遗照 …………………………………… 张曙光（793）
工业区 ………………………………………… 郑小琼（795）
肯登镇 ………………………………………… 路　也（797）

从前慢	木　心	(799)
起风了	娜　夜	(801)
阳光中的向日葵	芒　克	(803)
悲伤	杨　键	(805)

散　　文

况钟的笔	巴　人	(809)
长江三日	刘白羽	(812)
哥德巴赫猜想（存目）	徐　迟	(820)
怀念萧珊	巴　金	(822)
下放记别	杨　绛	(833)
朱自清	张中行	(840)
黄鹂——病期琐事	孙　犁	(844)
无事此静坐	汪曾祺	(848)
二月兰	季羡林	(851)
拣麦穗	张　洁	(856)
秦腔	贾平凹	(860)
惊蛰	苇　岸	(865)
青岛之晨	林　非	(867)
阳关雪	余秋雨	(870)
人畜共居的村庄	刘亮程	(875)
一只特立独行的猪	王小波	(878)
人生麦茬地	张　炜	(882)
五十五万顶帽子与四十年	王彬彬	(886)
一百年前的南京	叶兆言	(889)
我与地坛	史铁生	(895)
笑谈大先生	陈丹青	(911)
馅饼记俗	谢　冕	(925)
一步三回头	袁劲梅	(929)
羊的样子	鲍尔吉·原野	(938)
冬牧场	李　娟	(942)
喀纳斯随想	徐宏力	(949)

戏　剧

茶馆（存目） …………………………………………… 老　舍（959）
关汉卿（存目） ………………………………………… 田　汉（960）
霓虹灯下的哨兵（存目） ……………………………… 沈西蒙（962）
陈毅市长（存目） ……………………………………… 沙叶新（964）
小井胡同（存目） ……………………………………… 李龙云（965）
车站（存目） …………………………………………… 高行健（966）
一个死者对生者的访问（存目） ……………………… 刘树纲（967）
潘金莲（存目） ………………………………………… 魏明伦（969）
狗儿爷涅槃（存目） …………………………………… 锦　云（971）
天下第一楼（存目） …………………………………… 何冀平（972）
鸟人（存目） …………………………………………… 过士行（973）
地质师（存目） ………………………………………… 杨利民（975）
商鞅（存目） …………………………………………… 姚　远（976）
恋爱的犀牛（存目） ………………………… 廖一梅　孟京辉（977）
蒋公的面子（存目） …………………………………… 温方伊（978）

小 说

山 地 回 忆

孙 犁

从阜平乡下来了一位农民代表,参观天津的工业展览会。我们是老交情,已经快有十年不见面了。我陪他去参观展览,他对于中纺的织纺,对于那些改良的新农具特别感到兴趣。临走的时候,我一定要送点东西给他,我想买几尺布。

为什么我偏偏想起买布来?因为他身上穿的还是那样一种浅蓝的土靛染的粗布裤褂。这种蓝的颜色,不知道该叫什么蓝,可是它使我想起很多事情,想起在阜平穷山恶水之间度过的3年战斗的岁月,使我记起很多人。这种颜色,我就叫它"阜平蓝"或是"山地蓝"吧。

他这身衣服的颜色,在天津是很显得突出,也觉得土气。但是在阜平,这样一身衣服,织染既是不容易,穿上也就觉得鲜亮好看了。阜平土地很少,山上都是黑石头,雨水很多很暴,有些泥土就冲到冀中平原上来了——冀中是我的家乡。阜平的农民没有见过大的地块,他们所有的,只是像炕台那样大,或是像锅台那样大的一块土地。在这小小的、不规整的,有时是尖形的,有时是半圆形的,有时是梯形的小块土地上,他们费尽心思,全力经营。他们用石块垒起,用泥土包住,在边沿栽上枣树,在中间种上玉黍。

阜平的天气冷,山地不容易见到太阳。那里不种棉花,我刚到那里的时候,老大娘们手里搓着线锤。很多活计用麻代线,连袜底也是用麻纳的。

就是因为袜子,我和这家人认识了,并且成了老交情。那是个冬天,该是1941年的冬天,我打游击打到了这个小村庄,情况缓和了,部队决定休息两天。

我每天到河边去洗脸,河里结了冰,我登在冰冻的石头上,把冰砸破,浸湿毛巾,等我擦完脸,毛巾也就冻挺了。有一天早晨,刮着冷风,只有一抹阳光,黄黄的落在河对面的山坡上。我又登在那块石头上去,砸开那个冰口,正要洗脸,听见在下水流有人喊:

"你看不见我在这里洗菜吗？洗脸到下边洗去！"

这声音是那么严厉，我听了很不高兴。这样冷天，我来砸冰洗脸，反倒妨碍了人。心里一时挂火，就也大声说：

"离着这么远，会弄脏你的菜！"

我站在上风头，狂风吹送着我的愤怒，我听见洗菜的人也恼了，那人说：

"菜是下口的东西呀！你在上流洗脸洗屁股，为什么不脏？"

"你怎么骂人？"我站立起来转过身去，才看见洗菜的是个女孩子，也不过十六七岁。风吹红了她的脸，像带霜的柿叶，水冻肿了她的手，像上冻的红萝卜。她穿的衣服很单薄，就是那种蓝色的破袄裤。

十月严冬的河滩上，敌人往返烧毁过几次的村庄的边沿，在寒风里，她抱着一篮子水沤的杨树叶，这该是早饭的食粮。

不知道为什么，我一时心平气和下来。我说：

"我错了，我不洗了，你在这块石头上来洗吧！"

她冷冷地望着我，过了一会才说：

"你刚在那石头上洗了脸，又叫我站上去洗菜！"

我笑着说：

"你看你这人，我在上水洗，你说下水脏，这么一条大河，哪里就能把我脸上的泥土冲到你的菜上去？现在叫你到上水来，我到下水去，你还说不行，那怎么办哩？"

"怎么办，我还得往上走！"

她说着，扭着身子逆着河流往上去了。登在一块尖石上，把菜篮浸进水里，把两手插在袄襟底下取暖，望着我笑了。

我哭不的，也笑不的，只好说：

"你真讲卫生呀！"

"我们是真卫生，你是装卫生！你们尽笑我们，说我们山沟里的人不讲卫生，住在我们家里，吃了我们的饭，还刷嘴刷牙，我们的菜饭再不干净，难道还会弄脏了你们的嘴？为什么不连肠子都刷刷干净！"说着就笑的弯下腰去。

我觉得好笑。可也看见，在她笑着的时候，她的整齐的牙齿洁白的放光。

"对，你卫生，我们不卫生。"我说。

"那是假话吗？你们一个饭缸子，也盛饭，也盛菜，也洗脸，也洗脚，也喝水，也尿泡，那是讲卫生吗？"她笑着用两手在冷水里刨抓。

"这是物质条件不好，不是我们愿意不卫生。等我们打败了日本，占了北平，我们就可以吃饭有吃饭的家伙，喝水有喝水的家伙了，我们就可以一切齐备了。"

"什么时候，才能打败鬼子？"女孩子望着我，"我们的房，叫他们烧过两三回了！"

"也许三年，也许五年，也许十年八年。可是不管三年五年，十年八年，我们总是要打下去，我们不会悲观的。"我这样对她讲，当时觉得这样讲了以后，心里很高兴了。

"光着脚打下去？"女孩子转脸望了我脚上一下，就又低下头去洗菜了。

我一时没弄清是怎么回事，就问：

"你说什么？"

"说什么？"女孩子也装没有听见，"我问你为什么不穿袜子，脚不冷吗？也是卫生吗？"

"咳！"我也笑了，"这是没有法子么，什么卫生！从九月里就反'扫荡'，可是我们八路军，是非到十月底不发袜子的。这时候，正在打仗，哪里去找袜子穿呀？"

"不会买一双？"女孩子低声说。

"哪里去买呀，尽住小村，不过镇店。"我说。

"不会求人做一双？"

"哪里有布呀？就是有布，求谁做去呀？"

"我给你做。"女孩子洗好菜站起来，"我家就住在那个坡子上，"她用手一指，"你要没有布，我家里有点，还够做一双袜子。"

她端着菜走了，我在河边上洗了脸。我看了看我那只穿着一双"踢倒山"的鞋子，冻的发黑的脚，一时觉得我对于面前这山，这水，这沙滩，永远不能分离了。

我洗过脸，回到队上吃了饭，就到女孩子家去。她正在烧火，见了我就说：

"你这人倒实在，叫你来你就来了。"

我既然摸准了她的脾气，只是笑了笑，就走进屋里。屋里蒸气腾腾，等了一会，我才看见炕上有一个大娘和一个四十多岁的大伯，围着一盆火坐着。在大娘背后还有一位雪白头发的老大娘。一家人全笑着让我炕上坐。女孩子说：

"明儿别到河里洗脸去了，到我们这里洗吧，多添一瓢水就够了！"

大伯说：

"我们妞儿刚才还笑话你哩！"

白发老大娘瘪着嘴笑着说：

"她不会说话，同志，不要和她一样呀！"

"她很会说话！"我说，"要紧的是她心眼儿好，她看见我光着脚，就心疼我们八路军！"

大娘从炕角里扯出一块白粗布，说：

"这是我们妞儿纺了半年线赚的，给我做了一条棉裤，剩下的说给她爹做双袜子，现在先给你做了穿上吧。"

我连忙说：

"叫大伯穿吧！要不，我就给钱！"

"你又装假了，"女孩子烧着火抬起头来，"你有钱吗？"

大娘说：

"我们这家人，说了就不能改移。过后再叫她纺，给她爹赚袜子穿。早先，我们这里也不会纺线，是今年春天，家里住了一个女同志，教会了她。还说再过来了，还教她织布哩！你家里的人，会纺线吗？"

"会纺！"我说，"我们那里是穿洋布哩，是机器织纺的。大娘，等我们打败日本……"

"占了北平，我们就有洋布穿，就一切齐备！"女孩子接下去，笑了。

可巧，这几天情况没有变动，我们也不转移。每天早晨，我就到女孩子家里去洗脸。第二天去，袜子已经剪裁好，第三天她已经纳底子了，用的是细细的麻线。她说：

"你们那里是用麻用线？"

"用线。"我摸了摸袜底，"在我们那里，鞋底也没有这么厚！"

"这样坚实。"女孩子说，"保你穿三年，能打败日本不？"

"能够。"我说。

第五天，我穿上了新袜子。

和这一家人熟了，就又成了我新的家，这一家人身体都健壮，又好说笑，女孩子的母亲，看起来比女孩子的父亲还要健壮。女孩子的姥姥九十岁了，还那么结实，耳朵也不聋，我们说话的时候，她不插言，只是微微笑着，她说，她很喜欢听人们说闲话。

女孩子的父亲是个生产的好手，现在地里没活了，他正计划贩红枣到曲阳去卖，问我能不能帮他的忙。部队重视民运工作，上级允许我帮老乡去作运输，每天打早起，我同大伯背上一百多斤红枣，顺着河滩，爬山越岭，送到曲阳去。女孩子早起晚睡给我们做饭，饭食很好，一天，大伯说：

"同志，你知道我是沾你的光吗？"

"怎么沾了我的光？"

"往年，我一个人背枣，我们妞儿是不会给我吃这么好的！"

我笑了。女孩子说：

"沾他什么，他穿了我们的袜子，就该给我们做活了！"

又说：

"你们跑了快半月，赚了多少钱？"

"你看，她来查账了，"大伯说，"真是，我们也该计算计算了！"他打开放在被垛底下的一个小包袱，"我们这叫包袱账，赚了赔了，反正都在这里面。"

我们一同数了票子，一共赚了五千多块钱，女孩子说：

"够了。"

"够干什么了？"大伯问。

"够给我买张织布机子了！这一趟，你们在曲阳给我买架织布机子回来吧！"

无论姥姥、母亲、父亲和我，都没人反对女孩子这个正义的要求。我们到了曲阳，把枣卖了，就去买了一架机子。大伯不怕多花钱，一定要买一架好的，把全部盈余都用光了。我们分着背了回来，累的浑身流汗。

这一天，这一家人最高兴，也该是女孩子最满意的一天。这像要了几亩地，买回一头牛；这像制好了结婚前的陪送。

以后，女孩子就学习纺织的全套手艺了：纺，拐，浆，落，经，镶，织。

当她卸下第一匹布的那天，我出发了。从此以后，我走遍山南塞北，那双袜子，整整穿了三年也没有破绽。1945年，我们战胜了日本强盗，我从延安回来，在碛口地方，跳到黄河里去洗了一个澡，一时大意，奔腾的黄水，冲走了我的全部衣物，也冲走了那双袜子。黄河的波浪激荡着我关于敌后几年生活的回忆，激荡着我对于那女孩子的纪念。

开国典礼那天，我同大伯一同到百货公司去买布，送他和大娘一人一身蓝士林布，另外，送给女孩子一身红色的。大伯没见过这样鲜艳的红布，对我说：

"多买上几尺，再买点黄色的！"

"干什么用？"我问。

"这里家家门口挂着新旗，咱那山沟里准还没有哩！你给了我一张国旗的样子，一块带回去，叫妞儿给做一个，开会过年的时候，挂起来！"

他说妞儿已经有两个孩子了，还像小时那样，就是喜欢新鲜东西，说什么也要学会。

1949 年 12 月

[提示]

孙犁（1913—2002），原名孙树勋，河北安平县人。1945 年以发表《荷花淀》闻名，被誉为"荷花淀派"的代表作家。著有短篇小说集《芦花荡》《荷花淀》《采蒲台》，中篇小说《铁木前传》《村歌》，长篇小说《风云初记》，散文集《耕堂杂录》《秀露集》，叙事诗集《白洋淀之曲》，通讯报告集《农村速写》，论文集《文学短论》等。

《山地回忆》原载茅盾和巴金主编的《小说》杂志 1950 年第 3 卷第 4 期。小说紧扣"袜子"展开故事情节，通过"我"和妞儿在河边的辩论、做袜子、贩红枣、买织布机等生活片段展现了抗日战争时期的军民鱼水情，并成功塑造了妞儿这一农村少女的形象。她出场时咄咄逼人，看似蛮横挑衅，"真假讲卫生"的理论令"我"啼笑皆非又难以辩驳。但她身上更有北方农村少女的纯朴善良、豪爽热情，她关心什么时候能打败鬼子，在多次经历被鬼子烧房后她更渴望平静的生活；在看到"我"光着脚的时候，用家里仅剩的一点布给"我"做了一双袜子，也为战士们的艰难处境忧心。

作品采用第一人称叙述方式，情感真实，心理描写细致，由见到故人引发对过去生活的回忆，从给老熟人农民代表买布联想到那双土气却厚实耐用的袜子，进而回忆起曾经给自己做袜子的农村少女妞儿，想起在阜平穷山恶水度过的三年时间中发生的一系列事儿。另外，语言清新明快、朴素自然，看似平淡，实则蕴含真情实意，既描绘出了乡间生活的诗情画意，又将情感蕴藏于普通直白的对话之中。

（王　琳）

铁木前传（存目）

孙　犁

　　孙犁的长篇小说《铁木前传》原载《人民文学》1956年第12期。这是孙犁因解放初期进城以后苦恼人与人之间关系变化而创作的作品。作品在思考社会主义合作化道路的基础上，写出了铁匠傅老刚和木匠黎老东在解放前后友情的变化，六儿、九儿、小满儿三人的感情纠葛以及四儿、锅灶等人的集体生活。在解放前的艰难岁月里，傅老刚和黎老东互相帮扶，成为至交，黎老东的儿子六儿和傅老刚的女儿九儿青梅竹马。但解放后黎老东分到了土地，生活水平逐渐提高，他开始沉迷于添置家产，六儿和年轻妩媚的小满儿整日厮混。久别重逢之时，黎老东向傅老刚炫耀儿子给他新制的大毛羔皮袄，傅老刚却"忽然觉得身上有些寒冷似的"，傅老刚难以认同昔日好友的行事作风，之后的教育孩子、打造大车等事件，更显示出他们思想观念的严重对立，昔日单纯质朴的友情已不复存在。《铁木前传》写的是农村合作化，但作品结尾并没有交代村里能否成功组建合作社、六儿和小满儿能否成功改造，悬置的结局使读者有了更多的想象空间，作品更富深意。

　　在艺术方面，首先，作品主要采用了全知全能的叙事视角，全方位展现人物的生活场景和事件发生过程，又穿插运用儿童视角以增加故事的生动鲜活。其次，个性解放是《铁木前传》的重要主题，九儿、六儿及小满儿身上都有个性解放的影子，尤其是长期被集体排斥、孤独苦闷的小满儿，这一人物形象的塑造充满了矛盾性，表面俊俏多情、放浪刁蛮，背后却承受着家庭的桎梏以及婚姻的不幸，她既是包办婚姻的受害者，又是封建思想的反抗者，她以一种悲剧性的沉沦的方式逃避现实的苦痛，却又无法摆脱，令人惋惜。

（王　琳）

我们夫妇之间

萧也牧

一

我是一个知识分子出身的干部；我的妻却是贫农出身，她十五岁上就参加革命，在一个军火工厂里整整做了六年工。

三年前我们结了婚。当时我们不在一起，工作的地方相隔有百十来里，只在逢年逢节的时候才能见面。所以婚后的生活也很难说好还是坏；只是有一次却使我很感动：因为我有胃病，一挨冻就要发作，可是棉衣又很单薄！那年，正快下雪的时候，她给我捎来了一件毛背心，还附着一封信，信上说：

……天快下雪了！你的胃病怎样了？真叫我着急得知不道怎么着好！我早有心给你打件毛背心，倒也不是羊毛贵，就是钱凑不够！我就在每天下午放工以后，上山割柴禾，卖给厂里的马号里，卖了二千块边币，称了两斤羊毛，向老乡借了个纺车，纺成了毛线，打了件毛背心！

因为我不会打，打的又不时样又尽是疙瘩，请你原谅！希望你穿上这件毛背心，就不再发胃病，好好地为人民服务……

我读着这封信，我仿佛看到了她那矮小的身影，在那黄昏时候，手拿镰刀，独自一个人，弯着腰，在那荒坡野地里，迎着彻骨的寒风，一把，一把，一把地割着稀疏的茅草……

她这样做，完全是为着我！为着我不挨冻，为着我"不再发胃病，好好地为人民服务……"突然，我流泪了！可是我感到了幸福！

两年以后的秋天，我们有了小孩，组织上就把我们调在一块工作。那时，我们住在一个叫抬头湾的山村里。

每当晚上，我在那昏黄的油灯下赶工作。她呢？哄着孩子睡了以后，默默地坐在我底身旁，吃力地、认真地、一笔一划地练习写大楷……

山村的夜是那样的静寂，远远地能听见胭脂河的流水，"哗哗"地流过村边。时间该是半夜了吧，我想她又是照顾孩子，又是工作……一定是很累了。就说："你先睡吧！"她一听我的话，总是立刻睁大了有点朦胧了的睡眼："不！"继续练她的大楷……直到我也放下工作。

早上，孩子醒得很早。她就起来哄："嗯嗯……听妈妈的话，别把爸爸扰醒了……"孩子才几个月大，当然不懂得，还是嚷！于是她就蹑手蹑脚地起来，抱着孩子，到隔壁老乡屋里的热炕头上哄着去了。

闲时，她教我纺线、织布；我给她批仿，在她写的大楷上划红圈，或是教她打珠算，讨论土地政策……

每天下午，孩子睡着了，我们抬水去浇种在窗前的几棵白菜，到沟里帮老乡打枣；或是盘腿坐在炕上，我搓"布卷"（棉花条儿）、拐线，她纺线。纺车"嗡嗡"地响，声音是那样静穆、和谐……

虽然我们的出身、经历……差别是那样大；虽然我们工作的性质是那样的不同：我成天坐在屋子里画统计表……却觉得很融洽，很愉快！

但是，不到一年的光景，我们却吵起架来了。甚至有一个时候，我曾经怀疑到：我们的夫妇生活是否能继续巩固下去。那是我们进了北京城以后的事。

二

今年二月间，我们进了北京。

她在进城以前，一天也没有离开过深山、大沟和沙滩。这城市的一切，对于她，我敢说，连做梦也没梦见过的！应该比我更兴奋才对，可是，她不！

进城的第二天，我们从街上回来，我问她："你看这城市好不好？"她大不为然，却发了一通议论：那么多的人！男不象男，女不象女的！男人头上也抹油……女人更看不的！那么冷的天气也露着小腿。怕人知不道她有皮衣，就让毛儿朝外翻着穿！嘴唇血红红，头发像个草鸡窝！那样子，她还觉得美的不行！坐在电车里还掏出小镜子来照半天！整天挤挤嚷嚷，来来去去，成天干什么呵……总之，一句话：看不惯！说到最后，她问我："他们干活也不？哪来那么多的钱？"

我说："这就叫做城市呵！你这农村脑瓜吃不开啦！"她却不服气："你没看见？刚才一个蹬三轮的小孩，至多不过十三四，瘦的象只猴儿，却拉着一个气儿吹起来似的大胖子——足有一百八十斤！坐在车里，翘了个二郎腿，含了根烟卷儿，亏他还那样'得'！（得意，自得其乐的意思）……俺老根据地哪见过这！得好好儿改造一下子！"

我说："当然要改造！可是得慢慢地来；而且也不能要求城市完全和农村一样！"

她却更不服气了："嘿！我早看透了！象你那脑瓜，别叫人家把你改造了！还说哩！"

我觉得她的感觉确实要比我锐利得多，但我总以为她也是说说罢了，谁知道她不仅那么说，她在行动上也显得和城市的一切生活习惯不合拍！虽然也都是在一些小地方。

那时候，机关里还没起伙，每天给每人发一百块钱，到外边去买来吃。有一次，我们俩到了一家饭铺里，走到楼上，坐下了。她开口就先问价钱："你们的炒饼多少钱一盘？""面条呢？""馍馍呢？"……她一听那跑堂的一报价钱，就把我一拉，没等我站起来，她就在头里走下楼去。弄得那跑堂的莫名其妙，睁大了眼睛，奇怪地看了我们几眼。当时，真使我有点下不来台，说实话，我真想生气！可是，她又是那样坚决，又有什么办法呢？只好硬着头皮跟着她走。

一面下楼，她说："好贵！这那里是我们来的地方！"我说："钱也够了！"她说："不！一顿饭吃好几斤小米，顶农民一家子吃两天！那敢那么胡花！"

出了饭铺，我默默地跟着她走来走去，最后，在街角上的一个小饭摊上坐下了！还是她先开口，要了半斤棒子面饼子，两碗馄饨。大概她见我老不说话，怕我生气，就格外要了一碟子熏肉，旁若无人地对我说："别生气了！给你改善改善生活！"

象这类事，总还可以容忍。我想一个才从农村里来的人，总是难免的；慢慢总会改变过来……

那知她并不！

那时，机关里来了不少才参加工作的新同志；有男的也有女的。她竟不看场合，常常当着他们的面，一板正经地批评起我来。她见我抽纸烟，就又有了话了："看你真会享受！身边就留不住一个隔宿的钱！给孩子做小褂还没布呢！一支连一支的抽！也不怕熏得慌！你忘了？在山里，向房东要一把烂烟，合上大芝麻叶抽，不也是过了？"

开始，我笑着说："这可不是在抬头湾啦！环境不同了呵！"

她却有了气了啦："我不待说你！环境变了，你发了财啦？"

不知道怎么回事儿，我的脸，"唰"地就红了！站在一旁看热闹的青年男女同志们，本来看得就很有兴趣，这时候，就有人天真活泼地嚷起来："哈哈！脸红啦！脸红啦！"旁的同志也马上随声附和，并且大鼓其掌："红啦！红啦！"这一嚷，我的脸，果真更加发烫了！

三

我发觉，她自从来北京以后，在这短短的时间里边，常常是我才一开口，她就提出了一大堆的问题来难我："我们是来改造城市的；还是让城市来改造我们？""我们是不是应该开展节约，反对浪费？""我们是不是应该保持艰苦奋斗、简单朴素的作风？"等等，她所说的确实也是正确的，因此，弄得我也无言答对。这样一来，她也就更理直气壮了，仿佛真理和正义，完全是在她的一边，而我，倒象是犯了错误了！她几次很严肃地劝我："需要好好地反省一下！"

我有什么可反省的呢？我自己固然有些缺点，但并不象她说的那样严重，除了沉默，我还有什么办法？可是，有一次，我忽然再也不能沉默了。我们破例地吵了一架，这在我们结婚以来，还是第一次。

在今年六七月间，连日雨天，报上不断登着冀中和冀西一带闹水灾的消息。突然，她的精神也就随着紧张起来了！每天报来她就抢着去看。我发现，她是专门在找报上所列举的水患成灾的县份和村名……她一面读着，不断地发出惊叹："呵呵！怎么得了呀！才翻了身的农民，还没缓过气来，地又叫水淹了！呵呵……"

有一次，我正在整理各地灾情的材料，她看着报，就大声嚷了起来："这怎么着好呵！俺村的地全叫淹了！嗳呀！日子怎么着过呀！我娘又该挨饿了呵！怎么着呵？嗳！说呀！你说呀！"这我才发觉她是在征求我的意见。我出口说了句俏皮活："天要下雨，娘要嫁人——谁也没法治！党和政府自会想办法，你操心也枉然！"冷不防，她一伸手，一指头直捅到我的额角上："没良心的鬼！你忘了本啦！这十年来谁养活你来着？"我说："反正不是你家！"她却真的又生我的气了："你进了城就把广大农民忘啦？你是什么观点？你是什么思想？光他妈的会说漂亮话！"我说：

"谁比得上你的思想！'响当当'的好成分！又是工人阶级出身！"她把桌子一拍："你别讽刺人啦！"就再也不理我了，好象很伤心的样子。

过了几天，我恰好得了一笔稿费。第二天，我正准备取钱上街，钱却怎么找也找不见了！心里真着急。我只好问她："我的钱呢？"她说："什么？钱？哪里来的钱？你交给谁啦？"我继续找，直找得头上冒汗！她却"噗嗤"一声笑了！我知道准是她拿了，我一看不对头，只好恳求了："你拿一半行不行？"她却说："我早给家寄走了！"我不免吃了一惊："真的？"她说："唬弄鬼！"

我不知不觉地提高了嗓音，"这钱是我的！你不应该不哼一声就没收了！"那知她的嗓音更大："你没花过我的钱？嗯？你的花被面，你的毛背心……是谁的钱买的？"我说："不稀罕！反正你得检讨检讨，你这样做对不对？"她说："对！家里闹水灾，不该救济救济么？"我说，"你把钱捐给救灾委员会，那就算你的思想意识强，为什么给自己家里寄呀——那还不是自私自利农民意识！"她却真火了："反正比浪费强！钱我是寄走了！你看着办吧！"我说："咱们分家！"她说："马上分！今儿格黑价（今天晚上）你就不行盖我的被子！"我说："好好好！"我一扭头就走了……

说也笑人！为了这么芝麻粒大的一点事，我们三天没说话，而且觉得很伤脑筋！恰好星期六那天晚上，机关内部组织了一个音乐晚会，会跳舞的同志就自动地跳起舞来，这正好解闷，我就去参加了！

我正下场，忽然发现：她抱着孩子来了！一看她的神气，知道糟了！她气冲冲地，直窜到我的面前，把孩子往我怀里一塞："你倒会散心！孩子有你一半责任，我抱够了！你抱抱吧！"我说："跳完这一场就回去！"她二话没说，把孩子往旁边的"沙发"上一撂，雄赳赳地走了……

孩子不见他妈，就"哇哇"地嚎啕起来，和着手风琴的伴奏，发出一种奇怪的音乐，引起了人们的注意。

我红着脸，抱起孩子，回到卧室里去。只见她伏在桌上写字呢！我悄悄地走到她的背后一看，原来她在给我写信："李克同志：你的心大大地变了……"她发觉我来，马上又把纸撕了！

孩子见了妈，挂着两行眼泪，笑着，跳着，"哇哇"地叫，向她扑去，她才接过孩子，解开怀来喂奶，一面走到门边，背贴着门，向我命令地说："不许走！咱们谈判谈判！"

四

　　这些虽然都是非原则问题，但也恰好正在这些非原则问题上面，我们之间的感情，开始有了裂痕！结婚以来，我仿佛才发现我们的感情、爱好、趣味……差别是这样的大！甚至我曾想到：我们夫妇关系是否可以继续维持下去？

　　幸好，不久她被分配到另一个机关去工作了。我欢欢喜喜地打发她走了，精神上好象反倒轻松了许多！分手以后，约摸有个半月的时光，她连电话也没来过一个，却对旁人说：离了我她也能活！

　　可是，我却不能！即使我对她有很多不满，然而孩子总是十分可爱的！我一想起那孩子的乌亮墨黑的大圆眼，和他那"呀呀"欲语的神气……我就十分怀念！终于还是我先去找她去了！那知道一见她，她却向我一挥手："今天工作太忙，改日来吧！"

　　我说她真是个倔强的人。这评语，越来越觉得确切了！特别是又发生了几件事情以后。

　　当她到了机关不久，找来了一个保姆：姓陈，叫小娟。样子很灵俐，她爸爸是个蹬三轮的工人。

　　那天正好是星期日，我在她机关里，那"老妈子房"里的掌柜，领着小娟来上工。一进门，指着我们俩，对小娟说："这是小少爷的母亲，这是……"

　　小娟毕恭毕正的向她鞠了个躬，叫了一声："太太！"那知道我的妻，一听"太太"两个字，就象叫蝎子螫了似的嚷起来："呀！呀！别叫别叫！我不是'太太'！我是我是……我们解放军里头没有'太太'！我姓张，你叫我张同志好了！记住！我叫张同志！要不你就叫我张大姐！"她说着就把小娟拉到炕上，和她并排坐下了。弄的那"老妈子房"的掌柜，先是奇怪，接着也笑了："对对！叫张同志！'太太'那名儿，嘿嘿！不时新了！太封建！太封建！"

　　我的妻马上就给小娟上起政治课来：说她自己也是个穷人，曾经受过旧社会的压迫，后来共产党来了，她就参加了革命，得到了解放……因为工作太忙，孩子照顾不了，所以请小娟来帮忙。她对小娟说：你也是参加了革命工作，咱们一律平等！和旧社会雇老妈子完全不一样……

小娟听得很高兴，不住嘴地说："您说得真好！您说得真好！"

小娟这孩子，虽说是灵俐，可是记性并不好！一不小心，常常又叫"太太"了！每逢这功夫，我的妻决不放松，一定及时纠正，并且又得上一堂政治课！弄得小娟反倒很不安了！

自从小娟来了以后，我的妻几次三番给我打电话：要我给小娟找识字课本、找笔墨纸砚……并且还给她订了学习计划：一天认五个字、写一张仿……一星期还有一堂政治课。我的妻自任文化教员兼政治教员。

每次周末的晚上，我去找她的时候，总是见她在给小娟上课，一板正经地念道："穷人、要、翻身、团结、一条心、永远、跟着、共产党、前进。"小娟就跟着念："穷、人、要、翻、身……"不知道为什么，我有点感动了！心想：她真是个倔强的人呵！

有一次周末的傍晚，我们从东长安街散步回来，看见"七星舞厅"的门口，围着一圈人。过去一看：只见有一个胖子，西服笔挺，象个绅士，一手抓住一个十三四岁的小孩，一手张着五个红萝卜般粗的手指，"劈！劈！啪！啪！"直向那小孩的脸上乱打，恨不得一巴掌就劈开他的脑瓜！那小孩穿着一件长过膝盖的破军装，杀猪般地嚷着："娘嗳！娘嗳！"嘴角的左右，挂下了两道紫血……

看热闹的人，越来越多；抄着手的、口含着烟卷儿的……但是，都很坦然！我觉得很不顺眼，正想问，忽听得人群里有人喝道：

"住手！你凭什么压迫人！"嗓音又尖又高。

一瞬眼间，我突然发现：那人不是别人，正是她，是我的妻！这时候，她昂头挺胸地站在那胖子的面前，我突然觉得精神上有点震动。

那胖子仍然一手拧住那小孩不放，一手贴到花领结上，很有礼貌地微微一笑！心平气和地向围着的人们说："这小子，太可恶！太可恶！不知道的人，以为我压迫人。其实，不然，我这个舞厅，是在人民政府里登记了的，是正当的营业，是高尚的娱乐！拿捐，拿税……而他，这孩子，却用石头子儿，往里——"他一挥手："扔！如果，把我的客人们，全撵跑了，那么，我又当如何呢……"他还想接着演讲，却叫我的妻打断了他的话。

"你说得对！这孩子扔石头子儿，也可以说是一个错误！可是，我们是有政府的有秩序的！不是无政府主义！就说他犯了天大的法，也应该送政府法办！你有什么权力随便打人？嗯？有什么权力？你打得他满嘴流血，好象你还受了屈似的！嗯！让大伙儿评评理！"

这时候，人群里就有人嚷起来："对对对！这同志说得对！"

有一个苦力模样的人，也就走到那胖子面前，转过身来，指着那胖子向大伙儿说："这位先生说的不假！这小孩儿是往舞厅里扔了一个石头子儿！我亲眼看见的……"

胖子马上微笑点头，"诸位听着！不假吧？光凭我一个人说不行！不行！"

那苦力接着说："可惜这位先生说得不全！那小孩儿凭嘛平白无故地扔石头子儿哩？是那么一回事儿：刚才他在舞厅门口向客人们要钱，这位先生撵他走，他走慢了一步，这位先生'啪'的一下给了他一个响锅贴（耳光）！回头，过了一会儿，这小孩就扔了个石头子儿，就又叫这位先生抓住了。这我也是亲眼看见的！现时不是那个世道了，是人就得说实话！"

胖子显得有点不安了，掏出一块小花手绢来不住地擦额角，对我的妻说："同志！我认错行不行？"说着掏出了一张五百元的人民券，向那小孩一伸："给！买糖吃！哈哈！"

那被打了一顿的小孩，把嘴角的血一擦，正想伸手去接，却马上被我的妻喝住了："别拿！太便宜啦！一顿巴掌只值五百块钱？"

胖子马上伸手到口袋里，慷慨地说："再加二百！"

我的妻却发了大火啦："嗯！你真明白！你以为还在旧社会——有钱能使鬼推磨，有钱能使鬼上树？那怕你掏一百万人民券，也不能允许你随便压迫人，随便破坏人民政府的威信！走！咱们到派出所去！咱们是有政府的！"

围着的人也就说："对对！"

……

结果还是到了派出所。

那胖子先生认了错，表示切实悔过。于是罚了他二千元人民券，赔偿给那小孩作医药费。同时也批评了那小孩，以后不要扔石头子儿。

我跟随着我的妻从派出所回来，她很兴奋地问我："刚才你怎么一句话也不说？"我说："这是社会问题、得慢慢……"我的话还没有说完，就叫她打断了："不吃你这一套！我就要管！这是新社会，我就不让随便压迫人！我就不让随便破坏咱们政府的威信！咱们是有政府的，不是无政府主义！"我说："我的话还没有说完呢，你怎么那么着急？"

我想：她真是一个倔强的人啊！我开始分析：她对旧社会的习惯那样憎恨，绝无妥协调和的余地！我想，这和她自己切身的经历是分不开的。

她出身在贫农的家庭，十一岁上就被用五斗三升高粱卖给人家当了童养媳。受尽了人间一切的辛酸。她的身上、头上、眉梢上……至今还留着被婆婆和早先的丈夫用烧火棍打的、擀面杖打的、用剪子铰的伤痕！共产党来了，她就毅然地参加了革命！为着自己的命运战斗了！革命对于她，真可以说是："破釜沉舟，背水一战！"绝无后退的路！

她曾经在游击区跳沟爬墙，和日本人、汉奸搏斗！她的手杀过人……

她曾经在老山沟里的军火工厂里，制造子弹、装配步枪……为了突击生产，把右手的食指在"压力机"上撞下了一小节指头，成了一个疙瘩……

日本人来"扫荡"了！她率领着一班女工，连夜抬着机器，蹚过齐大腿根的水去"坚壁"。因此落下了"寒腿"的病，每逢阴雨，至今还隐隐作痛……

有一次深夜，工厂失火，她奋勇当先，率领二十五个女工去抢救器材，差一点没烧死在火里……

在这些艰苦的日子里，她开始学习认字，写字……终于学成了"粗通文字"。

在一九四四年，她当选了"劳动英雄"。出席晋察冀边区第二届英模大会，我记得当她在大会上作完了典型报告的末了，她举着胳膊宣誓似的大声说："……在旧社会里我是个老几？我只值五斗三升高粱米！这会儿大伙儿说我是英雄！叫我来开会，让我上台说话……唉！没有共产党哪会有我呵！我愿意为着全世界被压迫的人们彻底的解放，流尽我最后一滴血！"那时候我在大会上担任收集和整理材料的工作。组织上分配我给她写传记，我们整整谈了三个晚上。也就在这个时候，我爱上了她。

五

那一切的苦难，使她变得倔强。今天她来到城市，和这城市所遗留的旧习惯，她不妥协，不迁就，她立志要改造这城市！但是在我看来，有些地方她就显得固执、狭隘……甚至显得很不虚心了！也因此使得我们之间的感情有了裂痕！但我对她依然还很留恋，还没有决心和勇气断然和她决裂！特别是当我比较清醒的时候，仔细想来，我们之间的一切冲突和纠纷，原本都是一些极其琐碎的小节，并非是生活里边最根本的东西！所以我决心用理智和忍耐，甚至迁就，来帮助她克服某些缺点！

我以为，我对她的分析和结论，已经是很完满很公平，而且觉得这样做，对我来说是仿佛将要牺牲一些什么！

那知道她还并不如我想像的那样！

首先是她的某些观点和生活方式也在改变着：最明显的例子是：她现在所担任的工作是女工工作，在那些女工里边，也有不少擦粉抹口红的，也有不少脑袋象个"草鸡窝"的……可是她和她们很能接近，已经变得很亲近……有一次我故意问她："你不是很讨厌那些擦粉抹口红，头发象'草鸡窝'的人吗？"她却很认真地教训起我来了："你不能从形式上、生活习惯上去看问题！她们在旧社会都是被压迫的人！她们迫切需要解放！同志！狭隘的保守观点要不得！"哈哈！她又学了一套新理论啦！

同时，她自己在服装上也变得整洁起来了！见了生人也显得很有礼貌！更使我奇怪的是：她在小市上也买了一双旧皮鞋，逢是集会、游行的时候就穿上了！回来，又赶忙脱了，很小心地藏到床底下的一个小木匣里……我逗她说："小心让城市把你改造了呵！"她说："组织上号召过我们：现在我们新国家成立了，我们的行动、态度要代表大国家的精神。风纪扣要扣好，走路不要东张西望，不要一面走一面吃东西，在可能条件下要讲究整洁朴素，不腐化不浪费就行！"我暗暗地想：女同志到底是爱漂亮的呵！但在某些基本问题上，她不容易接受人家的意见，不认错的毛病，恐怕是很难改变的！

可是随着时间的前进，我又发现我对她的了解不但不完全，而且是相反的！我总还是习惯地从形式上去看问题！

有一次周末，我去看她，她独自抱着孩子坐在炕角里沉思。我说："小娟呢？她吃饭去了？"她不安地说："不！她走了！"接着她就告诉我：她们机关里有一个本地做饭的大师傅，有一只怀表，在昨天早晨开饭的时候不见了！恰好这时候，只有小娟到伙房里去倒过水，旁人没去过！同时，早先机关里在拾掇大客厅的时候，她拣了几个扣子。所以就有人怀疑那只表也是她拿的！另外，早先有些同志也嚷嚷过，有的说丢了个化学梳子，有的说丢了一块毛巾……那大师傅也没和别的同志商量，就去找我的妻，肯定说那只表是小娟拿的！要我的妻向小娟追究。于是，她就问小娟拿了那只表没有？问的小娟直啼哭，一口咬定说：没拿！并且说："大姐！要是我拿了，就算对不起您一片好心！"小娟这孩子个性太强，受不了这，马上非走不解！挡也挡不住！

可是，就在这天晚上，大师傅自己又把表找着了！

这一下，我的妻的激动和不安，真是无法形容！翻来复去，一夜没睡好觉！她对我说，机关里那么多的人为什么不怀疑旁人，偏偏就怀疑是小娟拿的表？你说老干部们都受过锻炼，决计不会拿的，这倒也是理由。可是机关里留用的旧人员很多。他们也没受过革命锻炼，那么为什么不怀疑是他们拿的呢？她说："这是什么观点？这还不是小看穷人么？"我说："算了！事情已经过去了，鸡毛蒜皮的一点事。"她说："什么？这是思想问题哩！"

第二天清早，她让我陪她到小娟家里去走一趟。我说："那又何必呢！人已经走了！要是让她知道表又找着了，她爸爸说我们诬赖人！老百姓知道了这件事，对我们的影响很不好！"

她说："不！我们错了，为什么不认错呢？要不，小娟一辈子一想起这件事，就要伤心！影响更不好！"

可是，我还是认为不去的好！她说："你给看孩子，我去！"我又怕孩子啼哭了没法治！只好抱着孩子跟她走了！

到了小娟家里，只见她爸爸在拾掇车子，一见我们，就显得很尴尬的样子说："那表的事我知道了！昨天晚上我就揍了她一顿！我对她说：咱们人穷志不穷！要是你真的拿了，我的老脸往那里撂？你不说真话，非打死你不解！刚才，我又揍了她一阵子！她可还是一口咬定：没拿！我正想找您去说说，我这孩子顶老实，手也严实，敢情也不准是她拿的！"

我听了，胸口直打"扑通"，而她反倒很镇静很自然，微笑着说："不！大伯！我是来赔不是的！表已经找着了！不是小娟拿的！请你原谅！"

正在这时候，小娟从屋里出来了！红肿着双眼，扑到我妻的怀里，两肩一耸一耸地哭了！我的妻摸着她的小辫，轻声地说："小娟！你怪我不？"小娟哽咽着说："不！大姐！您是，您是个好人！您待我的好处，我，我，我这辈子也忘不了！"

我发现：我的妻的眼里，"扑索索"地掉下了两颗黄豆大的泪点，滴到小娟的头上！

　　我们结婚三年，我还是第一次在人面前见她掉泪。那么个倔强的人呵！怎么今天也哭啦！

　　从这以后，我有好几天感到不安，我在她身上发现了不少新的东西，而正是我所没有的！也正是我所感觉她表现狭隘、保守、固执……的地方！也正从这些地方，我们的感情开始有了裂痕！我想到夫妇之间的感情到底应该建筑在什么基础上……我们结婚三年，到今天，我仿佛才觉得对她有了比较深刻的了解！我真应该后悔，真应该象她过去屡次严肃地向我说过的：需要好好地反省一下了！

　　我正想不等到周末，就找她去深谈一次。恰好那天傍晚，我正在整理劳资关系的材料，她倒来找我了！我觉得有些不寻常，因为在平时她是轻易不来找我的！我问她："有什么事？"她说；"没事就不许来找你么？"坐了好一会儿，一句话也没说，最后，她说："到你们屋顶平台上去坐坐好吗？"我说："好的！"不知道为什么，我的心有点发跳，我怕要发生什么不能推测的事情了……

　　到了屋顶上，坐了一会儿，她忽然说："我犯了错误了！"我不觉吃了一惊："什么？"她笑了，说："也不是什么大了不起的事！"接着她就说：昨天她们区里，西单商场有一家皮鞋铺里的一个掌柜，嫌学徒晚上到区里开会回去晚了，把那学徒骂了个狗血喷头。那学徒找区工会办事处，她一听就生了气，跑到那铺子里把那掌柜训了个眼发蓝！走路的人都围过来看，觉得很奇怪。今天区里开检讨会，同志们批评她：工作方式太简单。亲自和掌柜吵架，对那学徒也没好处，有点"包办代替"，群众影响也不好！并且还批评她的工作一贯有点太急；恨不得一下子就把社会改造好。同时太不讲究工作的方式方法……

　　她说完了，叹了口气，把头靠到我的胸前，半仰着脸问："这该怎么着好？"我说："你没接受批评吧？"她摇了摇头："那里！自己错了，还能不接受？那怎么算是个同志呢？我都接受了！"我说："那就算了！还有什么难过的呢！"她忽然紧握着我的手说："唉！只怪自己文化、理论水平太低！政策掌握得不稳！不能很好地完成党交给我的任务！以后你好好帮我提高吧！"

　　我说："这是一方面。可是你也不要把自己的优点忽略了！比方拿我来说：初中毕业，革命历史也不算很短了。按理说，对于现实生活里边所发生的问题，应该比你有更锐利的感觉，应该更是是非分明。可是在这些方面我远不如你——你不要笑！这是真话。我参加革命已经四五年了！可是在我的思想感情里边，依然还保留着一部分很浓厚的小资产阶级的东西！有时候甚至模糊了革命者的立场，这是一个严重的思想问题！而你呢？虽说文化水准、理论知识、工作职位都比我低——这也是真话，可是你倔强、坚定、朴素、憎爱分明——这句话的意思就是说你有着很深的阶级仇恨心和同情心。可是你确实也有点急躁情绪——恨不得一个早起的工夫就把社会改造好。因此，常常喜欢用简单的工作方法方式，问题想得不够深不够远。你和我的这些缺点，都会阻碍我们的进步，不能更好地来完成党所给予我们的任务。我相信：在党的教育下加上自己的努力，我们一定都会很快进步的……"我象演讲似地说了不少话，要是在往日，准是早被她卡断了！可是，她今天听得好象很入神，并不讨厌，我说一句，她点一下头，当我说完了，她突然紧紧地握着我的手不放。沉默了一会儿，她说："以后，我们再见面的时候，不要老是说些婆婆妈妈的话。象今天这样多谈些问题，该多好呵！"

我为她那诚恳的深挚的态度感动了！我的心又"突突"地发跳了！我向四面一望，但见四野的红墙绿瓦和那青翠坚实的松柏，发出一片光芒。一朵白云，在那又高又蓝的天边上飞过……夕阳照到她的脸上，映出一片红霞。微风拂着她那蓬松的额发，她闭着眼睛……我忽然发现她怎么变得那样美丽了呵！我不自觉地俯下脸去，吻着她的脸……仿佛回复到了我们过去初恋时那些幸福的时光。她用手轻轻地推开了我说："时间不早了！该回去喂孩子奶呵！"

一九四九年秋天初稿于北京
重改于天津海河之滨

[提示]

萧也牧（1918—1970），原名吴承淦，后改名吴小武，浙江吴兴人，主要作品有《我们夫妇之间》《山村纪事》《秋葵》《连绵的秋雨》《锻炼》等。其中《我们夫妇之间》曾作为"最初的'异端'"受到批判。

《我们夫妇之间》原载《人民文学》1950年第1卷第3期，后收入《萧也牧作品选》（百花文艺出版社1979年版）。小说从丈夫李克的角度，讲述了他与工农干部出身的妻子张同志在日常生活中的一系列琐事。在乡下时李克夫妇被大家称作"知识分子与工农兵结合的典型",进城之后,两人对城市的态度截然不同,由此引发了一系列的生活矛盾和情感危机,最终,两人相互理解重归于好。作者的叙述立场是复杂的、双重的,并不是当年批评者说的是一种"不健康"的"小资产阶级"立场,这实际上是由李克的"革命知识分子"身份所决定的。他的革命者的政治身份决定了他要批判自己、否定自己,向"工农兵"学习,但他的文化身份又决定了他必然在内心深处保持批判性的审视眼光。可见作者的本意是想站在革命者的立场叙述,但又不自觉地受到了固有的知识分子启蒙立场的支配。党和国家的工作重心由农村转移到城市后,许多隐形的社会矛盾逐步显露出来,继而引发复杂的家庭矛盾,特别是像主人公这样的家庭,战争年代隐藏的城乡冲突在和平建设时期猝然爆发,知识分子安于享乐的危险倾向和农民政治人物狭隘、简单化的思维方式同时动摇着两人的婚姻基础。作家在真实记录社会问题,表现历史风貌的基础上,以科学辩证的眼光看待这一新问题,展开了对知识分子和工农群众的双重批判,并试图给出解决之道,即知识分子要继续发扬艰苦朴素的作风,加强自身改造,重塑革命意识;农村政治干部也要包容城市文明,摆脱顽固狭隘的旧观念,树立新的社会风貌。

  小说中的"张同志"是当代文学人物长廊中的新女性形象,她既有农民善良朴素、坚韧勇敢的优点,又有农民固有的阶级仇恨的心理和保守顽固的旧观念,导致考虑问题过于简单,处理问题过于急躁。作者通过日常生活琐事来展示"张同志"的变化,揭示了这一类女性在新时代的思想变化。

(夏 雪)

洼地上的"战役"(存目)

路　翎

路翎（1923—1994），原名徐嗣兴，生于江苏苏州。著有长篇小说《财主底儿女们》，中篇小说《饥饿的郭素娥》，短篇小说集《求爱》《初雪》，话剧《英雄母亲》《祖国在前进》等。

《洼地上的"战役"》原载《人民文学》1954年第3期，小说以抗美援朝战争为背景，讲述了志愿军战士王应洪不断打磨、自我成长的过程以及他与朝鲜姑娘金圣姬的凄美爱情。"战役"有两层含义，一是王应洪和班长王顺为牵制敌人而在洼地上制造的"战役"，二是指王应洪面对爱情时的心灵"战役"。小说在题材和人物形象刻画上都突破了同时代战争题材小说的模式化，彰显出"共名"时代独特的艺术追求。小说立足于革命战士的个体经验，细致描写了军人的内心世界和精神风貌，塑造了立体丰满的军人形象。王应洪是初出茅庐的小战士，作者在写他的勇敢善良、朴实热情的品质时没有回避他战斗经验不足、缺乏生活历练等缺点。尤其是将他置于个人情感与革命纪律的冲突中，让他在激烈的思想交锋中经受考验，最终，他决定投入解放朝鲜国土的伟大斗争中，并献出了自己宝贵的生命，也由此被某些评论者抓住把柄，批判路翎"立脚在个人温情主义""攻击工人阶级集体主义"，其实，爱情是路翎塑造人物形象的手段，作者意图挖掘战争背景下军人生活的多面与人类情感的复杂样态。

另外，小说对人物的心理变化和意识流动作了细致描写，如王应洪面对爱情时的甜蜜、慌张，受伤后在沟里梦见金圣姬跳舞给毛主席看，母亲和毛主席站在一起等，都深入到人物复杂、隐秘的内心世界。小说还运用了富有象征意义的物品，如绣花手帕、金达莱花烘托气氛，使作品的结构更加严谨。然而，作品的人性色彩给路翎带来了厄运，他在1955年被打成"胡风反革命集团"的主要成员，遭受牢狱之灾。

（夏　雪）

保卫延安（存目）

杜鹏程

　　杜鹏程（1921—1991），原名杜红喜，陕西韩城人。著有长篇小说《保卫延安》，中篇小说《在和平的日子里》《历史的脚步声》，短篇小说集《年轻的朋友》《平常的女人》，散文集《速写集》《杜鹏程散文特写集》，戏剧《宿营》以及文艺理论集《我与文学》。

　　《保卫延安》1954年由人民文学出版社出版。它是我国当代文学史上第一部正面描写解放战争的优秀长篇小说，被誉为"英雄史诗"。作品以"延安保卫战"为中心，统览全国战局。1947年人民解放战争胜利发展，接连失利的蒋介石被迫转入重点进攻，妄图夺取延安。我军只能以两万余人的兵力对抗国民党二十几万装备精良的正规军，在敌众我寡的条件下，彭德怀率领西北野战军执行党中央、毛主席的战略思想，经过半年奋战，我军终于由战略撤退转入全面反攻。作品详略得当地描写了青化砭的伏击战、盘龙镇的攻坚战、长城线上的运动战以及沙家店的歼灭战等重要战役，艺术地再现了"延安保卫战"这一伟大战役。

　　作品塑造了一系列人民解放军英雄的形象，主人公周大勇是作者精心刻画的基层干部，这个讨饭出身的人民战士，在长征、抗日战争以及延安保卫战中都表现出自觉的阶级意识和顽强的战斗精神。尽管在战争开始阶段他各方面都还不够成熟，容易意气用事，但他在战争中不断成长，最终可以独当一面。李诚是党的优秀政治干部，他严于律己，以高度的政治敏感不断发现部队中存在的问题，是当代文学作品中塑造得比较成功的政治工作者形象。此外，作品还成功地塑造了运筹帷幄、平易简朴的无产阶级革命家彭德怀的光辉形象。

　　从艺术风格来看，《保卫延安》粗犷雄浑、激情洋溢。这既表现为作者立足陕北而放眼全国，通过几场大型战役概括整个西北战场，从而写出了解放战争正以排山倒海之势席卷全国；也表现为作者把英雄人物置于重重磨难之中，让他们经受血与火的考验，以显示巨斧砍削的风貌；还表现为小说语言的质朴雄浑，磅礴大气。

（王　琳）

三里湾（存目）

赵树理

赵树理（1906—1970），原名赵树礼，山西省沁水县人。"山药蛋派"创始人，"文化大革命"期间遭到残酷迫害，含冤去世。著有短篇小说《登记》《锻炼锻炼》《套不住的手》，中篇小说《邪不压正》《李有才板话》，长篇小说《三里湾》《灵泉洞》《李家庄的变迁》，三幕话剧《两个世界》，报告文学《孟祥英翻身》，鼓词《战斗和生产结合——一等英雄庞如林》等。

《三里湾》原载《人民文学》1955年第1—4期，随后由通俗读物出版社出版，是我国第一部反映农业合作化运动的长篇小说。作品把叙述重点放在由社会变革引起的思想、道路、家庭关系及生活方式的变化上，通过糊涂涂、王金生、范登高、袁天成四户人家的矛盾纠葛，通过党内党外、家庭、爱情、婚姻之间复杂微妙的关系变化，通过在秋收、整党、扩社、开渠等一连串事件中的矛盾冲突，描绘出农业合作化初期我国农村社会生活的方方面面，揭示出根深蒂固的封建思想对农民的毒害以及农业合作化这一伟大变革对农民精神世界和生活状况的影响。

作品塑造了一系列生动鲜明的典型人物。革命意志衰退的范登高，是中华人民共和国成立后作品中比较早的党内反面形象，"糊涂涂""能不够""铁算盘""惹不起"等一大批落后农民形象也是活灵活现，具有极高的艺术价值。他们是长期贫穷落后、封建愚昧的小农经济的产物，他们的精神负累显示了农村社会主义改革的紧迫性、复杂性和艰巨性。《三里湾》还写了一些先进人物，如王金生、王玉生等，他们具有社会主义觉悟和实事求是的精神，但总体来看，赵树理对先进人物的塑造不如落后人物成功。

另外，《三里湾》在艺术风格上也有可取之处。赵树理在民间说书（话本）基础上加以创新，吸取古典小说的手法。把人物融入故事之中，通过故事情节刻画人物性格，通过人物自身的言语行动表现人物的性格特点。这是一部具有浓烈地方色彩的小说，一方面描写了山西农村的特有风光以及衣食住行、婚丧嫁娶等民俗人情，另一方面语言也采撷于农民的口头语言，鲜活生动。

（王　琳）

组织部来了个年轻人

王　蒙

一

　　三月，天空中纷洒着的似雨似雪。三轮车在区委会门口停住，一个年轻人跳下来。车夫看了看门口挂着的大牌子，客气地对乘客说："您到这儿来，我不收钱。"传达室的工人、复员荣军老吕微跛着脚走出，问明了那年轻人的来历后，连忙帮他搬下微湿的行李，又去把组织部的秘书赵慧文叫出来。赵慧文紧握着年轻人的两只手说："我们等你好久了。"这个叫林震的年轻人，在小学教师支部的时候就与赵慧文认识。她的苍白而美丽的脸上，两只大眼睛闪着友善亲切的光亮，只是下眼皮上有着因疲倦而现出来的青色。她带林震到男宿舍，把行李放好、解开，把湿了的毡子晾上，再铺被褥。在她料理这些事情的时候，常常撩一撩自己的头发，正像那些能干而漂亮的女同志们一样。

　　她说："我们等了你好久，半年前就要调你来，区人民委员会文教科死也不同意，后来区委书记直接找区长要人，又和教育局人事室吵了一回，这才把你调了来。"

　　"可我前天才知道。"林震说，"听说调我到区委会，真不知怎么好。咱们区委会尽干什么呀？"

　　"什么都干。"

　　"组织部呢？"

　　"组织部就做组织工作。"

　　"工作忙不忙？"

　　"有时候忙，有时候不忙。"

　　赵慧文端详着林震的床铺，摇摇头，大姐姐似的不以为然地说："小伙子，真不讲卫生。瞧那枕头布，已经由白变黑；被头呢，吸饱了你脖子上的油；还有床单，那么多褶子，简直成了泡泡纱……"

林震觉得，他一走进区委会的门，他的新的生活刚一开始，就碰到了一个很亲切的人。他带着一种节日的兴奋心情跑着到组织部第一副部长的办公室去报到。副部长有一个古怪的名字：刘世吾。在林震心跳着敲门的时候，他正仰着脸衔着烟考虑组织部的工作规划。他热情而得体地接待林震，让林震坐在沙发上，自己坐在办公桌边，推一推玻璃板上摞得高高的文件，从容地问：

"怎么样？"他的左眼微眯，右手弹着烟灰。

"支部书记通知我后天搬来，我在学校已经没事，今天就来了。叫我到组织部工作，我怕干不了，我是个新党员，过去当小学教师，小学教师的工作与党的组织工作有些不同……"

林震说着他早已准备好的话，说得很不自然，正像小学生第一次见老师一样。于是他感到这间屋子很热。三月中旬，冬天就要过去，屋里还生着火，玻璃上的霜花融解成一条条的污道子。他的额头沁出了汗珠，他想掏出手绢擦擦，在衣袋里摸索了半天没有找到。

刘世吾机械地点着头，看也不看地从那一大摞文件中抽出一个牛皮纸袋，打开纸袋，拿出林震的党员登记表，锐利的眼光迅速掠过，宽阔的前额下出现了密密的皱纹。他闭了一下眼，手扶着椅子背站起来，披着的棉袄从肩头滑落了，他用熟练的毫不费力的声调说：

"好，好，好极了，组织部正缺干部，你来得好。不，我们的工作并不难做，学习学习就会做的，就那么回事。而且你原来在下边工作得……相当不错嘛，是不是不错？"

林震觉得这种称赞似乎有某种嘲笑意味，他惶恐地摇头："我工作做得并不好……"

刘世吾的不太整洁的脸上现出隐约的笑容，他的眼光聪敏地闪动着，继续说："当然也可能有困难，可能。这是个了不起的工作。中央的一位同志说过，组织工作是给党管家的，如果家管不好，党就没有力量。"然后他不等问就加以解释："管什么家呢？发展党和巩固党，壮大党的组织和增强党组织的战斗力，把党的生活建立在集体领导、批评和自我批评与密切联系群众的基础上。这些做好了，党组织就是坚强的、活泼的、有战斗力的，就足以团结和指引群众，完成和更好地完成社会主义建设与社会主义改造的各项任务……"

他每说一句话，都干咳一下，但说到那些惯用语的时候，快得像说一个字。譬如他说"把党的生活建立在……上，"听起来就像"把生活建在登登登上"，他纯熟地驾驭那些林震觉得是相当深奥的概念，像拨弄算盘子一样灵活。林震集中最大的注意力，仍然不能把他讲的话全部把握住。

接着，刘世吾给他分配了工作。

当林震推门要走的时候，刘世吾又叫住他，用另一种全然不同的随意神情问：

"怎么样，小林，有对象了没有？"

"没……"林震的脸刷地红了。

"大小伙子还红脸？"刘世吾大笑了，"才二十二岁，不忙。"他又问："口袋里装着什么书？"

林震拿出书，说出书名："《拖拉机站站长与总农艺师》。"

刘世吾拿过书去，从中间打开看了几行，问："这是他们团中央推荐给你们青年看的吧？"

林震点头。

"借我看看。"

"您有时间看小说吗？"林震看着副部长桌上的大摞材料，惊异了。

刘世吾用手托了托书，试了试分量，微眯着左眼说："怎么样？这么一薄本有半个夜车就开完啦。四本《静静的顿河》我只看了一个星期，就那么回事。"

当林震走向组织部大办公室的时候，天已经放晴，残留的几片云现出了亮晶晶的边缘。太阳照亮了区委会的大院子。人们都在忙碌：一个穿军服的同志夹着皮包匆匆走过，传达室的老吕提着两个大铁壶给会议室送茶水，可以听见一个女同志顽强地对着电话机子说："不行，最迟明天早上！不行……"还可以听见忽快忽慢的哐哧哐哧声——是一只生疏的手使用着打字机，"她也和我一样，是新调来的吧？"林震不知凭什么理由，猜打字员一定是个女的。他在走廊上站了一站，望着耀眼的区委会的院子，高兴自己新生活的开始。

二

组织部的干部算上林震一共二十四个人，其中三个人临时调到肃反办公室去了，一个人半日工作准备考大学，一个人请产假，能按时工作的只剩下十九个人。四个人做干部工作，十五个人按工厂、机关、学校分工管理建党工作，林震被分配与工厂支部联系组织发展工作。

组织部部长由区委副书记李宗秦兼任，他并不常过问组织部的事，实际工作是由第一副部长刘世吾掌握。另一个副部长负责干部工作。具体指导林震工作的是工厂建党组的组长韩常新。

韩常新的风度与刘世吾迥然不同。他二十七岁，穿蓝色海军呢制服，干净得抖都抖不下土。他有高大的身材，配着英武的只因为粉刺太多而略有瑕疵的脸。他拍着林震的肩膀，用嘹亮的嗓音讲解工作，不时发出豪放的笑声，使林震想："他比领导干部还像领导干部。"特别是第二天韩常新与一个支部的组织委员的谈话，加强了他给林震的这种印象。

"为什么你们只谈了半小时？我在电话里告诉你，至少要用两小时讨论发展计划！"

那个组织委员说："这个月生产任务太忙……"

韩常新打断了他的话，富有教训意味地说："生产任务忙就不认真研究发展工作了？这是把中心工作与经常工作对立起来，也是党不管党的一种表现……"

林震弄不明白什么叫"中心工作与经常工作对立起来"和"党不管党"，他熟悉的是另外一类名词："课堂五环节"与"直观教具"。他很钦佩韩常新的这种气魄与能力——迅速地提高到原则上分析问题和指示别人。

他转过头，看见正伏在桌上复写材料的赵慧文，她皱着眉怀疑地看一看韩常新，然后扶正头上的假琥珀发卡，用微带忧郁的目光看向窗外。

晚上，有的干部去参加基层支部的组织生活，有的休息了，赵慧文仍然赶着复写"税务分局培养、提拔干部的经验"，累了一天，手腕酸疼，在写的中间不时撂下笔，摇摇手，往手上吹口气。林震自告奋勇来帮忙，她拒绝了，说："你抄，我不放心。"于是林震帮她把抄过的美浓纸叠整齐，站在她身旁，起一点精神支援作用。她一边抄，一边时时抬头看林震，林震问："干吗老看我？"赵慧文咬了一下复写笔，笑了笑。

三

林震是一九五三年秋天由师范学校毕业的，当时是候补党员，被分配到这个区的中心小学当教员。作了教师的他，仍然保持中学生的生活习惯：清晨练哑铃，夜晚记日记，每个大节日——五一、七一、十一——之前到处征求人们对他的意见。曾经有人预言，过不了三个月他就会被那些生活不规律的成年人"同化"。但不久以后，许多教师夸奖他也羡慕他了，说："这孩子无忧无虑，无牵无挂，除了工作，就是工作……"

他也没有辜负这种羡慕，一九五四年寒假，由于教学上的成绩，他受到了教育局的奖励。

人们也许以为，这位年轻的教师就会这样平稳地、满足而快乐地度过自己的青年时代。但是不，孩子般单纯的林震，也有自己的心事。

一年以后，他经常焦灼地鞭策自己。是因为社会主义高潮的推动，全国青年社会主义积极分子会议的召开，还是因为年龄的增长？

他已经二十二岁了，记得在初中一年级时写过一篇作文，题目是"当我××岁的时候"，他写成"当我二十二岁的时候，我要……"现在二十二岁，他的生命史上好像还是白纸，没有功勋，没有创造，没有冒险，也没有爱情——连给某个姑娘写一封信的事都没做过。他努力工作，但是他做得少、慢、差。和青年积极分子们比较，和生活的飞奔比较，难道能安慰自己吗？他订规划，学这学那，做这做那，他要一日千里！

这时，接到调动工作的通知，"当我二十二岁的时候，我成了党的工作者……"也许真正的生活在这里开始了？他抑制住对小学教育工作和孩子们的依恋，燃烧起对新的工作的渴望。支部书记和他谈话的那个晚上，他想了一夜。

就这样，林震口袋里装着《拖拉机站站长与总农艺师》，兴高采烈地登上区委会的石阶，他对党工作者（他是根据电影里全能的党委书记的形象来猜测他们的）的生活，充满了神圣的憧憬。但是，等他接触到那些忙碌而自信的领导同志、看到来往的文件和同时举行的会议、听到那些尖锐争吵与高深的分析，他眨眨那有些特别的淡褐色眼珠的眼睛，心里有点怯……

到区委会的第四天，林震去通华麻袋厂了解第一季度发展党员工作的情况，去以前，他看了有关的文件和名叫《怎样进行调查研究》的小册子，再三地请教了韩常新，他密密麻麻地写了一篇提纲，然后飞快地骑着新领到的自行车，向麻袋厂驶去。

工厂门口的警卫同志听说他是区委会的干部，没要他签名，信任地请他进去了。穿过一个大空场，走过一片放麻的露天货场与机器隆隆响的厂房，他心神不安地去敲厂长兼支部书记王清泉办公室的门。得到了里面"进来"的回答后，他慢慢地走进去，怕走快了显得没有经验。他看见一个阔脸、粗脖子、身材矮小的男人正与一个头发上抹了许多油的驼背的男人下棋。小个子的同志抬起头，右手玩着棋子，问清了林震找谁以后，不耐烦地挥一挥手："你去西跨院党支部办公室找魏鹤鸣，他是组织委员。"然后低下头继续下棋。

林震找着了红脸的魏鹤鸣，开始按提纲发问了："一九五六年第一季度，你们发展了几个人？"

"一个半。"魏鹤鸣粗声粗气地说。

"什么叫'半'？"

"有一个通过了，区委拖了两个多月还没有批下来。"

林震掏出笔记本记了下来。又问：

"发展工作是怎么样进行的，有什么经验？"

"进行过程和向来一样——和党章的规定一样。"

林震看了看对方，为什么他说出的话像搁了一个星期的窝窝头一样干巴？魏鹤鸣托着腮，眼睛看着别处，心里也像在想别的事。

林震又问："发展工作的成绩怎么样？"

魏鹤鸣答："刚才说过了，就是那些。"他好像应付似的希望快点谈完。

林震不知道应该再问什么了，预备了一下午的提纲，和人家只谈上五分钟就用完了，他很窘。

这时门被一只有力的手推开了，那个小个子的同志进来，匆匆忙忙地问魏鹤鸣："来信的事你知道吗？"

魏鹤鸣无精打采地点了点头。

小个子的同志来回踱着步子，然后撇开腿站在房中央："你们要想办法！质量问题去年就提出来了，为什么还等着合同单位给纺织工业部写信？在社会主义高潮当中我们的生产迟迟不能提高，这是耻辱！"

魏鹤鸣冷冷地看着小个子的脸，用颤抖的声音问："您说谁？"

"我说你们大家！"小个子手一挥，把林震也包括在里面了。

魏鹤鸣因为抑制着的愤怒的爆发而显得可怕，他的红脸更红了，他站起来问："那么您呢？您不负责任？"

"我当然负责。"小个子的同志却平静了,"对于上级,我负责,他们怎么处分我!我也接受。对于我,你得负责,谁让你是生产科长呢?你得小心……"说完,他威胁地看了魏鹤鸣一眼,走了。

　　魏鹤鸣坐下,把棉袄的扣子全解开了,喘着气。林震问:"他是谁?"魏鹤鸣讽刺地说:"你不认识?他就是厂长王清泉。"

　　于是魏鹤鸣向林震详细地谈起了王清泉的情况。王清泉原来在中央某部工作,因为在男女关系上犯错误受了处分,一九五一年调到这个厂子当副厂长,一九五三年厂长调走,他就被提拔成厂长。他一向是吃饱了转一转,躲在办公室批批文件下下棋,然后每月在工会大会、党支部大会、团总支大会上讲话,批评工人群众竞赛没搞好,对质量不关心,有经济主义思想……魏鹤鸣没说完,王清泉又推门进来了。他看着左腕上的表,下令说:"今天中午十二点十分,你通知党、团、工会和行政各科室的负责人到厂长室开会。"然后把门砰地一带,走了。

　　魏鹤鸣嘟哝着:"你看他怎么样?"

　　林震说:"你别光发牢骚,你批评他,也可以向上级反映。上级绝不允许有这样的厂长。"

　　魏鹤鸣笑了,问林震:"老林同志,你是新来的吧?"

　　"老林"同志脸红了。

　　魏鹤鸣说:"批评不动!他根本不参加党的会议,你上哪儿批评去?偶尔参加一次,你提意见,他说:'提意见是好的,不过应该掌握分寸,也应该看时间、场合。现在,我们不应该因为个人意见侵占党支部讨论国家任务的宝贵时间。'好,不占用宝贵时间,我找他个别提,于是我们俩吵成了现在这个样子。"

　　"向上级反映呢?"

　　"一九五四年我给纺织工业部和区委写了信,部里一位张同志与你们那儿的老韩同志下来检查了一回。检查结果是:'官僚主义较严重,但主要是作风问题,任务基本上完成了,只是完成任务的方法有缺点。'然后找王清泉'批评'了一下,又鼓励了一下我开展自下而上的批评的精神,就完事了。此后,王厂长有一个来月对工作比较认真,不久他得了肾病,病好以后他说自己是'因劳致疾',就又成了这个样子。"

　　"你再反映呀!"

　　"哼,后来与韩常新也不知说过多少次,老韩也不答理,反倒向我进行教育说，应该尊重领导，加强团结。也许我不该这样想，但我觉得也许要等到王厂长贪污了人民币或者强奸了妇女，上级才会重视起来！"

林震出了厂子再骑上自行车的时候，车轮旋转的速度就慢多了。他深深地把眉头皱了起来。他发现他的工作的第一步就有重重的困难，但他也受到一种刺激，甚至是激励——这正是发挥战斗精神的时候啊！他想着想着，直到因为车子溜进了急行线而受到交通民警的申斥。

四

吃完午饭，林震迫不及待地找韩常新汇报情况。韩常新有些疲倦地靠着沙发背，高大的身体显得笨重，从身上掏出火柴盒，拿起一根火柴剔牙。

林震杂乱地叙述他去麻袋厂的见闻，韩常新脚尖打着地不住地说："是的，我知道。"然后他拍一拍林震的肩膀，愉快地说："情况没了解上来不要紧，第一次下去嘛，下次就好了。"

林震说："可是我了解了关于王清泉的情况。"他把笔记本打开。

韩常新把他的笔记本合上，告诉他："对，这个情况我早知道。前年区委让我处理过这个事情，我严厉地批评过他，指出他的缺点和危险性，我们谈了至少有三四个钟头……"

"可是并没有效果呀，魏鹤鸣说他只好了一个月……"林震插嘴说。

"一个月也是效果，而且绝不止一个月。魏鹤鸣那个人思想上有问题，见人就告厂长的状……"

"他告的状是不是真的？"

"很难说不真，也很难说全真。当然这个问题是应该解决的，我和区委副书记李宗秦同志谈过。"

"副书记的意见是什么？"

"副书记同意我的意见，王清泉的问题是应该解决也是可能解决的……不过，你不要一下子就陷到这里边去。"

"我？"

"是的。你第一次去一个工厂，全面情况也不了解，你的任务又不是去解决王清泉的问题，而且，直爽地说，解决他的问题也需要更有经验的干部，何况我们并不是没有管过这件事……你要是一下子陷到这个里头，三个月也出不来，第一季度的建党总结还了解不了解？上级正催我们交汇报呢！"

林震说不出话。

韩常新又拍拍林震的肩膀："不要急躁嘛！咱们区三千个党员，百十几个支部，你一来就什么问题都摸还行？"他打了个哈欠，有倦意的脸上的粉刺涨红了："啊——哈，该睡午觉了。"

"那，发展工作怎么再去了解？"林震没有办法地问。

韩常新又去拍林震的肩膀，林震不由得躲开了。韩常新有把握地说："明天咱们俩一齐去，我帮你去了解，好不好？"然后他拉着林震一同到宿舍去。

第二天，林震很有兴趣地观察韩常新如何了解情况。三年前，林震在北京师范上学的时候，出去当过见习教师，老教师在前面讲，林震和学生一起听，学了不少东西。这次，他也抱着见习的态度，打开笔记本，准备把韩常新的工作过程详细记录下来。

韩常新问魏鹤鸣："发展了几个党员？"

"一个半。"

"不是一个半，是两个，我是检查你们的发展情况，不是检查区委批没批。"韩常新纠正他，又问："这两个人本季度生产计划完成的怎么样？"

"很好，他们一个超额百分之七，一个超额百分之四，厂里黑板报还表扬……"

谈起生产情况，魏鹤鸣似乎起劲了些，但是韩常新打断了他的话："他们有些什么缺点？"

魏鹤鸣想了半天，空空洞洞地说了些缺点。

韩常新叫他给所举的缺点提一些例子。

提完例子，韩常新再问他党的积极分子完成本季度生产任务的情况，他特别感兴趣的是一些数字和具体事例，至于这些先进的工人克服困难、钻研创造的过程，他听都不要听。

回来以后，韩常新用流利的行书示范地写了一个"麻袋厂发展工作简况"，内容是这样的：

……本季度（一九五六年一月至三月）麻袋厂支部基本上贯彻了积极慎重发展新党员的方针，在建党工作上取得了一定的成绩，新通过的党员朱××与范××受到了共产党员的光荣称号的鼓舞，增强了主人翁的观念，在第一季度繁重的生产任务中各超额百分之七、百分之四。广大积极分子围绕在支部周围，受到了朱××与范××模范事例的教育，并为争取入党的决心所推动，发挥了劳动的积极性与创造性，良好地完成或者超额完成了第一季度的生产任务（下面是一系列数字与具体事例）。这说明：一、建党工作不仅与生产工作不会发生矛盾，而且大大推动了生产，任何借口生产忙而忽视建党工作的作法是错误的。二、……但同时必须指出，麻袋厂支部的建党工作，也仍然存在着一定的缺点……例如……

林震把写着"简况"的片艳纸捧在手里看了又看。有一刹那，他甚至于怀疑自己去没去过麻袋厂，怀疑自己上次与韩常新同去时睡着了，为什么许多情况他根本不记得呢？他迷惑地问韩常新：

"这，这是根据什么写的？"

"根据那天魏鹤鸣的汇报呀！"

"他们在生产上取得的成绩是因为建党工作么？"林震口吃起来。

韩常新抖一抖裤脚，说："当然。"

"不吧？上次魏鹤鸣并没有这样讲。他们的生产提高了，也可能是由于开展竞赛，也许由于青年团建立了监督岗，未必是建党工作的成绩……"

"当然，我不否认。各种因素是统一起来的，不能形而上学地割裂地分析这是甲项工作的成绩，那是乙项工作的成绩。"

"那，譬如我们写第一季度的捕鼠工作总结，是不是也可以用这些数字和事例呢？"

韩常新沉着地笑了，他笑林震不懂"行"，他说："那可以灵活掌握嘛……"

林震又抓住几个小问题问：

"你怎么知道他们的生产任务是繁重的呢？"

"难道现在会有一个工厂任务很清闲吗？"

林震目瞪口呆了。

五

初到区委会十天的生活，在林震头脑中积累起的印象与产生的问题，比他在小学呆了两年的还多。区委会的工作是紧张而严肃的，在区委书记办公室，连日开会到深夜。从汉语拼音到预防大脑炎，从劳动保护到政治经济学讲座，无一不经过区委会的忠实的手。林震有一次去收发室取报纸，看见一份厚厚的材料，第一页上写着"区人民委员会党组关于调整公私合营工商业的分布、管理、经营方法及贯彻市委关于公私合营工商业工人工资问题的报告的请示"。他怀着敬畏的心情看着这份厚得像一本书的材料和它的长长的题目。有时，一眼望去，却又觉得区委干部们是随意而松懈的，他们在办公时间聊天，看报纸，大胆地拿林震认为最严肃的题目开玩笑，例如，青年监督岗开展工作，韩常新半嘲笑地说："喔，小青年们，脑门子热起来啦……"林震参加的一次部务会议也很有意思，讨论市委布置的一个临时任务，大家抽着烟，说着笑话，打着岔，开了两个钟头，拖拖沓沓，没有什么结果。这时，皱着眉思索了好久的刘世吾提出了一个方案，大家马上热烈地展开了讨论，很多人发表了使林震惊佩的精彩意见。林震觉得，这最后的三十多分钟的讨论要比以前的两个钟头有效十倍。某些时候，譬如说夜里，各屋亮着灯：第一会议室，出席座谈会的胖胖的工商业者愉快地与统战部长交换意见；第二会议室，各单位的学习辅导员们为"价值"与"价格"的关系争得面红耳赤；组织部坐着等待入党谈话的激动的年轻人，而市委的某个严厉的书记出现在书记办公室，找区委正副书记汇报贯彻工资改革的情况……这时，人声嘈杂，人影交错，电话铃声断断续续，林震仿佛从中听到了本区生活的脉搏的跳动，而区委会这座不新的、平凡的院落，也变得辉煌壮观起来。

在一切印象中，最突出和新鲜的印象是关于刘世吾的：刘世吾工作极多，常常同一个时间好几个电话催他去开会，但他还是一会儿就看完了《拖拉机站站长与总农艺师》，把书转借给了韩常新。而且，他已经把前一个月公布的拼音文字草案学会了，开始在开会时用拼音文字作记录了。某些传阅文件刘世吾拿过来看看题目和结尾就签上名送走，也有的不到三千字的指示他看上一下午，密密麻麻地划上各种符号。刘世吾有时一面听韩常新汇报情况，一面漫不经心地查阅其他的材料，听着听着却突然指出："上次你汇报的情况不是这样！"韩常新不自然地笑了。刘世吾的眼睛捉摸不定地闪着光；但他并不深入追究，仍然查他的材料，于是韩常新恢复了常态，有声有色地汇报下去。

赵慧文与韩常新的关系也被林震看出了一些疑窦：韩常新对一切人都

是拍着肩膀，称呼着"老王""小李"，亲热而随便。独独对赵慧文，却是一种礼貌的公事公办的态度。这样说话："赵慧文同志，党刊第一百零四期放在哪里？"而赵慧文也用顺从包含着警戒的神情对待他。

……四月，东风悄悄地刮起，不再被人喜爱的火炉蜷缩在阴暗的贮藏室，只有各房间熏黑了的屋顶还存留着严冬的痕迹。往年这个时候，林震就会带着活泼的孩子们去卧佛寺或者西山八大处踏青，在早开的桃李与混浊的溪水中寻找春天的消息。区委会的生活却不怎么受季节的影响，继续以那种紧张的节奏和复杂的色彩流转着。当林震从院里的垂柳上摘下一颗多汁的嫩芽时，他稍微有点怅惘，因为春天来得那么快，而他，却没作出什么有意义的事情来迎接这个美妙的季节……

晚上九点钟，林震走进了刘世吾办公室的门。赵慧文正在这里，她穿着紫黑色的毛衣。脸儿在灯光下显得越发苍白。听到有人进来，她迅速地转过头来，林震仍然看见了她略略突出的颧骨上的泪迹。他回身要走，低着头吸烟的刘世吾作手势止住他："坐在这儿吧，我们就谈完了。"

林震坐在一角，远远地隔着灯光看报，刘世吾用烟卷在空中划着圆圈，诚恳地说：

"相信我的话吧，没错。年轻人都这样，最初互相美化，慢慢发现了缺点，就觉得都很平凡。不要有不切实际的要求，没有遗弃，没有虐待，没有发现他政治上、品质上的问题，怎么能说生活不下去呢？才四年嘛。你的许多想法是从苏联电影里学来的，实际上，就那么回事……"

赵慧文没说话，她撩一撩头发，临走的时候，对林震惨然地一笑。

刘世吾走到林震旁边，问："怎么样？"他丢下烟蒂，又掏出一支来点上火，紧接着贪婪地吸了几口，缓缓地吐着白烟，告诉林震："赵慧文跟她爱人又闹翻了……"接着，他开开窗户，一阵风吹掉了办公桌上的几张纸，传来了前院里散会以后人们的笑声、招呼声和自行车铃响。

刘世吾把只抽了几口的烟扔出去，伸了个懒腰，扶着窗户，低声说："真的是春天了呢！"

"我想谈谈来区委工作的情况，我有一些问题不知道怎么解决。"林震用一种坚决的神气说，同时把落在地上的纸页拾起来。

"对，很好。"刘世吾仍然靠着窗户框子。

林震从去麻袋厂说起："……我走到厂长室，正看见王清泉同志在……"

"下棋呢还是打扑克?"刘世吾微笑着问。

"您怎么知道?"林震惊骇了。

"他老兄什么时候干什么我都算得出来,"刘世吾慢慢地说,"这个老兄棋瘾很大,有一次在咱这儿开了半截会,他出去上厕所,半天不回来,我出去一找,原来他看见老吕和区委书记的儿子下棋,他在旁边支上招儿了。"

林震把魏鹤鸣对他的控告讲了一遍。

刘世吾关上窗户,拉一把椅子坐下,用两个手扶着膝头支持着身体,轻轻地摆动着头:

"魏鹤鸣是个直性子,他一来就和王清泉吵得面红耳赤……你知道,王清泉也是个特殊人物,不太简单。抗日胜利以后,王清泉被派到国民党军队里工作,他当过国民党军的副团长,是个呱呱叫的情报人员。一九四七年以后他与我们的联系中断,直到解放以后才接上线。他是去瓦解敌人的,但是他自己也染上国民党军官的一些习气,改不过来,其实是个英勇的老同志。"

"这样……"

"是啊。"刘世吾严肃地点点头,接着说:"当然,不能以这为他辩护,党是派他去战胜敌人而不是与敌人同流合污,所以他的错误是应该纠正的。"

"怎么去解决呢?魏鹤鸣说,这个问题已经拖了好久。他到处写过信……"

"是啊。"刘世吾又干咳了一会,做着手势说,"现在下边支部里各类问题很多,你如果一一地用手工业的方法去解决,那是事倍功半的。而且,上级布置的任务追着屁股,完成这些任务已经感到很吃力。作为领导,必须掌握一种把个别问题与一般问题结合起来,把上级分配的任务与基层存在的问题结合起来的艺术。再者,王清泉工作不努力是事实,但还没有发展到消极怠工的地步,作风有些生硬,也不是什么违法乱纪。显然,这不是组织处理问题而是经常教育的问题。从各方面看,解决这个问题的时机目前还不成熟。"

林震沉默着,他判断不清究竟怎样对。是娜斯嘉的"对坏事绝不容忍"对呢,还是刘世吾的"条件成熟论"对。他一想起王清泉那样的厂长就觉得难受,但是,他驳不倒刘世吾的"领导艺术"。刘世吾又告诉他:"其实,有类似毛病的干部也不只一个……"这更加使得林震睁大了眼睛,觉得这跟他在小学时所听的党课的内容不是一个味儿。

后来,林震又把看到的韩常新如何了解情况与写简报的事说了说,他说,他觉得这样整理简报不太真实。

刘世吾大笑起来,说:"老韩……这家伙……真高明……"笑完了,又长出一口气,告诉林震:"对,我把你的意见告诉他。"

林震犹豫着,刘世吾问:"还有别的意见么?"

于是林震勇敢地提出:"我不知道为什么,来了区委会以后发现了许多许多缺点,过去我想象的党的领导机关不是这样……"

刘世吾把茶杯一放:"当然,想象总是好的,实际呢,就那么回事。问题不在于有没有缺点,而在于什么是主导的。我们区委的工作,包括组织部的工作,成绩是基本的呢,还是缺点是基本的?显然成绩是基本的,缺点是前进中的缺点。我们伟大的事业,正是由这些有缺点的组织和党员完成着的。"

走出办公室以后,林震有一种奇怪的感觉:和刘世吾谈话似乎可以消食化气,而他自己的那些肯定的判断,明确的意见,却变得模糊不清了。他更加惶惑了。

六

不久,在党小组会上,林震受到了一次严厉的批评。

事情是这样:有一次,林震去麻袋厂,魏鹤鸣说,由于季度生产质量指标没有达到,王厂长狠狠地训了一回工人,工人意见很大,魏鹤鸣打算找些人开个座谈会,搜集意见,准备向上反映。林震很同意这种作法,以为这样也许能促进"条件的成熟"。过了三天,王清泉气急败坏地到区委会找副书记李宗秦,说魏鹤鸣在林震支持下搞小集团进行反领导的活动,还说参加魏鹤鸣主持的座谈会的工人都有历史问题……,最后说自己请求辞职。李宗秦批评了他的一些缺点,同意制止魏鹤鸣再开座谈会,"至于林震,"他对王清泉说,"我们会给予应有的教育的。"

批评会上,韩常新分析道:"林震同志没有和领导上商量,擅自同意魏鹤鸣召集座谈会,这首先是一种无组织无纪律的行为……"

林震不服气,他说:"没有请示领导,是我的错。但是我不明白为什么我们不但不去主动了解群众的意见，反而制止基层这样做。"

"谁说我们不了解？"韩常新跷起一只腿，"我们对麻袋厂的情况统统掌握……"

"掌握了而不去解决，这正是最痛心的！党章上规定着，我们党员应该向一切违反党的利益的现象作斗争……"林震的脸变青了。

富有经验的刘世吾开始发言了，他向来就专门能在一定的关头起扭转局面的作用。

"林震同志的工作热情不错，但是他刚来一个月就给组织部的干部讲党章，未免仓促了些。林震以为自己是支持自下而上的批评，是做一件漂亮事，他的动机当然是好的。不过，自下而上的批评必须有领导地去开展，譬如这回事，请林震同志想一想：第一，魏鹤鸣是不是对王清泉有个人成见呢？很难说没有。那么魏鹤鸣那样积极地去召集座谈会，可不可能有什么个人目的呢？我看不一定完全不可能。第二，参加会的人是不是有一些历史复杂别有用心的分子呢？这也应该考虑到。第三，开这样一个会，会不会在群众里造成一种王清泉快要挨整了的印象因而天下大乱了呢？等等。至于林震同志的思想情况，我愿意直爽地提出一个推测：年轻人容易把生活理想化，他以为生活应该怎样，便要求生活怎样。作为一个党的工作者，要多考虑的却是客观现实，是生活可能怎样。年轻人也容易过高估计自己，抱负甚多，一到新的工作岗位就想对缺点斗争一番，充当个娜斯嘉式的英雄。这是一种可贵的、可爱的想法，也是一种虚妄……"

林震像被打中了似的颤了一下，他紧咬住了下嘴唇。

他鼓起勇气再问："那么王清泉……"刘世吾把头一仰："我明天找他谈话，有原则性的并不仅是你一个人。"

七

星期六晚上，韩常新举行婚礼。林震走进礼堂，他不喜欢那弥漫的呛人的烟气和地上杂乱的糖果皮与空中杂乱的哄笑，没等婚礼开始他就退了出来。

组织部的办公室黑着，他拉开灯，看见自己桌上的信，是小学的同事们写来，其中还夹着孩子们用小手签了名的信：

林老师：您身体好吗？我们特别特别想您，女同学都哭了，后来就不哭了，后来我们做算术，题目特别特别难，我们费了半天劲，中于算出来了……

　　看着信，林震不禁独自笑起来了，他拿起笔把"中于"改成"终于"，准备在回信时告诉他们下次要避免别字。他仿佛看见了系蝴蝶结的李琳琳、爱画水彩画的刘小毛和常常把铅笔头含在嘴里的孟飞……他猛地把头从信纸上抬起来，看见的却是电话、吸墨纸和玻璃板。他所熟悉的孩子的世界和他的单纯的工作已经离他而去了，新的工作要复杂得多……他想起前天党小组会上人们对他的批评。难道自己真的错了？真的是莽撞和幼稚，再加几分年轻人的廉价的勇气？也许真的应该切实估量一下自己，把份内的事做好，过两年，等到自己"成熟"了以后再干预一切？

　　礼堂里传来爆发的掌声和笑声。

　　一只手落在肩上，他吃惊地回过头来，灯光显得刺眼，赵慧文没有声响地站在他的身边，女同志走路都有这种不声不响的本事。

　　赵慧文问："怎么不去玩？"

　　"我懒得去。你呢？"

　　"我该回家了，"赵慧文说，"到我家坐坐好吗？省得一个人在这儿想心事。"

　　"我没有心事。"林震分辩着，但他接受了赵慧文的好意。

　　赵慧文住在离区委会不远的一个小院落里。

　　孩子睡在浅蓝色的小床里，幸福地含着指头，赵慧文吻了儿子，拉林震到自己房间里来。

　　"他父亲不回来吗？"林震问。

　　赵慧文摇摇头。

　　这间卧室好像是布置得很仓促，墙壁因为空无一物而显得过分洁白，盆架孤单地缩在一角，窗台上的花瓶傻气地张着口。只有床头小桌上的收音机，好像还能扰乱这卧室的安静。

　　林震坐在藤椅上，赵慧文靠墙站着。林震指着花瓶说："应该插枝花。"又指着墙壁说："为什么不买几张画挂上？"

　　赵慧文说："经常也不在，就没有管它。"然后她指着收音机问："听不听？星期六晚上，总有好的音乐。"

　　收音机响了，一种梦幻的柔美的旋律从远处飘来，慢慢变得热情激荡。提琴奏出的诗一样的主题，立即揪住了林震的心。他托着腮，屏住了气。他的青春，他的追求，他的碰壁，似乎都能与这乐曲相通。

赵慧文背着手靠在墙上，不顾衣服蹭上了石灰粉，等这段乐曲过去，她用和音乐一样的声音说："这是柴可夫斯基的《意大利随想曲》，让人想到南国，想到海……我在文工团的时候常听它，慢慢觉得，这调子不是别人演奏出的，而是从我心里钻出来的……"

"在文工团？"

"参加军事干部学校以后被分配去的，在朝鲜，我用我的蹩脚的嗓子给战士唱过歌，我是个哑嗓子的歌手。"

林震像第一次见面似的又重新打量赵慧文。

"怎么？不像了吧？"这时电台改放"剧场实况"了，赵慧文把收音机关了。

"你是文工团的，为什么很少唱歌？"林震问。

她不回答，走到床边，坐下。她说："我们谈谈吧，小林，告诉我，你对咱们区委的印象怎么样？"

"不知道，我是说，还不明确。"

"你对韩常新和刘世吾有点意见吧，是不？"

"也许。"

"当初我也这样，从部队转业到这里，和部队的严格准确比较，许多东西我看不惯。我给他们提了好多意见，和韩常新激动地吵过一回，但是他们笑我幼稚，笑我工作没做好意见倒一大堆，慢慢地我发现，和区委的这些缺点作斗争是我力不胜任的……"

"为什么力不胜任？"林震像刺痛了似的跳起来，他的眉毛拧在一起了。

"这是我的错。"赵慧文抓起一个枕头，放在腿上，"那时我觉得自己水平太低，自己也很不完美，却想纠正那些水平比自己高得多的同志，实在自不量力。而且，刘世吾、韩常新还有别人，他们确实把有些工作做得很好。他们的缺点散布在咱们工作的成绩里边，就像灰尘散布在美好的空气中，你嗅得出来，但抓不住，这正是难办的地方。"

"对！"林震把右拳头打在左手掌上。

赵慧文也有些激动了，她把枕头抛开，话说得更慢，她说："我做的是事务工作，领导同志也不大过问，加上个人生活上的许多牵扯，我沉默了。于是，上班抄抄写写，下班给孩子洗尿布、买奶粉。我觉得我老得很快，参加军干校时候那种热情和幻想，不知道哪里去了。"她沉默着，一个一个地捏着自己的手指，接着说："两个月以前，北京市进入社会主义高潮，工人、店员还有资本家，放着鞭炮，打着锣鼓到区委会报喜，工人、店员把入党申请书直接送到组织部，大街上一天一变，整个区委会彻夜通明，吃饭的时候，宣传部、财经部的同志滔滔不绝地讲着社会主义高潮中的各种气象。可我们组织部呢？工作改进很少！打电话催催发展数字，按前年的格式添几条新例子写写总结……最近，大家检查保守思想，组织部也检查，拖拖沓沓开了三次会，然后写个材料完事……哎，我说乱了，社会主义高潮中，每一声鞭炮都刺着我，当我复写批准新党员通知的时候，我的手激动得发抖，可是我们的工作就这样依然故我地下去吗？"她喘了一口气，来回踱着，然后接着说："我在党小组会上谈自己的想法，韩常新满足地问：'难道我们发展数字的完成比例不是各区最高的？难道市委组织部没要我们写过经验？'然后他进行分析，说我情绪不够乐观，是因为不安心事务工作……"

"开始的时候，韩常新给人一个了不起的印象，但是，实际一接触……"林震又说起那次写汇报的事。

赵慧文同意地点头："这一二年，虽然我没提什么意见，但我无时无刻不在观察。生活里的一切，有表面也有内容，做到金玉其外，并不是难事。譬如韩常新，充领导他会拉长了声音训人，写汇报他会强拉硬扯生动的例子，分析问题他会用几个无所不包的概念，于是，俨然成了个少壮有为的干部，他漂浮在生活上边，悠然得意。"

"那么刘世吾呢？"林震问，"他绝不像韩常新那样浅薄，但是他的那些独到的见解，精辟的分析，好像包含着一种可怕的冷漠。看到他容忍王清泉这样的厂长，我无法理解，而当我想向他表示什么意见的时候，他的议论却使人越绕越糊涂，除了跟着他走，似乎没有别的路……"

"刘世吾有一句口头语：就那么回事，他看透了一切，以为一切就那么回事。按他自己的说法，他知道什么是'是'，什么是'非'，还知道'是'一定战胜'非'，又知道'是'不是一下子战胜'非'，他什么都知道，什么都见过——党的工作给人的经验本来很多。于是他不再操心，不再爱也不再恨。他取笑缺陷，仅仅是取笑；欣赏成绩，仅仅是欣赏。他满有把握地应付一切，再也不需要虔诚地学习什么，除了拼音文字之类的具体知识。一旦他认为条件成熟需要干一气，他就一把把事情抓在手里，教育这个，处理那个，俨然是一切人的上司。凭他的经验和智慧，他当然可以做好一些事，于是他更加自信。"赵慧文毫不容情地说道。这些话曾经在多少个不眠的夜晚萦绕在她的心头。

"我们的区委副书记兼部长呢？他不管么？"

赵慧文更加兴奋了，她说："李宗秦身体不好，他想去作理论研究工作，嫌区委的工作过于具体。他当组织部长只是挂名，把一切事情推给刘世吾。这也是一种相当普遍的不正常的现象，有一批老党员，因为病，因为文化水平低，或者因为是首长爱人，他们挂着厂长、校长和书记的名，却由副厂长、教导主任、秘书或者某个干事作实际工作。"

"我们的正书记——周润祥同志呢？"

"周润祥是一个非常令人尊敬的领导同志，但是他工作太多，忙着肃反、私营企业的改造……各种带有突击性的任务。我们组织部的工作呢，一般说永远成不了带突击性的中心任务，所以他管的也不多。"

"那……怎么办呢？"林震直到现在，才开始明白了事情的复杂性，一个缺点，仿佛粘在从上到下的一系列的缘故上。

"是啊。"赵慧文沉思地用手指弹着自己的腿，好像在弹一架钢琴，然后她向着远处笑了，她说："谢谢你……"

"谢我？"林震以为自己听错了。

"是的，见到你，我好像又年轻了。你天不怕地不怕，敢于和一切坏现象作斗争，于是我有一种婆婆妈妈的预感：你……一场风波要起来了。"

林震脸红了。他根本没想到这些，他正为自己的无能而十分羞耻。他嘟哝着说："但愿是真正的风波而不是瞎胡闹。"然后他问："你想了这么多，分析得这么清楚，为什么只是憋在心里呢？"

"我老觉得没有把握，"赵慧文把手放在自己的胸前，"我看了想，想了又看，我有时候想得一夜都睡不好，我问自己：'你的工作是事务性的，你能理解这些吗？'"

"你怎么会这样想？我觉得你刚才说的对极了！你应该把你刚才说的对区委书记谈，或者写成材料给《人民日报》……"

"瞧，你又来了。"赵慧文露出润湿的牙齿笑了。

"怎么叫又来了？"林震不高兴地站起来，使劲搔着头皮，"我也想过多少次，我觉得，人要在斗争中使自己变正确，而不能等到正确了才去作斗争！"

赵慧文突然推门出去了，把林震一个人留在这空旷的屋子里，他嗅见了肥皂的香气。马上，赵慧文回来了，端着一个长柄的小锅，她跳着进来，像一个梳着三只辫子的小姑娘。她打开锅盖，戏剧性地向林震说：

"来，我们吃荸荠，煮熟了的荸荠！我没有找到别的好吃的。"

"我从小就喜欢吃熟荸荠。"林震愉快地把锅接过来，他挑了一个大的没剥皮就咬了一口，然后他皱着眉吐了出来，"这是个坏的，又酸又臭。"赵慧文大笑了。林震气愤地把捏烂了的酸荸荠扔到地上。

临走的时候，夜已经深了，纯净的天空上布满了畏怯的小星星。有一个老头儿吆喝着："炸丸子开锅！"推车走过。林震站在门外，赵慧文站在门里，她的眼睛在黑暗中闪光，她说："下次来的时候，墙上就有画了。"

林震会心地笑着："而且希望你把丢下的歌儿唱起来！"他摇了一下她的手。

林震用力地呼吸着春夜的清香之气，一股温暖的泉水在心头涌了上来。

八

韩常新最近被任命为组织部副部长。新婚和被提拔，使他愈益精神焕发和朝气勃勃。他每天刮一次脸，在参观了服装展览会以后又作了一套凡尔丁料子的衣服。不过，最近他亲自出马下去检查工作少了，主要是在办公室听汇报、改文件和找人谈话。刘世吾仍然那么忙。

一天，晚饭以后，韩常新把《拖拉机站站长与总农艺师》还给林震，他用手弹一弹那本书，点点头说："很有意思，也很荒唐。当个作家倒不坏，编得天花乱坠。赶明儿我得了风湿性关节炎或者犯错误受了处分，就也写小说去。"

林震接过书，赶快拉开抽屉，把它压在最底下。

刘世吾坐在另一边的沙发上正出神地研究一盘象棋残局，听了韩常新的话，刻薄地说："老韩将来得关节炎或者受处分倒不见得不可能。至于小说，我们可以放心，至少在这个行星上不会看到您的大作。"他说的时候一点不像开玩笑，以致韩常新尴尬地转过头，装没听见。

这时刘世吾又把林震叫过去，坐在他旁边，问："最近看什么书了？有没有好的借我看看？"

林震说没有。

刘世吾挪动着身体，斜躺在沙发上，两手托在脑后，半闭着眼，缓慢地说："最近在《译文》上看了《被开垦的处女地》第二部的片段，人家写得真好，活得很……"

"您常看小说？"林震真不大相信。

"我愿意荣幸地表示，我和你一样地爱读书：小说、诗歌，包括童话。解放以前，我最喜欢屠格涅夫，小学五年级，我已经读《贵族之家》，我为伦蒙那个德国老头儿流泪，我也喜欢叶琳娜，英沙罗夫写得却并不好……可他的书有一种清新的、委婉多情的调子。"他忽地站起来，走近林震，扶着沙发背，弯着腰继续说，"现在也爱看，看的时候很入迷，看完了又觉得没什么。你知道，"他紧挨林震坐下，又半闭起眼睛，"当我读一本好小说的时候，我梦想一种单纯的、美妙的、透明的生活。我想去当水手，或者穿上白衣服研究红血球，或者当一个花匠，专门培植十样锦……"他笑了，他从来没这样笑过，不是用机智，而是用心。"可还是得当什么组织部长。"他摊开了手。

"为什么您把现在的工作看得和小说那么不一样呢？党的工作不单纯，不美妙，也不透明么？"林震友好而关切地问。

刘世吾接连摇头，咳嗽了一会儿又站起来。靠到远一点的地方，嘲笑地说："党工作者不适合看小说……譬如，"他用手在空中一划，"拿发展党员来说，小说可以写：'在壮丽的事业里，多少名新战士参加了无产阶级的先锋行列，万岁！'而我们呢，组织部呢，却正在发愁：第一，某支部组织委员工作马大哈，谈不清新党员的历史情况。第二，组织部压了百十个等着批准的新党员，没时间审查。第三，新党员须经常委会批准，常委委员一听开会批准党员就请假。第四，公安局长参加常委会批准党员的时候老是打瞌睡……"

"您不对！"林震大声说，他像本人受了侮辱一样难以忍耐，"您看不见壮丽的事业，只看见某某在打瞌睡……难道您也打瞌睡了？"

刘世吾笑了笑，叫韩常新："来，看看报上登的这个象棋残局，该先挪车呢还是先跳马？"

九

魏鹤鸣告诉林震，他要求回到车间作工人，他说："这个支部委员和生产科长我干不了。"林震费尽唇舌，劝他把那次座谈会搜集的意见写给党报，并且质问他："你退缩了，你不信任党和国家了，是吗？"后来魏鹤鸣和几个意见较多的工人写了一封长信，偷偷地寄给报纸，连魏鹤鸣本人都对自己有些怀疑："也许这又是'小集团活动'？那就处罚我吧！"他是带着有罪的心情把大信封扔进邮箱的。

五月中旬，《北京日报》以显明的标题登出揭发王清泉官僚主义作风的群众来信。署名"麻袋厂一群工人"的信，愤怒地要求领导上处理这一问题。《北京日报》编者也在按语中指出："……有关领导部门应迅速做认真的检查……"

赵慧文首先发现了，她叫林震来看。林震兴奋得手发抖，看了半天连不成句子，他想："好！终于揭出来了！还是党报有力量！"

他把报纸拿给刘世吾看，刘世吾仔细地看了几遍，然后抖一抖报纸，客观地说："好，开刀了！"

这时，区委书记周润祥走进来，他问："王清泉的情况你们了解不？"

刘世吾不慌不忙地说："麻袋厂支部的一些不健康的情况那是确实存在的。过去，我们就了解过，最近我亲自找王清泉谈过话，同时小林同志也去了解过。"他转身向林震："小林，你谈谈王清泉的情况吧。"

有人敲门，魏鹤鸣紧张地撞进来，他的脸由红色变成了青色，他说，王厂长在看到《北京日报》以后非常生气，现在正追查写信的人。

经过党报的揭发与区委书记的过问，刘世吾以出乎林震意料之外的雷厉风行的精神处理了麻袋厂的问题。刘世吾一下决心，就可以把工作做得很出色。他把其他工作交代给别人，连日与林震一起下到麻袋厂去。他深入车间，详细调查了王清泉工作的一切情况，征询工人群众的一切意见。然后，与各有关部门进行了联系，只用了一个多星期的时间，就对王清泉做了处理——党内和行政都予以撤职处分。

处理王清泉的大会一直开到深夜。开完会，外面下起雨，雨忽大忽小，久久地不停息。风吹到人脸上有些凉。刘世吾与林震到附近的一个小铺子去吃馄饨。

这是新近公私合营的小铺子，整理得干净而且舒适。由于下雨，顾客不多。他们避开热气腾腾的馄饨锅，在墙角的小桌旁坐下来。

　　他们要了馄饨，刘世吾还要了白酒，他呷了一口酒，掐着手指，有些感触地说："我这是第六次参加处理犯错误的负责干部的问题了，头几次，我的心很沉重。"由于在大会上激昂地讲过话，他的嗓音有些嘶哑，"党的工作者是医生，他要给人治病，他自己却是并不轻松的。"他用无名指轻轻敲着桌子。

　　林震同意地点头。

　　刘世吾忽问："今天是几号？"

　　"五月二十。"林震告诉他。

　　"五月二十，对了。九年前的今天，'青年军'二〇八师打坏了我的腿。"

　　"打坏了腿？"林震对刘世吾的过去历史还不了解。

　　刘世吾不说话，雨一阵大起来，他听着那哗啦哗啦的单调的响声，嗅着潮湿的土气。一个被雨淋透的小孩子跑进来避雨。小孩的头发在往下滴水。

　　刘世吾招呼店员："切一盘肘子。"然后告诉林震："一九四七年，我在北大当自治会主席。参加五·二〇游行的时候，二〇八师的流氓打坏了我的腿。"他挽起裤子，可以看到一道弧形的疤痕，然后他站起来："看，我的左腿是不是比右腿短一点？"

　　林震第一次以深深的尊敬和爱戴的眼光看着他。

　　喝了几口酒，刘世吾的脸微微发红，他坐下，把肉片夹给林震，然后斜着头说："那个时候……我是多么热情，多么年轻啊！我真恨不得……"

　　"现在就不年轻，不热情了么？"林震用期待的眼光看着。

　　"当然不，"刘世吾玩着空酒杯，"可是我真忙啊！忙得什么都习惯了，疲倦了。解放以来从来没睡够过八小时觉。我处理这个人和那个人，却没有时间处理处理自己。"他托起腮，用最质朴的人对人的态度看着林震，"是啊，一个布尔什维克，经验要丰富，但是心还要单纯……再来二两！"刘世吾举起酒杯，向店员招手。

　　这时林震已经开始被他深刻和真诚的抒发所感动了。刘世吾接着闷闷地说："据说，炊事员的职业病是缺少良好的食欲，饭菜是他们做的，他们整天和饭菜打交道。我们，党工作者，我们创造了新生活，结果，生活反倒不能激动我们……"

林震的嘴动了动，刘世吾摆摆手，表示希望不要现在就和他辩论。他不说话，独自托着腮发愣。

"雨小多了，这场雨对麦子不错。"过了半天，刘世吾叹了口气，忽然又说："你这个干部好，比韩常新强。"

林震在慌乱中赶紧喝汤。

刘世吾盯着他，亲切地笑着，问他："赵慧文最近怎么样？"

"她情绪挺好。"林震随口说。他拿起筷子去夹熟肉，看见了他熟悉的刘世吾的闪烁的目光。

刘世吾把椅子拉近了，缓缓地说："原谅我的直爽，但是我有责任告诉你……"

"什么？"林震停止了夹肉。

"据我看，赵慧文对你的感情有些不……"

林震颤抖着手放下了筷子。

离开馄饨铺，雨已经停了，星光从黑云下面迅速地露出来，风更凉了，积水潺潺地从马路两边的泄水池流下去。林震迷惘地跑回宿舍，好像喝了酒的不是刘世吾，倒是他。同宿舍的同志都睡得很甜，粗短的和细长的鼾声此起彼伏。林震坐在床上，摸着湿了的裤脚，眼前浮现了赵慧文的苍白而美丽的脸……他还是个毛小伙子，他什么也没经历过，什么都不懂。他走近窗子，把脸紧贴在外面沾满了水珠的冰冷的玻璃上。

十

区委常委开会讨论麻袋厂的问题。

林震列席参加。他坐在一角，心跳、紧张，手心里出了汗。他的衣袋里装着好几千字的发言提纲，准备在常委会上从麻袋厂事件扯出组织部工作中的问题。他觉得麻袋厂问题的揭发和解决，造成了最好的机会，可以促请领导从根本上考虑一下组织部的工作。时候到了！刘世吾正在条理分明地汇报情况。书记周润祥显出沉思的神色，用左拳托着士兵式的粗壮而宽大的脸，右腕子压着一张纸，时而在上面写几个字。李宗秦用食指在空中写划着。韩常新也参加了会，他专心地把自己的鞋带解开又系上。

林震几次想说话，但是心跳得使他喘不上气。第一次参加常委会，就作这种大胆的发言，未免过于莽撞吧？不怕，不怕！他鼓励自己。他想起八岁那年在青岛学跳水，他也一边听着心跳，一边生气地对自己说："不怕，不怕！"

区委常委批准了刘世吾对于麻袋厂问题提出的处理意见，马上就要进行下面一项议程了，林震霍地举起了手。

"有意见吗？不举手就可以发言的。"周书记笑着说。

林震站起来，碰响了椅子，掏出笔记本看着提纲，他不敢看大家。

他说："王清泉个人是作了处理了，但是如何保证不再有第二、第三个王清泉出现呢？我们应该检查一下区委组织工作中的缺点：第一，我们只抓了建党，对于巩固党没给予应有的注意，使基层的党内斗争处于自流状态。第二，我们明知有问题却拖延着不去解决，王清泉来厂子整整五年，问题一直存在而且愈发展愈严重。……具体地说，我认为韩常新同志与刘世吾同志有责任……"

会场起了轻微的骚动，有人咳嗽，有人放下了烟卷，有人打开笔记本，有人挪了一下椅子。

韩常新耸了一下肩，用舌头舔了一下扭动着的牙床，讽刺地说："往往听到一种事后诸葛亮的意见：'为什么不早一点处理呢？'当然是愈早愈好啰！高、饶事件发生了，有人问为什么不早一点，贝利亚，也有人问为什么不早一点。再者，组织部并不能保证第二、第三个王清泉不会出现，林震同志也未尝能保证这一点。……"

林震抬起头，用激怒的目光看着韩常新。韩常新却只是冷冷地笑。林震压抑着自己说："老韩同志知道缺点的存在是规律，但他不知道克服缺点前进更是规律。老韩同志和刘部长，就是抱住了头一个规律，因而对各种严重的缺点采取了容忍乃至于麻木的态度！"说完，他用手抹了抹头上的汗，他也不知道自己怎么敢说得这样尖锐，但是终究说出来了，他有一种如释重负的感觉。

李宗秦在空中划着的食指停住了。周润祥转头看看林震又看看大家，他的沉重的身躯使木椅发出了吱吱声。他向刘世吾示意："你的意见？"

刘世吾点点头："小林同志的意见是对的，他的精神也给了我一些启发……"然后他悠闲地溜到桌子边去倒茶水，用手抚摸着茶碗沉思地说："不过具体到麻袋厂事件，倒难说了。组织部门巩固党的工作抓得不够，是的，我们干部太少，建党还抓不过来。麻袋厂王清泉的处理，应该说还是及时而有效的。在宣布处理的工人大会上，工人的情绪空前高涨，有些落后的工人也表示更认识到了党的大公无私，有一个老工人在台上一边讲话一边落泪，他们口口声声说着感谢党，感谢区委……"

林震小声说："是的，正因为这样，我才觉得我们工作中的麻木、拖延、不负责任，是对群众犯罪。"他提高了声音，"党是人民的、阶级的心脏，我们不能容忍心脏上有灰尘，就像不能容忍党的机关的缺点！"

李宗秦把两手交叉起来放在膝头，他缓缓地说，像是一边说一边思索着如何造句："我认为林震、韩常新、刘世吾同志的主要争论有两个症结，一个是规律性与能动性的问题，……一个是……"

林震以不知从哪儿来的勇气对李宗秦说："我希望不要只作冷静而全面的分析……"他没有说下去，他怕自己掉下眼泪来。

周润祥看一看林震，又看一看李宗秦，皱起了眉头，沉默了一会，迅速地写了几个字，然后对大家说："讨论下一项议程吧。"

散会后，林震气恼得没有吃下饭，区委书记的态度他没想到。他不满甚至有点失望。韩常新与刘世吾找他一起出去散步，就像根本没理会他对他们的不满意，这使林震更意识到自己和他们力量的悬殊。他苦笑着想："你还以为常委会上发一席言就可以起好大的作用呢！"他打开抽屉，拿起那本被韩常新嘲笑过的苏联小说，翻开第一篇，上面写着："按娜斯嘉的方式生活！"他自言自语："真难啊！"

他缺少了什么呢？

十一

第二天下班以后，赵慧文告诉林震："到我家吃饭去吧，我自己包饺子。"他想推辞，赵慧文已经走了。

林震犹豫了好久，终于在食堂吃了饭再到赵慧文家去。赵慧文的饺子刚刚煮熟。她穿着暗红色的旗袍，系着围裙，手上沾满面粉，像一个殷勤的主妇似的对林震说："新下来的豆角做的馅子……"

林震嗫嚅地说："我吃过了。"

赵慧文不信，跑出去给他拿来了筷子，林震再三表示确实吃过，赵慧文不满意地一个人吃起来。林震不安地坐在一旁，一会儿看看这，一会儿看看那，一会儿搓搓手，一会儿晃一晃身体。

"小林，有什么事么？"赵慧文停止了吃饺子。

"没……有。"

"告诉我吧。"赵慧文目不转睛地看着他。

"昨天在常委会上我把意见都提了，区委书记睬都不睬……"

赵慧文咬着筷子头想了想，她坚决地说："不会的，周润祥同志只是不轻易发表意见……"

"也许，"林震半信半疑地说，他低下头，不敢正面接触赵慧文关切的目光。

赵慧文吃了几个饺子，又问："还有呢？"

林震的心跳起来了。他抬起头，看见了赵慧文的好意的眼睛，他轻轻地叫："赵慧文同志……"

赵慧文放下筷子，靠在椅子背子，有些吃惊了。

"我很想知道，你是否幸福。"林震用一种粗重的，完全像大人一样的声音说，"我看见过你的眼泪，在刘世吾的办公室，那时候春天刚来……后来忘记了。我自己马马虎虎地过日子，也不会关心人。你幸福吗？"

赵慧文略略疑惑地看着他，摇头，"有时候我也忘记……"然后点头，"会的，会幸福的。你为什么问它呢？"她安详地笑着。

林震把刘世吾对他讲的告诉了她："……请原谅我，把刘世吾同志随便讲的一些话告诉你，那完全是瞎说……我很愿意和你一起说话或者听交响乐，你好极了，那是自然而然的，……也许这里边有什么不好的，不合适的东西，马马虎虎的我忽然多虑了，我恐怕我扰乱谁。"林震抱歉地结束了。

赵慧文安详地笑着，接着皱起了眉尖儿，又抬起了细瘦的胳臂，用力擦了一下前额，然后她甩了一下头，好像甩掉什么不愉快的心事似的转过身去了。

她慢慢地走到墙壁上新挂的油画前边，默默地看画。那幅画的题目是《春》：莫斯科，太阳在春天初次出现，母亲和孩子一起到街头去……

一会儿，她又转过身来，迅速地坐在床上，一只手扶着床栏杆，异常平静地说："你说了些什么呀？真的！我不会作那些不经过考虑的事。我有丈夫，有孩子，我还没和你谈过我的丈夫。"她不用常说的"爱人"，而强调地说着"丈夫"。"我们在五二年结的婚,我才十九,真不该结婚那么早。他从部队里转业,在中央一个部里当科长,他慢慢地染上了一种油条劲儿,争地位、争待遇,和别人不团结。我们之间呢,好像也只剩下了星期六晚上回来和星期一走。我的看法是:或者是崇高的爱情,或者什么都没有。我们争吵了……但我仍然等待着……他最近出差去上海,等回来,我要和他好好谈一谈。可你说了些什么呢?"她又一次问,"小林,你是我所尊敬的顶好的朋友,但你还是个孩子——这个称呼也许不对,对不起。我们都希望过一种真正的生活,我们希望组织部成为真正的党的工作机构,我觉着你像是我的弟弟,你盼望我振作起来,是吧?生活是应该有互相支援和友谊的温暖,我从来就害怕冷淡。就是这些了,还有什么呢?还能有什么呢?"

林震惶恐地说:"我不该受刘世吾话的影响……"

"不,"赵慧文摇头,"刘世吾同志是聪明人,他的警告也许并不是完全没有必要,然后……"她深深地吐一口气,"那就好了。"

她收拾起碗筷,出去了。

林震茫然地站起,来回踱着步子,他想着、想着,好像有许多话要说,慢慢地,又没有了。他要说什么呢?本来什么都没有发生。生活有时候带来某种情绪的波流,使人激动也使人困扰,然后波流流过去,没有一点痕迹……真的没有痕迹吗?它留下对于相逢者的纯洁和美好的记忆,虽然淡淡,却难忘……

赵慧文又进来了,她领着两岁的儿子,还提着一个书包。小孩已经与林震见过几次面,亲热地叫林震"夫夫"——他说不清楚"叔叔"。

林震用强健的手臂把他举了起来。空旷的屋子里顿时充满了孩子的笑闹声。

赵慧文打开书包,拿出一叠纸,翻着,说:"今天晚上,我要让你看几样东西。我已经把三年来看到的组织部工作中的一些问题和自己的意见写了一个草稿。这个……"她不好意思地摸了一下一张橡皮纸,"大概这是可笑的,我给自己规定了一个竞赛的办法。让今天的自己和昨天的自己竞赛。我画了表,如果我的工作有了失误——写入党批准通知的时候抄错了名字或者统计错了新党员人数,我就在表上画一个黑叉子,如果一天没有错,就画一个小红旗。连续一个月都是红旗,我就买一条漂亮的头巾或者别的什么奖励自己……也许,这像幼儿园的做法吧?你觉得好笑吗?"

林震入神地听着,他严肃地说:"绝不。我尊敬你对你自己的……"

临走的时候,夜已经深了。林震站在门外,赵慧文站在门里,她的眼睛在黑暗中闪着光,她说:"今天的夜色非常好,你同意吗?你闻见槐花的香气了没有?平凡的小白花,它比牡丹清雅,比桃李浓馥。你闻不见?真是!再见。明天一早就见面了,我们各自投身在伟大而麻烦的工作里边。然后晚上来找我吧,我们听美丽的《意大利随想曲》。听完歌,我给你煮荸荠,然后我们把荸荠皮扔得满地都是……"

林震靠着组织部门前的大柱子好久好久地呆立着,望着夜的天空。初夏的南风吹拂着他——他来时是残冬,现在已经是初夏了。他在区委会度过了第一个春天。

他作好的事情简直很少,简直就是没有,但他学了很多,多懂了不少事。他懂了生活的真正的美好和真正的分量;他懂了斗争的困难和斗争的价值。他渐渐明白,在这平凡而又伟大的、包罗万象的、担负着无数艰巨任务的区委会,单凭个人的勇气是做不成任何事情的……从明天……

办公室的小刘走过,叫他:"林震,你上哪儿去了?快去找周润祥同志,他刚才找了你三次。"

区委书记找林震了吗?那么不是从明天,而是从现在,他要尽一切力量去争取领导的指引,这正是目前最重要的……

隔着窗子,他看见绿色的台灯和夜间办公的区委书记的高大侧影,他坚决地、迫不及待地敲响了领导同志办公室的门。

1956 年 5—7 月

[提示]

王蒙(1934—),河北南皮人。1955 年开始发表作品,著有长篇小说《青春万岁》《活动变人形》《这边风景》《恋爱的季节》,中篇小说《组织部来了个年轻人》《蝴蝶》《相见时难》《名医梁有志传奇》,短篇小说《悠悠寸草心》《春之声》《坚硬的稀粥》,散文集《德美两国纪行》,评论集《漫话小说创作》及《王蒙选集》等。作品被翻译成二十余种外文出版,其中《最宝贵的》《悠悠寸草心》《春之声》分获 1978 年、1979 年、1980 年全国优秀短篇小说奖,《蝴蝶》《相见时难》分获全国第一、第二届优秀中篇小说奖,《访苏心潮》获全国第三届优秀报告文学奖。

《组织部来了个年轻人》原载《人民文学》1956 年第 9 期,后收入

《王蒙小说报告文学选》（北京出版社1981年版）。作品讲述了青年干部林震来到组织部工作后的一段生活经历和情感体验。林震是一位单纯热情的共产党员，他遇到问题之后积极寻求解决方法，但却遭到老干部们的嘲讽和批评，在经历了惶惑和自我怀疑之后，他开始摆脱浪漫主义，理性、成熟地思考问题。组织部副部长刘世吾是王蒙笔下有特色的艺术典型，他一方面有着丰富的工作经验和敏锐的洞察力，对问题的分析判断都十分精辟，他对建党组组长韩常新弄虚作假了然于心，对麻袋厂的问题了如指掌，只要他"一下决心，就可以把工作做得很出色"。但另一方面他对待工作又极度冷漠，缺乏热情，他的口头禅"就那么回事"和他的办事原则"领导艺术论""条件成熟论""成绩基本论"集中体现了官僚主义者消极懈怠的办事态度，长期重复机械的工作极易造成精神磨损和生活热情的消耗。因此，刘世吾这一形象不仅仅是"干预生活""写真实"下暴露新社会旧的思想残余，鞭挞官僚主义者的缺点和精神状态，而且彰显了社会环境对个体生命力的损耗的残酷事实。

此外，小说还注重从现实经验出发，把握生活，麻袋厂厂长王清泉与工人魏鹤鸣之间的冲突、林震与赵慧文之间的情感波动、刘世吾与韩常新之间微妙的同事关系等都体现了王蒙对生活的独特观察力。

（夏　雪）

红 豆

宗 璞

　　天气阴沉沉的，雪花成团地飞舞着。本来是荒凉的冬天的世界，铺满了洁白柔软的雪，仿佛显得丰富了，温暖了。江玫手里提着一只小箱子，在 X 大学的校园中一条弯曲的小道上走着。路旁的假山，还在老地方。紫藤萝架也还是若隐若现的躲在假山背后。还有那被同学戏称为阿木林的枫树林子，这时每株树上都积满了白雪，真是"忽如一夜春风来，千树万树梨花开"了。雪花迎面扑来，江玫觉得又清爽又轻快。她想起六年以前，自己走着这条路，离开学校，走上革命的工作岗位时的情景，她那薄薄的嘴唇边，浮出一个微笑。脚下不觉愈走愈快，那以前住过四年的西楼，也愈走愈近了。

　　江玫走进了西楼的大门，放下了手中的箱子，把头上紫红色的围巾解下来，抖着上面的雪花。楼里一点声音也没有，静悄悄地。江玫知道这楼已作了单身女教职员宿舍，比从前是学生宿舍时，自然不同。只见那间门房，从前是工友老赵住的地方，门前挂着一个牌子，写着"传达室"三个字。

　　"有人么？"江玫环顾着这熟悉的建筑，还是那宽大的楼梯，还是那阴暗的甬道，吊着一盏大灯。只是墙边布告牌上贴着"今晚团员大会"的布告，又是工会基层选举的通知，用红纸写着，显得喜气洋洋的。

　　"谁呀？"一个苍老的声音从传达室里发出来。传达室门开了，一个穿着干部服的整洁的老头儿，站在门口。

　　"老赵！"江玫叫了一声，又高兴又惊奇，跑过去一把抱住了他。"你还在这儿！"

　　"是江玫！"老赵几乎不相信自己昏花的老眼，揉了揉眼睛，仔细看着江玫。"是江玫！打前儿个总务处就通知我，说党委会新来了个干部，叫给预备一间房，还说这干部还是咱们学校的学生呢，我可再也没想到是你！你离开学校六年啦，可一点没变样，真怪，现时的年轻人，怎么再也长不老哇！走！领你上你屋里去，可真凑巧，那就是你当学生时住的那间房!"

老赵絮絮叨叨领着江玫上楼。江玫抚着楼梯栏杆,好像又接触到了六年以前的大学生生活。

这间房间还是老样子,只是少了一张床,有了些别的家具。窗外可以看到阿木林,还有阿木林后面的小湖,在那里,夏天时,是要长满荷花的。江玫四面看着,眼光落到墙上嵌着的一个耶稣苦像上。那十字架的颜色,显然深了许多。

好像是有一个看不见的拳头,重重地打了江玫一下。江玫觉得一阵头昏,问老赵:"这个东西怎么还在这儿?"

"本来说要取下来,破除迷信,好些房间都取下来了。后来又说是艺术品让留着,有几间屋子就留下了。"

"为什么要留下?为什么要留下这一间的?"江玫怔怔地看着那十字架,一歪身坐在还没有铺好的床上。

"那也是凑巧呐!"老赵把桌上的一块破抹布捡在手里。"这屋子我都给收拾好啦,你归置归置,休息休息。我给你张罗点开水去。"

老赵走了。江玫站起身来,伸手想去摸那十字架,却又像怕触到使人疼痛的伤口似的,伸出手又缩回手,怔了一会儿,后来才用力一揿耶稣的右手,那十字架好像一扇门一样打开了。墙上露出一个小洞。江玫颠起脚尖往里看,原来被冷风吹得绯红的脸色刷的一下变得惨白。她低声自语:"还在!"遂用两个手指,箍出了一个小小的有象牙托子的黑丝绒盒子。

江玫坐在床边,用发颤的手揭开了盒盖。盒中露出来血点儿似的两粒红豆,镶在一个银丝编成的指环上,没有耀眼的光芒,但是色泽十分匀净而且鲜亮。时间没有给它们留下一点痕迹——

江玫知道这里面有多少欢乐和悲哀。她拿起这两粒红豆,往事像一层烟雾从心上升了起来——

那已经是八年以前的事了。那时江玫刚二十岁,上大学二年级。那正是一九四八年,那动荡的翻天覆地的一年,那激动,兴奋,流了不少眼泪,决定了人生的道路的一年。

在这一年以前,江玫的生活像是山岩间平静的小溪流,一年到头潺潺地流着,从来也没有波浪。她生长于小康之家,父亲做过大学教授,后来做了几年官。在江玫五岁时,有一天,他到办公室去,就再没有回来过。江玫只记得自己被送到舅母家去住了一个月,回家时,看见母亲如画的脸庞消瘦了，眼睛显得惊人的大，看去至少老了十年。据说父亲是患了急性肠炎去世了。以后，江玫上了小学上中学，上了中学上大学。在中学时，有一些密友常常整夜叽叽喳喳地谈着知心话。上大学后，因为大家都是上课来，下课走，不参加什么活动的人简直连同班同学也不认识，只认识自己的同屋。江玫白天上课弹琴，晚上坐图书馆看参考书，礼拜六就回家。母亲从摆着夹竹桃的台阶上走下来迎接她，生活就像那粉红色的夹竹桃一样与世隔绝。

　　一九四八年春天，新年刚过去，新的学期开始了。那也是这样一个下雪天，浓密的雪花安安静静地下着。江玫从练琴室里走出来，哼着刚弹过的调子。那雪花使她感到非常新鲜，她那年轻的心充满了欢快。她走在两排粉妆玉琢的短松墙之间，简直想去弹动那雪白的树枝，让整个世界都跳起舞来。她伸出了右手，自己马上觉得不好意思，连忙缩了回来，掠了掠鬓发，按了按母亲从箱子底下找出来的一个旧式发夹，发夹是黑白两色发亮的小珠串成的，还托着两粒红豆，她的新同屋萧素说好看，硬给她戴在头上的。

　　在这寂静的道路上，一个青年人正急速地向练琴室走来。他身材修长，穿着灰绸长袍，罩着蓝布长衫，半低着头，眼睛看着自己前面三尺的地方，世界对于他，仿佛并不存在。也许是江玫身上活泼的气氛，脸上鲜亮的颜色搅乱了他，他抬起头来看了她一眼。江玫看见他有着一张清秀的象牙色的脸，轮廓分明，长长的眼睛，有一种迷惘的做梦的神气。江玫想，这人虽然抬起头来，但是一定并没有看见我。不知为什么，这个念头，使她觉得很遗憾。

　　晚上，江玫躺在床上，久久不能入睡。许多片断在她脑中闪过。她想着母亲，那和她相依为命的老母亲，这一生欢乐是多么少。好像有什么隐秘的悲哀在过早地染白她那一头丰盛的头发。她非常嫌恶那些做官的和有钱的人，江玫也从她那里承袭了一种清高的气息。那与世隔绝的清高，江玫想想，忽然好笑了起来。

　　江玫自己知道，觉得那种清高好笑是因为想到萧素的缘故。萧素是江玫这一学期的新同屋。同屋不久，可是两人已经成为很要好的朋友。萧素说江玫像是从另一个世界来的，清高这个词儿也是萧素说的，她还说："当然，这也有好处也有不好处"。这些，江玫并不完全了解。只不知为什么，乱七八糟的一些片断都在脑海中浮现出来。

这屋子多么空！萧素还不回来。江玫很想看见她那白中透红的胖胖的面孔，她总是给人安慰、知识和力量。学物理的人总是聪明的，而且她已经四年级了，江玫想。但是在萧素身上，好像还不只是学物理和上到大学四年级，她还有着更丰富的东西，江玫还想不出是什么。

正乱想着，萧素推门进来了。

"哦！小鸟儿！还没有睡！"小鸟儿是萧素给江玫起的绰号。

"睡不着。真希望你快点回来。"

"为什么睡不着？"萧素带回来一个大萝卜，切了一片给江玫。

"等着吃萝卜，——还等着你给讲点什么。"江玫望着萧素坦白率真的脸，又想起了母亲。上礼拜她带萧素回家去，母亲真喜欢萧素，要江玫多听萧姐姐的话。

"我会讲什么？你是幼儿园？要听故事？咳，给你本小书看看。"江玫接过那本小书，书面上写着"方生未死之间"。

两人静静地读起书来了。这本书很快就把江玫带进了一个新的天地。它描写着中国人民受的苦难，在血和泪中，大家在为一种新的生活——真正的丰衣足食，真正的自由——奋斗，这种生活，是大家所需要的。

"大家？——"江玫把书抱在胸前，沉思起来。江玫的二十年的日子，可以说全是在那粉红色的夹竹桃后面度过的。但她和母亲一样，憎恶权势，憎恶金钱。母亲有时会流着泪说：

"大家都该过好日子，谁也不该屈死。"母亲的"大家"在这本小书里具体化了。是的，要为了大家。

"萧素，"江玫靠在枕上说："我这简单的人，有时也曾想过人活着是为了什么，但想不通。你和你的书使我明白了一些道理。"

"你还会明白得更多。"萧素热切地望着她。"你真善良——你让我忘记刚才的一场气了，刚刚我为我们班上的齐虹真发火——"

"齐虹？他是谁？"

"就是那个常去弹琴，老像在做梦似的那个齐虹，真是自私自利的人，什么都不能让他关心。"

萧素又拿起书来看了。

江玫也拿起书来，但她觉得那清秀的象牙色的脸，不时在她眼前晃动。

雪不再下了。坚硬的冰已经逐渐变软。江玫身上的黑皮大衣换成了灰呢子的，配上她习惯用的红色的围巾，洋溢着春天的气息。她跟着萧素生活渐渐忙起来。她参加了"大家唱"歌咏团和"新诗社"。她多么欢喜那"你来我来他来她来大家一齐来唱歌"的热情的声音，她因为《黄河大合唱》刚开始时万马奔腾的鼓声兴奋得透不过气来。她读着艾青、田间的诗，自己也悄悄写着什么"飞翔，飞翔，飞向自由的地方"的句子。"小鸟"成了大家对她的爱称。她和萧素也更接近，每天早上一醒来，先要叫一声"素姐"。

她还是天天去弹琴，天天碰见齐虹，可是从没有说过话。本来总在那短松夹道的路上碰见他。后来常在楼梯上碰见他，后来江玫弹完了琴出来时，总看见他站在楼梯栏杆旁，仿佛站了很久了似的，脸上的神气总是那样漠然。

有一天天气暖洋洋的，微风吹来，丝毫不觉得冷，确实是春天来了。江玫在练琴室里练习贝多芬的月光曲，总弹也弹不会，老要出错，心里烦躁起来，没到时间就不弹了。她走出琴室，一眼就看见齐虹站在那里。他的神色非常柔和，劈头就问：

"怎么不弹了？"

"弹不会。"江玫多少带了几分诧异。

"你大概太注意手指的动作了。不要多想它，只记着调子，自然会弹出来。"

他在钢琴旁边坐下了，冰冷的琴键在他的弹奏下发出了那样柔软热情的声音。换上别的人，脸上一定会带上一种迷醉的表情，可是齐虹神采飞扬，目光清澈，仿佛现实这时才在他眼前打开似的。

"这是怎么样的人？"江玫问着自己。"学物理，弹一手好钢琴，那神色多么奇怪！"齐虹停住了，站起来，看着倚在琴边的江玫，微微一笑。

"你没有听？"

"不，我听了。"江玫分辩道，"我在想——"想什么，她自己也不知道。

"我送你回去，好么？"

"你不练琴么？"

"不想练。你看天气多么好！"

就这样，他们开始了第一次的散步，就这样，他们散步，散步，看到迎春花染黄了柔软的嫩枝，看到亭亭的荷叶铺满了池塘。他们曾迷失在荷花清远的微香里，也曾迷失在桂花浓酽的甜香里，然后又是雪花飞舞的冬天。哦！那雪花，那阴暗的下雪天！——

齐虹送她回去，一路上谈着音乐，齐虹说："我真喜欢贝多芬，他真伟大，丰富，又那样朴实。每一个音符上都充满了诗意。"江玫懂得他的"诗意"含有一种广义的意思。她的眼睛很快地表露了她这种懂得。

齐虹接着说，"你也是喜欢贝多芬的。不是吗？据说萧邦最不喜欢贝多芬，简直不能容忍他的音乐。"

"可我也喜欢萧邦。"江玫说。

"我也喜欢。那甜蜜的忧愁——人和人之间是有很多相同的也有很多不相同的东西——"那漠然的表情又来到他的脸上。"物理和音乐能把我带到一个真正的世界去，科学的、美的世界，不像咱们活着的这个世界，这样空虚，这样紊乱，这样丑恶！"

他送她到西楼，冷淡地点了一个头就离开了，根本没有问她的姓名。江玫又一次感到有些遗憾。

晚上，江玫从图书馆里出来，在月光中走回宿舍。身后有一个声音轻轻唤她："江玫！"

"哦！是齐虹。"她回头看见那修长的身影。

"你怎么知道我的名字？"齐虹问。月光照出他脸上热切的神气。

"你怎么知道我的名字？"江玫反问。她觉得自己好像认识齐虹很久了，齐虹的问题可以不必回答。

"我生来就知道，"齐虹轻轻地说。

两人都不再说话。月光把他们的影子投在地上。

以后，江玫出来时，只要是一个人，就总会听到温柔的一声"江玫"。他们愈来愈熟。不知从什么时候起，从图书馆到西楼的路就无限度地延长了。走啊，走啊，总是走不到宿舍。江玫并不追究路为什么这样长，她甚至希望路更长一些，好让她和齐虹无止境地谈着贝多芬和萧邦，谈着苏东坡和李商隐，谈着济慈和勃朗宁。他们都很喜欢苏东坡的那首江城子："十年生死两茫茫，不思量，自难忘，千里孤坟、无处话凄凉。"他们幻想着十年的时间会在他们身上留下怎样的痕迹。他们谈时间，空间，也谈论人生的道理——

齐虹说："人活着就是为了自由。自由，这两个字实在好极了。自就是自己，自由就是什么都由自己，自己爱做什么就做什么。这解释好吗?"他的语气有些像开玩笑,其实他是认真的。

"可是我在书里看见,认识必然才是自由。"江玫那几天正在看《大众哲学》。"人也不能只为自己,一个人怎么活?"

"呀!"齐虹笑道:"我倒忘了,你的同屋就是萧素。"

"我们非常要好。"

因为看到路旁的榆叶梅,齐虹说用热闹两字形容这种花最好。江玫很赞赏这两个字。就把自由问题搁下了。

江玫隐约觉得,在某些方面,她和齐虹的看法永远也不会一致。可是她并没有去多想这个,她只欢喜和他在一起,遏止不住地愿意和他在一起。

一个礼拜天,江玫第一次没有回家。她和齐虹商量好去颐和园。春天的颐和园真是花团锦簇,充满了生命的气息。来往的人都脱去了臃肿的冬装,显得那样轻盈可爱。江玫和齐虹沿着昆明湖畔向南走去,那边简直没有什么人,只有和暖的春风和他们做伴。绿得发亮的垂柳直向他们摆手。他们一路赞叹着春天,赞叹着生命,走到玉带桥旁。

"这水多么清澈,多么丰满啊。"江玫满心欢喜地向桥洞下面跑去。她笑着想要摸一摸那湖水。齐虹几步就追上了她,正好在最低的一层石阶上把她抱住。

"你呀!你再走一步就掉到水里去了!"齐虹掠着她额前的短发,"我救了你的命,知道么?小姑娘,你是我的。"

"我是你的。"江玫觉得世界上什么都不存在了。她靠在齐虹胸前,觉得这样撼人的幸福渗透了他们。在她灵魂深处汹涌起伏着潮水似的柔情,把她和齐虹一起溶化。

齐虹抬起了她的脸,"你哭了?"

"是的。我不知为什么,为什么这样感动——"

齐虹也感动地望着她,在清澈的丰满的春天的水面上,映出了一双倒影。

齐虹喃喃地说:"我第一次看见你,就是那个下雪天,你记得么?我看见了你,当时就下了决心,一定要永远和你在一起,就像你头上的那两粒红豆,永远在一起,就像你那长长的双眉和你那双会笑的眼睛,永远在一起。"

"我还以为你没有看见我——"

"谁能不看见你！你像太阳一样发着光，谁能不看见你！"

齐虹的语气是这样热烈，他的脸上真的散发出温暖的光辉。

他们循着没有人迹的长堤走去，因为没有别人而感到自由和高兴。江玫抬起她那双会笑的眼睛，悄声说："齐虹，咱们最好去住在一个没有人的岛上，四面是茫茫的大海，只有你是唯一的人——"

齐虹快乐地喊了一声，用手围住她的腰。"那我真愿意！我恨人类！只除了你！"

对于江玫来说，正是由于深切的爱，才想到这样的念头，她不懂齐虹为什么要联想到恨，未免有些诧异地望着他。她在齐虹光亮的眼睛里读到了热情，但在热情后面却有一些冰冷的东西，使她发抖。

齐虹注意到她的神色，改了话题：

"冷吗？我的小姑娘。"

"我只是奇怪，你怎么能恨——"

"你甜蜜的爱，就是珍宝，我不屑把处境跟帝王对调。"齐虹顺口念着莎士比亚的两句诗，他确是真心的。可是江玫听来，觉得他对那两句诗的情感，更多于对她自己。她并没有多计较，只说是真有些冷，柔顺地在他手臂中，靠得更紧一些。

江玫的温柔的衰弱的母亲不大喜欢齐虹。江玫问她："他怎么不好？他哪里不好？"母亲忧愁地微笑着，说他是聪明极了，也称得起漂亮，但做为一个人，他似乎少些什么，究竟少些什么，母亲也说不出。在江玫充满爱情的心灵里，本来有着一个奇怪的空隙，这是任何在恋爱中的女孩子所不会感到的。而在江玫，这空隙是那样尖锐，那样明显，使她在夜里痛苦得睡不着。她想马上看见他，听他不断地诉说他的爱情。但那空隙，是无论怎样的诉说也填不满的罢。母亲的话更增加了江玫心上的阴影。更何况还有萧素。

红五月里，真是热闹非凡。每天晚上都有晚会。五月五日，是诗歌朗诵会。最后一个朗诵节目是艾青的《火把》。江玫担任其中的唐尼。她本来是再也不肯去朗诵诗的，她正好是属于一听朗诵诗就浑身起鸡皮疙瘩的那种人。萧素只问了她两句话："喜欢这首诗不？""喜欢。""愿意多有一些人知道它不？""愿意。""那好了。你去念罢。"江玫拂不过她，最后还是站到台上来了。她听到自己清越的声音飘在黑压压的人群上，又落在他们心里。她觉得自己就是举着火把游行的唐尼，感觉到了一种完全新的东西、陌生的东西。而萧素正像是指导着唐尼的李茵。她愈念愈激动，脸上泛着红晕。她觉得自己在和上千的人共同呼吸，自己的情感和上千的人一同起落。"黑夜从这里逃遁了，哭泣在遥远的荒原。"那雄壮的齐诵好像是一种无穷的力量，推着她，江玫想要奔跑，奔跑——

回到房间里，她对萧素说："我今天忽然懂得了大伙儿在一起的意思，那就是大家有一样的认识，一样的希望，爱同样的东西，也恨同样的东西。"

萧素直看着她，问道："你和齐虹有一样的认识，一样的期望么？"

江玫很怪萧素这时提到齐虹，打断了她那些体会，她那双会笑的眼睛严肃起来，"我真不知道怎么告诉你，我和齐虹，照我看，有很多地方，是永远也不会一致的。"

萧素也严肃地说："本来是不会一致。小鸟儿，你是一个好女孩子，虽然天地窄小，却纯洁善良。齐虹憎恨人。他认为无论什么人彼此都是互相利用。他有的是疯狂的占有的爱，事实上他爱的还是自己。我和他已经同学四年——"

"你怎么能这样说他！我爱他！我告诉你我爱他！"江玫早忘了她和齐虹之间的分歧，觉得一团火在胸中烧，她斩钉截铁地说，砰的一声关上房门，到走廊里去了。

"回来！回来。"第一声是严厉的，第二声是温柔的。萧素打开房门，看见她站在走廊里，眼睛像星星般亮。"你这礼拜天回家吗？有点事要你做。"

江玫是从不拒绝萧素的任何要求的。她隐约觉得萧素正在为一个伟大的事业做着工作，萧素的生活是和千万人联系在一起的，非常炽热，似乎连石头也能温暖。她望着萧素，慢慢走了回来。

"什么事？交给我办好了。"

"你不回家么？"

"原来想回去看看。听说面粉已经张到三百万一袋了。前几天在《大公报》登了几首小诗，有一点稿费，想去送给母亲。"江玫一下子觉得疲倦得要命，坐在椅子上。

萧素本来想说"不食人间烟火的江玫也知道关心物价了"，又一想，就没有说。只说：

"这里有几篇壁报稿子，礼拜一要出，你来把它们修改一遍，文字上弄通顺些，抄写清楚。我明天进城，可以把钱送给伯母。"她把稿子递给江玫，关心地看着她，说："过两天，咱们还要好好谈一谈。"

礼拜天，江玫吃过早饭就坐在桌旁看那些稿子。为什么这些短短的文字并不怎么通顺的文章这样有说服力？要民主反饥饿，像钟声一样在江玫的耳边敲着。参加新诗朗诵会的兴奋心情又升起来了。《火把》中的唐尼的形象仿佛正站在窗帘上。

有人敲门。

"江玫！"是齐虹的声音。

江玫转过头去，正是齐虹站在门口，一脸温柔的笑意，在看着江玫。

"哦！你来了！"

"昨天晚上到你家里去了，伯母说你没有回来，我连家也没有回，就回学校来了。"他走上来握住江玫的手。

一提起齐虹的家，江玫眼前就浮现出富丽堂皇的大厅，老银行家在数着银元，叮叮当当响，这和江政手上的那些文章很不调合。甚至齐虹，这温文尔雅的齐虹，也和它们很不调合，但江玫看见他，还是很高兴的。

"在干什么？要出壁报么？听说你还朗诵诗？你怎么？也参加民主运动了？我的女诗人！"

江玫不太喜欢他那说话的语气，颔首要他坐下。

"我是来找你出去玩的。你看天气多么好！转眼就是夏天了。我来接你到'绝域'去做春季大扫除。"

"绝域"是他们两个都喜欢的一个童话《潘彼得》中的神仙领域。他们的爱情就建筑在这些并不存在的童话、终究要萎谢的花朵、要散的云、会缺的月上面。

"今天不行呀，齐虹。"江玫抱歉地说。抽回了自己的手，理了理放在桌上的稿子。"萧素要我——"

"萧素！又是萧素！你怎么这么听她的话！"齐虹不耐烦的说。

"她的话对么！"

"可是你知道我多么想和你在一起，去听那新生的小蝉的叫唤，去看那新长出来的小小的荷叶——我想要怎样，就要做到！"齐虹脸上的温柔的笑意不见了，好像江玫是他的一本书，或者一件仪器。

江玫惊诧地望着他。

"也许，你还会去参加游行罢！你真傻透了！就知道一个萧素！"愤怒的阴云使他的脸变得很凶恶。但他马上又换上一副温和的腔调："跟我去罢，我的小姑娘。"

江玫咬着自己的嘴唇，几乎咬出血来。

门外有人叫："小鸟儿！江玫！快来看看这幅漫画，合适不合适。"

江玫想要出去。齐虹却站在桌前不放她走。江玫绕到桌子这边，齐虹也绕了过来，照旧拦住她。江玫又急又气，怎么推他也推不动，不一会儿，江玫的头发散乱，那红豆发夹落在地下。马上就被齐虹穿着两色镶皮鞋的脚踩碎了，满地散着黑白两色的小珠。江玫觉得自己整个的灵魂正像那个发夹一样给压碎了。她再没有一点力气，屈辱地伏在桌上哭起来。

齐虹需要的正是这样的哭泣。他捡起那两粒红豆，极其体贴地抚着她的肩"原谅我，原谅我！我太任性，我只是说不出的要和你在一起，我需要你——"

"别哭了，别哭了，我的小姑娘。"齐虹真的着急起来，"我再也不惹你生气了，再也不——再也不——"

江玫觉得这一切真没意思。她很快就拾起头来，擦干了眼泪。她看出来壁报是编不成了，但她也下定决心不跟他出去。只呆呆的坐着，望着窗外。

"好了，好了，不要生气。我来做个盒子把这两粒红豆装起来罢。做个纪念，以后决不会再惹你。咱们该把这两粒红豆藏在哪儿？"

以后，这两粒红豆就被装在一个精致的盒子里面，放在耶稣像后面的小洞里了。那小洞是齐虹偶然发现的。江玫睡在床上看见耶稣的像，总觉得他太累，因为他负荷着那么多人世间的痛苦。

这一次争吵以后，齐虹和江玫并不是再也不，而是把争吵、哭泣，变成了他们爱情中的一部分。他们每次见面总有一阵风波，有时大有时小，但如有一天不见面，不看到听到对方的音容笑貌，在他们却又是受不了的事。他们的爱情正像鸦片烟一样，使人不幸，而又断绝不了。江玫一天天的消瘦了，苍白了，母亲望着她忍不住哭。齐虹脸上那种漠不关心神气消失了，换上的是提心吊胆的急躁和忧愁。因为他对人生不信任，他对爱情也不信任，他监视着爱情，监视着幸福，监视着江玫——

就在这个时候，江玫也一天天明白了许多事。她知道少数人剥削多数人的制度该被打倒。她那善良的少女的心，希望大家都过好的生活。而且物价的飞涨正影响着江玫那平静温暖的小天地。母亲存着一些积蓄的那家银行忽然关了门。江玫和母亲一下子变成舅舅的负担了。江玫是决不愿意成为别人的负担的。她渴望着新的生活,新的社会秩序。共产党在她心里,已经成为一盏导向幸福自由的灯,灯光虽还模糊,但毕竟是看得见的了。

也就在这时候,江玫的母亲原有的贫血症愈来愈严重,医生说必需加紧治疗,每天注射肝精针,再拖下去的话,后果不堪设想。但是这一笔医药费用筹办起来谈何容易!舅舅已经是自顾不暇了,难道还去麻烦他?本来和齐虹一提也可以,但是江玫决不愿求他。江玫只自己发愁,夜里直睡不着觉。

萧素很快就看出来江玫有心事。一盘问,江玫就一五一十告诉了她。

"那可不能拖下去。"萧素立刻说,她那白白的脸上的神色总是那样果断。"我输血给她!小鸟儿,你看,我这样胖!"她含笑弯起了手臂。

江玫感动地抱住了她:"不行,萧素。你和我的血型一样,和母亲不一样,不能输血。"

"那怎么办?我们总得想办法去筹一笔款子——"

第三天,晚上萧素兴高采烈地冲进房间。一进来就喊:

"江玫!快看!"江玫吃惊地看她,她大笑着,扬起了一叠钞票。

"素!哪里来的?你怎么这样有本事!"江玫也笑了,笑得那样放心。这种笑,是齐虹极想要听而听不到的。

"你别管,明天快拿去给伯母治病吧。"萧素眨眨眼睛,故作神秘的说。

"非要知道不可!不然我不安心!"

"别说了。我要睡觉了。"萧素笑过了,一下子显得很是疲倦。她脱去了朴素的蓝外套,只穿着短袖竹布旗袍,坐在床边上。

江玫上下打量她,忽然看见她的臂弯里贴着一块橡皮膏。

江玫过去拉起她的手,看看橡皮膏,又看看她的脸。

"有什么好打量的?"萧素微笑着抽回了手,盖上了被。

"你——抽了血?"

萧素满不在乎的说:"我卖了血。不只我一个人,还有几个伙伴。"

人常常会在一刹那间,也许只是因为一个眼神一个手势,伤透了心,破坏了友谊。人也常常会在一刹那间,也许就因为手臂上的一点针孔,建立了死生不渝的感情。江玫这时什么话也说不出来。她一下子跪在床边,用两只手遮住了脸。

礼拜六，江玫一定要萧素自己送钱去给母亲。萧素答应了和江玫一道回家，江玫也答应了萧素不告诉母亲钱的来源。两人欢欢喜喜回家去了。到了家，江玫才发现母亲已经病倒在床，这几天饭都是舅母那边送过来的。她站在衰老病弱的母亲床边，一阵心酸，眼泪夺眶而出。萧素也拿出了手绢。但她不只是看见这一位母亲躺在床上，她还看见千百万个母亲形销骨立心神破碎地被压倒在地下。

这一晚，两人自己做了面，端在母亲床边一同吃了。母亲因为高兴，精神也好了起来。她吃过了面，笑着说："我真是病得老了，今天你舅母来，问我有火没有，我听成有狗没有；直告诉她从前咱们养了一只狗，名叫斐斐。——"萧素和江玫听了笑得不得了。江玫正笑着，想起了齐虹。她想：这种生活和感情是齐虹永远不会懂的。她也没有一点告诉给他的欲望。

六月，反对美国扶植日本的运动达到了高潮。江玫比以前更关心当前的政治局势。她感到美国正在筹谋着什么坏主意。很明显，扶植压迫中国人民八年之久的日本，在每一个中国人心上都会引起抑止不住的忿怒。

有一天，萧素和江玫坐在窗前，读着当时美驻华大使司徒雷登在报上发表的声明，一面读一面生气。声明中说："如使日人成为饥饿不安之人民，则日人亦将续为和平之威胁，这种情形适为共产主义所需。如吾人诚意为一般之利益计，必须消灭鼓励共产主义之因素。"这很可以清楚美国的目的究竟何在了。读完报纸，江玫愤愤地说：

"要不要共产主义，是我们自己的事！"

萧素微笑道："你知道共产主义是什么？"

江玫坦率地说："我不知道，不过我想那种生活总不会比现在坏，那时的人，都像你一样——"

萧素又笑道："现在哪里不够好？你吃着大米饭，穿的花布旗袍，还坏么？"

江玫倚在萧素身上，一面想，一面说："这个人吃人的社会，不只在物质上，也在精神上。"她出了一会儿神，又说："萧素，要知道，我是多么寂寞啊。"

萧素抚着她的肩，说："人生的道路本来不是平坦的。要和坏人斗争，也要和自己斗争——"以后江玫在最困难的时候，总会想起这几句话。

六月九日，北京学生举行反美扶日大游行，江玫也参加了。

那天早上，窗外还黑得像老鸦的翅膀，江玫就起来收拾医药包，她是救护队的。她看看萧素空了一夜的床，又看看救护包上的红十字，心想萧素这一夜不知忙得怎样了，也许今天就会用这包里的绷带纱布来救护她罢。不知为什么，江玫特别为萧素和几个社团里的同学担心，江玫摸摸碘酒和红药水的药瓶。心中又兴奋，又不安。

"小鸟儿快走呀！"同学在门外叫起来了。

她们跑到操场上，夏天的太阳刚在东柳村那边村庄的屋顶上射出一片红光。萧素正在人丛里，她分明是一夜没有睡，胖胖的面庞有些苍白，但精神还是那样好。她看见江玫和同学们跑来，脸上闪过一个嘉许的微笑。

"江玫！"

"萧素！"江玫悄悄地塞给她一个大苹果，那是齐虹昨天送来的。对于齐虹不断向西楼运来的各式各样的礼物，江玫只偶尔接受一点水果和糖食。

长长的队伍出发了，举着各种标语，沉默地走在郊外的大道上。愈走天愈亮，愈走路愈分明，一个男同学问江玫"药包重吗？我代你拿。"江玫微笑，说："一个兵士的枪，能让人家代他背着吗？"那男同学也微笑，看着她穿着白衬衫蓝长裤红背心的雄赳赳的样子，问："你永远都要做一个兵？"江玫严肃地睁大眼睛，略想了一想，她回答："是的，永远。"

队伍七点钟就到了西直门，可是城门关了，进不去。人群中有的喊着："不开城门，决不回校！"有的喊着："大家冲呵，冲进去！"一时群情激昂，人声嘈杂，那些标语牌子忽高忽低地起伏着。萧素在队伍里跑来跑去叫着："别嚷！别乱！已经去交涉了。"江玫忽然很希望自己是一个手执拂尘的仙女，用拂尘一指，城门马上便开——自己这样想想，又觉得好笑，还是等萧素他们交涉，萧素比仙女有用得多。

果然到九点钟时，城门开了，队伍涌进城去，正遇到城里几个大学的同学拥在门前迎接他们。"同学们，你好！""兄弟们，你好！"热情的呼声，此起彼落，江玫觉得泪水已冲到眼睛里，她连忙低下头，看着自己的鞋尖。

游行开始了，大家一步步地走着，一声声的喊着。"反对美国扶植日本！""要自由！""要独立！"口号像炸弹一样在空中炸了开来，路旁有些军警脸上带了惊慌的神色，江玫几乎来不及想喊什么，只觉得每一步路每一声喊都使大家更接近光明——

　　队伍走过西四西单天安门，绕南池子到北京大学的民主广场。走过天安门的时候，江玫望着那雄伟的建筑，心里升起一种怜悯而又惭愧的心情。天安门在不肖的子孙手里，蒙受了多少耻辱。江玫觉得那剥落的红墙也在盼望着：新的社会快点来，让中华民族站起来，让天安门也站起来。

　　在民主广场举行了群众大会，有几个教授讲演。也许是累了，也许是别的原因，江玫觉得思想很不集中，那种兴奋和激动已经过去了。她惦记着黄昏笼罩了的初夏的校园，惦记着自己住的西楼，说得更确切些，她是惦记着那在西楼窗下徘徊的那个年轻人。天知道他会急成什么样子，会发多么大的脾气，会做出怎样的事来，她把肩上挎的药包紧了一紧，感觉一阵头昏。

　　萧素走过来了，低声问："你不舒服么？"

　　"没有，一点儿都没有！"江玫连忙振起了精神。自己暗暗责骂自己，在这样的场合，偏会想到他！

　　大队回到学校时，灯光已经缀满校园。江玫回到房间时，两腿再也抬不起来，像是绑上了两块大石头，这时有人敲门，江玫心中一紧，感到一场风暴就要发生了，她靠在床栏杆上，默默地啜着热水。门开了，进来的是老赵。他的眉头皱得打了结，手里拿着一个破碎的糖盒子，往桌上一放说：

　　"哎哟江小姐！可真不得了啦！我活了这么大年纪也没见过脾气这么火暴的人！你们这位齐先生别是用公鸡血喂大的吧？他要死了，准得下冰冻地狱把人镇凉了才行，要不然连阎王殿都给烧啦！"

　　"什么'你们齐先生'？别这么说。他怎么了？你快说呀。"江玫放下了手中的杯子。

　　"今儿个下午他来找您，我说江小姐游行去了。他一听，就把他带来的这盒糖扔到大门外台阶上了，像是扔球似的！盒子破了，糖都滚了出来，我看这盒糖呀，值一袋面的钱，心里怪舍不得，我说，'齐先生，江小姐不在，你给东西留下得了，干嘛发这么大的火呀？'他一听更急了，一张脸煞红煞白，抄起门房的一个茶杯就摔在玻璃窗上，哗啦！你瞧这满地的玻璃碴子！我看他是有点儿疯病！摔完了拔腿就走，还扔在台阶上三百万的票子，那是让我们修玻璃买茶杯？您说是不是？"

"别说了。"江玫无力地挥手。"就补块玻璃买个茶杯罢。"

"这糖，我看怪可惜了儿的，给您捡了来了。"

"你带回家去，那不是我的，我不要。"

这时萧素已经进来了，把一段话都听了去。她一回来就洗脸洗脚，都收拾好了就伏在桌上写什么。而江玫还靠在床栏杆上，一动也不动。

萧素停下笔来，"你干什么？小鸟儿？你这样会毁了自己的。看出来了没有？齐虹的灵魂深处是自私残暴和野蛮，干吗要折磨自己？结束了吧，你那爱情！真的到我们中间来，我们都欢迎你，爱你——"萧素走过来，用两臂围着江玫的肩。

"可是，齐虹——"江玫没有完全明白萧素在说什么。

"什么齐虹！忘掉他！"萧素几乎是生气地喊了起来，"你是个好孩子，好心肠，又聪明能干，可是这爱情会毒死你！忘掉他！答应我！小鸟儿。"

江玫还从没有想到要忘掉齐虹。他不知怎么就闯入了她的生命，她也永不会知道该如何把他赶出去。她迟钝地说："忘掉他——忘掉他——我死了，就自然会忘掉。"

萧素真生她的气："怎么这样说话！好好儿要说到死！我可想活呢，而且要活得有价值！"她说着，颜色有些凄然。

"怎么了？素姐！"细心而体贴的江玫一眼就看出有什么不平常的事。对萧素的关心一下子把她自己的痛苦冲了开去。

萧素望着窗外，想了一会儿，说："危险得很。小鸟儿。我离开你以后，你还是要走我们的路，是不是？千万不要跟着齐虹走，他真会毁了你的。"

"离开我！"江玫一把抱住了萧素。"离开我！为什么！我要跟你在一起！"

"我要毕业了呀，家里要我回湖南去教书。"萧素似真似假地回答。她是湖南人，父亲是个中学教员。

"毕业？"

"是毕业呀。"

可是萧素并没有能毕业，当然也没有回湖南去教书。她去参加毕业考试的最后一项科目，就没有回来。

同学们跑来告诉江玫时，江玫正在为《英国小说选》这一门课写读书报告，读的书是英国女作家艾米莱·勃朗特的《咆哮山庄》。江玫和齐虹常常谈论这本书。齐虹对这本书有那么多精辟的见解，了解得那样透彻，他真该是最懂得人生最热爱人生的，但是竟不然——

萧素被捕的消息一下子就把江玫从《咆哮山庄》里拉出来了。江玫跳起来夺门而出，不顾那精心写作的读书报告撒得满地。好些同学跟她一起跑出了西楼，一直跑到学校门口，只看见一条笔直的马路，空荡荡的，望不到头。路边的洋槐上发散着淡淡的香气。江玫手扶着一棵洋槐树，连声问："在哪儿？在哪儿？"一个同学痛心地说："早装上闷子车，这会子到了警察局了。"江玫觉得天旋地转，两腿再没有一点力气，一下子就坐在地上了。大家都拥上来看她，有的同学过来搀扶她。

"你怎么了？"

"打起精神来，江玫！"

大家喊喊喳喳在说着。是谁愤愤的声音特别响："流血，流泪，逮捕，更教人睁开了眼睛！"

是呀！江玫心里说："逮走一个萧素，会让更多的人都长成萧素。"

江玫弄不清楚人群怎样就散开了，而自己却靠在齐虹的手臂上，缓缓走着。

齐虹对她说："我们系里那些进步同学嚷嚷着江玫晕倒了，我就明白是为了那萧素的缘故，连忙赶来。"

"对了。你们不是一起考高等数学吗？听说她是在课堂上被抓走的。"江玫这时多么希望谈谈萧素。

"是在考试时被抓走的。你看，干那些民主活动，有什么好下场！你还要跟着她跑！我劝你多少次——"

"什么！你说什么！"江玫叫了起来，她那会笑的眼睛射出了火光。"你！你真是没有心肝！"她把齐虹扶着她的手臂用力一推，自己向宿舍跑去了。跑得那么快，好像后面有什么妖魔鬼怪在追着她。

她好容易跑到自己房间，一下子扑在床上，半天喘不过气来。这时齐虹的手又轻轻放在她肩上了。齐虹非常吃惊，他不懂江玫为什么会发这么大的脾气，他曲着一膝伏在床前说：

"我又惹了你吗？玫！我不过忌妒着萧素罢了，你太关心她了。你把我放在什么地方？我常常恨她，真的，我觉得就是她在分开咱们俩——"

"不是她分开我们，是我们自己的道路不一样。"江玫抽咽着说。

"什么？为什么不一样？我们有些看法不同，我们常常打架，我的脾气，确实不好。不过，那有什么关系，反正我只知道，没有你就不行。我还没有告诉你，玫，我家里因为近来局势紧张，预备搬到美国去，他们要我也到美国去留学。"

"你！到美国去？"江玫猛然坐了起来。

"是的。还有你，玫。我已经和父亲说到了你，虽然你从来都拒绝到我家里去，他们对你都很熟悉。我常给他们看你的相片。"齐虹得意地拿出他随身携带的小皮夹子，那里面装着江玫的一张照片，是齐虹从她家里偷去的。那是江玫十七岁时照的，一双弯弯的充满了笑意的眼睛，还有那深色的嘴唇微微翘起，像是在和谁赌气。"我对他们说，你是一首最美的诗，一支最美的乐曲——"若说起赞美江玫的话来，那是谁也比不上齐虹的。

"不要说了。"江玫辛酸地止住了他。"不管是什么，可不能把你留在你的祖国呵。"

"可是你是要和我一块儿去的，玫，你可以接着念大学，我们要永远在一起，没有任何东西能分开我们。"

"不要说了，不要说了。"这是江玫唯一能说的话。

心上的重压逼得江玫走投无路。她真怕看萧素留下的那张空床，那白被单刺得她眼睛发痛。没有到礼拜六，她就回家去了。那晚正停电，母亲坐在摇曳的烛光下面缝着什么，在阴影里，她显得那样苍老而且衰弱，江玫心里一阵发痛，无声地唤着"心爱的母亲，可怜的母亲"，眼泪不由自主地流了下来。

"玫儿！"母亲丢了手中的活计。

"妈妈！萧素被捉走了。"

"她被捉走了？"母亲对女儿的好朋友是熟悉的。她也深深爱着那坦率纯朴的姑娘，但她对这个消息竟有些漠然，她好像没有知觉似的沉默着，坐在阴影里。

"萧素被捉走了。"江玫又重复了一遍。她眼前仿佛看见一个殷红的圆圆的面孔。

"早想得到呵。"母亲喃喃地说。

江玫把手中的书包扔到桌上，跑过来抱住母亲的两腿。"您知道！"

"我不知道但我想得到。"母亲叹了一口气，用她枯瘦的手遮住自己的脸，停了一下，才说："要知道你的父亲，十五年前，也是这样不明不白地就再没有回来。他从来也没有害过什么肠炎胃炎，只是那些人说他思想有毛病。他脾气倔，不会应酬人，还有些别的什么道理，我不懂，说不明白。他反正没有杀人放火，可我们就这样糊里糊涂地再也看不见他了——"母亲说着，失声痛哭起来。

原来父亲并不是死于什么肠炎！无怪母亲常常说不该有一个人屈死。屈死！父亲正是屈死的！江玫几乎要叫出来。她也放声哭了。母亲抚着她的头，眼泪浇湿了她的头发——

从父亲死后，江玫只看见母亲无言流泪，还从没有看见她这样激动过。衰弱的母亲，心底埋藏了多少悲痛和仇恨！江玫觉得母亲的眼泪滴落在她头上，这眼泪使得她逐渐平静下来了。是的，难道还该要这屈死人的社会么？彷徨挣扎的痛苦离开了她，仿佛有一种大力量支持着她走自己选择的路。她把母亲粗糙的手搁在自己被泪水浸湿的脸颊上，低声唤着："父亲——我的父亲——"

门轻轻开了，烛光把齐虹的修长的影子投在墙上，母亲吃惊地转过头去。江玫知道是齐虹，仍埋着头不作声。齐虹应酬地唤了一声"伯母"，便对江玫说：

"你怎么今天回家来了？我到处找你找不着。"

江玫没有理他，抬头告诉母亲："他要到美国去。"

"是要和江玫一块儿去，伯母。"齐虹抢着加了一句。

"孩子，你会去吗？"母亲用颤抖的手摸着女儿的头。

"您说呢？妈妈！"江玫抱住母亲的双膝，抬起了满是泪痕的脸。

"我放心你。"

"您同意她去了，伯母？"人总是照自己所期待的那样理解别人的话，齐虹惊喜万分地走过来。

"母亲放心我自己做决定。她知道我不会去。"江玫站起来，直望着齐虹那张清秀的象牙色的脸。齐虹浑身上下都滴着水，好像他是游过一条大河来到她家似的。

可是齐虹自己一点不觉得淋湿了，他只看见江玫满脸泪痕，连忙拿出手帕来给她擦，一面说："咱们别再闹别扭了，玫，老打架，有什么意思？"

"是下雨了吗？"母亲包起她的活计，"你们商量罢，玫儿，记住你的父亲。"

"我不知道下雨了没有。"齐虹心不在焉地回答，他没有看见江玫的母亲已经走出房去，他的眼睛一刻都没有离开江玫。

江玫呆呆地瞪着他，尽他拭去了脸上的泪，叹了一口气，说："看来竟不能不分手了。我们的爱情还没有能让我们舍弃自己的一生。"

"我们一定会过得非常舒适而且快活——为什么提到舍弃，为什么提到分手？"齐虹狂热地吻着他最熟悉的那有着粉红色指甲的小手。

"那你留下来！"江玫还是呆呆地看着他。

"我留下来？我的小姑娘，要我跟着你满街贴标语，到处去游行么？我们是特殊的人，难道要我丢了我的物理音乐，我的生活方式，跟着什么群众瞎跑一气，扔开智慧，去找愚蠢！傻心眼的小姑娘，你还根本不懂生活，你再长大一点，就不会这样天真了。"

"傻心眼？人总还是傻点好！"

"你一定得跟我走！"

"跟你走，什么都扔了。扔开我的祖国，我的道路，扔开我的母亲，还扔开我的父亲！"江玫的声音细若游丝，她自己都听不见自己在说什么。说到父亲两字，她的声音猛然大起来，自己也吃了一惊。

"可是你有我。玫！"齐虹用责备的语气说。他看见江玫眼睛里闪耀一种亮得奇怪的火光，不觉放松了江玫的手。紧接着一阵遏止不住的渴望和激怒，使他抓住了江玫的肩膀。他压低了声音，一字一字的说："我恨不得杀了你！把你装在棺材里带走！"

江玫回答说："我宁愿听说你死了，不愿知道你活得不像个人。"

风呼啸着，雨滴急速地落着。疾风骤雨，一阵比一阵紧，忽然哗啦一声响，是什么东西摔碎了。齐虹把江玫搂在胸前，借着闪电的惨白的光辉，看见窗外阶上的夹竹桃被风刮到了阶下。江玫心里又是一阵疼痛，她觉得自己的爱情，正像那粉碎了的花盆一样，像那被吹落的花朵一样，永远不能再重新完整起来，永远不能再重新开在枝头。

这种爱情，就像碎玻璃一样割着人。齐虹和江玫，虽然都把话说得那样决绝，却还是形影相随。花池畔，树林中，不断地增添着他们新的足迹。他们也还是不断地争吵，——流泪。

十月里东北局势紧张，解放军排山倒海地压来，解放了好几个城市。当时蒋介石提出的方针是："维持东北，确保华北，肃清华中"。虽然对华北是确保，但华北的"贵人"们还是纷纷南迁，齐虹的家在秋初就全部飞南京转沪赴美了，只有齐虹一个人留在北京。他告诉家里说论文还有点尾巴没写好，拿不到毕业文凭，而实际上，他还在等着江玫回心转意。根本不相信江玫可能不跟他走。他，齐虹，这样的齐虹，又在发疯地爱着的齐虹！在那执拗的江玫面前，不只一次想，若真能把她包扎起来带走该有多好！他脸上的神色愈来愈焦愁，眼神透露着一种凶恶。这些都常在黑夜里震荡着江玫的梦。

江玫的梦现已不是那种透明的、颜色非常鲜亮的少女梦了。局势的变化，萧素的被捕，齐虹的爱，以及她自己的复杂的感情，使她多懂了许多事。在抗议"七五"事件（国民党屠杀东北来的青年学生）的游行里，她已经不再当救护队，而打着"反剿民，要活命，要请愿"的大标语走在队伍的前列了。她领头喊着"为死者伸冤，为生者请命"的口号，她奇怪自己的声音竟会这样响。她想到，在死者里面有她的父亲；在生者里面有母亲、萧素和她自己。她渴望着把青春贡献给了整个人类解放的事业，她渴望着生活来一次翻天覆地的变动。

后来据萧素说，（萧素在解放后出狱，在广播电台做播音员，向全世界广播北京的声音。）那时的地下组织原打算发展江玫参加地下民主青年联盟的，只是她和齐虹的感情，让人闹不清她究竟爱什么，憎恶什么，就搁下来了，江玫听说这话，只轻轻叹了口气。

一九四八年冬天，北京已经到了解放前夕。城里流传着这样的民谣："家家挂红灯，迎接毛泽东。"连最沉得住气的反动官员们大亨们都纷纷逃走了，齐虹家里几乎是一天一封电报催他走，并且代他订了飞机座位。那时江玫的中心工作是和同学们一起讨论怎样应"变"，宣传护校。她为即将到来的解放，感到兴奋，好像等待着一件期待已久的亲人的礼物，满怀着感情，幻想解放后的日子。而同时，她和齐虹那注定了的无可挽回的分别啮咬着她的心她觉得自己的心一面在开着花，同时又在萎缩。

一天，齐虹进城去了，直到晚上还没有露面。江玫坐在图书馆里，一页书也没有看，进来一个人她就抬头，可是直到电灯关了，齐虹还是不见。她忽然想，很可能他已经走了。走了，永远再也见不到他了。可是江玫一定还要再看他一眼，最后一眼！"齐虹！齐虹！"江玫几乎要叫出来，叫得全图书馆都听见。她连忙紧咬着嘴唇，快步走出了图书馆。

那是那一年冬天的第一个下雪天。路上的雪还没有上冻，灯光照在雪花上，闪闪刺人的眼。江玫一直向北楼走去，她想看一看那正对着一棵白杨树梢的窗子，有没有灯光。那个房间她从没有去过，可是那窗口她却十分熟悉。齐虹对她讲窗口的白杨树叶的沙沙声怎样伴着他度过多少不眠的夜。透过飞舞着的迷乱的雪花，她一下子就找到那棵白杨树，而那白杨树梢的窗口，漆黑一片，没有灯光。

江玫的心沉了下去。她两腿发软，站在北楼前，一动也不动。

也许他从城里回来太累，已经去睡了？也许他还没有回来？江玫快步走进了北楼，走到齐虹的房间，她敲门又推门，门是锁着的。

"难道再见不着他了！真见不着他了！"江玫走出北楼，心里在大声哭泣。她完全没有看见新诗社的一个同学从她身边走过，也没有听见人家在唤着"小鸟儿"。

好容易走到西楼，江玫真是一点力气都没有了。她想找个地方靠一靠再上楼，一眼看见自己房间里有灯光。那房间，自从萧素被抓去以后，是那样空，那样冷，晚上进去总是黑洞洞的。这时竟点着灯，这灯光温暖了江玫，她三步两步跑上去，在门外就叫着"虹！"

果然是齐虹在房间里等她，满脸的焦急使他看上去苍老了许多。他一看见江玫，连忙迎上来握着她的手，疲倦地、也多少有些安心地说："你到底回来了！我以为我再也见不着你了。"

江玫没有回答。她怕自己会把刚才那一番焦急向他倾吐，会让他明白她多离不开他，而他却就要走了，永远地走了。

"明天一早的飞机，今晚就要去机场。"齐虹焦躁地说："一切都已经定了，怎么样？咱们就得分别么？"

"分别？——永远不能再见你——"江玫看着那耶稣受难的像，她仿佛看见那像后的两粒红豆。

"完全可以不分别，永不分别！玫！只要你说一声同我一道走，我的小姑娘。"

"不行。"

"不行！你就不能为我牺牲一点！你说过只愿意跟我在一起！"

"你自己呢？"江玫的目光这样说。

"我么！我走的路是对的。我绝不能忍受看见我爱的人去过那种什么'人民'的生活！你该跟着我！你知道么！我从来没有这样求过人！玫！你听我说！"

"不行。"

"真的不行么？你就像看见一个临死的人而不肯去救他一样，可他一死去就再也不会活转来了。再也不会活了！走开的人永远也不会再回来。你会后悔的，玫！我的玫！"他摇着江玫的肩，摇得她骨头直响。

"我不后悔。"

齐虹看着她的眼睛，还是那亮得奇怪的火光。他叹了一口气，"好，那么，送我下楼罢。"

江玫温柔地代他系好围巾，拉好了大衣领子，一言不发，送他下楼。

纷飞的雪花在无边的夜里飘荡，夜，是那样静，那样静。他们一出楼门，马上开过来一辆小汽车，从车里跳出一个魁梧的司机。齐虹对司机摇摇手，把江玫领到路灯下，看着她，摇头，说："我原来预备抢你走的。你知道么？你看，我预备了车。飞机票也买好了。不过，我看了出来，那样做，你会恨我一辈子。你会的，不是么？"他拿出一张飞机票，也许他还希望江玫会忽然同意跟他走，迟疑了一下，然后把它撕成几半。碎纸片混在飞舞的雪花中，不见了。"再见！我的玫。我的女诗人！我的女革命家！"他最后几句话，语气非常尖刻。江玫看见他的脸因为痛苦而变了形，他的眼睛红肿，嘴唇出血，脸上充满了烦躁和不安。江玫忽然想起，第一次看见他时，他脸上那种漠不关心，什么都没看见的神气。

江玫想说点什么，但说不出来，好像有千把刀子插在喉头。她心里想："我要撑过这一分钟，无论如何要撑过这一分钟。"她觉得齐虹冰凉的嘴唇落在她的额上，然后汽车响了起来。周围只剩了一片白，天旋地转的白，淹没了一切的白——

她最后对齐虹说的一句话就是"我不后悔"。

江玫果然没有后悔。那时称她革命家是一种讽刺，这时她已经真的成长为一个好的党的工作者了。解放后又渐渐健康起来的母亲骄傲地对人说："她父亲有这样一个女儿，死得也不算冤了。"

雪还在下着。江玫手里握着的红豆已经被泪水滴湿了。

"江玫！小鸟儿！"老赵在外面喊着。"有多少人来看你啦！史书记，老马，郑先生，王同志，还有小耗子——"

一阵笑语声打断了老赵不伦不类的通报。江玫刚流过泪的眼睛早已又充满了笑意。她把红豆和盒子放在一旁，从床边站了起来。

一九五六年十二月

[提示]

宗璞（1928—），原名冯钟璞，北京人。著有长篇小说《野葫芦引》（包括《南渡记》《东藏记》《西征记》《北归记》），中篇小说《三生石》，短篇小说《红豆》《弦上的梦》《我是谁》《蜗居》《泥沼中的头颅》，散文集《丁香结》，童话《寻月记》《总鳍鱼的故事》等。其中，《东藏记》获第六届茅盾文学奖。

《红豆》原载《人民文学》1957 年 7 月号，是当时少有的深入人物灵魂并涉及爱情主题的作品，从这个意义上说，《红豆》是一部"突破禁区"的小说。作品讲述了北京解放前夕，大学生江玫和齐虹因政治道路的不同而导致爱情破裂的故事。作家没有将描写重点放在爱情的缠绵悱恻和分手的悲伤痛苦上，而是将爱情与民族利益、国家前途相结合，展示他们面临人生道路艰难抉择时的痛苦与徘徊，使整部小说对爱情的描写始终在一种理性的制约当中，充满了理性主义光芒。对于齐虹来说，江玫是他唯一的爱人，他对江玫有很强的占有欲和控制欲，可是在面临家庭与爱情、个人利益与国家利益的冲突时，他选择了牺牲爱情，保全自己。而江玫面对初恋齐虹、好友萧素这两个有着截然不同的价值观念的人的时候，她从对齐虹的幻想、期待，到矛盾、痛苦，直到在萧素被捕、得知父亲真正死因后，她坚定地选择了为广大人民群众而奋斗的解放事业。

《红豆》的心理描写尤为出色，堪称一部优秀的心理小说，作品用大量笔墨细致入微地刻画了江玫的内心世界。宗璞还善用意象表情达意，如红豆、小鸟儿、夹竹桃等，"红豆"是贯穿整个作品的中心意象，以江玫看到珍藏在盒子里的镶有红豆的发夹而引出故事，红豆是爱情的象征，红豆发夹见证了江玫和齐虹的相识、相知、相恋；红豆发夹在二人争吵中被踩碎，也象征着他们的感情出现裂痕。另外，还有寄寓着同学们对江玫美好期待的外号"小鸟儿"，既体现了江玫单纯活泼的性格，也预示着主人公冲破束缚、追求自由的人生道路。

（王　琳）

红日（存目）

吴 强

吴强（1910—1990），原名汪大同，江苏涟水县人。著有短篇小说《电报杆》《激流下》，中篇小说《三战三捷》《养马的人》，长篇小说《红日》《堡垒》，散文集《咆哮的烟苇港》，独幕剧《一条战线》《激变》，长篇报告文学《英雄的业绩》，文学评论集《文艺生活》等。

《红日》自1957年3月连载于《延河》，同年由中国青年出版社出版，人民文学出版社1959年出版修订本。小说主要描写了1946年秋末到1947年夏初，陈毅、粟裕统率的华东野战军转战南北，粉碎国民党进攻，为解放全中国开辟了一条胜利的道路。作品以华东战场沈振新、梁波率领的部队为中心线索，以涟水、莱芜、孟良崮三场战役为主要情节，通过涟水战役失利、莱芜战役大捷以及孟良崮战役这三场有着不同结果的重大战役，反映了我军由弱到强、由战略防御到战略反攻的胜利进程，歌颂了毛泽东的军事思想和人民战争的巨大威力。

作品成功塑造了我军各级指战员的英雄形象。军长沈振新、副军长梁波都是我军高级将领，沈振新经历了长期革命战争，复杂的战争环境造成了他果断、威严的性格；梁波性格比较外向，他平易近人，更善于做思想工作。团长刘胜、连长石冬根则是我军中下层干部的形象，他们都出身于农民，对党和革命事业无限忠诚，对敌人有着刻骨的仇恨。但刘胜爽直、果断，却又脾气暴躁，想法片面；石冬根勇毅、刚强，却简单幼稚，容易上当受骗，中了敌人的假投降计谋。他们二人都是在战争和生活中不断克服狭隘的农民意识，逐渐成长成熟起来的，这使得作品更加真实可信。此外，小说还成功刻画了国民党高级将领张灵甫，真实地写出了这一反面人物深谙韬略、骄横狂妄、刚愎自用的性格特征，展示了他复杂的内心世界，为当代文坛提供了有益借鉴。

在艺术方面，《红日》在不违背生活真实的基础上，大胆开拓题材领域，一方面真实描写了涟水战役失利后我军的沮丧情绪，干部战士大都是成长中的英雄，反面人物也没有概念化、脸谱化；另一方面，作者把笔墨集中在战场的拼杀格斗上,极为震撼,同时穿插描写后方生活,尤其是对沈振新与黎青、梁波与华静等家庭与爱情生活的描绘,不仅打破了战争题材不能写爱情的清规戒律,也使作品更加接近生活的真实。

(王　琳)

红旗谱（存目）

梁　斌

梁斌（1914—1996），原名梁维周，河北蠡县人。著有长篇小说《红旗谱》《翻身纪事》（上部），中篇小说《父亲》，短篇小说《夜之交流》《三个布尔什维克的爸爸》，剧本《爸爸做错了》《五谷丰登》等。

多卷本长篇小说《红旗谱》1957年由中国青年出版社出版，是一部描绘农民革命斗争的壮丽史诗。作品以1927年大革命失败前后十年为背景，以"反割头税"和"保定二师学潮"为主要事件，生动地描写了北方农村和城市革命运动的壮丽图景，从侧面反映中国人民在党的领导下，高举反帝反封建的旗帜，建立工农红军，开辟农村革命根据地这一伟大斗争。

作品成功塑造了三代农民的英雄形象，最成功的是朱老忠形象。朱老忠是跨越新旧两个历史时代的人物，他的思想性格是在中国从旧民主主义革命转向新民主主义革命这个特殊的历史环境中形成的，地主冯兰池的阴险残忍和父亲朱老巩大闹柳树林的壮举，在朱老忠的心底埋下了复仇的火种。经历了闯关东等一系列事件，25年后回到故里，他不仅具有父辈的叛逆性格，而且有了不同于旧时代农民英雄的新的素质，新的思想境界。他对于反动统治阶级怀着强烈的阶级仇恨，有着不甘屈服的反抗意志和韧性的战斗精神。严志和则是一个地道的农民形象，他勤劳朴实、善良本分、乐于助人，充满对地主阶级的仇恨，但他的心胸比较狭窄，有些胆小怕事。作品通过人物的生活经历和行动，不仅写出了人物的思想性格，而且写出了人物性格发展的历史。

作品具有浓厚的地方色彩，不仅描写了冀中平原极具特色的自然景物，而且写出了具有民族传统特点的民间风俗习惯，例如除夕把芝麻秸撒在地上"踩岁"、把香插在门环和灶台上以表吉利等，具有浓厚的民族风味和鲜明的时代特色。

（王　琳）

林海雪原（存目）

曲　波

曲波（1923—2002），山东龙口人，代表作《林海雪原》《山呼海啸》《桥隆飙》等。

《林海雪原》写于1955年12月至1956年8月，1957年由人民文学出版社出版单行本。《林海雪原》是以作家本人及战友们当年的战斗经历为基础创作的，带有浓厚的纪实性质。小说发表之时反响巨大，后被改编成电影、电视剧、戏剧等多种形式，影响深远。其中"智取威虎山"成为家喻户晓的经典片段。作品讲述了解放战争初期，由36位解放军战士组成的小分队在东北的林海雪原上搜剿国民党残余和土匪的故事，以奇袭奶头山、智取威虎山、火烧大锅盔、激战四方台等剿匪战斗为主线，穿插民谣、神话传说、民间故事、地理风情等，带有浓厚的浪漫主义传奇色彩。

小说集中描写了人民解放军与匪患斗智斗勇的战斗过程，刻画了众多性格各异的解放军战士。少剑波年轻有为、足智多谋，杨子荣胆识兼备、智勇双全，刘勋苍骁勇威猛、急躁冲动，栾超家身怀绝技、诙谐风趣，孙达得吃苦耐劳、沉稳忠厚，小白茹美丽善良、机灵活泼……小说还刻画了许大马棒、蝴蝶迷、座山雕、老妖道、马希山等土匪形象，他们相貌丑陋、荒淫无道、凶狠毒辣、奸诈狡猾，与解放军战士的光辉形象形成鲜明对比。凸显了人性中善与恶、美与丑的两极。

作为一部英雄传奇小说，《林海雪原》的传奇性还表现为情节紧凑、环环相扣、大开大合、波澜起伏。几个大故事各具特色，既相互连贯又相互独立，每个大故事还分成若干小故事，结构统一和谐又富于变化，带有较强的可读性，明显受到了中国古典小说的影响。当然，《林海雪原》也有明显的艺术缺陷，比如，以弱胜强的战争场景过度夸张，消解了战争文学的悲壮美；人物形象的过度拔高，损伤了人物的真实性；过度突出主要人物，忽略了对次要人物和反面人物的塑造。

（田　庆）

百 合 花

茹志鹃

一九四六年的中秋。

这天打海岸的部队决定晚上总攻。我们文工团创作室的几个同志，就由主攻团的团长分派到各个战斗连去帮助工作。大概因为我是个女同志吧！团长对我抓了半天后脑勺，最后才叫一个通讯员送我到前沿包扎所去。

包扎所就包扎所吧！反正不叫我进保险箱就行。我背上背包，跟通讯员走了。

早上下过一阵小雨，现在虽放了晴，路上还是滑得很，两边地里的秋庄稼，却给雨水冲洗得青翠水绿，珠烁晶莹。空气里也带有一股清鲜湿润的香味。要不是敌人的冷炮，在间歇地盲目地轰响着，我真以为我们是去赶集的呢！

通讯员撒开大步，一直走在我前面。一开始他就把我撩下几丈远。我的脚烂了，路又滑，怎么努力也赶不上他。我想喊他等等我，却又怕他笑我胆小害怕；不叫他，我又真怕一个人摸不到那个包扎所。我开始对这个通讯员生起气来。

嗳！说也怪，他背后好像长了眼睛似的，倒自动在路边站下了。但脸还是朝着前面。没看我一眼。等我紧走慢赶地快要走近他时，他又蹬蹬蹬地自个向前走了，一下又把我撩下几丈远。我实在没力气赶了，索性一个人在后面慢慢晃。不过这一次还好，他没让我撩得太远，但也不让我走近，总和我保持着丈把远的距离。我走快，他在前面大踏步向前；我走慢，他在前面就摇摇摆摆。奇怪的是，我从没见他回头看我一次，我不禁对这通讯员发生了兴趣。

刚才在团部我没注意看他，现在从背后看去，只看到他是高挑挑的个子，块头不大，但从他那副厚实实的肩膀看来，是个挺棒的小伙，他穿了一身洗淡了的黄军装，绑腿直打到膝盖上。肩上的步枪筒里，稀疏地插了几根树枝，这要说是伪装，倒不如算作装饰点缀。

没有赶上他，但双脚胀痛得像火烧似的。我向他提出了休息一会后，自己便在做田界的石头上坐了下来。他也在远远的一块石头上坐下，把枪横搁在腿上，背向着我，好像没我这个人似的。凭经验，我晓得这一定又因为我是个女同志的缘故。女同志下连队，就有这些困难。我着恼的带着一种反抗情绪走过去，面对着他坐下来。这时，我看见他那张十分年轻稚气的圆脸，顶多有十八岁。他见我挨他坐下，立即张惶起来，好像他身边埋下了一颗定时炸弹，局促不安，掉过脸去不好，不掉过去又不行，想站起来又不好意思。我拼命忍住笑，随便地问他是哪里人。他没回答，脸涨得像个关公，讷讷半晌，才说清自己是天目山人。原来他还是我的同乡呢！

"在家时你干什么？"

"帮人拖毛竹。"

我朝他宽宽的两肩望了一下，立即在我眼前出现了一片绿雾似的竹海，海中间，一条窄窄的石级山道，盘旋而上。一个肩膀宽宽的小伙，肩上垫了一块老蓝布，扛了几枝青竹，竹梢长长的拖在他后面，刮打得石级哗哗作响。……这是我多么熟悉的故乡生活啊！我立刻对这位同乡，越加亲热起来。

我又问："你多大了？"

"十九。"

"参加革命几年了？"

"一年。"

"你怎么参加革命的？"我问到这里自己觉得这不像是谈话，倒有些像审讯。不过我还是禁不住地要问。

"大军北撤时我自己跟来的。"

"家里还有什么人呢？"

"娘，爹，弟弟妹妹，还有一个姑姑也住在我家里。"

"你还没娶媳妇吧？"

"……"他飞红了脸，更加忸怩起来，两只手不停地数摸着腰皮带上的扣眼。半晌他才低下了头，憨憨地笑了一下，摇了摇头。我还想问他有没有对象，但看到他这样子，只得把嘴里的话，又咽了下去。

两人闷坐了一会，他开始抬头看看天，又掉过来扫了我一眼，意思是在催我动身。

当我站起来要走的时候,我看见他摘了帽子,偷偷地在用毛巾拭汗。这是我的不是,人家走路都没出一滴汗,为了我跟他说话,却害他出了这一头大汗,这都怪我了。

我们到包扎所,已是下午两点钟了。这里离前沿有三里路,包扎所设在一个小学里,大小六个房子组成品字形,中间一块空地长了许多野草,显然,小学已有多时不开课了。我们到时屋里已有几个卫生员在弄着纱布棉花,满地上都是用砖头垫起来的门板,算作病床。

我们刚到不久,来了一个乡干部,他眼睛熬得通红,用一片硬拍纸插在额前的破毡帽下,低低地遮在眼睛前面挡光。他一肩背枪,一肩挂了一杆秤;左手挎了一篮鸡蛋,右手提了一口大锅,呼哧呼哧的走来。他一边放东西,一边对我们又抱歉又诉苦,一边还喘息地喝着水,同时还从怀里掏出一包饭团来嚼着。我只见他迅速地做着这一切。他说的什么我就没大听清。好像是说什么被子的事,要我们自己去借。我问清了卫生员,原来因为部队上的被子还没发下来,但伤员流了血,非常怕冷,所以就得向老百姓去借。哪怕有一二十条棉絮也好。我这时正愁工作插不上手,便自告奋勇讨了这件差事,怕来不及就顺便也请了我那位同乡,请他帮我动员几家再走。他踌躇了一下,便和我一起去了。

我们先到附近一个村子,进村后他向东,我往西,分头去动员。不一会,我已写了三张借条出去,借到两条棉絮,一条被子,手里抱得满满的,心里十分高兴,正准备送回去再来借时,看见通讯员从对面走来,两手还是空空的。

"怎么,没借到?"我觉得这里老百姓觉悟高,又很开通,怎么会没有借到呢?我有点惊奇地问。

"女同志,你去借吧!……老百姓死封建。……"

"哪一家?你带我去。"我估计一定是他说话不对,说崩了。借不到被子事小,得罪了老百姓影响可不好。我叫他带我去看看。但他执拗地低着头,像钉在地上似的,不肯挪步,我走近他,低声地把群众影响的话对他说了。他听了,果然就松松爽爽地带我走了。

我们走进老乡的院子里,只见堂屋里静静的,里面一间房门上,垂着一块蓝布红额的门帘,门框两边还贴着鲜红的对联。我们只得站在外面向里"大姐、大嫂"的喊,喊了几声,不见有人应,但响动是有了。一会,门帘一挑,露出一个年轻媳妇来。这媳妇长得很好看,高高的鼻梁,弯弯的眉，额前一溜蓬松松的留海。穿的虽是粗布，倒都是新的。我看她头上已硬挠挠的挽了髻，便大嫂长大嫂短的向她道歉，说刚才这个同志来，说话不好别见怪等等。她听着，脸扭向里面，尽咬着嘴唇笑。我说完了，她也不作声，还是低头咬着嘴唇，好像忍了一肚子的笑料没笑完。这一来，我倒有些尴尬了，下面的话怎么说呢！我看通讯员站在一边，眼睛一眨不眨的看着我，好像在看连长做示范动作似的。我只好硬了头皮，讪讪的向她开口借被子了，接着还对她说了一遍共产党的部队，打仗是为了老百姓的道理。这一次，她不笑了，一边听着，一边不断向房里瞅着。我说完了，她看看我，看看通讯员，好像在掂量我刚才那些话的斤两。半晌，她转身进去抱被子了。

通讯员乘这机会，颇不服气地对我说道："我刚才也是说的这几句话，她就是不借，你看怪吧！……"

我赶忙白了他一眼，不叫他再说。可是来不及了，那个媳妇抱了被子，已经在房门口了。被子一拿出来，我方才明白她刚才为什么不肯借的道理了。这原来是一条里外全新的新花被子，被面是假洋缎的，枣红底，上面撒满白色百合花。

她好像是在故意气通讯员，把被子朝我面前一送，说："抱去吧。"

我手里已捧满了被子，就一努嘴，叫通讯员来拿。没想到他竟扬起脸，装作没看见。我只好开口叫他，他这才绷了脸，垂着眼皮，上去接过被子，慌慌张张地转身就走。不想他一步还没有走出去，就听见"嘶"的一声，衣服挂住了门钩，在肩膀处，挂下一片布来，口子撕得不小。那媳妇一面笑着，一面赶忙找针拿线，要给他缝上。通讯员却高低不肯，挟了被子就走。

刚走出门不远，就有人告诉我们，刚才那位年轻媳妇，是刚过门三天的新娘子，这条被子就是她唯一的嫁妆。我听了，心里便有些过意不去，通讯员也皱起了眉，默默地看着手里的被子。我想他听了这样的话一定会有同感吧！果然，他一边走，一边跟我嘟哝起来了。

"我们不了解情况，把人家结婚被子也借来了，多不合适呀！……"我忍不住想给他开个玩笑，便故作严肃地说："是呀！也许她为了这条被子，在做姑娘时，不知起早熬夜，多干了多少零活，才积起了做被子的钱，或许她曾为了这条花被，睡不着觉呢。可是还有人骂她死封建。……"

他听到这里，突然站住脚，呆了一会，说："那！……那我们送回去吧！"

"已经借来了，再送回去，倒叫她多心。"我看他那副认真、为难的样子，又好笑，又觉得可爱。不知怎么的，我已从心底爱上了这个傻呼呼的小同乡。

他听我这么说，也似乎有理，考虑了一下，便下了决心似的说："好，算了。用了给她好好洗洗。"他决定以后，就把我抱着的被子，统统抓过去，左一条、右一条的披挂在自己肩上，大踏步地走了。

回到包扎所以后，我就让他回团部去。他精神顿时活泼起来了，向我敬了礼就跑了。走不几步，他又想起了什么，在自己挂包里掏了一阵，摸出两个馒头，朝我扬了扬，顺手放在路边石头上，说："给你开饭啦！"说完就脚不点地的走了。我走过去拿起那两个干硬的馒头，看见他背的枪筒里不知在什么时候又多了一枝野菊花，跟那些树枝一起，在他耳边抖抖地颤动着。

他已走远了，但还见他肩上撕挂下来的布片，在风里一飘一飘。我真后悔没给他缝上再走。现在，至少他要裸露一晚上的肩膀了。

包扎所的工作人员很少。乡干部动员了几个妇女，帮我们打水、烧锅，作些零碎活。那位新媳妇也来了，她还是那样，笑眯眯的抿着嘴，偶然从眼角上看我一眼，但她时不时的东张西望，好像在找什么。后来她到底问我说："那位同志弟到哪里去了？"我告诉她同志弟不是这里的，他现在到前沿去了。她不好意思地笑了一下说："刚才借被子，他可受我的气了！"说完又抿了嘴笑笑，动手把借来的几十条被子、棉絮，整整齐齐的分铺在门板上、桌子上（两张课桌拼起来，就是一张床）。我看见她把自己那条白百合花的新被，铺在外面屋檐下的一块门板上。

天黑了，天边涌起一轮满月。我们的总攻还没发起。敌人照例是忌怕夜晚的，在地上烧起一堆堆的野火，又盲目地轰炸，照明弹也一个接一个地升起，好像在月亮下面点了无数盏的汽油灯，把地面的一切都赤裸裸地暴露出来了。在这样一个"白夜"里来攻击，有多困难，要付出多大的代价啊！

我连那一轮皎洁的月亮，也憎恶起来了。

乡干部又来了，慰劳了我们几个家做的干菜月饼。原来今天是中秋节了。

啊，中秋节，在我的故乡，现在一定又是家家门前放一张竹茶几，上面供一副香烛，几碟瓜果月饼。孩子们急切地盼那炷香快些焚尽，好早些分摊给月亮娘娘享用过的东西，他们在茶几旁边跳着唱着："月亮堂堂，敲锣买糖，……"或是唱着："月亮嬷嬷，照你照我，……"我想到这里，又想起我那个小同乡，那个拖毛竹的小伙，也许，几年以前，他还唱过这些歌吧！

　　……我咬了一口美味的家做月饼，想起那个小同乡大概现在正趴在工事里，也许在团指挥所，或者是在那些弯弯曲曲的交通沟里走着哩！……

　　一会儿，我们的炮响了，天空划过几颗红色的信号弹，攻击开始了。不久，断断续续地有几个伤员下来，包扎所的空气立即紧张起来。

　　我拿着小本子，去登记他们的姓名、单位，轻伤的问问，重伤的就得拉开他们的符号，或是翻看他们的衣襟。我拉开一个重彩号的符号时，"通讯员"三个字使我突然打了个寒战，心跳起来。我定了下神才看到符号上写着×营的字样。啊！不是，我的同乡他是团部的通讯员。但我又莫名其妙地想问问谁，战地上会不会漏掉伤员。通讯员在战斗时，除了送信，还干什么，——我不知道自己为什么要问这些没意思的问题。

　　战斗开始后的几十分钟里，一切顺利，伤员一次次带下来的消息，都是我们突破第一道鹿砦，第二道铁丝网，占领敌人前沿工事打进街了。但到这里，消息忽然停顿了，下来的伤员，只是简单地回答说："在打。"或是"在街上巷战。"

　　但从他们满身泥泞，极度疲乏的神色上，甚至从那些似乎刚从泥里掘出来的担架上，大家明白，前面在进行着一场什么样的战斗。

　　包扎所的担架不够了，好几个重彩号不能及时送后方医院，耽搁下来。

　　我不能解除他们任何痛苦，只得带着那些妇女，给他们拭脸洗手，能吃得的喂他们吃一点，带着背包的，就给他们换一件干净衣裳，有些还得解开他们的衣服，给他们拭洗身上的污泥血迹。

　　做这种工作，我当然没什么，可那些妇女又羞又怕，就是放不开手来，大家都要抢着去烧锅，特别是那新媳妇。我跟她说了半天，她才红了脸，同意了。不过只答应做我的下手。

　　前面的枪声，已响得稀落了。感觉上似乎天快亮了，其实还只是半夜。

外边月亮很明,也比平日悬得高。前面又下来一个重伤员。屋里铺位都满了,我就把这位重伤员安排在屋檐下的那块门板上。担架员把伤员抬上门板,但还围在床边不肯走。一个上了年纪的担架员,大概把我当做医生了,一把抓住我的膀子说:"大夫,你可无论如何要想办法治好这位同志呀!你治好他,我……我们全体担架队员给你挂匾……"他说话的时候,我发现其他的几个担架员也都睁大了眼盯着我,似乎我点一点头,这伤员就立即会好了似的。我心想给他们解释一下,只见新媳妇端着水站在床前,短促地"啊"了一声。我急拨开他们上前一看,我看见了一张十分年轻稚气的圆脸,原来棕红的脸色,现已变得灰黄。他安详地合着眼,军装的肩头上,露着那个大洞,一片布还挂在那里。

"这都是为了我们,……"那个担架员负罪地说道,"我们十多副担架挤在一个小巷子里,准备往前运动,这位同志走在我们后面,可谁知道狗日的反动派不知从哪个屋顶上撂下颗手榴弹来,手榴弹就在我们人缝里冒着烟乱转,这时这位同志叫我们快趴下,他自己就一下扑在那个东西上了……"

新媳妇又短促地"啊"了一声。我强忍着眼泪,给那些担架员说了些话,打发他们走了。我回转身看见新媳妇已轻轻移过一盏油灯,解开他的衣服,她刚才那种忸怩羞涩已经完全消失,只是庄严而虔诚地给他拭着身子,这位高大而又年轻的小通讯员无声地躺在那里。……我猛然醒悟地跳起身,磕磕绊绊地跑去找医生,等我和医生拿了针药赶来,新媳妇正侧着身子坐在他旁边。

她低着头,正一针一针地在缝他衣肩上那个破洞。医生听了听通讯员的心脏,默默地站起身说:"不用打针了。"我过去一摸,果然手都冰冷了。

新媳妇却像什么也没看见,什么也没听到,依然拿着针,细细地、密密地缝着那个破洞。我实在看不下去了,低声地说:"不要缝了。"她却对我异样地瞟了一眼,低下头,还是一针一针地缝。我想拉开她,我想推开这沉重的氛围,我想看见他坐起来,看见他羞涩的笑。但我无意中碰到了身边一个什么东西,伸手一摸,是他给我开的饭,两个干硬的馒头……

卫生员让人抬了一口棺材来,动手揭掉他身上的被子,要把他放进棺材去。新媳妇这时脸发白,劈手夺过被子,狠狠地瞪了他们一眼。自己动手把半条被子平展展地铺在棺材底,半条盖在他身上。卫生员为难地说:

"被子……是借老百姓的。"

"是我的——"她气汹汹地嚷了半句,就扭过脸去。在月光下,我看见她眼里晶莹发亮,我也看见那条枣红底色上洒满白色百合花的被子,这象征纯洁与感情的花,盖上了这位平常的、拖毛竹的青年人的脸。

1958 年 3 月

[提示]

茹志鹃(1925—1998),祖籍浙江杭州,生于上海。著有小说集《百合花》《剪辑错了的故事》《高高的白杨树》《静静的产院》,长篇小说《她从那条路上来》,散文集《惜花人已去》等。

《百合花》原载《延河》1958 年第 3 期,后收入短篇小说集《百合花》(人民文学出版社 1978 年版)。《百合花》是茹志鹃的代表作和成名作,曾被茅盾誉为当时最使他满意和感动的作品,赞赏其"清新俊逸"的艺术风格。作品取材于战争年代,但作者避开了出生入死、刀光剑影的战争场面,独具匠心地选择了解放战争生活中一个短小的片段,通过描写前沿包扎所里发生的一个小插曲,以小见大、含蓄隽永地表现了叙述人"我"、通讯员和新媳妇三人之间和谐美好温馨的人伦情感。

年仅十九岁的通讯员护送"我"去前沿包扎所。在途中,通过"我"的观察和一系列对通讯员的动作描写,让我们看到了一个质朴羞涩的小战士形象,"我"带着类似手足之情和女同志特有的母性牵挂他。通讯员和新媳妇之间同样也是一种圣洁美好的情感。新媳妇第一次没有把被子借给通讯员,为此她深感不安,一来包扎所就问"那位同志弟到哪里去了?"接着,又不好意思地说:"刚才借被子,他可受我的气了!"这表现了她思想的转变及对人民子弟兵的关怀之情。通讯员牺牲之后,她仔细地缝着衣服上的破洞。最后,当卫生员揭去通讯员身上的被子时,她劈手夺过那条撒满百合花的新被子,重新盖在死者身上,扭过脸去,流下了晶莹的泪水。这泪水中有悔恨、悲痛、崇敬、爱戴,包含着多少深沉的感情!茹志鹃凭借深厚的艺术功力,曲折、迂回地表现普通人的内心世界。把战争年代的军民感情写得如此温馨、圣洁。让我们一面感受到对英雄的景仰、对爱与美的赞颂,一面又感受到无法弥补的惆怅和忧伤。

《百合花》浓郁的人情味还得益于作者精炼流畅而饱含情感的语言。作者通过对途中雨后秋景的描绘,使人物活动带上了艺术美色彩;对通讯员在毛竹石道中扛青竹的插叙，又使小说充满乡土气息；关于故乡中秋佳节的回忆，又增添了小说的亲切感。而这一切，都渗透着"我"对通讯员的赞美，映衬着他的高尚风格。作品的结构也值得称道。小说中的三个人一开始素不相识，随着情节的推进，三个人相识，又通过"借被子"事件彼此发生冲突，出现矛盾。结构合情合理、贴切自然，又富有逻辑性和层次感。

（田　庆）

山乡巨变（存目）

周立波

周立波（1908—1979），原名周绍仪，湖南益阳人。他和孙犁、赵树理、柳青被誉为描写农村生活的"四大名旦"和"四杆铁笔"。著有短篇小说《山那面人家》《禾场上》《湘江一夜》（获1978年全国优秀短篇小说奖），长篇小说《暴风骤雨》（曾获斯大林文学奖）《山乡巨变》，翻译作品《被开垦的处女地》《秘密的中国》等。

《山乡巨变》自1958年在《人民文学》第1期开始连载，同年6月由人民文学出版社出版。作品以湖南清溪乡为背景，描写了农业生产合作社从初级社发展到高级社过程中发生的一系列事件，展现了清溪乡农民在农业合作化过程中思想情感、心理状况及理想追求的变化，作品具有强烈的时代感。

小说塑造了邓秀梅、刘雨生、王菊生、李月辉、"亭面糊"等个性鲜明的人物形象，为中国当代文学的人物画廊做出了贡献。作者善于把人物放在尖锐的矛盾冲突中通过人物行动来刻画性格，如带有明显"左"的色彩的邓秀梅，她是合作化运动中的干部形象，在工作过程中一心为公，对落后农民耐心地进行教育，对阶级敌人有着极高的警惕性，最终带领合作社赢得秋季丰收；不顾个人安危跳水"堵管"的基层干部刘雨生，他大公无私，以身作则，对党、对合作化事业极其忠诚；还有思想有局限的老农"亭面糊"盛佑亭、基层干部李月辉、懒惰有心机的张桂秋等一系列栩栩如生的人物形象。

作品的艺术性价值也是值得肯定的。小说描绘了湖南山村的秀丽风光及当地的风俗人情、饮食服饰等，充满浓郁的地方色彩和乡土生活气息；作品的语言介于雅俗之间，大量运用湖南方言土语，淳朴清新，自然流畅，人物语言幽默风趣，又十分个性化。

（王　琳）

青春之歌（存目）

杨　沫

杨沫（1914—1995），祖籍湖南湘阴，生于北京。主要有长篇小说《青春之歌》《东方欲晓》《芳菲之歌》《英华之歌》，中篇小说《苇塘纪事》，短篇小说集《红红的山丹花》，散文集《杨沫散文选》《自白——我的日记》，长篇报告文学《不是日记的日记》等。

杨沫自1951年开始创作《青春之歌》，历时六年完成，1958年由作家出版社出版，1959年小说被改编成同名电影搬上银幕，成为向国庆十周年献礼的优秀影片之一。《青春之歌》是我国当代文学史上第一部正面描写知识分子斗争生活的优秀作品。它通过对党领导下的学生爱国运动的描绘，反映了自"九一八"事变到"一二·九"运动期间北京青年学生的觉醒和斗争，展现了复杂的民族矛盾和阶级斗争中各种人物的精神面貌和思想变化及爱国青年的成长历程。杨沫以青年知识分子为描写对象，为当代文学人物画廊提供了一批鲜活灵动的艺术形象。如卢嘉川、江华、林红等共产党人；在学生中宣扬悲观论调，禁不住诱惑而叛变的戴愉；自私自利、平庸狭隘的余永泽；思想空虚、贪图享乐，最后沦落为玩物的白丽萍等。作者着墨最多的是林道静。林道静出生于地主家庭，母亲是被父亲霸占了的贫农女儿。她心地善良，同情民众，憎恨她的家庭，为追求自由离家出走。在绝望自杀之际，被余永泽搭救，余永泽以"骑士兼诗人"的风度和温情体贴俘获了林道静的芳心，可向往自由、追求进步的林道静，最终与余永泽决裂。这是她人生道路的重要转折。此后，在江华的帮助和教育下，林道静走向成熟，并在狱中经受住了生死考验。终于从一个爱幻想、感情脆弱的小资产阶级知识分子成长为一名意志坚定的共产主义战士。作品生动而真实地揭示出，知识分子只有投身于革命洪流才能找到自己的出路。

在结构上，《青春之歌》循着一条主线——林道静的行踪及成长展开讲述，由林道静带出各种人物，作品构架严谨完整。《青春之歌》的独特性还在于它突破题材禁区，对人情、人性的大胆尝试。杨沫敢于深入人物的内心世界,描写革命者之间的友情、爱情,并将优美缠绵的感情波折同救亡图存的革命事业融为一体,使作品在深广的社会历史内涵之外,升华出丰富的人性美。小说堪称新文学史上的不朽之作。

(田　庆)

上海的早晨（存目）

周而复

周而复（1914—2004），原名周祖式，安徽旌德人。代表作有诗集《夜行集》，报告文学《长良川畔》《在古巴前线》，散文集《火炬》《怀念集》，长篇小说《上海的早晨》《长城万里图》，长篇叙事诗《伟人周恩来》等。

《上海的早晨》第一卷于1958年在《收获》发表，后由作家出版社出版；第二卷部分章节先在文艺刊物上发表和《北京晚报》连载，1962年由作家出版社出版；第三、第四卷分别于1979年、1980年由作家出版社出版。《上海的早晨》是一部规模宏大、内容丰富的长篇小说，先后翻译成多种文字，影响极大。作品以上海资本主义工商业进行社会主义改造为背景，描写了以余静、汤阿英为代表的工人阶级与以上海沪江纱厂总经理徐义德为代表的民族资产阶级两个阵营的斗争，展现了工人阶级成长的心路历程。通过资本主义工商业社会主义改造，写出了上海民族资本家的奋斗史和命运史，展示了民族资本家的生活、性格和命运。

主人公徐义德是资产阶级的典型形象，他唯利是图，人际交往中遵循"利益原则"，作者写出了他面对社会主义改造时的动摇、反复、惊惧，反映了民族资产阶级的两面性。其以城市生活中工人阶级与资产阶级之间的矛盾冲突为主线，以沪江纱厂的斗争为中心，描写工人阶级在党的带领下同民族资本家进行的一系列斗争，突出作品主题；农村生活中农民与地主之间的矛盾冲突为副线，从侧面描写社会主义改造对农村产生的巨大影响。

与以往的同类题材作品相比，《上海的早晨》反映了新的阶级斗争形势，写出了阶级力量在一定条件下的对比和变化，将民族资产阶级政治上的两面性的消长通过尖锐复杂的矛盾斗争展现出来，作者用历史的、发展的眼光看待民族资本主义工商业进行社会主义改造这一事件，体现出社会主义改造是一个延续发展且十分艰巨的过程,不是转瞬就能完成的。作品在"阶级性"原则的基础之上,较多的涉及物质性和生活形态的描写,以此展示人物形貌及生活状态。

(王 琳)

三家巷（存目）

欧阳山

欧阳山（1908—2000），原名杨凤岐，湖北荆州人。著有短篇小说集《仙宫》《梦一样的自由》，中篇小说《玫瑰残了》《前途似锦》，长篇小说《高干大》《三家巷》，诗集《坟歌》，散文集《世界走得这样慢》《金牛和哭女》，戏剧《刘永福》等。

1959年8月3日，《羊城晚报》"花地"版开始连载《三家巷》，后于1959年9月由广东人民出版社出版。作品以20世纪20年代的广州为背景，通过周、陈、何三个家庭的变化、矛盾和斗争，亲戚朋友之间错综复杂的关系，历史性地展现了各种政治力量的消长，不同阶级、不同人物精神世界的变化，特别是年轻一代各自人生道路的选择。三个家庭之间有千丝万缕的联系，既是邻居，又是连襟亲戚，儿女之间还有姻亲，更是亲密的同学朋友。但阶级属性不同，周家代表的是工人阶级，陈家代表的是买办资产阶级，何家代表的是官僚地主阶级，在革命风云的席卷下，他们之间的矛盾逐渐显露，关系由亲密到疏远，三个家庭的重重矛盾又与当时的阶级斗争形势密切关联。"三家巷"可以说是当时中国南方社会生活和阶级关系的一个缩影，集中概括了当时的社会特征和发展趋势。

主人公周炳是20世纪五六十年代文学人物长廊里一个非常特殊的艺术形象，作者深入周炳的内心世界，写出了他的憨直、软弱、幼稚、温情和不切实际、富于幻想等性格弱点，使人物形象始终具有独特的个性和鲜活的特征。周炳是打铁出身的知识分子，身上流淌着工人阶级的血液，又有知识分子要求个性解放、想通过读书向上爬的思想，加上特定生活环境的影响，他身上不可避免地带有小资产阶级的思想感情，既对革命胜利抱有浪漫主义的幻想，又经受不住失败的打击，在挫折面前容易产生悲观消极的情绪。作者让他置身革命斗争中经历一次次"淬火"，写出了周炳的成长、转变以及性格发展的复杂性。

在艺术方面，首先，作品以白描手法，通过人物的行动展开情节，表现人物的性格,通过故事情节的不断变化逐步深化人物。其次,作品具有浓郁的地域色彩,作者有意识地将普通话、广东方言和谚语熔为一炉,加强了语言的丰富性和表现力。

(王　琳)

创业史（第一部）（存目）

柳　青

　　柳青（1916—1978），原名刘蕴华，陕西吴堡人。主要有长篇小说《种谷记》《铜墙铁壁》《创业史》，中篇小说《天狗》《狠透铁》，短篇小说集《地雷》，散文《我们这里已是早晨》《邻居琐事》，此外，他还翻译了西班牙小说《此路不通》。

　　《创业史》于1959年在《延河》第5—11期连载，1960年由中国青年出版社出版单行本。这是一部描写中国农村社会主义道路的长篇巨著，真实地反映了合作化初期农民的生存状态和农村错综复杂的社会关系，堪称新中国农民真正的"创业史"。作品通过梁家父子两代人不同的创业道路，艺术地概括了中国农民要求改变命运的强烈愿望。

　　作品揭示了广阔深远的历史背景下农村进行社会主义革命的历史必然性，描写了梁生宝与高增福等积极分子，依靠党、集体力量，最终使蛤蟆滩农民放弃旧有生产关系，告别传统生活方式，接受了社会主义初期公有制，走上互助合作道路的过程。主人公梁生宝响应国家号召，在家乡蛤蟆滩建立互助组，面对贫农梁三老汉等人的质疑、富裕中农郭世富的挑战、富农姚士杰的阻挠、党员郭振山的暗中刁难，梁生宝坚定信念，带领互助组改变种植计划、进山砍竹，最终取得了良好的收成。作者在典型环境、典型冲突中刻画人物性格，成功地塑造了在中国社会历史转变交替时期成长起来的新人典型形象梁生宝。而梁三老汉也是作品中塑造得相当成功的农民形象，他经历过旧社会的辛酸，在新社会他看到了希望，作品富有层次地表现了他对梁生宝所从事的合作化事业由怨恨、怀疑、观望到担忧、支持的心理变化过程，展现了父亲对儿子深沉的爱。

　　在艺术成就方面，首先，《创业史》艺术构思深邃宏大，结构上采取多卷式布局，第一部三十章，分上下两卷，具有史诗规模。其次，表现方法叙议结合，作品在叙述事件、剖析人物时，经常穿插富有哲理的议论或者抒情。最后,作品具有浓厚的生活气息和地方特色,在农村生活场景、风俗和人物的描写中,注意细节真实与地方色彩,人物语言和行动也带有浓郁的乡土风味。

(王　琳)

红岩（存目）

罗广斌　杨益言

罗广斌（1924—1967），重庆忠县人。早年参加革命，1948年被捕，先后被囚禁在渣滓洞集中营、白公馆集中营，1949年越狱脱险。中华人民共和国成立后，他在成渝等地作过一百多次有关集中营中革命者受迫害和英勇斗争的报告，并与人合作革命回忆录《在烈火中永生》，后在"文化大革命"中被迫害致死。

杨益言（1925—2017），四川武胜县人。早年参加革命，1948年被捕，囚禁于渣滓洞集中营，1949年脱险。与人合作报告文学《圣洁的血花》、革命回忆录《在烈火中永生》，后在"文化大革命"中被迫害致残。

《红岩》1961年由中国青年出版社出版。它是当代小说出版史上发行量最大的长篇小说，被誉为"最生动的共产主义教科书"。《红岩》的作者罗广斌、杨益言是国民党集中营的幸存者，他们以亲历者和见证人的身份，在搜集大量死难者资料的基础上创作了这部作品。作品以1948年重庆及四川地下党遭到大破坏为史实背景，讲述了重庆地下党领导的工人运动和学生运动以及华蓥山根据地发生的武装斗争。因甫志高的被捕叛变，重庆地下党许云峰、刘思扬、江姐等人先后被捕，他们被囚禁在渣滓洞集中营，和敌人展开较量。作品以狱中斗争为主线，工人运动、学生运动和农村武装斗争为副线，线索清晰，写出了斗争的广度和深度，歌颂了共产党人的崇高理想、坚强斗志、革命英雄主义和视死如归的牺牲精神。为适应题材的特点和主题的需要，作者采用了传统小说的"折扇式"结构方法，以人物刻画为中心，通过事件与空间场景的转换，来设置人物描写的单元，形成了中国式"英雄群像"的形式，塑造了一批家喻户晓的革命英雄。重庆地下党书记许云峰和女共产党员江姐是作者着力刻画的革命者形象，许云峰政治嗅觉敏锐、冷静沉着，具有高超的斗争艺术和坚韧的革命意志。江姐是一位对党极度忠诚，对敌斗争顽强不屈的英雄形象，在看到丈夫的尸体被高挂于城楼之时，她坚决要求调到丈夫生前工作的地方参与战斗。另外，还有为掩护战友越狱血洒红岩的齐晓轩、为革命工作装疯十年之久的华子良、热情忠诚的刘思杨等，都给读者留下了深刻印象。

在艺术表现方面，首先，环境氛围的烘托起到了很好的艺术效果，如狱内的阴森、冷酷，女牢里绣红旗的激情，狱中新年联欢会的热烈等。其次，作者对人物心理活动的描写非常出色，如江姐看到丈夫彭松涛的头颅悬挂在城楼上时的内心变化，刘思扬面对"红旗特务"时的心理起伏等。

（王　琳）

李自成（存目）

姚雪垠

姚雪垠（1910—1999），原名姚冠三，河南邓县人。著有短篇小说集《春到前线》《差半车麦秸》，中篇小说《牛全德与红萝卜》《重逢》，长篇小说《戎马恋》《长夜》和五卷本长篇历史小说《李自成》（第2卷获第一届茅盾文学奖），散文《我的老祖母》《外祖母的命运》，报告文学《战地书简》等。

《李自成》第一卷于1963年由中国青年出版社出版，因在"文化大革命"中被划为右派被迫搁笔，后上书毛泽东并得到其照顾，得以继续从事写作。第二、第三卷分别由中国青年出版社1976年、1981年出版，是当代文学史上第一部描写农民起义的长篇历史小说。第一卷写农民革命战争受到的打击；第二卷写明王朝统治阶级和农民起义军力量的对比；第三、第四卷写农民起义军的发展与壮大；第五卷写起义军的胜利与失败，以及李自成死后起义军联明抗清。小说以明末清初的广阔社会生活为背景，描写了李自成起义军和明朝统治阶级的武装斗争，并以此为主线，侧面描写了这一时期的政治、经济、思想、文化等状况，展示了明清之间的民族矛盾、李自成起义军的内部矛盾、明王朝统治集团的内部矛盾以及李自成和张献忠两支起义队伍之间的矛盾，总结了中国农民反抗斗争的基本规律和经验教训。

作品塑造了一系列血肉饱满的艺术形象，其中，李自成和崇祯皇帝写得最成功。李自成是贯穿全书的核心人物，作者通过潼关南原大战、商洛保卫战、谷城之会等重要战争突出了作为农民领袖的李自成既有的品格和才能，作者也写了李自成的天命观、帝王观以及进入河南后与将士、民众关系的微妙变化，克服了人物的脸谱化、类型化。崇祯皇帝朱由检也一改以往文学作品中的昏君形象，姚雪垠写出了他的刚愎自用、专断凶残，也写出了他欲做"中兴之君"而不做"亡国之君"的雄心，写出了他性格的多面，展示了封建"帝王术"丰富的文化心理。

在艺术手法上，首先，作品成功地把历史生活和艺术创作结合在一起，反映出复杂的历史面貌，抓住影响政治形式的主要矛盾来推动情节发展，为历史小说写作提供了经验。其次，结构宏大而严谨，采取多线条复式发展和分单元集中描写的方法，在整体上主线带动副线，局部单元各章节相对完整又相互衔接，采用了传统小说的"串珠式"结构方法。最后，作者还很注重生活风俗画的描绘，再现了中华民族的风土民情，有浓郁的民族气息。

（王　琳）

大刀记（存目）

郭澄清

郭澄清（1931—1989），山东宁津人。1955年开始发表作品，著有长篇小说《大刀记》《龙潭记》《决斗》《历史悲壮的回声》，中短篇小说集《麦苗返青》等。

《大刀记》分两部三卷，第一部主要讲述作为穷人的梁永生一家被富人压迫剥削而流落异乡的过程。第二部讲述梁永生投奔中国共产党，领导地方武装大刀队，组织八路军，在冀河平原、运河两岸的龙潭、宁安寨一带开展游击战争。作品以"大刀"为线索展现了梁永生在接受中国共产党正确领导前后的自发反抗与革命反抗的差异，既彰显"大刀"所承载的民族精神，又表明中国共产党在革命历史中的重要地位。作品巧妙地将民间"大刀史"与革命结合起来，在展现游击战争时充满真实性，又不乏传奇性。

主人公梁永生是一个在压迫与反抗斗争中逐渐成长起来的人物，他带着全家的仇恨颠沛流离，落脚之处总能遇到好心的穷人和坏心肠的富人，这使他报私仇的心理逐渐转变为农民革命的心理。在《大刀记》第一部中，梁永生是一个疾恶如仇、见义勇为却踌躇不得志的人物，第二部中，他成长为一个党领导下具备一定军事战略思想的人。梁永生形象的丰满性还体现在他对待妻儿的柔情上，这说明梁永生是一个有血有肉的艺术形象。作品写梁永生成长史的同时，也写出了不同时期的社会矛盾和社会习俗。

在艺术手法上，《大刀记》也有可取之处。首先是细腻的心理描写，如第一部中写离家许久的梁志勇归来后，作为父亲的梁永生"既高兴又激动"，但严父的形象使他不愿在儿子面前流露感情，所以梁永生的反应只是"笑望着挺然而立的儿子，点点头"，简洁细腻的内心意识既丰富了人物形象，又使作品张弛有度。其次是多样化的民间风俗描写和方言的运用，如第一部开篇写元宵节龙潭街一带闹社火的风俗，具有浓厚的地域色彩,"闹元宵"一章中"你忒软和儿,我不能济着他抟揉!""嗬,想打架吗?是身上刺挠了?还是活腻歪啦?"等口语化的表达方式,干脆利落,通俗易懂,增强了作品的艺术感染力。

(纪水苗)

班 主 任

刘心武

一

  你愿意结识一个小流氓，并且每天同他相处吗？我想，你肯定不愿意，甚至会嗔怪我何以提出这么一个荒唐的问题。

  但是，在光明中学党支部办公室里，当黑瘦而结实的支部书记老曹，用信任的眼光望着初三（三）班班主任张俊石老师，换一种方式向他提出这个问题时，张老师并不以为古怪荒唐。他只是极其严肃地考虑了一分钟左右，便断然回答说："好吧！我愿意认识认识他……"

  事情是这样的：前些日子，公安局从拘留所把小流氓宋宝琦放了出来。他是因为卷进了一次集体犯罪活动被拘留的。在审讯过程中，面对着无产阶级专政的强大威力与政策感召，他浑身冒汗，嘴唇哆嗦，作了较为彻底的坦白交代，并且揭发检举了首犯的关键罪行。因此，公安局根据他的具体情况——情节较轻而坦白揭发较好，加上还不足 16 岁——将他教育释放了。他的父母感到再也难在老邻居们面前抛头露面，便通过换房的办法搬了家，恰好搬到光明中学附近。根据这几年实行的"就近入学"办法，他父母来申请将宋宝琦转入光明中学上学。他该上初三，而初三（三）班又恰好有空位子，再加上张老师有十几年的班主任工作经验，又是这个年级班主任里唯一的党员。因此，经过党支部研究，接受了宋宝琦的转学要求，并且由老曾直接找到张老师，直截了当地摆出情况，问他说："怎么样？你把宋宝琦收下吧？"

  正像你所知道的那样，张老师思忖的目光刚同老曹那饱含期待、鼓励的目光相遇，他便答应下来了。

二

  张老师是个什么样的人呢？

趁他顶着春天的风沙，骑车去公安局了解宋宝琦情况的当日，我们可以仔细观察他一番。

张老师实在太平凡了。他今年三十六岁，中等身材，稍微有点发胖。他的衣裤都明显地旧了，但非常整洁。每一个纽扣都扣得规规矩矩，连制服外套的风纪扣，也一丝不苟地扣着。他脸庞长圆，额上有三条挺深的抬头纹，眼睛不算大，但能闪闪放光地看人，撒谎的学生最怕他这目光；不过，更让学生们敬畏的是张老师的那张嘴，人们都说薄嘴唇的人能说会道，张老师却是一对厚嘴唇，冬春常被风吹得爆出干皮儿，从这对厚嘴唇里迸出的话语，总是那么热情、生动、流利，像一架永不生锈的播种机，不断在学生们的心田上播下革命思想和知识的种子，又像一把大条帚，不停息地把学生心田上的灰尘无情地扫去……

一路上，张老师的表情似乎挺平淡。等到听完公安局同志的情况介绍、翻完卷宗以后，他的脸上才显露出强烈的表情来——很难形容，既不全是愤慨，也不排除厌恶与蔑视，似乎渐渐又由决心占了上风，但忧虑与沉重也明显可见。

张老师从公安局回到学校时，已经是下午三点钟。他掏出叠得很整齐的手绢，一边擦着脑门上的汗，一边走进年级组办公室。显然同组的老师们都已知道宋宝琦将于明天到他班上课的事了。教数学的尹达磊老师头一个迎上他，形成了关于宋宝琦的第一个波澜。

三

尹老师和张老师同岁，同是一个师范学院毕业，同时分配到光明中学任教，又经常同教一个年级。他们一贯推心置腹，就是吵嘴，也从不含沙射影、指桑骂槐，总是把想法倾巢倒出，一点"底儿"也不留。

尹老师身材细长，五官长得紧凑，这就使他永远摆脱不了"娃娃相"，多亏鼻梁上架着副深度近视镜，才使他在学生们面前不至有失长者的尊严。

在这1977年的春天，尹老师感到心里一片灿烂的阳光。他对教育战线，对自己的学校、所教的课程和班级，都充满了闪动着光晕的憧憬。他觉得一切不合理的事物都应该而且能够迅速得到改进。他认为"四人帮"既已揪出，扫荡"四人帮"在教育战线的流毒，形成理想的境界应当不需要太多的时间。不过，最近这些天他有点沉不住气。他愿意一切都如春江放舟般顺利，不曾想却仍要面临一些复杂的问题。

关于宋宝琦即将"驾到"的消息一入他的耳中，他就忍不住热血沸腾。张老师刚一迈进办公室，他便把满腔的"不理解"朝老战友发泄出来。他劈面责问张老师："你为什么答应下来？眼下，全年级面临的形势是要狠抓教学质量，你弄个小流氓来，陷到做他个别工作的泥坑里去。哪还有精力抓教学质量？闹不好，还弄个'一粒耗子屎坏掉一锅粥'！你呀你，也不冷静地想想，就答应下来，真让人没法理解……"

办公室的其他老师，有的赞同尹老师的观点，却不赞同他那生硬的态度；有的不赞成他的观点，却又觉得他的确是出于一片好心；有的一时还拿不准道理上该怎么看，只是为张老师凭空添了这么副重担子，滋生了同情与担忧……因此，虽然都或坐或站地望着张老师，却一时都没有说话。就连搁放在存物架上的生理卫生课教具——耳朵模型，仿佛也特意把自己拉成了一尺半长，在专注地等待着张老师作答。

张老师觉得尹老师的意见未免偏激。但并不认为尹老师的话毫无道理。他静静地考虑了一分钟，便答辩似地说："现在，既没有道理把宋宝琦退回给公安局，也没有必要让他回原学校上学。我既然是个班主任老师，那么，他来了，我就开展工作吧……"

这真是几句淡而无味的话。倘若张老师咄咄逼人地反驳尹老师，也许会引起一场火爆的争论，而他竟出乎意料地这样作答，尹老师仿佛反被慑服了。别的老师也挺感动，有的还不禁低首自问："要是把宋宝琦分到我的班上，我会怎么想呢？"

张老师的确必须立即开展工作，因为，就在这时，他班上的团支部书记谢惠敏找他来了。

四

谢惠敏的个头比一般男生还高，她腰板总挺得直直的，显得很健壮。有一回，她打业余体校栅栏墙外走过，一眼被里头的篮球教练看中。教练热情地把她请了进去，满心以为发现了个难得的培养对象。谁知让这位长圆脸、大眼睛的姑娘试着跑了几次篮后，竟格外地失望——原来，她弹跳力很差，手臂手腕的关节也显得过分僵硬，一问，她根本对任何球类活动都没有兴趣。

的确，谢惠敏除了随着大伙看看电影、唱唱每个阶段的推荐歌曲，几乎没有什么业余爱好。她功课中平，作业有时完不成，主要是由于社会工作占去的精力和时间太多了——因此倒也能获得老师和同学们的谅解。

头年夏天，张老师接任这个班的班主任时，谢惠敏已经是团支部书记了。张老师到任不久便轮到这个班下乡学农，返校的那天，队伍离村二里多了，谢惠敏突然发现有个男生手里转动着个麦穗，她不禁又惊又气地跑过去批评说："你怎么能带走贫下中农的麦子？给我！得送回去！"那个男生不服气地辩解说："我要拿回家给家长看，让他们知道这儿的麦子长得有多么棒！"结果引起一场争论，多数同学并不站在谢惠敏一边，有的说她"死心眼"，有的说她"太过分"。最后自然轮到张老师表态，谢惠敏手里紧紧握着那根丰满的麦穗，微张着嘴唇，期待地望着张老师。出乎许多同学的意料，张老师同意了谢惠敏送回麦穗的请求。耳边响着一片扬声争论与喁喁低议交织成的音波，望着在雨后泥泞的大车道上奔回村庄的谢惠敏那独特的背影，张老师曾经感动地想：问题不在于小小的麦穗是否一定要这样来处理；看哪，这个仅仅只有三个月团龄的支部书记，正用全部纯洁而高尚的感情，在维护"不能让贫下中农损失一粒麦子"的信念——她的身上，有着多么可贵的闪光素质啊！

但是，这以后，直到"四人帮"揪出来之前，浓郁的阴云笼罩着我们祖国的大地，阴云的暗影自然也投射到了小小的初三（三）班。被"四人帮"那个大黑干将控制的团市委，已经向光明中学派驻了联络员，据说是来培养某种"典型"，是否在初三（三）班设点，已在他们考虑之中，谢惠敏自然常被他们找去谈话。谢惠敏对他们的"教诲"并不能心领神会，因为她没有丝毫的政治投机心理，她单纯而真诚。但是，打从这时候起，张老师同谢惠敏之间开始显露出某种似乎解释不清的矛盾。比如说，谢惠敏来告状，说团支部过组织生活时，五个团员竟有两个打瞌睡。张老师没有去责难那两个不像样子的团员，却向谢惠敏建议说："为什么过组织生活总是念报纸呢？下回搞一次爬山比赛不成吗？保险他们不会打瞌睡！"谢惠敏瞪圆了双眼，几乎不相信自己的耳朵，隔了好一阵，才抗议地说："爬山，那叫什么组织生活？我们读的是批宋江的文章啊……"再比如，那一天热得像被扣在了蒸笼里，下了课，女孩子们都跑到窗口去透气，张老师把谢惠敏叫到一边，上下打量着她说："你为什么还穿长袖衬衫呢？你该带头换上短袖才是，而且，你们女孩子该穿裙子才对啊！"谢惠敏虽然热得直喘气，却惊讶得满脸涨红，她简直不能理解张老师在提倡什么作风！班上只有宣传委员石红才穿带小碎花的短袖衬衫，还有那种带褶子的短裙，这在谢惠敏看来，乃是"沾染了资产阶级作风"的表现！

"四人帮"揪出来之后，张老师同谢惠敏之间的矛盾自然可以解释清楚了，但并没有完全消除。

现在，谢惠敏找到张老师。向他汇报说："班上同学都知道宋宝琦要来了，有的男生说他原来是什么'菜市口老四'，特别厉害；有些女生害怕了，说是明天宋宝琦真来，她们就不上学了！"

张老师一愣。他还没有来得及预料到这些情况。现在既然出现了这些情况，他感到格外需要团支部配合工作，便问谢惠敏："你怕吗？你说该怎么办？"

谢惠敏晃晃小短辫说："我怕什么？这是阶级斗争！他敢犯狂，我们就跟他斗！"

张老师心里一热。一霎时，那在泥泞的大车道上奔走的背影活跳在记忆的屏幕上。他亲热地对谢惠敏说："你赶紧把团支部和班委会的人找齐，咱们到教室开个干部会！"

五

四点二十左右，干部会结束了。其他干部们都走了，教室里只剩下张老师、谢惠敏和石红三个人。

石红恰好面对窗户坐着，午后的春阳射到她的圆脸庞上，使她的两颊更加红润；她拿笔的手托着腮，张大的眼眶里，晶亮的眸子缓慢地游动着，丰满的下巴微微上翘——这是每当她要想出一个更巧妙的方法来解决一道教学题时，为数学老师所熟悉、所喜爱的神态。可是此刻她并不是在解数学题，而是在琢磨怎么写出明天一早同大家——也包括宋宝琦——见面的"号角诗"。

张老师同谢惠敏在一旁谈着话。围绕着接收宋宝琦需要展开的工作，已经全部落实。男生干部们分头找男生们做工作去了，跟他们讲宋宝琦并不是什么威震菜市口的"英雄"，而是个犯了错误的需要帮助的人。对他既别好奇乃至于敬畏，也不能歧视打击，大家要齐心合力地帮助他。女生干部将分头到那几个或者是因为胆小，或者是出于赌气，宣布明天不来上学的女生家去，对她们和她们的家长讲清楚，学校一定会保证女孩子们不受宋宝琦欺侮；对宋宝琦这样的小流氓，消极躲避只能助长他的恶习，只有团结起来同他斗争，进行教育，才能化有害为无害，并且逐步化无害为有益。张老师则要对宋宝琦进行家访，对他以及他的家长进行初步了解，并进行第一次思想工作，石红的"号角诗"明天一早将向大家强调："让我们的教室响彻抓纲治国的脚步声！"

当石红的"号角诗"快要写完的时候，张老师同谢惠敏的谈话结束了。张老师把摊在桌上、刚给干部们看过的几件东西往一块敛。那是张老师从派出所带回来的、宋宝琦犯案后被搜出的物品：一把用来斗殴的自行车弹簧锁，一副残破油腻的扑克牌，一个式样新颖附有打火机的镀镍烟盒，还有一本撕掉了封皮的小说。小干部们面对这些东西都厌恶得皱鼻子、撇嘴角。谢惠敏提议说："团支部明天课后开个现场会，积极分子们也参加，摆出这些东西，狠狠批判一顿！"大伙都同意，张老师也点头说："对，要利用这个机会，进一步抓好反腐蚀教育。"

没曾想，临到张老师收敛这几件物品时，突然出现了矛盾，还闹得挺僵。

别的东西都收进书包了，只剩下那本小说。张老师原来顾不得细翻，这时拿起来一检查，不由得"啊！"了一声。原来那是本文化大革命以前，中国青年出版社出版的长篇小说《牛虻》。

谢惠敏感到张老师神情有点异常，忙把那本书要过来翻看。她以前没听说过、更没看见过这本书，她见里头有外国男女讲恋爱的插图，不禁惊叫起来："哎呀！真黄！明天得狠批这本黄书！"

张老师皱起眉头，思索着。他回忆起自己中学时代的情况。那时候，团支部曾向班上同学们推荐过这本小说……围坐在篝火旁，大伙用青春的热情轮流朗读过它；倚扶着万里长城的城堞，大伙热烈地讨论过"牛虻"这个人物的优缺点……这本英国小说家伏尼契写成的作品，曾激动过当年的张老师和他的同辈人，他们曾从小说主人公的形象中，汲取过向上的力量……也许，当年对这本小说的缺点批判不够？也许，当年对小说的精华部分理解得也不够准确、不够深刻？……但，不管怎么说——张老师想到这儿，忍不住对谢惠敏开口分辩道：

"这本《牛虻》可不能说成是黄书……"

谢惠敏的两撇眉毛险些飞出脑门,她瞪圆了双眼望着张老师,激烈地质问说:"怎么?不是黄书?!这号书不是黄书什么是黄书!"在谢惠敏的心目中,早已形成一种铁的逻辑,那就是凡不是书店出售的、图书馆外借的书,全是黑书、黄书。这实在也不能怪她。她开始接触图书的这些年,恰好是"四人帮"搞法西斯文化专制主义最凶的几年。可爱而又可怜的谢惠敏啊,她单纯地崇信一切用铅字新排印出来的东西,而在"四人帮"控制舆论工具的那几年里,她用虔诚的态度拜读的报纸刊物上,充塞着多少他们的"帮文",喷溅出了多少戕害青少年的毒汁啊!倘若在谢惠敏最亲近的人当中,有人及时向她点明:张春桥、姚文元那两篇号称"阐述无产阶级专政理论"的"重要文章"大可怀疑,而"梁效"、"唐晓文"之类的大块文章也绝非马列主义的"权威论著"……那该有多好啊!但是,由于种种主观和客观上的原因,没有人向她点明这一点。她的父母经常嘱咐谢惠敏及其弟妹,要听毛主席的话,要认真听广播、看报纸;要求他们遵守纪律、尊重老师;要求他们好好学功课……谢惠敏从这样的家庭教育中受益不浅,具备了强烈的无产阶级感情、劳动者后代的气质;但是,在资产阶级、修正主义的白骨精化为美女现形的斗争环境里,光有朴素的无产阶级感情就容易陷于轻信和盲从,而"白骨精"们正是拼命利用一些人的轻信与盲从以售其奸!就这样,谢惠敏正当风华正茂之年,满心满意想成为一个好的革命者,想为共产主义这个大目标而奋斗,却被"四人帮"害得眼界狭窄、是非模糊。岂止《牛虻》这本书她会认为是毒草,我们这段故事发生的时候,《青春之歌》已经进行再版了,但谢惠敏还保持着"四人帮"揪出前形成的习惯——把那些热衷于传播"文艺消息",什么又会有某个新电影上演啦,电台又播了个什么新歌呀这样的同学们,看成是"沾染了资产阶级思想"。就在前几天,她发现石红在自习课上看一本厚厚的小说,下课她便给没收了。那是1959年出版的《青春之歌》,她随便翻检了几页,把自己弄得心跳神乱——断定是本"黄书",正想拿来上交给张老师,石红笑嘻嘻地一把抢了回去,还拍着封面说:"可带劲啦!你也看看吧!"结果两人争吵了一场;后来她忙着去团委开会,倒忘记向张老师反映了,没想到今天张老师竟比石红还要石红——亲口否认这本外国"黄书"不黄!在谢惠敏心中,外国的"黄书"当然一律又要比中国的"黄书"更黄了。面对着这样一位张老师,她又联想起以前的许多细琐冲突来。于是,往常毕竟占据支配地位的尊敬之感,顿然减少了许多。她微微噘起嘴，飞走的眉毛落回来拧成了个死疙瘩。

这时候，石红写完"号角诗"，正准备给张老师和谢惠敏朗诵，突然听到张老师说："这本《牛虻》可不能说成是黄书……"她这才知道那本破书原来就是《牛虻》，赶忙凑拢谢惠敏身边去看，谢惠敏大声质问张老师的话刚一出口，她便热情地晃动着谢惠敏胳膊说："别这么说！我听爸爸妈妈讲过，《牛虻》这本书值得一读！这两天我正读《钢铁是怎样炼成的》，里头的保尔·柯察金是个无产阶级英雄，可他就特别佩服'牛虻'……"石红早就想找本《牛虻》来看，一直没有借到，所以她从谢惠敏手中拿过书来翻动时，心里翻腾着强烈的求知欲：这本书写的是什么时代的事儿？故事发生在什么地方？"牛虻"究竟是个啥样的人？真的有值得佩服的地方吗？……当她把破书还到张老师手上时，不禁问道："读这本书，该注意些啥？学习些啥？"谢惠敏咬住嘴唇，眯起眼睛，不满地望着石红，心里怦怦直跳。

张老师翻动着那本饱经沧桑的《牛虻》，他本想耐心地对谢惠敏解释为什么不能把它算作"黄书"，但是这本书是从宋宝琦那儿抄出来的，并且，瞧，插图上，凡有女主角琼玛出现，一律野蛮地给她添上了八字胡须。又焉知宋宝琦他们不是把它当成"黄书"来看的呢？生活现象是复杂的。这本《牛虻》的遭遇也够光怪陆离了。对谢惠敏这样实际上还很幼稚的孩子。分析过于复杂的生活现象和精华糟粕并存的文艺作品，需要充裕的时间和适宜的场合。

想到这些，我们的张老师便把破旧的《牛虻》放入书包，和蔼地对谢惠敏说："关于这本书的事儿，咱们改天再谈吧。看，快五点了，咱们赶紧听听石红写的'号角诗'吧，听完分头按计划行动。"

石红念的诗，谢惠敏一句也没装进脑子里去。她痛苦而惶惑地望着映在课桌上的那些斑驳的树影。她非常、非常愿意尊敬张老师，可张老师对这样一本书的古怪态度，又让她不能不在心里嘀咕："还是老师呢，怎么会这样啊?!……"

六

五点刚过，张老师骑车抵达宋家的新居。小院的两间东屋里东西还来不及仔细整理，显得很凌乱。比如说，一盆开始挂花的"令箭"，就很不恰当地摆放在歪盖着塑料布的缝纫机上。

　　宋宝琦的母亲是个售货员，这天正为搬家倒休，忙不迭地拾掇着屋子。见张老师来了，她有点宽慰，又有点羞愧，忙把宋宝琦从堂屋喊出来，让他给老师敬礼，又让他去倒茶。我们且不忙随张老师的眼光去打量宋宝琦，先随张老师坐下来同宋宝琦母亲谈谈，了解一下这个家庭的大概。

　　宋宝琦的父亲在园林局苗圃场工作，一直上"正常班"，就是说，下午六点以后就能往家奔了。但他每天常常要八、九点钟才回家。为什么？宋宝琦母亲说起来连连叹气，原来这些年他养成了个坏习惯：下班的路上经过月坛，总要把自行车一撂，到小树林里同一些人席地而坐，打扑克消遣，有时打到天黑也不散，挪到路灯底下接茬打，非得其中有个人站起来赶着去工厂上夜班，他们才散。

　　显然，这样一位父亲，既然缺乏丰富而有意义的精神生活，那么，对宋宝琦的缺乏教育管束也就可想而知了。至于当母亲的，从她含怨的叙述中，不难看出她是怎样自食了溺爱与放任独生子的苦果。

　　绝不要以为这个家庭很差劲。张老师注意到，尽管他们还有大量的清理与安置工作，才能使房间达到窗明几净的程度，但是一张镶镜框的毛主席像，却已端正地挂到了北墙，并且，一张稍小的周总理像，装在一个自制的环绕着银白梅花图案的镜框中，被郑重地摆放在了小衣柜的正中。这说明这对年近半百的平凡夫妇，内心里也涌荡着和亿万人民相同的感情波澜。那么，除了他们自身的弱点以外，谁应当对他们精神生活的贫乏负责呢？

　　差一刻六点的时侯，张老师请当母亲的尽管去忙她的家务事，他把宋宝琦带进里屋，开始了对小流氓的第一次谈话。

　　现在我们可以仔细看看宋宝琦是个什么模样了。他上身只穿着尼龙弹力背心，一疙瘩一疙瘩的横肉，和那白里透红的肤色，充分说明他有幸生活在我们这个不愁吃不愁穿的社会里，营养是多么充分，躯体里蕴藏着多么充沛的精力。唉，他那张脸啊，即便是以经常直视受教育者为习惯的张老师，乍一看也不免浑身起栗。并非五官不端正，令人寒心的是从面部肌肉里，从殴斗中打裂过又缝上的上唇中，从鼻翅的神经质扇动中，特别是从那双一目了然地充斥着空虚与愚蠢的眼神中，你立即会感觉到，仿佛一个被污水泼得变了形的灵魂，赤裸裸地立在了聚光灯下。

经过30来个回合的问答，张老师已在心里对宋宝琦有了如下的估计：缺乏起码的政治觉悟，知识水平大约只相当初中一年级程度，别看有着一身犟肉，实际上对任何一种正规的体育活动都不在行。张老师想到，一些满足于贴贴标签的人批判起宋宝琦这样的小流氓来，一定会说他是"满脑子资产阶级思想"。但是，随着进一步地询问，张老师便愈来愈深切地感到，笼统地说宋宝琦这样的小流氓具有资产阶级思想，那就近乎无的放矢，对引导他走上正路也无济于事。

宋宝琦的确有严重的资产阶级思想，但究竟是哪一些资产阶级思想呢？

资产阶级标榜"自由、平等、博爱"，讲究"个人奋斗""成名成家"，用虚伪的"人性论"掩盖他们追求剥削、压迫的罪行。而宋宝琦呢？他自从陷入了那个流氓集团以后，便无时无刻不处于森严的约束之中，并且多次被大流氓"搧耳茄子"与用烟头烫后脑勺。他愤怒吗？反抗吗？不，他既无追求"个性解放"、呼号"自由、平等"的思想行动，也从未想到过"博爱"；他一方面迷信"哥儿们义气"，心甘情愿地替大流氓当"炊拨儿"，另一方面又把搧比他更小的流氓耳光当作最大的乐趣。什么"成名成家"，他连想也没有想过，因为从他懂事的时候起，一切专门家——科学家、工程师、作家、教授……几乎都被林贼、"四人帮"打成了"臭老九"，论排行，似乎还在他们流氓之下，对他来说，何羡慕之有？有何奋斗而求之的必要？资产阶级的典型思想之一是"知识即力量"，对不起，我们的宋宝琦也绝无此种观念。知识有什么用？无休无止地"造反"最好。张铁生考试据说得了个"大鸭蛋"，不是反而当上大官了吗？所以，不能笼统地给宋宝琦贴上个"满脑袋资产阶级思想"的标签便罢休，要对症下药！资分阶级在上升阶段的那些个思想观点，他头脑里并不多甚至没有，他有的反倒是封建时代的"哥儿们义气"以及资产阶级在没落阶段的享乐主义一类的反动思想影响……请不要在张老师对宋宝琦的这种剖析面前闭上你的眼睛，塞上你的耳朵，这是事实！而且，很遗憾，如果你热爱我们的祖国，为我们可爱的祖国的未来操心的话，那么，你还要承认，宋宝琦身上所反映出的这种问题，在一定程度上还并不是极个别的！请抱着解决实际问题、治疗我们祖国健壮躯体上的局部痛疽的态度，同我们的张老师一起，来考虑考虑如何教育、转变宋宝琦这类青少年吧！

张老师从书包里取出那本饱遭蹂躏的小说来，问宋宝琦："这本书叫什么名儿？你还记得吗？"

宋宝琦刚经历过专政机关严厉的审讯和带强制性的训斥，那滋味当然远比一个班主任老师的询问与教育难受，所以，他尽可能用最恭顺的态度回答说："记得。这是牛亡。"他不认识虻字，照他识字的惯例，只读一半。

"不是牛亡，是'牛虻'。你知道这两个字是什么意思吗？"

面部没有表情，两眼直愣愣地望着对面在窗玻璃外扑腾的一只粉蝶，极坦率地回答说："不懂。"

"那么，这本书你究竟读完了没有呢？"

"翻了两篇。我不懂。"

"不懂，你要它干什么呢？这本书是打哪儿来的呢？"

"我们偷的。"

"打哪儿偷的呢？偷它干什么呢？"

"打原来我们学校废书库偷的。听说那里头的书都是不让借、不让看的。全是坏书。我们撬开锁，偷了两大抱。我们偷出来为的是拿去卖。"

"怎么没把这本卖了呢？"

"后来都没卖。我们听说，盖了图书馆戳子的书，我们要是卖去，人家就要逮着我们。"

"你们偷出来的书里，还有些什么呢？你还能说出几个名儿来吗？"

"能！"宋宝琦为能表现一下自己并非愚钝无知感到非常高兴，他第一次有了专注的神情，眨着眼，费劲地回忆着："有《红岩》，有……《和平与战争》，要不，就是《战争与和平》，对了，还有一本书特怪，叫……叫《新嫁车的词儿》……"

这让张老师吃了一惊。他想了想，掏出钢笔在手心里写了《辛稼轩词选》几个字，伸出去让宋宝琦看，宋宝琦赶忙点头："就是！没错儿！"

张老师心里一阵阵发痛。几个小流氓偷书，倒还并不令人心悸。问题是，凭什么把这样一些有价值的、乃至于非但不是毒草，有的还是香花的书籍，统统扔到库房里锁起来，宣布为禁书呢？宋宝琦同他流氓伙伴堕落的原因之一，出乎一般人的逻辑推理之外，并非一定是由于读了有毒素的书而中毒受害，恰恰是因为他们相信能折腾就能"拔份儿"，什么书也不读而坠落于无知的深渊！

张老师翻动着《牛虻》，责问宋宝琦："给这插图上的妇女全画上胡子，算干什么呢？你是怎样想的呢？"

宋宝琦垂下眼皮，认罪地说："我们比赛来着，一人拿一本，翻画儿，翻着女的就画，谁画的多，谁运气就好……"

张老师愤然注视着宋宝琦，一时说不出话来。宋宝琦抬起眼皮偷觑了张老师一眼，以为一定是自己的态度不够老实，忙补充说："我们不对，我们不该看这黄书……我们算命，看谁先交上女朋友……我们……我再也不敢了！"他想起了在公安局里受审的情景，也想起了母亲接他出来那天，两只红红的、交织着疼和恨的眼睛。

"我们不该看这黄书"——这句话像鼓槌落到鼓面上，使张老师的心"咚"地一响。怪吗？也不怪——谢惠敏那样品行端方的好孩子，同宋宝琦这样品质低劣的坏孩子，他们之间的差别该有多大啊，但在认定《牛虻》是"黄书"这一点上，却又不谋而合——而且，他们又都是在并未阅读这本书的情况下，"自然而然"地作出这个结论的。这是多么令人震惊的一种社会现象！谁造成的？谁？

当然是"四人帮"！

一种前所未及的，对"四人帮"铭心刻骨的仇恨，像火山般喷烧在张老师的心中，截至目前为止，在人类文明史上，能找出几个像"四人帮"这样用最革命的"逻辑"与口号，掩盖最反动的愚民政策的例子呢？

望着低头坐在床上，两只肌肉饱满的胳膊撑在床边，两眼无聊地瞅着互相搓动的、穿着白边懒鞋的双脚，拒绝接受一切人类文明史上有益的知识和美好的艺术结晶的这个宋宝琦，张老师只觉得心里的火苗扑腾扑腾往上窜，一种无形的力量冲击着他的喉头，他几乎要喊出来——救救被"四人帮"坑害了的孩子！

七

春天日短。当远处电报大楼的七记钟声，悠悠地随风飘来时，暮色已经笼罩着光明中学附近的街道和胡同。

张老师推着自行车，有意识拐进了免费出入、日夜开放的小公园里。他寻了一条偏僻处的长椅，支上车，坐到长椅上，燃起一支香烟，眉尖耸动着，有意让胸中汹涌的感情波涛，能集中到理智的闸门，顺合理的渠道奔流出去，化为强劲有力的行动，来执行自己这班主任的职责。

晚风吹动着一直拖到椅背上来的柳丝，身上落下了一些随风旋转而来的干榆钱，在看不见的地方，丁香花开了，飘来沁人心脾的芳馥气息。

同宋宝琦本人及其家庭的初步接触，竟将张老师心弦中的爱弦和恨弦拨动得如此之剧烈，颤动得他竟难以控制自己。他恨不能立时召集全班同学，来这长椅前开个班会。他有许多深刻而动人的想法，有许多诚挚而严峻的意念，有许多倾心而深沉的嘱托、建议、批评、引导和号召，就在这个时候，能以最奔放的感情，最有感染力的方式，包括使用许多一定能脱口而出的丰富而奇特的、易于为孩子们所接受的例证和比喻，淋漓尽致地表达出来……

他感到，他比以往任何时候，都更爱我们亲爱的祖国。想到她的未来，想到她的光明前景，想到本世纪结束、下世纪开始时，"四化"初具规模的迷人境界，他便产生了一种不容任何人凌辱、戏弄祖国，不许任何人扼杀、窒息祖国未来的强烈感情！他想到自己的职责——人民教师，班主任，他所培养的，不要说只是一些学生，一些花朵，那分明就是祖国的未来。就是使中华民族在这九百六十万平方公里的土地上，强盛地延续下去，发展下去，屹立于世界民族之林的未来！

他感到，他比以往任何时候，都更深刻地仇恨"四人帮"这伙祸国殃民的蟊贼。不要仅仅看到"四人帮"给国民经济所造成的有形危害，更要看到"四人帮"向亿万群众灵魂上泼去的无形污秽；不要仅仅注意到"四人帮"培养出了一小撮"头上长角、浑身长刺"的张铁生式丑类，还要注意到，有多少宋宝琦式的"畸形儿"已经出现！而且，甚至像谢惠敏这样本质纯正的孩子身上，都有着"四人帮"用残酷的愚民政策所打下的黑色烙印！"四人帮"不仅糟踏着中华民族的现在，更残害着中华民族的未来！

对丑类的恨加深着对人民的爱，对人民的爱又加深着对丑类的恨。当爱和恨交织在一起的时候，人们就有了为真理而斗争的无穷勇气，就有了不怕牺牲去夺取胜利的无穷力量。

张老师陡然站了起来，他看看表，七点一刻。他想到了晚饭。不是他感到饿了，考虑到自己该回家吃饭去，他简直把自己也需要吃晚饭这件事忘到爪哇岛去了。他是打算亲自到几个同学家里去，了解一下他们对宋宝琦来初三（三）班的反应。这个时候，同学们家里一定都在吃饭，吃饭的时候进行家访是不适宜的。他想了想，便背着手，在小公园的树林子里踱起步来，同时确定下来，七点半左右再离开这里……

丁香花的芳馨一阵阵更加浓郁。浓郁的香气令人联想起最称心如意的事。张老师想到"四人帮"已经被扫进了垃圾箱，想到党中央已经在短短的半年内打出了崭新的局面，想到亲爱的祖国不但今天有了可靠的保证，未来也更加充满希望，他便感到宋宝琦也并非朽不可雕的烂树，而谢惠敏的糊涂处以及对自己的误解与反感，比之于蕴藏在她身上的优良素质和社会主义积极性来，简直更不是什么难以消融的冰雪了。

八

张老师推车走出小公园时，恰巧遇上了提着鼓囊囊的塑料包，打从小公园门口走过的尹老师。

尹老师大吃一惊："俊石，你怎么还有逛公园的雅兴？"

张老师笑了笑，没有解释。他也并不问尹老师从哪儿来，到哪儿去。他知道，尹老师坚持有一个多月了，每天下午四点以后，除了在学校组织一些数学后进的学生补课以外，还要轮流到他们家里去进行个别辅导。他熟悉尹老师的脾性，特别是"四人帮"控制着文教战线的时期，他往往牢骚满腹，对教育部不满，对学校领导不满，对学生不满，对家长不满。倘是一个局外人，听了他那些愤激之情溢于言表的话，一定会以为他是个惯于撂挑子、甩袖子的人；其实尹老师牢骚归牢骚，工作归工作，不管是什么时候，不管遇上什么打击、障碍、困难和挫折，他从未放弃过辛勤的教学劳动。就是在"四人帮"把学生中的无政府主义思潮煽动得达于极点，课堂里往往乱得象一锅煮沸的粥时，他虽然能在办公室里把牢骚话说到"咱们干脆罢教"的地步，一听到上课铃响，却又立即奔赴教室，仍然竭尽全力地用粉笔敲着黑板，用劝导、吆喝、说服、恫吓来让同学们听他讲述那些方程式和多面体。

张老师知道这是他已经结束了个别辅导，要奔赴胡同外的汽车站，乘车回家去了。他既然是忙完了工作，那么，牢骚一定是一触即发。果不其然，不等张老师开口，他便拍着张老师自行车的车座子，长叹一声说："'四人帮'给咱们造成了些什么样的学生啊！你想想看吧，我教的是初三了，可刚才却还在为两个学生翻来覆去地讲勾股定理……你比我更有

'福气'——摊上个'新文盲'宋宝琦！说实在的我不能理解你，眼下是'百废待举'，该作的事情那么多，而光是今天一个下午，你就为收留一个小流氓耗费了那么多心血，犯得上吗?！让宋宝琦滚蛋吧！公安局不收，让他回原来的学校！原来的学校不要，就让他在家呆着！……"

　　张老师诚恳地对他说："经过这一下午，我越来越自觉地认识到，症结不在是不是一定要收下来宋宝琦——的确，也许应当为他这样的学生专门办一种学校，或者把他同相似的学生专门编成一班，要不按他的文化程度，干脆把他降到初一去从头学起……但这都不是主要的。症结在哪里呢？今天下午围绕着收留宋宝琦发生的这一件又一件的事情，好比一面镜子，照出了'四人帮'糟害我们下一代的罪恶；有些'四人帮'的流毒和影响，我以前或者没有觉察出来，或者没有像今天这样感到触目惊心，我想到了很多、很多……达磊，现在是1977年的春天，这是多么美好、多么幸福的春天啊，可它又是要求我们迎向更深刻的斗争、付出更艰苦的劳动的春天，因而也是要求我们更加严格的一个春天！朝前看吧，达磊！……"

　　尹老师从这简单的话语里不可能感受到张老师已经感受到的一切，但是，当他同张老师那饱含着醒悟、深思、信心、力量的动人目光相遇时，他的牢骚和烦躁情绪顿时消失了。1977年春天的晚风吹拂着这两个平平常常、默默无闻的人民教师，有那么一两分钟，他们各自任自己的思绪飞扬奔腾，静静地没有交谈。

　　张老师想到，过几天，针对尹老师思想方法偏于简单和急躁的缺点，一定要好好地找他谈一谈：感情绝不能代替政策；迫切希望革命事业向前迈进的心情，不能简单地表现为焦躁和牢骚；锲而不舍地坚持斗争的同时，又应当对事物的发展抱相应的积极等待的态度；对宋宝琦这类小流氓的厌恨，还可以转化为对祖国的幼苗遭到"四人帮"戕害而生的怜惜和疼爱……总之，要好好地同尹老师谈谈哲学，谈谈辩证法，谈谈现在和未来，谈谈爱和恨，谈谈生活和工作，乃至于谈谈《红岩》和《牛虻》……

　　远处又飘来了报告七点半已到的一记钟声，张老师收回沸腾的思绪，拍拍尹老师肩膀说："咱俩另找个时间好好聊聊吧。我还要到几个同学家里去一下。"

　　"快去石红那儿吧，"尹老师忽然想起，赶紧告诉张老师："我刚从他们楼里出来，听我那班的一个同学说，谢惠敏跟石红吵了一架，你快去了解一下吧！"

张老师心里一震，他立即骑上车，朝石红家所在的居民楼驰去。

九

石红的爸爸是区上的一个干部，妈妈是个小学教师，两口子都是在轰轰烈烈的"四清"运动里入党的；从入党前后起，他们形成了一种很好的习惯，就是坚持学习马列、毛主席著作，他们书架上的马恩、列宁四卷集、毛选四卷和许多厚薄不一的马列、毛主席著作单行本，书边几乎全有浅灰的手印，书里不乏折痕、重点线和某些意味着深深思索的符号……石红深深受着这种认真读书的气氛的熏陶，她也成了个小书迷。

石红是幸运的。"晚饭以后"成了她家的一个专用语，那意味着围坐在大方桌旁，互相督促着学习马列、毛主席著作，以及在互相关怀的气氛中各自作自己的事——爸爸有时是读他爱读的历史书，妈妈批改学生的作文，石红抿着嘴唇、全神贯注地思考着一道物理习题或是解着一个不等式……有时一家又在一起分析时事或者谈论文艺作品，父亲和母亲，父母和女儿之间，展开愉快的、激烈的争论。即便在"四人帮"推行法西斯文化专制主义最凶狠的情况下，这家人的书架上仍然屹立着《暴风骤雨》、《红岩》、《茅盾文集》、《盖达尔选集》、《欧也妮·葛朗台》、《唐诗三百首》……这样一些书籍。

张老师曾经把石红通读过的《共产党宣言》、《马克思主义的三个来源和三个组成部分》和毛选四卷，以及她的两本学习笔记，拿到班会上和家长会上传看过，但是，他觉得更可欣喜的是，这孩子常常能够根据马列主义、毛泽东思想的原则去思考、分析一些问题，这些思考和分析，往往比较正确，并体现在她积极的行动中。

我们这个故事发生的那一天，张老师敲开石红他们家那个单元的门后，发现迎门的那间屋里，坐满了人。石红坐在屋中饭桌边，正朗读着一本书。另外有五个女孩子，也都是张老师班上的学生，散坐在屋中不同的部位，有的右手托腮、睁大双眼出神地望着石红；有的双臂折放在椅背上，把头枕上去；有的低首揉弄着小辫梢……显然，她们都正听得入神。根据下午谢惠敏的汇报，这恰恰是那几个因为害怕或赌气，而扬言明天宋宝琦去了她们就不去上学的同学。

石红读得专心致志，没有发觉张老师的到来；有两三个女孩子抬眼瞧见了张老师，也只是羞涩地对他笑笑，没有出声叫他"张老师"，那显然并非是忘记了礼貌，而是不忍心中断她们已经沉浸进去的那个动人的故事。

来开门的石红妈妈把张老师引到隔壁屋里，请他坐下，轻声地解释说："孩子们正在读鲁迅翻译的《表》……"

《表》是苏联作家班台莱耶夫在十月革命后不久写的一部儿童作品。它描写了一个流浪儿在苏维埃教养院里的转变过程。鲁迅先生当年以巨大的热情翻译了它。张老师虽然好多年没翻过这本书了，但石红妈妈一提，这本书里的一些人物形象和片断情节，顿时涌现在张老师的脑海中。张老师在短短的几分钟里，已经猜测出石红家里出现这种局面的来龙去脉了。果然，石红妈妈告诉他："石红一回家就把宋宝琦的事跟我说了。吃晚饭的时候她一个劲眨巴眼睛，洗碗的时候她跟我商量：'妈妈，要是我约上谢惠敏，把那些害怕、赌气的同学们都找来，读读《表》这本书怎么样呢？'我很赞成。我跟她说：'有党的领导，有社会主义制度，只要老师、同学们发挥集体的作用，小流氓也是能转变的啊！'后来她就找同学们去了——只是谢惠敏不知怎么没有来……"

正说着，石红读完一个段落，知道张老师来了，拿着书跳进里屋，高兴地嚷："张老师，你来得正好！快给我们讲讲吧！"

张老师被她拉到了外屋，几个小姑娘都站起来叫"张老师"，不等他发话，各种各样的问题就争先恐后地提出来了：

"张老师，这本书我们能读吗？"

"张老师，这本书里的小流氓，怎么又惹人生气，又惹人同情呢？"

"张老师，谢惠敏说我们读毒草，这本书能叫毒草吗？"

"张老师，您见着宋宝琦了吗？跟这本书的小流氓比，他好点儿还是坏点儿呢？"

……

张老师且不忙回答，却反问她们："谢惠敏为什么不来呢？石红跟她吵嘴啦？你们应该齐心合力把她拉来啊！"

小姑娘们激动地同声回答起来，吵成一片，结果一句也听不清，还是石红让大伙静下来，解释说："拉不来啊！除非现在报上专门登篇文章，宣布《表》是一本好书……"

原来，石红刚一找到谢惠敏的时候，谢惠敏见石红工作这么积极，还挺高兴。可是一听是找她一块儿去读一本外国小说，她就打心眼里反感。石红眼她解释，这本书挺不错，读了对解决那几个同学的问题能有启发……谢惠敏没等石红说完，立刻反问道："报上推荐过吗？"这一问使石红呆住了，半晌才回答："没推荐呢。""读没推荐的书不怕中毒吗？现在正反腐蚀，咱们干部可不能带头受腐蚀呀！……"谢惠敏一脸警惕的神色警告着石红，不仅自己拒绝参加这个活动，还劝说石红不要"犯错误"……这把石红惹恼了，同她吵了一场，但临走时仍然拉着她的手，央告她去"听听再说"，她把石红的手拂开了。石红走后，谢惠敏激动地走出屋子，晚风吹拂着她火烫的面颊，她很痛苦，上牙把下唇咬出了很深的印子……

在石红家里，接下来出现了这样的场面：张老师坐在桌边，石红和那几个小姑娘围住他，师生一起无拘无奈地谈了起来，从《表》谈到苏联，从《表》里的流浪儿谈到宋宝琦；从应当怎样改造小流氓谈到大多数小流氓是能够教育好的，最后渐渐进到明天以后班里面临的新形势，张老师笑着问那几个小姑娘："怎么样，你们还罢课吗？"

她们互相交换完眼色，便都望着张老师，几乎是异口同声地说："不罢啦！"

张老师离开石红家的时候，满天的星斗正在宝蓝色的晚空中熠熠闪光。

用不着思索，蹬上自行车以后，他自然而然地向谢惠敏家里驰去。说实在的，当他同石红和那几个小姑娘议论时，谢惠敏无时不在他的心中；他疼爱谢惠敏，如同医生疼爱一个不幸患上传染病的健壮孩子；他相信，凭着谢惠敏那正直的品格和朴实的感情，只要倾注全力加以治疗，那些"四人帮"在她身上播下的病菌，是一定能够被杀灭的。

离谢惠敏的家越近，张老师心上的内疚感便越沉重。过去，对谢惠敏成为这样一种状态，他总觉得自己难以承担责任——他在接班不久的情况下，就向谢惠敏含蓄地指出过，不要只是学习零星的语录，不要迷信解释领袖思想的文章，要认真学习原著，要独立思考……但谢惠敏并未领悟。今天，张老师有了新的感触，他责问自己，虽然去年十月以前的那个学期里，是个乌云压顶的形势，可是，难道自己就不能更勇敢、更坚决地同荒诞、反动的东西作斗争吗？就不能更直截了当地、更倾注全力地同谢惠敏谈心，引导她擦亮眼睛、识别真假吗？……

快到谢惠敏家的门口时，一个计划已在张老师心中初现轮廓：他今天要把书包中的那本《牛虻》留给谢惠敏，说服她去读读这本书。允许她对这本书发表任何读后感，然后，从分析这本书入手，引导谢惠敏运用马列主义、毛泽东思想的立场、观点、方法去解答一系列互相关联的问题：应当怎样认识生活？应当怎样了解历史？应当怎样对待人类社会产生的一切文明成果？应当怎样批判过去文化遗产中的糟粕而吸取其精华？应当怎样全面地、辩证地看问题？应当怎样辨别香花和毒草，识别真假马列主义？应当使自己成为一个什么样的人？应当怎样去为祖国的"四化"，为共产主义的灿烂未来而斗争？……

张老师心中掀动着激昂的感情波澜。当他刹住车，在谢惠敏家门口站定时，心中的计划进一步明朗起来：不仅要从这件事入手，来帮助谢惠敏消除"四人帮"的流毒，而且，还要以揭批"四人帮"为纲，开展有指导的阅读活动，来教育包括宋宝琦在内的全班同学……他决定明天一早就去请示党支部，会获得支持吗？他眼前浮现出老曹在支部会上目光灼灼地发言的面影："现在，是真格儿按毛主席的思想体系搞教育的时候了！"他正是要"真格儿"地大干一场啊，一定会得到组织支持的！他心中又闪过了一些老师可能发出的疑问，于是，他决定，要争取在教师会上发言，阐述自己的想法：现在，我们不仅要加强课堂教学，使孩子们掌握好课本和课堂上的科学文化知识，获得德、智、体全面发展；不仅要继续带领他们学工、学农，把理论和实践结合起来；而且，还要引导他们注目于更广阔的世界，使他们对人类全部文明成果产生兴趣，具有更高的分析能力，从而成为社会主义革命和社会主义建设的更强有力的接班人……

这时，春风送来沁鼻的花香，满天的星星都在眨眼欢笑，仿佛对张老师那美好的想法给予着肯定与鼓励……

[提示]

刘心武（1942—），四川成都人。著有长篇小说《钟鼓楼》《四牌楼》《飘窗》，中篇小说《立体交叉桥》《小墩子》，短篇小说《班主任》《我爱每一片绿叶》，儿童文学《看不见的朋友》《我可不怕十三岁》等，文论集《刘心武续红楼梦》等。

《班主任》原载《人民文学》1977年11期，是新时期"伤痕文学"的开山之作。作者以敏锐的目光，发现并提出了当时社会普遍存在而尚未引起人们充分注意的严重问题，即"四人帮"极左思想对青少年心灵的伤害问题，并发出了"救救孩子"的时代呼声，具有强烈的时代意义，整部作品充满了一种强烈的启蒙精神。作品中的"好学生"谢惠敏和有前科的转校生宋宝琦这两个人物形象虽然在艺术上尚欠丰满，甚至有明显的概念化倾向，但仍具有较强的概括力和社会典型意义。作品就"《牛虻》是不是黄书"这个问题引起的争吵体现了谢惠敏受极左思想的毒害之深，年纪轻轻思想却僵化顽固，和宋宝琦相比，她受到的精神创伤更加隐蔽，也更加令人惋惜。这一人物形象不仅有振聋发聩的现实意义，而且有深刻的历史反思意义。

　　在艺术方面，《班主任》采用传统文学的"有序结构"和"英雄中心结构"，以班主任张俊石为中心，人物依次出场，使用"三突出"的手法塑造人物，重点塑造了班主任张俊石这个承担起"救救孩子"历史任务的英雄形象。同时，作品采用全知叙述视角，既能洞察每个人物的心理，又能对事件发展进行评判。当然，由于特定历史条件下，作者自身尚未完全摆脱传统文艺思想的束缚，也带来了作品的概念化和明显的说教意识。

（王　琳）

钟鼓楼（存目）

刘心武

刘心武的长篇小说《钟鼓楼》由人民文学出版社1985年出版，曾获第二届茅盾文学奖。

《钟鼓楼》的成功在于它展示了丰富多彩的社会生活图景：从城市到乡村，从部长、局长到售货员、家庭妇女，从留学生、文学编辑到厨师、乞丐；一百年前的神秘传说，三十年前的市井生活，正在进行的婚宴等，让人眼花缭乱、目不暇接，决定这种特征的是作家独特的创作心理——自觉的文化景观意识和强烈的历史感。文化景观意识和历史感在作品中的体现，就是对空间性和时间性的注重。空间与时间交叉构成了《钟鼓楼》的内在结构，作家以此来串联丰富的生活图景。小说有意识地截取生活的横断面来展示文化景观的丰富，把不同空间的故事并置在同一个时间内来展现，这就让读者看到，在人生大舞台的不同角落里，人们各自演着不同的人生悲喜剧，从而进一步意识到空间的存在与博大。

如果说空间意识构成了《钟鼓楼》的经线，那么，时间意识则构成了它的纬线，带来了小说的历史纵深感。这体现为四个方面：首先，小说题名为"钟鼓楼"，叙述发生在北京钟鼓楼一带的故事，作为一种标志时光流逝的古代报时建筑，钟鼓楼给小说提供了一种总体氛围。其次，作家有意识地使用卯、辰、巳等古代计时概念，唤醒现代人的记忆，让读者意识到时间的流逝。作品在描绘人物"此时此地"状态的同时，也将他们的"过去"叙述出来。再次，小说开头讲述的一百年前的神秘故事，作为一种参照物，造成了时间的距离，也带来了作品的历史感。最后一节转讲"怎样认识时间"，把人物的命运和使命放到飞逝的时光中来认识评价，在这个意义上时间既表现为历史感，又表现为对进步与发展的渴望。最后，从总体来看，作家的时间意识所蕴含的，既有历史的沧桑感和命运感，又有一种时不待我的焦灼感，小说实际上是把时间作为一种存在方式，结合现实人生与民族命运，从文化与哲学的高度来思考人的存在与社会历史的发展等问题,带有强烈的思辨色彩。

另外,刘心武还细致地展示了北京四合院文化、婚俗、酒宴等日常生活形态,也增加了作品的文化内涵。

(王　琳)

乔厂长上任记

蒋子龙

"时间和数字是冷酷无情的,像两条鞭子,悬在我们的背上。

"先讲时间。如果说国家实现现代化的时间是二十三年,咱们这个给国家提供机电设备的厂子,自身的现代化必须在八到十年内完成。否则,炊事员和职工一同进食堂,是不能按时开饭的。

"再看数字。日本日立公司电机厂,五千五百人,年产一千二百万千瓦;咱们厂,八千九百人,年产一百二十万千瓦。说明什么?要求我们干什么?

"前天有个叫高岛的日本人,听我讲咱们厂的年产量,他晃脑袋,说我保密!当时我的脸臊成了猴腚,两只拳头攥出了水。不是要揍人家,而是想揍自己。你们还有脸笑!当时要看见你们笑,我就揍你们。

"其实,时间和数字是有生命、有感情的,只要你掏出心来追求它,它就属于你。"

——摘自厂长乔光朴的发言记录

出　山

党委扩大会一上来就卡了壳,这在机电工业局的会议室里不多见,特别是在局长霍大道主持的会上更不多见。但今天的沉闷似乎不是那种干燥的、令人沮丧的寂静,而是一种大雨前的闷热、雷电前的沉寂。算算吧,"四人帮"倒台两年了,一九七八年又过去了六个月,电机厂已经两年零六个月没完成任务了。再一再二不能再三,全局都快要被它拖垮了。必须彻底解决,派硬手去。派谁?机电局闲着的干部不少,但顶饿的不多。愿意上来的人不少,愿意下去,特别是愿意到大难杂乱的大户头厂去的人不多。

会议要讨论的内容两天前已经通知到各委员了,霍大道知道委员们都有准备好的话,只等头一炮打响,后边就会万炮齐鸣。他却丝毫不动声色，他从来不亲自动手去点第一炮，而是让炮手准备好了自己燃响，更不在冷场时陪着笑脸絮絮叨叨地启发诱导。他那透彻了解人们肺腑的目光，时而收拢合目沉思，时而又放纵开来，轻轻扫过每一个人的脸。

有一张脸渐渐吸引住霍大道的目光。这是一张有着矿石般颜色和猎人般粗犷特征的脸：石岸般突出的眉弓，饿虎般深藏的双眼；颧骨略高的双颊，肌厚肉重的阔脸；这一切简直就是力量的化身。他是机电局电器公司经理乔光朴，正从副局长徐进亭的烟盒里抽出一支香烟在手里摆弄着。自从十多年前在"牛棚"里一咬牙戒了烟，从未开过戒，只是留下一个毛病：每逢开会苦苦思索或心情激动的时候，喜欢找别人要一支烟在手里玩弄，间或放到鼻子上去嗅一嗅。仿佛没有这支烟他的思想就不能集中，他一双火力十足的眼睛不看别人，只盯住手里的香烟，饱满的嘴唇铁闸一般紧闭着，里面坚硬的牙齿却在不断地咬着牙帮骨，左颊上的肌肉鼓起一道道棱子。霍大道极不易觉察地笑了，他不仅估计到第一炮很快就要炸响，而且对今天会议的结果似乎也有了七分把握。

果然，乔光朴手里那支珍贵的"郁金香"牌香烟不知什么时候变成一堆碎烟丝。他伸手又去抓徐进亭的烟盒，徐进亭挡住了他的手："得啦，光朴，你又不吸，这不是白白糟踏吗。要不一开会抽烟的人都躲你远远的。"

有几个人嘲弄地笑了。

乔光朴没抬眼皮，用平稳的显然是经过深思熟虑的口吻说："别人不说我先说，请局党委考虑，让我到重型电机厂去。"

这低沉的声调在有些委员的心里不啻是爆炸了一颗手榴弹。徐副局长更是惊诧地掏出一支香烟主动地丢给乔光朴："光朴，你是真的，还是开玩笑？"

是啊，他的请求太出人意外了，因为他现在占的位子太好了。"公司经理"——上有局长，下有厂长，能进能退，可攻可守。形势稳定可进到局一级，出了问题可上推下卸，躲在二道门内转发一下原则号令。愿干者可以多劳，不愿干者也可少干，全无凭据，权力不小，责任不大，待遇不低，费心血不多。这是许多老干部梦寐以求而又得不到手的"美缺"。乔光朴放着轻车熟路不走，明知现在基层的经最不好念，为什么偏要下去呢？

乔光朴抬起眼睛，闪电似地扫过全场，最后和霍大道那穿透一切的目光相遇了，倏地这两对目光碰出了心里的火花，一刹那等于交换了千言万语。乔光朴仍是用缓慢平稳的语气说："我愿立军令状。乔光朴，现年五十六岁，身体基本健康，血压有一点高，但无妨大局。我去后如果电机厂仍不能完成国家计划，我请求撤销我党内外一切职务。到干校和石敢去养鸡喂鸭。"

这家伙，话说得太满、太绝。这无疑是一些眼下最忌讳的语言。当语言中充满了虚妄和位权，稍负一点责的干部就喜欢说一些漂亮的多义词，让人从哪个方面都可以解释。什么事情还没有干，就先从四面八方留下退却的路。因此，乔光朴的"军令状"比它本身所包含的内容更叫霍大道高兴。他欣赏地抬起眼睛，心里想，这位大爷就是给他一座山也能背走，正像俗话说的，他向脚后跟一样可靠，你尽管相信他好了。就问："你还有什么要求？"

乔光朴："我要带石敢一块去，他的党委书记，我当厂长。"

会议室里又炸了。徐副局长小声地冲他嘟囔："我的老天，你刚才扔了个手榴弹，现在又撂原子弹，后边是不是还有中子弹？你成心想炸毁我们的神经？"

乔光朴不回答，腮帮子上的肌肉又鼓起一道道肉梭子，他又在咬牙帮骨。

有人说："你这是一厢情愿，石敢同意去吗？"

乔光朴："我已经派车到干校去接他，就是拖也要把他拖来。至于他干不干的问题，我的意见他干也得干，他不干也得干。而且——"他把目光转向霍大道，"只要党委正式做决议，我想他是会服从的。我对别人的安排也有这个意见，可以听取本人的意见和要求，但也不能完全由个人说了算。党对任何一个党员，不管他是哪一个级别的干部，都有指挥调动权。"

他说完看看手表，像事先约好的一样，石敢就在这时候进来了。猛一看，这简直就是一位老农民。但从他走进机电局大楼、走进肃穆的会议室仍然态度安详，就可知这是一位经过阵势，以前常到这个地方来的人。他身材短小，动作迟钝。仿佛他一切锋芒全被这极平常的外貌给遮掩住了。斗争的风浪明显地在他身上留下了涤荡的痕迹。虽然刚交六十岁，但他的脸已被深深的皱纹切破了，像个胡桃核。看上去要比实际年龄大得多。他对一切热烈的问候和眼光只用点头回答，他脸上的神色既不热情，也不冷淡,倒有些像路人般的木然无情。他像个哑巴,似乎比哑巴更哑,哑巴见了熟人还要呀呀咿咿地叫喊几声,以示亲热,他的双唇闭得铁紧,好像生怕从里边发出声音来。他没有在霍大道指给他的位子上坐下,好像不明白局党委开会为什么把他找来,随时准备离开这儿。

乔光朴站起来:"霍局长,我先和老石谈一谈。"

霍大道点点头。乔光朴抓住石敢的胳膊,半拥半推地向外走。石敢瘦小的身材叫乔光朴魁伟的体架一衬,就像大人拉着一个孩子。他俩来到霍大道的办公室,双双坐在沙发上,乔光朴望着自己的老搭档,心里突然翻起一般难言的痛楚。

一九五八年,乔光朴从苏联学习回国,被派到重型电机厂当厂长,石敢是党委书记。两个人把电机厂搞成了一朵花。石敢是个诙谐多智的鼓动家,他的好多话在"文化大革命"中被人揪住了辫子,在"牛棚"里常对乔光朴说:"舌头是惹祸的根苗,是思想无法藏住的一条尾巴,我早晚要把这块多余的肉咬掉。"他站在批判台上对造反派叫他回答问题更是恼火,不回答吧态度不好,回答吧更加倍激起批判者的愤怒,他曾想要是没有舌头就不会有这样的麻烦了。而和他常常一起挨斗的乔光朴,却想出了对付批斗的"精神转移法"。刚一上台挨斗时,乔光朴也和石敢一样,非常注意听批判者的发言,越听越气,常常汗流浃背,毛发倒竖,一场批斗会下来筋骨酥软,累得像摊泥。挨斗的次数一多,时间一长就油了。乔光朴酷爱京剧,往台上一站,别人的批判发言一开始,他心里的锣鼓也开场了,默唱自己喜爱的京剧唱段,以转移自己的注意力。此法果然有效,不管是几个小时的批斗会,不管是"冰棍式",还是"喷气式",他全能应付裕如。甚至有时候还能触景生情,一见批判台搭在露天,就来一段"我正在城楼观山景,耳听得城外乱纷纷……"他得意洋洋地把自己的经验传授给石敢,劝他的伙伴不要老是那么认真,暗憋暗气地老是诅咒本来无罪的舌头。无奈石敢不喜好京剧,乔光朴行之有效的办法对他却无效。一九六七年秋天一次批判会,台子高高搭在两辆重型翻斗汽车上,散会时石敢一脚踩空,笔直地摔下台,腿脚没伤,舌头果真咬掉了一半。他忍住疼没吭声,血灌满了嘴就咽下去。等到被人发现时已无法再找回那半个舌头。从那天起,两个老伙伴就分开了。石敢成了半哑巴,公共场合从来不说话。治好伤就到机电局干校劳动,局里几次要给他安排工作,他借口是残废人不上来。"四人帮"倒台的消息公布以后,他到市里喝了一通酒,晚上又回干校了,说舍不得那大小"三军"。他在干校管着上百只鸡,几十只鸭,还有一群羊,人称"三军司令"。他表示后半辈子不再离开农村。今天一早,乔光朴派亲近的人借口有重要会议把他叫来了。

乔光朴把自己的打算,立"军令状"的前后过程全部告诉了石敢,充满希望地等着老伙伴给他一个全力支持的回答。

石敢却是长时间的不吭声,探究的、陌生的目光冷冷地盯着乔光朴,使乔光朴很不自在。老朋友对他的疏远和不信任叫他心打寒战。石敢到底说话了,语言低沉而又含混不清。乔光朴费劲地听着:

"你何苦要拉一个垫背的?我不去。"

乔光朴急了:"老石,难道你躲在干校不出山,真的是像别人传说的那样,是由于怕了,是'怕死的杨五郎上山当了和尚'?"

石敢脸上的肌肉颤抖了一下,但毫不想辩解地点点头,认帐了。这使乔光朴急切地从沙发上跳起来替他的朋友否认:"不,不,你不是那种人!你唬别人行,唬不了我。"

"我只有半个舌……舌头,而且剩下的这半个如果牙齿够得着也想把它咬下去。"

"不,你是有两个舌头的人,一个能指挥我,在关键的时候常常能给我别人所不能给的帮助;另一个舌头又能说群众服从我。你是我碰到过的最好的党委书记,我要回厂你不跟我去不行!"

"咳!"石敢眼里闪过一丝痛苦的暗流,"我是个残废人,不会帮你的忙,只会拖你的手脚。"

"石敢,你少来点感伤情调好不好,你对我来说,重要的不是舌头,你有头脑,有经验,有魄力,还有最重要的——你我多年合作的感情。我只要你坐在办公室里动动手指,或到关键时候给我个眼神,提醒我一下,你只管坐阵就行。"

石敢还是摇头:"我思想残废了,我已经消耗完了。"

"胡说!"乔光朴见好说不行,真要恼了,"你明明是个大活人,呼出碳气,吸进氧气,还在进行血液循环,怎说是消耗完了?在活人身上难道能发生精力消耗完的事吗?掉个舌头尖思想就算残废啦?"

"我指热情的细胞消耗完了。"

"嗯?"乔光朴一把将石敢从沙发上拉起来,枪口似的双眼瞄准石敢的瞳孔,"你敢再重复一遍你的话吗?当初你咬下舌头吐掉的时候,难道把党性、生命连同对事业的信心和责任感也一块吐掉了？"

石敢躲开了乔光朴的目光，他碰上一面无情的能照见灵魂的镜子，他看见自己的灵魂变得这样卑微，感到吃惊，甚至不愿意承认。

乔光朴用嘲讽的口吻，像是自言自语地说："这真是一种讽刺，'四化'的目标中央已经确立，道路也打开了，现在就需要有人带着队伍冲上去。瞧瞧我们这些区局级、县团级干部都是什么精神状态吧，有的装聋作哑，甚至被点将点到头上，还推三阻四。我真纳闷，在我们这些级别不算小的干部身上，究竟还有没有普通党员的责任感？我不过像个战士一样，听到首长说有任务就要抢着去完成，这本来是极平常的，现在却成了出风头的英雄。谁知道呢，也许人家还把我当成了傻瓜哩！"

石敢又一次刺疼了，他的肩头抖动了一下。乔光朴看见了，诚恳地说："老石，你非跟我去不行，我就是用绳子拖也得把你拖去。"

"咳，大个子……"石敢叹了口气，用了他对乔光朴最亲热的称呼。这声"大个子"叫得乔光朴发冷的心突地又热起来了。石敢立刻又恢复了那种冷漠的神情："我可以答应你，只要你以后不后悔。不过丑话说在前边。咱们订个君子协定，什么时候你讨厌我了，就放我回干校。"

当他们两个回到会议室的时候，委员们也就这个问题形成了决议。霍大道对石敢说："老乔明天到任，你可以晚几天，休息一下，身体哪儿不适到医院检查一下。"

石敢点点头走了。

霍大道对乔光朴说："刚才议论到干部安排问题，你还没有走，就有人盯上了你的位子。"他把目光又转向委员们，"你们是不是还把别人托你们的事都摆到桌面上来，大家一块议一议。"

大家面面相觑，他们都知道霍大道的脾气，他叫你拿到桌面上来，你若不拿，往后在私下是决不能再向他提这些事了。徐进亭先说："电机厂的冀申提出身体不好，希望能到公司里去。"接着别委员也都说出了曾托咐过自己的人。

霍大目光像锥子一样，气色森严，语气里带着不想掩饰的愤怒："什么时候我们党的人事安排改为由个人私下活动了呢？什么时候党员的工作岗位分成了'肥缺'、'美缺'和'废缺'、'苦缺'了呢？毛遂自荐自古就有，乔光朴也是毛遂自荐，但和这些人的自荐是完全不同的两种性质。冀申同志在电机厂没搞好，却毫不愧疚的想到公司当经理，我不相信搞不好一个厂的人能搞好一个公司。如果把托你们的人的要求都满足，我们机电局只好安排十五个副局长，下属六个公司，每个公司也只好安排十到十五个正副经理，恐怕还不一定都满意。身体不好在基层干不了到机关就能干好，机关是疗养院？还是说在机关干好干坏没关系？有病不能工作的可以离职养病，名号要挂在组织处，不能占着茅坑不屙屎。宁可虚位待人，不可滥任命误党误国。我欣赏光朴同志立的'军令状'，这个办法要推行，往后像我们这样的领导干部也不能干不干一个样。有功的要升、要赏，有过的要罚、要降！有人在一个单位玩不转了就托人找关系，一走了之。这就助长干部身在曹营心在汉，骑着马找马。难怪工人反映，厂长都不想在一个厂里干一辈子，好则订个三年计划，少则是一年规划，打一枪换一个地方，这怎么能把工厂搞好！"

徐进亭问："冀申原是电机厂一把手，老乔和石敢一去不把他调出来怎么安排？"

霍大道说："当副厂长嘛。干好了可以升，干不好还降，直降到他能够胜任的职位止。当然，这是我个人的意见，大家还可以讨论。"

徐进亭悄悄对乔光朴说："这下你去了以后就更难弄了。"

乔光朴耸耸肩膀没吭声，那眼光分明在说，"我根本就没想到电机厂去会有轻松的事。"

上　任

一

机电局党委扩大会散后，乔光朴向电器公司副经理做了交接，回到家已是晚上了。屋里有一股呛鼻的潮味，他把门窗全部打开。想沏杯茶，暖瓶是空的，就吞了几口冷开水。坐在书桌前，从一摞书的最底下拿出一本《金属学》，在书页里抽出一张照片。照片是在莫斯科的红场上照的，背景是列宁墓。前面并肩站着两个人，乔光朴穿浅色西装，健美潇洒，显得很年轻，脸上的神色却有些不安。他旁边那个妩媚秀丽的姑娘则神情快乐，正侧脸用迷人的目光望着乔光朴，甜甜地笑着。仿佛她胸中的幸福盛不下，从嘴边漫了出来。乔光朴凝视着照片，突然闭住眼，低下头，两手用力掐住太阳穴，照片从他手指间滑落在桌面上——

一九五七年，乔光朴在苏联学习的最后一年，到列宁格勒电力工厂担任助理厂长。女留学生童贞正在这个厂搞毕业设计，她很快被乔光朴吸引住了。乔光朴英风锐气，智深勇沉，精通业务，抓起生产来仿佛每个汗毛孔里都是心眼，渐身是胆。他的性格本身就和恐惧、怀疑、阿谀奉承、互相戒备这些东西时常发生冲突，童贞最讨厌的也正是这些玩艺，她简直迷上这个比自己大十多岁的男人了。在异国它乡同胞相遇分外亲热，乔光朴像对待小妹妹，甚至是像对待小孩一样关心她，保护她。她需要的却是他的另一种关怀，她嫉妒他渴念妻子时的那种神情。

乔光朴先回国，一九五八年底童贞才毕业归来。重型电机厂刚建成正需要工程技术人员，她又来到乔光朴的身边。一直在她家长大的外甥郗望北，是电机厂的学徒工，一次很偶然的机会，他发现了小老姨对厂长的特殊感情。这小伙子性格倔强，有点主意，恨上了厂长，认为厂长骗了他老姨。他虽比老姨还小十多岁，却俨然以老姨的保护人的身份处处留心，尽量阻挡童贞和乔光朴单独会面。当时有不少人追求童贞，她一概拒之门外，矢志不嫁。这使郗望北更憎恨乔光朴，他认定乔光朴搞女人也像搞生产一样有办法，害了自己的老姨的一生。

七年过去了，"文化大革命"一开始，郗望北成为一派造反组织的头头，专打乔光朴。他给乔光朴的"走资派"帽子上面又扣上"老流氓"、"道德败坏分子"的帽子，但不细究，不深批，免得伤害自己的老姨。可是他的队员们对这种花花绿绿的很感兴趣，捕风捉影，编出很多情节，反倒深深地伤害了童贞。在童贞眼里，乔光朴是搞现代化大生产难得的人才，过去一直威信很高，现在却名誉扫地。犯路线错误的人群众批而不恨，犯品质错误的人群众最厌恶。可在那种时候又怎能把真相向群众说清呢？童贞觉得这都是由于自己的缘故，使乔光朴比别的走资派吃了更多的苦头，她给乔光朴写了一封信，想一死了事。细心的郗望北早就留了这个心眼，没让童贞死成。这使乔光朴觉得一下子同时欠下了两个女人的债。

乔光朴的妻子在大学当宣传部长，虽然听到了关于他和童贞的议论，但丝毫也不怀疑自己的丈夫，直到一九六八年初不清不白地死在"牛棚"里，她从未怀疑过乔光朴的忠诚。乔光朴为此悔恨不已，曾对着妻子的遗像坦白承认，他在童贞大胆的表白面前确实动摇过，心里有时也很喜欢她。他表示从此不再搭理童贞。当最小的一个孩子考上大学离开他以后，他一个人守着几间空房子，过着苦行僧式的生活，似乎是有意折磨自己，向死去的妻子表明他对她和儿女感情的纯洁无瑕和忠贞不渝……

可是，下午在公司里交接完工作，乔光朴神差鬼使给童贞打了个电话，约她今晚到家里来。过后他很为自己的行动吃惊，责问自己这是什么意思呢？如果自己不再回厂，事情也许永远就这样过去了。现在叫他俩该怎样相处？十年前厂子里的人给他俩的头上泼了那么多脏水啊！他这才突然发现，他认为早被他从心里挖走的童贞，却原来还在他心里占着一个位置。他没有在痛苦的思索里理出头绪，他不想再触摸这些复杂而又微妙的感情的琴弦了。得振作一下，明天回厂还有许多问题要考虑。忽然，觉得有什么东西落到头上，他抬起头，心里猛地一缩——童贞正依着他的膀子站着，泪眼模糊地望着那张照片。滴落到他头上的，无疑就是她的眼泪。他站起身抓住她的手："童贞，童贞……"

童贞身子一颤，从乔光朴发烫的大手里抽出自己的手，转过身去，擦干眼角，极力控制住自己。童贞的变化使乔光朴惊呆了。她才四十多岁，头上已有了白发；过去她的一双亮眼燃烧着大胆而热情的光芒，敢于火辣辣地长久地盯着他，现在她的眼神是温润的、绵软的，里面透出来的愁苦多于快乐。乔光朴的心里隐隐发痛。这个在业务上很有才气的女工程师，她本来可以成为国家很缺少的机电设备专家，现在从她身上再也看不见那个充满理想、朝气蓬勃的小姑娘的影子了。使她衰老这么快的原因，难道只是岁月吗？

两人都有点不大自然，乔光朴很想说一句既得体又亲热的话来打破僵局："童贞，你为什么不结婚？"这根本不是他想要说的意思，连声音也不像他自己的。

童贞不满地反问："你说呢？"

乔光朴懊丧地一挥手，他从来不说这样没味道的话。突然把头一摆，走近童贞："我干嘛要装假。童贞，我们结婚吧，明天，或者后天，怎么样？"

童贞等这句话等了快二十年了，可今天听到了这句话，却又感到慌乱和突然。她轻轻地说："你事先一点信也不透，为什么这么急？"

乔光朴一经捅破了这层纸，就又恢复了他那热烈而坚定的性格："我们头发都白了，你还说急？我们又不需要什么准备，请几个朋友一吃一喝一宣布就行了。"

童贞脸上泛起一阵幸福的光亮，显得年轻了，喃喃地说："我的心你是知道的，随你决定吧。"

乔光朴又抓起童贞的手，高兴地说："就这样定，明天我先回厂上任，通知亲友，后天结婚。"

童贞一惊："回厂？"

"对，今天上午局党委会决议，石敢和我一块回去，还是老搭档。"

"不，不！"童贞说不清是反对还是害怕。她早盼着乔光朴答应和她结婚，然后调到一个群众不知道她俩情况的新单位去，和所爱的人安度晚年。乔光朴突然提到要回厂，电机厂的人听到他俩结婚的消息会怎样议论？童贞一想到能强奸人的灵魂、把刀尖捅到人心里将人致死的群众舆论，简直浑身打颤。况且郗望北现在是电机厂副厂长，他和乔光朴这一对冤家怎么在一块共事？她忧心忡忡地问："你在公司不是挺好吗，为什么偏要回厂？"

乔光朴兴致勃勃地说："搞好电器公司我并不要怎么费劲，也许正因为我的劲使不出来我才感到不过瘾。我对在公司里领导大集体、小集体企业，组织中小型厂的生产兴趣不大，我不喜欢搞针头线脑。"

"怎么，你还是带着大干一番的计划，回厂收拾烂摊子吗？"

"不错，我对电机厂是有感情的。像电机厂这样的企业如果老是一副烂摊子，国家的现代化将成为画饼。我们搞的这一行是现代化的发动机，而大型骨干企业又是国家的台柱子。搞好了有功，不比打江山的功小；搞不好有罪，也不比叛党卖国的罪小。过去打仗也好，现在搞工业也好，我都不喜欢站在旁边打边鼓，而喜欢当主角，不管我将演的是喜剧还是悲剧。趁现在精力还达得到，赶紧抓挠几年。我想叫自己的一辈子有始有终，虎头豹尾更好，至少要虎头虎尾。我们这一拨的人，虎头蛇尾的太多了。"

是惊？是喜？是不安？童贞感慨万端。以前她爱上乔光朴，正是爱他对事业的热爱，以及在工作上表现出来的才能和男子汉特有的雄伟顽强的性格。现在的乔光朴还是以前她爱的那个人，但她却希望他离开他眷恋的事业。难道她爱不上战场的英雄，离开骏马的骑手？她像是自言自语地说："没见过五十多岁的人还这么雄心勃勃。"

"雄心是不取决于年岁的，正像青春不一定就属于黑发人，也不见得会随着白发而消失。"乔光朴从童贞的眼睛里看出她衰老的不光是外表，还有她那棵正在壮年的心苗，她也害上了正在流行的政治衰老症。看来精神上的胆怯给人造成的不幸，比估计到的还要多。这使他突然意识到自己的责任。他几乎用小伙子般的热情抱住童贞的双肩，热烈地说："喂，工程师同志，你以前在我耳边说个没完的那些计划，什么先搞六十万千瓦的，再搞一百万的、一百五十万的，制造国家第一台百万千瓦原子能发电站的设备，我们一定要揽过来，你都忘了？"

童贞心房里那颗工程师的心热起来。

乔光朴继续说："我们必须摸准世界上最先进国家机电工业发展的脉搏。在五十年代、六十年代，我们是面对世界工业的整个棋盘来走我们电机厂这颗棋子的，那时各种资料全能看得到，心里有底，知道怎样才能挤进世界先进行列。现在我心里没有数，你要帮助我。结婚后每天晚上教我一个小时的外语，怎么样？"

她勇敢地、深情地迎着他的目光点点头。在他身边她觉得可靠，安全，连自己似乎也变得坚强而充满了信心。她笑着说："真奇怪，那么多磨难，还没有把你的锐气磨掉。"

他哈哈一笑："本性难移。对于精神萎缩症或者叫政治衰老症也和生其它的病一个道理，体壮人欺病，体弱病欺人。这几年在公司里我可养胖了，精力贮存得大多了。"他狡黠地望望童贞，正利用自己特殊的地位，不放过能够给这个娇小的女人打气的机会。他说："至于说到磨难，这是我们的福气，我们恰好生活在两个时代交替的时候。历史有它的阶段，人活一辈子也有他的阶段，在人生一些重大关头，要敢于充分大胆地正视自己的心愿。俗话说，石头是刀的朋友，障碍是意志的朋友。"

他要她陪他一块到厂里去转转，童贞不大愿意。他用开玩笑的口吻说："你以前骂过我什么话？噢，对，你说我在感情上是粗线条的。现在就让我这个粗线条的人来谈谈爱情。爱情，是一种勇敢而强烈的感情。你以前既是那么大胆地追求过它，当它来了的时候就用不着怕它，更用不着隐瞒它以欺骗自己、苦恼自己，我真怕你像在政治上一样也来个爱情衰老病。趁着我还没有上任，我们还有时间谈谈情说说爱。"

她脸红了："胡说，爱情的绿苗在一个女人的心里是永远不会衰老的。"姑娘时的勇气又回到她的身上，她热烈地吻了他一下。

在去厂的路上，她却说服他先不能结婚。她借口说这件事对于她是终生第一次也是最后一次，而且她为这一天比别的女人付出了更多的代价，她要好好准备一下。乔光朴同意了。当然，童贞推延婚期的真正原因根本不是这些。

二

两个人走进电机厂，先拐进了离厂门口最近的八车间。乔光朴只想在上任前冷眼看看工厂的情况。走进了熟悉的车间，他浑身的每一个筋骨眼仿佛都往外涨劲，甚至有一股想亲手摸摸摇把的冲动。他首先想起了"十二把尖刀"。十年前他当厂长时，每一道工序都培养出一两个尖子，全厂共有十二个人，一开表彰先进的大会，这"十二把尖刀"都坐在头一排的金交椅上。童贞告诉他说："你的尖刀们都离开了生产第一线，什么轻松干什么去了。有的看仓库、守大门，有的当检验员，还有一个当了车间头头。有四把刀在批判大会上不是当面控诉你用物质刺激腐蚀他们，你真的一点不记仇？"

乔光朴一挥手："咳，记仇是弱者的表现。当时批判我的时候，全厂人都举过拳头，呼过口号，要记仇我还回厂干什么？如果那十二个人不行了，我必须另磨尖刀。技术上不出尖子不行，产品不搞出名牌货不行！"

乔光朴一边听童贞介绍情况，一边安然自在地在机床的森林里穿行。他在车间里这样，用行家的眼光打量着这些心爱的机器设备，如果再看到生产状况良好，那对他就是最好的享受了。比任何一对情人在河边公园散步所感到的滋味还要甘美。

外行看热闹，内行看门道，乔光朴在一个青年工人的机床前停住了，那小伙子干活不管不顾，把加工好的叶片随便往地上一丢，嘴里还哼着一支流行的外国歌曲。乔光朴拾起他加工好的零件检查着，大部分都有磕碰。他盯住小伙子，压住火气说："别唱了。"

工人不认识他，流气地朝童贞挤挤眼，声音更大了："哎呀妈妈，请你不要对我生气，年轻人就是这样没出息。"

"别唱了！"乔光朴带命令的口吻，浑有那威严的目光使小伙子一慌，猛然停住了歌声。

"你是车工还是捡破烂的？你学过操作规程吗？懂得什么叫磕碰吗？"

小伙子显然也不是省油的灯，可是被乔光朴行家的口吻，凛然的气派给镇住了。乔光朴找童贞要了一条白手绢，在机床上一抹，手绢立刻成黑的了。乔光朴枪口似的目光直瞄着小伙子的脑门子："你就是这样保养设备的？把这个手绢挂在你的床子上，直到下一次我来检查用白毛巾从你床子上擦不下尘土来,再把这条手绢换成白毛巾。"这时已经有一大群车工不知出了什么事围过来看热闹,乔光朴对大伙说:"明天我叫设备科给每台机床上挂一条白毛巾,以后检查你们的床子护养情况如何就用白毛巾说话。"

人群里有老工人,认出了乔光朴,悄悄吐吐舌头。那个小伙子脸涨得通红,窘得一句话也没有了,慌乱地把那个黑乎乎的手绢挂在一个不常用的闸把上。这又引起了乔光朴的注意,他看到那个闸把上盖满油灰,似乎从来没有被碰过。他问那个小伙子:"这个闸把是干什么用的?"

"不知道。"

"这上边不是有说明。"

"这是外文,看不懂。"

"你在这个床子上干了几年啦?"

"六年。"

"这么说,六年你没动过这个闸把?"

小伙子点点头。乔光朴左颊上的肌肉又鼓起一道道梭子,他问别的车工:"你们谁能把这个闸把的用处告诉他?"

车工们不知是真的不知道,还是怕说出来使自己的同伴更难堪,因此都没吱声。

乔光朴对童贞说:"工程师,请你告诉他吧。"

童贞也想缓和一下气氛,走过来给那个小伙子讲解英文说明,告诉他那个闸是给机床打油的,每天操作前都要捺几下。

乔光朴又问:"你叫什么名字?"

"杜兵。"

"杜兵,干活哼小调,六年不给机床膏油,还是鬼怪式操作法的发明者。嗯,我不会忘记你的大名的。"乔光朴的口气由挖苦突然改为严厉的命令,"告诉你们车间主任,这台床子停止使用,立即进行检修保养。我是新来的厂长。"

他俩一转身,听到背后有人小声议论:"小杜,你今个算碰上辣的了,他就是咱厂过去的老厂长。"

"真是行家一伸手便知有没有!"

乔光朴直到走出八车间,还愤愤地对童贞说:"有这些大爷,就是把世界最尖端的设备买进来也不行!"

童贞说:"你以为杜兵是厂里最坏的工人吗?"

"嗯?"乔光朴看看她,"可气的是他这样干了六年竟没有人发现。可见咱们的管理到了什么水平,一粗二松三马虎。你这位主任工程师也算脸上有光啦。"

"什么?"童贞不满地说:"你们当厂长的不抓管理,倒埋怨下边。我是不在其位不谋其政。"

"在其位就谋其政吗?不见得。"

他俩一边说着话,走进七车间,一台从德国进口的二百六镗床正试车,拨挡试车的是个很年轻的德国人。外国人到中国来还加夜班,这引起了乔光朴的注意。童贞告诉他,镗床的电器部分在安装中出了问题,西德的西门子电子公司派他来解决。这个小伙子叫台尔,只有二十三岁,第一次到东方来,就先飞到日本玩了几天。结果来到我们厂时晚了七天,怕我们向公司里告发他,就特别卖劲。他临来时向公司讲七到十天解决我们的问题,现在还不到三天就处理完了,只等试车了。他的特点就是专、精。下班会玩,玩起来胆子大得很;上班会干,真能干,工作态度也很好。

"二十三岁就派到国外独挡一面。"乔光朴看了一会台尔工作,叫童贞把七车间值班主任找了来,不容对方寒暄,就直截了当布置任务:"把你们车间三十岁以下的青年工人都招呼到这儿来,看看这个台尔是怎么工作的。也叫台尔讲讲他的身世,听听他二十三岁怎么就把技术学得这么精。在他临走之前,我还准备让他给全厂青年工人讲一次。"

值班主任笑笑,没有询问乔光朴以什么身份下这样的指示,就转身去执行。

乔光朴觉得身后有人窃窃私语,他转过身去,原来是八车间的工人听说刚才批评杜兵的就是老厂长,都追出来想瞧瞧他。乔光朴走过去对他们说:"我有什么好值得看的,你们去看看那个二十三岁的西德电子专家,看看他是怎么干活的。"他叫一个面孔比较熟的人回八车间把青年都叫来,特别不要忘了那个鬼怪式——杜兵。

乔光朴布置完,见一个老工人拉他的衣袖,把他拉在一个清静的地方,呜噜呜噜地对他说:"你想拿外国人做你的尖刀?"

天呐,这是石敢。他不知从哪儿搞来一身工作服,还戴顶旧蓝布工作帽,简直就是个极普通的老工人。乔光朴又惊又喜。石敢还是过去的石敢,别看他一开始不答应,一旦答应下来就会全力以赴。这不也是不等上任就憋不住先跑到厂里来了。

　　石敢的脸色是阴沉的，他心里正后悔。他的确是在厂子里转了一圈，而且凭他的半条舌头，用最节省的语言，和几个不认识他的人谈了话。人家还以为他正害着严重的牙疼病，他却摸到了乔光朴所不能摸到的情况。电机厂工人思想混乱，很大一部分人失去了过去崇拜的偶像，一下子连信仰也失去了，连民族自尊心、社会主义的自豪感都没有了，还有什么比群众在思想上一片散沙更可怕的呢？这些年，工人受了欺骗、愚弄和呵斥，从肉体到灵魂都退化了。而且电机厂的干部几乎是三套班子，十年前的一批，文化大革命起来的一批，冀申到厂后又搞了一套自己的班子。老人心里有气，新人肚里也不平静，石敢担心这种冲突会变成为党内新的斗争的震心。等着他和乔光朴的岂止是个烂摊手，还是一个政治斗争的漩涡。往后又得在一夕数惊的局面中过日子了。

　　石敢对自己很恼火，眼花缭乱的政治战教会了他许多东西，他很少在人前显得激动和失去控制，他对哗众取宠和慷慨激昂之类甚为反感。他曾给自己的感情涤上了一层油漆，自信能抗住一切刺激。为什么上午乔光朴一番真挚的表白就打动了自己的感情呢？岂不知陪他回厂既害自己又害他，乔光朴永远不是个政治家。这不，还没上任就先干上了！他本想不和乔光朴再说什么话，可是看见童贞站在乔光朴身边，心里一震，禁不住想提醒他的朋友。他小声说："你们两个至少半年内不许结婚。"

　　"为什么？"乔光朴不明白石敢为什么先提出这个问题。

　　石敢简单地告诉他，关于他们回厂的消息已经在电机厂传遍了，而且有人说乔光朴回厂的目的就是为了和童贞结婚。乔光朴暴躁地说："那好，他们越这样说，我越这样干。明天晚上在大礼堂举行婚礼，你当我们的证婚人。"

　　石敢扭头就走，乔光朴拉住他。他说："你叫我提醒你，我提醒你又不听。"

　　乔光朴咬着牙帮骨半天才说："好吧，这毕竟是私事，我可以让步。你说，上午局党委刚开完会，为什么下午厂里就知道了？"

　　"这有什么奇怪，小道快于大道，文件证实谣传。现在厂里正开着紧急党委会，我的这根可恶的政治神经提醒我，这个会不会和我们回厂无关。"石敢说完又有点后悔，他不该把猜测告诉乔光朴。感情真是坑害人的东西，石敢发觉他跟着乔大个子越陷越深了。

乔光朴心里一激灵，拉着石敢，又招呼了一声童贞，三个人走出七车间，来到办公楼前。一楼的会议室里灯光通明，门窗大开，一团团烟雾从窗口飘出来。有人大声发言，好像是在讨论明天电机厂就要开展一场大会战。这可叫乔光朴着急了，他叫石敢和童贞等一会，自己跑到门口传达室给霍大道打了个电话。回来后拉着石敢和童贞走进了会议室。

三

电机厂的头头们很感意外，冀申尖锐的目光盯住童贞，童贞赶紧扭开头，真想退出去。冀申佯装什么也不知道似地说："什么风把你们二位吹来了？"

乔光朴大声说："到厂子来看看，听说你们正开会研究生产就进来想听听。""好，太好了。"冀申瘦骨嶙峋的面孔富于感情，却又像一张复杂的地形图那样变化万端，令人很难琢磨透。他向两个不速之客解释："今天的党委会讨论两项内容，一项是根据群众一再要求，副厂长郗望北同志从明天起停职清理。第二项是研究明天的大会战。这一段时间我抓运动多了点，生产有点顾不过来，但是我们党委的同志有信心，会战一打响被动局面就会扭转。大家还可以再谈具体一点。老乔、老石是电机厂的老领导，一定会帮着我们出些好主意。"

冀申风度老练，从容不迫，他就是要叫乔光朴、石敢看看他主持党委会的水平。下午，当他在电话里听到局党委会决议的时候，猛然醒悟当初他主动要到机电局来是失算了。

这个人确实像他常跟群众表白的那样，受"四人帮"迫害十年之久，但十年间他并没有在市委干校劳动，而是当副校长。早在干校做为新生事物刚筹建的时候，冀申作为文革接待站的联络员就看出了台风的中心是平静的。别看干校集中了各种不吃香的老干部，反而是最安全的，也是最有发展的，在干校是可以卧薪尝胆的。他利用自己副校长的地位，和许多身份重要的人拉上了关系。这些市委的重要干部以前也许是很难接近的，现在却变成了他的学员，他只要在吃住上、劳动上、请销假上稍微多给点方便，老头子们就很感激他了。加上他很善于处理人事关系，博得了很多人的好感。在这些人大部已官复原职，因而他也就四面八方都有关系，在全市是个有特殊神通的人物。

两年前，冀申又看准了机电局在国家现代化中所占的重要地位。他一直是搞组织的，缺乏搞工业的经验，就要求先到电机厂干两年。一方面摸点经验，另外"大厂厂长"这块牌子在国家工作重点转移到经济建设上来以后一定是非常用得着的。而后再到公司、到局，到局里就有出国的机会，一出国那天地就宽了。这两年在电机上，他也不是不卖力气。但他在政治上太神通、太敏感了，反而妨害了行动。他每天翻着报刊、文件提口号，搞中心，开展运动，领导生产。并且有一种特殊的猜谜的酷好，能从报刊文件的字里行间念出另外的意思。他对中央文件又信又不全信，再根据谣言、猜测、小道消息和自己的丰富想像，审时度势，决定自己的工作态度。这必然在行动上迟缓，遇到棘手的问题就采取虚伪的态度。诡谲多诈，处理一切事情都把个人的安全、自己的利益放在第一位。工厂是很实际的，矛盾都很具体，他怎么能抓出成效？在别的单位也许还能对付一气，在机电局，在霍大道眼皮底下却混不过去了。

但是，他相信生活不是凭命运，也不是赶机会，而是需要智慧和斗争的无情逻辑！因此他要采取大会战孤注一掷。大会战一搞起来热热闹闹，总会见点效果，生产一回升，他借台阶就可以离开电机厂。同时在他交印之前把郗望北拿下去，在郗望北和乔光朴这一对老冤家、新仇人之间埋下一根引信，将来他不愁没有戏看。如果乔光朴也没有把电机厂搞好，就证明冀申并不是没有本事。然而，他摆的阵势，石敢从政治上嗅出来了，乔光朴用企业家的眼光从管理的角度也看出了问题。

电机厂的头头们心里都在猜测乔光朴和石敢深夜进厂的来意，没有人再关心本来就不太感兴趣的大会战了。冀申见势不妙，想赶紧结束会议，造成既定事实。他清清嗓子，想拍板定案。局长霍大道又一步走了进来。会场上又是一阵惊奇的唏嘘声。

霍大道没有客套话，简单地问了几句党委会所讨论的内容，就单刀直入地宣布了局党委的决议。最后还补充了一项任命："鉴于你们厂林总工程师长期病休不能上班，任命童贞同志为电机厂副总工程师。同时提请局党委批准，童贞同志为电机厂党委常委。"

童贞完全没有想到对她的这项任命，心里很不安。她不明白乔光朴为什么一点信也没透。

冀申不管多么善于应付，这个打击也来得太快了。霍大道简直是霹雳闪电，连对手考虑退却的时间都不给。他极力克制着，并直在脸上堆着笑说："服从局党委的决定，乔、石二位同志是工业战线上的大将，这回真是百闻不如一见。好了，明天我向二位交接工作，对今天大家讨论的两项决定，你二位有什么意见？"

石敢不仅不说话，连眼也眯了起来，因为眼睛也是泄露思想上机密的窗口。

乔光朴却不客气地说："关于郗望北同志停职清理，我不了解情况。"他不禁扫了一眼坐在屋角上的郗望北，意外地碰上了对方挑战的目光。他不容自己分心，赶紧说完他认为必须表态的问题："至于要搞大会战，老冀听说你有冠心病，你能不能用短跑的速度从办公大楼跑到七楼，上下跑五个来回？"

冀申不知他是什么意思，漠然一笑没有作答。

乔光朴接着说"我们厂就像一个患高血压冠心病的病人，搞那种跳楼梯式的大会战是会送命的。我不是反对真正必要的大会战。而我们厂现在根本不具备搞大会战的条件，在技术上、管理上、物质上、思想上都没有做好准备，盲目搞会战，只好拼设备，拼材料，拼人力，最后拼出一堆不合格的产品。完不成任务，靠月月搞会战突击，从来就不是搞工业的办法。"

他的话引起了委员们的共鸣，他们也正在猜谜，不明白冀申明知要来新厂长，为什么反而突然热心地要搞大会战。可是冀申嘴边挂着冷笑，正冲着他点火抽烟，似乎有话要说。

本来只想表个态就算的乔光朴，见冀申的神色，把话锋一转，尖锐地说："这几年，我没有看过真正的好戏，不知道我们国家在文艺界是不是出了伟大的导演，但在工业界，我知道是出现了一批政治导演。哪一个单位都有这样的导演，一有运动，工作一碰到难题，就召集群众大会，做报告，来一阵动员，然后游行，呼口号，搞声讨，搞突击，一会这，一会那，把工厂当舞台，把工人当演员，任意调度。这些同志充其量不过是个吃党饭的平庸的政工干部，而不是真正热心搞社会主义现代化的企业家。用这种导演的办法抓生产最容易，最省力，但遗害无穷。这样的导演，我们一个星期，甚至一个早上就可以培养出几十个，要培养一个真正的厂长、车间主任、工段长却要好几年时间。靠大轰大嗡搞一通政治动员，靠热热闹闹搞几场大会战，是搞不好现代化的。我们搞政治运动有很多专家，口号具体，计划详尽，措施有力。但搞经济建设、管理工厂却只会笼统布置，拿不出具体有效的办法……"

乔光朴正说在兴头上，突然感到旁边似有一道弧光在他脸上一烁一闪，他稍一偏头，猛然醒悟了，这是石敢提醒他住嘴的目光。他赶紧止住话头，改口说："话扯远了，就此打住。最后顺便告诉大伙一声，我和童贞已经结婚了，两个多小时以前刚举行完婚礼，老石是我们的证婚人。因为都是老头子、老婆子了，也没有惊动大伙，喜酒后补。"

今天电机厂这个党委会可真是又"惊"又"喜"，惊和喜又全在意料之外，还没宣布散会，委员们就不住地向乔光朴和童贞开玩笑。

童贞、石敢和郗望北这三个不同身份的人，却都被乔光朴这最后几句话气炸了。童贞气呼呼第一个走出会议室，对乔光朴连看都不看一眼，照直奔厂大门口。

唯有霍大道，似乎早料到了乔光朴会有这一手，并且看出了童贞脸色的变化，趁着刚散会的乱劲，捅捅乔光朴，示意他去追童贞。乔光朴一出门，霍大道笑着向大家摆摆手，拦住了要出门去逗新娘的人，大声说："老乔耍滑头，喜酒没有后补的道理，我们今天晚上就去喝两杯怎么样？……"

乔光朴追上来拉住童贞。童贞气得浑身打颤，声音都变了："你都胡说些什么？你知道明天厂里的人会说我们什么闲话？"

乔光朴说："我要的正是这个效果。就是要造成既定事实，一下子把脸皮撕破，你可以免除后顾之忧，泼下身子抓工作。不然，你老是嘀嘀咕咕，怕人说这，怕人说那，跟我在一块走，人家看你一眼，你也会多心，你越疑神疑鬼，鬼越缠你，闲话就永远没个完，我们俩老是谣言家们的新闻人物。一个是厂长，一个是总工程师，弄成这种关系还怎么相互合作？现在光明正大地告诉大伙，我们就是夫妻。如果有谁愿意说闲话，叫他们说上三个月，往后连他们自己也觉得没味了。这是我在会上临时决定的，没法跟你商量。"

灯光映照着童贞晶亮的眼睛，在她眼睛的深处似乎正有一道火光在缓缓燃烧。她已经没有多大气了。不管是作为副总工程师的童贞，还是作为女人的童贞，今天都是她生命沸腾的时刻，是她产生力量的时刻。

刚才还是怒气冲冲的石敢也跟着霍大道追上来了，他抢先一步握住童贞的手，冲着她点点头。似乎是以证婚人的身份祝愿她幸福。

童贞被感动了。

霍大道身后跟着两个电机厂党委的女委员。他对她们说："你们二位坐我的车陪新娘到她娘家，收拾一下东西，换换衣服，然后送她到自己的新家。我们在新郎家里等你们。"

女委员问："还要闹洞房？"

霍大道说："也可能要闹一闹，反正喜糖少不了要吃几块的。"

大家笑了。

乔光朴和童贞感激地望着霍局长，也情不自禁地笑了。

主　角

一

你设想吧，当舞台的大幕拉开，紧锣密鼓，音乐骤起，主角威风凛凛地走出台来，却一声不吭，既不说，也不唱，剧场里会是一种什么局面呢？

现在重型电机厂就是这种状况。乔光朴上任半个月了，什么令也没下，什么事也没干，既没召开各种应该召开的会议，也没有认真在办公室坐一坐。这是怎么回事？他以前当厂长可不是这样作风，乔光朴也不是这种脾气。

他整天在下边转，你要找也找不到；你不找他，他也许突然在你眼前冒了出来。按照生产流程一道工序一道工序地摸，正着摸完，倒着摸。谁也猜不透他的心气。更奇怪的是他对厂长的领导权完全放弃，几个职能科完全放任自流，对各车间的领导也不管不问。谁爱怎么干就怎么干，电机厂简直成了没头的苍蝇，生产直线跌下来。

机电局调度处的人饧不住劲了，几次三番催促霍大道赶紧到电机厂去坐阵。谁知霍大道无动于衷，催急了，他反而批评说："你们咋呼什么，老虎往后坐屁股，是为了向前猛扑。连这个道理都不懂？"

本来被乔光朴留在上边坐阵的石敢，终于也坐不住了。他把乔光朴找来，问："怎么样，有眉目没有？"

"有了！"乔光朴胸有成竹地说："咱们厂像个得了多种疾病的病人，你下这味药，对这一种病有利，对那一种病就有害。不抓准了病情，真不敢动大手术。"

石敢警惕地看看乔光朴，从他的神色上看出来这家伙的确是下了决心啦。石敢对电机厂的现状很担心，可是对乔光朴下狠心给电机厂做大手术，也不放心。

乔光朴却颇有点得意地说："我这半个月撂挑子下去，还有一个很重要的收获：咱们厂的干部队伍和工人队伍并不像你估计的那样。忧国忧民之士不少，有人找到我提建议，有人还跟我吵架，说我辜负了他们的希望。乱世出英雄，不这么乱一下，真摸不出头绪，也分不出好人坏人。我已经选好了几个人。"说着，眯起了双眼，他仿佛已经看见电机厂明天就要大翻个儿。

石敢突然问起了一个和工厂完全不相干的问题："今天是你的生日？"

"生日？什么生日？"乔光朴脑子一时没转过来，他翻翻办公桌上的台历，忽然记起来了，"对，今天是我的生日。你怎么记得？"

"有人向我打听。你是不是要请客收礼。"

"扯淡。你要去当然会管你酒喝。"

石敢摇摇头。

乔光朴回到家，童贞已经把饭做好，酒瓶、酒杯也在桌子上都摆好了。女人毕竟是女人，虽然刚结婚不久，童贞却记住了乔光朴的生日，乔光朴很高兴，坐下就要吃，童贞笑着拦住了他的筷子。"我通知了望北，等他来了咱们就吃。"

"你没通知别人吧？"

"没有。"童贞是想借这个机会使乔光朴和郗望北坐在一块，和缓两人之间的关系。

乔光朴理解童贞的苦心，但对这做法大不以为然，他认为在酒席筵上建立不了真正的信任和友谊。他心里也根本没有把对方整过自己的事看得太重，倒是觉得，郗望北对过去那些事的记忆比他反倒更深刻。

郗望北还没有来，却来了几个厂里的老中层干部。乔光朴和童贞一面往屋里让客、一面感到很意外。这几个人都是十几年前在科室、车间当头头的，现在有的还是，有的已经不是了。

他们一进门就嘻笑着说："老厂长。给你拜寿来了。"

乔光朴说："别搞这一套，你们想喝酒我有，什么拜寿不拜寿。这是谁告诉你们的？"

其中一个秃头顶的人，过去是行政科长，弦外有音地说："老厂长，别看你把我们忘了，我们可没忘了你。"

"谁说我把你们忘了？"

"还说没忘，从你回厂那一天起我们就盼着，盼了半个月啦，什么也没盼到。你看锅炉厂的刘厂长，回厂的当天晚上，就把老中层干部们全请到楼上，又吃又喝，不在喝多少酒、吃多少饭，而是出出心里的这口闷气。第二天全部恢复原职。这厂长才叫真够意思，也算对得起老部下。"

乔光朴心里烦了，但这是在自己家里，他尽力克制着。反问："'四人帮'打倒快两年多了，你们的气还没出来？"

他们说："'四人帮'倒了，还有帮四人呢。说停职，还没停一个月又要复职…"

不早不晚就在这时候郗望北进来了，那几个人的话头立刻打住了。郗望北听到了他们说的话，但满不在乎地和乔光朴点点头，就在那帮人的对面坐下了。这哪是来拜寿，一场辩论的架式算拉开了，童贞急忙找了一个话题，把郗望北拉到另一间屋里去。

那几个人互相使使眼色也站了起来，还是那个秃顶行政科长说："看来这满桌酒菜并不是为我们预备的，要不'火箭干部'解脱那么快，原来已经和老厂长和解了。还是多少沾点亲戚好啊！"

他们说完就要告辞。童贞怕把关系搞僵，一定留他们吃饭。乔光朴一肚子火气，并不挽留，反而冷冷地说，"你们跑这一趟的目的还没有达到，就这么两手空空的回去了？"

"表示了我们的心意，目的已经达到了。"那几个人心里感到不安，秃顶人好像是他们的打头人，赶紧替那几个人解释。

"老王，你们不是想官复原职，或者最好再升一两级吗？"乔光朴盯着秃顶人，尖锐地说，"别着急，咱们厂干部不是太多，而是太少，我是指真正精明能干的干部，真正能把一个工段、一个车间搞好，能把咱们厂搞好的干部。从明天起全厂开始考核，你们既然来了，我就把一些题目向你们透一透。你们都是老同志了，也应该懂得这些，比如：什么是均衡生产？什么是有节奏的生产？为什么要搞标准化、系列化、通用化？现代化的工厂应该怎么布置？你那个车间应该怎么布置？有什么新工艺、新技术？……"

那几个人真有点懵了，有些东西他们甚至连听都没有听见过。更叫他们惊奇的是乔光朴不仅要考核工人，对干部还要进行考核。有人小声嘟囔说："这办法可够新鲜的。"

"这有什么新鲜的,不管工人还是干部,往后光靠混饭吃不行!"乔光朴说,"告诉你们,我也一肚子气,甚至比你们的气还大,厂子弄成这副样子能不气!但气要用在这上面。"

他说完摆摆手,送走那几个人,回到桌前坐下来,陪郗望北喝酒。喝的是闷酒,吃的是哑菜,谁的心里都不痛快。童贞干着急,也只能说几句不咸不淡的家常话。一直到酒喝完,童贞给他们盛饭的时候,乔光朴才问郗望北:"让你停职并不是现在这一届党委决定的,为什么老石找你谈,宣布解脱,赶快工作,你还不干?"

郗望北说:"我要求党委向全厂职工说清楚,根据什么让我停职清理?现在不是都调查完了吗,我一没搞过打砸抢,二和'四人帮'没有任何个人联系,凭什么整我?就根据我曾经当过造反派的头头?根据我曾批判过走资派?就因为我是个所谓的新干部,就凭一些人编笆造模的议论?"

乔光朴看到郗望北挥动着筷子如此激动,嘴角闪过一丝冷笑。心想:"你现在也知道这种滋味了,当初你不也是根据编笆造模的议论来整别人。"

郗望北看出了乔光朴的心思,转口说:"乔厂长,我要求下车间劳动。"

"嗯?"乔光朴感到意外,他认为新干部这时候都不愿意下去,怕被别人说成是由于和"四人帮"有牵连而倒台了。郗望北倒有勇气自己要求下去,不管是真是假,先试试他,就说:"你有这种气魄就好,我同意。本来,做为领导和这领导的名义、权力,都不是一张任命通知书所能给予的,而是要靠自己的智慧、经验、才能和胆识到工作中去赢得。世界上有许多飞得高的东西,有的是凭自己的翅膀飞上去的,有的是被一阵风带上去的。你往后不要指望这种风了。"

郗望北冷冷一笑:"我不知道带我上来的是什么风,我只知道我若会投机的话,就不会有今天的被停职。我参加工作二十年,从学徒工当到生产组长,管过一个车间的生产,三十九岁当副厂长,一下子就成了'火箭干部'。其实火箭这个东西并不坏,要把卫星和飞船送上宇宙空间就得靠火箭一截顶替一截地燃烧。搞现代化天的'火箭干部'。我现在宁愿坐火箭再下去,我不像有些,占了个位子就想一直占到死,别人一旦顶替了他就认为别爬得太快了,大逆不道了。官瘾大小不取决于年龄。事实是当过官的比没当过官的权力欲和官瘾也许更大些。"

这样谈话太尖锐了，简直就是吃饭前那场谈话的继续。老的埋怨乔光朴袒护新的，新的又把乔光朴当老的来攻。童贞生怕乔光朴的脾气炸了，一个劲地劝菜，想冲淡他们间的紧张气氛。但是乔光朴只是仔细玩味郗望北的话，并没有发火。

郗望北言犹未尽。他知道乔光朴的脾气是吃软不吃硬，但你要真是个松软货，永远也不会得到他的尊敬，他顶多是可怜你。只有硬汉子才能赢得乔光朴的信任，他想以硬碰硬碰到底，接着说："中国到什么时候才不搞形而上学？'文化大革命'把干部一律打倒，现在一边大谈这种怀疑一切的教训，一边又想把新干部全部一勺烩了，当然，新干部中有'四人帮'分子，那能占多大比例？大多数还不是紧跟党的中心工作，这个运动跟得紧，下个运动就成了牺牲品。照这样看来还是滑头好，什么事不干最安全。运动一来，班组长以上干部都受审批，工厂、车间、班组都搞一朝天子一朝臣，把精力都用在整人上，搞起工作来相互掣肘。常此以往，现代化的口号喊得再响，中央再着急，也是白搭。"

"得了，理论家，我们国家倒霉就倒在批判家多、空谈家多，而实干家和无名英雄又太少。随便什么场合也少不了夸夸其谈的评论家。"乔光朴嘴上这么说，但郗望北表现出来的这股情绪却引起了他的注意。他原以为老干部心里有些气是理所当然的，原来新干部肚也有气。这两股气要是对干起来那就了不得。这引起了乔光朴的警惕。

二

第二天，乔光朴开始动手了。

他首先把九千多名职工一下子推上了大考核、大评议的比赛场。通过考核评议，不管是干部还是工人，在业务上稀松二五眼的，出工不出力、出力不出汗的，占着茅杭不屙屎的，溜奸滑蹭的，全成了编余人员。留下的都一个萝卜一个坑，兵是精兵，将是强将。这样，整顿一个车间就上来一个车间，电机厂劳动生产率立刻提高了一大截。群众中那种懒洋洋、好坏不分的松松垮垮的劲儿，一下子变成了有对比、有竞争的热烈紧张气氛。

工人们觉得乔光朴那双很有神采的眼睛里装满了经验，现在已经习惯于服从他，甚至他一开口就服从。因为大伙相信他，他的确一次也没有辜负大伙的信任。他说一不二，敢拍板也敢负责，许了愿必还。他说扩建幼儿园，一座别致的幼儿园小楼已经竣工。他说全面完成任务就实行物质奖励，八月份电机厂工人第一次接到了奖金。黄玉辉小组提前十天完成任务，他写去一封表扬信，里面附了一百五十元钱。凡是那些技术上有一套，生产上肯卖劲，总之是正儿八经的工人，都说乔光朴是再好没有的厂长了。可是被编余的人呢，却恨死了他。因为谁也没想到，乔光朴竟想起了那么一个"绝主意"——把编余的组成了一个服务大队。

　　谁找道路，谁就会发现道路。乔光朴泼辣大胆，勇于实验和另辟蹊径。他把厂里从农村召用来搞基建和运输的一千多长期"临时工"全部辞掉，代之以服务大队。他派得力的财务科长李干去当大队长，从辞掉临时工省下的钱里拿出一部分作为给服务大队的奖励。编余的人在经济收入上并没有减少，可是有一些小青年却认为栽了跟头，没脸见人。特别是八车间的鬼怪式车工杜兵，被编余后女朋友跟他散了伙，他对乔光朴真有动刀子的心了。

　　在这条道路上乔光朴为自己树立的"仇敌"何止几个"杜兵"。一批被群众评下来成了"编余"的中层干部恼了。他们找到厂部，要求对厂长也进行考核。由于考核评判小组组长是童贞，怕他们两口子通气，还提出立刻就考。谁知乔光朴高兴得很，当即带着几个副厂长来到了大礼堂。一听说考厂长，下班的工人都来看新鲜，把大礼堂挤满了。任何人都可以提问题，从厂长的职责到现代化工厂的管理，乔光朴滔滔不绝，始终没有被问住。倒是冀申完全被考垮了，甚至对工人的一些基本常识都搞不清，当场就被工人们称为"编余厂长"。这下可把冀申气炸了，他虽然控制着在考场上没有发作出来，可是心里认为这一切全是乔光朴安排好了来捉弄他的。

　　当生产副厂长，冀申本来就不胜任，而他对这种助手的地位却又很不习惯；简直不能忍受乔光朴对他的发号施令，尤其是在车间里当着工人的面。现在，经过考核，嫉妒和怨恨使他真地站到了反对乔光朴的那些被编余的人一边，由助手变为敌手了。他那青筋暴露的前额，阴气扑人的眼睛，仿佛是厂里一切祸水的根源。生产上一出事准和他有关，但又抓不住他大的把柄。乔光朴得从四面八方防备他，还得在四面八方给他堵漏洞。这怎么受得了？

　　乔光朴决定不叫冀申负责生产了，调他去搞基建。搞基建的服务大队像个火药桶,冀申一去非爆炸不可,乔光朴没有从政治角度考虑,石敢替他想到了。可是,乔光朴不仅没有听从石敢的劝告,反而又出人意料地调上来郗望北顶替冀申。郗望北是憋着一股劲下到二车间的,正是这股劲头赢得了乔光朴的好感。谁干得好让谁干,乔光朴毫不犹疑地跨过个人恩怨的障碍,使自己过去的冤家成了今天的助手。但是,正像石敢所预料的,冀申抓基建没有几天,服务大队里对乔光朴不满的那些人,开始活跃起来,甚至放出风,要把乔光朴再次打倒。

千奇百怪的矛盾,五花八门的问题,把乔光朴团团困在中间。他处理问题时拳打脚踢,这些矛盾回敬他时,也免不了会拳打脚踢。但眼下使他最焦心的并不是服务大队要把他打倒,而是明年的生产准备。明年他想把电机厂的产量数字搞到二百万千瓦,而电力部门并不欢迎他这个计划,倒满心希望能从国外多进口一些。还有燃料、锻件的协作等等都不落实,因此乔光朴决定亲自出马去打一场外交战。

如果乔光朴在自己的厂内还从来没有打过大败仗,这回出去搞外交,却是大败而归。他没有料到他的新里程上还有这么多的"雪山草地",他不知道他的宏伟计划和现实之间还隔着一条组织混乱和作风腐败的鸿沟。厂内的"仇敌"他不在乎,可是厂外的"战友"不跟他合作却使他束手无策。他要求协作厂及早提供大的转子锻件,而且越多越好,但人家不受他指挥,不买他的账。要燃料也好,要材料也好,他不懂得这都是求人的事,协作的背后必须有心照不宣的互通有无,在计划的后面还得有暗地的交易。他这次出去总算长了一条见识:现在当一个厂长重要的不是懂不懂金属学、材料力学,而是看他是不是精通"关系学",乔光朴恰恰这门学问成绩最差。他一向认为会处关系的人,大都成就不大。他这次出差的成果,恰好为自己的理论得了反证。

而他还不知道,当他十天后扫兴回来的时候,在他的工厂里,又有什么窝火的事在等着他呢!

三

乔光朴回厂失去找石敢。石敢一见是他进了门,慌忙把桌上的一堆材料塞到抽屉里。乔光朴心思全挂在厂里的生产上,没有在意。但和石敢还没有说上几句话,服务大队队长李干急匆匆推门进来,一见乔光朴,又惊又喜:"哎呀,厂长,你可回来了!"

"出了什么事？"乔光朴急问。

"咱们不是要增建宿舍大楼吗，生产队不让动工。郗望北被社员围住了，很可能还要挨两下打。"

"市规划局已经批准，我们已经交完钱啦。"

"生产队提出额外再要五台拖拉机。"

"又是这一套！"乔光朴恼怒地喊起来，"我们是搞电机的，往哪儿去弄拖拉机！"

"冀副厂长以前答应的。"

"扯淡！老冀呢，找他去。"

"他调走了。把服务大队搅了个乱七八糟，拔脚就走了。"李干不满地说。

"嗯？"乔光朴看看石敢。

石敢点点头："三天前，上午和我打了个招呼，下午就到外贸局上任去了，走的上层路线，并没有征求我们党委的意见。他的人事关系、工资关系还留在我们厂里。"

"叫他把关系转走，我们厂不能白养这样不干活的人。"乔光朴朝李干一挥手，"走，咱俩去看看。"

乔光朴和李干坐车去生产队，在半路就碰上了郗望北骑着自行车正往厂里赶。李干喊住了他："望北，怎么样？"

"解决完了。"郗望北答了一声，骑上车又跑，好像有什么急事在等着他。

李干冲郗望北赞赏地点点头："真行，有一套办法。"他叫司机开车追上郗望北，脑袋探出车外喊："你跑这么急，有什么事？乔厂长回来了。"

郗望北停下自行车，向坐在吉普车里的乔光朴打了招呼，说："一车间下线出了问题。"

郗望北停下自行车交给李干，跳上吉普车奔一车间。李干在后边大声喊："乔厂长，我找你还有事没说完哩。"

是啊，事儿总是不断的，快到年底了，最紧张也最容易出事。可这会儿乔儿朴最担心是一车间出问题影响全厂的任务。

他和郗望北走进一车间下线工段，只见车间主任正跟副总工程师童贞一个劲讲好话。童贞以她特有的镇静和执拗摇着头。车间主任渐渐耐不住性子了。这种女人，真是从来没见过。她不喊不叫，脸上甚至还挂着甜蜜蜜的笑容，说话温柔好听，可就是在技术问题上总也不让步。不管你跟她发多大火，她总是那副温柔可亲的样子，但最后你还得按她的意见办。

车间主任正在气头上，一眼看见乔光朴，以为能治住这个女人的人来了，忙迎上去，抢了个原告："乔厂长，我们计划提前八天完成全年任务，明年一开始就来个开门红。可是这个十万千瓦发电机的下部线圈击穿率只超过百分一，童总就非叫我们返工不可。您当然知道，百分之一根本不算什么，上半年我们的线圈超过百分之二十、三十，也都走了。"

乔光朴问："击穿率超过的原因找到了吗？"

车间主任："还没有。"

童贞接过来说："不，找到了，我已经向你说过两次了，是下纷时掉进灰尘，再加鞋子踩脏。叫你们搭个塑料棚，把发电机罩起来。工人下线时要换上干净衣服，在线圈上铺橡皮，脚不直接踩线圈。可你们嫌麻烦！"

"噢。嫌麻烦。搞废品省事，可是国家就麻烦了。"乔光朴看看车间主任，嘲讽他说，"为什么要文明生产，什么是质量管理制度，你在考试的时候答得不错呀。原来说是说，做是做呀！好吧，彻底返工。扣除你和给这个电机下线的工人的奖金。"

车间主任愣了。

童贞赶紧求情："老乔，他们就是返工也能完成任务，不应该扣他们的奖金。"

"这不是你的职责！"乔光朴看也不看童贞，冷冷地说，"因返工而造成的时间和材料的损失呢？"说完他头也不回地拉着郗望北走出了车间。

车间主任苦笑着对童贞说："服务大队的人反他，我们拼命保他，你看他对我们也是这么狠。"

童贞一句话没说。对技术问题，她一丝不苟，对这种事情，她插不上手。她所能做的，只是设法宽慰车间主任的心。

四

童贞知道乔光朴心情不好，就买了四张《秦香莲》的京剧票，晚上拉着郗望北夫妇一块去看戏。郗望北还没有回家，他们只好把票子留下，先拉上外甥媳妇去了戏院。

三个人要进戏院门口的时候，李干不知从什么地方钻出来。乔光朴一见他那样子，知道有事，便叫童贞她们先进场，自己跟着李干来到戏院后面一个清静的地方。站定以后，乔光朴问："什么事？"

他态度沉着，眼睛里似有一种因挫折而激出来的威光。李干见厂长这副样子，像吞了定心丸，紧张的情绪也缓和下来了。说："服务大队有人要闹事。"

"谁？"

"杜兵挑头，行政科刷下来的王秃子在后边使劲，他们叫嚷冀申也支持他们。杜兵三天没上班，和市里那批静坐示威的人可能挂上钩了。今天下午，他回厂和几个人嘀咕了一阵子，写了几张大字报，说是要贴到市委去，还要到市委门口去绝食。"

乔光朴看看精明能干的李干，问："你有点害怕了？"

李干说："我不怕他们。他们的矛头主要是朝你来的。"

乔光朴笑了："那些你别管，你就严格按制度办事。无故不上班的按旷工论处。不愿干的、想退职的悉听尊便。"

一个领导，要比被他领导的人坚强。乔光朴的态度鼓舞了李干，他也笑了："你散戏回家的道上要留神。我走了。"

乔光朴回到剧场刚坐下，催促观众安静的铃声就响了。像踩着铃声一样，又来了几个很有身份的人，坐在他们前一排的正中间座位上，冀申竟也在其中。他那灵活锐利的目光，显然在刚进场的时候就已经看见这几个人了。他回过头来，先冲童贞点点头，然后亲热地向乔光朴伸出手说："你回来啦？收获怎么样？你这常胜将军亲自出马，必定会马到成功。"

乔光朴讨厌在公共场合故意旁若无人的高声谈笑，只是摇摇头没吭声。

冀申带着一副俯就的样子，望着乔光朴说："以后有事到外贸局，一定去找我，千万不要客气。"

乔光朴觉得嗓子眼里像吞了只苍蝇。在人类感情方面，最叫人受不了的就是得意之色。而乔光朴现在从冀申脸上看到的正是这种神色。他怎么也想不通冀申这种得意之情是从哪儿来的。是无缘无故的高升？还是讥笑他乔光朴的吃力不讨好？

冀申的确感到了自己现在比乔光朴地位优越，正像几个月前他感到乔光朴比自己地位优越一样。他曾对乔光朴是那样的嫉妒过，但是如果今天让他和乔光朴掉换一下，让他付出乔光朴那样的代价去换取电机厂生产面貌的改观，他是不干的。他认为一个人把身家性命押在一场运动上，在政治上是犯忌的，一旦中央政策有变，自己就会成为牺牲品。搞现代化也是一场运动，乔光朴把命都放在这上面了，等于把自己推到了危险的悬崖上，随时都有再被摔下去的可能。电机厂反他的火药似乎已经点着了，冀申选这个时候离电机厂，很为自己在政治上的远见卓识得意。今晚在这个场合看见了乔光朴，使他十分得意的心情上又加了十分。他悠然自得地看着戏，间或向身边的人发上几句议论。

可是坐在他后边的乔光朴，却无论怎样强制自己集中精神，也看不明白台上在演什么。他正琢磨找个什么借口离开这儿，又不至于伤那两个女人的心。郗望北在服务员手电光的引导下坐在了乔光朴的身边。童贞小声问他为什么来晚了，他的妻子问他吃饭没有，他哼哼叽叽只点点头。他坐了一会，斜眼瞄瞄乔光朴，轻声说："厂长，您还坐得下去吗？咱们别在这儿受罪了！"

乔光朴一摇脑袋，两个人离开了座位。他们来到剧场前厅，童贞追了出去。郗望北赶忙解释："我来找乔厂长谈出差的事。乔厂长到机械部获得了我们厂可能得到的最大的支持，又到电力部揽了不少大机组。下面就是材料、燃料和各关系户的协作问题。这些问题光靠写在纸面上的合同、部里的文件和乔厂长的果断都是不能解决的。解决这些是副厂长的本分。"

乔光朴没有料到郗望北会自愿请行，自己出去都没办来，不好叫副手再出去。而且，他能办来吗？郗望北显然是看出了乔光朴的难处和疑虑。这一点使他心里很不舒服。

童贞问："这么仓促？明天就走吗？"

"刚才征得党委书记的同意，已经叫人去买车票了，也许连夜出发呢。"郗望北望着童贞，实际是说给乔光朴听。他知道乔光朴对他出去并不抱信心，又说："乔厂长作为领导大型企业的厂长，眼下有一个致命的弱点，不了解人的关系的变化。现在人与人之间的关系不同于战争年代，不同于一九五八年，也不同于"文化大革命"刚开始的那两年。历史在变，人也在变。连外国资本家都懂得人事关系的复杂难处，工业发展到一定程度，就大量搞自动化，使用机器人。机器人有个最大的优点，就是没有血肉，没有感情，但有铁的纪律，铁的原则。人的优点和缺点全在于有思想感情。有好的思想感情，也有坏的，比如偷懒耍滑、投机取巧、走后门等等。掌握人的思想感情是世界上最复杂的一门科学。"他突然把目光转向乔光朴，"您精通现代化企业的管理，把您的铁腕、精力要用在厂内。有重大问题要到局里、部里去，您可以亲自出马，您的牌子硬，说话比我们顶用。和兄弟厂、区社队、街道这些关系户打交道，应交给副厂长和科长们。这也可以留有余地，即便下边人捅了漏子，您还可以出来收场。什么事都亲自出头，厂长在外边顶了牛叫下边人怎么办？霍局长不是三令五申，提倡重大任务要敢立军令状吗，我这次出去也可以立军令状。但有一条，我反正要达到咱们的目的，不违犯国家法律，至于用什么办法，您最好别干涉。"

乔光朴左颊上的肉梭子跳动起来，用讥讽的目光瞧着郗望北，没有说话。

这下把郗望北激恼了："如果有一天社会风气改变了，您可以为我现在办的事狠狠处罚我，我非常乐于接受。但是社会风气一天不改，您就没有权利嘲笑我的理论和实践。因为这一套现在能解决问题。"

"你可以去试一试。"乔光朴说，"但不许你再鼓吹那一套，而且每干一件事总要先发表一通理论。我生平最讨厌编造真理的人。"他要童贞继续陪外甥媳妇看戏，自己去找石敢了。

童贞同情地望着丈夫的背影，乔光朴不失常态，脚步坚定有力。她知道他时常把自己的痛苦和弱点掩藏起来，一个人悄悄地治疗，甚至在她面前也不表示沮丧和无能。有人坚强是因为被自尊心所强制，乔光朴却是被肩上的担子所强制的。电机厂好不容易搞成这个样子，如果他一退坡，立刻就会垮下来，他没有权利在这种时候表示软弱和胆怯。

郗望北却望着乔光朴的背影笑了。

童贞忧虑地说："我一听到你们俩谈话就担心，生怕你们会吵起来。"

"不会的。"郗望北亲切地扶住童贞的胳膊说，"老姨，我说点使您高兴的话吧，乔厂长是目前咱们国家里不可多得的好厂长。您不见咱们厂好多干部都在学他的样子，学他的铁腕，甚至学他说话的腔调。在这样的厂长手下是会干出成绩来的。我不能说喜欢他，可是他整顿厂子的魄力使我折服。他这套作风，在五八年以前的厂长们身上并不稀少，现在却非常珍贵了。他对我也有一般强大的吸引力，不过我在拼命抵抗，不想完全向他投降。他瞧不起窝囊废。"

他看看手表:"哎呀,我得赶紧走了。说实话,给他这样的厂长当副手,也是真辛苦。"说完匆匆走了。

五

石敢在灯下仔细地研究着一封封控告信,这些信有的是直接写给厂党委的,有的是从市委和中央转来的。他的心情是复杂的,有恼怒,有惊怕,也有愧疚。控告信告的全是乔光朴,不仅没有一句控告他这个党委书记的话,甚至把他当做了乔光朴大搞夫妻店,破坏民主,独断专行的一个牺牲品。说乔光朴把他当成了聋子耳朵——摆设,在政治上把他搞成了活哑巴。这本来是他平时惯于装聋作哑的成绩,他应该庆幸自己在政治上的老谋深算。但现在他却异常憎恨自己。他开脱了自己却加重了老乔的罪过,这是他没有料到的。他算一个什么人呢?况且这几个月他的心叫乔光朴撩得已经活泛了。他的感情和理智一直在进行斗争,而且是感情占上风的时候多,在几个重要问题上他不仅是默许,甚至是暗地支持了乔光朴。他想如果干部都像老乔,而不像他石敢,如果工厂都像现在电机厂这么搞,国家也许能很快搞成个样子;党也许能返老还童,机体康复起来。可是这些控告信又像一顿冰雹似地撸头盖脸砸下来,可能将要被砸死的是乔光朴,但是却首先狠狠地砸伤了石敢那颗已经创伤累累的心。他真不知道怎样对付这些控告信,他生怕杜兵这些人和社会上那些正在闹事的人串联起来,酿成乱子。

石敢注意力集中在控告信上,听见外面有人喊他,开开门见是霍大道,赶紧让进屋。

霍大道看看屋子:"老乔没在你这儿?"

"他没来。"

"嗯?"霍大道端起石敢给他沏的茶喝了一口,"我听说他回来了,吃过饭就去看他,碰了锁,我估计他会到你这儿来。"

"噢,那我就在这儿等吧,今天晚上不管有多好的戏,他也不会看下去。可惜童贞的一片苦心。"霍大道轻轻笑了。

石敢表示怀疑地说:"他可是戏迷。"

"你要不信,咱俩打赌。"霍大道今晚上的情绪非常好,好像根本没注意石敢那愁眉苦脸的样子。又自言自语地说:"他真正迷的是他的专业、他的工厂。"

霍大道扫了一眼石敢桌上的那一堆控告信，好像不经意似地随便问道："他都知道了吗？"

石敢摇摇头。

"出差的收获怎么样，心情还可以吗？"石敢又摇摇头。刚想说什么，门忽然开了，乔光朴走进来。霍大道突然哈哈大笑，使劲拍了一下石敢的肩膀。

这下把乔光朴笑傻了。石敢赶紧收藏控告信。这一回他的神情引起了乔光朴的注意。乔光朴走过去抓起一张纸看起来。霍大道向石敢示意："都给他看看吧。"

心里并不畅快的乔光朴，看完一封封控告信，暴怒地把桌子一拍："混蛋，流氓！"

他急促地在屋里走着，左额上的肌肉不住地颤抖。突然，嘴里咯嘣一声，一个下糟牙碎成了两半。他没有吱声，把掉下来的半块牙齿吐掉。他走到霍大道跟前，霍大道悠闲而专心地看报，没有看他。他问石敢："你打算怎么办？"

石敢扫一眼乔光朴说："现在你可以离开这个厂了，今年的任务肯定能完成，你完全可以回局交令。我一个人留下来，风波不平我不走。"

乔光朴吼起来："你说什么？叫我溜？电机厂还要不要？"

"你这个人还要不要？你要再完蛋了，要伤一大批人的心，往后谁还干！"石敢实际也是说给霍大道听。

霍大道静静看着他们俩，就是不吭声。

乔光朴怒不可遏，在屋里来回跑跑，嘴里嚷着："我不怕这一套，我当一天厂长，就得这么干！"

石敢终于忍不住走到霍大道跟前说："霍局长，你说怎么办？"

霍大道淡淡地说："几封控告信就把你吓成这个样子。不过你还够朋友，挺讲义气，让老乔先撤，你为他两肋插刀顶上一阵子，然后两人一块上山。嗯，真不错。石敢同志大有进步了。"

石敢的脸腾一下红了。

霍大道含笑对乔光朴说："老乔，你回电机厂这半年，有一条很大的功绩，就是把一个哑巴饲养员培养成了国家的十二级干部。石敢现在变化很大了，说话多了，以前需要别人绑上拖着去上任，现在自己又想当书记又想兼厂长。老石同志，你别脸红，我说的是实话。你现在开始有点像个党委书记了。不过有件事我还得批评你,冀申调动,不符合组织手续,没有通过局党委,你为什么放他走?"

石敢脸一红一白,这么大老头子了,他还没吃过这样的批评。

霍大道站起来走到乔光朴身边,以透彻肺腑的目光,久久地盯住对方:"怎么把牙都咬碎了,不值得。在我们民族的老俗话中,我喜爱这一句:宁叫人打死,不叫人吓死!请问:你的精力怎么分配?"

"百分之四十用在厂内正事上,百分之五十用去应付扯皮,百分之十应付挨骂、挨批。"乔光朴不假思索地说。

"太浪费了。百分之八十要用在厂里的正事上,百分之二十用来研究世界机电工业发展状态。"霍大道突然态度异常严肃起来,"老乔,搞现代化并不单纯是个技术问题,还要得罪人。不干事才最保险,但那是真正的犯罪。什么误解呀,委屈呀,诬告呀,咒骂呀,讥笑呀,悉听尊便,我在台上,就当主角,都得听我这么干。我们要的是实现现代化的'时间和数字',这才是人民根本的和长远的利益所在。眼下不过是开场,好戏还在后头呢!"

霍大道见两个人的脸色越来越开朗,继续说:"昨天我接到部长的电话,他对你在电机厂的搞法很感兴趣,还叫我告诉你,不妨把手脚放开一点,各种办法都可以试一试,积累点经验,存点问题,明年春天我们到国外去转一圈。中国现代化这个题目还得我们中国人自己做,但考察一下先进国家的做法还是有好处的……"

三个人坐下,一边喝着茶,一边谈起来,越谈兴致越高。霍大道突然对乔光朴说:"听说你学黑头学的不错,来两口叫咱们听听。"

"行。"乔光朴毫不客气,喝了一口水,把脸稍微一侧,用很有点裘派的味道唱起来:包龙图,打坐在开封府!

……

[提示]

蒋子龙(1941—),河北沧县人,擅长写工业题材。著有短篇小说《乔厂长上任记》《一个工厂秘书的日记》《拜年》,中篇小说《开拓者》《赤橙黄绿青蓝紫》《燕赵悲歌》,长篇小说《蛇神》,散文集《国外掠影》《过海日记》,杂文集《秋窗三语》《净火》《时间闲话》等。

《乔厂长上任记》原载《人民文学》1979年第7期,是新时期"改革文学"的开山之作。作品的价值首先是对工业题材的大胆开掘,小说暴露了十年浩劫对中国工业的沉重打击和对人们精神世界的严重伤害,并揭示了造成这种满目疮痍、伤痕累累现象的社会历史根源,暴露了改革开放初期的各种社会现实矛盾。其次,作品刻画了一位雷厉风行、披荆斩棘的改革者形象。乔光朴临危请缨,敢立"军令状",有锐意进取的开拓精神,但这样的锐气和"永远不是政治家"的性格也得罪了工于心计的对手和习惯吃"大锅饭"的工人。他通过改革提高了生产效益,可是在"搞外交"上却因为不懂"关系学"大败而归。作者写出了他的魄力,也写出了他的困境,由此昭示出改革的艰难,这一主题成为后来很多改革文学的共识。

  从写作风格来看,《乔厂长上任记》显示了蒋子龙小说写作的粗犷、雄浑的艺术风格。他用笔如椽,浓墨重彩,谋篇布局上大开大合,气势宏伟,内容饱满,塑造人物时不拘细节,多用粗线条勾勒,既注重人物的外部特征与行为描写,又注重性格心理与精神气质的展现。作品充满豪放之气和阳刚之美。

(王 琳)

爱，是不能忘记的

张　洁

我和我们这个共和国同年。三十岁，对于一个共和国来说，那是太年轻了。而对一个姑娘来说，却有嫁不出去的危险。

不过，眼下我倒有一个正儿八经的求婚者。看见过希腊伟大的雕塑家米伦所创造的"掷铁饼者"那座雕塑么？乔林的身躯几乎就是那尊雕塑的翻版。即使在冬天，臃肿的棉衣也不能掩盖住他身上那些线条的优美的轮廓。他的面孔黝黑，鼻子、嘴巴的线条都很粗犷。宽阔的前额下，是一双长长的眼睛。光看这张脸和这个身躯，大多数的姑娘都会喜欢他。

可是，倒是我自己拿不准主意要不要嫁给他。因为我闹不清楚我究竟爱他的什么，而他又爱我的什么？

我知道，已经有人在背地里说长道短："凭她那些条件，还想找个什么样的？"

在他们的想象中，我不过是一头劣种的牲畜，却变着法儿想要混个肯出大价钱的冤大头。这使他们感到气恼，好像我真的干了什么伤天害理的、冒犯了众人的事情。

自然，我不能对他们过于苛求。在商品生产还存在的社会里，婚姻，也像其它的许多问题一样，难免不带着商品交换的烙印。

我和乔林相处将近两年了，可直到现在我还摸不透他那缄默的习惯到底是因为不爱讲话，还是因为讲不出来什么？逢到我起意要对他来点智力测验，一定逼着他说出对某事或某物的看法时，他也只能说出托儿所里常用的那词藻："好！"或"不好！"就这么两档，再也不能换换别的花样儿了。

当我问起"乔林，你为什么爱我"的时候，他认真地思索了好一阵子。对他来说，那段时间实在够长了。凭着他那宽阔的额头上难得出现的皱纹，我知道，他那美丽的脑壳里面的组织细胞，一定在进行着紧张的思维活动。我不由地对他生出一种怜悯和一种歉意，好像我用这个问题刁难了他。

然后，他抬起那双儿童般的、清澈的眸子对我说："因为你好！"

我的心被一种深刻的寂寞填满了。"谢谢你，乔林！"

我不由地想：当他成为我的丈夫，我也成为他的妻子的时候，我们能不能把妻子和丈夫的责任和义务承担到底呢？也许能够。因为法律和道义已经紧紧地把我们拴在一起。而如果我们仅仅是遵从着法律和道义来承担彼此的责任和义务，那又是多么悲哀啊！那么，有没有比法律和道义更牢固更坚实的东西把我们联系在一起呢？

逢到我这样想着的时候，我总是有一种古怪的感觉，好像我不是一个准备出嫁的姑娘，而是一个研究社会学的老学究。

也许我不必想这么许多，我们可以照大多数的家庭那样生活下去：生儿育女，厮守在一起，绝对地保持着法律所规定的忠诚……虽说人类社会已经进入了二十世纪七十年代，可在这点上，倒也不妨像几千年来人们所做过的那样，把婚姻当成一种传宗接代的工具，一种交换、买卖，而婚姻和爱情也可以是分离着的。既然许多人都是这么过来的，为什么我就偏偏不可以照这样过下去呢？

不，我还是下不了决心。我想起小的时候，我总是没缘没故地整夜啼哭，不仅闹得自己睡不安生，也闹得全家睡不安生。我那没有什么文化却相当有见地的老保姆说我"贼风入耳"了。我想这带有预言性的结论，大概很有一点科学性，因为直到如今我还依然如故，总好拿些不成问题的问题不但搅扰得自己不得安宁，也搅扰得别人不得安宁。所谓"禀性难移"吧！

我呢，还会想到我的母亲，如果她还活着，她会对我的这些想法，对乔林，对我要不要答应他的求婚说些什么？

我之所以习惯地想到她绝不因为她是一个严酷的母亲，即使已经不在人世也依然用她的阴魂主宰着我的命运。不，她甚至不是母亲，而是一个推心置腹的朋友。我想，这多半就是我那么爱她，一想到她已经离我远去便悲从中来的原因吧！

她从不教训我，她只是用她那没有什么女性温存的低沉的嗓音，柔和地对我谈她一生中的过失或成功，让我从这过失或成功里找到我自己需要的东西。不过，她成功的时候似乎很少，一生里总是伴着许许多多的失败。

在她最后的那些日子里，她总是用那双细细的、灵秀的眼睛长久地跟随着我，仿佛在估量着我有没有独立生活下去的能力，又好像有什么重要的话要叮嘱我，可又拿不准主意该不该对我说。准是我那没心没肺、凡事都不大有所谓的派头让她感到了悬心。她忽然冒出了一句："珊珊要是你吃不准自己究竟要的是什么，我看你就是独身生活下去，也比糊里糊涂地嫁出去要好得多！"

照别人看来，做为一个母亲，对女儿讲这样的话，似乎不近情理。而在我看来，那句话里包含着以往生活里的极其痛苦的经验。我倒不觉得她这样叮咛我是看轻我或是低估了我对生活的认识。她爱我，希望我生活得没烦恼，是不是？

"妈妈，我不想嫁人！"我这么说，绝不是因为害臊或是在忸怩作态。说真的，我真不知道一个姑娘什么时候需要做出害臊或忸怩的姿态，一切在一般人看来应该对孩子隐讳的事情，母亲早已从正面让我认识了它。

"要是遇见合适的，还是应该结婚。我说的是合适的！"

"恐怕没有什么合适的！"

"有还是有，不过难一点——因为世界是这么大，我担心的是你会不会遇上就是了！"她并不关心我嫁得出去还是嫁不出去，她关心的倒是婚姻的实质。

"其实，您一个人过得不是挺好吗？"

"谁说我过得挺好？"

"我这么觉得。"

"我是不得不如此……"她停住了说话，沉思起来。一种淡淡的，忧郁的神情来到了她的脸上。她那忧郁的、满是皱纹的脸，让我想起我早年夹在书页里的那些已经枯萎了的花。

"为什么不得不如此呢？"

"你的为什么太多了。"她在回避我。她心里一定藏着什么不愿意让我知道的心事。我知道，她不告诉我，并不是因为她耻于向我披露，而多半是怕我不能准确地估量那事情的深浅而扭曲了它，也多半是因为人人都有一点珍藏起来的、留给自己带到坟墓里去的东西。想到这里，我有点不自在。这不自在的感觉迫使我没有礼貌，没有教养地追问下去："是不是您还爱着爸爸？"

"不，我从没有爱过他。"

"他爱您吗？"

"不，他也不爱我。"

"那你们当初为什么结婚呢？"

她停了停，准是想找出更准确的字眼来说明这令人费解和反常的现象，然后显出无限悔恨的样子对我说："人在年轻的时候，并不一定了解自己追求的、需要的是什么，甚至别人的起哄也会促成一桩婚姻。等到你再长大一些、更成熟一些的时候，你才会明白你真正需要的是什么。可那时，你已经干了许多悔恨得让你感到锥心的蠢事。你巴不得付出任何代价，只求重新生活一遍才好，那你就会变得比较聪明了。人说'知足者常乐'，我却享受不到这样的快乐。"说着，她自嘲地笑了笑。"我只能是一个痛苦的理想主义者。"

莫非我那"贼风入耳"的毛病是从她那里来的？大约我们的细胞中主管"贼风入耳"这种遗传性状的是一个特别尽职尽责的基因。

"您为什么不再结婚呢？"

她不大情愿地说："我怕自己还是吃不准自己到底要什么。"她明明还是不肯对我说真话。

我不记得我的父亲。他和母亲在我很小的时候便分手了。我只记得母亲曾经很害羞地对我说过他是一个相当漂亮的、公子哥儿似的人物。我明白，她准是因为自己也曾追求过那种浅薄而无聊的东西而感到害臊。她对我说过："晚上睡不着觉的时候，我常常迫使自己硬着头皮去回忆青年时代所做过的那些蠢事、错事！为的是使自己清醒。固然，这是很不愉快的，我常会羞愧地用被单蒙上自己的脸，好像黑暗里也有许多人在盯着我瞧似的。不过这种不愉快的感觉里倒也有一种赎罪似的快乐。"

我真对她不再结婚感到遗憾。她是一个很有趣味的人，如果她和一个她爱着的人结婚，一定会组织起一个十分有趣味的家庭。虽然她生得并不漂亮，可是优雅、淡泊，像一幅淡墨的山水画。文章写得也比较美，和她很熟悉的一位作家喜欢开这样的玩笑："光看你的作品，人家就会爱上你的！"

母亲便会接着说："要是他知道他爱的竟是一个满脸皱纹、满头白发的老太婆，他准会吓跑了。"

到了这种年龄，她绝不会是还不知道自己到底要什么。这分明是一句遁词。我之所以这么说，是因为她有一些引起我生出许多疑惑的怪毛病。

比如，不论她上哪儿出差，她必得带上那二十七本一套的，一九五〇年到一九五五年出版的契诃夫小说选集中的一本。并且叮咛着我："千万别动我这套书。你要看，就看我给你买的那一套。"这话明明是多余的。我有自己的一套，干嘛要去动她的那套呢？况且这话早已三令五申地不知说过多少遍了。可她还是怕有个万一的时候。她爱那套书爱得简直像是得了魔症一般。

我们家有两套契诃夫小说选集。这也许说明对契诃夫的爱好是我们家的家风，但也许更多的是为了招架我和别的喜欢契诃夫的人。逢到有人想要借阅的时候，她便拿了我房间里的那套给人。有一次，她不在家的时候，一位很熟的朋友拿了她那套里的一本。她知道了之后，急得如同火烧眉毛，立即拿了我的一本去换了回来。

从我记事的那天起，那套书便放在她的书橱里了。别管我多么钦佩伟大的契诃夫，我也不能明白，那套书就那么百看不厌，二十多年来有什么必要天天非得读它一读不可？

有时，她写东西写累了，便会端着一杯浓茶坐在书橱对面，瞧着那套契诃夫小说选集出神。要是这个时候我突然走进了她的房间，她便会显得慌乱不安，不是把茶水泼了自己一身，便是像初恋的女孩子，头一次和情人约会便让人撞见似的羞红了脸。

我便想：她是不是爱上了契诃夫？要是契诃夫还活着，没准真会发生这样的事。

当她神志不清，就要离开这个世界的时候，她对我说的最后一句话是："那套书——"她已经没有力气说出"那套契诃夫小说选集"这样一个长句子。不过我明白她指的就是那一套。"……还有，写着，'爱，是不能忘记的'……笔记本、和我，一同火葬。"

她最后叮咛我的这句话，有些，我为她做了，比如那套书。有些，我没有为她做，比如那些题着"爱，是不能忘记的"笔记本子。我舍不得。我常想，要是能够出版，那一定是她写过的那些作品里最动人的一篇，不过它当然是不能出版的。

起先，我以为那不过是她为了写东西而积累的一些素材。因为它既不像小说，也不像札记；既不像书信，也不像日记。只是当我从头到尾把它们读了一遍的时候，渐渐地，那些只言片语与我那支离破碎的回忆交织成了一个形状模糊的东西。经过久久的思索，我终于明白，我手里捧着的，并不是没有生命、没有血肉的文字，而是一颗灼人的、充满了爱情和痛苦的心，我还看见那颗心怎样在这爱情和痛苦里挣扎熬煎。二十多年啦，那个人占有着她全部的情感，可是她却得不到他。她只有把这些笔记本当做是他的替身，在这上面和他倾心交谈。每时，每天，每月，每年。

难怪她从没有对任何一个够意思的求婚者动过心，难怪她对那些说不出来是善意的愿望或是恶意的闲话总是淡然地一笑付之。原来她的心已经填得那么满，任什么别的东西都装不进去了。我想起"曾经沧海难为水，除却巫山不是云"的诗句，想到我们当中多半有人不会这样去爱，而且也没有人会照这个样子来爱我的时候，我便感到一种说不出来的怅惘。

我知道了三十年代，他在上海做地下工作的时候，一位老工人为了掩护他而被捕牺牲，撇下了无依无靠的妻子和女儿。他，出于道义，责任，阶级情谊和对死者的感念，毫不犹豫地娶了那位姑娘。逢到他看见那些由于"爱情"而结合的夫妇又因为"爱情"而生出无限的烦恼，他便会想："谢天谢地，我虽然不是因为爱情而结婚，可是我们生活得和睦、融洽，就像一个人的左膀右臂。"几十年风里来、雨里去，他们可以说是患难夫妻。

他一定是她那机关里的一位同志。我会不会见过他呢？从到过我家的客人里，我看不出任何迹象，他究竟是谁呢？

大约一九六二年的春天，我和母亲去听音乐会。剧场离我们家不太远，我们没有乘车。

一辆黑色的小轿车悄无声息地停在人行道旁边。从车上走下来一个满头白发，穿着一套黑色毛呢中山装的、上了年纪的男人。那头白发生得堂皇而又气派！他给人一种严谨的、一丝不苟的、脱俗的、明澄得像水晶一样的印象。特别是他的眼睛，十分冷峻地闪着寒光，当他急速地瞥向什么东西的时候，会让人联想起闪电或是舞动着的剑影。要使这样一对冰冷的眼睛充满柔情，那必定得是特别强大的爱情，而且得为了一个确实值得爱的女人才行。

他走过来，对母亲说："您好！钟雨同志，好久不见了。"

"您好！"母亲牵着我的那只手突然变得冰凉，而且轻轻地颤抖着。

他们面对面地站着，脸上带着凄厉的、甚至是严峻的神情，谁也不看着谁。母亲瞧着路旁那些还没有抽出嫩芽的灌木丛。他呢，却看着我："已经长成大姑娘了。真好，太好了，和妈妈长得一样。"

他没有和母亲握手，却和我握了握手。而那手也和母亲的手一样，也是冰冷的，也是轻轻地颤抖着的。我好像变成了一路电流的导体，立刻感到了震动和压抑。我很快地从他的手里抽出我的手，说道："不好，一点也不好！"

他惊讶地问我："为什么不好？"或许我以为他故作惊讶。因为凡是孩子们说了什么直率得可爱的话的时候，大人们都会显出这副神态的。

我看了看妈妈的面孔。是，我真像她。这让我有些失望："因为她不漂亮！"

他笑了起来，幽默地说："真可惜，竟然有个孩子嫌自己的妈妈不漂亮。记得吗？五三年你妈妈刚调到北京，带你来机关报到的那天？她把你这个小淘气留在了走廊外面，你到处串楼梯，扒门缝，在我房间的门上夹疼了手指头。你哇啦哇啦地哭着，我抱着你去找妈妈？"

"不，我不记得了。"我不大高兴，他竟然提起我穿开裆裤时代的事情。

"啊，还是上了年纪的人不容易忘记。"他突然转身向我的母亲说："您最近写的那部小说我读过了。我要坦率地说，有一点您写得不准确。您不该在作品里非难那位女主人公……要知道，一个人对另一个人产生感情原没有什么可以非议的地方，她并没有伤害另一个人的生活……其实，那男主人公对她也会有感情的。不过为了另一个人的快乐，他们不得不割舍自己的爱情……"

这时，有一个交通民警走到停放小汽车的地方，大声地训斥着司机，说车停的不是地方。司机为难地解释着。他停住了说话，回头朝那边望了望，匆匆地说了声："再见！"便大步走到汽车旁边，向那民警说："对不起，这不怪司机，是我……"

我看着这上了年纪的人，也俯首帖耳地听着民警的训斥，觉得很是有趣。当我把顽皮的笑脸转向母亲的时候，我看见她是怎样的窘迫呀！就像小学校里一个一年级的小女孩，凄凄惶惶地站在那严厉的校长面前一样，好像那民警训斥的是她而不是他。

汽车开走了，留下了一道轻烟。很快地，就连这道轻烟也随风消散了，好像什么都没有发生过，而我，不知道为什么却没有很快地忘记。

现在分析起来，他准是以他那强大的精神力量引动了母亲的心。那强大的精神力量来自他那成熟而坚定的政治头脑，他在动荡的革命时代里出生入死的经历，他活跃的思维、工作上的魄力，文学艺术上的素养……而且——说起来奇怪，他和母亲一样喜欢双簧管。对了，她准是崇拜他。她说过，要是她不崇拜那个人，那爱情准连一天也维持不了。

至于他爱不爱我的母亲，我就猜不透了。要是他不爱她，为什么笔记本里会有这样一段记载呢？

"这礼物太厚重了。不过您怎么知道我喜好契诃夫呢？"

"你说过的！"

"我不记得了。"

"我记得。我听到你有一次在和别人闲聊的时候说起过。"

原来那套契诃夫小说选集是他送给母亲的。对于她，那几乎就是爱情的信物。

没准儿，他这个不相信爱情的人，到了头发都白了的时候才意识到他心里也有那种可以称为爱情的东西存在。这可真够凄惨的。

关于他，能够回到我的记忆里来的就是这么一小点。

她那么迷恋他，却又得不到他的心情有多么苦呀！为了看一眼他乘的那辆小车、以及从汽车的后窗里看一眼他的后脑勺，她怎样煞费苦心地计算过他上下班可能经过那条马路的时间；每当他在台上做报告，她坐在台下，隔着距离、烟雾、昏暗的灯光、窜动的人头，看着他那模糊不清的面孔，她便觉得心里好像有什么东西凝固了，泪水会不由地充满她的眼眶。为了把自己的泪水瞒住别人，她使劲地咽下它们。逢到他咳嗽得讲不下，她就会揪心地想到为什么没人阻止他吸烟？担心他又会犯了气管炎。她不明白为什么他离她那么近而又那么遥远？

他呢，为了看她一眼，天天，从小车的窗里眼巴巴地瞧着自行车道上流水一样的自行车辆，闹得眼花缭乱；担心着她那辆自行车的闸灵不灵，会不会出车祸；逢到万一有个不开会的夜晚，他会不乘小车，自己费了许多周折来到我们家的附近，不过是为了从我们家的大院门口走这么一趟；他在百忙中也不会忘记注意着各种报刊，为的是看一看有没有我母亲发表的作品。

在他的一生中，一切都是那么清楚、明确，哪怕是在最困难的时刻。但在这爱情面前却变得这样软弱，这样无能为力。这在他的年纪来说，实在是滑稽可笑的。他不能明白，生活为什么偏偏是这样安排着的？

可是，临到他们难得地在机关大院里碰了面，他们又竭力地躲避着对方，匆匆地点个头便赶紧地走开去。即使这样，也足以使我母亲失魂落魄，失去听觉、视觉和思维的能力，世界立刻会变成一片空白……如果那时她遇见一个叫老王的同志，她一定会叫人家老郭，对人家说些连她自己也听不懂的话。

她一定死死地挣扎过，因为她写道：

我们曾经相约：让我们互相忘记。可是我欺骗了你，我没有忘记。我想，你也同样没有忘记。我们不过是在互相欺骗着，把我们的苦楚深深地隐藏着。不过我并不是有意要欺骗你，我曾经多么努力地去实行它。有多少次我有意地滞留在远离北京的地方，把希望寄托在时间和空间上，我甚至觉得我似乎忘记了。可是等到我出差回来，火车离北京越来越近的时候，我简直承受不了冲击得使我头晕眼花的心跳。我是怎样急切地站在月台上张望，好像有什么人在等着我似的。不，当然不会有。我明白了，什么也没有忘记，一切都还留在原来的地方。年复一年，就跟一棵大树一样，它的根却越来越深地扎下去，想要拔掉这生了根的东西实在太困难了，我无能为力。

每当一天过去，我总是觉得忘记了什么重要的事情，或是夜里突然从梦中惊醒：发生了什么事情！不，什么也没有发生，我清清楚楚地意识到：没有你！于是什么都显得是有缺陷的，不完满的，而且是没有任何东西可以弥补的。我们已经到了这一生快要完结的时候了，为什么还要像小孩子一样地忘情？为什么生活总是让人经过艰辛的跋涉之后才把你追求了一生的梦想展现在你的眼前？而这梦想因为当初闭着眼睛走路，不但在岔道上错过了，而且这中间还隔着许多不可逾越的沟壑。

对了，每每母亲从外地出差回来，她从不让我去车站接她，她一定愿意自己孤零零地站在月台上，享受他去接她的那种幻觉。她，头发都白了的、可怜的妈妈，简直就像个痴情的女孩子。

那些文字并没有多少是叙述他们的爱情的，而多半记载的都是她生活里的一些琐事：她的文章为什么失败，她对自己的才能感到了惶惑和猜疑；珊珊（就是我）为什么淘气，该不该罚她；因为心神恍她看错了戏票上的时间，错过了一场多么好的话剧；她出去散步，忘了带伞，淋得像个落汤鸡……她的精神明明日日夜夜都和他在一起，就像一对恩爱的夫妻。其实，把他们这一辈子接触过的时间累计起来计算，也不会超过二十四小时。而这二十四小时，大约比有些人一生享受到的东西还深、还多。莎士比亚笔下的朱丽叶说过："我不能清算我财富的一半。"大约，她也不能清算她的财富的一半。

　　似乎他在文化大革命中死于非命。也许因为当时那种特定的历史条件，这一段的文字记载相当含糊和隐晦。我奇怪我那因为写文章而受着那么厉害的冲击的母亲，是用什么办法把这习惯坚持下来的？从这隐晦的文字里，我还是可以猜得出，他大约是对那位红极一世、权极一时的"理论权威"的理论提出了疑问，并且不知对谁说过："这简直就是右派言论。"从母亲那沾满泪痕的纸页上可以看出，他被整得相当惨，不过那老头子似乎十分坚强，从没有对这位有大来头的人物低过头，直到死的时候，留下来的最后一句话还是："就是到了马克思那里，这个官司也非打下去不可！"

　　这件事一定发生在一九六九年的冬天，因为在那个冬天里，还刚近五十岁的母亲一下子头发全白了。而且，她的臂上还缠上了一道黑纱。那时，她的处境也很难。为了这条黑纱，她挨了好一顿批斗，说她坚持四旧，并且让她交代这是为了谁？

　　"妈妈，这是为了谁？"我惊恐地问她。

　　"为一个亲人！"然后怕我受惊似地解释着，"一个你不熟悉的亲人！"

　　"我要不要戴呢？"她做了一个许久都没有对我做过的动作，用手拍了拍我的脸颊，就像我小的时候她常做的那样。她好久都没有显出过这么温柔的样子了。我常觉得，随着她的年龄和阅历的增长，特别是那几年她所受过的折磨，那种温柔的东西似乎离她越来越远了，也或许是被她越藏越深了，以致常让我感到她像个男人。

　　她恍惚而悲凉地笑了笑，说："不，你不用戴。"

　　她那双又干又涩的眼睛显得没有一点水分，好像已经把眼泪哭干了。我很想安慰她，或是做点什么使她高兴的事。她却对我说："去吧！"

　　我当时不知为什么生出了一种恐怖的感觉，我觉得我那亲爱的母亲似乎有一半已经随着什么离我而去了。我不由地叫了一声："妈妈！"

　　我的心情一定被我那敏感的妈妈一览无余地看透了。她温和地对我说："别怕，去吧！让我自己待一会儿。"

　　我没有错，因为她的确这样地写着：

　　你去了。似乎我灵性里的一部分也随你而去了。

　　我甚至不能知道你的下落，更谈不上最后看你一眼。我也没有权利去向他们质询，因为我既不是亲眷又不是生前好友……我们便这样地分离了。我恨不能为你承担那非人间的折磨，而应该让你活下去！为了昭雪的那一天，为了你将重新为这个社会工作，为了爱你的那些个人们，你都应该活着啊！我从不相信你是什么三反分子，你是被杀害的、最优秀者中间的一个。假如不是这样，我怎么会爱你呢？我已经不怕说出这三个字。

纷纷扬扬的大雪不停地降落着。天哪，连上帝也是这样地虚伪，他用一片洁白覆盖了你的鲜血和这谋杀的丑恶。

我从没有拿我自己的存在当成一回事。可现在，我无时不在想，我的一言一行会不会惹得你严厉地皱起你那双浓密的眉毛？我想到我要好好地活着，好好地生活，像你那样，为我们这个社会——它不会总像现在这样，惩罚的利剑已经悬在那帮狗男女的头上——真正地做一点工作。

我独自一人，走在我们唯一一次曾经一同走过的那条柏油小路上，听着我一个人的脚步声在沉寂的夜色里响着、响着……我每每在这小路上徘徊、流连，哪一次也没有像现在这样使我肝肠寸断。那时，你虽然也不在我身边，但我知道，你还在这个世界上，我便觉得你在伴随着我，而今，你的的确确不在了，我真不能相信！

我走到了小路的尽头，又折回去，重新开始，再走一遍。

我弯过那道栅栏，习惯地回头望去，好像你还站在那里，向我挥手告别。我们曾淡淡地、心不在焉地微笑着，像两个没有什么深交的人，为的是尽力地掩饰住我们心里那镂骨铭心的爱情。那是一个没有一点诗意的初春的夜晚，依然在刮着冷峭的风。我们默默地走着，彼此离得很远。你因为长年害着气管炎，微微地喘息着。我心疼你，想要走得慢一点，可不知为什么却不能。我们走得飞快，好像有什么重要的事情在等着我们去做，我们非得赶快走完这段路不可。我们多么珍惜这一生中唯一的一次"散步"，可我们分明害怕，怕我们把持不住自己，会说出那可怕的、折磨了我们许多年的那三个字："我爱你"。除了我们自己，大概这个世界上没有一个活着的人会相信我们连手也没有握过一次！更不要说到其它！

不，妈妈，我相信，再没有人能像我那样眼见过你敞开的灵魂。

啊，那条柏油小路，我真不知道它是那样充满了辛酸的回忆的一条小路。我想，我们切不可忽略世界上任何一个最不起眼的小角落，谁知道呢？那些意想不到的小角落会沉默地缄藏着多少隐秘的痛苦和欢乐呢？

难怪她写东西写得疲倦了的时候，她还会沿着我们窗后的那条柏油小路慢慢地踱来踱去。有时是彻夜不眠后的清晨，有时甚至是月黑风高的夜晚，哪怕是在冬天，哪怕峭厉的风像发狂的野兽似的吼叫，卷着沙石噼里啪啦地敲打着窗棂……那时，我以为那不过是她的一种怪僻，却不知她是去和他的灵魂相会。

她还喜欢站在窗前，瞅着窗外的那条柏油小路出神。有一次，她显出那样奇特的神情，以致我以为柏油小路上走来了我们最熟悉的、最欢迎的客人。我连忙凑到窗前，在深秋的傍晚，只有冷风卷着枯黄的落叶，飘过那空荡荡的小路的路面。

好像他还活着一样，用文字和他倾心交谈的习惯并没有因为他的去世而中断。直到她自己拿不起来笔的那一天。在最后一页上，她对他说了最后的话：

我是一个信仰唯物主义的人，现在我却希冀着天国。倘若真有所谓天国，我知道，你一定在那里等待着我。我就要到那里去和你相会，我们将永远在一起，再也不会分离。再也不必怕影响另一个人的生活而割舍我们自己。亲爱的，等着我，我就要来了——

我真不知道，妈妈，在她行将就木的这一天，还会爱得那么沉重。像她自己所说的，那是镂骨铭心的。我觉得那简直不是爱，而是一种疾痛，或是比死亡更强大的一种力量。假如世界上真有所谓不朽的爱，这也就是极限了。她分明至死都感到幸福：她真正地爱过。她没有半点遗憾。

如今，他们的皱纹和白发早已从碳水化合物变成了其他的什么元素。可我知道，不管他们变成什么，他们仍然在相爱着。尽管没有什么人间的法律和道义把他们拴在一起，尽管他们连一次手也没有握过，他们却完完全全地占有着对方。那是任什么都不能使他们分离的。哪怕千百年过去，只要有一朵白云追逐着另一朵白云；一棵青草傍依着另一棵青草；一层浪花拍打着另一层浪花；一阵轻风紧跟着另一阵轻风……相信我，那一定就是他们。

每每我看着那些题着"爱，是不能忘记的"笔记本，我就不能抑制住自己的眼泪。我哭，不止一次地痛哭，仿佛遭了这凄凉而悲惨的爱情的是我自己。这要不是大悲剧就是大笑话。别管它多么美，多么动人，我可不愿意重复它！

英国大作家哈代说过："呼唤人的和被呼唤的很少能互相答应。"我已经不能从普通意义上的道德观念去谴责他们应该或是不应该相爱。我要谴责的却是：为什么当初他们没有等待着那个呼唤着自己的灵魂？

如果我们都能够互相等待而不糊里糊涂地结婚,我们会免去多少这样的悲剧哟!

到了共产主义,还会不会发生这种婚姻和爱情分离着的事情呢?既然世界是这么大,互相呼唤的人也就可能有互相不能答应的时候,那么说,这样的事情还会发生?可是,那是多么悲哀啊!可也许到那时,便有了解脱这悲哀的办法!

我为什么要钻牛角尖呢?

说到底,这悲哀也许该由我们自己负责。谁知道呢?也说不定还得由过去的生活所遗留下来的那种旧意识负责。因为一个人要是老不结婚,就会变成对这种意识的一种挑战。有人就会说你的神经出了毛病,或是你有什么见不得人的隐私,或是你政治上出了什么问题,或是你刁钻古怪,看不起凡人,不尊重千百年来的社会习惯,你准是个离经叛道的邪人……总之,他们会想出种种庸俗无聊的玩意儿来糟蹋你。于是,你只好屈从于这种意识的压力,草草地结婚了事,把那不堪忍受的婚姻和爱情分离着的镣铐套到自己的脖子上去,来日又会为这不能摆脱的镣铐而受苦终身。

我真想大声疾呼地说:"别管人家的闲事吧!让我们耐心地等待着,等着那呼唤我们的人,即使等不到也不要糊里糊涂地结婚!不要担心这么一来独身生活会成为一种可怕的灾难。要知道,这兴许正是社会生活在文化、教养、趣味……等等方面进化的一种表现!"

[提示]

张洁(1937—),祖籍辽宁抚顺,生于北京。代表作品有长篇小说《沉重的翅膀》《只有一个太阳》《无字》,中短篇小说集《祖母绿》,散文集《爱,是不能忘记的》《方舟》等。2018年,《爱,是不能忘记的》入选改革开放四十年最具影响力小说。

《爱,是不能忘记的》原载《北京文艺》1979年第11期,小说通过女儿珊珊的视角来回忆母亲钟雨和老干部之间的爱情悲剧,并借此表达对爱情、婚姻和人性的思考。年轻时的母亲在没有想清楚自己真正需要什么的情况下,糊里糊涂地嫁给了一位"花花公子"式的人物,并很快与之分手。当母亲明白了自己追求的是灵魂契合的爱情,并等到了那个心意相通的人——老干部时,却无法与他在一起。即便老干部与妻子的婚姻没有感情基础,但他们仍然无法冲破道德的束缚,只能在理智与情感的冲突中苦苦煎熬。最后,老干部在"文化大革命"的批斗中去世,母亲只能将自己的爱倾注笔端。小说借这一爱情悲剧探讨婚姻与爱情的关系,强调以爱情作基础的婚姻才是合乎道德的,充分肯定了人情、人性。

在写作手法上,《爱,是不能忘记的》采用散文笔法,具有强烈的主观抒情风格。叙述者把强烈的爱憎情感渗透到叙述中,并对许多问题直接发表抒情式的议论。浓郁的主观抒情色彩使得小说的主题更加鲜明,也使作品更富有冲击力。

《爱,是不能忘记的》所提出的合乎人性的爱情观念在当时是振聋发聩的,小说对人情、人性的肯定是对当时兴起的人道主义文学思潮的有力回应,它的发表体现出人道主义文学精神在20世纪80年代的复归,也成为"文化大革命"后文学中的短篇佳作。

(田 庆)

人 到 中 年

谌 容

一

仿佛是星儿在太空中闪烁，仿佛是船儿在水面上摇荡。眼科大夫陆文婷仰卧在病床上，不知自己是在什么地方。她想喊，喊不出声来。她想看，什么也看不见。只觉得眼前有无数的光环，忽暗忽明，变幻无常。只觉得身子被一片浮云托起，时沉时浮，飘游不定。

这是在迷惘的梦中？还是在死亡的门前？

她记得，好像她刚来上班，刚进手术室，刚换上手术衣，刚走到洗手池边。对，她的好友姜亚芬是主动要求给她当助手的。姜亚芬的出国申请被批准了，他们一家就要去加拿大，这是姜亚芬跟自己一起做最后的一次手术了。她们并肩站在一起洗手。这两个五十年代在医学院一起读书，六十年代初一起分配到这所大医院，同窗共事二十余载的好友即将天各一方，两人心情都很沉重。这种情绪在手术是不适宜的。她记得，自己曾想说些什么，调节一下这种离别前的惨淡的气氛。她说了些什么呢？对，她扭头问过：

"亚芬，飞机票订好了吗？"

姜亚芬说什么了？她好像什么也没有说，只是眼圈儿红了。

停了好久，姜亚芬才问了一句：

"文婷，你一上午做三个手术，行吗？"

她回答了吗？不记得了，好像是没有回答，只是一遍一遍地用刷子刷手。那小刷子好像是新换上的，一根根的鬃毛尖尖的，刺得手指尖好疼啊！她只看见手上白白的肥皂泡，注视着墙上的挂钟，严格地按照规定，刷手，刷腕，刷臂，一次三分钟。她刷完三次，十分钟过去，她把双臂浸泡在消毒酒精水桶里。那酒精含量百分之七十五的消毒水好像是白色的，又好像是黄色的，直到现在，她的手和臂都发麻，火辣辣的。这是酒精的刺激吗？好像不是的。从二十年前实习时第一次上手术台到如今，她的手和臂几乎已经被酒精泡得发白，并没有感到什么刺痛呀？为什么现在这手好像抬也抬不起来了？

她记得，已经上了手术台，已经给病人的眼球后注射了奴佛卡因，手术就要开始了，这时，姜亚芬却悄悄问了一句话：

"文婷，你小孩的肺炎好了吗？"

啊！亚芬今天是怎么啦？难道她不知道一个眼科大夫上了手术台，就应该摒弃一切杂念，全神贯注于病人的眼睛，忘掉一切，包括自己，也包括自己的爱人、孩子和家庭。怎么能在这时候探问小佳佳的病呢？或许，亚芬正为她将去到异国而不安，竟至忘掉了她正在协助手术？

陆文婷几乎有些生气了，只答了一句：

"现在我除了这只眼睛，什么也不想。"

于是，她低下头去，用弯剪刀剪开了病眼的球结膜，手术就进行下去了。

啊！手术，手术，一个接着一个，这天上午怎么安排了三个手术呢？焦副部长的白内障摘除，王小嫚的斜视矫正，张老汉的角膜移植。从八点到十二点半，整整四个半小时，她坐在高高的手术凳上，俯身在明亮的灯下，聚精会神地操作。剪开，缝合，再剪开，再缝合。当她缝完最后一针，给病人眼睛上盖上纱布时，她站起身来，腿僵了，腰硬了，迈不开步了。

姜亚芬换好了衣服，站在门边叫她：

"文婷，走啊！"

"你先走吧！"陆文婷站住不动说。

"我等你。今天是我最后一次到医院来了。"

说着，姜亚芬的眼圈儿又红了。她那对漂亮的大眼睛水汪汪的，她是在哭吗？她为什么难过？

"你快回家收拾东西吧，刘大夫一定等你呢！"

"他都弄好了。"姜亚芬抬起头来，忽然叫道："你，你的腿怎么啦？"

"坐久了，有点麻，一会儿就好了。晚上我去看你。"

"那，我先走了。"

姜亚芬走了，陆文婷退身到墙边，用手扶着白色瓷砖镶嵌的冰冷的墙壁，站了好一阵，才一步一步走到更衣室。她记得，她是换了衣服的，是那件灰色的布上衣。她记得她走出医院的大门，几乎已经走进了那条小胡同，已经望见了家门口。可是忽然，她觉得疲劳，一种从来没感到过的极度的疲劳。这疲劳从头到脚震动着她，眼前的路变得模糊了，小胡同忽然变长了，家门口忽然变远了，她觉得永远也走不到了。

手软了，腿软了，整个身子好像都不是自己的了。眼睛累了，睁不开了。嘴唇干了，动不了了。渴啊，渴啊，到哪里去找一点水喝？

她那干枯的嘴唇颤动了一下。

二

"孙主任，你看，陆大夫说话了！"一直守在病床边的姜亚芬轻声叫了起来。

眼科主任孙逸民正在翻阅陆文婷的病历。"心肌梗塞"四个字把他吓住了。他显得心事重重，摇了摇苍白的头，推了推架在高鼻梁上的黑边眼镜，不由联想到在他这个科里，四十岁左右的大夫患冠心病的已经不是一个了。陆文婷大夫才四十二岁，自称没病没灾，从来没有听说过她心脏不好，怎么突然心肌梗塞？这多么出人意料，又是多么可怕啊！听到姜亚芬的喊声，孙主任转过高大的，有些驼背的身躯，俯视着面色苍白的陆文婷大夫，只见她双目紧闭，鼻息微弱，干裂的嘴唇动了一下，闭上了，又歙动了一下。

"陆大夫！"孙逸民轻轻地喊了一声。

陆文婷又一动不动了。她那瘦削的浮肿的脸上没有一点反应。

"陆大夫！文婷！"姜亚芬低声唤着。

陆文婷依旧没有反应。

孙逸民抬头望着阴森森竖在墙角的氧气筒，又盯着床头的心电监视仪。当他看到示波器的荧光屏上心动电描图闪现着有规律的 QRS 波时，才稍许放心。他又扭过头看了看病人，挥了挥手说："快去叫她爱人来！"

一个中等身材，面目英俊，有些秃顶的四十多岁的男同志跑了进来。他是陆文婷的爱人傅家杰。从昨天晚上开始他就守在床边，没有合过眼，刚才孙主任来，劝他到病房外边的长椅上去歇一会儿，他才勉强离开。

这时，孙逸民忙闪开床头的位置，傅家杰过来，俯身在陆文婷的枕边，紧张地盯着这张曾经那么熟悉，现在又变得那么陌生的白纸一样的

脸。陆文婷的嘴唇又微微动了一下。这无声的语言,没有任何人能听懂,只有她的爱人明白了:

"快拿水来!她说她渴!"

姜亚芬赶忙递过床头柜上的小瓷壶。傅家杰接过来,小心地绕过输氧的橡皮管,把壶嘴挨在那像两片枯叶似的唇边,一滴一滴的清水流进了这垂危病人的口中。

"文婷,文婷!"傅家杰喊着,他的手抖着,瓷壶里的水珠滴到了那雪一般惨白的脸上,她似乎又微微动了一下。

三

眼睛,眼睛,眼睛……

一双双眼睛纷至沓来,在陆文婷紧闭的双眸前飞掠而过。男的,女的,老的,少的,大的,小的,明亮的,浑浊的,千差万别,各不相同,在她四周闪着,闪着……

这是一双眼底出血的病眼,

这是一双患白内障的浊眼,

这是一双眼球脱落的伤眼。

这,这……啊!这是家杰的眼睛!喜悦和忧虑,烦恼和欢欣,痛苦和希望,全在这双眼睛中闪现。不用眼底灯,不用裂隙镜,就可以看到他的眼底,看到他的心底。

家杰的眼底清澈明亮,就像天上金色的太阳。家杰的心底是火热的,他曾给过她多少温暖啊!

是他的声音,家杰的声音!那么亲切,那么温柔,却又那么遥远,好似从九天之外的另一个世界飘来:

"我愿意是激流,

……

只要我的爱人,

是一条小鱼,

在我的浪花中,

快乐地游来游去。"

这是在什么地方?啊,是在一片银白色的天地中。冰冻的湖面,水晶一般透明。红的、蓝的、紫的、白的身影在冰面上飞翔。那欢乐的笑声啊，好似要把这透明的宫殿震穿！她和他也手拉着手，穿梭在人流里。笑脸，一张张的笑脸，她都看不见，她只看见他。他们并肩滑翔着，旋转着，嬉笑着，那是多么快乐的日子啊！

银装素裹的五龙亭，庄严古老，清幽旷寂，她和他倚身在汉白玉的亭台栏杆旁。片片雪花打在他们脸上，戏弄着他们的头发。他们不觉得冷，四只手紧紧地握在一起，傲视着这冷峻无情的严寒。

那时她是多么年轻！

她没有幻想过飞来的爱情，也没有幻想过超出常人的幸福。从小，她就是个孤苦伶仃的女孩子。幼年父亲出走，母亲在困苦中把她抚养成人。她不记得曾有过欢乐的童年，只记得一盏孤灯伴着早衰的母亲，夜夜剪裁缝补，度过了一个个冬春。

进了医学院，她住女生宿舍，在食堂吃大锅饭。天不亮，她就起床背外语单词。铃声响，她夹着书本去听课，大课小课，密密麻麻的笔记。接着是晚自习，然后在解剖室呆到深夜。她把青春慷慨地奉献给一堂接着一堂的课程，一次接着一次的考试。

爱情似乎与她无缘。姜亚芬是她同班同学，两人同住一间宿舍。姜亚芬有一双会说话的眼睛，有一张迷人的小嘴，有修长的身材，有活泼的性格。每个星期，她都会收到不能公开的来信，每个周末，她都有神秘的约会。而陆文婷却是茕茕孑立，形影相吊，没有来信，也没有约会。她似乎是一个被人遗忘的少女。

当她和姜亚芬一起被分配到这所具有一百多年历史的著名的大医院时，医院向她们宣布了一条规定：医学院的毕业生分配到本院先当四年住院医。在任住院医期间，必须二十四小时呆在医院，并且不能结婚。

姜亚芬背后咒骂"这简直是修道院"，陆文婷却甘心情愿地接受了这种苛求。二十四小时呆在医院，这算什么？她恨不得一天有四十八小时献给医院！四年之内不能结婚，这又算得了什么？医学上有成就的人，不是晚婚就是独身，这样的范例还少吗？小陆大夫把自己全身的精力投入了工作，兢兢业业地在医学的大山上登攀。

然而，生活总是出人意料的。傅家杰忽然闯进了她那宁静的，甚至是刻板的生活中来。

这是怎么回事？这事是怎么发生的？她一直闹不明白，她也没有去闹明白。他因为突然的眼病来住院了，恰巧是她负责的病人。她为他治好了眼睛。也许，就在她认真细巧的治疗中，唤起了他的另一种感情。这种感情蔓延着，燃烧着，使得他们两人的生活都改变了。

北国的冬天多么冷啊！那年的冬天对她又是多么温暖！她从来不曾想到，爱情竟是这样的迷人，这样的令人心醉！她简直有些后悔，为什么不早去寻求？那一年，她已在人世间经历了二十八个春天，算不得年轻，然而，她的心却是年轻的。她用整个纯洁的身心来迎接这迟到的爱情：

"我愿意是荒林，

……

只要我的爱人，

是一只小鸟，

在我的稠密的，

树林间做窝、鸣叫……"

这简直不可思议。傅家杰是学冶金的。他在冶金研究所里专攻金属力学，据说是为"上天"研制新型材料的。他有点傻气，有点呆气，姜亚芬就说他是"书呆子"。可是，这个书呆子会念诗，而且念得那么好！

"这是谁的诗？"她问他。

"裴多菲，匈牙利的诗人。"

"真怪，你是搞科学的，还有时间读诗？"

"科学需要幻想，从这一点说，它同诗是相通的。"

谁说傅家杰傻？他回答得很聪明。

"你呢？你喜欢诗吗？"他问她。

"我？我不懂诗，也很少念诗。"她微笑着略带嘲讽地说："我们眼科是手术科，一针一剪都严格得很，不能有半点儿幻想的……"

"不，你的工作就是一首最美的诗。"傅家杰打断她的话，热切地说："你使千千万万人重见光明……"

他微笑着挨近她，脸对着脸，靠得那么近。她从未感到过的男人的热气，猛然地飘洒在她脸上，使她迷惑，使她慌乱。她觉得好像要发生什么事情，果然，他伸开双臂，那么有力地把她拥进自己的怀里。

这一切，来得那么突然。她惶恐地望着这双贴近的含笑的眼睛，张开的双唇。她心跳神驰，微仰起头，下意识地躲闪着，慌乱地紧闭了眼睛，承受着这不可抗拒的爱情的袭击。

雪中的北海，好像是专为她而安排。浓浓的雪花，纷纷扬扬，遮盖着高高的白塔、葱葱的琼岛，长长的游廊和静静的湖面，也遮盖着恋人们甜蜜的羞涩。

于是，出乎所有人的意料，在四年住院医的独身生活结束之后，陆文婷最先举行了婚礼。这只能说是命运的安排，谁能想到在她生活的路上会跳出一个傅家杰来？他要结婚，她怎么能拒绝呢？你看他多么固执地追求着，渴望着，愿意为她牺牲一切——

"我愿意是废墟，

……

只要我的爱人，

是青春的常春藤，

沿着我荒凉的额，

亲密地攀援上升。"

多好啊，生活！多美啊，爱情！这久远的往事重现在脑际，使得垂危中的她似乎有了生的活力，她的眼睛微微启开了一下。

四

在服用了大量镇静和镇痛的药物之后，陆文婷大夫仍在昏睡。内科主任亲自来为她做了检查。他仔细听了她心脏和肺部的情况，看了心动电描图和病房记录，嘱咐值班大夫继续为病人静脉滴注极化液，注射罂粟碱和吗啡，密切监视心电变化，以防止梗塞面扩大和发生严重的合并症。

走出病房，内科主任对孙逸民说道：

"她的体质太弱了。我记得，陆大夫刚到我们医院的时候，身体很好嘛！"

"是啊！"孙逸民摇摇头，叹息着说，"她到我们医院，算来有十八年了。来的时候还是个小姑娘啊！"

十八年前，孙逸民已经是一位享有盛名的眼科专家了。他高超的医术和对工作一丝不苟的态度，赢得了眼科全体大夫的敬畏。这位年富力强，精力旺盛的教授，把培养年轻医生当作自己不容推卸的责任。每当医学院分来一批学生，他都要逐个考察，亲自挑选。他认为，要把这所医院的眼科办成全国最好的眼科，必须从挑选最有前途的住院医开始。

陆文婷是怎么被他挑上的呢？他记得很清楚。最初，这个二十四岁的医学院毕业生并没有给他留下很深的印象。

那天一上午，孙主任已经同五个新分配来的大学生谈了话，心里感到非常失望。这五个大学生，有的很适宜搞眼科，可是看不起眼科，表示不愿意在眼科工作，有的倒是愿意在眼科，可又把眼科看得很简单，以为这是很清闲的一科。当他拿起第六份档案，看到陆文婷这个名字时，他感到有点累，也并不期待还能出现奇迹。他心里想的是应该改进医学院的教学工作，使学生从一开始对眼科就有一个正确的看法。

这时，门悄悄地推开。一个苗条的女生轻步走了进来。孙逸民抬起头来，只见进来的这个女学生穿一身布衣布裤。袖口补着一圈新布边，长裤的膝盖处已经发白。她是朴素的，甚至显得有些寒伧。孙逸民望着档案袋上陆文婷三个字，又抬头漫不经心地打量了她一眼。这个女大学生看起来真像一个小姑娘。她小巧的身子，瓜子型的脸儿，一头乌黑透亮的好头发，短短地剪齐在耳垂下。她坐在对面的椅子上，安静得像一滴水。

孙主任照例问了一般学业上的问题。陆文婷一一回答了，但只限于回答，没有更多的话。

"你愿意在眼科吗？"孙逸民几乎决定草草结束这谈话了。他手臂撑在桌沿上，用手指揉着太阳穴，疲倦地问道。

"愿意。我在学校的时候就对眼科有兴趣。"她说话略带南方口音。

这个回答，使孙选民那么高兴。他松开了按在太阳穴上的手指，好像额头不那么涨痛了。他立刻改变了主意，要把谈话认真地进行下去。他审视着这女学生，问道：

"为什么有兴趣呢？"

话一出口，他自己感到这个问题提得不好，叫人家太难回答了。不想，那女学生却不慌不忙地回答了：

"我们国家的眼科太落后了……"

"好，你讲讲看，怎么落后？"孙逸民简直是急急地在问了。

"我也讲不好，反正我觉得，有些手术，外国已经搞开了，我们还是空白。比如，用激光封闭视网膜破口。我觉得，我们也应该尝试的。"

"是啊！"孙逸民在心里已经给这个学生打了"五"分。他又问道："还有呢？还有什么想法？"

"还有……嗯……用冷冻摘除白内障，也应该普遍推广。反正我觉得，有很多新的课题，值得研究。"

"好啊，你讲得很好。你能看外文资料吗？"

"查字典看，很吃力。我喜欢外语。"

"这太好了。"

孙逸民主任在一个新来的大学生面前连连赞好，这是绝无仅有的。过了几天，陆文婷和姜亚芬首先被眼科要了来。如果说姜亚芬以她的聪慧、热情、精干被孙逸民挑上，那么，陆文婷就是以她的朴实、深沉、敏锐而被选中。

第一年，她们做外眼手术，熟读眼科学。第二年，她们做内眼手术，读屈光学和眼肌学。第三年，她们能做比较精细的白内障之类的手术了。这一年，有一件事更使孙主任对陆文婷大夫另眼相看。

那是一个春天的早晨。星期一，孙主任查病房来了。穿白大褂的各级大夫跟了一群。病人怀着急切的心情，都早已坐好在床上，翘首盼望这位有名的教授给自己看上一眼。好像他的手一按到自己的眼睛上，那病就会好似的。

每到一个床位，孙主任总是接过从背后递上来的病历，一边翻阅着，一边听主治大夫或高年大夫汇报诊断与治疗的情况。有时他掰开病人的眼皮瞧上一眼，有时他拍拍病人的肩膀，嘱咐病人手术时不要紧张，然后转到下一个床位。

查完病房之后，照例有一个短会，交换意见，安排工作。在这样的会上，通常都是孙主任和主治大夫们发言，住院医只用心地在一边听着，谁也不敢说什么，怕说错了在这些眼科权威们面前出乖露丑，日后成为全科的笑料。这一次也是如此，该说的说完了，该布置的布置了。孙逸民准备走了，他站起来问：

"大家还有什么意见吗？"

这时，在屋子角落里，响起了一个很低的女同志的声音：

"四室三床的病人，请孙主任再看看片子。"

满屋的人都朝说话的方向转过头去。孙逸民也看清了，说话的是陆文婷大夫。她确实长得个子不高，而且很不显眼。刚才查房时，孙逸民就没有注意到尾随在自己身后的还有这个住院医生。后来进了办公室，谈了这么长时间，他也没有注意到参加会的还有这个陆文婷大夫。

"三床？"孙逸民侧过脸望着总住院医生。

"三床是工伤。"总住院医生答道。

"门诊收住院时,给他照过片子。"陆文婷说,"放射科的报告是未见金属异物。住院后,伤口缝合了,病人还是嚷痛。我又给他做了无骨照相,我认为确实有异物。请孙主任再看看。"

片子被取来了。孙主任看了,在场的总住院医生和主治大夫们都轮流看着。

姜亚芬直拿大眼瞪自己的同学,心说:你不会等会后再给孙主任看,万一你判断错了,就在全科闹下话柄,就算你诊断对了,那也等于说人家门诊的大夫不够仔细,人家可是主治大夫呀!

"你的看法对,是有异物。"孙逸民又接过片子来,点着头。然后,他环视着在场的大夫说道:"陆大夫到眼科不久,肯钻研业务,对工作认真细致,这是很可贵的。"

听到这话,陆文婷反低下了头。她没有想到孙主任会当众表扬自己,一时脸红了。孙主任看着她那神情却微微笑了。他也很明白,这个住院医敢于对主治医的诊断怀疑,不仅要有对病人的高度责任心,还需要极大的勇气。

医院与别的单位不同,一级一级,等级森严。这倒也没有什么明文规定,然而,低年大夫要服从高年大夫,住院医要听主治医的;教授、副教授的意见则是不容辩驳的,如此等等。这个还算不上高年大夫的陆文婷竟然能对主治医的诊断提出不同看法,不能不引起孙逸民格外的重视。

"她是一个很有希望的眼科大夫。"从那时起,孙主任就对陆文婷下了这样的断语。

如今,转瞬之间十八年过去了。陆文婷、姜亚芬这批大夫,已经成为这所医院眼科的骨干。按规定,如果凭考试晋升,她们早就应该是主任级大夫了。可是,实际上她们不仅不是主任级大夫,连主治大夫都不是。她们是十八年一贯的住院大夫。文化革命砍断了她们晋级的阶梯,粉碎"四人帮"后的春雨还没有来得及洒到这些多年住院医的身上。

"一茎瘦草!"望着奄奄一息的陆文婷,一种怜悯之情,从他心中油然而生。孙逸民拉住内科主任问道:"你看她,还不至于……"

内科主任回头朝病房望了望,叹了口气,又摇着头低声说:

"孙老,只希望她很快脱离危险吧!"

孙逸民忧心忡忡地又回身往病房走来。他的步履变得沉重,看上去真是老态龙钟了。到门边，他一眼看见姜亚芬还偎在陆文婷枕边，就站住了，没有前去惊动这两个挚友。

深秋天气，昼短夜长。五点多钟，天已经暗了下来。秋风吹动着窗外的梧桐树叶，沙沙地响。一片，两片、三片……枯黄的叶儿在秋风中飘落了。

孙主任眼望窗外飘泊落下的黄叶，耳听那如泣如诉的沙沙沙的声响，感到一阵从来未曾有过的怅惘。他面前的这两位骨干，两名有造就的眼科医生，一个已经倒下去了，能不能再站起来，尚不可知，一个即将离去，能不能再回来，亦不可料。她们是支撑着这著名医院眼科的两根柱子。撤掉了这两根柱子，他感到整个眼科就如同那秋风中的梧桐，正在一天天地衰落下去。

五

朦胧之中，陆文婷大夫觉得自己走在一条漫长的路上，没有边际，没有尽头。

这不是崎岖的山路。山路尽管险峻难攀，却是千回百折，令人意气风发。这也不是田间的小道。小道尽管狭窄难行，却有稻花飘香，令人心旷神怡。这是一步一坑的沙滩，这是举步难行的泥潭，这是无边无沿的荒原。极目远眺，人迹渺无，只有死一般的沉寂。啊！多么难走的路，多么累人的路！

歇下来吧，躺下来吧！沙滩是和暖的，泥潭是柔软的。让大地温暖你冰冷的身躯，让春光抚摸你劳累的筋骨。她好像听见死神在冥冥之中低声轻唤着她的名字：

"安歇吧，陆大夫！"

啊！这么歇下来多么好，永远歇下来。什么也不想，什么也不知道。没有烦恼，没有悲伤，没有劳累。

可是，不行啊！在那漫长道路的尽头，病人在等着她。她好像看见了，那病人正因双目刺痛辗转不安。她好像看见了，那病人在面临失明的威胁而暗自饮泣。她看见了，看见了一双双望穿秋水的焦急的眼睛，在等着她，等着她的来临。她耳边只听见病人在绝望中的呼喊，"陆大夫！陆大夫！"

这是神圣的召唤，这是不可抗拒的命令。她抬起麻木的双腿，继续在长长的路上艰难地行走。从家门到医院，从门诊到病房，从这个医疗点到那个巡回的地方，每天，每月，每年，走啊走啊……

"陆大夫！"

这又是谁在喊呢？好像是赵院长的声音。对了，是他来的电话。她记得，她在门诊护士长的台前放下了电话，把没有看完的病人交待给同诊室的姜亚芬，就向院长办公室走去了。

从眼科门诊到院长办公室，要经过一个小花园。她快步踏着园中小石子儿铺成的甬道，简直没有留心到那满园的菊花娇娜万朵，黄白争艳，也没有感到那从桂花树上飘来的阵阵清香，更没有看到那双双的蝴蝶在花丛中戏舞翩翩。她只想赶快走到院长办公室，赶快办完事，赶快回诊室。一上午要看完十七个病人，今天她才叫了七个号。明天就该轮到她去病房，门诊还有些病人需要交待安排。她很快就到了院长办公室的门前，她记得自己好像没有敲门，就推开门径直往里走。立刻，她看见了迎面沙发上坐着的一男一女两位客人。她不由在门边站住了，以为自己来得不是时候，转眼才看见赵院长斜身坐在皮转椅上。

"陆大夫，请进来呀！"赵院长回身笑着招呼她。

她走了进去，在靠窗的一把皮靠背椅上坐下了。

那间屋子好亮啊！又清洁又宽敞。那间屋子好静啊！没有门诊部那种杂乱的脚步声，乱哄哄的说话声和小病人的哭叫声。坐在那窗明几净的房间里，她感到一种异样的，很不习惯的恬静。

坐在那里的人们，也是那么温文尔雅，安安静静。赵院长总保持着学者的风度，挺直的脊背，和蔼的面容，金丝眼镜后面一双含笑的眼睛，头发梳理得很整齐。雪白的衬衣，乌黑的皮鞋，一身笔挺的浅灰色中山服。那坐在沙发上的男客身材颀长，两鬓斑白，戴一副茶色眼镜，使人看不见他的目光。但是陆文婷一望而知，这是一位眼科的病人。只见他斜倚在沙发靠背上，无意地摆弄着身边的手杖，心平气和，举止安详。坐在他身旁的女客五十多岁的样子。尽管上了年纪，仍是眉清目秀。染过的黑发经理发师稍稍冷烫过，既蓬松又不显轻浮时髦，十分得体。身上穿的是普通式样的干部服，但质地考究，剪裁合身，显得很有精神。

她记得，从自己一站在门口，这位女客的目光就跟踪着自己，从上到下地打量。而反映在那女客脸上的则是一种明显的疑虑、不安和失望。

"陆大夫,我来给你介绍一下。这位是焦副部长焦成思同志。这位是成思同志的爱人秦波同志。"

焦副部长?部长?是啊,在她十几年的医生生涯中,她曾为多少部长、书记,主任治过眼睛。她没有注意到这职称,只是习惯地想;他的眼睛怎么了?好像是失明?

"陆大夫,你现在是在门诊还是在病房?"赵院长问。

"今天还在门诊,明天就该上病房了。"

"正好。"赵院长笑道:"陆大夫,焦部长想在我们这儿做白内障手术。"

病情就是敌情,这一句话就等于把任务交给她了。她开始问诊了:

"是一个眼睛吗?"

"一个。"

"哪只眼睛?"

"左眼。"

"完全看不见了吗?"

那病人点了点头。

"以前在医院检查过吗?"

她记得,病人说了一个什么医院的名字。她就站了起来,准备走过去看那只眼睛。可是,好像出了什么事,没有看成。为什么没有看成呢?记起来了,是坐在一旁的秦波同志客客气气地把她拦住了。

"陆大夫,你先坐,坐嘛,不要急。要检查,恐怕还要到你们的暗室里去吧!"秦波笑了笑,又扭头说:"赵院长,老焦的眼睛一有病,我也成半个眼科大夫了。"

就这样,当时没有给焦副部长诊断。可是,在那间办公室坐了那么久,谈了些什么呢?

对,秦波同志问了好些问题,问得真仔细啊!

"陆大夫,你在医院工作几年了?"

几年?她一时算不清了,她只记得自己是哪年毕业的,就那么回答了:

"我是六一年来的。"

"啊,六一年,那也有十八年了。"

秦波屈指算着,十分认真的样子。

她问这些干什么？只听赵院长从旁说道：

"陆大夫临床经验很丰富，手术做得很漂亮。"

赵院长为什么要当着病人这么夸赞自己？这有什么必要呢？

秦波同志又问道：

"你身体好像不大好，陆大夫？"

这又是什么意思？她整天给别人治病，很少研究自己的健康。本院的保健科甚至没有她的病历档案，也从未有上一级的领导问过她的身体状况。怎么面前坐的这位初次见面的客人忽然关心起自己的身体来了？她迟疑了一下，记得是回答说：

"我身体很好。"

赵院长在一旁又说话：

"她在我们这儿，就算身强力壮的了。陆大夫，我记得，你这几年一直是全勤。"

她没有回答。她闹不明白，全勤不全勤，身体好不好，和面前的这位夫人有什么关系呢？她记得，当时只是很着急，担心姜亚芬一个人看不完那些病人。

那夫人盯着她，笑了笑，又问道："陆大夫，对于白内障手术，你有把握吗？"

把握？又是一个叫人难以回答的问题。的确，在她做过的多少次白内障摘除手术中，还从来没有发生过意外的事故。可是，不怕一万，只怕万一，任何意外的情况都是可能发生的。如果病人配合得不好，或者麻醉的大意，都可能使眼内溶物脱出。

她不记得自己回答没有了，只记得秦波那一双包在皱折里的眼睛，那双眼睛很大，闪着两道不信任的亮光，盯着自己一眨也不眨。这使她感到难以忍受。她接触过各式各样的病人，感到最难缠的就是一些高干夫人。不过，她接触得多了，也就习以为常。当她正考虑怎么委婉答复时，她记得，就在这时，焦副部长不耐烦地把身子在沙发上挪动了一下，朝秦波那边扭过头去。这一来，那夫人不说话了，眼睛也从自己身上移开了。

这场很难进行下去的谈话是怎么结束的呢？不记得了。对了，是姜亚芬跑来了，她探进半个身子，叫道：

"陆大夫，你约的那个张大爷又来了，他非等你不可。"

记得秦波立即客气地说：

"陆大夫有事，那就先忙去吧！"

她赶忙起身离开了这简明亮宽大的办公室，只感到这里的空气令人窒息，叫人透不过气来。

啊！多么憋闷！

六

赵天辉院长赶在下班前，匆匆忙忙来到。内科病房。

"孙老，陆大夫身体一向不错，怎么突然就病倒了？"赵天辉两手插在白大褂的衣兜里，一边同孙逸民谈着，一边向病房走去。他比孙逸民小八岁，看上去却年轻得多，声音也洪亮得多。

"这是一个信号啊！"赵天辉摇摇头又说："中年大夫，是我们医院的骨干力量，工作上担子重，生活负担也最重，身体素质一年不如一年，长此以往，一个个病倒了，你这位主任，我这个院长就没法办了。陆大夫家里几口人？住几间房？"

他侧身看了看心情沉重、面带愁容的孙逸民，又说：

"什么？四口人一间房？是啊，是啊，是这个情况。工资呢？工资多少？五十六块半？你看，你看，难怪人家说拿手术刀的不如拿剃头刀的，真是一点不假。嗯？去年调工资，怎么没给她调？"

"僧多粥少，调不过来。"孙逸民冷冷地说。

"唉！真是个问题啊！孙老，我看就请你和支部的同志商量一下，在眼科搞个中年大夫的调查，他们的工作情况，收入情况，生活情况，还有住房情况，搞个材料给我！"

"这有用吗？我记得这种材料，开科学大会的时候就让写过，交上去不也就完了。"孙逸民客气地反驳着，眼睛看着地面，不看身边的人。

"孙老，你就不要带头发牢骚了嘛！有个材料总比没有材料好。我拿了它去找市委，找卫生部去，见庙就烧香，见神就磕头。求爷爷，告奶奶，也要把这张状子递上去。中央三令五申，要珍惜人才，落实知识分子政策，改善科技人员待遇，总不能到了下边就变成一句空话吧！前天还传达市委开会的精神，要重视中午干部。我还是相信，有办法的，会解决的。"

赵天辉挽着孙逸民的手臂，跨进陆文婷的病房，才停了话头。

傅家杰早已站了起来，赵天辉冲他挥了挥手，就一直走近床边，弯下腰去，端详着病人的脸色，又从值班大夫手上接过病历。这时，他已经丢掉院长的身份，进入大夫的角色。

赵天辉是国内著名的胸科专家。全国解放时，他在国外学成归来，以自己精湛的医术服务于新生的人民共和国。他的政治热情很高，五十年代中期就被视为又红又专的典范，入了党，后来又被任命为院长。自从担任了这个行政职务，一大堆行政管理事务和会议压下来，使他除了参加重要的会诊，就很少有机会接触病人了。那十年，住"牛棚"、扫院子，自然谈不上发挥他的专长。这三年又处在拨乱反正的特殊历史时期，身为一院之长，每天处理成堆的问题，根本没有时间和精力上手术台了。

现在，赵院长亲自来到病房，显然是为陆大夫看病来了。内科病房的大夫都被吸引了出来，在他身后围了一圈，悄悄地观摩他的临床诊断。然而，他似乎有些令人失望。他看完病房记录和心电图记录，又看了看心电监视仪的荧光屏，只嘱咐要继续密切监视心电变化，防止出现合并症，就回头问孙逸民：

"他爱人来了吗？"

孙逸民把傅家杰拉到前边来作了介绍，赵天辉才知道他原来就是陆大夫的爱人。他打量着傅家杰，一眼就看到他的秃顶和额前的皱纹，心里有点奇怪，这个面目清秀的中年人怎么已经开始秃顶？看来，他不大会保养身体，当然也就不会知道怎样爱护自己的妻子。

"你要多辛苦了。"赵天辉握了握他的手说，"陆大夫需要绝对静卧，不能让她动，大小便，翻身，都要人，应该二十四小时都有专人护理。你在哪儿工作？需要跟你们单位领导讲一讲，这几天你不能上班了。当然，你一个人也不行，还得有人替你。你们家还有什么人没有？"

傅家杰摇摇头说：

"有两个孩子，都还小。"

赵天辉回头问孙逸民：

"眼科能不能抽人值班啊？"

"一天两天，当然是可以的。"孙逸民说，"长期值下去，人力就安排不过来了。"

"先顾眼前吧！"

赵天辉又回头凝望着陆文婷苍白的瘦脸，心里简直不能明白，这个以精力旺盛著名的小陆大夫，怎么突然间就病成这样？

他脑子里闪过一个念头：会不会是给焦副部长做手术，心里过于紧张了？不可能呀！陆大夫不是一个新手，即便是个新手，也很少发生因手术时精神负担过重，导致心肌梗塞。更何况，心肌梗塞的发病常常来得很突然，不一定有什么诱发因素。

他想排除这种念头，但是，不行。不知为什么，焦副部长的手术和陆大夫的病总是绞在一起，好像有什么必然的联系。他甚至有些后悔，当初不该竭力推荐她。而且事实上，那位副部长夫人从一开始就不愿意让她做手术。

"赵院长，我想问一下，陆大夫是副主任吗？"那天，陆文婷走后，秦波就是这样提出问题的。

"不是。"

"那么，她是主治大夫吗？"

"不是。"

"是党员吧？"

"也不是。"

"我的同志哟！"秦波不大客气地说："我们都是共产党员，恕我直言，让一个普普通通的大夫来给焦部长动手术，这，是不是有些考虑不周……"

她的话被焦成思手杖"笃、笃"戳地的声音打断了。焦副部长把头扭向他夫人这边，生气地说：

"秦波，你说些什么？听医院安排嘛！谁做不都一样。"

秦波并不屈服，她向焦成思开起连珠炮来：

"老焦，我就不赞成你这种无所谓的态度。这是对自己的眼睛不负责嘛！身体是革命的本钱。我们要对革命负责，对党负责！"

眼看老首长两口子要开战，赵天辉不得不过来劝解。他笑道：

"秦波同志，请你相信我们。陆大夫虽然只是一个普通的大夫，却是我们眼科的一把好刀。她做白内障手术是很有把握的，请放心吧！"

"不是我不放心。赵院长，也不是我替老焦考虑过多。"秦波叹口气说，"我在干校的时候，有个老同志，也是白内障。当时，不准他回北京，就在当地一个小医院开刀。结果，手术没做完，眼珠掉出来了。赵院长，老焦被'四人帮'关了七年，刚出来工作不久，他可不能没有眼睛啊!"

"不会的,秦波同志,我们医院很少有这样的事故。"

秦波考虑了一下,还是力争着:

"赵院长,能不能请眼科孙主任亲自替老焦动这个手术?"

赵天辉摇摇头,笑了笑说:"孙主任已经快七十了。他自己的眼睛也不行了。再说,他已经好几年没上手术台。他现在的任务是搞点学术研究,带好这一批中青年大夫,还有教学的任务。让他做手术,老实说,还不如让陆大夫做更有把握。"

"要不,请郭大夫做,行不行?"

"郭大夫?"赵天辉一愣。

看来,这位副部长夫人对这里的眼科很作了一番调查。她提示说:

"郭汝清。"

赵天辉两手一摊说:

"郭大夫出国了。"

秦波仍不罢休,她急切地问:

"他什么时候回国?"

"不回国了。"

"为什么?"秦波瞪大眼问道。

赵天辉把头摇了摇,叹道:

"郭大夫的爱人是个归国华侨。她父亲在东南亚开一间杂货铺,不久前病故了。两个月以前,他们申请出国继承遗产,被批准走了。"

"放着大夫不当,去当杂货铺老板,简直不可理解。"焦成思感慨地说。

"在卫生界,这已经不是个别的了。拿我们医院来说,已经批准出国和正在申请要走的,就有好几个了。而且,还都是我们医院的骨干,业务上拿得起来的呀!"

"这些人,真不知是什么想法?"秦波颇有些愤愤然了。

焦成思把手中的拐杖扬了扬,脸向着赵天辉,说道:

"五十年代初,你们这批知识分子,冲破重重阻力,回来为建设新中国服务。想不到七十年代末,我们自己培养的知识分子又往外跑,这个教训太深刻了。"

"这么下去怎么得了?"秦波说:"我看还是应该加强思想政治工作。

我的同志哟，粉碎'四人帮'以后，知识分子的地位大大提高了，随着四化的实现，生活条件、学习条件都会改善的嘛。"

"是啊。我们党委讨论的时候，也是这个看法。"赵天辉说，"郭大夫走之前，我代表党委找他谈过两次，再三表示挽留，可是没有用啊！"

秦波还想发点议论，焦成思晃了晃自己的手杖拦住她说：

"赵院长，我来找你们，倒不是非想找个什么专家教授。我对你们医院信得过，或者说有一种特殊的感情。前几年，我右边这只眼睛白内障，就是在你们医院做的，手术很不错。"

"哦！那是谁做的？"赵天辉忙问。

焦成思深为遗憾地说：

"可惜啊，我到现在还不知道她姓什么。"

"那好办，查一查病历就知道了。"

赵天辉拿起电话，他想，只要把那位大夫找来，焦副部长的夫人总该放心了吧！

焦成思对赵院长连连摆手说："你不用查了，你也查不到。那时是在你们门诊做的手术。根本没有病历。只记得，是个女同志，说话带南方口音。"

"这就不好找了。"赵天辉放下电话，笑道："我们这里南方口音的女同志很多，陆大夫就是南方人。就让她做吧！"

当秦波扶着焦副部长站起来时，他们接受了赵院长的意见，让陆文婷大夫来给做这个手术。

也许，就因为这个手术使她心肌梗塞？赵天辉自己想着，又摇摇头，觉得不可能。这样的手术她做过上百次了，不会那么紧张。再说，那天手术前自己还亲自去了，他看见这位大夫走上手术台时从容不迫，很有信心，精神也很好。怎么可能发生这样意外的不测呢？赵天辉又把关切的目光停留在陆文婷脸上。他感到，即便是在这生死线上，陆文婷大夫的脸色仍是从容的，好像没有什么病痛，只是安安静静地酣睡在温柔的梦乡。

七

她素来是从容的，沉静的。想让陆文婷大夫生气，在眼科工作过的同志都知道，几乎是不可能的。

秦波对她的挑剔和轻侮，换了别人，十有八九会当面顶撞，即使不说出口，也会怒形于色，或者过后愤愤不平，耿耿于怀。陆文婷呢？她从院长办公室出来的时候心平似镜，一如往常。她没有把替焦副部长做手术，看作是不可多得的荣誉，也没有把秦波的刁难，视为难以忍受的凌辱。手术做不做，要看病人自愿，愿意做就做，不愿意做就不做，这有什么呢？

"怎么，又找你做手术，什么大官儿呀？"姜亚芬见她出来，便悄悄问道。

"还没定做不做呢。"

"快走吧！"姜亚芬拉着她说，"你约的那个老大爷，真难办，简直跟他讲不清，他坚决不做手术了。"

"那怎么行？他是外地来的，花了那么多路费，能治不治，我们也没尽到责任。"

"那你去说服吧！"

回到门诊部，穿过坐满了候诊病人的过道时，一些熟悉的病人早已站起来向她们致意。她俩含笑四顾，点头招呼着。陆文婷进到自己的诊室，正低声回答着一个年轻病人的问题，忽然从身后响起了一个洪亮的喊声：

"陆大夫！"

这一嗓子把病人和大夫的目光都吸引了过去。只见一个高大结实的汉子摸索着朝诊室门口走来。这病人身穿青布裤褂，头缠白色毛巾，肩宽腰圆，五十多岁的样子。他那比人高出一头的个子本来就引人注目，加上这一声喊，两边的人都给他让开了路。但他双目几近失明，不知这多人在看自己，只伸出两只大手，迎着陆文婷说话的声音摸去。

陆文婷忙转身迎出去，双手扶住这盲人，说：

"张大爷，快坐下吧！"

"您坐，陆大夫！俺找您，说个情况。"

"说吧，坐下说。"陆文婷搀扶着老汉在长椅上坐下。

"陆大夫，是这么回事儿。我在这儿也住了不少日子了。我寻思，还是先回去吧，赶明儿再……"

"那怎么行？张大爷，您这么远跑到北京，花了这么多路费……"

"谁说不是呢！"不等陆文婷说完，张老汉拍着自己的膝盖抢过话说："我是想着，回去再干一秋活儿，挣点分儿。您别瞧我眼神不济，摸摸索索也能干，队上派活挺照顾我。陆大夫，我拿定主意先回去，可一想，怎么也得来跟您说一声儿。为俺这双眼睛，真没叫您少操心。"

张老汉患角膜溃疡多年，瘢痕很厚，久治不愈。陆文婷在那里巡回医疗时，曾建议他移植角膜。老汉就是为做这个手术来的。

"张大爷，您儿子花了这么多钱，让您到这儿治病，没治好就回去了，我们也过意不去啊！"

"嗐，有您这份儿心，啥都有了。"陆文婷笑笑，拍着老汉的胳膊说："眼睛治好了，您干活就不用人家照顾了。您身体这么好，还能干它二十年呢！"

张老汉呵呵笑了起来，连声答道：

"那敢情！要不是两眼不争气，啥活儿也难不住我！"

陆文婷笑道：

"那就还是做吧！"

张老汉放低了声音，说道：

"陆大夫，我拿您也不当外人，俺就实话实说吧，俺愁的就是钱。俺这趟治病，全靠自个儿掏，老在北京住店，住不起呀！"

陆文婷愣了一下，马上又说：

"张大爷，您别着急，我已经查过预约本了，这回该轮到您了。这两天，只要有材料，就马上给您做手术，行吧？"

张老汉被说服了，陆文婷把他送到走廊外，转身回来时，被一个十一二岁的漂亮小女孩拦住了。

这孩子长得可真俊。圆鼓鼓红扑扑的脸儿，黑眉毛高鼻梁配上一个红嘴唇儿，一只双眼皮儿大眼睛滴溜溜水汪汪的。可惜，另一只眼却向外斜着。她穿着医院的白裤褂躲躲闪闪地叫：

"陆大夫！"

"王小嫚，你怎么跑出来了？"陆文婷向她走去。这是她昨天收进来的小病人。

"我害怕，我要回家！"说着，王小嫚抹起眼泪儿来了，"我，不做手术了。"

陆文婷搂住这女孩子的肩膀问：

"来，告诉阿姨，怎么又不想做手术啦？"

"我怕疼。"

"傻丫头！不疼。到时候我给你打麻药。保证一点儿都不疼！"陆文婷拍拍她的头，又弯腰凝视着这张小脸儿，像在惋惜地欣赏一件不小心弄坏了的艺术品似的，不无遗憾地说："你看，就是这只眼睛！王小嫚，等阿姨给你矫正过来，跟那边的眼睛一样，你看，多好！快回病房去听话，哎！医院不准乱跑的。"

王小嫚擦干眼泪走了，陆文婷才回到自己的诊桌，一个一个地叫号。这两天病人很多。今天也一样。她必须抓紧时间，把刚才去院长办公室耽误了的时间补回来。她忘记了焦副部长，忘记了秦波，也忘记了自己，只一个接一个地看下去。问明情况，带到暗室，开药方，给预约号，一个接一个……

"陆大夫，你的电话！"护士跑来叫她。

"请你稍等一下。"陆文婷向病人打了招呼，跑过去拿起听筒。

"佳佳病了，昨天晚上就发烧。"托儿所的阿姨在电话里说，"我们知道你工作很忙，没敢告诉你，带她去看了急诊，打了针。可是，现在还不退烧，老哼哼，要找妈妈，你能不能来看看。"

"好的，我就来。"她放下了电话。

可是，她并没有去托儿所。这么多病人压着，怎么能丢下走开？她又拿起电话，拨通傅家杰机关的号码，那边告诉她傅家杰外出开会去了。她只好挂上了电话。

"谁来的电话？有事儿吗？"姜亚芬问。

"没什么。"她答道。

她从来不麻烦别人，也从来不麻烦组织。"先把病人看完了，再上托儿所也行。"她想着，又坐回到诊桌旁，继续看病。开始，哼哼的佳佳，哭喊妈妈的佳佳，还在她脑子里转。后来，一双双病人的眼睛取代了佳佳的位置，直到把所有的病人都看完了，陆文婷才急急忙忙赶到托儿所去。

八

"陆大夫，你怎么才来呀？"托儿所的阿姨抱怨地说。

她冲向隔离室，只见小佳佳一个人冷冷清清地躺在小床上。她的小脸蛋儿烧得彤红，小嘴唇儿张着，小鼻子吃力地扇动着，眼睛却闭得紧紧的。

"佳佳，妈妈来了！"陆文婷扑到小床栏杆上。

佳佳的小脑袋在枕头上动了动。她沙哑地喊了一声：

"妈——妈——回家！"

"回家，回家！"她急忙抱起小佳佳，转回本院儿科看急诊。

"肺炎。"儿科的大夫同情地说："陆大夫，要好好护理几天啊！"

她点点头，给佳佳打了针，取了药，走出儿科急诊室。

中午时，医院安静下来。门诊的病人走了，住院的病人睡了，医护人员也各自奔回家或者找地方休息去了。偌大的一个院子显得空落落的，只有一些不知疲倦的麻雀在梧桐树上叫着，逍遥自在地飞来飞去。原来，在这大楼林立，空气污染，充满噪音的市区，也还有大自然的造物在与人类争妍。陆文婷心中觉得奇怪，怎么天天在医院走来走去，竟没有发现这里还有鸟儿？

她抱着孩子站在院子当中，不知该往哪儿去。回托儿所吧，想到病成这样的孩子，独自孤单地躺在隔离室，于心不忍。抱回家去吧，下午还要上班，谁来照顾她。愣了片刻，她狠了狠心，朝托儿所走去。

伏在她肩上，垂着头的佳佳，忽然大哭起来：

"我不上托儿所，不上……"

"佳佳，乖，听话……"

"不，不，我回家！"佳佳两腿乱踢起来。

"好，回家，回家。"陆文婷只好抱着佳佳朝回家的路上走去。

从医院到家里，要穿过繁华的商业大街。新竖的巨幅时装广告，大街两旁琳琅满目的陈列橱窗，以及人行道上农民自由出售的活鸡活鱼、瓜子、花生等等稀缺的农副产品，陆文婷都一概视而不见。自从有了两个孩子，月月入不敷出，她就同高档商品无缘了。此刻她怀里抱着佳佳，心里惦着园园，更是目不斜视，行迹匆匆。

回到家里，已经快一点了。园园噘着嘴说：

"妈，你怎么才回来？"

"你没看见小妹病了吗？"陆文婷瞪了园园一眼，忙给佳佳脱了衣服，把她放在床上，替她盖上被子。

园园站在桌边，着急地说：

"妈，快做饭呀！要迟到了！"

陆文婷心烦意乱，不由地吼了一声：

"催！你就会催！"

园园又委屈又着急，眼圈儿一红，眼泪儿就在眼眶里打起转来。

陆文婷顾不上去理他，走出房门打开蜂窝煤炉。封闭了一上午的煤块已经奄奄一息，火是一时上不来了。她再掀开锅盖，打开碗橱，全都空空如也，连一点剩菜剩饭都没有了。她又转身进屋，看见儿子仍站在那里伤心，心里感到内疚。孩子是无辜的，自己为什么拿他出气呢？

近年来，她越来越感到家务劳动的负担沉重。文化革命那些年，傅家杰的实验室被造反的人们封闭了。他研究的专题也被取消了。他变成了"八九二三部队"的成员。每天八点上班，九点下班，二点上班，三点下班。他整天无所事事，把全部精力和聪明才智都用在家务上了。一日三餐他包了，还学会了做棉裤、织毛衣。这倒使陆文婷免去了后顾之忧。粉碎"四人帮"以后，科研工作要大上，傅家杰被视为骨干，他的科研项目被列为重点，又成了忙人。这样，家务劳动的重担又有很大一部分压到陆文婷肩上。

每天中午，不论酷暑和严寒，陆文婷往返奔波在医院和家庭之间，放下手术刀拿起切菜刀，脱下白大褂系上蓝围裙。可以毫不夸张地说，这是分秒必争的战斗。从捅开炉子，到饭菜上桌，这一切必须在五十分钟内完成。这样，园园才能按时上学，家杰才能蹬车赶回研究所，她也才能准时到医院，穿上白大褂坐在诊室里，迎接第一个病人。

一遇到今天的情况，全家就有面临饥饿的危险。她叹了口气，从抽屉里拿出、点零钱说：

"园园，你自己去买个烧饼吃吧！"

园园接过钱，正往外走，又回过身来问：

"妈，你吃什么呀？"

"我不饿。"

"也给你买个烧饼吧！"

一会儿，园园给她送回一个烧饼，自己一边吃一边上学去了。

陆文婷啃着干硬的冷烧饼，呆呆地望着这间十二平方米的小屋。

对于生活，她和他都没有非份的企求。他们结婚的时候，就住在这间屋子里。房间没有沙发，没有大立柜，没有新桌椅，甚至没有新铺盖。两个人把自己平日的被褥集中到一起，就开始了新的生活。他们的被褥是单薄的，他们的书籍是丰厚的。

院里的陈大妈说："一对书呆子，怎么过日子哟！"

而他们觉得，日子美得很。一间小屋，足以安身；两身布衣，足以御寒，三餐粗饭，足以充饥。这就够了。

他们视为珍宝的，是属于自己支配的时间。每天晚上，这陋室里就铺开了两摊子。陆文婷占据了唯一的一张三屉桌，借助于外文词典，阅读国外眼科医学文献，贪婪地在自己的本子上记下有用的资料。傅家杰屈居于床边的一叠箱子上，把一本本参考书摊在床上，研究他的金属断裂专题。院里那些调皮的孩子们，常常来窥探这对新婚夫妇的秘密，他们看到的总是这样一幅夜读图。对于他们来说，能够有一张平静的书桌读一点书，能够不受干扰地开一个夜车研究一点学问，这一天就过得非常充实。尽管没有地方给他们发夜班津贴，她和他天天工作到深夜，把一天变成两天，从不吝惜自己的健康和精力。夏天的晚上，邻居们在院子里乘凉。香茶、团扇，徐徐的晚风，明亮的星星，有趣的新闻，海阔天空的闲扯，都不能把这对"书呆子"从闷热的小屋里吸引出来。啊！多么安宁的日子，多么充实的夜晚，多么难得的生活。它刚刚开始，却又匆匆离去。

两个新的生命，相继来到这间小屋。园园和佳佳，多么逗人疼爱的两个小人儿！不能说孩子的降临没有给这个小家庭带来欢乐，但是，他们也带来了混乱和灾难。小屋里，挤进一张小孩床，后来又换成了单人床，几乎没有转身之地了。屋内空中挂起了"万国旗"，瓶瓶罐罐堆起来。孩子的哭声、嬉笑声、吵闹声，破坏了这小屋的宁静。

傅家杰是体贴的。他在屋里拉起一块绿色的塑料布，把三屉桌挪到布幔后面，希望能在这瓶瓶罐罐、哭哭啼啼的世界里，为妻子另辟一块安定的绿洲，使她能像以前一样夜夜攻读。这谈何容易！

但是，一个眼科大夫，不掌握各国眼科医学的新成果，怎么能开阔自己的眼界，结合自己的临床经验，作出新的贡献呢？她常常强迫自己躲在布幔后面，把自己隔离起来，直至深夜。

当园园成为一名小学生以后，这张珍贵的三屉桌的优先使用权属于了园园。只有等儿子功课做完了，腾出地方来，陆文婷才能打开自己的笔记本和借来的医学文献书籍。至于傅家杰，只好排在最后了。

啊！生活，你是多么艰难！

陆文婷啃着冷烧饼，望着窗台上的小闹钟：一点五分，一点十分，一点十五分了！怎么办？该上班去了？明天去病房，门诊还有好多事需要交待。可，佳佳交给谁？再给家杰打电话吗？附近没有电话。就算有电话，也不一定能找到他。再说，他已经耽误了十年，现在不该再占他的时间，不能再让他请假！

她双眉紧皱，一筹莫展了。

或许，一生的错误就在于结婚。不是人常说吗，结婚是恋爱的坟墓。那时候，自己是多么天真，总以为对别人说来，也许是如此。对自己来说，那是决不可能的。如果当时就慎重考虑一下，我们究竟有没有结婚的权力，我们的肩膀能不能承担起组成一个家庭的重担，也许就不会背起这沉重的十字架，在生活的道路上走得这么艰难！

闹钟无情地滴答着，已经一点二十分了！实在没办法，她只好找院里的陈大妈帮忙。陈大妈是街道积极分子，一向热心助人。以前每遇这种情况，也多亏了这位老大妈。可是，陈大妈坚持义务帮忙，从不接受任何形式的报酬，这使陆文婷总觉得于心有愧，也就尽量不去麻烦她。

今天又到了走投无路的时候，她只好去找这位好心肠的大妈。陈大妈满口答应：

"你尽管放心上班去，陆大夫！"

陆文婷把佳佳喜欢的小人书和积木放在小枕头边，又托付陈大妈按时给她喂药，便匆忙赶回医院。

她坐在诊桌旁时，心里还想着，一会儿跟护士长说一下，少叫几个号，我得早点回去。可是，病人一来，这一切又都忘了。

赵院长亲自打电话告诉她：焦副部长明天入院，请她准备手术。

秦波同志接连来了两次电话，询问手术前要注意什么事项，需要病人和病人家属做哪些配合，在精神上和物质上都需要做些什么准备？

这使她很难回答。她做过上百例这种手术，还很少有人向她提过这样的问题，只好答道："也没有什么要特别注意的。"

"嗯——怎么没有什么要特别注意的呢？我的同志哟，凡事预则立。思想准备充分一些总好嘛，是不是呀？我看，还是我来一下吧，咱们当面研究一次。"

陆文婷不得不赶忙挡驾，对着话筒说：

"我这里还有很多病人。"

"那明天我们到医院再谈吧！"

"好。"

放下这叫人头疼的电话，她又回到诊桌旁边，一直看完最后一个病人。这时,天已经擦黑了。

她赶回家去。走到窗户底下就听见陈大妈正唱着自己即兴创作的儿歌:

"佳佳、佳佳

快长大,

赶明儿变个

科学家!"

佳佳"咯、咯"地笑了起来。陆文婷心中感激万分,忙进屋谢了大妈,又摸摸孩子的额头,烧也退了些,她才松了口气。

给孩子打完针,傅家杰回来了。跟着又来了两位客人——姜亚芬和她的爱人刘学尧大夫。

"我是来向你告别的。"姜亚芬说。

"你要上哪儿去呀?"陆文婷问。

"我们申请去加拿大,护照批下来了。"姜亚芬的眼睛埋下,望着地面说。

刘学尧的父亲在加拿大行医,陆文婷是知道的。他几次来信要刘学尧夫妇去国外,她也听说过。但是,他们真的要走,却是她意想不到的。

"去多久?什么时候回来?"她问。

"可能就一去不回了。"刘学尧做出轻松的样子耸了耸肩膀答道。

陆文婷盯着自己的好朋友问道:

"亚芬,为什么你早没告诉我?"

"怕你劝阻我,更怕我自己动摇。"

姜亚芬仍是躲开陆文婷的目光,眼睛盯着地面,好像要把这地望穿。

刘学尧从提包里拿出一包一包的卤菜,最后拿出一瓶葡萄酒来,兴致勃勃地说:

"你们还没做饭吧?正好,我借贵方一块宝地,举行告别宴会。"

九

这是一次含泪的晚宴。

与其说他们喝的是酒,不如说他们咽下的是泪。与其说他们吃的是美味的菜肴,不如说他们嚼的是人生的苦果。

佳佳睡着了，园园上邻家看电视去了。刘学尧举起酒杯，望着杯中的酒，感慨万端地说：

"人生，人生，人生真是难以预料啊！我父亲是个医生，古文底子很厚。我从小喜爱诗词歌赋，一心想当文人，可是命中注定要我继承父业，一晃三十多年。家严一生为人谨慎，他处世的格言是'言多必失'。可惜，这一点，我没有学来！我爱说，爱提意见，结果是祸从口出，每次运动都挨上。五七年毕业时差点成了右派，文化革命更不用说，又脱了一层皮。我是个中国人，不敢说有多么高的政治觉悟，可总还是爱国的，真心希望我的祖国富强起来。连我自己也想不到，在我快五十岁的时候，忽然会远离我的祖国。"

"不能不走吗？"陆文婷轻轻地说。

"是啊，为什么非走不可呢？我自己跟自己辩论过无数次了。"刘学尧晃动着手内半杯殷红的葡萄酒，又说："我已经过了大半辈子，还能活几年？为什么要把骨灰扔进异国他乡的土壤？"

一桌人都默默不语，听着刘学尧抒发他的离别愁情。可是，他忽然缄口不言，仰脖把半杯剩酒一干而尽，才吐出一句话来：

"你们骂我吧！我是中华民族不肖的子孙！"

"老刘！别这么说，这些年你的遭遇，我们都知道的。"傅家杰给他斟上酒说："黑暗已经过去，光明已经来到，一切都会好起来的。"

"这我相信。"刘学尧点点头，"可是，光明什么时候才能照到我家门前？什么时候才能照到我女儿身上？我等不及啊！"

"不谈这些吧！"陆文婷猜想刘学尧非要出国不可的理由，可能是为了他那唯一的女儿，觉得不便深谈，便岔开话说："我从来不喝酒，亚芬和你要走了，今天我要敬你们一杯！"

"不，应该我敬你一杯！"刘学尧按住酒杯说，"你是我们医院的支柱，是中华医学的新秀！"

"你喝醉了！"陆文婷笑道。

"不，我没有醉。"

半天没有开口的姜亚芬，也举杯说道：

"我诚心诚意为文婷干一杯！为了我们二十多年的友谊，也为了未来的眼科专家！"

"哎呀！你们这是干吗？我算什么呀？"陆文婷连连摆着手说。

"算什么？"刘学尧真有点醉似的，愤愤地说："像你这样身居陋室，任劳任怨，不计名位，不计报酬，一心苦干的大夫，真可以说是孺子牛，吃的是草，挤的是奶。这是鲁迅先生的话，对不对？傅家杰？"

傅家杰默默地独自喝着酒，点了点头。

"这样的人太多了，又不是我一个。"陆文婷仍笑着说。

"正因为这样，我们的民族才是伟大的民族！"刘学尧又喝了一杯。

姜亚芬望着熟睡在床上的佳佳，不无伤感地叹道：

"就是嘛，宁肯耽误自己孩子的病，也不肯误了给别人治病。"

刘学尧站起来，给所有人斟满酒，说道：

"这就是宁肯牺牲自己，也要普救天下。"

"你们今天怎么回事？专门抬我？"陆文婷笑着指指傅家杰说："你问他，我最自私了。我把丈夫打入厨房，我把孩子变成了'拉兹'，全家都跟着我遭殃。说实话，我是个不称职的妻子，也是个不称职的妈妈。"

"你是一个称职的医生！"刘学尧叫道。

傅家杰又喝了一口酒，放下杯子说：

"这一点，我对你们医院是有意见的。大夫也有家，也有孩子。大夫的孩子也会生病，为什么从来没人关心过？"

"老傅啊！"刘学尧打断他的话，叫了起来："如果我是赵院长，我首先给你发勋章，还要给园园、佳佳发勋章！是你们做出了牺牲，才使我们医院有了这么好的大夫……"

傅家杰抢过话来说：

"我不求勋章，也不求表扬。我只希望你们医院了解，作一个大夫的爱人，是多么不容易。且不说巡回医疗，抗灾救灾，一声令下，抬腿就走，家里一摊全撂下不管，就连平常手术台上下来，踏进家门，精疲力尽，做饭连手都抬不起来！试问：这种情况下，我不进厨房谁进厨房？说来真要感谢文化革命，给了我那么多时间，也把我练出来了。"

"亚芬早就说要给你摘掉'书呆子'的帽子。"刘学尧拍拍他的肩膀，笑道："现在你是既能研究上天的尖端技术，又能深入厨房拳打脚踢，简直是一代共产主义新人在成长，谁说文化革命成绩不是主要的？"

傅家杰平日不沾酒，今天喝了一点，脸就红了。他拉着刘学尧的袖口笑道：

"对嘛，文化革命就是改造人的大革命。那几年，我不就被改造成家庭妇男了吗？不信，你们问文婷，我什么不干？什么不会？"

陆文婷听着这些含泪的笑谈，心里很苦。她不能制止他们。此时此刻，好像也只有这种过去的笑话才能冲淡离愁。见傅家杰含笑看着自己，只好勉强笑道：

"什么都会，就是不会纳鞋底。不然园园就不会老嚷买球鞋了。"

"这就是你的苛求了！"刘学尧一本正经地说，"傅家杰改造得再彻底，也不能像农村老太太那样拿着鞋底到处转啊！"

"要不是粉碎了'四人帮'，说不定我还真拿着鞋底到研究所批判大会上纳去。"傅家杰说，"你们想，那种状况继续下去，科学、技术、知识统统打倒，不就剩下纳鞋底了吗？"

然而，这样伤心的笑谈又能持续多久呢？他们谈到粉碎'四人帮'，谈到科学的春天到来，谈到"臭老九"变成了"穷老三"，谈到中年干部的疾苦，空气又沉闷起来。

"老刘，你认识的人多，可惜你要走了。"傅家杰又打起精神，拍着刘学尧的肩膀说："我听说当保姆收入颇高。我真想托你打听一下，谁家要雇男保姆……"

"我走了不要紧。"刘学尧也拍着傅家杰的手说："现在出了一张《市场报》，登待聘广告，你可以试一试。"

"那太好了！"傅家杰推了推宽边眼镜"嘻嘻哈哈"地说："本人大学毕业，精通两门外国语，擅长烹调蒸煮，缝纫洗涤，兼做男女粗细各种杂活。体格健壮，性情温和，勤劳勇敢，任劳任怨。最后一条，报酬面议。哈哈！"

姜亚芬默默地坐在一旁，不举杯，不动筷，看他们笑，自己也想笑，可是笑不出来。她碰了碰自己的丈夫说：

"别说这些了，有什么意思？"

"意思？这是一个普遍的社会现象啊！"刘学尧挥着手说："中年，中年，现在从上到下，谁不说中年是我们国家的骨干？是各条战线的支柱？医院的手术靠中年大夫，重点科研项目压在中年科技人员身上，工厂的各种难活是中年工人顶着，学校的重点课程也要中年教师担当……"

"你少发点议论吧！一个大夫管那么多干吗？"姜亚芬打断他的话了。

刘学尧眯起眼，似醉非醉地说：

"陆放翁的名句：'位卑未敢忘忧国'呀！我是个无名医生，可我不敢忘却国家大事。我请问：谁都说中年是骨干，可他们的甘苦有谁知道？他们外有业务重担，内有家务重担，上要供养父母，下要抚育儿女。他们所以发挥骨干作用，不仅在于他们的经验，他们的才干，还在于他们忍受着生活的熬煎，作出了巨大的牺牲，包括他们的爱人和孩子也忍受了痛苦，作出了牺牲。"

陆文婷呆呆地听着，轻轻说了一句：

"可惜，能看到这一点的人太少了！"

傅家杰愣了一下，给刘学尧斟上酒，笑道：

"老刘，你不应该当医生，也不应该当文人，你应该去研究社会学。"

刘学尧苦笑道：

"那我就是大右派了！研究社会学，必然要研究社会的弊病啊！"

"找到了弊病，加以改进，社会才能前进。这是左派，不是右派！"傅家杰说。

"算啦，左派右派我都不想当，不过，我对社会问题的确有兴趣。你比如说中年问题。"刘学尧两个胳膊肘趴在桌沿上，玩着空酒杯，又滔滔不绝起来："旧社会有句话：'人到中年万事休'。这反映了在那个社会里，我们的民族未老先衰。人才活到四十岁，就觉得这辈子完了，不能再有什么作为了。现在呢，可以改一个字，'人到中年万事忙'。对吧？四、五十岁的人，知识比较多了，经验比较多了，加上年富力强，正是担当重任的时候。这也反映在新社会里我们的民族年轻了，富有青春的活力了。中年人，正是大显身手的时候。"

"高论！"傅家杰赞道。

"你别忙叫好，我还有谬论。"刘学尧按住傅家杰的胳膊，谈兴更高了，"单从这方面看，我们这一代中年可以说是生逢其时的幸运儿了。其实不然，这一代的中年人又是不幸的。"

"话都叫你说了！"姜亚芬又打断他。

傅家杰拦住姜亚芬说：

"我倒很想听听这个不幸。"

"不幸在于他们最能出成果的黄金岁月，被林彪，'四人帮'的动乱耽误了。"刘学尧长长叹了口气说："像你吧，几乎成了无业游民。现在，这批中年人要肩负起'四化'的重任，不能不感到力不从心，智力、精力、体力都跟不上，这种超负荷运转，又是这一代中年的悲剧。"

"你们这些人也真难伺候！"姜亚芬笑道，"不用你们吧，你们发牢骚：又是怀才不遇啦，又是生不逢时啦！重用你们吧，反倒又叫苦连天，又是担子太重啦，又是待遇太低啦！"

"你就没有牢骚？"刘学尧反问她。

姜亚芬低头不语了。

从刘学尧的这通议论里，陆文婷又感到，他之所以非出去不可，可能不全是为了他女儿，也为了他自己。

刘学尧又举起杯来，叫道：

"来！为中年干一杯！"

十

这天晚上，客人走了，孩子睡了，陆文婷刷了锅，洗了碗，回到屋里，只见傅家杰歪身靠在床头，摸着自己的领头发呆。

"家杰，你在想什么？"陆文婷站在他面前，望着他忧郁的神色，吃惊地问。

傅家杰没有回答她的话，却问道：

"你还记得裴多菲那首诗吗？"

"记得。"

"我愿意是废墟……"傅家杰把手从额上放下说，"我现在真成废墟了。我已经不像中年人，好像是老年了。你看，头顶秃了，头发白了，额头的皱纹多深了呀，我自己都能摸出来。真像一片残垣断壁，一片荒废景象。"

啊，真的，他变得多么苍老啊！陆文婷心酸地扑到他身旁，抚着他的前额说：

"都是我不好，让家务把你拖垮了，都怪我！"

傅家杰取下她的手，温柔地捏在自己手中说：

"不，这不怪你。"

"我太自私了，只顾自己的业务。"陆文婷的眼睛离不开那印着皱痕的前额，声音颤抖着："我有家，可是我的心思不在家里。不论我干什么家务事，缠在我脑子里的都是病人的眼睛，走到哪儿，都好像有几百双眼睛跟着我。真的，我只想我的病人，我没有尽到做妻子的责任，也没有尽到做母亲的责任……"

"别说傻话。你作出了多大的牺牲，只有我知道。"他忍住涌上眼眶的泪水，不说了。

陆文婷依偎在傅家杰胸前，伤心地说：

"你老了，我，我真不愿意你老……"

"不要紧，'只要我的爱人，是青春的常春藤，沿着我荒凉的额，亲密地攀援上升。'"他轻声地吟着他们喜爱的诗句。

秋夜，静静的。陆文婷倚在爱人的胸前睡着了。泪珠还凝结在她黑黑的睫毛上。傅家杰抬起身子，轻轻地让她在床上睡好。她睁开眼问：

"我睡着了吗？"

"你疲劳了。"

"不，我一点也不疲劳。"

傅家杰斜躺在床边，一手撑着自己的头，望着她说：

"金属也会疲劳。先产生疲劳显微裂纹，然后逐步扩展，到一定程度就发生断裂……"疲劳、断裂，是傅家杰研究的专题，他常常挂在嘴边，从陆文婷耳边飘过。只有这一次，这些专有名词仿佛有着千钧重量，给她留下了深深的印记。

啊，多么可怕的疲劳，多么可怕的断裂。她觉得，在这悄静的夜晚，在这大千世界，几乎每个角落都有断裂的声音。负荷着巍巍大桥的支架在断裂，承受着万里钢轨的枕木在断裂，废墟上的陈砖在断裂，那在荒凉的废墟上攀援上升的常春藤也在断裂……

十一

夜深了。

房中的大吊灯熄灭了，只有墙上的壁灯放出蓝幽幽的暗光。

陆文婷躺在病床上，只觉得眼前有两点蓝蓝的光。时而像夏夜的萤火虫在飞跃，时而像荒原的磷火在闪烁，待到定睛看时，又变成了秦波那两道冷冷的目光。

秦波的目光是严厉的。但是，在焦副部长住进医院的那天上午，她把陆文婷叫去的时候，目光却是亲切的，温和的。

"陆大夫，你来了，快，先坐一会儿！老焦做心电图去了，一会儿就回来。"

当陆文婷跨上一幢十分幽静的小楼，穿过铺着暗红色地毯的过道，来到焦副部长住的高干病房门前时，秦波正坐在靠门的沙发上，她立刻起身，堆满笑容地接待了陆文婷。

秦波把陆文婷让到小沙发上坐下，自己也隔着茶几坐下了。可她立刻又站起来，走向床边，从床头柜里拿出一小筐橘子，放到茶几上说：

"来，吃个橘子！"

陆文婷摆了摆手，连说：

"不客气！"

"尝一个吧！这是老战友从南方带来的，很不错的。"说着，秦波亲自拣了一个递过来。

陆文婷只好把这黄橙橙的橘子接在手里。尽管今天秦波态度和蔼，陆文婷还是觉得背后冷飕飕的。那天初次见面时秦波的眼光好像两支冷箭一样至今还插在她背上。

"陆大夫，白内障到底是怎么一种病啊？我听一些医生说，怎么有的白内障还不能做手术？"秦波竭力用谦逊的声调问，那声音里甚至还含有讨好的成分。

"白内障就是眼睛里的晶体变得混浊了。"陆文婷看着手上的橘子说："我们把混浊的程度不同分为初期、膨胀期、成熟期、过熟期，一般认为在成熟期做手术比较好……"

"哦，哦，"秦波点着头，又问道："要是成熟期不做手术，再拖一拖又会怎么样呢？"

"那样不好。"陆文婷解释说，"到了过熟期，晶体缩小，晶体内部的皮质溶化，悬韧带松脆，手术就比较困难了，因为这时候晶体很容易脱位。"

"哦，哦！"秦波答应着，又点着头。

陆文婷感到她并没有听懂，也并不想弄懂。她为什么要问这些她并不懂，也并不打算真正弄懂的问题呢？消磨时间吗？自己还有那么多事情在等着。刚到病房，病人情况需要了解，好多问题堆在脑子里，她真有点坐不住了。可是，她不能走，焦副部长也是病人，他的眼睛术前应该检查。他怎么还不回来呢？

"听说外国有一种人工晶体，"秦波想着，又说，"做完白内障手术，装上人工晶体，就可以不用配凸透镜了，是吧？"

陆文婷点头答道：

"对，我们也正在试验。"

秦波忙问：

"能不能给焦副部长装一个人工晶体？"

陆文婷微微一笑，说道：

"秦波同志，我才说了，这种手术我们正在试验阶段，给焦副部长装，合适吗？"

"那就算了。"秦波马上同意不在焦副部长身上做试验了。可是，她想了想，又问："你看，焦部长这次手术，要采取一些什么措施？"

"采取什么措施？"陆文婷简直莫名其妙。

"我是说，要不要订一个什么手术方案。万一出现意外的情况，该怎么处理，事先安排好，免得到时候慌了手脚，乱了套。"秦波见陆文婷呆呆地望着自己，还不开窍的样子，就又补充说："我看报上常登这方面的消息，有的还成立手术小组，先讨论方案嘛！"

陆文婷听到这里，不由笑道：

"这没有必要，白内障摘除是很一般的手术。"

秦波把头扭向一边，有点不高兴了。但她还是又把头转过来，心平气和地，甚至笑了笑说：

"我的同志哟！不要轻敌嘛，哎？轻敌思想往往造成失败，这在我们党的历史上是有过的……"

秦波耐心地做了一番思想工作，又引导陆文婷大夫去设想，在什么情况下，白内障手术容易遭致失败。

"如果病人有心脏病，或者血压很高，做手术就要考虑。"陆文婷说，"还有，要是病人有气管炎的话，也要治好咳嗽再做手术。要不然，伤口切开了，病人一咳嗽，眼内溶物很可能脱落出来。"

"我担心的就是这个啊！"秦波拍着沙发扶手，叫了起来，"焦副部长心脏不大好，血压也高。"

"手术前我们都要检查的。"陆文婷安慰她说。

"他还有气管炎。"

"这几天咳嗽厉害吗？"

"这几天倒没有，可是，万一上了手术台咳嗽呢？嗯？怎么办？"

这时，陆文婷真感到这位夫人不好对付了。你不知道她想什么，也不知道她哪来这么多担心？陆文婷看了一下手表，已经快下班了。她望着两扇落地式大玻璃窗旁一动不动的白纱窗帘，心中不免着急。她侧耳留神听着门外，一阵轻轻的脚步走来，又过去了。又过了好久，才看见门被推开，焦副部长披着蓝条子的毛巾睡衣，由保健护士搀着进来。

"怎么去了这么久？"秦波问。

焦成思同陆文婷握了握手，朝沙发上坐下去，有点疲倦地说：

"到了这里就要听医院的。抽血，透视，做心电图。我不用排队，够照顾的了。"

秦波赶忙递过一杯热茶，焦成思喝了一口，说道：

"其实，眼睛做个手术，也用不着这么兴师动众。"

陆文婷从护士手中接过病历，一边翻阅，一边说：

"胸部透视正常，心电图正常，血压稍高一点。"

"高多少？"秦波急忙问道。

"高压150，低压100，不妨碍做手术。"陆文婷又问："焦副部长，你这几天咳嗽吗？"

"不咳嗽。"焦成思毫不犹豫地答道。

秦波马上盯问道：

"你能保证上了手术台一声不咳嗽？"

"这……"焦成思困惑了，不知该怎么回答。

"老焦，你可不要掉以轻心。"秦波严肃地说："刚才陆大夫说了，上了手术台，你要是一咳嗽，眼珠就可能掉出来。"

"这，我怎么能保证呢？"焦成思转向陆文婷问道。

"也没有说得那么严重。"陆文婷说："焦副部长，你是抽烟的吧？最好手术前不要抽烟。"

"这没有问题，我可以做到。"焦成思说。

秦波又马上盯问道：

"万一呢？万一你咳嗽起来怎么办？"

陆文婷笑道：

"秦波同志，这也不要紧。万一发生这种情况，我们可以立即把切口缝上，避免出危险。等咳嗽过后，打开再做。"

"对，对，"焦成思说，"我上次右边这只眼睛做的时候，也是打开，缝上,又打开的。不过,那倒不是因为我要咳嗽。"

"那是为什么?"陆文婷觉得很奇怪。

焦成思把茶杯往桌上一放,掏出烟盒,想起大夫刚才的话,又装了进去,叹了口气说道:"那时候,我被打成叛徒。右眼看不见了,跑来做手术。刚开始手术,造反派就闯了进来,硬逼着大夫中断手术,说是决不能让叛徒重见光明。当时,我简直气晕了,浑身的血直往头上冲。多亏了那位大夫沉着冷静。她立刻把切口缝上了,避免了意外。她又把造反派赶了出去,才把手术做完了,唉!"

"啊……"陆文婷听了不由一怔,忙问道:"你右眼是在哪个医院做的?"

"就在你们医院。"

怎么,世界上会有这么雷同的事?她看了看焦成思,竭力想看出这个人是否曾经相识。可是,一点也看不出来了。

十年前,她曾给一个"叛徒"做过白内障摘除,在手术过程中也曾发生过造反派阻拦的事,情节和焦副部长说的一模一样。那个病人姓什么呢?对,也姓焦。是他,就是他!后来造反派串连了医院响当当的人物,给陆文婷刷了大标语:"陆文婷的手术刀为大叛徒焦成思服务,是对无产阶级彻头彻尾的背叛!"

啊,怎么会认不出来了呢?十年前的焦成思身披一件破旧棉袄,脸色憔悴,精神不振,孤身一人来挂普通门诊。陆文婷建议他做手术,开了预约单,病人如期到来。就在刚开始手术的一瞬,就听外面护士在嚷:

"这是手术室,谁也不准进!"

接着就听一阵乱叫乱吼:

"什么手术室?他是大叛徒!给叛徒做手术,我们就是要造反!造定了!"

"臭老九给叛徒大开方便之门,决不允许!"

"冲!往里冲!"

焦成思在手术床上听得清清楚楚。他气急地说:"算了,瞎就瞎吧,不要做了,大夫!"

"你不要动!"陆文婷一边说,一边已经飞快地把切口的预置缝线结扎好了。

三个大汉冲进了手术室,还有几个胆小的在门口站着。陆文婷坐在手术台的床头一动不动。

刚才，焦副部长说是那位大夫"把造反派赶出去"的。这不对。陆文婷从来没有骂过人，也从来没有赶过人。当时，她身穿白色的手术袍，脚穿绿色的泡沫塑料拖鞋，头戴蓝色的布帽，脸上蒙着一个大口罩，只有两个眼睛和一双戴橡皮手套的手露在外面。也许是头一次看到这种陌生的装束，也许是头一次感到手术室异样庄严的气氛，也许是头一次见到手术台上雪白的有毛巾下露出的一只血淋淋的眼球，造反派们给吓住了。陆文婷大夫仍然坐在那只高凳上，只是从口罩底下吐出几个字来：

"请你们出去！"

几个造反派面面相觑，好像也感到这里确实不是一个造反的地方，转身走了。当陆文婷又重新剪开缝线，继续工作时，焦成思说：

"还是不做了吧！就算你把我的眼睛治好了，他们还会把我整瞎的。而且，可能祸及于你。"

"不要说话！"陆文婷几乎是命令说，同时两手飞快地操作。等到手术完毕，为他缠上纱布时，才说了一句："我是医生。"

就这样，陆文婷为焦成思在不寻常的情况下做了右眼的白内障手术。

当年，焦成思机关里的造反派到医院来给陆文婷刷大字报，也曾经轰动一时。但是，对陆大夫来说，这也算不得什么！无非是在"白专道路"、"修正主义苗子"等等原有的罪名之外，又新加一个"包庇叛徒"的罪名。这个罪名连同这个手术，她都没有往心里去，也都逐渐从她的记忆中隐退了。如果不是焦成思偶然提起，她已经完全忘记了这件事。

"陆大夫，我就佩服这样的医生，真是治病救人哪！"秦波感叹地说："可惜那时没有病历，不知她姓什么叫什么。昨天我们还跟赵院长谈起，如果请她做手术，就放心了。"

陆文婷听了，脸上露出尴尬的神色，秦波一见，又忙说道：

"不过，陆大夫，你也不要见怪。赵院长对你是很信任的。我们，当然也是信任你的。希望你不要辜负领导上对你的期望，要向上次给焦副部长做手术的那位大夫学习。当然，我们也要向她学习。你说，是不是啊？"

陆文婷只好把低着的头点了点。

"你还很年轻哟！"秦波又鼓励她说："听说你还没有入党，是不是啊？要努力争取嘛，我的同志哟！"

"我家庭出身不好。"陆文婷老实地答道。

"唉——这个问题不能这么看嘛！家庭不能选择，道路可以选择。"秦波热情地滔滔不绝地说起来，"我们党的政策历来是有成份论，不唯成份论，重在表现。只要你真正同家庭划清界线，靠拢组织，对人民作出贡献，党的大门是对你开着的。"

陆文婷没有再说什么，走过去拉上窗帘，掏出眼底镜来给焦成思做检查。之后她说：

"焦副部长，如果你没有什么别的情况，我们后天就把手术做了吧！"

"行，早做完早出院。"焦成思痛痛快快地抢先答应了。

已经过了下班时间了，陆文婷告辞出来。秦波又追出来，喊住她：

"陆大夫，你是回家吗？"

"是呀！"

"用焦副部长的车送你回去吧！"

"不用，不用。"

陆文婷连忙摆着手走了。

十二

临近子夜，病房里没有一点声息，没有一点动静。壁上那盏蓝色的孤灯，依稀地照着吊瓶中的溶液在无声地滴着。一滴，一滴，缓缓地输进病人那青筋隆起的血管里。在这万籁俱寂的黑夜里，似乎只有它是唯一的信息，告诉人们：陆大夫还活着！

傅家杰呆坐在床头，痴痴地望着自己的妻子。在这纷乱的二十多个小时里，他还是第一次独自守护在她身畔。不，在十几年的共同生活中，似乎也是第一次这样地守在她身旁，这样地看着她。

记得有一次，大概还是热恋的时候，他也曾长时间目不转睛地看着她。可是她却歪着头问："你为什么这样看我？"他只好讪讪地把视线移开。现在，她不能歪过头去了，她也不能问话了。她好像被解除了武装，任凭他的目光在她脸上久久地停留，再也不能"抗议"了。

直到此刻，他才心惊地发现，她变得多么衰老了啊！原来漆黑的美发已夹杂着银丝，原来润泽的肌肉已经松弛，原来缎子般光滑的前额已刻上了皱纹。那嘴角，那小巧的嘴角也已经弯落下来。啊！她的生命似乎也已像耗尽了最后一滴油的灯芯，只剩下微弱的光和热了。他简直不愿相信，自己的妻子，一个如此坚强的女性，竟在昼夜之间变得这样虚弱！

他深知她不是一个弱女子。她生来苗条纤细，看上去弱不禁风，然而，她并不是弱不禁风的。她总是用瘦削的双肩，默默地承受着生活中各种突然的袭击和经常的折磨。没有怨言，没有怯懦，也没有气馁。

"你是一个很坚强的女人。"傅家杰常说。

"我？不，我很软弱哩！一点儿也不坚强。"她总是这样回答。

这一次，就在她病倒的头一天晚上，她又作出了一个被傅家杰称为坚强的决定——让他搬到研究所去住。

那天晚上，佳佳的病基本好了，园园的功课也作完了，兄妹俩相继睡去。小屋里得到片刻的安宁。

已是秋天了，阵阵秋风送来了寒意。托儿所通知家长们给孩子送棉衣了。陆文婷拿出佳佳去年穿的小棉袄，把它拆开，放大，接长袖子。她把棉袄铺在那张三屉桌上，为女儿过冬的棉衣絮上一层新棉花。

傅家杰从书架上取下他的一篇来完成的论文，在桌旁站了站，就歪身在床头坐下。

"等一会儿，我马上就絮完了。"陆文婷说着，没有回头，只加快了速度。

当陆文婷把絮好的棉袄撤走时，傅家杰说：

"什么时候再有半间房就好了。哪怕六平方米，五平方米也行，只要能搁下一张桌子。"

陆文婷坐在床边低头做活。她听着，没有答话。过一会儿，她忙忙地把没缝完的棉袄折起来，说：

"我得到医院去一下，桌子你尽管用吧！"

傅家杰回过头来问，

"这么晚了，还上医院？"

陆文婷一边穿上外衣，一边说：

"明天早上的两个手术，有些不放心，我得去看看。"

其实，陆文婷晚上跑到医院去是常有的事。为此，傅家杰常常笑她：

"人在家中，魂在医院。"

"你多穿一件衣服吧，夜里冷。"

"我马上就回来。"陆文婷忙说，又带着歉意地笑道："你不知道，明天的两个手术挺有意思。一老一小。一位副部长，他夫人老怕手术做不好，总是制造紧张空气，所以我得去看看他。小的是个女孩儿，娇得很，今天还缠着我说，她晚上尽做梦，睡不好……"

"行啊，我的大夫！快去快回吧！"傅家杰也笑道。

她回来时见傅家杰还在灯下用功。她没有惊动他，过去给孩子掖了掖被子，说道：

"我先睡了。"

傅家杰见她躺下了，又埋头于稿纸和书本。过了一阵，他虽并不曾回身，却感觉到陆文婷还没有入睡。是不是灯光影响了她？傅家杰把台灯弯得更低些，又用一张报纸挡上，才继续工作。

又过了一阵，他听到她发出了轻轻的均匀的呼吸声。傅家杰心里很清楚，她并没有睡着。多少次，她都是用这种假意的鼾声，企图给他一种错觉和安慰，要他不必顾忌她能不能在灯光下入睡，而专心于自己的著作。其实，这个小小的"诡计"傅家杰早已识破，只是不忍心拆穿它。

再过了一阵，傅家杰站了起来，伸了伸展说：

"算啦！我也睡吧！"

"你别管我！"陆文婷忙答道："我已经进入半睡眠状态了。"

傅家杰双臂撑在桌沿上，望着未完成的论文，犹豫了片刻，还是劈劈啪啪扣上了一本本的书，下决心说：

"不干了！"

"你的论文怎么办？不抓紧晚上的时间，什么时候能写完？"

"损失了十年的时间，一夜也补不回来啊！"

陆文婷索性坐了起来，随手披上一件毛衣，靠在床头，很认真地对他说：

"你知道刚才我在想什么？"

"你什么也不该想！你应该快闭上你的眼睛，明天你还要给人家治眼睛……"

"你别打岔。你听我说，我想，你应该搬到研究所去住。这样，你就有时间了。"

傅家杰站在床前，瞪大眼睛望着她，只见她脸上放着光，眼睛是笑的，她显然被自己的想法兴奋着。

"我不是说着玩儿，我真的这么想。你应该是有所作为的，应该是科学家。是我和孩子拖累了你，影响你不能早出成果。"

"唉！不是这个问题……"

"是这个问题！"陆文婷打断他的话说："当然，我们又不能离婚。孩子们不能没有爸爸，科学家也不能没有家庭。可是，我们可以想点办法，把你的八小时变成十六小时。"

"两个孩子，一大堆家务事，都压在你一个人身上，这怎么行？"傅家杰不同意。

"这怎么不行呢？离了你，我们家也在地球上转呀！"

他提出种种具体困难，她一一讲出解决的方案，最后她说：

"你不是常说我是一个坚强的女人吗？你就放心吧！我能挑起这副担子，你的儿子不会饿肚子，你的女儿不会受委屈。"

他被说服了。他们决定从明天起就试一试。

"在中国，要干一点事情真不容易啊！"傅家杰脱衣上床时说："战争年代，老一辈为了革命的胜利作出了很多牺牲。我们这一代人，为了实现'四化'，也在作出很多牺牲。只是这种牺牲，常常不被人看见……"

傅家杰独自说着，当他脱下衣服搭在椅背上，回头看时，陆文婷已经睡着了。这回是真的睡着了。她的脸上还留着笑意，好像在睡梦中还为自己的这个倡议感到欣喜。

唉！谁会料到，这个试验在第一天就失败了。

十三

她的试验是失败的，她的手术是成功的。

那天上午，当她照例提前十分钟来到病房时，孙逸民迎着她说道：

"陆大夫，我正等你呢！今天有角膜材料，能做移植手术吗？"

"太好了。我正有个病人，急等着要做呢！"陆文婷立刻高兴地答应。

"你上午已经安排两个手术了。身体能顶下来吗？"

"能。"陆文婷挺直了身子，笑了笑，好像要证明她身上蕴藏着无穷无尽的精力。

"好吧，那就做吧！"孙逸民决定了。

于是，陆文婷挽着姜亚芬的手臂，朝手术室走去。她精神愉快，步履轻捷，好像不是走向一个紧张的战场，而是走向一个可以安憩的地方。

这所医院的手术室占了整整一层楼，气派宏大。"手术室"三个大红字漆在乳白色的玻璃门上。当病人躺在活动床上，被护士推进这两扇玻璃门之后，他们的家属就只能徘徊于森严的大门之外，提心吊胆地望着那神秘的、似乎是很可怕的地方。好像死神正在那里游荡，随时可以伸出魔爪夺走自己的亲人。

其实，手术室并不是死神的宫殿，它是一个给人以生的希望的地方。进入手术室宽阔的走廊，四周高大的墙壁刷成淡绿色，使屋内的光线变得很柔和。走廊两边分别是外科，妇科、耳鼻喉科，眼科的手术室。这里每个人都穿着白色消毒长袍，眉上都严严地戴着浅蓝色印有"手术室"字样的消毒布帽。人人眼下都是一个大口罩，只露出两只眼睛。这里的人没有美与丑之分，甚至也看不出男和女之别。这里只有医生、助手、麻醉师，器械护士。白色的人群轻轻地走来走去，他们的脚步是迅速的，又是轻盈的。这里没有笑语，没有喧哗，在这座每天涌入上千人的大医院里，手术室是最安静，最有秩序的一角。

焦成思被送进了手术室。他躺在高高的乳白色的铁架手术床上，被蒙在消毒的有孔巾下。他整个的脸都被蒙上了，只从那橄榄形的小孔内露出一只需要动手术的眼睛。

陆文婷早已换好衣服，高举起戴上橡皮手套的双手，在手术床头的圆形铁凳上坐下。这只活动的凳子，像自行车的车座似的，可以自由升降。陆文婷个子矮，每次手术都需要把凳子升高。今天没有调整，高矮却很合适。她扭头朝坐在一旁的姜亚芬看了一眼，心里明白，这是就要和自己分别的老同学放好的。

护士把手术床旁的托盘架推过来。那长方形的盘内有剪子、缝针、有牙镊、无牙镊、固定镊、持针器、蚊式止血钳、球后针头、晶体勺等等小巧玲珑的手术器械。这个可以移动的托盘架，现在正放在焦成思胸前的上方。医生可以抬手取到自己所需要的用具。陆文婷大夫坐在床头手术凳上，面对托盘架，正好像一个食客坐在餐桌前，隔在餐桌与食客之间的只是下面的一只眼睛。

"我们开始了。你不要紧张。先给你打麻药，这样，你的眼睛就没什么感觉。一会儿手术就做完了。"陆文婷看着那只眼睛说。

听了这话，焦成思忽然叫道：

"等一等！"

怎么啦？陆文婷和姜亚芬都吃了一惊。只见焦成思一把扯下那有孔巾，竭力朝后仰起头，又伸出手来，叫道：

"陆大夫，我上次这只眼睛，就是你做的手术吧？"

陆文婷把双手举得高高的，怕病人的手碰着自己经过消毒的手，还未答话，只听焦成思又那么激动地叫道：

"是你，是你，一定是你！上次你也是这么说的，声调语气都一样！"

"是我。"陆文婷只好承认。

"你为什么不早告诉我？我应该好好感谢你啊！"

"那没有什么……"陆文婷找不到更多的话说了。她遗憾地望着扯下来的有孔巾，示意站在一旁的护士再换上一条。然后又说："焦副部长，我们开始吧！"

焦成思连声叹息着，似乎一时很难安静下来。陆文婷又用命令的语气说：

"不要动，不要说话！我们开始了！"

说着，她熟练地在眼睛下方皮下注射了奴佛卡因。然后，把病眼的上下眼皮分别用针穿上，拉开固定在有孔巾上。这样，一只被白色混浊体挡住了视线的眼珠，就完全暴露在灯光下了。陆文婷此时已经完全忘了躺在面前的是什么人，她只看到一只有病的眼珠。

这样的手术，陆文婷大夫不知做过多少次了。可是，每当她一上手术台，面对一只新的眼睛，拿起手术刀时，她的感觉都好像是初次上阵的士兵。这一次，也是这样。当她小心翼翼地把眼球结膜剪开，再把角巩膜半切开时，在一旁的姜亚芬已把穿好线的针递了过来。陆文婷伸出两个细长的手指，拿起像小剪刀一般的持针器，夹住针头，朝巩膜扎下去。

咦？不知为什么扎不动？她把浑身的力气都凝聚到了手指上，扎了几下，还是扎不进去。

姜亚芬在一旁低声问："怎么回事？"

陆文婷没有答话，只把针拿起来对着灯光照看。把这半圆形像钓鱼钩似的针审视了一会儿，她回头问道：

"这针是不是新换的？"

姜亚芬也不知道，回头问器械护士："是换了针吗？"

器械护士走过来悄悄地说："是新换的。"

陆文婷又看了看针头，小声说，"这种针怎么能用？"

为医疗器械的不合规格，陆文婷和大夫们不知提过多少次意见。然而，这些不合规格的次品仍然经常出现在托盘里。没办法，陆文婷只好挑选使用。碰到好的刀、剪、针，她就请器械护士保存好，一用再用。

　　不知为什么，今天换了全新的一套手术包，偏偏碰上这么一个次品。每逢这种情况，一向温和的陆大夫就变了颜色，很严厉地责备器械护士。小护士虽有十分委屈，也不好辩白。是呀，一根针虽小，但在病人的巩膜上一扎再扎，不必要的延长手术时间，将会给病人增加多少不必要的痛苦！

　　此刻，陆文婷皱起双眉。病人正躺在床上，巩膜扎不动，她又不能让病人知道内情，只低声吩咐了一句：

　　"换一根针来！"

　　她的声音完全是命令式的，护士忙从消毒盒里把旧针拿了来。

　　手术室的护士们对陆文婷大夫七分佩服，三分畏惧。佩服的是陆大夫手术漂亮，怕的是她要求严格。眼科被称为手术科。眼科大夫的威望全在刀上。一把刀能给人以光明，一把刀也能陷人于黑暗。像陆文婷这样的大夫，虽然无职无权，无名无位，然而，她手中救人的刀就是无声的权威。

　　针换来了。陆文婷很快在巩膜上把预置线缝上，只等把白内障摘除后，把缝线结扎上，这手术就成功了。谁知，就在她把巩膜全切开时，有孔巾下的焦成思忽然身子一动。

　　"不要动！"陆文婷严厉地说。

　　姜亚芬也急忙在一旁说：

　　"不要动！你怎么回事？"

　　可是，一个嗡声嗡气的声音从有孔巾下传了出来：

　　"我……要咳，咳……嗽！"

　　啊！真被秦波说中了！怎么偏偏在这关键时刻要咳嗽？也许只是他的一种心理作用，一种条件反射吧？

　　陆文婷问道："能忍一忍吗？"

　　"不……不行……"焦成思的胸部已经在不停地起伏了。

　　任何有经验的眼科大夫，在做这种手术时，当病人的眼珠被打开的一刹那，心情都是非常紧张的。而在这时，最忌讳的是病人咳嗽。

　　事不宜迟，陆文婷一面采取紧急措施，一面安慰着病人：

　　"等一下！你呵气，呵气，先别咳出来！"

她一边说，一边两手不停地忙着，把刚缝上的预置线结扎起来。焦成思在大口大口地呵气，胸口剧烈地起伏着，好像马上就要憋死过去。待最后一个结打完，陆文婷舒了一口气，说：

"你可以咳嗽了！轻一点！"

然而，焦成思并没有咳出声来。他的呼吸又慢慢恢复了正常。

"你咳吧，不要紧了。"姜亚芬在一旁说。

焦成思很抱歉地说：

"真对不起，我不想咳嗽了，你们做吧！"

姜亚芬瞪起大眼，几乎想说，这么大年纪了，还这么不能控制自己。陆文婷朝她看了一眼，她才没有说出来。两人却相视一笑。类似这种情况也是经常有的啊！

陆文婷又把结扎好的线剪掉，手术从头做起。这次很顺利地做完了。当陆文婷离开手术凳，坐在小桌前开处方时，焦成思已经被挪到活动床上，护士正准备把他推走，他叫道：

"陆大夫！"这微微带着颤抖的声音，很像出自一个做错事的男孩子口中。

陆文婷走到两眼缠着纱布的焦成思身旁，弯下腰问道：

"你怎么啦？"

焦成思伸出两手在空中摸着，抓到陆文婷还未脱去手套的手，他使劲握了握说：

"两次手术，都给你格外添了麻烦，真过意不去……"

陆文婷愣了一下，盯着这缠着十字形纱布的脸，安慰地说：

"没什么，你好好休息，过几天给你拆线！"

焦成思被护士推走了。陆文婷看了一下墙上的挂钟，本来四十分钟可以完的手术用了一个钟头。她脱下身上的这一件手术袍，摘下橡皮手套，又伸臂套上另一件刚从包里取出的消毒袍。当她转身等护士给她系上后面的腰带时，姜亚芬问道：

"接着做吗？"

"做。"

十四

"这个手术我来做，你休息一下，做下一个。"姜亚芬说。

陆文婷摇头笑道：

"还是我来吧。你不知道这个王小嫚，她害怕得要命。这两天跟我熟了，还好一些了。"

王小嫚不是躺在床上被推进来，而是被护士半拉半拽带进手术室的。她被罩在一套嫌大的白色病服里，扭扭捏捏不肯上手术床。

"陆阿姨，我害怕，我不做了，您出去跟我妈说！"

一见手术室里大夫和护士的打扮，王小嫚更紧张了，心跳得嘣嘣的，她求救似地朝陆文婷喊着，想挣脱护士的手。

陆文婷走到床头，笑着招呼她说：

"来呀，小嫚，我们不是讲好了吗？要勇敢呀！我给你打麻药，保证你一点儿都不疼！"

王小嫚从上到下打量着变了样的陆大夫，最后又直盯着她的眼睛。从那双温柔的含着笑意的眼睛里，孩子似乎找到了力量。她身不由主地上了手术台。护士给小病人罩上有孔巾。陆文婷示意护士把孩子的手腕用床两边的带子系上。王小嫚刚要反抗时，陆文婷坐在床头说：

"王小嫚，听话呀！谁都要捆上手的。你别动，一会儿就完了！"说着，就给注射麻醉剂，一边打一边说："我在给你打麻药了。打完了，你就一点儿也不疼了。"

这时，陆文婷不仅是一位手术医生，而且是一个溺爱孩子的妈妈，甚至是一名幼儿园的阿姨。她一边从姜亚芬手中接过适时递过来的剪子，镊子和各种特殊用处的手术针，一边细声细语地同小病人说着话。当她用小剪刀剪去眼里造成斜视的多余的肌肉时，牵动了神经，王小嫚哼哼起来，感到恶心。陆文婷忙说：

"有点恶心吧？不要紧，坚持一会儿。嗯，真听话！还恶心吗？好一点了吧？一会儿就做完了，真是好孩子！"

王小嫚就在这动听的催眠曲中，在一种似睡非睡的状态下，接受了手术。当她被缠上绷带推出手术室时，她清醒地记起了妈妈嘱咐的话，甜甜地说了一句：

"谢谢阿姨！"

手术室的大夫和护士都笑了。墙上挂钟的长针才走了半圈。

这时，陆文婷已经浑身是汗。额头渗出了汗珠，贴身的背心汗湿了，连手术袍的两腋也汗湿了。她自己也感到奇怪：天气并不热，怎么出这么多汗？她轻轻抡了一下胳膊，那由于长时间悬空操作的双臂，好像已经酸痛得麻木了。

当陆文婷再次脱下身上的长袍，伸出手臂去套另一件新袍的一刹那，她忽然感到眼前冒起一排金星。她把眼闭了一下，把头晃了几晃，然后慢慢地把手伸进袖子里。护士过来给她束好腰带后，忽然端详着她问道：

"陆大夫！你怎么嘴唇发白？"

正在一边换手术袍的姜亚芬回头一看，不禁也吃惊地问：

"真的，你怎么脸色这么难看？"

的确，陆文婷的脸色十分难看。青白的脸上两个乌黑的眼圈，好似上妆的演员用炭笔画出来的。上下眼皮都肿了起来，完全是一副病容。

见姜亚芬那么盯着自己，陆文婷笑了笑说：

"怎么啦？过一阵就好了。"

她不仅嘴上这么说，心里也确信自己是能够坚持下去的。多少年来不就是这样坚持下来的吗？

"手术还接着做吗？"护士站着不动。

"做呀！"

怎么能不做呀？角膜材料不能搁，病人不能久等，当然要做呀！

姜亚芬走上前去说：

"文婷，休息半个钟头再做吧！"

陆文婷抬头看了看挂钟，已经十点过了。推迟半小时，到食堂吃饭的同志就赶不上开饭时间，要吃凉菜，双职工也赶不上回家给孩子做饭了。

"接着做吗？"护士又问。

"做。"

十五

经特许来观摩移植手术的外院和本院的进修大夫们来了，正站在门外和陆文婷说话。张老汉已又说又笑地被护士扶上了手术床。手术床对于这身材高大的老汉是太小了。他那一双穿着布袜子的大脚悬空搁在床外，两只胳膊也半悬在床侧。甚至于他浑身的精力也好似悬在四周。他真像一棵坚硬的橡树，那么高大，那么结实。他的嗓门真大，他一刻也憋不住，正和护士说着话儿：

"姑娘，您别笑话，要不是巡回医疗队去我们村，说死了我也不敢挨这一刀。您想，我的肉，你的刀，这一刀子下去，是好是歹谁知道呀！哈哈哈！"

年轻护士抿嘴儿笑了，又悄悄嘱咐他：

"老大爷，您小点声儿！"

"这我懂！姑娘，医院嘛，那可是个肃静的地方。"说是说，老汉的嗓门并不见小多少。他又抬起一只胳膊，比划着说，"唉，您不知道，一听说我这眼睛瞎了还能治好，我是又想哭又想笑。我爷就瞎了半辈子，临了就那么窝窝囊囊地入了土。没想轮到我这儿，瞎了还能见太阳。您说，是两个世道不是？说到哪儿，我也得说，社会主义好！"

小护士一边抿嘴儿笑着，一边给这兴奋得直要坐起来的病人蒙上有孔巾，一边又嘱咐说：

"老大爷，您可别动了，这是消了毒的，一碰就脏了！"

"那是！"张老汉十分认真地说，"入乡随俗。到哪儿听哪儿的，入了医院，就得守医院的规矩。"说是说，他那粗大的胳膊又想往上抬。

一旁的护士瞧着不放心，拿起拴在手术床旁的带子说道：

"老大爷，给您手腕系上点儿，这是医院的规矩！"

张老汉一愣，继而又哈哈笑道：

"您就捆吧，这还用说！说实话，姑娘，要不是这双眼制的我，我可不是那老实呆着的主儿。就这，我在家还一天下两遍地。唉，生就的兔子脾气，就爱满世乱蹦跶，呆不住呀！"

小护士又被他说得笑了起来，他自己也嘿嘿地笑了。当陆文婷刚一迈进来，他立即止住了笑，侧耳一听，就叫了起来：

"陆大夫！是您吗？我一听就听出来了。也怪，这眼一瞎，俩耳朵倒透着那么好使。没法子，耳朵当眼睛使了。"

陆文婷望着这充满活力的病人，听着他的话，也不由笑了。她坐下来，开始了手术前的准备工作。从托盘架上的一个小杯里取出珍贵的角膜材料，先缝在纱布的眼珠模型上。这功夫，张老汉又说话了：

"这眼珠子还能换，我可一辈子头回听说！"

姜亚芬笑道：

"不是换眼珠，是换眼珠上边的一层膜。"

"嘻，那都是一码事儿！"张老汉并不深究其详情，只自顾自地感叹着："您说，这得多高的手艺！等我带俩好眼睛回去，村里人别说我遇了仙呢！哈哈哈！我得告诉他们，我遇见了陆大夫！"

姜亚芬"扑哧"笑了，冲着陆文婷直眨巴眼儿。陆文婷被他说得不好意思了，一边缝，
说了一句：
"别的大夫也一样做的。"
"那是！"张老汉肯定地说："闹着玩儿的吗？没能耐的大夫他也迈不进这大医院的高门坎儿呀！"

准备工作完毕，陆文婷用开睑器撑开了病人的眼睛，同时说道：
"我们开始了。你不要紧张。"
张老汉可不像一般病人那么默默地听着，他觉得大夫跟你说话，你不吭气儿是不够礼貌的。于是，他十分通情达理地答道：
"不紧张，不紧张，没事儿，疼点儿也没啥。您想这个理儿，动刀动剪子的还有个不疼的吗？您尽管放心动刀！我信得过您，再说……"
姜亚芬笑着拦住他说：
"老大爷，您可不准再说话了。"
张老汉这才不言语了。

陆文婷开始操作。她拿起像钢笔帽口那么小的环钻，轻轻地把病人坏死的角膜取下。又拿过那块缝在纱布上的材料，用同一环钻切下同样大小的一块，按在病人的眼珠上。然后拿起持针器，细心地一针一针地缝了。

在一块只有钢笔帽口那么点的角膜周围，需要缝上十二针。这不是在伏伏贴贴的布面上缝，是在溜滑菲薄的一层膜上缝。每缝一针，她似乎都把自己浑身的力量凝聚在手指尖上，把自己满腔的热血通过那比头发丝儿还细的青线，通过那比绣花针儿还纤小的缝针，一点一滴注入到病人的眼中。此时，她那一双看来十分平常的眼睛放出了异样的智慧的光芒，显得很美。

手术极其顺利。最后一针缝好了，最后的一个结扎上了。那移植上去的圆形材料，严丝合缝地贴在了病人的眼珠上。如果没有四周黑色的线结，你简直认不出那是刚刚才换上去的。

"手术真漂亮！"围观的大夫们悄悄发出由衷的称赞。

陆文婷轻舒了一口气。旁边的姜亚芬抬起眼睛，感动地看了一眼自己的老同学，没有说话，把一叠厚厚的长方形纱布盖在病人的眼上。

张老汉被挪到活动床上往外推时，好像刚从梦中醒来。他顿时活跃起来，人到了门外，还用他那洪亮的声音喊了一声：

"陆大夫，让您受累了！"

手术结束了，陆文婷想站起来。可是，只觉得双腿发麻，站不起来。她停了停，又试图站起，这样好几次，才站了起来。一阵腰部的酸痛突然向她袭来，她反过一只手按住腰。这在她也是常有的事。每当她聚精会神地在这张圆凳上坐了几个小时，全部智与力都集中在手术时，她丝毫也不觉得身体的劳累。可是，当手术一结束，她就觉得浑身像散了架，连迈步都很困难了。

十六

这时，傅家杰正骑着自行车往家跑。

本来，他是不准备回家的。根据昨天晚上陆文婷的建议，傅家杰今天一早就把被褥打成包，捆在车后座上，带到研究所，准备开始新的生活。

到了中午下班时，他的决心动摇了。今天她在病房，手术能按时完吗？一想到她疲乏不堪地走进家门，又要手忙脚乱地做饭，总觉得过意不去。他还是蹬上车回家了。

就在他骑着车刚拐进胡同口时，一眼就看见陆文婷扶着墙站在那儿，好像走不动了。

"文婷！怎么啦？"傅家杰喊了一声，赶紧下车搀住她。

"不要紧，有点累。"陆文婷把胳臂搭在傅家杰肩上，一步一步走回家里。

她只说有点累，可是傅家杰见她脸色苍白，一头冷汗，不放心地问：

"要不要去医院看看？"

陆文婷闭着眼睛在床边坐下说：

"不用了。歇一会儿就好了。"

她指指床，好像没有力气再说话，也不愿再动了。傅家杰替她脱了鞋，脱了外衣，说："那你先躺一会儿，休息休息，我一会儿叫你……"

"不用叫，"她躺下时还说，"我反正睡不着，躺一躺就好了。"

傅家杰转身出去，坐上一锅水，又回到屋里来取挂面时，还听见陆文婷说：

"是该休息休息。这个星期天,我们带孩子到北海玩一趟吧!十多年没有去过北海了!"

"好呀,我赞成!"傅家杰口里答应着,心里却疑惑起来:十多年没去北海了,也没有动过去北海的念头,怎么她今天突然提起要去北海?

傅家杰不安地望了望躺着的妻子,转身出去煮面。他又切了点葱花,几片榨菜分放在碗里。当他端着面进屋时,陆文婷已经睡着了。他见她闭目静睡,没忍心叫醒她。园园回来,他们就一块吃起面来。

正在这时,陆文婷在床上呻吟起来。傅家杰忙撂下碗转身到床前,只见陆文婷面如白纸,一头冷汗,微微喘着叫道:

"不行了!"

傅家杰吓慌了,攥着她的指尖,忙问:

"你哪儿不舒服?哪儿疼?"

她只痛苦地挣扎着,指了指左胸,答不出话来。

傅家杰在屋里乱转。他一会儿打开抽屉找止疼片,一会儿想想不对,又去找安定片。在难以忍受的疼痛中,陆文婷似乎还是冷静的。她用手势止住了傅家杰的慌乱,尽力说了三个字:

"上医院!"

傅家杰这才感到事态严重。他们共同生活十几年来,陆文婷虽然天天去医院上班,可从来没有自己提出来去医院看病。她显然病得不轻。傅家杰顾不得多想,回头就往外走,到门口又扭头说了一声:

"我去叫出租汽车!"

公用电话在胡同口上。他忙忙地拨了汽车公司的号码,接电话的人冷冷地说:

"现在没有车。"

"喂,喂,我是送病人呀!"

"那也要等半个钟头!"

傅家杰还想哀求,那边的电话已经挂上了。——他没办法,赶紧给陆文婷所在的医院打电话。眼科办公室没人接,他让总机接到汽车队。汽车队的一个同志回答他:

"没有领导批的条子,不能派车。"

他上哪儿去找领导批条子呢?

"喂,喂!"他冲话筒嚷着,那边已经没有声音了。

他又给医院政治处打电话。政治处总该过问一下这种事吧？

电话铃声响了半天，才有一个女同志来接。听完他的话，这位女同志很客气地答道："请你和行政处联系一下吧！"

他又请总机把电话转到行政处。总机的电话员都听出了他的声音，不耐烦地问："你到底要哪儿？"到底应该要哪儿呢？傅家杰也搞不清了。他只央求给接行政处。接通了，叮铃铃、叮铃铃响了半天，根本没有人接电话。

傅家杰彻底失望了。他放弃了叫汽车的念头，转而去找平板三轮车。胡同里有一家做纸盒的"五·七"工厂，常常用三轮车运货。他跑到工厂说明情况，那主事的老太太倒挺同情，可惜帮不上忙，厂里仅有的两辆平板三轮都派出去了。

怎么办？傅家杰站在胡同里，差点要急疯了。用自行车推吧？她看来坐都坐不住，怎么推？

这时，一辆浅灰色的"一三〇"小卡车开了过来。傅家杰来不及多想，就两步站到路中央，向司机举起手来。

车停了下来。从驾驶室探出一张满腮胡子的脸来，大眼珠瞪着拦车的人。可是，当他听说家里有人得了急病，需要立刻送医院时，二话没说，就把手一挥，招呼傅家杰上车。"一三〇"开到傅家杰家门口停下。等傅家杰搀着陆文婷一步一挨地走到车边时，司机忙伸出大手来把陆文婷扶进驾驶室，一直小心地把车开到医院的急诊室。

十七

从来没有睡得这么久，从来没有睡得这么累。陆文婷觉得好像是从高高的云端摔落下来，跌得浑身疼痛难禁，没有一点力气了。这突然的静卧，四肢休息了，心也静了下来，脑海里几乎成了一片空白。

多少年来，她奔波在生活的道路上，没有时间停下来，看一看走过的路上曾有多少坎坷困苦，更没有时间停下来，想一想未来的路上还有多少荆棘艰难。如今，肩上的重担卸下了，种种的操劳免去了，似乎有足够的时间去寻找过去的足迹，去探求未来的路。然而，脑子里空空荡荡，没有回忆，没有希望，什么也没有。

啊！多么可怕的空白！

也许，这只是一个梦，一个寂寞的梦。过去，也曾有过这样的梦，也是这样孤独，这样悲凉……那一年，她还是一个五岁的小姑娘。一个北风呼啸的夜晚，妈妈出去了，只留下她一个人。天黑了，妈妈还没有回来。她第一次感到孤单、感到恐怖。她哭着，喊着："妈妈……妈妈呀！"后来，这情景，常在她的梦中萦绕。那怒吼的风声，那被吹开了的房门，那昏暗的油灯，是如此逼真。竟使她长久以来分辨不清，是当真入梦，还是把梦当真。

不，这一回不是梦，是真的了！

自己是躺在病床上，家杰还守在自己身旁。看，他累了。他歪倒身子靠在床沿上睡着了。他会着凉的，应该把他叫醒。可是她试了几次，总听不见自己的嗓音。喉咙好像被什么卡住了，叫不出声来。她想伸过手去，拉一件衣服给他披上，可是手动不了，它好像不是属于自己的了。

她朝四周打量了一眼，发现自己是躺在单人病房里。这种"特殊照顾"通常都属于垂危的病人。她忽然感到一阵恐怖：难道我也……

瑟瑟的秋风叩打着门窗，沉沉的夜色吞蚀着病房。她出了一身冷汗，神智反而清醒了。她意识到眼前的一切真真实实，这确实不是梦。这是生的尽头，这是死的来临。死亡原来是这样的，并不可怕，并不痛苦，它不过是生命逐渐地枯萎，意识逐渐地朦胧，它不过是缓缓地沉落，像一片飘在水中的叶儿，正随波逝去，终致淹没在水底。

她觉得一切都无可挽回地结束了。汹涌的波涛漫过了她的胸前，她正随水而去……

"妈妈……妈妈……"

她听见佳佳在呼喊，她看见佳佳沿着河岸追来。她忙回过头去，伸开双臂喊道：

"佳佳……我的女儿……"

流水把她席卷而去。佳佳的面容模糊了，沙哑的呼喊变成了可怜的抽噎：

"妈妈……我要梳小辫儿……"

为什么不给她扎小辫儿呢？她来到人间才六个年头，她对生活的希望，不过是扎上两个小辫儿。每逢看见那些扎着小辫，系着蝴蝶结的小姑娘，她是多么羡慕！可是，就连这一点小小的要求，她都不能满足她。她没有时间，星期一早上医院的病人也最多，哪怕一分钟的时间，对她来说都是宝贵的。

"妈妈……妈妈……"

她听见园园在呼喊，她看见园园沿着河岸追来。她忙回过头去，伸出双臂喊着：

"园园……园园……"

一个浪头把她打下去，她挣扎出水面，园园已经看不见了，只有他的声音从远处传来：

"妈妈……别忘了……白球鞋……"

各式各样的球鞋像装在万花筒里，在她面前转开了：白色的，蓝色的，高筒的，矮帮的，白色带红边的，白色带蓝边的。给园园挑一双吧，他脚上的鞋早已破了。给他买一双白球鞋吧，他会高兴一个月。可是，倾刻间，这样那样的球鞋都消失了。一张张标价牌迎面打来：三元一角，四元五角，六元三角……

家杰追来了。流水倒映出他狂奔的身影。他跑得那么急，他的声音在发抖：

"文婷，你不能走……"

她多么想停住，等他追来，拉自己一把。然而，流水无情，她身不由主随波逐流！

"陆大夫！陆大夫！"

两岸有多少人在呼喊她啊！穿着白大褂的亚芬，老刘，赵院长，孙主任，穿着病房衣服的焦成思，张老汉、王小嫚，还有许多认识和不认识的病人，都在喊着，喊着。

他们在喊我？我不能走，是不能走啊！在这世界上，我还有很多事情没有了结，还有很多责任没有尽到。我不能让园园和佳佳变成没有妈妈的孤儿。我不能让家杰遭到中年丧妻的打击。我离不开我的医院，我的病人。离不开啊，离不开这折磨人而又叫人难舍的生活！

我不能在这死亡之水中沉没。我要挣扎，我要反抗，我要留在人间。可，我怎么那么累呢？我没有力气反抗，没有力气挣扎，我正在沉下去，沉下去……

啊！永别了，园园！永别了，佳佳！你们还会想起妈妈吗？在这生命的、最后一息，妈妈是带着对你们深深的眷恋离去的。我多么想念你们，让我紧紧地搂住你们，听我对你们说：孩子啊！原谅妈妈对你们爱得太少，原谅妈妈不得不一次次缩回向你们伸出的双臂，推开你们扑向我的笑脸，使你们在幼小的年纪就离开了妈妈的怀抱。

　　永别了，家杰！你为我付出了一切。没有你，我的生活寸步难行。没有你，我活在这世界上索然无味。啊，你为我作了多么大的牺牲！如果允许我忏悔，我将跪倒在你面前，请你原谅，原谅我没有能报答你对我无微不至的关怀和体贴，原谅我对你照顾得那么少，给你的那么少，多少次我想着，等我稍许空一点，我要多尽一点妻子的责任，我要按时下班回家，让你吃上一顿现成的晚饭。我要把三屉桌让给你，给你创造条件，写完你的论文。遗憾啊，晚了，我再也没有时间了。

　　永别了，门诊的病人！住院的病人！十八年来，我生活中最重要的部分属于你们。无论我行、走、坐、卧，回旋在我脑际的是你们，是你们的眼睛！你们不知道，每治好一只眼睛，你们给予我——一个医生，多么巨大的慰藉和快乐。可惜这种快乐再也不会有了！

　　永别了，我的亲人！永别了，医院！永别了，我的病人！我是舍不得离开你们的啊！我……

十八

　　"心动异常！"监视着荧光屏的大夫叫了起来。
　　"文婷，文婷！"傅家杰望着呼吸困难的妻子，尖声喊叫着。
　　值班室的大夫和护士们跑来了。
　　"静脉注射利多卡因！"值班大夫命令说。
　　护士飞快地把针头挑进病人的静脉。可是，刚注入一半，病人已经两手攥成拳、嘴唇发青、眼睛朝上翻去。可怕的阿斯氏综合症出现了。
　　陆文婷大夫的心脏停止了跳动。
　　紧张的抢救开始了。几个大夫轮流为病人进行人工心脏按摩。人工呼吸器也罩在病人脸上，发出"咕哒、咕哒"的声响。心脏去颤器打开了，当用这特殊的器械向病人胸部一击之后，病人的心脏又开始了跳动。
　　"准备冰帽！"值班大夫满头大汗地说。
　　陆文婷的头被套上了橡皮冰帽。

十九

窗外的天空泛出青色，天终于亮了。陆文婷大夫的生命挨过了危急的夜晚，也进到了新的一天。

接班的护士走来，轻轻拉开紧闭了一夜的百叶窗。一股清新的空气和着鸟儿欢乐的鸣叫一齐扑进病房，顿时冲淡了这里浓烈的药味和沉重的气息。黎明给垂危的生命带来了希望。量体温的护士，送早饭的卫生员，接早班的大夫，川流不息地来了。在床上度过了一夜的病人似乎又重新燃起了生的希望，病房里呈现出新的生机。

王小嫚头上斜缠着纱布，包着那只经过手术的眼睛，向内科病房的护士苦苦哀求：

"让我去看看陆大夫！就看一眼！"

"不行。陆大夫昨晚上刚抢救过来，谁也不能进去！"

"阿姨！你不知道！她就是给我做手术，才病的呀！叫我去看看吧！我一句话都不说……"

"不行！"护士板起脸来。

"看一眼都不行呀？"王小嫚要哭了。这时，她一扭脸，看见张老汉正扶着他的小孙子走过来，忙扑上去叫道："张大爷，您快跟她说说，她不让进……"

张老汉头上缠着纱布，被王小嫚拉到护士面前。他站定了说：

"同志啊！让我们进去瞧一眼吧！"

护士一见，又来了个老大爷，生气地嚷了起来：

"眼科的病人怎么到处乱窜啊！"

"嘻！瞧您说的，您咋不懂啊！"张老汉的嗓门可小多了。他低声下气地说："您不知道这内里详情。陆大夫为啥病倒的？就为给我们开刀呀。唉！说实话，我瞧也是瞧不见。我寻思，在她床边站站，也算尽我这点心意。"

这护士心眼儿软，见大爷情真意切，只好耐心劝道："不是我不叫你们进去。陆大夫得的是心脏病，不能激动。你们不是为她好吗？你们去了一惊动，对她反而不好。"

"唉！是这个理儿，"张老汉长叹了一口气，在过道长椅子上歪身坐下，双手拍打着自己的膝盖，后悔不迭地埋怨自己："都怪我这老头子，催呀催呀，催个没完，硬挤着要早点动手术。唉！真没想到……这，陆大夫要是有个好歹，这可怎么好啊！"

老汉说着，伤心地低下了头。

孙逸民也赶在上班前来看望陆文婷。他忙忙地走着，不意被王小嫚一把拉住。

"孙主任，您是去看陆大夫的吧？"

孙逸民点点头。

"带我进去看看吧！嗯？"

"过些日子吧，现在不行。"

张老汉也闻声站了起来，摸索着拉住孙逸民的袖口说道：

"孙主任，听您的，我们就不进去。可，我有句话，今儿不管您多忙，您得听我把话说完。"

孙逸民用另一只手拍着张大爷的胳膊说：

"好，您说吧！"

"孙主任！陆大夫可是个好大夫。你们当领导的，可得花本钱给她治啊！您把她救好了，她能救好些人哪！不是有那好药吗？给她吃，别舍不得！我跟人打听，吃那贵重的药得自个儿掏钱。陆大夫拉家带口的，这又一病，她能掏得起吗？医院这么大，能给她掏点不？"张老汉住了嘴，两手拉着孙逸民，脸向着他，侧过耳朵，期待着回答。

孙逸民为人古板，从不喜怒形于色。但这一次，他被老汉的话打动了，激动地握着老汉的手说：

"我们一定尽一切努力给她治病！"

张老汉似乎才把心放下，又叫过孙子来，摸着他胳膊上的布书包，对孙逸民说：

"给，几个鸡蛋，您能进去，您给她带进去！"

孙逸民忙说：

"这个，不用了。"

张老汉顿时生气了，拉着孙逸民大声说：

"您不拿进去，今儿我就不走！"

孙逸民只好接过一书包鸡蛋，打算等会儿再叫护士给送回去，解释一下。谁知，张老汉却猜到了，又说道：

"孙主任,您要叫人送回来,我可不依您!"

孙逸民无法,只好拿着鸡蛋,直把这一老一小送下楼去。

这时,赵天辉陪着秦波朝内科病房走来。

"赵院长,我是官僚主义,不了解情况,你怎么也不了解情况哟?"秦波边走边说,神情非常激动,"要不是老焦把她认出来,我们都还蒙在鼓里呢!"

"那一段我也在干校呀!"赵天辉无可奈何地答了一句。

他们进入病房时,孙逸民也走了进来。内科大夫汇报了昨晚的险情和抢救情况。赵天辉又看了看病房记录,点头说:

"要继续密切监视。"

傅家杰见来了这么多人,忙站了起来。秦波根本没有看见他,抢上去就在那张圆凳上坐下说:

"陆大夫,你好一点吗?"

陆文婷双目微启,没有应声。

"焦部长都跟我讲了。"秦波,叹息道:"他很感谢你。他本来要亲自来看你,我没让他来。我代表他来看你。你想吃什么,缺什么,有什么困难,尽管告诉我,我们帮你解决,不要客气,大家都是革命同志。"

陆文婷闭了闭眼睛。

"你还年轻,要乐观些。对待疾病嘛,既来之,则安之,这……"秦波还想说下去。

一旁的赵天辉拦住她说:

"秦波同志,让病人休息吧,她刚好一点。"

"行,行,你好好休息吧!"秦波一边抬身站起,一边说:"过两天我再来看你。"

走出病房,秦波又皱起双眉对赵天辉说:

"赵院长,我可要给你们提个意见呀,像陆大夫这样的人才,怎么平时不关心,让她病成这样呢?中年干部,现在是我们的骨干力量,我的同志哟,要珍惜人才呀!"

"对。"赵天辉答道。

望着她远去的身影,傅家杰小声问孙逸民:

"她是谁?"

孙逸民从镜片上方望着门,皱了皱眉头,答道:

"一个马列主义老太太!"

二十

  这一天,陆文婷大夫的病情略有好转。她能不大费力地睁开眼睛了,她还喝了两匙牛奶和一点桔汁。但,她仰卧着,两个眼睛直视着一个地方,目光是呆滞的,没有任何表情。似乎对四周的一切幸与不幸都很淡漠,对自己的重病以及这给全家带来的厄运也很淡漠。她那无动于衷的可怕的呆滞,简直是对人生的淡漠了。

  傅家杰从未看见过她现在的这种样子。他被吓坏了。他连连唤她,她只轻轻晃动了一下手掌,好像不愿让人惊动,好像她在那种令人担心的半麻痹状态中感到舒服,决心把自己永远禁锢在那里面。

  时间一点一点地过去,傅家杰紧张地坐在陆文婷床边,已经两夜没有合眼了。他觉得自己也到了疲劳的顶点,也在断裂了。

  又不知过了多久,忽然,一阵撕裂人心的哭叫声,震动着每一个病房,也把傅家杰从麻木的疲惫状态中惊醒。

  只听见隔壁房间里一个女孩子的声音在厉声哭叫:"妈、妈妈呀!"接着是一个男子呜呜的哭声。再接着是一阵混杂的脚步声,好像很多人朝隔壁涌去。

  傅家杰也奔到病房门口。他看见,先是一张病床从房里推了出来。床上严严地罩着一条白被单,蒙着一位死者的遗体。接着露出护士白色的身影,她轻轻地推着这活动床。一个十六七岁的姑娘,猛地从房中追了出来。她头发散乱,浑身颤抖,扑过来双手痉挛地抓住床沿,泪流满面地哀哀哭叫:

  "别推她走!别推她走!我妈妈睡着了!她会醒的,会醒的呀!"

  往来探视病人的家属被堵塞在过道里。人们让开一条道,用静默来表示对这位陌生的死者的哀悼。所有的人都屏住呼吸,不敢移动脚步,似乎怕惊扰了被单下安息着的灵魂。

  傅家杰也呆立在人群中,双脚像被钉子钉在那里了。他那明显变得消瘦的脸上,两个颧骨凸起。浓眉下布满红丝的眼睛里闪着泪花。他把汗湿的手掌紧紧捏成拳头,仍然克制不住周身簌簌地颤抖。他几乎想用手塞住耳朵,不愿再听那凄厉的哭声。

"妈，妈妈呀！你醒醒，醒醒呀！他们要把你推走了！"那女孩子疯狂地喊着，扑过去要掀那被单，好不容易才被两旁的人拉住。

那个尾随在床边痛苦的中年男人，一边哭，一边反复喊着一句话：

"我对不起你呀！……我对不起你呀！"

这绝望的喊声像一把尖刀刺进傅家杰的胸膛。他睁着眼，紧盯着从他面前缓缓推过的这张床，紧盯着那无情的白被单下隆起的遗体。突然，他像触了电似的，猛然朝陆文婷的病房跑去。他一口气跑到她的床前，一头扑在她枕边，闭着眼，喘着气，嘴里只喃喃地重复着三个字：

"你活着！你活着！你活着！"

他那粗重的喘息声，惊醒了半睡中的陆文婷大夫。她睁开眼来，朝他望了望，又好像并没有看见他。

这呆滞的目光，使傅家杰浑身发抖，他失声喊道：

"文婷！……"

陆文婷的眼光又停留在傅家杰脸上，仍然是那种冷漠的眼光。这眼光令人胆寒心碎，使人感到她的灵魂已经飞离身躯，正在太空中遨游。

傅家杰不知该说些什么，做些什么，才能唤回她对生的热望。这是他的妻子，是他在世上最亲的亲人。从那年冬天和她漫游北海，给她念诗，到如今，多少个日日夜夜过去了，她一直是他最亲的人。他不能没有她。他要留住她！

诗！念诗吧！还像当年那样念诗吧！十多年前，是动人的诗句打开了她的心房。今天，再用同样的诗句唤起她最美好的回忆，唤起她对生的欲望和勇气吧！

于是，傅家杰半跪在她床前，含泪念道：

"我愿意是激流，

……

只要我的爱人，

是一条小鱼，

在我的浪花中，

快乐地游来游去。"

这诗句，好似惊动了她，她侧过脸久久地注视着自己的爱人，嘴唇动了动。傅家杰挨近她，听懂了她含混不清的话：

"我不能……游了……"

傅家杰忍下眼泪，又念道：

"我愿意是荒林，

……

只要我的爱人，

是一只小鸟，

在我的稠密的，

树林间做窝，鸣叫……"

陆文婷又轻轻吐出几个字：

"我……飞不动了……"

傅家杰心痛难忍，但他仍含泪念下去：

"我愿意是废墟，

……

只要我的爱人，

是青春的常春藤，

沿着我荒凉的额，

亲密地攀援上升。"

这时，陆文婷眼里滚出两行晶莹的泪珠，默默地顺着眼角滴到雪白的枕头上。她又吃力地说：

"我……攀不……上去了！"

傅家杰扑在她身上，像孩子似地哭起来：

"是我没有把你照顾好……"

他睁开泪眼，呆住了。只见陆文婷的眼光又像先前一样停在一个地方，呆呆地停着，似乎没有听见他的哭声，没有听见他的叫声，对身旁的一切都漠不关心了。

病房大夫闻声赶来，见这情景，对傅家杰说：

"陆大夫身体很弱，你，不要跟她多说话！"

傅家杰就这样无言地守了一个下午。黄昏时，陆文婷好像又好了一些，她把头转向傅家杰，双唇动了动，努力要说什么的样子。

"文婷，你想说什么呀？你说吧！"傅家杰攥住她的手哀求道。

她终于说了：

"给园园……买一双白球鞋……"

"我明天就去买。"他答着，泪水不自主地滴了下来，他忙用手背擦去。

她望着他,还想说什么的样子。半天,才又说出几个字来:

"给佳佳,扎,扎小辫儿……"

"我,给她扎!"傅家杰吞泣着。他透过泪水模糊的眼望着妻子,希望她把想说的话都说出来。可是,她闭上嘴,好像已经用尽了力气,再不开口了。

二十一

两天以后,傅家杰收到一封寄自首都机场的信。他打开看到——

文婷:

我不知道你能不能见到这封信。也许,它将是一封永远无法投递的信。我多么希望不会是这样的,我也相信绝不会是这样的。这次,你病得很重,但我总觉得你会好起来的。你还能干很多事情,你正是出成果的时候,你不应该这么早就离开我们!

昨晚,我和老刘去向你告别时,你还昏昏地睡着。我们本来准备今天上午再去看你,可是临行前的琐事太多了,实在抽不出时间。一想到昨夜一别,也许会成为我们最后的一面,我的心就发抖。同窗共事二十余年,知我者莫如你,知你者也莫如我,想不到我们竟是这样地分别了。

现在,我在首都机场候机室里给你写信。你知道我站在什么地方吗?就在二楼出售工艺美术品的柜台边上。这里没有人,只有玻璃柜里陈列的展品对着我。还记得吗?我们俩第一次坐飞机,也曾来过这里,还在这个卖工艺品的柜台前欣赏了半天。有一盆水仙做得那么逼真,那么娇好,细细的绿叶上还滴着露水珠。你说你最喜欢了。弯下腰一看标价,把我们俩都吓跑了。唉!现在我一个人站在这柜台前,又有一盆水仙,只不过花盆是另一种黄色的。那一盆,想必被人买走了。我望着这盆水仙花,不知为什么,只想哭。我忽然想到,一切都过去了。

记得傅家杰刚认识你的时候,有一次他到我们宿舍来,随口念了一句普希金的诗:"一切过去了的都会变成亲切的怀念。"当时我直撇嘴，说这话不确切，还质问他："过去的不幸也怀念吗？"傅家杰笑笑，拒绝和我辩论。他心里一定认为我不懂诗。今天我忽然懂了！我觉得这句诗太确切了，简直是我此时此刻心情的写照，简直是为我写的！我真的觉得：一切过去了的都是那么亲切，那么让人怀念啊！

耳边又听得一阵隆隆声，又是一架飞机起飞了，不知要飞到哪里去？再过一个钟点，我也要登上舷梯，离开生我养我的祖国。一想到足踏在故国土地上只有六十分钟了，我忍不住泪水，我哭了，把信纸打湿了。可是，文婷，我没有时间换一张纸了，就这么写下去吧！

我不知道为什么这样伤心，我忽然觉得自己做了一件错事，我不该走的。我舍不得这里的一切，舍不得！舍不得我们的医院，舍不得我们的手术室，舍不得门诊室里我那一张小小的桌子！我常在背后说孙主任凶，不允许人家有一点错。现在，我愿再听一声他的斥责。他是个多么严厉的老师，没有他的苛求，我不会有今天这一手技术！

广播又响了起来，在祝愿旅客一路平安。能平安吗？想到就要上飞机了，我心里有一种空落落的感觉。我觉得自己像一个漂泊在天空的气球，不知将落在一个什么样的地方？在那里等待着我的又将是什么？我心神不定，甚至感到害怕！是的，是害怕！去一个陌生的国度，一个同我们社会完全不同的社会，我们能适应吗？怎么能不害怕呢？

老刘坐在那边的沙发长椅上发呆。他一直忙于收拾东西，不及思索，好像走的决心从来没有动摇过。但是昨天晚上，他把最后一件衣服塞进箱子里去，忽然说："从此以后，我们就是天涯孤客了！"后来，他就一直沉默不语。直到现在，还是一句话也没有说过。我知道他心里也很矛盾。亚亚对这次走是最积极的。她甚至还表现出一种迫不及待的兴奋之情，我几次恨不得揍她一顿。但此刻，她站在候机室的大玻璃门前，望着忙忙碌碌的停机坪，也好像不愿离去了。

"不能不走吗？"我记得那天晚上在你家里，你曾这样问过。

我不能用一句话回答你，为什么我们非走不可。这几个月里，我和老刘几乎天天都在为走或不走烦恼着，争论着。促使我们下这决心的原因很多。为了亚亚，为了老刘，也为了我。但是，各式各样的理由，都不曾使我减少内心的痛苦，我们是不该走的。我们的国家正在开始一个新的时代，我们没有理由逃避历史（或许还该加上民族予我们的使命。用造反派的语言来说，则是"工人农民的血汗把你们养大了，你们不应该背叛！"

同你相比，我是软弱的。我在这十年中受到的磨难比你少得多，但是我不能像你那样忍受。对于那些恶意的中伤，无端的诽谤，我常常爆发。这并不是我比你坚强，恰恰是我比你脆弱。我确实曾经想过，那么屈辱的活着不如死了好！只是为了亚亚。我才打消了这种念头。老刘作为"特嫌"被关起来那几年，我能熬过来，能活下来，亲眼见到粉碎"四人帮"的胜利，连我自己都意想不到。

当然，这些都是过去的伤心事了。傅家杰说得对，"黑暗已经过去，光明已经到来。"可惜的是，林贼、"四人帮"造成的一代人的偏见，绝不是短期内就能改变的。中央的政策来到基层，还要经过千山万水。积怨难除，人言可畏。我惧怕过去的噩梦，我缺少像你那样的勇气！

记得有一次批判白专道路，那些占领医疗卫生阵地的"沙子"，点了你的名，也点了我的名。会后，我们一起走出医院的大门。我说："我想不通。为什么刚有一点钻研业务的积极性，就要打下去？以后，再开这种会，我不参加，以示抗议！"而你却说："何必呢！再开一百次我也参加。反正手术迈得我们做。我回家照样钻研！"我问你："这么批你，你不觉得冤吗？"你还笑了，你说："我一天忙得昏头转向，没时间去想它！"当时，我真佩服你！只是快分手时，你却嘱咐我："这种事，你别告诉傅家杰，他自己的事就够烦的了。"我们默默地走了一条街，我看到你的脸色是平静的，目光是自信的。你心里的想法是任何人动摇不了的。我也明白，你是用多么坚强的毅力抵抗着那些袭来的石子，走着自己生活的路。如果我能够有你一半的勇气和毅力，我也不会作出今天的抉择。

原谅我吧！我只能对你这样说。我走了，我把心留在你身边，留在我亲爱的祖国。不管我的双足走向何方，我都不会忘记故国的恩情。相信我吧！我只能对你这样说。相信我们会回来的，少则几年，多则十几年，等亚亚学有所长，等我们在医学上稍有成就，我们一定会回来的。

最后，衷心祝愿你早日恢复健康！经过这场大病，你应该接受教训，自己多照顾自己。这不是我劝你自私。你的不自私，是我历来敬佩的。我只希望你有一个健康的身体，我只希望中华医学的新秀能够吐出更多的芬芳！别了，你的好友！

亚芬
匆匆于机场

二十二

一个半月以后，陆文婷大夫病体初愈，被允许出院了。

这几乎是一个奇迹，以陆文婷平日极为虚弱的身体，突然遭到这样一场大病的袭击，几次濒于死亡的边缘，最后竟能活了过来，内科大夫都感到惊异和庆幸。

这天上午，傅家杰怀着感恩的心情在妻子身边忙着，他替她穿上棉衣毛裤，又穿上一件蓝布棉衣，围上一条驼色大长毛围巾。

"家里怎么样了？"她问。

"挺好。昨天你们支部还派人去帮着收拾。"

她立即想起那间小屋，那个罩着白布的大书架，那窗台上的小闹钟，那张三屉桌……

从死亡线上回来的她，虽然穿了这么多衣服，仍觉得身上轻飘飘的。当她站起来时，两腿打着哆嗦，很难支持身体的重量；她整个身子几乎全靠在丈夫身上，一手拽住他的衣袖一手扶着墙，才迈出了步子，接着，一步又一步，她慢慢地走出了病房。

赵天辉院长，孙逸民主任，还有内科和眼科的一些同志们，跟在她身后，看着她一步一停地沿着长长的甬道，朝门外走去。

接连下了几天雨，一阵冷风吹得光秃的树枝呼呼地响，雨后的阳光格外的明媚，强烈的光束直射进这长长的长廊，冷风也呼啸着迎面吹来，傅家杰倍加小心地搀着妻子，迎着朝阳和寒风朝前走去。

门外石阶下停着一辆黑色的小轿车，那是赵院长亲自打电话给行政处要来的。

陆文婷大夫靠在丈夫臂上，艰难地一步一步朝门外走去……

一九七九年十一月于北京

[提示]

谌容（1936—），原名谌德容，四川巫山人，著有长篇小说《万年青》《光明与黑暗》，中篇小说《永远是春天》《赞歌》《真真假假》《人到中年》《太子村的秘密》《懒得离婚》，短篇《减去十岁》等。《人到中年》获 1981 年第一届全国优秀中篇小说奖，同名电影曾先后获金鸡奖、文化部优秀影片奖和百花奖。

《人到中年》原载《收获》1980 年第 1 期，是一曲知识分子的深沉颂歌。作者以独特的小说结构布局和对意识流手法的创造性运用，打破传统的以故事情节为中心的结构原则，采用以人物心理意识为中心的结构，既写主人公的幻觉、潜意识又写其丈夫、同事等人的回忆、联想，并辅之以眼下的实况。如此种种有机结合、互相补充、互为印证，多角度、多侧面地勾勒出陆文婷这一知识女性形象及其生存困境。

作为一个普通的眼科医生，陆文婷兢兢业业，两袖清风。从她第一次拿起手术刀，直到像"一茎瘦草"病倒，她一心只想着病人，从未因超负荷运转而放下神圣的手术刀。作家把她放在一个普通女性的位置上，通过对她的恋爱与婚姻生活的描绘，表现陆文婷作为一个妻子、一个母亲的女性美。陆文婷有贤妻良母的深情，她很想为丈夫多尽一点做人妻的责任，很想给孩子们多一点母爱的温暖，但她不得不一次次收起给女儿扎个小辫子、给儿子买双白球鞋的"夙愿"。面对事业、家庭的重担，她有太多的自责、痛苦和矛盾。她默默承受着超负荷运作带来的身心疲惫，承受着内心的愧疚和无奈。小说以时空切换、意识跳跃的叙述深入开掘主人公的内心世界，展现知识分子女性崇高的人格和无私的奉献精神。她身上浓缩了作者对当代知识分子处境和心态的诸种切肤之痛，浸透着作者饱含深情的反思与吁求，陆文婷连同作品中的另一人物"马列主义老太太"秦波一起成为当代文学人物画廊中的两个极具魅力的艺术形象。

（夏　雪）

春 之 声

王 蒙

咣地一声，黑夜就到来了。一个昏黄的、方方的大月亮出现在对面墙上。岳之峰的心紧缩了一下，又舒张开了。车身在轻轻地颤抖。人们在轻轻地摇摆。多么甜蜜的童年的摇篮啊！夏天的时候，把衣服放在大柳树下，脱光了屁股的小伙伴们一跃跳进故乡的清凉的小河里，一个猛子扎出十几米，谁知道谁在哪里露出头来呢？谁知道被他慌乱中吞下的一口水里，包含着多少条蛤蟆蝌蚪呢？闭上眼睛，熟睡在闪耀着阳光和树影的涟漪之上，不也是这样轻轻地、轻轻地摇晃着的吗？失去了的和没有失去的童年和故乡，责备我么？欢迎我么？母亲的坟墓和正在走向坟墓的父亲！

方方的月亮在移动，消失，又重新诞生。唯一的小方窗里透进了光束，是落日的余辉还是站台的灯？为什么连另外三个方窗也遮严了呢？黑咕隆冬，好像紧接着下午便是深夜。门咣地一关，就和外界隔开了。那愈来愈响的声音是下起了冰雹吗？是铁锤砸在铁砧上？在黄土高原的乡下，到处还靠人打铁，我们祖国的胳膊有多么发达的肌肉！呵，当然，那只是车轮撞击铁轨的噪音，来自这一节铁轨与那一节铁轨之间的缝隙。目前不是正在流行一支轻柔的歌曲吗，叫作什么来着——《泉水叮咚响》。如果火车也叮咚叮咚地响起来呢？广州人可真会生活，不像这西北高原上，人的脸上和房屋的窗玻璃上到处都蒙着一层厚厚的黄土。广州人的凉棚下面，垂挂着许许多多三角形的瓷板，它们伴随着清风，发出叮叮咚咚的清音，愉悦着心灵。美国的抽象派音乐却叫人发狂。真不知道基辛格听我们的杨子荣咏叹调时有什么样的感受。京剧锣鼓里有噪音，所有的噪音都是令人不快的吗？反正火车开动以后的铁轮声给人以鼓舞和希望。下一站，或者下一站的下一站，或者许多许多的下一站以后的下一站，你所寻找的生活就在那里，母亲或者孩子，友人或者妻子，温热的澡盆或者丰盛的饮食正在那里等待着你。都是回家过年的。过春节，我们的古老的民族的最美好的节日。谢天谢地，现在全国人民都可以快快乐乐地过年了。再不会用"革命化"的名义取消春节了。

这真有趣。在出国考察三个月回来之后，在北京的高级宾馆里住了一阵——总结啦，汇报啦，接见啦，报告啦……之后，岳之峰接到了八十多岁的刚刚摘掉地主帽子的父亲的信。他决定回一趟阔别二十多年的家乡。这是不是个错误呢？他怎么也没想到要坐两个小时零四十七分钟的闷罐子车呀。三个小时以前，他还坐在从北京开往X城的三叉戟客机的宽敞、舒适的座位上。两个月以前，他还坐在驶向汉堡的易北河客轮上。现在呢，他和那些风尘仆仆的、在黑暗中看不清面容的旅客们挤在一起，就像沙丁鱼挤在罐头盒子里。甚至于他辨别不出火车到底是在向哪个方向行走。眼前只有那月亮似的光斑在飞速移动，火车的行驶究竟是和光斑方向相同抑或相反呢？他这个工程物理学家竟为这个连小学生都答得上来的、根本算不上是几何光学的问题伤了半天脑筋。

他已经有二十多年没有回过家乡了。谁让他错投了胎？地主，地主！一九五六年他回过一次家，一次就够用了——回家呆了四天，却检讨了二十二年！而伟人的一句话，也够人们学习贯彻一百年。使他惶惑的是，难道人生一世就是为了作检讨？难道他生在中华，就是为了作一辈子的检讨的么？好在这一切都过去了。斯图加特的奔驰汽车工厂的装配线在不停地转动，车间洁净敞亮，没有多少噪音。西门子公司规模巨大，具有一百三十年的历史。我们才刚刚起步。赶上，赶上！不管有多么艰难。哞，哞，哞，快点开，快点开，快开，快开，快，快，快，车轮的声音从低沉的三拍一小节变成两拍一小节，最后变成高亢的呼号了。闷罐子车也罢，正在快开。何况天上还有三叉戟？

尘土和纸烟的雾气中出现了旱烟叶发出的辣味，像是在给气管和肺作针灸。梅花针大概扎在肺叶上了。汗味就柔和得多了。方言的浓度在旱烟与汗味之间，既刺激，又亲切。还有南瓜的香味哩！谁在吃南瓜？X城火车站前的广场上，没有见卖熟南瓜的呀。别的小吃和土特产倒是都有。花生、核桃、葵花籽、柿饼、醉枣、绿豆糕、山药、蕨麻……全有卖的。就像变戏法，举起一块红布，向左指上两指，这些东西就全没了，连火柴、电池、肥皂都跟着短缺。现在呢，一下子又都变了出来，也许伸手再抓两抓，还能抓出更多的财富。柿饼和枣朴质无华，却叫人甜到心里。岳之峰咬了一口上火车前买的柿饼，细细地咀嚼着儿时的甜香。辣味总是一下子就能尝到，甜味却埋得很深很深。要有耐心，要有善意，要有经验，要知觉灵敏。透过辛辣的烟草和热烘烘的汗味儿，岳之峰闻到了乡亲们携带的绿豆香。绿豆苗是可爱的，灰兔子也是可爱的，但是灰色的野兔常常要毁坏绿豆。为了追赶野兔，他和小柱子一口气跑了三里，跑得连树木带田垄都摇来摆去。在中秋的月夜，他亲眼见过一只银灰色的狐狸，走路悄无声息，像仙人，像梦。

  车声小了，车声息了。人声大了，人声沸了。咣——咻，铁门打开了，女列车员——一个高个子，大骨架的姑娘正洒利地用家乡方言指挥下车和上车的乘客。"没有地方了，没有地方了，到别的车厢去吧，"已经在车上获得了自己的位置的人发出了这种无效的，也是自私的呼吁。上车的乘客正在拥上来，熙熙攘攘。到哪里都是熙熙攘攘。与我们的王府井相比，汉堡的街道上简直可以说是看不见人，而且市区的人口还在减少。岳之峰从飞机场来到 X 城火车站的时候吓了一跳——黑压压的人头，压迫得白雪不白，冬青也不绿了。难道是出了什么事情？一九四六年学生运动，人们集合在车站广场，准备拦车去南京请愿，也没有这么多人！岳之峰上大学的时候在北平，有一次他去逛故宫博物院，刚刚下午四点就看不见人影了，阴森森的大殿使他的后脊背冒凉气。他小跑着离开了故宫，上了拥挤的有轨电车才放心了一点。如果跑慢了，说不定珍妃会从井里钻出来把他拉下去哩！

  但是现在，故宫南门和北门前买入场券的人排着长队。而且不是星期天。X 城火车站前的人群令人晕眩。好像全中国有一半人要在春节前夕坐火车。到处都是团聚，相会，团圆饺子，团圆元宵，对于旧谊，对于别情，对于天伦之乐，对于故乡和童年的追寻。卖刚出屉的肉馅包子的，盖包子的白色棉褥子上尽是油污。卖烧饼、锅盔、油条、大饼的。卖整盒整盒的点心的。卖面包和饼干的。X 车站和 X 城饮食服务公司倾全力到车站前露天售货。为了买两个烧饼也要挤出一身汗。岳之峰出了多少汗啊！他混饱了（环境和物质条件的急骤改变已使他分辨不出饥和饱了）肚子，又买到了去家乡的短途客车的票。找给钱的时候使他一怔，写的是一块二，怎么只收了六角呢？莫非是自己没有报清站名？他想再问一问，但是排在他后面的人已经占据了售票窗口前的有利阵地，他挤不回去了。

  他怏怏地看着手中的火车票。火车票上黑体铅字印的是 1.20 元，但是又用双虚线勾上了两个占满票面的大字：陆角。这使他百思不得其解，简直像是一种生物学上的密码。"这是怎么回事？为什么我买一块二角的票她却给了我六角钱的？"他自言自语。他问别人。没有人回答他。等待上车的人大多是一些忙碌得可以原谅的利己主义者。

各种信息在他的头脑里撞击。黑压压的人群。遮盖热气腾腾的肉包子的油污的棉被。候车室里张贴着的大字通告：关于春节期间增添新车次的情况，和临时增添的新车次的时刻表。男女厕所门前排着等待小便的人的长队。陆角的双钩虚线。大包袱和小包袱，大篮筐和小篮筐，大提兜和小提兜……他得出了这最后一段行程会是艰难的结论。他有了思想准备。终于他从旅客们的闲谈中听到了"闷罐子车"这个词儿，他恍然了。人脑毕竟比电脑聪明得多。

上到列车上的时候，他有点垂头丧气。在二十世纪八十年代的第一个春节即将来临之时，正在梦寐以求地渴望实现四个现代化的人们，却还要坐瓦特和史蒂文森时代的闷罐子车！事实如此。事实就像宇宙，就像地球，华山和黄河，水和土，氢和氧，钛和铀。既不像想象那样温柔，也不像想象那么冷酷。不是么，闷罐子车里坐满了人，而且还在一个两个，十个二十个地往人与人的缝隙，分子与分子，原子与原子的空隙之中嵌进。奇迹般地难以思议，已经坐满了人的车厢里又增加了那么多人。没有人叫苦。

有人叫苦了："这个箱子不能压。"一个包着头巾的抱着孩子的妇女试探着能不能坐到一只箱子上。"您到这边来，您到这边来。"岳之峰连忙站起身，把自己的靠边的位置让了出来。坐在靠边的地方，身子就能倚在车壁上，这就是最优越的"雅座"了。那女人有点不好意思。但终于抱着小孩子挪动了过来。她要费好大的力气才能不踩着别人。"谢谢您！"妇女用流利的北京话说。她抬起头。岳之峰好像看到一幅炭笔的素描。题目应该叫《微笑》。

叮铃叮铃的铃声响了，铁门又咣地一声关上了，是更深沉的黑夜。车外的暮色也正在浓重起来嘛。大骨架的女列车员点起了一支白蜡，把蜡烛放到了一个方形的玻璃罩子里。为什么不点油灯呢？大概是怕煤油摇洒出来。偌大车厢，就靠这一盏蜡烛照亮。些微的亮光，照得乘客变成了一个又一个的影子。车身又摇晃了，对面车壁上的方形的光斑又在迅速移动了。离家乡又近一些了。摘了帽子，又见到了儿子，父亲该可以瞑目了吧？不论是他的罪恶或者忏悔，不论是他的眼泪还是感激，也不论是他的狰狞丑恶还是老实善良，这一切都快要随着他的消失而云消雾散了。老一辈人正在一个又一个地走向河的那边。咚咚咚，噔噔噔，嘭嘭嘭，是在过桥了吗？联结着过去和未来，中国和外国，城市和乡村，此岸和彼岸的桥啊！

靠得很近的蜡灯把黑白分明的光辉和阴影印制在女列车员的脸上。女列车员像是一尊全身的神像。"旅客同志们，春节期间，客运拥挤，我们的票车（票车：铁路人员一般称客车为票车。）去支援长途……提高警惕……"她说得挺带劲，每吐出一个字就像拧紧了一个螺母。她有一种信心十足，指挥若定的气概，以小小的年纪，靠一支蜡烛的光亮，领导着一车的乌合之众。但是她的声音也淹没在轰轰轰，嗡嗡嗡，隆隆隆，不仅是七嘴八舌，而且是七十嘴八十舌的喧嚣里了。

自由市场。百货公司。香港电子石英表。豫剧片《卷席筒》。羊肉泡馍。醪糟蛋花。三接头皮鞋。三片瓦帽子。包产到组。收购大葱。中医治癌。差额选举。结婚筵席……在这些温暖的闲言碎语之中，岳之峰轮流把体重从左腿转移到右腿，再从右腿转移到左腿。幸好人有两条腿，要不然，无依无靠地站立在人和物的密集之中，可真不好受。立锥之地，岳之峰现在对于这句成语才有了形象的理解。莫非古代也有这种拥挤的、没有座位和灯光的旅行车辆吗？但他给一个女同志让了"座位"。不，没有座，只有位。想不到她讲一口北京话。这使岳之峰兴致似乎高了一些。"谢谢"，"对不起"，在国外到处是这种礼貌的用语。虽然有一个装着坚硬的铁器的麻袋正在挤压他右腿的小腿肚子。而另一个席地而坐的人的脊背干脆靠到了他的酸麻难忍的左腿上。

简直是神奇。不仅在慕尼黑的剧院里观看演出的时候；而且在北京，在研究所、部里和宾馆里，在二十三平方米的住房和一〇三和三三二路公共汽车上；他也想不到人们还要坐闷罐子车。这不是运货和运牲畜的车吗？倒霉！可又有什么倒霉的呢？咒骂是最容易不过的。咒骂闷罐子车比起制造新的美丽舒适的客运列车来，既省力又出风头。无所事事而又怨气冲天的人的口水，正在淹没着忍辱负重、埋头苦干的人的劳动。人们时而用高调，时而又用低调冲击着、替代着那些一件又一件，一天又一天，一年又一年地坚韧不拔的工作。

"给这种车坐，可真缺德！"

"你凑合着吧。过去，还没有铁路哩！"

"运兵都是用闷罐子车，要不，就暴露了。"

"要赶上拉肚子的就麻烦了，这种车上没有厕所。"

"并没有一个人拉到裤子里么。"

"有什么办法呢？每逢春节，有一亿多人要坐火车……"

黑暗中听到了这样一些交谈。岳之峰的心平静下来了。是的，这里曾经没有铁路，没有公路，连自行车走的路也没有。阔人骑毛驴，穷人靠两只脚。农民挑着一千五百个鸡蛋，从早晨天不亮出发，越过无数的丘陵和河谷，黄昏时候才能赶到 X 城。我亲爱的美丽而又贫瘠的土地！你也该富饶起来了吧？过往的记忆，已经像烟一样，雾一样地淡薄了，但总不会被彻底地忘却吧？历史，历史；现实，现实；理想，理想；哞——哞——咣气咣气……喀郎喀郎……沿着莱茵河的高速公路。山坡上的葡萄。暗绿色的河流。飞速旋转。

这不就是法兰克福的孩子们吗？男孩子和女孩子，黄眼睛和蓝眼睛，追逐着的，奔跑着的，跳跃着的，欢呼着的。喂食小鸟的，捧着鲜花的，吹响铜号的，扬起旗帜的。那欢乐的生命的声音。那友爱的动人的呐喊。那红的、粉的和白的玫瑰。那紫罗兰和蓝蓝的毋忘我。

不。那不是法兰克福。那是西北高原的故乡。一株巨大的白丁香把花开在了屋顶的灰色的瓦瓴上。如雪，如玉，如飞溅的浪花。摘下一条碧绿的柳叶，卷成一个小筒，仰望着蓝天白云，吹一声尖厉的哨子。惊得两个小小的黄鹂飞起。挎上小篮，跟着大姐姐，去采撷灰灰菜。去掷石块，去追逐野兔，去捡鹌鹑的斑烂的彩蛋。连每一条小狗，每一只小猫，每一头牛犊和驴驹都在嬉戏。连每一根小草都在跳舞。

不，那不是西北高原。那是解放前的北平。华北局城工部（它的部长是刘仁同志）所属的学委组织了平津学生大联欢。营火晚会。"太阳下山明朝依旧爬上来……我的青春小鸟一样不回来"，"山上的荒地是什么人来开？地上的鲜花是什么人来栽？"一支又一支的歌曲激荡着年轻人的心。最后，大家发出了使国民党特务胆寒的强音："团结就是力量……让一切不民主的制度死亡！"信念和幸福永远不能分离。

不，那不是逝去了的，遥远的北平。那是解放了的，飘扬着五星红旗的首都。那是他青年时代的初恋，是第一次吹动他心扉的和煦的风。春节刚过，忽然，他觉察到了，风已经不那么冰冷，不那么严厉了。二月的风就带来了和暖的希望，带来了早春的消息。他跑到北海，冰还没有化哩。还没有什么游人哩。他摘下帽子，他解开上衣领下的第一个扣子。还是冬天吗？当然，还是冬天。然而是已经联结着春天的冬天，是冬与春的桥。

有风为证，风已经不冷！风会愈来愈和煦，如醉，如酥……他欢迎着承受着别人仍然觉得凛冽，但是他已经为之雀跃的"春"风，小声叫着他悄悄地爱着的女孩子的名字。

那，那……那究竟是什么呢？是金鱼和田螺吗？是荸荠和草莓吗？是孵蛋的芦花鸡吗？是山泉，榆钱，返了青的麦苗和成双的燕子吗？他定了定神。那是春天，是生命，是青年时代。在我们的生活里，在我们每个人的心房里，在猎户星座和仙后星座里，在每一颗原子核，每一个质子、中子、介子里，不都包含着春天的力量，春天的声音吗？

他定了定神，揉了揉眼睛。分明是法兰克福的儿童在歌唱，当然，是德语。在欢快的童声合唱旁边，有一个顽强的、低哑的女声伴随着。

他再定了定神，再揉了揉眼睛，分明是在从X城到N地的闷罐子车上。在昏暗和喧嚣当中，他听到了德语的童声合唱，和低哑的，不熟练的，相当吃力的女声伴唱。

什么？一台录音机。在这个地方听起了录音。一支歌以后又是一支歌，然后是一个成人的歌。三支歌放完了。是叭啦叭啦的揿动键钮的声音，然后三支歌重新开始。顽强的，低哑的，不熟练的女声也重新开始。这声音盖过了一切喧嚣。

火车悠长的鸣笛。对面车壁上的移动着的方形光斑减慢了速度，加大了亮度。在昏暗中变成了一个个的影子的乘客们逐渐显出了立体化的形状和轮廓。车身一个大晃，又一个大晃，大概是通过了岔道。又到站了。咣——哧，铁门打开了，站台的聚光灯的强光照进了车厢。岳之峰看清楚了，录音机就放在那个抱小孩的妇女的膝头。开始下人和上人。录音机接受了女主人的指令，"叭"地一声，不唱了。

"这是……什么牌子的？"岳之峰问。

"三洋牌。这里人们开玩笑地叫它作'小山羊'。"妇女抬起头来，大大方方地回答。岳之峰仿佛看到了她的经历过风霜的，却仍然是年轻而又清秀的脸。

"从北京买的么？"岳之峰又问，不知为什么这么有兴趣。本来，他并不是一个饶舌的人。

"不，就从这里。"

这里？不知是指X城还是火车正在驶向的某一个更小的县镇。他盯着"三洋"商标。

"你在学外国歌吗?"岳之峰又问。

妇女不好意思地笑了,"不,我在学外国语。"她的笑容既谦逊,又高贵。

"德语吗?"

"噢,是的。我还没学好。"

"这都是些什么歌儿呀?"一个坐在岳之峰脚下的青年问。岳之峰的连续提问吸引了更多的人。

"它们是……《小鸟,你回来了》,《五月的轮转舞》和《第一株烟草花》,"女同志说:"欣梅尔——天空,福格尔——鸟儿,布鲁米——花朵……"她低声自语。

他们的话没有再继续下去。车厢里充满了的照旧是"别挤!"这个箱子不能坐!""别踩着孩子!""这边没有地方了!"……之类的喊叫。

"大家注意啦!"一个穿着民警服装的人上了车,手里拿着半导体扬声喇叭,一边喘着气一边宣布道:"刚才,前一节车厢里上去了两个坏蛋,混水摸鱼,流氓扒窃。有少数坏痞,专门到闷罐子车上偷东西。那两个坏蛋我们已经抓住了。希望各位旅客提高警惕,密切配合,向刑事犯罪分子作坚决的斗争。大家听清楚了没有?"

"听清楚了!"车上的乘客像小学生一样地齐声回答。

乘务警察满意地,匆匆地跳了下去,手提扩音喇叭,大概又到别的车厢作宣传去了。

岳之峰不由得也摸了摸自己携带的两个旅行包,摸了摸上衣的四个和裤子的三个口袋。一切都健在无恙。

车开了。经过了短暂的混乱之后,人们又已经各得其所,各就其位。各人说着各人的闲话,各人打着各人的瞌睡,各人嗑着各的瓜子,各人抽着各人的烟。"小山羊"又响起来了,仍然是《小鸟,你回来了》,《五月的轮转舞》和《第一株烟草花》。她仍然在学着德语,仍然低声地歌唱着欣梅尔——天空,福格尔——鸟儿,和布鲁米——花朵。

她是谁?她年轻吗?抱着的是她的孩子吗?她在哪里工作?她是搞科学技术的吗?是夜大学的新学员吗?是"老三届"的毕业生吗?她为什么学德语学得这样起劲?她在追赶那失去了的时间吗?是"老三届"的毕业生吗?她为什么学德语学得这样起劲?她在追赶那失去了的时间吗?她作到了一分钟也不耽搁了吗?她有机会见到德国朋友或者到德国去或者

已经到德国去过了吗？她是北京人还是本地人呢？她常常坐火车吗？有许多个问题想问啊。

"您听音乐吧。"她说。好像是在对他说。是的，三支歌曲以后，她没有揿键钮。在《第一株烟草花》后面，是约翰·斯特劳斯的《春之声圆舞曲》，闷罐子车正随着这春天的旋律而轻轻地摇摆着，熏熏地陶醉着，袅袅地前行着。

车到了岳之峰的家乡。小站，停车一分钟。响过了到站的铃，又立刻响起了发车的铃。岳之峰提着两个旅行包下了车。小站没有站台，闷罐子车又没有阶梯。每节车厢放着一个普通木梯，临时支上。岳之峰从这个简陋的木梯上终于下得地来，他长出了一口气。他向那位女同志道了再见。那位女同志也回答了他的再见。他有点依依不舍。他刚下车，还没等着验票出站，列车就开动了。他看到闷罐子车的破烂寒伧的外表：有的地方已经掉了漆，灯光下显得白一块、花一块的。但是，下车以后他才注意到，火车头是蛮好的，火车头是崭新的、清洁的、轻便的内燃机车。内燃机车绿而显蓝，瓦特时代毕竟没有内燃机车。内燃机车拖着一长列闷罐子车向前奔驶。天上升起了月亮。车站四周是薄薄的一层白雪。天与雪都泛着连成一片的青光。可以看到远处墓地上的黑黑的、永远长不大的松树。有一点风。他走在了坑坑洼洼的故乡土地上。他转过头，想再多看一眼那一节装有小鸟、五月、烟草花和约翰·斯特劳斯的神妙的春之声的临时代用的闷罐子车。他好像从来还没有听过这么动人的歌。他觉得如今每个角落的生活都在出现转机，都是有趣的，有希望的和永远不应该忘怀的。春天的旋律，生活的密码，这是非常珍贵的。

[提示]

《春之声》原载《人民文学》1980年第5期，获1980年全国优秀短篇小说奖，是王蒙成功运用西方意识流手法的经典之作。作品中没有复杂的故事情节，主要通过主人公岳之峰的内心独白和意识流动来结构全文，将重大的历史事件和时代变迁融入主人公的日常生活，并以主人公的联想和回忆呈现给读者。

作家将岳之峰安排在逼仄、拥挤的春运闷罐车中，由车厢中的声音、气味、人群引发一系列联想和回忆，并涉及社会生活的方方面面。火车发动之时是主人公联想的开始，让他想到童年的欢乐，由火车发出的声响联想到冰雹、铁锤声、歌曲,再想到黄土高原上的人与广州人生活上的差距、美国音乐与中国音乐的差别、国外与国内的不同等。对比之中,反映了主人公对祖国落后现状的担忧及对未来美好生活的希冀。通过主人公的联想,社会生活的广阔面被表现出来,具有极强的时代气息。

在结构上,作品打破了传统小说以情节为主的模式。以主人公在火车上的所见所闻及由此引发的意识流动传达出"春的气息",以小见大,把众多的历史事件和生活变化通过人物短暂的旅途时间一带而出,用简短的文字表现出改革开放时期人们的生活状态和心理状态,这也是小说取得成功的原因。

(陈　敏)

活动变人形（存目）

王 蒙

  王蒙的中篇小说《活动变人形》原载《收获》1985年第5期，2018年该作品入选改革开放四十年最具影响力小说。作品通过描写旧中国知识分子倪吾诚及其周边人物的命运沉浮，表现了知识分子的精神世界及悲剧命运，具有强烈的反思意识。

  倪吾诚出身于传统的旧式家庭，20世纪40年代初的留学经历使他深受西方思想文化的熏陶，回国之后，中西文化的冲突常常让他处于痛苦与挣扎之中。原本主张新式婚姻，却因封建家庭的压力，娶了与自己在文化观念上差异很大的妻子姜静宜，婚后的生活又加剧了倪吾诚精神上的负担。想要追求爱情，却求而不得；想要施展才华，却处处碰壁；生活与工作都处理得一塌糊涂，倪吾诚不仅自身陷入泥淖无法自拔，而且将家庭引入痛苦的深渊，最终他一事无成，带着遗憾离开人世。除了写倪吾诚的悲剧人生，作品还写了其家人的不幸：曾祖父因"公车上书"自杀；父亲沉迷于鸦片；母亲因害怕自己有过激行为，在少年时期诱引他吸鸦片；静宜在嫁给倪吾诚后，被禁锢在无爱婚姻的牢笼中；妻子的姐姐静珍年纪轻轻做起了"贞节烈妇"，因个性受到压制而出现疯癫状态。

  首先，在艺术方法上，是叙事方式的新颖，王蒙用蒙太奇手法来讲故事，小说开头写20世纪80年代倪吾诚的儿子倪藻拜访父亲的国外好友，接下来，画面转到20世纪40年代的倪吾诚一家，回忆倪吾诚及其家人的遭遇，这种讲述方式凸显了作品的历史感。其次，在人物描写上，作家善于用心理活动和内心独白来呈现主人公的精神世界，能更好地反思旧中国知识分子的复杂性格及造成悲剧命运的根源。

（陈　敏）

陈奂生上城

高晓声

一

"漏斗户主"陈奂生,今日悠悠上城来。

一次寒潮刚过,天气已经好转,轻风微微吹,太阳暖烘烘。陈奂生肚里吃得饱,身上穿得新,手里提着一个装满东西的干干净净的旅行包,也许是气力大,也许是包儿轻,简直像拎了束灯草,晃荡晃荡,全不放在心上。他个儿又高,腿儿又长,上城三十里,经不起他几晃荡;往常挑了重担都不乘车,今天等于是空身,自更不用说,何况太阳还高,到城嫌早,他尽量放慢脚步,一路如游春看风光。

他到城里去干啥?他到城里去做买卖。稻子收好了,麦垄种完了,公粮余粮卖掉了,口粮柴草分到了,乘这个空当,出门活动活动,赚几个活钱买零碎。自由市场开放了,他又不投机倒把,卖一点农副产品,冠冕堂皇。

他去卖什么?卖油绳。自家的面粉,自家的油,自己动手做成的。今天做好今天卖,格啦嘣脆,又香又酥,比店里的新鲜,比店里的好吃,这旅行包里装的尽是它;还用小塑料袋包装好,有五根一袋的,有十根一袋的,又好看,又干净。一共六斤,卖完了稳赚三元钱。

赚了钱打算干什么?打算买一顶簇新的、呱呱叫的帽子。说真话,从三岁以后,四十五年来,没买过帽子。解放前是穷,买不起;解放后是正当青年,用不着;文化大革命以来,肚子吃不饱,顾不上穿戴,虽说年纪到把,也怕脑后风了。正在无可奈何,幸亏有人送了他一顶"漏斗户主"帽,也就只得戴上,横竖不要钱。七八年秋分以后,帽子不翼而飞,当时只觉得头上轻松,竟不曾想到冷。今年好像变娇了,上两趟寒流来,就缩头缩颈,伤风打喷嚏,日子不好过,非买一顶帽子不行。好在这也不是大事情,现在活路大,这几个钱,上一趟城就赚到了。

陈奂生真是无忧无虑,他的精神面貌和去年大不相同了。他是过惯苦日子的,现在开始好起来,又相信会越来越好,他还不满意么?他满意透了。他身上有了肉,脸上有了笑;有时候半夜里醒过来,想到囤里有米、橱里有衣,总算像家人家了,就兴致勃勃睡不着,禁不住要把老婆推醒了陪他聊天讲闲话。

提到讲话,就触到了陈奂生的短处,对着老婆,他还常能说说,对着别人,往往默默无言。他并非不想说,实在是无可说。别人能说东道西,扯三拉四,他非常羡慕。他不知道别人怎么会碰到那么多新鲜事儿,怎么会想得出那么多特别的主意,怎么会具备那么多离奇的经历,怎么会记牢那么多怪异的故事,又怎么会讲得那么动听。他毫无办法,简直犯了死症毛病,他从来不会打听什么,上一趟街,回来只会说"今天街上人多"或"人少"、"猪行里有猪"、"青菜贱得卖不掉⋯⋯"之类的话。他的经历又和村上大多数人一样,既不特别,又是别人一目了然的,讲起来无非是"小时候娘常打我的屁股,爹倒不凶"、"也算上了四年学,早忘光了"、"三九年大旱,断了河底,大家捉鱼吃"、"四九年改朝换代,共产党打败了国民党"、"成亲以后,养了一个儿子、一个小女"⋯⋯索然无味,等于不说。他又看不懂书;看戏听故事,又记不牢。看了《三打白骨精》,老婆要他讲,他也只会说:"孙行者最凶,都是他打死的。"老婆不满足,又问白骨精是谁,他就说:"是妖怪变的。"还是儿子巧,声明"白骨精不是妖怪变的,是白骨精变成的妖怪。"才算没有错到底。他又想不出新鲜花样来,比如种田,只会讲"种麦要用锄头抨碎泥块"。"莳秧—兜莳六棵",⋯⋯谁还敢听。再如这卖油绳的行当,也根本不是他发明的,好些人已经做过一阵了,怎样用料?怎样加工?怎样包装?什么价钱?多少利润?什么地方、什么时间买客多、销路好?都是向大家学来的经验。如果他再向大家夸耀,岂不成了笑话!甚至刻薄些的人还会吊他的背筋:"嗳!连'漏斗户主'也有油、粮卖油绳了,还当新闻哩!"还是不开口也罢。

如今,为了这点,他总觉得比别人矮一头。黄昏空闲时人们聚拢来聊天,他总只听不说,别人讲话也总不朝他看,因为知道他不会答话,所以就像等于没有他这个人。他只好自卑,他只有羡慕。他不知道世界上有"精神生活"这一个名词,但是生活好转以后,他渴望过精神生活。哪里有听的,他爱去听,哪里有演的,他爱去看,没听没看,他就觉得没趣。

有一次大家闲谈，一个问题专家出了个题目："在本大队你最佩服哪一个？"他忍不住也答了腔，说："陆龙飞最狠。"人家问："一个说书的，狠什么？"他说："就为他能说书，我佩服他一张嘴。"引得众人哈哈大笑。

于是，他又惭愧了，觉得自己总是不会说，又被人家笑，还是不说为好。他总想，要是能碰到一件大家都不曾经过的事情，讲给大家听听就好了，就神气了。

二

当然，陈奂生的这个念头，无关大局，往往蹲在离脑门三四寸的地方，不大跳出来，只是在尴尬时冒一冒尖，让自己存个希望罢了。比如现在上城卖油绳，想着的就只是新帽子。

尽管放慢脚步，走到县城的时候，还只下午六点不到。他不忙做生意，先就着茶摊，出一分钱买了杯热茶，啃了随身带着当晚餐的几块僵饼，填饱了肚子，然后向火车站走去。一路游街看店，遇上百货公司，就弯进去侦察有没有他想买的帽子，要多少价钱。三爿店查下来，他找到了满意的一种。这时候突然一拍屁股，想到没有带钱。原先只想卖了油绳赚了利润再买帽子，没想到油绳未卖之前商店就要打烊；那么，等到赚了钱，这帽子就得明天才能买了。可自己根本不会在城里住夜，一无亲，二无眷，从来是连夜回去的，这一趟分明就买不成，还得光着头冻几天。

受了这点挫折，心情不挺愉快，一路走来，便觉得头上凉嗖嗖，更加懊恼起来。到火车站时，已过八点了。时间还早，但既然来了，也就选了一块地方，敞开包裹，亮出商品，摆出摊子来。这时车站上人数不少，但陈奂生知道难得会有顾客，因为这些都是吃饱了晚饭来候车的，不会买他的油绳，除非小孩嘴馋吵不过，大人才会买。只有火车上下车的旅客到了，生意才会忙起来。他知道九点四十分、十点半，各有一班车到站，这油绳到那时候才能卖掉，因为时近半夜，店摊收歇，能买到吃的地方不多，旅客又饿了，自然争着买。如果十点半卖不掉，十一点二十分还有一班车，不过太晚了，陈奂生宁可剩点回去也不想等，免得一夜不得睡，须知跑回去也是三十里啊。

果然不错，这些经验很灵，十点半以后，陈奂生的油绳就已经卖光了。下车的旅客一拥而上，七手八脚，伸手来拿，把陈奂生搞得昏头昏脑，卖完一算账，竟少了三角钱，因为头昏，怕算错了，再认真算了一遍，还是缺三角，看来是哪个贪小利拿了油绳未付款。他叹了一口气，自认晦气。本来他也晓得，人家买他的油绳，是不能向公家报销的，那要吃而不肯私人掏腰包的，就会耍一点魔术，所以他总是特别当心，可还是丢失了，真是双拳不敌四手，两眼难顾八方。只好认了吧，横竖三块钱赚头，还是有的。

他又叹了口气，想动身凯旋回府。谁知一站起来，双腿发软，两膝打颤，竟是浑身无力。他不觉大吃一惊，莫非生病了吗？刚才做生意，精神紧张，不曾觉得，现在心定下来，才感浑身不适，原先喉咙嘶哑，以为是讨价还价喊哑的，现在连口腔上爿都像冒烟，鼻气火热；一摸额头，果然滚烫，一阵阵冷风吹得头皮好不难受。他毫无办法，只想先找杯热茶解渴。那时茶摊已无，想起车站上有个茶水供应地方，便硬撑着移步过去。到了那里，打开龙头，热水倒有，只是找不到茶杯。原来现在讲究卫生，旅客大都自带茶缸，车站上落得省劲，就把杯子节约掉了。陈奂生也顾不得卫生不卫生，双手捧起龙头里流下的水就喝。那水倒也有点烫，但陈奂生此时手上的热度也高，还忍得住，喝了几口，算是好过一点。但想到回家，竟是千难万难；平常时候，那三十里路，好像经不起脚板一颠，现在看来，真如隔了十万八千里，实难登程。他只得找个位置坐下，耐性受痛，觉得此番遭遇，完全错在忘记了带钱先买帽子，才受凉发病。一着走错，满盘皆输；弄得上不上下不下，进不得退不得，卡在这儿，真叫尴尬。万一严重起来，此地举目无亲，耽误就医吃药，岂不要送掉老命？可又一想，他陈奂生是个堂堂男子汉，一生干净，问心无愧，死了也口眼不闭；活在世上多种几年田，有益无害，完全应该提供宽裕的时间，没有任何匆忙的必要。想到这里，陈奂生高兴起来，他嘴巴干燥，笑不出声，只是两个嘴角，向左右同时嘻开，露出一个微笑。那扶在椅上的右手，轻轻提了起来，像听到了美妙的乐曲似的，在右腿上赏心地拍了一拍，松松地吐出口气，便一头横躺在椅子上卧倒了。

三

一觉醒来，天光已经大亮，陈奂生肢体瘫软，头脑不清，眼皮发沉，喉咙痒痒地咳了几声；他懒得睁眼，翻了一个身便又想睡。谁知此身一翻，竟浑身颤了几顿，一颗心像被线穿着吊了几吊，牵肚挂肠。他用手一摸，身下贼软；连忙一个翻身，低头望去，证实自己猜得一点不错，是睡在一张棕绷大床上。陈奂生吃了一惊，连忙平躺端正，闭起眼睛，要弄清楚怎么会到这里来的。他好像有点印象，一时又糊涂难记，只得细细琢磨，好不容易才想出了县委吴书记和他的汽车，一下子理出头绪，把一串细关节脉都拉了出来。

原来陈奂生这一年真交了好运，逢到急难，总有救星。他发高烧昏睡不久，候车室门口就开来一部吉普车，载来了县委书记吴楚。他是要乘十二点一刻那班车到省里去参加明天的会议。到火车站时，刚只十一点四十分，吴楚也就不忙，在候车室徒步起来，那司机一向要等吴楚进了站台才走，免得他临时有事找不到人，这次也照例陪着。因为是半夜，候车室旅客不多，吴楚转过半圈，就发现了睡着的陈奂生。吴楚不禁笑了起来，他今秋在陈奂生的生产队里蹲了两个月，一眼就认出他来，心想这老实肯干的忠厚人，怎么在这儿睡着了？若要乘车，岂不误事。便走去推醒他；推了一推，又发现那屁股底下，垫着个瘪包，心想坏了，莫非东西被偷了？就着紧推他，竟也不醒。这吴楚原和农民玩惯了的，一时调皮起来，就去捏他的鼻子；一摸到皮肤热辣辣，才晓得他病倒了，连忙把他扶起，总算把他弄醒了。

这些事情，陈奂生当然不晓得。现在能想起来的，是自己看到吴书记之后，就一把抓牢，听到吴书记问他。"你生病了吗？"他点点头。吴书记问他："你怎么到这里来的？"他就去摸了摸旅行包。吴书记问他："包里的东西呢，"他就笑了一笑。当时他说了什么？究竟有没有说？他都不记得了；只记得吴书记好像已经完全明白了他的意思，便和驾驶员一同扶他上了车，车子开了一段路，叫开了一家门（机关门诊室），扶他下车进去，见到了一个穿白衣服的人，晓得是医生了。那医生替他诊断片刻，向吴书记笑着说了几句话（重感冒，不要紧），倒过半杯水，让他吃了几片药，又包了一点放在他口袋里，也不曾索钱，便代替吴书记把他扶上了车，还关照说："我这儿没有床，住招待所吧，安排清静一点的地方睡一夜就好了。"车子又开动，又听吴书记说："还有十三分钟了，先送我上车站，再送他上招待所，给他一个单独房间，就说是我的朋友……"陈奂生想到这里，听见自己的心扑扑跳得比打钟还响，合上的眼皮，流出晶莹的泪珠，在眼角膛里停留片刻，便一条线挂下来了。这个吴书记真是大好人，竟看得起他陈奂生，把他当朋友，一旦有难，能挺身而出，拔刀相助，救了他一条性命，实在难得。

陈奂生想，他和吴楚之间，其实也谈不上交情，不过认识罢了。要说有什么私人交往，平生只有一次。记得秋天吴楚在大队蹲点，有一天突然闯到他家来吃了一顿便饭，听那话音，像是特地来体验体验"漏斗户"的生活改善到什么程度的。还带来了一斤块块糖，给孩子们吃。细算起来，等于两顿半饭钱。那还算什么交情呢！说来说去，是吴书记做了官不曾忘记老百姓。

陈奂生想罢，心头暖烘烘，眼泪热辣辣，在被口上拭了拭，便睁开来细细打量这住的地方，却又吃了一惊。原来这房里的一切，都新堂堂、亮澄澄，平顶（天花板）白得耀眼，四周的墙，用青漆漆了一人高，再往上就刷刷白，地板暗红闪光，照出人影子来；紫檀色五斗橱，嫩黄色写字台，更有两张出奇的矮凳，比太师椅还大，里外包着皮，也叫不出它的名字来。再看床上，垫的是花床单，盖的是新被子，雪白的被底，崭新的绸面，呱呱叫三层新。陈奂生不由自主地立刻在被窝里缩成一团，他知道自己身上（特别是脚）不大干净，生怕弄脏了被子……随即悄悄起身，悄悄穿好了衣服，不敢弄出一点声音来，好像做了偷儿，被人发现就会抓住似的。他下了床，把鞋子拎在手里，光着脚跑出去；又眷顾着那两张大皮椅，走近去摸一摸，轻轻捺了捺，知道里边有弹簧，却不敢坐，怕压瘪了弹不饱。然后才真的悄悄开门，走出去了。

到了走廊里，脚底已冻得冰冷，一瞧别人是穿了鞋走路的，知道不碍，也套上了鞋。心想吴书记照顾得太好了，这哪儿是我该住的地方！一向听说招待所的住宿费贵，我又没处报销，这样好的房间，不知要多少钱，闹不好，一夜天把顶帽子钱住掉了，才算不来呢。

他心里不安，赶忙要弄清楚。横竖他要走了，去付了钱吧。

他走到门口柜台处，朝里面正在看报的大姑娘说："同志，算账。"

"几号房间？"那大姑娘恋着报纸说，并未看他。

"几号不知道。我住在最东那一间。"

那姑娘连忙丢了报纸，朝他看看，甜甜地笑着说："是吴书记汽车送来的？你身体好了吗？"

"不要紧，我要回去了。"

"何必急，你和吴书记是老战友吗？你现在在哪里工作？……"大姑娘一面软款款地寻话说，一面就把开好的发票交给他。笑得甜极了。陈奂生看看她，真是绝色！

但是，接到发票，低头一看，陈奂生便像给火钳烫着了手。他认识那几个字，却不肯相信。"多少？"他忍不住问，浑身燥热起来。

"五元。"

"一夜天？"他冒汗了。

"是一夜五元。"

陈奂生的心，忐忑忐忑大跳。"我的天！"他想，"我还怕困掉一顶帽子，谁知竟要两顶！"

"你的病还没有好，还正在出汗呢！"大姑娘惊怪地说。

千不该，万不该，陈奂生竟说了一句这样的外行语："我是半夜里来的呀！"

大姑娘立刻看出他不是一个人物，她不笑了，话也不甜了，像菜刀剁着砧板似的笃笃响着说："不管你什么时候来，横竖到今午十二点为止，都收一天钱。"这还是客气的，没有嘲笑他，是看了吴书记的面子。

陈奂生看着那冷若冰霜的脸，知道自己说错了话，得罪了人，哪里还敢再开口，只得抖着手伸进袋里去摸钞票，然后细细数了三遍，数定了五元；交给大姑娘时，那外面一张人民币，已经半湿了，尽是汗。

这时大姑娘已在看报，见递来的钞票太零碎，更皱了眉头。但她还有点涵养，并不曾说什么，收进去了。

陈奂生出了大价钱，不曾讨得大姑娘欢喜，心里也有点忿忿然。本想一走了之，想到旅行包还丢在房间里，就又回过来。

推开房间，看看照出人影的地板，又站住犹豫："脱不脱鞋？"一转念，忿忿想道："出了五块钱呢！"再也不怕弄脏，大摇大摆走了进去，往弹簧太师椅上一坐："管它，坐瘪了不关我事，出了五元钱呢。"

他饿了，摸摸袋里还剩一块僵饼，拿出来啃了一口，看见了热水瓶，便去倒一杯开水和着饼吃。回头看刚才坐的皮凳，竟没有瘪，便故意立直身子，扑通坐下去……试了三次，也没有坏，才相信果然是好家伙。便安心坐着啃饼，觉得很舒服，头脑清爽，热度退尽了，分明是刚才出了一身大汗的功劳。他是个看得穿的人，这时就有了兴头，想道："这等于出晦气钱——譬如买药吃掉！"

啃完饼,想想又肉痛起来,究竟是五元钱哪!他昨晚上在百货店看中的帽子,实实在在是二元五一顶,为什么睡一夜要出两顶帽钱呢?连沈万山都要住穷的;他一个农业社员,去年工分单价七角,困一夜做七天还要倒贴一角,这不是开了大玩笑!从昨半夜到现在,总共不过七八个钟头,几乎一个钟头要做一天工,贵死人!真是阴错阳差,他这副骨头能在那种床上躺尸吗!现在别的便宜揩不着,大姑娘说可以住到十二点,那就再困吧,困到足十二点走,这也是捞着多少算多少。对,就是这个主意。

这陈奂生确是个向前看的人,认准了自然就干,但刚才出了汗,吃了东西,脸上嘴上,都不惬意,想找块毛巾洗脸,却没有。心一横,便把提花枕巾捞起来干擦了一阵,然后衣服也不脱,就盖上被头困了,这一次再也不怕弄脏了什么,他出了五元钱呢。——即使房间弄成了猪圈,也不值!

可是他睡不着,他想起了吴书记。这个好人,大概只想到关心他,不曾想到他这个人经不起这样高级的关心。不过人家忙着赶火车,哪能想得周全!千怪万怪,只怪自己不曾先买帽子,才伤了风,才走不动,才碰着吴书记,才住招待所,才把油绳的利润用光,连本钱也蚀掉一块多……那么,帽子还买不买呢?他一狠心:买,不买还要倒霉的!

想到油绳,又觉得肚皮饿了。那一块僵饼,本来就填不饱,可惜昨夜生意太好,油绳全卖光了,能剩几袋倒好;现在懊悔已晚,再在这床上困下去,会越来越饿,身上没有粮票,中饭到哪里去吃!到时候饿得走不动,难道再在这儿住一夜吗?他慌了,两脚一踹,把被头踢开,拎了旅行包,开门就走。此地虽好,不是久恋之所,虽然还剩得有二三个钟点,又带不走,忍痛放弃算了。

他出得门来,再无别的念头,直奔百货公司,把剩下来的油绳本钱,买了一顶帽子,立即戴在头上,飘然而去。

一路上看看野景,倒也容易走过;眼看离家不远,忽然想到这次出门,连本搭利,几乎全部搞光,马上要见老婆,交不出账,少不得又要受气,得想个主意对付她。怎么说呢?就说输掉了;不对,自己从不赌。就说吃掉了;不对,自己从不死吃。就说被扒掉了;不对,自己不当心,照样挨骂。就说做好事救济了别人;不对,自己都要别人救济。就说送给一个大姑娘了,不对,老婆要犯疑……那怎么办?

陈奂生自问自答,左思右想,总是不妥。忽然心里一亮,拍着大腿,高兴地叫道："有了。"他想到此趟上城，有此一番动人的经历，这五块钱花得值透。他总算有点自豪的东西可以讲讲了。试问，全大队的干部、社员，有谁坐过吴书记的汽车？有谁住过五元钱一夜的高级房间？他可要讲给大家听听，看谁还能说他没有什么讲的！看谁还能说他没见过世面了看谁还能瞧不起他，唔！……他精神陡增，顿时好像高大了许多。老婆已不在他眼里了；他有办法对付，只要一提到吴书记，说这五块钱还是吴书记看得起他，才让他用掉的，老婆保证服帖。哈，人总有得意的时候，他仅仅花了五块钱就买到了精神的满足，真是拾到了非常的便宜货，他愉快地划着快步，像一阵清风荡到了家门。

果然，从此以后，陈奂生的身份显著提高了，不但村上的人要听他讲，连大队干部对他的态度也友好得多，而且，上街的时候，背后也常有人指点着他告诉别人说："他坐过吴书记的汽车。"或者"他住过五元钱一天的高级房间。"……公社农机厂的采购员有一次碰着他，也拍拍他的肩胛说："我就没有那个运气，三天两头住招待所，也住不进那样的房间。"

从此，陈奂生一直很神气，做起事来，更比以前有劲得多了。

[提示]

高晓声（1928—1999），江苏武进人。曾任苏南文联编辑、江苏作协分会副主席。主要作品有长篇小说《青天在上》《陈奂生上城出国记》；短篇小说集《陈奂生》《觅》《高晓声八一小说集》《解约》。其中，《陈奂生上城》获1980年全国优秀短篇小说奖，2018年入选改革开放四十年最具影响力小说。

《陈奂生上城》原载《人民文学》1980年第2期，是高晓声"陈奂生"系列的代表性篇目。作品描写了改革开放初期，农民陈奂生的进城经历及由此引发的心理变化，塑造了陈奂生这一典型的农民形象，表现了社会变革时期农民的精神世界。在新政策下，陈奂生摘掉了"漏斗户"的帽子，物质生活的改善让陈奂生感到喜悦，开始想要丰富自己的精神世界，可是自己的言谈举止总是遭到旁人的嘲笑，于是他变得更加自卑。在他进城卖光油绳，醒来发现自己睡在招待所时，他的内心经历了一系列变化：当得知自己是被好心的吴书记送来时，受宠若惊；在打量住所时，惶恐与谨慎；在用卖油绳的钱付房费时，又有一种报复式的心理，通过破坏招待所的用品来达到心理上的满足；想到钱花了回家不好交差而心情低落，可一想到可以借此向村民炫耀自己，心情立马又变好了。正是这样一个具有双重性格的农民陈奂生形象给读者留下了深刻的印象。总之，作者从普通农民的生活出发，揭示了农民在社会变革下的心理变化，体现了作者对农民精神世界的探索和深切关怀。

　　小说的语言也极具特色，朴实轻快，自然流畅，具有浓郁的地域色彩和极强的幽默特色。如在对人物对话的描写上，作者加入了地方语言，既生动形象，又简洁明快；在对陈奂生进城后的行为和心理的描写上，又比较诙谐风趣，读起来让人感到可笑又可悲，幽默中透出作家对现实的忧思。

（陈　敏）

受　戒

汪曾祺

　　明海出家已经四年了。

　　他是十三岁来的。

　　这个地方的地名有点怪，叫庵赵庄。赵，是因为庄上大都姓赵。叫做庄，可是人家住得很分散，这里两三家，那里两三家。一出门，远远可以看到，走起来得走一会，因为没有大路，都是弯弯曲曲的田埂。庵，是因为有一个庵。庵叫菩提庵，可是大家叫讹了，叫成荸荠庵。连庵里的和尚也这样叫。"宝刹何处？"——"荸荠庵。"庵本来是住尼姑的。"和尚庙"、"尼姑庵"嘛。可是荸荠庵住的是和尚。也许因为荸荠庵不大，大者为庙，小者为庵。

　　明海在家叫小明子。他是从小就确定要出家的。他的家乡不叫"出家"，叫"当和尚"。他的家乡出和尚。就像有的地方出劁猪的，有的地方出织席子的，有的地方出箍桶的，有的地方出弹棉花的，有的地方出画匠，有的地方出婊子，他的家乡出和尚。人家弟兄多，就派一个出去当和尚。当和尚也要通过关系，也有帮。这地方的和尚有的走得很远。有到杭州灵隐寺的、上海静安寺的、镇江金山寺的、扬州天宁寺的。一般的就在本县的寺庙。明海家田少，老大、老二、老三，就足够种的了。他是老四。他七岁那年，他当和尚的舅舅回家，他爹、他娘就和舅舅商议，决定叫他当和尚。他当时在旁边，觉得这实在是在情在理，没有理由反对。当和尚有很多好处。一是可以吃现成饭。哪个庙里都是管饭的。二是可以攒钱。只要学会了放瑜伽焰口，拜梁皇忏，可以按例分到辛苦钱。积攒起来，将来还俗娶亲也可以；不想还俗，买几亩田也可以。当和尚也不容易，一要面如朗月，二要声如钟磬，三要聪明记性好。他舅舅给他相了相面，叫他前走几步，后走几步，又叫他喊了一声赶牛打场的号子："格当嘚——"，说是"明子准能当个好和尚，我包了！"要当和尚，得下点本，——念几年书。哪有不认字的和尚呢！于是明子就开蒙入学，读了《三字经》、《百家姓》、《四言杂字》、《幼学琼林》、《上论、下论》、《上孟、下孟》，每天还写一张仿。村里都夸他字写得好，很黑。

　　舅舅按照约定的日期又回了家，带了一件他自己穿的和尚领的短衫，叫明子娘改小一点，给明子穿上。明子穿了这件和尚短衫，下身还是在家穿的紫花裤子，赤脚穿了一双新布鞋，跟他爹、他娘磕了一个头，就随舅舅走了。

　　他上学时起了个学名，叫明海。舅舅说，不用改了。于是"明海"就从学名变成了法名。

　　过了一个湖。好大一个湖！穿过一个县城。县城真热闹：官盐店，税务局，肉铺里挂着成边的猪，一个驴子在磨芝麻，满街都是小磨香油的香味，布店，卖茉莉粉、梳头油的什么斋，卖绒花的，卖丝线的，打把式卖膏药的，吹糖人的，耍蛇的，……他什么都想看看。舅舅一劲地推他："快走！快走！"

　　到了一个河边，有一只船在等着他们。船上有一个五十来岁的瘦长瘦长的大伯，船头蹲着一个跟明子差不多大的女孩子，在剥一个莲蓬吃。明子和舅舅坐到舱里，船就开了。明子听见有人跟他说话，是那个女孩子。

　　"是你要到荸荠庵当和尚吗？"

　　明子点点头。

　　"当和尚要烧戒疤呕！你不怕？"

　　明子不知道怎么回答，就含含糊糊地摇了摇头。

　　"你叫什么？"

　　"明海。"

　　"在家的时候？"

　　"叫明子。"

　　"明子！我叫小英子！我们是邻居。我家挨着荸荠庵。——给你！"

　　小英子把吃剩的半个莲蓬扔给明海，小明子就剥开莲蓬壳，一颗一颗吃起来。

　　大伯一桨一桨地划着，只听见船桨拨水的声音：

　　"哗——许！哗——许！"

　　……

　　荸荠庵的地势很好，在一片高地上。这一带就数这片地势高，当初建庵的人很会选地方。门前是一条河。门外是一片很大的打谷场。三面都是高大的柳树。山门里是一个穿堂。迎门供着弥勒佛。不知是哪一位名士撰写了一副对联：

> 大肚能容容天下难容之事
> 开颜一笑笑世间可笑之人

弥勒佛背后，是韦驮。过穿堂，是一个不小的天井，种着两棵白果树。天井两边各有三间厢房。走过天井，便是大殿，供着三世佛。佛像连龛才四尺来高。大殿东边是方丈，西边是库房。大殿东侧，有一个小小的六角门，白门绿字，刻着一副对联：

> 一花一世界
> 三藐三菩提

进门有一个狭长的天井，几块假山石，几盆花，有三间小房。

小和尚的日子清闲得很。一早起来，开山门，扫地。庵里的地铺的都是筹底方砖，好扫得很，给弥勒佛、韦驮烧一炷香，正殿的三世佛面前也烧一炷香、磕三个头、念三声"南无阿弥陀佛"，敲三声磬。这庵里的和尚不兴做什么早课、晚课，明子这三声磬就全都代替了。然后，挑水，喂猪。然后，等当家和尚，即明子的舅舅起来，教他念经。

教念经也跟教书一样，师父面前一本经，徒弟面前一本经，师父唱一句，徒弟跟着唱一句。是唱哎。舅舅一边唱，一边还用手在桌上拍板。一板一眼，拍得很响，就跟教唱戏一样。是跟教唱戏一样，完全一样哎。连用的名词都一样。舅舅说，念经：一要板眼准，二要合工尺。说：当一个好和尚，得有条好嗓子。说：民国二十年闹大水，运河倒了堤，最后在清水潭合龙，因为大水淹死的人很多，放了一台大焰口，十三大师——十三个正座和尚，各大庙的方丈都来了，下面的和尚上百。谁当这个首座？推来推去，还是石桥——善因寺的方丈！他往上一坐，就跟地藏王菩萨一样，这就不用说了；那一声"开香赞"，围看的上千人立时鸦雀无声。说：嗓子要练，夏练三伏，冬练三九，要练丹田气！说：要吃得苦中苦，方为人上人！说：和尚里也有状元、榜眼、探花！要用心，不要贪玩！舅舅这一番大法要说得明海和尚实在是五体投地，于是就一板一眼地跟着舅舅唱起来：

"炉香乍爇——"

"炉香乍爇——"

"法界蒙薰——"

"法界蒙薰——"

"诸佛现金身……"

"诸佛现金身……"

……

等明海学完了早经，——他晚上临睡前还要学一段，叫做晚经，——荸荠庵的师父们就都陆续起床了。

这庵里人口简单，一共六个人。连明海在内，五个和尚。

有一个老和尚，六十几了，是舅舅的师叔，法名普照，但是知道的人很少，因为很少人叫他法名，都称之为老和尚或老师父，明海叫他师爷爷。这是个很枯寂的人，一天关在房里，就是那"一花一世界"里。也看不见他念佛，只是那么一声不响地坐着。他是吃斋的，过年时除外。

下面就是师兄弟三个，仁字排行：仁山、仁海、仁渡。庵里庵外，有的称他们为大师父、二师父；有的称之为山师父、海师父。只有仁渡，没有叫他"渡师父"的，因为听起来不像话，大都直呼之为仁渡。他也只配如此，因为他还年轻，才二十多岁。

仁山，即明子的舅舅，是当家的。不叫"方丈"，也不叫"住持"，却叫"当家的"，是很有道理的，因为他确确实实干的是当家的职务。他屋里摆的是一张账桌，桌子上放的是账簿和算盘。账簿共有三本。一本是经账，一本是租账，一本是债账。和尚要做法事，做法事要收钱，——要不，当和尚干什么？常做的法事是放焰口。正规的焰口是十个人。一个正座，一个敲鼓的，两边一边四个。人少了，八个，一边三个，也凑合了。荸荠庵只有四个和尚，要放整焰口就得和别的庙里合伙。这样的时候也有过，通常只是放半台焰口。一个正座，一个敲鼓，另外一边一个。一来找别的庙里合伙费事；二来这一带放得起整焰口的人家也不多。有的时候，谁家死了人，就只请两个，甚至一个和尚咕噜咕噜念一通经，敲打几声法器就算完事。很多人家的经钱不是当时就给，往往要等秋后才还。这就得记账。另外，和尚放焰口的辛苦钱不是一样的。就像唱戏一样，有份子。正座第一份。因为他要领唱，而且还要独唱。当中有一大段"叹骷髅"，别的和尚都放下法器休息，只有首座一个人有板有眼地曼声吟唱。第二份是敲鼓的。你以为这容易呀？哼，单是一开头的"发擂"，手上没功夫就敲不出迟疾顿挫！其余的，就一样了。这也得记上：某月某日、谁家焰口半台，谁正座，谁敲鼓……省得到年底结账时赌咒骂娘。……这庵里有几十亩庙产，租给人种，到时候要收租。庵里还放债。租、债一向倒很少亏欠，因为租佃借钱的人怕菩萨不高兴。这三本帐就够仁山忙的了。另外香烛、灯火、油盐"福食"，这也得随时记记帐呀。除了帐簿之外，山师父的方丈的墙上还挂着一块水牌，上漆四个红字："勤笔免思"。

仁山所说当一个好和尚的三个条件，他自己其实一条也不具备。他的相貌只要用两个字就说清楚了：黄，胖。声音也不像钟磬，倒像母猪。聪明么？难说，打牌老输。他在庵里从不穿袈裟，连海青直裰也免了。经常是披着件短僧衣，袒露着一个黄色的肚子。下面是光脚趿拉着一对僧鞋，——新鞋他也是趿拉着。他一天就是这样不衫不履地这里走走，那里走走，发出母猪一样的声音："呣——呣——"。

二师父仁海。他是有老婆的。他老婆每年夏秋之间来住几个月，因为庵里凉快。庵里有六个人，其中之一，就是这位和尚的家眷。仁山、仁渡叫她嫂子，明海叫她师娘。这两口子都很爱干净，整天的洗涮。傍晚的时候，坐在天井里乘凉。白天，闷在屋里不出来。

三师父是个很聪明精干的人。有时一笔帐大师兄扒了半天算盘也算不清，他眼珠子转两转，早算得一清二楚。他打牌赢的时候多，二三十张牌落地，上下家手里有些什么牌，他就差不多都知道了。他打牌时，总有人爱在他后面看歪头胡。谁家约他打牌，就说"想送两个钱给你。"他不但经忏俱通（小庙的和尚能够拜忏的不多），而且身怀绝技，会"飞铙"。七月间有些地方做盂兰会，在旷地上放大焰口，几十个和尚，穿绣花袈裟，飞铙。飞铙就是把十多斤重的大铙钹飞起来。到了一定的时候，全部法器皆停，只几十副大铙紧张急促地敲起来。忽然起手，大铙向半空中飞去，一面飞，一面旋转。然后，又落下来，接住。接住不是平平常常地接住，有各种架势，"犀牛望月"、"苏秦背剑"……这哪是念经，这是耍杂技。也许是地藏王菩萨爱看这个，但真正因此快乐起来的是人，尤其是妇女和孩子。这是年轻漂亮的和尚出风头的机会。一场大焰口过后，也像一个好戏班子过后一样，会有一个两个大姑娘、小媳妇失踪，——跟和尚跑了。他还会放"花焰口"。有的人家，亲戚中多风流子弟，在不是很哀伤的佛事——如做冥寿时，就会提出放花焰口。所谓"花焰口"就是在正焰口之后,叫和尚唱小调,拉丝弦,吹管笛,敲鼓板,而且可以点唱。仁渡一个人可以唱一夜不重头。仁渡前几年一直在外面,近二年才常住在庵里。据说他有相好的,而且不止一个。他平常可是很规矩,看到姑娘媳妇总是老老实实的,连一句玩笑话都不说,一句小调山歌都不唱。有一回,在打谷场上乘凉的时候,一伙人把他围起来,非叫他唱两个不可。他却情不过,说:"好,唱一个。不唱家乡的。家乡的你们都熟,唱个安徽的。"

　　姐和小郎打大麦,
　　一转子讲得听不得。
　　听不得就听不得,
　　打完了大麦打小麦。

唱完了,大家还嫌不够,他就又唱了一个:

　　姐儿生得漂漂的,
　　两个奶子翘翘的。
　　有心上去摸一把,
　　心里有点跳跳的。
　　……

　　这个庵里无所谓清规,连这两个字也没人提起。
　　仁山吃水烟,连出门做法事也带着他的水烟袋。
　　他们经常打牌。这是个打牌的好地方。把大殿上吃饭的方桌往门口一搭,斜放着,就是牌桌。桌子一放好,仁山就从他的方丈里把筹码拿出来,哗啦一声倒在桌上。斗纸牌的时候多,搓麻将的时候少。牌客除了师兄弟三人,常来的是一个收鸭毛的,一个打兔子兼偷鸡的,都是正经人。收鸭毛的担一副竹筐,串乡串镇,拉长了沙哑的声音喊叫:
　　"鸭毛卖钱——!"
　　偷鸡的有一件家什——铜蜻蜓。看准了一只老母鸡,把铜蜻蜓一丢,鸡婆子上去就是一口。这一啄,铜蜻蜓的硬簧绷开,鸡嘴撑住了,叫不出来了。正在这鸡十分纳闷的时候,上去一把薅住。
　　明子曾经跟这位正经人要过铜蜻蜓看看。他拿到小英子家门前试了一

试,果然!小英的娘知道了,骂明子:

"要死了!儿子!你怎么到我家来玩铜蜻蜓了!"

小英子跑过来:

"给我!给我!"

她也试了试,真灵,一个黑母鸡一下子就把嘴撑住,傻了眼了!

下雨阴天,这二位就光临荸荠庵,消磨一天。

有时没有外客,就把老师叔也拉出来,打牌的结局,大都是当家和尚气得鼓鼓的:"×妈妈的!又输了!下回不来了!"

他们吃肉不瞒人。年下也杀猪。杀猪就在大殿上。一切都和在家人一样,开水、木桶、尖刀。捆猪的时候,猪也是没命地叫。跟在家人不同的,是多一道仪式,要给即将升天的猪念一道"往生咒",并且总是老师叔念,神情很庄重:

"……一切胎生、卵生、息生,来从虚空来,还归虚空去往生再世,皆当欢喜。南无阿弥陀佛!"

三师父仁渡一刀子下去,鲜红的猪血就带着很多沫子喷出来。

……

明子老往小英子家里跑。

小英子的家像一个小岛,三面都是河,西面有一条小路通到荸荠庵。独门独户,岛上只有这一家。岛上有六棵大桑树,夏天都结大桑椹,三棵结白的,三棵结紫的;一个菜园子,瓜豆蔬菜,四时不缺。院墙下半截是砖砌的,上半截是泥夯的。大门是桐油油过的,贴着一副万年红的春联:

　　向阳门第春常在
　　积善人家庆有余

门里是一个很宽的院子。院子里一边是牛屋、碓棚;一边是猪圈、鸡窠,还有个关鸭子的栅栏。露天地放着一具石磨。正北面是住房,也是砖基土筑,上面盖的一半是瓦,一半是草。房子翻修了才三年,木料还露着白茬。正中是堂屋,家神菩萨的画像上贴的金还没有发黑。两边是卧房。隔扇窗上各嵌了一块一尺见方的玻璃,明亮亮的,——这在乡下是不多见的。房檐下一边种着一棵石榴树,一边种着一棵栀子花,都齐房檐高了。夏天开了花,一红一白,好看得很。栀子花香得冲鼻子。顺风的时候,在荸荠庵都闻得见。

　　这家人口不多,他家当然是姓赵。一共四口人:赵大伯、赵大妈,两个女儿,大英子、小英子。老两口没得儿子。因为这些年人不得病,牛不生灾,也没有大旱大水闹蝗虫,日子过得很兴旺。他们家自己有田,本来够吃的了,又租种了庵上的十亩田。自己的田里,一亩种了荸荠,——这一半是小英子的主意,她爱吃荸荠,一亩种了茨菇。家里喂了一大群鸡鸭,单是鸡蛋鸭毛就够一年的油盐了。赵大伯是个能干人。他是一个"全把式",不但田里场上样样精通,还会罩鱼、洗磨、凿砻、修水车、修船、砌墙、烧砖、箍桶、劈篾、绞麻绳。他不咳嗽,不腰疼,结结实实,像一棵榆树。人很和气,一天不声不响。赵大伯是一棵摇钱树,赵大娘就是个聚宝盆。大娘精神得出奇。五十岁了,两个眼睛还是清亮亮的。不论什么时候,头都是梳得滑溜溜的,身上衣服都是格挣挣的。像老头子一样,她一天不闲着。煮猪食,喂猪,腌咸菜,——她腌的咸萝卜干非常好吃,舂粉子,磨小豆腐,编蓑衣,织芦箔。她还会剪花样子。这里嫁闺女,陪嫁妆,磁坛子、锡罐子,都要用梅红纸剪出吉祥花样,贴在上面,讨个吉利,也才好看:"丹凤朝阳"呀、"白头到老"呀、"子孙万代"呀、"福寿绵长"呀。二三十里的人家都来请她:"大娘,好日子是十六,你哪天去呀?"——"十五,我一大清早就来!"

　　"一定呀!"——"一定!一定!"

　　两个女儿,长得跟她娘像一个模子里托出来的。眼睛长得尤其像,白眼珠鸭蛋青,黑眼珠棋子黑,定神时如清水,闪动时像星星。浑身上下,头是头,脚是脚。头发滑溜溜的,衣服格挣挣的。——这里的风俗,十五六岁的姑娘就都梳上头了。这两上丫头,这一头的好头发!通红的发根,雪白的簪子!娘女三个去赶集,一集的人都朝她们望。

　　姐妹俩长得很像,性格不同。大姑娘很文静,话很少,像父亲。小英子比她娘还会说,一天咭咭呱呱地不停。大姐说:

　　"你一天到晚咭咭呱呱——"

　　"像个喜鹊!"

　　"你自己说的!——吵得人心乱!"

　　"心乱?"

　　"心乱!"

　　"你心乱怪我呀!"

二姑娘话里有话。大英子已经有了人家。小人她偷偷地看过，人很敦厚，也不难看，家道也殷实，她满意。已经下过小定，日子还没有定下来。她这二年，很少出房门，整天赶她的嫁妆。大裁大剪，她都会。挑花绣花，不如娘。她可又嫌娘出的样子太老了。她到城里看过新娘子，说人家现在绣的都是活花活草。这可把娘难住了。最后是喜鹊忽然一拍屁股："我给你保举一个人！"

这人是谁？是明子。明子念"上孟下孟"的时候，不知怎么得了半套《芥子园》，他喜欢得很。到了荸荠庵，他还常翻出来看，有时还把旧账簿子翻过来，照着描。小英子说：

"他会画！画得跟活的一样！"

小英子把明海请到家里来，给他磨墨铺纸，小和尚画了几张，大英子喜欢得了不得：

"就是这样！就是这样！这就可以乱孱！"——所谓"乱孱"是绣花的一种针法：绣了第一层，第二层的针脚插进第一层的针缝，这样颜色就可由深到淡，不露痕迹，不像娘那一代绣的花是平针，深浅之间，界限分明，一道一道的。小英子就像个书童，又像个参谋：

"画一朵石榴花！"

"画一朵栀子花！"

她把花掐来，明海就照着画。

到后来，凤仙花、石竹子、水蓼、淡竹叶，天竺果子、腊梅花，他都能画。

大娘看着也喜欢，搂住明海的和尚头：

"你真聪明！你给我当一个干儿子吧！"

小英子捺住他的肩膀，说：

"快叫！快叫！"

小明子跪在地下磕了一个头，从此就叫小英子的娘做干娘。

大英子绣的三双鞋，三十里方圆都传遍了。很多姑娘都走路坐船来看。看完了，就说："啧啧啧，真好看！这哪是绣的，这是一朵鲜花！"她们就拿了纸来央大娘求了小和尚来画。有求画帐檐的，有求画门帘飘带的，有求画鞋头花的。每回明子来画花，小英子就给他做点好吃的，煮两个鸡蛋，蒸一碗芋头，煎几个藕团子。

因为照顾姐姐赶嫁妆，田里的零碎生活小英子就全包了。她的帮手，是明子。

　　这地方的忙活是栽秧、车高田水、薅头遍草、再就是割稻子、打场子。这几荐重活，自己一家是忙不过来的。这地方兴换工。排好了日期，几家顾一家，轮流转。不收工钱，但是吃好的。一天吃六顿，两头见肉，顿顿有酒。干活时，敲着锣鼓，唱着歌，热闹得很。其余的时候，各顾各，不显得紧张。

　　薅三遍草的时候，秧已经很高了，低下头看不见人。一听见非常脆亮的嗓子在一片浓绿里唱：

　　　　栀子哎开花哎六瓣头哎……
　　　　姐家哎门前哎一道桥哎……

　　明海就知道小英子在哪里，三步两步就赶到，赶到就低头薅起草来，傍晚牵牛"打汪"，是明子的事。——水牛怕蚊子。这里的习惯，牛卸了轭，饮了水，就牵到一口和好泥水的"汪"里，由它自己打滚扑腾，弄得全身都是泥浆，这样蚊子就咬不通了。低田上水，只要一挂十四轧的水车，两个人车半天就够了。明子和小英子就伏在车杠上，不紧不慢地踩着车轴上的拐子，轻轻地唱着明海向三师父学来的各处山歌。打场的时候，明子能替赵大伯一会，让他回家吃饭。——赵家自己没有场，每年都在荸荠庵外面的场上打谷子。他一扬鞭子，喊起了打场号子：

　　"格当嘚——"

　　这打场号子有音无字，可是九转十三弯，比什么山歌号子都好听。赵大娘在家，听见明子的号子，就侧起耳朵：

　　"这孩子这条嗓子！"

　　连大英子也停下针线：

　　"真好听！"

　　小英子非常骄傲地说：

　　"一十三省数第一！"

　　晚上，他们一起看场。——荸荠庵收来的租稻也晒在场上。他们并肩坐在一个石磙子上，听青蛙打鼓，听寒蛇唱歌，——这个地方以为蝼蛄叫是蚯蚓叫，而且叫蚯蚓叫"寒蛇"，听纺纱婆子不停地纺纱，"唦——"，看萤火虫飞来飞去，看天上的流星。

"呀！我忘了在裤带上打一个结！"小英子说。

这里的人相信，在流星掉下来的时候在裤带上打一个结，心里想什么好事，就能如愿。

……

捋荸荠，这是小英最爱干的生活。秋天过去了，地净场光，荸荠的叶子枯了，——荸荠的笔直的小葱一样的圆叶子里是一格一格的，用手一捋，哔哔地响，小英子最爱捋着玩，——荸荠藏在烂泥里。赤了脚，在凉浸浸滑滑溜的泥里踩着，——哎，一个硬疙瘩！伸手下去，一个红紫红紫的荸荠。她自己爱干这生活，还拉了明子一起去。她老是故意用自己的光脚去踩明子的脚。

她挎着一篮子荸荠回去了，在柔软的田埂上留了一串脚印。明海看着她的脚印，傻了。五个小小的趾头，脚掌平平的，脚跟细细的，脚弓部分缺了一块。明海身上有一种从来没有过的感觉，他觉得心里痒痒的。这一串美丽的脚印把小和尚的心搞乱了。

……

明子常搭赵家的船进城，给庵里买香烛，买油盐。闲时是赵大伯划船；忙时是小英子去，划船的是明子。

从庵赵庄到县城，当中要经过一片很大的芦花荡子。芦苇长得密密的，当中一条水路，四边不见人。划到这里，明子总是无端端地觉得心里很紧张，他就使劲地划桨。

小英子喊起来：

"明子！明子！你怎么啦？你发疯啦？为什么划得这么快？"

……

明海到善因寺去受戒。

"你真的要去烧戒疤呀？"

"真的。"

"好好的头皮上烧十二个洞，那不疼死啦？"

"咬咬牙。舅舅说这是当和尚的一大关，总要过的。"

"不受戒不行吗？"

"不受戒的是野和尚。"

"受了戒有啥好处？"

"受了戒就可以到处云游，逢寺挂褡。"

"什么叫'挂褡'?"

"就是在庙里住。有斋就吃。"

"不把钱?"

"不把钱。有法事,还得先尽外来的师父。"

"怪不得都说'远来的和尚会念经'。就凭头上这几个戒疤?"

"还要有一份戒牒。"

"闹半天,受戒就是领一张和尚的合格文凭呀!"

"就是!"

"我划船送你去。"

"好。"

小英子早早就把船划到荸荠庵门前。不知是什么道理,她兴奋得很。她充满了好奇心,想去看看善因寺这座大庙,看看受戒是个啥样子。

善因寺是全县第一大庙,在东门外,面临一条水很深的护城河,三面都是大树,寺在树林子里,远处只能隐隐约约看到一点金碧辉煌的屋顶,不知道有多大。树上到处挂着"谨防恶犬"的牌子。这寺里的狗出名的厉害。平常不大有人进去。放戒期间,任人游看,恶狗都锁起来了。

好大一座庙!庙门的门坎比小英子的肐膝都高。迎门矗着两块大牌,一边一块,一块写着斗大两个大字:"放戒",一块是:"禁止喧哗"。这庙里果然是气象庄严,到了这里谁也不敢大声咳嗽。明海自去报名办事,小英子就到处看看。好家伙,这哼哈二将、四大天王,有三丈多高,都是簇新的,才装修了不久。天井有二亩地大,铺着青石,种着苍松翠柏。"大雄宝殿",这才真是个"大殿"!一进去,凉嗖嗖的。到处都是金光耀眼。释迦牟尼佛坐在一个莲花座上,单是莲座,就比小英子还高。抬起头来也看不全他的脸,只看到一个微微闭着的嘴唇和胖敦敦的下巴。两边的两根大红蜡烛,一搂多粗。佛像前的大供桌上供着鲜花、绒花、绢花,还有珊瑚树、玉如意、整根的大象牙。香炉里烧着檀香。小英子出了庙,闻着自己的衣服都是香的。挂了好些幡。这些幡不知是什么缎子的,那么厚重,绣的花真细。这么大一口磬,里头能装五担水!这么大一个木鱼,有一头牛大,漆得通红的。她又去转了转罗汉堂,爬到千佛楼上看了看。真有一千个小佛!她还跟着一些人去看了看藏经楼。藏经楼没有什么看头,都是经书!妈吔!逛了这么一圈,腿都酸了。小英子想起还要给家里打油,替姐姐配丝线,给娘买鞋面布,给自己买两个坠围裙飘带的银蝴蝶,给爹买旱烟，就出庙了。

等把事情办齐，晌午了。她又到庙里看了看，和尚正在吃粥。好大一个"膳堂"，坐得下八百个和尚。吃粥也有这样多讲究：正面法座上摆着两个锡胆瓶，里面插着红绒花，后面盘膝坐着一个穿了大红满金绣袈裟的和尚，手里拿了戒尺。这戒尺是要打人的。哪个和尚吃粥吃出了声音，他下来就是一戒尺。不过他并不真的打人，只是做个样子。真稀奇，那么多的和尚吃粥，竟然不出一点声音！他看见明子也坐在里面，想跟他打个招呼又不好打。想了想，管他禁止不禁止喧哗，就大声喊了一句："我走啦！"她看见明子目不斜视地微微点了点头，就不管很多人都朝自己看，大摇大摆地走了。

第四天一大清早小英子就去看明子。她知道明子受戒是第三天半夜，——烧戒疤是不许人看的。她知道要请老剃头师傅剃头，要剃得横摸顺摸都摸不出头发茬子，要不然一烧，就会"走"了戒，烧成了一片。她知道是用枣泥子先点在头皮上，然后用香头子点着。她知道烧了戒疤就喝一碗蘑菇汤，让它"发"，还不能躺下，要不停地走动，叫做"散戒"。这些都是明子告诉她的。明子是听舅舅说的。

她一看，和尚真在那里"散戒"，在城墙根底下的荒地里。

一个一个，穿了新海青，光光的头皮上都有十二个黑点子。——这黑疤掉了，才会露出白白的、圆圆的"戒疤"。和尚都笑嘻嘻的，好像很高兴。她一眼就看见了明子。隔着一条护城河，就喊他：

"明子！"

"小英子！"

"你受了戒啦？"

"受了。"

"疼吗？"

"疼。"

"现在还疼吗？"

"现在疼过去了。"

"你哪天回去？"

"后天。"

"上午？下午？"

"下午。"

"我来接你!"

"好!"

……

小英子把明海接上船。

小英子这天穿了一件细白夏布上衣,下边是黑洋纱的裤子,赤脚穿了一双龙须草的细草鞋,头上一边插着一朵栀子花,一边插着一朵石榴花。她看见明子穿了新海青,里面露出短褂子的白领子,就说:"把你那外面的一件脱了,你不热呀!"

他们一人一把桨。小英子在中舱,明子扳艄,在船尾。

她一路问了明子很多话,好像一年没有看见了。

她问,烧戒疤的时候,有人哭吗?喊吗?

明子说,没有人哭,只是不住地念佛。有个山东和尚骂人:"俺日你奶奶,俺不烧了!"

她问善因寺的方丈石桥是相貌和声音都很出众吗?

"是的。"

"说他的方丈比小姐的绣房还讲究?"

"讲究。什么东西都是绣花的。"

"他屋里很香?"

"很香。他烧的是伽楠香,贵得很。"

"听说他会作诗,会画画,会写字?"

"会。庙里走廊两头的砖额上,都刻着他写的大字。"

"他是有个小老婆吗?"

"有一个。"

"才十九岁?"

"听说。"

"好看吗?"

"都说好看。"

"你没看见?"

"我怎么会看见?我关在庙里。"

明子告诉她,善因寺一个老和尚告诉他,寺里有意选他当沙弥尾,不过还没有定,要等主事的和尚商议。

"什么叫'沙弥尾'?"

"放一堂戒,要选出一个沙弥头,一个沙弥尾。沙弥头要老成,要会念很多经。沙弥尾要年轻,聪明,相貌好。"

"当了沙弥尾跟别的和尚有什么不同?"

"沙弥头,沙弥尾,将来都能当方丈。现在的方丈退居了,就当。石桥原来就是沙弥尾。"

"你当沙弥尾吗?"

"还不一定哪。"

"你当方丈,管善因寺?管这么大一个庙?!"

"还早呐!"

划了一气,小英子说:"你不要当方丈!"

"好,不当。"

"你也不要当沙弥尾!"

"好,不当。"

又划了一气,看见那一片芦花荡子了。

小英子忽然把桨放下,走到船尾,趴在明子的耳朵旁边,小声地说:"我给你当老婆,你要不要?"

明子眼睛鼓得大大的。

"你说话呀!"

明子说:"嗯。"

"什么叫'嗯'呀!要不要,要不要?"

明子大声地说:"要!"

"你喊什么!"

明子小小声说:"要——!"

"快点划!"

英子跳到中舱,两只桨飞快地划起来,划进了芦花荡。芦花才吐新穗。紫灰色的芦穗,发着银光,软软的,滑溜溜的,像一串丝线。有的地方结了蒲棒,通红的,像一枝一枝小蜡烛。青浮萍,紫浮萍。长脚蚊子,水蜘蛛。野菱角开着四瓣的小白花。惊起一只青桩(一种水鸟),擦着芦穗,扑鲁鲁鲁飞远了。

……

一九八〇年八月十二日,写四十三年前的一个梦。

[**提示**]

汪曾祺（1920—1997），江苏高邮人。著有短篇小说集《邂逅集》《羊舍的夜晚》《晚饭花集》《寂寞和温暖》《茱萸集》《菰蒲深处》《矮纸集》，散文集《蒲桥集》《汪曾祺小品》《旅食集》《草花集》《塔上随笔》《逝水》《独坐小品》《旅食与文化》，文论集《晚翠文谈》，戏剧《芦荡火种》（1964），后改编为《沙家浜》（1966）。

《受戒》原载《北京文学》1980年第10期。是汪曾祺"文化大革命"后"复出"的里程碑式作品。它犹如一股春风吹向当代文坛，让人们重新认识了这位20世纪40年代就崭露头角的老"新人"。正是这部小说，给汪曾祺打上了深深的"抒情"烙印。

"美"是20世纪80年代汪曾祺小说的关键词，也是《受戒》的核心要素之一。此时汪曾祺小说的情感向古典趣味靠拢，以意象的营造烘托外在环境之美，进而将人物置于其中，情景交融，让情在语言里自然流露。"水"意象贯穿《受戒》始终，"水"既是明海和小英子划船行进的情感/叙述载体，也是两人最终修成正果的性的隐喻。小说结尾"芦花"等意象的铺排，更是融情于景，以朦胧脱俗的美感，将二人爱情融为一体。小说的每一个场景都是一副独立的画面，而不同画面又相映成趣、彼此勾连，共同构成一幅完整的小说图景。"抒情"让读者仿佛与人物一起置身于水乡画卷，达到一种纯净与美好的情感共鸣。

从文学史来看，《受戒》对20世纪80年代的文学创作影响重大。无论是文本外《受戒》脱胎于《庙与僧》的改写，还是文本内"四十三年前的一个梦"，都将写作/叙述时间指向过去，与当时文坛的"回到五四文学"相呼应；而《受戒》强烈的抒情倾向、通过风景与对话弱化情节与"时间"，而以"空间"展开叙述/抒情的方式，既与废名、沈从文一脉相承，融入"抒情传统"的文学序列之中，又成为先锋文学的重要资源。

然而从汪曾祺自身的创作来看，《受戒》并不是最富有汪曾祺特色的小说。我们往往能在其他汪曾祺小说中发现通篇的市井风俗，露骨的性，需要抹平的苦难，但在这部小说里，市井风俗只是有限的一部分，性作为一种朦胧的隐喻，苦难甚至直接被隐去，只留下情的"纯粹"。这种"纯粹"既是"沈从文"痕迹，也是对过往僵化文学所做出的回应，同时无形中迎合了读者所迫切需要的新阅读体验。因此,"不那么汪曾祺"的《受戒》反而成为汪曾祺的名片,构成了读者、作者、文学史三者的错位,也成为当代文学中的独特存在。

(滕金桐)

芙蓉镇（存目）

古 华

古华（1942—），原名罗鸿玉，湖南嘉禾人。著有长篇小说《芙蓉镇》《山川呼啸》，短篇小说集《爬满青藤的木屋》《金叶木莲》《姐姐寨》等。《芙蓉镇》获首届茅盾文学奖。

《芙蓉镇》原载《当代》1981年第1期，1981年由人民文学出版社出版单行本。小说"寓政治风云于风俗民情图画，借人物命运演乡镇生活变迁"，截取四个年代（1963年、1964年、1969年、1979年），通过对胡玉音、秦书田、黎满庚、李国香、王秋赦等人物的描写，反映了我国南方乡村近二十年的政治兴衰和人事变迁，别具声韵地唱响"一曲严峻的乡村牧歌"。

胡玉音是作品的女主人公，她秀外慧中，柔顺善良，由于出身问题而爱情受挫。后安于命运成家，勤劳苦干，与丈夫劳动发家。但却在"四清"运动的政治风暴中被戴上"新富农"的帽子而家破夫亡。"文化大革命"中，她又被打成"反革命"，被罚扫街改造，生活凄惨，在暗无天日的日子里与同样被罚扫街的秦书田相爱并结合，但秦书田又被判十年徒刑，直到1979年才双双得以平反，夫妻团聚。小说通过描写她的生活际遇，展现了极左年代无辜百姓的苦难命运，也赞颂了她在不公命运面前的坚强隐忍。

王秋赦是小说中的"负面人物"，是一个典型的流氓无产者的形象。他游手好闲，不务正业，好吃懒做，但却因为"出身清白"，在数次政治运动中都成为基本群众、依靠对象和骨干力量，甚至成为乡镇的基层干部。极左路线的荒谬在他身上得到了集中体现。后来在"拨乱反正"的历史进程中，他被罢免官职而疯掉，"成为一个可悲可叹的时代的尾音"。

《芙蓉镇》的语言朴实凝练又富于乡土气息。木芙蓉、水芙蓉竞相开放、争奇斗艳的景致，镇上居民讲人缘、互赠吃食的淳朴民风，赶圩时人头攒动的红火景象，女儿出嫁前夕热闹喜庆的"坐歌堂"，都展现出湘南山区的自然景色和人文气象。作者把湖南方言、俚语入文，在凸显小说地方色彩的同时，也使得人物形象更加生动鲜活。

（田　庆）

哦，香雪

铁　凝

　　如果不是有人发明了火车，如果不是有人把铁轨铺进深山，你怎么也不会发现台儿沟这个小村。它和它的十几户乡亲，一心一意掩藏在大山那深深的皱褶里，从春到夏，从秋到冬，默默的接受着大山任意给予的温存和粗暴。

　　然而，两根纤细、闪亮地铁轨延伸过来了。它勇敢地盘旋在山腰，又悄悄的试探着前进，弯弯曲曲，曲曲弯弯，终于绕到台儿沟脚下，然后钻进幽暗的隧道，冲向又一道山梁，朝着神秘的远方奔去。

　　不久，这条线正式营运，人们挤在村口，看见那绿色的长龙一路呼啸，挟带着来自山外的陌生、新鲜的清风，擦着台儿沟贫弱的脊背匆匆而过。它走的那样急忙，连车轮碾轧钢轨时发出的声音好像都在说：不停不停，不停不停！是啊，它有什么理由在台儿沟站脚呢，台儿沟有人要出远门吗？山外有人来台儿沟探亲访友吗？还是这里有石油储存，有金矿埋藏？台儿沟，无论从哪方面讲，都不具备挽住火车在它身边留步的力量。

　　可是，记不清从什么时候起，列车的时刻表上，还是多了"台儿沟"这一站。也许乘车的旅客提出过要求，他们中有哪位说话算数的人和台儿沟沾亲；也许是那个快乐的男乘务员发现台儿沟有一群十七、八岁的漂亮姑娘，每逢列车疾驰而过，她们就成帮搭伙地站在村口，翘起下巴，贪婪、专注地仰望着火车。有人朝车厢指点，不时能听见她们由于互相捶打而发出的一两声娇嗔的尖叫。也许什么都不为，就因为台儿沟太小了，小得叫人心疼，就是钢筋铁骨的巨龙在它面前也不能昂首阔步，也不能不停下来。总之，台儿沟上了列车时刻表，每晚七点钟，由首都方向开往山西的这列火车在这里停留一分钟。

　　这短暂的一分钟，搅乱了台儿沟以往的宁静。从前，台儿沟人历来是吃过晚饭就钻被窝，他们仿佛是在同一时刻听到大山无声的命令。于是，台儿沟那一小片石头房子在同一时刻忽然完全静止了，静的那样深沉、真切，好像在默默地向大山诉说着自己的虔诚。如今，台儿沟的姑娘们刚把晚饭端上桌就慌了神，她们心不在焉地胡乱吃几口，扔下碗就开始梳妆打扮。她们洗净蒙受了一天的黄土、风尘，露出粗糙、红润的面色，把头发梳的乌亮，然后就比赛着穿出最好的衣裳。有人换上过年时才穿的新鞋，有人还悄悄往脸上涂点胭脂。尽管火车到站时已经天黑，她们还是按照自己的心思，刻意斟酌着服饰和容貌。然后，她们就朝村口，朝火车经过的地方跑去。香雪总是第一个出门，隔壁的凤娇第二个就跟了出来。

七点钟，火车喘息着向台儿沟滑过来，接着一阵空哐乱响，车身震颤一下，才停住不动了。姑娘们心跳着涌上前去，像看电影一样，挨着窗口观望。只有香雪躲在后面，双手紧紧捂着耳朵。看火车，她跑在最前边，火车来了，她却缩到最后去了。她有点害怕它那巨大的车头，车头那么雄壮地吐着白雾，仿佛一口气就能把台儿沟吸进肚里。它那撼天动地的轰鸣也叫她感到恐惧。在它跟前，她简直像一叶没根的小草。

"香雪，过来呀，看！"凤娇拉过香雪向一个妇女头上指，她指的是那个妇女头上别着的那一排金圈圈。

"怎么我看不见？"香雪微微眯着眼睛。

"就是靠里边那个，那个大圆脸。看！还有手表哪，比指甲盖还小哩！"凤娇又有了新发现。

香雪不言不语地点着头，她终于看见了妇女头上的金圈圈和她腕上比指甲盖还要小的手表。但她也很快就发现了别的。"皮书包！"她指着行李架上一只普通的棕色人造革学生书包。就是那种连小城市都随处可见的学生书包。

尽管姑娘们对香雪的发现总是不感兴趣，但她们还是围了上来。

"呦，我的妈呀！你踩着我的脚啦！"凤娇一声尖叫，埋怨着挤上来的一位姑娘，她老是爱一惊一乍的。

"你咋呼什么呀，是想叫那个小白脸和你搭话了吧？"被埋怨的姑娘也不示弱。

"我撕了你的嘴！"凤娇骂着，眼睛却不由自主地朝第三节车厢的车门望去。

那个白白净净的年轻乘务员真下车来了。他身材高大，头发乌黑，说一口漂亮的北京话。也许因为这点，姑娘们私下里都叫他"北京话"。"北京话"双手抱住胳膊肘，和她们站得不远不近地说："喂，我说小姑娘们，别扒窗户，危险！"

"呦,我们小,你就老了吗?"大胆的凤娇回敬了一句。

姑娘们一阵大笑,不知谁还把凤娇往前一搡,弄的她差点撞在他身上,这一来反倒更壮了凤娇的胆,"喂,你们老呆在车上不头晕?"她又问。

"房顶子上那个大刀片似的,那是干什么用的?"又一个姑娘问。她指的是车厢里的电扇。

"烧水在哪儿?"

"开到没路的地方怎么办?"

"你们城里人一天吃几顿饭?"香雪也紧跟在姑娘们后面小声问了一句。

"真没治!""北京话"陷在姑娘们的包围圈里,不知所措地嘟囔着。

快开车了,她们才让出一条路,放他走。他一边看表,一边朝车门跑去,跑到门口,又扭头对她们说:"下次吧,下次一定告诉你们!"他的两条长腿灵巧地向上一跨就上了车,接着一阵叽哩哐啷,绿色的车门就在姑娘们面前沉重地合上了。列车一头扎进黑暗,把她们撇在冰冷的铁轨旁边。很久,她们还能感觉到它那越来越轻的震颤。

一切又恢复了寂静,静得叫人惆怅。姑娘们走回家去,路上还要为一点小事争论不休:"谁知道别在头上的金圈圈是几个?"

"八个。"

"九个。"

"不是!"

"就是!"

"凤娇,你说哪?"

"她呀,还在想'北京话'哪!"有人开起了凤娇的玩笑。

"去你的,谁说谁就想。"凤娇说着捏了一下香雪的手,意思是叫香雪帮腔。

香雪没说话,慌得脸都红了。她才十七岁,还没学会怎样在这种事上给人家帮腔。

"他的脸多白呀!"那个姑娘还在逗凤娇。

"白?还不是在那大绿屋里捂的。叫他到咱台儿沟住几天试试。"有人在黑影里说。

"可不,城里人就靠捂。要论白,叫他们和咱们香雪比比。咱们香雪，天生一副好皮子，再照火车那些闺女的样儿，把头发烫成弯弯绕，啧啧！'真没治'，凤娇姐，你说是不是？"

凤娇不接茬儿，松开了香雪的手。好像姑娘们真的在贬低她的什么人一样，她心里真有点替他抱不平呢。不知怎么的，她认定他的脸绝不是捂白的，那是天生的。

香雪又悄悄把手送到凤娇手心里，她示意凤娇握住她的手，仿佛请求凤娇的宽恕，仿佛是她使凤娇受了委屈。

"凤娇，你哑巴啦？"还是那个姑娘。

"谁哑巴啦！谁像你们，专看人家脸黑脸白。你们喜欢，你们可跟上人家走啊！"凤娇的嘴很硬。

"我们不配！"

"你担保人家没有相好的？"

……

不管在路上吵得怎样厉害，分手时大家还是十分友好的，因为一个叫人兴奋的念头又在她们心中升起：明天，火车还要经过，她们还会有一个美妙的一分钟。和它相比，闹点小别扭还算回事吗？

哦，五彩缤纷的一分钟，你饱含着台儿沟的姑娘们多少喜怒哀乐！

日久天长，这五彩缤纷的一分钟，竟变得更加五彩缤纷起来，就在这个一分钟里，她们开始挎上装满核桃、鸡蛋、大枣的长方形柳条篮子，站在车窗下，抓紧时间跟旅客和和气气地做买卖。她们垫着脚尖，双臂伸得直直的，把整筐的鸡蛋、红枣举上窗口，换回台儿沟少见的挂面、火柴，以及属于姑娘们自己的发卡、香皂。有时，有人还会冒着回家挨骂的风险，换回花色繁多的纱巾和能松能紧的尼龙袜。

凤娇好像是大家有意分配给那个"北京话"的，每次都是她提着篮子去找他。她和他做买卖故意磨磨蹭蹭，车快开时才把整篮的鸡蛋塞给他。他还没来得及付钱，车身已经晃动了，他在车上抱着篮子冲她指指划划，解释着什么，她在车下很开心，那是她心甘情愿的。当然，小伙子下次会把钱带给她，或是捎来一捆挂面、两块纱巾和别的什么。假如挂面是十斤，凤娇一定抽出一斤再还给他。她觉得，只有这样才对得起和他的交往，她愿意这种交往和一般的做买卖有区别。有时她也想起姑娘们的话："你担保人家没有相好的？"其实，有没有相好的不关凤娇的事，她又没想过跟他走。可她愿意对他好，难道非得是相好的才能这么做吗？

香雪平时话不多，胆子又小，但做起买卖却是姑娘中最顺利的一个。旅客们爱买她的货，因为她是那么信任地瞧着你，那洁如水晶的眼睛告诉你，站在车窗下的这个女孩子还不知道什么叫受骗。她还不知道怎么讲价钱，只说："你看着给吧。"你望着她那洁净得仿佛一分钟前才诞生的面孔，望着她那柔软得宛若红缎子似的嘴唇，心中会升起一种美好的感情。你不忍心跟这样的小姑娘耍滑头，在她面前，再爱计较的人也会变得慷慨大度。

有时她也抓空儿向他们打听外面的事，打听北京的大学要不要台儿沟人，打听什么叫"配乐诗朗诵"（那是她偶然在同桌的一本书上看到的）。有一回她向一位戴眼镜的中年妇女打听能自动开关的铅笔盒，还问到它的价钱。谁知没等人家回话，车已经开动了。她追着它跑了好远，当秋风和车轮的呼啸一同在她耳边鸣响时，她才停下脚步意识到，自己的行为是多么可笑啊。

火车眨眼间就无影无踪了。姑娘们围住香雪，当她们知道她追火车的原因后，便觉得好笑起来。

"傻丫头！"

"值不当的！"

她们像长者那样拍着她的肩膀。

"就怪我磨蹭，问慢了。"香雪可不认为这是一件值不当的事，她只是埋怨自己没抓紧时间。

"咳，你问什么不行呀！"凤娇替香雪挎起篮子说。

"谁叫咱们香雪是学生呢。"也有人替香雪分辩。

也许就因为香雪是学生吧，是台儿沟唯一考上初中的人。

台儿沟没有学校，香雪每天上学要到十五里以外的公社。尽管不爱说话是她的天性，但和台儿沟的姐妹们总是有话可说的。公社中学可就没那么多姐妹了，虽然女同学不少，但她们的言谈举止，一个眼神，一声轻轻的笑，好像都是为了叫香雪意识到，她是小地方来的，穷地方来的。她们故意一遍又一遍地问她："你们那儿一天吃几顿饭？"她不明白她们的用意，每次都认真的回答："两顿。"然后又友好地瞧着她们反问道："你们呢？"

"三顿！"她们每次都理直气壮地回答。之后，又对香雪在这方面的迟钝感到说不出的怜悯和气恼。

"你上学怎么不带铅笔盒呀?"她们又问。

"那不是嘛。"香雪指指桌角。

其实,她们早知道桌角那只小木盒就是香雪的铅笔盒,但她们还是做出吃惊的样子。每到这时,香雪的同桌就把自己那只宽大的泡沫塑料铅笔盒摆弄得哒哒乱响。这是一只可以自动合上的铅笔盒,很久以后,香雪才知道它所以能自动合上,是因为铅笔盒里包藏着一块不大不小的吸铁石。香雪的小木盒呢,尽管那是当木匠的父亲为她考上中学特意制作的,它在台儿沟还是独一无二的呢。可在这儿,和同桌的铅笔盒一比,为什么显得那样笨拙、陈旧?它在一阵哒哒声中有几分羞涩地畏缩在桌角上。

香雪的心再也不能平静了,她好像忽然明白了同学对她的再三盘问,明白了台儿沟是多么贫穷。她第一次意识到这是不光彩的,因为贫穷,同学才敢一遍又一遍地盘问她。她盯住同桌那只铅笔盒,猜测它来自遥远的大城市,猜测它的价值肯定非同寻常。三十个鸡蛋换得来吗?还是四十个、五十个?这时她的心又忽地一沉:怎么想起这些了?娘攒下鸡蛋,不是为了叫她乱打主意啊!可是,为什么那诱人的哒哒声老是在耳边响个没完?

深秋,山风渐渐凛冽了,天也黑得越来越早。但香雪和她的姐妹们对于七点钟的火车,是照等不误的。她们可以穿起花棉袄了,凤娇头上别起了淡粉色的有机玻璃发卡,有些姑娘的辫梢还缠上了夹丝橡皮筋。那是她们用鸡蛋、核桃从火车上换来的。她们仿照火车上那些城里姑娘的样子把自己武装起来,整齐地排列在铁路旁,像是等待欢迎远方的贵宾,又像是准备着接受检阅。

火车停了,发出一阵沉重的叹息,像是在抱怨着台儿沟的寒冷。今天,它对台儿沟表现了少有的冷漠:车窗全部紧闭着,旅客在黄昏的灯光下喝茶、看报,没有人向窗外瞥一眼。那些眼熟的、长跑这条线的人们,似乎也忘记了台儿沟的姑娘。

凤娇照例跑到第三节车厢去找她的"北京话",香雪紧紧头上的紫红色线围巾,把臂弯里的篮子换了换手,也顺着车身不停的跑着。她尽量高高地垫起脚尖,希望车厢里的人能看见她的脸。车上一直没有人发现她,她却在一张堆满食品的小桌上,发现了渴望已久的东西。它的出现,使她再也不想往前走了,她放下篮子,心跳着,双手紧紧扒住窗框,认清了那真是一只铅笔盒,一只装有吸铁石的自动铅笔盒。它和她离得那样近,她一伸手就可以摸到。

　　一位中年女乘务员走过来拉开了香雪。香雪挎起篮子站在远处继续观察。当她断定它属于靠窗的那位女学生模样的姑娘时，就果断地跑过去敲起了玻璃。女学生转过脸来，看见香雪臂弯里的篮子，抱歉地冲她摆了摆手，并没有打开车窗的意思，不知怎么的她就朝车门跑去，当她在门口站定时，还一把抓住了扶手。如果说跑的时候她还有点犹豫，那么从车厢里送出来的一阵阵温馨的、火车特有的气息却坚定了她的信心，她学着"北京话"的样子，轻巧地跃上了踏板。她打算以最快的速度跑进车厢，以最快的速度用鸡蛋换回铅笔盒。也许，她所以能够在几秒钟内就决定上车，正是因为她拥有那么多鸡蛋吧，那是四十个。

　　香雪终于站在火车上了。她挽紧篮子，小心地朝车厢迈出了第一步。这时，车身忽然悸动了一下，接着，车门被人关上了。当她意识到眼前发生了什么事时，列车已经缓缓地向台儿沟告别了。香雪扑在车门上，看见凤娇的脸在车下一晃。看来这不是梦，一切都是真的，她确实离开姐妹们，站在这又熟悉、又陌生的火车上了。她拍打着玻璃，冲凤娇叫喊："凤娇！我怎么办呀，我可怎么办呀！"

　　列车无情地载着香雪一路飞奔，台儿沟刹那间就被抛在后面了。下一站叫西山口，西山口离台儿沟三十里。

　　三十里，对于火车、汽车真的不算什么，西山口在旅客们闲聊之中就到了。这里上车的人不少，下车的只有一位旅客，那就是香雪，她胳膊上少了那只篮子，她把它塞到那个女学生座位下面了。

　　在车上，当她红着脸告诉女学生，想用鸡蛋和她换铅笔盒时，女学生不知怎么的也红了脸。她一定要把铅笔盒送给香雪，还说她住在学校吃食堂，鸡蛋带回去也没法吃。她怕香雪不信，又指了指胸前的校徽，上面果真有"矿冶学院"几个字。香雪却觉着她在哄她，难道除了学校她就没家吗？香雪一面摆弄着铅笔盒，一面想着主意。台儿沟再穷，她也从没白拿过别人的东西。就在火车停顿前发出的几秒钟的震颤里，香雪还是猛然把篮子塞到女学生的座位下面，迅速离开了。

　　车上，旅客们曾劝她在西山口住上一夜再回台儿沟。热情的"北京话"还告诉她，他爱人有个亲戚就住在站上。香雪没有住，更不打算去找"北京话"的什么亲戚，他的话倒更使她感到了委屈，她替凤娇委屈，替台儿沟委屈。她只是一心一意地想：赶快走回去，明天理直气壮地去上学，理直气壮地打开书包，把"它"摆在桌上。车上的人既不了解火车的呼啸曾经怎样叫她像只受惊的小鹿那样不知所措，更不了解山里的女孩子在大山和黑夜面前究竟有多大本事。

列车很快就从西山口车站消失了，留给她的又是一片空旷。一阵寒风扑来，吸吮着她单薄的身体。她把滑到肩上的围巾紧裹在头上，缩起身子在铁轨上坐了下来。香雪感受过各种各样的害怕，小时候她怕头发，身上粘着一根头发择不下来，她会急得哭起来；长大了她怕晚上一个人到院子里去，怕毛毛虫，怕被人胳肢（凤娇最爱和她来这一手）。现在她害怕这陌生的西山口，害怕四周黑幽幽的大山，害怕叫人心惊肉跳的寂静，当风吹响近处的小树林时，她又害怕小树林发出的窸窸窣窣的声音。三十里，一路走回去，该路过多少大大小小的林子啊！

一轮满月升起来了，照亮了寂静的山谷，灰白的小路，照亮了秋日的败草，粗糙的树干，还有一丛丛荆棘、怪石，还有满山遍野那树的队伍，还有香雪手中那只闪闪发光的小盒子。

她这才想到把它举起来仔细端详。它想，为什么坐了一路火车，竟没有拿出来好好看看？现在，在皎洁的月光下，它才看清了它是淡绿色的，盒盖上有两朵洁白的马蹄莲。她小心把它打开，又学着同桌的样子轻轻一拍盒盖，"哒"的一声，它便合得严严实实。她又打开盒盖，觉得应该立刻装点东西进去。她从兜里摸出一只盛擦脸油的小盒放进去，又合上了盖子。只有这时，她才觉得这铅笔盒真属于她了，真的。它又想到了明天，明天上学时，她多么盼望她们会再三盘问她啊！

她站了起来，忽然感到心里很满意，风也柔和了许多。她发现月亮是这样明净。群山被月光笼罩着，像母亲庄严、神圣的胸脯；那秋风吹干的一树树核桃叶，卷起来像一树树金铃铛，她第一次听清它们在夜晚，在风的怂恿下"哗啦啦"地歌唱。她不再害怕了，在枕木上跨着大步，一直朝前走去。大山原来是这样的！月亮原来是这样的！核桃树原来是这样的！香雪走着，就像第一次认出养育她长大成人的山谷。台儿沟呢？不知怎么的，她加快了脚步。她急着见到它，就像从来没有见过它那样觉得新奇。台儿沟一定会是"这样的"：那时台儿沟的姑娘不再央求别人，也用不着回答人家的再三盘问。火车上的漂亮小伙子都会求上门来，火车也会停得久一些，也许三分、四分，也许十分、八分。它会向台儿沟打开所有的门窗，要是再碰上今晚这种情况，谁都能从从容容地下车。

今晚台儿沟发生了什么事？对了，火车拉走了香雪，为什么现在她像闹着玩儿似的去回忆呢？四十个鸡蛋没有了，娘会怎么说呢？爹不是盼望每天都有人家娶媳妇、聘闺女吗？那时他才有干不完的活儿，他才能光着红铜似的脊梁，不分昼夜地打出那些躺柜、碗橱、板箱，挣回香雪的学费。想到这儿，香雪站住了，月光好像也黯淡下来，脚下的枕木变成一片模糊。回去怎么说？她环视群山，群山沉默着；她又朝着近处的杨树林张望，杨树林窸窸窣窣地响着，并不真心告诉她应该怎么做。是哪来的流水声？她寻找着，发现离铁轨几米远的地方，有一道浅浅的小溪。她走下铁轨，在小溪旁边坐了下来。她想起小时候有一回和凤娇在河边洗衣裳，碰见一个换芝麻糖的老头。凤娇劝香雪拿一件汗衫换几块糖吃，还教她对娘说，那件衣裳不小心叫河水给冲走了。香雪很想吃芝麻糖，可她到底没换。她还记得，那老头真心实意等了她半天呢。为什么她会想起这件小事？也许现在应该骗娘吧，因为芝麻糖怎么也不能和铅笔盒的重要性相比。她要告诉娘，这是一个宝盒子，谁用上它，就能一切顺心如意，就能上大学、坐上火车到处跑，就能要什么有什么，就再也不会叫人瞧不起……娘会相信的，因为香雪从来不骗人。

　　小溪的歌唱高昂起来了，它欢腾着向前奔跑，撞击着水中的石块，不时溅起一朵小小的浪花。香雪也要赶路了，她捧起溪水洗了把脸，又用沾着水的手捋光被风吹乱的头发。水很凉，但她觉得很精神。她告别了小溪，又回到了长长的铁路上。

　　前边又是什么？是隧道，它愣在那里，就像大山的一只黑眼睛。香雪又站住了，但她没有返回去，她想到怀里的铅笔盒，想到同学们惊羡的目光，那些目光好像就在隧道里闪烁。她弯腰拔下一根枯草，将草茎插在小辫里。娘告诉她，这样可以"避邪"。然后她就朝隧道跑去。确切地说，是冲去。

　　香雪越走越热了，她解下围巾，把它搭在脖子上。她走出了多少里？不知道。尽管草丛里的"纺织娘""油葫芦"总在鸣叫着提醒她。台儿沟在哪儿？她向前望去，她看见迎面有一颗颗黑点在铁轨上蠕动。再近一些她才看清，那是人，是迎着她走过来的人群。第一个是凤娇，凤娇身后是台儿沟的姐妹们。当她们也看清对面的香雪时，忽然都停住了脚步。

　　香雪猜出她们在等待，她想快点跑过去，但腿为什么变得异常沉重？她站在枕木上，回头望着笔直的铁轨，铁轨在月亮的照耀下泛着清淡的光,它冷静地记载着香雪的路程。她忽然觉得心头一紧,不知怎么的就哭了起来,那是欢乐的泪水,满足的泪水。面对严峻而又温厚的大山,她心中升起一种从未有过的骄傲。她用手背抹净眼泪,拿下插在辫子里的那根草棍儿,然后举起铅笔盒,迎着对面的人群跑去。

山谷里突然爆发了姑娘们欢乐的呐喊,她们叫着香雪的名字,声音是那样奔放、热烈;她们笑着,笑得是那样不加掩饰、无所顾忌。古老的群山终于被感动得颤栗了,它发出宽亮低沉的回音,和她们共同欢呼着。

哦,香雪!香雪!

[提示]

铁凝(1957—),河北赵县人,1975年开始发表作品,著有长篇小说《玫瑰门》《大浴女》《无雨之城》《笨花》4部,中、短篇小说《哦,香雪》《第十二夜》《没有纽扣的红衬衫》《对面》《永远有多远》等100余篇,以及散文、随笔等共400余万字,结集出版小说、散文集50余种。

《哦,香雪》原载《青年文学》1982年第5期,是铁凝的成名作。在这篇不足一万字的小说中,作者没有设置尖锐的矛盾冲突,也没有追求曲折的故事情节,而是选择了几个日常生活场景和一群普通的山村姑娘来反映时代巨变。其鲜活的人物形象、强烈的时代精神、明丽的抒情笔调、浓郁的生活气息共同造就了作品独特的艺术风格。

主人公香雪是个活泼可爱的山村少女,在她眼里,那个精致的铅笔盒是"一个宝盒子,谁用上它,就能一切顺心如意,就能上大学,坐上火车到处跑,就能要什么有什么,就再也不会叫人瞧不起"。它牵动了少女的全部心思,让她冒冒失失地登车而去。从这个情节中,我们看到了香雪对知识的渴求,铁凝在香雪身上寄寓了深刻的时代内容:不满足于古老陈旧的生活方式和思想观念,努力追求更高层次的物质文明和精神文明。这种对未来的希望和召唤绝不仅仅是香雪一个人的,也不仅仅是台儿沟的,而是变革时期所有农村的、整个年轻一代的共同心声。作者以平凡的生活为素材,在香雪的希冀、欢欣中显示了山村少女纯洁美好的内心世界,又折射出丰厚的历史和现实内容。孙犁曾称赞这篇小说:"从头至尾都是诗,它是一泻千里的,始终一致的,这是一首纯净的诗,即是清泉。它所经过的地方,也都是纯净的境界。"诚哉斯言!铁凝紧紧抓住火车停留的短短一分钟,把自己的真情实感注入文字描写中,并用自然景物的变幻来衬托人物心理的起伏,使笔下的山、水、月色、草木等无不洋溢着浓浓的情意,渗透着对生活的挚爱,做到了情景交融。铁凝还擅长描写人物的心理活动,她用了一大段文字来展现主人公夜里步行三十里山路的心理变化。这里有香雪对幼年生活的回忆,对父母亲人的思念,对学校片段的追述,对茫茫深夜的恐惧,对获得铅笔盒的欣喜,对未来的美好憧憬。这一切共同构成了人物朴素而丰富的情感世界,增加了作品的艺术感染力。

(王 琳)

玫瑰门（存目）

铁 凝

1988年9月，《玫瑰门》在大型文学期刊《文学四季》创刊号上首发，1989年由作家出版社出版单行本。"玫瑰门"是女性的象征，与生命、生育、苦难、死亡联系在一起，既代表对女性命运的追问，又彰显对复杂人性的审视。

《玫瑰门》首先是一部成功的女性作品，铁凝塑造了一群鲜活的女性形象。《玫瑰门》描写的三代女性，每一代人里都有一个典型代表，如果说第一代的中心人物是司猗纹，第二代是宋竹西，那么，第三代的中心人物无疑是苏眉。司猗纹是"中国文学画廊富有奇特光彩的新人"形象，打破了人们对传统意义上女性角色的审美期待，颠覆了以往创作中的理想化女性角色特征，代之以病态性格特征。她强烈的复仇欲望和征服行为，以及她的挣扎与顺从，变态与可怜，都被作家刻画得相当"典型"，使得这一形象的病态审美价值得以彰显。竹西是一个拥有旺盛精力与欲望的女性，总是处于对男性的追逐之中，竹西的情感历程不仅是生理欲望的实现，也是女性主体意识的建构历程。她生命中的三个男人分别对应不同时期的精神诉求，与庄坦的婚姻激发了竹西女性意识的觉醒，与大旗的私情是她作为女性的生命欲望的实现，她对叶龙北的爱慕与她追求超越的精神诉求紧密相连。而苏眉承担着全书叙事主体的任务，从七岁被送入京城的外婆家开始，她就以第一人称叙述方式出现，她既是展示女性生命存在的重要符号，又作为清醒的旁观者透露出审视长辈、追问亲人的严峻主题。她在三代女性故事中保持了精神上的独立，在外在环境的压抑下艰苦挣扎，一步步向着人性光环的深处奋进，最终成为一朵健康向上的人性之花。

借助司猗纹、竹西、苏眉这三代女性形象，小说串联起20世纪的中国历史，尤其是展现了风起云涌的社会运动对女性日常生活的影响。作品对女性心理结构的揭示尤为独到，"身体"取代"革命"，成为女性生活、精神乃至社会文化心理的"基本结构"与"内在动力"。

（陈秀娟）

那五（存目）

邓友梅

邓友梅（1931—），原籍山东平原，生于天津。1956年发表的短篇小说《在悬崖上》是他的成名作。继1979年《话说陶然亭》之后，他又创作了《那五》《索七的后代》《烟壶》等一系列市井风俗小说。其中，《那五》获第二届全国优秀中篇小说奖。

《那五》原载《北京文学》1982年第5期。主要叙述了八旗子弟那五的荒唐生活，并且围绕那五的命运，概括了清朝末年到解放初期近半个世纪以来的古都北京的社会风貌，展示了丰富多彩的习俗民风、人情世态。

小说的主人公那五是真正的名门后裔，养尊处优的生活使他丧失了起码的谋生能力，沦落为八旗子弟中最不长进的一个。由于时代变迁、历史进步，那五失去了赖以生存的经济基础和政治地位，可他那浪荡子弟的性格、"龙子龙孙"的派头、"倒驴不倒架儿"的酸腐气并未随之消失，而是完整地保存下来，并伴随着周围环境的腐蚀越演越烈。家业败落之后，那五做的一系列荒唐可笑的事情，活灵活现地展示了他身上根植于腐朽阶级和没落王朝的寄生性。可以说，正是坐吃山空、好逸恶劳的寄生性，害了那五，这也是由盛而衰的满洲贵族阶级的致命伤。邓友梅用充满喜剧色彩的语言来刻画那五性格的各个侧面：软弱、卑劣、自私、虚荣。人物丰满而有立体感，同时又概括了深广的社会内容和历史意义。那五之外，作者还描绘了老北京市民阶层的众生相。有勤劳善良、自卑自谦的贵族遗孀云奶奶，有豪迈义气、富有民族气节的拳师武存忠，有正直淳朴、清贫一世的过大夫，有卑鄙阴险、自私贪婪的骗子贾凤魁……作者将下层社会形形色色的人物推上了舞台，让人们看到了三教九流的众生相。

不仅如此，作品还通过那五的经历来描写旧北京各种地道的生活习俗，多层次地呈现了一个充满生活情趣的北京城，语言明快、简洁，从容徐缓，看似平铺直叙，实则娓娓动听，使人有身临其境之感。另外，作者选取熟悉的生活素材，运用传统章回小说的手法，给小说带来了浓郁的民俗学风味和地方色彩。如开头用一句俗语起笔，交代了那五的家庭出身、时代背景，然后急转话题，叙述人物活动，并运用对话、动作、神情描写来展示人物的性格。又穿插着对掌故、行话、地方语的锤炼，这更增添作品的感染力，让读者于冲淡朴拙的家常语言中领略到特殊的审美意蕴。小说中每个人物、每个场景轮番出场又逐一消失，都是一个个相对独立完整的小故事。读者追踪那五的行迹，就足以浏览这幅生活画卷，也可以感受到那个特殊年代的京腔京韵，显示了邓友梅深厚的艺术造诣。

（王　琳）

人生（存目）

路　遥

　　路遥（1949—1992），原名王卫国，陕西清涧人。主要作品有长篇小说《平凡的世界》，中篇小说《人生》《在困难的日子里》《黄叶在秋风中飘落》，短篇小说《匆匆过客》《姐姐》《风雪腊梅》，诗歌《塞上柳》《电焊工》《歌儿伴着车轮飞》，散文《灯光闪闪》《少年之梦》等。其中，《人生》获1981—1982年全国优秀中篇小说奖，2018年入选改革开放四十年最具影响力小说。

　　《人生》原载《收获》1982年第3期。是路遥的成名作，作者以改革开放初期西北高原的城乡生活为创作背景，描写了主人公高加林离开土地，再回到土地的人生经历。

　　《人生》引发巨大反响的原因，在于它对特定历史时期城乡二元户籍制度和农家子弟高加林人生悲剧命运的思考。高加林是改革开放初期从农村涌向城市的青年打工者的先行人。他的性格是复杂矛盾的。作为农民的儿子，他对生育他的土地有深厚的情感，但同时他并不甘心当一个农民。他有理想有抱负，为了离开贫穷落后的乡村，去更加广阔的世界发展，他努力学习，逃离土地，他的人生选择代表了中国广大农村青年的心声。但是，当在城市经历了翻天覆地的变化后，生活给了他沉重的打击，他又回到了他曾经逃避的乡村中去。在经历了人生的磨难之后，高加林也真正明白了自己的人生道路该往哪走，开始重新思索自己的人生道路。在对高加林形象的塑造上，作者重在突出其性格上的复杂性，表现人物形象的多面性。他的身上既有热情、努力、向上的一面，又有自私自利的一面。

　　在创作手法上，作者运用对比手法表现城市和乡村不同人的生活，首先是城市和乡村的两位姑娘的对比，刘巧珍是典型的朴实、单纯的农村姑娘，而黄亚萍是城市现代女性的代表，两个人对高加林的感情使高加林陷入艰难的选择。其次是情节的对比，高加林在城市和乡村生活环境的不同对比。通过主人公在不同环境中心理的变化表现主人公内心的矛盾冲突。另外，路遥还将"信天游"作为民歌形式融入作品，将情感蕴藏在"信天游"中，来表现人物的内心世界。如小说结尾，高加林返乡路上听到"哥哥你不成才，卖了良心才回来"的信天游时的痛苦，让小说产生了极强的艺术感染力，表现出鲜明的地方色彩和时代特色。

（陈　敏）

平凡的世界（存目）

路　遥

　　《平凡的世界》获第三届茅盾文学奖，2018年入选改革开放四十年最具影响力小说，还被改编为电视剧和话剧广泛传播，备受好评。

　　长篇小说《平凡的世界》包括三部，第一部原载《花城》1986年第6期，第二、第三部原载《黄河》1988年第3期，1986—1999年由中国文联出版公司出版单行本。小说以1975—1985年中国广阔的社会生活为背景，全景式地展现了当时中国城乡社会生活的巨大变迁。小说的中心人物是孙少安、孙少平兄弟，以他们为中心辐射社会各阶层，将个人的命运与时代命运相联系，呈现了普通人在社会变革时期不平凡的人生。

　　小说主要有三条线索，第一条是以双水村为中心，描写双水村孙、田、金三大姓氏的家族恩怨，围绕一系列生活事件，表现变革时期农民的生活状况、心理状态、价值理念的变化。第二条线索围绕孙少平离开家乡独自在外闯荡的艰苦生活展开，侧重展示孙少平在与时代命运抗争中逐渐走向成熟的过程。作为领导干部的代表，田福军是第三条线索的中心人物，小说不仅写出了田福军在官场上的起伏过程，又以他为中心把其他领导干部联系在一起，将十年间的政策变迁呈现出来。三条线索相互独立又彼此联系，呈现出特定历史时期社会生活的方方面面，使整部作品具有史诗风格。

　　《平凡的世界》的价值还在于它刻画了众多令人印象深刻的人物形象，最具代表性的是孙氏兄弟。他们出生在普通农民家庭，艰苦的生活环境培养了他们吃苦耐劳的品性，他们都以自己的方式探寻着各自的人生道路。哥哥孙少安是农村中先进青年的典型代表，扎根农村，求真务实，勇于奋斗；弟弟孙少平是追求新生活的典型代表，富于幻想，积极进取，敢于挑战。虽然两兄弟选择的道路不同，但是他们在面对挫折与困难时，都保持着昂扬的斗志，表现出不向命运低头的昂扬斗志，这种顽强不屈的精神感染着每一个读者，成为激励青年奋斗的经典作品。

（陈　敏）

黑骏马（存目）

张承志

张承志（1948—），回族，祖籍山东济南，生于北京，中学毕业后插队内蒙古草原放牧四年。其创作主要以内蒙古草原、新疆、西北回族地区作为依托。代表作有中篇小说《黑骏马》《北方的河》《黄泥小屋》《西省暗杀考》，长篇小说《金牧场》《心灵史》等，散文随笔集《无援的思想》《清洁的精神》等。其中，《黑骏马》获1981—1982年全国优秀中篇小说奖。

《黑骏马》原载《十月》1982年第6期，是张承志怀恋草原的忆旧之作。小说以草原生活为背景讲述主人公纯洁青涩的爱情故事，承载着作家对草原牧民人性美的赞美，也体现了作家对古老的草原文化与现代文明之间的碰撞的思考。

蒙古青年白音宝力格和索米娅青梅竹马，因为索米娅被人强暴的悲剧性事件，双方分手；多年以后，当白音宝力格怀着对草原的眷恋，踏着那首著名古歌《黑骏马》的旋律，千里迢迢找到索米娅时，索米娅已是四个孩子的母亲。在白音宝力格千里追寻索米娅的过程中，他不断思索蒙古民族的生活方式及其文化形态，他认识到，长期的游牧生活养成了蒙古民族豪放、热忱、坚韧的性格，但古老民族留下来的传统陋习又与现代文明格格不入。额吉老奶奶和索米娅的生活悲剧表明，草原人必须打破上一辈人的传统生活方式，革除固有陋习，才能实现自我超越，才能追随时代步伐前进。白音宝力格走出草原，就是为了追求文明、健康的生活方式。作者还把对生活的思考上升到哲理层面。老额吉和索米娅坚忍顽强地面对苦难，无怨无悔、默默承受。这种沉默坚韧的生活态度感动着白音宝力格，这正是他上下求索的人生真谛。

《黑骏马》又是一部富于浪漫主义色彩的诗质小说，作者把古歌《黑骏马》的八节分别与作品的八节相对应，为作品定下了如古歌般辽远开阔、豪放深沉而略带忧伤的情感基调。又将抒情主人公白音宝力格的返乡寻亲经历与爱情回忆融为一体，构成了一首优美的叙事诗。

（田　庆）

高山下的花环（存目）

李存葆

李存葆（1946—），山东五莲人。代表作品有中篇小说《高山下的花环》《山中，那十九座坟茔》，长篇报告文学《大王魂》《沂蒙九章》，散文《鲸殇》《大河遗梦》。《高山下的花环》获1982—1983年第二届全国优秀中篇小说奖。

《高山下的花环》原载《十月》1982年第6期。是新时期优秀的军事题材作品，它与以往惯于描写战争场面和英雄豪情的军事小说大有不同，拓宽了军事小说的社会生活容量，强化了作品的历史纵深感和思想内涵，显示出作者深厚的艺术造诣。小说的可贵之处在于，作者以严谨的态度和直面现实的勇气大胆揭露了复杂尖锐的社会矛盾和部队中的不正之风：赵蒙生的母亲吴爽有严重的官僚主义，她凭借个人权势妄图把儿子从前线调回；"艺术细胞"段雨国无视军纪、自命不凡。

得益于李存葆对军旅生活的深切体验和对人性的敏锐观察，作品塑造了一群可歌可泣的军民形象：廉洁奉公的雷军长，清苦朴素、舍己救人的部队连长梁进喜，从懦弱无为的高干子弟幡然醒悟而成为沙场英雄的赵蒙生，为战友砍蔗林解决饥渴而牺牲的"牢骚大王"靳开来，因一发臭弹被敌人射杀的青年军事奇才薛凯华，善良的梁大娘和儿媳韩玉秀……展现了军人们的大无畏精神和普通老百姓的淳朴与自尊。

小说的叙述方式也很有特点。小说采用了现实采访与回忆交叉的形式，以第一人称娓娓道来，亲切自然，但这第一人称又有变化，首先是采访战斗英雄赵蒙生的记者"我"，其次是赵蒙生以第一人称讲述战友的故事，又不断穿插记者"我"来叙述，变化多端又整饬有序，可见作者艺术构思的精巧。

（夏　雪）

今夜有暴风雪（存目）

梁晓声

梁晓声（1949—），山东荣城人，生于哈尔滨。主要有长篇小说《雪城》《生非》《恐惧》《泯灭》《人世间》，中短篇小说《父亲》《年轮》《这是一片神奇的土地》《今夜有暴风雪》《人间烟火》，散文集《万千说法》《九五随想》，随笔集《郁闷的中国人》，社会学著作《中国社会各阶层分析》等。其中，《今夜有暴风雪》获第三届全国优秀中篇小说奖。

《今夜有暴风雪》原载《青春丛刊》1983年第1期，是新时期知青文学代表作之一。作者用饱含血泪的笔触描写了知识青年"上山下乡"的悲剧历史，发掘知青身上的正义感、责任心、对理想的追求、对祖国的热爱等元素，歌颂了一代垦荒者的奉献精神，并以清醒、严肃的态度反思历史，试图给予客观评价，具有一定的审美价值和认识功能。

首先，作品塑造了一批富有英雄气质的知青形象，正直刚毅的曹铁强、壮烈牺牲的刘迈克、以身殉职的裴晓芸等。曹铁强是作者着墨最多的一个，他是北大荒人的后代，对北大荒的开垦事业怀着特殊的崇敬之情。他在要求得不到批准的情况下，自己设法来到北大荒。这时的曹铁强单纯善良、坚毅又略带刚愎自用，经历一次次"淬火"而成长为一个具有钢一样弹性和硬度的人，开始用冷静理智的头脑处理问题。所以，他能在八百名知青冲动、狂怒的时候平息混乱，能义无反顾地选择留在北大荒，曹铁强身上有震撼人心的英雄主义气质。

其次，作品的结构独具特色。作者采用的是既平行发展又相互交错的双线结构。以八百名知青暴风雪之夜到团部追查马崇汉无理扣压上级指示为经，以十年兵团生活回忆为纬，让人物在自然的"暴风雪"和社会的"暴风雪"中思想性格发生对比、碰撞，从而对人物灵魂深入剖析，曹铁强等三十名对生活倾注着热情的知识青年，经过这场心灵炼狱，变得更加坚定纯洁。作者将典型环境描写与人物性格刻画有机地结合起来，使作品主旨更加突出。

另外，《今夜有暴风雪》充满了阳刚遒劲、雄浑悲壮的力度美。北大荒是凝聚着青春热血、洋溢着理想信念的蛮荒之地，这里记录了知青的痛苦、失落，也铭刻着他们的拼搏、奋斗。梁晓声把深沉的主观情愫融入时代悲剧的描写中，让读者一面惋叹惨烈的历史悲剧，同情主人公们蒙受的苦难；一面又钦佩他们的献身精神和搏击勇气，使整部作品悲壮有力，高扬着一股英雄主义的力量。

（王　琳）

我的遥远的清平湾

史铁生

北方的黄牛一般分为蒙古牛和华北牛。华北牛中要数秦川牛和南阳牛最好，个儿大，肩峰很高，劲儿足。华北牛和蒙古牛杂交的牛更漂亮，犄角向前弯去，顶架也厉害，而且皮实、好养。对北方的黄牛，我多少懂一点。这么说吧：现在要是有谁想买牛，我担保能给他挑头好的。看体形，看牙口，看精神儿，这谁都知道；光凭这些也许能挑到一头不坏的，可未必能挑到一头真正的好牛。关键是得看脾气，拿根鞭子，一甩，"嗖"的一声，好牛就会瞪圆了眼睛，左蹦右跳。这样的牛干起活来下死劲，走得欢。疲牛呢？听见鞭子响准是把腰往下一塌，闭一下眼睛。忍了。这样的牛，别要。

我插队的时候喂过两年牛，那是在陕北的一个小山村儿——清平湾。

我们那个地方虽然也还算是黄土高原，却只有黄土，见不到真正的平坦的塬地了。由于洪水年年吞噬，塬地总在塌方，顺着沟、渠、小河，流进了黄河。从洛川再往北，全是一座座黄的山峁或一道道黄的山梁，绵延不断。树很少，少到哪座山上有几棵什么树，老乡们都记得清清楚楚；只有打新窑或是做棺木的时候，才放倒一两棵。碗口粗的柏树就稀罕得不得了。要是谁能做上一口薄柏木板的棺材，大伙儿就都佩服，方圆几十里内都会传开。

在山上拦牛的时候，我常想，要是那一座座黄土山都是谷堆、麦垛，山坡上的胡蒿和沟壑里的狼牙刺都是柏树林，就好了。和我一起拦牛的老汉总是"唏溜唏溜"地抽着旱烟，笑笑，说："那可就一股劲儿吃白馍馍了。老汉儿家、老婆儿家都睡一口好材。"

和我一起拦牛的老汉姓白。陕北话里，"白"发"破"的音，我们都管他叫"破老汉"。也许还因为他穷吧，英语中的"poor"就是"穷"的意思。或者还因为别的：那几颗零零碎碎的牙，那几根稀稀拉拉的胡子。尤其是他的嗓子——他爱唱，可嗓子像破锣。傍晚赶着牛回村的时候，最后一缕阳光照在崖畔上，红的。破老汉用镢把挑起一捆柴，扛着，一路走一路唱:"崖畔上开花崖畔上红,受苦人①过得好光景……"声音拉得很长,虽不洪亮,但颤微微的,悠扬。碰巧了,崖顶上探出两个小脑瓜,竖着耳朵听一阵,跑了;可能是狐狸,也可能是野羊。不过,要想靠打猎为生可不行,野兽很少。我们那地方突出的特点是穷,穷山穷水,"好光景"永远是"受苦人"的一种盼望。天快黑的时候,进山寻野菜的孩子们也都回村了,大的拉着小的,小的扯着更小的,每人的臂弯里都挂着个小篮儿,装的苦菜、苋菜或者小蒜、蘑菇……孩子们跟在牛群后面,"叽叽嘎嘎"地吵,争抢着把牛粪撮回窑里②去。

  越是穷地方,农活也越重。春天播种;夏天收麦;秋天玉米、高粱、谷子都熟了,更忙;冬天打坝、修梯田,总不得闲。单说春种吧,往山上送粪全靠人挑。一担粪六七十斤,一早上就得送四五趟;挣两个工分,合六分钱。在北京,才够买两根冰棍儿的。那地方当然没有冰棍儿,在山上干活渴急了,什么水都喝。天不亮,耕地的人们就扛着木犁、赶着牛上山了。太阳出来,已经耕完了几垧地。火红的太阳把牛和人的影子长长地印在山坡上,扶犁的后面跟着撒粪的,撒粪的后头跟着点籽的,点籽的后头是打土坷垃的,一行人慢慢地、有节奏地向前移动,随着那悠长的吆牛声。吆牛声有时疲惫、凄婉;有时又欢快、诙谐,引动一片笑声。那情景几乎使我忘记自己是生活在哪个世纪,默默地想着人类遥远而漫长的历史。人类好像就是这么走过来的。

  清明节的时候我病倒了,腰腿疼得厉害。那时只以为是坐骨神经疼,或是腰肌劳损,没想到会发展到现在这么严重。陕北的清明前后爱刮风,天都是黄的。太阳白蒙蒙的。窑洞的窗纸被风沙打得"唰啦啦"响。我一个人躺在土炕上……

  那天,队长端来了一碗白馍……

  陕北的风俗,清明节家家都蒸白馍,再穷也要蒸几个。白馍被染得红红绿绿的,老乡管那叫"zichui"。开始我们不知道是哪两个字,也不知道什么意思,跟着叫"紫锤"。后来才知道,是叫"子推",是为纪念春秋时期一个叫介子推的人的。破老汉说,那是个刚强的人,宁可被人烧死在山里,也不出去做官。我没有考证过,也不知史学家们对此作何评价。反正吃一顿白馍,清平湾的老老少少都很高兴。尤其是孩子们,头好几天

---

① 受苦人:即庄稼人的意思。陕北方言。
② 窑里:即家里之意。陕北方言。

就喊着要吃子推馍馍了。春秋距今两千多年了，陕北的文化很古老，就像黄河。譬如，陕北话中有好些很文的字眼："喊"不说"喊"，要说"呐喊"；香菜，叫芫荽；"骗人"也不说"骗人"，叫作"玄谎"……连最没文化的老婆儿也会用"酝酿"这词儿。开社员会时，黑压压坐了一窑人，小油灯冒着黑烟，四下里闪着烟袋锅的红光。支书念完了文件，喊一声："不敢睡！大家讨论个一下！"人群中于是息了鼾声，不紧不慢地应着："酝酿酝酿了再……"这"酝酿"二字使人想到那儿确是革命圣地，老乡们还记得当年的好作风。可在我们插队的那些年里，"酝酿"不过是一种习惯了的口头语罢了。乡亲们说"酝酿"的时候，心里也明白：屁事不顶！可支书让发言，大伙总得有个说的，支书也是难，其实那些政策条文早已经定了。最后，支书再喊一声："同意啊不？"大伙回答："同意——"然后回窑睡觉。

那天，队长把一碗"子推"放在炕沿上，让我吃。他也坐在炕沿上，"吧嗒吧嗒"地抽烟。"子推"浮头用的是头两茬面，很白；里头都是黑面，麸子全磨了进去。队长看着我吃，不言语。临走时，他吹吹烟锅儿，说："唉！'心儿'家不容易，离家远。""心儿"就是孩子的意思。

队里再开会时，队长提议让我喂牛。社员们都赞成。"年轻后生家，不敢让腰腿作下病，好好价把咱的牛喂上！"老老小小见了我都这么说。在那个地方，担粪、砍柴、挑水、清明磨豆腐、端午做凉粉、出麻油、打窑洞……全靠自己动手。腰腿可是劳动的本钱；唯一能够代替人力的牛简直是宝贝。老乡把喂牛这样的机要工作交给我，我心里很感动，嘴上却说不出什么。农民们不看嘴，看手。

我喂十头，破老汉喂十头，在同一个饲养场上。饲养场建在村子的最高处，一片平地，两排牛棚，三眼堆放草料的破石窑。清平河水整日价"哗哗啦啦"的，水很浅，在村前拐了一个弯，形成了一个水潭。河湾的一边是石崖，另一边是一片开阔的河滩。夏天，村里的孩子们光着屁股在河滩上折腾，往水潭里"扑通扑通"地跳，有时候捉到一只鳖，又笑又嚷，闹翻了天。破老汉坐在饲养场前面的窑顶上看着，一袋接一袋地抽烟。"'心儿'家不晓得愁，"他说，然后就哑着个嗓子唱起来："提起那家来，家有名，家住在绥德三十里铺村……"破老汉是绥德人，年轻时打短工来到清平湾，就住下了。绥德出打短工的，出石匠，出说书的，那地方更穷。

绥德还出吹手。农历年夕前后。坐在饲养场上，常能听到那欢乐的唢呐声。那些吹手也有从米脂、佳县来的，但多数是从绥德来的。他们到处串，随便站在谁家窑前就吹上一阵。如果碰巧那家要娶媳妇，他们就被推去，"呜哩哇啦"地吹一天，吃一天好饭。要是运气不好，吹完了，就只能向人家要一点吃的或钱。或多或少，家家都给，破老汉尤其给得多。他说："谁也有难下的时候"。原先，他也干过那营生，吃是能吃饱，可是常要受冻，要是没人请，夜里就得住寒窑。"揽工人儿难，哎哟，揽工人儿难；正月里上工十月里满，受的牛马苦，吃的猪狗饭……"他唱着，给牛添草。破老汉一肚子歌。

小时候就知道陕北民歌。到清平湾不久，干活歇下的时候我们就请老乡唱，大伙都说破老汉爱唱，也唱得好。"老汉的日子熬煎咧，人愁了才唱得好山歌。"确实，陕北的民歌多半都有一种忧伤的调子。但是，一唱起来，人就快活了。有时候赶着牛出村，破老汉憋细了嗓子唱《走西口》："哥哥你走西口，小妹妹也难留，手拉着哥哥的手，送哥到大门口。走路你走大路，再不要走小路，大路上人马多，来回解忧愁……"场院的婆姨、女子们嘻嘻哈哈地冲我嚷："让老汉儿唱个《光棍哭妻》嘛，老汉儿唱得可美！"破老汉只做没听见，调子一转，唱起了《女儿嫁》："一更里叮当响，小哥哥进了我的绣房，娘问女孩儿什么响，西北风刮得门栓响嘛哎哟……"往下的歌词就不宜言传了。我和老汉赶着牛走出很远了，还听见婆姨、女子们在场院上骂。老汉冲我眨眨眼，撅一条柳条，赶着牛，唱一路。

破老汉只带着个七八岁的小孙女过。那孩子小名儿叫"留小儿"。两口人的饭常是她做。

把牛赶到山里。正是晌午。太阳把黄土烤得发红，要冒火似的。草丛里不知名的小虫子"嗞——嗞——"地叫。群山也显得疲乏，无精打采地互相挨靠着。方圆十几里内只有我和破老汉，只有我们的吆牛声。哪儿有泉水，破老汉都知道；几镢头挖成一个小土坑，一会儿坑里就积起了水。细珠子似的小气泡一串串地往上冒，水很小，又凉又甜。"你看下我来，我也看下你……"老汉喝口水，抹抹嘴，扯着嗓子又唱一句。不知道他又想起了什么。

夏天拦牛可不轻闲，好草都长在田边，离庄稼很近。我们东奔西跑地吆喝着，骂着。破老汉骂牛就像骂人，爹、娘、八辈祖宗，骂得那么亲热。稍不留神，哪个狡猾的家伙就会偷吃了田苗。最讨厌的是破老汉喂的那头老黑牛，称得上是"老谋深算"。它能把野草和田苗分得一清二楚。它假装吃着田边的草，慢慢接近田苗，低着头，眼睛却溜着我。我看着它的时候，田苗离它再近它也不吃，一副廉洁奉公的样儿；我刚一回头，它就趁机啃倒一棵玉米或高粱，调头便走。我识破了它的诡计，它再接近田苗时，假装不看它，等它确信无虞把舌头伸向禁区之际，我才大吼一声。老家伙趔趔趄趄地后退，既惊慌又愧悔，那样子倒有点可怜。

陕北的牛也是苦，有时候看着它们累得草也不想吃，"呼哧呼哧"喘粗气，身子都跟着晃，我真害怕它们趴架。尤其是当那些牛争抢着去舔地上渗出的盐碱的时候，真觉得造物主太不公平。我几次想给它们买些盐，但自己嘴又馋，家里寄来的钱都买鸡蛋吃了。

每天晚上，我和破老汉都要在饲养场上呆到十一二点，一遍遍给牛添草。草添得要勤，每次不能太多。留小儿跟在老汉身边，寸步不离。她的小手绢里总包两块红薯或一把玉米粒。破老汉用牛吃剩下的草疙节打起一堆火，干的"噼噼啪啪"响，湿的"嗞嗞"冒烟。火光照亮了饲养场，照着吃草的牛，四周的山显得更高，黑魆魆的。留小儿把红薯或玉米埋在烧尽的草灰里；如果是玉米，就得用树枝拨来拨去，"啪"地一响，爆出了一个玉米花。那是山里娃最好的零嘴儿了。

留小儿没完没了地问我北京的事。"真个是在窑里看电影？""不是窑，是电影院。""前回你说是窑里。""噢，那是电视。一个方匣匣，和电影一样。"她歪着头想，大约想象不出，又问起别的。"啥时想吃肉，就吃？""嗯。""玄谎！""真的。""成天价想吃呢？""那就成天价吃。"这些话她问过好多次了，也知道我怎么回答，但还是问。"你说北京人都不爱吃白肉？"她觉得北京人不爱吃肥肉，很奇怪。她仰着小脸儿，望着天上的星星；北京的神秘，对她来说，不亚于那道银河。

"山里的娃娃什么也解①不开，"破老汉说。破老汉是见过世面的，他三七年就入了党，跟队伍一直打到广州。他常常讲起广州：霓虹灯成宿地点着、广州人连蛇也吃、到处是高楼、楼里有电梯……留小儿听得觉也不睡。我说："城里人也不懂得农村的事呢。""城里人解开个狗吗？"留小儿问，"咯咯"地笑。她指的是我们刚到清平湾的时候，被狗追得满村

---

① 解：陕北方言中读 hai。

跑。"学生价连犍牛和生牛也解不开，"留小儿说着去摸摸正在吃草的牛，一边数叨："红犍牛、猴①犍牛、花生牛……爷！老黑牛怕是难活②下了，不肯吃！""它老了，熬③了。"老汉说。山里的夜晚静极了，只听得见牛吃草的"沙沙"声，蛐蛐叫，有时远处还传来狼嗥。破老汉有把破胡琴，"吱吱嘎嘎"地拉起来，唱："一九头上才立冬，阎王领兵下河东，幽州困住杨文广，年太平，金花小姐领大兵，…"把历史唱了个颠三倒四。

留小儿最常问的还是天安门。"你常去天安门?""常去。""常能照着④毛主席?""哪的来，我从来没见过。""咦?！他就盛⑤在天安门上，你去了会照不着?"她大概以为毛主席总站在天安门上，像画上画的那样。有一回她趴在我耳边说："你冬里回北京把我引上行不?"我说："就怕你爷爷不让，""你跟他说说嘛，他可相信你说的了。盘缠我有。""你哪儿来的钱?""卖鸡蛋的钱，我爷爷不要，都给了我，让我买褯褯儿的。""多少?""五块!""不够。""嘻——，我哄你，看，八块半!"她掏出个小布包，打开，有两张一块的，其余全是一毛、两毛的。那些钱大半是我买了鸡蛋给破老汉的。平时实在是饿得够呛，想解解馋，也就是买几个鸡蛋。我怎么跟留小儿说呢? 我真想冬天回家时把她带上。可就在那年冬天，我病厉害了。

其实，喂牛没什么难的，用破老汉的话说，只要勤谨，肯操心就行。喂牛，苦不重⑥，就是熬人，夜里得起来好几趟，一年到头睡不成个囫囵觉。冬天，半夜从热被窝里爬出来的滋味可不是好受的。尤其五更天给牛拌料，牛埋下头吃得香，我坐在牛槽边的青石板上能睡好几觉。破老汉在我耳边叨唠：黑市的粮价又涨了、合作社来了花条绒、留小儿的袄烂得露了花……我"哼哼哈哈"地应着，刚梦见全聚德的烤鸭，又忽然掉进了什刹海的冰窟窿，打个冷战醒了，破老汉还没唠叨完。"要不回窑睡去吧，二次料我给你拌上，"老汉说。天上划过一道亮光，是流星。月亮也躲进了山谷。星星和山峦，不知是谁望着谁，或者谁忘了谁，"这营生不是后生家做的，后生家正是好睡觉的时候，"破老汉说，然后"唉，

---

① 猴：小。
② 难活：病。
③ 熬：累。
④ 照着：望见。
⑤ 盛：住。
⑥ 苦不重：活儿不重。

唉——"地发着感慨。我又迷迷糊糊地入了梦乡。

碰上下雨下雪，我们俩就躲进牛棚。牛棚里尽是粪尿，连打个盹的地方也没有。那时候我的腿和腰就总酸疼。"倒运的天！"破老汉骂，然后对我说："北京够咋美，偏来这山沟沟里做什么嘛。""您那时候怎么没留在广州？"我随便问。他抓抓那几根黄胡子，用烟锅儿在烟荷包里不停地剜，瞪着眼睛愣半天，说："咋！让你把我问着了，我也不晓咋价日鬼的。"然后又愣半天，似乎回忆着到底是什么原因。"唉，毯毛擀不成个毡，山里人当不成个官。"他说，"我那辰儿要是不回来，这辰儿也住上洋楼了，也把警卫员带上了。山里人憨着咧，只要打罢了仗就回家，哪搭儿也不胜窑里好。尿！要不，我的留小儿这阵儿还愁穿不上个条绒袄儿？"

每回家里给我寄钱来，破老汉总嚷着让我请他抽纸烟。"行！"我说："'牡丹'的怎么样？""唏——'黄金叶'的就拔尖了！""可有个条件，"我凑到他耳边，"得给'后沟里的'送几根去。""憨娃娃！"他骂。"后沟里的"指的是住在后沟里的一个寡妇，比破老汉小十九岁，村里人都知道那寡妇对破老汉不错。老汉抽着纸烟，望着远处。我也唱一句："你看下我来，我也看下你……"递给他几根纸烟，向后沟的方向示意。他不言传，笑眯眯地不知道想着什么。末了，他把几根纸烟装进烟荷包，说："留小儿大了嫁到北京去呀！"说罢笑笑，知道那是不沾边儿的事。

在后山上拦牛的时候，远远地望着后沟里的那眼土窑洞，我问破老汉："那婆姨怎么样？""亮亮妈，人可好。"他说。我问："那你干嘛不跟她过？""唏——老了老了还……"他打岔，"算了吧！"我说："那你夜里常往她窑里跑？"我其实是开玩笑。"咦！不敢瞎说！"他装得一本正经。我诈他："我都看见了，你还不承认！"他不言传了，尴尬地笑着。其实我什么也没看见。

破老汉望着山脚下的那眼窑洞。窑前，亮亮妈正费力地劈着一疙瘩树根；一个男孩子帮着她劈，是亮亮。"我看你就把她娶了吧，她一个人也够难的。再说，也就有人给你缝衣裳了。""唉，丢下留小儿谁管？""一搭里过嘛！""她的亮亮也娇惯得危险①，留小儿要受气呢。后妈总不顶亲的。""什么后妈，留小儿得管她叫奶奶了。""还不一样？"山里没人，我

---

① 危险：严重、厉害之意。

们敞开了说。亮亮家的窑顶上冒起了炊烟。老汉呆呆地望着，一缕蓝色的轻烟在山沟里飘绕。小学校放学的钟声"当当"地敲响了。太阳下山了，收工的人们扛着锄头在暮霭中走。拦羊的也吆喝着羊群回村了，大羊喊，小羊叫，"咩咩"地响成一片。老汉还是呆呆地坐着，闷闷地抽烟。他分明是心动了，可又怕对不起留小儿。留小儿的大①死得惨，平时谁也不敢向破老汉问起这事，据说，老汉一想起就哭，自己打自己的嘴巴。听说，都是因为破老汉舍不得给大夫多送些礼，把儿子的病给耽误了；其实，送十来斤米或者面就行。那些年月啊！

  秋天，在山里拦牛简直是一种享受。庄稼都收完了，地里光秃秃的，山洼、沟掌里的荒草却长得茂盛。把牛往沟里一轰，可以躺在沟门上睡觉；或是把牛赶上山，在下山的路口上坐下，看书。秋山的色彩也不再那么单调：半崖上小灌木的叶子红了，杜梨树的叶子黄了，酸枣棵子缀满了珊瑚珠似的小酸枣……尤其是山坡上绽开了一丛丛野花，淡蓝色的，一丛挨着一丛，雾蒙蒙的。灰色的小田鼠从黄土坷垃后面探头探脑；野鸽子从悬崖上的洞里钻出来，"扑楞楞"飞上天；野鸡"咕咕嘎嘎"地叫，时而出现在崖顶上，时而又钻进了草丛……我很奇怪，生活那么苦，竟然没人捕食这些小动物。也许是因为没有枪，也许是因为这些鸟太小也太少，不过多半还是因为别的。譬如：春天燕子飞来时，家家都把窗户打开，希望燕子到窑里来作窝；很多家窑里都住着一窝燕儿，没人伤害它们。谁要是说燕子的肉也能吃，老乡们就会露出惊讶的神色，瞪你一眼："咦！燕儿嘛！"仿佛那无异于亵渎了神灵。

  种完了麦子，牛就都闲下了，我和破老汉整天在山里拦牛。老汉不闲着，把牛赶到地方，跟我交待几句就不见了。有时忽然见他出现在半崖上，奋力地劈砍着一棵小灌木。吃的难，烧的也难，为了一把柴，常要爬上很高很陡的悬崖。老汉说，过去不是这样，过去人少，山里的好柴砍也砍不完，密密匝匝的，人也钻不进去。老人们最怀恋的是红军刚到陕北的时候，打倒了地主，分了地，单干。"才红了②那辰儿，吃也有得吃，烧也有得烧，这咋会儿，做过啦③！"老乡们都这么说。真是，"这咋会儿"，迷信活动倒死灰复燃。有一回，传说从黄河东来了神神，有些老乡到十几

---

① 大：爹。
② 才红了：指红军刚到陕北。
③ 做过啦：弄糟了。

里外的一个破庙去祷告，许愿。破老汉不去。我问他为什么，他皱着眉头不说，又哼哼起《山丹丹开花红艳艳》。那是才红了那辰儿的歌。过了半天，使劲磕磕烟袋锅，叹了口气："都是那号婆姨闹的！""哪号？"我有点明知故问。他用烟袋指指天，摇摇头，撇撇嘴："那号婆姨，我一照就晓得……"如此算来，破老汉反"四人帮"要比"四·五"运动早好几年呢！

在山里，有那些牛做伴，即便剩我一个人也并不寂寞。我半天半天地看着那些牛，它们的一举一动都意味着什么，我全懂。平时，牛不爱叫，只有奶着犊子的生牛才爱叫。太阳一偏西，奶着犊儿的生牛就急着要回村了，你要是不让它回，它就"哞——哞——"地叫个不停，急得团团转，无心再吃草。有一回，我在山洼洼里，睡着了，醒来太阳已经挨近了山顶。我和破老汉吆起牛回村，忽然发现少了一头。山里常有被雨水冲成的暗洞，牛踩上就会掉下去摔坏。破老汉先也一惊，但马上看明白了，说："没麻达，它想儿了，回去了。"我才发现，少了的是一头奶犊儿的生牛。离村老远，就听见饲养场上一声声牛叫了，儿一声，娘一声，似乎一天不见，母子间有说不完的贴心话。牛不老①在母亲肚子底下一下一下地撞，吃奶，母牛的目光充满了温柔、慈爱，神态那么满足，平静。我喜欢那头母牛，喜欢那只牛不老。我最喜欢的是一头红犍牛，高高的肩峰，腰长腿壮，单套也能拉得动大步犁。红犍牛的犄角长得好，又粗又长，向前弯去；几次碰上邻村的牛群，它都把对方的首领顶得败阵而逃。我总是多给它拌些料，犒劳它。但它不是首领。最讨厌的还是那头老黑牛，不仅老奸巨猾，而且专横跋扈，双套它也会气喘吁吁，却占着首领的位置。遇到外"部落"的首领，它倒也勇敢，但不下两个回合，便跑得比平时都快了。那头老生牛就好，虽然比老黑牛还老，却和蔼得很，再小的牛冲它伸伸脖子，它也会耐心地为之舔毛……和牛在一起，也可谓其乐无穷了，不然怎么办呢？方圆十几里内看不见一个人，全是山。偶尔有拦羊的从山梁上走过，冲我呐喊两声。黑色的山羊在陡峭的岩壁上走，如走平地，远远看去像是悬挂着的棋盘；白色的绵羊走在下边，是白棋子。山沟里有泉水，渴了就喝，热了就脱个精光，洗一通。那生活倒是自由自在，就是常常饿肚子。

---

① 牛不老：牛犊。

破老汉有个弟弟,我就是顶替了他喂牛的。据说那人奸猾,偷牛料;头几年还因为投机倒把坐过县大狱。我倒不觉得那人有多坏,他不过是蒸了白馍跑到几十里外的水站上去卖高价,从中赚出几升玉米、高粱米。白面自家舍不得吃。还说他捉了乌鸦,做熟了当鸡卖,而且白馍里也掺了假。破老汉看不上他弟弟,破老汉佩服的是老老实实的受苦人。

　　一阵山歌,破老汉担着两捆柴回来了。"饿了吧?"他问我。"我把你的干粮吃了,"我说。"吃得下那号干粮?"他似乎感到快慰,他"哼哼唉唉"地唱着,带我到山背洼里的一棵大杜梨树下。"咋吃!"他说着爬上树去。他那年已经五十六岁了,看上去还要老,可爬起树来却比我强。他站在树上,把一杈杈结满了杜梨的树枝撅下来,扔给我。那果实是古铜色的,小指盖儿大小,上面有黄色的碎斑点,酸极了,倒牙。老汉坐在树杈上吃,又唱起来:"对面价沟里流河水,横山里下来些游击队……"那是《信天游》。老汉大约又想起了当年。他说他给刘志丹抬过棺材,守过灵。别人说他是吹牛。破老汉有时是好吹吹牛。"牵牛牛开花羊跑春,二月里见罢到如今……"还是《信天游》。我冲他喊:"不是夜来黑喽①才见罢吗?""憨娃娃,你还不赶紧寻个婆姨?操心把'心儿'耽误下!"他反唇相讥。"'后沟里的'可会迷男人?""咦!亮亮妈,人可好!""这两捆柴,敢是给亮亮妈砍的吧?""谁情愿要,谁扛去。"这话是真的,老汉穷,可不小气。

　　有一回我半夜起来去喂牛,借着一缕淡淡的月光,摸进草窑。刚要揽草,忽然从草堆里站起两个人来,吓得我头皮发麻,不禁喊了一声,把那两个人也吓得够呛。一个岁数大些的连忙说:"别怕,我们是好人。"破老汉提着个马灯跑了过来,以为是有了狼。那两个人是瞎子说书的,从绥德来。天黑了,就摸进草窑,睡了。破老汉把他们引回自家窑里,端出剩干粮让他们吃。陕北有句民谣:"老乡见老乡,两眼泪汪汪。"老汉和两个瞎子长吁短叹,唠了一宿。

　　第二天晚上,破老汉操持着,全村人出钱请两个瞎子说了一回书。书说得乱七八糟,李玉和也有,姜太公也有,一会是伍子胥一夜白了头,一会又是主席语录。窑顶上,院墙上,磨盘上,坐得全是人,都听得入神。可说的是什么,谁也含糊。人们听的是那么个调调儿。陕北的说书实际是

---

　　① 夜来黑喽:昨天晚上。

唱，弹着三弦儿，艾艾怨怨地唱，如泣如诉，像是村前汨汨而流的清平河水。河水上跳动着月光。满山的高粱、谷子被晚风吹得"沙沙"响，时不时传来一阵响亮的驴叫。破老汉搂着留小儿坐在人堆里，小声跟着唱。亮亮妈带着亮亮坐在窑顶上，穿得齐齐整整。留小儿在老汉怀里睡着了，她本想是听完了书再去饲养场上爆玉米花的，手里攥着那个小手绢包儿。山村里难得热闹那么一回。

我倒宁愿去看牛顶架，那实在也是一项有益的娱乐，给人一种力量的感受，一种拼搏的激励。我对牛打架颇有研究。二十头牛（主要是那十几头犍牛、公牛）都排了座次，当然不是以姓氏笔画为序，但究竟根据什么，我一开始也糊涂。我喂的那头最壮的红犍牛却敬畏破老汉喂的那头老黑牛。红犍牛正是年轻力壮的时候，肩峰上的肌肉像一座小山，走起路来步履生风；而老黑牛却已显出龙钟老态，也瘦，只剩了一副高大的骨架。然而，老黑牛却是首领。遇上有哪头母牛发了情，老黑牛便几乎不吃不喝地看定在那母牛身旁，绝不允许其它同性接近。我几次怂恿红犍牛向它挑战，然而只要老黑牛晃晃犄角，红犍牛便慌忙躲开。我实在憎恨老黑牛的狂妄、专横，又为红犍牛的怯懦而生气。后来我才知道，牛的排座次是根据每年一度的角斗，谁夺了魁，便在这一年中被尊崇为首领，享有"三宫六院"的特权，即便它在这一年中变得病弱或衰老，其它的牛也仍为它当年的威风所震慑，不敢贸然不恭。习惯势力到处在起作用。可是，一开春就不同了，闲了一冬，十几头犍牛、公牛都积攒了气力，是重新较量、争魁的时候了。"男子汉"们各自权衡了对手和自己的实力，自然地推举出一头（有时是两头）体魄最大，实力最强的新秀，与前冠军进行决赛。那年春天，我的红犍牛处在新秀的位置上，开始对老黑牛有所怠慢了。我悄悄促成它们决斗，把它们引到开阔的河滩上去（否则会有危险）。这事不能让破老汉发觉，否则他会骂。一开始，红犍牛仍有些胆怯，老黑牛尚有余威。但也许是春天的母牛们都显得愈发俊俏吧，红犍牛终于受不住异性的吸引或是轻蔑，"哞——哞——"地叫着向老黑牛挑战了。它们拉开了架势，对峙着，用蹄子刨土，瞪红了眼睛，慢慢地接近，接近……猛地扭打到一起。这时候需要的是力量，是勇气。犄角的形状起很大作用，倘是两支粗长而向前弯去的角，便极有利，左右一晃就会顶到对方的虚弱处。然而，红犍牛和老黑牛都长了这样两支角。这就要比机智了。前冠军毕竟老朽了，过于相信自己的势力和威风，新秀却认真、敏捷。红犍牛占据了有利地形（站在高一些的地方比较有利），逼得老黑牛步步退却，只剩招架之功。红犍牛毫不松懈，瞅准机会把头一低，一晃一冲，顶到了对方的脖子。老黑牛转身败走，红犍牛追上去再给老首领的屁股上加一道失败的标记。第一回合就此结束。这样的较量通常是五局三胜制或九局五胜制。新秀连胜几局，元老便自愿到一旁回忆自己当年的骁勇去了。

为了这事，破老汉阴沉着脸给我看。我笑嘻嘻地递过一根纸烟去。他抽着烟，望着老黑牛屁股上的伤痕，说："它老了呀！它救过人的命……"

据说，有一年除夕夜里，家家都在窑里喝米酒，吃油馍，破老汉忽然听见牛叫、狼嗥。他想起了一头出生不久的牛不老，赶紧跑到牛棚。好家伙，就见这黑牛把一只狼顶在墙旮旯里，黑牛的脸被狼抓得流着血，但它一动不动，把犄角牢牢地插进了狼的肚子。老汉打死了那只狼，卖了狼皮，全村人抽了一回纸烟。

"不，不是这。"破老汉说，"那一年村里的牛死的死，杀的杀（他没说是哪年），快光了。全凭好歹留下来的这头黑牛和那头老生牛，村里的牛才又多起来。全靠了它，要不全村人倒运吧！"破老汉摸摸老黑牛的犄角。他对它分外敬重。"这牛死了，可不敢吃它的肉，得埋了它。"破老汉说。

可是，老黑牛最终还是被人拖到河滩上杀了。那年冬天，老黑牛不小心踩上了山坡上的暗洞，摔断了腿。牛被杀的时候要流泪，是真的。只有破老汉和我没有吃它的肉。那天村里处处飘着肉香。老汉呆坐在老黑牛空荡荡的槽前，只是一个劲抽烟。

我至今还记得这么件事：有天夜里，我几次起来给牛添草，都发现老黑牛站着，不卧下。别的牛都累得早早地卧下睡了，只有它喘着粗气，站着。我以为它病了，走进牛棚，摸摸它的耳朵，这才发现，在它肚皮底下卧着一只牛不老。小牛犊正睡得香，响着均匀的鼾声。牛棚很窄，各有各的"床位"，如果老黑牛卧下，就会把小牛犊压坏。我把小牛犊赶开（它睡的是"自由床位"），老黑牛"扑通"一声卧倒了。它看着我，我看着它。它一定是感激我了，它不知道谁应该感激它。

那年冬天我的腿忽然用不上劲儿了，回到北京不久，两条腿都开始萎缩。

住在医院里的时候,一个从陕北回京探亲的同学来看我,带来了乡亲们捎给我的东西:小米、绿豆、红枣儿、芝麻……我认出了一个小手绢包儿,我知道那里头准是玉米花。

那个同学最后从兜里摸出一张十斤的粮票,说是破老汉让他捎给我的。粮票很破,渍透了油污,中间用一条白纸相连。

"我对他说这是陕西省通用的。在北京不能用,破老汉不信,说:'咦!你们北京就那么高级?我卖了十斤好小米换来的,咋啦不能用?!'我只好带给你。破老汉说你治病时会用得上。"

唔,我记得他儿子的病是怎么耽误了的,他以为北京也和那儿一样。

十年过去了。前年留小儿来了趟北京,她真的自个儿攒够了盘缠!她说这两年农村的生活好多了,能吃饱,一年还能吃好多回肉。她说,黑肉①真的还是比白肉好吃些。

"清平河水还流吗?"我糊里巴涂地这样问。

"流哩嘛!"留小儿"咯咯"地笑。

"我那头红犍牛还活着吗?"

"在哩!老下了。"

我想象不出我那头浑身是劲儿的红犍牛老了会是什么样,大概跟老黑牛差不多吧,既专横又慈爱……

留小儿给他爷爷买了把新二胡。自己想买台缝纫机,可是没买到。

"你爷爷还爱唱吗?"

"整天价瞎唱。"

"还唱《走西口》吗?"

"唱。"

"《揽工调》呢?"

"什么都唱。"

"不是愁了才唱吗?"

"咦?!谁说?"

关于民歌产生的原因,还是请音乐家和美学家们去研究吧。我只是常常记起牛群在土地上舐食那些渗出的盐的情景,于是就又想起破老汉那悠悠的山歌:"崖畔上开花崖畔上红,受苦人过得好光景……"如今,"好

---

① 黑肉:瘦肉或精肉。

光景"已不仅仅是"受苦人"的一种盼望了。老汉唱的本也不是崖畔上那一缕残阳的红光,而是长在崖畔上的一种野花,叫山丹丹,红的,年年开。

哦,我的白老汉,我的牛群,我的遥远的清平湾……

[提示]

史铁生(1951—2010),北京人,1979年开始发表作品。著有长篇小说《务虚笔记》《我的丁一之旅》,中短篇小说集《我的遥远的清平湾》《礼拜日》《命若琴弦》《原罪·宿命》《往事》《我之舞》,散文随笔集《自言自语》《我与地坛》《病隙碎笔》《扶轮问路》等。

《我的遥远的清平湾》原载《青年文学》1983年第1期,是史铁生的成名作。小说以舒缓平静的语言描写了作者陕北插队期间的往事,朴素真挚、韵味悠长,消解了以往知青文学对于"文化大革命"所造成的苦难的揭示与控诉,摆脱了主流知青文学因反思极左政治的自伤自怜情绪。

小说有意略去对政治事件的展示和对复杂情节的刻画,没有阴暗晦涩,没有过多的抱怨和批评,而是用自然的文字书写真实的生活经历,展现朴素的陕北插队生活。放牛、喂牛、牛打架,清明吃"子推馍馍",秋日田野风光等乡土生活场景,展示了祥和、宁静的陕北农村风貌。虽然陕北贫瘠、荒凉,生活中充满艰辛与苦闷,但是白老汉和乡亲们对"我"的照顾,留小儿对外界天真无邪的向往都让人感受到黄土地上老百姓的善良与温情,这片充满人情味的土地让叙述者的心灵也得以安栖。

小说语言自然朴素,少雕饰和铺陈,写景状物、记事抒情全凭作者内心情感的流动,这与"清平湾"古朴宁静的乡村生活相辅相成。史铁生深谙陕北方言,他把方言写入人物对话,增加了小说的陕北风味。此外,陕北"信天游"也多次通过"白老汉"之口穿插在作品中,在不同的场景表达人物不同的心理感受,"信天游"成为不可或缺的叙事元素,增加作品音乐性的同时,也给贫瘠的生活增添了诗意。

(田 庆)

绿化树（存目）

张贤亮

张贤亮（1936—2014），南京人，祖籍江苏盱眙县。1957年因发表《大风歌》被划为右派，历经坎坷。著有短篇小说《灵与肉》《肖尔布拉克》（分获1980年、1983年全国优秀短篇小说奖），中篇小说《土牢情话》《绿化树》（获第三届全国优秀中篇小说奖），长篇小说《男人的一半是女人》《我的菩提树》，散文集《边缘小品》《中国文人的另一种思路》，随笔《小说中国》等。

《绿化树》原载《十月》1984年第2期。作品以"大饥荒"为时代背景，写了右派分子章永璘1961年冬至1962年春两个多月的生活，围绕章永璘和马缨花的爱情，展现了章永璘经历的饥饿困境、精神痛苦，向体力劳动者发展、超越自己，从《资本论》和劳动人民处得到新的信念等一系列复杂的精神演变过程，写出了右派知识分子的坎坷经历及对人生真谛的执着追求。被打成右派的章永璘面临物质缺乏和精神压抑的双重挤压，为填饱肚子他不择手段，可他又常常陷入愧疚和自我谴责，在清醒与自虐中审视自己。作者把知识分子章永璘的苦难经历当作审美对象，对这一过程做了诗意化处理。章永璘的精神人格是在自我内省、《资本论》的启悟以及体力劳动者的感召下完成的，作者写出了章永璘的内心世界和潜意识，使作品达到了一定的思想高度。女主人公马缨花淳朴善良、坚强勇敢，富有同情心，对爱情忠贞不贰，她与章永璘之间的爱情描写使作品充满了浓郁的浪漫气息。

与同时期的作品相比，《绿化树》最大的特色在于作者在现实主义创作中融入了浪漫主义激情与理想追求，使作品有一种严峻深沉、雄壮浑厚的格调。另外，作品具有浓郁的地方色彩，对西部乡村的自然景物、风俗民情进行了浓墨重彩的描写。

（王　琳）

棋王（存目）

阿 城

阿城（1949—），原名钟阿城，生于北京，祖籍重庆，内地作家、编剧。代表作有《树王》《孩子王》《棋王》，并称"三王"，系列小说《遍地风流》，杂论集《文化制约着人类》等。《棋王》获1983—1984年第三届全国优秀中篇小说奖。

《棋王》原载《上海文学》1984年第7期，是新时期"寻根小说"的扛鼎之作。主人公王一生是一个嗜棋如命的知识青年，出身贫寒又生不逢时，但他既不随波逐流，也不苟且偷生，他有自己的人生哲学和生活态度，在乱世中安然处之。有人说这部小说"裹着'道'的外衣，却有着'儒'的筋骨"，王一生就是儒道合一的精神代表：他对朋友"义"，对母亲"孝"，对对手"恕"，践行着儒家思想的精髓。另外，他内心常葆虚静恬淡、宁静和谐，在嘈杂的车厢里也能静坐冥想棋局，而且他的棋"汇道禅于一炉，神机妙算，先声有势，后发制人，潜龙治水，气贯阴阳"，这些都是道禅文化的心境。阿城用中国传统文化来观照现实世界，表达了对特殊时代个体生命存在状态的反思。

有趣的是，作者还用大量笔墨描写了王一生吃饭的情景，他常常不顾形象，狼吞虎咽，这一方面呼应了他贫寒的处境，另一方也避免了人物沦为虚空的文化符号，"衣食是本，自有人类，就是每日在忙这个。可囿在其中，终于还不太像人。"王一生对"棋"和"吃"的执着体现了物质生活和精神生活的统一。

此外，《棋王》的叙述方式也很独特，小说采用"双重叙事"策略，首先是明暗复线叙事：从"我"在下乡的火车上遇到王一生开始，以第一人称的视角观察描写主人公和他们所处的客观世界，这是小说的明线。小说的暗线是"我"在跟棋王的接触中思想发生了变化，领悟到了生存的价值和人生的真谛。其次是时空转换叙事，这是文本得以推进的动力，作者通过空间的转移带动时间的变化，将叙述者"我"和王一生的距离控制得时远时近，增加了"棋王"的神秘感，给读者留下了想象的空间。

（夏　雪）

透明的红萝卜

莫　言

一

秋天的一个早晨，潮气很重，杂草上，瓦片上都凝结着一层透明的露水。槐树上已经有了浅黄色的叶片，挂在槐树上的红锈斑斑的铁钟也被露水打得湿漉漉的。队长披着夹袄，一手里拃着一块高粱面饼子，一手里捏着一棵剥皮的大葱，慢吞吞地朝着钟下走。走到钟下时，手里的东西全没了，只有两个腮帮子像秋田里搬运粮草的老田鼠一样饱满地鼓着。他拉动钟绳，钟锤撞击钟壁，"嘡嘡嘡"响成一片。老老少少的人从胡同里涌出来，汇集到钟下，眼巴巴地望着队长，像一群木偶。队长用力把食物吞咽下去，抬起袖子擦擦被络腮胡子包围着的嘴。人们一齐瞅着队长的嘴，只听到那张嘴一张开——那张嘴一张开就骂："他娘的腿！公社里这些狗娘养的，今日抽两个瓦工，明日调两个木工，几个劳力全被他们给零打碎敲了。小石匠，公社要加宽村后的滞洪闸，每个生产队里抽调一个石匠，一个小工，只好你去了。"队长对着一个高个子宽肩膀的小伙子说。

小石匠长得很潇洒，眉毛黑黑的，牙齿是白的，一白一黑，衬托得满面英姿。他把脑袋轻轻摇了一下，一绺滑到额头上的头发轻轻地甩上去。他稍微有点口吃地问队长去当小工的人是谁，队长怕冷似地把膀子抱起来，双眼像风车一样旋转着，嘴里嘟嘟地说："按说去个妇女好，可妇女要拾棉花。去个男劳力又屈了料。"最后，他的目光停在墙角上。墙角上站着一个十岁左右的男孩子。孩子赤着脚，光着脊梁，穿一条又肥又长的白底带绿条条的大裤头子，裤头上染着一块块的污渍，有的像青草的汁液，有的像干结的鼻血。裤头的下沿齐着膝盖。孩子的小腿上布满了闪亮的小疤点。

"黑孩儿，你这个小狗日的还活着？"队长看着孩子那凸起的瘦胸脯，说："我寻思着你该去见阎王了。打摆子好了吗？"

孩子不说话，只是把两只又黑又亮的眼睛直盯着队长看。他的头很大，脖子细长，挑着这样一个大脑袋显得随时都有压折的危险。

"你是不是要干点活儿挣几个工分？你这个熊样子能干什么？放个屁都怕把你震倒。你跟上小石匠到滞洪闸上去当小工吧，怎么样？回家找把小锤子，就坐在那儿砸石头子儿，愿意动弹就多砸几块，不愿动弹就少砸几块，根据历史的经验，公社的差事都是胡弄洋鬼子的干活。"

孩子慢慢地蹭到小石匠身边，扯扯小石匠的衣角。小石匠友好地拍拍他的光葫芦头，说："回家跟你后娘要把锤子，我在桥头上等你。"

孩子向前跑了。有跑的动作，没有跑的速度，两只细胳膊使劲甩动着，像谷地里被风吹动着的稻草人。人们的目光都追着他，看着他光着的背，忽然都感到身上发冷。队长把夹袄使劲扯了扯，对着孩子喊："回家跟你后娘要件褂子穿着，嗐，你这个小可怜虫儿。"

他翘腿蹑脚地走进家门。一个挂着两条清鼻涕的小男孩正蹲在院子里和着尿泥，看着他来了，便扬起那张扁乎乎的脸，夺煞着手叫："可……可……抱……"黑孩弯腰从地上捡起一个浅红色的杏树叶儿，给后母生的弟弟把鼻涕擦了，又把粘着鼻涕的树叶像贴传单一样"巴唧"拍到墙上。对着弟弟摆摆手，他向屋里溜去，从墙角上找到一把铁柄羊角锤子，又悄悄地溜出来。小男孩又冲着他叫唤，他找了一根树枝，围着弟弟画了一个大大的圆圈，扔掉树枝，匆匆向村后跑去。他的村子后边是一条不算大也不算小的河，河上有一座九孔石桥。河堤上长满垂柳，由于夏天大水的浸泡，树干上生满了红色的须根。现在水退了，须根也干巴了。柳叶已经老了，桔黄色的落叶随着河水缓缓地向前漂。几只鸭子在河边上游动着，不时把红色的嘴插到水草中，"呱唧呱唧"地搜索着，也不知吃到什么没有。

孩子跑上河堤，已经累得气喘吁吁。凸起的胸脯里像有只小母鸡在打鸣。

"黑孩！"小石匠站在桥头上大声喊他，"快点跑！"

黑孩用跑的姿势走到小石匠跟前，小石匠看了他一眼，问："你不冷？"

黑孩怔怔地盯着小石匠。小石匠穿着一条劳动布的裤子，一件劳动布夹克式上装，上装里套一件火红色的运动衫，运动衫领子耀眼地翻出来，孩子盯着领口，像盯着一团火。

"看着我干什么？"小石匠轻轻拨拉了一下孩子的头，孩子的头像货郎鼓一样晃了晃。"你呀，"小石匠说，"生被你后娘给打傻了。"

小石匠吹着口哨，手指在黑孩头上轻轻地敲着鼓点，两人一起走上了九孔桥。黑孩很小心地走着，尽量使头处在最适宜小石匠敲打的位置上。小石匠的手指骨节粗大，坚硬得像小棒槌，敲在光头上很痛，黑孩忍着，一声不吭，只是把嘴角微微吊起来。小石匠的嘴非常灵巧，两片红润的嘴唇忽而噘起，忽而张开，从他唇间流出百灵鸟的婉啭啼声，响，脆，直冲到云霄里去。

过了桥上了对面的河堤，向西走半里路，就是滞洪闸，滞洪闸实际上也是一座桥，与桥不同的是它插上闸板能挡水，拨开闸板能放洪。河堤的漫坡上栽着一簇簇蓬松的紫穗槐。河堤里边是几十米宽的河滩地，河滩细软的沙土上，长着一些大水落后匆匆生出来的野草。河堤外边是辽阔的原野，连年放洪，水里挟带的沙土淤积起来，改良了板结的黑土，土地变得特别肥沃。今年洪水不大，没有危及河堤，滞洪闸没开闸滞洪，放洪区里种植了大片的孟加拉国黄麻。黄麻长得像原始森林一样茂密。正是清晨，还有些薄雾缭绕在黄麻梢头，远远看去，雾下的黄麻地像深邃的海洋。

小石匠和黑孩悠悠逛逛地走到滞洪闸上时，闸前的沙地上已集合了两堆人。一堆男，一堆女，像两个对垒的阵营。一个公社干部拿着一个小本子站在男人和女人之间说着什么，他的胳膊忽而扬起来，忽而垂下去。小石匠牵着黑孩，沿着闸头上的水泥台阶，走到公社干部面前。小石匠说："刘副主任，我们村来了。"小石匠经常给公社出官差，刘副主任经常带领人马完成各类工程，彼此认识。黑孩看着刘副主任那宽阔的嘴巴。那构成嘴巴的两片紫色嘴唇碰撞着，发出一连串音节："小石匠，又是你这个滑头小子！你们村真他妈的会找人，派你这个笊篱捞不住的滑蛋来，够我淘的啦。小工呢？"

孩子感到小石匠的手指在自己头上敲了敲。

"这也算个人？"刘副主任捏着黑孩的脖子摇晃了几下，黑孩的脚跟几乎离了地皮。"派这么个小瘦猴来，你能拿动锤子吗？"刘副主任虎着脸问黑孩。

"行了，刘副主任，刘太阳。社会主义优越性嘛，人人都要吃饭。黑孩家三代贫农，社会主义不管他谁管他？何况他没有亲娘跟着后娘过日子，亲爹鬼迷心窍下了关东，一去三年没个影，不知是被熊瞎子舔了，还是被狼崽子吹了。你的阶级感情哪儿去了?"小石匠把黑孩从刘太阳副主任手里拽过来,半真半假地说。

黑孩被推搡得有点头晕。刚才靠近刘副主任时,他闻到了那张阔嘴里喷出了一股酒气。一闻到这种味儿他就恶心,后娘嘴里也有这种味。爹走了以后,后娘经常让他拿着地瓜干子到小卖铺里去换酒。后娘一喝就醉,喝醉了他就要挨打,挨拧,挨咬。

"小瘦猴!"刘副主任骂了黑孩一句,再也不管他,继续训起话来。

黑孩提着那把羊角铁锤,蔫儿古唧地走上滞洪闸。滞洪闸有一百米长,十几米高,闸的北面是一个和闸身等长的方槽,方槽里还残留着夏天的雨水。孩子站在闸上,把着石栏杆,望着水底下的石头,几条黑色的瘦鱼在石缝里笨拙地游动。滞洪闸两头连结着高高的河堤,河堤也就是通往县城的道路。闸身有五米宽,两边各有一道半米高的石栏杆。前几年,有几个骑自行车的人被马车搡到闸下,有的摔断了腿,有的摔折了腰,有的摔死了。那时候他比现在当然还小,但比现在身上肉多,那时候父亲还没去关东,后娘也不喝酒。他跑到闸上来看热闹,他来得晚了点,摔到闸下的人已被拉走了,只有闸下的水槽里还有几团发红发浑的地方。他的鼻子很灵,嗅到了水里飘上来的血腥味……

他的手扶住冰凉的白石栏杆,羊角锤在栏杆上敲了一下,栏杆和锤子一齐响起来。倾听着羊角铁锤和白石栏杆的声音,往事便从眼前消散了。太阳很亮地照着闸外大片的黄麻,他看到那些薄雾匆匆忙忙地在黄麻里钻来钻去。黄麻太密了,下半部似乎还有间隙,上半部的枝叶挤在一起,湿漉漉,油亮亮。他继续往西看,看到黄麻地西边有一块地瓜地,地瓜叶子紫勾勾地亮。黑孩知道这种地瓜是新品种,蔓儿短,结瓜多,面大味道甜,白皮红瓤儿,煮熟了就爆炸。地瓜地的北边是一片菜园,社员的自留地统统归了公,队里只好种菜园。黑孩知道这块菜园和地瓜都是五里外的一个村庄的,这个村子挺富。菜园里有白菜,似乎还有萝卜。萝卜缨儿绿得发黑,长得很旺。菜园子中间有两间孤独的房屋,住着一个孤独的老头,孩子都知道。菜园的北边是一望无际的黄麻。菜园的西边又是一望无际的黄麻。三面黄麻一面堤,使地瓜地和菜地变成一个方方的大井。孩子想着,想着,那些紫色的叶片,绿色的叶片,在一瞬间变成井中水,紧跟着黄麻也变成了水,几只在黄麻梢头飞蹿的麻雀变成了绿色的翠鸟,在水面上捕食鱼虾……

刘副主任还在训话。他的话的大意是，为了农业学大寨，水利是农业的命脉，八字宪法水是一法，没有水的农业就像没有娘的孩子，有了娘，这个娘也没有奶子，有了奶子，这个奶子也是个瞎奶子，没有奶水，孩子活不了，活了也像那个瘦猴。（刘副主任用手指指着闸上的黑孩。黑孩背对着人群，他脊梁上有两块大疤瘌，被阳光照得忽啦忽啦打闪电）而且这个闸太窄，不安全，年年摔死人，公社革委特别重视，认真研究后决定加宽这个滞洪闸。因此调来了全公社各大队共合二百余名民工。第一阶段的任务是这样的，姑娘媳妇半老婆子加上那个瘦猴（他又指指闸上的孩子，阳光照着大疤瘌，像照着两面小镜子），把那五百方石头砸成柏子养心丸或者是鸡蛋黄那么大的石头子儿。石匠们要把所有的石料按照尺寸剥磨整齐。这两个是我们的铁匠（他指着两个棕色的人，这两个人一个高，一个低，一个老，一个少），负责修理石匠们秃了尖的钢钻子之类。吃饭嘛，离村近的回家吃，离村远的到前边村里吃，我们开了一个伙房。睡觉嘛，离村近的回家睡，离村远的睡桥洞（他指指滞洪闸下那几十个桥洞）。女的从东边向西睡，男的从西边向东睡。桥洞里铺着麦秸草，暄得像钢丝床，舒服死你们这些狗日的。

"刘副主任，你也睡桥洞吗？"

"我是领导。我有自行车。我愿意在这儿睡不愿意在这儿睡是我的事，你别操心烂了肺。官长骑马士兵也骑马吗？狗日的，好好干，每天工分不少挣，还补你们一斤水利粮，两毛水利钱，谁不愿干就滚蛋。连小瘦猴也得一份钱粮，修完闸他保证要胖起来……"

刘副主任的话，黑孩一句也没听到。他的两根细胳膊拐在石栏杆上，双手夹住羊角锤。他听到黄麻地里响着鸟叫般的音乐和音乐般的秋虫鸣唱。逃逸的雾气碰撞着黄麻叶子和深红或是淡绿的茎秆，发出震耳欲聋的声响。蚂蚱剪动翅羽的声音像火车过铁桥。他在梦中见过一次火车，那是一个独眼的怪物，趴着跑，比马还快，要是站着跑呢？那次梦中，火车刚站起来，他就被后娘的扫炕笤帚打醒了。后娘让他去河里挑水。笤帚打在他屁股上，不痛，只有热乎乎的感觉。打屁股的声音好像在很远的地方有人用棍子抽一麻袋棉花。他把扁担钩儿挽上去一扣，水桶刚刚离开地皮。担着满满两桶水，他听到自己的骨头"咯崩咯崩"地响。肋条跟胯骨连在了一起。爬陡峭的河堤时，他双手扶着扁担，摇摇晃晃。上堤的小路被一棵棵柳树扭得弯弯曲曲。柳树干上像装了磁铁，把铁皮水桶吸得摇摇摆摆。树撞了桶,桶把水撒在小路上,很滑,他一脚踏上去,像踩着一块西瓜皮。不知道用什么姿势他趴下了,水像瀑布一样把他浇湿了。他的脸碰破了路,鼻子尖成了一个平面,一根草梗在平面上印了一个小沟沟。几滴鼻血流到嘴里,他吐了一口,咽了一口。铁桶一路欢唱着滚到河里去了。他爬起来,去追赶铁桶。两个桶一个歪在河边的水草里,一个被河水载着向前漂。他沿着水边追上去,脚下长满了四个棱的他和一班孩子们称之为"狗蛋子"的野草。尽管他用脚指头使劲扒着草根,还是滑到了河里。河水温暖,没到了他的肚脐。裤头湿了,漂起来,围在他的腰间,像一团海蜇皮。他呼呼隆隆淌着水追上去,抓住水桶,逆着水往回走。他把两只胳膊岔煞开、一只手拖着桶,另一只手一下一下划着水。水很硬,顶得他趔趔趄趄。他把身体斜起来,弓着脖子往前用力。好像有一群鱼把他包围了,两条大腿之间有若干温柔的鱼嘴在吻他。他停下来,仔细体会着,但一停住,那种感觉顿时就消逝了。水面忽地一暗,好像鱼群惊惶散开。一走起来,愉快的感觉又出现了,好像鱼儿又聚拢过来。于是他再也不停,半闭着眼睛,向前走啊,走……

"黑孩!"

"黑孩!"

他猛然惊醒,眼睛大睁开,那些鱼儿又忽地消失了。羊角铁锤从他手中挣脱了,笔直地钻到闸下的绿水里,溅起了一朵白菊花一样的水花。

"这个小瘦猴,脑子肯定有毛病。"刘太阳上闸去,拧着黑孩的耳朵,大声说:"过去,跟那些娘们砸石子去,看你能不能从里边认个干娘。"

小石匠也走上来,摸摸黑孩凉森森的头皮,说:"去吧,去摸上你的锤子来。砸几块,算几块,砸够了就耍耍。"

"你敢偷奸磨滑我就割下你的耳朵下酒。"刘太阳张着大嘴说。

黑孩哆嗦了一下。他从栏杆空里钻出去,双手勾住最下边一根石杆,身子一下子挂在栏杆下边。

"你找死!"小石匠惊叫着,猫腰去扯孩子的手。黑孩往下一缩,身体贴在桥墩菱状突出的石棱上,轻巧地溜了下去。黑孩子贴在白桥墩上,像粉墙上一只壁虎。他哧溜到水槽里,把羊角锤摸上来,然后爬出水槽,钻进桥洞不见了。

"这小瘦猴!"刘太阳摸着下巴说,"他妈的这个小瘦猴!"

黑孩从桥洞里钻出来,畏畏缩缩地朝着那群女人走去。女人们正在笑骂着。话很脏，有几个姑娘夹杂在里边，想听又怕听，脸儿一个个红扑扑的像鸡冠子花。男孩黑黑地出现在她们面前时，她们的嘴一下子全封住了。愣了一会儿，有几个咬着耳朵低语，看着黑孩没反应，声音就渐渐大了起来。

"瞧瞧，这个可怜样儿！都什么节气了还让孩子光着。"

"不是自己腔里养出来的就是不行。"

"听说他后娘在家里干那行呢……"

黑孩转过身去，眼睛望着河水，不再看这些女人。河水一块红一块绿，河南岸的柳叶像蜻蜓一样飞舞着。

一个蒙着一条紫红色方头巾的姑娘站在黑孩背后，轻轻地问："哎，小孩，你是哪个村的？"

黑孩歪歪头，用眼角扫了姑娘一下。他看到姑娘的嘴上有一层细细的金黄色的茸毛，她的两眼很大，但由于眼睫毛太多，毛茸茸的，显出一副睡眼惺忪的样子。

"小孩，你叫什么名字？"

黑孩正和沙地上一棵老蒺藜作战，他用脚指头把一个个六个尖或是八个尖的蒺藜撕下来，用脚掌去捻。他的脚像骡马的硬蹄一样，蒺藜尖一根根断了，蒺藜一个个碎了。

姑娘愉快地笑起来："真有本事，小黑孩，你的脚像挂着铁掌一样。哎，你怎么不说话？"姑娘用两个手指戳着孩子的肩头说："听到了没有，我问你话呢！"

黑孩感觉到那两个温暖的手指顺着他的肩头滑下去，停到他背上的伤疤上。

"哎，这，是怎么弄的？"

孩子的两个耳朵动了动。姑娘这才注意到他的两耳长得十分夸张。

"耳朵还会动，哟，小兔一样。"

黑孩感觉到那只手又移到他的耳朵上，两个指头在捻着他漂亮的耳垂。

"告诉我，黑孩，这些伤疤，"姑娘轻轻地扯着男孩的耳朵把他的身体调转过来，黑孩齐着姑娘的胸口。他不抬头，眼睛平视着，看见的是一些由红线交叉成的方格，有一条梢儿发黄的辫子躺在方格布上。"是狗咬的？生疮啦？上树拉的？你这个小可怜……"

黑孩感动地仰起脸来,望着姑娘浑圆的下巴。他的鼻子吸了一下。

"菊子,想认个干儿吗?"一个脸盘肥大的女人冲着姑娘喊。

黑孩的眼睛转了几下,眼白像灰蛾儿扑楞。

"对,我就叫菊子,前屯的,离这儿十里,你愿意说话就叫我菊子姐好啦。"姑娘对黑孩说。

"菊子,是不是看上他了?想招个小女婿吗?那可够你熬的,这只小鸭子上架要得几年哩⋯⋯"

"臭老婆,张嘴就喷粪。"姑娘骂着那个胖女人。她把黑孩牵到像山岭一样的碎石堆前,找了一块平整的石头摆好,说,"就坐在这儿吧,靠着我,慢慢砸。"她自己也找了一块光滑石头,给自己弄了个座位,靠着男孩坐下来。很快,滞洪闸前这一片沙地上,就响起了"噼噼啪啪"的敲打石头声。女人们以黑孩为话题议论着人世的艰难和造就这艰难的种种原因,这些"娘儿们哲学"里,永恒真理羼杂着胡说八道,菊子姑娘一点都没往耳里入,她很留意地观察着孩子。黑孩起初还以那双大眼睛的偶然一瞥来回答姑娘的关注,但很快就像入了定一样,眼睛大睁着,也不知他看着什么,姑娘紧张地看着他。他左手摸着石头块儿,右手举着羊角锤,每举一次都显得筋疲力竭,锤子落下时好像猛抛重物一样失去控制。有时姑娘几乎要惊叫起来,但什么也没发生,羊角铁锤在空中划着曲里拐弯的轨迹,但总能落到石头上。

黑孩的眼睛本来是专注地看着石头的,但是他听到了河上传来了一种奇异的声音,很像鱼群在喋喋,声音细微,忽远忽近,他用力地捕捉着,眼睛与耳朵并用,他看到了河上有发亮的气体起伏上升,声音就藏在气体里。只要他看着那神奇的气体,美妙的声音就逃跑不了。他的脸色渐渐红润起来,嘴角上漾起动人的微笑。他早忘记了自己坐在什么地方干什么,仿佛一上一下举着的手臂是属于另一个人的。后来,他感到右手食指一阵麻木,右胳膊也不由自主地抽搐了一下。他的嘴里突然迸出了一个音节,像哀叫又像叹息。低头看时,发现食指指甲盖已经破成好几半,几股血从指甲破缝里渗出来。

"小黑孩,砸着手了是不?"姑娘耸身站起,两步跨到孩子面前蹲下,"亲娘哟,砸成了什么样子?哪里有像你这样干活的?人在这儿,心早飞到不知哪国去了。"

姑娘数落着黑孩。黑孩用右手抓起一把土按在砸破的手指上。

"黑孩，你昏了？土里什么脏东西都有！"姑娘拖起黑孩向河边走去，孩子的脚板很响地扇着油光光的河滩地。在水边上蹲下，姑娘抓住孩子的手浸到河水里。一股小小的黄浊流在孩子的手指前形成了。黄土冲光后，血丝又渗出来，像红线一样在水里抖动，孩子的指甲像砸碎的玉片。

"痛吗？"

他不吱声。这时候他的眼睛又盯住了水底的河虾，河虾身体透亮，两根长须冉冉飘动，十分优美。

姑娘掏出一条绣着月季花的手绢，把他的手指包起来。牵着他回到石堆旁，姑娘说："行了，坐着耍吧，没人管你，冒失鬼。"

女人们也都停下了手中的锤子，把湿漉漉的目光投过来，石堆旁一时很静。一群群绵羊般的白云从青蓝蓝的天上飞奔而过，投下一团团稍纵即逝的暗影，时断时续地笼罩着苍白的河滩和无可奈何的河水。女人们脸上都出现一种荒凉的表情，好像寸草不生的盐碱地。待了好长一会儿，她们才如梦初醒，重新砸起石子来，锤声寥落单调，透出了一股无可奈何的情绪。

黑孩默默地坐着，目不转睛地看着手绢上的红花儿。在红花旁边又有一朵花儿出现了，那是指甲里的血渗出来了。女人们很快又忘了他，"嘎嘎咕咕"地说笑起来。黑孩把伤手举起来放在嘴边，用牙齿咬开手绢的结儿，又用右手抓起一把土，按到伤指上。姑娘刚要开口说话，却发现他用牙齿和右手又把手绢扎好了。她长长地叹了一口气，举起锤子，沉重地打在一块酱红色的石片上。石片很坚硬，石棱儿像刀刃一样，石棱与锤棱相接，碰出了几个很大的火星，大白天也看得清。

中午，刘副主任骑着辆乌黑的自行车从黑孩和小石匠的村子里窜出来。他站在滞洪闸上吹响了收工哨。他接着宣布，伙房已经开火，离家五里以外的民工才有资格去吃饭。人们匆匆地收拾着工具。姑娘站起来。孩子站起来。

"黑孩，你离家几里？"

黑孩不理她，脑袋转动着，像在寻找什么。姑娘的头跟着黑孩的头转动，当黑孩的头不动了时，她也把头定住，眼睛向前望，正碰上小石匠活泼的眼睛，两人对视了几十秒钟。小石匠说："黑孩，走吧，回家吃饭，你不用瞪眼，瞪眼也是白瞪眼，咱俩离家不到二里，没有吃伙房的福份。"

"你们俩是一个村的?"姑娘问小石匠。

小石匠兴奋地口吃起来,他用手指指村子,说他和黑孩就是这村人,过了桥就到了家。姑娘和小石匠说了一些平常但很热乎的话。小石匠知道了姑娘家住前屯,可以吃伙房,可以睡桥洞。姑娘说,吃伙房愿意,睡桥洞不愿意。秋天里刮秋风,桥洞凉。姑娘还悄悄地问小石匠黑孩是不是哑巴。小石匠说绝对不是,这孩子可灵性哩,他四五岁时说起话来就像竹筒里晃豌豆,咯崩咯崩脆。可是后来,话越来越少,动不动就像尊小石像一样发呆,谁也不知道他寻思着什么。你看看他那双眼睛吧,黑洞洞的,一眼看不到底。姑娘说看得出来这孩子灵性,不知为什么我很喜欢他,就像我的小弟弟一样。小石匠说,那是你人好心眼儿善良。

小石匠、姑娘、黑孩儿,不知不觉落到了最后边,他和她谈得很热乎,恨不得走一步退两步。黑孩跟在他俩身后,高抬腿、轻放脚,那神情和动作很像一只沿着墙边巡逻的小公猫。在九孔桥上,刚刚在紫穗槐树丛里耽误了时间的刘太阳骑着车子"嘎嘎啦啦"地赶上来,桥很窄,他不得不跳下车子。

"你们还在这儿磨蹭?黑猴,今天上午干得怎么样?噢,你的爪子怎么啦?"

"他的手让锤子打破了。"

"他妈的。小石匠,你今天中午就去找你们队长,让他趁早换人,出了人命我可担不起。"

"他这是公伤,你忍心撵他走?"姑娘大声说。

"刘副主任,咱俩多年的老交情了,你说,这么大个工地,还多这么个孩子?你让他瘸着只手到队里去干什么?"小石匠说。

"瘦猴儿,真你妈的,"刘太阳沉吟着说,"给你调个活儿吧,给铁匠炉拉风匣,怎么样?会不会?"

孩子求援似地看看小石匠,又看看姑娘。

"会拉,是不是黑孩?"小石匠说。

姑娘也冲着他鼓励地点点头。

二

黑孩在铁匠炉上拉风箱拉到第五天,赤裸的身体变得像优质煤块一样乌黑发亮；他全身上下，只剩下牙齿和眼白还是白的。这样一来，他的眼睛就更加动人，当他闭紧嘴角看着谁的时候，谁的心就像被热铁烙着一样难受。他的鼻翼两侧的沟沟里落满煤屑，头发长出有半寸长了，半寸长的头发间也全是煤屑。现在，全工地的男人女人们都叫他"黑孩儿"，他谁也不理，连认真看你一眼也不。只有菊子姑娘和小石匠来跟他说话时，他才用眼睛回答他们。昨天中午，工地上的人们全去吃饭了，铁匠师傅的一把小锤和一个淬火用的新水桶被人偷走了。刘太阳在滞洪闸上大骂了半个小时。他分派给黑孩一个新任务：每天中午放工吃饭后，留在工地看守工具，午饭由铁匠师傅从伙房里带来。刘副主任说，便宜黑孩这个狗小子一顿午饭。

人全走了，喧闹了一上午的工地静得很。黑孩走出桥洞，在闸前的沙地上慢慢地踱步。他倒背着胳膊，双手捂着屁股，蹙着眉毛，额头上出现三道深深的皱纹。他翻来覆去地数着桥洞，从两片嘴唇间"叭儿叭儿"地吐出一个个小泡泡儿。在第七个桥墩前，他站住了，然后双腿夹住桥墩的菱状石棱，一耸一耸地往上爬。爬到半截时，他滑了下来，肚皮上擦破了一大块，渗出一层血珠来。他弯腰抓起一把土，按到肚子上。然后倒退几步，抬起手掌打着眼罩，看着桥墩与桥面相接处那道石缝，他放心了。

很快地他又走到了妇女们砸石子的地方，他曾经坐过的那块石头没有了。他很准地找到了菊子姑娘的座位，他认识她那把六棱石匠锤。他坐在姑娘的座位上，不断地扭动着身体，变换着姿势，一直等调整到眼睛跟第七个桥墩上那条石缝成一条直线时，才稳稳地坐住，双眼紧盯着石缝里那个东西……

那天中午，他早早地跑到滞洪闸下，在西边第一个桥洞里蹲下来。他眼睛一遍遍地抚摸红炉、铁钳、大锤、小锤、铁桶、煤铲，甚至每块煤，甚至每块煤渣。快到上工时间了，他右手拿起煤铲，捅开了压住火的红炉，左手用力一拉风箱，煤烟和着煤灰飞起来，迷了眼睛，他使劲揉着，眼眶处充血发了紫。风箱里新勒了鸡毛，很沉，他一只手拉起来有些吃力。右手食指被碰了一下。看手指时才想起那条包着伤指的手绢。手绢已经不白了，月季花还是鲜红的。他转了一个念头，走出桥洞，四下打量着。在第七个桥墩前，他解下手绢用口叼着，费力地爬上去，把手绢塞到石缝里……三捅两戳，火灭了。他的额上沁出一层汗珠。这时桥洞外响起踢踢踏踏的脚步声，他惶恐地倒退着，一直退到脊背贴着凉凉的石壁。黑孩看到一个短腿的青年弯着腰走进桥洞,那姿势好像要证明桥洞很低他人很高。黑孩咧了咧嘴。短腿青年看着被捅灭的火炉和拉出半截的风箱,又看看紧贴石壁站着的他,骂一声:"小狗崽子!你来折腾什么?火也捅灭了,风匣也拉歪了,欠揍的小混蛋。"黑孩听到头上响起一阵风声,感到有一个带棱角的巴掌在自己头皮上扇过去,紧接着听到一个很脆的响,像在地上摔死一只青蛙。

"滚出去砸你的石头子儿,小混蛋!"青年人骂着。

黑孩这才知道这就是小铁匠。小铁匠的脸上布满密集的粉刺疙瘩,鼻子像牛犊的鼻子一样,扁扁的,平平的,上边布满汗珠。黑孩看到小铁匠麻利地清理炉膛。又看着他从桥洞的角上抓过一把金黄的麦秸塞到炉膛里,点燃,轻轻地拉几下风箱,麦秸先冒出又轻又白的烟,紧跟着窜出火苗。小铁匠铲了一铲湿漉漉的煤,薄薄地撒在正在燃烧的麦秸上,拉风箱的手一直不停。又撒了一层煤。又撒了一层煤。炉里窜起焦黄的烟,烟里夹带着呛鼻子的煤味。小铁匠用铁铲尖儿把炉中煤一戳,几缕强劲有力的暗红色的火苗窜了出来,煤着了。

黑孩兴奋地"噢"了一声。

"你还不滚,小混蛋!"

一个又高又瘦的老头子慢吞吞地走进桥洞,问小铁匠:"不是压住火了吗?怎么又生?"他的语声沉闷,声音像是从胸膈以下发出来的。

"被这个小混蛋给捅灭了。"小铁匠抬起煤铲指指黑孩。

"你让他拉吧。"老头说。他把一块蛋黄色的油布围在腰间,把两块蛋黄色的油布绑在脚脖子上护住了脚面。油布上布满了火星烧成的洞洞眼眼。黑孩知道这就是老铁匠了。

"让他拉风匣,你专管打锤,这样你也轻松一点。"老铁匠说。

"让这么个毛孩子拉风匣?你看他瘦得那个猴样,在火炉边还不给烤成干柴棍儿!"小铁匠不满意的嘟哝着。

刘太阳一步闯进来,翻着眼皮说:"怎么啦?不是你说的要个拉火的吗?"

"要拉火的不要他!刘副主任,你看看他瘦得那个样子,恐怕连他妈的煤铲都拿不动,你派他来干什么?臭杞摆碟凑样数!"

"我知道你小子的鬼心眼子。你想要个大姑娘来给你拉火是不是?挑个最漂亮的,让那个蒙着紫红色方头巾的来?美得你这个臊包狗蛋!黑孩，拉风箱吧。"刘太阳冲着小铁匠说，"你他妈的好好教教他！"

黑孩畏畏缩缩地走到风箱前站定，目光却期待什么似地望着老铁匠的脸。孩子发现，老铁匠的脸色像炒焦了的小麦，鼻子尖像颗熟透了的山楂。他走上前来，教给黑孩一些烧火的要领。黑孩的耳朵抖动着，把老铁匠的话儿全听进去了。

刚开始拉火时，他手忙脚乱，满身都是汗水，火焰烤得他的皮肤像针尖刺着一样疼痛。老铁匠面部没有表情，僵硬犹如瓦片，连看也不看他一眼。黑孩咬着下嘴唇，不断地抬起黑胳膊擦着流到眼睛上边的汗水。他的鸡胸脯一起一伏，嘴和鼻孔像风箱一样"呼哧呼哧"喷着气。

小石匠送来磨秃的钢钻待修，看着黑孩那副样子，说："能不能挺住？挺不住就吱声，还去砸你的石头子儿。"

黑孩连头都没抬。

"这倔种！"小石匠把钢钻扔在地上，走了。但很快他又折了回来，和菊子姑娘一起。菊子把方头巾扎在脖子上，整个脸显得更加完整。

桥洞里的小铁匠忽然感到眼前一亮，使劲咽了一口唾液，又用肥厚的舌头舔了舔干裂的嘴唇。他的两只眼睛不比黑孩的眼睛小，但右眼里有一个鸭蛋皮色的"萝卜花"遮盖了瞳孔。天长日久地用左眼看东西，养成了脑袋往右歪的习惯。他的头枕在右肩上，左眼里射出一道灼热的光，直盯着姑娘红扑扑的脸膛。十八磅的大铁锤头朝下站在他的两腿间，他手扶锤把子，像挂着一根拐棍。

炉中烟火升腾，黑烟夹带着火星直冲到桥面上，又愤怒地反扑下来。孩子的脸笼罩在烟雾里，他咳嗽着，胸脯里"呲呲"地响。老铁匠冷冷地看了黑孩一眼，从磨得油亮的皮口袋里掏出烟袋，慢吞吞地装上烟，就着炉火点燃，把两股白色烟喷进黑色烟里，鼻孔里两撮黑毛抖动着，他从烟雾里漠然地看了一眼桥洞口的小石匠和菊子，这才对黑孩说："少加煤，撒匀一点。"

孩子急促地拉着风箱，瘦身子前倾后仰，炉火照着他汗湿的胸脯，每一根肋巴条都清清楚楚。左胸脯的肋条缝中，他的心脏像只小耗子一样可怜巴巴地跳动着。老铁匠说："拉长一点，一下是一下。"

菊子姑娘看到黑孩的下唇流出深红的血，眼睛里顿时充满泪水。她喊道："黑孩，不给他们干了。走，回去跟我砸石子儿。"她走到风箱前，捏住了黑孩那两条干柴棍一样的细胳膊。黑孩拼命挣扎着，喉咙里呜呜地响着，像一条要咬人的小狗。他身体很轻，姑娘架着他的胳膊把他端出了桥洞，他粗糙的脚趾划着地面，地上的碎石片儿哗哗地响着。

"黑孩，咱不给他们干了，你顶不住烟熏火燎，你这么瘦，流光了汗，就烤成锅巴啦。还是跟姐姐去砸石子儿轻松。"一边说着，一边把他放下，用一只手拖着他往石堆那边走。她的胳膊粗壮有力，手很大很柔软，捏着黑孩的手腕，像捏着一条小山羊腿。黑孩打着坠，脚后跟哗哗啦啦犁着地上的碎石片。"小傻瓜，小拗种，好好跟我走。"姑娘停住脚，回头对他说着，手用力捏捏他的腕子，"看看你这小狗腿，我要一用劲，保准捏碎了，那么重的活你怎么干得了？"黑孩恨恨地盯了她一眼，猛地低下头，在姑娘胖胖的手腕上狠狠地咬了一口。她"哎哟"了一声，松开手，黑孩转身跑回了桥洞。

黑孩的牙齿十分锋利，姑娘的手腕上被咬出了两排深深的牙印。他的犬齿是两个锥牙儿，这两个锥牙在姑娘腕上钻出了两个流血的小洞。小石匠关切地走上前去，掏出一条皱巴巴的手绢要给姑娘包扎。她推开他，眼睛也不看他，弯腰从地上抓起一把土，按在伤口上。

"有病菌！"小石匠吃惊地叫喊。

姑娘走回乱石堆前，寻着自己的座位坐下来，呆呆地瞅着河水上层出不穷的波纹，一块石头儿也不砸。

"看看，又傻了一个。"

"黑孩八成会使魔法。"

女人们咬着耳朵低语。

"黑孩，你给我滚出来！狗崽子，狗咬吕洞宾，不识好人心。"小石匠骂着往铁匠炉所在的桥洞里走。

一股脏乎乎、热烘烘的水泼出来，劈头盖脸蒙住了小石匠。小石匠对得正，桥洞里瞄得准，半桶水几乎没浪费一滴。他柔软的黄头发上，劳动布夹克衫上、大红运动衫翻领上，沾满了铁屑和煤灰，脏水像小溪一样从头往脚流。

"瞎了狗眼了！"小石匠大骂着冲进桥洞，"谁干的？说，谁干的？"

没有人答理他。桥洞里黑烟散尽，炉火正旺，紫红色的老铁匠用一把长长的铁钳子把一根烧得发白透亮的钢钻子从炉里夹出来，钻子尖上"噼噼"地爆着耀眼的钢花。老铁匠把钻子放在铁砧上，用小叫锤敲了一下铁砧的边缘，铁砧清脆地回答着他。他的左手操着长把铁钳，铁钳夹着钻子，钻子按着他的意思翻滚着；右手的小叫锤很快地敲着钢钻。他的小锤敲到哪儿，独眼小铁匠的十八磅大铁锤就打到哪儿。老铁匠的小锤像鸡啄米一样迅疾，小铁匠的大锤一步不让，桥洞里习习生出热风。在惊心动魄的锻打声中，钢钻子火星四溅，火星溅到老铁匠和小铁匠围腰护脚的油布上，"滋滋"地冒着白色的烟。火星也飞到了黑孩裸露的皮肤上，他咧着嘴，龇出两排雪白的小狼牙齿。钢火在他肚皮上烫起几个大燎泡，他一点都没有痛的表情，眼睛里跳动着心荡神迷的火苗，两个瘦削的肩头耸起来，脖子使劲缩着，双臂交叠在胸前，手捂着下巴和嘴巴，挤得鼻子上满是皱纹。

秃钻子被打出了尖，颜色暗淡下来——先是殷红，继而是银白。地下落着一层灰白的铁屑，铁屑引燃了一根草梗，草梗悠闲地冒着袅袅的白烟。

"谁他妈的泼了我？"小石匠盯着小铁匠骂。

"老子泼的，怎么着？"小铁匠遍体放光，双手拄着锤把，优雅地歪着头，说。

"你瞎眼了吗？"

"瞎了一个。老爹泼水你走路，碰上了算你运气。"

"你讲理不讲？"

"这年头，拳头大就有理。"小铁匠捏起拳头，胳膊上的肉隆起来。

"来吧，独眼龙！老子今天把你这只狗眼也打瞎。"小石匠怒气冲冲地靠了前，老铁匠好像无意地往前跨了一步，撞了他一下。小石匠猛然觉得老人那双深深地抠瞜着的眼窝里射出了一股物质，好像暗示着什么，他顿时感到浑身肌肉松弛。老铁匠微微扬起脸，极随便地哼唱了一句说不出是什么味道的戏文或是歌词来。

"恋着你刀马娴熟通晓诗书少年英武，跟着你闯荡江湖风餐露宿吃尽了世上千般苦。"

老铁匠只唱了这一句，声音戛然而止，听得出他把一大截悲怆凄楚的尾音咽进了肚子。老铁匠又看了小石匠一眼，低下头去给刚打出尖的钻子淬火。淬火前，他捋起右手衣袖，把手伸进水桶里试着水温，他的小臂上有一个深紫色的伤疤，圆圆的，中间凸出，尽管这个伤疤不像一只眼睛，但小石匠却觉得这个紫疤像一只古怪的眼睛盯着自己。他撇了一下嘴，恍恍惚惚像中了魔症，飘飘地出了桥洞，红炉这边，一下午没见到他的影子。

　　……孩子的眼睛酸了，头皮也晒得发烫。他从姑娘的座位上站起来，踱回到铁匠炉边。桥洞里很暗，他摸摸索索地坐在老铁匠的马扎上，什么都不想的时候，双手便火烧火燎地痛起来，他把手放在凉森森的石壁上，赶快去想过去的事情。

　　三天前，老铁匠请假回家拿棉衣和铺盖，他说人老了腿值钱，不愿天天往家跑，在红炉边絮个铺，冻不着的。（黑孩抬眼看看老铁匠的铺。桥洞的北边已经用闸板堵起来了。几缕亮光从板缝里漏进来，斜照着老铁匠那件油晃晃的棉袄和那条狗毛脱落的皮褥子。）老师傅回了家，小铁匠成了一洞之主。那天上午进桥洞来，他挺着胸，凸着肚，好颜好色地说："黑孩，生火，老东西回家了，咱们俩干。"

　　黑孩看着他。

　　"瞪什么眼，兔崽子！你瞧不起老子是不？老子跟着老东西已经熬了整三年啦，他那点把戏我全知道。"小铁匠说。

　　黑孩懒洋洋地生起火来。小铁匠得意地哼着什么。他把几支头天没来得及修的钢钻插进炉膛烧着。黑孩把火拉得很旺，照着自己的黑脸透出红来。小铁匠忽然笑起来，说："黑孩，你小子冒充老红军准行，浑身是疤。"

　　孩子使劲拉火。

　　"这几天怎么也不见你那个浪干娘来看你啦？你咬了她一口，把她得罪啦，狗儿子。她的胳膊什么味儿？是酸的还是甜的？你狗日的好口福。要是让我捞到她那条白嫩胳膊，我像吃黄瓜一样啃着吃了。"

　　黑孩提起长钳，夹起一根烧透了的钢钻扔到砧子上。

　　"哟，儿子，好快！"小铁匠抄起一把比大锤小比小锤大的中锤，一手掌钳，一手抢锤，狠狠地打起来。黑孩呆呆地看着。小铁匠一身好力气，铁锤耍得出神出鬼，打出的钢钻尖儿棱角分明，像支削好的铅笔。黑孩很悲哀地看着老铁匠那把小叫锤儿。小铁匠用铁钳夹着打好的钢钻到桶边淬火，他淬火的动作跟老铁匠一模一样。黑孩背过脸，又去看那把躺在砧子旁边的小叫锤，小叫锤的木把儿像老牛的角尖一样又光又滑。

　　小铁匠好马快刀，一会儿工夫就修好十几支钢钻。他得意地坐在师傅的马扎上卷烟。卷好烟，插进嘴。吩咐黑孩夹过一块通红的炭给他点着。

　　"儿子，看到了吧？没有老梆子我们照样干！"

小铁匠正得意着,刚才拿走钻子的石匠们找他来了。

"小铁匠,你淬得什么鸟火?不是崩头就是弯尖,这是剥石头,不是打豆腐。没有弯弯肚子,别吞镰头刀子。等你师傅回来吧,别拿着我们的钢钻练功夫。"

石匠们把那十几支坏钻子扔在地上。走了。小铁匠脸变了色,咋呼着黑孩拉火烧钻子。一会儿工夫他又把钻子打好,淬好,亲自抱着送到工地上。他前脚进了桥洞,石匠们后脚就跟来了。坏钻子扔在地上,脏话扔在小铁匠头上:"去你娘的蛋,别耍我们的大头了,看看你淬的火!全崩了你娘的尖啦!"

黑孩看看小铁匠,嘴角上漾出两道纹来,谁也不知道他是高兴还是难过。小铁匠把工具摔得"噼哩卡啦"响,蹲到地上,呼呼地吐闷气。他抽了一支烟,那只独眼古噜噜地转着,射出迷茫暴躁的光线,两条大蝌蚪一样的眉毛急遽地扭动着。他扔掉烟屁股,站起来,说:

"妈的,就不信羊不吃蒿子!黑孩,拉火再干!"

黑孩无精打采地拉着风箱,动作一下比一下迟缓。小铁匠催他,骂他,他连头都不抬。钻子又烧好了。小铁匠草草打了几锤,就急不可耐地到桶边淬火。这次他改变了方式,不是像老铁匠那样一点点地淬,而是把整个钻子一下插到水里。桶里的水吱吱地叫着,一股白气绞着麻花冲起来。小铁匠把钢钻提起来,举到眼前,歪着头察看花纹和颜色。看了一阵,他就把这支钻子放在砧子上,用锤轻轻一敲,钢钻断成两半。他沮丧地把锤子扔到地上,把那半截钻子用力甩到桥洞外边去。坏钻子躺在洞前石片上,怎么看都难受。

"去把那根钻子捡回来!"小铁匠怒冲冲地吩咐黑孩。黑孩的耳朵动了动,脚却没有动。他的屁股上挨了一脚,肩膀上被捅了一钳子,耳边响起打雷一样的吼声:"去把钻子捡回来。"

黑孩垂着头走到钻子前,一点一点弯下腰去,伸手把钻子抓起来。他听到手里"滋滋啦啦"地响,像握着一只知了。鼻子里也嗅到炒猪肉的味道。钻子沉重地掉在地上。

小铁匠一愣,紧接着大笑起来:"兔崽子,老子还忘了钻子是热的,烫熟了猪爪子,啃吧!"

黑孩走回桥洞,一眼也不看小铁匠,把烫熟了皮肉的手淹到水桶里泡了泡,又慢悠悠走出桥洞。他弯下腰去,仔细地端详着那半截钢钻。钢钻是银灰色的，表面粗糙，有好多小颗粒。地上的湿土在钢钻下冒着白气，那白气很细，若有若无。他更低地俯下身去，屁股高高地翘起来，大裤头全褪到屁股上，露出比小腿颜色略浅的大腿。他的一只手捂在背上，一只手从肩前垂下去，慢慢地接近钢钻，水珠沿着指尖滴下去，钢钻子嗤啦一声响。水珠在钻子上跳动着，叫着，缩小着，变成一圈波纹，先扩大一下，立即收缩，终于消逝了。他的指尖已经感到了钢钻的灼热，这种灼热感一直传导到他心里去。

"你他妈的在那儿干什么，弯腰撅腚，冒充走资派吗？"小铁匠在桥洞里喊他。

他一把攥住钢钻，哆嗦着，左手使劲抓着屁股，不慌不忙走回来。小铁匠看到黑孩手里冒出黄烟，眼像疯瘫病人一样喎斜着叫："扔、扔掉！"他的嗓子变了调，像猫叫一样，"扔掉呀，你这个小混蛋！"

黑孩在小铁匠面前蹲下，松开手，抖了两抖，钻子打了两滚儿躺在小铁匠脚前。然后就那么蹲着，仰望着小铁匠的脸。

小铁匠浑身哆嗦起来："别看我，狗小子，别看我。"他拧过脸去。黑孩站起来，走出桥洞……他记得他走出桥洞后望了一会儿西天，天上连一丝云彩也没有，只有半个又白又薄的月亮，像一块小小的云……

他想得很累，耳朵里有蜜蜂的叫声。从马扎子上起来，走到老铁匠的铺前躺下来。头枕着棉袄，眼皮不知不觉合上了。他感到有一个人在抚摸自己的脸，抚摸自己的手，痛，他忍着。有两滴沉甸甸的水珠落下来，一滴落在两片唇间，他咽下了；一滴打到鼻尖上，鼻子被砸得酸溜溜的。

"黑孩、黑孩，醒醒，吃饭啦。"

他觉得鼻子酸得厉害，匆忙爬起来，看着姑娘。有两股水儿想从眼窝里滚出来，他使劲憋住，终于让水儿流进喉咙。

"给你。"姑娘解开那条紫红色头巾。头巾里包着两个窝窝头。一个窝窝头的眼里塞着一根腌黄瓜，一个窝窝头眼里栽着一根大葱。一根长长的梢儿发黄的头发沾在窝窝头上。姑娘用两个指头拈起头发，轻轻一弹，头发落地时声音很响，黑孩听到了。

"吃吧，你这条小狗！"姑娘摸着他的脖子说。

黑孩咬葱咬黄瓜咬窝窝头，一边咀嚼一边看姑娘。

"手是怎么烫的？是不是独眼龙使坏？还咬我吗？看看你的狗牙多快。"

孩子的耳朵使劲忽扇着，左手举起窝窝头，右手举起大葱腌黄瓜，遮住了脸。

三

夜里，莫名其妙地下了一场雷阵雨。清晨上工时，人们看到工地上的石头子儿被洗得干干净净，沙地被拍打的平平整整。闸下水槽里的水增了两拃，水面蓝汪汪地映出天上残余的乌云。天气仿佛一下子冷了，秋风从桥洞里穿过来，和着海洋一样的黄麻地里的窸窣之声，使人感到从心里往外冷。老铁匠穿上了他那件亮甲似的棉袄，棉袄的扣子全掉光了，只好把两扇襟儿交错着掩起来，拦腰捆上一根红色胶皮电线。黑孩还是只穿一条大裤头子，光背赤足，但也看不出他有半点瑟缩。他原来扎腰的那根布条儿不知是扔了还是藏了，他腰里现在也扎着一节红胶皮电线。他的头发这几天像发疯一样地长，已经有二寸长，头发根根竖起，像刺猬的硬毛。民工们看着他赤脚踩着石头上积存的雨水走过工地，脸上都表现出怜悯加敬佩的表情来。

"冷不冷？"老铁匠低声问。

黑孩惶惑地望着老铁匠，好像根本不理解他问话的意思。"问你哩！冷吗？"老铁匠提高了声音。惶惑的神色从他眼里消失了，他垂下头，开始生火。他左手轻拉风箱，右手持煤铲，眼睛望着燃烧的麦秸草。老铁匠从草铺上拿起一件油腻腻的褂子给黑孩披上。黑孩扭动着身体，显出非常难受的样子。老铁匠一离开，他就把褂子脱下来，放回到铺上去。老铁匠摇摇头，蹲下去抽烟。

"黑孩，怪不得你死活不离开铁匠炉，原来是图着烤火暖和哩，妈的，人小心眼儿不少。"小铁匠打了一个百无聊赖的呵欠，说。

工地上响起哨子声，刘副主任说，全体集合。民工们集合到闸前向阳的地方，男人抱着膀子、女人纳着鞋底子。黑孩偷觑着第七个桥墩上的石缝，心里忐忑不安。刘副主任说，天就要冷，因此必须加班赶，争取结冰前浇完混凝土底槽。从今天起每晚七点到十点为加班时间，每人发给半斤粮，两毛钱。谁也没提什么意见。二百多张脸上各有表情。黑孩看到小石匠的白脸发红发紫，姑娘的红脸发灰发白。

当天晚上，滞洪闸工地上点亮了三盏汽灯。汽灯发着白炽刺眼的光，一盏照耀石匠们的工场，一盏照着妇女们砸石子儿的地方。妇女们多数有孩子和家务，半斤粮食两毛钱只好不挣。灯下只围着十几个姑娘。她们都离村较远，大着胆子挤在一个桥洞里睡觉，桥洞两头都堵上了闸板，只在正面留了个洞，钻进钻出。菊子姑娘有时钻桥洞，有时去村里睡（村里有她一个姨表姐，丈夫在县城当临时工，有时晚上不回家睡，表姐就约她去作伴）。第三盏汽灯放在铁匠炉的桥洞里，照着老年青年和少年。石匠工场上锤声叮当，钢钻子啃着石头，不时迸出红色的火星。石匠们干得还算卖劲，小石匠脱掉夹克衫，大红运动衣像火炬一样燃烧着。姑娘们围灯坐着，产生许多美妙联想。有时嘎嘎大笑，在时窃窃私语，砸石子的声音零零落落。在她们发出的各种声音的间隙里，充填着河上的流水声。菊子放下锤子，悄悄站起来，向河边走去。灯光把她的影子长长地投在沙地上。"当心被光棍子把你捉去。"一个姑娘在菊子身后说。菊子很快走出灯光的圈子。这时她看到的灯光像几个白亮亮的小刺球，球刺儿伸到她面前停住了，刺尖儿是红的、软的。后来她又迎着灯光走上去。她忽然想去看看黑孩儿在干什么，便躲避着灯光，闪到第一个桥墩的暗影里。

她看到黑孩儿像个小精灵一样活动着，雪亮的灯光照着他赤裸的身体，像涂了一层釉彩。仿佛这皮肤是刷着铜色的陶瓷橡皮，既有弹性又有韧性，撕不烂也扎不透。黑孩似乎胖了一点点，肋条和皮肤之间疏远了一些。也难怪么，每天中午她都从伙房里给他捎来好吃的。黑孩很少回家吃饭，只是晚上回家睡觉，有时候可能连家也不回——姑娘有天早晨发现他从桥洞里钻出来，头发上顶着麦秸草。黑孩双手拉着风箱，动作轻柔舒展，好像不是他拉着风箱而是风箱拉着他。他的身体前倾后仰，脑袋像在舒缓的河水中漂动着的西瓜，两只黑眼睛里有两个亮点上下起伏着，如萤火虫幽雅地飞动。

小铁匠在铁砧子旁边以他一贯的姿势立着，双手拄着锤柄，头歪着，眼睛瞪着，像一只深思熟虑的小公鸡。

老铁匠从炉子里把一支烧熟的大钢钻夹了出来，黑孩把另一支坏钻子捅到大钢钻腾出的位置上。烧透的钢钻白里透着绿。老铁匠把大钢钻放到铁砧上，用小叫锤敲敲砧子边，小铁匠懒洋洋地抄起大锤，像抡麻杆一样抡起来，大锤轻飘飘地落在钢钻子上，钢花立刻光彩夺目地向四面八方飞溅。钢花碰到石壁上，破碎成更多的小钢花落地，钢花碰到黑孩微微凸起的肚皮，软绵绵地弹回去，在空中画出一个个漂亮的半圆弧，坠落下去。

钢花与黑孩肚皮相撞以及反弹后在空中飞行时，空气摩擦发热发声。打过第一锤，小铁匠如同梦中猛醒一般绷紧肌肉，他的动作越来越快，姑娘看到石壁上一个怪影在跳跃，耳边响彻"咣咣咣咣"的钢铁声。小铁匠塑铁成形的技术已经十分高超，老铁匠右手的小叫锤只剩下干敲砧子边的份儿。至于该打钢钻的什么地方，小铁匠是一目了然。老铁匠翻动钢钻，眼睛和意念刚刚到了钢钻的某个需要锻打的部位，小铁匠的重锤就敲上去了，甚至比他想的还要快。

姑娘目瞪口呆地欣赏着小铁匠的好手段，同时也忘不了看着黑孩和老铁匠。打得最精彩的时候，是黑孩最麻木的时候（他连眼睛都闭上了，呼吸和风箱同步），也是老铁匠最悲哀的时候，仿佛小铁匠不是打钢钻而是打他的尊严。

钢钻锻打成形，老铁匠背过身去淬火，他意味深长地看了小铁匠一眼，两个嘴角轻蔑地往下撇了撇。小铁匠直勾勾地看着师傅的动作。姑娘看到老铁匠伸出手试试桶里的水，把钻子举起来看了看，然后身体弯着像对虾，眼瞅着桶里的水，把钻子尖儿轻轻地、试试探探地触及水面，桶里水"呲呲"地响着，一股很细的蒸气窜上来，笼罩住老铁匠的红鼻子。一会儿，老铁匠把钢钻提起来举到眼前，像穿针引线一样瞄着钻子尖，好像那上边有美妙的画图，老头脸上神采飞扬，每条皱纹里都溢出欣悦。他好像得出一个满意答案似地点点头，把钻子全淹到水里，蒸气轰然上升，桥洞里形成一个小小的蘑菇烟云。汽灯光变得红殷殷的，一切全都朦胧晃动。雾气散尽，桥洞里恢复平静，依然是黑孩梦幻般拉风箱，依然是小铁匠公鸡般冥思苦想，依然是老铁匠如枣者脸如漆者眼如屎克螂者臂上疤痕。

老铁匠又提出一支烧熟的钢钻，下面是重复刚才的一切，一直到老铁匠要淬火时，情况才发生了一些变化。老铁匠伸手试水温。加凉水。满意神色。正当老铁匠要为手中的钻子淬火时，小铁匠耸身一跳到了桶边，非常迅速地把右手伸进了水桶。老铁匠连想都没想，就把钢钻戳到小伙子的右小臂上。一股烧焦皮肉的腥臭味儿从桥洞里飞出来，钻进姑娘的鼻孔。

小铁匠"嗷"地号叫一声，他直起腰，对着老铁匠恶狠狠地笑着，大声喊："师傅，三年啦！"

老铁匠把钢钻扔在桶里，桶里翻滚着热浪头，蒸气又一次弥漫桥洞。姑娘看不清他们的脸子，只听到老铁匠在雾中说："记住吧！"

没等烟雾散尽她就跑了,她使劲捂住嘴,有一股苦涩的味儿在她胃里翻腾着。坐在石堆前,旁边一个姑娘调皮地问她:"菊子,这一大会儿才回来,是跟着大青年钻黄麻地了吗?"她没有回腔,听凭着那个姑娘奚落。她用两个手指捏着喉咙,极力不让自己发出声音。

收工的哨声响了。三个钟头里姑娘恍惚在梦幻中。"想汉子了吗?菊子?""走吧,菊子。"她们招呼着她。她坐着不动,看着灯光下幢幢的人影。

"菊子,"小石匠板板整整地站在她身后说,"你表姐让我捎信给你,让你今夜去作伴,咱们一道走吗?"

"走吗?你问谁呢?"

"你怎么啦?是不是冻病啦?"

"你说谁冻病啦?"

"说你哩!"

"别说我。"

"走吗?"

"走。"

石桥下水声响亮,她站住了。小石匠离她只有一步远。她回过头去,看到滞洪闸西边第一个桥洞还是灯火通明,其他两盏汽灯已经熄灭。她朝滞洪闸工地走去。

"找黑孩吗?"

"看看他。"

"我们一块去吧,这小混蛋,别迷迷糊糊掉下桥。"

菊子感觉到小石匠离自己很近了,似乎能听到他"砰砰"的心跳声。走着,走着。她的头一倾斜,立刻就碰到小石匠结实的肩膀,她又把身子往后一仰,一只粗壮的胳膊便把她揽住了。小石匠把自己一只大手捂在姑娘窝窝头一样的乳房上,轻轻地按摩着,她的心在乳房下像鸽子一样乱扑楞。脚不停地朝着闸下走,走进亮圈前,她把他的手从自己胸前移开。他通情达理地松开了她。

"黑孩!"她叫。

"黑孩!"他也叫。

小铁匠用只眼看着她和他,腮帮子抽动一下。老铁匠坐在自己的草铺上,双手端着烟袋,像端着一杆盒子炮。他打量了一下深红色的菊子和淡黄色的小石匠，疲惫而宽厚地说："坐下等吧，他一会儿就来。"

……黑孩提着一只空水桶，沿着河堤往上爬。收工后，小铁匠伸着懒腰说："饿死啦。黑孩，提上桶，去北边扒点地瓜，拔几个萝卜来，我们开夜餐。"

黑孩睡眼迷蒙地看看老铁匠。老铁匠坐在草铺上，像只羽毛凌乱的败阵公鸡。

"瞅什么？狗小子，老子让你去你尽管去。"小铁匠腰挺得笔直，脖子一抻一抻地说。他用眼扫了一下瘫坐在铺上的师傅。胳膊上的烫伤很痛，但手上愉快的感觉完全压倒了臂上的伤痛，那个温度可是绝对的舒适绝对的妙。

黑孩拎起一只空水桶，踢踢踏踏往外走。走出桥洞，仿佛"忽通"一声掉下了井，四周黑得使他的眼睛里不时迸出闪电一样的虚光，他胆怯地蹲下去，闭了一会眼睛，当他睁开眼睛时，天色变淡了，天空中的星光暖暖地照着他，也照着瓦灰色的大地……

河堤上的紫穗槐枝条交叉伸展着，他用一只手分拨着枝条，仄着肩膀往上走。他的手捋着湿漉漉的枝条和枝条顶端一串串结实饱满的树籽，微带苦涩的槐枝味儿直往他面上扑。他的脚忽然碰到一个软绵绵热乎乎的东西，脚下响起一声"唧喳"，没及他想起这是只花脸鹌，这只花脸鹌就懵头转向地飞起来，像一块黑石头一样落到堤外的黄麻地里。他惋惜地用脚去摸花脸鹌适才趴窝的地方，那儿很干燥，有一簇干草，草上还留着鸟儿的体温。站在河堤上，他听到姑娘和小石匠喊他。他拍了一下铁桶，姑娘和小石匠不叫了。这时他听到了前边的河水明亮地向前流动着，村子里不知哪棵树上有只猫头鹰凄厉地叫了一声。后娘一怕天打雷，二怕猫头鹰叫。他希望天天打雷，夜夜有猫头鹰在后娘窗前啼叫。槐枝上的露水把他的胳膊濡湿了，他在裤头上擦擦胳膊。穿过河堤上的路走下堤去。这时他的眼睛适应了黑暗，看东西非常清楚，连咖啡色的泥土和紫色的地瓜叶儿的细微色调差异也能分辨。他在地里蹲下，用手扒开瓜垅儿，把地瓜撕下来，"叮叮当当"地扔到桶里。扒了一会儿，他的手指上有什么东西掉下，打得地瓜叶儿哆嗦着响了一声。他用右手摸摸左手，才知道那个被打碎的指甲盖儿整个儿脱落了。水桶已经很重，他提着水桶往北走。在萝卜地里，他一个挨一个地拔了六个萝卜，把缨儿拧掉扔在地上，萝卜装进水桶……

"你把黑孩弄到哪儿去了？"小石匠焦急地问小铁匠。

"你急什么？又不是你儿子！"小铁匠说。

"黑孩呢？"姑娘两只眼盯着小铁匠一只眼问。

"等等，他扒地瓜去了。你别走，等着吃烤地瓜。"小铁匠温和地说。

"你让他去偷？"

"什么叫偷？只要不拿回家去就不算偷！"小铁匠理直气壮地说。

"你怎么不去扒？"

"我是他师傅。"

"狗屁！"

"狗屁就狗屁吧！"小铁匠眼睛一亮，对着桥洞外骂道："黑孩，你他妈的去哪里扒地瓜？是不是到了阿尔巴尼亚？"

黑孩歪着肩膀，双手提着桶鼻子，趔趔趄趄地走进桥洞，他浑身沾满了泥土，像在地里打过滚一样。

"哟，我的儿，真够下狠的了，让你去扒几个，你扒来一桶！"小铁匠高声地埋怨着黑孩，说，"去，把萝卜拿到池子里洗洗泥。"

"算了，你别指使他了。"姑娘说，"你拉火烤地瓜，我去洗萝卜。"

小铁匠把地瓜转着圈子垒在炉火旁，轻松地拉着火。菊子把萝卜提回来，放在一块干净石头上。一个小萝卜滚下来，沾了一身铁屑停在小石匠脚前，他弯腰把它捡起来。

"拿来，我再去洗洗。"

"算了，光那五个大萝卜就尽够吃了。"小石匠说着，顺手把那个小萝卜放在铁砧子上。

黑孩走到风箱前，从小铁匠手里把风箱拉杆接过来。小铁匠看了姑娘一眼，对黑孩说："让你歇歇哩，狗日的。闲着手痒痒？好吧，给你，这可不怨我，慢着点拉，越慢越好，要不就烤糊了。"

小石匠和菊子并肩坐在桥洞的西边石壁前。小铁匠坐在黑孩后边。老铁匠面南坐在北边铺上，烟锅里的烟早烧透了，但他还是双手捧烟袋，双时支在膝盖上。

夜已经很深了，黑孩温柔地拉着风箱，风箱吹出的风犹如婴孩的鼾声。河上传来的水声越加明亮起来，似乎它既有形状又有颜色，不但可闻，而且可见。河滩上影影绰绰，如有小兽在追逐，尖细的趾爪踩在细沙上，声音细微如同毫毛纤毫毕现，有一根根又细又长的银丝儿，刺透河的明亮音乐穿过来。闸北边的黄麻地里，"泼剌剌"一声响，麻杆儿碰撞着，摇晃着，好久才平静。全工地上只剩下这盏汽灯了，开初在那两盏汽灯周围寻找过光明的飞虫们，经过短暂的迷惘之后，一齐麇集到铁匠炉边来，为了追求光明，把汽灯的玻璃罩子撞得"哗哗啪啪"响。小石匠走到汽灯前，捏着汽杆，"噗唧噗唧"打气。汽灯玻璃罩破了一个洞，一只蝼蛄猛地撞进去，炽亮的石棉纱罩撞掉了，桥洞里一团黑暗。待了一会儿，才能彼此看清嘴脸。黑孩的风箱把炉火吹得如几片柔软的红绸布在抖动，桥洞里充溢着地瓜熟了的香味。小铁匠用铁钳把地瓜挨个翻动一遍。香味越来越浓，终于，他们手持地瓜红萝卜吃起来。扒掉皮的地瓜白气袅袅，他们一口凉，一口热，急一口，慢一口，咯咯吱吱，唏唏溜溜，鼻尖上吃出汗珠。小铁匠比别人多吃了一个萝卜两个地瓜。老铁匠一点也没吃，坐在那儿如同石雕。

"黑孩，回家吗？"姑娘问。

黑孩伸出舌头，舔掉唇上残留的地瓜渣儿，他的小肚子鼓鼓的。

"你后娘能给你留门吗？"小石匠说，"钻麦秸窝儿吗？"

黑孩咳嗽了一声。把一块地瓜皮扔到炉火里，拉了几下风箱，地瓜皮卷曲，燃烧，桥洞里一股焦糊味。

"烧什么你？小杂种，"小铁匠说，"别回家，我收你当个干儿吧，又是干儿又是徒弟，跟着我闯荡江湖，保你吃香的喝辣的。"

小铁匠一语未了，桥洞里响起凄凉亢奋的歌唱声。小石匠浑身立时爆起一层幸福的鸡皮疙瘩，这歌词或是戏文他那天听过一个开头。

"恋着你刀马娴熟，通晓诗书，少年英武，跟着你闯荡江湖，风餐露宿，受尽了世上千般苦——"

老头子把脊梁靠在闸板上，从板缝里吹进来的黄麻地里的风掠过他的头顶，他头顶上几根花白的毛发随着炉里跳动不止的煤火轻轻颤动。他的脸无限感慨，腮上很细的两根咬肌像两条蚯蚓一样蠕动着，双眼恰似两粒燃烧的炭火。

"……你全不念三载共枕，如去如雨，一片恩情，当作粪土。奴为你夏夜打扇，冬夜暖足，怀中的香瓜，腹中的火炉……你骏马高官，良田万亩，丢弃奴家招赘相府，我我我是苦命的奴呀……"

姑娘的心高高悬着，嘴巴半张开，睫毛也不眨动一下地瞅着老铁匠微微仰起的表情无限丰富的脸和他细长的脖颈上那个像水银珠一样灵活地上下移动着的喉结。凄婉哀怨的旋律如同秋雨抽打着她心中的田地,她正要哭出来时,那旋律又变得昂扬壮丽浩渺无边,她的心像风中的柳条一样飘荡着,同时,有一种麻酥酥的感觉从脊椎里直冲到头顶,于是她的身体非常自然地歪在小石匠肩上,双手把玩着小石匠那只厚茧重重的大手,眼里泪光点点,身心沉浸在老铁匠的歌里,意里。老铁匠的瘦脸上焕发出夺目的光彩,她仿佛从那儿发现了自己像歌声一样的未来……

小石匠怜爱地用胳膊揽住姑娘,那只大手又轻轻地按在姑娘硬梆梆的乳房上。小铁匠坐在黑孩背后,但很快他就坐不住了,他听到老铁匠像头老驴一样叫着,声音刺耳,难听。一会儿,他连驴叫声也听不到了。他半蹲起来,歪着头,左眼几乎竖了起来,目光像一只爪子,在姑娘的脸上撕着,抓着。小石匠温存地把手按到姑娘胸脯上时,小铁匠的肚子里燃起了火,火苗子直冲到喉咙,又从鼻孔里、嘴巴里喷出来。他感到自己蹲在一根压缩的弹簧上,稍一松神就会被弹射到空中,与滞洪闸半米厚的钢筋混凝土桥面相撞,他忍着,咬着牙。

黑孩双手扶着风箱杆儿,炉中的火已经很弱了,一绺蓝色火苗和一绺黄色火苗在煤结上跳跃着,有时,火苗儿被气流托起来,离开炉面很高,在空中浮动着,人影一晃动,两个火苗又落下去。孩子目中无人,他试图用一只眼睛盯住一个火苗,让一只眼黄一只眼蓝,可总也办不到,他没法把双眼视线分开。于是他懊丧地从火上把目光移开,左右巡睃着,忽然定在了炉前的铁砧上。铁砧踞伏着,像只巨兽。他的嘴第一次大张着,发出一声感叹(感叹声淹没在老铁匠高亢的歌声里)。黑孩的眼睛原本大而亮,这时更变得如同电光源。他看到了一幅奇特美丽的图画:光滑的铁砧子。泛着青幽幽蓝幽幽的光。泛着青蓝幽幽光的铁砧子上,有一个金色的红萝卜。红萝卜的形状和大小都像一个大个阳梨,还拖着一条长尾巴,尾巴上的根根须须像金色的羊毛。红萝卜晶莹透明,玲珑剔透。透明的、金色的外壳里苞孕着活泼的银色液体。红萝卜的线条流畅优美,从美丽的弧线上泛出一圈金色的光芒。光芒有长有短,长的如麦芒,短的如睫毛,全是金色。……老铁匠的歌唱被推出去很远很远,像一个小蝇子的嗡嗡声。他像个影子一样飘过风箱,站在铁砧前,伸出了沾满泥土煤屑、挨过砸伤烫伤的小手,小手抖抖索索……当黑孩的手就要捉住小萝卜时,小铁匠猛地窜起来,他踢翻了一个水桶,水汩汩地流着,渍湿了老铁匠的草铺。他一把将那个萝卜抢过来,那只独眼充着血:"狗日的!公狗!母狗!你也配吃萝卜？老子肚里着火，嗓里冒烟，正要它解渴！"小铁匠张开牙齿焦黑的大嘴就要啃那个萝卜。黑孩以少有的敏捷跳起来，两只细胳膊插进小铁匠的臂弯里，身体悬空一挂，又嘟噜滑下来，萝卜落到了地上。小铁匠对准黑孩的屁股踢了一脚，黑孩一头扎到姑娘怀里，小石匠大手一翻，稳稳地托住了他。

老铁匠停下了嘶哑的歌喉，慢慢地站起来。姑娘和小石匠也站起来。六只眼睛一起瞪着小铁匠。黑孩头很晕，眼前的一切都在转动。使劲晃晃头，他看到小铁匠又拿着萝卜往嘴里塞。他抓起一块煤渣投过去，煤渣擦着小铁匠腮边飞过，碰到闸板上，落在老铁匠铺上。

"日你娘，看我打死你！"小铁匠咆哮着。

小石匠跨前一步，说："你要欺负孩子？"

"把萝卜还给他！"姑娘说。

"还给他？老子偏不。"小铁匠冲出桥洞，扬起胳膊猛力一甩，萝卜带着飕飕的风声向前飞去，很久，河里传来了水面的破裂声。

黑孩的眼前出现了一道金色的长虹，他的身体软软地倒在小石匠和姑娘中间。

四

那个金色红萝卜砸在河面上，水花飞溅起来。萝卜漂了一会儿，便慢慢沉入水底。在水底下它慢慢滚动着，一层层黄沙很快就掩埋了它。从萝卜砸破的河面上，升腾起沉甸甸的迷雾，凌晨时分，雾积满了河谷，河水在雾下伤感地呜咽着。几只早起的鸭子站在河边，忧悒地盯着滚动的雾。有一只大胆的鸭子耐不住了，蹒跚着朝河里走。在蓬生的水草前，浓雾像帐子一样挡住了它。它把脖子向左向右向前伸着，雾像海绵一样富于伸缩性，它只好退回来，"呷呷"地发着牢骚。后来，太阳钻出来了，河上的雾被剑一样的阳光劈开了一条条胡同和隧道，从胡同里，鸭子们望见一个高个子老头儿挑着一卷铺盖和几件沉甸甸的铁器，沿着河边往西走去了。老头的背驼得很厉害，担子沉重，把它的肩膀使劲压下去，脖子像天鹅一样伸出来。老头子走了，又来了一个光背赤脚的黑孩子。那只公鸭子跟它身边那只母鸭子交换了一个眼神，意思是说：记得吧？那次就是他，水桶撞翻柳树滚下河，人在堤上做狗趴，最后也下了河拖着桶残水，那只水桶差点没把麻鸭那个臊包砸死……母鸭子连忙回应：是呀是呀是呀，麻鸭那个讨厌家伙，天天追着我说下流话，砸死它倒利索……

　　黑孩在水边慢慢地走着，眼睛极力想穿透迷雾，他听到河对岸的鸭子在"呷呷呷呷，嘎嘎嘎嘎"地乱叫着。他蹲下去，大脑袋放在膝盖上，双手抱住凉森森的小腿。他感觉到太阳出来了，阳光晒着背，像在身后生着一个铁匠炉。夜里他没回家，猫在一个桥洞里睡了。公鸡啼鸣时他听到老铁匠在桥洞里很响地说了几句话，后来一切归于沉寂。他再也睡不着，便踏着冰凉的沙土来到河边。他看到了老铁匠伛偻的背影，正想追上去，不料脚下一滑，摔了一个屁股墩，等他爬起来时，老铁匠已经消逝在迷雾中了。现在他蹲着，看着阳光把河雾像切豆腐一样分割开，他望见了河对岸的鸭子，鸭子也用高贵的目光看着他。露出来的水面像银子一样耀眼，看不到河底，他非常失望。他听到工地上吵嚷起来，刘太阳副主任响亮地骂着："娘的，铁匠炉里出了鬼了，老混蛋连招呼都不打就卷了铺盖，小混蛋也没了影子，还有没有组织纪律性？"

　　"黑孩！"

　　"黑孩！"

　　"那不是黑孩吗？瞧，在水边蹲着。"

　　姑娘和小石匠跑过来，一人架着一支胳膊把他拉起来。

　　"小可怜，蹲在这儿干什么？"姑娘伸手摘掉他头顶上的麦秸草，说，"别蹲在这儿，怪冷的。"

　　"昨夜里还剩下些地瓜，让独眼龙给你烤烤。"

　　"老师傅走了。"姑娘沉重地说。

　　"走了。"

　　"怎么办？让他跟着独眼？要是独眼折磨他呢？"

　　"没事，这孩子没有吃不了的苦。再说，还有我们呢，谅他不敢太过火的。"

　　两个人架着黑孩往工地上走，黑孩一步一回头。

　　"傻蛋，走吧，走吧，河里有什么好看的？"小石匠捏捏黑孩的胳膊。

　　"我以为你狗日的让老猫叼了去了呢！"刘太阳冲着黑孩说。他又问小铁匠："怎么样你？把老头挤兑走了，活儿可不准给我误了。淬不出钻子来我剜了你的独眼。"

　　小铁匠傲慢地笑笑，说："请看好吧，刘头。不过，老头儿那份钱粮可得给我补贴上，要不我不干。"

"我要先看看你的活。中就中，不中你也滚他妈的蛋！"

"生火，干儿。"小铁匠命令黑孩。

整整一个上午，黑孩就像丢了魂一样，动作杂乱，活儿毛草，有时，他把一大铲煤塞到炉里，使桥洞里黑烟滚；有时，他又把钢钻倒头儿插进炉膛，该烧的地方不烧，不该烧的地方反而烧化了。"狗日的，你的心到哪儿去啦？"小铁匠恼怒地骂着。他忙得满身是汗，绝技在身的兴奋劲儿从汗珠缝里不停地流溢出来。黑孩看到他在淬火前先把手插到桶里试试水温，手臂上被钢钻烫伤的地方缠着一道破布，似乎有一股臭鱼烂虾的味道从伤口里散出来。黑孩的眼里蒙着一层淡淡的云翳，情绪非常低落。九点钟以后，阳光异常美丽，阴暗的桥洞里，一道光线照着西壁，折射得满洞辉煌。小铁匠把钢钻淬好，亲自拿着送给石匠师傅去鉴定。黑孩扔下手中工具，蹑手蹑脚溜出桥洞，突然的光明也像突然的黑暗一样使他头晕眼光。略微迟疑了一下，他便飞跑起来，只用了十几秒钟，他就站在河水边缘上了。那些四个棱的狗蛋子草好奇地望着他，开着紫色花朵的水芡和擎着咖啡色头颅的香附草贪婪地嗅着他满身的煤烟味儿。河上飘逸着水草的清香和鲢鱼的微腥，他的鼻翅扇动着，肺叶像活泼的斑鸠在展翅飞翔。河面上一片白，白里掺着黑和紫。他的眼睛生涩刺痛，但还是目下不转睛，好像要看穿水面上漂着的这层水银般的亮色。后来，他双手提起裤头的下沿，试试探探下了水，跳舞般向前走。河水起初只淹到他的膝盖，很快淹到大腿，他把裤头使劲捲起来，两半葡萄色的小屁股露了出来。这时候他已经立在河的中央了，四周的光一齐往他身上扑，往他身上涂，往他眼里钻，把他的黑眼睛染成了坝上青香蕉一样的颜色。河水湍急，一股股水流撞着他的腿。他站在河的硬硬的沙底上，但一会儿，脚下的沙便被流水掏走了，他站在沙坑里，裤头全湿了，一半贴着大腿，一半在屁股后飘起来，裤头上的煤灰把一部分河水染黑了。沙土从脚下卷起来，抚摸着他的小腿，两颗琥珀色的水珠挂在他的腮上，他的嘴角使劲抽动着。他在河中走动起来，用脚试探着，摸索着，寻找着。

"黑孩！黑孩！"

他听到小铁匠在桥洞前喊叫着。

"黑孩，想死吗？"

他听到小铁匠到了水边，连头也不回，小铁匠只能看到他青色的背。

"上来呀！"小铁匠挖起一块泥巴，对准黑孩投过去，泥巴擦着他的头发梢子落到河水里，河面上荡开椭圆形的波纹。又一坨泥巴扔过来，正打着他的背，他往前扑了一下，嘴唇沾到了河水。他转回身，"嗡嗡隆隆"地躺着水往河边上走。黑孩遍身水珠儿，站在小铁匠面前。水珠儿从皮肤上往下滚动，一串一串的，"嘟噜噜"地响。大裤头子贴在身上，小鸡子像蚕蛹一样硬梆梆地翘着。小铁匠举起那只熊掌一样的大巴掌刚要扇下去，忽然觉得心脏让猫爪子给剐了一下子，黑孩的眼睛直盯着他的脸。

　　"快去拉火。师傅我淬出的钢钻，不比老家伙差。"他得意地拍拍黑孩的脖颈。

　　铁匠炉上暂时没有活儿，小铁匠把昨夜剩下的生地瓜放在炉边烤着。黄麻地里的风又轻轻地吹进来了。阳光很正地射进桥洞。小铁匠用铁钳翻动着烤出焦油的地瓜，嘴里得意地哼着："从北京到南京，没见过裤裆里拉电灯。黑孩，你见过裤裆里拉电灯吗？你干娘裤裆里拉电灯哩……"小铁匠忽然记起似地对黑孩说："快点，拔两个萝卜去，拔回来赏你两个地瓜。"黑孩的眼睛猛然一亮，小铁匠从他肋条缝里看到他那颗小心儿使劲地跳了两下，正想说什么没及开口，孩子就像家兔一样跑走了。

　　黑孩爬上河堤时，听到菊子姑娘远远地叫了他一声。他回过头，阳光捂住了他的眼。他下了河堤，一头钻出黄麻地。黄麻是散种的，不成垅也不成行，种子多的地方黄麻杆儿细如手指，铅笔；种子少的地方，麻杆如镰柄，手臂。但全都是一样高矮。他站在大堤上望麻田时，如同望着微波荡漾的湖水。他用双手分拨着粗粗细细的麻杆往前走，麻杆上的硬刺儿扎着他的皮肤，成熟的麻叶纷纷落地。他很快就钻到了和萝卜地平行着的地方，拐了一个直角往西走。接近萝卜地时，他趴在地上，慢慢往外爬。很快他就看到了满地墨绿色的萝卜缨子。萝卜缨子的间隙里，阳光照着一片通红的萝卜头儿。他刚要钻出黄麻地，又悄悄地缩回来。一个老头正在萝卜垅里爬行着，一边爬一边从口袋里往外掏着麦粒，一穴一穴地点种在萝卜垅沟中间。骄傲的秋阳晒着他的背，他穿着一件白布褂儿，脊沟潮湿了，微风扬起灰尘，使汗渍的地方发了黄。黑孩又膝行着退了几米远、趴在地上，双手支起下巴，透过麻杆的间隙，望着那些萝卜。萝卜田里有无数的红眼睛望着他，那些萝卜缨子也在一瞬间变成了乌黑的头发，像飞鸟的尾羽一样耸动不止……

一个红脸膛汉子从地瓜地里大步走过来，站在老头背后，猛不丁地说："哎，老生，你说昨天夜里遭了贼？"

老头手忙脚乱地爬起来，垂着手回答："遭了，偷了六个萝卜，缨子留下了，地瓜八墩，蔓子留下了。"

"怕是让修闸的那些狗日的偷去了，加点小心，中饭晚点回去吃。"

"我听着啦，队长。"老头儿说。

黑孩和老头一起，目送着红脸汉子走上大堤。老头坐在萝卜地里，面对着孩子。黑孩又惶乱地往后退出一节，这时，密密麻麻的黄麻把他的视线遮住了。

"黑孩！"

"黑孩！"

姑娘和小石匠站在大堤上，对着黄麻地喊着。他们背对着正晌的太阳，阳光照着散工的人群。

"我看到他钻到黄麻地里，我还以为他去撒尿拉屎了呢！"姑娘说。

"独眼龙难道又欺负他了？"小石匠说。

"黑孩！"

"黑孩！"

姑娘和小石匠的男女声二重喊贴着黄麻梢头像燕子一样滑翔，正在黄麻梢头捕食灰色小蛾的家燕被惊吓得高飞，好一会儿才落下来。小铁匠站在桥洞前边，独眼望着这并膀站着的男女，感到肚子越胀越大。方才姑娘和小石匠来找黑孩，那语气那神态就像找他们的孩子。"等着吧，丫头养的你们！"他恨恨地低语着。

"黑孩！黑孩！"姑娘说，"他怕是钻到黄麻地里睡着了。"

"去看看吗？"小石匠乞求地着着姑娘。

"去吗？去吧。"

两个人拉着手下了堤，钻到黄麻地里。小铁匠尾追着冲上河堤，他看到黄麻叶子像波浪一样翻滚着，黄麻杆子"唰拉拉"地响着，一男一女的声音在喊叫黑孩，声音像从水里传上来的一样……

黑孩趴累了，舒了一口气，翻了一个身，仰面朝天躺起来。他的身下是干燥的沙土，沙上铺着一层薄薄的黄麻落叶。他后脑勺枕着双手，肚子很瘪的凹陷着，一个带着红点的黄叶飘飘地落下来，盖住了他满是煤灰的肚脐。他望着上方，看到一缕粗一缕细的蓝色光线从黄麻叶缝中透下来，黄麻叶片好像成群的金麻雀在飞舞。成群的金麻雀有时又像一簇簇的葫芦蛾，蛾翅上的斑点像小铁匠眼中那个棕色的萝卜花一样愉快地跳动。

"黑孩!"

"黑孩!"

熟悉的声音把他从梦幻中唤醒，他坐起来，用手臂摇了一下身边那棵粗大的黄麻。

"这孩子，睡着了吗?"

"不会的，我们这么大声喊。他肯定是溜回家去了。"

"这小东西……"

"这里真好……"

"是好……"

声音越来越低，像两只鱼儿在水面上吐水泡。黑孩身上像有细小的电流通过，他有点紧张，双膝跪着，扭动着耳朵，调整着视线，目光终于通过了无数障碍，看到了他的朋友被麻杆分割得影影绰绰的身躯。一时间极静了的黄麻地里掠过了一阵小风，风吹动了部分麻叶，麻杆儿全没动。又有几个叶片落下来，黑孩听到了它们振动空气的声音。他很惊异很新鲜地看到一根紫红色头巾轻飘飘地落到黄麻杆上，麻杆上的刺儿挂住了围巾，像挑着一面沉默的旗帜，那件红格儿上衣也落到地上。成片的黄麻像浪潮一样对着他涌过来。他慢慢地站起来，背过身，一直向前走，一种异样的感觉猛烈冲击着他。

五

一连十几天，姑娘和小石匠好像把黑孩忘记了，再也不结伴到桥洞里来看望他。每当中午和晚上，黑孩就听到黄麻地里响起百灵鸟婉转的歌唱声，他的脸上浮起冰冷的微笑，好像他知道这只鸟在叫着什么。小铁匠是比黑孩晚好几天才注意到百灵鸟的叫声的。他躲在桥洞里仔细观察着，终于发现了奥秘：只要百灵鸟叫起来，工地上就看不见小石匠的影子，菊子姑娘就坐立不安，眼睛四下打量，很快就会扔下锤子溜走。姑娘溜走后一会儿，百灵鸟就歇了歌喉。这时，小铁匠的脸色就变得更加难看，脾气变得更加暴躁。他开始喝起酒来。黑孩每天都要走过石桥到村里小卖部给他装一瓶地瓜烧酒。

这天晚上，月光皎皎如水，百灵鸟又叫起来了。黄麻地里的熏风像温柔的爱情扑向工地。小铁匠攥着酒瓶子，把半瓶烧酒一气灌下去，那只眼睛被烧得泪汪汪的。刘太阳副主任这些天回家娶儿媳妇去了，工地上人心涣散，加夜班的石匠们多半躺在桥洞里吸烟，没有钻子要修理，炉火半死不活地跳动着。

"黑孩……去，给老子拔几个萝卜来……"酒精烧着小铁匠的胃，他感到口中要喷火。

黑孩像木棍一样立在风箱边上，看着小铁匠。

"你，等着老子揍你吗？去……"

黑孩走进月光地，绕着月光下无限神秘的黄麻地，穿过花花绿绿的地瓜地，到了晃动着沙漠蜃影的萝卜地。等他提着一个萝卜走回桥洞时，小铁匠已经歪在草铺上呼呼地睡了。黑孩把萝卜放在铁砧子上，手颤抖着拨亮炉火，可再也弄不出那一蓝一黄升腾到空中的火苗，他变换着角度，瞅那个放在铁砧子上的萝卜，萝卜像蒙着一层暗红色的破布，难看极了，孩子沮丧地垂下头。

这天夜里，黑孩没有睡好。他躺在一个桥洞里，翻来覆去地打着滚。刘副主任不在，民工们全都跑回家去睡觉。桥洞里只剩下一层薄薄的麦秸草。月光斜斜地照进桥洞，桥洞里一片清冷光辉，河水声，黄麻声，小铁匠在最西边桥洞里发出的鼾声。以及其他一些莫名其妙的声音，一齐钻进了他的耳朵。石头上的麦草闪闪烁烁，直扎着他的眼睛。他把所有的麦秸草都收拢起来，堆成一个小草岭，然后钻进去，风还是能从草缝里钻进来，他使劲蜷缩着，不敢动了。他想让自己睡觉，可总是睡不着。他总是想着那个萝卜，那是个什么样的萝卜呀。金色的，透明。他一会儿好像站在河水中，一会儿又站在萝卜地里，他到处找呀，到处找……

第二天早晨，太阳还没出来，月亮还没完全失去光彩，成群的黑老鸹惊惶失措地叫着从工地上空掠过，滞洪闸上留下了它们脱落的肮脏羽毛。东边的地平线上，立着十几条大树一样的灰云，枝杈上挂满了破烂的布条。黑孩从桥洞里一钻出来就感到浑身发冷，像他前些日子打摆子时寒颤上来一样滋味。刘副主任昨天回来了，检查了工地上的情况，他非常生气，大骂了所有的民工。所以今天人们来得都很早，干活也卖力，工地上的锤声像池塘里的蛙鸣连成一片。今天要修的钢钻很多，小铁匠的工作态度也非常认真，活儿干得又麻利又漂亮。来换钢钻的石匠们不断地夸奖他，说他的淬火功夫甚至超过了老铁匠，淬出的钢钻又快又韧，下下都咬石头。

太阳两竿子高的时候，小石匠送来两支钢钻待修。这是两支新钻，每支要值四五块钱。小铁匠瞥瞥神采焕发的小石匠，独眼里射出一道冷光。小石匠没觉察到小铁匠的表情，幸福的眼睛里看到的全是幸福。黑孩儿感到心里害怕：他看出小铁匠要作弄小石匠了。小铁匠把那两支钢钻烧得像银子一样白，草草地在砧子上打出尖儿，然后一下子浸到水里去……

小石匠提着钢钻走了，小铁匠嘴上滑过一个得意的笑容，他对着黑孩睐睐眼，说，"孙子，他妈的也配使老子淬出的钻子？儿子，你说他配吗？"黑孩缩在角落里，使劲打着哆嗦。一会儿，小石匠回到铁匠炉边，他把两支钻子扔到小铁匠跟前，骂道："独眼龙，你这是淬得什么火？"

"孙子，叫唤什么？"小铁匠说。

"睁开你那只独眼看看！"

"这是你的钻子不好。"

"放屁，你这是成心作弄老子。"

"作弄你又怎么着？爷们看着你就长气！"

"你、你，"小石匠气得脸色煞白，说，"有种你出来！"

"老子怕你不成！"小铁匠撕下腰间扎着的油布，光着背，像只棕熊一样踱过去。

小石匠站在闸前的沙地上，把夹克衫和红运动衣脱下来，只穿一件小背心。他身材高大，面孔像个书生，身体壮得像棵树。小铁匠脚上还扎着那两块防烫的油布，脚掌踩得地上尖利的石片欻欻地响，他的臂长腿短，上身的肌肉非常发达。

"文打还是武打？"小铁匠不屑一顾地说。

"随你的便。"小石匠也不屑一顾地说。

"你最好回家让你爹立个字据，打死了别让我赔儿子。"

"你最好回家先钉口棺材。"

骂着阵，两个人靠在了一起。黑孩远远地蹲着，一直没停地打着哆嗦。他看到，小铁匠和小石匠最初的交锋很像开玩笑。小石匠卷着舌头啐了小铁匠一脸唾沫，小铁匠扬起长臂，把拳头捅过去，小石匠一退，这一拳打空了。又啐。又一拳。又退。闪空。但小石匠的第三口唾沫没迸出唇，肩头上就被小铁匠猛捅了一拳，他的身体不由自主地转了一圈。

　　人们惊叫着围拢上来，高喊着："别打了，别打了。"但没有人上前拉架。后来，连喊声也没有了，大家都睁大眼，屏住气，看着这两个身段截然不同的小伙子比试力气。菊子姑娘脸色灰白，使劲地抓住她身边一个姑娘的肩头。当他的情人吃了小铁匠的铁拳时，她就低声呻唤着，眼睛像一朵盛开的墨菊。

　　决斗还难分高低，你打我一拳，我也打你一拳，小石匠个头高，拳头打得漂亮潇洒，但显然有点飘，有点花梢，力量不很足，小铁匠动作稍慢一点，但出拳凶狠扎实，被他懵上一拳，小石匠就要转一个圈。后来，小铁匠头上挨了一拳，有点晕头转向，小石匠趁机上前，雨点般的拳头打得小铁匠的身体嘭嘭地响。小铁匠一猫腰，钻进了小石匠腋下，两只长臂像两条鳗鱼一样缠住了小石匠的腰，小石匠急忙夹住小铁匠的头，两个人前进，后退，后退，又前进，小石匠支持不住，仰面朝天摔在沙地上。

　　人群里爆发了一阵欢呼。

　　小铁匠站起来，吐吐口中的血沫子，歪着头，像只斗胜的公鸡。

　　小石匠爬起来，向着小铁匠扑过去。一白一黑两个身体又扭在一起。这次小石匠把身体伏得很低，保护着自己的下三路不让小铁匠得手，四只胳膊紧紧地纠缠着，有时候，小石匠把小铁匠撩起来，转着圈抡动，但并不能把小铁匠摔出去。小石匠气喘吁吁，满身都是汗水，小铁匠却连一个汗珠都没掉。小石匠体力不支，步伐错乱，眼前出现重影，稍一懈怠，手臂便被拨开，小铁匠抱住他的腰，箍得他出气不匀，他再次仰天倒地。

　　第三个回合小石匠败得更惨，小铁匠一个癞狗钻裆把他扛起来，摔出去足有两米远。

　　菊子姑娘哭着扑上去，扶起了小石匠。在菊子姑娘的哭声中，小铁匠脸上的喜色顿时消逝，换上了满面凄凉。他呆呆地站着。小石匠爬起来，拨开菊子的手，抓起一把沙土，对准小铁匠的脸打上去。沙土迷住了小铁匠的独眼，他像野兽一样嗥叫着，使劲搓着眼睛。小石匠趁机扑上去，卡着小铁匠的脖子把他按倒，拳头像摇鼓一样对着小铁匠的脑袋乱打……

　　这时候，从人们的腿缝里，钻出了一个黑色的影子。这是黑孩。他像只大鸟一样飞到小石匠背后，用他那两只鸡爪一样的黑手抓住小石匠的腮帮子使劲往后扳,小石匠龇着牙,咧着嘴,"噢噢"地叫着,又一次沉重地倒在沙地上。

小铁匠挣扎着坐起来,两只大手摸起地上的碎石片儿,向着四周抛撒。"畜牲!狗!"骂声和着石头片儿,像冰雹一样横扫着周围的人群,人们慌乱地躲闪着。菊子姑娘突然惨叫了一声。小铁匠的手像死了一样停住了。他的独眼里的沙土已被泪水冲积到眼角上,露出了瞳孔。他朦胧地看到菊子姑娘的右眼里插着一块白色的石片,好像眼里长出一朵银耳。他怪叫一声,捂着眼睛,躺在地上痛苦地扭动着。

黑孩听到姑娘的惨叫,便松开了自己的手。他的手指把小石匠的腮帮子抓出两排染着煤灰的血印。趁着人们慌乱的时候,他悄悄地跑回桥洞,蹲在最黑暗的角落上,牙齿"的的"地打着战,偷眼望着工地上乱纷纷的人群。

六

第二天,滞洪闸工地上消失了小石匠和菊子姑娘的影子,整个工地笼罩着沉闷压抑的气氛。太阳像抽疯般颤抖着,一股股萧杀的秋风把黄麻吹得像大海一样波浪起伏,一群群麻雀惊恐不安地在黄麻梢头噪叫声。风穿过桥洞,扬起尘土,把半边天都染黄了。一直到九点多钟,风才停住,太阳也慢慢恢复正常。

刚娶完儿媳妇回来的刘太阳副主任碰上了这些事,心里窝着一腔火,他站在铁匠炉前,把小铁匠骂得狗血淋头,并扬言要抠出他那只独眼给菊子姑娘补眼。小铁匠一声不吭,黑脸上的刺疙瘩一粒粒憋得通红,他大口喘着气,大口喝着酒。

石匠们不知被什么力量催动着,玩儿命地干活,钢钻子磨秃了一大批,堆在红炉旁等着修理。小铁匠像大虾一样蜷曲在草铺上,咕咕地灌着酒,桥洞里酒气扑鼻。

刘副主任发火了,用脚踹着小铁匠骂:"你害怕了?装孙子了?躺着装死就没事了?滚起来修钻子,这样也许能将功补过。"

小铁匠把手中的酒瓶向上抛起来,酒瓶在桥面上砰然撞碎,碎玻璃掺着烧酒落了刘副主任一头。小铁匠跳起来,一路歪斜跑出去,喊着:"老子怕什么,老子天都不怕,死都不怕,还怕什么?"他爬上滞洪闸,继续高叫着："我谁都不怕！"他的腿碰到了石栏杆，身子歪歪扭扭，桥下有人喊："小铁匠，当心掉下桥。""掉下桥？"他哈哈大笑起来，笑着攀上石栏杆，一松手，抖抖擞擞地站在石栏杆上。桥下的人都中了魔，入了定，呼吸也不敢用力。

小铁匠双臂夵煞开，一上一下起伏着，像两只羽毛丰满的翅膀。他在窄窄的石栏杆上走起来，身体晃来晃去。他慢走变成快走，快走变成小跑，桥下的人捂住眼睛，又松手露出眼睛。

小铁匠一起一伏晃晃悠悠地在石栏杆上跑着，栏杆下乌蓝的水里映出他变了形的身影。他从西头跑到东头，又从东头跑回来，一边跑一边唱起来："南京到北京，没见过裤裆里拉电灯，格里咙格里格咙，里格咙，里格咙，南京到北京，没见过裤裆里打弹弓……"

几个大胆的石匠跑上闸去，把小铁匠拖了下来。他拼命挣扎着，骂着："别他妈的管我，老子是杂技英豪，那些大妞在电影上走绳子，老子在闸上走栏杆，你们说，谁他妈的厉害……"几个人累得气喘吁吁，总算把他弄回桥洞里。他像块泥巴一样瘫在铺上，嘴里吐着白沫，手撕着喉咙，哭叫着："亲娘哟，难受死了，黑孩，好徒弟，救救师傅吧，去拔个萝卜来……"

人们突然发现，黑孩穿上了一件包住屁股的大褂子，褂子是用崭新的、又厚又重的小帆布缝的。这种布非常结实，五年也穿不破。那条大裤头子在褂子下边露出很短的一截，好像褂子的一个花边。黑孩的脚上穿着一双崭新的回力球鞋，由于鞋子太大，只好紧紧地系住鞋带，球鞋变得像两条丑陋的胖头鲇鱼。

"黑孩，听到了吗？你师傅让你去干什么？"一个老石匠用烟袋杆子戳着黑孩的背说。

黑孩走出桥洞，爬上河堤，钻进黄麻地。黄麻地里已经有了一条依稀可辨的小径，麻杆儿都向两边分开。走着走着，他停住脚。这儿一片黄麻倒地、像有人打过滚。他用手背揉揉眼睛，抽泣了一声，继续向前走。走了一会，他趴下，爬进萝卜地。那个瘦老头不在，他直起腰，走到萝卜地中央，蹲下去，看到萝卜垅里点种的麦子已经钻出紫红的锥芽，他双膝跪地，拔出了一个萝卜，萝卜的细根与土壤分别时发出水泡破裂一样的声响。黑孩认真地听着这声响，一直追着它飞到天上去。天上纤云也无，明媚秀丽的秋阳一无遮拦地把光线投下来。黑孩把手中那个萝卜举起来，对着阳光察看。他希望还能看到那天晚上从铁砧上看到的奇异景像，他希望这个萝卜在阳光照耀下能像那个隐藏在河水中的萝卜一样晶莹剔透，泛出一圈金色的光芒。但是这个萝卜使他失望了。它不剔透也不玲珑，既没有金色光圈，更看不到金色光圈里苞孕着的活泼的银色液体。他又拔出一个萝卜，又举出阳光下端详，他又失望了。以后的事情就变得很简单了。他膝行一步。拔两个萝卜。举起来看看。扔掉。又膝行一步，拔，举，看，扔……

看菜园的老头子眼睛像两滴混浊的水，他蹲在白菜地里捉拿钻心虫儿。捉一个用手指捏死，再捉一个还捏死。天近中午了，他站起来，想去叫醒正在看院屋子里睡觉的队长。队长夜里误了觉，白天村里不安宁，难以补觉，看院屋子里只能听到秋虫浅吟，正好睡觉。老头儿一直起腰，就听到脊椎骨"叭喞叭喞"响。他恍然看到阳光下的萝卜地一片通红，好像遍地是火苗子。老头打起眼罩，急步向前走，一直走到萝卜地里，他才看得那遍地通红的竟是拔出来的还没有完全长成的萝卜。

"作孽啊！"老头子大叫一声。他看到一个孩子正跪在那儿，举着一个大萝卜望太阳。孩子的眼睛是那么大，那么亮，看着就让人难受。但老头子还是不客气地抓住他，扯起来，拖到看园屋子里，叫醒了队长。

"队长，坏了，萝卜，让这个小熊给拔了一半。"

队长睡眼惺忪地跑到萝卜地里看了看，走回来时他满脸杀气。对着黑孩的屁股他狠踢了一脚，黑孩半天才爬起来。队长没等他清醒过来，又给了他一耳巴子。

"小兔崽子，你是哪个村的？"

黑孩迷惘的眼睛里满是泪水。

"谁让你来搞破坏？"

黑孩的眼睛清澈如水。

"你叫什么名字？"

黑孩的眼睛里水光潋滟。

"你爹叫什么名字？"

两行泪水从黑孩眼里流下来。

"他娘的，是个小哑巴。"

黑孩的嘴唇轻轻嚅动着。

"队长，行行好，放了他吧。"瘦老头说。

"放了他?"队长笑着说,"是要放了他。"

队长把黑孩的新褂子、新鞋子、大裤头子全剥下来,团成一堆,扔到墙角上,说:"回家告诉你爹,让他来给你拿衣裳。滚吧!"

黑孩转身走了,起初他还好像害羞似地用手捂住小鸡儿,走了几步就松开了手。老头子看着这个一丝不挂的男孩,抽抽答答地哭起来。

黑孩钻进了黄麻地,像一条鱼儿游进了大海。扑簌簌黄麻叶儿抖,明晃晃秋天阳光照。

黑孩——黑孩——

[提示]

莫言(1955—),原名管谟业,山东高密人。1981年开始发表作品,著有长篇小说《红高粱家族》《酒国》《丰乳肥臀》《天堂蒜薹之歌》《檀香刑》《生死疲劳》《蛙》;中篇小说《透明的红萝卜》《红高粱》《欢乐》《师傅越来越幽默》;短篇小说《白狗秋千架》《拇指铐》《冰雪美人》;还创作了《霸王别姬》《我们的荆轲》等话剧、电影文学剧本。作品被翻译成三十多种文字并多次获奖。

《透明的红萝卜》原载《中国作家》1985年第2期,是莫言的成名作。故事发生在物质严重匮乏、精神备受禁锢的"文化大革命"时期,作品有两条线索,一条是显性的情节线索——小石匠与菊子的爱情故事,借此表达现实生活中小黑孩所受到的压抑;另一条是隐性的心灵线索,展示小黑孩孤独又丰富的内心世界,通过对大自然的种种幻想释放内心的压抑。作品在揭示"文化大革命"摧毁农村传统价值体系的同时,也写出了"文化大革命"对人们精神与肉体的双重戕害。在作者笔下,成人的世界是丑陋的,充满了咒骂、压制和敌视,黑孩的不幸来自于此。然而,形成鲜明对照的是黑孩超乎常人的"想象"世界,黑孩在无意之中,以一种非常奇特的方式"拒绝"现实的世界。为了达到"现实"与"幻想"强烈对比的效果,作者采用了穿插式的写作手法,让读者感到:黑孩的人生越是不幸,他幻想中的自然景物就越绚烂多彩;现实对他的压制越狠,幻觉中的东西就越接近他。

小说以魔幻现实主义手法,展示了一个乡村男孩完整、鲜活的生命世界。"透明的红萝卜"具有极强的象征意义,在铁砧子上被阳光照耀着的红萝卜是"透明、金色的外壳里包孕着活泼的银色液体",具有强烈的超现实色彩。作品在叙述上虽然不像传统小说那样流畅，前后衔接，故事性强，但是作品中爆炸式的意象，想象丰富奇特的儿童视野，反而增加了作品的丰富内涵。

（王　琳）

蛙（存目）

莫　言

　　莫言的长篇小说《蛙》2009年由上海文艺出版社出版，2012年获诺贝尔文学奖。作品以产科医生姑姑的生活和工作经历为线索，展现了中华人民共和国成立以来中国农村近六十年的"生育史"，从人性角度对这段历史进行剖析与反思，揭示了"文化大革命"对人们精神和肉体的双重伤害，也揭示了知识分子的懦弱和内心矛盾。"姑姑"是一位乡村妇科医生，她最先在高密东北乡推行科学接生，在随后的计划生育年代，她坚决维护党的政策，绝不徇私，也因此从"送子娘娘"变成令人厌恶、惧怕的"杀人妖魔"。直到晚年姑姑才意识到自己的错，饱受煎熬，开始寻求救赎，经过被青蛙追逐和吊唁泥娃娃的事件以后，最终上吊自杀。姑姑的曲折人生充满无奈与悲凉，但造成姑姑悲惨结局的根源到底是她做事果敢、雷厉风行，还是国家的生育政策呢？作品将历史与现实相融合，在反映社会变迁的基础上对生命伦理进行思考。

　　小说还体现了莫言对母亲形象的眷恋和崇拜，"女人生来是干什么的？女人归根结底是为生孩子而来。女人的地位是生孩子生出来的，女人的尊严也是生孩子生出来的，女人的幸福和荣耀也都是生孩子生出来的。"文中一位老母亲的话说出了女人的地位，"生"还是"不生"都不是女人自己能决定的，可就是在这种无法主动选择的情况下，还是有王胆这样为保护腹中孩儿，不惜搭上性命的勇敢母亲。莫言对母爱所迸发出的坚韧力量的感叹与赞美，也都隐藏在一桩桩血淋淋的事件中。

　　在写作手法上，《蛙》以书信形式展开，由剧作家蝌蚪写给日本友人杉谷义人的五封长信组成。由于杉谷义人父辈抗战期间在胶东半岛的侵略经历，建构起了乡村产科医生姑姑、剧作家蝌蚪等人与他的交往。这是一个有力的交流窗口，落后闭塞的胶东农村有了一个可以与日本作家直接沟通的平台，从20世纪60年代初地瓜婴儿的大量诞生到1965年年底人口的急剧膨胀，从姑姑早年冲锋陷阵的英雄壮举到晚年的忏悔与赎罪，从高密东北乡的疯狂结扎到改革开放后的代孕公司……写信者面对故友，倾心交谈，如诉家常。书信形式随意亲切，起到了很好的沟通效果。最后第五封信是一部时空错乱的剧本。而这幕荒诞剧，正是时代的必然结果，是历史的惩罚与报应。由此看来，《蛙》中的书信体及剧本形式就不仅仅是单纯的形式"杂耍"，而是切合着现实主题与时代内容的艺术创新。

（王　琳）

你别无选择（存目）

刘索拉

刘索拉（1955—），生于北京，毕业于中央音乐学院作曲系，1982 年开始发表作品，著有长篇小说《女贞汤》《迷恋·咒》，中篇小说《蓝天绿海》《寻找歌王》《你别无选择》，散文随笔集《行走的刘索拉》等。《你别无选择》获 1986 年全国优秀中篇小说奖，2018 年入选"改革开放四十年最具影响力小说"。

《你别无选择》原载《人民文学》1985 年第 3 期。小说以夸张变形的叙述手法描写了 20 世纪 80 年代一群音乐学院学生的生活状态和精神世界，突显了当代青年所栖身于其中的充满荒诞色彩的生存背景，这在 80 年代初期的文坛具有先锋意义。

小说没有连贯的故事情节和贯穿始终的中心人物，杂乱无章的叙述，躁动不安的心态，一群行为怪异、各自关系松散的人物，构成了小说的总体内容。躁动不安的音乐世界里一群奔放狂野的青年，他们借音乐诉说内心的惶惑和迷茫，用怪异行为来嘲讽主流的价值标准：李鸣富有才华，却一心想要退学；马力对一切都无动于衷，行为匪夷所思；孟野游戏人生，出国后音信皆无；森森有才气，却蓬着个大鸟窝式的头发，不洗澡也不洗衣裳；贾教授僵化保守，金教授狂放不羁……在作品零散的、跳跃式的叙述中，隐含着一个明确的指向：学生们讨厌习题、课堂、教学秩序和人际关系，表达的是对陈旧保守的教育体制的反抗和逃避，这种指向在深层意义上，延伸为对压抑、控制和扭曲现代人生命状态的社会生存环境的高度质疑。刘索拉挖掘出了被当时文坛普遍忽略的现代性主题。在艺术手法上，作品还运用了反讽、隐喻、内心独白等方式来传达青春的敏感和焦虑，带有明显的先锋特质。

（陈　敏）

小鲍庄（存目）

王安忆

王安忆（1954—），生于江苏南京，祖籍福建同安，现为中国作协副主席、上海市作家协会主席，复旦大学教授。1976年开始发表作品，著有长篇小说《长恨歌》《纪实与虚构》《黄河故道人》《米尼》；中篇小说《小鲍庄》《向西，向西，向南》《伤心太平洋》；短篇小说《民工刘建华》《世家》《化妆间》；小说集《海上繁华梦》《流逝》《王安忆中短篇小说集》；散文《蒲公英》《乘火车旅行》《街灯底下》等。其中《长恨歌》获第五届茅盾文学奖。

《小鲍庄》原载《中国作家》1985年第2期，是王安忆美国之行后思考民族文化的文本，也是文化寻根热潮影响下的产物。和其他寻根文学作品相比，《小鲍庄》不似《爸爸爸》的神秘荒诞，不像《红高粱家族》的热烈张扬，也不似《棋王》的超脱淡然，而是在从容的叙述中借对虚化了时间背景的小鲍庄思考"仁义"精神的何去何从问题。

小鲍庄是"仁义"之乡，全村人都在做着"仁义"之事：鲍彦山收养流落小鲍庄的小翠子；鲍五爷成为"绝户"后，队长告诉他"仁字辈都是你孙儿"；大伙凑钱送自杀不成的鲍秉德的老婆去医院；捞渣给鲍五爷送饭……小说呈现的是一个"仁义"至上的生存空间，也是一个封闭麻木的空间。"仁义"将村子里的人局限在一个窄小的范围内，即使为"仁义"名声所累的鲍秉德也不打算打破"仁义"的桎梏。作为流浪者的拾来曾试图打破封闭，最终却被死水般的安定感所同化。小鲍庄里没有一个恶人，但这些"仁义"之人却让人感受不到生命的状态，他们仿佛从来如此，无动于衷地生，无动于衷地死，日复一日，年复一年。在这个意义上，《小鲍庄》与《百年孤独》有相似点，只不过"《小鲍庄》以说书代替了神话，以麻木代替了孤独"。王安忆从小鲍庄出发寻找整个民族的历史悲伤，对小鲍庄的思考其实是对民族文化历史的思考。

捞渣的死打破了小鲍庄的平静，使小鲍庄的居民摆脱了困境：鲍仁文得以借写捞渣的报告文学出人头地，捞渣一家得到政府照顾……"仁义之子"化身"舍己救人小英雄"是对"仁义"的解构,也象征着"仁义"精神的困境:以"仁义"为核心的传统文化在现代文明社会何去何从?难道传统文化只有产生物质效益时才能实现其存在的意义么?

《小鲍庄》在结构上具有形式创新的意义,小说以"引子""还是引子""尾声""还是尾声"前后呼应,形成一个封闭的空间。

(纪水苗)

长恨歌（存目）

王安忆

  《长恨歌》原载《钟山》1995年第2—4期，1996年由作家出版社出版单行本。作品以主人公王琦瑶的情感和生活经历为线索，写出了上海的风云变幻和历史记忆。作品开头用了大量篇幅展现上海的弄堂文化，弄堂是上海独特的文化景观，它与市民生活密切相关。王琦瑶正是从弄堂走出来的上海女性，19岁的她在选美比赛中成为上海"三小姐"，继而搬离弄堂，做了国民党要员李主任"爱丽丝"公寓的"金丝鸟"。李主任遇难后，王琦瑶搬进"平安里"生活，直到去世，这期间她又与康明逊、萨沙、程先生、老克腊等几个男性发生情感纠葛，最终死于被杀。作为长期生活在上海的作家，王安忆对上海有着特殊情感，《长恨歌》就是用王琦瑶的生活经历来阐释上海的城市文化。恰如王安忆所说："《长恨歌》是一部非常非常写实的东西，在那里面我写了一个女人的命运，但事实上这个女人不过是城市的代言人，我要写的其实是一个城市的事。"

  整部小说非常注重对上海城市生活细节的刻画，如打牌、喝下午茶、围炉夜话等，再现了上海的都市文化生活，增强了作品的文化底蕴。在对弄堂、闺阁、流言、鸽子等城市景观的描写上，作者多采用散文化的笔法，以呈现日常生活的诗意美。

（陈　敏）

爸 爸 爸

韩少功

一

他生下来时，闭着眼睛睡了两天两夜，不吃不喝，一个死人相，把亲人们吓坏了，直到第三天才哇地哭出一声来。能在地上爬来爬去的时候，就被寨子里的人逗来逗去，学着怎样做人。很快学会了两句话，一是"爸爸"，二是"X妈妈"。后一句粗野，但出自儿童，并无实在意义，完全可以把它当作一个符号，比方当作"X吗吗"也是可以的。三、五年过去了，七、八年也过去了，他还是只能说这两句话，而且眼目无神，行动呆滞，畸形的脑袋倒很大，象个倒竖的青皮葫芦，以脑袋自居，装着些古怪的物质。吃饱了的时候，他嘴角沾着一两颗残饭，胸前油水光光的一片，摇摇晃晃地四处访问，见人不分男女老幼，亲切地喊一声"爸爸"。要是你冲他瞪一眼，他也懂，朝你头顶上的某个位置眼皮一轮，翻上一个慢腾腾的白眼，咕噜一声"X吗吗"，调头颠颠地跑开去。他轮眼皮是很费力的，似乎要靠胸腹和颈脖的充分准备，才能翻上一个白眼。调头也很费力，软软的颈脖上，脑袋象个胡椒碾锤晃来晃去，须沿着一个大大的弧度，才能成功地把头稳稳地旋过去。跑起来更费力，深一脚浅一脚找不到重心，靠头和上身尽量前倾才能划开步子，目光扛着眉毛尽量往上顶，才能看清方向。一步步跨度很大，象在赛跑中慢慢地作最后冲线。

都需要一个名字，上红帖或墓碑。于是他就成了"丙崽"。

丙崽有很多"爸爸"，却没见过真实的爸爸。据说父亲不满意婆娘的丑陋，不满意她生下了这个孽障，很早就贩鸦片出山，再也没有回来。有人说他已经被土匪"裁"掉了，有人说他在岳州开了个豆腐坊，有人则说他沾花惹草，把几个钱都嫖光了，曾看见他在辰州街上讨饭。他是否存在，说不清楚，成了个不太重要的谜。

丙崽他娘种菜喂鸡，还是个接生婆。常有些妇女上门来，叽叽咕咕一阵,然后她带上剪刀什么的,跟着来人交头接耳地出门去。那把剪刀剪鞋样,剪酸菜,剪指甲,也剪出山寨一代人,一个未来。她剪下了不少活脱脱的生命,自己身上落下的这团肉却长不成个人样。她遍访草医,求神拜佛,对着木人或泥人磕头,还是没有使儿子学会第三句话。有人悄悄传说,多年前,有一次她在灶房里码柴,弄死了一只蜘蛛。蜘蛛绿眼赤身,有瓦罐大,织的网如一匹布,拿到火塘里一烧,臭满一山,三日不绝。那当然是蜘蛛精了,冒犯神明,现世报应,有什么奇怪的呢?

不知她听说过这些没有,反正她发过一次疯病,被人灌了一嘴大粪。病好了,还胖了些,胖得象个禾场滚子,腰间一轮轮肉往下垂。只是象儿子一样,间或也翻一个白眼。

母子住在寨口边一栋孤零零的木屋里,同别的人家一样,木柱木板都毫无必要地粗大厚重——这里的树很不值钱。门前常晾晒一些红红绿绿的小孩衣裤及被褥,上面有荷叶般的尿痕,当然是丙崽的成果了。丙崽在门前戳蚯蚓,搓鸡粪,玩腻了,就挂着鼻涕打望人影。碰到一些后生倒树归来或上山去"赶肉",被那些红扑扑的脸所感动,就会友好地喊一声"爸爸——"

哄然大笑。被他眼睛盯住了的后生,往往会红着脸,气呼呼地上前来,骂几句粗话,对他晃拳头。要不然,干脆在他的葫芦脑袋上敲一丁公。

有时,后生们也互相逗耍。某个后生上来笑嘻嘻地拉住他,指着另一位,哄着说:"喊爸爸,快喊爸爸。"见他犹疑,或许还会塞一把红薯片子或炒板栗。当他照办之后,照例会有一阵开心的大笑,照例要挨丁公或耳光。如果愤怒地回敬一句"X吗吗",昏天黑地中,头上和脸上就火辣辣地更痛了。

两句话似乎是有不同意义的,可对于他来说,效果都一样。

他会哭,哭起来了。

妈妈赶来,横眉横眼地把他拉走,有时还拍着巴掌,拍着大腿,蓬头散发地破口大骂。骂一句,在大腿弯子里抹一下,据说这样就能增强语言的恶毒。"黑天良的,遭瘟病的,要砍脑壳的!渠是一个宝(蠢)崽,你们欺侮一个宝崽,几多毒辣呀!老天爷你长眼呀,你视呀,要不是吾,这些家伙何事会从娘肚子里拱出来?他们吃谷米,还没长成个人样,就烂肝烂肺,欺侮吾娘崽呀!……"

她是山外嫁进来的，口音古怪，有点好笑。只要她不咒"背时鸟"——据说这是绝后的意思，后生们一般不会怎么计较，笑一笑，散开。

骂着，哭着，哭着又骂着，日子还热闹，似乎还值得边发牢骚边过下去。后生们一个个冒胡桩了，背也慢慢弯了，又一批挂鼻涕的奶崽长成后生了。丙崽还是只有背篓高，仍然穿着开裆的红花裤。母亲总说他只有"十三岁"，说了好几年，但他的相明显地老了，额上隐隐有了皱纹。

夜晚，好常常关起门来，把他稳在火塘边，坐在自己的膝下，膝抵膝地对他喃喃说话。说的词语，说的腔调，甚至说话时悠悠然摇晃着竹椅的模样，都象其他母亲对待自己的孩子："你这个奶崽，往后有什么用啊？你不听话罗，你教不变罗，吃饭吃得多，又不学好样罗。养你还不如养条狗，狗还可以守屋。养你还不如养头猎，猪还可以杀肉咧。呵呵呵，你这个奶崽，有什么用啊，眶眦大的用也没有，长了个鸡鸡，往后哪个媳妇愿意上门罗？……"

丙崽望着这个颇象妈妈的妈妈，望着那死鱼般眼睛里的光辉，舔舔嘴唇，觉得这些嗡嗡的声音一点也不新鲜，兴冲冲地顶撞："X吗吗。"

母亲也习惯了，不计较，还是悠悠然地前后摇着身子，竹椅吱吱呀呀地呻吟。

"你收了亲以后，还记得娘么？"

"X吗吗。"

"你生了娃崽以后，还记得娘么？"

"X吗吗。"

"你当了官以后，会把娘当狗屎嫌吧？"

"X吗吗。"

"一张嘴只晓得骂人，好厉害咧。"

丙崽娘笑了，眼小脖子粗。对于她来说，这种关起门来的模仿，是一种谁也无权夺去的享受。

二

寨子落在大山里，白云上，常常出门就一脚踏进云里。你一走，前面的云就退，后面的云就跟，白茫茫的云海总是不远不近地团团围着你，留给你脚下一块永远也走不完的小小孤岛，托你浮游。小岛上并不寂寞，有时可见树上一些铁甲子鸟，黑如焦炭，小如拇指，叫得特别干脆宏亮，有金属的共鸣。它们好象从远古一直活到现在，从未变什么样。有时还可能见白云上飘来一片硕大的黑影，象打开了的两页书，粗看是鹰，细看是蝶，粗看是黑灰色的，细看才发现黑翅上有绿色、黄色、桔红色的纹络斑点，隐隐约约，似有非有，如同不能理解的文字。行人对这些看也不看，毫无兴趣，只是认真地赶路。要是觉得迷路了，赶紧撒尿，赶紧骂娘，据说这是对付"岔路鬼"的办法。

点点滴滴一泡热尿，落入白云中去了。云下面发生了一些什么事情，似与寨里的人没有多大关系。秦时设有"黔中郡"，汉时设过"武陵郡"，后来"改土归流"……这都是听一些进山来的牛皮商和鸦片贩子说的。说就说了，吃饭还是靠自己种粮。

种粮是实在的，蛇虫瘴疟也是实在的。山中多蛇，粗如水桶，细如竹筷，常在路边草丛嗖嗖地一闪，对某个牛皮商的满心喜悦抽上黑黑的一鞭。据说蛇好淫，把它装在笼子里，遇见妇女，它就会在笼中上下顿跌，几乎气绝，取蛇胆也不易，击蛇头则胆入尾，击蛇尾则胆入头，耽搁久了，蛇胆化水也就没有用了。人们的办法是把草扎成妇人形，涂饰彩粉，引蛇抱缠游戏，再割其胸，取胆，蛇陶陶然竟毫无感觉。还有一种挑生虫，人染虫毒就会眼珠青黄，十指发黑，嚼生豆不腥，含黄连不苦，吃鱼会腹生活鱼，吃鸡会腹生活鸡。解毒的办法是赶快杀一头白牛，喝生牛血，还得对牛血学三声公鸡叫。至于满山蒙蒙密密的林木，同大家当然更有关系了。大雪封山时，寄命一塘火。大木无须砍劈，从门外直接插入火塘，一截截烧完为止。有一种楠木，很直，直到几丈或十几丈的树巅才散布枝叶。古代常有采官进山，催调徭役倒伐这种树，去给州府做殿廷的槛栋，支撑官僚们生前的威风。山民们则喜欢用它造船板，远远送下辰州、岳州，那些"下边人"拆散船板移作它用，琢磨成花窗或妆匣，叫它香楠。但出山有些危险。碰上祭谷的，可能取了你的人头；碰上剪径的，钩了你的船，抄了你的腰包。还有些妇人，用公鸡血引各种毒虫，掺和干制成粉，藏于指甲缝中，趁你不留意时往你茶杯中轻轻一弹，可叫你暴死。这叫"放蛊"，据说放蛊者由此而益寿延年。故青壮后生不敢轻易外出，外出也不敢随便饮水，视潭中有活鱼游动，才敢去捧上几口。有一次，两个汉子身上衣单，去一个石洞避风寒，摸索进去，发现洞底有一堆人的白骨，石壁上还有刀砍出来的一些花纹，如鸟兽，如地图，如蝌蚪文，全不可解。谁知道这是怎么回事呢？

加上大岭深坑，长树杆不易运送，于是大部分树木都用不上，雄姿英发地长起来，争夺阳光雨雾，又默默老死山中。枝叶腐烂，年年厚积，软软地踏上去，冒出几注黑汁和几个水泡泡，用阴湿浓烈的腐臭，浸染着一代代山猪的嚎叫。

也浸染着村村寨寨，所以它们变黑了。

这些村寨不知来自何处。有的说来自陕西，有的说来自广东，说不太清楚。他们的语言和山下的千家坪的就很不相同。比如把"看"说成"视"，把"说"说成"话"，把"站立"说成"倚"，把"睡觉"说成"卧"，把指代近处的"他"换成作"渠"，频有点古风。人际称呼也有些特别的习惯，好象是很讲究大团结，故意混淆远近和亲疏，把父亲称为"叔叔"，把叔叔称为"爹爹"，把姐姐称为"哥哥"，把嫂嫂则称为"姐姐"，等等。爸爸一词，是人们从千家坪带进山来的，还并不怎么流行。所以照旧规矩，丙崽家那个跑到山外去杳无音信的人，应该是他的"叔叔"。

这与他没什么关系。

对祖先较为详细和权威的解释，是古歌里唱的。山里太阳落得早，夜晚长得无聊，大家就悠悠然坐人家，唱歌，摆古，说农事，说匪患，打瞌睡，毫无目的也行。坐得最多的地方，当然是那些灶台和茶柜都被山猪油抹得清清亮亮的殷实人家。壁上有时点着山猪油灯壳子，发出淡蓝色的光，幽幽可怖。有时则在铁丝的灯篮里烧松膏块，撒下赤铜色的光。碰到噼叭一炸，火光惶惶然一闪，灯篮就睡意浓浓地抽搐几下。火塘里总有烟火，冬天用火取暖，夏天用烟驱蚊。栋梁壁顶都被烟火熏得黑如墨炭，浑然一色中看不清什么线条和界限，散发出清洌戳鼻的烟味。还悬挂着一根根灰线子，火气一冲，就不时落下点点烟屑，上下飞舞，最后飘到人们的头上或肩上、膝头上，不被人们注意。

德龙最会唱歌了。他没有胡子，眉毛也淡，平时极风流，妇女们一提起他就含笑切齿咒骂。天生的娘娘腔，噪音尖而细，憋住鼻孔一起调，一句句象刀子在你脑门顶里剜着，刮着，使你一身皮肉发紧，大家对他十分佩服：德龙的喉咙就真是个喉咙啊！

他玩着一条敲掉了毒牙的青蛇，进门来，嬉皮笑脸地被大家取笑，不须多劝，就会盯住木梁，捏捏喉头，认真地唱起来：

　　　　辰州县里好多房？
　　　　好多柱来好多梁？
　　　　鸡公岭上好多鸟？
　　　　好多窝来好多毛？

　　这类"十八扯"之外，最能博取笑声的是大胆的情歌，他也最愿意唱：（这里不便引大胆的）

　　　　思郎猛哎，
　　　　行路思来睡也思，
　　　　行路思郎留半路，
　　　　睡也思郎留半床咪。

三

　　如果塞里有红白喜事，或是逢年过节，那么照规矩，大家就得唱"简"，即唱古，唱死去的人。从父亲唱到祖父，从祖父唱到曾祖父，一直唱到姜凉。姜凉是我们的祖先，但姜凉没有府方生得早，府方又没有火牛生得早，火牛又没有优耐生得早。优耐是他爹妈生的，谁生下优耐他爹呢？那就是刑天——也许就是陶潜诗中那个"猛志固常在"的刑天吧。刑天刚生下来时天象白泥，地象黑泥，叠在一起，连老鼠也住不下，他举斧猛一砍，天地才分开。可是他用劲用得太猛了，把自己的头也砍掉了，于是以后以乳头为眼，以肚脐为嘴。他笑得地动山摇，还是舞着大斧，向上敲了三年，天才升上去；向下敲了三年，地才降下来。

　　刑天的后代是怎么到这里来的呢？——那是很早以前，五支奶和六支祖住在东海边上，子孙渐渐多了，家族渐渐大了，到处都住满了人，没有晒席大一块空地。五家嫂共一个舂房，六家姑共一担水桶，这怎么活下去呢？于是在凤凰的提议下，大家带上犁耙，坐上枫木船和捕木船，向西山迁移。他们以凤凰为前导，找到了黄央央的金水河，金子再贵也是淘得尽的；他们找到了白花花的银水河，银子再贵也是挖得完的；最后才找到了表幽幽的稻米江。稻米江,稻米江,有稻米才能养育子孙。于是大家唱着笑着来了。

    奶奶离东方兮队伍长,
    公公离东方兮队伍长。
    走走又走走兮高山头,
    回头看家乡兮白云后。
    行行又行行兮天坳口,
    奶奶和公公兮真难受。
    抬头望西方兮万重山,
    越走路越远兮哪是头?

  据说,曾经有个史官到过千家坪,说他们唱的根本不是事实。那人说,刑天的头是争夺帝位时被黄帝砍掉的。此地彭、李、麻、莫四大姓,原来住在云梦泽一带,也不是什么"东海边"。后因黄帝与炎帝大战,难民才沿着五溪向西南方向逃亡,进了夷蛮山地。奇怪的是,古歌里居然没有一点战争逼迫的影子。
  鸡头寨的人不相信史官,更相信德龙——尽管对德龙的淡眉毛是看不上眼的。眉淡如水,是孤贫之相。
  德龙唱了十几年,带着那条小青蛇出山去了。
  他似乎就是丙崽的父亲。
  丙崽喜欢看人,尤其对陌生的人感兴趣。碰上匠人进寨来了,他都会迎上去喊"爸爸"。要是对方不计较,丙崽娘就会眉开眼笑,半是害羞,半是得意,还有对儿子又原谅又责怪地喝斥:"你乱喊什么?"
  喝斥完了,她也笑。
  窑匠来了,丙崽也要跟着上窑去看,但窑匠不让,因为有老规矩在。传说烧窑是三国时的诸葛亮南征时,路过这里,教给山民们的。所以现在窑匠来,先要挂一太极图,顶礼膜拜。点火也极有讲究,有阴火与阳火之分,用鹅毛扇轻轻煽起来——诸葛亮不就是用的鹅毛扇吗?
  女人和小孩不能上窑,后生去担泥坯,也得禁恶言秽语。这些规矩,使大家对窑匠颇感神秘。歇工时,后生就围着他,请他抽烟,恭敬地打听点山外的事。这其中,最为客气的可能要数石仁,他总会盛情邀请窑匠到他家去吃肉饭，去"卧夜"——当然是由于他在家里并不能作主。

　　石仁外号仁宝，算是老后生了，还没有婚娶。他常躲到林子里去，偷看女崽们笑笑闹闹地在溪边洗澡，被那些白色的影子弄得快快活活地心痛。但他眼睛不好，看不大清楚，作为补偿，就常常去看小女崽撒尿，看母狗和母牛的某个部位。有一次，他用木棍对一头母牛进行探究，被丙崽娘看见了。这婆娘爱好是非，回头就找这个嘀咕几句，找那个嘀咕几句，眉头跳跳的，见仁宝来了才镇定自若地走开。后来仁宝上山挖个笋子，刮点松膏，或是到牛栏房去加点草料，也总看见那婆娘探头探脑，装着在寻草药什么的，死鱼般的眼睛充满信心地往这边瞥一瞥。仁宝冒着火，却没理由发作，骂了阵无名娘，还是不解恨，只好在丙崽身上出气。见到他，见他娘不在面前，也没什么旁人，就狠狠地在他脸上扇耳光。

　　小老头被打惯了，经得打，嘴巴歪歪地扯了几下，没有痛苦的表情。他再来几下，手指有些痛。

　　"X吗吗，X吗吗……"小老头这才感到形势不妙，稳稳地逃跑。

　　仁宝追上去，捏紧他的后颈皮，让他给自己磕了几个响头。前额上有几颗陷进皮肉的沙粒。

　　他哭起来，哭没有用。等那婆娘来了，他半个哑巴，说不清是谁打的。仁宝就这样报复了一次又一次，婆娘欠下的债，让小崽又一笔笔领回去，从无其他后果。

　　丙崽娘从果园子里回来，见丙崽哭，以为他被什么咬伤或刺伤了，没发现什么伤痕，便咬牙切齿："哭：哭死！走不稳，要出来野，摔痛了，怪那个？"

　　碰到这种情况，丙崽会特别恼怒，眼睛翻成全白，额上青筋一根根暴出来，咬自己的手，揪自己的头发，疯了一样。旁人都说："唉，真是死了好。"

　　后来，不知为什么，仁宝同她又亲亲热热起来，开口"婶娘"，喊得特别甜，特别轻滑。帮她家舂个米，修个桶，都是挽起袖子，轰轰烈烈地干。对有关丙崽娘的闲言碎语，他也总是力表公允地去给以辩解和澄清。旁人自然有些疑惑。寡妇门前是非多，他们耳根不清静，被妇女们指指点点，也是难免的。

　　丙崽娘挤着笑眼看他，想为他说门亲。她常常出寨去接生，跑的地方多，同女人们熟，但说过好几家，未见得人家送八字红帖来。也不奇怪，这几年鸡头寨败了，单身后生岂止仁宝一个？仁宝由此悲观了几年，渐渐有了老相。听说有一种"花咒"——后生看中了哪位女子，只要取她一根头发，系在门前一片树叶上，当微风轻拂的时候，口念咒语七十二遍，就能把那女子迷住。仁宝也试过，没有效果。

他眼睛有点眯，没看清人的时候，一脸戳戳的怒气。看清了，就可能迅速地堆出微笑，顺着对方的言语，惊讶、愤慨、惋惜，或者有悲天悯人的庄严。随着他一个劲地点头，后颈上一点黑壳也有张有弛。他尤其喜欢接近一些平凡的人物：窑匠，界（锯）匠，商贩，读书人，阴阳先生等等。他同这些人说话，总是用官话。吹捧之后，巧妙地暗示自己也记得瓦岗寨的一条好汉乃至六条好汉。有时还从衣袋摸出一块纸片，出示上面的半边对联，谦虚谨慎地考一考外来人，看对方能否对得出下联，是否懂一点平仄。

自己也就有些地位了。

山下女崽多，他常下山，说是去会朋友，有时一连几天不见他的影子。不知他什么时候走的，什么时候回来的。菜园子都快荒了，草深得可以藏一头猪。从山下回来，他总带回一些新鲜玩意儿，一个玻璃瓶子，一盏破马灯，一条能长能短的松紧带子，一张旧报纸或一张不知是什么人的小照片。他踏着一双很不合脚的大皮鞋壳子，在石板路上嘎嘎咯咯地响，更有新派人物的气象。

仁宝的父亲仲满，是个裁缝，也不会作菜园，不会喂猪，对他那皮鞋壳子最感到戳眼。"畜生！三天两头颠下山，老子剁了你的脚！"

"剁死也好，来世投胎到千家坪去。"

"到千家坪，吃金子屙银子？"

"千家坪的王先生穿皮鞋，鞋底还钉了铁掌子，走起来当当地响，你视见过？"

仲满没见过什么钉铁掌的皮鞋，不敢吭声了。停了片刻才说："皮鞋子上不得坡，下不得河，不透气，穿起来脚臭，有什么稀奇？"

"铁掌子，我是说铁掌子。"

"只有骡马才钉掌子，你不做人，想做个畜牲？"

仁宝觉得父亲侮辱了自己的同志，十分恼怒，狠狠地报复了一句："辣椒秧子都干死了！晓得么？"

叭——裁缝一只鞋摔过来，正打仁宝的脑袋。他不允许儿子这样不遵孝道。

"哼!"

仁宝怕,但坚强地不去摸脑袋,冲冲地走进另一间屋,继续戳他的旧马灯罩子。

听说他挨了打,后生们去问他,他总是否认,并且严肃地岔开话题:"这鬼地方,太保守了。"

后生们不明白,保守是什么意思,于是新名词就更有价值,他也更有价值。人们常见他忙忙碌碌,很有把握地窝在自家小楼上,研究着什么。有时研究对联,有时研究松紧带子,有时研究烧石灰窑。有一回,还神秘地告诉后生们:他在千家坪学会了挖煤,现在他要在山里挖出金子来。金子!黄央央的金子哩!他真的提着山锄,在山里转了好几天。有几个想沾光的后生,偷偷地跟着看,看了几天,发现他并没有真正动手。

对付同伴们的疑惑,他宽容地笑一笑,然后拍拍对方的肩,贴心地作些勉励:"就要开始了,听说没有?县里来了人,已经到了千家坪,真的。"或者说:"就要开始啦,真的,明天就会落雪,秧都靠不住。"说完回头望一望什么,似乎总有个无形的人在跟着他。

有时甚至干脆只有一句:"你等着吧,可能就在明天。"

这些话赫赫有威,使同伴们崇敬,但大家弄不懂其中深意。要开始,当然好,要开始什么呢?是要开始烧石灰窑?还是要开始挖金子,还是象他曾经说过的那样——开始下山去做上门女婿?不过众人觉得他穿着皮鞋壳子,总有沉思的表情,想必有些名堂。邀伴去犁田、倒树,干这一类庸俗的事,不敢叫他了。

今天开祠堂门商议祭谷神,他不以为然。他见过千家坪的人做阳春,那才叫真正的做家。哪象这鬼地方,一年一道犁,不开水圳也不铲倒塝,还想田里结谷?再说田里谷多谷少,也与他的雄图没有关系。不过他还是去看了看。他看到父亲也在香火前下拜,就冷笑。这象什么话呢?为什么不行帽沿礼?他在千家坪见过的。

他自信地对身边一个后生说:"会开始的"。

"开始。"后生不解地点点头。

他觉得对方并非知音,没什么意思。于是目光往左边的女人们投过去。有个媳妇,晃着耳环,不停地用衣袖擦着汗珠。跪下去时没注意,侧边的裤缝张开了,露出了里面的白肉。仁宝眯着眼睛,看不太清楚,不过已经足够了，可以发挥想象了，似乎目光已象一条蛇，从那窄窄的缝里钻了进去，曲曲折折转了好几个弯，上下奔蹿，恢恢乎游刃有余。他在脑子里已经开始亲那位女人的肩膀、膝盖，乃至脚上每个趾头，甚至舌尖有了点酸味咸味……

他想，他一定要去同那位媳妇谈一谈帽沿礼。

四

女人们爱坐人家，偷偷地沿着屋檐溜进东家或西家，凑在火塘边叽叽咕咕一阵，茶水喝干了几吊壶，尿桶里涨了好几寸，直说得个个面色发白，汗毛倒竖，才拿起竹篮或捣衣的木槌，罢休而去。她们早就在说，某某家的鸡叫起来象鸭；腊月里居然没下一场雪。丙崽娘去岭那边的鸡尾寨接生，还带回来一个消息，说鸡尾寨的三阿公坐在屋里被一条大蜈蚣咬死了，死了两天还没有人知道，结果有只脚被老鼠吃去了一半——好象都是些不祥之兆。

但后来又有人说，三阿公并没有死，前两天还看见他在坡上扳笋子。这样一说，三阿公又变得恍恍惚惚，有无都成为一个问题了。

象要印证这些兆头似的，后来一阵倒春寒，下了一阵冰雹，田里大部分秧苗都冻成了黑水，只剩下稀稀拉拉几根，象没有拔尽的鸡毛。几天后暴热，田里又多虫。

碰上寨子里这几年奶崽生得多，家家都觉得米柜太浅，一舀就见到底。有的开始借谷，一借就有了连锁反应，不管楼上有谷没谷的，都踊跃地借，以示自己也会盘算村邻。丙崽娘也惜得要死要活的，其实心里并不很着急。这两年来她大模大样地积德，义务照看祠堂。怕老鼠啃了族谱，扰乱了祖宗的安宁，就养了一只猫。这只猫不能亏待，每年由公田出两担谷养着它。丙崽娘天天拿瓦罐盛着半罐饭，吆吆喝喝从一些门户前经过，说是去送猫食，其实一进祠堂，就自己吃了。靠这只猫，娘崽不也可以混个半饱么？大家似乎都知道这个中机巧，有人在她背后指指点点。她横眉横眼，装着没听见就是。

一直借到寨子里人心惶惶，女人们又开始谈起祭谷神。丙崽娘有点兴高采烈，积极投入了这场对谷神的议论。得闲的时候，就带上针线鞋底，拉上丙崽，矮胖的身子左一顿，右一顿，屁股磨进一家家高大的门槛。对一些没听说过谷神的女崽,好谆谆教导:这可是个老规矩呐。要杀个男的,选头发最密的,分给狗吃。杀到哪一家,就叫哪一家"吃年成"……说得姑娘们睁大眼睛,互相挤靠得越来越紧,她又笑起来,神秘地压低声音:"你屋里不会吃年成的,放心。你男人头发胡子都稀……不过,也不蛮稀。"或者说:"你屋里不会吃年成的,放心。你竹哥太瘦了,没几斤肉,不过……也不蛮瘦。嗯啦。"

她圆睁又眼,把一户户女人都安慰得心惊肉跳之后,才弯着一个指头,把碗里的茶叶扒起来,嚼得吱吱响,拉着丙崽起了身,严肃认真地告别:"吾去视一下。"

"视一下"有很含混的意思,包括我去打听一下,我去说说情,有我作主,或者是我去看看我的鸡树什么的,都通。但在女人们的恐慌中,这种含混也很温暖,似乎也值得寄予希望。

实在是看鸡树去了。

鸡州那边就是仁宝父子的家。丙崽娘看完鸡埘,总是朝那边望一眼。这一眼的意思也很模糊,似乎是招呼,似乎是警惕,似乎是窥探隐私,也似乎是不示弱地挑战。每天都这样偷偷地望几眼,叫仲裁缝心里发毛。

仲裁缝恨女人,更恨丙崽娘。说起来她还算他的弟媳,又与他打邻,地坪相连,树荫相接,要是拆了墙壁,大家会发现对方也不过是吃饭、睡觉、训儿子,没什么两样。但越按近就越看得清楚,看出些不一样来。丙崽娘常常挑起一竹篙女人的衣裤,显眼地晒在地坪里,正冲着裁缝的大门,使他一出门就觉得很晦气,这不是有辱斯文么?她还经常在地坪里摊晒一些胞衣,作为大补佳药拿去吃,或卖钱。那些婆娘们腹中落下来的肉囊,有血腥气,在晒席上翻来滚去的,晒出一条条皱纹,象一个个鬼魂,令人须发倒竖。不过,这一切都不如她那眼光可恶。似乎是心不在焉地看一眼,有毫无理由的理由,有毫不关心的关心,象投来一条无形的毒蛇。

"妖怪!"有一天,仲裁缝在大门口怒骂起来。

地坪里没有他人,正架起一条腿剥脚皮的丙崽娘知道他是骂谁。哼了一声,又恨恨地剥下两大块茧皮。

就这样交了恶。但仲缝裁从没有拿丙崽复仇。有一回,小老头怯怯地来到他家门口,研究了一下他脸上的麻子。把绿色的一团鼻涕抹在条凳上的一段布料上。裁缝只是瞪了一眼,旋即把布料塞进火塘,烧了。

避女人与小子,乃有君子之风。仲裁缝算不算君子,不好说。但他在寨子里是个有"话份"的人。话份也是一个很含糊的概念，初到这里来的人许久还弄不明白。似乎有钱，有一门技术，有一把胡须，有一个很出息的儿子或女婿，就有了话份，后生们都以毕生精力来争取有话份。

有话份意味着有人来听你说话。仲裁缝粗通文墨，自婆娘早死之后，孤独度日，读了几本六叔留下来的没头没尾的线装页子，知道不少似真似假的旧事。晋公子重耳，吕洞宾，马伏波，还有他最为崇拜的贤相诸葛亮。有时也在火塘边把竹烟管喝得嘀罗罗地响，慢条斯理向后生们讲上两段。三个字一顿，五个字一停，说话时总是开口半晌以后，再"哎"一声，再接上正文。目光茫茫然，象不是同听者讲话，是在同死去的先人讲话，后生们望着他脸上几颗冷峻的阴麻子，不敢催促他。

"汽车算个卵。"他说，"卧龙先生，造了木牛流马。只怪后人蠢了，就失传了。"

他还说："先人一个个身高八尺，力敌千钧。哪象现在，生出那号小杂种。"

大家知道他是说丙崽。

他越这样感慨，越觉得日子不顺心。摇着蒲扇，还是感到闷，鼻尖上直冒汗——呸！妖怪，先前哪有这么热呢？他恨椅子也太不合意，吱吱呀呀叫得很阴险——妖怪，如今的手艺也真是哄鬼啊，先前一张椅子从出嫁坐到外婆，还是紧紧实实的。想来想去，觉得没有了卧龙先生，世道怕是要败了，这鸡头寨怕是要绝了。

是要绝了么？

眼下，听人们都在议论要祭谷神，他坐在家里不知要做点什么才好。好象出了点问题，仔细思量，才知是肚子饿了。近来很少有人接他去做衣，得自己煮饭。即使接他去，人家的饭食也越来越软，这是他最不能忍受的。如果米饭不是粒粒如铁砂，他决不摸筷子。

"仁拐子！"他叫喊。

没有人回答。

他又喊了一声，想了想，上楼去找。发现儿子的铺盖蚊帐，还有他的锈马灯壳子一类，都不翼而飞。只剩下一张空床，还有几个大瓦坛子，很久没有酸菜可装的，倒立在墙角，象几个囚犯在受大刑，永远倒栽在那里。还有一具棺木，不知是仁宝为谁准备的，横霸中央，呼呼大睡。

明白了什么，一句话也没说。

他看见墙边一只老鼠一晃,好象更明白了什么。妖怪!对了,就是这个妖怪!——他梦见过的,梦里的这只老鼠,还拱手而立,同情地冲他笑了笑。这畜生耳红足赤,眼睛也红鲜鲜的。在书上不是说过吗?那是偷吃胭脂所致。妖妇捕之可为媚药。仁拐子一定是被它媚去的,这个寨子也一定是被它败了的!

仲裁缝骂着娘,一铁尺打过去,咣地破了个坛子,老鼠尾巴又缩进壁缝去了。他跑到另一房间,撬破一个木柜,捅烂两只筴篓,还是没有胜利。咚咚咚地跑到楼下,凡可疑之处都给以惊天动地的检查。一瞬间,碗钵烂了,吊壶也倒了,桌椅板凳都苦苦地跪倒或趴下,或歪歪斜斜地艰难站立,他引火烧鼠洞,黑油油的帐子又接上了火,燎起热爆爆的一片金黄色光亮。

老鼠总算被他戳死了,大小六只,全被他斩首断肢,拿到火塘中烧出了一股奇臭。他听见地坪中有沉着的脚步声,回过头,又看见丙崽娘若无其事地朝这边看了一眼,更冒出一股无名火。咬咬牙,把老鼠的尸灰泡在水里,全都喝了下去。

他脸发黑,感到丹田之气已尽,默坐一阵之后,出了门。

公鸡正在叫午,寨里静得象没有人,象死了。对面是鸡公岭,鸡头峰下一片狰狞的石壁,斑斓石纹有的象刀枪,有的象旗鼓,有的象兜鍪铠甲,有时象战马长车,还有些石脉不知含了什么东西,呈棕红色,如淋漓鲜血,劈头劈脑地从山顶泻下来,一片惨烈的兵家气象。仲裁缝觉得,那是先人们在召唤自己。

路边瓜棚里,冒出一张老人的笑脸。

"仲老,吃了?"

"吃了。"也淡淡一笑。

"要祭谷神?"

"要祭的。"

"要谁的脑袋?"

"听说……摇签罢。"

"摇签?"

"你吃了?"

"吃了。"

"哦,吃了的。"

双方不再说话。

山上的树漫天生长。从茶子坡过去,大木就多了。有些树上扎了篾条,那都是寿木。寨里的人很小就要上山给自己看寿木的,看中了,留个记号,以后每年来看一两次。但仲裁缝很少进山,也一直没来选过寿木,而且憎恶这一根根居心不良的鸟树。君子坐有坐相,立有立相,死也要有个死相,死得不能倒威。说死就死,准备什么?他捏着弯刀来的,要选一块好位置,砍出一个尖尖的树桩,坐桩而死,死得慷慨。他见过这样死去的人,前些年马子洞龙拐子就是一个,他咳痰,咳得不耐烦,就去死。死后人们发现树桩前的地皮都被十指抓得坑坑洼洼的,起了一层浮土,可见死得惨烈,死得好。载上了族谱。

他选了一棵小松树,用裁缝的手,不熟练地砍削起来。

五

本来要拿丙崽的头祭谷神,杀个没有用的废物,也算成全了他。活着挨耳光,而且省得折磨他那位娘。不料正要动刀,天上响了一声雷,大家又犹疑起来:莫非神圣对这个瘦瘪瘪的祭品还不满意?

天意难测。于是备了一桌肉饭,请来一位巫师。巫师指点:年成不好,主要是叫鸡精在作怪——你们没看见对面的那鸡公岭么?鸡头峰正冲着寨里的两垅田,把谷子都吃进肚子里去啦。

人们立即商议着要炸鸡头。这事牵涉到鸡尾寨。鸡尾寨也是个大寨,几百号人口,在寨前的麻石大牌坊下进进出出,主要以种鸦片为业,比较富足。出了一些读书人,据说有的成了大文豪,有的在新疆带兵,回乡省亲都是坐八人大轿。过年,寨里家家宰牛,有牛叫,牛皮商也最喜欢往那里钻。寨前一口水井,一棵大樟树,常有些娃崽在树下用小石块玩开山棋,人们一直把树和井当作男女生殖器的象征,常常敬以香火,祈望寨子里发人。有一年寨子里一连几胎都生的女崽,还生了个什么葡萄胎,弄得空气十分紧张。察究了一段,有人说鸡头寨的一个什么后生路过这里时,曾上树摸鸟蛋,弄断了一根枝桠。

从此两寨结下了怨恨。后来又有人说,那是马子洞与鸡尾寨有世仇,暗中著事,移祸于它。这段公案察无实证,不了了之。官府鞭长莫及,也不来过问,只是有次要修官道,来山里催过一次徭役。

听说鸡头寨要炸鸡头，却是确凿的了。鸡尾寨果然更是群情激奋。他们的田土肥沃，就是靠鸡屁股拉屎，对炸鸡头岂能不管？在岭上吵了一架，双方还动起手脚来，鸡头寨的后生撤回去了。

寨里还是很安静。有鸡叫，有牛铃铛的声音，或某个屋顶下冒出一句女人骂男人的声音，只冒一下，就被巨大的沉默淹灭了。丙崽摇摇摆摆地敲着一面小铜锣，口袋里有红薯丝，掏出来一两根，就撒落了三、四根，引来两条狗跟着他转。他对仲裁缝家的老黑狗会意地笑了一笑，又朝两棵芭蕉树哇地叫嚣了一声。近来他对祠堂有些好感了，大概没忘记那天准备砍他的头之前，他在那里吃过一餐肉饭。于是低压着头，朝那边一顿一顿地"冲线"。

几个娃崽在祠堂前玩耍，看见了他。

"视，宝崽来了。"

"他没有叔叔，是个野崽。"

"吾晓得，渠是蜘蛛变的。"

"根本不是，渠的妈妈是蜘蛛变的。"

"要渠磕头，好不好！"

"不！要渠吃牛屎！最臭最臭的，啊呀，臭死人！"

"哈哈！"

丙崽朝他们敲了一下锣，舔舔鼻涕，兴奋地招呼："爸爸……"

"哪个是你爸爸？呸！矮下来！"

娃崽们围上去，捏他的耳朵，让他跪在一堆牛屎前，鼻尖就要触到牛粪堆了。

幸好来了一群热热闹闹的大人，才使娃崽们的兴趣转移，遗憾地一哄而散。丙崽还在那里跪着，半天发现周围已没有人影，他爬起来朝四下看看，咕咕哝哝，阴险地把一个小娃崽的斗笠狠狠踩了几脚，再若无其事地跟上人群，看热闹。

大人们牵来了一头牛，牛身上的泥片已被洗刷干净了，须毛清晰，屁股头的胯骨显得十分突出。牛嘴总是湿腻腻的，一挪一磨，散出胃里翻出来一种草料臭。但丙崽并不怕，对动物都不怕。

一个汉子提着大刀走过来，把刀插在地上，脱光上衣，大碗喝酒。那刀也令丙崽感到新奇。刀被磨洗过，刀口一道银光，柔顺而清凉，十分诱人。有凹纹的木柄被桐油擦得黄澄澄的，看来很合手，好象就要跳到你手上来，不用你费什么力，就会嚓地朝什么东西砍去。

汉子已经喝完酒了，叭地一声，随手把酒碗摔碎。拔起刀走过来，一跺脚，一声嘿，手起刀落，牛头就在地动山摇之间离开了牛身，象一块泥土慢慢垮下来，牛角戳地，戳出一个小土块。牛颈处象一个西瓜的剖面，皮层裹着鲜鲜的红肉。但没有头的牛身还稳稳地站了片刻。

娃崽们吓了一跳，他们不知道，这是一种战前的预测。当年马伏波将军南征时，每次战斗前都要砍牛头，如牛进，则预胜利，否则是失败。

"赢！"

"赢了！"

"杀他的鸡巴寨！"

牛往前倒了，汉子们欢呼起来。这突然的声音太响亮了。大有酒气了，丙崽吓得半边嘴唇向上跳了一下，咕咕哝哝。

他看见有一缕红红的东西，从大人们纷杂的腿缝中流出来。象一条赤蛇，弯弯曲曲地窜。蹲下去捏了捏，有些滑手。弄到衣上，倒很好看。不一会，满身满脸就全是牛血。大概牛血弄到嘴里有些腥，小老头翻了个白眼。

娃崽们望着他的脸，拍手笑起来。他不知道人们笑什么，也笑起来。

人影和人声更多了。丙崽娘也提了个篮子来，想看看牛肉怎么分。听人家说，不出阵的没有肉吃，正呀着嘴巴生气。一眼瞥见丙崽这血污污的样子，更把脸盘气大了。"你要死！要死啊！"她上前揪住小老头的嘴巴，揪得眼皮直往下扯，黑眼珠转都转不过来，似乎还望着祠堂那边。

"X 吗吗。"

"又要老子洗，又要老子洗，你这个催命鬼，要磨死我啊！"

"X 吗吗。"

儿子骂亲娘，似乎是很好笑的事。于是有些后生拍手，喷酒气："丙崽，咒得好！""丙崽，再咒！""再咒！"……气得丙崽娘绷紧一脸横肉，半天都不正眼望人。

她把丙崽象提小狗一样提回家，当然少不了又是一顿好打。"死到个面去做么事？做么事！要打冤了，你上得阵？"

把丙崽一索子捆在椅子上，自己拿起三根香，掩门到祠堂里去了。

丙崽在椅子上睡了一觉。听见外面远远有锣声，接着是吹牛角号，接着就平静了。不知什么时候，外面又有嘈杂的脚步声，叫喊声，铁器碰撞的声音，然后又有女人的嚎哭……外面发生了什么事。

夜里，松明子闪闪烁烁，男女老幼，全都头缠白布，聚集在祠堂门内外，一眼看去，密密的白点，起起伏伏，飘移游动。女人们互相扶着，靠着，抱着，哭得捶胸顿足，天昏地暗，泪水湿了袖口和肩头。丙崽娘也陪着把眼圈哭红了，显得纯真了，有一张娃娃脸，不时用袖口去擦拭。她坐在二满家的媳妇旁边，缩缩鼻子，捉住对方的手，用外乡口音说："人生一世，草木一秋，去也就去了。你要往开处想。你还有后，吾呢，那死鬼不知是死是活，一个丙崽也作不得个正人用的，啊？"

她说得确实诚恳，但女人们还是哭。

"打冤总是要死人的，早死也是死，晚死也是死。早死早投胎，说不定投个富贵人家，还强了。"

女人们还是哭出各种怪腔调。

大概想到了什么伤心处，丙崽娘拍着双膝，也大哭起来。白布条在胸前滑上去，又滑下来。"吾那娘老子哎，你做的好事呀！你疼大姐，疼二姐，疼三姐，就是不疼吾呀！你做的好事呀，马桶脚盆都没有哇……"

这就不知道是什么意思了。

火光越烧越亮。人圈子中央，临时砌了个高高的锅台，架着一口大铁锅。锅口太高，看不见，只听见里面沸腾着，有咕咕嘟嘟的声音，腾腾热气，冲得屋梁上的蝙蝠四处乱窜。大人们都知道，那里煮了一头猪，还有兔家的一具尸体，都切成一块块，混成一锅。由一个汉子走上粗重的梯架，抄起长过扁担的大竹钎，往看不见的锅口里去戳，戳到什么就是什么，再分发给男女老幼。人人都无须知道吃的是什么，都得吃。不吃的话，就会有人把你架到铁锅前跪下，用竹钎戳你的嘴。

劈柴和松膏烧得叭叭作响，灶口的火气一浪浪袭来，把前排人的胯裆都烤热了，不由自主往后挪。油浸浸的长竹钎，映着火色，亮亮的。不时带出一点汁水来，也很亮，象零零星星落下一些火珠，落入暗处。一个赤着上身的大汉站起来，发疯般地大叫一声："怕死的倚开！老子一个人……"又被几双手拉扯下去了，每块白布下面都有一双眼睛，每双眼睛里都有火光在跳动。你最好不要看四壁和屋顶，不然你会发现那些比真人扩大了几倍及至十几倍的人影，一下被拉长了，一下又压瘪了，忽大忽小，轮廓随时扭曲成各种形状。

"德龙家的，过来！"

叫到丙崽娘的名字了。她哭得泪眼糊糊的，还在连连拍膝。

"吾不要哇……"

"碗拿过来。"

"吃命哇……"

"丙崽，你吃。"

丙崽咬着开裆裤的背带，很不耐烦地被推到前面。他抓起一块什么肺，放到口中嚼了嚼，大概觉得味道不好，翻了个白眼，忧心忡忡的朝母亲怀里跑去了。

"你要吃。"有人叫他。

"你要吃！"很多人叫他。

一位老人，对他伸出寸多长的指甲，响亮地咳了一声，激动地教诲："同仇敌忾，生死相托，既是鸡头寨的儿孙，岂有不吃之理？"

"吃！"掌竹钎的那位，冲着他把碗递过去。于是，屋顶上有了一个无比巨大的手影。

六

仁宝以为那天一声炸雷，是冲着自己的什么淫邪念头来的。悬心吊胆，卷起铺盖下山去了。一是躲雷威，二是想打打零工，找个机会再去做上门女婿。他听说前几天有一队枪兵从千家坪过，觉得太好了。嘿！这不就是要开始了么？可枪兵过就过了，既没有往鸡头寨去，也没邀他去畅谈一下什么，使他相当失望。倒是有一个担炭的从山里出来，说鸡头寨与鸡尾寨打冤了，还说马子溪漂下来了一具尸体，不知为什么脚朝上，吓死人……

仁宝想起鸡尾寨有他一位窑匠朋友，一位教书先生朋友，堪称莫逆，想回去劝劝乡亲们言和算了。同饮一溪水，动什么武呢？坐拢来吃餐肉饭不就行了？

仁宝回到家里，发现父亲重伤在床——那天他去坐桩，被一个砍柴的发现了，把他救回来的。

"不是渠不孝，仲爹何事会寻绝路？"

"坐桩没死，兴怕也会被气死。"

"崽大爷难做，没得办法。"

"你看渠个脸相,吊眉吊眼的,是个克爷娘的种。"

"娘故得那样早,兴怕……"

这些话,从耳后飘来,仁宝都听人耳了。他装着没听见,毫无意义地扫了扫地,又毫无意义地踩死了几只蚂蚁,把父亲的水烟筒抽了一阵,往祠堂去了。

祠堂门前一圈人,正在谈打冤的事。这似乎是端正形象的好机会。

"鸡头峰嘛,这个,当然罗,可以不炸的。"他显出知书识礼的公允,老腔老板地分析:"炸不掉,躲得开的。不过话说回来,说回来,鸡巴寨(他也学着把鸡尾寨改称鸡巴寨了)明火执仗打上门来,欺人太甚!小事就不要争了,不争——"闭眼拖起长长的尾音,接着恶狠狠地扫了众人一眼,"但我们要争口气!争个不受欺!"

打冤的正义性,被他用新的方式又豪迈地解说了一遍。众人没怎么在意他那番道理,只觉得那恶狠狠的扫视还是很感人的。他眯着眼睛,看出了这一点,更兴奋了。把衣襟嚓地一下撕开,抡起一把山锏,朝地上狠狠砸出一个洞,吼着:"报仇!老子的命——就在今天了!"

他勇猛地扎了扎腰带,勇猛地在祠堂冲进冲出,又勇猛地上了一趟茅房,弄得众人都肃然。最后,发现今天没有吹牛角,并没有什么事可干,就回家熬包谷粥去了。

总象要开始什么,他在寨内外转来转去,对着一棵树,或一块岩石,锁着眉头细心研究。弄得后生去守哨。都不敢叫他。转完了,他见人就作心情沉重地嘱托:

"金哥,以后家父,就拜托你了。我们从小就象嫡亲兄弟,不分彼此的。那次赶肉,要不是你,吾早就命归阴府了。你给吾的好处,吾都记得的……"

"二怕爷,腰子还阴痛么?你老要好好保重。有些事只怪吾,吾本来要给你砍一屋柴禾。那次帮你垫楼板,也没垫得齐整。往后走,你要吃就吃点,要穿就穿点,身骨子不灵便,就莫下田了。侄儿无用,服侍你的日子不多了,这几句还是烦请你把它往心里去……"

"黄嫂子,有件事,实在想找你话一话。吾以前做了好些蠢事,你莫记恨。有次偷了你家两个菜瓜,给窑匠师傅吃了,你不晓得。现在吾想起来,吾今日特地来,说声得罪了,对不起。你要咒,就咒……"

"么姐……你……你在洗么?这次……实在是没有办法了,你千万……莫难过。吾是个没用的人，文不得，武不得，几丘田都作不肥。不过人生一世，总是要死的。八尺男儿，报家报国，义不容辞。你话呢？好些事，眼下也没法讲了。反正只要你心里还有一个石仁哥，我去也就落心落意了。你千万……硬朗点，形势总会好的。吾这就告辞了……"

他很能克制悲伤，不时缩缩鼻子。

弄得大家都有点戚戚地悲伤了，"石仁哥，你不要这样。"

"不，吾决心已定。"他低着头，望着路边一块破瓦片。

都不知道他要干什么，不知道他马上要干什么。听见他的皮鞋子还在石阶上响来响去，发现他还没有去赴汤蹈火。好在山里的事情多，又是鸡上屋，又是牛吃谷，又是丙崽娘为丙崽的事同什么人吵架，众人也没顾上研究这位大忙人。甚至也慢慢习惯了。要是他不忙，众人还会觉得少了点什么，有什么地方不对劲了。

这天，他被仲裁缝骂出了门，抹抹脸，往祠堂踱去。那里正在写帖子告官。自石打冤都是不动朝，不告官的，如今找官府打交道，对文书款式都没有把握。几位老人想了想，记起仲裁缝说过的什么，对提笔的那位说："兴许，叫禀帖吧？"

人群中冒出仁宝一撮硬戳戳的头发，摇摇手，"不是不是，叫报告。"

"禀帖吧？"

"是报告。"

"总要讲点礼性。"

"要讲礼性，报告就最礼性了。"仁宝宽容地一笑，"没错的，没错的。"

"你去问你叔叔。"

"他只懂些老皇历。"

"是禀帖。"

"你不着现在是什么时候？"

"报告？听起来太戳气了。下边人用，下边人打个屁也是香的？"

"伯爷们，大哥们，听吾的，决不会差。昨天落了场大雨，难道老规矩还能用？我们这里也太保守了，真的。你们去千家坪视一视，既然人家都吃酱油，所以都作兴'报告'。你们晓不晓得？松紧带子是什么东西做的？是橡筋，这是个好东西。你们想想，还能写什么禀帖么？正因为如此，我们就要赶紧决定下来，再不能犹犹豫豫了，所以你们视吧。"

众人被他"既然"、"因为"、"所以"了一番，似懂非懂，半天没答上话来。想想昨天确实落了雨，就在他"难道"般的严正感面前，勉强同意写成"报帖"。

接下去，又发生一些问题。老班子要用文言写，他主张要用白话；老班子主张用农历，他主张用什么公历；老班子主张在报告后面盖马蹄印，他说马蹄印太保守了，太土气了，免得外人笑话，应该以什么签名代替。他时而沉思，时而宽容，时而谦虚地点头附和——但附合之后又要"把话说回来"，介绍各种新章法，俨乎然一个通情达理的新党。

"仁麻拐，你耳朵里好多毛！"竹义家的大寨突然冒出一句。

仁宝自我解嘲地摆摆头，嘿嘿一笑，眼睛更眯了。他意会到不能大脱离群众，便把几皮黄烟叶掏出来，一皮皮分送给男人们，自己一点未屑也没剩。加上这点慷慨，今天的表现就十分完满了。

他摩拳擦掌，去给父亲寻草药。没留神，差点被坐在地上的丙崽绊倒。

丙崽是来看热闹的，没意思，就玩鸡粪，不时搔一搔头上的一个脓疮。整整半天，他很不高兴，没有喊一声"爸爸"。

七

连连失利，连连赔头，大家慌了，就乱想了，有个后生突然想起了一些古怪的事。他说那天要杀丙崽祭谷神，突然天降霹雳。后来宰牛占卜胜败，不灵；丙崽咒了句"X妈妈"，象是给了个坏兆头，却灵验了……这不十分可疑吗？

这一想，大家都觉得丙崽神秘，你看他只会说"爸爸"和"X吗吗"两句话，莫非就是阴阳二卦？

大家决定打一打这个活卦。于是连忙拆了张门板，把丙崽抬到祠堂前。

"现相公。"

"丙大爷。"

"丙仙。"

汉子们伏拜在他面前，紧紧盯住他，一双双眼球顶得额头上皱纹叠着皱纹。

丙崽刚坐过门板，很快活，脸上笑得皱纹舒展，把停下来的门板踩了好半天，发现它不再动了，便翻了个白眼。

实在不好理解。

是不是他要吃了才显灵呢？有人给他弄来了一块粽粑，又使他兴奋起来。他掰了一块，没抓稳，掉了，其实就掉在他右脚边，但他眼睛和脑袋转起来都不灵活，轮着眼皮居然左边望了一下，这样吃下去。吃一半掉了一半，每掉一块，照例去找，照例找错了方向。发现了前几次掉的，捡起来就往嘴里塞。

他拍拍巴掌，听见了麻雀叫，仰头轮了个方向不够准确的白眼。最后，手指定了一个方向，咕哝一句："爸爸。"

"胜卦！"

汉子们欢呼着一跃而起。不过，丙崽的手指是什么意思呢？顺着他指的方向看去，那是祠堂一个尖尖的檐角，向上弯弯地翘起。瓦上生了几根青草，檐板已经腐朽苍黑，象一只伤痕累累的老凤，拖着长长的大翼，凝望着天空。檐下有麻雀叽叽喳喳地叫。

"渠是指麻雀。"

"不，是指屋檐。"

"檐和言同音，怕是要言和？"

"絮聒！檐和炎同音，双火为炎，是要用火攻。"

争了半天，最后还是服从有"话份"的。于是用火攻，又打了一仗。混战回来点人头，发现又少了几颗。

寨子里的狗，已经习惯牛角声了，一听到呜呜地吹起来，须毛就蓬勃地张扬竖立，纷纷挤出门缝，跳越石墙，身体拉成一条线，向号声射去，满怀希望地尾随着人影。坡上，路口，圳沟里，都可能出现尸体。它们撕咬着，咀嚼着，咬得骨头咯咯咯地脆响。一只只已经吃得肥大起来，眼睛都发红，在茅草中窜来窜去时，只见草动，动成一线，象条条草龙。龙头所到之处，都有血迹，还有丝丝块块，被它们叼得满处都是。有时你去灶房，无意中搬开一捆柴禾，也许会突然发现柴弯里滚出一只陌生的手或脚来。

它们对人突然变得十分有兴趣了。有一群人在议事，或者有两个人吵架，都会引来狗。它们大大方方地露出尖牙，长长的舌头活泼得象一条飘带，一片水波，等待着什么结果发生。据说竹义家的阿公有次在树下打瞌睡，被狗误认成尸体，大咬了一口。

丙崽把一包屎拉在椅子上了。

丙崽娘照例唤狗来舔："呵哩——呵哩——呵哩——"

狗来了，嗅一嗅屎又走了，似乎对屎尿已丧失了热情。它们来，是因为听到召唤，来敷衍一下，在主人面前不显得过分的趾高气扬，富贵不忘旧情。

于是寨子里屎多了，苍蝇多了，臭起来。

丙崽娘遇到竹义家的媳妇，缩缩鼻子，"你身上怎么有股臭味？"

竹义家的瞪大眼："怪事！是你身上臭。"

两人嗅了一阵，发现手是臭的，袖口是臭的，连棒槌和竹篮也有股怪味，这才恍然大悟。原来空气早就臭了。只说这些天，没人去出猪牛粪，地坪里一片片黑糊糊的，空气能不臭么？

丙崽娘的娘家那边是颇讲究清洁利索的，因此她一直有些与众不同的习惯。她带上草把和茶枯，把丙崽拉脏了的裤子和椅子，拿到溪边去擦洗，洗了两遍，还没有除掉臭味。她喘着气，翻着白眼，感到气虚。虽然以前吃过不少胞衣，可现在腹中的米粮实在太少了。猛地站起来，两眼一黑便歪歪地倒下去。

不知道是怎样爬回来的。没有被狗分了吃，就是万幸。她望着蚊帐上一片密密麻麻的苍蝇，伤心地号哭了一场："吾那娘老子哎，你做的好事呀！你疼大姐，疼二姐，疼三姐，就是不疼吾呀，马桶脚盆都没有哇……"

丙崽怯怯地看着她，试探地敲了一下小铜锣，似乎想使她高兴。

她望着儿子，手心朝上地推了两把鼻涕，慈祥地点头，"来，坐到娘面前来。"

"爸爸。"儿子稳稳地坐下了。

"对，你要去找你那个砍脑壳的鬼！"

她咬着牙关，两眼象两片孔雀毛，黑眼球往中间挤，眼球之外有一圈宽宽的白眼睑。当然是很可怕的，丙崽愣了。

"X吗吗。"他轻声试了一句。

"你要去找你爸爸，他叫德龙，淡眉毛，细脑壳，会唱些瘟歌。"

"X吗吗。"

"你记住，他兴许在辰州，兴许在岳州，有人视见过他的。"

"X吗吗。"

"你要告诉那个畜牲，他害得吾娘崽好苦啊！你天天被人打，吾天天被人欺，大户人家的哪个愿意朝我们看一眼？要不是祠堂一份猫食，吾娘崽早就死了。其实死了还是福，比死还不如啊！你要一五一十都告诉那个畜生啊！"

"X吗吗。"

"你要杀了他！"

丙崽不吭声了，半边嘴唇跳了跳。

"吾晓得，你听懂了，听懂了的。你是娘的好崽。"丙崽娘笑了，眼中溢出了一滴清泪。

她挽着个菜篮子，一顿一顿地上山去了，再也没有回来。后来有各种传说，有的说她被蛇咬死了，有的说她被鸡尾寨的人杀了，还有的说她碰上岔路鬼，迷了路，摔到陡壁下去了……这些都无关紧要。尸身被狗吃了，却是可以基本肯定的。

丙崽一直等妈妈回来。太阳下山，石蛙呱呱地叫，门前小道上的脚步声也稀少了，还没有见到那张熟悉的面孔。好象有很多蚊子，咬得全身麻麻地直炸。小老头使劲地搔着，搔出了血，愤怒起来。他要报复那个人。走到家里去，把椅子推倒，把茶水泼在床上，又把柴灰灌到吊壶里。一块石头砸过去，铁锅也叭地一声裂开。他颠覆了一个世界。

一切都沉到黑暗中去了，屋外还是没有熟悉的脚步声。只有隔邻的那栋木屋里，传来麻脸裁缝断断续续的呻吟。

小老头在蚊虫的包围下睡了一觉，醒来后觉得肚子饿，踉踉跄跄地走。

月亮很圆，很白，浓浓的光雾，照得世界如同白昼，连对面山上每棵树，每一叶茅草，似乎也看得清楚。溪那边，哗哗响处有一片银光灼灼的流水，大块的银光中有几团黑影，象捅了几个洞，当然是雄踞溪水中的礁石。石蛙声已经停了，大概它们也睡了。便远处不知什么地方有密集的狗吠，象发生了什么事。

丙崽含着指头，在鸡树前坐了一阵，想了想，走出了寨子。

妈妈曾带他出去接生，也许妈妈现在在那些地方。他要去找。

他在月光下的山道上走着，在笼罩大地的云雾之上走着，走得很自由，上身微微前倾，膝弯处悠悠地一晃一晃，象随时可能折断。不知过了多久，不知走了多远，他踢到了一个斗笠，又踢到了一个藤编的盾牌，空落落地响。他咕噜了几声，撒了泡尿，继续往前走。前面躺着一个人影，是女的，但丙崽从来没有见过。他摇了摇她的手，打她的耳光，扯她的头发，见她总是不能醒来。手触到了乳房，那肥大的东西似乎是可以吃的，小老头捧着它吸了几口，却没吸到任何东西，便扫兴地撒手了。但这个人的肢体很柔软，有弹性，小老头骑上腹去，仰了仰，压了压，瘦尖尖的屁股头感觉到十分舒服。

"爸爸。"他累了，靠着乳头，靠着这个很象妈妈的女人睡了。两人的脸都被月光照得如同白纸。还有耳环一闪。

那也是一个孩子的妈妈。

八

"爸爸。"

丙崽指着祠堂的檐角傻笑。

檐角确实没有什么奇怪，象伤痕累累的一只老凤。瓦是寨子里烧的，用山里的树，山里的泥，烧出这凤的羽毛。也许一片片羽毛太沉重了，它就飞不起来了，只能听着山里的斑鸠、鹧鸪、画眉、乌鸦，听着静静的早晨和夜晚，于是听老了。但它还是昂着头，盯着一颗星星或一朵云。它还想拖起整个屋顶腾空而去，象当年引导鸡头寨的祖先们一样，飞向一个美好的地方。

两个后生从祠堂里抬着大铁锅出来，见到丙崽，不禁有些奇怪。

"那不是丙崽吗？"

"渠还没死？"

"八字贱得好，死不到渠的头上。"

"兴怕是阎王老子忘记渠了。"

"这个小杂种，上次妈妈的一臭卦，险些把老子的命都'卦'去了。"

这些天，人们对丙崽已经不以为然。甚至觉得打冤的惨败，也是受了他的愚弄。鸡头寨的天灾人祸，也是沾了他的晦气。两个后生放下锅，见留在树下的一个斗笠，刚被丙崽坐得瘪瘪的，更冒火。其中一位大步闯上前来，甩了他一个耳光——根本没用什么气力，他就象一棵草倒了下去。另一位抽出尖刀顶住他的鼻尖，唾沫星又飞到他脸上："快！打自己的嘴巴，不打，老子收拾你祭刀！"

"敢！"身后冒出冷冰冰的声音，回头看，是铁青色的一张麻脸。

仲裁缝是最讲辈份的，伸出双指，点着两个后生的额头，"渠是你们叔爹，岂能无礼？"

后生立刻想到了自己的地位，想到了仲裁缝还是丙崽的伯伯，立即避开裁缝的怒目交换了一个什么眼色，抬锅去了。

仲裁缝向家里走去，想了想，又回转身，对坐在地上的侄儿伸出巴掌："手！"

丙崽往后躲，眼睛不象是看他，而是看他头上的一棵树。脸皮紧张得直抽搐，半边上唇跳了跳，是试图压住恐惧的勉强一笑。好半天，才抬起小手。手太瘦，太冷，简直是只鸡瓜子。仲裁缝抓住它，颤了一下，胸口有些发热。

他帮丙崽抹了抹脸，赶走头上几只苍蝇，扣好一个衣扣。这件衣不知是谁做的，他从来没给丙崽做过衣。

"跟吾走。"

"爸爸。"

"听话。"

"爸爸。"

"谁是你爸爸？"

"X妈妈。"

"畜生！"

他不再看他，牵着他，默默走下台阶。不知为什么，他突然想起自己做过的很多很多衣，长的，短的，胖的，瘦的，一件件向他飘来，象一个个无头鬼，在眼前乱晃。那天他看见鸡尾寨的一具尸体，上面的衣不就是他做的么？——他认得那针脚。想到这里，把丙崽的小爪又抓得更紧了："不要怕，吾就是你爸爸，跟吾走。"

山里有一种草，叫雀芋，很毒，传说鸟触即死，兽遇则僵。仲裁缝刚才已采来了几株，熬了半锅汁，寨里已无三日粮了，几头牛和青壮男女，要留下来作阳春，繁衍子孙，传接香火，老弱就不用留了吧。族谱上白纸黑字，列祖列宗们不也是这样干过吗？仲裁缝想起自己生不逢时，愧对先人，今日却总算殉了古道，也算是稍稍有了点安慰。

裁缝先给丙崽灌了半碗，才走出门去。从他家进寨子有一条石阶路，弯曲上升。两旁有石板垒成的矮墙，或厚重的木房墙缝中伸出些杂草，野花，逗引着蜻蜓或蜜蜂。有些准备盖房子的。在路边或跨路占了地基，立了些光溜溜的木柱和横梁。有时一占多年，并不急着行墙上瓦，让路人们坐了歇息。遇到什么事情，这些空梁上也要贴红，用来避邪。

裁缝知道哪家有老小残弱，提着瓦罐子，一户户送上门。老人们都在门槛边等着，象很有默契，一见到他就扶着门，或扶着拐棍迎出来，明白来意地点点头。

"时辰到了？"

"到了。收拾好了么？"

"收拾好了。"

元贵老倌请求："仲满，吾还想去铡把牛草。"

裁缝说："你去，不碍事的。"

老人颤颤抖抖地走了，铡完草，搓搓手，又颤颤拌拌地回来。接过瓷碗，喉头滚动了两下，就喝光了。胡须上还挂着几点水珠。

"仲满，你坐。"

"不坐了。今天天气好燥热。"

"嗯啦。"

另一位老人抱着一个小奶崽，给仲裁缝看了看，眼里旋着一圈泪。"仲满，你试试，兴许要给渠换件祎子？你连的那件，渠还没上过身。"

裁缝眨了一下眼皮，表示了赞同。

老人转身回屋去了，一会儿，让奶崽穿着新崭崭的祎子来了，长命锁也戴好了。枯瘦的手在新布上摸着，划出嚓嚓的响声。"这下就好了，这下就好了。"

他先给奶崽灌了，自己再一饮而尽。

罐子已经很轻了，仲裁缝想了想，记起最后一位——玉堂娭毑。这位老人总是坐在门前晒太阳，象一座门神。老得莫辨男女，指甲长长的，用无齿的牙龈艰难地勾留着口水，皮肤象一件宽大的衣衫。落在骨架上，架起的一条瘦腿，居然可以和下面那条腿同时踩着地。任何人上前问话，她都听不见，只是漠然地望你一眼。也许人们在很多地方，都看见过这种村寨所常有的活标志。

裁缝走到她正前面，她才感觉到身边有了人，浑浊的眼帘里闪耀一丝微弱的光。她也明白什么，牙龈勾一勾口水，指指裁缝，又慢慢地指指自己。

裁缝知道她的意思，先磕了个头，再朝无牙的深深口腔里灌下黑水。

所有的这些老人都面对东方而坐。祖先是从那边来的，他们要回到那边去。那边，一片云海，波涛凝结不动，被太阳光照射的一边，雪白晶莹，镶嵌着阴暗的另一边。几座山头从云海中探出头来，好象太寂寞，互相打打招呼。一只金黄色的大蝴蝶从云海中飘来，象一闪一闪的火花。飘过永远也飞不完的青山绿岭，最后落在一头黑牯牛的背上——似乎是世界上最大的一只蝴蝶。

鸡尾寨的男人来了，还陆陆续续来了些妇女，儿童，狗。听说这边的人要"过山"，迁往其他地方，想来捡点什么有用的东西。昨天已办过赔礼酒席了，双方交清人头，又折刀为誓，永不报冤。

一座座木屋，已经烧毁，冒出淡淡的青烟，暴露出一些破瓦坛子或没有锅的灶台——贪婪的黑灶口，暴露出现在看来窄狭得难以叫人相信的屋基——人们原来活在这样小的圈子里吗？头缠白布的青壮男女们，脸黄得象一盏盏油灯，准备上路了，赶着牛，带上犁耙，棉花，锅盆，木鼓，错错落落，筐筐篓篓的。一个锈马灯壳子，也咣咣地晃在牛屁股上。

作为仪式，他们在一座座新坟前磕了头，抓起一把土包入衣襟，接着齐声"嘿哟喂"——开始唱"简"。

他们的祖先是姜凉，姜凉没有府方生得早，府方没有公牛生得早，公牛没有优耐生得早，优耐没有刑天生得早。他们原来住在东海边，子孙渐渐多了，家族渐渐大了，到处住满了人，没有晒席大一块空地。五家嫂共一个春房，六家姑共一担水桶。这怎么活得下去呢？没有晒席大一块空地啊，于是大家带上犁耙，在凤凰的引导下，坐上了枫木船和楠木船。

> 奶奶离东方兮队伍长，
> 公公离东方兮队伍长。
> 走走又走走兮高山头，
> 回头看家乡兮白云后。
> 行行又行行兮天坳口，
> 奶奶和公公兮真难受。
> 抬头望西方兮万重山，
> 越走路越远兮哪是头？

男女们都认真地唱,或者说是卖力地喊。声音不太整齐,很干,很直,很尖厉,没有颤音,一直喊得引颈塌腰,气绝了才留一个向下的小小滑音,落下音来,再接下一句。这种歌能使你联想到山中险壁,林间大竹,还有毫无必要那样粗重的门槛。这种水土才会渗出这种声音。

还加花,还加"嘿哟嘿"。当然是一首明亮灿烂的歌,象他们的眼睛,象女人的耳环和赤脚,象赤脚边笑眯眯的小花。毫无对战争和灾害的记叙,一丝血腥气也没有。

一丝也没有。

人影象一支牛帮,已经缩小成黑点,折入青青的山坳,向更深远的山林里去了。但牛铃声和歌声,还从绿色中淡淡地透出来。山冲显得静了很多,哗哗流水声显得突然膨胀了。溪边有很多石头,其中有几块比较特别,晶莹,平整,光滑,是女人们捣衣用过的。象几面暗暗的镜子,摄入万相光影却永远不再吐露出来。也许,当草木把这一片废墟覆盖之后,野物也会常来这里嚎叫。路经这里的猎手或客商,会发现这个山坳和别处的没有什么不同,只是溪边那几块青石有点奇异,似有些来历,藏着什么秘密的。

丙崽不知从什么地方冒出来了——他居然没有死,而且头上的脓疮也褪了红,结了壳。他赤条条地坐在一条墙基上,用树枝搅着半个瓦坛子里的水,搅起了一道道旋转的太阳光流。他听着远方的歌,方位不准地拍了一下巴掌,用很轻很轻的声音,咕哝着他从来不知道是什么模样的那个人:

"爸爸。"

他虽然瘦,肚脐眼倒足足有铜钱大,使旁边几个小娃崽很惊奇,很崇拜。他们瞥一瞥那个伟大的肚脐,友好地送给他几块石头,学着他的样,拍拍巴掌,纷纷喊起来:

"爸爸爸爸爸!"

一位妇女走过来,对另一位妇女说:"这个装得涌水么?"于是,把丙崽面前那半坛子旋转的光流拿走了。

[提示]

韩少功(1953—),湖南长沙人。著有长篇小说《马桥词典》《修改过程》《暗示》《日夜书》,中篇小说《爸爸爸》《女女女》《鞋癖》《赶马的老三》，短篇小说《西望茅草地》《飞过蓝天》《谋杀》《怒目金刚》，随笔集《面对神秘而空阔的世界》《完美的假定》《圣战与游戏》，散文《心想》《灵魂的声音》《山南水北》（获第四届鲁迅文学奖）等。

《爸爸爸》原载《人民文学》1985年第6期，是新时期"寻根文学"的代表作。小说在神秘荒诞而富有象征意义的氛围中，展现了人类原始愚昧的生存方式，暴露出民族文化的劣根性，韩少功也借此表达了一种以文化批判为主旨的启蒙思想。

小说的主人公丙崽长相丑陋，思维混乱，语言不清，只会喊"X妈妈"和"爸爸爸"。是一个集愚昧、丑陋和无知于一身的白痴形象，也是韩少功笔下极富象征意味的符号化人物。他身上涌动着可怕的精神委顿和历史惰性的顽强生命力，寄寓了作者对国民性和传统文化的反思。丙崽的精神特质与他所生活的"鸡头寨"密不可分。鸡头寨与世隔绝，这里的人祖祖辈辈重复着原始、愚昧的生存方式，外来文明在这里遭遇彻底拒斥。正是闭塞的生活、封闭的文化环境造就了一代又一代的精神畸形，丙崽无疑是其中的代表。鸡头寨的芸芸众生自视高于丙崽，他们有时候把丙崽当作白痴来羞辱，有时候又把他当作大仙来膜拜，其实他们和丙崽一样愚昧无知，既不思考丙崽丑陋愚昧的根源，也没有意识到他们与丙崽患有同样的精神痼疾。于是，种种畸形人格的成长又巩固了古老落后的生存方式，两者互为因果，共同维系着僵化、守旧的一方天地。从这个意义上说，小说以丙崽为核心人物，辅以周围人的群体性格，挖掘传统文化心理的深层结构，继承了鲁迅的国民性批判传统，从文化启蒙的角度揭示了传统文化制约下人的"不自由"。从整个人类的高度来看，丙崽又象征了人类丑陋、顽固而又神秘的生命因素，寄托着作者对生命本身和人类生存方式的哲理思考。

在叙述方式上，作品采用第三人称的全知叙事视角，在讲述故事的过程中又对视角做出一定的限制，多处采用"有人说""据说"等充满不确定性的词语，增加了作品的神秘色彩。

（王　琳）

山上的小屋

残　雪

　　在我家屋后的荒山上，有一座木板搭起来的小屋。

　　我每天都在家中清理抽屉。当我不清理抽屉的时候，我坐在围椅里，把双手平放在膝头上，听见呼啸声。是北风在凶猛地抽打小屋杉木皮搭成的屋顶，狼的嗥叫在山谷里回荡。

　　"抽屉永生永世也清理不好，哼。"妈妈说，朝我做出一个虚伪的笑容。

　　"所有的人的耳朵都出了毛病。"我憋着一口气说下去，"月光下，有那么多的小偷在我们这栋房子周围徘徊。我打开灯，看见窗子上被人用手指捅出数不清的洞眼。隔壁房里，你和父亲的鼾声格外沉重，震得瓶瓶罐罐在碗柜里跳跃起来。我蹬了一脚床板，侧转肿大的头，听见那个被反锁在小屋里的人暴怒地撞着木板门，声音一直持续到天亮。"

　　"每次你来我房里找东西，总把我吓得直哆嗦。"妈妈小心翼翼地盯着我，向门边退去，我看见她一边脸上的肉在可笑地惊跳。

　　有一天，我决定到山上去看个究竟。风一停我就上山，我爬了好久，太阳刺得我头昏眼花，每一块石子都闪动着白色的小火苗。我咳着嗽，在山上辗转。我眉毛上冒出的盐汗滴到眼珠里，我什么也看不见，什么也听不见。我回家时在房门外站了一会，看见镜子里那个人鞋上沾满了湿泥巴，眼圈周围浮着两大团紫晕。

　　"这是一种病。"听见家人们在黑咕隆咚的地方窃笑。

　　等我的眼睛适应了屋内的黑暗时，他们已经躲起来了——他们一边笑一边躲。我发现他们趁我不在的时候把我的抽屉翻得乱七八糟，几只死蛾子、死蜻蜓全扔到了地上，他们很清楚那是我心爱的东西。

　　"他们帮你重新清理了抽屉，你不在的时候。"小妹告诉我，目光直勾勾的，左边的那只眼变成了绿色。

　　"我听见了狼嗥，"我故意吓唬她，"狼群在外面绕着房子奔来奔去，还把头从门缝里挤进来，天一黑就有这些事。你在睡梦中那么害怕，脚心直出冷汗。这屋里的人睡着了脚心都出冷汗。你看看被子有多么潮就知道了。"

我心里很乱，因为抽屉里的一些东西遗失了。母亲假装什么也不知道，垂着眼。但是她正恶狠狠地盯着我的后脑勺，我感觉得出来。每次她盯着我的后脑勺，我头皮上被她盯的那块地方就发麻，而且肿起来。我知道他们把我的一盒围棋埋在后面的水井边上了，他们已经这样做过无数次，每次都被我在半夜里挖了出来。我挖的时候，他们打开灯，从窗口探出头来。他们对于我的反抗不动声色。

吃饭的时候我对他们说："在山上，有一座小屋。"

他们全都埋着头稀里呼噜地喝汤，大概谁也没听到我的话。

"许多大老鼠在风中狂奔。"我提高了嗓子，放下筷子，"山上的砂石轰隆隆地朝我们屋后的墙倒下来，你们全吓得脚心直出冷汗，你们记不记得？只要看一看被子就知道。天一晴，你们就晒被子，外面的绳子上总被你们晒满了被子。"

父亲用一只眼迅速地盯了我一下，我感觉到那是一只熟悉的狼眼。我恍然大悟。原来父亲每天夜里变为狼群中的一只，绕着这栋房子奔跑，发出凄厉的嗥叫。

"到处都是白色在晃动，"我用一只手抠住母亲的肩头摇晃着，"所有的东西都那么扎眼，搞得眼泪直流。你什么印象也得不到。但是我一回到屋里，坐在围椅里面，把双手平放在膝头上，就清清楚楚地看见了杉木皮搭成的屋顶。那形象隔得十分近，你一定也看到过，实际上，我们家里的人全看到过。的确有一个人蹲在那里面，他的眼眶下也有两大团紫晕，那是熬夜的结果。"

"每次你在井边挖得那块麻石响，我和你妈就被悬到了半空，我们簌簌发抖，用赤脚蹬来蹬去，踩不到地面。"父亲避开我的目光，把脸向窗口转过去。窗玻璃上沾着密密麻麻的蝇屎。"那井底，有我掉下的一把剪刀。我在梦里暗暗下定决心，要把它打捞上来。一醒来，我总发现自己搞错了，原来并不曾掉下什么剪刀，你母亲断言我是搞错了。我不死心，下一次又记起它。我躺着，会忽然觉得很遗憾，因为剪刀沉在井底生锈，我为什么不去打捞。我为这件事苦恼了几十年，脸上的皱纹如刀刻的一般。终于有一回，我到了井边，试着放下吊桶去，绳子又重又滑，我的手一软，木桶发出轰隆一声巨响，散落在井中。我奔回屋里，朝镜子里一瞥，左边的鬓发全白了。"

"北风真凶，"我缩头缩脑，脸上紫一块蓝一块，"我的胃里面结出了小小的冰块。我坐在围椅里的时候，听见它们丁丁当当响个不停。"

我一直想把抽屉清理好，但妈妈老在暗中与我作对。她在隔壁房里走来走去，弄得"踏踏"作响，使我胡思乱想。我想忘记那脚步，于是打开一副扑克，口中念着："一二三四五……"脚步却忽然停下了，母亲从门边伸进来墨绿色的小脸，嗡嗡地说话："我做了一个很下流的梦，到现在背上还流冷汗。"

"还有脚板心，"我补充说，"大家的脚板心都出冷汗。昨天你又晒了被子。这种事，很平常。"

小妹偷偷跑来告诉我，母亲一直在打主意要弄断我的胳膊，因为我开关抽屉的声音使她发狂，她一听到那声音就痛苦得将脑袋浸在冷水里，直泡得患上重伤风。

"这样的事，可不是偶然的。"小妹的目光永远是直勾勾的，刺得我脖子上长出红色的小疹子来。"比如说父亲吧，我听他说那把剪刀，怕说了有二十年了？不管什么事，都是由来已久的。"

我在抽屉侧面打上油，轻轻地开关，做到毫无声响。我这样试验了好多天，隔壁的脚步没响，她被我蒙蔽了。可见许多事都是可以蒙混过去的，只要你稍微小心一点儿。我很兴奋，起劲地干起通宵来，抽屉眼看就要清理干净一点儿，但是灯泡忽然坏了，母亲在隔壁房里冷笑。

"被你房里的光亮刺激着，我的血管里发出怦怦的响声，像是在打鼓。你看看这里，"她指着自己的太阳穴，那里爬着一条圆鼓鼓的蚯蚓。"我倒宁愿是坏血症。整天有东西在体内捣鼓，这里那里弄得响，这滋味，你没尝过。为了这样的毛病，你父亲动过自杀的念头。"她伸出一只胖手搭在我的肩上，那只手像被冰镇过一样冷，不停地滴下水来。

有一个人在井边捣鬼。我听见他反复不停地将吊桶放下去，在井壁上碰出轰隆隆的响声。天明的时候，他咚地一声扔下木桶，跑掉了。我打开隔壁的房门，看见父亲正在昏睡，一只暴出青筋的手难受地抠紧了床沿，在梦中发出惨烈的呻吟。母亲披头散发，手持一把笤帚在地上扑来扑去。她告诉我，在天明的那一瞬间，一大群天牛从窗口飞进来，撞在墙上，落得满地皆是。她起床来收拾，把脚伸进拖鞋，脚趾被藏在拖鞋里的天牛咬了一口，整条腿肿得像根铅柱。

"他，"母亲指了指昏睡的父亲，"梦见被咬的是他自己呢。"

"在山上的小屋里，也有一个人正在呻吟。黑风里夹带着一些山葡萄的叶子。"

"你听到了没有？"母亲在半明半暗里将耳朵聚精会神地贴在地板上，"这些个东西，在地板上摔得痛昏了过去。它们是在天明那一瞬间闯进来的。"

那一天，我的确又上了山，我记得十分清楚。起先我坐在藤椅里，把双手平放在膝头上，然后我打开门，走进白光里面去。我爬上山，满眼都是白石子的火焰，没有山葡萄，也没有小屋。

［提示］

残雪（1953—），湖南长沙人，原名邓小华。1985年开始发表作品，著有长篇小说《五香街》《最后的情人》《突围表演》，中短篇小说集《黄泥街》《苍老的浮云》，评论集《灵魂的城堡：解读卡夫卡》。

《山上的小屋》原载《人民文学》1985年第8期。作为新时期文学的独特存在，残雪的作品多展示离奇怪诞的想象世界，《山上的小屋》就是其中的代表作。

"臆想是残雪的起点和终点"，《山上的小屋》从臆想出发，呈现了一个幻象的世界，它生成于人物内心的焦虑。焦虑感促成了个体自我与周围环境、与他人以及自我本身的异化性想象。父亲格外沉重的鼾声震得瓶瓶罐罐从碗柜里跳出来，母亲"墨绿色的小脸"，血管发出怦怦的响声，"像是在打鼓"，太阳穴上"爬着圆鼓鼓的蚯蚓"，"我的胃里结出小小的冰块"，"叮叮当当地响个不停"……幻听、幻觉与联想都渗透着荒诞性。残雪还通过独特的意象：死蛾子、死蜻蜓、老鼠、落满蝇屎的窗、呼啸的北风、孤零零的小屋等来营造荒诞的氛围。作者借助梦呓、乱想、神秘、荒诞体验等揭示人性的丑恶和人类生存的悲剧境遇。"我每天都在家中清理抽屉"，父亲几十年如一日地在梦里打捞一把落下井底的剪刀……重复、无意义的重复，人生存的荒诞性不就是像西西弗斯一样周而复始的重复吗？从这个意义上来说，《山上的小屋》是寓言式小说，作者写出了现实生活中人的生存危机，表达了对人类存在状态的忧虑。在写作风格上，《山上的小屋》能明显看出受到西方现代主义影响的痕迹，是作者将个人的生存困境进行哲学提升和抽象的结果，传达了一种形而上的真实。

（纪水苗）

虚构（存目）

马　原

马原（1953—），生于辽宁锦州。1982年开始发表作品，著有长篇小说《上下都很平坦》，中短篇小说《冈底斯的诱惑》《错误》《拉萨河女神》《虚构》《拉萨生活的三种时间》《海边也是一个世界》《蟋蟀又叫了》等。

《虚构》原载《收获》1986年第5期。小说讲述了作为汉人的"我"深入西藏某地麻风村——玛曲村考察的经历，里面穿插着"我"和麻风女人的性爱、驼背老人的身世等。作为先锋作家，马原有自觉创新意识，他对小说艺术形式的变革很感兴趣，《虚构》最大的特点就是叙事形式的实验性，"马原的小说主要意义不是叙述了一个（或几个片段）故事，而是叙述了一个（或几个片段）故事"。在作品中，那个自称叫"马原"的叙述者一方面用性爱、探秘、暴力、死亡等元素来讲故事，传达出一种奇异的、极端化的存在体验，让读者获得一种真实感，另一方面，又不断暴露自己的叙事行为，将写作的虚构性"公之于众"，比如小说一开头就说："我就是那个叫马原的汉人，我写小说。我喜欢天马行空，我的故事多多少少都有那么一点耸人听闻。"还有"我"对小说创作素材的交代——"我"夫人转述的麻风医院的情况、法国人写的《给麻风病人的吻》、英国人写的《一个自行发完病毒的案例》等，都消解了故事的真实性。作者有意将真实与虚构、抽象与具体、汉人与藏人进行拼接、拆卸和重组，改变了传统小说的叙述视点和时空观念，使作品充满了寓言色彩。

马原对叙事的痴迷来自马原的生活哲学，在马原看来，现实生活都是由于缺乏联系的细节构成的。生活本身的无逻辑性，才是一种真正意义上的客观真实。马原的"叙事圈套"颠覆了现实主义世界观和文学观，他通过小说传达出一种信念：世界是难于认知的，文学唯一的真实在于虚构本身。

作为"西藏系列"之一，《虚构》以西藏为背景，增添了小说的神秘感，但小说自身叙事逻辑的紊乱又消解了异域风情的神秘色彩。事实上，小说有时也会以"叙述圈套"为幌子展开对某些"意义"的追问，如"我"与麻风病女人激情而又温馨的一夜看似反常、病态、耸人听闻，难道不是对性、欲望、死亡等人生本质问题的关注吗？

（纪水苗）

合　坟
(《厚土——吕梁山印象》之一)

李　锐

　　院门前，一只被磨细了的枣木纺锤，在一双苍老的手上灵巧地旋转着，浅黄色的麻一缕一缕地加进旋转中来，仿佛不会终了似的，把丝丝缕缕的岁月也拧在一起，缠绕在那只枣红色的纺锤上。下午的阳光被漫山遍野的黄土揉碎了，而后，又慈祥地铺展开来。你忽然就觉得，下沉的太阳不是坠向西山，而是落进了她那双昏花的老眼。

　　不远处，老伴带了几个人正在刨开那座坟。锹和镢不断地碰撞在砖石上，于是，就有些金属的脆响冷冷地也揉碎到这一派夕阳的慈祥里来。老伴以前是村里的老支书，现在早已不是了，可那坟里的事情一直是他的心病。

　　那坟在这里孤零零地站了整整十四个春秋了。那坟里的北京姑娘早已变了黄土。

　　"恓惶的女子要是不死，现在腿底下娃娃怕也有一堆了……"

　　一丝女人对女人的怜惜随着麻缕紧紧绕在了纺锤上——今天是那姑娘的喜日子，今天她要配干丧。乡亲们犹豫再三，商议再三，到底还是众人凑钱寻了一个"男人"，而后又众人做主给这孤单了十四年的姑娘捏和了一个家。请来先生看过，这两人属相对，生辰八字也对。

　　坟边上放了两只描红画绿的干丧盒子，因为是放尸骨用的，所以都不大，每只盒子上都系了一根红带。两只被彩绘过的棺盒，一只里装了那个付钱买来的男人的尸骨；另一只空着，等一会儿人们把坟刨开了，就把那十四年前的姑娘取出来，放进去，然后就合坟。再然后，村里一户出一个人头，到村长家的窑里吃荞麦面饸饹，浇羊肉炖胡萝卜块的哨子——这一份开销由村里出。这姑娘孤单得叫人心疼，爹妈远在千里以外的北京，一块来的同学们早就头也不回地走得一个也不剩，只有她留下走不成了。在阳世活着的时候她一个人孤零零走了，到了阴间捏和下了这门婚事，总得给她做够，给她尽到排场。

锹和镢碰到砖和水泥砌就的坟包上，偶或有些火星迸射进干燥的空气中来。有人忧心地想起了今年的收成：

　　"再不下些雨，今年的秋就旱塌了……"

　　明摆着的旱情，明摆着的结论，没有人回话，只有些零乱的叮当声。

　　"要是照着那年的样儿下一场，啥也不用愁。"

　　有人停下手来："不是恁大的雨，玉香也就死不了。"

　　众人都停下来，心头都升起些往事。

　　"你说那年的雨是不是那条黑蛇发的？"

　　老支书正色道："又是迷信！"

　　"迷信倒是不敢迷信，就是那条黑蛇太日怪。"

　　老支书再一次正色道："迷信！"

　　对话的人不服气："不迷信学堂里的娃娃们这几天是咋啦？一病一大片，连老师都捎带上。我早就不愿意用玉香的陈列室做学堂，守着个孤鬼尽是晦气。"

　　"不用陈列室做教室，谁给咱村盖学堂？"

　　"少修些大寨田啥也有了……不是跟上你修大寨田，玉香还不一定就能死哩！"

　　这话太噎人。

　　老支书骤然愣了一刻，把正抽着的烟卷从嘴角上取下来，一丝口水在烟蒂上亮闪闪地拉断了，突然，涨头涨脸地咳嗽起来。老支书虽然早已经不是支书了，只是人们和他自己都忘不了，他曾经做过支书。

　　有人出来圆场："话不能这么说，死活都是命定的，谁能管住谁？那一回，要不是那条黑蛇，玉香也死不了。那黑蛇就是怪，偏偏绳甩过去了，它给爬上来了……"

　　这个话题重复了十四年，在场的人都没有兴趣再把那事情重复一遍，叮叮当当的金属声复又冷冷地响起来。

　　那一年，老支书领着全村民众，和北京来的学生娃娃们苦干一冬一春，在村前修出平平整整三块大寨田，为此还得了县里发的红旗。没想到，夏季的头一场山水就冲走两块大寨田。第二次发山洪的时候，学生娃娃们从老支书家里拿出那面红旗来插在地头上，要抗洪保田。疯牛一样的山洪眨眼冲塌了地堰，学生娃娃们照着电影上演的样子，手拉手跳下水去。老支书跪在雨地里磕破了额头，求娃娃们上来。把别人都拉上岸来的时候，新塌的地堰将玉香裹进水里去。男人们拎着麻绳追出几十丈远，玉香在浪头上时隐时现地乱挥着手臂，终于还是抓住了那条抛过去的麻绳。正当人们合力朝岸上拉绳的时候，猛然看见一条胳膊粗细的黑蛇，一头紧盘在玉香的腰间，一头正沿着麻绳风驰电掣般地爬过来，长长的蛇信子在高举着的蛇头上左右乱弹，水淋淋的身子寒光闪闪，眨眼间展开丈把来长。正在拉绳的人们发一声惨叫，全都抛下了绳子，又粗又长的麻绳带着黑蛇在水面上击出一道水花，转眼被吞没在浪谷之间。一直到三十里外的转弯处，山水才把玉香送上岸来。追上去的几个男人说山水会给人脱衣服，玉香赤条条的没一丝遮盖；说从没有见过那么白嫩的身子；说玉香的腰间被那黑蛇生生的缠出一道乌青的伤痕来。

　　后来，玉香就上了报纸。后来，县委书记来开过千人大会。后来，就盖了那排事迹陈列室。后来，就有了那座坟，和坟前那块碑。碑的正面刻着：知青楷模，吕梁英烈。碑的反面刻着：陈玉香，女，一九五三年五月五日生于北京铁路工人家庭，一九六八年毕业于北京第三十七中学，一九六九年一月赴吕梁山区岔上公社土腰大队神峪村插队落户，一九七二年八月十七日为保卫大寨田，在与洪水搏斗中英勇牺牲。

　　报纸登过就不再登了，大会开过也不再开了。立在村口的那座孤坟却叫乡亲们心里十分忐忑：

　　"正村口留一个孤鬼，怕村里要不干净呢。"

　　可是碍着玉香的同学们，更碍着县党委会的决定，那坟还是立在村口了。报纸上和石碑上都没提那条黑蛇，只有乡亲们忘不了那摄人心魄的一幕，总是认定这砖和水泥砌就的坟墓里，聚集了些说不清道不白的哀愁。荏苒便是十四年。玉香的同学们走了，不来了；县委书记也换了不知多少任；谁也不再记得这个姑娘，只是有些个青草慢慢地从砖石的缝隙中长出来。

　　除去了砖石，铁锨在松软的黄土里自由了许多。渐渐地，一伙人都没在了坑底，只有银亮的锨头一闪一闪地扬出些湿润的黄色来。随着一脚蹬空，一只锨深深地落进了空洞里，尽管是预料好的，可人们的心头还是止不住一震：

　　"到了？"

　　"到了。"

　　"慢些，不敢碰坏她。"

"知道。"

老支书把预备好的酒瓶递下去：

"都喝一口，招呼在坑里阴着。"

会喝的，不会喝的，都吞下一口，浓烈的酒气从墓坑里荡出来。

木头不好，棺材已经朽了，用手揭去腐烂的棺板，那具完整的尸骨白森森地露了出来。墓坑内的气氛再一次紧绷绷地凝冻起来。这一幕也是早就预料的，可大家还是定定地在这副白骨前怔住了。内中有人曾见过十四年前附在这尸骨外面的白嫩的身子，大家也都还记得，曾被这白骨支撑着的那个有说有笑的姑娘。洪水最后吞没了她的时候，两只长长的辫子还又漂上水来，辫子上红毛线扎的头绳还又在眼前闪了一下。可现在，躺在黄土里的那副骨头白森森的，一股尚可分辨的腐味，正从墓底的泥土和白骨中阴冷地渗透出来。

老支书把干丧盒子递下去：

"快，先把玉香挪进来，先挪头。"

人们七手八脚地蹲下去，接着，是一阵骨头和木头空洞洞的碰撞声。这骨头和这声音，又引出些古老而又平静的话题来：

"都一样，活到头都是这么一场……做了真龙天子他也就是这个样。"

"黄泉路上没老少，恓惶的，为啥挣死挣活非要从北京跑到咱这老山里来死呢？"

"北京的黄土不埋人？"

"到底不一样。你死的时候保险没人给你开大会。"

"我不用开大会。有个孝子举幡，请来一班响器就行。"

老支书正色道："又是封建。"

有人揶揄着："是了，你不封建。等你死了学公家人的样儿，用火烧，用文火慢慢烧。到时候我吆上大车送你去。"

一阵笑声从墓坑里轰隆隆地爆发出来，冷丁，又刀切一般地止住。老支书涨头涨脸地咳起来，有两颗老泪从血红的眼眶里颠出来。忽然有人喊：

"呀，快看，这营生还在哩！"

四五个黑色的头扎成一堆，十来只眼睛大大地睁着，把一块红色的塑料皮紧紧围在中间：

"是玉香的东西！"

"是玉香平日用的那本《毛主席语录》。"

"呀呀，还在哩，书烂了，皮皮还是好好的。"

"呀呀……"

"嘿呀……"

一股说不清是惊讶，是赞叹，还是恐惧的情绪，在墓坑的四壁之间涌来荡去。往日的岁月被活生生地挖出来的时候竟叫人这样毛骨悚然。有人疑疑惑惑地发问：

"这营生咋办？也给玉香挪进去？"

猛地，老支书爆发起来，对着坑底的人们一阵狂喊：

"为啥不挪？咋，玉香的东西，不给玉香给你？你狗日还惦记着发财哩？挪！一根头发也是她的，挪！"

墓坑里的人被镇住，蔫蔫的再不敢回话，只有些粗重的喘息声显得很响，很重。

大约是听到了吵喊声，院门前的那只纺锤停下来，苍老的手在眼眉上搭个遮阴的凉棚：

"老东西，今天也是你发威的日子？"

挖开的坟又合起来。原来包坟用的砖石没有再用。黄土堆就的新坟朴素地立着，在漫天遍野的黄土和慈祥的夕阳里显得宁静，平和，仿佛真的再无一丝哀怨。

老支书把村里买的最后一包烟撕开来，数了数，正好，每个人还能摊两支，他一份一份地发出去；又晃晃酒瓶，还有个底子；于是，一伙人坐在坟前的土地上，就着烟喝起来。酒过一巡，每个人心里又都升起暖意来。有人用烟卷戳点着问道：

"这碑咋办？"

"啥咋办？"

"碑呀。以前这坟底埋的玉香一个人，这碑也是给她一个人的。现在是两个人，那男人也有名有姓，说到哪去也是一家之主呀！"

是个难题。

一伙人闷住头，有许多烟在头顶冒出来，一团一团的。透过烟雾有人在看老支书。老人吞下一口酒，热辣辣的一直烧到心底：

"不用啦，他就委屈些吧，这碑是玉香用命换来的，别人记不记扯淡，咱村的人总得记住！"

没有人回话,又有许多烟一团一团地冒出来,老支书站起身,拍打着屁股上的尘土:

"回去,吃饸饹。"

看见坟前的人散了场,那只旋转的纺锤再一次停下来。她扯过一根麻丝放进嘴里,缓缓地用口水抿着,心中慢慢思量着那件老伴交代过的事情。沉下去的夕阳,使她眼前这寂寥的山野又空旷了许多,沉静的思绪从嘴角的麻丝里慢慢扯出来,融在黄昏的灰暗之中。

吃过饸饹,两个老人守着那只旋转的纺锤熬到半夜,而后纺锤停下来:

"去吧?"

"去。"

她把准备好的一只荆篮递过去:

"都有了,烟、酒、馍、菜,还有香,你看看。"

"行了。"

"去了告给玉香,后生是属蛇的,生辰八字都般配。咱们阳世的人都是血肉亲,顶不住他们阴间的人,他们是骨头亲,骨头亲才是正经亲哩!"

"又是迷信!"

"不迷信,你躲到三更半夜是干啥?"

"我跟你们不一样!"

"啥不一样?反正我知道玉香恓惶哩,在咱窑里还住过二年,不是亲生闺女也差不多……"

女人的眼泪总是比话要流得快些。

男人不耐烦女人眼泪,转身走了。

没有星星,也没有月亮,很黑。

那只枣红色的纺锤又在油灯底下旋转起来,一缕一缕的麻又款款地加进去。蓦地,一阵剧烈的咳嗽声从坟那边传过来,她揪心地转过头去。"吭——吭"的声音在阴冷的黑夜深处骤然而起,仿佛一株朽空了的老树从树洞里发出来的,像哭,又像是笑。

村中的土窑里,又有人被惊醒了,僵直的身子深深地淹埋在黑暗中,怵然支起耳朵来。

[提示]

李锐（1950—），山西作家，祖籍四川自贡，生于北京。1974年开始发表作品，主要有长篇小说《旧址》《万里无云》《无风之树》《银城故事》，中篇小说《红房子》《运河风》，短篇小说集《厚土——吕梁山印象》等。其中，短篇小说《合坟》是李锐的"厚土系列"之一，曾获1985—1986年全国优秀短篇小说奖。

《合坟》原载《上海文学》1986年第11期。小说讲述了梁山区神峪村老村支书指挥村民为十四年前在抗洪保田斗争中牺牲的北京女知青玉香"配干丧"的故事。小说没有按照线性时间顺序来写，没有塑造无私的英雄形象，也没有渲染"配干丧"的民俗风情，而是以客观简洁的笔调记叙了从起坟到祭坟的过程。通过乡亲们的交谈与回忆完成对十四年前玉香殒命的交代，从而使小说具有深厚的历史感。但是，《合坟》的主旨并不在于反思和控诉历史，而是对造就历史的"人"的诘问。这集中体现在老村支书身上，虽然小说已经交代清楚，十四年前的事故并不是老村支书的责任，但他一直对玉香的死耿耿于怀，由此折射出古老乡土的古道热肠和乡民们的纯朴。可是，这种纯朴又与"配干丧"的传统陋习混杂在一起，作家写出了真诚与迷信、纯朴与虚无混为一体的乡土世界的复杂。并且，作者站在超越道德评判的文化立场上，来抒发对人生世道的感喟，使《合坟》具备了忧愤深广的历史文化内涵。

此外，《合坟》的构思也很巧妙。现实与回忆的穿插凸显了凝重的历史感，乡亲们的讲述又把"文化大革命"与"新时期"两个不同的历史时期连缀在一起，"合坟"的古老风俗更使当代与古代在此相遇，在这样的构思中，知青的单纯、狂热与牺牲显得那么不值一提，而根植于迷信风俗的虚无主义则显得异常强大，更让读者感叹"厚土"之上传统力量的顽强。

（纪水苗）

古船（存目）

张　炜

张炜（1956—），山东龙口人，代表作有长篇小说《古船》《九月寓言》《家族》《你在高原》，中篇小说《秋天的愤怒》《秋天的思索》等，短篇小说《声音》《一潭清水》，散文《融入野地》《夜思》《芳心似火》等，诗集《皈依之路》。其中，《古船》获得庄重文学奖、人民文学奖，《你在高原》获第八届茅盾文学奖，《声音》《一潭清水》分获1982年、1984年全国短篇小说奖。

《古船》原载《当代》1986年第5期，1987年由人民文学出版社出版。小说题名为"古船"，具有极强的象征色彩，"古船"的搁浅既象征着洼狸镇的萧条，也预示着民族的败落和理想的衰微。小说讲述胶东洼狸镇上隋家和赵家两个家族两代人之间的争斗。隋迎之靠经营粉丝厂发家，但他始终有一种负罪感，最终在精神折磨中死去，赵家在土改浪潮中掠夺了隋家的财产。隋家大儿子隋抱朴继承了父亲的良知和忏悔意识，面对家族的败落，他"抱朴守拙"冥思苦想如何从根本上摆脱苦难。小儿子隋见素则一心想复仇赵家，进城经商屡遭碰壁后抱病还乡。作家通过隋氏兄弟面对苦难的不同选择，写出了"怨道"的苍白和"复仇"的艰难。借"阶级斗争"和"家族私仇"之间的微妙关系，展示了人性的复杂，再现了改革大潮冲击下中国农村现实的巨大变迁，并进一步深入历史文化层面，以洼狸镇的历史折射整个中国的历史进程。

《古船》具有浓厚的文化气息，隋氏兄弟的名字源于《道德经》中的"见素抱朴，少私寡欲"，表达了作者对道家朴素豁达人生观的认同。隋抱朴是作者全力塑造的人物形象，他身上的人文情怀、自我批判精神，以及对历史与现实的反思意识等，都渗透着张炜强烈的忧患意识和社会责任感。总之，《古船》是一部带有浓厚文化内涵和思想含量的史诗性小说。

（夏　雪）

浮躁（存目）

贾平凹

贾平凹（1952—），陕西丹凤人，代表作有长篇小说《废都》《秦腔》《古炉》《浮躁》《高兴》《老生》《山本》等，中短篇小说《黑氏》《美穴地》《五魁》及散文《丑石》《商州三录》《天气》等。《浮躁》曾获美国美孚飞马文学奖。

《浮躁》原载《收获》1987年第1期。小说通过描写州河附近一个小村镇里几个农村青年的经历，揭示了20世纪90年代初改革大潮冲击下中国民众的生活方式和社会心理的变化，尤其是暴露了当时整个社会的浮躁状态及浮躁掩盖下人们的精神空虚。主人公金狗出身农村，是个有理想有抱负的"于连式"人物，他不满于村里的官僚体制，与田、巩两家恶势力不断抗争，为达目的不惜抛弃深爱的女人小水，选择田中正的侄女英英。在经历了务农、参军、复员回乡、做州报记者、辞职跑运输等人生起伏之后，金狗终于醒悟："提高人民的文明水平只能保持目前的基本政治格局，一步步发展生产，同时一步步改革政治格局，逐步把生产、文明搞上去，这才是一条切合实际的正路。"金狗的朋友雷大空却走上了投机倒把的不归路，惨死狱中，如他的名字一样，经历了短暂浮华，终究是一场空。

贾平凹将再现农村真实与捕捉时代情绪融为一体，写出了当代中国农民的"精神史"，如金狗在抗争中经历重重磨难，他憎恨权力却不得不依附权力来实现自我，在这一过程中他又不断对自己的抗争提出质疑，甚至备受人格分裂的痛苦煎熬。这都是喧嚣与骚动的时代生活带来的浮躁之风，折射出改革给农民带来的灵魂震颤，由此，也使《浮躁》超越了以往的乡土写作，显示出时代性价值。

小说的构架很独到。小说通过州河在地理空间上把仙游川村、两岔镇、白石镇县、州城连缀成一个整体，权力网由此覆盖城乡内外，渗透到社会的各个层面。州河是自然景观，又与故事情节、人物命运密切关联，贾平凹通过这条河诠释了他心目中的生命力量。

（夏　雪）

风　景

方　方

> ……在浩漫的生存布景后面，在深渊最黑暗的所在，我清楚地看见那些奇异世界……
>
> ——波德莱尔

一

七哥说，当你把这个世界的一切连同这个世界本身都看得一钱不值时，你才会觉得自己活到这会儿才活出点滋味来，你才能天马行空般在人生路上洒脱地走个来回。

七哥说，生命如同树叶，来去匆匆。春日里的萌芽就是为了秋天里的飘落。殊途却同归，又何必在乎是不是抢了别人的营养而让自己肥绿肥绿的呢？

七哥说，号称清廉的人们大多为了自己的名声活着，虽未害人却也未为社会及人类作出什么贡献。而遭人贬斥的靠不义之财致富的人却有可能拿出一大笔钱修座医院抑或学校，让众多的人尽享其好处。这两种人你能说谁更好一些谁更坏一些么？

七哥只要一进家门，就像一条发了疯的狗毫无节制地乱叫乱嚷，仿佛是对他小时候从来没有说话的权利而进行的残酷报复。

父亲和母亲听不得七哥这一套，总是叫着"牙酸"然后跑到门外。京广铁路几乎是从屋檐边擦过。火车平均七分钟一趟，轰隆隆驶来时，夹带着呼啸而过的风和震耳欲聋的噪音。在这里，父亲和母亲能听到七哥的每一个音节都被庞大的车轮碾得粉碎。

依照父亲往日的脾气，七哥第一次这么干时，父亲就会拿出刀割下他的舌头。而现在父亲不敢了。七哥现在是个人物。父亲得忍住自己全部的骄傲去适应这个人物。

七哥已经很高很胖了。他脸上时常地泛出红油油的光。肚子恰如其分地挺出来一点点。很难想象支撑他这一身肉的仍然是他早先的那一副骨架，我怀疑他二十岁那次动手术没有割去盲肠而是换了骨头。否则就不好解释打那以后他越长越胖这个事实了。七哥穿上西装打上领带便仪表堂堂地像个港商。后来又戴了副无框眼镜便酷似教授抑或什么专家。七哥走在大街上常有些姑娘忍不住含情脉脉地凝视他。七哥在外面说话毫无疯狗气。文质彬彬地卖弄他那些据说是哲人也得几十年修炼才能悟出的思想。

　　七哥住过晴川饭店。起先父亲不信。父亲每天到江边溜达都能看到那高白高白的房子，父亲在汉口活了偌些年从来还没见过这么高的房子，便咬定只有毛主席或者是周总理这个级别的人才能住。母亲说毛主席和周总理来不及住进去就升天了。父亲说那还有胡总书记和赵总理能住哩。父亲说这话时是一九八四年。

　　七哥解释不清，便说那大楼里的"晴川饭店"写得像"暗"川饭店，不信你们去查证。

　　父亲和母亲自然是不敢设想自己有机会去那里瞧瞧。直到有一天报上登着个体户住进晴川饭店的消息后，五哥和六哥各带一千块钱去了一趟，第二日回来对父亲说小七子的确在那里住过，那字真的写得像"暗"川饭店。

　　七哥说去那里总是坐"的士"，每回都有穿红衣服的小侍者为他打开车门，然后还鞠个躬，说："欢迎您的光临。"

　　五哥和六哥是坐公共汽车去的，下了大桥，还走了好远的路，无法证实七哥的话。但父亲母亲不必做何证实也完全相信了。

　　父亲再往江边转悠时，遇见熟人便忍不住说："那个晴川饭店也就那样，我小七子住过好些回数。"

　　"哦？就是睡床底下的那个小七子？"熟人常惊叹着问。

　　父亲说："是呀，是呀，硬是睡出个人物来了。"父亲说这话时，脸上充满慈爱和骄傲之气。

　　其实，过去父亲总怀疑七哥不是他的儿子。在母亲肚皮隆起时，父亲才知道有这么回事。父亲蹲在门口推算日期。算着算着便抓过母亲扇了两嘴巴。父亲说那时候他跟一只货船到安庆去了。一个老朋友要死了想再见他一面。他前后去了十五天，而母亲却在这段日子里怀上了七哥。母亲风骚了一辈子，这一点父亲是知道的。他一走半月，母亲如何能耐得住寂寞？父亲觉得隔壁的白礼泉最为可疑。白礼泉精瘦精瘦，眼珠滴溜溜地不怀好意，薄嘴皮能言会道勾引女人还有富余。而最关键的是父亲亲眼见过他和母亲打情骂俏。父亲越想越觉得真理在握。为此在母亲生七哥坐月子的时间里，父亲看都不看七哥一眼，若无其事地坐在屋门口大口喝酒，把下酒的炒黄豆嚼得"喀吧喀吧"响。

　　服侍母亲的事全是大哥干的。大哥那时已经十七岁了。他十分庄严地照料这个小肉虫一样软软的七弟。半年后父亲头一次看了七哥。他看得很仔细，然后像扔个包袱一样把七哥朝床上一甩。七哥瘦瘦巴巴的，全然不似高高壮壮的父亲的骨肉。父亲揪住母亲的头发，追问她七哥到底是谁的儿子。母亲声嘶力竭地同他吵闹，骂他是野猪是恶狗是瞎了眼的魔鬼，说他到安庆去为他过去的情人送终还有脸回家吵架。父亲和母亲的喉咙都大得惊人。平均七分钟一趟的火车都没能压住他们的喧闹。于是左邻右舍来看热闹，那时正是晚饭时候，一个个的观众端着碗将门前围得密密匝匝。他们一边嚼着饭一边笑嘻嘻地对父亲和母亲评头论足。母亲朝父亲吐唾沫时，就有议论说母亲这个姿势没有以前好看了。父亲怒不可遏地砸碗时，好些声音又说砸碗没有砸开水瓶的声音好听。不过了解内情的人会立即补充说他们家主要是没有开水瓶，要不然父亲是不会砸碗的。所有人都能证明父亲是这个叫河南棚子的地方的一条响当当的好汉。

　　这个问题毋容置疑，父亲的确是条好汉。全家人都崇拜父亲，母亲自然更甚。母亲一辈子唯一值得她骄傲的就是她拥有父亲这么个人。尽管她同他结婚四十年而挨打次数已逾万次，可她还是活得十分得意。父亲打母亲几乎是他们两人生活中的一个重要内容。母亲需要挨完打后父亲低三下四谦卑无比且极其温存的举动。为了这个，母亲在一段时间没挨打后还故意地挑起事端引得父亲暴跳如雷。母亲是个美丽的女人，自然风骚无比。但她的确从未背叛过父亲。她喜欢在男人们面前挑逗和卖弄那是她的天性，仅此而已。母亲说难道世界上还会有比父亲更像男人的吗？母亲说如果有那才是真的见鬼了。母亲说除非父亲先她而死她才会滚到另一个男人怀里。母亲说这话时才二十五岁，而现在她已六十了，父亲仍然健在。母亲毫无疑问地履行着她的诺言。所以父亲怀疑七哥是隔壁白礼泉的崽子显然是不讲道理。白礼泉比母亲小十八岁，母亲常忍不住去逗弄他，偶尔也动手动脚，但七哥绝对无误是父母的儿子。因为只有父亲这样的人才可能生出七哥这样的儿子。这个道理直到二十五年后七哥突然有一天说他被调到团省委当一个什么官了之后父亲才想明白。父亲从七哥那里听说团省委的人下一步就是去党省委,有运气到中央也是不难的。父亲几乎有点接受不了这个事实。父亲这辈子连县一级的官都没见过。父亲跟他认识的同样对方也认识他的最大的官员——搬运站的站长一共只说过两句半话。有半句是站长没听完就接电话去了。而现在,他的小七子居然比站长大好些级别且还只有二十来岁。鉴于这点,对七哥一进家门就狂妄得像个无时无刻不高翘起他的尾巴的公鸡之状态,父亲一反常规地宽容大度。

二

父亲带着他的妻子和七男二女住在汉口河南棚子一个十三平米的板壁屋子里。父亲从结婚那天就是住在这屋。他和母亲在这里用十七年时间生下了他们的九个儿女。第八个儿子生下来半个月就死掉了。父亲对这条小生命的早夭痛心疾首。父亲那年四十八岁。新生儿不仅同他一样属虎而且竟与他的生日同月同日同一时辰。十五天里,父亲欣喜若狂地每天必抱他的小儿子。他对所有的儿女都没给予过这样深厚的父爱。然而第十六天小婴儿突然全身抽筋随后在晚上咽了气。父亲悲哀的神情几乎把母亲吓晕过去。父亲买了木料做了一口小小的棺材把小婴儿埋在了窗下。那就是我。

我极其感激父亲给我的这块血肉并让我永远和家人呆在一起。我宁静地看着我的哥哥姐姐们生活和成长,在困厄中挣扎和彼此殴斗。我听见他们每个人都对着窗下说过还是小八子舒服的话。我为我比他们每个人都拥有更多的幸福和安宁而忐忑不安。命运如此厚待了我而薄了他们这完全不是我的过错。我常常是怀着内疚之情凝视我的父母和兄长。在他们最痛苦的时刻我甚至想挺身而出,让出我的一切幸福去与他们分享痛苦。但我始终没有勇气做到这一步。我对他们那个世界由衷感到不寒而栗。我是一个懦弱的人,为此我常在心里请求我所有的亲人原谅我的这种懦弱,原谅我独自享受着本该属于全家人的安宁和温馨,原谅我以十分冷静的目光一滴不漏地看着他们劳碌奔波,看着他们的艰辛和凄惶。

那时是一九六一年。九个儿女都饿得伸着小细脖呆呆地望着父母。父亲和母亲才断然决定终止他们年轻时声称的生他一个排的计划。

小屋里有一张大床和一张矮矮的小饭桌。装衣物的木盆和纸盒堆在屋角。父亲为两个女儿搭了个极小的阁楼。其余七个儿子排一溜睡在夜晚临时搭的地铺上。父亲每天睡觉前点点数,知道儿女们都活着就行了。然后他一头倒下枕在母亲的胳膊上呼呼地打起鼾来。

父亲说这地方之所以叫河南棚子就是因为祖父他们那群逃荒者在此安营扎寨的缘故。河南棚子在今天差不多是在市中心的地盘上了。向南去翻过京广铁路便是车站路。汉口火车站阴郁地像个教堂立在路的尽头。走出车站路向右拐，便上了中山大道。这一段中山大道，几乎有门即是店。铁鸟照相馆老通城饭店首家服装厂扬子街江汉路六渡桥诸如此类汉口繁华处几乎占全。父亲每天越过中山大道一直走到滨江公园去练太极拳。父亲总是骄傲地对他的拳友们说他是河南棚子的老住客。而实际上老汉口人提起河南棚子这四个字，如果不用一种轻蔑的口气那简直是等于降低了他们的人格。

父亲说祖父是在光绪十二年从河南周口逃荒到汉口的。祖父在汉口扛码头。自他干上这一行后到四哥已经是第三代干这行了。三哥总说爷爷若一来便当兵，没准参加辛亥革命，没准还当上一个头领，那家里就发富多了。说不定弟兄姐妹都是北京的高干子弟。父亲便吼放屁。父亲说人若不像祖父那样活着，那活得完全没有意思。祖父是个腰圆膀粗力大如牛有求必应的人。祖父老早就加入了洪帮。那时"打码头"风气极盛，祖父是打码头的好手。洪帮所有的龙头拐子都对他倍加赏识。祖父认朋友而不认是非，每有所唤都狂热地冲在最前面。父亲说他十四岁就跟着祖父打码头。他亲眼见过祖父是何等的英勇和凶悍。后来祖父在一次恶战中负了重伤。肋骨被打断了好几根，全身血流如注宛若红布裹着一般。祖父被抬到家时已经奄奄一息。尽管如此祖父却一直带着微笑。父亲说大头佬殷其周专门派人为祖父送来了云南白药。殷其周是当时汉口最有名的"码头皇帝"。父亲至今提起他的名字还激动得颤栗不已。不过那药仍然没能救活祖父。祖父把手在父亲的肩上拍了两下便咽了气。那时父亲正跪在祖父面前垂泪。他见祖父头一歪便号叫一声扑在他身上。立即所有人都知道祖父已经走了。啜泣声便如远天滚过的雷。为祖父洒泪哀伤的人几乎是一望无际。父亲至今也没想明白究竟是怎么回事。父亲猜测大约是祖父善打码头的缘故。父亲时年二十岁，除了身子比祖父稍稍单薄一点以外，差不多同祖父一模一样。父亲安葬了祖父的第三天便被头佬叫去打码头。他虎视眈眈地往那儿一站，对方的人立即目瞪口呆。竟有人颤着声问他是人还是鬼。

父亲每回说到这里都要仰面哈哈大笑。笑罢又大饮一口酒，把十来颗黄豆扔进嘴里嚼得"喀吧喀吧"响。

　　父亲每回喝酒都要没完没了地讲述他的战史。这时刻他所有的儿子都必须老老实实坐在他的身边听他进行"传统教育"。有一次二哥想上他的朋友家去温习功课以便考上一中，不料刚走到门口，父亲便将一盘黄豆连盘子扔了过去。姐姐大香和小香立即尖声叫起。黄豆撒了一地，盘子划破了二哥的脸，血从额头一直淌到嘴角。父亲说："给老子坐下，听听你老子当初是怎么做人的。"从此，逢到父亲这种时候谁也不敢把屁股挪动一下。七哥有几回都把尿憋了出来，湿了一裤。

　　最喜欢听父亲说往事的只有母亲。母亲记忆力比父亲强多了。父亲忘却的日期地点人名字全靠母亲提醒，如果母亲也忘记了，父亲就得使劲地摇着脑袋想，想得一脸痛苦表情。父亲不想出来是绝不往下讲的。遇到这种意外，父亲的儿女们才如同大赦。有一回父亲为了想民国三十六年轰动武汉的徐家棚码头之争的日期整整地想了一星期。一星期后仍没想起便只好用季节代替日期重新召拢他的听众。父亲说那是民国三十六年的冬天，日本人刚跑掉，粤汉铁路通了车，徐家棚码头业务大增油水肥厚，一些头佬都眼馋得发疯，相互寻衅械斗好几次都没有结果，洪帮头子王理松托人约了父亲。父亲那几日正手痒，便一口应允了。父亲为了打徐家棚码头凌晨三点就起了床，过江的时候天还漆黑，凛冽的风横吹过来刺得脸皮一阵阵发麻。父亲穿一件黑袄，搭肩往腰间一扎，显得威风凛凛。他上船前喝了至少八两酒，酒精把他的血烧得一窜一窜的周身痒痒，故而他对挤进骨缝的寒风感到莫名的欢喜。他望着浩淼长江，脸上像单刀赴会的关羽一样毫无惧色。父亲手上拿的是扁担，父亲每次用的都是这根，深棕色油光油光的。他挥动起来得心应手，他觉得这玩艺儿不比关公的青龙偃月刀逊色。父亲的同伴熊金苟坐在船舱里瑟瑟发抖。父亲指着他的腿笑得全身抽搐，然后说："老子恨不得把你这个熊包扔到江里喂鱼。"江水浑浊不堪，小船咿呀地摇着一支很媚人的歌，在浅黑色的凌晨显得清丽幽婉。熊金苟总是哆嗦。不管父亲怎么辱骂他都不停止这个活动。这使得他旁边的几个人都一块儿干起这活儿来。熊金苟有个瞎眼的老母和三个细弱如草的小姑娘，第四个又把他老婆的肚子撑得老高老高了。父亲他们抵岸时天还没亮。他们捷足先登立即抢占了徐家棚的上中下码头。父亲他们全都剽悍体壮，吓得对方手足发软。当有人发现华清街的哑巴打手队之后，更是屁滚尿流地边跑边哀嚎爹妈何故只给了两条腿。

华清街的哑巴是鲁老十豢养的一群打手。那时说起"华清街之虎"鲁老十，人们会情不自禁地发抖。他的打手心毒手辣且从来不问为什么出手便打。不过他们也的确不会问为什么。父亲与鲁老十从无交情，哑巴中倒有一二曾崇拜过祖父。父亲他们那次自然打赢了。天亮以后他们把对方丢下的尸体绑上石头沉入江底。父亲是给一个姓张的人系的石头。父亲说他认识这个人。他们在一个码头干过活。父亲记得他曾经在父亲趔趄一下时扶了父亲一把。父亲晓得张是很老实的，但不晓得这回死在乱棍之下的怎么恰恰是他。想来想去父亲还是说这是命。父亲的腿在那一天被铁棍撕了个三角口，血流如喷。父亲对流血已经很习惯了，他只用土擦了一下，第二天就去码头干活。那道伤痕至今还染着泥土的色彩留在父亲的腿上。打赢了的头佬总是在当夜便灯红酒绿地频频举杯祝捷。而那时，父亲们却在自己的茅棚中擦洗伤口抑或为受伤的同伴寻医为死去的朋友落泪。打哆嗦的熊金苟连轻伤都没负。他把父亲搀到屋里然后笑盈盈地走了。父亲说没打死他实在是件遗憾的事，因为半个月后的又一次械斗，他被头佬定为"打死"对象。头佬们为了扛着尸体打赢官司悄悄派手下人在混乱中将熊金苟打死了。父亲亲眼看见一根铁棍砸向熊金苟的。父亲喊了他一声，结果在他迟钝地一扭头时，铁棍正砸在他天灵盖上。他连哼也没哼便"噗"地倒地，血浆流淌着把他的头变得像个新品种西瓜。

　　父亲那一晚喝得酩酊大醉。他揍了母亲一顿然后起誓说他再不去打码头了。不过，父亲自然是要食言的。他打架斗殴像抽了鸦片一样难得戒掉。

　　父亲的精力过剩。他不这么消耗便会被堵塞在体内而散发不出的精力折磨而死。

　　那一幕幕悲壮的往事总是能让父亲激动得手舞足蹈。他有时还大口地喝着酒然后叫喊道："儿子们你们什么时候能像老子这样来点惊险的事呢？"

三

　　父亲现在落寞得有些痛苦了。而像父亲这样的人能为什么事情产生痛苦感，那的确不是件很容易的事。毋容置疑的是父亲确实痛苦了。父亲还是住在老房子里，而他的儿女们却一个个飞了出去。地铺上起伏的鼾声和讨厌的骚动以及阁楼上无端的娇笑,统统被寂静所替代。房子倒显得空荡起来。过年时,每个儿女各出十块钱为他买了一个沙发。沙发靠着墙壁,父亲从来不坐它。父亲说坐了屁股疼。晴天的时候,父亲便去马路边打牌,而雨天里便靠在床上长吁短叹。父亲说:"只有小八子陪我了。"父亲说这话时让我感动了好几天。后来父亲在我的覆身之土上种了些一串红。父亲对母亲说像小八子的头发。

苍凉的冬天到来的时候,父亲便闷着头默默地喝他的酒。北风吹得门板和窗哐哐地响。火车蓦然鸣一下整个房子在颤动中几乎意欲醉倒。母亲用她满是眼屎的目光凝望父亲。父亲退休之后就再也没揍过母亲,这使得母亲一下子衰老了起来。父亲和母亲之间已经没什么话好谈了,他们只是默契地生活。语言成了多余的东西。

回家次数最多的是七哥。七哥还没有成家。他总是在星期六回来。这天晚上偶尔也有其他弟兄拖儿带女地过来小坐片刻。父亲对他花团锦簇且粉团团的孙辈们毫无兴趣,父亲说人要像这么养着就会有一天会变成猪。这话使父亲所有的媳妇对他恨之入骨。父亲说她们懂个屁。看我们小七子,不就是老子的拳脚教出来的么?要当个人物就得过些不像人的日子。

父亲每次这么说都令七哥心如刀绞。七哥不想对父亲辩白什么。他想他对父亲的感情仅仅是一个小畜生对老畜生的感情。是父亲给了他这条命。而命较之其它的一切显然重要得多。七哥总是在星期天一早就走,他厌恶这个家。他不想看父亲喝酒骂人然后"叭"地在屋中央吐一口浓绿浓绿的痰。他看不惯骨瘦如柴的母亲一见男人便作少女状,然后张嘴便说谁家的公公与媳妇如何,谁家的岳母勾引女婿。小屋里散发着永远的潮湿气,这气息总是能让七哥不由自主地打寒噤。

七哥在星期天一早出门时多半手里拿根鱼竿。有熟人路遇便说"你可真有闲情逸致啊",七哥只是笑笑。七哥从河南棚子穿巷走街,总摆一副富态高雅的架式,以显示他并非此地土著。七哥的外貌变化之大如沧海桑田以至于人们绝不可能想象他就是十几年前常在这一带转悠着拾破烂捡菜叶的小七子。

七哥表面上很是平静。他抿着嘴一副神态自若的样子。但他的眼睛里却充填着仇恨。倘若仔细地盯着他三分钟,你就会发现他的眼珠宛若两颗炸弹随时可能启爆。而他的生命则正是为了这启爆而存在。

七哥捡破烂的时候是五岁。那是孪生的五哥六哥在一天偷吃了水果铺腐烂的苹果同时患急性痢疾送进医院时七哥主动提出的。当时父亲正暴跳如雷。住院那一笔开销将他三个月所有的工资贴进去还远不够数。七哥蹲在门坎上看父亲吐着唾沫骂人。七哥感到喉咙痒了便轻咳了一声。父亲听见一步上前，一脚把他踢翻在门外。父亲说你再咳我掐死你。七哥说我不是咳我是想说我去捡破烂。父亲说你早就该去了。老子养了你五年，把你养得不如一条狗。

七哥对于他五岁就敢在河南棚子穿梭于小巷小道中拾破烂的胆略极其诧异。大香姐姐的孩子五岁还每天要叼着大香姐姐的奶头，而小香姐姐的孩子五岁却还不会自己蹲下撒尿。七哥记得他捡的第一件东西是一块破了角的手绢。手绢上有些粘粘糊糊的东西。七哥用舌头舔了一下，是甜的，便又舔了好多下，直到那手绢湿漉漉的。七哥相信他至死都不会忘记他蹲在墙根下虔诚地舔手绢的模样。七哥很少说话，有大人指着他的小篮子说些什么他也从来不理。七哥每天要把小篮子装到他提不动为止。他拾的破烂都堆在窗口下。那里因为埋了他的弟弟而有一块空地。七哥见过他的这个小弟弟，见过父亲亲他的小脸。那一刻七哥还摸了摸自己的脸，他不记得父亲在他这儿亲过没有。七哥对小弟弟能永远安宁地躺在那下面羡慕至极。他看见父亲把小弟弟放进一个盒子里然后又盖上了土。他很想让父亲也给他一个盒子让他老是睡在里面动也不动。然而他不敢开口。

七哥常常很饿很饿，看见别人吃东西便忍不住涎水往下巴那儿流。久而久之，下巴处流了两道白印子。那天七哥走过天桥到了火车站。又往前一点还走进了儿童商店。那里面有很多打扮得像画上一样的小娃娃。他们在买衣服和皮鞋。七哥对衣服皮鞋毫无欲望，他看见一个穿粉红衣的小姑娘在吃桃酥。她嚼得沙沙直响。七哥走到她身边，他闻到了那饼的香味，那香使七哥的胃和肠子一起扭动起来。七哥便一伸手抓住了那桃酥。小姑娘"妈呀"一叫松了手，桃酥便落在七哥手上了。小姑娘的妈妈瞪着眼说了句"小要饭"的便拉走了她的女儿。七哥简直不敢相信这块小饼归他所有了。他战战兢兢咬了一口，没有任何人干涉，的确是他的。便像发了疯一样吞咽下去。七哥从来没有过这样的幸福时刻，那一瞬间获得的快感几乎使他想奔跑回去告诉家里的每一个人。七哥后来就常去儿童商店。他从任何一个小孩手上抓来的东西都归他所有。他吃了许多他根本想不出来应该叫什么名字的东西。儿童商店给了七哥童年中最璀璨的岁月。

七哥七岁上了小学。这是父亲极不情愿的事。父亲自己不识字，但他觉得自己活得也很自在也很惬意。父亲说世界上总得有人不识字才行。要不那些苦力活谁去干呢？父亲说这话是针对二哥的。二哥初中毕业坚持要考高中而不肯去帮父亲拉板车。二哥说读完了中学又去扛包完全是浪费人才。二哥同父亲吵了三夜，三哥也为二哥帮忙，父亲才气哼哼地向儿子妥协。这是在父亲做人的历史上极少出现的事情。父亲说政府怎么糊里糊涂的？让人都学了文化码头还办不办？凭良心说父亲的认识还是深刻的。码头要办下去就得有人扛码头。而读过书的人都不肯干这活儿，可不就是得让一些人不读书专门用来充实码头么？父亲是不会知道科学能发展到用金属做一个机器人出来的。

　　七哥终于在政府的要求下去上小学了。七哥对上学不感兴趣。他头一天衣衫褴褛地走进教室，就听到有声音说怎么来了这么个脏狗。后来，全班人都叫他脏狗。七哥对学校和同学的厌恶便从第一天就开始了。

　　七哥不再捡破烂。母亲说破烂卖不了什么钱不如去黑泥湖捡点菜回来。七哥便去捡菜了。七哥每天下午都逃学。一吃过中饭他就挎上篮子往郊外走。他要走过黄浦路从黄家墩穿刘家庙然后到黑泥湖一带。这里地多人少，到处是农民的菜园。有时只走到刘家庙就能拾到很好的菜叶。夏天的时候七哥还得带上叉子。父亲说每天都得叉一串青蛙回来给他下酒。七哥喜欢叉青蛙。他在河沟边跳来跳去敏捷而迅疾地叉中一个青蛙时总是高兴得想笑出声来。七哥在家里却从来没笑过。所有认识他的人都说这孩子天生缺少笑神经。

　　那一天，七哥走到刘家庙附近，见农民们都坐着小凳在田里给白菜间秧，七哥便静静地蹲在了一个大嫂身后。大嫂间下一把秧往自己篮子里扔去时，手边总是要漏掉几棵。这便是属于七哥的。七哥捡了半篮之后，大嫂身后又跟了一个小姑娘。七哥厌恶地瞥瞥她。她的手比七哥利索，总是先将大嫂漏下的拾进自己的小篮子。七哥几乎为此想砍掉她的手。这时刻大嫂回了头。大嫂问你们这是何苦呢，就这几棵菜。小姑娘说不捡菜就没有吃的。七哥说我也是。大嫂说你们就不累。小姑娘说累比挨打好受多了。七哥说我也是。那大嫂便叹口气扯下许多很好的菜秧给了七哥和小姑娘，把他们的篮子装得满满的。小姑娘高兴得笑个不停。七哥没笑，但心里也高兴极了。

　　后来七哥认识了小姑娘。她叫够够。够够说她住三眼桥。她是老五。生下她时她父亲一看是个女孩气得大吼她母亲一声："你够没够？"她母亲慌忙回答："够，够。"两人吵了一架后，就给她起个名字叫够够。尽管有了够够，她父亲却还是没让她母亲停止生产。够够又添了两个妹妹。够够说她妈妈又要生了，这回大家都说生男孩。她家已有七仙女了。就是八仙过海也得有一个异性。

　　七哥常常能碰上够够，碰上够够就约她一起走，于是他们总是在铁路边碰头。够够小嘴灵得像鸟儿，七哥总怀疑她是鸟变的。够够叽叽喳喳起来没个完，七哥便安静地听着，刚开始时有些不耐烦，后来就习惯了，再后来就喜欢听她讲。七哥想要是小香姐姐也能像够够这样该多好。够够和七哥的小香姐姐一样大，都比七哥大两岁。小香姐姐却从来不理睬七哥。她要是想起七哥时就是七哥倒霉的时候到了。那天晚上父亲喝酒喝得高兴，小香姐姐连忙凑上去对父亲说七哥见到白礼泉就一面哭一面喊爸爸，还从白礼泉手上接过一块糖。父亲一听勃然大怒，他使劲地放下酒杯，吼着七哥："给老子过来！"七哥已经吓得站不起来了。他如狗一般爬到父亲脚下。父亲用大脚趾抬起他的下巴，骂道："你这个杂种。"然后一脚蹬翻了他。父亲令五哥提起七哥，将七哥推到墙壁前面壁而立。之后又指示六哥扒下七哥的裤子，用竹条抽打五十下，五哥和六哥乐呵呵地干着这些。父亲赏识他们时才会让他们干这样的活儿。小香姐姐坐在床沿边让大香姐姐用红药水给她染指甲。她俩尖声地笑着。七哥忍着全部的痛苦去听她们笑得如歌一般流畅。父亲又坐下喝酒了，嘴唇咂得"叭叭"地响。而母亲自始至终地低头剪着脚指甲，还从脚掌上剪下一条条的破皮。母亲喜欢看人整狗，而七哥不是狗，所以母亲连头都没抬一下。火车轰隆隆从门外驰过。雪亮的光一闪一闪。和它们叠在一起的是竹条以及它挥舞出来的音响。这一切成为七哥脑海中永恒的场景。

　　铁道线不知从何而来。伸延前去，又不知指向何处。够够在哪儿呢？或许她的灵魂一直在这儿飘荡，引得七哥无法克制自己而一次次走向那里。

　　这日子，是七哥最美丽和善良的日子。它在无数黑浓黑浓的日子里微弱地闪烁几星绚烂的光点。

四

　　只要大哥在家的日子，七哥就用他迷迷蒙蒙的眼睛一眨不眨地盯着大哥。大哥不理他，大哥不编造谎言让父亲的拳脚砸得他透不来气。大哥不用最刻薄的语言诅咒他，大哥不把他当白痴般玩物当一头要死没死的癞狗。小时候七哥以为大哥是他的父亲，后来才弄清他只是大哥。大哥和父亲是两类完全不同的东西。

大哥对七哥现在这副不可一世的模样从心底生厌。时间简直是个魔术师。当年睡在父亲床底下的七弟居然蜕掉了他那副可怜巴巴的外表而人模狗样地在小屋中央指手画脚。每逢大哥在家，七哥若酸溜溜地炫耀他的哲言时，大哥必定会暴吼一声："小七子，你再动一下嘴皮看我割了你的舌！"

可惜大哥在家时间少极了，少极了。七哥从记事起就知道大哥从来不在家睡觉。弟兄们一天天长大，地铺上已经挤不下七条汉子了。父亲便一脚把七哥踢到了床底下，而大哥则开始成日成月成年地上夜班。

大哥总是在星光灿烂的时刻推门而出。他手里提着一个饭盒，里面有半斤米和一小碟咸菜。清早大哥回到家时，父亲和母亲都上班了，大哥便一头栽到床上呼呼地睡到太阳落山，然后起来同一家人一起吃晚饭。到星光灿烂父亲打长长的呵欠时，大哥便又推门而出，手里拎着那个饭盒。日复一日，年复一年。

大哥小学四年级没读完就进工厂了。大哥曾经留过两级。他跟二哥同了一年学之后又跟三哥同学。大哥比三哥大四岁，几乎高出三哥一个整头。班上同学都如三哥般弱小。他们管大哥叫"刘大爷"。起先大哥还乐呵呵地答应，后来三哥说那是骂他留级生大爷哩，大哥这才一听人如此叫唤便翻下虎脸。大哥打架出奇勇敢，出手迅猛有力，打在兴头上敢抢刀杀人。这是父亲最赏识他的地方。所有的同学对大哥都畏之如虎。其实大哥很少揍他的同学。他们太弱了。大哥不屑于对这种"小萝卜"——大哥的话——动手。大哥说他绝不学父亲。他不打比自己弱小的人。而父亲，打起自己的妻子和儿女像喝酒一样频繁且兴奋。

大哥是被学校开除的。那天上体育课。体育老师油头粉面的，他让大哥抬了跳箱又抬垫子。垫子是给女生翻跟斗的。大哥说他不抬。体育老师便说刘大爷不抬谁又会去抬呢？大哥便走上前，挥起小臂给了老师一肘，只一会儿，那白粉捏的一样的鼻子便淌出了两道红血。所有的学生都吓傻了，女生还嘤嘤地有人哭泣。大哥扫了他们一眼扬长而去。学校原本不想开除大哥，因为在场同学都证明老师骂了大哥大哥才动的手。晚上，那老师灰着脸跟在教导主任身后来到了河南棚子。父亲在门口堵住了他们。教导主任说是来向大哥道歉并也希望大哥向老师道歉的。父亲一瞪眼骂了几句直指祖宗的脏话然后说："幸亏你撞在我儿子手下，他实在比老子小时候窝囊。换了我，莫说你的鼻子，叫你的牙都一颗剩不下。"父亲说完笑得洪钟一样嘹亮。教导主任和体育老师都不约而同地发起抖来。然后他们连退几步。大惶大惑的一副神态望着父亲，跟跄着远去。

大哥从此不再上学了。这是他第一天背起书包就盼望的事。大哥刚满十五岁。父亲把他送进了铁厂当学徒。大哥当了锻工。父亲说干这行拿钱多而且练身体。果然没多久大哥的胳膊就粗了起来，浑身黑油油的闪着乌光。大哥二十岁的时候已经像父亲那样粗壮了。他的下巴上浮出毛茸茸的胡子。大哥有时就用他这一点可怜的胡子扎七哥的脸。七哥一直等待着大哥的胡子长长。他常想如果长长了不是也可以像小香姐姐那样扎起小辫子吗？

大哥过了二十岁以后，脾气就变大了。晚饭时动不动就发火。进家门总是用大脚轰然一下踢开。大哥对父亲母亲都吵过架，吵得天翻地覆的。七哥总是爬进床底一动不敢动，他不明白大哥为了什么。后来有一天，大哥同父亲打了一场恶架，那以后家里就平安了好多。

大哥和父亲打架，说起来完全是隔壁白礼泉的责任。白天里大哥是回家睡觉的。中午的饭总是母亲从她工作的打包社回来做。那时五哥六哥都刚上小学不久，而七哥还在从事拾破烂的事业。

母亲打包的手脚极利索。母亲的舌头嘴唇都仿佛是蜜做的。打包社的领导都吃她那一套，额外让母亲每天提前半个钟头回家弄饭。母亲洗菜时得去公用水管。母亲在那里经常碰得到白礼泉。白礼泉在武钢上班。三班倒的工作让人觉得他总在家里。母亲跟男人说话老使出一股子风骚劲。她扭腰肢的时候屁股也一摆一摆的像只想下蛋的母鸡。母亲的眼光很独特。从那里面射出来的光能让全世界的男人神魂颠倒。母亲在白礼泉面前从无顾忌。白礼泉的老婆漂亮苗条是他手掌上的明珠。但明珠生不出一个孩子而母亲却一气生了九个。这使得母亲常常嘲笑白礼泉而且一直要笑到他无地自容为止。无地自容的结果便是抬起头来同母亲调情。那天母亲洗完菜同白礼泉一起嘻嘻哈哈地走回屋里。白礼泉调侃着跟在母亲身后也嘻嘻地笑。白礼泉的手指细长细长跟父亲短粗短粗的手指感觉完全不一样。母亲弯下腰切菜时，她的乳房便像两只布袋一样垂了下来。白礼泉站在母亲背后将双手绕着母亲，然后细长的手指便捏揉起那两只布袋。母亲不理会他的动作，只是嘴里假骂道馋猫馋狗馋猪之类。白礼泉挨着骂手指却依然熟练而快速地运动。他的手越来越灵活，活动的地域也越来越广，母亲不由得兴奋地咯咯大笑。就在这个时候躺在床上的大哥醒了。大哥没吭气，只是长长地打了一个呵欠。

母亲说："贱货！这时间了还不起？"大哥说："贱货也是你生的。全都一块儿贱也不错。"白礼泉说："哎呀，老大白天就这么睡？下午小五小六小七几个不闹翻天？"大哥说："摊上这样的爹娘，只给了这一点地方，有什么法子。"白礼泉忙说："你要不嫌弃，白天可以睡我屋里。我两口子都上班，你去睡觉还可以看个门。我那个收音机是五灯的，不放心得很哪。"大哥说："这主意倒不坏。"母亲说："那太谢谢你白叔叔了。"

白礼泉倒是言行一致。果然，大哥在白天住到他家里去了。先一段时间日子也过得相安无事。后来那天三八妇女节放假半天，白礼泉的老婆枝姐在家休息，于是日子便有异峰突兀而起了。枝姐在半天的休息时间里要把房间重新摆布一下，大哥便上前帮了忙。一阵折腾，大哥汗流浃背顺手脱下外衣。他露出黧黑的臂膀，凸起的肌肉在黑皮肤下鼓胀。阳光从窗口斜射进来，落在大哥熠熠发光的肩膀上。大哥有几次都不小心碰着了枝姐，让枝姐心里颤抖了好几回。在架床的时候，枝姐的手指叫床板夹了一下，疼得她尖声叫起，眼睛里一下子涌出泪花。大哥便一步上前捉住她的手将她的手指放进嘴里。大哥用他厚软的舌在枝姐手指上舔来舔去。大哥说这是止痛的祖传秘方。枝姐全信了。这之后她就老是夹着手，每次都要大哥动用祖传秘方。

枝姐比大哥大九岁，早过三十了。可是枝姐因为没有生小孩便依旧一副粉脸含春的少女模样。枝姐珠黑睛亮，眉若新月，随意瞟人一眼，便见得柔情如水似的娇羞。这对于青春勃发的大哥自然如铁遇磁。

从那天起，枝姐老是上半天班。不是病假就是调休什么的。最先察觉的是母亲。母亲一字不识但直感却像所有杰出的女人那样灵敏。母亲对大哥说："你小心那骚狐狸。她要勾引你哩。"大哥说："就不会说我在勾引她？"母亲说："你这王八蛋小子简直和你父亲一个样。"大哥说："那女人简直跟你一样。"母亲说："怎么跟我一样？"大哥说："见男人就化了。巴不得上钩。"母亲说："你小心点，她男人别看骨瘦如柴，倒也不是个好惹的货。"大哥说："未必比我父亲还厉害一些？"母亲说："你那天看见了什么?"大哥说:"什么都看见了。女人不值钱。"母亲便身体后倾着朗声大笑起来:"好小子,有出息。你老娘可没让他占多少便宜。你得比白礼泉高明点才行。"大哥也笑了,说:"那当然。我儿子大概已经在她肚子里了。"母亲惊喜地问:"真的?"

大哥和白礼泉的女人不干不净弄得邻近的人家都晓得了。那都是母亲在外面说的。母亲逢人就夸口,说是别看白礼泉的女人一扭三摆的妖精样,可在我大小子怀里比猫还乖哩。父亲好晚才知道,只是说想不到儿子也到了偷鱼吃的年岁了。

白礼泉最后一个听说。他不敢在枝姐面前逞凶便找上门来同大哥对骂。大哥说:"你再骂一句,我叫枝儿跟你离婚。她现在听我的。"白礼泉说:"我离了你想要她?"大哥说:"那当然。""好吧。那房子是我的,我要收回。你娶她吧,让她住在你们那个猪窝里。跟你的父亲住一起,跟你的弟兄住一起。让你全家人把她从头发根到脚丫子都看个一清二楚。还顺便看你俩是怎么过夜的。"白礼泉的话便是砸在大哥胸口上的石头。大哥突然脸色苍白,眼泪差点没落下来。这副熊样子不光被白礼泉看到了,也被刚干完活下班回家的父亲以及看热闹的观众们看到了。白礼泉阴险地笑出了声。他嘴上继续说一些刻毒且下流的话。而大哥却默然不语。父亲上前"叭"地扇了大哥一个耳光,大骂大哥窝囊得不如一条虫。然后说:"白礼泉的女人看上你这种东西,那成色也就跟拉客的窑姐儿没什么两样。"大哥听完父亲的话便猛虎一样扑向父亲和父亲扭打成一团。大哥咒骂父亲,说世界上像父亲这样愚蠢低贱的人数不出几个。混了一辈子,却让儿女吃没吃穿没穿的像猪狗一样挤在这个十三平米的小破屋里。这样的父亲居然还有脸面在儿女面前有滋有味地活着。

这场架打得灰尘四起,旁观者皆避之不及。父亲的脸被大哥拳头打得青肿满是,而大哥的门牙叫父亲打脱了,手臂也被父亲用刀砍了一道深口,缝了十四针。

第二日白礼泉没去上班,中午乐滋滋地到家里来对大哥说上午他陪枝姐一起去了医院,只一会儿,就把她肚子里的胎儿打掉了。白礼泉说他虽然想要个小孩,但也不能养着个野种。大哥怒目圆睁暴吼了一声:"给老子滚!"

从此大哥再也没理睬枝姐,每当两人路遇,枝姐忧戚戚地频频顾盼大哥,大哥则抱拳当胸,傲然而去。

到大哥同大嫂结婚已是十年以后的事了。十年间，他除了自己家里的女人外，对全世界的女人都摆出一副不屑一顾的架式。母亲曾打算给他说门亲。大哥说："你只要带她进这个家门我就杀了她。"

这十年中的第九年里，枝姐上班时被卡车压断大腿，流血而尽死去。在场的人都听见她一直叫着"大根"的名字。人们以为那是她丈夫。而实际上，"大根"是大哥的名字。

五

七哥最痛恨他的姐姐大香和小香。七哥从记事起就没同她们说过话。七哥记得他很小很小的时候尿湿了裤子，姐姐大香便用指甲拼命地掐他的屁股。大香为了学有钱人家的女孩，总是把指甲留得尖尖的。而小香更毒。只要她在家里，她就不许七哥站起来走路。小香说七哥是狗投生的，必须爬行。七哥忍气吞声，从不敢违抗。晚上吃饭时，小香则多半会指着七哥的黑膝盖告诉父亲说七哥故意学狗爬不学人走。小香长得像父亲又像母亲。小香伶牙俐齿活泼爱笑却心狠手辣，父亲宠爱她，每次为了让她高兴不惜惩治七哥。小香比七哥大两岁，出生在双胞胎五哥和六哥之后，在家排行也算老八了，故而娇得鼻眼不正。七哥在父亲的拳脚下奄奄一息，而小香则捂着嘴"哧哧"笑个不停，还把七哥麻木地忍受的姿态学给大香看。小香干这样的事一直干到七哥下乡那天。

在大哥同父亲打架之后，家里能给七哥一点温暖的就是二哥了。很久很久，七哥对二哥都没什么印象。二哥总是和三哥一起进出。七哥在他眼里似乎有又似乎无。七哥不记得二哥同他说过话没有，直到那件事发生之前。

那是一个夏天，七哥被父亲揍过之后便爬回到大床底下。他只有到这个黑洞洞的充满他熟悉的潮湿气的地方才感到几分安全。七哥那天浑身火辣辣地疼。他趴在那里一动也不想动。伤痛和闷热的天气几乎让他觉得自己快要死了。他这样趴了一天一夜。屋外每过一列火车都仿佛从他身上碾过。轰隆隆的声音使劲地撞击着他的脑袋，撞得似乎就要爆炸，他想爬出来，可一动弹大腿内侧便如刀剜割一样。七哥想干脆让我死吧，便"呵"了一声死了过去。

等他醒来之时，七哥感到自己被人抱着。他的腿依然如刀剜割。他睁开眼睛见到一个陌生的脸庞，恍惚之中听到滴水之声。水滴了很长时间，七哥才渐渐看清那陌生的脸庞原来是二哥。二哥用毛巾擦着他的身体。七哥温顺地倚在二哥怀中一动不动。他第一次感到生命的安全，第一次认识到人体的温暖。晚上直到父亲回来的时候二哥仍小心地抱着七哥。"怎么搞得像个小少爷？"父亲说。

二哥将七哥放在床上，撩开盖在他腿上的布，对父亲说："他还是条命。你也不要太狠了。他的腿伤口烂了，长了蛆。你要想让他活，就不能让他再睡床底下。里面又湿又闷，什么虫都有。"父亲看了七哥，冷冷地说："他是老子养出来的，用不着你来教训。"二哥说："正因为他是你的儿子也是我的弟弟，我才要求你好好爱护他。"父亲顺手重重地给了二哥一耳光。父亲说："让你读点书你就邪了，在老子面前咬文嚼字。你给我滚。"

二哥愤怒地盯了父亲一眼，一跺脚出去了。七哥自然又回到了床底下，把他的小棉絮弄成弯的，他想象那是二哥的手臂，他躺在那手臂里宛如在二哥的怀中。

以后，二哥便格外地关照七哥了。每天吃饭时，二哥都有意坐在七哥旁边。二哥一筷子一筷子为七哥夹菜。而在此之前，七哥几乎全靠吃白饭填肚子，尽管家里的菜几乎全都是他捡来的。

那年冬天，七哥差不多满十二岁了。母亲说原先小五小六到这时候总能挖一些藕回来，小七子倒好，只会捡些烂菜叶。二哥说何必哩，捡什么吃什么好了。小香立刻叫道妈妈我要吃藕。七哥便用极干瘪的声音说我明天就去挖藕。

第二天刮风，寒嗖嗖的。七哥一出家门就被风吹斜了身子。他斜斜地行走，小竹篮里还搁了一条麻袋。他一路走一路在算计哪一块藕塘比较好。风把七哥的脸吹得红通通的。左脸颊上的冻疮又鼓胀了起来。七哥并不觉得这日子有什么特殊的苦，他已经习惯这样的生活了。万一哪一天让他安安逸逸地享受一天，他倒是会惊恐不安地以为出了什么大事。七哥在铁路边碰上了够够。够够当时正迎着风尖起嗓门唱歌。那歌子的词是七哥一辈子忘不了的。"美丽的哈瓦那，那里有我的家，明媚的阳光照进屋，门前开红花。"够够总是唱这支歌，一遍又一遍地对七哥说如果有一个新家在哈瓦那，门口种满了鲜艳的花朵那该多好哇。讲得他俩都极羡慕哈瓦那了。

藕塘里的水已经抽干了。大人们已经仔细地挖过一遍。七哥绕着藕塘四周看了看，然后迅疾地扒下棉衣棉裤，等不及够够冲上来劝阻，他便下到了塘里。泥浆一下子淹到了他的胸部。七哥太矮小了。他的脸上现出恐惧状，吓得够够惊呼大叫快来人救命呀。几个路过的中学生把七哥扯了出来，然后把他送进一个牛棚里。牛棚里有一个独眼的老头。他给七哥倒了一杯滚烫的开水。七哥浑身筛糠一般颤抖。够够像大人一样用生气的口吻令七哥脱下泥浆浸透的衣裤。七哥穿着空心棉衣棉裤，和独眼老头一起蜷在屋角的稻草堆中。七哥看着够够拿着脏衣服往湖边走去。在风中她像一只奇怪的大虾，弓着背越走越远。够够为他洗净泥浆，然后在牛棚中的火盆前为他烘烤。她的脸焕发出一层奇特的红光，眼珠嵌在红光之中宛若两块宝石。七哥呆呆地看着她。外面的风刮得干枝干叶噼噼啪啪地响。时而几声呼啸在长天中一划而过。七哥突然感到眼睛潮湿了。他觉得这时刻如若能痛哭一场该是多么愉快。够够无意识地瞟了七哥一眼，七哥便立即装作一副平常的神态。七哥从来不曾把他的心向任何人袒露过。七哥从不愿意让别人能猜测出他心里正想些什么。

天全黑了，够够才将七哥的衣裤烘干。七哥穿上后说了句很舒服。但他心里知道，今天又难逃过一顿毒打了。出门时，独眼老人叹着气从屋里拿出两节藕，分给七哥和够够。

七哥一路无言。分手时，够够将那一节藕也给了七哥说我家里不爱吃藕。七哥默默地接过放入麻袋。够够说你这个人怎么总是有心事的样子。七哥憋了半天终于说明天再告诉你。

七哥刚跨入家门，小香便叫："爸、妈，野种回来了。"母亲冲上来揪住七哥的耳朵吼道："你还晓得回家？你玩得好快活，害得你二哥一晚上去黑泥湖了。"七哥未缓过劲来，迎面又挨了一嘴巴，这是父亲扇过来的。父亲说："你怎么不死？回家干什么？铁路又没有栏杆。为你这个小臭虫全家人都睡不成觉。你以为我们都像你这样舒服？"父亲骂了又打。七哥不语。他挨打从来都不语。他以往常想着长大了他将首先揍父亲还是首先揍母亲这个问题。而这回，他一直在回忆牛棚中红红的火光中够够的脸庞和眼睛。他的表情竟出奇地平静，这使得父亲极为恼怒。小香说："爸，你看他还在笑。"父亲立即一脚踢向七哥的小腿，七哥轰然摔倒在地。红光在他的眼前烧成一片红云，腾腾地升起。所有的一切：人、物及声音，都在这红云中弥漫和融化。七哥真的不禁咧嘴笑了一笑。

七哥的腿红肿得无法迈步。他一步也不能行走。几乎在床底下躺了三天。他的视线里的红云依然漂浮和升腾，七哥这三天过得安静极了。二哥几次唤他出来要带他去医院，七哥都没答应。七哥说我是在休息哩。

　　第四天父亲说我家里的儿子命贱，没有人生病躺好几天这事。母亲弯下腰对着床下叫："你还弄得像个阔少爷哩，你再不去捡菜就休想吃一颗米。"

　　父亲和母亲上班之后，七哥爬了出来，他摇晃着走出门。他走到那次同够够碰面的那一段铁路上。他坐在铁轨上一边等，一边想把什么都对够够说。等了好久好久，够够没来，七哥只好自己独自捡菜去了。

　　回来的路上，七哥又遇到牛棚。他想见见那独眼老人，想再去那稻草堆中蜷缩着看奇特的红光。七哥进去时，老人愣了一愣，然后问："跟你一起的小姑娘呢？"七哥说："她没来。我等了她好半天。"老人说："前两天你们都一起回去的？"七哥说："前两天我病了没出来。"老人说：前天下午，一个女孩被火车碾了，不晓得是不是她。七哥立即呆了。世界上所有的女孩都死掉也不能死够够。七哥拼了全身力气疯狂地向铁路边奔跑。他一声声呼唤够够的声音像野地里饿狼凄厉地嚎叫。

　　那出事的地方已经看不出有什么血迹了。只有在路坡底下，七哥看到一节竹篮上的提把，提把上拴着一根白纱布做的小绳子。这是够够编的，是很久前的一天七哥亲眼看见她编的。

　　够够永远消失了。七哥为此大病一场，几乎一星期昏迷不醒。这场病耗去了家里很多钱。父亲答应给大香和小香一人买一条围巾的钱；答应给五哥六哥一人买一双凉鞋的钱；答应为母亲买一双尼龙袜子的钱以及大哥存了多年打算买手表的钱全部被七哥这场病消耗一空。所有人都沉下脸不理睬七哥。连大哥都阴郁着面孔一句话不说。

　　此后七哥每天还是沿着他和够够的路线去捡菜。他每天都在够够死去的地方默默地坐十几分钟。他坐在这里用心向够够诉说他的一切。

　　八年的捡菜史给至今二十八岁的七哥留下了深深的印记。他曾尽情地怀念过够够和享受过完全归他所有的孤独。七哥大学毕业回来的第二天便不知不觉去了一趟黑泥湖。那里变化惊人。昔日的菜地上几乎全部覆盖着高低不等的房子。他已经无法辨认哪条路通向哪里了。只有一个地方无论发生什么变化，七哥也能一眼认出。七哥喜欢独自地坐在那里。七哥想够够该有三十了。说不定够够能成为他的妻子。尽管够够比他大两岁，可这又算得了什么呢？只要是够够，就是大十岁大一百岁七哥也不在乎。然而够够永远只能是十四岁。

铁轨纠缠一起又分离开来，蜿蜒着扭曲着延伸向远方。七哥不知道它从何处而来又将指向何处。七哥常想他自己便是这铁轨般的命运。

六

当七哥觉得家里惟一能同他对话的人只有二哥时，二哥却已经死了。七哥想起二哥的死因，心底里总是升出一股冰凉的怜惜之感。

父亲却对二哥的死愤愤然之极。每逢二哥忌日父亲便大骂二哥是世界上最没出息的男人，混蛋一个，却装得像个情种。然后接下去必然骂这都是读书读木了脑袋。父亲骂二哥时若遇三哥在场二人便有一场恶战。

三哥和二哥关系好得让人难以思议。三哥是个粗鲁得像父亲一般不打人就难受的人，而二哥却文质彬彬的不像是父亲的儿子。二哥只比三哥大一岁。他俩共睡一个枕头几乎直到二哥死去的前夜。二哥是个极其细瘦，个子高得让人不那么顺眼。父亲对二哥这副骨架非常之不满，常愤愤然说这哪里像我哪里像我？然后捶着三哥的胸脯说真货是这样的是这样的。母亲为此跟父亲怄过好多回气。母亲疼爱二哥超过她另外六男二女，这原因是二哥救过母亲一条性命。那时二哥才三岁，摇摇晃晃地刚学会小跑步。一天母亲牵着二哥去买盐。行至路口遇见父亲搬运站的几个朋友。母亲便挑逗着同他们打情骂俏。搬运工男女相遇常有骇人之举，这便是扒下对方裤子或伸手到对方裤裆。虽是下流无比却也公开无遗。母亲撇下二哥同他们疯打到一辆货车旁，笑得长一声短一声接不上气。突然二哥颠颠地小跑到母亲身边，极怪异地大叫："妈妈，我要撒尿！"那正是初冬时分，二哥若湿了裤子便没有了穿的。于是母亲立即抱着二哥往背风处跑。母亲刚一跑开，货车上的绳子便断了。货箱垮下来砸死了那群男人中的三个，其中之一刚喊完母亲的绰号还没来得及说出下面的话便脑浆四溅。母亲听得身后巨响如爆几乎魂飞魄散。她抱起二哥放肆地嚎啕大哭。二哥这时说："妈妈，要回家。不尿尿了。"事后母亲想起二哥是临出门时才撒的尿，按正常情况那时他不应该叫撒尿的。而且那声音怪异使母亲在回忆时还感到几丝丝毛骨悚然。父亲说看来是有些莫名其妙。

二哥是一个言语极少的人。他的眼睛凹入脸庞显得阴郁而深沉。倘若不是他的鼻梁挺拔且嘴角的线条很好看的话，他那双眼睛就令人不堪入目了。恰恰上帝给了他相应那对眼睛的鼻子和嘴，这使得他显示出一种很独特的漂亮。邻人常夸双胞胎五哥和六哥算得上河南棚子最英俊的小伙子，而七哥，还有我都认为：五哥六哥同二哥相比还差一个等级。五哥六哥一肚子浅俗的人生哲学和空洞洞的眼睛使他们脸庞上那漂亮的组合毫无生气。

　　二哥用眼神就能治服父亲用拳头都难以治服的三哥，对这一点父亲始终感到是一种耻辱。尽管耻辱，他却不能不接受这一事实。二哥和三哥结成的是钢铁同盟。这使得父亲想揍他们中的一个时不能不踌躇再三。为此二哥和三哥挨打次数极少。五哥六哥先是嫉妒后来则是献媚，意欲加入二哥三哥的联盟。二哥不置可否而三哥却严辞拒绝了。三哥说不能让小七子一个人挨打，你俩得分担一些。三哥是家中的"二霸王"。这绰号是大香姐姐起的。"大霸王"自然是指父亲。三哥比大香姐姐大两岁。在一次争吵中大香姐姐脱口叫出"二霸王"三个字。三哥听了很得意，竟不再与大香姐姐吵闹且俨然是她的一个什么保护人。三哥在相当长一段时间充当河南棚子小年轻的"拐子哥"，名气一直蔓延到球场街及西马路一带。所有知道他的人都尽可能不去惹他。三哥手下有一帮小喽啰。他们在百姓面前虎狼般凶煞恶极蛮不讲理，但在三哥面前却低三下四如同猪狗。他们都知道三哥的厉害。三哥曾跟一个走江湖卖狗皮膏药的师傅学过几年武艺。那师傅是父亲早年拜把子的兄弟，对三哥的教导极为尽心。三哥一巴掌砍下能使三块砖同时断裂是河南棚子的小哥们儿亲眼所见。三哥赤手空拳能使十个像他一样粗壮的小伙子在进攻他时全都仰翻在地。三哥威武有力鲁莽无比却能屈服于二哥的眼神。三哥跟二哥好得像一个人。而二哥却是同三哥全然不同的人。

　　其实若不是一件偶然的事改变了二哥的命运，二哥是不会同家里人有什么质的变化的。那件事的出现使二哥步入一条与家里所有人全然不同的轨道。二哥愉快地在这轨道上一滴一滴地流尽鲜血而后死去。

　　那一瞬间发生的事还是在七哥刚出生的年月。二哥和三哥每天都去铁路外抑或货场偷煤。家里的煤从来都是这样弄来的。偷窃者对于这么干是否合法不予考虑。家里要煤烧而家里又无钱买煤，无条件地向外界索取便成了自然而然的事。二哥和三哥从多大开始干这活儿已经记不清了，只知道初始只是拾煤渣而已，而后是三哥进行了改革才发展成为后一阶段的用麻袋偷。冬天里，煤块烧得噼噼啪啪响时，父亲便放声称赞三哥聪明能干，是块好料。

那天火车经黄浦路道口时放慢了速度。三哥一挥手便扒了上去。二哥略一迟疑，也上了去。火车轰隆隆地向前开着。他俩在车上将煤装了满满一麻袋。快进煤厂时，三哥将麻袋往下一扔，然后自己飘然而下。二哥又迟疑了一下。待他小心翼翼跳下来时，却没能见到三哥的影子。二哥沿铁路往回走。当他走到一个池塘附近忽听见一个女孩惊恐万状的声音："救命呀！""哥哥，你可别死呀！"二哥便朝那声音奔了去。我知道，就是这个惊恐的颤抖的声音改变了二哥整个的人生，使他本该活八十岁的生命在二十八岁时戛然中断，把剩余的五十二年变成蒙蒙的烟云，从情人的眼前飘拂而去，无声无息。

池塘里一双手挣扎的姿势像一个优秀的舞蹈演员在用空间线条感召他的观众。二哥连鞋也没脱便跳了下去。二哥的游泳技术是没话说的，从河南棚子翻过天桥到长江边至多只要半个钟头。夏天里的中午和黄昏，二哥三哥以及许多他们这样的人常去那里玩水。他们游到对岸然后再游回来简直像吃完饭用手抹抹嘴一样容易。尽管每年都有一两个伙伴沉入江底而成为长江的儿子，但这种悲剧一点也没影响他们畅游长江的情绪和兴致。二哥在同伴之中不是游得最好但也不差。这个小池塘对他来说便有澡盆之嫌了。二哥只几下就扑到了溺水者身边。那家伙性急而死死地勒住了二哥的脖子。二哥便只好凶狠地给了他一拳然后托着他的头从容地游到岸边。那家伙的肚子隆得圆圆像个孕妇。二哥拍了拍便一屁股坐在上面一松一压。女孩子尖叫道你不要弄死他你不要弄死，然后去撕扯二哥衣服，二哥只好又给了她一巴掌。那一下委实重了一点，女孩苍白的脸上顿时起了五条红杠。女孩"哇"地大哭掉头跑了，这动作使二哥呆愣了好一会儿。

女孩再来时身后跟了两个张皇失措的大人。女孩说这是她的父母。他们的儿子此刻已经苏醒了，只是疲惫不堪地躺在地上不想动弹。他见到父母的第一句话是："没有他我就完了。"然后将目光移向二哥。那眼光中的感激、钦佩、真诚、温情一下子竟使二哥的心好一阵颤栗。二哥从来没见过这样的眼光。

二哥以恩人的姿态出现在这个家庭里自然成为了最受欢迎的人。溺水的男孩跟二哥一样大，叫杨朦。他的妹妹小三岁，叫杨朗。他们的父亲是市里一所大医院的著名的医生而他们的母亲则是中学里的语文教员。为此他们的家庭显得极其洁净雅致。他们住在南京路英租界的一幢红楼里。他们有七间房子,整整占据了一层楼。仅保姆许姨住的房间都比二哥家的屋子大两个平方米。他们一家四口人住四间屋子还剩下一间客厅和一间贮藏室。杨朦说这房子是他的外祖父留下来的。他祖父的一幢房子更漂亮,前面还有花园,后面有庭院。但他父亲老早就把它贡献给了国家。

说实话,这个家庭对二哥来说仿佛是外星来客。二哥是河南棚子长大的。他几乎都认定夫妻打架、父子斗殴、兄妹吵闹是每个家庭中最正常的现象。只有这些纠纷,才使家像个家,使自家人像自家人。否则跟公共场所有什么区别?而杨家却全然另一种活法。一家人这般地相亲相爱,这般地民主平等,这般地文质彬彬,这般地温情脉脉。二哥初次进杨家门时差不多不知道手如何动作脚如何迈步,两三个月后才稍稍适应过来。二哥完全被杨家的气氛所陶醉了。他觉得只有到了这儿他的心才感觉到它是为一个真正的人在跳动。他不知不觉地三天两头闯进杨家。

杨朦准备考到男一中去读高中。他是学校的尖子,胜利在握。而就学于民办中学的二哥学习成绩却平平淡淡。杨朦对自己的恩人极诚恳热情,谈话亦十分投机。于是二人结为莫逆之交。二哥渐渐地学会了喝咖啡。开始他以为那深褐色的水是中药,是杨大夫给他消毒的。后来才明白那玩艺儿叫咖啡,上等人都爱喝它。二哥在杨家品尝到许多他从未吃过或见过的东西。有一天喝银耳汤,杨朗牙疼不喝多出一碗。杨朦硬叫二哥喝了。结果二哥一夜浑身燥得无法入睡。半夜里还怀疑汤里是不是放了什么怪药。问杨朦时,叫杨朦哈哈大笑了一阵。

二哥也打算考到男一中去。杨朦帮他补习了几天功课说凭二哥的智力今后考清华问题不大。这使得二哥的生活中陡然地树起了一个目标。

晚上,做完功课,语文老师常常拿出一本书来,轻言慢语地朗读给大家听。她的声音极柔美。缓缓的,像是从天上飘下来的。与二哥幻觉中神仙的声音完全一样。二哥常想母亲若也能这样那该是多么好呵。母亲说话仿佛有只手在她喉管里拚命地撑大她的声音。母亲唾沫横飞常使她旁边的人不得不时时用衣袖抹抹脸。母亲从来不读书,但母亲绝顶聪明。母亲会从许多语言中挑出最俏皮最刻毒且下流得让人发笑的话来骂人,令对方哭笑不得左右不是。而语文老师和她的儿女连最一般的粗话都不曾讲过。有一回二哥讲家里的玻璃窗被人砸了的事时不留意带出一句"他妈的",立即让一屋人都皱上了眉头。杨朗还捂着耳朵说:"难听死了,像小流氓一样。"二哥当即脸红得像抹了彩，好半天抬不起头来。没人再说他什么，自此他在杨家不敢吐一个脏字。二哥听语文老师读过高尔基的《海燕》、朱自清的《荷塘月色》以及但丁的《神曲》。一个星期六，月亮很好。月光穿透窗外的树影把屋里映得斑驳一片。杨朗让大家都坐在这碎月零光之下，然后把留声机上足发条。音乐轻缓地升起时，杨朗着一身白裙，赤着脚飘然上前，对着月光低吟：

我看见，那欢乐的岁月、哀伤的岁月——我自己的年华，把一片片黑影连接着掠过我的身。紧接着，我就觉察我背后正有个神秘的黑影在移动，而且一把揪住了我的发，往后拉，还有一声吆喝（我只是在挣扎）："这回是谁逮住你？猜！""死。"我答话。听那，那银铃似的回音："不是死，是爱！"

她最后一句爆发出热烈的欢笑，然后房间里的灯大亮。所有人都被她美丽的表演所感染，杨朦跳了起来，大叫："朗朗太了不起了！"

二哥被月光下飘动的那条白色之影震惊了。那一句一句的诗将他的心一层一层缠绕得紧紧。最外一层显赫地裸露着"不是死，是爱"五个字。在热烈的掌声鼓完后的那一刹那，二哥从心底涌出无限无限的忧伤。这忧伤之泉直到他死都不曾停止过喷涌。二哥咽气的最后一瞬还说的是"不是死，是爱。"然后才垂下他的头。他的眼睛是杨朦去关上的。那两口深奥的洞穴中装着没有人能够理解的忧伤。

二哥开始发奋。借着复习功课的名义，他三天两头到杨家去。他只要一进这家的大门，骚动的心立即变得安宁而平和。

二哥这么做使得三哥颇为不满。三哥不想读书，也觉得二哥犯不着读。三哥说，父亲没文化不也活得挺快活？二哥说，可他的儿女们活得并不快活。三哥说，我觉得还蛮好嘛。二哥说，我觉得像狗一样，特别是小七子，连狗都不如。二哥说这话时，七哥正一脸污垢地坐在门口，把鼻涕往嘴里抹，嘴还啧啧地咂响。

三哥对杨家有一种天生的厌恶。尤其对杨朗。他说这女孩子完全是妖精投胎。他说头一回时二哥只是瞪了他一眼。说第二回时，是二哥在路上碰到杨朗之后。那天是二哥和三哥在去偷煤的路上遇到杨朗和杨朦的。杨朦见二哥和三哥手里拿着麻袋便问你们去哪里。二哥支吾说去弄些煤。二哥回避了偷字也回避了捡字。杨朦说，需要我帮忙吗？杨朦话音刚落，杨朗就拽着他的衣服说："那怎么行？脏死了，脏死了。"三哥这时板着脸对二哥说："我一个人先走。"二哥忙对杨氏兄妹说了声："我走了。"便同三哥匆匆而去。三哥脱口骂了句"臭妖精"。二哥立即站定，眼睛里喷着火，他咬牙切齿说："你这是第二次骂了，如果我再听到第三次，我跟你的兄弟关系从此了结。"三哥莫名其妙，委屈得很。只得嘴上连连喊叫几句："我怎么啦？我怎么啦？"

过了好多天，杨朗说"脏死了"的话被她母亲——语文老师知道了。语文老师要杨朗向二哥赔礼道歉。杨朗说"请原谅"时倒是大大方方，而二哥却"唰"地一下红了脸。二哥嗫嚅着向语文老师说他和弟弟实际是去偷煤的。语文老师没说什么只是长叹了一口气。那叹声显得那般沉重以致二哥的心被压迫得一阵阵发疼。那一晚复习功课老是走神。临走前，语文老师第一次把二哥送上了马路。月光铺在沥青路上泛起一片白色。语文老师说："我知道你家里很困难，但人穷要穷得有骨气。这一点你应该理解。"二哥使劲地点了点头。

二哥错就错在他不该把语文教师的话原版说给父亲听。父亲气得当即把手里的酒瓶朝地上一砸，怒吼道："什么叫没有骨气？叫她来过过我们这种日子，她就明白骨气这东西值多少钱了。"二哥吓得不敢吭气。父亲说："你小子再敢去什么羊家猪家的，老子定砍了你的腿。"母亲也说："哼，他们那种人不就是靠我们工人养活的吗？他们是吸我们的血才肥起来的。"二哥说："他们家是医生，又不是资本家。"母亲说："你若替他们讲话，就跟他们姓杨好了。"父亲说："小子，什么叫骨气让我来告诉你。骨气就是不要跟有钱人打交道，让他们觉得你是流着口水羡慕他们过日子。"

二哥叫父亲说得一脸羞愧。他觉得自己的确有点像流着口水的角色。二哥果然一连几天没去杨家。他很难受，心口像坠着许多石头沉甸甸地在胸膛内摆来摆去。第七天，二哥和三哥背着煤回来时，遇到了杨朗。杨朗迎上前，说："你怎么不来了呢？"二哥张了张嘴，答不出。杨朗说："你恨我了是不是？我不是已经承认错误了吗？"二哥凝神望了她几秒才偏过头低沉地回了一句："我不配去。"杨朗随二哥进了屋，她第一次看清了这是一个什么样的家。杨朗说："你晚上还去吧，要不哥哥又要责怪我了。"二哥说："你告诉杨朦，我家里有事，这几天不能来。"杨朗说："好吧。"她退出去的时候，手不小心碰着了正往屋里走的七哥。她尖叫一声，迅速跳到门外，然后掏出小手绢一边走一边使劲地擦。直到她人影消失前的最后一个动作还是在擦手。

二哥最终还是没去杨家。他也没能考上一中。但这实在不能怪他没努力。好长一段时间他总是在路灯下复习功课，而临考前的一个星期，天一直下着雨。这使他根本找不到一块读书的地方。只得在家里窝在众弟兄中，一遍又一遍地听父亲讲他当年的故事。八点钟和全家人一起睡觉。

二哥被录取到八中。这在我们家已经是第一个了。如果不是七哥在极偶然的情况下去上了大学，那么，二哥这个高中生就算是家里学历最高的人了。杨朦自然上了一中。这也是二哥早料到的。假期中，杨朦曾经到家里玩过几次。他和二哥坐在门口看着一辆辆火车从眼边掠过，两人谈了很多很多。开学之后，渐渐二哥与杨家日益淡泊以致完全没有了往来。

二哥是一个出色的学生。他的派头和说话的口气同家里人越来越不一样了。他对父亲说他要上大学，他想当一个建筑师。他要让父亲和母亲住进他亲手设计的世界上最美丽的房子里。他说这些话时，深奥的眼睛里放射的光芒能照进所有人的心。父亲和母亲像被电击了一般呆望了他好一会儿。屋外一阵汽笛长鸣，小屋在火车的轰隆中摇摆时，父亲才一下子醒悟。父亲一反常态像一个小孩子一样狂喜狂叫道："我儿子有出息。像我的种。"然后把二哥横看竖看拍拍打打了好半天。那一天全家人都兴奋之极，只有七哥一如往日小狗般爬进床底睡得死沉。

二哥上大学当建筑师的梦自然和许多许多人的梦一样，叫一场"文化大革命"冲得粉碎。二哥的工人出身使他可以当红卫兵司令，但他仍然感到心灰无比。他没参加任何一派，他被父亲指示回来干活。他有一排半截子大的弟妹，他得为生活劳碌。父亲给二哥弄了一辆板车，二哥每天到黄浦路货场往江边拖货，他能挣不少钱。冬天的时候，他让他的弟妹们都穿上了线袜子。

一天晚上，家里人全都睡下了。家里人总是睡得很早，因为明天要干活也因为不睡下小屋里便拥挤不堪嘈杂不堪。在屋里的鼾声此起彼伏时，突然门被敲得轰响。所有人都在同一刻被惊醒。这似乎是记忆中未曾有过的事情。父亲首先喊骂起来："魂掉了？哪有这样个敲法？"不料答话的竟是杨朦。二哥从地铺上一跃而起，他显然有些紧张，仿佛预料到了什么。二哥开了门，他看见杨朦的右手紧紧揽着杨朗而杨朗全身哆嗦着两眼红肿。二哥急问："出了什么事？"杨朦脸色很冷峻，说话时却很悲哀。他说他们的父母下午双双出去，到现在尚未回来。他们兄妹等到晚上觉得奇怪，便到父亲卧室里看看有没有什么纸条。结果发现父母联名给杨朦的信。信上要杨朦对家里所有发生的事都不要太吃惊。他唯一的责任就是照顾好妹妹。然后在最后一行写下"别了，亲爱的孩子们"几个字。杨朦的话还没说完，屋里的父亲立即吼了起来："蠢猪，还慢慢说什么？他们去找阎王爷了。还不快去找。"杨朦说："朗朗已经受不了了，许姨上个月就被赶回了老家。我想请你照顾她一下。"二哥说："我去替你找，你照顾朗朗。"杨朦说："那怎么行？"此刻父亲已经下了床。他用脚踢着正趴在地铺上听杨朦说话的三哥四哥五哥六哥，嘴上说："起来起来，今晚都去找人。"父亲转身对杨朦说："让二小子陪姑娘，这几个小子都派给你，你尽管指使他们。"杨朦说："伯伯我该怎么感谢您呢？"父亲说："少说几句废话就行了。"

　　二哥几乎是将杨朗背回去的。她软弱得无法走路，嘴上喃喃地说些二哥完全听不清楚的话。二哥三天三夜没有合眼。杨朗到家之后便发起了高烧。她的眼泪已经哭干了。脸烧得通红通红，嘴唇上的燎泡使她的模样完全变了。二哥为她请医生为她煮稀饭喂药然后小心地趴在床边哀声求她一定要坚强些。

　　第四天杨朦精疲力竭回来说父母找到了。他俩双双跳了长江。他母亲结婚时的一条白纱绸将他们的腰紧紧扎在一起。尸体在阳逻打捞出时已经肿胀得变了形。杨朦说完这些，双腿一软跪在地上痛苦地呕吐起来。他几天没吃什么，呕出一些黄水。脖子上的青筋扭动和鼓胀得令二哥无法直视。如果不是二哥急中生智，突然伏在他耳边说："千万别这样，朗朗见了，就完了。"杨朦恐怕也挺不住了。朗朗正在屋里昏睡，一切情况都尽可能瞒着她。

　　一个星期后，丧事在二哥三哥及诸兄弟共同帮助努力下，算是比较顺利地办完了。医生和语文老师的骨灰合放入一口小小的白坛之中。父亲帮忙在扁担山寻了一块墓地，于是他们便长眠在那座寂寥的山头。二哥站在坟边，望着满山青枝绿叶黑坟白碑，心里陡生凄惶苍凉之感。生似蝼蚁，死如尘埃。这是包括他在内的多少生灵的写照呢？一个活人和一个死者这之间又有多大的差距呢？死者有没有可能在他们的世界里说他们本是活着的而世间芸芸众生则是死的呢？死，是不是进入了生命的更高一个层次呢？二哥产生一种他原先从未产生过的痛苦。这便是对生命的困惑和迷茫而导致的无法解脱的痛苦。这痛苦后来之所以没能长时间困扰他并致使他消沉于这种困扰之中，只是因为他几乎在产生这痛苦的同时也产生了爱情。爱情的强烈和炽热融化了他的生命。在爱情的天空之下，他活得那么坚强自如和坦然。直到一个阴天里爱情突然之间幻化为一阵烟云随风散去，他的生命又重新凝固起来。他的为生命而涌出的痛苦才又顽固地拍击着他的心。他想起扁担山上那幅青枝绿叶黑坟白碑的图景，也蓦然记忆起自己关于生命进入高一层次的思考。那个夜晚他便用刮胡子刀片割断了手腕上的血管。他将手臂垂下床沿，让血潺潺地流入泥土之中。同他挤在一床的三哥到清晨起床时才发现他已气若游丝。闻讯而来的杨朦杨朗惊骇地看着一地的血水。杨朗失声叫道："为什么非得去死呢？"二哥那一刻睁开了眼睛，清晰地说了一句"不是死，是爱！"然后头向一边歪去。

这是一九七五年在江汉平原东荆河北岸发生的事。迄今业已十个年头了。

七

七哥现在想起来当年他听到二哥的死讯之时完全像听到一个陌生人之死一样，表情很淡泊，尽管二哥曾有一段时间待他相当不错。七哥那时下乡也有一年了。他在大洪山中一座被树围得密密实实的小山村里。他一直没有回去。大哥歪歪倒倒的几个字告诉他二哥已死这个消息。这是他收到家中的惟一的一封信。他没有回信。

七哥下乡那天家里很平静。他一个人悄悄走的。走到巷口时，遇到小香姐姐同一个黑胡子男人。小香姐姐正同那男人搂搂抱抱地迎面而来。这是小香姐姐的第几个男人七哥已经搞不清了。只是不久前听母亲对父亲说小香姐姐要嫁给这个男人。一来她可以不下乡了，二来她已经有了他的孩子。小香姐姐已经不能再打胎了，要不她以后就根本不能生育。这是医生对陪小香姐姐去检查的母亲说的。小香的风骚劲同当年母亲的一模一样。惟一不同的是小香的男人换了许多而母亲的男人却只有父亲一个。七哥见到小香姐姐时忙谦卑地站到路边，让她嬉笑着过去然后自己再踽踽而行。小香姐姐仿佛根本没见到七哥一样，连瞟都没瞟他一眼。七哥最仇恨家里的三个女性，尤其以小香姐姐为最。七哥曾发过一个毒誓：若有报复机会，他将当着父亲的面将他的母亲和他的两个姐姐全部强奸一次。七哥起这个誓时是十五岁。原因是那一天他在床底下睡觉时五哥六哥带了一个女孩到屋里来。一会儿七哥听见那女孩子挣扎着哭泣，床板在七哥上面咯吱咯吱地响得厉害。七哥不知出了什么事便伸出了头。七哥看见五哥和六哥都赤裸着下身。五哥伏在女孩身上而六哥则按着她分开的腿。六哥看见七哥便使劲照他的头击了一下，吼道："你什么也没看见，说！"七哥嗫嚅着说："我什么也没看见！"然后缩回床底。他听见那女孩一阵阵的呻吟声，那呻吟中的痛苦使七哥感到浑身刺痛。他觉得只有眼见着世界灭亡的人才能发出那样的痛苦之声。当即他便想他得让他仇视的人：他的母亲和他的姐姐们也这么痛苦一次。

七哥的誓言当然成了他嘲笑自己的材料。当他后来有无数机会之时，他却毫无这种报复的欲望。

七哥是孤独一人进的小山村。这是七哥自己挑的地方。这里下了汽车还得走整整一天的山路。七哥就是想到这么一个地方，让所有人都不知道他在哪里。

七哥和他房东的儿子共睡一张床。这是他有生以来第一次在正经八百的床上睡觉。油污的床单下垫着玉米秆和稻草。满屋里散发着一股植物的香味。屋后有三棵香果树。七哥仰躺着。两尺之外的空间不再有黑压压的床板和父母翻身而引起的吱嘎之声。三步开外没有他并排躺在地铺上的一排兄长起伏的鼾声和梦呓。空间很大，有老鼠从梁上"唰"地跑过。月光白惨惨地从屋瓦的缝里泄了下来。云遮云开，那光如在屋子里飘忽。七哥突然感到万分恐惧。房东的儿子睡在那一头，死寂一般毫无声响。这让七哥觉得他正躺在人类之外的另一个世界。他从未想到过的关于死的问题在那一晚却想了数次。七哥想是不是他已经死了而他本人还不知道。人们把他埋在这里并告诉他这是到农村去而实际上却是在阴间的一个什么地方。七哥一连许多天都这么想个不停。他还试图在男人中找到他的弟弟——我。他想他的弟弟很可能是在这群人里，只不过他们分别已久彼此认不出来了。七哥他很高兴自己知道很多别人悟不到的东西。他明白他周围的人都是先他而来的阴魂。这些阴魂也不知道自己死了。他们很自豪地认定自己在阳世而且活得很舒服。七哥想只要看他们走路那种飘来飘去的劲儿，就知道换了世界。

七哥不同村里任何一个人交往。不到非说话不可的时候他绝不开口。他像一条沉默的狗，主人叫舔哪儿就乖乖地去哪儿舔上几口。村里人开始都说七哥老实透了，后来又说七哥其实是阴险之极。不叫的狗最为厉害这是老幼皆知的古训。最后大家还是一致认为七哥是个怪物。七哥对那些纷纷繁繁的议论充耳不闻。七哥认定正常的死人是不说话的。

　　七哥到村里住了三个月后听说村里最近开始闹鬼了。七哥觉得好笑,我们自己不都是鬼吗？七哥对那些越说越惊心动魄的鬼的故事毫不理会。但他倒是希望自己能碰上那鬼。说不定那是小八子，七哥这么想。

　　房东的儿子每天吃饭时都带回鬼的故事。那鬼是极瘦的。喏，像他那样。他指了指七哥。走起路来像飘一样。鬼每天围着村口的银杏树飘三圈然后就进林子。进了林子鬼就变成了白的。从一棵树飘到另一棵树。每飘到一棵树下就发出一阵凄厉的叫声。那声音极古怪。从林子上空缓缓越过村子然后转一个弯又回到林子里。就这么一直到下半夜，鬼才化作一股烟气消散。

　　过几日房东儿子又说：鬼现在要在林子很深很深的地方尖叫。那里的野兽都吓跑了。猎民在那里连一只野鸡都打不到。

　　再几日，房东儿子又报道：村头老鱼头的女儿回娘家，上山时崴了脚，半夜才跛到家。她在林子边遇见了鬼。起先她没发现，是鬼先飘到她跟前的。她吓得使劲把鬼一推拔腿就跑。到家后她说鬼是滑溜溜的。

　　村里到处都是鬼影，奇怪的是鬼并没有干恶事。便有人商讨是不是把鬼抓来看看究竟是什么样的。这主意自然是青年人出的。七哥原本也想去看看鬼到底是怎么回事，但他那天实在太困，便在天一擦黑时倒床睡下了。

　　那天夜里没有月亮。七八个年轻人都伏在林子里。房东的儿子也去了。他们个个都发着抖。抖得一边的灌木都不断发出簌簌的声音。子夜时分，鬼就围着树绕圈子了。果然极瘦，果然飘一般地走路。走入林子之后发现它果然是白色的。年轻人胆怯着不敢动手。终于其中一个干过猎人的小伙子抛了一根圈套，一下套住了鬼。鬼凄厉地叫了。一连三声，又长又亮。全村人都听见了。它叫完之后，轰然倒下，不再声响。年轻人用绳子捆住了鬼。手摸上去，那鬼果然滑溜溜的。抬到村边亮处，才发现是一个活人。他均匀地呼吸着。沉睡一般。房东的儿子点了火，他失声叫了起来。人们都认出了，这是七哥。七哥浑身赤裸着。他身上的肌肤极白，他依然平稳地呼吸着，还很随意地翻了一个身。

　　有人照七哥屁股上狠踢了一脚。七哥哎哟一声，突然醒了。他莫名其妙地看着一圈又一圈围着他的男人和女人，眨了眨眼，低下头又发现自己一丝不挂。他低吼一句:"你们要干什么?"那声音沉闷而有力,仿佛是从远天穿过无数山脊之后落在这儿的。于是有人问,七哥你是不是天神派来的。七哥说不是,我一直在阴间里老老实实做真正的死人。七哥是按自己的思路回答的,却叫所有的人毛骨悚然。天亮了,人们惶惶惑惑地散去。房东的儿子找回七哥的衣裤,极恭敬和谦卑。

七哥好久不明白到底他那一晚出了什么事。"鬼"仍然每夜出来在林子里飘荡。

七哥是一九七六年突然被推荐上大学的。他去的那所学校叫"北京大学"。在此前,七哥几乎没听过这所学校的名字,更不知道北京大学是中国最了不起的学府。七哥走的是狗屎运。七哥的父亲是苦大仇深的码头工人,这使其他知青望尘莫及。再加上村里人一直吵闹着要将七哥送走,鬼气在他们的生活中已日见浓郁,为此他们不能再忍受下去。北大不怕鬼,却极欣赏七哥苦大仇深的家史。父亲自七哥出生那天起就与他为敌,这会儿却不期然为他办了件好事。

七哥惆怅着走出那树林密绕的小山村。七哥觉得自己在那里已经活了一个世纪,眼下他又重新投胎回到人间了。七哥走上公路时,太阳已经当顶,光线明亮得让他感到一阵阵晕眩。一阵风过,路旁的树扬起轻松的呼呼声。鸟也叫得十分轻快。七哥喘了口气。他摸摸心口,觉得心跳动得比原先要响亮多了。

七哥要去北京,而且要堂堂正正坐火车去北京,而且火车要耀武扬威地从家门口一驰而过,这消息使得全家人都愤怒得想发疯。就凭癞狗一样的七哥,怎么能成为家里第一个坐火车远行的人呢?七哥到家那晚,父亲边饮酒边痛骂。七哥默默地爬到他的领地——床底下,忍听着眼前所有的一切。

七哥走的那天下着大雨。七哥只有一双洗得发白的球鞋。他怕到了学校没有鞋穿所以光着脚上的路。父亲和母亲一早都上班了,他们连一句话都没说,仿佛眼中并没有七哥这么个人。大哥把七哥送到巷口,然后给了他一毛钱,说雨太大了你坐一段公共汽车吧。七哥没有坐车。他淋着雨穿过大街小巷。他的行李越来越重,衣服紧紧贴在身上。他的骨头凸了出来使得七哥很有立体感。七哥想得很清楚,棉絮打湿了是没什么关系的,夏季的太阳一个下午就能把它晒干。

七哥一走三年未归。家里人简直不知他的死活。没人打听他,他也未曾写信。直到三年后七哥神采奕奕地出现在家门口时，所有在家里见到他的人都大吃了一惊。

怎么都发呆了？还不是和你们一样的一个脑袋上七个孔。七哥说。

归来的七哥已经完全是另一副样子了。

八

三哥宽肩细腰上身呈倒三角形，是女人尤为欣赏的体形。三哥在夏日里脱去汗衫，光膀子摇着大蒲扇坐在路边歇凉时，所有路过的女人都忍不住心跳要将他多看几眼。三哥袒臂露胸，肌肉神气活现地凸起，将皮肤撑得饱满。邻居白礼泉那天看了美国电影《第一滴血》后回来吹嘘说："嗬，那个美国佬好块头，简直快赶上隔壁的小三子了。"弄得河南棚子好些人争相去看史泰龙的好块头。结果回来都说真不错，是快赶上小三子的块头了。但是三哥的相貌不及史泰龙，这也是公认的。三哥原先倒也长得像父亲年轻时一样英俊。但三哥脸上老是露一副凶相，渐渐地，便长出父亲所没有的横肉。那横肉便使三哥的模样不容易叫人接受。

父亲说，心里没有女人的男人才生长出这种霸王肉来。

三哥心里是没有女人的。三哥对女性持有一种敌视态度。三哥尽管已经过了三十五岁几乎奔四十了，他却仍然没有结婚。他根本不想结婚。常常有女人去找他，去向他献殷勤。三哥也不拒绝，在她们愿意的情况下三哥也留她们过夜。三哥怀着一股复仇的心理与她们厮混。三哥发泄的全是仇恨而没有爱。而女人们要的是三哥的身体，倒并不在乎感情是怎样的色彩。三哥是在二哥死后招到航运公司的。二哥的死给了三哥生命中最沉重的一击。二哥是三哥在人间一睁开眼就朝夕相处的亲哥哥。他爱他甚于超过爱自己，是因为三哥清楚记得他小时候莽莽撞撞干的许多坏事都被二哥勇敢地承担了。二哥为此遭过不少毒打，但在他长大后从来没对三哥提过一句。三哥把这一切都牢记在心里。三哥正是这样一种人：谁要真心对他好，他也是肝脑涂地以心相报。而二哥除此外，还是与他一脉相承的兄长。二哥却被女人折磨死了。女人从那天起便像一把匕首插在三哥的心口上，使得三哥一见女人心口便痛得渗出血来。他常常愤怒地想女人怎能配得上男人的爱呢？男人竟然愚蠢到要去爱一个女人的地步了么？每当在街上他看见男人低三下四地拎一大堆包跟在一个趾高气扬的女人身后，抑或在墙角和树下什么的地方看见男人一脸胆怯向女人讨好时他都恨不得冲上去将那些男女统统揍上一顿。这种事三哥不是没干过。一天晚上他送醉了酒的他的船长回家，返回时他抄近道走的是龟山上的小路。月光如水，山静如死。三哥打着饱嗝跌撞着乱窜，忽然他看见一棵树下的两个人影。他原本走过去视而不见的。不料人影中之一扑通一下跪到地上。他听见那是个男人的声音。那男人可怜巴巴地说："求求你答应我。没有你我活不下去。"另一个人影只是用鼻子"哼"了一声，这果然是个女人。三哥七孔都冒出怒火。他连犹豫都没有，大吼一声冲上去，朝那熊包一般的男人拳打脚踢。然后回过身将吓傻的女人胸口抓住，用全力横扫几巴掌。巴掌在女人脸颊上撞击得啪啪响。声音清脆悦耳。三哥的心这才舒坦了许多。如此他才丢下那对男女继续打着饱嗝下山了。

　　三哥在驳船上当水手。他的船长十分赏识他。三哥安心住在船上从不觉得水手是份丢人的职业。三哥身高力大干起活儿来从不耍滑。三哥还能陪船长喝酒。这是船长感到最兴奋的事。船长说三哥是他有生以来最默契的酒友。他们俩在一起能将两斤白酒喝得瓶底朝天。夏天的时候，船长常会冒出些疯狂念头。他叫驳船继续行驶而自己拉了三哥跳入长江一路游去。船长和三哥游泳的本事也不相上下。他俩胆大包天，在长江里宛如两条棕色的龙。船长对三哥说如果掉进漩涡就平摊开身体不要动，漩涡就会把你自动地甩出来。三哥故意激他，说是你又没进去过怎么倒向我传授经验？船长急了，说你不信？这是老水手都清楚的。三哥说，我没见过的都不信。船长突然指着一个漩涡说，那我就叫你见一次。没等三哥阻止他便几下冲了进去。三哥大汗淋漓呆愣愣地踩着水不敢往前。漩涡转得比想象的要快，三哥看不清船长在什么地方。但是一会儿他听见了呼叫。是船长在他的侧面嘻嘻地招手。当三哥游过去后船长说险些丢了命。三哥说如何？船长说像是有许多手把你往江底拽。我已经觉得完了的时候一下子被放出来了。船长说平摊着不动也不行，得看什么时候动。三哥默然不语。忽而他见到一个漩涡立即对船长说了句看我的，便一头扎了进去。三哥在漩涡里身不由己。他被许多只巨手像掷球一样掷来掷去。他的肚皮上有另一种磁力将他往水底吸去。三哥不由失声叫了起来："救命呀。"他没有叫完又喝了好几口水。三哥瞬间想也好，进阴曹地府可能还能见到二哥哩。这一刻三哥被一只手轰地一下抛了出来。三哥傻瓜一样不明了方向。直到船长游到他跟前他才清醒。船长游过去扇了三哥几耳光，大声训斥道:"小命也是可以开玩笑的？你死了,我还要受处分哩。"三哥的脸上火辣辣的但他感到很舒服。三哥说:"我以漩涡报答漩涡。"

　　晚上抛锚后船长和三哥在甲板上饮酒。船长敬了三哥三杯酒,连声说一条好汉一条好汉一条好汉。

　　船长和三哥在甲板对酌时常叹说要有女人就好了。船长有老婆和两个小子,夜里也牵肠挂肚地想。三哥唯在这点上与船长不投。三哥说酒比女人好。最便宜的酒也比最漂亮的女人有味道。三哥说时常咂咂嘴连饮三杯。江上清风徐来,山间明月笼罩,取不尽用不竭。三哥说人生如此当心满意足。船长说你没有女人为你搭一个窝,没有女人跟你心贴着心地掉眼泪,你做人的滋味也算没尝着。三哥不语。

　　三哥想他宁愿没尝着做人的滋味。女人害死了他的二哥,他还能跟女人心贴着心么？三哥说这简直是开玩笑。当年二哥对杨朗好到什么地步几乎没人想得出来。二哥原本可以不下乡然而杨朗下乡二哥也就下了。他把板车交给了四哥。三哥为了二哥也一块儿下到杨朗的队里。二哥几乎把该杨朗干的活儿全部揽下了,连杨朦都插不上手。那时间杨朗绕着二哥又是说又是笑。两人在河边草滩上抱着打滚连三哥都不好意思多看几眼。二哥一分一分地存钱。他要买最漂亮的家具布置新房。他要把家弄得像杨朗过去的家一样舒适。三哥也为这个目的同二哥一起奋斗着。一次又一次招工,没有杨朗。二哥一次又一次放弃自己的机会。三哥也陪伴着。每年修水利。二哥一星期都要回村一次。几十里路连夜走哇,只是为了看一眼他心爱的人。每年如此每星期如此。到有一天杨朗终于拿到了表格。杨朗填了表到县里去了。她一去就是三天。回来告诉大家这次必走无疑。职业是护士。二哥几乎将全公社的知青都请来喝了酒。有人告诉他杨朗是用贞操换来的职业。二哥呆愣了,手上的酒瓶落在地上。杨朦转身而去。他揪住了他妹妹的头发。杨朗承认了。但她没说那男人是谁。三哥手上已经拿了刀。三哥准备杀人去的。杨朗说她既然把身子交给了那个男人就打算和那人结婚。二哥让杨朦松开了他的手。他忍受不了他心爱的人被她哥哥揪扯住头发。二哥一缕一缕替杨朗理顺发丝,颤着声说:"我知道你是迫不得已。我不怪你。我不计较那些。但你不能同那人结婚。那是个禽兽。"杨朗说:"你就死了心吧。我不可能嫁给你的。"二哥惊问为什么,杨朗说:"我从来就没爱过你。我只是看你可怜才应付你一下。你千万不要当真。"二哥脸色煞白,他长啸一声冲出门去。三哥扔下刀追了出去。三哥把二哥拖到自己的屋里，他让半昏迷的二哥躺下了。他自己也躺在一边。三哥的怒火一蹿一蹿，他想去狠狠教训一顿杨朗，然而他寸步不敢离开二哥。他知道这给他的二哥是致命的一击。他知道二哥活不长了。三哥忧郁地想着迷迷糊糊睡了过去。他没料到他的二哥失去了爱情连一夜都不打算活。

杨朗终于走了而杨朦留了下来。他在二哥的坟前盖了个草棚。他说他将陪伴他的朋友直到他死。他替他的妹妹赎罪。三哥为此扔掉了那把准备杀死杨朗的刀子。这兄妹俩迥异的表现使三哥猜不透究竟是什么原因。三哥只能去设想：女人天生阴毒。

船长对三哥听说的一切不置可否。他只是对三哥说等你有一天碰上一个好女人时，你就知道男人跟女人比简直是臭虫一个。

可惜船长没能见到三哥碰到好女人的日子。船长对三哥说那一番话不久，驳船在青山岬水道翻了。一船人都沉到江底包括船长而惟独三哥逃了出来。

这是一九八五年的初春时节。三哥从此不敢上船，连游泳都不敢了。于是他辞了职。他像一个孤魂飘飘荡荡来无影去无踪。好多天好多天后，三哥申请了一个执照，添置了一套工具。每天坐在地下商场侧门，见人买了皮鞋便追着问："钉个掌怎么样？"

九

七哥成天里忙忙碌碌。又是开这个会又是起草那个文件又是接待先进典型又是帮助落后青年。每晚一头倒下在床上脑袋里混沌一片。他不知道自己究竟在干些什么事和干这些事的意义何在。他只知道如此这般卖命干了就能博得领导好印象。好印象的结果是提拔。而提拔的结果是有社会地位有权力。而有权力的结果是工资加高房子分到手福利优厚，以及来自四方的尊敬。如此，一个人的命运才能得到最为彻底的改变。七哥觉得他活着的目的就是为了改变命运。他想象不出来如果不上大学他将是什么样子。

七哥到学校第一个晚上梦游时就被同寝室的同学抓到了。

七哥睡的是上铺。下床时他蹬倒了床边的方凳子。他的下铺立即醒来。他看见七哥一件件脱下背心短裤然后赤裸着往外走，心里甚是骇然。七哥出门后，他便叫醒全屋人一起悄然跟上。他们跟着七哥出了宿舍楼，七哥看见树就绕圈子。绕了几圈后便发出令人毛骨悚然的尖啸。几个同学由害怕到不解,继而终有人悟出,说恐怕是梦游。于是一起上前,几双手拼命摇撼七哥。七哥睁开眼猛眨几下,身体一惊颤。说你们干什么?一同学说:你梦游了,我们想叫你回去。七哥茫然四顾,再低头看自己一身,突然醒悟。他挣脱同学的手,疯狂地奔进房间,爬上床铺,一动不动。七哥想起曾经有过的关于鬼的故事。他想这么说来村子里白色的皮肤光滑的鬼就是他自己了。

七哥自小卑微惯了。入校后依然眉眼中露出怯生生之气,一副极委琐的样子。梦游的事成为全体同学的话柄,这使七哥愈加缩头缩脑自惭形秽。七哥每天三点一线。宿舍—教室—食堂。无人睬他他也懒睬旁人。如此相安无事几乎一年。

学校的生活自是清苦。而对于七哥却是好得不得了的日子。七哥削尖的脸由此而圆润起来。七哥毕竟是父亲的儿子。父亲所有儿子中没有一个不是身架均匀五官搭配极佳的好男儿。七哥委琐归委琐,但相貌在那儿搁着。班上有极风流俊雅的女生叹惜说七哥如果有三分洒脱也可称全系的美男子。而七哥却嗫嗫嚅嚅的完全与洒脱无缘。美男子的称号只得落在七哥的下铺身上。

七哥的下铺是从苏北一个乡下来的。苏北佬在公社读高中时很能写文章。曾写过好几篇公社书记的先进事迹报导。这些报导通过有线广播弄得全县人都知道了那书记的大名。出了名的书记便在苏北佬毕业一年后乐呵呵地将他推荐到了大学。临走前欢送会上又开了他的入党宣誓会。为此,苏北佬一到学校便成了班上党支部的宣传委员。苏北佬白白净净典型的江南小生模样,大眼小唇温文尔雅故而很得那些女生的喜爱。班上女生大多高干子弟或女干部。自己泼辣能干张牙舞爪成性,却对温顺柔弱的男人有兴趣。这当然也是奇怪之至的事情。苏北佬被几个豪放过人的女孩子追得狗一样乱窜却不见他对其中某个产生兴趣。这劲头弄得女生泪眼涟涟男生醋意十足。

不料一日系里召集全系大会,在会上宣读了一封来信。信写得情真意切。写信人是一位女清洁工,说是她因患骨癌对生活感到绝望之时遇上了田水生。七哥想田水生不就是苏北佬?是田水生诚恳的谈话使她放弃了死的计划。这之后田水生常常去看望她鼓励她。陪她去长城饱览万里河山,去香山欣赏深秋红叶,教会了她很多做人的真理。于是他们俩相爱了,爱得很深很深。但是近半年来，她的病情恶化得很厉害。癌细胞已遍布全身。水生却对她忠心耿耿百般照顾。为了使她享受到做人的幸福，水生已答应同她结婚。信中说："我即将告别这个世界走向死亡那遥远的甬道。在我踏上那甬道之前，我有责任将这个青年美好的灵魂展现出来。我渴望向全世界人宣布我的丈夫是一个了不起的人。"

来信引起的反响不啻有人在图书馆放了炸弹且准时爆响了。苏北佬一下子成了英雄。报社记者络绎不绝。每一篇报道都催人泪下。苏北佬出去讲用过好多次。据说每一次讲用效果皆佳。动人心弦的故事给命运套上了极艳丽的花环。苏北佬同清洁工结婚了。半年不到，她死了。而她给苏北佬带来的花环却依然栩栩如生大放异彩。

七哥却从苏北佬极诚挚的语言和极慷慨的激情之后看出那一丝丝古怪而诡谲的笑意。那笑意随着女人的离世而愈加明朗。一天早上起来苏北佬竟拿着小梳子对着小圆镜梳头发而嘴里却哼着一支极欢快的歌子。房间里同学都去早锻炼了。七哥刷牙回来听见这歌子不由直勾勾地盯着他。苏北佬放下镜子看见了七哥也看见了七哥直勾勾的目光。他尴尬地假咳两声逃也似地出了房门。那女清洁工死了才二十三天。这数字是七哥掐指算了好一会儿才算出的。

苏北佬知道七哥已勾去了他的真正的魂灵。苏北佬对七哥一下子亲善起来。七哥得了阑尾炎住院动了手术。这期间只有苏北佬天天来看望他。七哥从来没领教过时时被人记挂的感觉。面对苏北佬的殷勤和关心，七哥苍白的脸上不由自主浮出许多感激之情。苏北佬总是淡然一笑说没什么没什么。

七哥的伤口快拆线的那一天，七哥斜躺在病床上看书。那一堆书都是苏北佬带给七哥解闷的。七哥过去几乎没读过几本文学书籍，倒是这次住院开了一点眼界。窗外干风吹打着树枝啪啪地响。劈栅栏木条的人居然成为美国总统这一事使七哥激动不安，以致苏北佬进门来时七哥仍满额汗珠手指颤抖。

苏北佬坐在七哥床边，无言地也用那直勾勾的目光看着七哥。七哥感到他的魂灵也要被这目光勾走了。七哥突然说，我理解了你。苏北佬说，理解了就好。七哥说，我应该怎么办？苏北佬说，换一种活法。七哥说，怎么活？苏北佬说，干那些能够改变你的命运的事情，不要选择手段和方式。七哥说，得下狠心是么？苏北佬说，每天晚上去想你曾有过的一切痛苦,去想人们对你低微的地位而投出的蔑视的目光,去想你的子孙后代还将沿着你走过的路在社会的低层艰难跋涉。

七哥果然想了整整一夜。往事潮水一样涌来而又卷去。七哥惊恐地叫出了声。护士来时他正大汗淋漓地打着哆嗦。伤口又崩裂了。一丝一线地渗着血。护士说:"做噩梦了?"七哥说:"是,做噩梦了。"

一场噩梦已过。当太阳高升之时,七哥突然感到生命的原动力正在他周身集聚,感到血液正欢快而流畅地奔涌,感到骨骼为了他的青春正喀吧喀吧地作响,一种由衷的解脱和由衷的轻松在他的身心内全面生长。

那一年,七哥二十岁。两年后他分回了武汉。他在汉口一所普通的中学教书。七哥明白这里绝不是他的久留之地。七哥对寂然地活着已经腻味了。七哥渴望着叱咤风云而这种机会只要去寻找和创造总归还是会出现的。

十

七哥现在最难见到面的是他的四哥。七哥对四哥无好感亦无恶感。四哥对七哥也是这般。

四哥是个哑巴。他在六个月时发高烧而父亲那天打码头负了伤,母亲为父亲忙碌去了。高烧之后四哥虽然活了下来却丧失了听和说的能力。四哥能吃能喝心情愉快地在这个家庭中生长。只有他从来没挨过父亲的拳脚。这使得四哥对父亲格外亲热。只有四哥在看见父亲下班后才会欣喜地迎上前用他混浊不清的话叫着"爸……爸"。四哥只会叫这一个字,他不会叫妈。为此母亲并不因为他的残疾而格外怜爱他。

四哥十四岁就出去干零工了。他先跟泥瓦匠打下手。后来二哥随杨朗下乡后把他名下的板车交给了四哥,四哥便当了搬运工。一直稳定地干到今天。

四哥的经历平凡而顺畅。四哥二十四岁便和一个盲女子结了婚。四哥有眼而她有灵敏的耳和灵巧的嘴。这是一个完整人的家庭。四哥分了间十六平方米的房子。这比父母住了一辈子的那间还要大一点。四哥便在这里和他的妻子生儿育女。四哥先生了一个女儿后来又生了一个儿子。四哥是赶在只许生一个的前面生的这个儿子。四哥的儿女漂亮如父聪明如母。这使得四哥每日咿咿哦哦地兴奋不已。四哥家里已添置了电视机和洗衣机。

四嫂说电冰箱的钱也快攒齐了。

七哥到四哥家里去过一次。他看见四哥家的墙壁上贴满了各种奖状。那全是四嫂和侄儿侄女的。没有四哥一张。七哥问四嫂：为什么没有四哥的呢？四嫂说他又不会说甜言蜜语。人家选先进时他又不晓得是干什么。四哥四嫂留七哥吃了饭。四哥拿出一瓶洋河大曲。四哥在这点上同父亲一模一样。只是四哥酒后绝不打他的儿女。七哥想这大约是四哥从未挨过打的缘故吧。

能有几人像四哥这样平和安宁地过自给自足的日子呢？这是因为嘈杂繁乱的世界之声完全进入不了他的心境才使得他生活得这般和谐和安稳的么？

四哥又聋又哑啊。

十一

七哥在该恋爱的年龄里就自然而然地恋爱了。那女孩比七哥小两岁，长得眉清目秀的。连父亲都诧异万分，说小七子还真有能耐，把这样的姑娘都弄到了手。这是有七哥以来父亲夸奖他的第一句话。女孩教英语，外语学院毕业的。女孩的父亲是大学里的教授。儒雅之家使得女孩天生一股娴静悠然落落大方的风度。这气质使七哥大为倾倒。七哥同她恋爱了两年，便将自己也熏染得如教授之子般温文尔雅。七哥已经同他的女朋友一起商量买家具的事了。但因学校里一直没有房子，买家具和结婚的事就搁了下来。按照工龄和级别，七哥还得等上三年才能有一个小小的单间。这怨不了谁。学校里的老教师也不过如此，更何况小字辈。七哥几乎快没了耐心。

暑假里，七哥出了一趟差，到上海去观摩学习了二十天。回来时船逆流而行，时间极枯燥难熬。七哥认识了他的上铺，一个眼角已叠起鱼尾纹的女士。女士穿着很时髦谈吐不凡与七哥的女朋友比又有另外一番大家气派。三天的路程，七哥同她很聊得来。下船时，她给七哥留了地址和她家的电话号码。七哥看着她写下"水果湖"几个字就知道他遇上的不是一个普通人家的女性，及至她写下电话号码时，七哥心里猛然划过一道闪电。这电光刺得他的心有些隐隐作疼而疼过之后蓦地生出许多的兴奋。七哥含笑说，去你那里玩儿欢迎吗？女士说，大门永向有识之士敞开。

三天后,七哥给女士打了一个电话。她说她一直在等七哥电话。七哥的心陡地动了一动。于是七哥开始约她散步或吃饭,她也约七哥看内部电影或看演出。

七哥已经知道了她的父亲是何许人物。她比七哥大八岁,是老三届的学生。她父亲倒霉时她下了乡。她为了赎罪拼命地干活。结果她得了病。她丧失了生育能力。那是一个暴风雨的日子,她不顾月经来临而坚持上大堤抢险。在堤坝有裂缝时她像男人一样跳进水里同大家手挽手地阻止了洪水的冲击。最后她昏倒在了浪里。人们将她拖出来后她住了一个月的医院。出院时医生告诉了她这个对于女人来说最不幸的消息。她当时二十二岁,还没想过找男朋友的事,为此对生育问题更不介意。她只是淡淡地笑了笑。随着年龄的增长,这个问题才显得越来越严重。每次结识一个男朋友她都把这个情况诚实地告诉对方。大多人都叹口气终止了同她的交往。她过了三十五岁后,心灵上的创伤已经无法愈合。她想如果四十岁她还是这样孑然一身地生活,那么她就到当年使她丧失她最宝贵东西的大堤上去自杀。就在她把这个问题一遍又一遍地考虑时,她认识了七哥。她愿意同七哥接触的初衷,仅仅是像所有女人一样喜欢同外貌漂亮而又显得有知识的男人接触,喜欢同陌生的异性谈自己心里深处的东西。但她万没料到半个月后她遭到七哥猛烈的追求。她在告诉七哥她不能为他生育时七哥连惊异的表示都没有。一如既往地出现在她身边,陪她买东西喝咖啡走亲友,在人烟稀少的地方把手臂揽在她的腰上,偶尔还微笑着在她额上留一个吻。在她的充满女性气息的房间里七哥总是拥抱着她使她气都喘不上来。这种充满热烈之情的拥抱使她感到迷醉而她的心底却痛苦不堪。在情绪稍稍平静时就有一个声音警钟似地呼叫,这个男人感兴趣的不是你而是你的父亲。她想摆脱这个警钟,而这声音却响得愈加频繁。

有一天她终于忍不住了。她问七哥:"如果我父亲是像你父亲一样的人,你会这样追求我吗?"七哥淡淡一笑,说:"何必问这么愚蠢的问题呢?"她说:"我知道你的动机、你的野心。"七哥冷静地直视她几秒,然后说:"如果你还是一个完整的女人你会接受我这样家庭这样地位的人的爱情吗?"她低下了头。

几天后,七哥把她带到了河南棚子,带到了我们的家。七哥掀开床板指着那潮湿幽暗的地方告诉她,他曾在那儿睡到他下乡的前一日。七哥搬开新添的沙发用脚划出一块地盘说那是他的五个哥哥睡觉的地方。七哥说他的大哥因为没有地方住便成年累月上夜班。

屋里除了多出一架长沙发和小方桌上的一台黑白电视机外，一切都还是老样子。小屋的窗子因搭厨房而封死了，为此只剩得屋顶上嵌着的那片玻璃瓦。屋里全部的光线都是由那儿透入。墙壁还是当年的报纸糊的。泛黄的纸上还展示着昔日那些极有趣的文章。七哥说："你如果在这样的地方生活过一年，你就明白我所做的一切是多么重要。我选择你的确有百分之八十是因为你父亲的权力。而那百分之二十是为了你的诚实和善良。我需要通过你父亲这座桥梁来到达我的目的地。"七哥说："我还可以告诉你在我认识你之前我有过一个女朋友。她父亲是个大学教授。我同她的关系已经很深了。我在几乎快打结婚证时碰到了你。你和你父亲比她和她父亲对我来说重要得多。"七哥说在中国教授这玩艺儿毫不值钱。"他对我就像这些过时的报纸一样毫无帮助。所以我很果断地同原先那个女友分了手。我是带着百倍的信心和勇气走向你的。我一定要得到。"七哥的话语言之凿凿掷地作金石声。她惊愕得使那张青春已逝的脸如被人扭了一般，歪斜得可怕。她跨了一步给了七哥一个响亮的耳光然后抽身逃去。

七哥淡淡地笑了笑没说什么。七哥怀着无限的自信等待她的回心转意。七哥知道她需要他比他需要她更为强烈。有人写了一部小说叫"悲剧比没有剧好"。七哥没看过那小说但他觉得那题目起得棒极了。有魔鬼比什么都没有要好。七哥想，她最终会得出这么个结论的。

七哥的判断像诸葛亮一样准确无误。三天刚过，她红肿着眼泡来找七哥了。她没有别的男人可找。她只有七哥。况且七哥的确还不是个很差的角色。她对七哥说她是一时冲动，没能从七哥的角度去理解七哥。她请求七哥谅解。七哥一言未发，只是上前吻了吻她。她激动得热泪盈盈。七哥固然利用她达到自己的目的，而她也一样地利用七哥去获得全新的生活。七哥当天就把她所渴望的给了她。那种生命最彻底的快感使她衰败下去的容颜又焕发出光彩。当她神采奕奕出现在她的朋友们的面前时，人们几乎没法将她同昔日的形象相比。这是七哥为她创造的青春。由此她对七哥更是死心塌地和严加看管。

其实七哥全然不是寻花问柳之辈。七哥全部的用心不在那上面。如果认识不到这一点那就实在小看了七哥。七哥觉得把情欲看得很重是低能动物的水平。七哥不属于这些。七哥的目的在于进入上层社会，做叱咤风云的人物做世界瞩目的人物做一呼百应的人物。七哥想将他的穷根全部斩断埋葬，让命运完整地翻一个身。七哥想拯救自己。他觉得他有责任使自己像别人一样过上美好的日子。否则他会因为感到世界亏待了他而死后阴魂不散。

七哥调到了团省委，这是七哥提出的去处。七哥看过一张统计表，那上面记有解放以来历届团干离任后的情况。七哥记不得他们各自都干了些什么具体职业。但他惟一的印象是：从那扇门出来的人几乎全部升上了高处而且还在继续上升着。那些相当级别的职位一个挨一个排列着如一条冰凉的蛇从七哥心头爬过。七哥打了个寒噤然后欣喜若狂。七哥知道他已经找到了他的终南捷径。

七哥分到了很宽敞的房子。在他原先的学校拥有三十年教龄的老师也没资格住上七哥现在的这房子。七哥的房子布置得像宫殿。落地的双层窗帘，先锋的组合音响，遥控的彩色电视，还有松软宽大的席梦思。七哥结婚前夕，父亲和母亲相携着去过一次。父亲坚持说那床一定要睡坏骨头的，而母亲则生气地说那窗帘浪费了好几件褂子的衣料。

七哥的蜜月是在广州和深圳度过的。七哥住在深圳湾大酒店的那几夜几乎夜夜都失眠。他的全身如火灼一般难受而又如火灼一般兴奋。他在他的妻子睡着之后还忍不住一次次把脸埋进她的胸脯里。七哥对她感激涕零。七哥有一种预感，那就是她给他带来的幸运，很可能在某一个日子超出他的想象。

那一段日子七哥纵情享受恣意欢笑如入天堂之门，却有另一个女孩子把眼泪哭干了把嘴唇咬破了。她的老父老母只能咬牙切齿地痛骂几句"小人"之类无伤大雅的话，然后陪着伤心欲绝的女儿长长地叹气。

十二

五哥辞职干个体户时并不知道六哥也辞职干个体户了。他俩碰面时是在轮船上。五哥进餐厅吃晚饭时看见了正在端菜的六哥，五哥惊叫了一声以致六哥手一滑菜盘掉在了地上。他俩相视片刻哈哈大笑了。五哥到南京去订购一批汗衫，而六哥则去南通进货棉纱长袜。

五哥和六哥是一对双胞胎。他俩的心似乎是沟通的。五哥想到的东西六哥也能想到。五哥感冒六哥百分之百也要伤风流鼻涕。最奇特的是小学时一次语文考试，三个造句，他俩造得完全一样，而实际上他俩的座位却隔得很远。五哥六哥自小是一对坏种。打架骂人偷盗玩女孩无恶不作。直到各自娶了老婆添了儿子才走上正轨,像模像样地过开了日子。

五哥第一次带女朋友到家里来时,父亲和母亲正在吵架。那是为了母亲买回来的酒是兑过水的,父亲一怒之下连酒壶都扔到了铁路上。恰巧一列火车开过,酒壶碾成了薄铁皮。于是母亲便横着嗓子同父亲吵开了。五哥的女朋友如同巡视大员般,毫不把父亲和母亲放在眼里,只傲慢地将屋子环视一遍,说:"就这屁点破屋?"五哥未曾来得及答话,父亲却撇开母亲朝这边吼开了。父亲说:"嫌老子屋破,这里还没你的地盘哩。"那女朋友也不示弱:"这老家伙吃错了药,怎么见什么人就吼什么人?"说罢扬长而去。气得五哥跳起来对父亲乱叫了一通,便又蹬蹬蹬地去追赶那女朋友。父亲发了一会儿呆,摇摇头说:"日月颠倒了,颠倒了。"然后自己找了个空瓶,长吁短叹地打酒去了。

结果是,五哥的女朋友再也不肯来家了,五哥只好做了上门女婿。五哥的女朋友是汉正街的。六哥常陪五哥去那里,于是六哥也找了个汉正街的姑娘。六哥知趣,不敢带女朋友回家,主动对父亲说想要倒插门。父亲大手一挥:"去去去,少废话。你俩反正是一对。"六哥如获大赦,轻松地告别了这个家,住进了老婆屋里。五哥和六哥几乎同时(只差三天呀)各得一子。肥墩墩的,让岳父岳母们欢天喜地。五哥六哥当女婿比当儿子舒服多了。渐渐地不太记得河南棚子的老父老母。

汉正街自古便是商贾云集之处。以谦祥益商店为中心,上至武圣路下至集家嘴,沿街经商的个体户而今已经达两千多户。长街小摊,百货纷呈。五哥问清楚几乎有一千家已经成万元户,立即心慌意乱头脑混沌了。五哥是建筑队的泥瓦工,工资不算低。即使不低,细细想来辛辛苦苦一个月还不及个体户一天赚的钱多。五哥觉得自己活得窝囊,他得赚大钱过富日子才不枉做人一遭。五哥连同老婆商量一下的情绪都没有,当天便打了辞职报告。六哥只比五哥早一天。六哥的邻居仅从一百五十元的资金起家,不到一年已成了万元富户。这变化是六哥亲眼所见。六哥眼珠都快凸出来了,他想了一夜,辞去了运输公司汽车修理工的职务。

五哥订购的汗衫原本就是积压货。五哥订了一万件但却只销出了一千五。钱周转不了,五嫂夜夜指着五哥的鼻尖骂祖宗。五哥怕老婆,五哥在这一点上完全不像父亲。连日里五哥东奔西跑得下巴都尖了,汗衫还是积压着。

那天五嫂又砸杯子扔碗地骂祖宗了，五哥只好溜之乎也。五哥信步溜达到航空路。航空路到商场一带是"飞虎队"的地盘。"飞虎队"是市民给那些流动小贩们的绰号。"飞虎队"的小贩们拉起生意来可以说是死皮赖脸。抬高价短斤两是他们的拿手好戏。圈套也做得像真的。五哥看见几个女子围着一个小贩高声议论羊毛衫的价格。五哥一眼看出他们都是一伙的。假卖假买地哄来一些真正的顾客。一个红衣女子的眉眼不断地向路人扫来扫去。她看到了五哥。她叫了声："哎呀，这羊毛衫要是让这个男的穿上简直可以成为三镇第一美男子。"五哥笑了笑，走过去。问小贩："多少钱一件？"小贩说："看你穿着肯定合适，我心里高兴，就便宜点卖给你，二十六吧，别人我都是卖三十呢。"五哥用手捏了捏，深知毛线中腈纶多于羊毛，便又笑笑说："出厂价，十六块，这我清楚。"然后意味深长地丢下一声笑，甩手而去。他听见小贩和几个女子冲着他的背脊骂骂咧咧的声音。五哥从来都不是好惹的家伙。五哥在家以外的地盘上还从来没输过。这回自然也是。五哥心里暗笑一下，拐到一个稍清静的地方，然后放开嗓子爆喊一声："工商局的人来了！"

　　这声喊宛如扔下一枚炸弹。五哥的眼前炸窝了。抢收衣服的，逃窜的，装作顾客若无其事地混杂入人群的，互相叮咛的，应有尽有丑态万千。一忽儿，"飞虎队"无踪无影，只丢些空纸盒在路上。五哥看得有趣。不由倚在墙根下捧腹大笑。待五哥笑得上气难接下气时，他的肩膀被一只手拍了一下。五哥回过头，认出了是红衣女子。五哥一笑，说："怎么不跑？"红衣女子冷冷地说："想看看你还有几手。"五哥说："闹着玩玩，何必当真。"红衣女子说："闹着玩也得看地方看人。"五哥呵呵一笑："你们拉客过后又骂人也没有看人看地方呀。"红衣女子打量了一下五哥，说："你还像个人物呀。"五哥说："当然。河南棚子的儿子汉正街的女婿，堂堂正正是个人物。"红衣女子说："汉正街的？万元户？"五哥说："万元户还得过两年。"红衣女子说："这么说是同行了？何必拿一路人开心，不都是端这个饭碗的？"五哥说："那我就道声对不起了。要不要去云鹤酒楼压惊？"红衣女子说："哥们儿还痛快，去就去。"

　　五哥同红衣女子一道上了三楼，红衣女子拿起菜谱就点。心狠手辣地完全不顾及五哥腰里并没带几块钱。烧甲鱼炖海参炒虾米白斩鸡外带一碗三鲜汤和四瓶青岛啤酒。点得五哥暗叫苦也。

　　红衣女子问五哥生意做得如何。五哥灌几口啤酒长叹一气说正在倒霉。红衣女子问缘故。五哥便如实说了汗衫的滞销。红衣女子说:"再不好销的东西,只要想好了办法,总是能赚到钱的。"五哥说:"有什么好点子?"红衣女子说:"就这么白给你出?"五哥说:"当然给好处。"红衣女子说:"怎么讲?"五哥伸出右手:"五十张。"红衣女子说:"半千还算钱?如果让你一件汗衫赚一块钱,那你得了多少?给我了多少?简直小气得不像男人。"五哥说:"未必给你一千?"红衣女子说:"说良心话,这我还不一定要呢。做生意眼光要放长远一点。"五哥默然不语。见啤酒已尽,说:"我再去要两罐啤酒来。"五哥在服务台拿了啤酒刚转身欲回饭桌,见红衣女子正背对服务台,不禁心头一转,将啤酒装进裤兜里,自言自语道:"再去买两盘冷菜。"便悠悠然地下了楼。五哥下了楼便直奔一路汽车站,一口气坐到了六渡桥,打着饱嗝到朋友家推了一夜麻将,第二日凌晨才摇摇晃晃地回到了家。

五嫂开门第一件事便是送给了五哥几耳光。五哥不动气,慢慢说:"跟你讲件滑稽事。"便添油加醋地将昨日白吃一顿的事细细讲述了一遍。五嫂不由得笑得倒在了床上。大骂女人的愚蠢和男人的狡猾。骂声中不禁为这男人是自己的丈夫而感到自豪起来。五哥这时则歪在沙发上呼呼地大睡开了。

一清早六哥大汗淋漓奔来时五哥还没起来。六哥将五哥打起,愤怒地叫道:"今天无论如何帮兄弟一把。"五哥忙问什么事。六哥说:"我一早刚把摊子摆出去,一个女的带了几个人,二话不说砸了我的摊子。他们人多,我又不敢对抗。临了,那女的丢下这件汗衫说一千块准备好,我到时来取。"五哥跳起来抓过汗衫细细查看。汗衫的胸前用圆珠笔勾勒了一个霍元甲打拳的形象。五哥心头豁然一亮,眉头舒展,连声叫:"妙极了妙极了。"倒将六哥弄得莫名其妙。五哥方将昨日之事一五一十说了一遍,拍着胸脯对六哥说:"你今天的损失我负责加倍赔你。绝不放空屁。"

五哥将他积压的近万件汗衫五千件印上了霍元甲三千件印上了陈真。电视连续剧刚放过不久,人们对这二人印象颇深。五哥拿出二十件送给玩武术的小伙子,不到三天,五哥的摊前购者如云。五哥暗暗又抬了三次价,汗衫依然畅销。五哥发了财,五嫂每日见五哥都眉开眼笑,又端茶又打扇还撒娇般地在五哥面前扭来扭去。五哥脑子里却抹不掉那红衣女子的模样。但是那女人却一直没有出现。

三个月后,五哥从广州回来,刚出汉口火车站,一个女人朝他嫣然一笑。蓦然他认出那是红衣女子，只不过红衣被一件橄榄绿的棒针衫所代替。五哥立即向她迎去。红衣女子说："怎么，还认识？"五哥说："恩人嘛，当然不敢忘。"红衣女子说："我家在这附近，要不要去坐坐？"五哥说："当然想，只要你瞧得起。"红衣女子笑道："你一表人才又聪明又能干，我巴结都来不及哩。"五哥说："我惟一佩服的女人就是你。"红衣女子眼一斜说："是吗？"五哥被那一眼望得心乱了。五哥觉得这女人同他老婆比简直像仙女同讨饭婆相比一样。五哥想要是能同这女人享受一场那么他也就宛若神仙了。五哥说："你家里……还有谁？"红衣女子说："就我一个。我丈夫到深圳去了。"五哥说："我刚从南边回。我提前了两天。我老婆还当我是后天到哩。"红衣女子笑了笑。五哥趁机把手放在了她的腰上。

　　五哥跟着她拐弯抹角。五哥满心欢喜。他几乎是怀着甜蜜的感情打量他身边这个女人的一切，眼睛眉毛嘴唇以及胸脯。五哥都有点按捺不住了。

　　五哥刚跟红衣女子走进家门，后脚便跟进几个彪形大汉。五哥觉出有些不对，忙堆起笑，说：上次你帮了大忙。我准备了两千块钱酬劳你。红衣女子冷笑一声："我说一千就只要一千。钱我已经从你兄弟那儿取来了。不过事情还不那么简单。"五哥出汗了，说："还有什么，尽管说，尽管说。"红衣女子说："你姑奶奶不是随便让人耍的。冒充工商局的，是要第一次；在云鹤酒楼一拍屁股开溜是要第二次；今日一路不怀好意是要第三次。我明白告诉你，我今天只想叫人揍你一顿，叫你记清楚闹着玩玩得看人看地方。"

　　五哥无言以对。五哥自然也不会轻易讨饶。五哥毕竟是父亲的儿子。父亲说过做男人就是把刀架在脖子上也要硬着筋骨。五哥此刻便硬着了筋骨。五哥见几条大汉脱下了衣服，每人都露一件由他摊上卖出去的印有霍元甲的汗衫，不由得心一沉。突然，五哥说："朋友，我讲几句话。"红衣女子说："有屁快放。"五哥说："我们是一账还一账，所以今天这顿打我认了。打伤了我看病，打残了我躺床，打死了我不怪。不过这笔账了结后，我们井水不犯河水，不必死结冤家。生意兴旺靠朋友，互相拆台栽跟头。"红衣女子说："你还是条汉子。你放心。你死不了残不了。血还是要放一点的。拆台的事我不做，其他的人我不保证。"

　　红衣女子说罢出了门。五哥立即被拳脚包围了。很快五哥便人事不知地瘫倒在地。五哥醒的时候，天已黑了。屋里亮着灯。红衣女子正哗啦哗啦地滑动着编织机织毛衣。五哥艰难地站起来，一言不发，向门外走去。五哥快要跨出大门。忽飘来那女子软软的声音："代我跟你兄弟道个歉。说那天我认错了人。"

五哥回家时叫了出租车。一家人见他血淋淋的模样都惊呼大叫。五哥没敢说也没脸皮说挨打之故，只说在汽车上同流氓争吵结果动起手来。五哥躺了整一星期。父亲闻知后，鼻子一嗤说五哥是笨蛋加癞皮狗一个。笨在居然能被人打到这种地步。癞在居然还大大方方地躺上七天。父亲委实感叹一代不如一代。

一切都恍如梦般。五哥伤好之后生意照常做了下去。五哥担心还会有人前来挑衅，结果，一连几个月都相安无事。五哥不由从心底服了那女子。他曾到处打听过红衣女子的下落。五哥想同她交个朋友。可惜五哥至今仍未打听到。

五哥现已是汉正街万元户之一了。六哥自然也不例外。汉正街的万元户说起来只千来户人家而其实远远不止。潜伏在地底下的万元户们至少也有几百。五哥和六哥这种人，发富之后学会的第一桩事便是赌钱。起先是麻将。后来嫌麻将太磨人也太费脑子，便掷骰子。有人读过金庸的小说《鹿鼎记》，知道那里面有个善赌的韦小宝。便在摇骰子时爆喊一声："韦小宝来啦！"五哥六哥均不知韦小宝为何物，但每次轮到他们掷时，也长长地吆喝："韦小宝哇！"

偶尔五哥回河南棚子看看父亲母亲时，见父亲端端地坐在小凳上与一帮老朽们以一毛两毛钱这样的数目打牌，脸红脖子粗地叫喊这个是臭牌那个是霉星，便也如父亲嗤他一样对父亲嗤一鼻子。五哥说他们现在下赌注根本不数钞票的张数。父亲不服便傲然问道，那怎么算账？五哥说，把钱摞起来用尺量厚薄。五哥说，我下得最凶的一次赌注是十个厘米。父亲说，十个厘米有多少？未必比一百块还多？五哥说，压紧一点也就差不多一千块。父亲"呸"地朝五哥吐了一口浓痰，怒道："吹牛找你孙子去莫找你老子。"五哥大骂着父亲混蛋透顶而去。而同父亲一起的牌友们直到五哥走得没影儿了惊愕的面孔还没复原。

这回父亲怀疑五哥和六哥是不是他的儿子了。

十三

  七哥瞧不起五哥和六哥到了极点。七哥常在肚子里用最恶毒最尖刻的话骂五哥和六哥。童年时代五哥和六哥给七哥的伤害令七哥永生难忘。但七哥在组织个体户们座谈时却每一次都以自豪的口吻提到他有两个哥哥都是个体户。七哥说他对他的这两个哥哥极其敬重，因为他们全靠自己的勤劳和智慧创造自己的生活。七哥鼓励个体户青年不要自卑要自信，要认识到自己这个职业的高尚和伟大。七哥还诙谐地说他们这些搞政治工作的人只能靠嘴皮吃饭，别的什么本事都没有。假如有一天我干腻了这一行就辞职去干个体户。七哥说起码可以到深圳广州跑几趟而这两处他还没去过哩。七哥的话让那些常往南边跑的个体户们都笑了起来。个体户们都纷纷称赞七哥说这个人难得，便将七哥视为知音。而实际上他们都不知道七哥度蜜月在深圳住了二十天。

  元旦时，七哥回了一趟家。恰恰五哥六哥也携子来家了。五哥六哥自小就没把七哥放在眼里，到现在依然是。他们完全不顾七哥是广大个体户的知音这一事实。五哥和六哥你一言我一语大声讥刺七哥费心思往上爬不如费心思赚点钱，然后故意把儿子的胖脸亲得"叭叭"地响。那响声在七哥的心上像是锤子砸下一样，一锤一锤地让他痛苦。

  父亲对七嫂极不满意。父亲想这女人大概有妖术。要不凭她那年龄和不能生儿子这罪该万死的毛病怎么能把七哥给勾引上呢？父亲想没有男人愿意讨一个不会生孩子的女人。而女人生不下孩子，父亲想，那还有什么用？父亲说，不孝有三无后为大。父亲说，现如今又不能讨小，看小七子你今后怎么办？父亲说，不如把你那个休掉，再找个年轻漂亮的。七哥说，瞎吵什么，你懂个屁。七哥一句话噎得父亲说不上来了。父亲在七哥面前显得很谦卑。父亲常想着七哥是省里头的人。

  元旦刚过几天，父亲突然颠颠赶到武昌来找到七哥。父亲说大香和小香都要请七哥吃饭，叙叙姐弟之情。七哥听得大吃一惊，那惊愕的程度不亚于听说里根总统请他赴宴。片刻，七哥冷笑一声："黄鼠狼给鸡拜年，哪有好心。"父亲说："她们当不了黄鼠狼，你也不是鸡。"七哥说："我从来都只当没有姐姐的。"父亲说："你们都是我养的。都是从你妈一个人肚子里钻出来的，有没有姐姐由不得你。"七哥又是一声冷笑。七嫂说既然请，那就去吧。何况父亲又老远跑来了。七哥听七嫂的，便淡淡地回父亲说："请就请。有吃的何乐而不为？"

小香姐姐住在黄孝河边。小香姐姐当年嫁的那个黑胡子男人是个无业游民。小香姐姐跟他结婚三个半月后生了一个女孩。那黑胡子要的是男孩而小香姐姐却没有办到。小香姐姐在七哥面前可以为所欲为地打骂撕咬，却不能将她的丈夫奈何下去。没等女孩满两岁黑胡子假称回老家将小香卖到了河南。河南乡下的日子清苦，这使小香一次又一次地逃跑，终于三年后跑了回来。到家里怀里又抱着一个男孩。那天母亲几乎以为她是个讨饭的。直到小香姐姐凄苦地喊了声妈妈，母亲才认出这是她的小女儿。

小香姐姐一年不到又结了婚。没有男人小香姐姐是活不下去的。甚至只有一个男人她也依然觉得日子难熬。小香姐姐为这回的丈夫生了一个儿子。小香的丈夫是菜农，因为妻子生了一个女孩而一怒之下与之离婚。这回小香称了他的心愿，便万事百事由着小香姐姐。儿子已经有了，老婆的意义就不大了。逗儿子逗得高兴时，即使小香领了情人来家调情他也无所谓。他抱着儿子给小香做菜还殷勤地问客人味道如何。

小香姐姐有了一女二子。河南带回的那个连户口都没有。小香姐姐想起了七哥。

几乎同时，大香姐姐也在想七哥了。大香结婚甚早。大香有三个小老虎似的儿子。小的也都初中毕业了，而大的业已开始了待业。大香姐姐十八岁就结了婚。大香姐姐丈夫是木匠，木匠比大香大十岁。大香姐姐小日子过得十分富足。大香常常在休假之日坐在门口晒太阳，嗑着瓜子同一帮老娘们扯三拉四地聊天。星期天则提一点吃的或酒回河南棚子看望父母亲，大香姐姐住在三眼桥，这也是汉口下层人历来所居之地。

父亲告诉大香和小香，说是七哥答应去她们那里吃饭。大香说，那就先去我那儿吧。小香说，不不不，先去我那儿。大香说，你那破地方，七弟怎么能踏得进脚。小香说，你不要什么都想得到手，你的日子过得够好的了。大香说，就是日子过得好了，才要多为子孙后代想。小香说，我则是一心为七弟着想。大香说，你心肠好，怎么小时候不为七弟想？小香说，你比七弟大那么多却从不照顾他。大香姐姐和小香姐姐争吵得互相骂了祖宗，倒没想到她俩是同一个祖宗下的儿女。

父亲说，吵个什么名堂，就在我这儿吧。你们俩一起做东，打点好酒来。老子陪小七子喝酒，你们俩有什么屁就在饭桌上放。父亲的话令两个女儿皆大欢喜。

　　七哥那天进门时见到大香姐姐和小香姐姐的笑容几乎当场吐。火车依旧哐啷哐啷地从门前开过,震得房子微微颤动。小桌放了屋中央。桌面上加了一层圆桌面。扩大了的桌面上已经摆上了香肠卤牛肉花生米之类冷盘。酒是黄鹤楼牌的。父亲着眼边闻边咂着嘴唇。桌上倒了三杯酒。父亲把大哥也叫来了。七哥父亲大哥,三个男人坐在桌旁。而所有的女人——母亲大香小香——都在他们身边忙碌,谦卑地问七哥菜如何酒如何。七哥不知道到底为了什么事。他只觉得自己仿佛在一个陌生人家里做客。

　　父亲在三杯酒下肚后,舌头便又润滑了起来。父亲说:"小七子你这辈子不能光你两口子过。"七哥说:"您这是什么意思?"父亲说:"得有儿子。要不你费老命奔的前途有谁能接着走下去?"大哥说:"小七子,爸爸的话说得对。你的社会地位再高,你一死百事全了。还是得有儿子继承才是。"七哥没言语。他觉得父亲和大哥的话倒是不错。七哥想自己把自己的命运彻底地翻了个面,可又怎么样呢?没有儿孙为自己的这番奋斗自豪,亦没有儿孙能享受到自己的成果。这岂不是有些枉然?父亲说:"小七子,你可以过继一个儿子。"小香姐姐立即说:"我的老二,你晓得的,身体又结实,长相也不错,为了弟弟到老有依靠我豁出去把他交给你了。"七哥吃了一惊:"你儿子?"小香姐姐夹了一只鸡腿给七哥,说:"是呀,那是个好小子。"大香姐姐说:"小七子别听她的。那小子是她跟河南乡下农民养的,蠢头蠢脑。我那个老三,一表人才,年龄虽大了点,不过,过继给你也合适。"七哥又一惊:"你说三毛?"大香姐姐说:"是呀,三毛常说他最佩服的人就是他七舅哩。"小香姐姐说:"三毛十五岁了怎么合适?"大香姐姐说:"那也比杂种要好呀。"大香姐姐和小香姐姐又一顿好吵。七哥心烦意乱毫无吃兴。一桌酒菜便如毒药般让他汗毛耸起。七哥站起来,对父亲和大哥说:"我不吃了。"父亲喝息了大香和小香的战火对七哥说:"再坐坐,你不陪你老子也陪陪你大哥。"大哥说:"七弟要走就让他走。不过话还是得跟你说明白。你小时在家里受够了苦,这我清楚。吃得苦中苦方为人上人。现如今你出息了,再出息的人也得有子嗣。大香和小香的儿子是你的外甥。你们血缘亲近,你过继哪一个可以挑,但最好还是要过继有血缘关系的。否则,我们家不承认那个孙子。"七哥说:"我得想想。"七哥一出家门,大香姐姐和小香姐姐的声音便在身后炸起。走了老远,还能听到她俩尖锐的叫喊。这一切使七哥恍若又回到了他过去的日子。七哥恐惧地加快了脚步,而心底里却一忽儿一个寒噤。七哥终于忍不住了,他扶着一棵树,勾下头将适才的饭菜呕吐一尽。他想将心底的恐惧和寒气一起呕出去。吐完,七哥望着灰蒙蒙的天空,想:家里过去又在什么时候承认过我这个儿子呢?

三天后七哥回家了一趟。七哥告诉父亲:他已到孤儿院领了一个小男孩子,那孩子刚一岁。七哥说:"不管你们承认不承认他是你们的孙子,但我得说,他是我的儿子!"七哥说完扬长而去。七哥的行为叫父亲目瞪口呆。父亲想骂人而终未骂出。父亲不敢骂七哥。父亲心里的七哥是政府的儿子而不是他的。

十四

河南棚子盖起了好些新房子。那些陈旧的板壁屋便如衣衫褴褛的童养媳夹杂在青枝绿叶般的新娘子之间。据说新火车站要修到建设大道的方向去,教堂般的汉口火车站从此结束它的使命。穿越城市的铁路要改为高质量的公路,公路两边的破旧房屋全部拆除,重新盖起高楼大厦。

邻居们都欢呼雀跃,纷纷盘算旧屋该折价多少,如何向政府讨价还价多分几套房子。只有父亲愁眉不展。父亲说没火车叫他是睡不着觉的。父亲说住楼房沾不到地气人要短寿。父亲说小八子怎么办?那几日父亲常坐在窗口下唠唠叨叨地说:"我只有一个小八子还留在身边。"

我知道我再也不可能和父亲母亲一起了。二十多个幸福的岁月,我享受到了无比无比多而热烈的亲情之爱。那温暖的土层包裹着我弱小的身躯。开放在这热土之上的一串红火一般的艳丽。火车雄壮地隆隆而过,那播洒的光芒雪亮地照耀父亲的小屋。很难想象没有父亲这小屋会是什么样子。

父亲把我挖出的那天是个大晴天。太阳刺眼地照射着大地。父亲叫来了三哥。三哥将小木盒置入一个大纸盒里,然后用绳子捆绑好。三哥说:"我把他埋到二哥旁边吧,有个伴儿。"三哥把纸盒架在自行车后,左脚一蹬,右脚飞越过纸盒踩上踏板。三哥的车铃丁零按响的时候,父亲和母亲,相拥着望着我们远去。他们像一对恩爱的老夫妻慈善着面孔望了很远很远,然后一起颓然地坐在门槛上。这一天我才发现,父亲和母亲已经非常苍老非常憔悴非常软弱了。

三哥将我埋在二哥身边，然后抚着二哥的墓碑，阴着面孔长舒了一口气。直到天黑三哥才缓缓地向山下走去。他的脚步是那么沉重和孤独，一声声敲打着地心，仿佛告诉这山头所有的朋友，他累极了累极了。

　　星星出来了。灿烂的夜空没能化解这山头上的静谧，月光惨然地洒下它的光，普照着我们这个永远平和安宁的国土。

　　我想起七哥的话。七哥说生命如同树叶，所有的生长都是为了死亡。殊路却是同归。七哥说谁是好人谁是坏人直到死都是无法判清的。七哥说你把这个世界连同它本身都看透了之后你才会弄清你该有个什么样的活法。我将七哥的话品味了很久很久，但我仍然没有悟出他到底看透了什么，到底做怎样的判断，到底是选择生长还是死亡。我想七哥毕竟还幼稚且浅薄得像每一个活着的人。

　　而我和七哥不一样。我什么都不是。我只是冷静而恒久地去看山下那变幻无穷的最美丽的风景。

1987 年 2 月于武汉

[提示]

　　方方（1955—），原名汪芳，生于江苏南京。出版小说、散文集六十多部。多部小说被译为英、法、日、意、葡、韩等文字在国外出版。代表作品有长篇小说《乌泥湖年谱》，随笔《到庐山看老别墅》《汉口的沧桑往事》，中篇小说《风景》《桃花灿烂》《有爱无爱都铭心刻骨》等。其中，《风景》获 1988—1989 年全国优秀中篇小说奖。

　　《风景》原载《当代作家》1987 年第 5 期。小说讲述了贫穷肮脏的河南棚子里一家大小十一口人蝼蚁般的生活，父亲野蛮粗暴，母亲愚昧风骚，大哥整日艰辛劳作，二哥三哥偷煤度日，五哥六哥轮奸少女，七哥可怜卑微，两个姐姐任性邪恶。家庭中本该有的温暖被暴力和相互倾轧所代替，作家用冷静克制的笔调给我们描绘了一幅触目惊心的生存景象，折射出 20 世纪六七十年代城市底层真实的生活境况。

　　方方对社会底层人物怀有悲悯之情和人道主义关怀，她持续关注平凡人的生存困境及悲剧命运，比如七哥从小被虐待鄙视，长大后迷失在疯狂的报复中，他为了站稳脚跟，抛弃未婚妻，娶了有权有势的老女人，但他始终还是精神上的失败者和金钱社会的奴隶。二哥一心向往现代生活和圣洁爱情，却为此付出了生命。五哥、六哥投机取巧发家致富之后，却挥霍无度，如行尸走肉。作者让我们感受到，当生活的意义被现实困境消解之后，个体终将走向生命的虚妄和精神的虚无。

作为新写实主义的代表作，《风景》采用了"零度叙事"。全文用第一人称，以夭折的小八的视角来叙述，"我"是出生十几天就夭折的男婴，在窗户下静静观察家里的"风景"，死亡赋予"我"穿越时空的权利，叙述时间与故事时间产生距离，叙述者也与所叙述事件分离，隐藏了道德判断和同情，以客观冷静的零度视角冷峻审视人类群体的生存困境。

（夏　雪）

涂自强的个人悲伤（存目）

方　方

　　中篇小说《涂自强的个人悲伤》原载《十月》2013年第2期。农村青年涂自强经过努力考上了大学，从山村走向了城市。但知识并没有改变他的命运，无论他怎么奋斗都无法让自己的生活有起色，他失去了爱情，失去了考研的机会，甚至失去了自己的父亲。毕业后他找了几份工作却连连失败，举步维艰，最后又不幸患上了癌症而凄然离世。正像他的名字那样，涂自强，徒劳的自强，一个怀着成功梦想的农村青年就这样被生活吞噬。小说结尾，他"一如往常的平静"地说："这只是我的个人悲伤"。

　　涂自强为了凑齐学费早早地离开家进城打工，因为拖拉机坏掉，他只好步行，"步行"这一行为在一定程度上决定了小说前半部分的叙事，作家让涂自强以"个人"体验的方式介入现实世界，而不是"走马观花"式地"观看"生活，由此彰显小说强烈的现实感。

　　小说的特别之处还在于作者不断地将这一进城的时间延宕，不厌其烦地呈现主人公"在路上"的种种遭遇，笔调细致温婉，极具感染力。"离家远行"是现当代文学中的主题之一，远行的故事也是一个新的"自我"诞生并得以成长的过程。但在涂自强的"远行"路上，成长的痛苦并未出现，相反，我们看到的是他与所有的陌生人都相处融洽。虽然他与这些人之间是以打工的形式建立关系，但涂自强却在所有的打工过程中如鱼得水，小说也正是在进入这些人与事时，才散发出浓浓的抒情意味。究其原因，与其说是"大学生"这一新获得的通向现代自我的身份在起作用，不如说是涂自强的勤劳善良、乐于助人等来自乡土世界的美好品质的成功运作。涂自强以一种自然的"劳动"方式来迎接一路上的人们，而这也与涂自强大学毕业后的工作经历形成强烈的对比。

　　进入大学之后，小说风格大变，开始进入一种"生计叙事"，这也是该作品最有力量的原因所在，因为小说如何处理生计问题，不仅涉及人物的生活内容，也关联小说的叙事形式。更在"生计叙事"中，现实的表象被切开，暴露出其中的生产关系，小说也由此与当下的中国现实建立起更为深刻的联系。

（夏　雪）

烦恼人生（存目）

池 莉

池莉（1957—），湖北仙桃人，主要有长篇小说《来来往往》《小姐你早》《水与火的缠绵》，中短篇小说《烦恼人生》《不谈爱情》《太阳出世》《你是一条河》《生活秀》《云破处》《致无尽岁月》，散文《怎么爱你也不够》《老武汉》《真实的日子》等。《烦恼人生》获1987—1988年全国优秀中篇小说奖。

《烦恼人生》原载《上海文学》1987年第8期。小说用镜头组接的方式记录了工人印家厚一天的生活场景，揭示出城市市民的生存困境和人生烦恼。和大多数普通人一样，印家厚为早晨抢公用厕所、挤公交车、发奖金、给老人买生日礼物、儿子入托等琐事烦恼，面对乏味的婚姻、叛逆的孩子、衰老的父母，人到中年的印家厚在一地鸡毛中消耗着自己……人生的烦恼无休无止，个体只能裹挟于其中负重前行，没有退路。作者将目光转向生活本身，书写底层人的生存现实，力图将平凡单调、琐碎庸常的日常生活原原本本地呈现出来。由此，《烦恼人生》成为"新写实"小说的代表作之一。

不同于方方、刘震云、余华等作家笔下冷漠的"原生态"，池莉的"原生态"透出理解平民烦恼人生的温馨意味。印家厚们虽然和"理想""诗意"还有距离，但在"烦恼人生"中他们执着前行，默默承担，这恰是普通人身上的英雄特质，作家写出了"原生态"下的"自然之美""人性之善"。

（周　帆）

顽主（存目）

王 朔

　　王朔（1958—），北京人，出生于南京，作家、编剧。1978年开始文学创作，主要有长篇小说《我是你爸爸》《玩的就是心跳》《看上去很美》，中篇小说《过把瘾就死》《空中小姐》《动物凶猛》《顽主》，影视剧本《渴望》《编辑部的故事》《爱你没商量》《过把瘾》，结集出版有《王朔文集》《王朔自选集》等。

　　《顽主》原载《收获》1987年第6期，是王朔"顽主"系列的代表作，也是王朔创作道路上里程碑式的作品。作品讲述青年于观、马青、杨重开办了一家以"替人排忧、替人解难、替人受过"为经营内容的"三T公司"，开始时生意风风火火，但不久就遭遇意外，"三T公司"被停业整顿，三人也官司缠身。与以往不同的是，从《顽主》开始，王朔开始转向当代城市，以城市里没有固定职业的青年或者街头恶少为主角，写他们一本正经地开玩笑，天南地北地侃大山，肆无忌惮地嘲讽世俗规范，消解知识分子权威话语，借此表达对社会转型期纷繁复杂的社会现象的批判。王朔一时间成为文坛关注焦点，并由此引发关于知识分子人文精神的热烈讨论。

　　王朔之所以红极一时，与20世纪80年代中后期的社会转型有关。80年代中后期，商品经济渗透到日常生活的各个方面，政治、经济、思想、文化等均发生巨大变化，知识分子的启蒙地位遭到质疑和挑战，王朔的作品契合时代精神，与大众文化的兴起密切相关。客观来说，王朔作品中反权威的嘲谑有一定的积极意义。但同时，消极性也很明显，尤其是王朔的反抗在本质上并没有更为深厚的理论做支撑，导致作品带有很强的虚无感。

　　在艺术方法上，王朔作品的人物语言口语化、通俗、俏皮，多借助城市流行语，且对语言进行随意扭曲；叙述语言则以戏谑、反讽为主，以"调侃"为最大特色，轻松幽默的叙述风格拉近了与读者的距离。

（张自芹）

追 月 楼

叶兆言

第一章

1

丁老先生整七十,打算好好做做寿。俗话说,做九不做十。丁老先生,不理这一套。

追月楼完工,就准备有模有样庆贺一番。可贺可喜的事不是一桩两桩。这一年特别热,按相书说法,所谓兵戈之兆主凶之年。好在第一阵秋雨落了,丁老先生向来怕热,酷暑熬过,仿佛死里得生。都说六十九是道关口,丁老先生悠然到七十。丁老先生的小千金小妙刚过周岁。绕膝扶床当年事,老藤古木发新芽,丁老先生没想到,将近上寿之年,却还有弄璋添瓦之喜。

这一天明轩到得最早。明轩是丁老先生的大弟子,大女婿,某大学的大教授。他一到,便把伯祺找来训话。伯祺是丁老先生的长孙,一副老实面孔,俯首帖耳听了一会,仰起脸说:"姑老爷,爷爷的脾气,就你知道,一会旧,一会新,我们也吃不透。凡事姑老爷多关照一下,我们照办就是了,你看行不行?"明轩想了一会,笑笑说:"也好。反正今天没什么外人。你弟弟呢?关照他今天可别疯,又惹你爷爷生气。"伯祺知道弟弟仲祥一早就出门,若是如实说了,姑老爷老一套又是一顿啰唆,因此不吭声。明轩忽然一看手表,让伯祺忙该忙的事去,他自己到大门口去迎客。

刚到门口,看见平言先生正站在台阶上发怔,忙双手抱拳招呼。平言先生笑道:"今儿你老丈人大寿,你小子忙死了。"明轩也笑说:"许先生总是说笑话,赶快上楼吧,衍公正等着你呢,有好茶。"平言先生说:"什么话,今儿来,就让许先生吃好茶?"说着一路大笑往里走,走远了,又回过头来，冲明轩嚷道："今儿的厨子是哪的？别像上次似的，你许先生吃上头，可是头等的讲究。"

丁老先生点过前清的翰林，因此交往好友中，很有几个遗老遗少。他又是老牌同盟会会员，当今的党国元老，有几个都是他的至交。客齐了聚在追月楼上品茶。丁老先生因为今天请的是六华春名厨，茶兴之余，让明轩请厨师上楼和大家见面。不一会，那厨师领了个弟子来了，先拱手向丁老先生祝寿，又转身和其他人一一招呼，然后坐下吃茶。平言先生见他坐了，站起来说："我却是久闻大名，这位先生姓王，号称'厨师王'，秦淮河一带，数先生名声最响了，也不知厨师王今儿露哪几手，做几样绝活儿我们见识见识。"厨师王身穿簇新的青色长衫大褂，极白净的一张脸，笑着说："今天衍公做寿，在下不过助兴而已。我祖上也是读书人，虽不像诸位有过功名，也深知小技不足倚的道理。"丁老先生听了，拈着胡子笑道："妙，妙，这番话，酸腐的读书人，怎么说得出？平言，我们读书一世，何如挟一技之长？"平言说："三十六行，行行出状元。衍公，今日你好日子，这话不该说。自打没了皇上，这'读书人'三个字，活是句骂人的话。"众人都说言重，明轩插嘴道："许先生说起话来，总是极端。衍公这儿每次雅集，许先生可有一次没有歪论？"丁老先生笑着说："歪论倒也不失为高论。只是许兄毕竟两江总督的后人，忘不了皇帝的恩泽。如今已民国二十有六年，许兄的脑筋，该新一新了。"平言先生回到座位上，摆了摆手说："衍公翁婿沆瀣一气，焉仁焉义，许先生我今儿也要像报纸上所言，'求助于世界舆论的声援'，在座诸位，如何不助一臂之力。"

厨师王呷了一口茶在嘴里，抿了一会，说："衍公，我插一句嘴。上海的仗，打了已经一个月了，接下来的局势，依衍公之见，会怎么样？我们普通百姓，只会干着急。"明轩听了，冷笑道："光着着急倒好了。这仗根本就不该打。自甲午以后，三天两头叫小日本打，也打不怕。我和衍公都在日本待过，别的国家我们不知道，这日本的军事，无论人家海陆空，哪一样不比我们强？"厨师王一脸焦急求援似的问衍公："这么说，这回我们又要输了？"丁老先生皱皱眉头，想说，叹了口气，终究没说。倒是平言先生按捺不住，恶声恶气说"管他！今儿私人庆会，莫谈国事。"

来客中有位姓黄，名计庭，也是老先生，正色道："许公此言不当，国难当头，焉能不谈国事？"明轩笑着打圆场，黄老先生说："明轩，我的话，你可能也不喜欢听。我和衍公一样，不说'国家兴亡，匹夫有责'，亡国之奴不做的。"明轩说："自古都是成者为王，败者为寇，亡国奴，谁想做？"平言先生反过来也声援明轩，"什么奴不奴的？满人，什么人？几百年前，野人似的，一朝得了天下，谁不称臣。主子奴才，挨到做了，也没办法。"

黄老先生大怒，拍了拍桌子。丁老先生闭上眼睛，运了一会气，说："国事日艰，按说做屁的寿。许兄的高见，我和黄公不想领教。"说完闭目养神。

厨师王连忙站起来，歉意地说："我怎么就在这儿坐上了。都是我引的话头。衍公，我拟了几样菜，几位先生过过目。"说完，掏出一张宣纸写的菜单，明轩上前接了，要递给丁老先生，丁老先生摆摆手，菜单便被平言先生接了去。黄老先生还有些愤愤不平。明轩问菜单怎样，平言先生嘴里喊着"蛮好，蛮好"，递给别人看。那菜单转了一圈，在一片叫喊声中正要随厨师王离去，平言先生憋不住地补了一句："佳肴不在多，每道菜上一半足矣，我们且慢慢品尝。"厨师王笑着离去，暗暗佩服这位许先生果真吃客。

厨师王刚去，仲祥抱着侄儿小林上了楼。那小林教唆好的，一见了丁老先生，便趴在地上给太公磕头。临时教的两句话大约被磕头磕忘了，憋了半天，不知对太公说什么好，临了大悟地说："给太公拜年。"引得一片笑声。丁老先生笑容可掬，嘴里喊着："好，好，太公最喜欢你了，去和小妙玩吧。"一边抬起头来问仲祥有什么事。仲祥说："我想来跟爷爷说一声，我们学校今天有个演讲会，回来要晚的。"明轩连忙打断说："今天什么日子，不是存心惹你爷爷生气。"仲祥白了姑爷一眼，掉头要下楼。明轩喝道："不像话，喊伯祺来。"仲祥说："喊我哥来就是了，你这么大声干什么？"丁老先生叫仲祥不要放肆，这哪像与长辈说话。仲祥分辩说："爷爷，你不知道现在前线多吃紧，国破家亡都到了最危急的时候，我们年轻人能袖手不管吗？"明轩说："管，怎么管？上街游行，喊喊口号，就算管了？"仲祥准备吵架，丁老先生摆摆手，说："你去好了，这种事，爷爷不会拦你。跟长辈说话，得有规矩，去吧，把小林带走。"仲祥扛起小林就走，走到院子里，遇上小文抱着小妙，正坐在桂花树下逗小猫玩，便对肩膀上的小林说："去和小妙玩吧，叔叔有事呢！"小林吵着要和叔叔一起上街，仲祥把他往小文身边垛木桩似的一垛，掉头就跑。小文问他去哪，他做了个呼口号的姿势，头也不回，跑得更快了。

2

小文进丁家，丁老先生的续弦戚氏刚死。当时老先生身边只剩下一个刘氏。刘氏是小户人家的女儿，丁老先生做京官时娶的姨，胖胖的，矮矮的，大屁股，一直不太得宠。都说矮胖子大屁股最能养儿子，刘氏一口气养了六个女儿，恨得丁老先生都怕碰她。小妙出生前，丁家已满了十千金。刘氏的六个不算，原配张夫人两个，戚氏一个，日本所娶小妾芳子一个，轰轰烈烈，丁家简直就成了女儿国。

小文按说也可能姓丁。她家祖辈几代都是丁家的佣人。混到小文爷爷辈，算是有了些出息，她爷爷陪主人读书，好歹识了几个字，主人升官发财，水涨船高，他也跟着吃肉喝汤。得机会置了份家业，想做个有名有姓的人。他自说自话姓了丁，丁家知道了定不依。于是添一横，权当姓于。偏偏小文爸爸不争气，吃喝嫖赌，一等的下流，一等的败家子。他先是把亲老子活活气死了，又把那点可怜的家业吃了鸦片，最后逼着老婆赚钱。老婆得了一身脏病死了，女儿小文还太小，便带着上丁家求口饭吃。丁老先生对鸦片深恶痛绝，拍了桌子撵他走。倒是刘氏心慈念旧情，借口小文太可怜，要留下他们父女。丁老先生因为续弦戚氏刚死，虽没有把刘氏扶正的意思，总算给她面子。丁家虽已没有过去的威势，多两个人吃饭问题还不大。小文爸爸跑腿看院子做点粗活，开头还好不久便偷起来，临了，索性丢下女儿不管，跑到外头去住。

丁老先生有个习惯，日日夜里要起来喝茶。他喝茶有一种老派的讲究，茶具要烫，茶水要新烧。那刘氏也是近五十的人，天天夜里爬上爬下，得了一种哮喘的毛病。小文在丁家待了一年，这差事便由她来做。

这时候小文大约十岁，小小的个子，一身骨头，头发少得梳不像个辫子。丁老先生一来因为她是下人，二来是孩子，什么事也不避她。他老人家养心居气，冬夏两季从不干那桩事，只有在春秋，才到刘氏房里去睡觉。刘氏未老先衰，加上胖的缘故，一睡着就打鼾，鼾声震天动地。渐渐小文长成了人，胸口高高鼓起来，见了丁老先生光着的身子也知道脸红。也许是吃得好，小文身上有了肉，小屁股绷得紧紧的，甚至头发也比过去黑得多。两只眼睛水汪汪的，就是样子还有些傻，一碰就生气，咕嘟着小嘴。刘氏因为小文干的是她的活，小文不干就得自己干，因此凡事都让着她。

这一天，丁老先生睡在刘氏房里。半夜里起来喝茶，刘氏急巴巴地要亲自动手。她披了件夹袄，手脚也不利索，一壶茶整个地泼在床上。小文赌气说："我说我来我来，非要抢，看你笨的。"刘氏脸不由得变了色，又知道小文说不起，越说越来劲，反引了丁老先生生气，所以不但忍了，还用笑来敷衍。丁老先生看不过，说："你也是太好说话了，主子善，奴才欺。"又转过脸来，对小文说："她好歹是你的主子，你这脾气，几十年前，要叫打死的，你信不信？"小文头一昂，只说了三个字："本来嘛！"三个字字正腔圆，说不出的有气势，丁老先生和刘氏忍不住都笑，小文也笑。丁老先生拈着胡子说："我活了快七十的人了，你这样的奴才没见过。"小文说："什么奴才不奴才的，我们是用人，用人也是人。"丁老先生一时语塞，笑着对刘氏说："这就叫新派，八成是从仲祥那学来的。"又对小文说："你又不识字，什么人不人的。"小文一怔，还是那句"本来嘛"，说了自己先笑。丁老先生见她只披了件空落落的小红袄，胸前敞开，担心她冻着，问她冷不冷，让她先睡。

第二天，丁老先生在书房里看了一整天的书。靠晚把伯祺找了来，让他派人去找小文爸，小文已是大闺女，老搁在丁老先生屋里，不成个体统。小文爸爸找来了，听说要把小文接走，心里老大的不乐意。小文对老子从来就没个好印象，心里也不乐意。

小文爸爸便去找刘氏探口风，问是不是小文得罪了老太爷。刘氏也摸不着头脑，小文若走，天天夜里爬上爬下又是她的事，正愁得不行。于是两人联合起来又去找伯祺，伯祺说："爷爷的脾气，你们还不知道，他说领走，就得领走。有什么好说的。"刘氏知道伯祺打内心里不可能同情她，因此也不多说，直接领了小文爸爸去见丁老先生。

丁家大院里有一眼下水管堵了，汪着一摊污水，阳光直直地射下来，一股异味，源源不断散开。刘氏和小文爸爸一路闲谈。丁老先生见了小文爸爸，问他那口鸦片是不是真戒了。小文爸爸吸了吸鼻子，讪笑着说："老先生笑话，民国都那么多年了，那玩意，能不戒？如今抽大烟，要坐牢的。"丁老先生不相信地点了点头，抿一口茶，在嘴里漱着。

小文爸爸说："我想小文这孩子不懂事，惹老先生生气了。"

丁老先生骨子里讨厌小文爸爸，憋了一会，斜眼看着他说："生什气，小文这孩子，比你好得多。"

小文爸爸十分尴尬地笑。刘氏说："是呀，好几年了，难为小文这孩子，也不容易。"一眼瞥见丁老先生不高兴的表情，不往下说。小文爸爸不肯停口，这一阵他正姘着一个小有钱的寡妇，一门心思地害怕小文跟他回去。"不管怎么说，也多要几个钱，丁家什么时候让人空着手走过？"小文爸爸受委屈似的叫了声"该死"，又是跺脚，又是赌咒发誓："老先生还不知道我，小文这丫头，不都是老爷太太关照，要钱，什么话。老先生什么时候亏待过我。不要说小文这丫头伺候得老先生还算称心，就是没有小文，我哪一次来空过手的。是呀，怪都怪我没出息，好好的一个媳妇糟蹋死了。老先生你也知道，我一个人活着，好歹也能凑合，这小文在你这金枝玉叶惯了，我哪能养得活她？"

丁老先生闭着的眼睛一睁，说："你若是把小文卖了，我不饶你！"

小文爸爸突然向前走一步，哈着腰："老先生，我说句不知深浅的话，小文这丫头，你就收了吧。不是我做她爸爸的说没脸的话，你脸色要多好有多好。你信不信，你命里还能有儿子。"

刘氏一旁听了，老脸一阵红，心头一阵酸。丁老先生脸上没有表情。

3

仲祥是学校的篮球明星。个子不高，篮投得很准。这一阵因为淞沪战事，所有的学生都被动员了。仲祥在学生会里有个头衔，上街游行，欢送援兵去上海，到医院慰问伤员，整日忙得不像人。他是丁家大院里的新派人物，老先生宠着，谁也管不了他。

丁家的院子有两道门，包着铁皮，漆得墨黑。仲祥整天在外头疯，丁家的人都从他那打听消息。

仲祥笑着说："我们在陆上，小日本在海里，我们准赢。再说，这次参战的尽是委员长的嫡系，国军的主力。"大家听了，都跟着笑。到后来，仲祥叹口气说："真糟糕，我们的人，倒叫日本鬼子围在上海了。你们若是到医院看看，就知道前线伤亡，有多大、多惨。我们的将士，死得太多了，唉，太多了。"说完止不住叹气，大家默默无言，跟着叹气。终于有一天仲祥孩子般地哭回来，大喊"完了完了"，奔前走后地让大家给他收拾东西："苏州丢了，无锡也肯定保不住，这一次，真跟小日本拼了，我们跟他拼了！"

第二天，几个热血青年不约而同地去报名参军。热血青年中有一位是仲祥的女同学。仲祥单相思，女同学却无动于衷，搭足了架子，似乎总在考验仲祥。这伙热血青年一气跑了几个地方，想不到报国无门，竟没人愿意接受他们。仲祥相思的姑娘是位将军的千金，一怒之下犯了小姐脾气，领着一帮人，气势汹汹去找当将军的老子。将军说："保家卫国，军人的天职，你们学生起什么哄？"将军的千金哭闹了一番，也没用。于是又回过头来，去找各自的老师。仲祥的老师接到通知，高三同学，可以向内地转移。又过几天，仲祥上了追月楼，和爷爷告别。这时候南京城内，已听到远处的炮声，丁老先生感慨万千，明亡之遗恨，仿佛又在眼前，老泪昏花，说话也有些抖："都说金陵龙盘虎踞，一派胡言。爷爷可惜老了，不能像你一样做义民。放心去好了，古人言，胜败兵家常事。青山犹在，何患没有柴烧。爷爷虽老，亡国之奴不做的，南京城破之日，就是爷爷殉义之时。你去吧。"仲祥转身要走，又被丁老先生叫住，只见爷爷手上不知怎么的冒出两本线装的石印本书："你出远门，爷爷给你两本书。我知道你平日里读书就不甚用功，这不好。丁家世代读书人，书要读的。"仲祥接过书，一边下楼，一边随意翻那两本书。上头的一本是丁老先生所著的《春秋三传正义》，另一本是《贯华堂选批唐才子诗》。正翻着，一张信笺掉下来，上头一首诗：

　　　　胜败兵家事不期，
　　　　包羞忍耻是男儿。
　　　　江东子弟多才俊，
　　　　卷土重来未可知。

字是丁老先生的，仲祥也吃不准谁的诗，依旧夹在书里，往自己房里走。小文在路上碰到他，给了他一个手绣的书包。仲祥心里嫌那样式太旧，笑着收了谢了，回到房里，想到这次去内地，和他心目中相思的姑娘同行，说不出的喜悦。

仲祥走，伯祺一直把他送到学校。街上乱得不成样子，到处都是兵。炮声越来越紧。看着弟弟的心情十分轻松，伯祺真恨自己不能像仲祥那样一走了之。他是丁家的长孙，这个旧式家庭的一切事，都堆在他一个人身上。巴金先生的《家》当时正流行，伯祺也读过这本书，他觉得自己就是小说中的觉新，或者反过来说，小说中的觉新就是他。不免一肚子苦水，没处倒。从仲祥的学校出来伯祺又到姑老爷明轩家弯了弯，姑老爷家在文德桥附近，门对着一所小学堂。明轩也是刚从外头回来，正和姑妈婕一起收拾细软，准备搬到难民区去住，一见伯祺，让他也赶快回去准备。婕和伯祺父亲是一母所出，伯祺的父亲死得早，因此她格外心疼两个侄儿，边让伯祺坐下来，一边吩咐用人做些点心。"市面上乱哄哄的，我也不让吴妈上街给你买你爱吃的包饺子，就家里的东西，随便吃点好了。"伯祺直说自己不饿。婕又问家里的事，知道仲祥要去内地，一阵不放心。明轩在一旁不耐烦地说："都什么时候了，还聊天。伯祺，我跟你说，南京守不了几天的，我们今天就搬到难民区去。你回去跟爷爷说，我熟悉的人认识一个德国人，我们就搬到那德国人的公司里去住。安全是没问题的，日本人来了，不会找德国人麻烦。你赶紧回去准备，我们在那里住定了，我来接你们。"

婕说："爸那个脾气，也不知肯搬不肯搬。"

明轩说："不肯搬，也得搬，你知道什么叫难民区，难民区就是中立区，不得开火的，要不然，要不然，哎呀，伯祺，赶快回去准备吧！听我的话，能错？"

伯祺疲倦不堪地回了家，把姑老爷的意思告诉大家。丁家顿时一片混乱。两位老的首先执意不肯搬。丁老先生说："什么中立不中立，不能像仲祥那样做义民，老脸已经愧煞，这难民是万万不做的。"另一位不肯搬的，是丁老先生父亲的遗妾慕容氏。慕容氏也是快七十的人了，她的辈分高，执意不搬，大家拿她也没办法。伯祺妈李夫人恨不得立刻搬，但是她是当家媳妇，两位老的不肯搬，她也不敢说搬。伯祺夫人的想法和婆婆一样，满肚的窝囊都发在儿子身上，打得小林哇哇叫。丁老先生还有两个未出阁的女儿娈和嫘，早听说过日本人糟蹋起中国女人来没有数，因此吵得要搬，又是哭，又是闹。

第二天，明轩没有来。噼里啪啦的枪声就像过年。丁家的人都缩在西厢房里，一个个等着大祸临头，好像日本人真的已经到了南京城。又过了一天，明轩来了。丁家仿佛见了救星，问这问那。明轩说就在这几天里，南京城一定守不住，难民区的高射炮阵地都撤了，又说他在那全安排好了，去多少人都住得下。

丁老先生还是坚持着不肯搬。不过这一次他松了口，只说自己一个人留下，别人要走就走。丁家的人立刻遇到了大赦，一个个欣喜于色，纷纷忙开了。慕容氏还要坚持，李夫人说："你老人家不搬，势必得有两个小辈的陪着你，万一有个三长两短的，硬要两个小的陪着，跟着送死，你却忍心？"慕容氏不是有主见的人，加上昨天也受了惊吓，不再坚持，答应和大家一起搬。

　　剩下的问题是谁留下陪丁老先生。男仆福生本来就是看护院子的，理所当然地应该留下。女仆杨妈也是半老婆子，留下烧饭。问题的关键是刘氏和小文谁留下。"我伺候老爷一辈子，也没歇过。这几年都是小文照顾老爷，在这节骨眼上，我怕是伺候不好的。"丁家的人，大都倾向刘氏留下。伯祺说："小妙还要吃奶，又要顾老又要顾小，怎么行？"刘氏飞着唾沫说："怎么不行？我六个丫头，难道不是自家拖大的。再说这一向，不都是这样，我看小妙也可以断奶了——"刘氏啰啰嗦嗦地还要说，丁老先生光火道："我听着这些废话，心烦。都给我走好了，我谁也不要你们留。都走，反正我老了，不值钱了，都走好了。"手一挥，一只茶杯落在地上，顿时碎了。

　　小文的脸上一丝不易察觉的笑："那好，我留下就留下。"她的声音不大，大家都听得见。

　　大家都不作声。外面的枪炮声似乎也哑了。突然，一颗流弹从空中带着哨音飞过，在座的人不寒而栗。明轩感激地看着小文，说："也好也好，小文，你暂时留下，我们先去，以后再来接你和衍公。委屈你了。"

4

　　丁老先生平生的得意，都显在了科举上。虽然不曾连中三元，也是场场得胜。廪生的资格不去说他。乡试举人，会试进士，都是一锤定音。按说进士就算正途出身，大官小吏，总以为吃稳了俸粮，偏偏他一再赋闲，大官没份，小点的官又不肯将就。加上他老先生天字号的榆木脾气，对上不懂得如何迎合，对下不知道怎样敷衍，硬是一辈子官运不佳。他一生不买别人账，别人也不买他的账。到了百日维新事败，也不知哪个乌龟王八蛋多事参了一本，冤枉他是新党。新党时髦时可以做大官，倒霉了却得杀头。丁老先生于是仓皇出走，避祸上海，又避祸日本。清朝末年，日本是中国革命的大本营。丁老先生人到了日本，他不去找革命，革命送上门来找他。有不少人看中了他的进士出身。他糊里糊涂地入了同盟会，宣了誓。摔炸弹搞起义之类的事他做不来，武不过参加了两次留学生的集会，文只是写了篇四六体的驱虏檄文，除此之外，依旧埋头傻做学问，教弟子。他那本《春秋三传正义》的初稿，就在那时完成。

民国以后，丁老先生最称心的想法，是按照自己意思盖楼。

就在追月楼的旧址上，原先也有一幢楼。这楼是李纯做江苏督军时盖的，因为楼前有个小水池，明月之夜，从楼上看，天上一月，水中一月，故称二月楼。二月楼盖好的当年，丁老先生的独子归了天。又隔一年，平白无故一场大火，丁家大院里偏偏是二月楼化为灰烬。风水先生的意思，丁老先生命属土，楼者，木也，木克土，所以非大吉大利。土又克水，门前一池水，不安宁便是应了正果。

丁老先生是丁老先生，进士出身，做过翰林，读的书远比风水先生多。风水先生的附会不可不信，不可全信。追月楼奠基，取金克木之意，四下里埋了些废铜烂铁。门前的一方水池也填了，移植了几枝翠竹，和东首的一株桂花树相呼应。

追月楼落成不到一年，日本人来了。

仲祥远走，丁家的人几乎都搬到难民区，丁老先生蛰居追月楼上，抚今追昔，几千年华夏文明历历在目，不禁怆然涕下，大有"我生之后，逢此百罹"之感慨。

丁家的人马浩浩荡荡搬走后，起先伯祺还溜回来劝爷爷也往难民区搬。过了四天，男仆福生从街上奔回来，大叫日本人已经进城。女仆杨妈惊得失了声，相帮着一起上大院门闩。这之前，丁老先生正倚窗独立，从追月楼上看小文。小文在院里看猫玩。她因为和小妙分开了，两只奶子涨得痛，内衣湿了一片，一双纤手正轻轻地按在胸前。

"日本人进城"的惊呼声进了后院，丁老先生和小文各自怔了一会，一时不知如何是好。福生和杨妈慌慌张张进了后院，慌慌张张上门。上了门，又慌慌张张僵立在那儿，慌慌张张地听。有那么一会，丁家大院的四个人，石雕似的处在自己位置上。街上稀稀落落的枪声，隐隐地仿佛有人在说话，听不真切。

这天晚上便停了电。从追月楼上，看得见南京城四处在燃烧。不时有女人的哭喊声，伴着单调的枪声传来。

丁老先生让小文点上蜡烛，研墨铺纸，一气把想好的七首绝命诗写下来。意犹未尽，又摊开一张宣纸，用篆书接连写了几个老大老大的"义"

字，写完了，在笔洗里浸了浸笔，坦然地吩咐小文睡觉。小文心头一团麻，说："能睡着吗？"缓缓过去铺床。床铺好了，丁老先生和衣坐进被筒。小文冲了汤婆子，从脚跟头塞进去，香炉里重添了一炷香，茶壶里加了点水，再回到窗前，默默往外看。丁家大院像头花猫似的沉睡在黑暗中，远处火光一闪一闪映在小文脸上。丁老先生看着她脸部侧面的轮廓，小鼻子挺着，眼珠仿佛比平时大，比平时黑而且亮，心想她毕竟年轻，又是个女人，这时候不可能不怕，又想到自己反正半截子入土，让正当好年华的小文陪他取义成仁，不由得于心不忍，胸口一阵愧心的痛。

　　此后一连几天都这样。丁家大门足有半个月没开。福生找了张梯子，偷偷爬上围墙往外看，小巷那头躺着几具尸首，一条狗懒懒地走着。一个日本兵从两扇虚掩的大门后走出来，立在门口东张西望。福生慌忙下楼梯，添油加醋地说给丁老先生听。杨妈旁听了不住捂嘴。小文也想过来听，丁老先生不愿让她受惊吓，不许福生再讲。

　　又过几天，外头似乎真平静了。小巷那头的几具尸首已不知让谁收埋，街面也打扫干净，稀稀落落有了行人。福生冒险上街走了两趟，回来说的都是些恐怖新闻。走了两趟胆子大了，这一天福生大清早出去，到中午也没回来。约莫两点钟光景，杨妈听见打门声，以为福生回来了，急急赶去开，一听喊门声很急，却不是福生的声音，吓得一口气奔上追月楼，哆嗦得半天说不出话来。

　　那打门的声音越来越急，明摆着躲是不过的，丁老先生叫杨妈去开门。杨妈极不情愿地磨蹭着去。小文缩在窗台后面，看着丁老先生威严地立在窗前，心口咚咚地跳。没想到不一会杨妈笑跑进来，说原来是姑老爷。

　　明轩满头大汗的样子。杨妈一边后院门，一边看明轩，一边笑着向追月楼上的丁老先生说："真吓昏了，姑老爷的声音都没听出来。"明轩上了楼，请了安，嘴里一连串的"没事就好，没事就好"。从明轩那里又知道丁家一家在难民区都好，没什么意外。

　　明轩说："我本想回家拿些东西，没想到对门小学堂，如今已成了日本兵营。我回家，远远地看见几个日本兵，正在那翻箱倒柜，我便上这儿来了。唉，身外之物，也算不了什么，让他们糟蹋去吧。衍公，这儿倒没人来？"正说着，忽然听见前面院子里，有人用日本话在叽里呱啦喊。明轩连忙往楼下看，只见一个日本兵正从前院往后院墙头上爬，一看明轩，慌不迭地低下头去，又突然把头伸上来，冲明轩哇哇乱叫。丁老先生走到窗前，喊那日本兵下去，滚到院子外头。那日本兵不懂中国话，油腔滑调地还是笑，不时地回头和下面一个日本兵说什么。明轩有些腿软，更害怕丁老先生的死脾气，硬着头皮用日语和那日本兵对话，说这儿住着一位受日本学者尊敬的中国学者。那日本兵想不到碰上一位会说日语的汉人也吃不准什么来头，举起三八大盖，对着追月楼漫无目标地开了枪，扬长而去。

最受惊吓的是明轩，大有危邦不宜久留之意，勉勉强强又坐了一会，告辞回难民区，临走再三关照保重。杨妈跟着闩门，想到那日本兵进前院，是因为姑老爷来了，自己激动得忘了闩前院门，心有些虚，门闩了，有意无意又拉几下，这才忐忑不安地回后院。

福生直到天黑也没回。这一夜，丁家大院静得能听见猫悄悄走过的脚步声。绷紧的弦，略松了松，又绷得更紧。明月当楼，寒风凄泣，竹影映在小轩窗上，像画似的。

第二章

1

旧历新年到了。

这一年冬天出奇的冷，甚至梅花也畏起寒来。按说是梅花怒放的季节，可是枝头秃秃的，像干瘪的朽藤。天阴阴的，却不下雪。首都二十九万难民，饥寒交迫，纷纷离开难民区，回家过年。丁家的大队人马搬回之前，伯祺已经回来过好几次。丁老先生听他说了许多事，知道城南的房子烧了一大片，人死了不少，相当数量的女人受了辱。

福生一去不返。丁家的人都当他死了，后来才知道他还活着，大约是偷了丁家的东西，不敢回来。

经此事变，丁家的事说变也变，说没变也没变。最明显莫过于小文的地位，丁家人过去叫她小文，如今都跟着丁老先生，称姨奶奶。刘氏后悔不曾留下来，硬是错过个立功机会。她那性格不善争风吃醋，只觉得自己好歹六千金，面子上不好看。

莫道风情老无分，桃花偏照夕阳红。两个月来，丁老先生和小文相依为命，不由得把她引为红颜知己。大难不死，丁老先生不免一种偷生的恐慌。他老人家童颜白发，大眼长眉，耳垂下一块肉多大的，都说是天生的寿者相。偷生之余，生之乐趣又油然而生，因此丁老先生兴致好时，便和小文说董小宛与葛嫩娘的故事。小文不识字，《烈女传》上事迹倒知道不少，烈也罢，义也罢，还有忠和贞，听着想着都一个味。小文一想到自己不甘心和丁老先生一起死，脸就有些红，脸一红，手也勤了，脚也快了，那神秘的笑就偷偷地跑出来。虽然分别不过两个月工夫，小妙已经不认得小文，看着自己的孩子不叫妈，小文哭了好几回。丁老先生见她眼睛又红又肿，只当她受了什么委屈，问又问不出。

到了大年三十，丁家起了一场风波。风波是由一串爆竹引起的。

明轩一家从难民区搬回去，因为对门是日本兵营，只抖抖索索地住了一夜，第二天便举家移到老丈人家来。明轩一女两男，女儿出嫁，两个儿子年岁相仿，说青年太小，说少年又太大，顽皮得讨人嫌。兄弟俩也不知从哪搞来一串爆竹，拆散了在院子里噼噼啪啪炸着玩。丁家的小孩都围着看，小文也抱着小妙在一旁。小林看着看着不过瘾，也吵着要。明轩的两个儿子不但不给，还把点着的爆竹往小林身上扔，恰巧被刘氏看到，跳手跳脚地便骂。伯祺夫人听了，连忙出来说"没关系，没关系"。刘氏见孙媳还不识好人心，骂得更凶。婕在厢房里听得不住，一把推开明轩，冲出来和刘氏吵。这两个人铁板铁钉，一个眼里压根没有庶母，一个抱定嫁出去的女儿泼出去的水，话越说越多，全是难听的。直到丁老先生从追月楼上，扔下一把宜兴紫砂茶壶，才住了口。

丁老先生说："都是些畜生，亡国灭种之祸，难道就一点都不觉得?!"

小林哭着，仰起脸来，向追月楼上的太公告状，要爆竹放。丁老先生仰天长叹，忽然老泪纵横，带着哭腔说："怎么不死！怎么不死！怎么不都死！"说完号啕大哭。楼下也吓得一片哀号，急得明轩和伯祺奔上走下，有苦说不出。

就这一折腾，丁家多了忌讳。小孩子轻易不敢到后院来玩。当丁老先生面，没人敢笑。从正月初八开始，丁老先生断了荤腥，吃素。明轩的两个宝贝儿子吵着要搬回家住。

丁老先生发起了书呆子脾气，发誓日寇一日不灭，一日不下追月楼。为了显示决心，让小文找出他平时出门会客的衣服，就在院子里烧了。又把楼上他睡的那间卧室，易名为"不死不活庵"。除了读书，丁老先生便埋头写日记。《不死不活庵日记》分正副两册，一册自存，一册交给伯祺保留。人即使不能好死，也不应该歹活。丁老先生准备仿先贤顾炎武《日知录》的体例，写一部不朽的传世之作，因此《不死不活庵日记》内容之庞杂，杂到几乎无所不包。就在丁老先生埋头著书的第五天，丁家来了亲戚。一男一女，男的是小文爸爸，女的是小文爸爸姘居的那位寡妇。大家心里都知道怎么回事，小文爸爸说那女的只是他表妹，也没有人出来戳穿。这个家总是丁老先生说了算。这一向正是小文得宠之际，她老子来了，丁家的人说不上尊重，也不敢怠慢。伯祺母亲听说那女的家里原有好几间房子，这次都叫烧了，倒是打心里有些同情。

　　小文爸爸依旧住在先前的屋里。这地方因为后来福生住过收拾得还算干净，斑驳的泥墙上贴着张年画。那女人大家都跟着小文叫二表姑。二表姑和杨妈睡一个房间，闲时便相帮着一起做家务。杨妈为人最图实惠，二表姑眼里有她，她对二表姑也不错。时间长了，杨妈发现二表姑身上有一种病，憋了好几次，终于在夜深人静时问她是怎么回事。二表姑起先还吞吞吐吐，后来原原本本地都告诉了杨妈。

　　原来二表姑叫日本兵抓去过。

　　南京城破时，二表姑带女儿躲在金陵中学。这个中学作为难民所，主要收容妇女。教室里打着地铺。日本人进城以后，几次想冲进来抢女人，都让收容所的负责人，一位美籍老太太赶了出去。一天晚上，二表姑去厕所方便，没想到有三个日本兵翻墙进来，守在那儿，二表姑还没进厕所，就叫三个日本兵掀倒在地。可怜吓得也不敢出声，直到第三个日本兵向她扑过来，才大声地哭。等到难民和收容所的工役赶来，三个日本兵中，已有两个骑坐在墙头上正把第三个人往上拉。

　　那些日本人尝到了甜头，胆子越来越大，甚至大白天也冲进教室宣淫。终于有一天，开来辆大卡车，从车上跳下几个日本兵，由一个会说日本话的中国人引着，走进二表姑她们教室。那个中国人一会日本话，一会中国话，满口唾沫乱飞。他说要找五个女人去给皇军做饭。女人们吓得一个个往后躲。

　　突然一个日本兵冲上前，拉着二表姑的女儿就往卡车上送。二表姑的女儿哭着，赖着，跪在地上不肯上车。那卡车上已经有了几个别处带来的女人，脸上都没有表情，一双双鱼眼睛似的看着和她们自己同命运的女人。二表姑的女儿还是被拉上车。不一会，五个女人的数目满了，哭喊声直上云霄。二表姑的女儿刚满十七岁，死命地叫妈妈。二表姑一时冲动，冲了过去，要求代替女儿。那中国翻译正向一个日本兵说明，另一个日本兵拦腰一抱，把二表姑摔上了车。卡车启动了，慢慢地向前走。

　　出大门时，那位美国老太太赶来了，拦住了卡车不让走。一位日本兵跳下车，打了老太太一个耳光。老太太被激怒，跨上踏板，伸手拉司机，想把他拖出来。又跳下一个日本兵，然后两个人架住了老太太，让卡车开远了，才追过去爬上车，笑着叫着挥手作别。

　　二表姑她们被带到一家伤兵医院，一去，就有一大堆衣服让她们洗。当天晚上，成群结队的日本兵拥到她们的住处。她们住在个大的地下室里，乱七八糟的杂物，把大厅似的地下室隔出几个空间。折腾了大半夜，临了，一个当官的跑来一顿臭骂，那帮日本兵才提裤子作鸟兽散。第二天，又是一大堆衣服让她们洗。晚上依然老样子。

　　到了第三天，已经没几个洗得动衣服。二表姑的女儿昏睡在床破棉絮上。二表姑说，她当时唯一的感觉，就是女儿不像女儿，她自己也不像自己，仿佛只是一个局外人看着一群陌生人，恍恍惚惚地像是在电影院。这天晚上来了几个军官，二表姑她们疲劳到了极限，迷迷糊糊地睡了，做着梦，任随那几个军官怎么乱动。此后将近十天都是这样，大家都觉得自己奄奄一息，就是不断气。那些常来光顾的日本官兵大约腻了，便换了一批日本伤兵来。这些伤兵缺胳膊少腿，干起那事来更缺德。二表姑的女儿就是叫个独腿的家伙糟蹋死的，他先是啃了她一身牙印子，又用小刀子在她身上乱戳。

　　二表姑是让一个头上缠着纱布的家伙和一个男看护从地下室里弄出去的。她弄不清为什么这两个人要把她弄出去。他们把她带到一个小巷的深处，锁在一间小屋里，然后分上下午来看她。那个男看护会说几句中国话，是个又瘦又矮不长胡子的小老头，他老让二表姑用舌头舔他，要不然他什么事也干不成。

　　"我真傻，杨妈你知道，那门稍稍用力，便开了。我早就应该跑了，白受了那几天罪。你知道，出了小巷口，左手一拐，没几步，就到难民区了。"二表姑的故事惊心动魄，杨妈听了，吓得翻来倒去睡不着。好不容易睡着了，又是一连串的梦，浑身的冷汗就像是水里刚捞出来。

　　没几天，二表姑的故事传遍丁家。丁家的老少媳妇们，未出嫁的两个女儿，睡眠里凭空添了几场梦。然而害怕归害怕，二表姑成了丁家的中心人物，她坐在那晒太阳，有好几双眼睛从玻璃窗后朝她偷看；她一张嘴，有好几个人搬着凳子去坐在她旁边听。二表姑显然受刺激太厉害，有些病态的神经质，仿佛磨难到了尽头，也可以当光荣疤炫耀，看着丁家老的少的女人们，一个个花容失色，喘不出大气来，就从苦脸上挤出心满意足的惨笑。

2

表姑的故事，作为《丁丑劫后里门闻见记略》的一部分，被丁老先生记在《不死不活庵日记》中。丁家的人都知道，丁老先生在写一部可能叫丁家全部杀头的书。

丁老先生不下追月楼。

春天还是来了。虽然老下着阴冷阴冷的雨，春天毕竟是春天。丁家大院的石除里，长出了青青的草。丁老先生足不出户，听家里人说街面上如何如何冷，如何如何凄凉，不禁吟哦杜甫"国破山河在，城春草木深"的诗句。

老友故人中，最先蒙难的是许先生平言。早在南京城陷那天死于乱枪之下。因为经不起难民区不安定生活而死的，有冯先生叔宣，向先生儒棠，何先生佩甫。黄老先生计庭，大难不死，让日本人捉去关了半个月，虽没有严刑拷打，却活生生地饿了几天，受尽人格污辱。待那天气渐渐晴朗，无力的太阳射在追月楼上，黄老先生来看丁老先生。两老初遇，相顾无言，老泪哗哗地就流出来。

丁老先生、黄老先生哭了一会。

黄老先生哽咽着说："活着就好。"

丁老先生也哽咽着说："活着就好。"

两位老先生都说："有愧，活着有愧。"

丁老先生把《不死不活庵日记》拿出来，给黄老先生看。黄老先生带了回去，戴上老花镜细赏，触动新仇旧恨。一口气写了十首感怀诗，再送来给丁老先生。丁老先生依韵和了八首。这以后，十天或半月，黄老先生必到追月楼上小坐，对窗共茗，看新竹一个劲地往上蹿。亡国人说亡国事，诉亡国根，共亡国愁。

丁老先生说："平言常说，凡人都可活一百二十岁。只要平时无戕贼，常存长寿之念，考究饮食起居便行。又说晚服通江银耳一碗，大补中气。想不到平言只低你我几岁，倒走在前头了，所谓生死由天。"

黄老先生大以为然，点头道："匪今斯今，振古如兹，仙家有五百年一大劫之说。自九一八始，早一些自甲午海战始，或者自明戚继光抗倭，这一劫就注定。我辈正好碰上这大劫，也是活该，今日白首楼上客，何时黄泉地下鬼。"

丁老先生叹道："未知生，焉知死。我家仲祥倒是在内地做义民。想想这么大的一个中国，未必真灭得了。也不知'几时真有六军来'，反正你我大约不会有这一天。如今再读顾炎武'愁看京口六军溃，痛说扬州七日围'，真乃一字一滴血。"

两老先生正说着，有脚步声上来送水。黄老先生只当是小文，无意中回过头去看，是丁老先生的七姑娘娅。娅向两位老先生请了安，姗姗地下了楼。黄先生随意问道："怎么，七姑娘回来了？"见丁老先生似乎没听见，眉头仿佛一皱，便不再问。又坐了一会，起身告辞。临出门，又见到娅，禁不住问道："七姑娘来了几日了？"娅只是一笑，不作答。黄老先生知道娅是丁老先生的宠女，也不和她计较，自顾自地走了。

七姑娘是丁老先生原配张夫人的幺女。丁老先生的千金中，娅和三姑娘好相貌最好。好和四姑娘妍是丁家的才女，不仅都到美国留了学，而且都嫁给了留学生客居在美国。娅的成绩最差，考了几年，顶蹩脚的大学也没进。丁老先生知道是自己宠坏的，因此下决心要找个老实巴交的女婿。恰巧龙潭储恒山之独子元泰在南京念大学，储氏是龙潭大族，和丁家世交，而元泰虽貌不扬，为人忠实厚道，丁老先生挑来拣去，临了还是择元泰为东床。娅自一开始就不大满意，她因为两个姐姐都留了洋，十二分地嫌元泰土气。嫁到储家最初的几年里，娅总免不了一种屈才心理，直到好多年不生养，那自尊才慢慢转为自卑。储家是一个比丁家更旧式的旧式家庭，元泰是独子，无后这条罪名，娅再骄横也担待不起。元泰大学没毕业就回了龙潭，在地方上找了个不大不小的职务。娅肚子里不结果，家里便怂恿他娶妾。他知道娅不会答应，所以不存此念头。

日本人兵临龙潭，元泰以协助抗日罪被抓。过去办公的地方，如今成了关押他的场所。储恒山夫妇急得只差上吊，到处求人托人。最忙的是娅，三天两头要去送吃的。好不容易放了出来，却不曾想到有人放风，说元泰所以能被释放，是他老婆叫日本人睡过的缘故。元泰起了疑，尽管娅哭天抢地诅咒发誓不承认，还是多了桩心病。同时被抓的三个人，只有他最先放出来。更说不清的地方是娅突然有了身孕，元泰一直害怕自己有什么病，这一来更落了实。他那两个上人的想法也差不多，言语中不知不觉地就流露出难听的话来。

娅岂是吃得起委屈的人，加上怀孕之后的反应，脾气比以往更暴躁，上蹿下跳，气头上把储家的祖宗八代都骂了。元泰原还有家丑不可外扬的意思，这一闹，方圆十里无人不晓。储家的气量再大，也容不下娅。于是娅搬回娘家来住。

娅回到丁家，气势汹汹地把储家的人挨个骂一遍。她肚子里的孩子还小，没人看得出。丁老先生只当她是赌气回来住一阵，不管她的事。天长日久，气候一天天热出来，身上的衣服一单薄，肚子的轮廓便显了。娅觉得自己当年下嫁到储家，主要是刘氏出的馊主意，因此去找大姐婕商量。婕知道事态的严重，便和男人明轩及伯祺商量。商量来商量去，得出的结论是这事瞒不过丁老先生。

丁老先生发了顿脾气，派伯祺立即去龙潭叫女婿来。元泰慢吞吞来了，丁老先生又光火不愿见他，只是让大女婿明轩传他的话。丁家的人好哄歹说，总算把元泰劝上追月楼见老丈人。丁老先生说："我不愿见你，你来做什么？"元泰让他的威势镇住了，坐在又硬又冷的红木圈椅上，不敢吭声。坐了一会，丁老先生又说："叫你老子来，我有话问他！"元泰还是不敢吭声，再坐了一会，由明轩拉着，搭讪着，尴尬地下了楼。

楼下已备好了酒菜。元泰见丁老先生不来，也不敢动筷。直到知道丁老先生丁丑劫后从不下楼，才渐渐有了活气，轻松自然起来。两杯水酒下肚，开始正眼瞧丁家人。明轩见已到了说话的时候，便说："元泰，不是我要说你，这事实在是你的不对。你想，别说七姑娘没这桩事，就是有了，她又是为了谁呀？你一个大男人的，难道就不亏心。更何况如今已是民国多少年了，你也算是个读新书的人，脑筋倒会这么旧，是不是？你好好想想。"伯祺因为低了辈，插不上嘴，一个劲地劝酒。元泰仿佛瘪了气的皮球，在家商量好的一套狠话用不上，只是傻笑，硬做出一副老实人的样子。明轩老一套地几句话颠来倒去，"我不多说，你好好想想。"他嘴上说不多说，话却不肯停，让元泰好好想，元泰偏不想。到临了，明轩问："你到底怎么想的？"元泰被问住了，脸一阵红。

这就把娅带回去不可能。龙潭储家的工作还得做。元泰临走，由婕领着，去看娅。娅见了元泰，两眼一红说："你来做什么？"婕说："这是什么话,来看你了,倒搭架子。"娅哭出声来说:"我们哪有什么架子,别人眼里,猪狗都不如呢。来干什么呀,心都叫狗吃了。"说完,呜呜地哭。她的脸有一阵不见太阳,比往常更白,哭着哭着,白里显出红来,极妩媚动人。元泰思起平日过的恩爱日子,也要流出眼泪来,只说:"我回去安排好了,就接你!"

元泰一去不返。丁老先生又派伯祺去催,去了两次,吃两次门羹。娅分娩的日子到了,只好在南京就近送医院。到医院第二天,生了个又白又胖的儿子。这事不知怎么叫龙潭储家知道了,满月那天,元泰和他妈来丁家领娅母子。所有的人都意外。丁老先生想生气骂人,又觉着亲家母这样的妇人不足为训,一个人独坐在追月楼上喝茶。丁家欢欢喜喜地准备打发姑奶奶,元泰红着脸发笑,娅苦尽甘来,心里也乐意。

3

丁老先生过七十一岁,冷冷清清。一年前,请了厨师王来大显身手,如今回想,恍如隔世。

娅回龙潭来信,大报平安。储家三代单传,把个小孙子当宝贝似的供着。婕一家也搬回去住,对门小学堂的兵营撤了,听说不久就要开学。三姑娘和四姑娘在美国没有信来。八姑娘婉从北京来过封信,说她一家和六姑娘一家在那儿很好。八姑娘是日妾芳子所出,丁老先生回了封信去,三言两语。

九姑娘娈,十姑娘嫘,按照刘氏的意思,匆匆嫁了出去。乱世家中藏着不嫁的女儿,终究是桩麻烦。娈嫁了一个药铺老板的儿子,嫘的丈夫是个蹩脚小报的记者。

冬至过后,追月楼上放了个大火盆。丁老先生静静地坐在那注视着暗红的木炭,淡青色的死灰,只觉得今冬大胜于昔,自家的身体明显地比过去好。想来思去,终是养浩然之气的结果。虎年去了,迎来了兔年。正月里狠狠落了几场雪,便到了早春二月。丁老先生布满银丝的头上,从两耳往上至前额,令人吃惊地生出两片发黑的头发来。发黑的头发中间,又有一部分乌发由黑变棕黄,由棕黄转淡黄,黄而近白。见到的人都说好兆头。丁老先生翻遍古书,找到了几处记载,也说不坏。

春之为令,所谓天地交欢之际,阴阳肆乐之时。丁老先生蛰居追月楼上,看梅花残了,月季谢了,楼前几支雨后春笋,一个劲地上蹿成新竹,心头眉间，有了些愁和烦闷。小文较以前胖了许多，胸脯还是那么高。

二表姑早走了，她的故事大家都听了。倒是小文爸爸在丁家待久了，待出了架子来，三天两头吵着要酒喝。丁家人看不惯没人理他，他便一个人关在屋子里骂人。小文因为他老给自己丢脸，哭了几次。她爸爸说："你哭也没用，哪叫你是我的女儿，老子再不争气，也得养着。"小文偷偷塞钱给他，塞得越多，越是无底洞。丁家的人怨声载道，几个仆人也搭架子，没人给他好脸色看。他却索性犯起老脾气，偷了丁家的东西去换酒喝。

丁家再也容不下小文爸爸。这回他很知趣，小文撕破了脸和他吵，他只是一味装聋作哑。小文说："你去死吧，我没你这个爸爸！"吵了半晌，小文一时性起，捧起她爸爸的铺盖向外扔。她爸爸口浓痰啐在地上，笑着说："人都说小老婆不能当，你起个什么劲，大不了一个下堂妾，不要说你，就是老头子来，又怎样？好歹老子还高他一辈呢，婊子养的东西。我走。受你的气，真是！"弯腰捡了铺盖，卷卷好，胳肢窝里一夹，大大咧咧地走了。小文在那哭成了个泪人。

这一切，丁老先生不知道。他与世绝缘，和丁家的大事小事有间隔。丁家的大院太大，丁老先生的耳朵太背。小文爸爸只敢在前院骂街撒泼，让他上追月楼，没这个胆。

丁老先生还是不下追月楼。知道的都是坏消息。日本人仿佛战无不胜，国军则退了再退，徐州丢了，郑州丢了，广州丢了，武汉三镇又告弃守。唯有南京太平无事，战线越来越长，越打越远，虎踞龙盘的战略重地，成了日本人的大后方。街面上的秩序已经恢复，强奸妇女和无故杀人的事很难再听得到。

丁家在乡下有一大片田产，这一年因为战乱，收租眼见着又要落空。城南的两爿地产，一处烧了大半，一处的房客换成难民，房租收入比过去少得多。物价在陡然地上去。

丁家几辈子没缺过钱花，伯祺恨最倒霉的日子，为什么偏偏让他碰到。大家族的长孙不好当，落难的长孙更不好当。妻儿老母都指望他，新嫁出去的两位小姑妈又老回来要钱。

伯祺只好又去铁路局上班，明知道丁老先生不乐意这么做。他是个忠厚老实的人，在办公室常受同事的气。回到家，还要瞒着丁老先生。上了一阵班，新来的上司因为知道伯祺是前清翰林的后人，便向他索字画。这位上司有几分好古癖，收集字画的手段有些死皮赖脸。明摆着这位上司得罪不起，伯祺只好硬着头皮上追月楼，尚未开口，丁老先生问："这一阵白天找你都不在，去哪儿了？该不是去你的那个衙门上班了吧？"

伯祺两手垂着，洗耳恭听，不作答。丁老先生说："是就是，不是就不是，不作声，怎么了？"伯祺不敢看丁老先生，说："我怕爷爷知道了，生气。"丁老先生叹了口气，看了看身边的红木圈椅，说"你坐，爷爷有话和你说。"伯祺坐了下去，等了一会，才听见丁老先生说："爷爷从不动人取义成仁，义者自义，仁者自仁。我知道你们的意思，大约都觉得爷爷迂而且腐。"说着，叹口气，做了个手势不让伯祺插嘴，"国家是亡了，不过'人寰尚有遗民在，大节难随九鼎沦'。爷爷知道，当今之际，像顾炎武之辈如凤毛麟角，爷爷不会强人所难。你在哪做事，还是在铁路局？"

伯祺点点头。丁老先生说："铁路局做事，毕竟还算不上助纣为虐，况且，尚有涅于浑浊而不缁之说。爷爷的意思你明白不明白，说了半天，不过一个意思：而今而后，庶几无愧。"伯祺不停地点头，等丁老先生说完了，便问："爷爷这一向身体可好？"

丁老先生说："日薄西山，有什么好不好的。你怎么了？"

伯祺又问："爷爷这一向写不写字？"

丁老先生朝伯祺看了一下，问："谁跟你要字？"伯祺脸一红，说："我们一个同事，随便说说的。"丁老先生不相信，摇摇头："一定是你的上司，要是同事，你知道爷爷难说话，一定不敢答应。"伯祺的脸更红，丁老先生说："好，你磨墨吧，爷爷写。"

伯祺倒了点清水在砚台里，丁老先生冥思苦想，眉头皱着，等伯祺磨好墨，润了润笔，一气写下去。

  五精扫地凝云开
  啾啾赤帝骑龙来
  昆仑使者无消息
  秦王骑虎游八极
  白骑少年今日归
  陆郎去矣乘斑骓
  圆毫促点声静新

草暖云昏万里春
西陵下
虎为马
麻衣黑肥街北风
一泓海水杯中泻

写完了，伯祺相帮着打印，把图章在白纸上试了几下，又沾上印泥，递给爷爷，看着他在题款处留印。印放好以后，丁老先生抖着手腕，后退了一步，看着自己写的字说："爷爷的诗，莫名其妙的人是不送的，这几句集在一起，却也是好诗。你知道是谁的？"伯祺肚子里的唐诗也有三百首，只知道有几句是李贺的，便指着说："这句是李贺的，这句也是，这句好像也是。"丁老先生拈着胡子笑，笑了一会，说："你去吧！"伯祺心满意足地走了。

两天后丁老先生写日记，结尾处写道：

前日伯祺索字，云同事所托，予有疑。以伯祺之脾性，断不敢贸然允诺。又黄计庭来谈，言街面市容正恢复旧日繁荣。来往行人，已全无愧色矣。真不知何为亡国灭种之恨。又小文听说，理发店烫发者，价七角，较昔日相差有限。言下之意，欲烫发。渠又欲买皮大衣。子尝以为渠趣味高于刘氏。计渠一日里惟照镜、梳发、擦鞋、吃零食是注意者，固无高明之志也。子大失所望。小文近屡作呕，喜酸，盖有喜之症候。读《彭注五代史》，萃文书局本。

第三章

八姑娘婉南归省亲，正赶上办慕容氏的丧事。慕容氏生前最显赫之处，便是逢到初一十五，丁老先生必向她请安。她是丁家辈分最长者。丁老先生这么做，也是为了给丁家后人做表率。这习惯一直延续到丁丑浩劫之前，丁老先生不下追月楼，慕容氏也没有上楼让他请安的道理。婉回家后，大家都说丁老先生为了不能忠孝两全，在追月楼上哭了几回，脚声震得楼板灰尘直落。婉听了，叹口气说："爸爸也是的，人老了，这种事难免，何必。"

婉守寡已好几年。她从一个旧式家庭，嫁到另一个旧式家庭，对旧式家庭的一套说不出的厌恶。她从母系那继承了一身日本女人的好皮肤,如果不是一双眼睛生得小一些,嘴唇微翘了些,她一点不比大她一个多月的七姑娘娅逊色。大学毕业以后,按照丁老先生的意思,婉远嫁到北京。嫁过去以后,生了一儿一女,男人死了。婉的婆家旧式而不糊涂,说好了守孝以三年为期,期满了,天下的男人,随她嫁。因此八姑娘在男人死后三年回南京,上上下下都知道丁家多了一位待嫁的姑奶奶。

　　这一天,明轩领了位西装革履的绅士,笑着往追月楼上走。丁老先生正举着线装书在读,侧过头来,从老花眼镜片上打量来者。大约是事先说好的,明轩只是站在一侧笑,不做介绍。待丁老先生疑问的眼光转向明轩,那位绅士笑道:"老先生,真认不出我了。"丁老先生白了他一眼,继续用眼睛问明轩。明轩说:"衍公,这是少荆。你看,人混阔了,就难认了。"少荆毕恭毕敬地鞠了个日本式的躬,说:"先生,学生给您请安来了。"丁老先生早想起是谁了,淡淡地说了声"坐"。男仆端上茶来,明轩半个主人似的对少荆笑了笑说:"衍公,当年在日本听先生讲学的弟子中,就数少荆有出息。"少荆笑着谦虚,问老先生这一向可好,见丁老先生脸上有些不快,忙改口把老先生的"老"字去掉。"先生,学生自东京一别,一直不曾通过音讯,实在失礼了。"丁老先生说:"我教过的弟子多呢,都通音讯,忙不过来。"少荆有些尴尬,红着脸说:"那当然,先生。先生说的是。不过,学生哪有忘了老师的道理呢。"丁老先生脸色和缓了一些。

　　少荆本是得意之徒,虽然一个劲地委屈谦恭,仿佛短大褂罩不住长内衣,不时地要露出得意来。追月楼上坐谈了一会,少荆说:"学生这次随汪先生来南京,"一眼瞥见明轩在摇手,便改口道,"学生来南京,觉得南京是个很不错的城市。"他的思路叫明轩打断了,一时无话可说。明轩打岔道:"少荆兄,你看衍公这楼,简而不陋,朴而不俗,难道不比日本人那矮矮的木房子好?"少荆随明轩往楼下看。

　　楼下八姑娘婉正在院子里,抬头往楼上看。明轩喊道:"八姑娘,你在那做什么?"婉回答不做什么,反过来问大姐夫在楼上有什么事,眼睛盯着他身边的少荆看,少荆也对她看。明轩做了介绍,楼上楼下点了点头,算是招呼。

　　少荆离开丁家,向明轩抱怨说:"这老头子怎么回事,阴阳怪气的。"明轩笑着说丁老先生就这脾气,得哄着他老人家才行。少荆听了,说做他老先生的女婿也不容易。明轩说："那是，你要做了就知道。"两人无意中谈到八姑娘婉。少荆说："这什么八姑娘的人倒不俗。"明轩嬉笑着说："怎么，少荆兄也有意做丁家的女婿？"少荆说："丁家能要我这号人做女婿？"两人都笑。

明轩回家，和婕闲谈，谈到少荆。婕说："他那人，我爸爸肯定看不上。"明轩说："不管怎么说，八姑娘也是嫁过人的。"婕不以为然地反驳说："嫁过人怎么啦，你那师兄不也是风流得很吗？"明轩说："男人和女人不一样。"话音刚落，婕光火起来："怎么不一样！"明轩急忙申辩他不是那意思，婕说："我不管你什么意思。什么男的女的不一样，我看你们这些死男人才是一样呢！"明轩既有些惧内，又有些烦，发狠说："我不跟你说了，你这人强词夺理，都是你对。"

婕回娘家，把她和明轩争吵的事告诉婉，没想到婉听了，一笑，不当一回事地说："谁嫌谁呀，他要是有那个意思的话，见见面也没什么，你说是不是？"

在这期间，仲祥突然从内地回了处在沦陷区的南京城。丁老先生老大的不高兴。恨仲祥放着好端端的义民不做，回来做偷生的顺民。仲祥知道爷爷不赞成自己回来，因此回来了，也懒得上追月楼听爷爷教训叹气，说些没头没脑的话。他早就觉得爷爷老糊涂了，就算是不糊涂，老人家也不会理解他在外头的苦楚，更不会理解他还有一颗为了失恋而痛苦的心。他所相思的那位姑娘，一腔爱国热血凉得比他更快，嫁给了一位不大不小的青年军官做太太。国统区仿佛有许多事都不称心，工作不好找，大学又很难考上。听说去延安是个很好的出路，苦于没有靠得住的人指引。想来想去，还是回家最好。回了家，又后悔，又怨，因此便去找旧时的同学好友喝酒。他的酒量不好，一喝就醉，一醉必吐。偏偏他是个好胜的人，越是醉越要喝，喝着喝着没钱了，便从家里随便捞点什么东西，当铺里当了再喝。

仲祥堕落成酒鬼的时候，婉和少荆的事有了很大进展。少荆是个尚未娶妇的鳏夫，多年来一直在外交部门供职，对付女人很有套。这一段时间正是汪精卫酝酿重建南京国民政府之际，作为汪的心腹，少荆代表上海的汪精卫集团留守南京。在和南京的维新政府接洽之余，少荆便带着婉乘小车四处兜游。幸好有辆小车，南京本是个多名胜的地方，少荆天天晚上翻《南京指南》，然后按图索骥，把个司机辛苦煞。婉也算南京土生土长，第一次知道家乡有这么多地方可以去见识。小汽车开来开去，婉的心也跳来跳去，少荆的岁数大得可以做她的父亲，除了这点不满意，婉实在找不出他还有什么不好的地方。

婉发现自己又回到大学时代，那正是年轻人谈情说爱的季节。也许出自策略上的考虑，婉把丁老先生可能会有的反对意见，上升到夸大的地步，婚事一直没有被提到议事日程上来。婉不断扮着旧式家庭孝女的角色，这个角色使她进可攻，退可守。因此，他们之间的关系，与其说是在以婚姻为目的的前提下逐步进行，倒不如说是在结合不可能的幌子下发展起来。丁老先生是个借口，这个借口在婉和少荆之间筑成一个缓冲地带，这个缓冲地带在婉看来，有一种特殊的美。

少荆买了架相机，出门时带着个木制的三脚架，拍了许多照。婉有时也把小妙带出去做模特儿，任她随意在草地上玩耍，然后在少荆的指导下学拍照，从小小的取景框里婉注意到小妙的一张嘴与自己的十二分相像。不知怎么的，婉一想到自己有一位可以做母亲的大姐婕，有一个比自己女儿还小的妹妹妙，便有一种堵在胸口的滑稽之感。

这一天的太阳很好，到了看晚霞的时候，西边一片红，东望四处发亮。草坪上，白杨树拖着长长的倒影。小妙在树荫中奔跑，掐那草心里长出的小黄花。婉和少荆就地而坐，同靠在一株大树下，不远处是支在三脚架上的照相机，再往远处歇着黑色的小汽车，坐在里边打瞌睡的司机。少荆的一件米色呢风衣扔在草坪上，婉斜眼望过去，仿佛一只忠实的狗卧在那里。少荆说了一会话，忽然告诉婉南京的国民政府就要正式成立，届时南京的维新政府和华北临时政府都得解散。"汪先生的意思，是让我在教育部干事。其实，干个次长也没什么意思。"婉说："你告诉我这些干什么，我又不想做次长夫人。"少荆笑着说："要不是为了让我喜欢的人做次长夫人，这瘟官我还真不愿意屈就呢。难道你没听说夫荣妻贵的道理。"婉咬着嘴唇说："什么贵不贵的，谁答应嫁给你了？"少荆说："你看，如今和汪先生一起干事，弄不好就要吃重庆政府军统的枪子，人家冒着生命为你干，你倒不领情！"婉把脸侧在一边笑。她不相信少荆就一定死心塌地地迷上她，不过她知道少荆这样的风流鳏夫，不会喜欢那些急于想嫁给他的女人。她越矜持，越表现得若即若离，少荆才会越觉得离不开她，虽然门第对少荆是个诱惑，但深知自己毕竟是嫁过的女人，她得看准时机，她必须看准时机。

少荆做了次长，果真忙了许多。他上任第一桩事，就是接待日本的教育代表团。代表团中有一位专攻汉学的专家，当年曾听丁老先生在东京讲过学，这次既然来中国，提出要见丁老先生。这位汉学专家叫藤冢，是个严谨而确有学问的学者。他读过丁老先生的《春秋三传正义》，觉得是本了不起的书。

明轩从一开始就觉得这事不妙，少荆领着藤冢来约他去见丁老先生，他只好硬着头皮奉陪，心里奇怪少荆怎么一点不懂得老人的心。那位藤冢是位极谦恭多礼的人，见了谁都鞠躬，但是丁老先生连站都没站起来，冷冷地看着藤冢，像是一尊木雕。藤冢似乎很能理解丁老先生的心情，红着脸，露着微笑，和明轩交谈。明轩十分尴尬，一边谈话，一边用眼睛看少荆，少荆脸上有些不好看，恨丁老先生太过分。

丁老先生始终坐在那里，像尊木雕。其他三位勉强坐了一会，站起来告辞。藤冢深深鞠了个躬，头低在那里足有一分钟，仰起脸来，极诚恳地说："先生虽然一语不发，学生对先生的尊敬，有增无减。'此时无声胜有声'，学生告辞了。学生虽是日本人，却是认为中日不该打仗的。"说完，又是认认真真地鞠躬。丁老先生依然不动，依然是尊木雕。

过了几天，少荆见了婉，直骂丁老先生是块老僵了的榆木疙瘩。婉说："你看，到底做了次长了，就这么说我爸爸。"说着，眼睛有些红。少荆连忙说："不是，你知道我多难做人！"婉意味深长地说："不管怎么样，他是我爸爸，是你的老师。"少荆一笑，说："那当然，我也不过和你说说，怎么说，我也不敢得罪未来的老丈人呀。"见婉笑了，又说："对了，我明天就要去上海，一个星期吧，你和我一起去，别忙着说不，你知道上海女人的厉害，没你在身边，我可抵不住诱惑。别拒绝，求你了，再说一遍，求——"

南京一家由中央党部出钱办的小报，报道了藤冢先生和丁老先生会面的消息。消息上说，中日一流的学者握手言欢，共谈中日亲善。这条消息让明轩看到了，吓出一身冷汗。幸好丁老先生从不下楼，这事瞒着他也不难。因此上上下下地都关照，说这事若让丁老先生知道，非把他活气死不可。丁老先生曾在日记上大记特记和藤冢会面之事。和黄老先生闲谈时，黄老先生也夸他大义凛然，不失国节，士可杀不可辱，为中国人争了口气。明轩一直害怕那该死的报道让黄老先生看到。这些汉奸办的小报从来没什么人看，明轩空担了一些天的心。

明轩在老派人眼里是新派，他懂外文，课堂上能穿插讲几段辩证法。在新派人眼里他又算老派，他追随丁老先生反对过白话文，把新文学骂得一钱不值。新老派之间，他力争两头逢迎，但是效果上一头都不讨好。要不是少荆的关系，他也许要到下辈子才能做教务长。事实上，自从日本人来以后，他一直处在半失业状态，每周几节课的收入，已经足以使婕轻视他，而两个儿子也比过去更不服管。

教务长并不好当。和汉书院的院长内定丁老先生，书院的前身就是明轩家对门的那家小学堂。少荆的意思，是丁老先生担虚名，明轩掌实权，办一所遗老遗少风格的汉学学堂。体制上相当于研究生院，因此学生的人数不在多。明轩为了这事很难长久瞒住丁老先生，越想心里越觉得不踏实。

丁老先生因为这一向明轩常上追月楼，有时也问到他外面的时局。明轩总是笼统地说"蛮好，蛮好"。丁老先生生气地说："当然是蛮好，顺民都做顺了，怎么能不好。"明轩十分尴尬，只好和他打岔。丁老先生又问："我听说少荆常来，还说婉和他一起出去过，怎么回事？"明轩说："少荆一直没要过太太，他时髦什么单身，不过自打认识了婉，倒真有点迷上她了。他几次失魂落魄地对我说，他喜欢八姑娘。"丁老先生便问："那婉的态度呢？"明轩故作严肃地说："八姑娘的脾气，衍公还不知道，她是什么人家的子女，没你一句话，八姑娘会许诺别人？"丁老先生满意地点点头，找着机会便和婉说起了这件事。

婉红着脸说："爸爸，你别信这事，女儿怎么会嫁给他呢？我不过看少荆是爸爸的学生，才和他敷衍敷衍。我才不想嫁人呢。"丁老先生说："爸爸不是那种死脑筋，你男人既死了，断没有死守的道理。不过少荆这人总不是太踏实，他若要做丁家的女婿，脾气得好好改改。"婉脸更红，说："爸爸的意思，倒好像女儿真要嫁给他似的。"

明轩做了几个月的教务长，惭愧得有些良心不安。和汉书院只是个领干薪的地方，不到发钞票的日子，甚至学生也懒得来。那些学生都有些来头，书院按月送津贴，毕业时再送张文凭。老师的数目几乎超过了学生，水平和脾气一样坏，动不动就骂人。比起来还算明轩干了点实事，坚持着天天去弯弯。书院凡是带长的人都介绍亲朋好友来供职，明轩便给仲祥谋了个比跑腿高、比教书低的差事。仲祥有了份工作，并不好好干，只当多了份酒钱。

八姑娘婉和少荆的婚事终于提上了议事日程。少荆作为情场老手，经历了不知多少姑娘，最后栽在婉手里，他买了幢花园洋房，只等着娶亲的日子到来。

丁家上上下下都把少荆当新姑爷看，丁老先生对他也较过去客气。

婉脸上不知不觉就流出笑来。

九姑娘娈和十姑娘嫘回娘家，看着八姑娘小汽车进进出出，都怨自己嫁人嫁得太匆忙。刘氏平白无故地受了好几回气。

丁老先生不知怎么知道少荆做了次长。丁老先生突然知道未来的女婿是大汉奸。丁老先生大发雷霆。丁老先生差一点气死过去。丁老先生把明轩臭骂一通。丁老先生想勒死婉。丁老先生看着丁家上上下下，没有一个顺眼。

又到了滴滴答答的雨季，连绵不断的大雨小雨浇得人心头说不出的烦。空气太潮湿了，仿佛用劲一捏，就能挤出水来。丁老先生在追月楼上踱来踱去，打着腹稿，表情十分严肃。他要写一篇书信体的《与弟子少荆书》。嵇康的《与山巨源绝交书》和章太炎的《谢本师》，在丁老先生看来，都足以不朽。但是嵇康与平辈绝交，章太炎与长辈，只有加上丁老先生的和晚辈的断绝往来的文章，绝交信这一栏才算完全。

丁家的大门，从此再也不向少荆敞开。婉脸上不知不觉的笑没了。终于有一天，婉撑着绸布小绿伞，缓缓地和少荆走在玄武湖的长堤上。少荆穿着一件湿漉漉的帆布雨衣，一路走，一路侧过头来看婉，这个匆匆的告别仪式，苍凉得就像感伤电影里的镜头。两个人默默无言地走。婉自始至终没说一句话，低头看自己慢慢移动的一双胶鞋，交替地伸出去，踩在水洼里，从黄黄的树叶上走过。

少荆把婉送到巷口，看着那把小绿伞在雨里慢慢地走，忽地一转，消逝在丁家大院里。他感到自己十分窝囊，嗓子眼里堵得慌，真想很好地找个人骂骂，他是在莫名其妙地受委屈。这一向，官运亨通，春风得意，却为了一个小寡妇找罪受。不管怎么说，他也是将近五十的人了，和婉在一起，少荆忘了自己的年纪，现在，他忽然怀疑起婉是不喜欢他的岁数。一种对婉的仇恨油然升起。

多少年来，少荆一直觉得自己太好说话。和丁家打交道，他真是再厚道也不过。大把的钞票来去，丁家上上下下谁没用过他的钱。为了讨婉的好，他不惜狠用了一些心计。只要能让丁家八姑娘喜欢，少荆什么都乐意去做。他从没有这么当回事地喜欢过一个女人，因此越发讲究珍惜。他手里有两张恽南田的花卉，这两张画是仲祥偷出去，三钱不值两钱地卖了，又从别人那儿落到少荆手里。这事少荆一直瞒着人，甚至婉也没告诉。少荆的想法是有了机会，再把两张珍品完璧归赵，重新还给仲祥，然后由仲祥向婉致谢。

　　丁家作为一个世家，败势已经到了极端，却硬摆出一副清白的样子来。少荆越想越气，回家喝了半天闷酒，取了那两张恽南田的画，红着眼睛边看边喝，看着喝着不住冷笑。雨还在不停地下。其中一张恽南田的画上，有丁老先生的题记，记载了丁家的先人和恽南田的交往。雨水打在高大的落地玻璃窗上，落泪似的往下掉。少荆忽然发现他把雨衣挂错了地方，挂在平常挂出客衣服的衣钩上，雨水淌了一地，打蜡地板上面，有几粒水珠子闪闪发亮。他一口喝干了高脚玻璃杯里的残酒，把恽南田的画揣在怀里，叫了司机，坐着小车冲到明轩家，狠狠地发了顿脾气。明轩说："衍公就这脾气，惹不起，我们最好的办法就是躲着。"为了证实他对丁老先生的脾气的评价更有说服力，明轩把丁老先生令他转交的《与弟子少荆书》，叹着气递给少荆。"人老了，都这个味，少荆兄，你若是生气，没完。"少荆接过来，草草浏览一遍，又回过头来仔细看，脸上青了又白，白了又青，喉咙口咕咕嘟嘟一阵怪响，十分难看地笑着说："就凭这封信，我一句话，一句话，就可以把老东西送到大狱去。"说着，手上的信举起来，向明轩扬了扬，一边折好往怀里放，一边冷笑说："我是汉奸，汉奸怎么了？他们丁家，沾着汉奸的便宜也不算少。俗话说，打人不打脸，我这个汉奸不信邪，倒偏要去会会他。"明轩急得跳脚，大叫："少荆兄，你是厚道人。少荆兄，这种玩笑开不得。"少荆索性翻脸说："有什么开不得的，要不然，厚道人总遭欺负。"说完，坐上汽车直奔丁家。明轩叫着"要命，要命"，捞了件衣服，边穿边追，哪里追得上。

　　丁家的人吃一惊，见少荆板着脸直往追月楼上去，拦也拦不住，便一起躲在楼下听。伯祺和仲祥不在家，除了男仆，家里全是女人。不一会，听见上面骂开了。那是大家听惯的丁老先生的叱声，楼下的这群人听着，都在那怪少荆不像话，明知道老先生要生气的，非要上去招他惹他。逐渐楼上的声音低了，楼下的这一群大眼瞪小眼，示意小文上楼看看，小文故意把楼梯板踩得多响，头探了上去，瞥见丁老先生一动不动南向坐在那，因此放下心来走上去，看见了摊在他面前的两张画。她的脸陡然就红了，心咚咚地跳，有一种大祸临头的感觉。少荆背对着楼梯口，没在意小文上楼，冷笑了一声，尖酸刻薄地说："是呀，怕我玷污了你们丁家。你们丁家多干净了？"丁老先生挥挥手，下巴乱抖，无力地说："你走，你走。"少荆说："我当然要走，不过话要说完，老先生的意思，我任伪职，就是汉奸。你老先生也点过清朝的翰林，拿过满人的俸禄，难道在日本人手下做事不对，在清朝鞑子手里讨饭吃，却又对了？"少荆不理会丁老先生的吃不消不想听受不了的表示，继续往下说，越说越激动越想说："再说，你老先生的话撂给我了，我这样的脏男人，配不上你们丁家。且不说你们丁家还摆得起摆不起千金小姐的架子，也不说我好歹也算有门第的人家出身，你老先生总算老派的人了，你的千金娶不得，上海呀，苏州杭州的，开旅馆包房间却又使得？"末了一句话，差点让丁老先生吐血，手在空中抖了抖，想说"你请走吧"，也没说出来。

少荆的汽车在巷口碰到头发让雨浇得透湿的明轩，看着他气喘吁吁地扑过来，少荆示意司机不理他，径自把车开走。明轩脸上雨水汗水流成一片，冲少荆的汽车跳跳脚，回头往丁家奔去，进了大门，里边已经乱作一团。明轩吸着气往里走，丁家的女眷看见他，争先恐后地向他说，没一个说得清楚。

丁老先生一个人在追月楼上发脾气，不让别人去。明轩知道和汉书院由丁老先生做院长的事一定戳穿，硬着头皮上楼，心虚得不敢开口。丁老先生毫无表情地坐在红木椅子上，毫无表情地看着明轩，看了一会，还是毫无表情。明轩干咳了一声，刚想开口，丁老先生忽然站起来，把红木椅转了一百八十度，正对着墙，依然毫无表情地坐下去。明轩极尴尬地陪着站着，心里乱成一团麻，猛地听见楼下一片声地叫"伯祺回来了"，深深叹口气，对丁老先生说："衍公，我下去一下，就来。"仓皇下了追月楼，见了伯祺，双手一推表示毫无办法。

又是一片声音，仲祥大大咧咧地回来了，见家里仿佛有异样，笑着用眼睛问大家。

伯祺见乱哄哄的不是事，就把大家领到西屋说话。下人们识相地走了。刘氏见小文进了西屋，也跟进去。明轩忽然想到什么似的说："我还在这磨蹭什么？"把少荆的威胁向几位说了，一边说一边叹气，"老先生就图痛快，我们说老实话，少荆这样的人，丁家今天得罪得起吗？"说了，让伯祺照应这一头，他火烧火燎地去找少荆。

少荆在家略有些后悔，虽然出了口恶气，想到婉，总觉得自己过了点分。明轩来敲门时，少荆关照女仆出去说他不在家。没想到明轩不管三七二十一冲了进去，啰里啰唆颠三倒四地说了一大套。少荆听着嫌烦。女仆送来茶水，明轩端起杯子正待喝，少荆说："明轩兄，我头有些痛，以后再说，怎么样？我要休息了。"明轩见少荆竟下了逐客令，心里忐忑不安，又不好赖着不走，硬赔着笑，和送他出来的女仆搭讪着，离开少荆家的花园洋房。

　　丁家大院里，婉躲在房里已经哭了几回。男仆女仆聚在一起便偷偷地说些什么。伯祺在楼上陪爷爷面壁傻坐。刘氏东问西问，搞得大家心都烦。小文偷空把仲祥领到一边，告诉他偷画的事已败露，急得要哭。仲祥先是一惊，心一横，说："我去和爷爷说，没关系。"噔噔地上了楼，瓮声瓮气对丁老先生说："爷爷那两张画是我拿的，你怪我好了。"丁老先生还是毫无表情坐在那儿，不理睬仲祥。仲祥说："我知道爷爷生气了，"伯祺摇着手，叫他不要多话。仲祥翻了个白眼继续说："好汉做事好汉当，画是我拿的，怪我好了。若为别的事，我不管。"说了，自顾自下了楼。伯祺陪爷爷坐了一夜，一夜无话。

第四章

1

　　丁老先生大约一年以后死的。自从那次大折腾一下，丁老先生轰轰烈烈病一场。这场病大伤元气，待身体渐渐复原，一头花发的光泽都没了，干巴巴的，仿佛旧透了的棉絮。那眼珠子也失了神，眼皮若不是硬撑着，自然而然就往下垂。早到了脱棉袄的季节，追月楼上依然放着大青瓷炭盆，暗红的木炭堆里，常常迸进极亮的火星来，一闪又一闪。铁架子搁着药钵子，冒热气。门窗关紧了，药味、烟火气，熏得人头昏眼睛睁不开。

　　有时候，太阳也射进追月楼。透过宣纸糊的玻璃窗，阳光失了威。只有在这期间，丁老先生才挪地方，移到太阳底下坐。

　　丁老先生再也不记日记。他成天懒懒地坐在那，懒懒地晒太阳，懒懒地打瞌睡。追月楼静得就像一幅画，一幅基调纯灰色的画。黄老先生的来访，已经增加不了追月楼的生气。没人知道丁老先生在想什么。他好像什么都不在想，又好像什么都在想。

"满门抄斩"这个旧式的词，搅得丁家上上下下确实紧张了阵。明轩打听到，少荆不仅是教育部次长，而且身兼肃清委员会的要职。大家都觉得不该招惹少荆。老人家取义成仁，不想活了，别人却还没活得不耐烦。紧张了一阵，又紧张了一阵，紧张下来大家忽然发现丁家的经济状况，早已是糟得不能再糟。

伯祺老规矩地每天上追月楼向爷爷请安。丁老先生通常不说句话。这一天，丁老先生精神略好了些，忽然想到似的问伯祺上回以他名义领的几个月干薪，有没有让明轩去还，伯祺迟疑了下，红着脸结结巴巴地说："我去问问姑老爷，兴许姑老爷已经还了。"丁老先生从耷着的眼皮下头审视伯祺，看透地说："你是老实人，说不来谎。是就是，不是就不是，爷爷不怪你。"伯祺听了，脸更发热，无话可说，看着爷爷本来半睁半闭的眼全闭上了，心头一阵歉意和难过。丁老先生说："爷爷知道家里的状况。你既当家，自有你的难处。你是长孙，义不容辞。当今居世，也不谈什么守业不守业。祖上创了点家业，也是为了日后之用。到了不得不用之时，爷爷的意思，地产不妨留一留。田地者，立足之本。至于两处产，你看着办吧。卖了一处，为过日子，也在理上。不过，得先把什么院长的薪水补还掉。人穷，'气节'二字，不能丢。那钱来路不干净，要坏爷爷一世名声的。"

伯祺垂首倾听，丁老先生停了，他依然低着头，说："我照爷爷的意思办就是了。"

丁老先生忽然撑开眼睛，一粒老泪从眼角处滚下来，对伯祺看了一会说："爷爷老了，你们骗我也不难。我只当你们都听着我的话算了。"说了，眼睛又闭上，挥挥手示意伯祺走。

伯祺慢慢走下楼，心头说不出的滋味。他在楼梯下面毫无目的站了一会，烦乱得理不出个头绪。刚进院子，迎头碰上杨妈，正对他做手势。伯祺明白那手势的含义，强笑着说："今明天就有笔进账，杨妈的工钱——"杨妈忙说："看大少爷说的，不急不急。"搭讪着走了。伯祺脸上的强笑变成苦笑，苦笑留久了，一下子老了许多。丁家上上下下都找他要钱，他那份工资只够几天的开销。仲祥早失业，也不急，照样喝酒，胆子越偷越大，大明大白做家贼。他妈妈急着想给他娶房媳妇，接连见了好几个人，仲祥看不上人家，人家也看不上他。门第相当的家庭，都知道丁家败了，又是个败家子，提到了就摇头。门第太差的，丁家又不甘心。作为大家子弟作为长房长孙，伯祺充满了一种疲倦感，除了忍辱负重，还是忍辱负重。

丁家的两处房产，一处已经卖了，另一处也正在考虑出手。遇到急用，伯祺只好往当铺跑。这年头，类似丁家的情形多的是，当铺里的生意多了，门槛越来越精。

这一天，伯祺从当铺里出来，就立在台阶上点钞票，忽然觉得有人拍了一下他肩膀，抬头看是位穿警服的，再细看，竟是小文爸爸，很吃了一惊。小文爸爸看着伯祺手上的票子，笑着说："大少爷也是糊涂，怎么都是旧法币，掌柜的不是东西。"说着，领了伯祺再进当铺，逼着掌柜换新法币。掌柜一边不乐意地换了，一边嘀咕着新币旧币不是一样用。小文爸爸冷笑说："干什么说什么，既然一样，掌柜留着自己用吧。"伯祺和小文爸爸一起出来，不大明白新币旧币的价值，听见小文爸爸说，他如今已干了税警，又说现在市面上旧币新币虽然等价，但目前旧币正大量地从香港涌进来，不久便要跌得不值钱。伯祺说："这钱反正没几天就要用掉，到跌，怕已经没了。"小文爸爸说："好家伙，倒还是个少爷脾气。"伯祺只当他变了一个人，听了没几句话，便觉得还是过去的那个人。

伯祺寒暄了几句，小文爸爸说："大少爷就这么走了？难得见的，也不说请我喝碗茶吃两杯酒。"伯祥想推托，被他拉扯着进了旁边的一家小酒店。一进酒店，还未坐下，一位打扮入时的女招待已经站在面前。小文爸爸极熟练地要了酒，点了几样菜，一本正经地对伯祺说："既然大少爷舍不得请我，我请大少爷还不成？"伯祺只好推说自己实在有事。

小文爸爸酒喝得很猛，东扯西拉地乱论一通，突然问伯祺他爷爷现在怎么样，又问到小文。伯祺毫无心思，硬着头皮敷衍。小文爸爸越喝脸越红，从头到脚都是得意劲儿。伯祺说："你这一向混得不错，气色也好多了。"小文爸爸叹了口气，说："那是，我若不离了你们丁家，能他妈有今天？"伯祺听他话里有话，也不便多说。小文爸爸觑着伯祺说："大少爷，老实说，你人不错。平心而论，你们丁家对我，唉，我不是那号好记仇的人。如今你们丁家败了，我也不打落水狗。不说别的，就说你爷爷强娶民女，还有重婚罪，就够他吃不了兜着走。是不是？按如今政府的说法，强占民女要杀头的，大少爷，是不是？"伯祺听他一副敲竹杠的口吻，心里作恶，脸上极难看地笑。

喝完酒，伯祺要会钞，小文爸爸一把拦住他，打着嗝高声说："不不不，说我请，就我请。当年我用你们丁家的钱，那是你们丁家有钱，该的，今儿个我请。"说了，口袋里掏出一把乱票子来，有新币旧币，大大咧咧地付了钱，拖着伯祺往外走，临分手，又喷了个酒嗝说："回去与小文说一声，她若有什么不好的，找我好了。她爸爸不比往前。告诉她，怎么说，我，你，你回去与她说。"在伯祺肩头上拍拍，一路摇晃自顾自地走了。

伯祺趁便街上转转，买了几样东西，回家付了杨妈工钱，吩咐男仆阿洪去买米买油买煤，又各个房里去看了看，把买的几样东西分头送了。进他妈李夫人房间，迎头看见仲祥红光满面往外走，便说："仲祥，你回房里等我一会，我有话和你说。"仲祥说："有话这会说了不就行了，干吗还得待一会？"伯祺说："我这会有事。"

仲祥不知哥哥有何贵干，嘴里哼着歌回自己房间，一眼瞥见小文在那儿。小文说："我从外头进来，看见桌子上花花绿绿的一本，就知道又是电影的书。"仲祥笑她说错了，纠正说那叫电影杂志。小文白了他一眼说："少来这套，我们不识字，不过看看画，别咬文嚼字的。"仲祥依然笑，说："你别不领情，这杂志是特地带回来给你看的。"小文说："算了吧，就不信你当真不看，顺水人情罢了。"

仲祥耸了耸肩膀，从裤子口袋里摸出一把细长的铜钥匙，侧过头来扒耳朵。小文看了发笑，头一扭，摘下一只发夹，看不惯地说："怎么不找把钢精调羹来扒耳朵，亏你想得出。来，我给你扒。"仲祥靠窗坐了，耳朵对着亮处，由小文去掏，一边说："待会我给你扒。"小文说："你饶了我吧，我又没有三只耳朵。这几天，倒没出去喝酒？"仲祥只觉得小文的鼻息，热乎乎痒丝丝在脖子上，止不住要笑，头不敢动，两只眼睛溜了一圈说："我是想喝，你又不帮我弄钱。"小文拨转他的脑袋，换了一只耳朵继续扒，冷笑着说："算了吧，上回那两张什么南田的画，差点吓死我。这只干净的，不扒了。"

伯祺进来说："姨奶奶在这。"小文笑着作答，捞起桌上的电影杂志要走，伯祺喊住她，把遇上她爸爸的种种事说了，小文和仲祥听了吓一跳。伯祺从不说谎，老实人的话不能不信。

小文肚里搁不住东西。这天，小妙独自一个人在追月楼下的花盆里玩种树种花。小文在楼上伺候丁老先生洗换内衣，一切都安排完毕，丁老先生依然太阳底下坐着，小文喊女仆上来收拾，她自己走过去，倚窗站着，手指在透着凉气的玻璃上画着玩着。丁老先生说："早到了开窗的季节，开扇窗吧。"小文推出窗去，楼下的小妙听见响声，抬起头来，叫了一声妈，又继续玩下去。小文突然转过身来，把伯祺和她爸爸一起喝酒的事，原原本本地告诉丁老先生，一边说，边流出些得意来。丁老先生眼皮依旧耷拉着，无精打采地听，听了一会，略带些教训的口吻说："不是我看扁了你老子，他那号的，有出息也长不了。况且如今这个世界，牛鬼蛇神出世，有出息的，都是不义之徒。你不要以为我说了你老子，心里就不高兴。"

小文偷偷做了一个白眼，嗔怒道："我有什么高兴不高兴的，他有出息也好，发迹也好，跟我什么相干。我只当他早死了。"又侧过脸来，看丁老先生仿佛精神不错，为了让他高兴解闷，便把前天上街看见两个太太吵架差点打起来的笑话，说给丁老先生听。丁老先生不动声色，小文自己咯咯笑个不停。丁老先生不想扫小文的兴致。小文说了一阵，笑了一阵，脚步轻盈下了追月楼。丁老先生年老耳背眼花。耳背，有耳根清净的好处。眼花，从追月楼上望下去，白茫茫一片大地，几处黑房子，黑的树影，黑黑的仿佛有人在动。黑白之间，是灰色的旋律。这旋律不断重复发展，吞没了白，掩盖了黑。丁老先生无端地一阵冷，寒气自脚心逼上来，凉飕飕地像一条小蛇向上游。太阳令人发昏和心碎，那是只干瘪的橙子。隐隐的有老鼠在叫。女仆做好了饭，只等着小文去取。丁老先生，饿了。

2

丁老先生死得出人意料。按说不算什么大病，不过背上长了个瘤。民间的称谓叫作"搭背"。甚至丁老先生也没想到就此便算大限，依然吃，依然喝，就在断气那天，还让小文去看电影。

罪足足受了些，那背上长了那么个东西，睡觉睡不安生。先还能侧着睡，后来烂得太厉害，只能趴在那里睡。睡着睡着，一会嫌枕头高，一会嫌枕头低，小文忙得死去活来。

七姑娘娅的老公公储恒山，大老远地听说亲家病了，带着儿子媳妇来探望，娅生儿子生动了头，第二个儿子尚不会走路，肚里已经又有了，因为害喜，一上追月楼便作酸呕吐起来。元泰也不知老丈人得了什么病，吃力不讨好地拎了两只大鹅来，一路嘎嘎地叫得心烦，刚进巷口，碰上伯祺知道丁老先生是"搭背"，急得不敢把鹅拎进大门。南京民间的说法，害"搭背"最忌吃鹅。当年朱洪武欲杀功臣,听说中山王徐达害"搭背",便派人送了只烧熟的鹅去,中山王果然第二天就死了。恒山怪儿子不打听清楚贸然行事,边骂儿子,一边趁便向伯祺解释。元泰又恼又羞,打算就此把那两只鹅放掉拉倒。伯祺笑着说:"爷爷不让他吃就是了,七姑大大老远的带来,也不容易。"上前接了鹅,一路无话,回家送到伙房让仆人收拾。

丁老先生的病情,好一天,坏两天,搞得丁家上上下下怨透。不说久病无孝子,反正大家都不把丁老先生的病当回事。天天上追月楼请个安是免不了的,不过也像刷牙洗脸,算件事,又不算件事,机械得空留一个仪式。最苦的是伯祺和小文。延医抓药,仿佛注定是伯祺的事,别人代做也不放心。小文天天夜里起来无数次,习惯了也不觉得苦。倒是丁老先生过意不去,觉得拖累了小文,常在背后说些她的好话。

丁老先生死那天,胸口闷大约便算预兆。清早醒了,不过吃了两个鸽子蛋,说胃里堵得慌。那背上新施了药,依然不是滋味。恰巧前一天少荆送了一大沓电影票来,是日本片子。说好了小文也去看的,因此上上下下也瞒着丁老先生,只说是仲祥过去的同学那里弄来的,美国好莱坞的片子。到小文要走的时候,丁老先生正闹胸口闷,见小文有些犹豫,执意让她去,又关照伯祺一路上照应她点。小文跟着丁家的一大帮人去了,除了走不开的仆人,只剩下仲祥独自在追月楼上陪爷爷。仲祥这一向改邪归正,找了个小学教师的差事,糊里糊涂地干着。旧时的同学碰一起,说起自己的现状,谈起共同熟悉的同学,平空多了些感叹。传闻中他们一个同学在内地大出风头,战功显赫,已经升了空军的一个什么队长。仲祥当年也有报名去当空军的念头,因此他的感叹更深,回沦陷区显然是个大错误。日后人家凯旋,他说不定还得更后悔。

忽然间,丁老先生又叫起胸闷来。仲祥手忙脚乱了一阵,丁老先生平静下来,人趴着睡了,头侧在枕头上,喘了一会气,吩咐仲祥坐在他面前。仲祥刚坐定,又吩咐他去开窗,说房间太闷。正是桂花怒放之际,窗子一推出去,那香味扑鼻而来,仲祥回椅子坐了,问爷爷有没有闻到桂花香。丁老先生说:"你坐好了别动,爷爷和你说会话。"仲祥知道又得听大道理,硬着头皮等下文。丁老先生见他不耐烦在前头,叹了一口气,说:"圣达节,次守节,下失节。爷爷老朽,这道理不敢忘。你们这般年轻,唉,爷爷也用不着多说。"说了,闭上眼睛养神,表情似乎很痛苦。

仲祥叫了两声爷爷，见他不愿理自己，便故意呆看天花板，看了一会，低下头来，丁老先生已经睡着，一滴亮晶晶的泪珠正好停在鼻尖上。不知怎么的，仲祥觉得那鼻尖上的泪珠，像院子里桂花的一簇花瓣，丁老先生低低的鼾声，是那暗暗流动的浓香。

医生的意思，"搭背"虽在背上，却是挨着后心窝。毒气抄了后路，直攻心脏，因此死得这么突然。丁老先生的遗嘱早就立好，生既不和暴日共戴天，死了以后，也不乐意与倭寇照面。他一再叮咛伯祺，万一有个山高水低，就葬在追月楼下的小院里。王师一日不平定中原，胡虏一日不灭，他丁老先生便不出丁家大门。

灵堂设在追月楼下的大厅里。黄老先生由两个孙子陪着，来哭了一场。两个孙子架着黄老先生，黄老先生三步一回头，老泪纵横，伯祺仲祥陪着送出去，到了门口，四个小辈相顾无言，说不出的感慨，说不出的惭愧。少荆送了副挽联来，写在素缎子上。他的书法本来有些造诣，几个字拙而不俗，极经受得起人看：

不遗一老伤心分半子
已足千秋回首隔重泉

伯祺想丁老先生有知，一定生气，少荆前脚走，便取下挽联折起收了。仲祥依然不管家里的事，和几个同学朋友约好，打算去上海，绕道香港，重返内地。丁家的上一辈，以明轩为首，都反对把丁老先生埋在院子里。理由有许多条。第一条，除伯祺仲祥兄弟之外，丁家大院女人太多，院子里做个坟有些瘆人。第二条，此事若传出去，日本人知道了，也不好。伯祺孤军奋战，敌不过刘氏李夫人自己太太的车轮进攻，只好让步照她们的意思办。那天出殡回来，天忽阴忽晴，转眼到了掌灯时分，伯祺独上追月楼，坐在爷爷常坐的红木椅旁边，坐着坐着困了，恍恍惚惚觉得丁老先生还坐在老地方，黑了些，瘦了些，只是不说话。

婉和少荆的事是在出殡前匆匆办的，俗称"棺材头上拔青"。按老法的规矩，父丧三年之内不办婚事。"棺材头上拔青"是唯一的急救。没人知道婉和少荆是怎么和好的，只知道少荆一直很后悔，只知道婉一直不理他，那段时间，丁家的人若是黄昏时分进出必定可以看见少荆的车子，远远地停在巷子口不敢进来，都当笑话讲。婉的坚持态度超出了大家的想象。少荆天天老时刻来，傻傻地等半个钟头。丁家上上下下也许会想，婉究竟是嫁过的女人，有个男人这么喜欢她，也不容易。喜欢少荆的女人有一打，少荆喜欢的女人只是一个。

伯祺常常做梦。有天梦到一把火。追月楼木结构，就怕火。这梦只有伯祺做。

丁老先生享年七十三岁，南京人。同治时生，光绪年间进士参加过同盟会，殁于民国二十九年。

[提示]

叶兆言（1957—），江苏苏州人，1980年开始发表作品，著有长篇小说《死水》《一九三七年的爱情》《花影》《花煞》《后羿》《别人的爱情》《没有玻璃的花房》《我们的心多么顽固》《刻骨铭心》，中篇小说集《艳歌》《夜泊秦淮》《枣树的故事》及《叶兆言文集》（七卷），散文集《流浪之夜》《旧影秦淮》《叶兆言绝妙小品文》《叶兆言散文》《杂花生树》等。中篇小说《追月楼》获1987—1988年全国优秀中篇小说奖，长篇小说《刻骨铭心》获第十届茅盾文学奖。

《追月楼》原载《钟山》1988年第5期，是叶兆言"夜泊秦淮"系列小说之一。小说以抗日战争为背景，描绘了旧式大家庭的衰落。"追月楼"是主人公丁老先生的住所，代表着他在家族中的地位。丁老先生是旧式大家庭的核心，又是小说的核心人物。作为一名传统的儒家知识分子，丁老先生饱读诗书，学识渊博，透露出一股酸腐之气，看重名声和道德的他却在一生中多次娶妻纳妾，看重民族大义、痛心于民族危难却也只能哀叹连连。当丁老先生听到汉奸学生少荆讽刺他"当过清朝的翰林，拿过满人的俸禄"的话时，他竟生气到一病不起。他的子孙如丁明轩、丁仲祥、丁伯祺等，纷纷在民族危机面前选择了不同的道路。叶兆言用新历史主义的笔法重写民国旧事，从个人、边缘、民间视角对民国史进行透视，并试图达到还原历史中普通人生活状态以及家族命运的目的，让读者看到，旧式家庭的表面繁荣已经无法掩盖日渐衰败的真相。另外，小说塑造的女性形象如小文、婉、婕等，也让读者印象深刻，她们构成了小说中的一条暗线，叶兆言试图通过这条线来还原历史的真实，即旧式大家族以及封建传统秩序中女性的命运。

（田　庆）

现实一种

余 华

自序

  这是我从 1986 年到 1998 年的写作旅程，十多年的漫漫长夜和那些晴朗或者阴沉的白昼过去之后，岁月留下了什么？我感到自己的记忆只能点点滴滴地出现，而且转瞬即逝。回首往事有时就像是翻阅陈旧的日历，昔日曾经出现过的欢乐和痛苦的时光成为了同样的颜色，在泛黄的纸上字迹都是一样的暗淡，使人难以区分。这似乎就是人生之路，经历总是比回忆鲜明有力。回忆在岁月消失后出现，如同一根稻草漂浮到溺水者眼前，自我的拯救仅仅只是象征。同样的道理，回忆无法还原过去的生活，它只是偶然提醒我们：过去曾经拥有过什么？而且这样的提醒时常以篡改为荣，不过人们也需要偷梁换柱的回忆来满足内心的虚荣，使过去的人生变得丰富和饱满。我的经验是写作可以不断地去唤醒记忆，我相信这样的记忆不仅仅属于我个人，这可能是一个时代的形象，或者说是一个世界在某一个人心灵深处的烙印，那是无法愈合的疤痕。我的写作唤醒了我记忆中无数的欲望，这样的欲望在我过去的生活里曾经有过或者根本没有，曾经实现过或者根本无法实现。我的写作使它们聚集到了一起，在虚构的现实里成为合法。十多年之后，我发现自己的写作已经建立了现实经历之外的一条人生道路，它和我现实的人生之路同时出发，并肩而行，有时交叉到了一起，有时又天各一方。因此，我现在越来越相信这样的话——写作有益于身心健康，因为我感到自己的人生正在完整起来。写作使我拥有了两个人生，现实的和虚构的，它们的关系就像是健康和疾病，当一个强大起来时，另一个必然会衰落下去。于是，当我现实的人生越来越平乏之时，我虚构的人生已经异常丰富了。

  这些中短篇小说所记录下来的，就是我的另一条人生之路。与现实的人生之路不同的是，它有着还原的可能，而且准确无误。虽然岁月的流逝会使它纸张泛黄字迹不清，然而每一次的重新出版都让它焕然一新，重获鲜明的形象。这就是我为什么如此热爱写作的理由。

第一节

那天早晨和别的早晨没有两样，那天早晨正下着小雨。因为这雨断断续续下了一个多星期，所以在山岗和山峰兄弟俩的印象中，晴天十分遥远，仿佛远在他们的童年里。

天刚亮的时候，他们就听到母亲在抱怨什么骨头发霉了。母亲的抱怨声就像那雨一样滴滴答答。那时候他们还躺在床上，他们听着母亲向厨房走去的脚步声。

她折断了几根筷子，对两个儿媳妇说："我夜里常常听到身体里有这种筷子被折断的声音。"两个媳妇没有回答，她们正在做早饭。她继续说："我知道那是骨头正一根一根断了。"

兄弟俩是这时候起床的，他们从各自的卧室里走出来，都在嘴里嘟哝了一句："讨厌。"像是在讨厌不停的雨，同时又像是讨厌母亲雨一样的抱怨。

现在他们像往常一样围坐在一起吃早饭了，早饭由米粥和油条组成。

老太太常年吃素，所以在桌旁放着一小碟咸菜，咸菜是她自己腌制的。她现在不再抱怨骨头发霉，她开始说："我胃里好像在长出青苔来。"

于是兄弟俩便想起蚯蚓爬过的那种青苔，生长在井沿和破旧的墙角，那种有些发光的绿色。他们的妻子似乎没有听到母亲的话，因为她们脸上的神色像泥土一样。

山岗四岁的儿子皮皮没和大人同桌，他坐在一只塑料小凳上，他在那里吃早饭，他没吃油条，母亲在他的米粥里放了白糖。

刚才他爬到祖母身旁，偷吃一点咸菜。因此祖母此刻还在眼泪汪汪，她喋喋不休地说着："你今后吃的东西多着呢，我已经没有多少日子可以吃了。"因此他被父亲一把拖回到塑料小凳子上。所以他此刻心里十分不满，他用匙子敲打着碗边，嘴里叫着："太少了，吃不够。"

他反复叫着，声音越来越响亮，可大人们没有理睬他，于是他就决定哭一下。而这时候他的堂弟嘹亮地哭起来，堂弟正被婶婶抱在怀中。他看到婶婶把堂弟抱到一边去换尿布了。于是他就走去站在旁边。堂弟哭得很激动,随着身体的扭动,那叫小便的玩意儿一颤一颤的。他很得意地对婶婶说:"他是男的。"但是婶婶没有理睬他,换毕尿布后她又坐到刚才的位子上去了。他站在原处没有动。这时候堂弟不再哭了,堂弟正用两个玻璃球一样的眼睛看着他。他有点沮丧地走开了。他没有回到塑料小凳上,而是走到窗前。他太矮,于是就仰起头来看着窗玻璃,屋外的雨水打在玻璃上,像蚯蚓一样扭动着滑了下来。

这时早饭已经结束。山岗看着妻子用抹布擦着桌子。山峰则看着妻子抱着孩子走进了卧室,门没有关上,不一会妻子又走了出来,妻子走出来以后走进了厨房。山峰便转回头来,看着嫂嫂擦着桌子的手,那手背上有几条静脉时隐时现。山峰看了一会才抬起头来,他望着窗玻璃上纵横交叉的水珠对山岗说:"这雨好像下了一百年了。"

山岗说:"好像是有这么久了。"

他们的母亲又在喋喋不休了。她正坐在自己房中,所以她的声音很轻微。母亲开始咳嗽了,她咳嗽的声音很夸张。接着是吐痰的声音。那声音很有弹性。他们知道她是将痰吐在手心里,她现在开始观察痰里是否有血迹了。他们可以想象这时的情景。

不久以后他们的妻子从各自的卧室走了出来,手里都拿着两把雨伞,到了去上班的时候了。兄弟俩这时才站起来,接过雨伞后四个人一起走了出去,他们将一起走出那条胡同,然后兄弟俩往西走,他们的妻子则往东走去。兄弟两人走在一起,像是互不相识一样。他们默默无语一直走到那所中学的门口,然后山峰拐弯走上了桥,而山岗继续往前走。他们的妻子走在一起的时间十分短,她们总是一走出胡同就会碰到各自的同事,于是便各自迎上去说几句话后和同事一起走了。

他们走后不久,皮皮依然站在原处,他在听着雨声,现在他已经听出了四种雨滴声,雨滴在屋顶上的声音让他感到是父亲用食指在敲打他的脑袋,而滴在树叶上时仿佛跳跃了几下。另两种声音来自屋前水泥地和屋后的池塘,和滴进池塘时清脆的声响相比,来自水泥地的声音显然沉闷了。

于是孩子站了起来,他从桌子底下钻过去,然后一步一步走到祖母的卧室门口,门半掩着,祖母如死去一般坐在床沿上。孩子说:"现在正下着四场雨。"祖母听后打了一个响亮的嗝。孩子便嗅到一股臭味,近来祖母打出来的嗝越来越臭了。所以他立刻离开,他开始走向堂弟。

堂弟躺在摇篮里,眼睛望着天花板,脸上笑眯眯的,孩子就对堂弟说："现在正下着四场雨。"

堂弟显然听到了声音，两条小腿便活跃起来，眼睛也开始东张西望。可是没有找到他。他就用手去摸摸堂弟的脸，那脸像棉花一样松软。他禁不住使劲拧了一下，于是堂弟"哇"地一声灿烂地哭了起来。

这哭声使他感到莫名的喜悦，他朝堂弟惊喜地看了一会，随后对准堂弟的脸打去一个耳光。他看到父亲经常这样揍母亲。挨了一记耳光后堂弟突然窒息了起来，嘴巴无声地张了好一会，接着一种像是暴风将玻璃窗打开似的声音冲击而出。这声音嘹亮悦耳，使孩子异常激动。然而不久之后这哭声便跌落下去，因此他又给了他一个耳光。堂弟为了自卫而乱抓的手在他手背上留下了两道血痕，他一点也没觉察。他只是感到这一次耳光下去那哭声并没有窒息，不过是响亮一点，远没有刚才那么动人。所以他使足劲又打去一个，可是情况依然如此，那哭声无非是拖得长一点而已。于是他就放弃了这种办法，他伸手去卡堂弟的喉管，堂弟的双手便在他手背上乱抓起来。当他松开时，那如愿以偿的哭声又响了起来。他就这样不断去卡堂弟的喉管又不断松开，他一次次地享受着那爆破似的哭声。后来当他再松开手时，堂弟已经没有那种充满激情的哭声了，只不过是张着嘴一颤一颤地吐气，于是他开始感到索然无味，便走开了。

他重新站在窗下，这时窗玻璃上已经没有水珠在流动，只有杂乱交错的水迹，像是一条条路。孩子开始想象汽车在上面奔驰和相撞的情景。随后他发现有几片树叶在玻璃上摇晃，接着又看到有无数金色的小光亮在玻璃上闪烁，这使他惊讶无比。于是他立刻推开窗户，他想让那几片树叶到里面来摇晃，让那些小光亮跳跃起来，围住他翩翩起舞。那光亮果然一涌而进，但不是雨点那样一滴一滴，而是一片，他发现天晴了，阳光此刻贴在他身上。刚才那几片树叶现在清晰可见，屋外的榆树正在伸过来，树叶绿得晶亮，正慢慢地往下滴着水珠，每滴一颗树叶都要轻微地颤抖一下，这优美的颤抖使孩子笑了起来。

然后孩子又出现在堂弟的摇篮旁，他告诉他："太阳出来了。"堂弟此刻已经忘了刚才的一切，笑眯眯地看着他。他说："你想去看太阳吗？"堂弟这时蹬起了两条腿，嘴里"哎哎"地叫了起来。他又说："可是你会走路吗？"堂弟这时停止了喊叫，开始用两只玻璃球一样的眼睛看着他，同时两条胳膊伸出来像是要他抱。"我知道了，你是要我抱你。"他说着用力将他从摇篮里抱了出来，像抱那只塑料小凳一样抱着他。他感到自己是抱着一大块肉。堂弟这时又"哎哎"地叫起来。"你很高兴，对吗？"他说。随后他有点费力地走到了屋外。

那时候远处一户人家正响着鞭炮声，而隔壁院子里正在生煤球炉子，一股浓烟越过围墙滚滚而来。堂弟一看到浓烟高兴地哇哇大叫，他对太阳不感兴趣。他也没空对太阳感兴趣，因为此刻有几只麻雀从屋顶上斜飞下来，逗留在树枝上，那几根树枝随着它们喳喳的叫声而上下起伏。

然而孩子感到越来越沉重了，他感到这沉重来自手中抱着的东西，所以他就松开了手，他听到那东西掉下去时同时发出两种声音，一种沉闷一种清脆，随后什么声音也没有了。现在他感到轻松自在，他看到几只麻雀在树枝间跳来跳去，因为树枝的抖动，那些树叶像扇子似的一扇一扇。他那么站了一会后感到口渴，所以他就转身往屋里走去。

他没有一下子就找到水，在卧室桌上有一只玻璃杯放着，可是里面没有水。于是他又走进了厨房，厨房的桌上放着两只搪瓷杯子，盖着盖。他没法知道里面是否有水，因为他够不着，所以他重新走出去，将塑料小凳搬进来。在抱起塑料小凳时他蓦然想起他的堂弟，他记得自己刚才抱着他走到屋外，现在却只有他一人了。他觉得奇怪，但他没往下细想。他爬到小凳子上去，将两只杯子拖过来时感到它们都是有些沉，两只杯子都有水，因此他都喝了几口。随后他又惦记起刚才那几只麻雀，便走了出去。而屋外榆树上已经没有鸟在跳跃，鸟已经飞走了。他看到水泥地开始泛出了白色，随即看到了堂弟，他的堂弟正舒展四肢仰躺在地上。他走到近旁蹲下去推推他，堂弟没有动，接着他看到堂弟头部的水泥地上有一小摊血。他俯下身去察看，发现血是从脑袋里流出来的，流在地上像一朵花似地在慢吞吞开放着。而后他看到有几只蚂蚁从四周快速爬了过来，爬到血上就不再动弹。只有一只蚂蚁绕过血而爬到了他的头发上。沿着几根被血凝固的头发一直爬进了堂弟的脑袋，从那往外流血的地方爬了进去。他这时才站起来，茫然地朝四周望望，然后走回屋中。

他看到祖母的门依旧半掩着，就走过去，祖母还是坐在床上。他就告诉她："弟弟睡着了。"祖母转过头来看了看他，他发现她正眼泪汪汪。他感到没意思，就走到厨房里，在那只小凳子上坐了下来。他这时才感到右手有些疼痛，右手被抓破了。他想了很久才回忆起是在摇篮旁被堂弟抓破的，接着又回忆起自己怎样抱着堂弟走到屋外，后来他怎样松手。因为回忆太累，所以他就不再往下想。他把头往墙上一靠，马上就睡着了。

很久以后，她才站起来，于是她又听到体内有筷子被折断一样的声音。声音从她松弛的皮肤里冲出来后变得异常轻微，尽管她有些耳聋，可还是清晰地听到了。因此这时她又眼泪汪汪起来，她觉得自己活不久了，因为每天都有骨头在折断。她觉得自己不久以后不仅没法站和没法坐，就是躺着也不行了。那时候她体内已经没有完整的骨骼，却是一堆长短形状粗细都不一样的碎骨头不负责任地挤在一起。那时候她脚上的骨头也许会从腹部顶出来，而手臂上的骨头可能会插进长满青苔的胃。

她走出了卧室，此后她没再听到那种响声，可她依旧忧心忡忡。此刻从那敞开的门窗涌进来的阳光使她两眼昏花，她看到的是一片闪烁的东西，她不知道那是什么，便走到了门口。阳光照在她身上，使她看到双手黄得可怕。接着她看到一团黄黄的东西躺在前面。她仍然不知道那是什么。于是她就跨出门，慢吞吞地走到近旁，她还没认出这一团东西就是她孙儿时，她已经看到了那一摊血，她吓了一跳，赶紧走回自己的卧室。

第二节

孩子的母亲是提前下班回家的。她在一家童车厂当会计。在快要下班的前一刻，她无端地担心起孩子会出事。因此她坐不住了，她向同事说一声要回去看儿子。这种担心在路上越发强烈。当她打开院子的门时，这种担心得到了证实。

她看到儿子躺在阳光下，和他的影子躺在一起。一旦担心成为现实，她便恍惚起来。她在门口站了一会，她似乎看到儿子头部的地上有一摊血迹。血迹在阳光下显得不太真实，于是那躺着的儿子也仿佛是假的。随后她才走了过去，走到近旁她试探性地叫了几声儿子的名字，儿子没有反应。这时她似乎略有些放心，仿佛躺着的并不是她的儿子。她挺起身子，抬头看了看天空，她感到天空太灿烂，使她头晕目眩。然后她很费力地朝屋中走去，走入屋中她觉得阴沉觉得有些冷。卧室的门敞开着，她走进去。她在柜前站住，拉开抽屉往里面寻找什么，抽屉里堆满羊毛衫。她在里面翻了一阵，没有她要找的东西，她又拉开柜门，里面挂着她和丈夫山峰的大衣，也没有她要找的东西。她又去拉开写字台的全部抽屉，但她只是看一眼就走开了。她在一把椅子上坐了下来，眼睛开始在屋内搜查起来。她的目光从刚才的柜子上晃过，又从圆桌的玻璃上滑下，斜到那只三人沙发里；接着目光又从沙发里跳出来到了房上。然后她才看到摇篮。这时她猛然一惊，立刻跳起来。摇篮里空空荡荡，没有她的儿子。于是她蓦然想起躺在屋外的孩子，她疯一般地冲到屋外，可是来到儿子身旁她又不知所措了。但是她想起了山峰，便转身走出去。

她在胡同里拼命地走着，她似乎感到有人从对面走来向她打招呼。但她没有答理，她横冲直撞地往胡同口走去。可走到胡同口她又站住。一条大街横在眼前，她不知该朝哪个方向走，她急得直喘气。

山峰这时候出现了，山峰正和一个什么人说着话朝她走来。于是她才知道该往那个方向去。当她断定山峰已经看到她时，她终于响亮地哭了起来。不一会她感到山峰抓住了她的手臂，她听到丈夫问："出了什么事？"她张了张嘴却没有声音。她听到丈夫又问："到底出了什么事？"可她依旧张着嘴说不出话来。"是不是孩子出事了？"丈夫此刻开始咆哮了。这时她才费力地点了点头。山峰便扔开她往家里跑去。她也转身往回走，她感到四周有很多人，还有很多声音。她走得很慢，不一会她看到丈夫抱着儿子跑了过来，从她身边一擦而过。于是重新转回身去。她想走得快一点好赶上丈夫，她知道丈夫一定是去医院了。可她怎么也走不快。现在她不再哭了。她走到胡同口时又不知该往何处去，就问一个走来的人，那人用手向西一指，她才想起医院在什么地方。她在人行道上慢吞吞地往西走去，她感到自己的身体像一片树叶一样被风吹得摇摇晃晃。她一直走到那家百货商店时，才恢复了一些感觉。她知道医院已经不远了。而这时她却看到丈夫抱着儿子走来了。山峰脸上僵硬的神色使她明白了一切，所以她又号啕大哭了。山峰走到她眼前，咬牙切齿地说："回家去哭。"她不敢再哭，她抓住山峰的衣服，跟着他往回走去。

山岗回家的时候，他的妻子已在厨房里了。他走进自己的卧室，在沙发里坐了下来。他感到无所事事，他在等着吃午饭。皮皮是在这时出现在他眼前的。皮皮因为母亲走进厨房而醒了，醒来以后他感到全身发冷，他便对母亲说了。正在忙午饭的母亲就打发他去穿衣服。于是他就哆哆嗦嗦地出现在父亲的跟前。他的模样使山岗有些不耐烦。

山岗问："你这是干什么？"

"我冷。"皮皮回答。

山岗不再答理，他将目光从儿子身上移开，望着窗玻璃。他发现窗户没有打开，就走过去打开了窗户。

"我冷。"皮皮又说。

山岗没有去理睬儿子,他站在窗口,阳光晒在他身上使他感到很舒服。

这时山峰抱着孩子走了进来,他妻子跟在后面,他们的神色使山岗感到出了什么事。兄弟俩看了一眼,谁也没有说话。山岗听着他们迟缓的脚步跨入屋中,然后一声响亮的关门声。这一声使山岗坚定了刚才的想法。

皮皮此刻又说了:"我冷。"

山岗走出了卧室,他在餐桌旁坐了下来,这时妻子正从厨房里将饭菜端了出来,皮皮已经坐在了那只塑料小凳上。他听到山峰在自己房间里吼叫的声音。他和妻子互相望了一眼,妻子也坐了下来。她问山岗:"要不要去叫他们一声?"

山岗回答:"不用。"

老太太这时走了出来,手里拿着一碟咸菜。她从来不用他们叫,总会准时地出现在餐桌旁。

山峰屋中除了吼叫的声音外,增加了另外一种声音。山岗知道那是什么声音。他嘴里咀嚼着,眼睛却通过敞开的门窗看到外面去了。不一会他听到母亲在一旁抱怨,他便转过脸来,看到母亲正愁眉苦脸望着那一碗米饭,他听到她在说:"我看到血了。"他重新将头转过去,继续看着屋外的阳光。

山峰抱着孩子走入自己的房门,把孩子放入摇篮以后,用脚狠命一蹬关上了卧室的门。然后看着已经坐在床沿上的妻子说:"你现在可以哭了。"

他妻子却神情恍惚地望着他,仿佛没有听到他的话,那双睁着的眼睛似乎已经死去,但她的坐姿很挺拔。

山峰又说:"你可以哭了。"

可她只是将眼睛移动了一下。

山峰往前走了一步,问:"你为什么不哭?"

她这时才动弹了一下,抬起头疲倦地望着山峰的头发。

山峰继续说:"哭吧,我现在想听你哭。"

两颗眼泪于是从她那空洞的眼睛里滴了出来,迟缓而下。

"很好。"山峰说,"最好再来点声音。"

但她只是无声地流泪。

这时山峰终于爆发了，他一把揪住妻子的头发吼道："为什么不哭得响亮一点。"

她的眼泪骤然而止，她害怕地望着丈夫。

"告诉我，是谁把他抱出去的？"山峰再一次吼叫起来。

她茫然地摇摇头。

"难道是孩子自己走出去的？"

她这次没有摇头，但也没有点头。

"你什么都不知道，是吗？"山峰不再吼叫，而是咬牙切齿地问。

她想了很久才点点头。

"这么说你回家时孩子已经躺在那里了？"

她又点点头。

"所以你就跑出来找我？"

她的眼泪这时又淌了下来。

山峰咆哮了："你当时为什么不把他抱到医院去，你就成心让他死去。"

她慌乱地摇起了头，她看着丈夫的拳头挥了起来，瞬间之后脸上挨了重重一拳。她倒在了床上。

山峰俯身抓住她的头发把她提起来，接着又往她脸上揍去一拳。这一拳将她打在地上，但她仍然无声无息。

山峰把她再拉起来，她被拉起来后双手护住了脸。可山峰却是对准她的乳房揍去，这一拳使她感到天昏地暗，她窒息般地呜咽了一声后倒了下去。

当山峰再去拉起她的时候感到特别沉重，她的身体就像掉入水中一样直往下沉。于是山峰就屈起膝盖顶住她的腹部，让她贴在墙上，然后抓住她的头发狠命地往墙上撞了三下。山峰吼道："为什么死的不是你。"吼毕才松开手，她的身体便贴着墙壁滑了下去。

随后山峰打开房门走到了外间。那时候山岗已经吃完了午饭，但他仍坐在那里。他的妻子正将碗筷收去，留下的两双是给山峰他们的。山岗看到山峰杀气腾腾地走了出来，走到母亲身旁。

此刻母亲仍端坐在那里喋喋不休地抱怨着她看到血了。那一碗米饭纹丝未动。

山峰问母亲："是谁把我儿子抱出去的？"

母亲抬起头来看看儿子，愁眉苦脸地说："我看到血了。"

"我问你。"山峰叫道，"是谁把我儿子抱出去的？"

母亲仍然没对儿子的问话感兴趣，但她希望儿子对她看到血感兴趣，她希望儿子来关心一下她的胃口。所以她再次说："我看到血了。"

然而山峰却抓住了母亲的肩膀摇了起来："是谁？"

坐在一旁的山岗这时开口了，他平静地说："别这样。"

山峰放开了母亲的肩膀，他转身朝山岗吼道："我儿子死啦！"

山岗听后心里一怔，于是他就不再说什么。

山峰重新转回身去问母亲："是谁？"

这时母亲眼泪汪汪地嘟哝起来："你把我的骨头都摇断了。"她对山岗说，"你来听听，我身体里全是骨头断的声音。"

山岗点点头，说："我听到了。"但他坐着没动。

山峰几乎是最后一次吼叫了："是谁把我儿子抱出去的？"

此时坐在塑料小凳上的皮皮用比山峰还要响亮的声音回答："我抱的。"当山峰第一次这样问母亲时，皮皮没去关心。后来山峰的神态吸引了他，他有些费力地听着山峰的吼叫，刚一听懂他就迫不及待地叫了起来，然后他非常得意地望望父亲。

于是山峰立刻放开母亲，他朝皮皮走去。他凶猛的模样使山岗站了起来。

皮皮依旧坐在小凳上，他感到山峰那双血红的眼睛很有趣。

山峰在山岗面前站住，他叫道："你让开。"

山岗十分平静地说："他还是孩子。"

"我不管。"

"但是我要管。"山岗回答，声音仍然很平静。

于是山峰对准山岗的脸狠击一拳，山岗只是歪了一下头却没有倒下。

"别这样。"山岗说。

"你让开。"山峰再次吼道。

"他还是孩子。"山岗又说。

"我不管，我要他偿命。"山峰说完又朝山岗打去一拳，山岗仍是歪一下头。

这情景使老太太惊愕不已，她连声叫着："吓死我了。"然而却坐着未动，因为山峰的拳头离她还有距离。此时山岗的妻子从厨房里跑了出来，她朝山岗叫道:"这是怎么了?"

山岗对她说:"把孩子带走。"

可是皮皮却不愿离开，他正兴致勃勃地欣赏着山峰的拳头。父亲没有倒下使他兴高采烈。因此当母亲将他一把拖起来时，他不禁愤怒地大哭了。

这时山峰转身去打皮皮，山岗伸手挡住了他的拳头，随即又抓住山峰的胳膊，不让他挨近皮皮。

山峰就提起膝盖朝山岗腹部顶去，这一下使山岗疼弯了腰，他不由呻吟了几下。但他仍抓住山峰的胳膊，直到看着妻子把孩子带入卧室关上门后，才松开手，然后挪几步坐在了凳子上。

山峰朝那扇门狠命地踢了起来，同时吼着:"把他交出来。"

山岗看着山峰疯狂地踢门，同时听着妻子在里面叫他的名字，还有孩子的哭声。他坐着没有动。他感到身旁的母亲正站起来离开，母亲嘟嘟哝哝像是嘴里塞着棉花。

山峰狠命地踢了一阵后才收住脚，接着他又朝门看了很久，然后才转过身来，他朝山岗看了一眼，走过去也在凳子上坐下，他的眼睛继续望着那扇门，目光像是钉在那上面，山岗坐在那里一直看着他。

后来，山岗感到山峰的呼吸声平静下来了，于是他站起身，朝卧室的门走去。他感到山峰的目光将自己的身体穿透了。他在门上敲了几下，说:"是我，开门吧。"同时听着山峰是否站了起来，山峰坐在那里没有声息。他放心了，继续敲门。

门战战兢兢地打开了，他看到妻子不安的脸。他对她轻轻说:"没事了。"但她还是迅速地将门关上。

她仰起头看着他，说:"他把你打成这样。"

山岗轻轻一笑，他说:"过几天就没事了。"

说着山岗走到泪汪汪的儿子身旁，用手摸他的脑袋，对他说:"别哭。"接着他走到衣柜的镜子旁，他看到一个脸部肿胀的陌生人。他回头问妻子:"这人是我吗?"

妻子没有回答，她正怔怔地望着他。

他对她说:"把所有的存折都拿出来。"

她迟疑了一下后就照他的话去办了。

他继续逗留在镜子旁。他发现额头完整无损，下巴也是原来的，而其余的都已经背叛他了。

这时妻子将存折递了过去,他接过来后问:"多少钱?"

"三千元。"她回答。

"就这么多?"他怀疑地问。

"可我们总该留一点。"她申辩道。

"全部拿出来。"他坚定地说。

她只得将另外两千元递过去,山岗拿着存折走到了外间。

此刻山峰仍然坐在原处,山岗打开门走出来时,山峰的目光便离开了门而钉在山岗的腹部,现在山岗向他走来,目光就开始缩短。山岗在他面前站住,目光就上升到了山岗的胸膛。他看到山岗的手正在伸过来,手中捏着十多张存折。

"这里是五千元。"山岗说,"这事就这样结束吧。"

"不行。"山峰斩钉截铁地回答,他的嗓音沙哑了。

"我所有的钱都在这里了。"山岗又说。

"你滚开。"山峰说。因为山岗的胸膛挡住了他的视线,他没法看到那扇门。

山岗在他身旁默默地站了很久,他一直看着山峰的脸,他看到那脸上有一种傻乎乎的神色。然后他才转过身,重新走回卧室。他把存折放在妻子手中。

"他不要?"她惊讶地问。

他没有回答,而是走到儿子身旁,用手拍拍他的脑袋说:"跟我来。"

孩子看了看母亲后就站了起来,他问父亲:"到哪里去?"

这时她明白了,她挡住山岗,她说:"不能这样,他会打死他的。"

山岗用手推开她,另一只手拉着儿子往外走去,他听到她在后面说:"我求你了。"

山岗走到了山峰面前,他把儿子推上去说:"把他交给你了。"

山峰抬起头来看了一下皮皮和山岗,他似乎想站起来,可身体只是动了一下。然后他的目光转了个弯,看到屋外院子里去了。于是他看到了那一摊血。血在阳光下显得有些耀眼。他发现那一摊血在发出光亮,像阳光一样的光亮。

皮皮站在那里显然是兴味索然,他仰起头来看看父亲,父亲脸上没有表情,和山峰一样。于是他就东张西望,他看到母亲不知什么时候起也站在他身后了。

山峰这时候站了起来，他对山岗说："我要他把那摊血舔干净。"

"以后呢？"山岗问。

山峰犹豫了一下才说："以后就算了。"

"好吧。"山岗点点头。

这时孩子的母亲对山峰说："让我舔吧，他还不懂事。"

山峰没有答理，他拉着孩子往外走。于是她也跟了出去。山岗迟疑了一下后走回了卧室，但他只走到卧室的窗前。

山岗看到妻子一走进那摊血迹就俯下身去舔了，妻子的模样十分贪婪。山岗看到山峰朝妻子的臀部蹬去一脚，妻子摔向一旁然后跪起来拼命地呕吐了，她喉咙里发出了那种令人毛骨悚然的声音。接着他看到山峰把皮皮的头按了下去，皮皮便趴在了地上。他听到山峰用一种近似妻子呕吐的声音说："舔。"

皮皮趴在那里，望着这摊在阳光下亮晶晶的血，使他想起某一种鲜艳的果浆。他伸出舌头试探地舔了一下，于是一种崭新的滋味油然而生。接下去他就放心去舔了，他感到水泥上的血很粗糙，不一会舌头发麻了，随后舌尖上出现了几丝流动的血，这血使他觉得更可口，但他不知道那是自己的血。

山岗这时看到弟媳伤痕累累地出现了，她嘴里叫着"咬死你"扑向了皮皮。与此同时山峰飞起一脚踢进了皮皮的胯里。皮皮的身体腾空而起，随即脑袋朝下撞在了水泥地上，发出一声沉重的声响。他看到儿子挣扎了几下后就舒展四肢瘫痪似的不再动了。

第三节

那时候老太太听到"咕咚"一声，这声音使她大吃一惊。声音是从腹部钻出来的。仿佛已经憋了很久总算散发出来，声音里充满了怨气。她马上断定那是肠子在腐烂，而且这种腐烂似乎已经由来已久。紧接着她接连听到了两声"咕咚"，这次她听得更为清楚，她觉得这是冒出气泡来的声音。由此看来，肠子已经彻底腐烂了。她想象不出腐烂以后的颜色，但她却能揣摩出它们的形态。是很稠的液体在里面蠕动时冒出的气泡。接下去她甚至嗅到了腐烂的那种气息，这种气息正是从她口中溢出。不久之后她感到整个房间已经充满了这种腐烂气息，仿佛连房屋也在腐烂了。所以她才知道为什么不想吃东西。

她试着站起来，于是马上感到腹内的腐烂物往下沉去，她感到往大腿里沉了。她觉得吃东西实在是一桩危险的事情，因为她的腹腔不是一个无底洞。有朝一日将身体里全部的空隙填满了以后，那么她的身体就会胀破。那时候，她会像一颗炸弹似的爆炸了。她的皮肉被炸到墙壁上以后就像标语一样贴在上面，而她的已经断得差不多了的骨头则像一堆乱柴堆在地上。

她的脑袋可以想象如皮球一样在地上滚了起来，滚到墙角后就搁在那里不再动了。

所以她又眼泪汪汪了，她感到眼泪里也在散发着腐烂气息，而眼泪从脸颊上滚下去时，也比往常重得多。她朝门口走去时感到身体重得像沙袋。这时她看到山岗抱着皮皮走进来，山岗抱着皮皮就像抱着玩具，山岗没有走到她面前，他转弯进了自己的卧室。在山岗转弯的一瞬间，她看到了皮皮脑袋上的血迹，这是她这一天里第二次看到血迹，这次血迹没有上次那么明亮，这次血迹很阴沉。她现在感到自己要呕吐了。

山岗看着儿子像一块布一样飞起来，然后迅速地摔在了地上。接下去他什么也看不到了，他只觉得眼前杂草丛生，除此以外还有一口绿得发亮的井。

那时候山岗的妻子已经抬起头来了。她没看到儿子被山峰一脚踢起的情景，但是那一刻里她那痉挛的胃一下子舒展了。而她抬起头来所看到的，正是儿子挣扎后四肢舒展开来，像她的胃一样，这情景使她迷惑不解，她望着儿子发怔。儿子头部的血这时候慢慢流出来了，那血看去像红墨水。

然后她失声大叫一声："山岗。"同时转回身去，对着站在窗前的丈夫又叫了一声。可山岗一动不动，他眯着眼睛仿佛已经睡去。于是她重新转回身，对站在那里也一动不动的山峰说："我丈夫吓傻了。"然后她又对儿子说："你父亲吓傻了。"接着她自言自语："我该怎么办呢？"

杂草和井是在这时消失的，刚才的情景复又出现，山岗再一次看到儿子如一块布飘起来和掉下去。然后他看到妻子正站在那里望着自己，他心想："干嘛这样望着我。"他看到山峰在东张西望，看到他后就若无其事地走来了，他那伤痕累累的妻子跟在后面，儿子没有爬起来，还躺在地上。他觉得应该去看一下儿子，于是他就走了出去。

山峰往屋中走去时，感到妻子跟在后面的脚步声让他心烦意乱，所以他就回头对她说："别跟着我。"然后他在门口和山岗相遇，他看到山岗向他微笑了一下，山岗的微笑捉摸不透。山岗从他身旁擦过，像是一股风闪过。他发现妻子还在身后，于是他就吼叫起来："别跟着我。"

山岗一直走到妻子面前，妻子怔怔地对他说："你吓傻了。"

他摇摇头说："没有。"然后他走到儿子身旁，他俯下身去，发现儿子的头部正在流血，他就用手指按住伤口，可是血依旧在流，从他手指上淌过，他摇摇头，心想没办法了。接着他伸开手掌挨近儿子的嘴，感觉到一点微微的气息，但是这气息正在减弱下去。不久之后就没了。他就移开手去找儿子的脉搏，没有找到。这时他看到有几只蚂蚁正朝这里爬来，他对蚂蚁不感兴趣。所以他站起，对妻子说："已经死了。"

妻子听后点点头，她说："我知道了。"随后她问："怎么办呢？"

"把他葬了吧。"山岗说。

妻子望望还站在屋门口的山峰，对山岗说："就这样？"

"还有什么？"山岗问。他感到山峰正望着自己，便朝山峰望去，但这时山峰已经转身走进去了。于是山岗像是想起来什么似的返身走到儿子身旁，把儿子抱了起来，他感到儿子很沉。然后他朝屋内走去。

他走进门后看到母亲从卧室走出来，他听到母亲说了一句什么话，但这时他已走入自己的卧室。他把儿子放在床上，又拉过来一条毯子盖上去。然后他转身对走进来的妻子说："你看，他睡着了。"

妻子这时又问："就这样算了？"

他莫名其妙地望着她，仿佛没明白妻子的话。

"你被吓傻了。"妻子说。

"没有。"他说。

"你是胆小鬼。"妻子又说。

"不是。"他继续争辩。

"那么你就出去。"

"上哪去？"

"去找山峰算帐。"妻子咬牙切齿地说。他微微笑了起来，走到妻子身旁，拍拍她的肩膀说："你别生气。"

妻子则是冷冷一笑，她说："我没生气，我只是要你去找他。"

这时山峰出现在门口，山峰说："不用找了。"他手里拿着两把菜刀。他对山岗说："现在轮到我们了。"说着将一把菜刀递了过去。

山岗没去接，他只是望着山峰的脸，他感到山峰的脸色异常苍白。他就说："你的脸色太差了。"

"别说废话。"山峰说。

山岗看到妻子走上去接过了菜刀，然后又看到妻子把菜刀递过来。他就将双手插入裤袋，他说："我不需要。"

"你是胆小鬼。"妻子说。

"我不是。"

"那你就拿住菜刀。"

"我不需要。"

妻子朝他的脸看了很久，接着点点头表示知道了。她将菜刀送回山峰手中。"你听着。"她对他说："我宁愿你死去，也不愿看你这样活着。"

他摇摇头，表示无可奈何。他又对山峰说："你的脸色太差了。"

山峰不再站下去，而是转身走进了厨房。从厨房里出来时他手里已没有菜刀。他朝站在墙角惊恐万分的妻子说："我们吃饭吧。"然后走到桌旁坐了下来。他妻子也走了过去。

山峰坐下来后没有立刻吃饭，他的眼睛仍然看着山岗。他看到山岗右手伸进口袋里摸着什么，那模样像是在找钥匙。然后山岗转身朝外面走去了。于是他开始吃饭。他将饭菜送入嘴中咀嚼时感到如同咀嚼泥土，而坐在身旁的妻子还在微微颤抖。所以他非常恼火，他说："抖什么。"说毕将那口饭咽了下去。然后他扭头对纹丝不动的妻子说："干嘛不吃？"

"我不想吃。"妻子回答。

"不吃你就走开。"他越发恼火了。同时他又往嘴中送了一口饭。他听到妻子站起来走进了卧室，然后在一把椅子上坐了下来，是靠近墙角的一把椅子。于是他又咀嚼起来，这次使他感到恶心。但他还是将这口饭咽了下去。

他不再吃了，他已经吃得气喘吁吁了，额头的汗水也往下淌。他用手擦去汗珠，感到汗珠像冰粒。这时他看到山岗的妻子从卧室里走了出来。她在门口阴森森地站了一会后，朝他走来了。她走来时的模样使他感到像是飘出来的。她一直飘到他对面，然后又飘下去坐在了凳子上。接着用一种像身体一样飘动的目光看着他。这目光使他感到不堪忍受，于是他就对她说："你滚开。"

她将胳膊肘搁在桌上，双手托住下巴仔细地将他观瞧。

"你给我滚开！"他吼了起来。

可是她却像是凝固了一般没有动。

于是他便将桌上所有的碗都摔在了地上，然后又站起来抓住凳子往地上狠狠摔去。

待这一阵杂响过去后，她轻轻说："你为何不一脚踢死我？"

这使他暴跳如雷了。他走到她眼前，举起拳头对她叫道："你想找死！"

山岗这时候回来了。他带了一大包东西回来，后面还跟着一条黄色的小狗。

看到山岗走了进来，山峰便收回拳头，他对山岗说："你让她滚开。"

山岗将东西放在了桌上，然后走到妻子身旁对她说："你回卧室去吧。"

她抬起头来，很奇怪地问："你为什么不揍他一拳？"

山岗将她扶起来，说："你应该去休息了。"

她开始朝卧室走去，走到门口她又站住了脚，回头对山岗说："你起码也得揍他一拳。"

山岗没有说话，他将桌上的东西打了开来，是一包肉骨头。这时他又听到妻子在说："你应该揍他一拳。"随后，他感到妻子已经进屋去了。

此刻山峰在另一只凳子上坐了下来，他往地上指了指，对山岗说："你收拾一下。"

山岗点点头，说："等一下吧。"

"我要你马上就收拾。"山峰怒气冲冲地说。

于是山岗就走进厨房，拿出簸箕和扫帚将地上的碎碗片收拾干净，又将散架了的凳子也从地上捡起。一起拿到院子里。当他走进来时，山峰指着那条此刻正在屋中转悠的狗问山岗："哪来的？"

"在街上碰上的。它一直跟着我，就跟到这里来了。"山岗说。

"把它赶出去。"山峰说。

"好吧。"山岗说着走到那条小狗近旁，俯下身把小狗招呼过来，一把抱起它后山岗就走入了卧室。他出来时随手将门关紧。然后问山峰："还有什么事吗？"

山峰没理睬他，也不再坐在那里，他站起来走入了自己的卧室。

那时妻子仍然坐在墙角，她的目光在摇篮里。她儿子仰躺在里面，无声无息像是睡去了一样。她的眼睛看着儿子的腹部，她感到儿子的腹部正在一起一伏，所以她觉得儿子正在呼吸。这时她听到了丈夫的脚步声。于是她就抬起了头。不知为何她的身体也站了起来。

"你站起来干什么？"山峰说着也往摇篮里看了一眼，儿子舒展四肢的形象让他感到有些张牙舞爪。因此他有些恶心，便往床上躺了下去。

这时他妻子又坐了下去。山峰感到很疲倦，他躺在床上将目光投到窗外。他觉得窗外的景色乱七八糟，同时又什么都没有。所以他就将目光收回，在屋内瞟来瞟去。于是他发现妻子还坐在墙角，仿佛已经坐了多年。这使他感到厌烦，他便坐起来说："你干嘛总坐在那里？"

她吃惊地望着他，似乎不知道他刚才在说些什么。

他又说："你别坐在那里。"

她立刻站了起来，而站起来以后该怎么办，她却没法知道。

于是他恼火了，他朝她吼道："你他妈的别坐在那里。"

她马上离开墙角，走到另一端的衣架旁。那里也有一把椅子，但她不敢坐下去。她小心翼翼地看看丈夫，丈夫没朝她看。这时山峰已经躺下了，而且似乎还闭上了眼睛。她犹豫了一下，才十分谨慎地坐了下去。可这时山峰又开口了，山峰说："你别看着我。"

她立刻将目光移开，她的目光在屋内颤抖不已，因为她担心稍不留心目光就会滑到床上去。后来她将目光固定在大衣柜的镜子上。因为角度关系，那镜子此刻看去像一条亮闪闪的光芒。她不敢去看摇篮，她怕目光会跳跃一下进入床里。可是随即她又听到了那个怒气冲冲的声音："别看着我。"

她霍地站起，这次她不再迟疑或者犹豫。因为她看到了那扇门，于是她就从那里走了出去。她来到外间时，看到山岗走进他们卧室的背影。那背影很结实，可只在门口一闪就消失了。她四下望了望，然后朝院子里走去。院子里的阳光使她头晕目眩。她觉得自己快站不住了，便在门前的台阶上坐下去。然后看起了那两摊血迹。她发现血迹在阳光下显得特别鲜艳，而且仿佛还在流动。

山岗没有洗那些肉骨头，他将它们放入了锅子以后，也不放作料就拿进厨房，往里面加了一点水后便放在煤气灶上烧起来。随后他从厨房走出来，走进了自己的卧室。

妻子正坐在床沿，坐在他儿子身旁，但她没看着儿子。她的目光和山岗刚才一样也在窗外。窗外有树叶，她的目光在某一片树叶上。

他走到床前，儿子的头朝右侧去，创口隐约可见。儿子已经不流血了，枕巾上只有一小摊血迹，那血迹像是印在上面的某种图案。他那么看了一会后，走过去把儿子的头摇向右侧，这样创口便隐蔽起来，那图案也隐蔽了起来，图案使他感到有些可惜。

那条小狗从床底下钻出来，跑到他脚上，玩弄起了他的裤管。他这时眼睛也看到窗外去，看着一片树叶，但不是妻子望着的那片树叶。"你为什么不揍他一拳？"他听到妻子这样说。妻子的声音像树叶一样在他近旁摇晃。

"我只要你揍他一拳。"她又说。

第四节

老太太将门锁上以后，就小心翼翼地重新爬到床上去。她将棉被压在枕头下面，这样她躺下去时上身就抬了起来。她这样做是为了提防腹内腐烂的肠子侵犯到胸口。她决定不再吃东西了，因为这样做实在太危险。她很明白自己体内已经没有多少空隙了。为了不使那腐烂的肠子像水一样在她体内涌来涌去，她躺下以后就不再动弹。现在她感到一点声音都没有，她对此很满意。她不再忧心忡忡，相反她因为自己的高明而很得意。她一直看着屋顶上的光线，从上午到傍晚，她看着光线如何扩张和如何收缩。现在对她来说只有光线还活着，别的全都死了。

翌日清晨，山峰从睡梦中醒来时感到头疼难忍，这疼痛使他觉得脑袋都要裂开了。所以他就坐起来，坐起来后疼痛似乎减轻了一些，但脑袋仍处在胀裂的危险中，他没法大意。于是他就下了床，走到五斗柜旁，从最上面的抽屉里找出一根白色的布条，然后绑在了脑袋上，他觉得安全多了。因此他就开始穿衣服。

穿衣服的时候，他看到了袖管上的黑纱，他便想起昨天下午山岗拿着黑纱走进门来。那时他还躺在床上。尽管头疼难忍，但他还是记得山岗很亲切地替他戴上了黑纱。他还记得自己当时怒气冲冲地向山岗吼叫，至于吼叫的内容他此刻已经忘了。再后来，山岗出去借了一辆劳动车，劳动车就停在院门外面。山岗抱着皮皮走出去他没看到，他只看到山岗走进来将他儿子从摇篮里抱了出去。他是在那个时候跟着出去的。然后他就跟着劳动车走了，他记得嫂嫂和妻子也跟着劳动车走了。那时候他刚刚感到头疼。他记得自己一路骂骂咧咧，但骂的都是阳光，那阳光都快使他站不住了。他在那条路上走了过去，又走了回来。路上似乎碰到很多熟人，但他一个都没有认真认出来。他们奇怪地围了上来，他们的说话声让他感到是一群麻雀在喳喳叫唤。他看到山岗在回答他们的问话。山岗那时候好像若无其事，但山岗那时候又很严肃。他们回来时已是傍晚了。那时候那两个孩子已经放进两只骨灰盒里了。他记得他很远就看到那个高耸入云的烟囱。然后走了很久，走过了一座桥，又走入了一个很大的院子，院子里满是青松翠柏。那时候刚好有一大群人哭哭啼啼走出来，他们哭哭啼啼走出来使他感到恶心。然后他站在一个大厅里了，大厅里只有他们四个人。因为只有四个人，所以那厅特别大，大得有点像广场。他在那里站了很久后，才听到一种非常熟悉的音乐，这音乐使他非常想睡觉。音乐过去之后他又不想睡了，这时山岗转过身来脸对着他，山岗说了几句话，他听懂了山岗的话，山岗是在说那两个孩子的事，他听到山岗在说："由于两桩不幸的事故。"他心里觉得很滑稽。很久以后，那时候天色已经黑下来了，他才回到现在的位置上。他在床上躺了下来，闭上眼睛以后觉得有很多蜜蜂飞到脑袋里来嗡嗡乱叫，而且整整叫了一个晚上。直到刚才醒来时才算消失，可他感到头痛难忍了。

现在他已经穿好了衣服，他正站到地上去时，看到山岗走了进来，于是他就重新坐在床上。他看到山岗亲切地朝自己微笑，山岗拖过来一把椅子也坐下，山岗和他挨得很近。

山岗起床以后先是走到厨房里。那时候两个女人已在里面忙早饭了。她们像往常一样默不作声，仿佛什么也没发生，或者说发生的一切已经十分遥远，远得已经走出了她们的记忆。山岗走进厨房是要揭开那锅盖，揭开以后他看到昨天的肉骨头已经烧糊了，一股香味洋溢而出。然后山岗满意地走出了厨房，那条小狗一直跟着他。昨天锅子里挣扎出来的香味使它叫个不停，它的叫声使山岗心里很踏实。现在它紧随在山岗后面，这又使山岗很放心。

山岗从厨房里出来以后就在餐桌旁坐了下来，他把狗放在膝盖上，对它说："待会儿就得请你帮忙了。"然后他眯起眼睛看着窗外，他在想是不是先让山峰吃了早饭。那条小狗在山岗腿上很安静。他那么想了一阵以后决定不让山峰吃早饭了。"早饭有什么意思。"他在心里对自己说。于是他就站起来，把狗放在地上，朝山峰的卧室走去，那条狗又跟在了后面。

山峰卧室的门虚掩着，山岗就推门而入，狗也跟了进去。他看到山峰神色疲倦地站在床前，头上绑着一根白布条。山峰看到他进来后就一屁股坐在了床上，那身体像是掉下去似的。山岗就拉过去一把椅子也坐下。在刚才推门而入的一瞬间，山岗就预感到接下去所有的一切都会非常顺利。那时他心里这样想："山峰完全垮了。"

他对山峰说："我把儿子交给你了，现在你拿谁来还？"

山峰怔怔地望了他很久，然后皱起眉头问："你的意思是？"

"很简单。"山岗说："把你妻子交给我。"

山峰这时想到自己儿子已死了，又想到皮皮也死了。他感到这两次死中间有某种东西。这种东西是什么他实在难以弄清，他实在太疲倦了。但是他知道这种东西联系着两个孩子的死去。

所以山峰说："可是我的儿子也死了。"

"那是另一桩事。"山岗果断地说。

山峰糊涂了。他觉得儿子的死似乎是属于另一桩事，似乎是与皮皮的死无关。而皮皮，他想起来了，是他一脚踢死的。可他为何要这样做？这又使他一时无法弄清。他不愿再这样想下去，这样想下去只会使他更加头晕目眩。他觉得山岗刚才说过一句什么话，他便问："你刚才说什么？"

"把你妻子交给我。"山岗回答。

山峰疲倦地将头靠在床栏上，他问："你怎样处置她？"

"我想把她绑在那棵树下。"山岗用手指了指窗外那棵树，"就绑一小时。"

山峰扭回头去看了一下，他感到树叶在阳光里闪闪发亮，使他受不了。他立刻扭回头来，又问山岗："以后呢？"

"没有以后了。"山岗说。

山峰说："好吧。"他想点点头，可没力气。接着他又补充道："还是绑我吧。"

山岗轻轻一笑，他知道结果会是这样，他问山峰："是不是先吃了早饭？"

"不想吃。"山峰说。

"那么就抓紧时间。"山岗说着站了起来。山峰也跟着站起来,他站起来时感到身体沉重得像是里面灌满了泥沙。他对山岗说:"我觉得自己快要死了。"山岗回过头来说:"你说得很有道理。"

两人走出房间后,山岗就走进了自己的卧室,他出来时手里拿着两根麻绳,他递给山峰,同时问:"你觉得合适吗?"

山峰接过来后觉得麻绳很重,他就说:"好像太重了。"

"绑在你身上就不会重了。"山岗说。

"也许是吧。"现在山峰能够点点头了。

然后两人走到了院子里,院子里的阳光太灿烂,山峰觉得天旋地转。他对山岗说:"我站不住了。"

山岗朝前面那棵树一指说:"你就坐到树阴下面去。"

"可是我觉得太远。"山峰说。

"很近。才两三米远。"山岗说着扶住山峰,将他扶到树阴下。然后将山峰的身体往下一压,山峰便倒了下去。山峰倒下去后身体刚好靠在树干上。

"现在舒服多了。"他说。

"等一下你会更舒服。"

"是吗?"山峰吃力地仰起脑袋看着山岗。

"等一下你会哈哈乱笑。"山岗说。

山峰疲倦地笑了笑,他说:"就让我坐着吧。"

"当然可以。"山岗回答。

接着山峰感到一根麻绳从他胸口绕了过去,然后是紧紧将他贴在树干上,他觉得呼吸都困难起来,他说:"太紧了。"

"你马上就会习惯的。"山岗说着将他上身捆绑完毕。

山峰觉得自己被什么包了起来。他对山岗说:"我好像穿了很多衣服。"

这时山岗已经进屋了。不一会他拿着一块木板和那只锅子出来,又来到了山峰身旁。那条小狗也跟了出来,在山峰身旁绕来绕去。

山峰对他说:"你摸摸我的额头。"

山岗便伸手摸了一下。

"很烫吧?"山峰问。

"是的。"山岗回答,"有四十度。"

"肯定有。"山峰吃力地表示同意。

这时山岗蹲下身去,将木板垫在山峰双腿下面,然后用另一根麻绳将木板和山峰的腿一起绑了起来。

"你在干什么?"山峰问。

"给你按摩。"山岗回答。

山峰就说:"你应该在太阳穴上按摩。"

"可以。"此刻山岗已将他的双腿捆结实了,便站起来用两个拇指在山峰太阳穴上按摩了几下,他问:"怎么样?"

"舒服多了,再来几下吧。"

山岗就往前站了站,接下去他开始认认真真替山峰按摩了。山峰感到山岗的拇指在他太阳穴上有趣地扭动着,他觉得很愉快,这时他看到前面水泥地上有两摊红红的什么东西。他问山岗:"那是什么?"

山岗回答:"是皮皮的血迹。"

"那另一摊呢?"他似乎想起来其中一摊血迹不是皮皮的。

"也是皮皮的。"山岗说。

他觉得自己也许弄错了,所以他不再说话。过了一会他又说:"山岗,你知道吗?"

"知道什么?"

"其实昨天我很害怕,踢死皮皮以后我就很害怕了。"

"你不会害怕的。"山岗说。

"不。"山峰摇摇头,"我很害怕,最害怕的时候是递给你菜刀。"

山岗停止了按摩,用手亲切地拍拍他的脸说:"你不会害怕的。"

山峰听后微微笑了起来,他说:"你不肯相信我。"

这时山岗已经蹲下身去脱山峰的袜子。

"你在干什么?"山峰问他。

"替你脱袜子。"山岗回答。

"干嘛要脱袜子?"

这次山岗没有回答。他将山峰的袜子脱掉后,就揭开锅盖,往山峰脚心上涂烧烂了的肉骨头。那条小狗此刻闻到香味马上跑了过来。

"你在涂些什么?"山峰又问。

"清凉油。"山岗说。

"又错了。"山峰笑笑说,"你应该涂在太阳穴上。"

"好吧。"山岗用手将小狗推开,然后伸进锅子里抓了两把像扔烂泥似的扔到山峰两侧的太阳穴上。接着又盖上了锅盖,山峰的脸便花里胡哨了。

"你现在像个花花公子。"山岗说。

山峰感到什么东西正缓慢地在脸上流淌。"好像不是清凉油。"他说,接着他伸伸腿,可是和木板绑在一起的腿没法弯曲。他就说:"我实在太累了。"

"你睡一下吧。"山岗说,"现在是七点半,到八点半我放开你。"

这时候那两个女人几乎同时出现在门口。山岗看到她们怔怔地站着。接着他听到一声令人毛骨悚然的嗷叫,他看到弟媳扑了上来,他的衣服被扯住了。他听到她在喊叫:"你要干什么?"于是他说:"与你无关。"

她愣了一下,接着又叫道:"你放开他。"

山岗轻轻一笑,他说:"那你得先放开我。"当她松开手以后,他就用力一推,将她推到一旁摔倒在地了。然后山岗朝妻子看去,妻子仍然站在那里,他就朝她笑了笑,于是他看到妻子也朝自己笑了笑。当他扭回头来时,那条小狗已向山峰的脚走去了。

山峰看到妻子从屋内扑了出来,他看到她身上像是装满电灯似地闪闪发亮,同时又像一条船似地摇摇晃晃。他似乎听到她在喊叫些什么,然后又看到山岗用手将她推倒在地。妻子摔倒时的模样很滑稽。接着他觉得脖子有些酸就微微扭回头来,于是他又看到刚才见过的那两摊血了。他看到两摊血相隔不远,都在阳光下闪闪烁烁,他们中间几滴血从各自的地方跑了出来,跑到一起了。这时候想起来了,他想起来另一摊血不是皮皮的,是他儿子的。他还想起来是皮皮将他儿子摔死的。于是他为何踢死皮皮的答案也找到了。他发现山岗是在欺骗他,所以他就对山岗叫了起来:"你放开我!"可是山岗没有声音,他就再叫:"你放开我。"

然而这时一股奇异的感觉从脚底慢慢升起,又往上面爬了过来,越爬越快,不一会就爬到胸口了。他第三次喊叫还没出来,他就由不得自己将脑袋一缩,然后拼命地笑了起来。他要缩回腿,可腿没法弯曲,于是他只得将双腿上下摆动。身体尽管乱扭起来可一点也没有动。他的脑袋此刻摇得令人眼花缭乱。山峰的笑声像是两张铝片刮出来一样。

山岗这时的神色令人愉快,他对山峰说:"你可真高兴啊。"随后他回头对妻子说："高兴得都有点让我妒忌了。"妻子没有望着他，她的眼睛正望着那条狗，小狗贪婪地用舌头舔着山峰赤裸的脚底。他发现妻子的神色和狗一样贪婪。接着他又去看弟媳，弟媳还坐在地上，她已经被山峰古怪的笑声弄糊涂了。她呆呆地望着狂笑的山峰，她因为莫名其妙都有点神智不清了。

现在山峰已经没有力气摆动双腿和摇晃脑袋了，他所有的力气都用在了脖子上，他脖子拉直了哈哈乱笑。狗舔脚底的奇痒使他笑得连呼吸的空隙都快没有了。

山岗一直亲切地看着他，现在山岗这样问他："什么事这么高兴？"

山峰回答他的是笑声，现在山峰的笑声里出现了打嗝。所以那笑声像一口一口从嘴中抖出来似的，每抖一口他都微微吸进一点氧气。那打嗝的声音有点像在操场里发出的哨子声，节奏鲜明嘹亮。

山岗于是又对站在门口的妻子说："这么高兴的人我从来没有见过。"而他妻子依然贪婪地看着小狗。他继续说："你高兴得连呼吸都不需要了。"然后他俯下身去问山峰："什么事这么高兴？"此刻的笑声不再节奏鲜明，开始杂乱无章了。他就挺起身对弟媳说："他不肯告诉我。"山峰的妻子仍坐在地上，她脸上的神色让人感到她在远处。

这时候那条小狗缩回了舌头，它弓起身体抖了几下。然后似乎是心安理得地坐了下来。它的眼睛一会儿望望那双脚，一会儿望望山岗。

山岗看到山峰的脑袋耷拉了下去，但山峰仍在呼吸。山岗便说："现在可以告诉我了，什么事这么高兴。"可是山峰没有反应，他在挣扎着呼吸，他似乎奄奄一息了。于是山岗又走到那只锅子旁，揭开盖子往里抓了一把，又涂在了山峰的脚底。那条狗立刻扑了上去继续舔了。

山峰这次不再哈哈大笑，他耷拉着脑袋"呜呜"地笑着，那声音像是深更半夜刮进胡同里来的风声。声音越拉越长，都快没有间隙了。然而不久之后山峰的脑袋突然昂起，那笑声像是爆炸似的疯狂地响了起来。这笑声持续了近一分钟，随后戛然而止。山峰的脑袋猛然摔了下去，摔在胸前像是挂在了那里。而那条狗则依然满足地舔着他的脚底。

山岗走上前，伸手托住山峰的下巴，他感到山峰的脑袋特别沉重。他将那脑袋托起来，看到了一张扭曲的脸。他那么看了一会才松开手，于是山峰的脑袋跌落下去，又挂在了胸前。山岗看了看表，才过去四十分钟。于是他转过身，朝屋内走去。他在屋门口站住了脚，他听到妻子这样问他："死了吗？"

"死了。"他答。

进屋后他在餐桌旁坐了下来，早餐像仪仗队似的在桌上迎候他，依旧由米粥油条组成。这时妻子也走了进来。妻子一直看着他，但妻子没在他旁边坐下，也没说什么。她脸上的神色让人觉得什么都没有发生。她走进了卧室。

山岗通过敞开的门，望着坐在地上死去的山峰。山峰的模样像是在打瞌睡。此刻有一条黑黑的影子向山峰爬去，不一会弟媳出现在了他的视线中。他看到她在山峰旁边站了很久，然后才俯下身去。他想她是在和山峰说话。过了一会他看到她直起身体，随后像不知所措似的东张西望。后来她的目光从门口进来了，一直来到他脸上。她那么看了一会后朝他走来。她一直走到他身旁，她皱着眉头看着他，似乎是在看着一件叫她烦恼的事。而后她才说："你把我丈夫杀了。"

山岗感到她的声音和山峰的笑声一样刺耳，他没有回答。

"你把我丈夫杀害了。"她又说。

"没有。"山岗这次回答了。

"你杀害了我的丈夫。"她咬牙切齿地说道。

"没有，"山岗说，"我只是把他绑上，并没有杀他。"

"是你！"她突然神经质地大叫一声。

山岗继续说："不是我，是那条狗。"

"我要去告你。"她开始流泪了。

"你那是诬告。"山岗说。"而且诬告有罪。"说完他轻轻一笑。

她似乎有些不知所措，她迷惑地望着山岗，很久后她才轻轻说："我要去告你。"然后她转身朝门外走去。

山岗看着她一步一步出去。她在山峰旁边站了一会，然后她抬起手去擦眼睛。山岗心想：她现在哭得像样一点了。接着她就走出了院门。

山岗的妻子这时从卧室走了出来。她手里提着一个塞得鼓鼓的黑包。她将黑包放在桌上，对山岗说："你的换洗衣服和所有的现钱都放在里面了。"

山岗似乎不明白她的意思，他望着她有些发怔。

因此她又说："你该逃走了。"

山岗这才点点头。接着他又看了看手表，八点半还差一分钟。于是他就说:"再坐一分钟吧。"说完他继续望着坐在树下的山峰,山峰的模样仍然像是在打瞌睡。同时他感到妻子在他对面坐了下来。

他站起来时没有看表,他只是觉得差不多过去了一分钟。他走到了院子里。那时候那条小狗已将山峰的脚底舔干净了,它正在舔着山峰的太阳穴。山岗走到近旁用脚轻轻踢开小狗,随后蹲下去解开绑在山峰腿上的绳子,接着又解开了绑在他身上的绳子。此后他站起来往外走去。没走几步他听到身后有一声沉重的声响,他回头看到山峰的身体已经倒在了地上。于是他就走回去将山峰扶起来,仍然把他靠在树上。然后他才走出院门。

他走在那条胡同里。胡同里十分阴沉,像是要下雨了。可他抬起头来看到了灿烂的阳光。他觉得很奇怪。他一直往前走,他感到身旁有人在走来走去,那些人像是转得很慢的电扇叶子一样,在他身旁一闪一闪。

在走到那家渔行时,他站住了脚。里面有几个人在抽烟聊天。他对他们说:"这腥味真受不了。"可是他们谁也没有理睬他,所以他又说了一遍。这次里面有人开口了,那人说:"那你还站着干什么?"他听后依旧站着不走开。于是他们都笑了起来。他皱皱眉,又说:"这腥味受不了。"说完还是站了一会。然后他感到有些无聊,便继续往前走了。

来到胡同口他开始犹豫不决,他没法决定往哪个方向走。那条大街就躺在眼前,街上乱七八糟。他看到人和自行车以及汽车手扶拖拉机还有手推车挤在一起像是买电影票一样乱哄哄。后来他看到一个鞋匠坐在一根电线杆下面在修鞋,于是他就走了过去。他默默地看了一阵后,就抬起自己脚上的皮鞋问鞋匠那皮质如何。鞋匠只是瞟了一眼就回答:"一般。"这个回答显然没使他满意,所以他就告诉鞋匠那可是牛皮,可是鞋匠却告诉他那不是牛皮,不过是打光了的猪皮。这话使他大失所望,因此他便走开了。

他现在正往西走去。他走在人行道上,他对街上的自行车汽车什么的感到害怕。就是走在人行道上他也是小心翼翼,免得被人撞倒在地,像山峰一样再也爬不起来。走了没多久,他走到了一厕所旁,这时候他想小便了,便走了过去。里面有几个人站在小便池旁正痛痛快快地撒尿,他也挤了过去。将那玩意揪出来对准小便池。他那么站了很久,可他听到的都是别人小便的声音,他不知为何居然尿不出来。他两旁的人在不停地更换着,可他还那么站着。随后他才发现了什么,他对自己说:"原来我不是来撒尿的。"然后他就走了出去,依然走在人行道上。但他忘了将那玩意放进去,所以那玩意露在外面,随着他走路的节奏正一颤一颤,十分得意。他一直那么走着。起先居然没人发现。后来走到影剧院旁时,才被几个迎面走来的年轻人看到了。他看到前面走来的几个年轻人突然像虾一样弯下了腰,接着又像山峰一样哈哈乱笑起来。他从他们中间走过去后,听到他们用一种断断续续又十分滑稽的声音在喊:"快来看。"但他没在意,他继续往前走。然而他随即发现所有的人都在顷刻之间变了模样,都前仰后合或者东倒西歪了。一些女人像是遇上强盗一样避得远远的。他心里觉得很滑稽,于是就笑了起来。

他一直那么走着,后来他在一幢尚未竣工的建筑物前站住了脚,他朝这幢建筑物打量了好一阵,接着就走了进去。他感到里面很潮湿,但他很满意这个地方。里面有很多房间,都还没有装门。他挨个将这些房间审视一遍,随后决定走入其中一间。那是比较阴暗的一间。他走进去后就找了个角落坐了下来。他将身体靠在墙上,此刻他觉得可以心安理得地休息一下,因为他实在太疲倦。所以他闭上眼睛后马上就睡着了。

三小时以后他被人推醒,他看到几个武警站在他面前,其中一个人对他说:"请你把那东西放进去。"

第五节

一个月以后,山岗被押上了一辆卡车,一伙荷枪的武警像是保护似的站在他周围。他看到四周的人像麻雀一样汇集过来,他们仰起脑袋看着他。而他则低下头去看他们,他感到他们的脸是画出来似的。这时前面那辆警车发出了西北风一样的呼叫后往前开了,可卡车只是放屁似地响了几声竟然不动了。那时候山岗心里已经明白。自从他在那幢建筑里被人叫醒后,他就在等着这一刻来到。现在终于来了。于是他就转过脸去对一个武警说:"班长,请手脚干净点。"

那武警的眼睛看着前方,没去答理山岗。因此山岗将脸转向另一边,对另一个武警说:"班长,求你一枪结束我吧。"这个武警也一样无动于衷。

山岗看到很多自行车像水一样往前面流去了。这时候卡车抖动了几下,然后他感到风呼呼地刮在他的两只耳朵上,而前面密集的自行车井然有序地闪向两旁。路旁伸出来的树叶有几次像巴掌一样打在他脸上。不久之后那一块杂草丛生的绿地出现在了他的视线中,他知道自己马上就要站在这块绿地的中央。和绿地同时出现的是那杂草丛生一般的人群。他还看到一辆救护车,救护车停在绿地附近。公路两旁已经挤满自行车了,自行车在那里东倒西歪。他感到救护车为他而来。他觉得他们也许要一枪把他打个半死之后,再用救护车送他去医院救活他。这样想着的时候,卡车又抖动了一下,他的胸肋狠狠地撞在车栏上,但他居然不疼。随后他感到有人把他拉了过去,于是他就转过身来。他看到几个武警跳下了卡车,他也被推着跳了下去。他跳下去跪在了地上,随后又被拖起。他感到自己被簇拥着朝前走去,他觉得自己被五花大绑的上身正在失去知觉。而他的双腿却莫名其妙地在摆动。他似乎看到很多东西,又似乎眼前什么也没有。在他朝前走去时,他开始神情恍惚起来。不一会他被几只手抓住,他没法往前再走,于是他就站在那里。

他站在那里似乎有些莫名其妙。脚下长长的杂草伸进了他的裤管,于是他有了痒的感觉。他便低下头去看了看,可是他什么都没有看到。他只得把头重新抬起来,脸上出现了滑稽的笑容。慢慢地他开始听到嘈杂的人声,这声音使他发现四周像茅草一样遍地的人群。于是他如梦初醒般重又知道了自己的处境。他知道不一会就要脑袋开花了。

现在他想起来了,想起先前他常来这里。几乎每一次枪毙犯人他都挤在前排观瞧。可是站在这个位置上倒是第一次,所以现在的处境使他感到十分新奇。他用眼睛寻找他以前常站的位置,但是他竟然找不到了。而这时候他又突然想小便,他就对身旁的武警说:"班长,我要尿尿了。"

"可以。"武警回答。

"请你替我把那东西拿出来,"他又说。

"就尿在裤子里吧。"武警说。

他感到四周的人在嬉皮笑脸,他不知道他们为何高兴成这样。他微微叉开双腿,开始愁眉苦脸起来。

过了一会武警问:"好了没有?"

"尿不出来。"他痛苦地说。

"那就算了。"武警说。

他点点头表示同意。接着他开始朝远处眺望。他的目光从矮个的头上飘了过去,又从高个的耳沿上滑过,然后他看到了那条像静脉一样的柏油公路。这时他感到腿弯里被人蹬了一脚,他双腿一软跪在了地上。他没法看到那条静脉颜色的公路了。

一个武警在他身后举起了自动步枪，举起以后开始瞄准。接着"砰"地响了一声。

山岗的身体随着这一枪竟然翻了个筋斗，然后他惊恐万分地站起来，他朝四周的人问："我死了没有？"

没有人回答他，所有的人都在哈哈大笑，那笑声像雷阵雨一样向他倾泻而来。于是他就惊慌失措哇哇大哭起来，因为他不知道自己是死是活。他的耳朵被打掉了，血正畅流而出。他又问："我死了没有？"

这次有人回答他了，说："你还没死。"

山岗又惊又喜，他拼命地叫道："快送我去医院。"随后他感到腿弯里又挨了一脚，他又跪在了地上。他还没明白过来，第二枪又出现了。

第二枪打进了山岗的后脑勺，这次山岗没翻筋斗，而是脑袋沉重地撞在了地上，脑袋将他的屁股高高支起。他仍然没有死，他的屁股像是受寒似的抖个不停。

那武警上前走了一步，将枪口贴在山岗的脑袋上，打出了第三枪，像是有人往山岗腹部踢了一脚，山岗一翻身仰躺在地了。他被绑着的双手压在下面，他的双腿则弯曲了起来，随后一松也躺在了地上。

第六节

这天早晨山岗的妻子看到一个人走了进来，这人只有半个脑袋。那时刚刚进入黎明。她记得自己将门锁得很好，可他进来时却让她感到门是敞开的。尽管他只有半个脑袋，但她还是一眼认出他就是山岗。

"我被释放了。"山岗说。

他的声音嗡嗡的，于是她就问："你感冒了？"

"也许是吧。"他回答。

她想起抽屉里有速效感冒胶囊，她就问他是否需要。

他摇摇头，说他没有感冒，他身体很好，只是半个脑袋没有了。

她问他那半个脑袋是不是让一颗子弹打掉的。他回答说记不起来了。然后他就在一把椅子里坐了下来。坐下后他说饿了。要她给一点零钱买早点吃。她就拿了半斤粮票和一元钱给他。他接过钱以后便站起来走了。他走出去时没有随手关门，于是她就去关门，可发现门关得很严实。她并没有感到惊奇，她脱掉衣服上床去睡觉了。

　　那个时候胡同里响起了单纯的脚步声，是一个人在往胡同口走去。她是在这个时候醒过来的，这时候黎明刚刚来临，她看到房间里正在明亮起来。四周很静，因此她清楚地听着那声音似乎是从她梦里走出去的脚步声。她觉得这脚步声似乎是从她梦里走出去的，然后又走出了这所房子，现在快要走出胡同了。

　　她开始穿衣服，脚步声是她穿好衣服时消失的。于是她走到窗前，拉开窗帘后阳光便涌进来，阳光这时候还是鲜红的。不久以后就会变成肝炎那种黄色。她叠好被子后就坐在梳妆台前，她看看镜中自己的脸，她感到索然无味。因此她站起身走出了卧室。在外间她看到山峰的妻子已在那里吃早饭了。于是她就走进厨房准备自己的早饭。她点燃煤气灶后，就站在一旁刷牙洗脸。

　　五分钟以后，她端着自己的早饭走了出来，在弟媳对面坐下，然后默不作声地吃了起来。那时候弟媳却站起身走入厨房，她吃完了。她听到弟媳在厨房里洗碗时发出很响的声音。不一会弟媳就走出来了，走进了卧室。然后又从卧室里走出，锁上门以后她就往外走了。

　　她继续吃着早饭，吃得很艰难，她一点胃口也没有。她眼睛便望着窗外那棵树上，那棵树此刻看去像是塑料制成的。她一直看着。后来她想起了什么，她将目光收回来在屋内打量起来。她想起已有很多日子没有见到婆婆了。她的目光停留在婆婆卧室的门上。但是不久之后她就将目光移开，继续又看门外那棵树。

　　在山峰死去的第六天早晨，老太太也溘然长逝。那天早晨她醒来时感到一阵异样的兴奋。她甚至能够感到那种兴奋如何在她体内流动。而同时她又感到自己的身体正在局部地死去。她明显地觉得脚趾头是最先死去的，然后是整双脚，接着又伸延到腿上。她感到脚的死去像冰雪一样无声无息。死亡在她腹部逗留了片刻，以后就像潮水一样涌过了腰际，涌过腰际后死亡就肆无忌惮地蔓延开来。这时她感到双手离她远去了，脑袋仿佛正被一条小狗一口一口咬去。最后只剩下心脏了，可死亡已经包围了心脏，像是无数蚂蚁似的从四周爬向心脏。她觉得心脏有些痒滋滋的。这时她睁开的眼睛看到有无数光芒透过窗帘向她奔涌过来，她不禁微微一笑，于是这笑容像是相片一样固定了下来。

　　山峰的妻子显然知道这天早晨发生了一些什么，所以她很早就起床了。现在她已经走出了胡同,她走在大街上。这时候阳光开始黄起来了。她很明白自己该去什么地方。她朝天宁寺走去,因为在天宁寺的旁边就是拘留所。这天早晨山岗被人从里面押出来。

她在街上走着的时候,就听到有人在议论山岗。而且很多人显然和她一样往那里走去。这镇上已有一年多时间没枪毙人了,今天这日子便显得与众不同。

一个月以来,她常去法院询问山岗的案子,她自称是山岗的妻子(尽管一个月前她作为原告的身份是山峰的妻子,但是谁也没有注意到这一点)。直到前天他们才告诉她今天这种结果。她很满意,她告诉他们,她愿将山岗的尸体献给国家。法院的人听了这话并不兴高采烈,但他们表示接受。她知道医生们会兴高采烈的。她在街上走着的时候,脑子里已经开始想象着医生们如何瓜分山岗,因此她的嘴角始终挂着微笑。

第七节

在这间即将拆除的房屋中央,一只一千瓦的电灯悬挂着。此刻灯亮着,光芒辉煌四射。电灯下面是两张乒乓桌,已经破旧。乒乓桌下面是泥地。几个来自上海和杭州的医生此时站在门口聊天,他们在等着那辆救护车来到。那时候他们就有事可干了。

现在他们显得悠闲自在。在不远处有一口池塘,池塘水面上飘着水草,而池塘四周则杨柳环绕。池塘旁边是一片金黄灿烂的菜花地。在这种地方聊天自然悠闲自在。

救护车此刻在那条泥路上驶来了,车子后面扬起了如帐篷一般的灰尘。救护车一直驰到医生们身旁才停车。于是医生们就转过脸去看了看。车后门打开后,一个人跳了下来,那人跳下来后立刻转身从车内拖出了两条腿,接着身体也出现了。另一个人抓住山岗的两条胳膊也跳下了车。这两人像是提着麻袋一样提着山岗进屋了。

医生们则继续站在门口聊天,他们仿佛对山岗不感兴趣,他们感兴趣的是刚才的话题,刚才的话题是有关物价。进去的两个人这时走了出来。这两人常去镇上医院卖血。现在他们还不能走,他们还有事要干,待会儿他们还要挖个坑把山岗扔进去埋掉。那时的山岗由一些脂肪和肌肉以及头发牙齿这一类医生不要的东西组成。所以他们走到池塘旁坐了下来。他们对今天的差使很满意,因为不久之后他们就会从某一个人手中接过钱来,然后放入自己的口袋。

医生们又在门口站了一会,然后才一个一个走了进去,走到各自带来的大包旁。他们开始换衣服了,换上手术服,戴上手术帽和口罩,最后戴上了手术手套。接着开始整理各自的手术器械。

山岗此刻仰躺在乒乓桌上,他的衣服已被刚才那两个人剥去。他赤裸裸的身体在一千瓦的灯光下像是涂上了油彩,闪闪烁烁。

首先准备完毕的一个男医生走了过去,他没带手术器械,他是来取山岗的骨骼的,他要等别人将山岗的皮剥去,将山岗的身体掏空后,才上去取骨骼。所以他走过去时显得漫不经心。他打量了一下山岗,然后伸手去捏捏山岗的胳膊和小腿,接着转回身对同行们说:"他很结实。"

来自上海的那个三十来岁的女医生穿着高跟鞋第二个朝山岗走去。因为下面的泥地凹凸不平,她走过去时臀部扭得有些夸张。她走到山岗的右侧。她没有捏他的胳膊,而是用手摸了摸山岗的皮肤,她转过头对那男医生说:"不错。"

然后她拿起解剖刀,从山岗颈下的胸骨上凹一刀切进去,然后往下切一直切到腹下。这一刀切得笔直,使得站在一旁的男医生赞叹不已。于是她就说:"我在中学学几何时从不用尺画线。"那长长的切口像是瓜一样裂了开来,里面的脂肪便炫耀出了金黄的色彩,脂肪里均匀地分布着小红点。接着她拿起像宝剑一样的尸体解剖刀从切口插入皮下,用力地上下游离起来。不一会山岗胸腹的皮肤已经脱离了身体像是一块布一样盖在上面。她又拿起解剖刀去取山岗两条胳膊的皮了。她从肩峰下刀一直切到手背。随后去切腿,从腹下髂前上棘向下切到脚背。切完后再用尸体解剖刀插入切口上下游离。游离完毕她休息了片刻。然后对身旁的男医生说:"请把他翻过来。"那男医生便将山岗翻了个身。于是她又在山岗的背上划了一条直线,再用尸体解剖刀游离。此刻山岗的形象好似从头到脚披着几块布条一样。她放下尸体解剖刀,拿起解剖刀切断皮肤的联结,于是山岗的皮肤被她像捡破烂似的一块一块捡了起来。背面的皮肤取下后,又将山岗重新翻过来,不一会山岗正面的皮肤也荡然无存。

失去了皮肤的包围,那些金黄的脂肪便松散开来。首先是像棉花一样微微鼓起,接着开始流动了,像是泥浆一样四散开去。于是医生们仿佛看到了刚才在门口所见的阳光下的菜花地。

女医生抱着山岗的皮肤走到乒乓桌的一角,将皮一张一张摊开刮了起来,她用尸体解剖刀像是刷衣服似的刮着皮肤上的脂肪组织。发出的声音如同车轮陷在沙子里无可奈何地叫唤。

几天以后山岗的皮肤便覆盖在一个大面积烧伤了的患者身上,可是才过三天就液化坏死,于是山岗的皮肤就被扔进了污物桶,而后又被倒入那家医院的厕所。

这时站在一旁的几个医生全上去了。没在右边挤上位置的两个人走到了左侧,可在左侧够不到,于是这两人就爬到乒乓桌上去,蹲在桌上瓜分山岗,那个胸外科医生在山岗胸肋交间处两边切断软骨,将左右胸膛打开,于是肺便暴露出来,而在腹部的医生只是刮除了脂肪组织和切除肌肉后,他们需要的胃、肝、肾脏便历历在目了。眼科医生此刻已经取出了山岗一只眼球。口腔科医生用手术剪刀将山岗的脸和嘴剪得稀烂后,上颌骨和下颌骨全部出现。但是他发现上颌骨被一颗子弹打坏了。这使他沮丧不已,他便嘟哝了一句:"为什么不把眼睛打坏。"子弹只要稍稍偏上,上颌骨就会安然无恙,但是眼睛要倒霉了。正在取山岗第二只眼球的医生听了这话不禁微微一笑,他告诉口腔科医生那执刑的武警也许是某一个眼科医生的儿子。他此刻显得非常得意。当他取出第二只眼球离开时,看到口腔科医生正用手术锯子卖力地锯着下颌骨,于是他就对他说:"木匠,再见了。"眼科医生第一个离开,他要在当天下午赶回杭州,并在当天晚上给一个患者进行角膜移植。这时那女医生也将皮肤刮净了。她把皮肤像衣服一样叠起来后,也离开了。

胸外科医生已将肺取出来了,接下去他非常舒畅地切断了山岗的肺动脉和肺静脉,又切断了心脏主动脉,以及所有从心脏里出来的血管和神经。他切着的时候感到十分痛快。因为给活人动手术时他得小心翼翼地避开它们,给活人动手术他感到压抑。现在他大手大脚地干,干得兴高采烈。他对身旁的医生说:"我觉得自己是在挥霍。"这话使旁边的医生感到妙不可言。

那个泌尿科医生因为没挤上位置所以在旁边转悠,他的口罩有个"尿"字。尿医生看着他们在乒乓桌上穷折腾,不禁忧心忡忡起来,他一遍一遍地告诫在山岗腹部折腾的医生,他说:"你们可别把我的睾丸搞坏了。"

山岗的胸膛首先被掏空了,接着腹腔也掏空了。一年之后在某地某一个人体知识展览上,山岗的胃和肝以及肺分别浸在福尔马林中供人观赏。他的心脏和肾脏都被作了移植。心脏移植没有成功,那患者死在手术台上。肾脏移植却极为成功,患者已经活了一年多了,看样子还能再凑合着活下去。但是患者却牢骚满腹,他抱怨移植肾脏太贵,因为他已经花了三万元钱了。

现在屋子里只剩下三个医生了。尿医生发现他的睾丸完好无损后,就心安理得地将睾丸切除下来。口腔医生还在锯下颌骨,但他也已经胜利在望。那个取骨骼的医生则仍在一旁转悠,于是尿医生就提醒他:"你可以开始了。"但他却说:"不急。"

口腔科医生和泌尿科医生是同时出去的,他们手里各自拿着下颌骨和睾丸。他们接下去要干的也一样都是移植。口腔科医生将一个活人的下颌骨锯下来,再把山岗的下颌骨装进去。对这种移植他具有绝对的信心。山岗身上最得意的应该是睾丸了。尿医生将他的睾丸移植在一个因车祸而睾丸被碾碎的年轻人身上。不久之后年轻人居然结婚了,而且他妻子立刻就怀孕,十个月后生下一个十分壮实的儿子。这一点山峰的妻子万万没有想到,因为是她成全了山岗,山岗后继有人了。

他等到他们拿着下颌骨和睾丸出去后,他才开始动手。他先从山岗的脚下手,从那里开始一点一点切除骨骼上的肌肉与筋膜组织。他将切除物整齐地堆在一旁。他的工作是缓慢的,但他有足够的耐心去对付。当他的工作发展到大腿时,他捏捏山岗腿上粗鲁的肌肉对山岗说:"尽管你很结实,但我把你的骨骼放在我们教研室时,你就会显得弱不禁风。"

一九八七年九月二十九日

[提示]

余华(1960—),浙江海盐人,1983年开始小说创作,先锋派代表作家。著有长篇小说《呼喊与细雨》《许三观卖血记》《兄弟》《第七天》,中短篇小说集《十八岁出门远行》《偶然事件》《现实一种》《河边的错误》等。

余华的创作以1989年为界分为两个时期:前期以一种激进的姿态进行先锋探索及文体实验,试图突破常识和日常经验的束缚以构造一种新的叙述方式,作品以中短篇小说为主;后期转向现实主义与新历史主义文学创作。

《现实一种》原载《北京文学》1988年第1期，是余华早期先锋文学的代表作。"现实"具有双重含义：一是指小说中凸显的暴力与死亡在生活中的现实性；二是指作为叙述者在呈现暴力与死亡主题时所采取的冷静客观的叙事态度，即"零度风格"。余华采用第三人称全知视角，以一种近乎冷酷的态度把一对兄弟之间采取极端手段互相残杀的故事呈现在读者面前，作家试图通过创作来解构传统的家庭道德、伦理秩序，把原始的暴力元素融入家庭生活。亲情被消解，山峰与山岗兄弟之间疯狂的复仇与残杀，构成了小说叙事的主线。小说以"淅淅沥沥的雨"为开头，呈现了一系列超现实情节，如"母亲身体里骨头折断的声音"，"阳光下鲜血在水泥地上映出的颜色""被打掉半个脑袋的山岗"等，以构建具有后现代主义色彩的暴力美学。小说以"山岗被解剖，他的生殖器被移植成功"为结尾，象征"作为个体的人暴力的结束以及暴力基因的延续"。

　　20世纪80年代中后期，马原、洪峰、余华等作家登上文坛，以独特的话语方式，借用罗布-格里耶的文体实验理论开创了一种全新的小说模式，被批评界命名为"先锋小说"。余华的《现实一种》正是在这样的背景下产生的。不同于伤痕文学、改革文学和寻根文学，《现实一种》作为典型的先锋小说，它打破了传统的叙事经验，将写作对象集中于诸如"兄弟残杀"主题，使先锋小说在新时期文学中呈现出独特的面貌。

（田　庆）

活着（存目）

余 华

中篇小说《活着》原载《收获》1992年第6期，曾获第六届《小说月报》百花奖，是余华创作转型期的重要作品。余华说这部小说写的是人对苦难的承受能力，对世界的乐观态度。作品通过福贵老人的讲述，再现了他由盛而衰的一生。年轻时的福贵是地主家的纨绔子弟，他游手好闲，吃喝嫖赌，败光家产。后又被抓壮丁，经历了一系列的家庭变故，骨肉至亲相继离世，到最后只剩下一头老牛和福贵相依为命。虽然小说的题目是"活着"，但小说的叙述重点是"死亡"与"苦难"。在一次次残酷的死亡叙事中，作家彰显普通人"活着"的艰辛与厚重。经历种种人生磨难的福贵最终懂得了亲情的可贵，也看到了各种人生价值的虚伪。"为……而活"的人生态度，只能让人的生命消耗在无止境的争斗中，只有为活着本身而活，才是生命的唯一要求。福贵对个体生命存在价值的体悟，是一种辉煌过后归于平淡的豁达与超越。福贵的生命故事和人生哲学看似平淡，但在余华冷静的叙述中获得了一种感人的力量。从这个层面上说，《活着》表达了作家对宏大叙事的反叛与疏离，也标志着余华放弃先锋姿态回归生活现实的努力。

作品《活着》本身的文体价值也值得一提。小说的叙述者"我"是一个游手好闲的采风者，一个听故事的人。在听到福贵的故事之前，"我"是无聊和空虚的。这种无聊和空虚意味着生命的空缺和期待，期待某种生命真谛的召唤。"我"就像一个俗世生活的迷失者，从未静心思考过生命的本真意义，福贵的出现引发了"我"对生命状态的反思；当"我"被福贵的故事打动之时，也正是"我"的生命空缺被填补之时，更暗含着作家余华对"活着"的生命哲学的价值认同。从这个意义上说，《活着》写的是我们每个人的生命故事和人生哲学。

（田 庆）

妻妾成群（存目）

苏 童

苏童（1963—），原名童忠贵，江苏扬中人。1983年开始发表小说，著有长篇小说《米》《紫檀木球》《我的帝王生涯》《碎瓦》《黄雀记》，中篇小说集《妻妾成群》《红粉》，短篇小说集《伤心的舞蹈》《祭奠红马》等。中篇小说《妻妾成群》获《小说月报》1991年第四届百花奖，后改编为电影、电视剧。

《妻妾成群》原载《收获》1989年第6期，是新历史主义代表作。受过现代大学教育的新女性颂莲被抬入陈府——一个幽闭、阴森恐怖的旧式家庭，成为陈府老爷的第四房姨太太。尽管颂莲是自愿嫁入陈家的，但她还是很难融入陈府的生活，她孤独而绝望地守护着自己的内心，之后渐渐加入了陈府女人的争风吃醋中，最终在男权文化的压抑下精神崩溃。陈家几个女人虽然性格各异，却都难逃劫数，颂莲的发疯揭示了女性在封建家族的可悲命运，而新嫁入陈府的五姨太文竹，也将会是第二个颂莲。《妻妾成群》写出了人性的溃败，更写出了由罪恶、死亡、欲望等构成的历史文化的颓败。

苏童凭借灵动的想象、冷静的叙事以及出色的语言驾驭能力，在20世纪80年代的当代文坛树起了一面"南方的旗帜"。小说《妻妾成群》意象丰富，色彩绮丽，笔致飘逸，一夜之间刷新了读者的阅读感受。并且苏童以旧式文人的情怀赋予小说怀旧、唯美之感，陈家后院如同帝王的后宫，表面平静，实则暗流涌动，欲望滋长。"疯女人"与狭仄的生存空间的组合，增加了小说的神秘幽怨气息。

（张自芹）

一地鸡毛（存目）

刘震云

刘震云（1958—），河南延津人。1982年开始创作，代表作有长篇小说《故乡天下黄花》《故乡面和花朵》《我叫刘跃进》《一句顶一万句》《我不是潘金莲》，中篇小说集《塔铺》《一地鸡毛》《官场》《官人》等。结集出版《刘震云文集》十卷本。

《一地鸡毛》原载《小说界》1991年第1期。小说描写主人公小林在家庭生活中的琐碎日常及其精神活动轨迹，借此反映日常琐事对个体精神世界的腐蚀。小说从小林家的"豆腐变馊"事件写起，依次描写了买豆腐、拉蜂窝煤、老家来人、抢购大白菜、老婆调工作、孩子入托等令小林烦恼的琐事，身陷柴米油盐的小林逐渐丧失了精神的独立。此外，小说还描写了当代世俗社会中复杂的人际关系，表现了知识分子在其冲击之下斯文扫地的窘态。小林夫妇本是大学生，却在现实的逼迫下，学会了运用世俗的那套处事方法，学会了忍耐生活里的丑恶人事，学会了以利益标准衡量人与人的关系。最后，小林适应了现实环境，却同时彻底丧失了自我。

《一地鸡毛》没有一个贯穿始终、有明显因果关系的中心情节，而是由一些琐碎的生活片段连缀而成。小说不动声色地描绘现实，展现出冷静客观的写实风格，是新写实小说中极具代表性的佳作。刘震云真正写出了20世纪80年代末90年代初中国普通家庭共同的现实生存体验，作品一经问世便产生了很大的社会影响，"一地鸡毛"已成为个体沦陷于日常生活进而诗情消解的代名词。

（周　帆）

一句顶一万句（存目）

刘震云

长篇小说《一句顶一万句》原载《人民文学》2009年第2—3期，2009年3月由长江文艺出版社出版单行本，获第八届茅盾文学奖。故事的主要发生地是刘震云的故乡河南延津，主要情节围绕着发生在乡土世界中的种种言语活动而展开。全书包括上半部"出延津记"和下半部"回延津记"。上半部记述的是民国年间河南农民杨百顺出门寻找与人私奔的老婆，却在路上失去了唯一能够"说得上话"的养女巧玲，为了寻找巧玲，他不得不走出延津。下部记述了七十年后，巧玲的儿子牛爱国，同样为了寻找与人私奔的老婆而走向延津的故事。一去一回，延宕百年。故事简单，但韵味悠长。

《一句顶一万句》是表现现代人灵魂孤独与精神追求的作品，书中人物众多，人与人之间关系复杂，从某种角度来说，他们都是孤独的，是无法交流和沟通的。作者发现了人与人之间言语活动的重要性，反复描写一个中心事件——人与人之间的语言交流问题，也就是人与人之间"说得着"和"说不着"的问题。说得着，就结为朋友，成为知己，甚至生活到一起；说不着，就反目成仇，甚至拔刀相向。上下部的两个主人公杨百顺和牛爱国，虽然一生阅人无数，但真正能和他们"说得着"的，也不过只有巧玲与章楚红两人，由此，作家发出了"一句顶一万句"的由衷感叹。一句，指的是人与人之间在精神层面上的沟通与契合状态。正是在这种围绕日常的言语活动展开的庸常人生中，彰显出作家对现代个体生存境遇的形而上思考。

作品中还有一个意大利神父老詹，他在中国传教多年却信徒很少。他信奉宗教，可以借与上帝对话而消解孤独，而中国人却因为人与人之间的隔阂陷入孤独。中西对照的写作方式增强了小说的文化意味。

（周　帆）

黄金时代（存目）

王小波

王小波（1952—1997），北京人，当代著名作家、学者。代表作品有长篇小说《红拂夜奔》《万寿寺》《寻找无双》，中篇小说集《黄金时代》《白银时代》《青铜时代》，杂文集《我的精神家园》《沉默的大多数》等。

《黄金时代》被王小波称为"自己的宠儿"，从动笔到完成历经20年，期间多次重写。从题材上说，《黄金时代》属于知青文学。然而，作品中汪洋恣肆的性爱描写、黑色幽默、略带苦涩的嘲讽构成了作品的"狂欢"式叙事风格，这是对传统现实主义文学的反叛，故作品超越了一般的知青文学，具有现代主义先锋文学因素。

小说的故事围绕王二和陈清扬一对男女知青展开，讲述他们在"文化大革命"时期的命运遭际及个体生命存在的荒诞感，借以表达对"文化大革命"的批判和反思，并由此揭示出一种人类普遍的生存处境。小说有强烈的反讽和寓言性质，故事背景是"文化大革命"浩劫，但小说的标题却是"黄金时代"；主人公被批斗、写检讨，生活毫无尊严，却在被批斗中洞悉了生活的"奥秘"——与其徒劳无功地反抗还不如顺其自然，缺少了所谓"伦理""尊严"的束缚，反而活得轻松自由。王二那些不符合"常规"却能"自圆其说"的逻辑是对权威话语的讽刺与挑战。而王、陈二人之间狂欢式的性爱与周围人由于压抑、煎熬而变态的生命状态形成鲜明对比，时代的荒诞与悲哀恰在于此！

王小波是一个具有自觉文体意识的作家，《黄金时代》带有鲜明的实验色彩，整部作品时间横跨20年，叙事场景不断变换，主人公一会儿在云南插队，一会儿在北京的旅馆里闲聊，一会儿在山上垦荒，一会儿在人保组交代材料……多个事件交替更迭，多种空间场景相互补充，再加上王小波丰沛的想象力和过人的语言表达能力，使这部小说融粗鄙与优美、激情与理性于一体，具有独特的文体价值。

（田　庆）

白鹿原（存目）

陈忠实

陈忠实（1942—2016），生于陕西西安。1965年开始发表作品，著有长篇小说《白鹿原》，中篇小说集《初夏》《四妹子》《夭折》，短篇小说集《乡村》《到老白杨树背后去》以及文论集《创作感受谈》等。其中，《白鹿原》获第四届茅盾文学奖。

《白鹿原》原载《当代》1992年第6期、1993年第1期，1993年6月由人民文学出版社出版单行本。被评为有"史志意蕴"和"史诗风格"，卷首陈忠实引"小说被认为是一个民族的秘史"为题记。在《白鹿原》中，"民族"是指以渭河平原作为缩影的经历从辛亥革命到解放战争风云变幻的中华民族。"秘史"之"史"表现为《白鹿原》的史诗性。这不仅体现在它大容量、长时段地再现了一个民族历史变迁的轨迹，还体现在小说将个人、家族的命运与文化、民族的命运相联结。"秘史"之"秘"则在于小说突出了"正史"不能宣扬和表现的因素——欲望。欲望成为故事发展的推动力：白嘉轩娶妻、鹿子霖乱伦、白孝文堕落、鹿三虐杀田小娥……因此，《白鹿原》是一部交织着文化冲突、历史冲突和人性冲突的鸿篇巨制。

与其他家族历史小说相比，《白鹿原》的最大特点是丰厚的文化内涵。作家关注的不仅是家族、民族的历史变迁，还有以宗族制度、祖训乡约、"耕读传家"观念为基本内容的儒家文化在现代性冲击下的命运，即儒家文化能否作为民族精神的内核凝聚力永葆活力？蕴含这类思考的人物形象便是白嘉轩。作为儒家文化的承载者，白嘉轩重义轻利、仁爱谦恭，他修祠堂、办学堂、筑堡墙、定乡约……同时他身上也有极为复杂的一面，他精心策划戏码买了鹿家的风水宝地，当他发现有人违反礼义族规时，他变得残酷无情：对赌棍烟鬼施以酷刑，对白孝文和田小娥施以"刺刷"，筑"镇妖塔"让冤死的小娥永世不得翻身……白嘉轩是保守的，但他的人格充满浓郁的美感。白嘉轩形象集中体现了陈忠实对中国传统儒家文化精神的理性思考：既赞赏又批判，既鞭挞又悼挽。作为具有现代意识的当代作家，陈忠实既看到传统文化在现代文明冲击下溃败的命运，又对传统文化人格抱有期待。

作家在现实主义创作手法之外，加入魔幻、神秘因素，如田小娥的鬼魂、白鹿精灵意象等，民族历史变迁与神秘的文化想象交织，增加了小说的美学效果。语言饱满、厚实，格调沉郁古朴，自有一股天地悠悠的苍茫感。

（纪水苗）

凤凰琴（存目）

刘醒龙

刘醒龙（1956—），湖北黄州人，代表作有长篇小说《威风凛凛》《生命是劳动与仁慈》《痛失》《弥天》《圣天门口》《天行者》等十余部，中篇小说《凤凰琴》《秋风醉了》《分享艰难》等。《天行者》获第八届茅盾文学奖。

《凤凰琴》原载《青年文学》1992年第5期。小说描写了一群山村小学民办教师的工作和生活状况，反映了我国偏远山区教育的落后和民办教师生存的艰难，高度赞扬了他们辛勤耕耘、默默奉献的精神，谱写了一曲关于道德和良知的忧伤赞歌。

《凤凰琴》具有丰厚的社会容量，作品展现了山区教育的困境：学校地处偏远山区，房舍残破，缺钱少书，村里拖欠教师的工资，学生因为贫困而中途辍学，教师们迟迟无法转正……在如此艰苦的条件下，民办教师们仍然为山区教育默默付出。作者将民办教师称为"二十世纪后半叶中国大地上默默苦行的民间英雄"。他们不一定有广博的知识，生活中也难免有一些蝇营狗苟的利益纠纷和矛盾冲突，但他们"不缺良心和感情"，在对待教育事业上所表现出来的精神境界和道德操守都令人敬佩。作品以刚刚高中毕业到界岭小学任教的民办教师张英才为线索人物，串联起几位中青年民办教师的命运故事，写出了他们的艰苦生活和动人事迹。余校长家徒四壁还义务负担学生们的食宿，孙主任为了维修学校危房献出自家还未到收获时节的茯苓……而在他们默默奉献的背后有太多的苟且和无奈，余校长为了得到奖金以修缮破旧的房舍而不得不在检查中弄虚作假，邓副校长为了转正指标，去偷伐公家树木走后门。现实的窘迫和无奈，彰显出这群贫困的教育工作者坚守岗位的执着和高贵的人格。

小说以"凤凰琴"为标题，这把琴作为叙事线索贯穿始终，从初见琴时的种种疑问，到琴弦被剪断所引发的矛盾冲突，再到续琴弦所象征的矛盾缓和，及至最后舅舅讲琴，真相大白。正是由于凤凰琴的存在，整部小说前后贯通，浑然一体。

（田　庆）

哺乳期的女人

毕飞宇

断桥镇只有两条路，一条是三米多宽的石巷，一条是四米多宽的夹河。三排民居就是沿着石巷和夹河次第铺排开来的，都是统一的二层阁楼，楼与楼之间几乎没有间隙，这样的关系使断桥镇的邻居只有"对门"和"隔壁"这两种局面，当然，阁楼所连成的三条线并不是笔直的，它的蜿蜒程度等同于夹河的弯曲程度。断桥镇的石巷很安静，从头到尾洋溢着石头的光芒，又干净又安详。夹河里头也是水面如镜，那些石桥的拱形倒影就那么静卧在水里头，千百年了，身姿都龙钟了，有小舢板过来它们就颤悠悠地让开去，小舢板一过去它们便驼了背脊再回到原来的地方去。不过夹河到了断桥镇的最东头就不是夹河了，它汇进了一条相当阔大的水面，这条水面对断桥镇的年轻人来说意义重大，断桥镇所有的年轻人都是在这条水面上开始他们的人生航程的。他们不喜欢断桥镇上石头与水的反光，一到岁数便向着远方世界蜂拥而去。断桥镇的年轻人沿着水路消失得无影无踪，都来不及在水面上留下背影。好在水面一直都是一副不记事的样子。旺旺家和惠嫂家对门。中间隔了一道石巷，惠嫂家傍山，是一座二三十米高的土丘；旺旺家依水，就是那条夹河。旺旺是一个七岁的男孩，其实并不叫旺旺。但是旺旺的手上整天都要提一袋旺旺饼干或旺旺雪饼，大家就喊他旺旺，旺旺的爷爷也这么叫，又顺口又喜气。旺旺一生下来就跟了爷爷了。他的爸爸和妈妈在一条拖挂船上跑运输，挣了不少钱，已经把旺旺的户口买到县城里去了。旺旺的妈妈说，他们挣的钱才够旺旺读大学，等到旺旺买房、成亲的钱都回来，他们就回老家，开一个酱油铺子。他们这刻儿正四处漂泊，家乡早就不是断桥镇了，而是水，或者说是水路。断桥镇在他们的记忆中越来越概念了，只是一行字，只是汇款单上遥远的收款地址。汇款单成了鳏父的儿女，汇款单也就成了独子旺旺的父母。

旺旺没事的时候坐在自家的石门槛上看行人。手里提着一袋旺旺饼干或旺旺雪饼。旺旺的父亲在汇款单左侧的纸片上关照的，"每天一袋旺旺"。旺旺吃腻了饼干，但是爷爷不许他空着手坐在门槛上。旺旺无聊，坐久了就会把手伸到裤裆里，掏鸡鸡玩。一手提着袋子，一手捏住饼干，就好了。旺旺坐在门槛上刚好替惠嫂看杂货铺。惠嫂家的底楼其实就是一铺子。有人来了旺旺便尖叫。旺旺一叫惠嫂就从后头笑嘻嘻地走了出来。

　　惠嫂原来也在外头，一九九六年的开春才回到断桥镇。惠嫂回家是生孩子的，生了一个男孩，还在吃奶。旺旺没有吃过母奶。爷爷说，旺旺的妈天生就没有汁。旺旺衔他妈妈的奶头只有一次，吮不出内容，妈妈就叫疼，旺旺生下来不久便让妈妈送到奶奶这边来了，那时候奶奶还没有埋到后山去。同时送来的还有一只不锈钢碗和不锈钢调羹。奶奶把乳糕、牛奶、亨氏营养奶糊、鸡蛋黄、豆粉盛在锃亮的不锈钢碗里，再用锃亮的不锈钢调羹一点一点送到旺旺的嘴巴里。吃完了旺旺便笑，奶奶便用不锈钢调羹击打不锈钢空碗，发出悦耳冰凉的工业品声响。奶奶说："这是什么？这是你妈的奶子。"旺旺长得结结实实的，用奶奶的话说，比拱奶头拱出来的奶丸子还要硬铮。不过旺旺的爷爷倒是常说，现在的女人不行的，没水分，肚子让国家计划了，奶子总不该跟着瞎计划的。这时候奶奶总是对旺旺说，你老子吃我吃到五岁呢。吃到五岁呢。既像为自己骄傲又像替儿子高兴。

　　不过惠嫂是例外。惠嫂的脸、眼、唇、手臂和小腿都给人圆嘟嘟的印象。矮墩墩胖乎乎的，又浑厚又溜圆。惠嫂面如满月，健康，亲切，见了人就笑，笑起来脸很光润，两只细小的酒窝便会在下唇的两侧窝出来，有一种产后的充盈与产后的幸福，通身笼罩了乳汁芬芳，浓郁绵软，鼻头猛吸一下便又似有若无。惠嫂的乳房硕健巨大，在衬衣的背后分外醒目，而乳汁也就源远流长了，给人以取之不尽、用之不竭的印象。惠嫂给孩子喂奶格外动人，她总是坐到铺子的外侧来。惠嫂不解扣子，直接把衬衣撩上去，把儿子的头搁到肘弯里，而后将身子靠过去。等儿子衔住了才把上身直起来。惠嫂喂奶总是把脖子倾得很长，抚弄儿子的小指甲或小耳垂，弄住了便不放了。有人来买东西，惠嫂就说："自己拿。"要找钱，惠嫂也说："自己拿。"旺旺一直留意惠嫂喂奶的美好静态，惠嫂的乳房因乳水的肿胀洋溢出过分的母性，天蓝色的血管隐藏在表层下面。旺旺坚信惠嫂的奶水就是天蓝色的，温暖却清凉。惠嫂儿子吃奶时总要有一只手扶住妈妈的乳房，那只手又干净又娇嫩，抚在乳房的外侧，在阳光下面不像是被照耀，而是乳房和手自己就会放射出阳光来，有一种半透明的晶莹效果，近乎圣洁，近乎妖娆。惠嫂喂奶从来不避讳什么，事实上，断桥镇除了老人孩子只剩下几个中年妇女了。惠嫂的无遮无拦给旺旺带来了企盼与忧伤。旺旺被奶香缠绕住了，忧伤如奶香一样无力，奶香一样不绝如缕。

　　惠嫂做梦也没有想到旺旺会做出这种事来。惠嫂坐在石门槛上给孩子喂奶，旺旺坐在对面隔着一条青石巷呢。惠嫂的儿子只吃了一只奶子就饱了，惠嫂把另一只送过去，她的儿子竟让开了，嘴里吐出奶的泡沫。但是惠嫂的这只乳房胀得厉害，便决定挤掉一些，惠嫂侧身站到墙边，双手握住了自己的奶子，用力一挤，奶水就喷涌出来了，一条线，带着一道弧线。旺旺一直注视着惠嫂的举动。旺旺看见那条雪白的乳汁喷在墙上，被墙的青砖吸干净了。旺旺闻到了那股奶香，在青石巷十分温暖十分慈祥地四处弥漫。旺旺悄悄走到对面去，躲在墙的拐角。惠嫂挤完了又把儿子抱到腿上来，孩子在哼唧，惠嫂又把衬衣撩上去。但孩子不肯吃，只是拍着妈妈的乳房自己和自己玩，嘴里说一些单调的听不懂的声音。惠嫂一点都没有留神旺旺已经过来了。旺旺拨开婴孩的手，埋下脑袋对准惠嫂的乳房就是一口。咬住了，不放。惠嫂的一声尖叫在中午的青石巷里又突兀又悠长，把半个断桥镇都吵醒了。要不是这一声尖叫旺旺肯定还是不肯松口的。旺旺没有跑，他半张着嘴巴，表情又愣又傻。旺旺看见惠嫂的右乳上印上了一对半圆形的牙印与血痕，惠嫂回过神来，还没有来得及安抚惊啼的孩子，左邻右舍就来人了。惠嫂又疼又羞，责怪旺旺说："旺旺，你要死了。"

　　旺旺的举动在当天下午便传遍了断桥镇。这个没有报纸的小镇到处在口播这条当日新闻。人们的话题自然集中在性上头，只是没有挑明了说。人们说："要死了，小东西才七岁就这样了。"人们说："断桥镇的大人也没有这么流氓过。"当然，人们的心情并不沉重，是愉快的，新奇的。人们都知道惠嫂的奶子让旺旺咬了，有人就拿惠嫂开心，在她的背后高声叫喊电视上的那句广告词，说："惠嫂，大家都'旺'一下。"这话很逗人，大伙都笑，惠嫂也笑。但是惠嫂的婆婆显得不开心，拉着一张脸走出来说："水开了。"

　　旺旺爷知道下午的事是在晚饭之后。尽管家里只有爷孙两个，爷爷每天还要做三顿饭，每顿饭都要亲手给旺旺喂下去。那只不锈钢碗和不锈钢调羹和昔日一样锃亮，看不出磨损与锈蚀。爷爷上了岁数，牙掉了，那根老舌头也就没人管了，越发无法无天，唠叨起来没完。往旺旺的嘴里喂一口就要唠叨一句，"张开嘴吃，闭上嘴嚼，吃完了上床睡大觉。""一口蛋，一口肉，长大了挣钱不发愁。"诸如此类，都是他自编的顺口溜。但是旺旺今天不肯吃。调羹从右边喂过来他让到左边去，从左来了又让到右边去。爷爷说："蛋也不吃，肉也不咬，将来怎么挣钞票？"旺旺的眼睛一直盯住惠嫂家那边。惠嫂家的铺子里有许多食品。爷爷问："想要什么？"旺旺不开口。爷爷说："克力架？"爷爷说："德芙巧克力？"爷爷说："亲亲八宝粥？"旺旺不开口，亲亲八宝粥旁边是澳洲的全脂粉，爷爷说："想吃奶？"旺旺回过头，泪汪汪地正视爷爷。爷爷知道孙子想吃奶，到对门去买了一袋，用水冲了，端到旺旺的面前来。说："旺旺吃奶了。"旺旺咬住不锈钢调羹，吐在了地上，顺手便把那只不锈钢碗也打翻了。不锈钢在石头地面活蹦乱跳，发出冰凉的金属声响。爷爷向旺旺的腮边伸出巴掌，大声说："捡起来！"旺旺不动，像一块咸鱼，翻着一双白眼。爷爷把巴掌举高了，说："捡不捡？"又高了，说："捡不捡？"爷爷的巴掌举得越高，离旺旺也就越远。爷爷放下巴掌，说："小祖宗，捡呀！"

是爷爷自己把不锈钢餐具捡起来了。爷爷说："你怎么能扔这个？你就是这个喂大的，这可是你的奶水，你还扔不扔？啊？扔不扔？——还有七个月就过年了，你看我不告诉你爸妈！"

按照生活常规，晚饭过后，旺旺爷到南门屋檐下的石码头上洗碗。隔壁的刘三爷在洗衣裳。刘三爷一见到旺旺爷便笑，笑得很鬼。刘三爷说："旺爷，你家旺旺吃人家惠嫂豆腐，你教的吧？"旺旺爷听不明白，但从刘三爷的皱纹里看到了七拐八弯的东西。刘三爷瞟他一眼，小声说："你孙子下午把惠嫂的奶子啃了，出血啦！"

旺旺爷明白过来脑子里就轰隆一声。可了不得了。这还了得？旺旺爷转过身就操起扫帚，倒过来握在手上，揪起旺旺冲着屁股就是三四下，小东西没有哭，泪水汪了一眼，掉下来一颗，又汪开来，又掉。他的泪无声无息，有一种出格的疼痛和出格的悲伤。这种哭法让人心软，叫大人再也下不了手。旺旺爷丢了扫帚，厉声诘问说："谁教你的？是哪一个畜生教你的？"旺旺不语。旺旺低下头泪珠又一大颗一大颗往下丢。旺旺爷长叹一口气，说："反正还有七个月就过年了。"

旺旺的爸爸和妈妈每年只回断桥镇一次。一次六天，也就是大年三十到正月初五。旺旺的妈妈每次见旺旺之前都预备了好多激情，一见到旺旺又是抱又是亲。旺旺总有些生分，好多举动一下子不太做得出。这样一来旺旺被妈妈搂着就有些受罪的样子，被妈妈摆弄过来又摆弄过去。有些疼。有些别扭。有些需要拒绝和挣扎的地方。后来爸爸妈妈就会取出许多好玩的好吃的，都是与电视广告几乎同步的好东西，花花绿绿一大堆，旺旺这时候就会幸福，愣头愣脑地把肚子吃坏掉。旺旺总是在初三或者初四开始熟悉和喜欢他的爸爸和妈妈，喜欢他们的声音，气味。一喜欢便想把自己全部依赖过去，但每一次他刚刚依赖过去他们就突然消失了。旺旺总是扑空，总是落不到实处。这种坏感觉旺旺还没有学会用一句完整的话把它们说出来。旺旺就不说。初五的清早他们肯定要走的。旺旺在初四的晚上往往睡得很迟，到了初五的早上就醒不来了，爸爸的大拖挂就泊在镇东的阔大水面上。他们放下一条小舢板沿着夹河一直划到自家的屋檐底下。走的时候当然也是这样，从窗棂上解下绳子，沿夹河划到东头，然后，拖挂的粗重汽笛吼叫两声，他们的拖挂就远去了。他们走远了太阳就会升起来。旺旺赶来的时候天上只有太阳，地上只有水。旺旺的瞳孔里头只剩下一颗冬天的太阳，一汪冬天的水。太阳离开水面的时候总是拽着的，扯拉着的，有了痛楚和流血的症状。然后太阳就升高了，苍茫的水面成了金子与银子铺成的路。

　　由于旺旺的意外袭击，惠嫂的喂奶自然变得小心些了。惠嫂总是躲在柜台的后面，再解开上衣上的第二个钮扣。但是接下来的两天惠嫂没有看见旺旺。原来天天在眼皮底下，不太留意，现在看不见，反倒格外惹眼了。惠嫂中午见到旺旺爷，顺嘴说："旺爷，怎么没见旺旺了？"旺旺的爷爷这几天一直羞于碰上惠嫂，就像刘三爷说的那样，要是惠嫂也以为旺旺那样是爷爷教的，那可要羞死一张老脸了。旺旺的爷还是让惠嫂堵住了，一双老眼也不敢看她。旺旺爷顺着嘴说："在医院里头打吊针呢。"惠嫂说："怎么了？好好的怎么去打吊针了？"旺旺爷说："发高烧，退不下去。"惠嫂说："你吓唬孩子了吧？"旺旺爷十分愧疚地说："不打不骂不成人。"惠嫂把孩子换到另一只手上去，有些责怪，说："旺爷你说什么嘛？七岁的孩子，又能做错什么？"旺旺爷说："不打不骂不成人。"惠嫂说："没有伤着我的，就破了一点皮，都好了。"这么一说旺旺爷又低下头去了，红着脸说："我从来都没有和他说过那些，从来没有。都是现在的电视教坏了。"惠嫂有些不高兴，甚至有些难受，说话的口气也重了："旺爷你都说了什么嘛？"

旺旺出院后人瘦下去一圈。眼睛大了，眼皮也双了。嘎样子少了一些，都有点文静了。惠嫂说："旺旺都病得好看了。"旺旺回家后再也不坐石门槛了，惠嫂猜得出是旺爷定下的新规矩，然而惠嫂知道旺旺躲在门缝的背后看自己喂奶，他的黑眼睛总是在某一个圆洞或木板的缝隙里忧伤地闪烁。旺爷不让旺旺和惠嫂有任何靠近，这让惠嫂有一种说不出的难受。旺旺因此而越发鬼祟，越发像幽灵一样无声游荡了。惠嫂有一回抱着孩子给旺旺送几块水果糖过来，惠嫂替他的儿子奶声奶气地说："旺旺哥呢？我们请旺旺哥吃糖糖。"旺旺一见到惠嫂便藏到楼梯的背后去了。爷爷把惠嫂拦住说："不能这样没规矩。"惠嫂被拦在门外，脸上有些挂不住，都忘了学儿子说话了，说："就几块糖嘛。"旺爷虎着脸说："不能这样没规矩。"惠嫂临走前回头看一眼旺旺，旺旺的眼神让所有当妈妈的女人看了都心酸，惠嫂说："旺旺，过来。"爷爷说："旺旺！"惠嫂说："旺爷你这是干什么嘛！"但旺旺在偷看，这个无声的秘密只有旺旺和惠嫂两个人明白。这样下去旺旺会疯掉的，要不就是惠嫂疯掉。许多中午的阳光下面狭长的石巷两边悄然存放着这样的秘密。瘦长的阳光带横在青石路面上，这边是阴凉，那边也是阴凉。阳光显得有些过分了，把傍山依水的断桥镇十分锐利地劈成了两半，一边傍山，一边依水。一边忧伤，另一边还是忧伤。

  旺爷在午睡的时候也会打呼噜的。旺爷刚打上呼噜旺旺就逃到楼下来了。趴在木板上打量对面，旺旺就是在这天让惠嫂抓住的。惠嫂抓住他的腕弯，旺旺的脸给吓得脱去了颜色。惠嫂悄声说："别怕，跟我过来。"旺旺被惠嫂拖到杂货铺的后院。后院外面就是山坡，金色的阳光正照在坡面上，坡面是大片大片的绿，又茂盛又肥沃，油油的全是太阳的绿色反光。旺旺喘着粗气，有些怕，被那阵奶香裹住了。惠嫂蹲下身子，撩起上衣，巨大浑圆的乳房明白无误地呈现在旺旺的面前。旺旺被那股气味弄得心碎，那是气味的母亲，气味的至高无上。惠嫂摸着旺旺的头，轻声说："吃吧，吃。"旺旺不敢动。那只让他牵魂的母亲和他近在咫尺，就在鼻尖底下，伸手可及。旺旺抬起头来，一抬头就汪了满眼泪，脸上又羞愧又惶恐。惠嫂说："是我，你吃我，吃。——别咬，衔住了，慢慢吸。"旺旺把头靠过来，两只小手慢慢抬起来了，抱向了惠嫂的右乳。但旺旺的双手在最后的关头却停住了。旺旺万分委屈地说："我不。"

  惠嫂说："傻孩子，弟弟吃不完的。"

旺旺流出泪，他的泪在阳光底下发出六角形的光芒，有一种烁人的模样。旺旺盯住惠嫂的乳房拖着哭腔说："我不。不是我妈妈！"旺旺丢下这句没头没脑的话回头就跑掉了。惠嫂拽下上衣，跟出去，大声喊道："旺旺，旺旺……"旺旺逃回家，反闩上门。整个过程在幽静的正午显得惊天动地。惠嫂的声音几乎也成了哭腔。她的手拍在门上，失声喊道："旺旺！"

旺旺的家里没有声音。过了一刻旺爷的鼾声就中止了。响起了急促的下楼声。再过了一会儿，屋里发出了另一种声音，是一把尺子抽在肉上的闷响，惠嫂站在原处，伤心地喊："旺爷，旺爷！"

又围过来许多人。人们看见惠嫂拍门的样子就知道旺旺这小东西又"出事"了。有人沉重地说："这小东西，好不了啦。"

惠嫂回过头来。她的泪水泛起了一脸青光，像母兽。有些惊人。惠嫂凶悍异常地吼道："你们走！走——！你们知道什么？"

[提示]

毕飞宇（1964—），江苏兴化人，晚生代小说家。主要有长篇小说《那个夏天那个秋天》《平原》《推拿》，中篇小说《青衣》《玉米》《玉秀》《玉秧》《雨天的棉花糖》，短篇小说《哺乳期的女人》《是谁在深夜说话》《地球上的王家庄》《大雨如注》，文学讲稿《小说课》等。

《哺乳期的女人》原载《作家》1996年第8期，获首届鲁迅文学短篇小说奖、1996年全国十佳短篇小说奖，后改编为电影。小说描写了断桥镇留守儿童旺旺对母爱（以奶水为象征）的渴望与寻找。

正如毕飞宇所言："我关注最基本的人的权力"，小说思考的也正是人的生存和欲望，而哺乳期女人的乳房正是进行思考的介体。丰乳既是延续生命的纽带，又带有情欲色彩，惠嫂一方面是旺旺对母爱缺失的折射，另一方面也是他模糊的性冲动得以满足的客体。对旺旺而言，母亲既是生命延续的必需，又是性启蒙的主体，留守儿童旺旺成长中母爱的缺席迫使旺旺自行寻找母性的象征——惠嫂的乳房。可是当旺旺出于本能咬了惠嫂时，扭曲的乡村伦理对成长中的孩童进行了道德上的苛责，这就使得如何在断桥镇这个乡土空间解决旺旺生存的基本权利成为一个悬而未决的问题。

小说还对物质追求给传统社会和伦理关系造成的冲击进行了思考。母子之间通过血水（母乳）形成的感情渐渐为通过奶粉等营养品形成的供需关系所取代，家庭简化为概念，亲情简化为物质符号，商品经济冲击下的乡村日常生活不伦不类，乡村人的精神世界遗留着传统文化的劣质因子。断桥镇作为乡村世界的具象化呈现，是生命力的载体，离乡的旺旺妈没有乳汁喂养孩子，归乡的惠嫂和从未离乡的旺旺奶奶乳汁充盈，作家通过人物身体与所处空间的协调与否来思考农民进城后的尴尬生存状态。

毕飞宇笔调细腻，语言轻盈而凝重，常带诗意、诗境，有古典主义风味和温润的江南情调。小说还笼罩着淡淡的忧伤，因为作家叙述的节制而呈现出感伤美。

（纪水苗）

玉米（存目）

毕飞宇

  中篇小说《玉米》原载《人民文学》2001年第6期，是21世纪中篇小说的标杆式作品。毕飞宇擅长以日常生活或司空见惯的小事件为背景，注重揭示人物的心理过程和精神状态，从人性角度探索人物命运与大时代的关联，他对"性格"与"命运"之间的关系，有独到而深刻的个人理解。《玉米》中的玉米，是个貌似集中国女性"传统美德"于一身的人物形象，但是在作品中，这个传统叙事中的"光辉形象"却成了一种反讽。乡村女孩玉米看似柔弱实则坚韧，她敢爱敢恨，有强劲的生命力，对权力的渴望在玉米身上体现为在饭桌上恩威并施地征服了心高气傲的妹妹玉秀，抱着弟弟"小八子"报复与父亲有染的女人。甚至在父亲失势、妹妹受辱、未婚夫悔婚的情况下决定将自己献祭——嫁给比她父亲还要年长的公社革委会副主任郭家兴作填房，试图以一己之力挽回家族权力。玉米在权力诱惑下逐渐丧失自我人格，最终沦为权力的奴隶，但我们无法责备玉米，因为她既是权力的受益者，又是权力的牺牲品。弥漫于日常生活的权力关系是毕飞宇审视乡村、塑造人物的独特视角，在此视角引导下，毕飞宇将历史情境中的女性形象放大，展示她们在权力欲控制下的人性扭曲与心灵畸变。《玉米》所写的"命运"，不单是个人的命运，还是苟活于权大于法的丛林法则中的芸芸众生的整体命运。而玉米这个人物的"性格"，也正是这样一种命运下所挤压出来的性格。

  同时，《玉米》讲述的不仅是特殊历史文化环境下权力给女性造成的悲剧命运，还是女性如何妥协并利用自身争取命运的故事。正因如此，玉米"又凶狠又沉稳"，她身上有一股强劲的力量以至于在作家写作的过程中常和作家较量。玉米"凶狠"而有条不紊地向与父亲私通的女人宣泄仇恨，贪婪而按部就班地追逐权力。阅读者时而为玉米的"凶狠"感到心惊，时而为玉米的坚韧感到心酸。毕飞宇正是借玉米这一复杂形象表达对历史和人性的认知，思考"王家庄"这个文学地理空间里的人情世态。无论是乡村大地，还是城市烟火，毕飞宇一路写来，以文字的方式记录自己观察思考的现实，给历史、给时代立此存照。

（纪水苗）

一个人的战争（存目）

林　白

　　林白（1958—），原名林白薇，祖籍广西博白，生于广西北流市。著有长篇小说《一个人的战争》《妇女闲聊录》《万物花开》，中篇小说《长江为何如此远》《致命飞翔》《回廊之椅》等。

　　《一个人的战争》原载《花城》1994年第2期。是20世纪90年代"个人化写作"的代表作。小说讲述了女孩林多米的成长历程，展现了女性性别意识的觉醒，以及由此带来的痛苦与困惑。

　　生活于单亲家庭的林多米自幼孤僻、敏感，自己的身体成了她探索和观察的对象，家中摆放的生殖器模型，让她早早地了解了人体构造的不同，并且对性有了最初的感知与认识。中学时期的林多米成绩优异、才华出众而个性张扬，对未来有明确的规划。她的真正成熟及蜕变是在经历了与电影厂导演N的爱情风波之后，多米义无反顾地爱上N，甚至为其堕胎，换来的却是N的离开，身心遭受重创的林多米决定过一种封闭的生活。多米的人生经历是坎坷的，但是她敢于坚持梦想，与外界抗争，寻找属于自己的生活方式，在不断蜕变中完成了对自我的审视和认知。《一个人的战争》带有明显的自传色彩，林白用她自身的生活体验来揭秘女性的身体体验及内心世界，相比于同时期的女性写作，描写上更大胆。《一个人的战争》对女性欲望和身体体验的展示，在当时具有极强的先锋性，标志着林白作为女性作家"个人化写作"风格的确立，与陈染的《私人生活》一起引发了20世纪90年代的女性写作热潮。

　　此外，林白很擅长用独白方式，让人物自己发声来刻画人物。作品的语言优美细腻，叙事上呈现出散文化的倾向。

（陈　敏）

私人生活（存目）

陈　染

陈染（1962—），生于北京。著有长篇小说《私人生活》，中短篇小说集《纸片儿》《嘴唇里的阳光》《离异的人》《无处告别》《陈染文集》，散文集《断片残简》《流水不回头》《人语物语狗语》《谁掠夺了我们的脸》等。

长篇小说《私人生活》1996年由作家出版社出版单行本，小说使用第一人称叙述方式，描写女主人公倪拗拗成长过程中的种种感受及其内心世界。倪拗拗孤傲、敏感、有自恋倾向，她将寻求女性个体生存的私人空间作为重要的精神追求，拒绝一切公共意识对私人空间的渗透和入侵。因此，她成为"一个残缺的时代里的残缺的人"，不断遭受个体与环境冲突所带来的孤独感和精神焦虑。她一方面在报复父亲、与T老师的纠葛中产生复杂的身心感受，一方面在精神上与寡妇禾"共谋"，执拗地寻求女性的私人世界。而当禾、母亲、尹楠都离开她时，她又陷入思想的交战，并被送进精神病院。在不停地自我追问中，倪拗拗对女性的精神自由、个体与环境的矛盾、女性私人生存空间、女性的身体欲望等有了更深刻的认识。

《私人生活》在叙述中大量穿插独白、幻觉、感官体验等，借以挖掘女性内心的隐秘，具有鲜明的女性主义色彩。作品对女性欲望和身体体验的展示，在当时具有极强的先锋性，标志着陈染"个人化写作"风格的确立，并引发了20世纪90年代的女性写作热潮。此外，陈染还将对女性生存困境的思考上升为对人类生存境界的思考。小说最后，倪拗拗意识到自己的人格带有某种普遍性，这一"超性别"思考使作品彰显出更加广泛的现实意义。

（陈　敏）

贫嘴张大民的幸福生活（存目）

刘　恒

　　刘恒（1954—），本名刘冠军，北京人。著有长篇小说《黑的雪》《逍遥颂》《苍河白日梦》，中篇小说《白涡》《伏羲伏羲》《虚证》《天知地知》《贫嘴张大民的幸福生活》，短篇小说《狗日的粮食》《小石磨》《教育诗》《拳圣》，电影、电视剧本《本命年》《菊豆》《画魂》《红玫瑰、白玫瑰》《漂亮妈妈》《大路朝天》《少年天子》等。

　　《贫嘴张大民的幸福生活》原载《北京文学》1997年第10期，《新华文摘》1998年第1期全文转载。小说聚焦于北京四合院一户普通人家，用调侃、耍贫嘴的方式叙述了生活在十几平方米的逼仄生存空间里一家八口的吃喝拉撒与生儿育女，并以时间为轴，呈现四合院的喜怒哀乐，如婚恋嫁娶的甜蜜与辛酸，邻里之间的友爱与矛盾，工作中的得意与失落，日常生活的琐碎与温馨等。张大民是家中长子，父亲早逝之后，作为顶梁柱的他必须统筹一切，照顾一家老小，二民夫妻不合，三民的老婆也不让人省心，四民年轻早逝，五民考上大学，步入仕途，打起了官腔。张大民挺过了生活中的种种不顺心。

　　生存的困境以及人如何在困境中实现"生存"、"温饱"和"发展"是刘恒小说的重要主题。与此前的阴郁风格不同，《贫嘴张大民的幸福生活》带有浓郁的喜剧色彩。张大民面对穷困、尴尬与屈辱的"彻头彻尾的耍贫嘴"，应该是作家刘恒为无力改变生存困境的社会底层人民所寻的出路——以贫嘴幽默的方式来消解生活的苦难。事实上，张大民的"幸福生活"背后仍是"烦恼人生"，耍贫嘴的背后是生活的无奈与辛酸。由于父亲去世被迫从不爱说话向耍贫嘴转变的张大民选择调侃与贫嘴作为为人处世、待人接物的方法：劝慰失恋的李云芳、和家人讨论如何安排睡觉的空间、有谋略地盖起一间长树的小屋、面对下岗以及从美国回来的技术员……生活的苦难和张大民面对苦难的乐观精神之间形成的巨大张力，使读者被这渺小而坚韧的生命力所感动，被他身上那种"冷也好热也好活着就好"的朴素情感所感动。

从文学史角度来看，刘恒在20世纪90年代后期的写作显示出与当时社会语境的契合：90年代正值中国全面推进市场经济体制改革之际，人文精神的失落以及信仰坍塌表现在文学创作中，便是作品的世俗化、大众化倾向。《贫嘴张大民的幸福生活》侧重展示世俗的、琐碎的日常生活。此外，小说的语言口语化、通俗、流畅，人物对话鲜活俏皮。和张大民耍贫嘴的说话方式相配合，刘恒采用了幽默调侃的叙述语言，消解了人物所经历的生活之重。

（纪水苗）

成长如蜕（存目）

叶　弥

叶弥（1964—），原名周洁，江苏苏州人，1994年开始小说创作，代表作有长篇小说《美哉少年》《风流图卷》，中篇小说集《成长如蜕》《钱币的正反面》《天鹅绒》《香炉山》《雪花禅》等。

《成长如蜕》原载《钟山》1997年第4期，被《新华文摘》1998年第3期全文转载。《成长如蜕》是一部典型的成长小说，作品以"弟弟"的成长之路为线索写出了"文化大革命"前后社会转型期间的巨大变动，展示了复杂的人性与人情世故。

"弟弟"在父亲完成了资本的原始积累后成为故事的主角，幼时随父亲下放在大柳庄，和谐质朴的乡村生活以及他对社会和人生的执着的乌托邦想象造就了他的理想主义和浪漫，理想主义使他拒绝进入商界，在看到社会的丑恶后，"弟弟"匆匆逃向西藏，也注定让他在现实面前撞得头破血流。改革开放的巨大变动，社会和人心都变得浮躁了，只有"弟弟"还保留着传统所重视的品德，"有着过去年代所具有的结实、隽永"，成为"一件过时而无用的物品"。朋友的欺骗、恋人的离去、商界的尔虞我诈让"弟弟"迅速蜕变，他接替父亲跨入商界。

在叶弥笔下，成长是一个痛苦的蜕变过程。"弟弟"的成长是在双重冲突下完成的，纵向上，父亲与"弟弟"的代际冲突，横向上，"弟弟"与同代人的冲突，双重冲突迫使"弟弟"遗落理想。理想主义的受挫是传统审美理想与现代文明冲突的结果，这不仅是"弟弟"一个人的，也是父亲曾经经历的，还是社会转型期年轻一代需要共同面对的。叶弥通过"弟弟"的成长显示了年轻一代在现实中理想的失落，凸显了社会风貌与时代气息，扩大了作品的内涵与容量。"弟弟"的蜕变是精神上的，而非单向的人物性格的发展变化，"弟弟"的精神蜕变是与时代变迁同步的，因此，"弟弟"的成长不仅是他个人的成长，也是一代人的成长。

小说的叙述者"我"，时而是一位冷静理性的观察者，不动声色地讲述"弟弟"的故事，一针见血地指出从西藏回来的"弟弟"虽一再讲述西藏的神圣，但"他醒来的一刹那间心怀恐惧，以为是睡在西藏的某个肮脏简陋的小旅馆里"，时而又是一个温柔注视"弟弟"的姐姐，对"弟弟"报以理解和同情，使"弟弟"在决心步入商界后仍将故友的旧照片作为自己守望的麦田。正因此，小说情感热烈但节制有度。

（纪水苗）

尘埃落定（存目）

阿　来

阿来（1959—），藏族作家，四川省马尔康县人。主要作品有短篇小说集《旧年的血迹》《月光下的银匠》，长篇小说《尘埃落定》《空山》，诗集《棱磨河》，散文《大地的阶梯》等，其中，《尘埃落定》获第五届茅盾文学奖。

《尘埃落定》原载《小说选刊》（增刊）1997年第2期，1998年由人民文学出版社出版单行本。作品取材于藏民族嘉绒部族的历史，通过麦其土司的统治逐步走向崩溃的故事，揭示了嘉绒部族的历史生活变迁。

声势显赫的康巴藏族土司——麦其土司酒后和汉族太太生下一个傻瓜儿子，傻子少爷的感觉、思想与认识能够穿行于历史与现实、真实与幻想之间，在正常与非正常、理性与非理性之间游走，作品正是以"傻子"视角展开叙述，通过种植鸦片、开展贸易、人民解放军到来等几个阶段的描写，混杂着土司之间的权力争斗，兄弟间的尔虞我诈，土司家庭内部以及土司与家奴、百姓之间的矛盾等一系列事件，再现了土司时期特别是民国以来藏民族的历史生活形态，同时为土司制度的终结唱了一曲挽歌。

阿来说，他写的是权力对命运的影响。小说中权力对人的异化、对命运的钳制，还有与权力交织在一起的恩怨情仇、善良与邪恶、忠诚与背叛等，经由作家的文化想象演绎出来，复活了藏民族特有的历史生存样态。同时，小说扎根于藏族土司文化土壤，无论是对藏区地理环境、物质生活和社会习俗的展现，还是对济嘎活佛、门巴喇嘛和格鲁巴僧人翁波意西的刻画，或是对麦其土司官寨建筑物的描写，都呈现出鲜明的藏民族文化特质。

小说在叙述上呈现从容安静之美，从本源上看，从容来自藏民族的生存方式，也来自藏地佛教生命轮回的时间观念和因果报应的价值信念。"尘埃落定"这一诗意化的标题，既指土司世界的结束，也折射出藏族人对本民族历史乃至整个人类历史的认知态度，一切喧嚣纷扰、辉煌绚丽，终将落定，皆归尘埃。

（田　庆）

清水里的刀子

石舒清

和自己在同一炕上滚了几十年的女人终于在主麻前头埋掉了。坟院里只不过添了一个新的坟包而已。这样一种朴素的结局，细想起来，真是惊心动魄。

马子善老人是最后一个走出坟院的，在走出坟院门的那一刹那，老人突然觉得自己的鼻腔陡然一酸，似乎听到一个苍老而又稳妥的声音附在自己的耳畔轻轻说：好啊，老东西，你命大，让你逃脱了，那么就再转悠上几天，再转悠上几天就回来，这里才是你的家。细想想，你在外面转的时间也不短，长的很了啊。

马子善老人诚恳地点着头，是啊是啊，实在是在外面混得太久了，把那样一个鲜活的婴儿，把那样一个强壮的青年混成目前这副样子，这使他觉得尴尬而辛酸。马子善老人记得，他是孩子的时候，村子小的像一个羊圈坟院，远没有现在大，但那时候的坟院也显得空空的。到如今村子已经很大了，坟院已经突破，成了眼下几乎和村子一样大的规模，而且里面密密麻麻地排列着坟堆，似乎几个村子的人都死光了埋在这里，但实际上随着死人越来越多活人也越来越多。马子善老人就在死人和活人都增多的过程里一天天一天天活到了七十多岁，衰老成了如今这副样子。

马子善老人有时在水面上看一看自己苍老的影子觉得不可理解，他真讲不清是什么将自己变化的如此苍老。坟头一多，连坟院里也似乎热闹了，这使马子善老人有些淡淡的失意，他喜欢空旷寂寥的坟院，喜欢坟头很少，大家相互珍惜着经历永恒的时间；坟头一多，使人觉得到这里以后会像外面那样勾心斗角，争争吵吵。但毕竟坟院比尘世要宁静得多，毕竟人们都在黄土下埋得很深，连串了邻近的门都是不可能的了。送葬的人都走尽了，院门外的浮土上印着很多的脚印，大家来时的脚印和去时的脚印重叠了，这样就使得许多脚印都失去了方向。人们走得多么快，只留下了一些模模糊糊的脚印，但终有一天人们要把自己留在这里，谁都不免把自己留在这里的。日光倾泻在坟院里，使坟院像一个庞大的废墟。看这天空多么像一个大大的钟面啊，日头不过一根针，在这巨大的钟面上无休止的划来划去。

　　马子善老人突然感激自己鼻腔的那一酸楚了，不然自己会很忽略地走出坟院的，正是那一酸楚使自己留在了这样一个重要的位置上。坟院门上，这就是生死之门，人应该在这里多站站的。马子善老人觉得自己是那样渴望在这里多站一会儿，躲在坟院深处是不好的，毕竟自己还活着嘛，可是盲目地到尘世上去就更不好。去干什么呢？似乎就没有什么可干的。现在最好就是在这样的位置上多站一会儿，多想一会儿。想法很多的，想法会使人有一种觉悟的幸福。这么大的天空只有日头独自走长路实在是太孤单了，马子善老人看看日头觉得日头很孤单。孤单着也好，有时候奇怪地觉得孤单着也是一种福分。马子善老人回头看了看坟院，只这么一会，老婆坟头的土已没有刚才那么新鲜了，他想起自己将老婆用一匹小青驴从南山里驮来给自己当媳妇的事，老婆头上戴着红纱，两只鞋面上绣满花的脚在铜镫里摆着，随着铜镫一荡一荡，让人的心生出化雪的感觉，那时候想不到那样年轻好看的媳妇最终会归宿于这样一个坟包。马子善老人轻轻叹一口气，应该在这里多走走的，应该在这里多看才是，这里才是家。那个用血肉温暖了一辈子几辈子的家如今不是自己的了，那是儿子孙子他们的家了。但儿子孙子们不久也会到这里来的，那么这个家究竟是谁的家呢？马子善老人想，该找李乡长讲讲了，该给自己要一块地皮了，得好好找一块长眠之地，不然，草率地一死，让人埋到一个窄狭处，可就坏了。马子善老人突然非常地渴盼能知道自己什么时候死，他站在坟院门口喃喃自问，主啊，我究竟在几时呢？你能悄悄地告知我吗？四周一片寂静，坟院里的风微凉地掠过他的脸面，有些竟吹入他耳朵的深处。他想自己若是知道自己归真的一刻，那么提前一天，他就会将自己洗得干干净净的，穿一身洁洁爽爽的衣裳，然后去跟一些有必要告别的人告别，然后自己步入坟院里来，找到自己的长眠之地，含着清泪，诵着《古兰经》，听任自己的生命像和风那样一丝丝吹尽。想到必死无疑的自己连自己什么时候死都不知道，想到自己会在毫无准备的情况下死掉，他突然觉得一种异常的伤感与恐惧。他想起一句人们常说的话来，尤其那些善说大话的人也这样说，那些人，在他们说了一世界大话之后，突然会说，我除了不知道我几时死，再啥我不知道呢？听听，再善于讲大话的人，他也不知道他几时死。

回到家里，耶尔古拜还拿着他母亲的照片抽抽噎噎地哭着。他想劝劝儿子，又没劝，劝也是白劝。他想，儿子若到了自己这个年龄就不会因亡人而哭了。自己若在儿子那个年龄，大概也还是要哭的。这都是自然的事。儿子见他回来了，就眼泪巴嚓地过来问他，如何搭救亡人。这里都是这样信仰的，亡人一入土，冥冥处就开始拷问他（她）的罪过了，亡人都有一个罪人的身份。因而活着的亲属就得施行一些搭救亡人的仪式。有钱人家，搭救的排场是很大的，但人还是贫寒之家居多。那么宰一只鸡，烙两个油馓，也还是不比有钱人家差的。阿訇们说，有时候举念一枚枣，比举念一峰骆驼都贵重。但实际上人们还是看中骆驼，觉得骆驼贵重。人们也毕竟都是很世俗的，毕竟觉得宰一峰骆驼的搭救效力也远远强过宰一只鸡。儿子眼泪巴嚓地来问他如何搭救时他说，量力而行吧，七七的日子上点一根香，烙两个油馓就成了。儿子说，别的都可以将就，四十不能将就啊，四十日那天来的人多，不要说宰一只鸡，宰一只羊都不行，人笑话呢。他说，宰羊不行你还要宰啥。这样说时他突然想到家里那头老牛，他的心猛地一紧，什么都说不出来了。儿子又落下眼泪来，说，大，我妈苦了一辈子，活的时节没活上个好，殁了，咱们要把亡人当个事呢。

　　他什么都没说，他担心什么一般闭着眼睛，似乎老牛就在他闭着的眼睛里了，悠闲地摇着干燥的尾巴。静了片刻，儿子说，大，我想，咱们那个牛，也老了，再买个嘛咱们也没钱，你看……他就觉得自己的心上被一只漆黑的拳头捣了一下。他凉凉地看了儿子一眼，说，把他宰了，地拿啥犁？儿子声音很低地说，它还能犁几年呢？是啊，老黄牛确乎是老了，经它拉朽的犁都有好几副了，还指望它能犁多少地？而且它活着也不过是个犁地而已。它最终就能免去一刀之劫吗？宰就宰了吧，他听到自己心里凉凉地说。但儿子似乎听到了，他看见儿子点了点头。他心里有什么东西具有力度地纠缠着，又像是空空如也。

　　耶尔古拜牵着老黄牛走到西边的墙角下，清晨的阳光照亮了墙壁和牛的一部分，使牛身有着两样颜色。在光里的那一部分黄着，显得干燥，处在阴影中的部分却是紫色，显得厚重。牛那么温驯，耶尔古拜用一根指头粗的草绳子就牵走了它。它不缓不疾地走着，像是驮着什么极重的担子，又像是悟了什么一样显得旷达而随意，它和耶尔古拜之间的草绳软软地垂着，其实不是耶尔古拜在牵它，而是它跟着耶尔古拜走着罢了。它走到墙根下，就像一座山那样稳稳地站住了。阳光落在它那阔大的脸上，它微眯着眼，不疾不缓，悠闲而舒适地反刍着，显得自在而受用。耶尔古拜端了一大盆清水来，他这些日子每天都要把牛洗一次，这样老牛像是穿了新衣裳，显得稍稍年轻与精神了一些。耶尔古拜用一把大刷子蘸了清水洗着牛身，洗得很是详尽，他还把洗衣粉洒在牛身上他把牛脖子里的褶皱用手指舒展开来洗着，把它的尾巴搭在自己的肩上，洗着他的臀部，他把牛蹄子都洗到了，他把女儿缺了齿的梳子拿来，将牛尾浸湿，然后像好看的女子梳理自己的长发那样梳着长长的牛尾。牛微闭着眼睛，忘我的享受着对它无微不至的洗浴，似乎这个被洗着的身体不是它的一样。耶尔古拜把牛洗净，用一领干净的毛巾擦干它，然后站在远处欣赏它。他很满意地点着自己的头。洗完牛，他就抱来新铲的鲜草给它吃，看着肥嫩的苦苦菜叶被牛大口大口香甜地吃着，看着牛干瘪瘪的肚子有些夸张的鼓起来，耶尔古拜真是很有着一种难以言述的喜悦。他对母亲的强烈的情感与念想都将寄托在这牛身上了。他觉得自己不是在伺候一头牛，而是虔诚地侍奉着自己敬重的一位老人。自从举意在母亲的四十祀日要用这头牛时，他就觉得这头牛已超越了其他一切牛，这头被举念了牛已有了一种独特的品质与意义。它将携带使命去拯救苦海中因自己的罪行而受难的亡灵。耶尔古拜有时用心地洗着这牛，莫名其妙地有着一种感动，有几次更是匪夷所思，他突然想对着这牛，泪雨婆婆地喊一声娘，这愿望竟是那样强烈，使他几乎不能抑制。他觉得自己这么多年竟是把牛看轻了，牛有着博大而宽容的心灵，他觉得牛实在是一种了不起的生命。宰一只鸡怎么能跟牛相提并论？他真心地觉得，宰一头品质卓越的牛实在是能免却一份很大的灾难。他一点也不怀疑这头牛对他母亲的巨大作用。他觉得举念之后，她就不是在人间的生命了，他一定会归宿到一个令人向往的地方。一只鸡可以生活在群星后面的天庭里吗？不能的，但一头牛却能。牛可以凭着它不改的忠厚和善良堂而皇之地走进一切巨大的宫殿之门。因此耶尔古拜像干着一件神圣的事业那样伺候着这头牛，使它一天一天健壮起来，一天一天地年轻起来。耶尔古拜看着，心里有着难以言述的感动与狂喜。当牛大口大口地吃着鲜嫩的草时，马子善老人偶尔也会走过来，蹲在一旁看牛吃草，他脸上的表情没有耶尔古拜那样鲜明。他对耶尔古拜说，瞅它这吃，就像它还能活一千年。然后不待儿子说什么，拿起一大朵肥嫩的苦苦菜，将一片菜叶脆脆地折裂，立即溢出稠稠的奶汁来，马子善老人皱皱眉，说，唔，这么多的奶。

就这样，四十的日子一天一天像一大团阴影那样悄然逼近了。

四十日的前三天，晨光给高高的树梢上淡淡地涂了一抹金色。无数的麻雀在巨大的树冠里异常激越地吵着，让人的心里荡开一粼一粼很温馨的银波。马子善老人正在离树冠较近的高房子里精心的粘《古兰经》，经典历时久了，纸质已经泛黄，而且轻若鸿毛，但上面的字迹却似愈加清晰。突然耶尔古拜跑上来有些焦灼地说，老牛吃也不吃了，喝也不喝了，昨夜里放在槽里的清水与鲜草原模原样地放着。马子善老人的心强烈地一动，他把没有粘好的经典摊开在桌面上有阳光的地方晒着，自己匆匆随儿子来到了牛棚。牛棚盖在大门的外面，平时看不出，这一刻才发现这牛棚有着一些缝隙，一些金叶似的阳光从那些缝隙里照进来，很短，往往在空间就莫名其妙地消失了。牛棚里很干净，有着一种促人感动的牛粪气息。牛安静端庄地站在那里像一个穿越了时空明澈了一切的老人。它依然在不缓不疾、津津有味地反刍着，它平静淡泊地目光像是看见了什么，又像是什么也无意看。它的肚子明显有些瘪。槽里有一盆清水，清得像能生出莲花来，显然，这水没有动过，盆旁边是草，显然也没有动过，一夜之间，那么鲜嫩的草有些蔫了。大，你看，这水，它一口都没喝，还有草，都没吃。儿子有些焦灼地说。牛像是没有看到他们父子俩，它投入而又忘我地反刍着自己的东西。儿子突然问他说，大，是不是……他知道儿子要说什么，他的鼻腔深处强烈地一酸，喉头处像硬硬地梗了一个什么硬物，他觉得自己的泪水带着一股温热迅疾地流下来了，他连忙转过头，有些踉跄地疾疾地走了出来。日头升高了一些，光星像凌乱的雪花那样扑面而来，他低下头像在风里面似地走着，上了高房子，麻雀吵得愈加热烈。他坐在炕边上，两手蒙住脸，感觉泪水在指缝里流出来了。他说不清自己为什么要流泪，更说不清自己为什么竟有那么多的泪，似乎还有要苦出声来的欲望。终于呜呜咽咽地哭出来了，心像一个大海那样激情难抑，心里满满地都是感动。耶尔古拜诧异地出现在门口，阳光使他的正面显得很暗，见父亲那样，他显得有些无措，很快又走下去了。麻雀们不知受到了重要的打击，轰一声响，骂唎唎地飞了，余下几只在树里，有些胆怯和猜测地鸣着。马子善老人不能自抑地哭了一会儿，感到自己像激流那样平缓了下来，他有着大病初愈那样伤感而美好的心境。他觉得有些罪过，把这么了不起的一个生命竟忽略了，竟像畜生那样役使了它几十年。想起犁地时候他大在它背上的鞭子，他觉得愧疚而难过，如果谁用鞭子打他相同的数量以示惩罚，他一定会很乐意很感激的。还想起一件事来，那就是牛一边拉着犁走一边扬起尾巴拉粪，当时觉得没什么，渐渐就觉得这真是过于残忍了，我们人连一个拉粪的机会都不会给它，在它拉粪的时候我们还不放过它，还在役使它——哪里知道它竟是这样一个高贵的生命！马子善老人又想起槽里的那盆净无纤尘的清水，那水在他眼前晃悠着，似乎要把他的眼睛和心灵淘洗个清清净净。那是一盆怎样的水啊。在那样清澈的水里，果真有一把银光幽幽的刀子吗？记得老人们都讲过的，说牛这样的生命是大牲，如果举念端正，把牛能用到好路上，那么，这头牛在献出自己的生命之前，会在饮它的清水里看到与自己有关的那把刀子，自此就不吃不喝了。显然，这头不吃不喝的老牛是看到自己的那把刀子了，就在它面前的那盆清水里看见了。马子善老人真切地觉到一种难言的强烈的震动，他那样不能自禁地要为此流一些眼泪。

  过了一天，过了两天，牛还是不吃，盆里的水有些浑了，草也蔫得像野风吹过一样，牛肚子触目惊心地瘪了下去。两个后胯那里有着两个深坑，里面可以卧两只母鸡了。但牛依旧静静地立着，双眼微闭，依旧在轻轻地反刍着。没有什么可以质疑的了。这了不起的生命，它竟然这样的韬光养晦，竟为人役使地度过了自己艰辛的一生。马子善老人心里有了一种驱之不散的肃穆。只要他一闭眼，在他内部的视野里，就有一盆清得让人像涟漪那样微微颤栗的水，在这水里，慢慢就会生出一把世所罕见的刀子，在清水的深处像一种暗藏的秘密那样不断地向你闪悠着银光。马子善老人感恩地点着自己的头，泪水在他的脸上流着，他喃喃说，你比我强，你知道你的死，可是我不知道。他记得老人们讲过，像牛这样的大牲，看到清水里的刀子后，就不再吃喝，为的是让自己有一个清洁的内里，然后清清洁洁地归去。原来是这样的一种生命！这两天里，飞散的麻雀又聚在树梢上了，马子善老人把翻阅破了的经典精心粘好，放在桌面上，大大的玻璃窗上，阳光照进来，像金子那样的阳光落在大大的桌面上，落在摊开的古老的经典上。

  马子善老人坐在高房子外面，纷乱的麻雀声像阳光下的雨泡儿没有明明灭灭个无休无止。他浴在阳光里，想起年轻的时候，老牛还不老，也还年轻，和他一般有着暴烈的脾气，不时就将自己那样一个健壮而沉重的身子腾起在半空，在半空里有力而又极度紧张地扭曲一下，它后面还是拖着犁的啊，就将地犁得乱七八糟，马子善老人欣慰地想着这些，喃喃说，原谅我吧，咱们都有过年轻的时候嘛。然而最令他伤痛不已的是，牛知道它的死，他贵而为人，却不能知道。

明天就是四十祀日了。这些日子阳光总是出奇的好。人总觉得自己是被置身在一个阳光的世界里。耶尔古拜拿了一把刀子来给他磨。刀子足有一尺多长，长久地不用，上面已生了红锈。但刀子是可以磨得锋利的。他借了村里最好的磨石来，灌了一铜汤瓶清水，把清水倒在磨石上，磨石上就显出了一篇碑文。他想他一定要把刀子磨好，红锈在清水里像血丝那样迟疑地流动着，他想他一定要把刀子磨出银子那样的光来。他突然想牛在清水里看到的刀子，是自己磨的这一把吗？一定是的，还能是哪一把呢？因此一定要把手里这把刀子磨得和清水里那把一模一样，不然就对不起那不凡的生命啊。他一边用力地磨着刀子，一边看见自己的眼里有亮亮的东西掉下来，溅到青青的磨石上和耀眼的刀刃上，儿子走过来对他讲什么，他不抬头，儿子就走了。

那天夜里星星密缀了天空，使整个天空显得沉甸甸的。没有风，偶或撞到极细微的一丝，倒给人一种担心与警觉。夜深的时候，马子善老人顶着满天星光悄然钻到牛棚里去，直到寺里喊邦克时才钻出来，他的脸有些苍白。那时候星星已落掉不少，像被摘去果子的枝头那样，天空显得比深夜时轻渺了许多。耶尔古拜已经起来扫院子了。马子善老人对他说，家里的事你看着弄吧，我去县上买些调和之类的东西。耶尔古拜说，大，今儿你不能走啊。但马子善老人走了。一直到日落，他才回来，他的脸总之是有些苍白，他先到牛棚里转了一圈，然后他像是下了一个决心，他走进门里去了，但是他很快站住了，他看见一个硕大的牛头在院子里放着，牛头正向着他，他看不知道牛的后半个身子哪里去了。他觉得这牛是在一个难以言说的地方藏着，而只是将头探了出来，一脸的平静与宽容，眼睛像波澜不兴的湖水那样睁着，嘴唇若不是奔在地上，一定还要静静地反刍的。他有些惊愕，他从来没见过这么一张颜面如生的死者的脸。

[提示]

石舒清（1969—），宁夏海原人，宁夏文联一级作家。以短篇小说创作为主，主要作品有《招魂》《选举》《清水里的刀子》《果院》《清洁的日子》等。代表作《清水里的刀子》获第二届鲁迅文学奖。

《清水里的刀子》原载《人民文学》1998 年第 5 期。这是一部展示回族人民生活的短篇，通过杀牛超度亡灵的故事传达出作家对生与死问题的思考。小说由两个死亡事件组成：一是回族老人马子善的老伴去世，一是把马子善家的老牛杀了作为祭品悼念亡灵。作品中对马子善妻子去世时葬礼的叙述并不多，葬礼结束后，马子善走出坟院听到神秘的召唤声而引发了他对死亡的思考。对于死亡，他的态度是乐观而豁达的，这种对死亡超然的态度正是源自回族人民的宗教信仰。对于死亡，马子善固然是坦然的，然而他却惧怕自己毫无准备地离开人世间。而之后为了妻子的四十日祭，儿子耶尔古拜坚持要杀掉家里的老牛来悼念母亲，老牛的行为则让马子善对生死问题有了深刻的顿悟。作为祭品的老牛在被杀之前享有极高的待遇，马子善的儿子给老牛在死前进行清洗、喂养，它此时已经不仅仅是作为一头耕作的老牛存在，它的身上被赋予了一种象征的意味，通过它能起到搭救亡人的作用。当老牛意识到自己的生命将终结之时，便不吃不喝，进行反刍，老牛这样的一种行为既让马子善感动，同时，也让他获得了心灵上的净化，他不再对自己不知道死亡的时间而感到恐惧。

在叙事方式上，作者采用的是第三人称全知全能的叙述视角，小说开篇以马子善的口吻写到与自己同床共枕几十年的妻子去世，引发了他对生死问题的考虑，接下来马子善杀牛作祭品，看到牛的行为，马子善对生与死有了顿悟，之后完成了他对人生问题的思考……这一系列事件都是通过回族老人马子善的视角展开叙述的，这样的安排让读者一方面了解了整个故事的过程，一方面看到了主人公的内心活动。在语言运用上，宗教词语和方言的穿插使用增加了小说的宗教色彩和地域色彩。

（陈　敏）

夹边沟记事（存目）

杨显惠

杨显惠（1946—），甘肃东乡人，作家协会会员，现就职于天津作家协会。著有短篇小说集《夹边沟记事》《定西孤儿院记事》《甘南纪事》，被称为"杨显惠命运三部曲"。

作品最早连载于《上海文学》2000年第7期至2001年第6期，2002年由天津古籍出版社出版，取名《夹边沟记事》，由十九个中短篇小说连缀而成。杨显惠对特殊历史的勇敢揭示、对知识分子不幸命运的真实展示、对绝境中人性的出色描绘都给人极大的震撼，《夹边沟记事》被誉为"中国的《古拉格群岛》"。

《夹边沟记事》是杨显惠在五年时间内多次往返于天津和甘肃之间，历经千辛万苦搜寻采访了近百位当事人，以当事人的"口述历史"为基础创作而成的，是一部具有崇高历史责任感的良心之作。作品带我们重返20世纪五六十年代的极端岁月，重返荒无人烟的河西走廊西端。夹边沟是甘肃酒泉一个曾经先后羁押过近三千名右派的劳改农场，由于甘肃省委的"左"倾错误，右派知识分子在三年自然灾害中大批死亡。《夹边沟记事》的描写重点是右派们的真实生活，写出了他们面对饥饿和死亡时的众生相：有的苦苦挣扎，捋草籽，食田鼠、蜥蜴，甚至吃别人的呕吐物以维持生存；有的无奈放弃，不得不向死神屈服；有的竭力逃亡，冒着被捕就会批斗升级的风险；有的坚贞不屈，表现出坚忍不拔的品质，维护了知识分子的尊严与气节；有的出卖人格，偷盗、举报他人甚至吃死人肉以维持生存。

作者秉承口述历史的实录精神，以新闻采访的方式，展示了尘封已久的历史悲剧，让读者自行阅读、窥探与反刍历史，增加了小说的历史厚重感。在叙述视角上，旁听者的身份让作者在回望历史真实时多了一份客观与从容，同时保证了作品的人性内涵和文学价值。

（田　庆）

信

刘庆邦

　　一般的柜子两开门，李桂常家的大衣柜是三开门。中间那扇门宽，左右两扇门窄。小小暗锁装在两扇窄门上，需要把柜子上锁时，两边的锁舌头都得分别探进中间那扇宽门的木槽里。柜子里的容积已经不小了，可着中间那扇门镶嵌的一面整幅的穿衣镜，给人的感觉，又大大扩展了柜子的空间：卧室里的一切，阳台上的亮光，似乎都被收进柜子里，李桂常本人也像是时常从柜子里走进走出。

　　天气凉了，李桂常把儿子的毛衣拆开重织，需要添加原来剩下的毛线，就把柜子右侧的一扇门打开了。这扇门里面有一道竖墙样的隔板，把大柜子隔开，隔成一间小柜子。小柜子里放的都是不常用的东西，如李桂常以前穿过的黑棉裤、蓝花袄，用旧的粗布印花床单，一塑料袋大小不等五色杂陈的毛线团子，等。这扇门李桂常不常开，她一旦打开了，一时半会儿就不大容易关得上。因为小柜子的下方有一个抽屉，抽屉里有一本书，书里夹着一封信。这封信她已经保存了九年。每当她打开这扇门，心上的一扇门也同时打开了。她有些不由自主似的，只要打开这扇门，就把要干的事情暂时忘却了，就要把放在抽屉里的信拿出来看一看。信有十好几页，她一拿起来就放不下，看了信的开头，就得看到信的结尾，如同听到写信人以异乎寻常的声调在信的抬头处称呼她，她就得走过信的园林，找到写信人在落款处站立的地方。李桂常小心翼翼地把抽屉拉开了，几乎没发出一点声响。如果抽屉中睡着的是一只鸽子，她也不一定会把鸽子惊动。受到触动的是她自己，和以往每次一样，她的手还没摸到信，心头就弹弹地开始跳了。然而这一次她没有找到信。她不相信伴随她九年的信会失去，因而她连自己的记忆和眼睛也不相信了。夹藏那封信的是一本挺厚的专门图解毛线编织技术的书，她把书很快地翻了一遍又一遍，把每一页都翻到了，只是不见那封信。她脸色变白，手梢儿发抖，脑子里空白得连一个字都找不到了。她的动作变得慌乱和盲目，把棉裤棉袄床单一一抖开翻找。把抽屉全部抽出来，扣得底面朝上，把每一个细小的缝隙都检查过了。她甚至怀疑那封信会埋在盛毛线团的塑料袋里，就把毛线团往床上倾倒。花花绿绿的毛线团以不错的弹性，纷纷从床上滚落，滚得满地都是。毛线团带着调皮的表情，仿佛争相说我在这儿呢，可它们每一团都是绕结在一起的毛线，而不是那封长信。李桂常对自己说不要慌不要慌，好好想想。她坐在床边虚着眼想了一下，再次拿起那本书，幻想着熟悉的信札能拍着翅膀从书里飞出来。书板着技术性的脸，无情地打破了她的幻想。李桂常鼻子一酸，差点落下泪来。看来那封万金难买的信真的不见了。

　　李桂常很快想到了自己的丈夫，家里除了她，握有柜子钥匙的只有丈夫，知道那封信放在什么地方的也只有丈夫，一定是丈夫把信拿走了。对于她保存那封信，丈夫一直心存不悦，认为那不过是一些写过字的废纸，毫无保存价值。丈夫更是反对她看那封信，威胁说，只要发现她看那封信，马上把信撕掉。丈夫在家时，她从来不看那封信，只把信保留在心上。她都是选择自己一个人在家的时候，才把门关上，窗关上，按一按胸口，全心投入地看那封信。她清楚地记得，上次看信是在一个下雨天。那天，杨树叶子落了一地，每片黄叶都湿漉漉的。一阵秋风吹过，树上的叶子还在哗哗地往下落，它们一沾地就不动了。但片片树叶的耳廓还往上支楞着，像是倾听天地间最后的絮语。她看了一会儿满地的落叶，心里泛起丝丝凉意，还有绵绵的愁绪，很想叹一口气。回到家里她才恍然记起，自己有一段时间没看那封信了。她说了对不起对不起，随即把信拿出来了。待她把信读完，天高地远地走了一会儿神，才把气叹出来了。叹完了气，她像是得到了最安适的慰藉，心情就平静下来。她珍惜地把信按原样叠好，重新装进原来的信封里，并夹到书本的中间，放回抽屉里。那天丈夫很晚才回家，不可能看见她读信。难道丈夫在放信的地方作了不易察觉的记号，她一动信丈夫就知道了？倘是那样的话，事情就糟糕了。她仿佛已经看见，丈夫恼着脸子，以加倍的办法，很快把信撕成碎片，抛到阳台下面去了。在想象里，丈夫每撕出一个新的倍数，她的心就痉挛似地收紧一下。当丈夫把信的碎片抛掉时，她也像是被人从高空抛下，抛到不知名的地方去了。她不由地抽了一口凉气，几乎叫了一声。她也许已经叫出来了，只是叫得声音有些细，自己的耳朵没有听见。但她的心听见了，心上的惊呼把她从想象中拉回来，她意识到自己可能把事情想得过于严重了，便摇摇头数，嘲笑了自己一下，动手整理被自己弄乱的东西。

　　丈夫对她总是很热情。丈夫回家，人没进来，声音先进来了。丈夫以广泛流行的亲爱称呼向她问好。这样的称呼，丈夫叫得又轻快又顺口，而她老是不能适应，形不成夫唱妇随。她按自己的习惯，迎到门口接过丈夫的手提包，问了一句你回来了。下面的问话她是脱口而出："你见到那封信了吗？"这句问话，她本打算等就寝后再向丈夫委婉地提出来，急于知道那封信命运如何的心理，使她有些管不住自己，一张口就问出来了。话一出口，连她自己都有些吃惊，但已收不回来了。

"信？什么信？"丈夫问。

"就是那封信。"

"哪封信？说清楚点。你怎么吞吞吐吐的？出什么事了？"丈夫眉头微皱，目光变得锐利起来。

李桂常不知怎样指称那封信，说："就是放在柜子抽屉里的那封信。"

丈夫似乎还是不解，双手西方人似地那么一摊说："我怎么知道，什么信不信的？信则有，不信则无，我历来不关心。"丈夫从她手里要过手提包，从里面掏出两本封面十分花哨的杂志，说这是给她新借来的，其中有几篇文章很好看，有一篇是披露某个当红歌星的婚变，还有一篇是介绍娱乐业中的女性，都比信精彩得多。

李桂常接过杂志，说她今天不想看，随手丢在客厅的沙发上了。近年来，丈夫隔不几天就给她借回一两本新杂志，这些杂志有妇女、家庭、法制方面的，也有影视、时装和美容方面的，称得上五花八门。丈夫不无得意地向她许诺，不光让她吃得好穿得好，还保证供给她充足的精神食粮。丈夫的用心她领会到了，丈夫是想用这些杂志占住她的心，不让她再看那封信。这些名堂越来越多的杂志她也看，但无论如何也代替不了她看那封信。她说："信就在抽屉里放着，它自己又不会扎翅膀飞走，怎么就不见了呢？"

丈夫说："你把信东掖西藏的，谁能保证你不会记错地方！"丈夫很快地举了一个例子：一个老太太，靠拾废品攒了一卷子钱，觉得放在哪儿都不保险，后来塞进一只旧棉鞋里，结果忘了，把旧棉鞋连同钱当废品卖掉了。丈夫的意思是以此类比，给李桂常指出一个方向，让她往自己身上找原因，不要怀疑别人。

李桂常说得很肯定，说她不可能放错地方，也决不会放错地方，因为她还不是一个老太太。

"那我问你，你最近是哪一天看的信？"

李桂常想说是下雨那天看的信，话到嘴边，想起丈夫说过的不让她看信的话，就有些支吾，说她记不清了，又说她最近没有看信。

　　丈夫一下子就抓住了支吾的脖子，指出她连哪天看的信都记不清，还谈什么不会记错地方。丈夫给了她一个台阶，说："好了，儿子该放学了，你去接儿子吧。"

　　李桂常的执拗劲儿上来了，她站在自己的立场上，拒绝踏上丈夫给她的台阶，她说，要是找不到那封信，今天她哪儿也不去。她听见自己声音发颤，眼泪即时涌满了眼眶。

　　丈夫以为可笑，自己笑了一下。丈夫像哄一个爱掉眼泪的孩子一样拍拍她的背，说她把一封信看得比儿子还重要，这日子没法过了。"这样吧，我来帮你找找。真没办法，谁让我娶了一个把看信当日子过的老婆呢！"丈夫打开柜子门上下瞅瞅，就去拉写字台的抽屉。写字台的抽屉一共有六个，他只拉开了两个，就喊着李桂常的名字，让李桂常过去，"看看，这是不是你的宝贝？"

　　李桂常走进卧室一看，眼睛里马上放出欣喜的光芒，丈夫手里拿着的正是那封信。奇怪，信怎么会跑到写字台的抽屉里呢？一定是丈夫悄悄把信转移出来的。丈夫大概在做一个试验，看她把信淡忘了没有。她走到丈夫身边，刚要把信接过来，丈夫却倏地一收，把信收回去了，问："你承认不承认是你自己把信放在这里了？"

　　既然信还存在着，就不必跟丈夫较真了。不过要让她承认自己把信放错了地方，也很难。她说："给我，给我！"撒娇似地扑在丈夫身上，把信要过来了。她把信封上写着的她的名字看了一眼，就把信装进口袋里去了。她的手在口袋外面按着那封信，像是怕失而复得的信再不翼而飞似的。

　　她出门去接儿子时，丈夫喊住了她，表情严肃地对她说："我希望不要让我的儿子看见你的信，不然的话，你不好解释，我也不好解释。我要让我的儿子保持纯洁的心灵！"

　　李桂常不能同意丈夫的说法，她觉得她的信纯洁得很，比血液都纯洁。但她没有说话，就下楼去了。她的手一直没有离开装信的口袋，像捂着一只小鸟，并能感到"小鸟"心脏的跳动。她有心把信掏出来看一看，想到丈夫有可能会在阳台上观察她，就克制着没有掏。她抬头往阳台上一望，见丈夫果然居高临下地在上面站着，正小着她的心。

晚上，他们看的是一部有关新生活的长篇电视连续剧，剧中的男主角只有一个，女的却是一些变体。不管剧中人的生活怎么变化，主要场景都是在床上，主要生活都是在电视里看电视。李桂常不让儿子看这样的电视剧，儿子一写完作业，她就让儿子在自己的小屋里睡了。她和丈夫也没好好看。她一边看一边给儿子织毛衣。丈夫则接了好几个电话。丈夫在矿上当着一个科的科长，他的电话总是不少。二人躺下后，丈夫把信的问题又在床上提出来了，他问李桂常，准备把信保存到什么时候。李桂常说她也不知道。丈夫不说话了，心情很沉闷的样子。李桂常晃晃丈夫，丈夫也不动声色。李桂常解释说，信上没写什么，挺干净的，建议丈夫把信看一看。说着她下床去了，把信从口袋里拿出来递给丈夫。丈夫把信推开了，说他不看，他不屑于看。丈夫推得有些不耐烦，由信累及到人，把李桂常也推开了。对丈夫这样的动作，李桂常不大好接受。对丈夫的说法，她也不能同意。李桂常也不说话了，她把信放回口袋，躺进自己被窝里，拉被子蒙上头。两口子僵持了一会儿，丈夫反而耐不住了，自言自语似地说开了话。丈夫的口气还是不软，他说那封信写得不怎么样，一个新鲜的词儿都没有，有的地方连语法儿都不通，顶多是初中一年级的水平。

李桂常明白丈夫是把话说给她听的，但她听着每一句话都不好听。还说不屑于看，原来背地里看过了，什么人哪！

丈夫还在说。丈夫说就这样的信，他一天能写十封，问李桂常信不信。

李桂常这次不答理丈夫不行了，她说："你写呀，谁不让你写！"

"信是距离的产物，咱俩成天在一块儿，我怎么给你写！"

"你又不是没出过差，你出差的时候可以写嘛。"

"好，我下次出差一定给你写信。咱先说好了，看了我的信，你不要太感动。你要是一哭鼻子，儿子不明白，还以为出了什么事呢！"丈夫缓和气氛似地笑了。

"感动不感动是我自己的事，你以为我那么容易感动呀。"

丈夫提出了一个交换条件，他要是给李桂常写一封感情充沛的长信，李桂常是不是就可以放弃保存那封信，变成保存他的信。

李桂常犹豫了一会儿才说，那要看丈夫的信写得好不好。

"好，一言为定！"丈夫向她伸出一只手。工作上都是这样，既然达成了协议，就要把手握一握。

李桂常把手伸出来了，却没让丈夫握到，只在丈夫手上作游戏似地拍了一下。

            丈夫当然不会就此罢休……

            过了几天，丈夫真的出差去了。丈夫这次出差的地方相当远，是南方一座新起的暴发的城市。丈夫是坐飞机从天上去的。李桂常想，丈夫这次大概要给她写信了。在此之前，丈夫从没有给她写过信。丈夫学问不小，口才也好，在会上讲话一套一套的。丈夫还很会说笑话，常常能把不爱笑的人逗笑。为此有的女同事还羡慕她，说她丈夫是个幽默的男人。这样的丈夫，写起信来应当不会错。丈夫刚走不几天，她就开始等丈夫的信。他们这里的家属楼没有门牌号码，信不能直接送到家里。所有外面来的信件都是一总放在矿上收发室，由收发室分送到各单位。李桂常的单位是采煤队单身矿工宿舍楼。这种宿舍楼是旅馆化的，所以李桂常的工作跟旅馆里的服务员一样，每天为单身矿工打水扫地，整理房间等。要是丈夫来了信，采煤队队部的人会很快把信交到她手里。等到第七天还没收到丈夫的信，她就有些着急，思念起丈夫在家的种种好处。她得承认，丈夫对她是很好的。丈夫是个细心周到的人，很会体贴爱惜女人。说的不好听一点，丈夫是懂得怎样滋养女人，不惜钱，也不惜话，在她需要什么的时候，丈夫就及时给她什么，千方百计达到她的满意。他们也有发生摩擦的时候，丈夫从来不过火，不走极端。眼看要走极端了，丈夫就退回去了，对她作出让步。丈夫的年龄是比她大一些，但一个男人对女人的怜惜之心是天生的，跟年龄大小没有多大关系。丈夫也没打电话来。她想到了丈夫大概在有意闸蓄自己的感情，待感情蓄满了，写起信来感情才会汹涌而至。

            迟迟等不到丈夫的信，李桂常只好把她保存的那封信拿出来看一看。信是一位年轻矿工写给她的。年轻矿工与她同村，彼此之间比较熟悉。媒人把她介绍给年轻矿工，一开始她不是很乐意。年轻矿工家里只有两间草房，条件差了些。犹豫之际，她收到了年轻矿工从矿上给她写的这封长信。读了信，她就同意嫁给年轻矿工了。可以说，是这封信促成了她和年轻矿工的婚姻，信是她和年轻矿工成为夫妻的决定性因素。然而，她和年轻矿工结婚还不到两个月，作为年轻矿工的新娘，她住在矿上的临时家属房里还未及回老家，一场突如其来的井下瓦斯爆炸事故，就夺去了年轻矿工的生命。她哭得昏过去三次，医生把她抢救过来三次。他们还没有子女，矿上按规定让她顶替年轻矿工当了工人。年轻矿工没有给她留下什么，留下的只有这封信。她觉得这就够了，这封信就是年轻矿工那永远勃勃跳动的心哪！

　　秋往深里走，夜静下来了，淡淡的月光洒在阳台上。李桂常拧亮台灯，把身子坐正，在桔黄色柔和的灯光下，轻轻地展开了那封看似平常的信。信是用方格纸写成的，一个字占一个格，每个字都不出格。由于保存的时间久了，纸面的色素变得有些沉着，纸张也有些发干发脆，稍微一动就发出风吹秋叶似的声响。好比一个多愁善感之人，时间并不能改变其性格，随着人的感情越来越脆弱，心就更加敏感。信的折痕处已经变薄，并有些透亮，使得字迹在透亮处浮现出来，总算没有折断。李桂常不愿在信上造成新的折痕。每次看完信，她都遵循着年轻矿工当初叠信时的顺序，把信一丝不苟地按原样叠好。久而久之，信的折痕就明显了。钢笔的笔迹还是黑蓝色，仔细看去，字的边缘微微露出一点绛紫。只有个别字句有些模糊，像是被泪滴洇湿过。就是这样一封经年累月的信，她刚看了几行，像是有只温柔的手把她轻轻一牵，她就走进信的情景里去了。她走得慢慢的，每一处都不停下来，每一处都看到了。不知从什么时候，牵引她的手就松开了，退隐了，一切由她自己领略。走着走着，她就走神了。信上忆的是家乡的美好，念的是故乡之情。以这个思路为引子，她不知不觉就回到与写信人共有的故乡去了。一忽儿是遍地金黄的油菜花，紫燕在花地上空掠来掠去。一忽儿是向远处伸展的河堤，河堤尽头是茫茫无际的地平线，一轮红日正从地平线上升起。一晃是暴雨成灾，白水浸溢。一晃又变成漫天大雪，茅屋草舍组成的村庄被盈尺的积雪覆盖得寂静无声……这些景象信上并没有写到，可李桂常通过信看到了。或者说，信上写到的少，李桂常看到的多，信上写的是具体的，李桂常看到的是混沌的，信上写到的是有限，李桂常看到的是无限。可是，如果没有这封信，她的幻觉就不能启动，她什么都看不到。仿佛这封信是一种可以飞翔的载体，有了它的接引和承载，李桂常的心魂才能走出身体的躯壳，才能超越尘世，自由升华。

　　当李桂常意识到自己走神了，就不再看信，想让神走得更远些。然而她的眼睛一离开信，就像梦醒一样，顿时回到现实世界。她眨眨眼，看看阳台上似水的月光，只好接着看信。不一会儿，她就在信里看到了她自己，看到了她的身影，她的微笑，似乎还听到了她说话的声音。她不记得自己说过如此意味深长的话，可那分明是她的语气。那当是她的少女时代，抑或是已长成一个大姑娘了。她有时在田间劳动，有时在千年古镇上赶庙会，还有时站在河边眺望远方。不管她在哪里出现，似乎都有一双羞怯的眼睛追寻着她。于是她躲避。她越走越快，甚至在春天的河坡里奔跑起来。她觉得已经跑得很远了，就停下来拐起胳膊擦擦额头上的汗，整理鬓角被风吹乱的头发。也就是擦汗和整理头发的功夫，她一回眸，发现那不舍的目光又追寻过来。在这种情况下，她反而镇静下来了，开始在自己身上找原因，看看自己究竟有什么值得人家如此追寻。找原因的结果，她热泪潸然了。在读到这封信之前，她从没有看到过自己。她虽然用镜子照过自己，但那不算看到自己，因为镜子里的她太真了，跟自己本身没什么两样。而在信里看到的自己就不一样了，这虽然也是一种折射，却是从另一个人的心镜里折射出来的。心镜的折射不像玻璃镜的折射那样毫发毕现，它是勾勒的，写意的，甚至有一些模糊。可李桂常更喜欢看到这样的自己。这样的自己和本来的自己像是拉开了距离，给人一种陌生感、塑造感和重铸感，因而更具有真实感。她愿意把这样的自己作为美好善良的人生目标，一辈子都渴望追求与目标的重合。

是的，信里没有什么新鲜的词句，一切都平平常常，平常得跟秋天的田野一样。然而信里从始至终萦绕着一种调子。这种调子不是用言语所能表达，说它沉郁、忧伤、旷古或者悠长，都有那么一点，但都不能完全达意。如果用某种号子或某种曲子与之作比，也许能接近一些。在辽阔的原野，暮归的耕牛对小牛的呼唤；在晚风中，一个孤独者的歌唱；在春夜，细雨不断打在陈年柴草垛上的声音，等等，其中的韵味和信里的调子都有相通的地方。对了，那种自然质朴的调子更像弥漫在秋天田野里的一层薄雾，它轻轻的，柔柔的，却饱含水气，睫毛一沾到它，睫毛就湿了。"薄雾"多少有点影响人的视线，眼睛不能望远。正是因为眼睛不能望远，心上的眼睛才发挥了作用，才看得更远，远到令人怆然的地方去。

还有任何人不可代替的写信者的手迹。李桂常不认为信上的字写得很好，也不认为不好，无意对字体的外观作出评价。她看重的是字的手写性质。李桂常见过一个词，叫见信如面。以前她对这个词不大过心，以为不过是一种客套的说法。自从得了这封信，自从写信的人永远离去，再拿起这封信时，她心中轰然如撞，才突然明白词里所包含的千般离情，万般欣慰。如同人与人的面貌不可能完全一样，每个人的字迹也只能是个人化的，举世无双的。一个人写的字，仿佛就是这个人身上分离出来的细胞，人与字之间天生有着不可更改的血缘关系。青年矿工的字体是内向的，看上去有些拘谨，还有那么一点自卑。同时又是温和的，守规矩的，和与世无争的。反正李桂常只要一看到信上的字，就像是看见了青年矿工写字的手，继而看见了青年矿工略嫌瘦弱的身体和无声的微笑。直到信看完了，青年矿工还与她执手相望似的，久久不愿离去。

第九天，丈夫从南方城市来了电话，问她怎样，儿子怎样。李桂常说，她和儿子都挺好的。丈夫说，再过一两天，他就回矿上了。李桂常还记挂着丈夫答应给她写信的事，问："你给我写信了吗？"

丈夫道了对不起，说他本来打算写信来着，只是太忙了，每天都要喝酒，中午喝，晚上还喝，喝得头昏脑胀，烦死人了。因为是求人家办事，请人家喝酒，自己不喝还不行，真没办法。丈夫还说，不光请人家喝酒，还要请人家干别的。有些事情等回家再跟她细说。

李桂常不再提写信的事，说："那你就赶快回来吧，你儿子都想你了。"

丈夫给她带回不少东西，有穿的，有戴的，还有往脸上抹的。每拿出一样，丈夫都问她喜欢吗。她说喜欢。丈夫说，等下次出差，他一定给李桂常写信，让李桂常好好看看他的文采。李桂常只是笑笑。她不敢对丈夫写信抱什么希望了。晚间，丈夫问她是不是又看那封信了。这次李桂常没有隐瞒，承认看了。她心里还有一句话：你不给我写信，难道还不许我看看别的信吗！不料丈夫夸奖了她，说她这次表现不错，态度诚实。丈夫接着说了一篇子对信的看法，丈夫说，信作为一种交流信息的形式，其实已经过时了，因为信的传递速度太慢，信息量太少，效率太低。有写信、收信的工夫，一百个电话都打完了。打电话方便快捷，还能听到对方的声音，何乐而不为呢！他劝李桂常多多利用现代通讯工具，不要再保存那封信了。李桂常说："这是两码事，二者并不矛盾。"丈夫说她太固执，"二者怎么能不矛盾呢，你对信情有独钟，就说明你的感情是怀旧的，思想是保守的。有这样的思想感情，就不容易接受新生事物，就跟不上时代的潮流。问题的关键还不在这里，关键是你的做法在伤害着别人的感情，并有可能危及到家庭生活的安全。"

"你说的太严重了，谁伤害你什么了？"

"你既然问到了，我要是不说出来，就显得不够坦率。你保存着那封信，我精神上一直存在着一种障碍，觉得我们生理上结合了，心理上并没有完全结合。我有时候还产生幻觉，好像柜子里藏着的不是一封信，而是一个人，那个人会随时走出来，插足我们的夫妻生活。"

李桂常向锁着的柜子看了一眼，说："那都是你自己瞎想的。"

"存在决定意识，要是那封信不存在，我就不会瞎想。我看你还是把信处理掉算了。"

"怎么处理？"

"我相信你会有办法。"

"我没办法！"

丈夫不高兴了："说白了我看你是旧情难忘！"

"什么叫旧情难忘？我怎么旧情难忘了？写信的人都死了，难道连一封信都不能留吗！"说到写信的人死了，李桂常顿觉伤感倍生，眼泪夺眶而出。

和往常一样，一见把李桂常惹急了，丈夫就不说话了。停了一会儿，等李桂常情绪缓解下来才说。他说得静着气，像是生怕再把李桂常惹翻。他以自己作榜样，说他对李桂常爱得一心一意。自从和李桂常结婚后，他连一次老家都没回过，也没给农村老家原来那个离婚不离家的老婆写过信。这都是为李桂常负责，为儿子负责，为家庭的幸福安宁负责。不见李桂常对他的话有什么反应，他就给李桂常出了一个建设性的主意，让李桂常把兴趣转移到集邮上去。没人写信也没关系，可以到邮局买新发行的邮票。反正邮票不会贬值，只会增值。

李桂常仍没有说话。她为自己情急之中说出的那句伤感的话伤心伤远了，一时还在那句话里不能走回来。

后来，那封信到底还是失去了。一发现信不见了，李桂常马上向丈夫讨要。丈夫笑着，把李桂常稳住，说要给李桂常一个惊喜。李桂常说她不要惊喜，她什么都不要，就要那封信。丈夫对她打保票，说她一定会惊喜的。李桂常耐心等了几天，迟迟不见"惊喜"出现，就失了耐心，立逼着丈夫把信还给她。没办法，丈夫只好向她交底：丈夫把信作为稿子寄给矿工报社了，希望矿工报给予刊登。丈夫说，信一登在报纸上，保存起来就方便了。听丈夫这么一说，李桂常惊是惊了，但没有喜，而是恼了。她脸色煞白，双手发抖，坚决反对把她的信投出去发表。她质问丈夫，有什么权力把属于她个人的信投寄出去，要丈夫马上把信追回来。丈夫大概没想到李桂常会这样厉害，火气也上来了，指责李桂常不知好歹。二人吵得不可开交，动手撕扯起来。丈夫一不小心，碰到了大衣柜上的穿衣镜，把穿衣镜碰碎了，露出了后面的木板。镜子一碎，柜子里虚幻的空间就小了，似乎连卧室也变得逼仄起来。玻璃质的穿衣镜破碎时发出的声音有些大，对二人起到一定的镇定作用。丈夫说："你看，碎了吧？"

次日，李桂常坐车到矿工报社追要她的信，人家说没收到那样的稿子。

[提示]

刘庆邦（1951—），河南沈丘人，当过农民、矿工、记者，1978 年开始发表作品。著有长篇小说《断层》《远方诗意》《平原上的歌谣》《红煤》《遍地月光》《黄泥地》《黑白男女》《落英》，中短篇小说集、散文集《走窑汉》《梅妞放羊》《遍地百花》《响器》《黄花绣》《麦子》《在雨地里穿行》《神木》，随笔集《从写恋爱信开始》。

《信》发表于《北京文学》2000 年第 6 期。小说围绕年轻矿工写给乡村女性李桂常的一封信展开叙述，既揭开了信背后的青涩爱情故事，又以信为镜子折射出人性的复杂。

刘庆邦的小说故事性强，《信》也不例外。《信》吸引人的地方并不仅仅是小说的结构和语言，还有事件背后作者对复杂人性的洞察。纵观全文，没有惊心动魄的情节，也没有尖锐激烈的矛盾冲突，而是将叙述重点放在主人公李桂常以信为中心的日常生活上。信是充满神秘感的个人化存在，是感情的依托，是情感的传递，所以信不仅仅是信，是希望，是挂念。尽管年轻矿工所写信中的字体拘谨，语词拙朴，但是字里行间的真挚情感常常让李桂常潸然泪下。与年轻矿工形成对比的是她的丈夫，他常常说得天花乱坠，却不能兑现给李桂常写一封信的承诺。他依赖于便捷的通信方式，但不知现代通信方式在缩短沟通距离的同时也拉大了精神交流的距离。人与人之间的问候仅仅停留于日常，人与人之间的感情变得浅薄而脆弱。信是一个等待被丰富的空间，等待被写信人的情感和读信人的想象充盈，所以承载秘密、心事与情思的信一旦从私人化走向大众，从含蓄走向直白，就会失去美感，失去它本身的意义。小说正是通过信的失而复得、得而复失，说明人与人之间的感情、人与人之间的关系其实像大衣柜上的穿衣镜一样脆弱得不堪一击。

值得一提的是，刘庆邦探讨复杂人性的同时，又经常用乡村的淳朴来烛照人性的扭曲,他笔下的乡村女性、矿工等多是淳朴的,《信》中的年轻矿工和李桂常也不例外,他们同是现代社会的守旧者,固守一份朴素而真挚的感情。与之相对,李桂常的丈夫浅俗、自私而狭隘。基于此,小说简单的叙事结构与复杂的人性形成张力,也由于乡村的诗意对照,在削弱小说批判性的同时,增加了小说的抒情性。

(纪水苗)

中国：一九五七（存目）

尤凤伟

尤凤伟（1943—），山东牟平人，代表作有长篇小说《泥鳅》《色》《中国：一九五七》《石门绝唱》《衣钵》《百合的江湖》，中篇小说《生存》《生命通道》《石门夜话》《五月乡战》等，短篇小说《月亮知道我的心》《爱情从这里开始》《为兄弟国瑞善后》等。

《中国：一九五七》原载《江南》2000年第4、第5期，2001年由上海文艺出版社出版单行本。作者以非凡的勇气和罕见的气概描述了特殊时期一代知识分子的精神罹难史，具有强烈的震撼力和社会影响力。故事从北京K大学的整风运动开始，一批知识分子被打成右派，后通过四个场景（草庙子胡同监狱、清水塘劳改农场、"御花园"劳改农场、我乐岭劳改农场）展示当时非人的生存状态。其中，作者对五十余个人物中三类知识分子做了全方位展现：第一类是坚守人格和自尊的冯俐、李宗伦、龚和礼、李成孟等。他们义不受辱，宁可慷慨赴死。第二类是为了苟活不惜告发他人，由被害者转变为害人者的堕落知识分子高干、张克楠、李祖德等。第三类以周文祥为代表，他们有理想有抱负但被革命话语霸权磨平了棱角，抱着仅存的良知小心翼翼地求生存，最终异化为"食蛇"族。小说通过展示知识分子的生存境遇和他们在极端情况下做出的选择，不仅控诉了专制土壤对人的生命的漠视和对灵魂的摧残，而且揭示了人性在与政治强权较量中的失败，反映出一代知识分子肉体与精神的"死亡"，启发人们深入探讨引发这种人性悲剧的历史根源，体现出作家的人文主义情怀和人道主义精神。

另外，小说的叙事风格引人注目。虚拟的历史亲历者周文祥化身第一人称叙述者"我"，以过来人的姿态讲述历史，所以字里行间充斥着难以抑制的倾诉愿望。第一人称叙述者"我"始终保持着理性批判和自剖意识，通过对历史的客观叙述来推动情节，在特定场景中使人物形象立体丰满。"我"与作者之间的关系也微妙起来，"我"的理性思考的能力是作者赋予的，否则"我"将不能完整地讲述历史，而作者也借助了虚拟的"我"的无知和懵懂伪装叙述和充当故事的润滑剂。显示出作者非凡的艺术表现力。

（夏　雪）

乡村，穷亲戚和爱情

魏 微

一

　　我们这个家族基本上都是穷人，他们分布于江淮一带，世代以务农、捕鱼为生。你也许在电视上曾见过这样的画面，在广袤的江淮平原上，有很多星罗棋布的小河流，它们交叉，会合，在平原上流淌。

　　村舍掩映在绿荫之中，尖尖的红屋顶的房子。江淮一带的民居，大都是这种样式的砖瓦房，它们踏实，平安，祖祖辈辈在这里生活，于心平气和中偶尔也会露出一点不老实。那屋檐是上翘的，做成精致的流线型，俗称"飞檐"。那砖红色的墙和房顶，也透着中国民俗特有的"喜气"。

　　在这里，哪条河流不萦绕着村庄？河水是流动的，清澈见底。河水也可以饮用，常见人担着两桶水，轻快地走在村路上。夏天的时候，孩子们光着身子在河里嬉戏，妇女们在这里漂洗衣服，牧童躺在河边的草地睡着了。

　　这是真的，如果你走在江淮农村，你一定会看见这样的图景。世世代代的人民在这里生活，他们耕作，捕捞，通婚，生育；这是他们赖以生存的肥沃的土壤，这里埋藏着他们的生老病死，百年如一日、向前涌动的日常生活，人世的情感，悲欢离合，世态炎凉。

　　汽车载着你，驶过了这片土地，一窗子的蓝天和树木，在你眼前静静地伸展，延续数百里；春天的田野上，麦子和油菜花盛开了，一片黄，一片绿，色彩是那样的鲜明，饱满，招摇。

　　如果你恰逢走进了一个村庄，你就会看见，家家户户的门窗都开着，家家户户的门前有草垛，菜园子，猪圈；屋后有茅厕。

　　你还会看见一些人物，他们都是地道的江淮农民，他们害羞，含蓄，见了生人了，眼睛待看不看的；也有一些小孩子，蹦蹦跳跳地说着江淮方言，他们尾随着你，就像影子一样，跟着你从一户人家走过了另一户人家。

正是农闲季节，村庄好像睡着了。村庄是那样的安静，祥和，老人们蹲在草垛旁，抽着旱烟，有一搭无一搭地说起了农事。有一瞬间，他们的眼睛是看到阳光里去了，阳光是痒的，他们眯缝起眼睛，笑了。他们的笑容是那样的单纯，很深很深的沧桑的皱纹，无尽的岁月从其间流过了。在那一刻，他们的笑容几乎是浮面的、惯性的，不触及感情的。

有一个农妇，从院子里走出来，怀里端着一盆猪饲料，她一边"噜噜噜"地叫唤着，一边朝猪圈走去了。

这时节，你是看不见姑娘的。她们大多躲在闺房里，静静地做着针线活。她们绣荷包，纳鞋底，织毛线衣，踩缝纫机……总之，一代又一代的姑娘，就是这样躲在闺房里，感觉到这个世界的变化莫测。时代在前进，她们手里的针线活，已由手工缝制改为机械操作——可是心思，到底还是从前的那些心思啊。才过了十八、九岁，已到了说婆家的年纪了，她们有了自己的心事，无限的憧憬和惆怅。——这种事，到底是不踏实的。

她们大多长得很美，有的也不是漂亮，只不过是清楚、明朗、和平，她们的眉宇间有一种动人的姿态。当你走在江淮的乡间，看见一个姑娘迎面走过来，她衣衫整洁，神态矜持而从容；如果你打量着她，她就会低下头，羞涩地、迅疾地走过了。

你也许会觉得奇怪，一草一木，万物生灵，在这片土地上，呈现出一种别样的、活泼的姿势。它们是那样的和谐，具有某种朴素的美质。那是因为，你爱上了这片土地，你与它们紧密地联系在一起了。

我刚才说过，我们这个家族基本上都是穷人，他们分布于江淮一带。在一百多年前，他们从山东迁徙而至，辗转安徽，至江苏，从此安居了下来。他们婚丧嫁娶，生育繁殖，就这样度过了一个世纪。

我们家族的穷，是有渊源，有历史的，那是典型中国农民式的穷，单调，灰暗，没有幻想。他们以土地为生，穷也穷得安乐、坦然，仿佛生来如此，并不心酸。到了我爷爷这一支，情况略有改观。

我爷爷在三、四十年代参加了革命，他组织了武装游击队，打土豪劣绅，也杀过日本人和国军。后来，他成为一名职业革命者，加入了中国共产党。解放以后，他被分了一官半职，最盛世的时候，他曾做过地委的组织部长；曾有消息说，他与市长这个职位失之交臂。——当然了，这也许只是谣传。

对于我们家族来说，我爷爷最大的贡献就在于，他把这个家族的一支带出了乡村，走向城市。他们是他的嫡系子孙，在城里出生，长大，接受教育。总之，这个家族就这样被分离了，其中的一支远离了土地。

　　到了我和弟弟这一代，我们已经完全地被改造了。我们开始过上富足的生活，有身份和地位。我们衣着优雅，谈吐精致，性情敏感而害羞。我们惧怕劳动，体质柔弱，总之，我们与那片土地的联结少了，淡了。我们的感情冷却了。

　　我们家族的其他人，仍滞留在本土，他们勇敢地、忠诚地面对贫穷，过着百年如一日的生活。偶尔，他们到城里来了，买台彩电，采购结婚用品，或者买辆手扶拖拉机，总不免要来我们家看看。他们坐在客厅的沙发上，穿着崭新的衣衫，蓝卡其中山装的风纪扣，紧紧地卡在脖子上。他们的布鞋也是新做的。他们的神情多少有些腼腆和局促，他们从布袋里掏出旱烟，在腿上轻轻地磕着。一下子也不知说什么好。

　　想起来，大家都是亲戚，他们血液的一部分，也在我们的身上汹涌地流淌。他们都是地道的农民，在乡间生龙活虎惯了的，一向也是落落大方的，可是一旦离开那片土地，来到城里，他们全变了。面对似曾相识的亲人，他们变得紧张，生涩，他们那孩子气的、单纯的面容，——那些经过贫穷，岁月的磨难，在阳光和泥土里浸染了许多年而仍旧活泼的面容，在那一刻突然不安了，他们变得拘谨，缺乏自信，他们的神情几乎是死的，呆板的。

　　我们家族还有一些女人们，有时候，她们也会跟着自己的男人，来到城里。如果放在乡间看，她们也是体面人，她们衣衫得体，举止庄重，她们的容颜甚至称得上是清秀。你在乡间，到处会看见这样的年轻妇女，她们走在蓝天底下，田埂上，她们穿着素色的碎花布衫，步履轻快，神态安详。她们融入到环境里去了，她们与乡村的环境是那样的协调，和睦，亲为一体。

　　可是当她们来到城里，她们就显得有些土气了。她们走在街道和楼群之间，显得那样的格格不入，相形见绌；虽然也穿着西装，瘦身裤子，黑皮鞋，虽然她们的神态是那样的明净，祥和，看上去并不谦卑，可是你一眼就认出来，她们是乡下人。她们的容颜里有一种气息，那是一种土地的气息，它浸入到她们的肌肤和血液里去了。

　　这就是我们家族的穷亲戚们，当他们寒寒缩缩地坐在我们家的客厅里，这时候，你就会对他们怀有某种恻隐之心，或者心生怜悯；总之，那是一种很微妙的情感，不是喜欢，也谈不上讨厌，你只是觉得，客厅里凭空多了一件物体，显得有些异样。

常常地，我放学回家了（那时我念中学），看见家门口放着一辆破旧的自行车，我就知道，家里又来穷亲戚了。我母亲向我介绍说，这是你表大爷家的三哥，这是你表婶。

我点点头，照例在客厅里站了会儿；他们也站起来了，非常局促地，他们的脸上堆起了菊花的笑纹，说道，这是小敏吧，才几年不见，就长成大姑娘了。

我母亲说，快坐下，她小孩子家，不值得这样子的。

他们便坐下了，扯扯衣角，不时地拿眼睛打量着我，一下子也想不起要说什么，低着头暗淡地笑着。我站在阴暗的客厅的拐角，看见窗户外一片灰色的天空，天快下雨了吧？邻居家的衣服在阳台上飘扬，有鸽子从灰天下飞过了。

我有些难过起来。客厅里的空气是那样的僵硬，生疏，我知道，那是因为我的存在。也不是紧张，只是黯然。长时间没有话语，脑子里是空的，身体完全多余。人都很善良，也有情感，可是完全不是这样子的，完全不是。

我离开了客厅，回到自己的房里，甚至觉得沮丧了。天真冷呵，手冻得青白，蜷缩着像只鸡爪子；很多年后，想起我们家的穷亲戚们，总能引起我生理上类似的反应。

我确实知道，在我和他们之间，隔着一条很深的河流，也许终生难以跨越。想起来，我们的祖辈曾在同一片土地上生活，我们的血液曾经相互错综，沸腾地流淌。现在，我眼见着它冷却了下来，它断了，就要睡着了。

对这一切，我们能有什么办法呢？

他们来我们家，至多也不过是坐坐，吃上一顿饭，说些家常话，就走了。每次也不是空手来，总是带些东西，新打的稻米，刚起的花生，都是自家责任田里产的，也不花什么钱，完全是一片心意。

卖粉丝的人家送来粉丝，做豆腐的人家送来豆腐。腊月的天气，已近年关了，他们骑自行车赶百十里的路，来到城里，单单是为卖个好价钱。大清早，他们敲开我们家的门，不由分说，撂下一笼豆腐就走了。

我母亲跟在后面，袖着双手，身体冷得直哆嗦，说道，送这个来干什么，快拿去卖了，给媳妇孩子添件衣服。

　　他们说，要卖的在这儿呢，这笼豆腐是单给婶子家做的，不卖的。是连夜赶出来的，你掀开笼布摸摸，还温着呢。快做了吃罢，虽不金贵，味道却好。过年过节也没什么好孝敬的，就这点心意，婶子快莫客气。

　　他们推着自行车就要走了，擤了一下鼻涕，拿手指在棉衣上蹭了蹭。又紧了一下围脖，拿头巾包住了脸，单只露出一双眼睛和冻得发红的鼻子。

　　我母亲说，中午来家吃饭呵。他们已经走远了。

　　他们中的大部分人，是不来家里吃饭的，因为敏感和自尊，这是我们家族的传统。我们家族的人，不管是穷人还是富人，骨子里都是尊贵的，这是从血液深处带下来的，没法子改变的。他们可以送你一笼豆腐，一麻袋萝卜，半只绵羊，他们是心甘情愿的，本心也是愉悦的。他们不想因为这个而接受感激。

　　我父母要是客气了，他们就会红了脸，说道，大哥大嫂，快别这样说。都是亲戚，换了别人家，我还不送呢。再说，以后也许还有事求着你们呢。——就当我留一份人情在这儿，将来你还我还不行吧？说着笑了起来。

　　这说的是真话，真话也说得如此漂亮，地道，得体。这里头有"中国式"的人情世故，做人的精细和含蓄，微妙的利益关系……总之，一切全在里面了。

　　这时候，他们的神情也放松了，语气也轻快了，他们重新获得了信心；付出让他们如此愉快，付出让他们感觉到人的尊严。——这就是我们家族的穷亲戚们，他们淳朴，平安，弱小，也尊贵。

二

　　陈平子也是我们家族的穷亲戚，他是我爷爷的侄孙，属于父系的那一支。他父亲早逝，母亲不守妇道，丢下他们兄弟三个，随一个外乡男人远走他乡。那一年，陈平子已有二十岁了。

　　他是家族的长孙，为人厚道而沉默。略通文墨，大概是小学毕业吧，或者初中，我也不很清楚。他长相清秀，身材伟岸，虽是三十多岁的人了，看上去并不见老，显年轻。

他的衣着很朴素，甚至有点随意。有一年春节，他来我们家，竟穿着田间劳动服，还打了补丁，吓了我们一跳。我母亲说，陈平子，你就到这副田地了？也没件新衣服？

他说，有。不想穿。你让我穿什么？穿中山装，还是西服？我看见乡下人穿西服就烦，又不合身份，又土气。

这倒是真的，陈平子不土气。虽然穿打补丁的衣服，看上去也像个农民，可他身上有一种气质。气质是什么，我也说不清楚。总之，他相貌堂堂。有一次，我母亲叹道，这么一个帅小伙子，命却不好，又穷，又留不住媳妇。

陈平子三十多岁才结婚，是一个外乡女人，也许是买来的吧？家里盖了三间瓦房，也有几亩薄产。可是现如今，农民靠土地为生，已经很难维持了，过得磕磕绊绊的。只是穷。漫无边际的穷，再穷下去，就安心了，不再抗争了。

陈平子能吃苦，脑子也活络。他经营起庄稼来，可不省力气，又是耕种，又是收割，再是天寒地冻，他也要去田里看看。农闲季节呢，他就打短工，为人盖房子，砌砖，弥缝，他是个好瓦工呢。谁家遇上红白喜事了，他便给人出谋划策，关于风俗和细节，怎样闹新娘子，怎样讨喜钱不为过分；何时出殡，儿孙们站在哪里，媳妇们什么时候哭丧，他全懂。他给的建议也极妥当，富有人情味。

也是在红白喜事期间，他给人家当厨子。他置办酒席，从买菜，到烧菜，到洗涮，他里里外外一把手呢。你没看见过陈平子系着白围裙的样子，他干净，清爽，他在灶间忙碌，大声吆喝着。偶尔闲下来，他在庭院里站着，静静地点燃了一根烟。他倚在廊柱上，噘着嘴逗树杈间的鸟雀说话。

你能想象这样一个乡村青年吗，他贫穷，安静，有种不自知的快乐。他坐下来，看地上的一个小姑娘在画圆圈。他逗她说一些无聊的话，自己先笑起来。小姑娘也不搭理他。他又说，哎，给我讲讲新娘子。小姑娘说，有什么好讲的，呆会儿你自己看就成了。

陈平子笑道，你新嫂子长得漂亮吗？

小姑娘说，眼睛大，就是胖了点。

陈平子说，胖好。

小姑娘抬起头来看他，很不以为然地说，胖有什么好？

陈平子细细地眯起眼睛，一脸的坏笑，说，你小孩子家不懂得，女人还是胖的好。

他侧过头去看堂屋的酒席，下午的阳光落在门框里的地砖上。有一个男人侧过头来擤鼻涕。席间有人在猜拳，隔着圆桌，双手比划着，脸涨得通红。陈平子只是微笑着。

结婚已有一些年头了，陈平子还能记得，那天自己做新郎官的时候，脸上寒缩的笑容。他在庭院里走着，看看这，看看那，说不上两句话，又被人扯开了。他觉得欢喜，可是那欢喜也是茫然的、空洞的、虚飘的，也不知该做些什么。身子被分成了几截，在阳光底下，只是忙乱、纷扰，有片刻的清醒，一点一滴的，全是不相干的。

他女人是两年前失踪的。她原本是外乡人，来无踪、去无影，陈平子也没去找。他知道她再也不会回来了。他带着五岁的女儿过活。——他原本再想要个儿子的。

陈平子觉得羞愧。有很长一段时间，他见人抬不起头来。他把自己关在院子里，一天天地晒太阳。他坐在屋檐底下，袖着手，身体蜷缩得像一只软体动物。晌午到了，他起身去厨房弄吃的，他女儿跟在他身后，抱着柴禾，往灶里擦火。

大约有一个星期时间，陈平子不敢回房睡觉。他女人瘦、干瘪、邋遢，陈平子喜欢丰腴一些的女人。起先，他嫌她不够好看，就有族人出来说话了。大意是，能娶上媳妇就不错了，哪里容他横挑竖捡的。漂亮能当饭吃？他陈平子漂亮，却打了三十多年的光棍！这话怎么说？也有一些年轻后生，对陈平子耳语道，你没经历过，关键不在胖和瘦……陈平子便笑了。

即便隔了两年，陈平子还能想起她的身体。她给予他的好处，她躺在他的脚头，她瘦小的怀里的温暖。

起先是因为自尊；也疼惜他自己；后来呢，就疼惜钱财了。这是真的，他娶亲花了2万多块钱，又是造房子，又是聘礼，他欠着债呢。

我听我母亲说，陈平子曾去过深圳，在建筑工地当瓦工，后因工头克扣工资，半年以后又回来了。说起深圳，陈平子总是摇头叹息。显然，他不太适应那个城市。他拘谨、贫困、没有尊严，也看不见希望。而且，他也不够狡智。

总之，这是一个农民在城市的遭遇。他失败了，带着羞辱，空手而归。他又回到了自己贫瘠的土地上。在这里，他被养育了三十年，他娶妻荫子，他的祖祖辈辈曾在这里天马行空地生活过，死了也安静地躺在这里。

他又操起了老本行，做瓦工，当厨子。一切是那样的熟能生巧，他做活能做出乐趣来。每一道工序，他深谙它的拐弯抹角处。大到结构的掌控，小到细节的雕琢，他总是得心应手。

他有着一个工匠的责任心和道德感。况且，他是自由和快乐的；穷当然还是穷的。

他说着家乡话。爬上屋檐盖瓦，听着人们在说笑话，他也会插上一两句，咧着嘴不动声色地笑着。他是有点冷幽默的。

村路上有姑娘走过来了，他看着，并不像别人那样起哄，搭讪，垂涎。喜欢也是喜欢的，他觉得愉悦。已是春天了，从屋顶往下看，只见得遍地的田野，绿油油的，风吹过来麦子和泥土的清香，他感觉到一种饱满的、结实的气息。那是丰收、富裕的气息，他觉得安全。

他人缘极好，不是个枯燥的人，也知道人情味和做事的分寸感。逢着村人遇着婚丧嫁娶，他被请去当厨子，丧事是不收钱的，纯粹帮忙。喜事呢，不但收钱，喜糖喜烟都拿双份的。他说，我是厨子……托一只不锈钢盘直送到新娘脸上。只在这时，他才是恣意妄为和蛮横的。众人都笑。

家主就说，新娘子给钱吧。（我们当地的风俗，厨子的佣金是由新娘付的。）

新娘从皮箱里取出红包，放进托盘里，仍回坐到床沿上。陈平子拆开看了，把托盘往新娘怀里一塞，紧靠着新娘坐了。他拿手臂抵抵新娘，轻声慢语地说（他的声音很是蚀骨销魂），你不给钱，是不是想留我过宿呀？闹房的人围了一圈，嬉笑着看热闹，也有乘机去摸新娘脸的，气氛更热闹了。

新娘子脸红了，禁不住别人笑话，又添加一份。陈平子仍不依不饶。就这样，一个讨价一个还价，彼此都不觉得过份，众人也欢喜。

总之，这就是陈平子的乡村生活。每次我父母下乡出礼，总是给我带回一些乡野趣闻，还有穷亲戚们的讯息，这其中也包括陈平子。他就这样在乡间度过了一年又一年。他慢慢地长大成人，他情窦初开了，他的青春期是一晃而过的，里头有很多细密的心思，他已经记不起来了。他结婚了，有了女儿，妻子走失了。他母亲早在很多年前就跟人野合了。他蒙受着贫困、羞辱和种种痛苦。可是在某个瞬间里，也有很多日常的喜悦，一点一滴的聚起来，成了欢腾。他享受着，并感激，并忘却。

陈平子很快从他婚姻的不幸里走出来了。他带着女儿过活，又当爹又当妈，虽辛劳，抱怨，倒也平淡，恬静。农闲季节，偶尔出去打打小牌也是有的。

他没有再娶，我想可能是出于经济考虑。日子照样的穷，债务永远也还不清。可是日子还是向前的，一天天地，女儿大了，上小学了。他说，借钱也要供她读书，读到她读不下去为止。

那些年他偶尔来我们家走动，我父母要是问起了，他也会说起生计。他说，卖了两头猪，还了后庄老杨家的钱，明年再还独眼龙的钱……他的口气是那样的淡然，尊严，听不出一点悲伤。他对生活是有希望的，适可而止的那种，不更多一点，也不更少。

我母亲劝他外出打工，早日把债务还了，积攒点钱再讨个女人回来。他坐在墙角笑了。显然，他对这个建议是否定的。他知道自己适应什么样的生活，应该呆在什么地方。他说，在乡间住惯了的……他摇了摇头。

我想，他和那片土地已经融合了。到底是什么使他们更深地联系在一起，彼此不分离？是相宜度吗？是感情？还是惯性？也许是因为胆怯吧？不上进，懒惰，保守，忠于贫穷，乡间能够滋养这种情绪的。

那时候，我并不理解陈平子，也不理解一个人对于土地的亲近感，是地久天长，一天天培养起来的。那几乎也是从血液里带下来的。试想，祖祖辈辈在这里生长，死了也融化成泥土的一部分。土地就像屏障，有了它，人世才安全，可以托附和依赖。屏障外面的世界与他们是不相干的。屏障里面呢，有广阔无垠的天地。每个人都辛劳着，有很多不如意，也坦白而快活。也生动，也自由。

这就是我的穷乡僻壤，穷人们在为生计发愁。更年轻的一辈人外出打工了，有的人滞留在城市，更多的孩子回到了本土。他们带回来新鲜的气息。一开始，他们的衣着和话语简直让那些老派的人看不惯！什么玩意儿！他们抽着旱烟，从胸腔里吐出愤然的气息。

天长日久，那些孩子们也长大了，本分了，年轻时的气盛和理想被那片土地吸收了。他们回归到日常生活里去。也看惯了很多东西，男盗女娼，刁民恶习……城市里的一切离他们远去了。摩天大厦，红歌星的演唱会，很有点异域风情的海滨椰林……那不是他们的东西，记得当然是记得的。

我父亲有一次说起家乡，以一种纯知识分子的口吻很忧虑地说，现代化的进程会很慢，简直没有希望……不是因为贫穷；是人；是土地里固有的一些东西。

可是什么是土地里固有的东西，我当时也不甚明白。

那些年我十六、七岁，就读于省重点中学。我在城里出生，长大；微弱的一点乡村记忆，也是随父母去"下放地"才有的。我并不以为，我与那片土地有太多的联结；诚然，我的祖、父辈曾在那里生活过，他们接受过土地的恩泽，可那与我有什么关系呢？

我不喜欢家里来穷亲戚。那些年，常有乡下人来我们家走动，七弯八拐，都够得上是"亲戚"了。有的我也没见过，甚至叫不上名目。

因为穷亲戚多，我们家总是门庭若市。隔三差五地，这个走了，那个又来了。有时候一天之内，家里来数门穷亲戚也是有的。

他们来我们家坐坐，送来一些土特产品，和我父母说些家常。有的是家里遇着事了：婆媳纠纷，兄弟失和；因为地界和邻里闹矛盾了，够得上吃官司的，来我们家托关系通融。甚至还有一些怯弱愚钝的穷亲戚，连儿女婚恋、进城买台彩电，也要来和我父母商议、由我父母陪同着去买。总之，为这类鸡毛蒜皮的小事来我们家的穷亲戚，络绎不绝。

而与此同时，我在另一个世界里生活，富裕，尊贵，有了知识和新的情感。做解析几何题，读叔本华传。夏天约女友们去吃冰淇淋，坐在沿街的橱窗里看风景。偶尔也谈些什么，交换着心事，哧哧地笑着。

我们相约，要离开自己的小城，考上北大和清华，去大洋彼岸的美国，开飙车，谈恋爱，生孩子。总之，要享受精神和物质，要像浮萍那样漂着，死了也要葬在美国。

而且我早恋了，是高年级的一个男生，打的一手好篮球。高挑，秀朗，家境优越。想起来，我这一生也经历过一些男子和恩爱，无数次的恋爱就像一场恋爱，因为男子都是一种类型的。他们生活在城市，向上，向善，文明和教养在他们身上投下了影子。我再没想到，在我二十八岁那年，我会遇上另一场恋爱，他生活在乡村，他与土地相关联。这是后话。

我还能记得在那些日子里，我和男友走在城市的街道上，看完了电影，谈完了理想和人生，他送我回家。家里的客厅里坐着穷亲戚。

我看见我的理想与现实怎样决绝地分开来，就像一个讽刺。我母亲叫住我，笑道，这是陈平子，你怎么也不叫表哥？我客气地微笑着，我自己也晓得，我的笑容是浮面的，假的，僵硬的。

　　陈平子从沙发里欠了欠身子，笑道，放学了？他轻声地咳嗽两声。我看得出他的拘谨和不自在。我想，我的冷漠也许足够让他寒心吧？

　　他是那样一个敏感而自尊的人，因为穷，一点细微末节的好意和伤害都能感觉到。他倍加小心了。偶尔到城里，也是礼节性地来拜访，送些时令特产，只和我父母说些家常。他很少有事来麻烦我们家，也绝不留下吃饭。看见我和弟弟放学回家了，他就走了。他大约也知道，我们是冷漠的。下一代人的乡村情结是越来越少了。

　　我母亲过意不去，送他些旧衣衫。他讪讪地站在一旁，竭力推辞着。他不是客气，他是真的不想要。他觉得难堪了。

　　我站在一旁，因为他的存在，感觉到周围的空气是那样的黯淡，往下沉，直沉到泥土里去。原来，乡村和贫困是这样一种东西，它让人揪心，不愉快，无奈；它让人麻木，变得意志消沉。

　　在我的少女时代，一看见家里来穷亲戚，我就变得意志消沉。他们于我，就像一个物体的两面，一面是向上飞腾的，一面是往下坠落的。它们互相牵扯着，谁也脱不了干系。我感觉到我身体里的一部分力量走了，有一种东西沉淀了下来。

　　我向我母亲哭诉着，我不喜欢家里来穷亲戚，我也不想看见他们。我弟弟也嘟噜着。——他不喜欢和穷亲戚一起吃饭。

　　我父母站在一旁，暗淡地笑着。他们奇怪下一代人竟是这样冷漠无情，虽然和土地没有接触过，但是人毕竟是人呵。我父亲说，我也是农民的儿子，你爷爷现在就躺在那片土地上。在中国，谁敢说自己和土地没有关联？都是亲戚，何苦来？你们血液的一部分是相通的，脱不了干系的。

　　我冷冷地听着，没有搭话。我知道自己是要往前走的，会丢弃掉很多东西。我血液里有一部分东西是凝固的，它冷却了下来。那就如河流的分叉，很多年前，我们在同一条母河上流淌；后来分叉了，其中的一支汇入大海，另一支流向荒野。

　　我们每个人都无能为力。我对我父亲说，这是趋势，只会越来越遥远，你帮不了他们。与其看他们吃力，受苦，不如远离他们。这不是自私，这是善良。

我父亲摇头叹道，这不是帮助的问题——他们也不需要帮助；这是维系。你不懂的。也许有一天你长大了，需要回过头去追溯自己的来由……

我母亲说，每次家里来亲戚，必有一场大闹——她转向我和弟弟：你们摆脸色给谁看呢？你们叫人寒心哪！

我也觉得寒心。是冬天的晌午，阳光落在客厅里一片一片的。穷亲戚刚走，客厅里留有他们的气息：劣质烟味，局促不安的笑容，沾有泥土的脚印子。家里一片狼藉：碗筷堆在水池里，衣橱是打开的，穷亲戚没拿走的旧衣衫堆在床上。一切全乱了套。接济者的宽厚慈悲，被接济者的难堪困窘。我恨他们。

我蜷缩在客厅的角落里，捂着胸口。想起家族里的穷亲戚，只觉得无力，灰败。还在生着气，心一点点地往下沉。贫困卑微是那样消磨人的意志。天是冷的；因为没有吃饭（每次家里留穷亲戚吃饭，我和弟弟便恶意绝食），肚子是空的；因为发过脾气，所以觉得愧疚。阳光一片片的，全是不相干的。

我觉得我的理想被击碎了，在那一刻，他们是我的一部分现实。他们躺在我的血液里，是那样的安静，温绵，他们带我一点点沉了下去。

三

我底下要说的这则爱情，跟前两章没有太多关联。它们不是因果关系。

很多年后，我终于从我的小城走出来了。我没有考上北大和清华，也没能去美国。我生活在南京，谢天谢地，我理想的一部分得以实现了。我在过物质生活，也马不停蹄地谈恋爱。几乎是走马观花的，我和异性相处，也获得愉悦。

我不以为我的爱情是值得记录的，那都是一个模子里出来的。我说过，无数次的恋爱在于我，就像一次恋爱。一步步地往前走着，说不定哪天就遇上了一个男人，那又会怎样呢？也许会擦肩而过，也许呢，会"携子之手"。总之，就是这样子了。

所遭遇的场景，两个人最初的喜悦，甚至说话方式，种种微妙的细节……事后想起来，都有可能是相同的。你和一个男人走过这条小街，和另一个男人走过那条小街；也许你带他们去过同一家购物中心——真的，已经记不起来了。

他们大体上都是一类男人，有的也不是好看，有的并不富有，但是——怎么说呢，真是一类男人的。很多年后，他们的面容也模糊了，想起来的时候就像一个人。所有的伤心和盟誓都过去了，人和人之间的温暖，那些感动和信任……也不值一提了。你只会在笑谈间一带而过。

恋爱就是这样子的吧？知道是在重复，也没多大意思，可是能上瘾的。愉悦当然是愉悦的。

这就是这么多年来我的现实生活，我沿着少年时的足迹一路狂奔，向前，再向前，很茫然的，也随手丢弃了很多东西。我知道自己是无情的。在我长大成人的这十年间，中国发生了天翻地覆的变化。城乡差别拉大了，那就如一条鸿沟，彼此站在两岸遥相对望，静静地对峙着。它们各自往深处走远了。

至于我自己呢，一如既往地贪图富贵享乐。我沉浸在都市里，享受文明和现代化的一切。我一年年地虚度年华，上班，赚钱，身穿华服，谈恋爱。我没什么志向，也缺少幻想。

"乡村"离我越来越远了，就像梦境。谈不上有什么感情，也不很厌恶。总之，完全是不相干的。小时候被我厌弃的穷亲戚，十年间我也没有见到他们。有时候在街上看见一个乡下人，面色苍黄，扛着铺盖慌张地走着，我就会想起家族里的穷亲戚，有种恻隐之心。

我说过，个人是无能为力的，贫穷衰败是那样铁铮铮的事实，让人满心不悦。我不想见到他们。我们终将是擦肩而过的，很礼貌地，客气地，我侧过身体，我们各自走过去了。

我二十八岁那年，我奶奶死了。按照当地的风俗，我们把她的骨灰送回乡下，和爷爷合葬，这在民间叫"合坟"。家里举行了盛葬仪式，车队像河流，缓缓地驶出小城，流向乡村。这是我二十多年来第一次回乡下，我得以看见了我的穷乡僻壤，还有穷亲戚们。那么多，他们穿着丧服，悲哀的脸在阳光底下静铸着，就像大理石雕塑。他们站在村口迎接，密密挨挨地挤成一团，也有探头张望的，也有弯腰系鞋带的。

他们迎上来了，拉着我父母的手，安慰着。有三、五个壮劳力，拿着扁担、铁锹带头向田野走去了。我们跟在后面。也有一些穷亲戚过来和我搭讪，这其中就有陈平子。他叫我小敏，他说，你还记得我吗？常去你家的，那时你还小，有这么高吧——他用手比划着。

我说记得。我侧过头去看他，十多年过去了，时间在他身上没有留下太多的痕迹。他依然那么年轻，三十出头的样子。刚毅俊秀的脸庞是冷的，贴切的，也几乎没有表情。

他说，有很多年没见了，你都长成大姑娘了。

我突然羞赧了。低声地、愧疚地说道，小时候不懂事……

他似乎是没听见，把头侧向田野，眯缝起眼睛。他说，常回来看看。你爷爷就躺在这里，他的坟是我填的，现在你奶奶也来了。你父亲、叔叔也在这里长大的，那时我们玩得很好。

我低下头，拿手拨弄着鬓发。我的眼泪淌下来了。只有我自己知道，我的心堵得慌，我的喉咙涩得发疼。我在阳光底下静立，陈平子站在身旁等我。他的影子打在我的身体上。

他说，别难过，人总是要死的。你奶奶活了八十多，想起来是值得庆贺的。

我说，是值得庆贺的……我抬起头来，在泪眼婆娑中，看见一片片的阳光，原野上的小径、村庄，一两户新贵人家竖起的楼房，还有村口的代销店。几个老农蹲在小店门口晒太阳，一个梳着抓髻的小女孩踮起脚，趴在小店的窗洞里，似乎张望、指点着什么。

风从村庄深处吹过来，是阳春三月的风，带有麦田青草的气息。虽是丧日，我的眼泪也让我觉得汗颜、吃力。我不愿意承认，我对这片土地有了感情。它从来就躺在我的身体里，它是我血脉的一部分。很多年来，它睡着了。

你没有到过乡野，你也不是乡村子弟的孩子，假如你的爷爷奶奶没有葬在这里，你就很难理解这种感情。它几乎是一触即发的，不需要背景和解释，也没有理由。你只需站在这片土地上，看见活泼、古老的世风，看见一代代在这里生长的子民，你就会觉得，有一种死去的东西在你身上复活了。

它来得如此突然，你竟没有准备。你的躯体平静地支撑着，在晌午的阳光底下，也会觉得阵阵寒冷。你在田野里跪下了，衣衫和身体沾着青草的汁。你看着村人掘坟，把爷爷奶奶的骨灰撒在一起。坟被填上了，连同棺材，连同几件贵重的衣衫和物品也烧了，一起埋了。

只在这时，你才能感觉到，你身体的一部分也跟着走了。你和死去的亲人一起，把一些东西留在了这片土地上。

你跪在荒落的原野里，拉都拉不起。你哭了，不发出声音。拿牙齿咬住嘴唇，咬得疼，咬出血来。你蓬头垢面。在眼睛的余光里，你看见血脉相连的一家人：父母和弟弟，弟弟的儿子——他才三岁，也跪在原野上，向空中"咕嘟咕嘟"地吹气泡。还有叔叔和姑姑一家，还有那些穷亲戚们。

那些窘迫的、饱尝岁月和贫穷磨难的穷亲戚呵，那一刻，他们也跪在原野上，呈一字排开。他们悲戚，也平静。有一瞬间，他们的眼睛是看到阳光里去了，那眼睛里有老实和平安，有慈善，也有忠诚。——只在这时，你才会懂得，你和他们是骨血相亲的，你和他们"在一起"。

我们借一个亲戚家摆了宴席，由陈平子做厨子。我回去时，我母亲正和陈平子坐在里屋商量着什么。我母亲说，你也过来听听，风俗人情，将来用得着的。这是你表哥陈平子。

陈平子笑道，我们已经打过招呼了。

我母亲说，老大不小了，至今还是单身一人，她自己是不急的，可急坏了我们。这话是对陈平子说的，他立在床头柜前，一只腿微曲着。他略沉吟了一下，大约觉得不便说什么，沉默了。

我坐在床沿上，拿手指剔另一只手指的泥垢。我想起这么多年来，我在城市的浪荡生活。我不以为我是浪荡的，可是没有情感，走马灯似的一个个换男朋友，只为了愉悦、彼此取暖，也许还有刺激和享乐。不是浪荡又是什么呢？

我想起那些男人们，从我生命里像过客一样流逝掉了，我从不疼惜。也绝不回忆。我说过，我是要往前走的，会随手丢弃很多东西，最珍贵的，无关紧要的。

我拿爱情当作钱财一样算计，吝惜得很。我从不承认我爱过他们，一桩桩爱情走后，我全盘否定。我甚至不承认，我为他们淌过眼泪，失望过，伤心过……唔，眼泪还是要承认的。可是眼泪能证明什么呢？我打个响亮的榧子，或者摊开双手，耸耸肩——就这样，我走过去了。

这么多年来，我就这样过着可耻而堕落的生活。我把自己保护得滴水不漏。没有任何一样事物能让我感动，所有的欢乐和伤痛都是暂时的，有代价的，也几乎是浮面的。我知道。

我变得斤斤计较，做一切事情都会后悔，这其中也包括付出感情。

总之，在我28岁那年回乡途中，当我置身于乡野间，走上了一条小径；当我跪下了，目送着我的爷爷奶奶躺在这里；当我哭泣了，把手指插进松软的泥土里。

当我最终和乡亲们融合在一起，和他们搭讪，交谈，说一些最朴素的话；当我直面贫穷，感觉到心疼和隐痛；当我看见他们的贫穷背后，仍有着明净的、开朗的笑容……我确实知道，我喜欢他们。有一种古老的情感在我身上复苏了。

当我坐在母亲和陈平子之间，倾听他们的谈话；当我有时间来回忆自己的堕落生活，想起那些衣着优雅的男人们，和他们之间精致的、虚无的谈话，似是而非的微弱的情感……不知为什么，觉得那么遥远。我开始厌倦了，并皱眉头。

当我看见陈平子的裤管落在我的眼睛里；当他和我说话时，我抬起头来，礼貌地、客气地微笑着，而他却侧转过头……我就知道，有一些微妙的东西，在那一瞬间来到了我们的身体里。

那几乎是无法言说的，也没有理由。所有的解释都是不相干的。那是爱情，某个机关适时地打开了，存在于我和穷表哥陈平子之间。

我母亲迅速地分派了任务，陈平子掌勺，我和弟弟负责上菜、招呼客人、清洗碗碟。陈平子走了，我和母亲又坐了一会儿。我母亲说，天可怜见！四十多岁的人了，还没个女人。

我说，人倒是神清气爽的，看不出颓败。

我母亲说，女儿都16了，也辍学了。浆洗缝补，能照应他了。

我黯然地听着，一时也找不出话语。我不知道陈平子怎样度过了他这四十年，这四十年中的每一天，而他的每一天都是和我相关的。他的贫穷、窘迫和屈辱，他的明朗和纯净。他终究是个普通男人，一辈子无声无息。我多么想听到他的一切，哪怕片言只字。我也想说起他，哪怕仅仅提一下他的名字。

可是我母亲走了。我在空洞的房间里坐着，内心里五湖四海，一片蓝天。只有我自己知道，我正在爱着，它和我以往所有的爱情都不一样。我不提防，可是内心有些紧张。我感到害怕吗？

很多年后，我也扪心自问，这段感情来得真实吗？它是否就像一个梦境？……在那正午的阳光底下，一切都被放大了，这虚弱的男女之情，一点一滴地聚拢起来，在一个春日的下午盛开了。它是否有足够的基础和保障？它需要吗？两个处于隔离世界里的男女，他们相遇了。他们原本是不相干的。

可是在那春天的村子里，天地是旷远而古老的，人是连在一起的。古老的太阳直直地照着，身上滋滋地冒出汗珠来。一切都是微小的，呈细节性的呈现，触手可及的。

简单，远古，荒老。有着适宜的环境和情调，也有情感。敏感，微妙，善于感知……男女之间就是这样子的吧？

我走出屋去，陈平子正在庭院里忙碌着。他站在临时搭建的灶台前。他的背影坚实而宽厚。他的影子在太阳底下是小的。他回过头来看我，笑道，别站着发呆，快过来帮忙。这是第一次，他以这种放松的、亲热的口气跟我说话。

我踽踽地走上前去，立在他身旁袖手旁观。离着那么近的距离，气氛越来越不对了。我几乎想逃。

陈平子让我往灶台里点火，他看了我一眼，笑道，你会吗？

我说会。我着手捡柴禾，冷静地做着这一切。不再说话。我知道一件事情将会发生，而它已经发生了。这是事实。我不想逃避。因为发生在内心里，也逃避不了。我只是尽可能地避免在我和陈平子之间，人为地建立一种亲密无间的关系。我不喜欢，而且它也足够危险。就像一切恋爱的开始，在那半明半暗的一瞬间，我害怕。

陈平子走过来了，他蹲在我身旁，把秸杆往后拉一拉，说道，哎，烧火是这样子的。你把它往前顶，火顺着烟囱全跑了，我还怎么做菜？他笑了起来。

我也笑了，跳起来说道，我让弟弟来烧，我不行的。我去那边招呼一下客人。我抱歉地看着他，走了。自己也知道这一招很软弱无能的，有杀伤力。

陈平子笑了笑。亲爱的陈平子，那一刻他是那样的无力和胆怯。他一定在自嘲吧？他在想，这么一个女人——一切都是他在自作多情吧？

我走出庭院，看见很多披麻戴孝的人们，哀哀地站着，坐着，一团一团的，也有低头抽旱烟的，也有说着话的。他们都是我的穷亲戚，乡亲们。他们的神情紧紧地皱着。春日的阳光底下，人大约是倦了，有人开始打哈欠。

我叔叔和他少年时的伙伴蹲在树荫底下，说起了陈年往事。从前他们是玩得很好的朋友，一起逃学，去果园里偷吃苹果，被人一路追着……想起来,这一幕就在眼前。他们吃力地笑起来。

我的眼里婆娑着泪水,我看着树荫底下的人们,以为自己隔着遥远的距离,很努力地,我把眼睛眯缝到阳光里去。我看着四周的场景,一片一片的,像静物写生。许多像虫子一样的细节,一些细碎的话语……我看着,听着,把它们记在心里。

我想,即使有一天我会留在这里,——为什么不呢?因为爱情。我常常为爱情做出很多荒唐、冲动之举,为什么这次就不能呢?

我穿过院墙外的一条小径,在一棵老树底下站住了。我看见院墙里袅袅地冒出炊烟来,我知道,那是陈平子在灶前灶后地忙碌着。他离我那么近,越过院墙的窗户,我甚至能看见他的身影。他弯着腰,正在自来水龙头前接水。

这个劳碌的、庸常的男人,我爱他。我迅速地盘算着我的感情走向,是的,时间已经不多了,只有一个下午。吃完了饭,我就要和父母、叔叔一起回去了。车子已在村口等着。也许这一走,再也不会回来了,我和乡村短暂的联结就此消亡了。我又回到我惯常的生活轨道上去,继续和男人们周旋,过着麻木而堕落的生活。整个人的状态是无情的,没有幻想的,少活力的。我和陈平子的爱情就这么无疾而终了吗?

我们还没有开始,也许永远也不会。这并不遗憾。在我以往的情爱史中,像这样擦肩而过的人太多了。可是这次总有一点不同。……是不同的。它让我觉得疼惜。

在这多住几天,也许是一年半载,也许是一生。嫁给他,照料他的生活,和爷爷奶奶相厮守。很多年后,自己也葬在这片土地上。……你不要以为我是矫情的,绝不是。那是我某个瞬间的理想,它真真切切地存在过。它在那个春日的晌午袭击了我,击垮了我,让我觉得浑身乏力,让我觉得精神振奋。

呵,和贫苦人一起生活,忠诚于贫苦。和他们一起生生息息,最终成为他们中的一分子。这都是我的想像,可是这样的想像能让我狂热。

你再也不会想到这样的场景。一个城市女人倚在老树杆上,她四周的环境是旷朗的,看不见什么人。蓝天白云,坚实的土地。有风从麦田深处吹过来,那泥土和植物温凉的气息,刺得她鼻子有点发酸。一只老狗蜷缩在草垛旁晒太阳。几只水牛躺在不远处的小河里。她间歇还能听见村人说话的声音,嗡嗡的,像有无数的飞虫在叫。晌午的村庄实在静极了。

在那静静的瞬间里，使得她能天高地远地想一些事情。她觉得自己格外清醒，她比任何时候都冷静，理性。她可以撇开自身的一切情感……是的，情感并不重要。在这个时刻，她尤其要追问，她这是怎么啦？这一切从何而来？它是否真实？她是否有能力去承受？她的情感虚伪吗？她敢承认吗？

　　她想过一种什么样的生活？她在这片贫瘠的土地上能找到答案吗？

　　她计划着怎样和现任男友分手。他在一家公司里做部门主管，文明，有教养；他们才相处了两个月，还没来及厌倦。他如果问她分手理由，她就告诉他。他准会笑起来。她自己也笑了。

　　她转过头去，这才看见陈平子立在路口。她和他之间隔着一条小径，几十米迫近的距离。他在看她，她吃了一惊，他也吃了一惊。那一瞬间，一切都昭然若揭了。

　　这个男人，他爱她。这个春天的村子里，正在发生着一桩爱情。他等她已经很久了吗？他预备走过来和她说话，带她去村子里走走，看看她祖、父辈曾经生活过的地方……他承诺过她的；可是一直犹豫着。他在犹豫什么呢？

　　她迅速地把头转回来。在刚才四目交接的一瞬间，他的神情是那样的仓惶。他装作很不介意的样子，笑了笑，掸掸身上的白围裙，东张西望着。他装作自己出来看看闲景，无意中撞见了她，那又会怎样呢？

　　他朝叔叔他们走去了。他站下来抽烟，听几句闲话，有时也搭讪两句；听不清说什么，反正大家都笑了。他自己也笑了。他和他们一起散了，大约是开席的时间已经到了。

　　她看着他走了。她甚至没有目送他，她的身体像树桩一样立地虚空里，他走出了她眼睛的拐角。她知道，他们再也没有机会了。男女之间就是这样奇怪，你没法解释的。你以为你们有很多机遇，无限的可能性……可是一次错过了，永远错过了。

　　她知道，他再也不会说出那句话来了，她也不会。一天的时间太短促了，一生也不够。他们没有勇气，也没有能力。她的眼泪淌下来了。很平静的一种哭泣，也不伤心，只觉得异常遥远，无力。

　　底下的事情就不重要了。在那所剩不多的时间里，我和陈平子又维持了正常的相处，很艰难的，我们也知道。我帮他上菜，洗刷碗碟，和他不着边际地搭讪着。有时也叫来弟弟，和他商量着回城时间。我说，我搭叔叔的车直接回南京。

陈平子客气地说，回来一趟不容易，怎么不多住几天？

我说不了，以后还有机会的。也知道这话是言不由衷的。

我的神情很放松，知道一件事情结束了，再也没有可能性了。我和他之间的一切……都完了。还没来得及开始。我和他之间的一切，又是漫山遍野的，盘根错节的，到处都是，到处都是。我所有的计划，我的理想……在那一瞬间里已经灰飞烟灭了。

我们是傍晚时分起程的，为了避免和陈平子告别，我提前半小时躲进车子里。我蜷缩在后座里，就像狗一样，把自己裹起来。有时候也会摇下窗玻璃，我想再看一眼我的乡村，它们与我有着血肉的联结。可是我没有能力。

我看见空旷的原野一片苍茫，这原野曾养育过我的祖父辈，也承载着我死去的亲人。我看见村人们陆陆续续地收工了，他们扛着锄头，走在混沌的天地间；走远了。我微笑着，只有我自己知道，我的心收缩得疼。

我看见了陈平子走过来了。他走在一群村人之间，和我父母、叔叔握手告别。我摇上车窗玻璃。隔着墨绿色的玻璃和苍茫夜色，我越来越看不清他了。他就像一个模糊的影子，高高的个头，有容颜和思想，有生命，可他和我是没有关系的。

汽车载着我们，走过了颠簸的村路。一路的灰尘跟着我们，灰尘淹没了村庄，原野，树木……灰尘把一切都抹去了，我们的眼前一片混沌。我们一路疾驶，乡村就像风一般地掠过了。而且，黑暗慢慢地降临了。

[提示]

魏微（1970—），原名魏丽丽，江苏宿迁人，广东省作家协会会员。1994年开始发表作品，主要作品有小说集《情感一种》《到远方去》《越来越遥远》，散文集《你不留下陪我吗》。

《乡村，穷亲戚和爱情》原载《花城》2001年第5期，文章讲述了生活优渥的城市姑娘小敏从小就十分厌弃乡下的穷亲戚，每次家里来乡下的客人她都不给好脸色，甚至以绝食来抗议。28岁的小敏回老家安葬奶奶爱上了农村亲戚陈平子，经历了短暂的悸动、幻想后她还是没有勇气表达自己的爱意，仓皇离开了乡村。

小说以平淡舒缓的语调写一种淡淡的感伤情绪，它没有跌宕起伏的情节，对乡村的人和景的描写却占了不少篇幅：河流、田野、村舍、赶猪的农夫、羞涩的姑娘、城里木讷淳朴的农村汉子……魏微善于捕捉日常生活中的小细节和平凡不起眼的小人物，从日常生活中品味出诗意，在改革开放的大背景下精雕细琢江淮一带的风土人情，使作品具有田园诗一般的意境，这是对市场经济体制下都市小说盛行景象的一次改观。小说的动人之处是那段隐含着淡淡哀愁和丝丝喜悦的短暂爱情，它展示了一种不以追逐金钱和摆脱空虚为目的的纯粹的乡村爱情而且引导我们重新审视城市与乡村之间的特殊关系。一个拿爱情当钱财一样算计的城市浪荡者回乡后居然幻想着"和贫苦人一起生活，忠诚于贫苦。和他们一起生生息息，最终成为他们中的一分子。这都是我的想象，可是这样的想象能让我狂热"。小敏从一个乡村文明的对立者转变为城市与乡村之间的纽带，乡村文明涤荡了她原本奢靡浮夸的内心，她对陈平子的爱是城市对乡土文化的回望，这打破了五四新文学以来都市与乡村的二元悖论，表现了作者对乡村文明的认同和城市人心灵有所归依的期望，更多的是像小敏这样的城市人内心深处长久以来隐藏着的"乡土情结"需要被唤醒，城市与乡村更需要和谐共存，脉脉相通。

（夏　雪）

花腔（存目）

李 洱

李洱（1966—），生于河南济源。著有长篇小说《遗忘》《花腔》《石榴树上结樱桃》《应物兄》，中短篇小说集《破镜而出》《夜游图书馆》等。其中，《应物兄》获第十届茅盾文学奖。

《花腔》原载《花城》2001年第6期，2002年由人民文学出版社出版单行本。小说以葛任的自我书写和言说以及白圣韬、赵耀庆、范继槐等人的旁叙，多面性地呈现了葛任的一生。多重话语参与叙述，使文本具有多义性和荒谬性。

《花腔》的先锋特质集中体现在叙事形式上。作品围绕葛任的一生以@和&将文本划分为两部分。@章节为历史见证者的口述，包括1943年3月白圣韬对范继槐的叙述，"文化大革命"时期赵耀庆的交代，2000年6月28—29日范继槐对白圣韬孙女白凌的回忆。&章节为与每一节口述相关的史料。不可靠的"花腔"般口述与貌似可信的史料考据相辅相成以及多重话语的交织纠缠构成了《花腔》对传统叙述话语的挑战。

《花腔》还具有明显的新历史小说特征。作家在讲述革命的背景下完成对葛任一生的重现，即李洱所言，"我主要探讨的是在革命年代里葛任是如何消失掉的"。即使通过讲述构建的历史也是"花腔化"了的，是虚构和想象的历史，这体现了作家的历史观：回到历史现场，表达个体对历史和现实的认知，并借此表达对语言异化和历史困厄的反抗。

《花腔》的语言很特别。作品共有四套话语。第一套话语是白圣韬一边表明"有甚说甚"的态度一边玩"花腔"，其目的是掩饰内心的不安，迎合国民党中将范继槐的心理。第二套话语是"文化大革命"期间赵耀庆的交代，他将"向毛主席保证"挂在嘴边，也常说"这样说行不行？那俺直接说了"。他的讲述带有讨好调查组的嫌疑。第三套话语是2000年范继槐的话语，其叙述常夹杂"OK""FUCK"等流行词语，一边表明"我说的都是实话，大实话"的实事求是的态度，一边以胜利者的姿态玩

"花腔"。第四套话语是"我"的声音,也是"我"所搜集的引文——历史发出的声音。李洱通过《花腔》建造了一个众声喧哗的空间,多重话语之间相互建构并彼此解构。

(纪水苗)

歇马山庄的两个女人（存目）

孙惠芬

孙惠芬（1961—），辽宁庄河人。主要有长篇小说《歇马山庄》《街与道的宗教》《生死十日谈》《上塘书》，中篇小说《平常人家》《歇马山庄的两个女人》《一树槐香》，短篇小说《台阶》《天高地远》《变调》，等。其中，《歇马山庄的两个女人》获第三届鲁迅文学奖。

《歇马山庄的两个女人》原载《人民文学》2002年第1期。是孙惠芬借"歇马山庄"这一文化地理空间思考人情世态的代表作。与其他乡土小说不同的是，孙惠芬在展示时代变迁中的乡土世界的同时，将关注点放在农村青年女性身上，写出了乡村女性的内心世界和情感体验。

小说以在城市经历伤痛返回乡村的女性——李平的婚礼为开端。举办婚礼，在农村是一桩盛大而热闹的事情，李平的婚礼是体面的，有轿车、有摄影，隆重的仪式吸引了众人的目光。但是，刚从城里旅行结婚回来的潘桃看到此情此景心生嫉妒。在相处的过程中，潘桃和李平结下了深厚的友谊。新婚不久，两个女人的丈夫都外出打工，留守在家的女性失去了精神上的依靠，两人从第一次会面便惺惺相惜，彼此之间分享着各自的秘密，可是，友谊在李平的丈夫外出打工回来之后结束了。丈夫的归来使得李平无法再与潘桃再见，这让潘桃感到一种被抛弃的痛苦，于是，她不经意间把李平的秘密泄露了出去。李平的幸福婚姻就此结束了，而潘桃也承受着心灵上的折磨。

小说描写的重点虽然是两个女性，但是作者并没有忽略对乡村生活和风俗人情的描写。如小说开篇对农村结婚习俗的生动呈现、腊八节的风俗习惯，等等，都表现了农村重大节日的热闹氛围。同时，小说还描写了农民打工、农村中的家庭关系、邻里关系等。在对人物的描写上，作家很注重心理刻画，特别是对李平丈夫回家后，潘桃经历的内心变化写得十分精彩，使人物形象更加丰满立体。

（陈　敏）

喊　山

葛水平

第一章

　　太行大峡谷走到这里开始瘦了，瘦得只剩下一道细细的梁，从远处望去拖拽着大半个天，绕着几丝儿云，像一头抽干了力气的骡子，肋骨一条条挂出来，挂了几户人家。

　　这梁上的几户人家，平常说话面对不上面要喊，喊比走要快。一个在对面喊，一个在这边答。隔着一条几十米直陡上下的沟声音到传得很远。

　　韩冲一大早起来，端了碗吸溜了一口汤，咬了一嘴右手举着的黄米窝头冲着对面口齿不清地喊："琴花，对面甲寨上的琴花，问问发兴割了麦，是不是要混插豆？"

　　对面发兴家里的琴花坐在崖边上端了碗喝汤，听到是岸山坪的韩冲喊，知道韩冲想过来在自己的身上欢快欢快。斜下碗给鸡们泼过去碗底的米渣子，站起来冲着这边上棚了额头喊："发兴不在家，出山去矿上了，恐怕是要混插豆。"

　　这边厢韩冲一激动又咬了一嘴黄米窝头，喊："你没有让发兴回来给咱弄几个雷管？獾把玉茭糟害得比人掰得还干净，得炸炸了。"

　　对面发兴家里的喊："矿上的雷管看得比鸡屁眼还紧，休想抠出个蛋来。上一次给你的雷管你用没了？"

　　韩冲咽下了黄米窝头口齿清爽地喊："下了套子，收了套就没有下的了。"

　　对面发兴家的喊："收了套，给我多拿几斤獾肉来啊！"

　　韩冲仰头喝了碗里的汤站起来敲了碗喊："不给你拿，给谁？你是獾的丈母娘呀。"

　　韩冲听得对面有笑声浪过来，心里就有了一阵紧一阵的高兴。哼着秧歌调往粉房的院子里走，刚一转身，迎面碰上了岸山坪外地来落户的腊宏。腊宏肩了担子，担子上绕了一团麻绳，麻绳上绑了一把斧子，像是要进后山圪梁上砍柴。韩冲说："砍柴？"腊宏说："呵呵，砍柴。"两个人错过身体，韩冲回到屋子里驾了驴准备磨粉。

　　腊宏是从四川到岸山坪来落住的，到了这里，听人说山上有空房子就拖儿带女的上来了。岸山坪的空房子多，主要是山上的人迁走留下来的。以往开山，煤矿拉坑木包了山上的树，砍树的人就发愁没有空房子住，现在有空房子住了，山上的树倒没有了，獾和人一样在山脊上挂不住了就迁到了深沟里，人寻了平坦地儿去，獾寻了人不落脚踪的地儿藏。腊宏来山上时领了哑巴老婆，还有一个闺女一个男孩。腊宏上山时肩上挑着落户的家当，哑巴老婆跟在后面，手里牵着一个，怀里抱着一个，哑巴的脸蛋因攀山通红透亮，平常的蓝衣，干净、平展，走了远路却看不出旅途的尘迹来。山上不见有生人来，惹得岸山坪的人们稀罕得看了好一阵子。腊宏指着老婆告诉岸山坪看热闹的人，说："哑巴，你们不要逗她，她有羊羔子疯病，疯起来咬人。"岸山坪的人们想：这个哑巴看上去寡脚利索的，要不是有病，要不是哑巴，她肯定不嫁给腊宏这样的人。话说回来，腊宏是个什么样的人——瓦刀脸，干巴精瘦，痘痘眼，干黄锈色的脸皮儿上有害水痘留下来的痘窝窝，远看近看就一个字"贼"。韩冲领着腊宏转一圈子也没有找下一个合适的屋。转来转去就转到韩冲喂驴的石板屋子前，腊宏停下了。

　　腊宏说："这个屋子好。"韩冲说："这个屋子怎么好？"腊宏说："发家快致富，人下猪上来。"韩冲看到腊宏指着墙上的标语笑着说。标语是撒乡并镇村干部搞口号让岸山坪人写的，当初是韩冲磨粉的粉房，磨房主要收入是养猪致富，韩冲说："就写个养猪致富的口号。"写字的人想了这句话。字写好了，韩冲从嘴里念出来，越念越觉得不得个劲，这句话不能细琢磨，细琢磨就想笑。韩冲不在里磨粉了，反正空房子多，韩冲就换了一个空房子磨粉。韩冲说："我喂着驴呢，你看上了，我就牵走驴，你来住。"韩冲可怜腊宏大老远的来岸山坪住，山上的条件不好，有这么个条件还能说不满足人家。腊宏其实不是看中了那标语，他主要是看中了房子，石头房子离庄上的住户远，抬头低头的能不多碰见人最好。

　　住下来了，岸山坪的人们才知道腊宏长得一副鸡头白脸相不说，人很懒，腿脚也不轻快。其实靠山吃山的庄稼人只要不懒哪有山能让人吃尽的！腊宏常常顾不住嘴，要出去讨饭。出去嘛大都是腊月天正月天，或七月十五、八月十五的，赶节不隔夜，大早出去，一到天黑就回来了。腊宏每天回来都背一蛇皮袋从山下讨来的白馍和米团子，山里人实诚，常常顾不上想自己的难老想别人的难，同情眼前事，牺惶落难人。哑巴老婆把白馍切成片，把米团子挖了里边的豆馅，摆放在有阳光的石板上晒，雪白的白馍，金黄的米团子晒在石板地上，走过去的人都要回过头咧开嘴笑，笑哑巴就是聪明，知道米团子是豆馅，容易早坏。

腊宏的闺女没有个正经名字，叫大。腊月天和正月天这几天，岸山坪的人会看到，腊宏闺女大端了豆馅吃，紫红色的豆馅上放着两片儿酸萝卜，韩冲说："大，甜馅儿就着个酸萝卜吃是个什么味道？"大以为韩冲笑话她就翻韩冲一眼，说："龟儿子。"韩冲也不计较她骂了个啥往她碗里夹两张粉浆饼子。大扭回身快步搂了碗进了自己的屋里。一会儿拽着哑巴出来指着韩冲看，哑巴乖巧的脸蛋儿冲韩冲点点头，咧开的嘴里露出了两颗豁牙，吹风露气地笑，有一点感谢的意思。

韩冲说："没啥，就两张粉浆饼子。"

韩冲给岸山坪的人解释说："哑巴不会说话，心眼儿多，你要不给她说清楚，她还以为害她闺女呢。"

挖了豆馅的米团子，晒干了，春夏煮在锅里吃，米团子的味道就出来了。是什么味道呢？是那种小年的味道。哑巴出门的时候很少，基本上是不出门。岸山坪的人们觉得哑巴要比腊宏小好多岁，看上去比腊宏的闺女大不了几岁，也拿不准到底小多少岁。哑巴要出门也是在自己的家门口，怀里抱着儿，门墩上坐着闺女，身上衣服不新却看上去很干净，清清爽爽的小样儿还真让青壮汉们回头想多看几眼睛。两年下来，靠门墩的墙被抹得亮汪汪的，太阳一照，还反光，打老远看了就知道是坐门墩的人磨出来的。

岸山坪的人不去腊宏家串门，腊宏也不去岸山坪的人家里串门。腊宏有时候打老婆打得狠，边打还边叫着"你敢从嘴里蹦一个字出来，我要你的命"。岸山坪的人说：一个哑巴你到想让她从嘴里往出蹦一个字？

有一次韩冲听到了走进去，就看到了腊宏指着哆嗦在一边的哑巴喊着："龟儿子，瓜婆娘"，看着韩冲进来，反手捏了两个拳头对着韩冲喊起来："谁敢来管我们家的事情，我们家的事情谁敢来管！"腊宏平常见了人总是笑脸，现在一下板了脸，看上去一双痘痘眼聚焦在鼻中央怪阴气的。韩冲扭头就走，边走边大气不敢出地回头看，怕走不利索身上沾了什么霉事。事情过后腊宏见了韩冲照样笑，韩冲就不大乐意看他那笑，岸山坪的人也就不大愿意管他们家的事了。

韩冲驾了驴准备磨粉。他先牵了驴走到院子一角放松驴吧嗒两粒儿驴粪，后又给驴套上嘴护捂了眼罩驾到石磨上。用漏勺从水缸里捞出泡软的玉茭填到磨眼上，韩冲拍了一下驴屁股，驴很自觉地绕着磨道转开了走。

韩冲在岸山坪磨粉。因为山上穷，30岁了没有说上媳妇，想出去招女婿，出去几次也没有弄对个合适家户，反复几年下来就这么耽搁了。也不是说韩冲长得不好，总体看上去比例还算匀称，主要问题是山上穷，迁不到山下户，哪个闺女愿意上来？次要问题是他和发兴老婆的事情，张扬得山下一平川风声，这种事情张扬出去就不是落到了尘土里了，落入了人嘴里，人嘴里能飞出什么好鸟吗？

头一道粉顺着磨缝挤下来流到槽下的桶里，韩冲提起来倒进浆缸，从墙上摘下箩开始舀了粉箩，韩冲一边箩，一边擦着溅在脸上的粉浆，白糊糊的粉浆像梨花开满了韩冲的衣裳。韩冲想：都说我身上有股老浆气，象裹脚老婆的脚臭味道，女人不喜欢挨，我就闻着这个味道好，琴花也闻着这味道好。一想到琴花，想到黑里的欢快，韩冲就鸟儿一样吹了两声口哨。韩冲箩下来的粉叫第二道粉，也是细粉，要装到一个四方白布上，四角用吊带挽起来吊到半空往出冷水，等水冷干了，一块一块掰下来，用专用的荆条筐子架到火炉上烤。烤干了打碎就成了粉面，和白面豆面搭配着吃，比老吃白面好，也比老吃玉茭面细，可以调换一下口味。

甲寨和沟口附近的村子，都拿玉茭来换粉面。韩冲用剩下来的粉渣喂猪，一窝七八头猪，猪的饭量比人的饭量大，单纯喂粮食喂不起，韩冲磨粉就是为了赚个粉渣喂猪。做完这些活，韩冲打了个哈欠给驴卸了眼罩和护嘴，牵了出来拴到院子里的苹果树上。眯了眼睛望了望对面崖边上，远远地他就看到了他现在最想找的人——发兴老婆琴花。

"韩冲，傍黑里记着给我舀过一盆粉浆来。"

琴花让韩冲舀粉浆过去，韩冲就最明白是咋回事了，心里欢快地跳了一下，他知道这是叫他晚上过去的暗号。

没等得韩冲回话，就听得后山圪梁的深沟里下的套子轰的响了一下，韩冲一下子就高兴了起来，对着对面崖头上的琴花喊："日他娘，前响等不得后响，蹦了，吃什么粉浆，你就等着吃獾肉吧！"

韩冲扭头往后山跑。后山的山脊越发的瘦，也越发的险，就听得自己家的驴应着那一声儿欢快"哥哦哥，哥哦哥——"地叫。

　　韩冲抓着山体上长出来的荆条往下溜，溜一下屁股还要往下坐一下。韩冲当时下套的时候，就是冲着山沟里人一般不进去，獾喜欢走一条道，从哪里来到哪里去，一点弯道都不绕。獾拱土豆，拱过去的你找不到一个土豆，拱得干干净净，獾和人一样就喜欢认个死理。韩冲溜下沟走到了下套的地方，发现下套的地方有些不对劲。两边上有两捆散开了的柴，有一个人在那里躺着哼哼。韩冲的头刹时就大了，满目金星出溜出溜往出冒。

　　炸獾炸了人了！炸了谁了？

　　韩冲腿软了下来问："是谁？"

　　"韩冲，龟儿子，你害死我了。"

　　听出来了，是腊宏。

　　韩冲奔过去看，看到套子的铁夹子夹着腊宏的脚丢在一边，腊宏的双腿没有了。人歪在那里，两只眼睛瞪着比血还红。韩冲说："你来这里干啥来了？"腊宏抬起手指了指前面，前面灌木丛生，有一棵野毛桃树，树上挂了十来个野毛桃果，爆炸声早过去了，有一个小松鼠瞅这边看，实在是瞅不见有什么好景致，小松鼠三跳两跳的抓着树枝跳开了。韩冲回过头，看到腊宏歪了一下头不说话了。韩冲过去把腊宏背起来往山上走，腊宏的手里捏了把斧头，死死的捏着，在韩冲的胸前晃，有几次灌木丛挂住了也没有把它拽落。

　　韩冲背了腊宏回到岸山坪，山上的男女老少都迎着韩冲看，看背上的腊宏黄锈色的脸上没有一丝儿血色。把他背进了家放到炕上，他的哑巴老婆看了一眼，紧紧地抱了怀中的孩子扭过头去弯下腰呕吐了起来。听得腊宏轻轻地咳嗽了一声，韩冲把他搬过来放到了炕上，哑巴抬起身迎了过来，韩冲要哑巴倒过来一碗水，哑巴端过来水似乎想张了嘴叫，腊宏的斧头照着哑巴就砍了过去。腊宏用了很大的劲，嘴里还叫着："龟儿子你敢！"韩冲看到哑巴一点也没有想到要躲，要他砍。腊宏的劲儿看见猛，实际上斧头的重量比他的劲儿要冲，斧头"咣铛"垂直落地了。哑巴手里的一碗水也垂直落地了。腊宏的劲儿也确实是用猛了，背了一口气，半天那气丝儿没有拽直，张着个嘴歪过了脑袋。韩冲没敢多想跑出去紧着招呼人绑担架要抬着腊宏下山去镇医院。岸山坪的人围了一院子伸着脖子看，对面甲寨崖边上也站了人看，琴花喊过话来问："对面？炸了谁了？"

　　这边上有人喊："炸了讨吃了！"

他们管腊宏叫讨吃。

对面的人说："炸了个没用人，说起来也是个人。"

琴花喊："炸没人了？还是有口气？"

这边上的说："怕已经走到奈何桥上了。"

韩冲他爹扒开众人走进屋子里看，看到满地满炕的血，捏了捏腊宏的手还有几分柔软，拿手背儿探到鼻子下量了量，半天说了声："怕是没人了。"

"没人了。"话从屋子里传出来。

外面张罗着的韩冲听了里面传出来的话，一下坐在了地上，驴一样"哥哦哥，哥哦哥——"地嚎起来。

第二章

炸獾会炸死了腊宏，韩冲成了岸山坪第二个惹了命案的人。

这两年来，岸山坪这么一块小地方已经出过一桩人命案了。两年前，岸山坪的韩老五外出打工回来，买了本村未出五服的一个汉们的驴，结果驴牵回来没几天，那驴就病死了。两人为这事麻缠了几天，一天韩老五跟这汉们终于打了起来。那韩老五性子烈，三句话不对，手里的镰刀就朝那汉子的身子去了，只几下子，就要了人家的命。山里人出了这样的事都是私下找中间人解决，不报案。他们知道报案太麻缠，把人抓进去就是毙了脑袋，就是两家有了仇恨，最终顶个屁？山里的人最讲个实际，人都死了，还是以赔为重。村里出了任何事，过去是找长辈们出面，说和说和，找个能接受的方案，从此息事宁人。现在有了事，是干部出面，即使是出了命案，也是如法炮制。两三年前，韩老五还不是最终赔了两万块钱就拉倒了事。

如今腊宏死了，他老婆是哑巴，孩子又小，这事咋弄？岸山坪的说，人死如灯灭，活着的大小人儿以后日子长着呢，出俩钱买条阳关道，他一个讨吃的又是外来户，价码能高到哪里去。

这天韩冲把山下住的村干部一一都请上来。干部们随了韩冲上了岸山坪，一路上听韩冲汇报事情的来龙去脉，等走上岸山坪时，已经了解得八九不离十了。

看了现场，出门找了一个僻静的地方站下来。商量了一阵子，觉得这个事情不能报案，现在讲得个安定团结，安定不团结不行，团结不安定也不行，咱这沟里多少年来除了上边有指示发动不安定，咱们永远都是安定的。现在报案等于是说我们自己给自己找麻烦，看电视动不动有些部门因为腐败就一窝儿端了，咱们不能因为炸獾误炸了一个没用人集体跟着倒霉。认为最好的办法是还按老规矩办。他们责成会计王胖孩来当这件事情处理的主唱：一来他腿脚轻；二来这种事情不是什么好事，一把二把手不便出面；三来他的嘴比脑子翻转得快。

返进屋里坐下，王胖孩用手托着下巴颏和腊宏的老婆哑巴说："你是个哑巴，是不是？我们也没有把你当会说话的人看。腊宏因为砍柴误踩了韩冲的套子，也就是说，他人是已经死了，死而不能复生。"咳嗽了一声，旁边的一个突然想起了什么，有些摸不着深浅地问："你是哑巴？都说这哑巴十哑九聋，不知道你是听得见，还是听不见？要是听见了，就点一下头，要是听不见，说也白说，是对牛弹琴。"村干部和韩冲的眼光集体投向哑巴，就看到那哑巴居然慌秋秋地点了一下头。

干部们惊讶得抬直身体"嗷"了一声。王胖孩舔了舔发干的嘴片子尽量摆正态度把话说普通了："这么说吧，你男人的确是死了……不容置疑。"

说到这里就看到腊宏老婆打了个激灵。王胖孩长叹一声继续说："真是生死由命，富贵在天啊。你说骂韩冲炸獾炸了人了吧，他已经炸了，你说骂腊宏福薄命贱吧，他都没命了。这事情的不好办处就是活的人活着，死的人他到底死了，活的人咱要活，死的人咱要埋，是吧？这事情的好办处是，你不是一个不讲道理的妇女，你心明眼亮可惜就是不会说话。我们上山来的目的，就是要活的人更好地活着，死的人还得体面地埋掉。你一个哑巴妇女，带了两个孩子，不容易啊。现在男人走了，难！咱首先解决这个难中之难的问题，就说腊宏的事情。人是死了，先埋人后解决问题，相信我这个村干部，就让韩冲埋人，不相信我这个村干部，你就找人写状字，告。但是，你要是告下来，韩冲不一定会给腊宏抵命，我们这些村干部因为你不是岸山坪的，想管，到时候怕也不好插手了。说来你娘母们还是个黑户嘛！"

腊宏的哑巴老婆惊讶得抬起头瞪了眼睛看。王胖孩故意不看哑巴扭头和韩冲说："看见这孤儿寡母了吗？你好好的炸球什么獾吗！炸死人啦！好歹我们干部是遵纪守法爱护百姓一家人的，看你凿头凿脑咋回事儿似的，还敢炸獾！赶快把卖猪的钱从信用社提出来，先埋了人咱再商量后一步赔偿问题！"

哑巴像是丢了魂儿似地听着，回头望望炕上的人，在看看屋外的屋内的人，哑巴有一个间歇似的回想，稍倾，抽回眼睛看着王胖孩笑了一下。

这一笑，让有强烈的表现欲望的王胖孩沉默了。哑巴的神情很不合常理，让干部们面面相觑不知道她到底笑个啥！

干部们做主韩冲把他爹的棺材抬出来装了腊宏。事关重大，他爹也没有说啥。韩冲又和他爹商量用他爹的送老衣装殓腊宏。韩冲爹这下子说话了：

"你要是下套子炸死我了到好说，现成的东西都有，你炸了人家，你用你爹的东西埋人家，都说是你爹的东西，你爹的东西，埋的不是你爹，比埋你爹的代价还要大，我操！"

韩冲的脸儿埋在胸前不敢答话，他爹说："找人挖了坟地埋腊宏吧，村干部给你一个台阶还不赶快就着下，等什么？你和甲寨上的你小娘混吧，混得出了人命了吧？还搭进了黄土淹没脖子的你爹。你咋不把脑袋埋进裤裆里！"说完，韩冲爹从木板箱里拽出大闺女给她做好的送老衣，摔在了炕上。

棺材准备起了，四个后生喊："一二，起！"抬棺材的铁链子突然断了。抬棺材的人说："日怪，半大个人能把铁链子拉断，是不是三天家里不见个哭声，伤了过了？"

哑巴因为是哑巴哭不出声，女儿因为小，不知道哭。王胖孩说："锣鼓点儿一敲，大幕儿一拉，弄啥就得像啥！死了人，不见哭声叫死了人吗？还以为村干部的工作没有做到。去甲寨上找几个哭妇来，村里花钱。"

马上就差遣人去甲寨上找哭妇。哭妇不是想找就能找得到，往常有人不在了，论辈分往下排，哭的人不能比死的人辈分大，现在是哭一个外来的讨吃，算啥？

女人们就不想来，韩冲一看只好一溜儿小跑到了甲寨上找琴花。进了琴花家的门，琴花正在做饭。听了韩冲的来意后，琴花坐在炕上说："我哭是替你韩冲哭，看你韩冲的面，不要把事情颠倒了，我领的是你韩冲的情，不是劳什子村干部的情。"

韩冲哭丧着脸说："还是你琴花好啊。"

看到门外有人影儿晃，琴花说："这种事给一头猪不见得有人哭。这不是喜伤，是凶伤。也就是韩冲要是旁人我的泪布袋还真不想解口绳哩。"

门外站着的人就听清了：韩冲给琴花一头猪让琴花哭。琴花哭一回讨吃赚一头猪，这可是天大的价码。

琴花见韩冲哭丧着个脸，一笑，从箱子里拽了一块枕巾往头上一蒙，就出了门。

走到岸山坪的坡顶上看了一眼黑压压的人群，就扯开了喉咙："死得冤来，死得苦，讨吃送死在了后梁沟——"

村干部一听她这么样的哭，就要人过去叫她停下来。这叫哭吗？硬梆梆的没有一点儿情感。哭妇琴花马上就变了一个腔哭："水流千里归大海，人走万里归土埋，活归活啊，死归死，阳世咋就拽不住个你？呀喂——呵呵呵。"

琴花这么一哭把岸山坪的空气都抽拽得麻秋起来，有人试着想拽了琴花头上的枕巾看她是假哭还是真笑，琴花手里拄着一根干柴棍轮过去敲在那人的屁股蛋上。就有人捂了嘴笑。琴花干哭着走近了哑巴看到哑巴不仅没有泪蛋子在眼睛里滚，眼睛还望着两边的青山隐隐赏看。琴花哭了两声不哭了，你的汉们你都不哭，我替你哭好歹也应该装出一副丧夫样来吧。

埋了腊宏，王胖孩要韩冲叫几个年长的坐下来商量后事。一干人围着石磨开始议事，比如，这活人谁来照顾，当然是要韩冲来照顾了，怎么个照顾法？都得有个字据。韩冲说："最好说断了，该出多少钱我一次性出够，要连带着这么个事，我以后还怎么样讨媳妇？"大伙研究下来觉得是个事情，明摆着青皮后生的紧急需要，事儿是不能拖泥带水，得抽刀斩水了。

一个说："事情既出由不得人，也是大事，人命关天，红嘴白牙说出来的就得有个理道！"

一个说："哑巴虽然哑巴，但哑巴也是人。韩冲炸了人家的男人了，毕竟不是韩冲想炸人家男人，既然炸了，要咱来当这个家，咱就不能理偏了哑巴，但也不能亏了韩冲。"

一个说："毕竟和韩老五打架的事情不是一个年头了，怕不怕老公家怪罪下来？"

一个说："现在的大事小事不就是俩钱吗，从清光绪年到现在哪一件不是私了！有直道儿不走偏走弯道儿。老公家也是人来主持吗？要说活人的经验不一定比咱懂多少！舌头没脊梁来回打波浪，他们主持得了这个公道么！"

王胖孩说："话不能这么说，咱还是老公家管辖下的良民嘛！"

王胖孩要韩冲把哑巴找来，因为哑巴不说话，和她说话就比较困难。想来想去想了个写字，却也不知道她认识字不。王胖孩找了一本小学生写字本和一根铅笔，在纸上工工整整写了一行字，递过去要哑巴看，哑巴看了看取过笔来也写了一行字递过去。韩冲因为心里着急伸过去脖子看，年长的因为稀罕也伸过脖子看，发现上面的第一行是村干部写的："我是农村干部，王胖孩，你叫啥？"后一行的字不大工整，歪歪扭扭写了："知道，我叫红霞。"

所有的人对视了一下，稀罕这个哑巴不简单，居然识得俩字。

"红霞，死的人死了，你计划怎么办？要多少钱？"

"不要。"

"红霞，不能不要钱。社会是出钱的社会，眼下农村里的狗都不吃屎了，为什么？就因为日子过好了啊，钱是啥？是个胆儿，胆气不壮，怕米团子过几天你娘母们也吃不上了。"

"不要。"

"红霞妇女，这钱说啥也得要，只说是要多少钱？你说个数，要高了韩冲压，要少了我们给你抬，叫人来就是为了两头儿取中间主持这个公道。"

"不要。"

小学生写字本上三行字歪歪扭扭看上去很醒目，大伙儿觉得这个红霞是气糊涂了，哪有男人被人搞死了不要钱的道理？要知道这样的结果还叫人来干啥？写好的纸条递给韩冲，要他看了拿主意，使了一下眼儿，两个人站起来走了出去。收住脚步，王胖孩说："她不是个简单的妇女，不敢小看了，她想把你弄进去。"韩冲吓了一跳，脚尖踢着地面上的土张开嘴看王胖孩。王胖孩歪了一下头很慎重地思忖了一下说："哪有给钱不要的道理？你说？她不是想把你弄进去是什么？嗯呐，很有可能。"韩冲越发不知道该说什么了。王胖孩指着韩冲的脸说："要给她热爱，暖化她的心，打消她送你进去的念头，不然你一辈子都得背着个污点，有这么个污点你就甭想说上媳妇。"韩冲闭上嘴，咽下了一口唾沫，唾沫有些划伤了喉咙，火辣辣地疼。

"这几天，你只管给哑巴送米送面。你知道，我也是为你好，让老公家知道了，弄个警车来把你咕嘎咕嘎的带走，你前途毁了事小，我们面子上挂不住事大。趁着对方是个哑巴，咱把这事情就哑巴着办了，省了官办，民办了有民办的好处。明白不？"韩冲点了头说："我相信领导干部！"

两个人商量了一个暂时的结果，由韩冲来照顾她们娘母仨。返进屋子里，王胖孩撕下一张纸来，边念边写：

"合同。甲方韩冲，乙方红霞。韩冲下套炸獾炸了腊宏，鉴于目前腊宏媳妇神志不清的情况，不能够决定自己的赔偿问题，暂时由韩冲来负责养活她们母子仨，一日三餐，吃喝拉撒，不得有半点不耐烦，直到红霞决定了最后的赔偿，由村干部主持，岸山坪年长的有身份的人最后得出结果才能终止合同。合同一方韩冲首先不能毁约，如红霞提出韩冲有不愉快的地方，红霞有权告状，最后责成处理方式加倍罚款。"

合同一式两份，韩冲一份，哑巴一份。立据人互相签了字，本来想着要有一番争吵的事情，就这么说断了，岸山坪人的心里有一点盼太阳出来阴了天的感觉，心里结了个疙瘩，莫名地觉得哑巴真的是傻。互相看着都不再想说话了。

送走王胖孩，韩冲折叠好条子装进上衣口袋，哑巴前脚走，韩冲后脚卸了炉上的粉走进了哑巴家。

进了哑巴家韩冲看到哑巴的房梁上吊下来两个箩筐，箩筐下有细小的丝线拉拽着一条一条的小虫子。韩冲知道那箩筐里放的是讨来的晒干了的米团子和白馍。哑巴没有停下手里的活。她手里正拿了一捧米团子放在锅台边，一块一块往下磕上面生了的小虫子，磕一块往锅里煮一块，锅台上的小虫子伸展了身子四下里跑，哑巴端下锅，拿了笤帚，两下子就把小虫子扫进了火里，坐上锅，听得噗噗的响。

韩冲眯缝着眼睛歪着脖子说："这哪是人吃的东西。"提下了它走出去倒进了自己的猪圈里，猪好久没有换口味了，哑叭着嚼着干邦硬的米团子，吐出来吞进去，嘴片子错得吧唧吧唧响。韩冲给哑巴提过来面、米。哑巴拉了闺女和孩子笑着站在墙角看韩冲进进出出。韩冲想，你这个哑巴笑什么，我把你汉们炸了你还和我笑，不敢多说话光顾了一个埋头干他的活儿。

这时候就有人陆续走上岸山坪来看哑巴和孩子，有的想收留哑巴的孩子，有的干脆就想收留哑巴。韩冲装了看不见，想，要是有人把哑巴收留走才好。她这么着一走我就啥也不用赔了。哑巴这时候面对来人却很决绝地把门关上了。

　　王胖孩又来到了岸山坪。要韩冲叫了年长的和有些身份的人走进了哑巴的家。王胖孩坐下来看着哑巴说："可怜的人啊，就是不会说话。"韩冲坐到门墩上琢磨着这个事情该怎么开头，说什么好。就听得王胖孩说："咱打开天窗说亮话，不绕弯子了，这理说到桌面儿上是欠了人家一条命，等于盖屋你把人家的大梁抽了，屋塌了。现在，你一个孤寡妇女，又是哑巴，带着俩孩子，容易嘛？要我说就一个字——难。红霞，老话从提，你提出个数字来，要多少？"

　　哑巴抬起头拿过一根点火的麻秆来在石板地上写了俩黑字"不要"。村干部接过麻秆来，大大的在地上写了两个字"两万"。韩冲低下头看。请来的也低下头看。抬起头互相点了点头，大意是有了老龙嘴的事情在前面做样板，这样的处理结果到也说得过去。韩冲说话了："胖孩哥，两万块暂时拿不出，能不能分期付？定分不行，就得给我政策，让我贷。"

　　王胖孩想了半天说："上头的政策主要是鼓励农民贷款致富，哪有让你贷款用来买命的？这事要说也没有个啥，摆到桌面上就是个事。你是不是到对面的甲寨上找一找发兴，他儿在矿上，煤炭现如今像烧燃了的旺火一样，他家里想来是有货的，借一借吗？琴花虽然是出了名的铁公鸡，毕竟是喝过你的粉浆，吃过你的獾肉，还被你压过的女人，脸红什么啊？你炸死的这个人用的雷管还是她提供的，咱嘴上不说，她是脱不了干系的。"

　　韩冲不好意思地低下了头。

　　事情说到这里，王胖孩和哑巴红霞说："按我的意思来，你不要，不等于我们不懂，我们不懂就是欺负你这个弱者，这不符合山里人的作风。等韩冲凑够了钱，我再到这山上来亲手递给你。咱这事情就算结束，你也好准备你的退路。一个妇道人家没有汉们帮衬，哪能行啊！韩冲，话说回来大家是为了你办事，光跑腿我就跑了几趟，你小子懂个眼色不懂？"

　　韩冲大眼儿套小眼儿看着王胖孩，王胖孩举起手里的麻竿说："这，缩小了像给啥？"韩冲想，像给啥？哑巴看了看从王胖孩手里拿过麻竿来掰下前面点黑了的一小截，叼在嘴上叭咂了两口，韩冲明白了，胖孩干部是想要烟哩。稀罕得岸山坪的长辈们放下手中的旱烟锅子看哑巴,哑巴看得不好意思了低下了头,把想要说"不要"的话就忘了。

韩冲赶紧出去到代销点上买了两条烟递给了王胖孩,王胖孩说:"这是啥子意思吗?乡里乡亲的弄这?既然买了,我不拿也说不过去,我要不拿吧,是冷落了你韩冲一片心意,我就只好拿了。"掰开一条烟给坐着的长辈一人发了一包,自己把剩下的夹在腋窝下起身重复了几句前几次说的话走了。

长辈们看着手里的烟,咧开嘴笑着,心里却不是个滋味,啥也没表态走了两步路就赚了一包烟,很是有点不好意思。韩冲说:"算个啥嘛,都是德高望重的人,就是没事我韩冲也应该孝敬你们!"

第三章

借钱的事情很简单,也很复杂,简单得就像天上的一颗太阳,无际蓝天,没有鸟儿飞翔,看上去空旷,空旷。复杂得突然就乱云飞渡,飞渡的云不是瓦片和挠钩状儿,是黑云压山,风生悲,兜头浇得韩冲凉唰唰的。

韩冲去对面的甲寨上要下了沟绕出山在转回来上对面,大约要一个半钟点。

这地方的人叫吃亏,不叫吃亏,叫吃加死,韩冲这一回借钱就吃了大加死。

走到甲寨上人们就说:"韩冲,还敢不敢下套子了,胆子大啊,那讨吃下那深沟做啥去了,活该要他的命。"韩冲挠了挠头发,"呵呵"笑了一下,很不舒展。不断有人问,韩冲就不断的很不舒展的"呵呵"。

走进发兴的院子里,看到发兴坐在小马扎上抽旱烟,烟锅子在地上磕了一下子,说:"韩冲,稀客。有啥事不喊要过沟来说?我可是头一回见你大天白闪亮儿登场。也是的,炸獾咋就炸了人了?坐。"

韩冲说:"话不能这样儿说,大白天不来搭黑来干啥?老哥你就不要瞎猜了,人倒霉了放个屁都砸脚后跟。我也思谋着他下那沟做甚了,两捆柴好好的摔在一边,手里握着一把斧头不丢,看见我眼睛瞪得快要出血了,恨不能把我吃掉,我操。不过话说回来,咱是断了人家哑巴的疼了。"

琴花撩开碎布头拼成好看的门帘出来。说:"韩冲,以后不要下套子了，那獾又不是光吃你的玉茭，你把人炸了，亏得他是外来的，要是本地的，不让你抵命才怪。"

韩冲低下头看着自己的脚尖，鞋是一双解放球鞋，因为穿得旧了，剪了前边和后边，当凉鞋穿。韩冲看着看着就想把过来的意思挑明。韩冲说："我过来是有个事情想求你们俩口帮忙。"

琴花返进去从屋子里端出一罐头瓶水来递给韩冲说："帮啥忙？跑腿找人的事发兴能帮得上就一定帮。这两天架驴磨粉了？你不要因为这事把猪饿了，该做啥还做啥，腊月里我大儿要定婚，还想借你一头猪下酒席呢。你要敢不上喂，赶过来我喂，秋口上卖了咱二一添做五分。"

韩冲抬起头看琴花，琴花脸上挂着笑，嘴角角上的一颗黑土眼（痣）翘起来顶在鼻子边，韩冲想，琴花脸上的这个黑土眼坏了她好几分人才。

发兴说："事情最后怎么处理了，说了个甚解决办法？听说有人上来说哑巴，女人要是没有了男人，小腰就断了，就拖不动腿了，也怪可怜的。"

琴花说："傻哑巴不知道哭，看来是真有病，山下有人要她，收拾走算了，省了你来照顾。"

韩冲鼓了鼓勇气说："不满你们俩口说，我今儿过来这甲寨上就是想和你们打凑俩钱，给哑巴。救个急，误不了你娶媳妇，我韩冲是说话算话的。"

一听说是借钱，琴花就示意发兴闭嘴。琴花走到韩冲的面前看着韩冲说："说起来是应该帮忙，出了这么大的事情，啊呀，我当时就不敢过去看死鬼讨吃，听人说，下半截整个都没了？吓死了。事情是出了，有事说事，按道理是得赔人家，是不是？按道理谁能帮上忙就要帮忙，乡里乡亲的，抬头不见低头见，谁家不出个事，古话说了，有啥别有事，没啥别没钱，两件事都让摊上了。可有些事情摊上了，还真是帮不上你这个忙。我给你说吧，腊月里要给大儿定婚正月里不娶，明年秋口上也得娶，如今说个媳妇容易吗，屁股后捧着人家还要脱落，敢松口气？我要是真有钱我还真舍得借你，不怕你不还，可就是没有钱，活了个人带了个穷命。韩冲，难啊。"

韩冲看着琴花的嘴一张一合的，想自己还亲过这张嘴，嘴里的舌头滑溜溜的，有时候也咬一下韩冲的下嘴片子，到韩冲的高兴处会说，韩冲人家都穿七分裤了，你也给我买一条穿穿，我是二尺四的腰，要小方格子的面料。韩冲会说，穿那干啥，不好看，憋得屁股和两半半蒜一样。琴花说，你不买，你就下来，我看你哪头难受！韩冲说，买买。韩冲你给我买一盒舒肤佳香胰子，韩冲你给我看看我的肚皮是不是松得厉害了，我也想买给裹腹裤穿。韩冲，我除了不和你住一个屋子，住一个屋子里干的事，咱都干了，也就等于是一家人了，你赚了钱就给我花，我从心里疼你哩……

韩冲看着看着眼睛就花了，琴花身上穿的从里到外哪一样不是我韩冲买的，你琴花疼我了，疼我什么了？关键的时候，琴花你就不和我一起了。

发兴说："这事情不是帮忙不帮忙的事情，是帮不了这忙，是人命关天。小老弟，都怪你炸球什么獾吗！"

韩冲想，也就是啊，炸球什么獾吗！

韩冲收住自己的思维回到现实里，看到琴花的短腿直着一条，斜着一条，直着的硬邦邦站着，斜着的抖抖的闪，闪得人心中想生气。韩冲说："看在以往的面子上，你们就帮我一回吧，我炸死人，要不是你给我雷管，我拿什么炸他。"琴花一下把斜着的那条腿收了回来指着韩冲说："以往怎么啦，以往就吃了你几次粉浆，当是有什么好东西，给猪吃的东西，从崖下吊给我吃，讨你什么便宜了？韩冲，不是说不借给你钱，是没有东西借给你，你当是清明上坟托鬼洋，八月十五打月饼，找个模子就现成？我是给你雷管了，我叫你韩冲炸人了？你炸死人愿我雷管，笑话！既然说到这个份上了，我哭讨吃的那头猪不要了，落得送你个人情。"

韩冲说："我多会儿说要送你一头猪了？"

发兴说："装傻，谁都知道你要给一头猪！要说讨便宜，韩冲你是讨了大便宜了，别说是一头猪，十头猪你也不吃家死。别人不知道，我是心知肚明。"

琴花打断了发兴的话："你心知个啥，肚明个啥？不会说不要抢着说。"

韩冲端起罐头瓶一口喝了瓶里的水说："我也就是到了困难的时候了吧，才找你们来张嘴，张一回嘴容易吗？张开了难合住，给个面子，没多总有个少吧？这沟里就你们还有俩钱，我也是屎憋到屁股门上了，我要有二指头奈何也不会张嘴求人，琴花求你了！"

琴花看到大门口有人影儿晃，人影儿一晃，简单的事情就要复杂了。

琴花说:"韩冲,我是真想帮你这个忙,可就是心有余而力不足,十块八块的又不顶个事情办,三千两千的我还真没有见过,要有就借你了,丑话说到头了,你走吧,甲寨上的人在大门外看咱的笑话哩。"

韩冲站了起来要走,琴花又说话了:"你欠我多少,不是一头猪能还得了的,走归你走,但你得记清楚了。"这一句话说得不是时候,琴花的本意是想说,要是还想着我,你就来,来就得带零花儿来。可说这话儿不是个地方,韩冲都快急得火烧眉毛了他哪里能弯转得过来。

韩冲一下站住了说:"两清了。这钱我不借了,你有本事继续耍你的本事,隔着崖,你是甲寨上的,我是岸山坪的,井水不犯河水。发兴,你老婆本事大啊。"

琴花的脸霎时就青了,这叫人话吗,得了便宜卖乖,不借你钱,舌头就长刺了,是你韩冲来甲寨上来找我的,现在对了人来揭我疤,别人揭到好说,你韩冲揭!这就让琴花难咽这口气了。

琴花说:"站住,韩冲!"一下就扑了上来照着韩冲的脸跳起来搧了一个巴掌,韩冲没有防备吓了一跳,看清楚是琴花搧他,他一下就瘪怔了,回头看着琴花不知道她为啥要来这一手?

韩冲说:"不借钱就算了,你还打我,我打你吧,我不君子,不打你吧你太张狂了,跳起来打,不够三尺高的人就是毒。我拿雷管炸了人,那雷管我有吗,还不是你给的!就是你给的!"

发兴站起来拖住进一步想往前跑的琴花,琴花兜头给了发兴一个巴掌,跳着脚跑出院外,甲寨上看热闹的人自动让了个场地看琴花表演:"你给缺德鬼,你害了死人害活人,你炸獾咋就不炸了你,讨吃哪天说不定就来勾你命了,你等着吧,不在崖下在崖上,不在明天在后天,你死了也要狼拖狗拽了你,五黄六月蛆轰了你!"

韩冲听着身后的叫骂声,踢着地上的石头蛋走,脑子里轰轰响,石头蛋掀了脚指甲盖,也不觉得疼,自己说得好好的,这个傻逼就翻了脸,真是人小鬼大难招架。我操!

第四章

哑巴脑海里像一只悬空的瓦壶,空荡荡的。甲寨上有叫骂声传过来,叫骂声也像经过几重水波传播似的听不大真切。不过对于哑巴来说喧嚣是短暂的，更多的是大片的长久的孤独。倘使没有天光的明晦转暗，几乎难以觉察时间的无声流逝。哑巴想是不是自己就是和以前不一样了呢，她决定出去走走。这是哑巴第一次出门，她把孩子放到院子里，要"大"看着，她走上了山坡。熏风温软地吹拂，她走到埋着腊宏的地垄头上看了看，坟堆堆有半人多高，她一屁股坐到坟堆堆上，坟堆堆下埋着腊宏，她从心里想知道腊宏到底是不是真的去了？一直以来她觉得腊宏是活着的，阴暗的东西在她的心里根深蒂固得很，她不敢出门，腊宏不要她出门，今儿，她是大着胆子出门的，出了门，她就看到了鸟雀清脆的啼叫声从山上的树林子里传来。

哑巴绕着坟堆堆走了好几圈，用脚踢着坟上的土，嘴里喃喃地说着一串儿话，是谁也听不见的话。然后坐到地垄上哭。岸山坪的人都以为哑巴在哭腊宏，只有哑巴自己知道她到底是在哭啥。哑巴哭够了对着坟堆堆喊，一开始是细腔儿，像唱戏的练声，从喉管里挤出一声"啊"，慢慢就放开了，唢呐的冲天调，把坟堆堆都能撕烂，撕得四下里走动的小生灵像无头的苍蝇一样乱往草丛里钻。哑巴边喊边大把抓了土和石块砸坟头，坟头下的人让她悚然而栗，她要砸出他来问问他，是谁给他权力要让她这么无声无息地活着。

远远地看到哑巴喊够了像风吹着的不倒翁回到了自己的院子里，人们的心才稍稍放到了肚子里。哑巴取出从不舍得用的香胰子，好好洗了洗头，洗了脸，找了一件干净的衣服换上出了屋门。哑巴走到粉房的门口，没有急着要进去，而是把头探进去看了半天。看到韩冲用棍搅着缸里的粉浆，搅完了，把袖子挽到臂上，拿起一张大箩开始箩浆。手在箩里来回搅拌着，落到缸里的水声哗啦啦，哗啦啦响，哑巴就觉得很温暖，很温暖。哑巴大着胆子走了进去，地上的驴转着磨道，磨眼上的玉菱塌下去了，哑巴用手把周围的玉菱填到磨眼里，她跟着驴转着磨道填，转了一圈才填好了磨顶上的玉菱。哑巴停下来抬起手闻了闻手上的粉浆味儿，是很好闻的味儿，又伸出舌头来舔了舔，是很甜的味道，哑巴咧开嘴笑了。

这时候韩冲才发现身后不对劲，扭回头看，看到了哑巴的笑，水光亮的头发，白净的脸蛋，她还是个小女孩嘛，大大的眼睛，鼓鼓的腮帮，翘翘的嘴巴。韩冲把地里看见的哑巴和现在的哑巴做了比较，觉得自己是在梦幻里，用围裙搽着手上的粉浆说："你到底是不是个傻哑巴。"哑巴惊惊地抬起头看，驴转着磨道过来用嘴顶了她一下，她的腰身呛了一下驴的鼻子，驴打了个喷嚏，她闪了一下腰。哑巴突然就又笑了一下，韩冲不明白这个哑巴的笑到底是羊羔子疯病的前兆，还是她就是一个爱笑的哑巴。

大搂着弟弟在门上看粉房里的事情，看着看着也笑了。

哑巴走过去一下抱起来儿子，用布在身后一绕把儿子裹到了背上走出了粉房。

岸山坪的人来看哑巴，觉得这哑巴的羊羔子疯病犯得日怪。腊宏活着时不见犯病，腊宏死了犯了，犯了病反倒好，到比腊宏活着时更鲜亮了。韩冲箩粉，哑巴看磨，孩子在背上看着驴转磨咯咯咯笑。来看她的人发现她并没有发病的迹象，慢慢走近了互相说话，说话的声音由小到大，什么事让一些女人笑起来，压腰叠肚的笑。谁也不知道哑巴心里想着的事，是很简单的事，就是想听她们说话。

哑巴的小儿子哼叽叽的要撩她的上衣，哑巴不好意思抱着孩子走了。边走孩子边撩，哑巴打了一下孩子的手，这一下有些重了，孩子哇的一声哭了起来。孩子的哭声挡住了外面的吵闹声音，就有一个人跟了她进了她的屋子，哑巴没有看见，也没有听见。哑巴埋着头在胸脯上抽泣，孩子抓着她的头发一拽一拽的要吃奶，哑巴让他拽，你的小手才有多重，你才能拽妈妈多疼。哑巴把头抬起来时看到了韩冲，韩冲端着摊好的粉浆饼子走过来放到了哑巴面前的桌子上。说："吃吧，断不得营养，断了营养，孩子长得黄寡。"

哑巴指了一下碗，又指了一下嘴，要韩冲吃。韩冲拿着铁勺子"梆梆"磕了两下子鳌盖，指着哑巴说："你过来看看怎么样摊，日子不能像腊宏过去那样儿，要来啥吃啥，要学着会做饭，面有好几种做法，也不能说学会了摊饼子就老泻了水摊饼子，你将来嫁给谁，谁也不会要你坐吃，妇女们有妇女们的事情，汉们种地，妇女做饭，天经地义。"哑巴站起来咬了一口，夹在筷子上吹了吹，又在嘴唇上试了试烫不烫，然后送到了孩子的嘴里。哑巴咬一口喂一口孩子，眼睛里的泪水就不争气的开始往下掉。韩冲把熟了的粉浆饼子铲过来捂到哑巴碗里，就看到了梁上有虫子拽着丝拖下来，落在哑巴的头发上，一粒两粒，虫子在她乌黑的头发上一耸一耸的走。孩子抬起手从她的头上拽下一个虫子来，"噗"的一下捏死了它，一股黄浓一样的汁液涂满了孩子的指头肚，孩子"呵呵"笑了一下抹在了她的脸上。哑巴抹了一下自己的脸搂紧孩子捏着嗓子哭起来。

哑巴一哭，韩冲就没骨头了。眼睛里的泪水打着转说："我把粮食给你划过一些来，你不要怕，如今这山里头缺啥也不缺粮食。我就是炸獾炸死了腊宏，我也不是故意的，我给你种地，收秋，在咱的事情没有了结之前，我还管养活你们。你就是想要老公家弄走我，我思谋着，我也不怪你，人得学会反正想，长短是欠了你一条命啊！你怕什么，我们是通过村干部签了条子的。"

哑巴摇着头像拨浪鼓，嘴里居然还一张一合的，很像两个字："不要！"

岸山坪的人哑巴不认识几个，自打来到这里，她就很少出门，日子过得穷苦不说，一个不会说话的人前后路都是黑啊。她来到山上第一眼看到的是韩冲，韩冲给他们房子住，给他们地种，给大粉浆饼子吃，腊宏打她韩冲进屋子里来劝，韩冲说："冲着女人抬手算什么男人！"女人活在世上就怕找不到一个好男人，韩冲这样的好男人，哑巴还没有见过。哑巴不要韩冲钱的另一层意思就是想要韩冲管她们娘母仨。

韩冲背转身出去了，哑巴站起来在门口望，门口望不到影子了，就抱了儿子出来。她这时看到韩冲的粉房门前站了好多人，手里拿着布袋取粉面，看到韩冲走过去一下围住了他。有一会儿，先进去的人扛了粉面出来走了，后边的人嚷嚷着，就看到了一个女人穿着小格子裤也拿着一个布袋从崖下走上来。女人走起路来一摆一摆的，布袋在手里晃着像舞台上的水袖。女人用手扶着一块石头歇下来，一条腿搁在石头上面，一条腿支在地上。长长出了口气，看了看韩冲粉房门前的人，歪了一下脖子瞥了一下嘴一撅屁股双手托了一下膝盖，整个人就举了上来，就跨到了平地上来。哑巴看清楚是甲寨上哭腊宏的琴花，琴花替她哭腊宏了，她应该感谢这个女人。

琴花上来了，韩冲他爹在家门口也看见了。昨天韩冲去和她借钱受了羞辱，今日里她倒舞了个布袋还好意思过来，一个韩冲怎么能对付得了她？我的儿三门亲事荒了，为了啥，就为了她。人家一听说韩冲跟甲寨上的琴花明里暗里的好着，这女人对他还不贴心，只是哄着想花俩钱儿，谁还愿意跟韩冲？名声都搭进去了，还不明白就里，我就这么一个儿，难道要我韩家绝了户！韩冲爹一想到这里火就起来了，他从粉房里把韩冲叫出来，问他："你欠不欠你小娘的粉面？"韩冲说："不欠。"韩冲爹说："那你就别管了，我来对付这娘们。"

琴花过来一看有这么多人等着取粉面，她才不管这些，侧着身子挤了进去。琴花看着韩冲爹说:"老叔,韩冲还欠我一百五十斤玉茭的粉面,时间长了,想着不紧着吃,就没有来取,现在他出事了,来取粉面的人多了,总有个前后吧,他是去年就拿了我的玉茭的,一年了,是不是该还了?"

韩冲爹抬头看了一眼琴花就不想再抬头看第二眼了。这个女人嘴上的土眼跳跃得欢,欢得让韩冲爹讨厌。韩冲爹头也不抬地说:"人家来拿粉面是韩冲打了条子的,有收条有欠条,你拿出来,不要说是去年的,前年的大前年的欠了你了照样还。"

琴花一听愣了,韩冲确实是拿了她一百五十斤玉茭,拿玉茭,琴花说不要粉面了,要钱。韩冲给了琴花钱。琴花说:"给了钱不算,还得给粉面。"韩冲说:"发兴在矿上,你一个人在家能吃多少,有我韩冲开粉房的一天,就有你吃的一天。"琴花隔三差五取粉面,取走的粉面在琴花心里从来不是那一百五十斤里的数,一百五十斤是永远的一百五十斤。孩子马上要定婚了,不存上些粉面到时候吃啥,说不定哪天他要真进去了,我和谁去要?

琴花说:"韩冲和我的事情说不清楚,我大他小,往常我总担待着他,一百五十斤玉茭还想到要打条子?不就是百把斤玉茭,还能说不给就不给了?老叔,你也是奔六十的人了,韩冲现在在哪,叫他来,他心里清楚。他要是真有个三长两短,你说我这粉面你还真是想要昧了我的呢。"

韩冲爹说:"我是奔六十的人了,奔六十的人,不等于没有七十八十了,我活呢,还要活呢,粉房开呢,还要开呢!"

看着他们俩的话赶得紧了,等着拿粉面的人就说:"不紧着用,老叔,缓缓再说,下好的粉面给紧着用的人拿。"说话的人从粉房里退出来,觉得自己在这个时候来拿也没有个啥,要这女人一点透似乎真有些不大合适,不就是几斗玉茭的粉面嘛。

琴花觉得自己有些丢了面子了,她在东西两道梁上,甚时候有人敢欺负她,给她个难看!她来要这粉面,是因为她觉得韩冲欠她的。不给粉面罢了,还折丑人哩?

琴花说:"没听说还有活千年蛤蟆万年鳖的,要是真那样儿,咱这圪梁上真要出妖精了。"

韩冲爹说:"现在就出了妖精了还用得等!哭一回腊宏要一头猪,旁人想都不敢想,你却说得出口,今儿是新闻联播接续哩。"

琴花说："我不和你说，古话说，好人怕遇上个难缠的，你叫韩冲来。我到要看他这粉面是给啊不给？"

韩冲爹说："叫韩冲没用。没有条子，不给。"

琴花想，和他爹说不清楚，还不如出去找一找韩冲。

琴花用手兜了一下磨顶上放着粉面的筛子，筛子哗啦一下就掉了下来。琴花没有想那筛子会掉下来，只是想吓唬一下老汉，给他个重音儿听听，谁知道那筛子就掉了下来。满地上的粉面白雪雪地仰了一地。琴花就台阶下坡说："我吃不上，你也休想吃！"

韩冲爹从缸里提起搅粉浆的棍子叫了一声："反了你了！"上去就要打，被人拦住了。

事情的发展常常不是按预想的来，一个小细节突然就转了事情的舵。

琴花此时已经走到院子里，回头一看韩冲爹要打她，马上就坐在了地上喊了起来："打人啦，打人啦，儿子炸死讨吃了，老子要打妇女啦！打人啦，打人啦！岸山坪的人快来看啦，量了人家的玉茭不给粉面还要打人啦，这是共产党的天下吗？！"

韩冲爹一边往出扑一边说："共产党的天下就是打下来的，要不怎么叫打江山，今儿我就打定你了！"

哑巴不明白发生了什么事，端了碗站在院边上看，碗里的粉浆饼子散发出葱香味儿，有几丝儿热气缭绕得哑巴的脸蛋水灵灵的，哑巴看着他们俩吵架，哑巴兴奋了。她爱看吵架，也想吵架，管他谁是谁非哩，如果两个人吵架能互相对骂，互相对打才好。平日里牙齿碰嘴唇的事肯定不少，怎么说也碰不出响儿呀？日子跑掉了多少，又有多少次想和腊宏痛痛快快吵一架，吵过吗？没有，长着嘴却连吵架都不能。妇女们千娇百态为了谁呢？还不是为了个张扬个性。她们笑得前仰后合，那是她们其中有一个人讲了笑话，她们把快乐传递给了哑巴，他们现在吵架，那是因为他们需要吵架来发泄心中的愁苦。哑巴笑了笑，回头看每个人的脸，每个人看他们吵架的表情都不同，有看笑话的，有看稀罕的，有什么也不看就是想听热闹的，只有哑巴知道自己的表情是快乐的。

琴花在韩冲的粉房门前还在嚎，看的人看她干嚎，就是没有人上前去拉她。琴花不可能一个人站起来走，她想总有一个人要来拖她起来，谁沾着拖她了，她就让谁来给她说理，来给她证明韩冲该她粉面，该粉面还粉面，天经地义。恰恰就没有人来拖她，她眯着眼睛哭，瞅着周围的人看谁有那个意思来，真真的就看到了一个人过来了。这一下她就很踏实地闭上了眼睛等那个人来拖她。过来的那个人是哑巴。哑巴端了碗，碗里的粉浆饼子不冒热气了。哑巴走到琴花的面前坐下来，两手捧着碗递到埋着头的琴花脸前，哑巴说："吃。"

这一个字谁也没有听见，有点跑风漏气，但是，琴花听见了。

琴花吓了一跳，止住了哭。琴花抬起头来看周围的人群，看谁还发现了哑巴不是哑巴，哑巴会说话。周围的人看着琴花，不知道这个女人为什么突然噤了声！

琴花木然地接过哑巴手里的碗，碗里的粉浆饼子在阳光下透着亮儿，葱花儿绿绿的，粉饼子白白的，琴花的眼睛逐渐瞪大了，像是什么烫了她的手一下，她叫唤了一声："妈呀！"端碗的手很决绝地撒开了。地上有几只闲散的走动的觅食的鸡，发现了地上的粉浆饼子，小心地走过来，快速叨到了嘴里，展开翅膀跑了。琴花站起身，看着哑巴，看了半天，哑巴咧开嘴笑，用手比画着要琴花回她的屋里去。琴花又抬起头看周围的人群，人们发现这琴花就是坏，连哑巴都懂得情分，可她琴花却不领情，把哑巴的碗都摔了，人家哑巴还笑，你琴花倒像母鸡叫鸣儿，乱了阵营，不知道自己是啥角儿了。

琴花弯下腰拣起自己的面口袋想，是不是自己听错了？却觉得自己是没有听错，害怕了，一溜儿小跑下了山，岸山坪的人想：这个女人从来不见怕过什么，今儿个怕了，怕的还是一个哑巴。真正是不明白。琴花屁股上的土灰，随着琴花摆动的屁股蛋子，一荡一荡地在阳光下泛着土黄色的亮光，弯弯绕绕地去了。

第五章

炕上的孩子翻了一下身子蹬开了盖着的被子，哑巴伸手给孩子盖好。就听得大从外面蹦蹦跳跳地进来了。大说："我有名字了，韩冲叔起的，叫小书。他还说要我念书，人要是不念书，就没有出息，就一辈子被人打，和娘一样。"哑巴抬起头望了望窗外，幽黑的天光吊挂下来，她看到大手里拿着一包蜡烛，她知道是韩冲给的。

用麻秆点燃了蜡烛找来一个空酒瓶子把蜡烛套进去，有些松。她想找一块纸，大给她拿过来一张纸，她准备卷蜡烛往里塞时，她发现了那张纸是王胖孩给她打的条子，上面有她的签字。她抬起手打了大一下，大扯开嗓子哭，把炕上的孩子也吓醒了，也开始哭。哑巴不管，把卷在蜡烛上的纸小心缠下来，又找了一张纸卷好蜡烛塞进酒瓶里，放到炕头上。拿起那张条子看了半天抚展了，走到破旧的木板箱前，打开找出一个几年前的红色塑料笔记本，很慎重地压进去。哑巴就指望这条子要韩冲养活她娘母仨哩，哑巴什么也不要！哑巴反过来摸了大的头一下，抱起了炕上的孩子。这时候就听得院子里走进来一个人，不可能是其他人，是韩冲。韩冲用篮子提着秋天的玉米棒子放到屋子里的地上，韩冲说："地里的嫩玉米煮熟了好吃，给孩子们解个心焦。"

韩冲说完从怀里又掏出半张纸的蚕种放到哑巴的炕上，韩冲说："这是蚕种，等出了蚕，你就到埋腊宏的地垄上把桑叶摘下来，用剪刀剪成细丝儿喂。"蚕种是韩冲给琴花定下的。琴花说："韩冲，给我定半张秋蚕，听说蚕茧贵了，我心里痒，发兴不在家，你给我定了吧。"韩冲因为和琴花有那码子事情，韩冲就不敢说不定。琴花就是想讨韩冲的便宜，人说讨小便宜吃大亏，琴花不管，讨一个算一个，哪一天韩冲讨了媳妇了，一个子儿也讨不上了，韩冲你还能想到我琴花?！现在秋蚕下来了，韩冲想，给你琴花定的秋蚕，你琴花是怎么样对我的，还不如哑巴，我炸了腊宏，哑巴都不要赔偿，你琴花心眼小到想要我猪啦，粉面啦，我见了猪，猪都知道哼两哼，你琴花见了我咋就说翻脸就翻脸了呢？

韩冲说："一半天蚕就出来了，你没有见过，半张蚕能养一屋子，到时候还得搭架子，蚕见不得一点儿脏东西，哑巴，你爱干净，蚕更爱干净，好生伺候着这小东西。"韩冲说完走了。

哑巴想，我哪里还知道什么叫干净呀，我这日子叫爱干净吗？

夜暗下来了，把两个孩子打发睡下，哑巴开始洗涮自己。木盆里的水气冒上来，哑巴脱干净了坐进去，坐进木盆里的哑巴像个仙女。标标致致的哑巴弓身往自己的身上撩水，蜡烛的光晕在哑巴身体上放出柔辉。哑巴透过窗玻璃看屋外的星星，风踩着星星的肩膀吹下来，天空中白色的月亮照射在玻璃上，和蜡烛融在一起，哑巴就想起了童年的歌谣：

　　　　天上落雨又打雷，
　　　　一日望郎多少回，
　　　　山山岭岭望成路，

路边石头望成灰。

蜡烛的灯捻哔剥爆响，哑巴洗净穿好衣服，找出来一把剪刀剪掉了蜡烛捻上的叉头，灯捻不响了。摇曳的灯光黄黄的满铺了屋子。倒出去木盆里的脏水，看到户外夜色深浓，月亮像一弯眉毛挂在中天上，半明半暗的光影加上阒寂的氛围，让哑巴有点嗒然伤心起来，潜沉于被时间流走的世界里，哑巴就打了个颤抖，觉得腊宏是死了，又觉得腊宏还活着，惊惊的四下里看了一遍，她的思维在清明和混沌中半醒半梦着。走回来脱了衣裳，从新看自己的皮肤，发现乌青的黑淡了，有的地方白起来，在灯光下还泛着亮，就觉得过去的日子是真的过去了。哑巴心头亮了一下，有一种新鲜的震惊，像一枚石头蛋子落入了一潭久沤的水池子，泛了一点水纹儿，水纹儿不大，却也总算击破了一点平静。

现在的季节是秋天，刚入秋，天到晚上有点夜凉，白天还是闷热的。摸索着从窗台上找到一块手掌大的镜子来，举起来看，看不清楚，镜子上全部是灰。下地找了块湿布子抹了两下，越发看不清楚了。一着急就用自己的衣裳抹，抹到举起来看能看到眉眼了，走过去举到灯影下仰了看。慢慢的举了镜子往上提，看到了自己的脸，好久了不知道自己长了给啥样，好久了自己长了个啥样并不重要，重要的是挨了上顿打，想着下顿打，眼睛盯着个地方就不敢到处看，哪还敢看镜子嘛，那个是要找死吃。

突然听得对面的甲寨上有人筛了铜锣喊山，边敲边喊："呜叱叱叱——呜叱叱叱——"

山脊上的人家因为山中有兽，秋天的时候要下山来糟蹋粮食兼或糟蹋牲畜，古时传下来一个喊山。喊山，一来吓唬山中野兽，二来给静夜里游门的人壮给胆气。当然了，现在的山上兽已经很少了，他们喊山是在吓唬獾，防备獾乘了夜色的掩护偷吃玉茭。

哑巴听着就也想喊了。拿了一双筷子敲着锅沿儿，迎着对面的锣声敲，像唱戏的依着架子敲鼓板，有板有眼的，却敲得心情慢慢就真的骚动起来了，有些不大过瘾。起身穿好衣服，觉得自己真该狂喊了，冲着那重重叠叠的大山喊！找了半天找不到能敲响的家什，找出一个新洋瓷脸盆。这个脸盆儿是从四川挑过来的，一直不舍得用。脸盆的底儿上画着红鲤鱼嬉水，两条鱼儿在脸盆底儿上快活地等待着水。哑巴就给它们倒进了水，灯晕下水里的红鲤鱼扭着腰身开始晃,哑巴弯下腰伸进去手搅啊搅,搅够了掬起一捧来抹了一把脸,把水泼到了门外。哑巴找来一根棍,想了想觉得棍儿敲出来的声音闷,提了火台边上的铁疙瘩火柱出了门。

山间的小路上走着想喊山的哑巴,滚在路面上的石头蛋子偶尔磕她的脚一下;偶尔,会有一个地老鼠从草丛中穿过去;偶尔,牺惶中的疲惫与挣扎,让哑巴想惬意一下,哑巴仰着脸笑了。天上的星星眨巴了一下眼睛,天上的一勾弯月穿过了一片儿云彩,天上的风落下来撩了她的头发一下,这么着哑巴就站在了山圪梁上了。对面的铜锣还在敲,哑巴举起了脸盆,举起了火柱,张开了嘴,她敲响了:

"铛!"

新脸盆儿上的碎瓷裂了,哑巴的嘴张着却没有喊出来,"铛!"裂了的碎瓷被火柱敲得溅起来,溅到了哑巴的脸上,哑巴嘴里发出了一个字"啊!"接着是一连串的"铛铛铛——""啊啊啊——"从山圪梁上送出去。哑巴在喊叫中竭力记忆着她的失语,没有一个人清楚她的伤感是抵达心脏的。她的喊叫撕裂了浓黑的夜空,月亮失措地走着、颠着,跌落到云团里,她的喊叫爬上太行大峡谷的山骨把山上的植被毛骨悚然起来。只到脸盆被敲出了一个洞,敲出洞的脸盆儿喑哑下来,一切才喑哑下来。

哑巴往回走,一段一段地走,回到屋子里把门关上,哑巴才安静了下来,哑巴知道了什么叫轻松,轻松是幸福,幸福来自内心的快乐的芽头儿正顶着哑巴的心尖尖。

第六章

韩冲赶了驴帮哑巴收秋地里的粮食。驴脊上搭了麻绳和布袋,韩冲穿了一件红色球衣牵了驴往岸山坪的后山走。这一块地是韩冲不种了送给腊宏的,地在庄后的孔雀尾上,腊宏在地里种了谷。齐腰深的黄绿中韩冲一纵一隐地挥舞着镰刀,远远看去风骚得很。看韩冲的人也没有别的人,一个是哑巴,一个是对面甲寨上的琴花。琴花自打那天听了哑巴说话,琴花回来几天都没有张嘴。琴花想,哑巴到底不是哑巴,不是哑巴她为啥不说话?琴花和发兴说。

发兴说:"你不说没有人说你是哑巴,哑巴要是会说话,她就不叫哑巴了,人最怕说自己的短处,有短处由着人喊,要么她就是个傻子,要么就像我一样由了人睡我自己的老婆,我还不敢吭个声。"

琴花从床上坐起来一下搂了发兴的被子,说:"说得好听,谁睡我了?我还不是为了这个家,你少啥了?到有你张嘴的份了!你下,你下!"琴花的小短腿小胖脚三脚两脚就把发兴蹬下了床。发兴光着身子坐在地上说:"我在这家里连个带软刺儿的话都不敢说,旁人还知道我是你琴花的汉们,你倒不知道心疼,我多会儿管你了?啥时候不是你说啥就是啥,我就是放个屁,屁眼儿都只敢裂开个小缝,眼睛看着还怕吓了你,你要是心里还认我是你男人你就拽我起来,现在没有别人,就咱俩,我给你胳臂你拽我?"

琴花伸出脚踢了发兴的胳臂一下,发兴赶紧站了起来往床上爬,琴花反到赌气搂了被子下了床到地上的沙发上睡去。琴花憋屈得慌就想见韩冲,想和韩冲说哑巴的事情。

琴花有琴花的性格,不记仇。琴花找韩冲说话,一来是想告诉他哑巴会说话,她装着不说话,说不定心里沤着事情呢,要韩冲防着点;二来是秋蚕下来了,该领的都领了,怎么就不见你给我定的那半张?站在崖头上看韩冲粉房一趟,哑巴家一趟,就是不见韩冲下山。现在好不容易看到韩冲牵了驴往后山走了,就盯了看他,看他走进了谷地,想他一时半会也割不完,进了院子里挎了个篮子,从甲寨上绕着山脊往对面的凤凰尾上走。

韩冲割了五个谷捆子了,坐下来点了根烟看着五个谷捆子抽了一口。韩冲看谷捆子的时候眼睛里其实根本就看不见谷捆子,看见的是腊宏。腊宏手里的斧子,黄寡样,哑巴,大和他们的小儿子。这些很明确的影像转化成了一沓两沓子钱。韩冲想不清楚自己该到哪里去借?村干部王胖孩说:"收了秋,铁板上定钉。"韩冲盘算着爹的送老衣和棺材也搭里了。给不了人家两万,还不给一万?哑巴夜里的喊山和狼一样,一声声叫坐在韩冲心间,韩冲心里就想着两个字"亏欠"。哑巴不哭还笑,她不是不想哭,是憋得没有缝儿,昨天夜里她就喊了,就哭了。她真是不会说话,要是会,她就不喊"啊啊啊",喊啥?喊琴花那句话:"炸獾咋不炸了你韩冲!"咱欠人家的,这个"欠"字不是简单的一个欠,是一条命,一辈子还不清,还一辈子也造不出一个腊宏来。韩冲狠狠掐灭烟头站起来开始准备割谷子。站起来的韩冲听到身后有沙沙声穿过来,这山上的动物都绝种了,还有人会来给我韩冲帮忙?韩冲挽了挽袖管,不管那些个,往手心里吐了一口唾沫弯下腰开始割谷子。

韩冲割得正欢，琴花坐下来看，风送过来韩冲身上的汗臭味儿。琴花说：“韩冲，真是个好劳力啊。”韩冲吓了一跳抬起身看地垄上坐着的琴花。琴花说："隔了天就认不得我了？"韩冲弯下腰继续割谷子，倒伏在两边的谷子上有蚂蚱窜起窜落。琴花揪了几把身边长着的猪草不看韩冲，看着身边五个谷捆子说："哑巴她不是哑巴，会说话。"韩冲又吓了一跳，一镰没有割透，用了劲拽，拽得猛了一屁股闪在了地上。韩冲问："谁说的？"琴花说："我说的。"韩冲抬起屁股来不割谷子了，开始往驴脊上放谷捆。韩冲说："你怎么知道的？"琴花说："你给我定的半张蚕种呢？你给了我，我就告诉你？"韩冲说："胡球日鬼我，你不要再扯蛋！咱俩现在是两不欠了。"

韩冲捆好谷子，牵了驴往岸山坪走。琴花坐下来等韩冲，五个谷捆子在驴脊上耸得和小山一样，琴花看不见韩冲，看见的是谷捆子和驴屁股。看到地里掉下的谷穗子，拣起来丢进了篮子里。想了什么站起来走到韩冲割下的谷穗前用手折下一些谷穗来放进篮子里，篮子满了，看上去不好看，四下里拔了些猪草盖上。琴花想谷穗够自己的六只母鸡吃几天，现在的土鸡蛋比洋鸡蛋值钱，自己两个儿，比不得一儿一女的，两个儿子说一说媳妇，不是给小数目，现在就得一分一厘省。

韩冲牵了驴牵到哑巴的院子里，哑巴看着韩冲进来了，赶快从屋子里端出了一碗水，递上来一块湿手巾。韩冲摸了一把脸接过来碗放到窗台上，往下卸驴脊上的谷捆。这么着韩冲就想起了琴花说的话：哑巴会说话。韩冲想试一试哑巴到底会不会说话。韩冲说："我还得去割谷穗，你到院子里用剪刀把谷穗剪下来，你会不会剪？"半天身后没有动静。韩冲扭回头看，看哑巴拿着剪刀比画着要韩冲看是不是这样儿剪。韩冲说："你穿的这件鱼白方格秋衣真好看，是从哪里买来的？"哑巴不好意思地低下头，抬起来时看到韩冲还看着她，脸蛋上就挂上了红晕，低着头进了屋子里半天不见出来。韩冲喝了窗台上的水，牵了驴往凤凰尾上走。韩冲胡乱想着，满脑子就想着一个人，嘴里小声叫着："哑巴，红霞。"就听得对面有人问："看上哑巴啦？"

一下子坏了韩冲的心情。韩冲说："你咋没走？"琴花说："等你给我蚕种。"韩冲说："你要不害丢人败兴，我在这凤凰尾上压你一回，对着驴压你。你敢让我压你，我就敢把猪都给你琴花赶到甲寨上去，管她哑巴不哑巴，半张蚕种又算个啥！"

琴花一下子脸就红了，弯腰提起放猪草的篮子狠狠看了韩冲一眼扭身而去。

韩冲一走，哑巴盘腿裸脚坐在地上剪谷穗，谷穗一嘟噜一嘟噜脱落在她的腿上脚上，哑巴笑着，孩子坐在谷穗上也笑着。哑巴不时用手刮孩子的鼻子一下，哑巴想让孩子叫她妈，首先哑巴得喊"妈"，哑巴张了嘴喊时，怎么也喊不出来这个"妈"。哑巴低下了头嘤嘤哭了起来。哑巴的思想又回到了十年前，或者还要远。

哑巴小的时候，因为家里孩子多，上到五年级，她就辍学了。她记得故乡是在山腰上，村头上有家糕团店，她背着弟弟常常到糕团店的门口看。糕团子刚出蒸笼时的热气罩着掀笼盖的女人，蒸笼里的糕团子因刚出笼，正冒着泡泡，小小的，圆圆的，尖尖的，泡泡从糕团子中间噗地放出来，慢吞吞地鼓圆，正欲朝上满溢时，掀笼盖的女人用竹铲子拍了两下，糕团子一个一个就收紧了，等了人来买。弟弟伸出小手说要吃，她往下咽了一口唾沫，店铺里的女人就用竹铲子铲过一块来给她，糕团子放在她的手掌心，金黄色透亮的糕团子被弟弟一把抓进了嘴里烫得哇哇喊叫，她舔着手掌心甜甜的香味儿看着买糕团子的女人笑。女人说："想不想吃糕团子？"她点了一下头。女人说："想吃糕团子，就送回弟弟去，自己过来，我管饱你吃个够。"她真的就送回了弟弟，背了娘跑到了桥头上。

桥头上停着一辆红色的小面包车，女人笑着说："想不想上去看一看？"她点了一下头。女人拿了糕团子递给她，领她上了面包车。面包车上已经坐了三个男人了。女人说："想不想让车开起来，你坐坐？"她点了一下头。车开起来了，疯一样开，她高兴得笑了。当发现车开下山，开出沟，还继续往前开时，她脸上的笑凝住了，害怕了，她哭，她喊叫。

她被卖到了一个她到现在也不清楚的大山里。月亮升起来时一个男人领着她走进了一座房子里，门上挂着布门帘，门槛很高，一只脚迈进去就像陷进了坑里。一进门，眼前黑乎乎的，拉亮了灯，红霞望着电灯泡，想尽快叫那少有的光线将她带进透亮和舒畅之中，但是，不能。她看到幽暗的墙壁上有她和那个男人拉长又折断的影子。她寻找窗户，她想逃跑，她被那个男人推着倒退，退到一个低洼处，才看到了几件家具从幽暗处突显出来，这时，火炉上的水壶响了，她吓了一跳，同时看到了那个男人把幽暗都推到两边去的微笑，那个男人的眼睛抽在一起看着她笑。她哆嗦地抱着双肘缩在墙角角上，那个男人拽过了她，她不从，那个男人就开始动手打她——红霞后来才知道腊宏的老婆死了，留下来一个女孩——大。大生下来刚半年了，小脑袋不及男人的拳头大，红霞看着大想起了自己的弟弟。红霞在这个小村庄被禁锢了的屋子里开始了一个女人的生长和怀念。她百般呵护着大，大是她最温暖的落脚地，大唤醒了她的母爱。红霞知道了人是不能按自己的想象来活的，命运把你拽成个啥就只能是个啥，她记忆着大和自己的成长，记忆着腊宏的拳头，她想人的记忆里要是能记起一些美丽的事情多好，然而，没有。后来是一件什么事情让她不说话了呢？她哆嗦了一下。

那是一座深宅老院，高高的院墙，厚重的大门，破落的房屋，一脚踏进去这座老房子，红霞就出不来了，她成了比自己大二十岁的腊宏的老婆。她记得是一个晚上，是秋天的一个晚上。她晃悠悠的出来上厕所，看到北屋的窗户亮着。大睡下了，北屋里住着腊宏妈和他的两个弟弟。北屋里传出来哭声，是一个老妇人的哭声，她很好奇地走过去，看不见里面，听得有说话声音传出来。是腊宏和他妈。

腊宏妈说："你不要打她了，一个媳妇已经被你打死了，也就是咱这地方女娃儿不值钱，她给咱看着大，再养下来一个儿子，日子不能说是坏日子，下边还有两个弟弟，你要还是打她，就把她让给你大弟弟算了，娘求你，娘跪下来磕头求你。"果真就听见跪下来的声音。红霞害怕了，哆嗦着往屋子里返，慌乱中碰翻了什么，北屋的房门就开了，腊宏走出来一下揪住了她的头发拖进了屋子里。

腊宏说："龟儿子，你听见什么了？"

红霞说："听见你娘说你打死人了，打死了大的娘。"

腊宏说："你再说一遍！"

红霞说："你打死人了，你打死人了！"

腊宏翻转身想找一件手里要拿的家伙，却什么也没有找到，看到柜子上放着一把老虎钳，顺手够了过来搬倒红霞，用手捏开她的嘴揪下了两颗牙。红霞杀猪似的叫着，腊宏说："你还敢叫？我问你听见什么了？"红霞什么也不说，满嘴里吐着血沫子说不出话来。

还没有等牙床的肿消下去，腊宏又犯事了。日子穷，他合伙和人用洛阳铲盗墓，因为抢一件瓷瓶子，他用洛阳铲铲了人家。怕人逮他，他连夜收拾家当带着红霞跑了。卖了瓷瓶子得了钱，他开始领着她们打一枪换一个地方。腊宏说："你要敢说一个字儿，我要你满口不见牙白。"

从此，她就少言寡语，日子一长，索性便再也不说话了。

哑巴听到院子外面有驴鼻子打"特儿儿"的响声，知道是韩冲割谷穗回来了。站起身抱着睡熟了的孩子卧回炕上，返出来帮韩冲往下卸谷捆。韩冲说："我裤口袋里有一把桑树叶子，你掏出来剪细了喂蚕。"哑巴才想起那半张蚕种怕孩子乱动放进了筛子里没顾上看。掏出来叶子返进屋子里端了筛子出来，看到黑得像蚂蚁的蚕蛹一弓一弓的，像电视里运动员劈腿的动作。哑巴把剪碎的桑叶撒到上面，心里就又产生了一种难以割舍的心痒。游走在外，什么时候哑巴才觉得自己是活在地上的一个人儿呢？现在才觉得自己是活在地上的一个人儿！心灵深处汩汩奔涌的热流，与天地相倾、相诉、相容，哑巴想起了小时候娘说过的话：天不知道哪块云彩下雨，人不知道走到哪里才能落脚，地不知道哪一季会甜活人儿呀，人不知道遇了什么事情才能懂得热爱。

哑巴看着韩冲心里有了热爱他的感觉。

第七章

蚕脱了黑，变成棕黄，变成青白，日子因蚕的变化而变化。眼看看一概肉呼呼蠕动的蚕真的发展起来，就不是筛子能放得下了。韩冲拿来了苇席，搭了架子，韩冲有时候会拿起一只身子翻转过来的蚕吓唬哑巴，哑巴看着无数条乱动的腿，心里就麻抓而慌乱，绕着苇席轻巧快乐地跑，笑出来的那个豁着牙的咯咯声一点都不像一个哑巴。韩冲就想琴花说过的话："哑巴她不是哑巴。"哑巴要真不是哑巴多好？可不是哑巴她却又不会说话，不是哑巴她是啥！哑巴不看韩冲，看蚕。蚕吃桑叶的声音：沙沙，沙沙，像下雨一样，席子上是一层排泄物，像是黑的雪。

韩冲端了一锅粉浆给哑巴送。送到哑巴屋子里，哑巴正好露了个奶要孩子吃。孩子吃着一个，用手拽着一个，看到韩冲进来了，斜着眼睛看，不肯丢掉奶头，那奶头就拽了多长。哑巴看着韩冲看自己的奶头不好意思的背了一下身子。韩冲想：我小时候吃奶也是这个样子。韩冲告诉哑巴："大不能叫大，一个女娃家要有个好听的名字，不能像我们这一代的名字一样土气，我琢磨着要起个好听的名字，就和庄上的小学老师商量一下，想了个名字叫'小书'，你看这个名字咋样儿？那天我也和大说了，要她到小学来念书，小孩子家不能不念书。我爹也说了，饿了能当讨吃，没文化了，算是你哭爹叫娘讨不来知识。呵呵，我就是小时候不想念书，看见字稠的书就想起了夏天一团一蛋的蚊子。"

韩冲说："给你的钱，我尽快给你凑够，凑不够也给你凑个半数。不要怕，山沟里的人实诚，不骗你。你以后也要出去和人说说话，哦，我忘了你是不会说话的。琴花她说你会说话，其实你是不会说话。"

哑巴就想告诉韩冲她会说话，她不要赔偿，她就想保存着那个条子，就想要你韩冲。韩冲已经走出了门。看到凌乱的谷草堆了满院，找了一把锄来回搂了几下说："谷草要收拾好了，等几天蚕上架织茧时还要用。"

说完出了大门，韩冲看到大爬在村中央的碾盘上和庄上的一个叫涛的孩子下"鸡毛算批"。这种游戏是在石头上画一个十字，像红十字协会的会标，一个人四个籽儿，各人摆在自己的长方型横竖线交叉点上。先走的人拿起籽儿，嘴里叫着鸡毛算批，那个"批"字正好压在对方的籽上，对方的籽就批掉了。鸡毛算批完一局，大说："给？"涛说："再来，不来不给。"大说："给？"涛说："没有，你不下了，不下了就不给。"大说："给？"涛学着大把眼睛珠子抽在一起说："给？"说完一溜烟跑了。韩冲走过去问大："他欠你什么了？我去给你要。"大翻了一眼韩冲说："野毛桃。"韩冲说："不要了，想要我去给你摘。"大一下哭了起来说："你去摘！"韩冲想，我管着你娘母仨的吃喝拉撒，你没有爹了我就是你的临时爹，难道我不应该去摘？韩冲返回粉房揪了个提兜溜达着走进了庄后的一片野桃树林。野桃树上啥也没有，树枝被害得躺了满地。韩冲往回走的路上，脑海里突然就有一棵野毛桃树闪了一下，韩冲不走了仄了身往后山走。拽了荆条溜下去，溜到下套子的地方，用脚来回扫了一下发现正前方正好是那棵野毛桃树。韩冲坐下来抽了一棵烟，明白了腊宏来这深沟里干啥来了。

来给他闺女摘野毛桃来了。

韩冲想：是咱把人家对闺女的疼断送了，咱还想着要山下的人上来收拾走她们娘母仨。韩冲照脸给了自己一巴掌，两万块钱赔得起吗？搭上自己一生都不富余！韩冲抽了有半包烟，最后想出了一个结果：拼我一生的努力来养你娘母仨！就有些兴奋，就想现在就见到哑巴和她说，他不仅要赔偿她两万，甚至十万、二十万，他要她活得比任何女人都舒展。

天快黑的时候，从山下上来几个警察。韩冲没有往自己身上想，抬头看了一眼，觉得不对。韩冲下意识的就抬起了腿想跑，其实他不可能跑，往哪里跑？也不计划跑，就是下意识的抬了一下腿。两个警察闪了一下向鹰一样的扑过来掀倒了韩冲，听到胳臂上的关节咔叭叭响，韩冲就倒栽葱一样被提了起来。一个警察很利索的抽了他的裤带，韩冲一只手抓了要掉的裤子，一只手就已经带上了手铐。完了完了，一切都他妈的完蛋了。

审问在韩冲的院子里开始，韩冲的两只手拷在苹果树上，裤子一下子就要掉下来，警察提起来要他肚皮和树挨紧了。韩冲就挨紧了，不挨紧也不行，裤子要往下掉。一个男人要是掉了裤子，这一辈子很可能和媳妇无缘了。苹果树旁还拴了磨粉的驴，驴扭头看着韩冲，驴想：不知道因为什么韩冲会和自己拴在了一起。驴嘴里嚼着地上的草，嘴片儿不时还打着很有些意味的响声。

警察问了："你叫腊宏？"

韩冲说："我叫韩、韩冲，不叫腊宏。我炸獾炸死了腊宏。"

警察说："这么说真有个叫腊宏的？他是否是四川过来的？"

韩冲说："是四川过来的。"

警察说："你只要说是，或者不是。你炸獾炸死了人？"

韩冲说："是。"

警察说："为什么不报案？"

韩冲看着警察说："是或者不是，我该怎么说？"

警察说："如实说。"

韩冲说："獾害粮食，我才下套子炸獾。炸獾和网兔不一样，獾有些分量不下炸药不行，我下了深沟里。那天我听到沟里有响声泛上来，以为炸了獾，下去才知道炸了人。把他背上来就死了。人死了就想着埋，埋了人就想着活人，就没有想那么多。况且说了，山里的事情大事小事没有一件见过官，都是私了。"

警察说："这是刑事案件，懂不懂？要是当初报了案，现在也许已经结了案，就因为你没有报案，有可能把你带走。你们这一伙愚蠢的家伙！"

韩冲傻瞪了眼睛看，看到岸山坪的几位长辈和警察在理论。

警察被这一帮"愚蠢的刁民"惹火了，抬起韩冲的裤带照着韩冲的头挥了过去，韩冲把头歪在树侧，弓起肩，牛皮裤带上的铁嘴儿抽在韩冲肩上"当儿，当儿"响。

韩冲斜眼看到岸山坪的人围了一圈，看到他爹拄了拐棍走过来，韩冲爹看到打韩冲，脸上霎时就挂下了泪水，韩冲一看到他爹哭，他也就哭了，抽泣着，脸上的泪水掉在溅满粉浆的衣裳上。韩冲说："爹，我对不住你，用你的棺材埋了人，用你的送老衣送了葬，临捎末了，还要让老公家带走，我对你尽不了孝了。爹呀，你就当没有我这个儿子算了。"

韩冲爹用拐杖敲着地说："我养了你三十年，看着你长了三十年，你娘死了十年，我眼看着养着个儿，说没有养就没有养，说没有长就没有长了？你个畜生东西！怨不得警察打你！"

韩冲看到王胖孩大步走小步跑地迎过来。边走边大声问："哪个是刑警队长同志，哪个是？"

看到韩冲旁边站着的警察赶快走过来一人递了一根烟，点了点腰说："屋里说，屋里说。"一干人就进了韩冲的粉房。

韩冲搂着苹果树，看身边的驴，耳朵却听着屋子里。屋门口围了好多大人小孩，屋外的警察走过来把他们驱散开，韩冲不敢扭头看，怕一下子扭不对了裤子会掉下来。就听得屋子里的人说："我们是来抓腊宏的，你把腊宏的具体情况说一下。"村干部说："这个腊宏我不大清楚，毕竟他不是我的村民，我给你们找一个人进来说。"村干部王胖孩走出来，踮着脚尖瞅了一圈岸山坪的人，指着韩冲爹很是神秘地说："你，过来。"韩冲爹就走了过来。王胖孩小声说："不是抓韩冲，误会了，是抓腊宏。逃亡在外的大杀人犯，炸死了，韩冲说不定还要立功。你进去反映一下腊宏的情况，如实的基础上不妨带点儿色。"重重拍了拍韩冲爹的脊背。

两人走了进去，接下来的话就有些听不大清楚。隔了一会儿又听得有话传出来："真要是说上边查下来，你这个代表一级政府的村干部也得玩完。""是是是！"外面的人吵得乱哄哄的，有说腊宏是在逃犯，有说韩冲炸他炸对了，就把屋里的说话压了下去。听不见说话声，韩冲就看驴，驴也看他，互看两不厌。

韩冲想：驴就是安分，人就不如驴安分，驴每天就想着转磨道，太阳落了太阳升，太阳拖着时间从窗户上扔进来，驴傻傻地转着磨道想太阳闪过磨眼了，落下磨盘了，驴蹄踩着太阳了，摘了捂眼就能到苹果树下吃料了，青草儿青，青草儿嫩啊。驴也想韩冲，别看他平日里嘘呼我，现在和我一样儿拴在树上了，我的四条蹄子还可以动一动，他连动都不敢动，他一动旁边的那个人就用他的裤带抽他。哈哈，人和驴就是不一样，驴不整治驴，人却整治人，以前你韩冲嘘呼我，可算是有人要嘘呼你了，替我出了恶气。驴这么着想着就想叫，就想喊了。

"哥哦哥，哥哦哥，哥哦哥——"

驴不管不顾不看眼色地喊叫，带动着万山回应，此起彼伏，把人的说话声压了下去，良久方歇。

不大一会儿，粉房里的人都出来了。警察递给村干部韩冲的裤带，村干部王胖孩走过去给韩冲塞到裤襻里，紧了裤，韩冲才离开了紧靠着的苹果树。一个警察过来打开了韩冲的手铐，并没有放韩冲，而是让他从树上脱下手来，又铐上了，要韩冲走。韩冲知道自己是非走不行了。走到爹面前停下来，腿不由自主的跪了下了，安顿了几句粉房的事情，最后说："哑巴的蚕眼看要上架了，上不去的要人帮助往上拣，她一个妇女家，平常清理蚕屎都害怕，爹，就代替我帮她一把，咱不管他腊宏是个啥东西，咱炸了人家了，咱就有过。"

韩冲爹说："和爹一样，嘴硬骨头软，一辈子脖子根上就缺个东西，啥东西？软硬骨头。"

韩冲抬了脚要下岸山坪的第一个石板圪台的时候，身后传来一声喊儿："不要！"

岸山坪的人齐刷刷把小脑袋瓜扭了过来，看到了哑巴抱着孩子，牵着小书往人跟前跑。

警察不管那个女人是什么样的女人，只管带了人走。韩冲任由推着，脑海里就想着一句琴花的话：哑巴她会说话！哑巴她真会说话！

第八章

哑巴手里拿着那张条子，走过去拽住村干部王胖孩。

哑巴比画着的意思是：你打了条子的，怎么说把人带走就带走了，要你这村干部做啥？

王胖孩说："说，说！你明明会说话，要我拐着弯子办事，你要是早说话，咱还用打条子？"

哑巴半天憋得脸儿通红了才憋出一个字："不。"

王胖孩说："那你现在是哪里在发声儿？"

哑巴就哭了，低着头看着自己的脚尖尖，十年了，哑巴失语了，很难面对一张嘴巴迎出一句话来，她的话被切断了，十年来过的日子可以用两个字来概括：疼痛和绝望。韩冲爹走过去拉了小书的手和王胖孩说："要她跟着个杀人犯逃命，还要说话，绝了话就好！"

外面传得哑巴会说话，但哑巴还是不说话。

韩冲爹找来村上的一个人要他来看一天粉房，他想进城里去看看韩冲。

韩冲爹说："你只用把火看好，不要让火灭了，火好粉才好干透，下来的粉面才不怕老浆臭，老浆臭的粉面不出货，还不够精到，谁也不想要。午后喂一次猪，七八头猪要吃三桶粉渣，你做好这两项就好了，我搭黑就会回来。"

韩冲爹第二天就进了城里。在看守所里见到了韩冲，知道还在调查中。韩冲的雷管从哪里来的？琴花给的。琴花的雷管从哪里来的，发兴从矿上取回来的。发兴从矿上哪里拿的，从他的保管儿子的仓库里找的。这样下来一件事情就拉长了战线。现如今才调查到了矿上，发兴的儿也被看守起来了。韩冲问他爹粉房的事情，他爹说："好好，都好。那哑巴是真会说话。"

韩冲说："会说话就好。"

韩冲爹瞅了韩冲一眼没吭声。

韩冲觉得有一句话憋在嘴里想说，却又不知道该怎么说，就说了："回去安顿哑巴，就说我要她说话！"

韩冲爹啥话也没有说，点了一下头扭身走了。

回到岸山坪，看到家户都黑了灯了，唯有粉房亮着灯，村人正把火上烤的粉往下卸，一块一块的打碎。村人的身影映在墙上像个小山包。一伸一缩的，在黑黝黝的山梁上看着这么点儿光亮，这么点儿晃动的影子，心里酸酸的，那个人就是我啊，我在替我儿子还债呢。

韩冲爹掏出两合烟走进门放到磨顶上，说："小老弟，舀一锅浆拿两包烟，我搭黑了，你也辛苦了。"村人说："谁家里不遇给难事，说啥客气话嘛。"

韩冲爹觉得门外有个东西晃，反身走出去，看到是哑巴。韩冲爹看着哑巴半天说了一句："韩冲要你说话。"

月光下，哑巴的嘴唇蠕动着，她感到了一种前所未有的东西撞击着她的喉管，她做了一个噩梦，突然的就被一个人叫醒了，那种生死两茫茫的无情的隔离随即就相通了。

秋天的尾声是悄无声息的。蚕全部上了架，蚕在谷草上织茧，哑巴看蚕吐丝看累了想到外面走走。因为长年闭门在家，很少到山间野地晃荡，深秋是个什么样子她还真是不怎么样知道。山头上的阳光由赤红褪成了淡黄，抱了孩子站在崖头上望，看到所有在地里劳作的农民脸上挂了喜悦色彩。哑巴想，在地里劳动真好啊。四处看去，但见天穹明净高远，少许白云似有若无，望过去显得开阔而清爽。之后山风涌动凉意渐生。她在粉房里看着驴磨着泡软的玉茭从磨眼里碎成浆磨下来，就是看不到韩冲。看到岸山坪的人们一挑一挑的往家挑粮食，就是没有韩冲。哑巴的心里颤颤地有说不出来的东西梗在喉头。哑巴回头教孩子说话，哑巴说："爷爷。"

孩子说："爷爷。"

秋雨开始下了，绵绵密密地下个不停，泥脚、墙根、屋子里淤满霉味和潮气。天晴的时候，屋外有阳光照进来，哑巴不叫哑巴了叫红霞，现在红霞看到外面的阳光是金色的。

[提示]

葛水平（1966—），山西沁水人。主要有长篇小说《裸地》，中篇小说集《喊山》《守望》《陷入大漠的月亮》《甩鞭》《地气》《天殇》《意识之间入梦》《黑雪球》等，诗集《美人鱼与海》《女儿如水》，散文集《心灵的行走》等。《喊山》获第四届鲁迅文学奖、2005年度人民文学奖。

《喊山》原载《人民文学》2004年第11期。"喊山"是山西上党地区的风俗，也是山区人们的日常生活方式，人们靠"喊山"来沟通、交流。小说讲述了一个颇具乡野传奇色彩和现实批判力度的故事。岸山坪的山民韩冲与发兴老婆琴花以喊山为信号传递私情。韩冲收留了从四川逃生而来的腊宏一家落户岸山坪。时间一长，韩冲发现腊宏不仅脾气暴躁，虐待妻子，而且非常懒惰，不喜劳作。韩冲埋下炸药猎獾，腊宏为女儿到深沟里去摘毛桃，被误伤致死。此后，腊宏令人发指的罪恶才被揭晓。原来腊宏是一个被警方长期追捕的杀人逃犯，腊宏妻子红霞不是真正的哑巴，是被人贩子拐卖的女孩。腊宏打死了第一个妻子后，从人贩子手里买来了小他二十岁的红霞做老婆。在一次私贩文物事件中，腊宏穷凶极恶，杀人灭口，为掩盖杀人事实，他不准红霞开口说话，红霞被迫禁语，成了不会说话的哑巴。腊宏还把红霞当作他发泄兽性和传宗接代的工具，肆无忌惮地残害红霞。腊宏的死对红霞来说，无疑是意外喜讯。红霞不要赔偿，只要自由。小说最后，在喊山的阵阵锣声中，红霞勇敢地走出家门，喊出了对自由的渴求和对生活的憧憬。《喊山》隐含着葛水平对女性苦难命运的深切同情，也传达出作者对女性生命的独特认知：女性的韧性可以让她们在逼仄的生存环境中默默存活。

  苦难是葛水平小说叙事的基调，底层生活的艰难在《喊山》中表现得触目惊心。岸山坪的贫穷封闭、红霞的不幸遭遇都与生存的艰难有关，甚至琴花与韩冲私通，也是为了从韩冲那里得到一袋面、一头猪，或一件衣服等。物质的贫困使道德评判、人格尊严失去了意义。小说在营造戏剧化情节时常常凸显人的现实困境：韩冲炸死了腊宏，在红霞的回忆里我们才明白腊宏原来是逃难的杀人犯，红霞不是哑巴，韩冲突然被捕……这些戏剧化的冲突将人物推至生存困境，而作家又借此来观照人在苦难面前的情感困境。葛水平的语言拙朴中见灵动，平实中见诗意。

（纪水苗）

额尔古纳河右岸（存目）

迟子建

迟子建（1964—），黑龙江漠河人，1983年开始创作。主要作品有长篇小说《树下》《晨钟响彻黄昏》《伪满洲国》《越过云层的晴朗》《群山之巅》《白雪乌鸦》《额尔古纳河右岸》；小说集《北极村童话》《向着白夜旅行》《白雪的墓园》《逝川》《白银那》《清水洗尘》《雾月牛栏》；散文随笔集《伤怀之美》《我的世界下雪了》等。其中，《额尔古纳河右岸》获第七届茅盾文学奖。

《额尔古纳河右岸》原载《收获》2005年第6期，2005年由北京十月文艺出版社出版单行本。是第一部描写我国东北少数民族鄂温克族的生存现状及百年沧桑的长篇小说。迟子建认为，自然万物皆有灵性，都可以是写作对象。在《额尔古纳河右岸》中，作者将自然景物融入文学叙述，来呈现东北少数民族地区奇特的自然景观，用温情的笔调和悲悯的情怀讲述了东北鄂温克族近百年来的生存状况和历史变迁。在山水景物的描写中，融入了作家对故乡的爱恋之情。

"我"是鄂温克族最后一位酋长的妻子，也是鄂温克民族解体和文化消亡的见证者。鄂温克族生活在额尔古纳河右岸，以游猎为生，随驯鹿迁徙，对赖以生存的自然怀有敬畏与崇拜之情。艰难的生存环境磨砺了族人坚韧的生存意志，面对死亡，他们始终保持乐观旷达的姿态。然而，世外桃源般的地方也面临消亡的危机。自然灾害与现代文明的侵入，加快了鄂温克族的消失。当生存环境日益恶劣，族人们也渐渐下山，离开世世代代的栖息之所，最终在时代进程中走向消亡。迟子建对文本时间做了巧妙处理，文本的故事时间长达一个世纪，却在一天的叙事时间完成，并且借用了一个90岁老人对自我生命的追问和回溯，来完成对鄂温克族生存方式的思考。

作品充斥着浓郁的萨满文化特色，鄂温克族人认为萨满是他们的"神"，能治病救人、守护族人。妮浩成为萨满之后，她用自己的生命祈来大雨，用以扑灭大兴安岭火灾；妮浩用宗教救人时，救活了别人就要失掉一个自己的亲人……她身上体现了一种超越生死的大爱,作家高度赞扬萨满的牺牲精神和崇高人格,传达自己对鄂温克族民族文化的理解和认同。

(陈　敏)

丁庄梦（存目）

阎连科

阎连科（1958—），河南嵩县人。著有长篇小说《日光流年》《坚硬如水》《受活》《丁庄梦》，中篇小说《黄金洞》《耙耧山脉》《年月日》，短篇小说《朝着东南走》《把一只胳膊忘记了》《黑猪毛白猪毛》等。

乡土"求生"是阎连科写作的核心，大规模的集体患病是他惯常的叙事话语，而集体患病更是乡土整体衰颓的病象隐喻。从《日光流年》中三姓村人永远的梦魇"喉堵病"，到《受活》中苟活在裂缝中的"残疾村"，再到《丁庄梦》里随时能让人们迈向死亡的"热病"，疾病成为生活的常态，人们在死亡阴影的笼罩下即使奋力抗争，却仍不得善终。从某种意义上说，阎连科的长篇小说《丁庄梦》（上海文艺出版社2006年版）堪称一部"乡村慢性死亡报告"，作品展现了苟活在豫东平原上饱受热病折磨的丁庄人在死亡面前的生存相。与血腥苦难不同的是，《丁庄梦》的展开是从孩童亡灵视角开始的，作为遭受丁庄人报复性毒害而十二岁就早亡的个体，"我"早早退出了叙事因果，以旁观者的口吻推进整个叙事进程，故事的核心人物是"我"的家人，父亲丁辉在十年前成为"血头"直接造成村人病症的发生，爷爷丁向阳对丁庄人开始卖血有着不可推卸的诱导作用，叔叔丁亮在临终前与玲玲的"乱世绝恋"。与叙述视角相符，在黑暗的苦难表层，《丁庄梦》整体呈现出"素朴舒缓"的叙述风格，行文多用诗化的、梦呓般的短句，毫无尖锐嶙峋的控诉力量，"无力感"撑起了叙述的骨架，随时摇摇欲坠，正像丁庄正在走向死亡的命运。

阎连科在谈到对患病村庄的苦难呈现时说："如果我能真实地记录这样一个世界性灾难在中国乡村的状况，我会放弃一切小说的技巧和文学修养。这至少是我的一个心愿。"在苦难面前，技巧让位于真实，文本的厚度由一层一层、一章一章的死亡堆积完成，《丁庄梦》中的个人命运由"患病—死亡"这一不可逆转的单项进程构成，所有患病的人活着就是在等待死亡，求生的同时也是在求死，死亡前所未有地可以被直接触摸，这就造成了死亡的普遍性与日常性，在这一过程中，人们日趋麻木，听天由命,主动伸出胳膊,等待被擒,村庄的生命力也随之枯萎,这与"丁庄梦"的题名之间构成了反讽,丁庄人没有梦,常常做梦的只是乡村道德的守护人"我爷",正是这种梦,让他有了健康人的活气。

总而言之,《丁庄梦》更像阎连科埋葬乡村的祭品,蔓延在豫东大地的热病就是乡土死亡的病象隐喻,艾滋病入侵乡土大地,就像膨胀的贪欲入侵稳固的乡土社会的心理结构,乡土社会一旦面临颓败的境地,它将无法自我救赎。

(丁 璐)

城 乡 简 史

范 小 青

　　自清喜欢买书。买书是好事情，可是到后来就渐渐地有了许多不便之处，主要是家里的书越来越多。本来书是人买来的，人是书的主人，结果书太多了，事情就反过来了，书挤占了人的空间，人在书的缝隙中艰难栖息，人成了书的奴隶。在书的世界里，人越来越渺小，越来越压抑，最后人要夺回自己的地位，就得对书下手了。怎么下手？当然是把书处理掉一部分，让它还出位置来。这位置本来是人的。

　　自清的家属特别兴奋，她等了许多年终于等到了这一天，对于摆满了家里的书，她早就欲除它们而后快。在自清的决心将下未下、犹犹豫豫的这些日子里，她没有少费口舌，也没有少花心思，总之是变着法子尽说书的坏话。家里的其他大小事情，一概是她作主的，但唯一在书的问题上，自清不肯让步，所以她也只能以理服人，再以事实说话。她拿出一些毛料的衣服给他看，毛料衣服上有一些被虫子蛀的洞，这些虫子，就是从书里爬出来的，是银灰色的，大约有一厘米长短，细细的身子，滑起来又快又溜，像一道道细小的闪电，它们不怕樟脑，也不怕敌杀死，什么也不怕，有时候还成群结队大摇大摆地在地板上经过，好像是展示实力。后来自清的家属还看到报纸上有一个说法，一个家庭如果书太多，家庭里的人常年呼吸在书的空气里，对小孩子的身体不好，容易患呼吸道疾病，自清认为这种说法没有科学性，但也不敢拿孩子的身体来开玩笑。就这样，日积月累，家属的说服工作，终于见到了成效，自清说，好吧，该处理的，就处理掉，屋里也实在放不下了。

　　处理书的方法有许多种，卖掉，送给亲戚朋友，甚至扔掉。但扔掉是舍不得的，其中有许多书，自清当年是费了许多心思和精力才弄到手的，比如有一本薄薄的书，他是特意坐火车跑到浙江的一个小镇上去觅来的，这本书印数很少，又不是什么畅销书，专业性比较强，这么多年下来，自清从来没有在别的地方看到过它，现在它也和其他要被处理的书躺在了一起。自清看到了，又舍不得，又随手拣了回来，他的家属说，你这本也要拣回来那本也要拣回来，最后是一本也处理不掉的，家属的话说得不错，自清又将它丢回去，但心里有依依惜别隐隐疼痛的感觉。这些书曾经是他的宝贝，是他的精神支柱，一些年过去了，他竟要将它们扔掉？自清下不了这样的手。家属说，你舍不得扔掉，那就卖吧，多少也值一点钱。可是卖旧书是三钱不值两钱的，说是卖，几乎就是送，尤其现在新书的书价一翻再翻，卖旧书却仍然按斤论两，更显出旧书的贱，再加上收旧货的人可能还会克扣分量，还会用不标准的秤砣来坑蒙欺骗。一想到这些书像被捆扎了前往屠宰场的猪一样，而且还是被堵住了嘴不许嚎叫的猪，自清心里就有说不出的难过，算了算了，他说，卖它干什么，还是送送人吧。可是谁要这些书呢，自清的小舅子说，我一张光盘就抵你十个书屋了，我要书干什么？也有一个和他一样喜欢书的人，看着也眼馋，家里也有地方，他倒是想要了，但他的老婆跟自清的家属不和，说，我们家不见得穷得要拣人家丢掉的破烂。结果自清忍痛割爱的这些书，竟然没个去处。

正好这时候，政府发动大家向贫困地区的学校捐赠书籍或其他物资，自清清理出来的书，正好有了去处，捆扎了几麻袋，专门雇了一辆人力车，拖到扶贫办公室去，领回了一张荣誉证书。

时隔不久，自清发现他的一个账本不见了。自清有记账的习惯，从很早的时候就开始了，许多年坚持下来，每年都有一本账本，记着家里的各项收入和开支。本来记账也不是一件很特别的事，许多家庭里都会有一个人负责记账，也是常年累月坚持不变的。但自清的记账可能和其他人家还有所不同，别人记账，无非就是这个月里买了什么东西，用了多少钱，再细致一点的，写上具体的日期就算是比较认真的记法了。总之，家庭记账一般就是单纯的记下家庭的收入和开销，但自清的账本，有时候会超出账本的内容，也超出了单纯记账的意义，基本上像是一本日记了，他不仅像大家一样记下购买的东西和价钱，记下日期，还会详细写下购买这件东西的前因后果，时代背景，周边的环境，当时的心情，甚至去那个商店，是怎么去的，走去的，还是坐公交车，或者是打的，都要记一笔，天气怎么样，也是要写清楚的，淋没淋着雨，晒没晒着太阳，路上有没有堵车，都有记载，甚至在购物时发生的一些与他无关、与他购物也无关的别人的小故事，他也会记下来。比如某年某月某日的一次，他记下了这样的内容：下午五时二十五分，在鱼龙菜场买鱼，两条鲫鱼已经过秤，被扔进他的菜篮子，这时候一个巨大的劈雷临空而降突然炸响，吓得鱼贩子夺路而逃，也不收鱼钱了，一直等到雷雨过后，鱼贩子不知从哪里冒了出来，自清再将鱼钱付清，以为鱼贩子会感动，却不料鱼贩子说，你这个人，顶真得来。好像他们两个人的角色是倒过来的，好像自清是鱼贩子，而鱼贩子是自清。这样的账本早已经离题万里了，但自清不会忘记本来的宗旨，最后记下：购买鲫鱼两条，重六两，单价：5元/斤，总价：3元。这样的账本，有点喧宾夺主的意思，记账的内容少，账外的内容多，当然也有单纯记账的，只是写下，某年某月某日某时在某某街某某杂货店购买塑料脸盆一只，蓝底绿花，荷花。价格：1元3角5分。

但是自清的账本，虽然内容多一些杂一些，却又是比较随意的，想多记就多记一点，想少写就少写一点，心情好又有时间就多记几笔，情绪不高时间不够就简单一点，也有简单到只有自己能够看得懂的，比如：手：175元。这是缴纳的手机费，换一个人，哪怕是他的家属，恐怕也是看不懂的。甚至还有过了几年后连他自己都看不懂的内容，比如：南吃：97元。这个"南吃"，其实和许许多多的账本上的许许多多内容一样，过了这一年，就沉睡下去了，也许永远也不会再见世面的，但偏偏自清有个习惯，过一段时间，他会把老账本再翻出来看看，并没有什么目的，也没有什么意义，甚至谈不上是忆旧什么的，只是看看而已，当他看到"南吃"两个字的时候，就停顿下来，想回忆起隐藏在这两个字背后的历史，但是这一小片历史躲藏起来了，就躲藏在"南吃"两个字的背后，怎么也不肯出来，自清就根据这两个字的含义去推理，南吃，吃，一般说来肯定和吃东西有关，那么这个南呢，是指在本城的南某饭店吃饭？这本账本是五年前的账本，自清就沿着这条线去搜索，五年前，本城有哪些南某饭店，他自己可能去过其中的哪些？但这一条路没有走通，现在的饭店开得快也关得快，五年前的饭店现在已经没有人记得清楚了，再说了，自清一般出去吃饭都是别人请他，他自己掏钱请人吃饭的次数并不多，所以自清基本上否定了这一种可能性。那么"南吃"两字是不是指的在带有南字的外地城乡吃饭，比如南京，比如南浔，比如南方，比如南亚，比如南非等等，采取排除法，很快又否定了这些可能性，因为自清根本就没有去过那些地方，他只去过一个叫南塘湾的乡镇，也是别人请他去的，不可能让他买单吃饭。自清的思路阻塞了，他的儿子说，大概是你自己写了错别字，是难吃吧？这也是一条思路，可能有一天吃了一顿很难吃的饭，所以记下了？但无论怎么想，都只能是推测和猜想，已经没有任何的记忆更没有任何的实物来证明"南吃"到底是什么，这90多块钱，到底是用在了什么地方。好在这样的事情并不多，总的说来，自清的记账还是认真负责的。

　　自清的账本里有许多账目以外的内容，但说到底，就算是这样的账本，也并没有什么重大的意义，甚至也没有什么实际的作用。自清的初衷，也许是想用记账的形式来约束自己的开销花费，因为早些年大家的经济都比较拮据，总是要想尽一切办法节约用钱，记账就是办法之一，许多人家都这么办。而实际上是起不到多大作用的，该记的账照记，该花的钱还是照花，不会因为这笔钱花了要记账，就不花它了。所以，很多年过去了，该花的钱也花了，甚至不该花的也花了不少，账本一本一本地叠起来，倒也壮观，唯一的用处就是在自清有闲心的时候，会随手抽出其中一本，看到是某某年的，他的思绪便飞回这个某某年，但是他已经记不清某某年的许多情形了，这时候，账本就帮助他回忆，从账本上的内容，他可以想起当年的一些事情，比如有一次他拿了1986年的账本出来，他先回想1986年是一个什么样的年头，但脑子里已经没有具体的印象了，账本上写着，86年2月，支出部分。2月3日支出：16元2角（酒：2元，肉皮：1元，韭菜：8角，点心：1元，蜜枣：1元3角，油面筋：4角，素鸡：8角，花生：5角，盆子：8元4角。）在收入部分记着：1月9日，自清月工资：64元。

　　当年的账本还记得比较简单，光是记账，但只是看看这样的账，当年的许多事情就慢慢地回来了，所以，当自清打开旧账本的时候，总是一种淡淡的个人化的享受。

　　如果一定要找出一点实际的作用，在自清想来，也就是对下一代进行一点传统教育，跟小孩子说，你看看，从前我们是怎么过日子的，你看看，从前我们过个年，就花这一点钱。但对自清的孩子来说，似乎接受不了这样的教育，他几乎没有钱的概念，就更没有节约用钱的想法，你跟他讲过去的事情，他虽然点着头，但是目光迷离，你就知道他根本没有听进去。

　　自清开始的时候可能是因为经济条件差，收入低，为了控制支出才想到记账的，后来条件好起来，而且越来越好，自清夫妻俩的工作都不错，家庭年收入节节攀升，孩子虽然在上高中，但一路过来学习都很好，肯定属于那种替父母扒分的孩子，以后读大学或者出国学习之类都不用父母支付大笔的费用，家里新房子也有了，还买了一辆车，由家属开着，条件真的不错，完全没有必要再记账。更何况，这些账本既没有什么实际的用处，却又一年一年地多起来，也是占地方的，自清也曾想停止记账这一习惯，但也只是想想而已，他做不到，别说做不到不记账，就算只是想一想，也觉得不行。一想到从此以后就再也没有账本了，心里就立刻会觉得空荡荡的，好像丢失了什么，好像无依无靠了，自清知道，这是习惯成自然。习惯，真是一种很可怕的力量。

那就继续记账吧。于是日子就这样一年一年地过去了，账本又一本一本地增加出来，每年年终的那一天，自清就将这一年的账本加入到无数个年头汇聚起来的账本中，按年份将它们排好，放在书橱里下层的柜子里，这是不要公示于外人的，是自己的东西。不像那些买来的书，是放在书橱的玻璃门里面的格子上，是可以给任何人看的，还是一种无言无声的炫耀。大家看了会说，哇，老蒋，十大藏书家，名不虚传。现在自清打开书橱下面的柜门，就发现少了一本账本，少的就是最新的一本账本。年刚刚过去，新账本还刚刚开始使用，去年的那本还揣着温度的鲜活的账本就不见了。自清找了又找，想了又想，最后他想到会不会是夹在旧书里捐给了贫困地区。

如果是捐给了贫困地区，这本账本最后就和其他书籍一样，到了某个贫困乡村的学校里，学校是将这些捐赠的书统一放在学校，还是分到每个学生手上，这个自清是不知道的。但是自清想，这本账本对贫困地区的孩子来说，是没有用处的，它又不是书，又没有任何的教育作用，也没有什么知识可以让人家学的，更没有乐趣可言，人家拿去了也不一定要看，何况自清记账的方式比较特别，写的字又是比较潦草的字，乡下的小孩子不一定看得懂，就算他们看得懂，对他们也没有意义，因为与他们的生活和人生根本是不搭界的。最后他们很可能就随手扔掉了那本账本。

但是对于自清来说，事情就不一样了，少了这本账本，自清的生活并不受影响，但他的心里却一阵一阵地空荡起来，就觉得心脏那里少了一块什么，像得了心脏病的感觉，整天心慌慌意乱乱。开始家属和亲友还都以为他心脏出了毛病，去医院看了，医生说，心脏没有病，但是心脏不舒服是真的，不是自清的臆想，是心理反应。心理反应虽然不是气质性病变，但是人到中年，有些情绪性的东西，如果不加以控制和调节，也可能转变成具体的真实的病灶。

自清坐不住了，他要找回那本丢失的账本，把心里的缺口填上。自清第二天就到扶贫办公室去，他希望书还没有送走，但是书已经送走了。幸好办公室工作细致，造有花名册，记有捐书人的单位和名字，但因为捐赠物物多量大，不仅有书，还有衣物和其他物品，光造出来的花名册就堆了半房间。办公室的同志问自清误捐了什么重要的东西，自清没有敢说实话，因为工作人员都很忙，如果知道是找一本家庭的记账本，他们会觉得自清没事找事，给他们添麻烦。所以自清含糊地说，是一本重要的笔记本，记着很重要的内容。工作人员耐心地从无数的花名册中替他寻找，最后总算找到了蒋自清的名字。自清还希望能有更细致的记录，就是每个捐赠者捐赠物品的细目，如果有这个细目，如果能够记下每一本书的书名，自清就能知道账本在不在这里，但工作人员告诉他，这是不可能的，其实就算他们不说，自清也已经认识到这一点。也就是说，自清在花名册上找到自己的名字，名字后面的备注里写着"捐书一百五十二册"，就是这件事情的结局了。至于自清的书，最后到了哪里，因为没有记录，没人能说清楚。但是大方向是知道的，那一批捐赠物质，运往了甘肃省，还有一点也是可以肯定的，自清的书和其他许许多多的捐赠物品一样，被捆扎在麻袋里，塞上火车，然后，从火车上拖下来，又上了汽车，也许还会转上其他运输工具，最后到了乡间的某个小学或中学里，在这个过程中，它们的命运是不可知，是不确定的，麻袋与麻袋堆在一起，并没有谁规定这一袋往这边走那一袋往那边走，搬运过程中的偶然性，就是它们的命运，最后它们到了哪里，只是那一头的人知道，这一头的人，似乎永远是不能知道的。

　　其实这中间是有一条必然之路的，虽然分拖麻袋的时候会有各种可能性，但每一个麻袋毕竟是有它的去向的，自清的麻袋也一定是走在它自己的路上，路并没有走到头。如果自清能够沿着这条路再往前走，他会走到一个叫小王庄的地方。这个地方在甘肃省西部，后来小王庄小学一个叫王小才的学生，拿到了自清的账本，带回家去了。

　　王才认得几个字，也就中小那点水平，但在村子里也算是高学历了，他这一茬年龄的男人，大多数不认得字，王才就特别光荣，所以他更要督促王小才好好念书，王才对别人说，我们老王家，要通过王小才的念书，改变命运。

　　捐赠的书到达学校的那一天，并没有分发下来，王小才回来告诉王才，说学校来了许多书，王才说，放在学校里，到最后肯定都不知去向，还不如分给大家回家看，小孩可以看，大人也可以看。人家说，你家大人可以看，我们家大人都不识字，看什么看。但是最后校长的想法跟王才的想法是一致的，他说，以前捐来的那些书，到现在一本也没有了，与其这样，还不如分给你们大家带回去，如果愿意多看几本书，你们就互相交换着看吧。至于这些书应该怎么分，校长也是有办法的，将每本书贴上标号，然后学生抽号，抽到哪本就带走哪本，结果王小才抽到了自清的那本账本。账本是黑色的硬纸封皮，谁也没有发现这不是一本书，一直到王小才高高兴兴地把账本带回家去，交给王才的时候，王才翻开来一看，说，错了，这不是书。王才拿着账本到学校去找校长，校长说，虽然这不是一本书，但它是作为书捐赠来的，我们也把它当作书分发下去的，你们不要，就退回来，换一本是不可能的，因为学校已经没有可以和你们交换的书了，除非你找到别的学生和他们的家长愿意跟你们换的，你们可以自由处理。但是谁会要一本账本呢，书是有标价的，几块，十几块，甚至有更厚更贵重的书，书上的字都是印出来的，可账本是一个人用钢笔写出来的，连个标价都没有，没人要。王才最后闹到乡的教育办，教育办也不好处理，最后拿出他们办公室自留的一本《浅论乡村小学教育》，王才这才心满意足回家去。

那本账本本来王才是放在乡教育办的，但教育办的同志说，这东西我们也没有用，放在这里算什么，你还是拿走吧。王才说，那你们不是亏了么，等于白送我一本书了。教育办的同志说，我们的工作都是为了学生，只要学生喜欢，你尽管拿去就是。王才这才将书和账本一起带了回来。

可这教育办的书王才和王小才是看不懂的，它里边谈的都是些理论问题，比如说，乡村小学教育的出路，说是先要搞清楚基础教育的问题，但什么是基础教育问题，王才和王小才都不知道，所以王才和王小才不具备看这本书的先决条件。虽然看不懂，但王才并不泄气，他对王小才说，放着，好好地放着，总有你看得懂的一天。丢开了《浅论乡村小学教育》，就剩下那本账本了。王才本来是觉得占了便宜的，还觉得有点对不住乡教育办，但现在心情沮丧起来，觉得还是吃了亏，拿了一本看不懂的书，再加上一本没用的城里人记的账本，两本加起来，也不及隔壁老徐家那本合算，老徐家的孩子小徐，手气真好，一摸就摸到一本大作家写的人生之旅，跟着人家走南闯北，等于免费周游了一趟世界。王才生气之下，把自清的账本提过来，把王小才也提过来，说，你看看，你看看，你什么臭手，什么霉运？王小才知道自己犯了错，垂落着脑袋，但他的眼睛却斜着看那本被翻开的账本，他看到了一个他认得出来但却不知其意的词：香薰精油。王小才说，什么叫香薰精油？王才愣了一愣，也朝账本那地方看了一眼，他也看到了那个词：香薰精油。

王才就沿着这个"香薰精油"看下去了，他无论如何也想不到，他这一看，就对这本账本产生了强烈的兴趣，因为账本上的内容，对他来说，实在太离奇了。

我们先跟着王才看一看这一页账本上的内容，这是2004年的某一天中的某一笔开支：午饭后毓秀说她皮肤干燥，去美容院做测试，美容院推荐了一款香薰精油，7毫升，价格：679元。

毓秀有美容院的白金卡，打七折，为475元。拿回来一看，是拇指大的一瓶东西，应该是洗过脸后滴几滴出来按在脸上，能保湿，滋润皮肤。大家都说，现在两种人的钱好骗，女人和小人，看起来是不假。

王才看了三遍，也没太弄清楚这件事情，他和王小才商榷，说，你说这是个什么东西。王小才说，是香薰精油。王才说，我知道是香薰精油。他竖起拇指，又说，这么大个东西，475块钱？他是人民币吗？王小才说，475块钱，你和妈妈种一年地也种不出来。王才生气了，说，王小才，你是嫌你娘老子没有本事？王小才说，不是的，我是说这东西太贵了，我们用不起。王才说，呸你的，你还用不起呢，你有条件看到这四个字，就算你福份了。王小才说，我想看看475块的大拇指。王才还要继续批评王小才，王才的老婆来喊他们吃饭了，她先喂了猪，身上还围着喂猪的围裙，手里拿着猪用的勺子，就来喊他们吃饭，她对王才和王小才有意见，她一个人忙着猪又忙着人，他们父子俩却在这里瞎白话。王才说，你不懂的，我们不是在瞎白话，我们在研究城里人的生活。

王才叫王小才去向校长借了一本字典，但是字典里没有"香薰精油"，只有香蕉香肠香瓜香菇这些东西，王才咽了一口口水，生气地说，别念了，什么字典，连香薰精油也没有。王小才说，校长说，这是今年的最新版本。王才说，贼日的，城里人过的什么日子啊，城里人过的日子连字典上都没有。王小才说，我好好念书，以后上初中，再上高中，再上大学，大学毕业，我就接你们到城里去住。王才说，那要等到哪一年。王小才掰了掰手指头，说，我今年五年级，还有十一年。王才说，还要我等十一年啊，到那时候，香薰精油都变成臭薰精油了。

王小才说，那我就更好好地念书，跳级。王才说，你跳级，你跳得起来吗，你跳得了级，我也念得了大学了。其实王才对王小才一直抱有很大希望的，王小才至少到五年级的时候，还没有辜负王才的希望，王才也一直是以王小才为荣的，但是因为出现了这本账本，将王才的心弄乱了，他看着站在他面前拖着两条鼻涕的王小才，忽然就觉得，这小子靠不上，要靠自己。

王才决定举家迁往城里去生活，也就是现在大家说的进城打工，只是别人家更多的是先由男人一个人出去，混得好了，再回来带妻子儿子。也有的人，混得好了，就不回来了，甚至在城里另外有了妻子儿子，也有的人，混得不好，自己就回来了。但王才与他们不同，他不是去试水探路的，他就是去城里生活的，他决定要做城里人了。

说起来也太不可思议，就是因为账本上的那四个字"香薰精油"，王才想，贼日的，我枉做了半辈子的人，连什么叫"香薰精油"都不知道，我要到城里去看一看"香薰精油"。王才的老婆不同意王才的决定，她觉得王才发疯了。但是在乡下老婆是作不了男人的主的，别说男人要带她进城，就是男人要带她进牢房下地狱，她也不好多说什么。王小才的态度呢，一直很暧昧，他只觉得心里慌慌的，乱乱的，最后他发出的声音像老鼠那样吱吱吱的，他说，我不要去，我不要去。可是王才不会听他的意见，没有他说话的余地。

王才说走就走，第二天他家的门上就上了一把大铁锁，还贴了一张纸条，欠谁谁谁3块钱，欠谁谁谁5块钱，都不会赖的，有朝一日衣锦还乡时一定如数加倍奉还，至于谁谁谁欠王才的几块钱，就一笔勾销，算是王才离开家乡送给乡亲们的一点心意。王才贴纸头的时候，王小才说，如数加倍是什么意思？王才说，如数就是欠多少还多少，加倍呢，就是欠多少再加倍多还一点。王小才说，那到底是欠多少还多少还是加倍地还呢。王才说，你不懂的，你看看人家的账本，你就会懂一点事了。其实王小才还应该指出王才的另一些错误，比如他将一笔勾销的"销"写成了"消"，但王小才没有这个水平，他连"一笔勾消"这四个字还是第一次见到。

除了衣服之外，王才一家没有带多余的东西，他们家也没有什么多余的东西，只有自清的那本账本，王才是要随身带着的，现在王才每天都要看账本，他看得很慢，因为里边有些字他不认得，也有一些字是认得的，但意思搞不懂，就像香薰精油，王才到现在还不知道它是什么。

在车上王才看到这么一段:"周日,快过年了,街上的人都行色匆匆,但精神振奋,面带喜气。下午去花鸟市场,虽天寒地冻,仍有很多人。在诸多的种类中,一眼就看中了蝴蝶兰,开价800元,还到600元,买回来,毓秀和蒋小冬都喜欢。搁在客厅的沙发茶几上,活如几只蝴蝶在飞舞,将一个家舞得生动起来。"后来王才在车上睡着了,他做了一个梦,梦见一只蝴蝶对他说,王才,王才,你快起来。王才急了,说,蝴蝶不会说话的,蝴蝶不会说话的,你不是蝴蝶。蝴蝶就笑起来,王才给吓醒了,醒来后好半天心还在乱跳,最后他忍不住问王小才,你说蝴蝶会说话吗?王小才想了想,说,我没有听到过。

　　这时候,他们坐的车已经到了一个火车小站,在这里他们要去买火车票,然后坐火车往南,往东,再往南,再往东,到一个很远的城市去。中国的城市很多,从来没有出过门的王才,连东南西北也搞不清的王才,怎么知道自己要到哪个城市呢。毫无疑问,是自清的账本指引了王才,在自清的账本的扉页上,不仅记有年份,还工工整整地写着他们生活的城市的名称。他写道:自清于某某年记于某某市。

　　在这里停靠的火车都是慢车,它们来得很慢,在等候火车到来的时候,王才又看账本了,他想看看这个记账的人有没有关于火车的记载,但是翻来翻去也没有看到,最后王才啪地打了一下自己的嘴巴,说,你真蠢,人家是城里人,坐火车干什么?乡下人才要坐火车进城。

　　其实自清最后还是去了一趟甘肃。当然,他是借出差之便。他和王才一家走的是反道,他先坐火车,再坐汽车,再坐残疾车,再坐驴车,最后在甘肃省的西部找到了小王庄,也找到了小王庄小学,最后也知道了自己的账本确实是到了小王庄小学,是分到了一个叫王小才的学生手里,王小才的家长还对此有意见,还跑到学校来论理,最后还在乡教育办拿了另一本书作补偿。自清这一趟远行虽然曲折却有收获,可是他来晚了一步,王小才的父亲带着他们全家进城去了。他们坐的开往火车站的汽车与自清坐的开往乡下的汽车,擦肩而过,会车的时候,王才正在看自清的账本,而自清呢,正在车上构思当天的账本记录内容。但他在车上的所有构思和最后写下的已经不是一回事了,因为在车上的时候,他还没有到达小王庄。

　　这一天晚上,自清在小旅馆里,借着昏暗的灯火,写下了以下的内容:"初春的西部乡村,开阔,一切是那么的宁静悠远,站在这片土地上,把喧嚣混杂的城市扔开,静静地享受这珍贵的平和。我到小王庄小学的时候，校长不在学校，他正在法庭上，他是被告，学校去年抢修危房的一笔工程款，他拿不出来，一直拖欠着。校长当校长第四个年头，已经第七次成为被告。中午时分，校长回来了，笑眯眯地对我说，对不起，蒋同志，让你等了。他好像不是从法庭上下来。平静，也许是因为无奈，也许是因为穷困，才平静。我说，校长，听说你们欠了工程款，校长说，本来我们有教育附加费，就一直寅吃卯粮，就这么挪下去，撑下去，现在取消了教育附加费，挪不着了，就撑不下去了。我说，撑不下去怎么办？校长说，其实还是要撑下去的，学校总是要办的，学生总是要上学的，学校不会关门的，蒋同志你说对不对。面对贫困的这种坦然心态，在日新月异的城市里是很难见着的。今天的开支：旅馆住宿费：3元，残疾车往：5元（开价2元），驴车返：5元（开价1元），早饭：2角。玉米饼两块，吃下一块，另一块送给残疾车主吃了。晚饭：5角。光面三两。午饭：5角（校长说不要付钱，他请客，还是坚持付了，想多付一点，校长坚决不收），和小学生一起吃，白米饭加青菜，还有青菜汤。王小才平时也在这里吃，今天他走了，不知道今天中午他在哪里吃，吃的什么。"自清最后在王小才家的门上，看到了那张纸条，字写得歪歪扭扭，自清以为就是那个分到他的账本的小学生写的，却不知道这字是小学生的爸爸写的，虽然王小才已经念到五年级，他的爸爸王才才四年级的水平，平时家里的文字工作，都是由王小才承担的，但这一回不同了，王才似乎觉得王小才承担不起这件事情，所以由他出面做了。

　　自清最终也没有找回自己丢失的账本，但是他的失落的心情却在长途的艰难的旅行中渐渐地排除掉了，当他站到那座低矮的土屋前，看到"一笔勾消"这四个字的时候，他的心情忽然就开朗起来，所有的疙疙瘩瘩，似乎一瞬间就被勾销掉了，他彻底地丢掉了账本，也丢掉了神魂颠倒坐卧不宁的日子。于是，他放放心心地出完这趟公差，索性还绕道西安游览了兵马俑和黄帝陵。

　　自清从大西北回来，看到他家隔壁邻居的车库里住进了一户外来的农民工家庭。在自清住的这个小区里，家家都有车库，有些人家并没有买车，也或者车是有的，但那是公车，接送上下班后，车就走了，不停在他家，这样车库就空了出来，有的人家就将车库出租给外来的人住。

　　这个农民工就是王才。王才做的是收旧货的工作，所以他和小区里的人很快就熟悉起来。

天气渐渐地热了，有一天自清经过车库门口，看到王才和他的妻子在太阳底下捆扎收购来的旧货，他们满头大汗，破衣烂衫都湿透了。小区里有一只宠物狗在冲着他们叫喊，小狗的主人要把小狗牵走，还骂了它，王才说，不要骂它，它又不懂的。狗主人说，不懂道理的狗东西。王才说，没事的，它跟我们不熟，熟了就不叫了，狗都是这样的。下晚的时候，自清又经过这里，他看到他们住的车库里，堆满了收来的旧货，密不透风，自清忍不住说，师傅，车库里没有窗，晚上热吧？王才说，不热的。他伸手将一根绳线一拉，一架吊扇就转起来了，呼呼作响。王才说，你猜多少钱买的？自清猜不出来。王才笑了，说，告诉你吧，我拣来的，到底还是城里好，电扇都有得拣。自清想说什么却没有说得出来，王才又说，城里真是好啊，要是我们不到城里来，哪里知道城里有这么好，菜场里有好多青菜叶子可以拣回来吃，都不要出钱买的。王才的老婆平时不大肯说话的，这时候她忽然说，我还拣到一条鱼，是活的，就是小一点，鱼贩子就扔掉了。自清说，可是在乡下你们可以自己种菜吃。王才说，我们那地方，尽是沙土，也没有水，长不出粮食，蔬菜也长不出来，就算有菜，也没得油炒。自清从他们说话的口音中，感觉出他们是西部的人，但他没有问他们是哪里人。他只是在想，从前老话都说，金窝银窝，不如自家的狗窝，但是现在的人不这么想了，现在背井离乡的人越来越多了。

　　王才和自清说话的时候，是尽量用普通话说的，虽然不标准，但至少让人家能听懂大概的意思，如果他们说自己的家乡话，自清是听不懂的。后来他们自己就用家乡话交流了，王小才从民工子弟学校放学回来的时候，王才跟王小才说，我叫你到学校查字典你查了没有？王小才说，我查了，学校的大字典有这么大，这么厚，我都拿不动。王才说，蝴蝶兰是什么呢？王小才说，蝴蝶兰就是一种花。王才说，贼日的，一朵花也能卖这么多钱，城里到底还是比乡下好啊。

　　这些话，自清都没有听懂，但他听出了他们对生活的满意。后来他们还说到了他的账本，他们感谢这本账本改变了他们的生活，让他们从贫穷的一无所有的乡下来到繁华的样样都有的城市。自清也一样没有听懂，他也不知道现在王才每天晚上空闲下来，就要看他的账本，而且王才不仅看自清的账本，王才自己也渐渐地养成了记账的习惯。王才记道："收旧书35斤，每斤支出5角，卖到废品收购站，每斤9角，一出一进，净赚4角×35斤，等于14元整。到底城里比乡下好。这些旧书是住在楼上那个戴眼镜的人卖的，听说他家的书多得都放不下了，肯定还会再卖。我要跟他搞好关系，下次把秤打得高一点。"

一个星期天，王小才跟着王才上街，他们经过一家美容店，在美容店的玻璃橱窗里，王才和王小才看到了香薰精油，王小才一看之下，高兴地喊了起来，哎嘿，哎嘿，这个便宜哎，降价了哎，这瓶 10 毫升的，是 407 块钱。王才说，你懂什么，牌子不一样，价格也不一样，便宜个屁，这种东西，只会越来越贵，王小才，我告诉你，你乡下人，不懂就不要乱说啊。

[提示]

范小青（1955—），江苏苏州人。1980 年开始发表作品，主要有长篇小说《裤裆巷风流记》《女同志》《城市表情》《赤脚医生万泉河》，"范小青短篇小说精选集"系列四种及小说集、散文随笔集多部。短篇小说《城乡简史》获第四届鲁迅文学奖。

《城乡简史》原载《山花》2006 年第 1 期。作品讲述了城市居民自清在整理旧书时误将自己的账本捐给了甘肃乡村一所贫困学校，并被一位名叫王小才的学生抽到，其父王才因好奇账本中记载的 475 元一瓶的"香薰精油"，决定举家迁往城市。他们偶然住进了自清所在小区的车棚里，以收破烂为生并在城市栖身。小说以账本为媒介，展示了城市与乡村迥异的生活图景。

账本在自清眼里是对历史的缅怀，而在王才一家人眼里却是打开美丽新世界的钥匙，这种相同空间里时间的错位显示了城市与乡村之间物质文明的巨大差距，这种差异是不可逾越的鸿沟，即便乡村人王才一家搬进城市，也无法真正融入城市，他们蜗居在城里不起眼的角落里发出对生活的感叹："城里真是好啊，要是我们不到城里来，哪里知道城里有这么好，菜市场里有好多青菜叶子可以捡回来吃，都不要出钱买的……我还捡到一条鱼，是活的，就是小一点，鱼贩子就扔掉了。"范小青并没有以城市人的立场俯视底层乡下人的生活温情，而是脱离城乡双方，以通透的旁观者的角度，精细描绘乡下人物质、精神双重匮乏却不自知的生活状态。从这个意义上说，作者对乡下人的同情、怜悯与语言上的冷静、自然形成反差，写作情感的外冷内热带来了作品的多重内涵。另外，作品的结构设置很巧妙，自清与王才各自为线，两条线索并行推进，又在关键处暗合交叉。

  作为苏州籍女作家，范小青的文笔既有苏州人的细腻婉约，又有女作家特有的敏锐和情感体验，文字质朴清雅、韵味无穷。

（夏　雪）

三体（存目）

刘慈欣

刘慈欣（1963—），山西阳泉人，高级工程师，中国科幻小说代表作家之一。主要有长篇小说《超新星纪元》《球状闪电》《三体》，中短篇小说《流浪地球》《乡村教师》《朝闻道》等。其中，《三体》三部曲被认为是中国科幻文学的里程碑式作品。

《三体》最初连载于《科幻世界》2006年5月，包括《三体》《黑暗森林》《死神永生》三部，是刘慈欣的系列长篇科幻小说。曾获第73届雨果奖最佳长篇故事奖、第六届全球华语科幻文学最高成就奖。小说以"三部曲"的形式讲述了一段与"三体世界"相关的"地球往事"，并在此基础上构建出一套宏大的科学意义上的宇宙体系，提出了黑域、掩体计划、阶梯计划、曲率、维度打击等概念与事件，又进一步在这些宏大事件基础上探索人性的幽暗与道德的边界："失去人性失去很多，失去兽性失去一切"，作品并没有给出一个明确的答案，而是在宇宙这个超越人类、更加广阔的背景下再次思考这一问题的有效性。

物理学家叶文洁在红岸基地机缘巧合得知了外星三体人的存在，因为父亲遭受迫害而对人类彻底失望，她主动暴露了地球在宇宙中的坐标，引导三体人驶向地球，并和伊文斯一起在地球上建立起迎接三体人的秘密组织。由此，开始了人类与三体人之间长达几个世纪的生死战争。三体人派出了先锋"智子"（质子）到地球锁死人类科技，阻挠人类的发展，人类被迫根据三体人的特性制定了"面壁计划"，而唯一幸存的"面壁者"罗辑根据"黑暗森林法则"，提出了一个维持地球人与三体人恐怖平衡的设想。这一设想最终被证实且维持了短暂的和平，罗辑成为维持这一平衡的"执剑人"。但最终，三体人利用新"执剑人"程心"人性的弱点"，迅速占领了地球，将幸存的人类驱逐到澳洲。之前战争中幸存的"万有引力号"飞船得知这一消息，报复性地公布了三体星系的宇宙坐标，导致三体星系被宇宙中更强大的力量所毁灭，三体人开始了新的星际流浪。地球也遭到了更高文明的"降维打击"，只剩下程心和她的闺蜜，驾驶着唯一一艘光速飞船,飞出了太阳系。故事最后,宇宙中的大神文明开始着手重建新的宇宙平衡。《三体》让我们重新仰望星空,也重新审视人类自己。

(刘　佳)

放 生 羊

次仁罗布

你形销骨立，眼眶深陷，衣裳褴褛，苍老的让我咋舌。

湖蓝色的发穗在你额际盘绕，枯枝似的右手伸过来，粗糙的指肚滑过我褶皱的脸颊，一阵刺热从我脸际滚过。我微张着嘴，心里极度难过。"你怎么成了这副样子？"我忧伤地问。你黑洞般的眼眶里，涌出几滴血泪，颤颤地回答，"我在地狱里，受着无尽的折磨。"你把藏装的袖子脱掉，撩起衬衣的一角。啊，佛祖呀，是谁把你的两个奶子剜掉了，血肉模糊的伤口上蛆虫在蠕动，鲜红的血珠滚落下来，腐臭味钻进我鼻孔。我的心抽紧，悲伤地落下泪水。"你在人世间，帮我多祈祷，救赎我造下的罪孽，尽早让我投胎转世吧。"你说。我握住你冰冷的手，哽咽着放在我的胸口，想让起伏跳动的心焐热这双手。"我得走了，鸡马上要叫。"你的脸上布满惊恐地说。"这是城里，现在不养鸡了，你听不到鸡叫声。"我刚说，你的手从我的手心里消融，整个人像一缕烟雾消散。

"桑姆——"我大声地喊你。

这声叫喊，把我从睡梦中惊醒，全身已是汗涔涔。睁眼，浓重的黑色裹着我，什么都看不清，心脏击鼓般敲打。我坐起来，啪地打开电灯。藏柜、电视、暖水瓶、木碗等在灯光下有了生命，它们精神爽朗地注视着我。你却不见了，留给我的是噩梦。不，是托梦，是你托给我的梦。刚才的一幕，就像真实发生的事情，让我惴惴不安。一急，我的胃部疼痛难忍，用手压住喘粗气。不久，疼痛慢慢消失，我又被那个梦缠绕。

你去世已经十二年了，这十二年里你一直没有投胎，这，我真的不曾想象过。你离开尘世后，我依旧每天都去转经，依旧逢到吉日要去拜佛，依旧向僧人和乞丐布施，难道说我做的还不够吗？让你一直受苦，我的心里很难受。今早我到大昭寺为你去烧斯乙，再去四方各小庙添供灯，帮你祈求尽早投胎转世。我已经没有了睡意，拉开窗帘向外张望，外面一片漆黑。窗玻璃上映显一张瘦削褶皱的面庞，衰老而丑陋，这就是此时的我了。我离死亡是这么的近，每晚躺下，我都不知道翌日还能不能活着醒来。孑然一身，我没有任何的牵挂和顾虑，只等待着哪天突然死去。我抬头看墙上的挂钟，才早晨五点，离天亮还有两个多小时。我起床，把手洗净，从自来水管里接了第一道水，在佛龛前添供水，点香，合掌祈求三宝发慈悲之心，引领你早点转世。

我把供灯、哈达、白酒等装进布兜包里出门。在路灯的照耀下我去转林廓，一路上有许多上了年纪的信徒拨动念珠，口诵经文，步履轻捷地从我身边走过。白日的喧嚣此刻消停了，除了偶尔有几辆车飞速奔驶外，只有喃喃的祈祷声在飘荡。唉，这时候人与神是最接近的，人心也会变得纯净澄澈，一切祷词涌自内心底。你看，前面一位白发苍苍的老妇人，一步一叩首地磕等身长头；再看那位摇动巨大玛呢的老头，身后有只小哈巴狗欢快地追随，一路洒下哐玲玲的铃声。这些景象让我的心情平静下来，看到了希望的亮光。桑姆，你听着，我会一路上祈求莲花生大师，让他指引你走向转世之路。"退松桑皆古如仁不其，欧珠衮达帝娃亲卜霞，巴皆衮嘶堆兑扎不最，索娃帝所尽给露度岁……嗡拜载古如拜麦索底哄……"

你看，天空已经开始泛白，布达拉宫已经矗立在我的眼前了。山脚的孜廓路上，转经的人如织，祈祷声和桑烟徐徐飘升到空际。墙脚边竖立的一溜金色玛呢桶，被人们转动的呼呼响。走累的我，坐在龙王潭里的一个石板凳上，望着人们匆忙的身影，虔诚的表情。坐在这里，我想到了你，想到活着该是何等的幸事，使我有机会为自己为你救赎罪孽。即使死亡突然降临，我也不会惧怕，在有限的生命里，我已经锻炼好了面对死亡时的心智。死亡并不能令我悲伤、恐惧，那只是一个生命流程的结束，它不是终点，魂灵还要不断地轮回投生，直至二障清净、智慧圆满。我的思绪又活跃了起来。一只水鸥的啼声，打断了我的思绪。

布达拉宫已经被初升的朝霞涂满，时候已经不早了，我得赶到大昭寺去拜佛、烧斯乙。

大昭寺大殿里，僧人用竹笔醮着金粉，把你的名字写在了一张细长的红纸上，再拿到释迦牟尼佛祖前的金灯上焚烧。那升腾的烟雾里，我幻到了你憔悴、扭曲的面孔。我的胸口猛地发硬，梗得有些喘不过气来。"斯乙已经烧好了，你在佛祖面前虔诚地祈祷吧！"僧人说。我捂着胸口，把供灯递到僧人手里，爬上白铁皮包裹的阶梯，将哈达献给佛祖，脑袋抵在佛祖的右腿上为你祈求。

我又去了四方的各个寺庙，给护法神们敬献了白酒和纸币。等我全部拜完时，时间已经临近中午。这才发现我又渴又饿，走进了一家甜茶馆。这里有很多来旅游的外地人，他们穿那种宽松的、带有很多包的衣服。其中，有个来旅游的女孩子，坐到我的身旁，央求我跟她合影。我笑着答应了。等我吃完面喝完茶时，那些来旅游的人还很开心地交谈着，我悄然离开了。

出了甜茶馆，我走进一个幽深的小巷里，与一名甘肃男人相遇。他留着山羊胡，戴顶白色圆帽，手里牵四头绵羊。我想到他是个肉贩子。当甘肃人从我身边擦过时，有一头绵羊却驻足不前，脸朝向我咩咩地叫唤，声音里充满哀戚。我再看绵羊的这张脸，一种亲切感流遍周身，仿佛我与它熟识久已。甘肃人用劲地往前拽，这头绵羊被含泪拖走。一种莫名的冲动涌来，我下意识地喊了声，"喂——"甘肃人惊惧地回头望着我。"这些绵羊是要宰的吗？"我凑上前问。"这有问题吗？"甘肃人机警地反问道。我把念珠挂到脖子上，蹲下身抚摸这头刚刚还咩咩叫的绵羊。它全身战栗，眼睛里密布哀伤和惊惧，羊粪蛋不能自禁地排泄出来。我被绵羊的恐惧所打动，一腔怜悯蓬勃欲出。为了救赎桑姆的罪孽，我要买回即将要被宰杀的这头绵羊。"多少钱？"我问。"什么？"甘肃人被我问的有点糊涂。"这头绵羊多少钱？"我再次问。"不卖。""我一定要买。我要把它放生。"我说。甘肃人先是惊讶地望着我，之后陷入沉思中。灿烂的阳光盛开在他的脸上，脸蛋红扑扑的。他说，"我尊重你的意愿，也不要赚钱，就给个三百三十。"他能改变想法，着实让我高兴，我立刻掏出衣兜里的钱交给了他。甘肃人把钱揣进衣兜里，牵绳递到了我手里。他牵着其它绵羊走了。

"你这头绵羊跟我有缘，我把你放生，是因为你上上辈子积下的德今生的回报。"我自然地把绵羊称为了你。你没有理会我的话，冲着其它绵羊的背影又叫唤起来。甘肃人头都没有回，他和其它绵羊消失在小巷的尽头。我为那些即将被剥夺去的生命惋惜，取下脖子上的念珠，为那三只绵羊祈祷。我和你的身上涂抹着金灿的阳光，这阳光却无法驱散我们心头的隐忧。"我的钱只够救你，想想我们还要过日子呢。"我说。你抬起了头，我看到一汪清澈的泪水溢满你眼眶。我再次蹲下来，抚摸你毛茸茸的身子，上面还粘着杂草碎石。真是奇怪，我的脑子里把桑姆和你混合成了一体，从你的身上闻到了桑姆的气息，是那种汗臭和发香混杂的气味。这种久违的气息，刺激着我的感官，让我对你滋生出百般的爱怜来。我把脸埋进你的毛丛里,掉下了喜悦的泪水。幽深的小巷里,我和你相拥着,我为冥冥之中的这种注定而喜泣。

我带你回到了四合院,邻居们惊奇地望着我,小孩们兴奋地跑来围观。"爷爷,这是你的绵羊吗?""是我的。""它吃什么呢?""草和蔬菜。""……"

这下午为了你,我把窗户底下清扫了一遍,把很多拣来舍不得丢掉的垃圾全给扔了。你一直用疑惑的目光注视我,粉色的鼻翼不时嚅动。我对你说,"你的窝被我腾了出来,今后你就要在此度过余生。"你听过我的话,眼睛依旧盯着我。我想你没有听懂我的话。

时针在奔跑,它把太阳送到了西边的山后。我先要给你去买些吃的。从八廓街通往清真寺的小巷里,晚上有很多摆摊卖菜的四川人,我从一个菜摊上买了十斤白菜,再要了一些丢掉的烂菜叶子,回到家切碎喂给你。你显得很优雅,低垂着头,一小口一小口地咀嚼,不时用你那晶亮的眼睛对视我一下。你的眼神变得柔和了些,但不时还有犹豫和惊恐闪现。我心满意足地冲着你呵呵笑。我喜欢你一身的白毛和敏感的双眼。你这头绵羊,为了你我把今天下午的那顿酒都忘了去喝。唉,一下午转眼就消失了,要是以往时间漫长的让我不知所措。

这一晚,我睡得很不踏实,心里老是惦记着你,醒来过三次,每次都要开门去看你。每次你都睡得很沉,在地上佝偻着身子,小脑袋缩在胸前,一副惹人爱怜的模样。桑姆的睡觉姿势也跟你差不多,你俩是何等的相像啊!我蹲在你的身旁,久久注视着你,心里充满温馨。

醒来,四合院里已经有人走动,还听到去上学的小孩叫闹声。

我睡过头了,急忙起来。

我解开套绳,牵你去转林廓时,你咩咩地叫喊,四蹄结结实实地抵在石板上,身子向后缩。来到院子中央打水的邻居见这般情景,过来帮我推你。你拗不过我们,只能顺从地跟在我的身后。我们俩穿过小巷走到了拉萨河边,碧蓝的江水一路陪伴我们,习风飘摇我沧桑的白发。翻越觉布日山时,你又跟我拗起来,死活不上陡峭的山坡。几个转经人从后面推你,我从前面拽。这样僵持一阵后,我的全身出汗湿透,你快把我的体力全耗掉了。疲惫的我愤怒地吼,"你再这样,我就把你送回甘肃人那里。"你的眼睛里拂过一丝惊惧,脑袋低沉下去,再也不看我一眼。"别急,你第一次带它来转经,可能有点害怕。""让它休息一下,我们帮你。""它怕了，看，身子都在抖。"七八个人围拢过来，站在爬山的狭窄小道上议论开了。风马旗在徐风中轻轻飘扬，发出微微的声响；刻玛呢石的人，盘腿坐在路边，在岩石板上叮叮咣咣地雕刻六字真言。有个老太婆从自己的包里，抓点揉好的糌粑坨，送到了你的嘴边。你湿漉的鼻翅儿嚅动，伸出舌头舔舔糌粑。"可怜的绵羊，你是被放生的，谁都不会伤害你，用不着害怕。"老太婆说着抚摩你的头。老太婆的手，轻轻地敲击你的背部，你顺从地向山坡上走去。我匆忙牵着绳走在前面。人们的念经声嗡嗡地在背后响起。

没有一会儿，我们来到仓琼甜茶馆，我把你拴在门口，让服务员给你一些菜叶吃。她们从厨房拿些菜叶子去喂你。一名服务员跑进来问我，"准备放生吗？""是放生羊。"我回答。"那你该给它穿耳，或身上涂颜料。"服务员又说。"这些我知道。只是它刚买回来，再说我也不会穿耳。""明天你带它过来，我帮你穿耳。"一位喝茶的老头插话说。他穿氆氇藏装，白色的胡须只抵胸前。"那太好了。谢谢您。"我向他表示感激。他说给绵羊穿耳，是他的一个绝活，绵羊不会感到一点疼痛。他的自信，使我踏实了很多。"把你的包给我，我给你装点菜叶子。"服务员拿走了我的背包。

我背上满满当当的布兜包，领你从小昭寺门口过。街道两旁的店子开门营业了，嘈杂的音乐直冲天际，不时还能听到减价处理的叫喊声。我突然想带你去小昭寺，让你拜拜觉沃米居多吉（释迦牟尼佛），争取来世有个好的去处。我们穿越桑烟的缭绕，进了小昭寺大门，你用奇异的目光审视。有位僧人挡住了我们，不让你进寺庙里，说你会弄脏佛堂的。我向他恳求，说你是昨天刚买来的，是要放生的。他最终允许你进去。我提醒你，好好拜佛，用心祈求。你顺从地跟随我，你的目光落在慈祥的神佛和面目狰狞的护法神上，一种胆怯的虔诚表现出来，身子微弓，步伐轻柔。我从你的眼神里，发现你是一头很有灵性的绵羊，相信你跟着我会积很多的功德，这些以小积多的功德，最终会给你好的报应。

我俩坐在小昭寺院子里，晒着暖暖的阳光休息。空气里弥漫桑烟和酥油的气味，不时传来缓慢的鼓声，它们让我们的心远离浮躁，变得安静。我对你说，"你们羊都是好样的，知道嘛，松赞干布建设大昭寺时，是山羊背土填湖，立下了头等功劳。现在大昭寺里还供奉着一头山羊。"你听完我的话，把下巴抵在我的大腿上。我用手指挠你下巴，你欢喜地眯上了眼睛。我知道你的身子很脏，羊毛都有些发黑，我们回到家我给你洗澡。

你在自来水管底乖巧地站着，银亮的水从你的背脊上迸碎，化成珠珠水滴，落进下水管道里。我赤脚给你打肥皂，十个指头穿行在茸茸的卷毛里，从项颈一直游弋到肚皮底，你的舒服劲我的指头感受着。水管再次拧开，银亮的水顺羊毛落下时变得很浑浊。我再次打肥皂，再次冲洗，你呀白得如同天空落下的雪，让我的眼睛生疼。唉，十几年前，桑姆还健在的时候，我都是这样帮桑姆洗头，桑姆白净的脖子也在阳光下这般地刺眼。那种甜蜜的时日，在我的记忆里已经空白了很长很长。此刻，我又仿佛寻找到了那种甜蜜。我们坐在自家的窗户下，我用梳子给你梳理羊毛。你把身子贴近我，用脑袋摩挲我的胸口。你那弯曲的羊角，抵得我瘦弱的胸口发痛，我只得赶紧制止。我回屋取来酥油，把它涂抹在你的羊角上，上面的纹路愈发地清晰。你的到来，使我有忙不完的活要干，使我有了寄托和牵挂，使桑姆的点点滴滴又鲜活在我的记忆里。我再不能像从前一样，每天下午到酒馆里喝得酩酊大醉，我要想着你，想到要给你喂草呢。

我口渴难忍，提着塑料桶去买青稞酒。回到家，我坐在一张矮小的木凳上，身披一身的夕阳，一边看你一边喝酒。你站在面前，用桑姆惯用的那种羞怯、温情的眼神凝望着我。这种眼神，剥去了岁月在我心头堆砌的沧桑，心开始变得温柔起来。还有这酒，怎么落到肚子里，变成香甜的了。以往喝酒，怎么没有尝出香甜的余味呢。这是不是心境的变迁引来的，我真说不准。我一口一口地喝，这种香甜从舌苔上慢慢扩散向脑际，整个人被这种香甜沉溺。

这一夜我睡得很死，没有一个梦景出现。

你的两只耳朵被钢针粘着清油穿了孔，系上了红色的布条，这样你就显得引人注目。

桑姆，为了让你尽早投胎转世，我天天带着放生羊去转经。这头绵羊现在被我视如你了。

桑姆，你现在再没有出现在我的梦里，我不知道你现在的境况，有可能的话你再给我托一次梦吧。

现在，人们每天都能看到我和洁白的绵羊，顺着林廓路去转经。你耳朵上的红色布条，脊背中央点缀的红色颜料，向人们昭示着今生你要平安地度过此生，直到生老病死。

我带着你已经转了近一个月的林廓，你也熟悉了转经路上的一切。从今天开始我不再拴你了，我们相跟着去转经。我背上布兜包，里面装着我的茶碗和油炸果子，手里拨动念珠。我走走停停，看你是不是紧跟在我的身后。需要横穿马路时，我牵着你过，免得被车子把你给撞了。路上我遇到熟人，跟他们唠叨时，你驻足站在我的身旁。认识的人都说，"年扎啦，你做了一件了不起的善事，你会有好报的。""这头绵羊懂人性啊！""年扎啦，给它脖子上拴个铃铛，你就用不着老回头。""遇到你，是这头绵羊的福分。"这些话让我听了心里乐滋滋的，你的到来我一直认定是前世注定的一个缘，要不桑姆刚托梦，你和我就不期而遇了，哪有这么巧合的事情。我进仓琼茶馆，你从门帘缝里挤进来，钻到桌子下面。"你待在外面，不能进来。"我对你喊。你蜷缩在桌子底，毫不理会我的叫喊。茶客们看着我，会心地微笑。"就让它躺在那里，它又不占位置。"服务员说。我没有再赶你，我从布兜包里掏出茶杯，搁在桌子上，再伸手取出油炸果子，掰碎了喂你。你用舌头把油炸果子卷进嘴里，用牙齿嚓嚓地嚼碎。我把甜茶喝了个饱，你却静静地躺着，脑袋随着进进出出的人摆动。"南边的三怙主殿正在维修，听说缺人手，要是谁能去帮忙，那功德无量。"有个中年人跟旁边的茶客说。这句话让我很振奋，我想这是一个多好的机会，我要去义务劳动。我把杯子里的那点剩茶倒掉，用毛巾把杯子擦干净，装进了布兜包里。我一起身，你机敏地从地上爬起来，一同出茶馆门，走到喧嚣的大街上。你已经不在注意周围的热闹了，一门心思地跟在我的身边。我们穿过热闹的小巷，回到了四合院里。

我把你拴在窗户底下，从麻袋里拿些干草，搁在掉了瓷的脸盆里；再用另一个盆，从自来水管里给你接上清水。你望着这两个盆，没有表现出饥渴的样子，只是清澈的眼睛里露出疲态来。你把四蹄关节一弯，卧躺在地上，耳朵轻轻地甩动。我知道你已经很累了，该让你休息一下。我进屋脱了鞋，把湿透的鞋垫放在窗台上，让阳光晒干，自己盘腿坐在床上。我在思想，为了桑姆该给三怙主殿捐多少钱，怎样才能让他们把我留在工地上。藏族人都知道，米拉日巴为了救赎自己的杀生罪孽，拜玛尔巴为师，用艰辛的劳动洗涤恶业，即使背部生疮化脓，手足割破，咬着牙坚持，他最后得道了。为了桑姆有个好的去处，我捐五百元钱，再劳动一个月，为桑姆减轻一些恶业。这样想着，不知不觉中黑色的幕布把整个院子给罩住了。明天还要早起，现在我该入睡了。

一阵踢门声，把我惊醒。我匆忙坐起来，往门口喊，"是谁？"门不敲了，外面很安静。我猜不明白谁会这么早来敲门，难道是邻居生病了？"喂，是谁？"我喊着把灯给打开了。嗵嗵地又再敲，而且敲的声音比先前更重更急促了。裤子套在腿上，我急忙去开门。掀开门帘，借着灯光看，一个人都没有。稍一低头，看见你依在黑色的门套上，抬起脑袋咩咩地叫唤。紧张一下从我的头脑里消失，原来是你在敲门，催促我赶紧起床去转经。我嘴里骂你几句，心里却是很高兴。我给佛龛添了供水，烧了香。之后给你喂了些干草，然后我们一路去转经。路灯下的水泥板人行道，把你的蹄音振出来，嗒嗒的足音伴随我的诵经声，一切显得是如此的和谐。当我们走到功德林时，天空落下毛毛细雨，我们俩加快脚步，去找避雨的地方。雨下大了，噼噼啪啪地砸下来，人行道和马路上开始积水。我的鞋里灌进了水，你的身子被水浇透。前面有人喊，"过来，避雨。"我和你向一家餐馆的大门斗拱底跑去。这里已经聚了七八个人，绝大部分是来转经的。你可能太冷了，身子直往里面拱。站在最里面躲雨的小伙子，踢了你一脚。你什么反应都没有。旁边的一位老太婆忍不住，开始骂这个小伙子。"没有看到这是头放生羊吗？你还要踢它，畜生都不如。"小伙子刚要发作，其他的转经人都一同训斥他。他看清了自己的处境，跑进了大雨里，继续赶路。"这些年轻人，没有一点怜悯之心，活着跟牲畜一样。""可能喝了一晚上的酒，现在才回去呢。刚才我还闻到他一身的酒气。""一代不如一代。"我们呆在斗拱底，听他们发出的感慨，希望这雨尽早停下来。半个多小时后，雨变小了，我们又继续去转经。

　　我们湿漉漉地来到了南边的三怙主殿，找到了管事的僧人。我把钱捐给他，希望他留我们两个在这里当小工。他很爽快地答应了我们的请求，说，"除午饭殿里供应外，还要供应两次茶。"听到这个消息，我很高兴，这一天我就忙着装土、和泥。你却被我拴在了三怙主殿阶梯旁。回家我给你用布缝了个褡裢，翌日你背着褡裢运土运沙，来回往返不停，用自己的汗水建设殿堂。僧人们都说，"这头绵羊，活生生地给我们演绎建造大昭寺时的一幕。"

　　我俩在三怙主殿义务劳动了二十三天，后头的活路我们俩一点都帮不上忙，那是画师们的事情，他们要在墙上画壁画。结束工作后的第四天，三怙主殿的管事派了一名僧人，他推一辆手推车，送来了六袋鲜草和舍利药丸。我遵从他的指示，把药丸浸泡在水里。每次逢到吉日，我们两个喝上几口。偶尔，我用这圣水帮你清洗眼睛。

每天早晨你都要敲门弄醒我，然后你走在前头，我紧随其后。我路遇熟人，你会只顾往前走，到时候选个舒适的地方，站在那里等待我。到了茶馆，你会钻到我常坐的那个桌子底下，喝茶的人一见你，赶忙端着杯子，坐到别的位置上去，把地方腾给我们。人们都认识你了。

初夜我梦见到了桑姆。你走在一条云遮雾绕的山间小道上，表情恬淡、安详，走起路来从容稳健。后来你变得有些模糊，仿佛又幻成了另外一个人。我笑了，在梦境里我露出了白白的牙齿。这种喜悦使我睡醒过来。我端坐在床上，解析这个梦。我想你可能离开了地狱的煎熬，这从你的安详表情可以得到证明，梦境的后头你变得模糊起来，只能说明你已经转世投胎了。这么想着我很兴奋，于是睡意全无了。到了下半夜，我的胃部一阵疼痛，额头上沁出了颗颗汗珠。我想，这样疼得话，今天可能转不了经。那你怎么办？又想，这胃病，顶多会疼个把小时，之后会没有事的。我起床吃了几粒治胃的藏药，又躺进被窝里。当你踹门时，那酸溜溜的疼痛依然驻留在我胃上，它不会让我走动的。你踹门的力度加强了，我只能硬撑着走到门口，把门打开，给你解了套绳。"我病了，你自己去转，转完赶紧回来。"我对你说。你仰头凝望我，等待我一同出门。我只得牵你到大门口，而后推你往前走。你回头怔怔地望着我。我向你挥挥手，示意向前走。你明白了我的意思，扭头向小巷的尽头走去，留下一阵清脆的蹄音，消失在小巷的尽头。

我躺在被窝里等着疼痛消失。

太阳光照到了窗台上，我躺在被窝里开始担心起你来。这种焦虑，让我心急如焚，忘却疼痛。我穿上衣服，出门寻找你。这疼痛让我头上冒汗，脚挪不动，只能坐在大门口，背靠门框上。疼痛减弱了些，我的眼光瞟向巷子尽头时，你一身的白烁在我的眼睛里。你从巷子的尽头不急不慢地走来，偶尔驻足向四周观察一番。你自己都能去转经了，我喜极而泣。我坚持站立起来，等待你靠近。我把你拴在窗户下，拿些干草喂你。唉，又一阵钻心的疼痛袭上来，我只能蹲下身，用手顶住发疼处。"年扎大爷，你怎么啦？""到医院去看病！""你的脸色怪吓人的，我们送你去医院。""……"邻居们围过来，坚持要送我到医院去。我犟不过他们，只能到医院去检查。医生要我住院，说病得不轻。我却坚持不住院，说给我打个镇痛的针就行。邻居们也坚持要我住院，说，"三顿饭，我们轮流给你送。"我很感激，但我不能住院。医生把几个邻居叫到了外面，进来时各个脸色凝滞而呆板。我从他们的脸上窥视到我的病情,已经到了无法救治的地步。"医生,我孤寡一人,你就把病情告诉我吧!"我向医生央求。"您太累了,需要呆在医院康复。"医生说。"您就实话告诉我吧,我刚才从邻居们的眼神里知道我的病情很严重。""别乱想了,病不重,你在医院里先住上。"邻居们好言相劝。"医生,您把病情单给我看看,即使是最坏的结果,我也能平静地接受。"医生的眼光落到了邻居们的脸上,邻居们低下头,谁都不吭一声。"我无儿无女,只能自己拿主意,你就给我看吧。"医生很无奈地把病情单递给了我。胃癌。这两个字跳入了我的眼睛里,心抖颤了一下。我想到时日不多了,要是我死了,你——放生羊该怎么办?这种牵挂让我的心情变得复杂起来,开始有些动摇了。我发现,面对死亡,我做不到无牵无挂。我盯着医生,问,"我还能支持多久?"医生回答,"不好说。配合治疗的话,比不治疗活得要久一些。"我不能住院,一旦住院,每天往我体内要灌输很多药水,那样我有限的时间全部耗掉在医院里了。再不可能天天去转经,去拜佛,那样我的身体没有垮掉之前,心灵会先枯竭死掉。"医生,今天给我打个镇痛的药。回去,我把家里的事情处理一下,明天过来住院。"我为了逃脱,开始跟医生撒谎。医生可能看出了我的伎俩,劝我道,"别拿自己的命来开玩笑。"我说了很多保证的话,才得以离开医院。

  绵羊见邻居们扶着我回来,急忙从地上爬起来,向我靠过来。这不争气的眼泪,顿时哗哗流下来,把我的老脸溅湿了。桑姆也是这样被我们从医院里抱回来的,最后那口气是在自家的房子里断的。我这样流泪多不好,邻居们会以为我贪生怕死呢。他们把你推在一边,将我护送到房间里。我看到了你潮湿的眼睛,低垂下去的脑袋。邻居们围着我,劝我第二天去住院。有些还跑回家,给我送来了鸡蛋、酥油、牛肉。他们还向我承诺,一定看好带好喂好放生羊。这句话贴我的心,使缠绕我的担心减轻了不少。邻居们怕我累着,陆续回了各自的家。

  我把窗帘拉上,打开电灯。胃还是有一点轻微的灼痛感。我把你领到屋子里,自己坐在了木床上。你卧躺在我的脚旁,抬头凝视着。我身子前倾,给你挠痒。你惬意地眯上了眼睛。"我不知道自己什么时候会突然死去,活着的日子里,我会带你做很多的善事,这样你可以消除恶业,来世有个好的去处。即使我死了,你也会被院子里的人代养,直到老死。今生,我们俩把前世的缘续了下来,来世或几世之后还会接着续下去。"我动情地给你说。你仿佛听懂了我的话，站起来把两只前蹄搭在我的腿上，眼眶里闪耀泪花。我抱住你的脖子，尽情地哭泣。你湿润的呼吸在我的耳边流动，犹如桑姆的气息，它让我的情绪平稳下来。"我在祈求众生远离灾荒、战乱，远离病痛折磨的同时，也会给你祈求来世生在富贵人家，来世遇上慈祥父母，来世再与佛法相遇……"我跟你说了很多的话，好像自己真的明天就要死去一样。外面传来几声狗吠，这才知道时间已经很晚了，我和你该休息了。我把你牵回到院子里，让你早点睡觉。

我没有去住院，一种紧迫感促使我从这一天开始，带你去各大寺庙拜佛，逢到吉日到菜市场去买几十斤活鱼，由你驮着，到很远的河边去放生。那些被放生的鱼，从塑料口袋里欢快地游出，摆动尾巴钻进河边的水草里，寻不见踪影。几百条生命被我俩从死亡的边缘拯救，让它们摆脱了恐惧和绝望，在蓝盈盈的河水里重新开始生活。我和你望着清澈的河水，那里有蓝天、白云的倒影。清风拂过来，水面荡起波纹，蓝天白云开始飘摇；柳树树枝舞动起来，发出沙沙的声响；河堤旁绿草萋萋，几只蝴蝶蹁跹起舞。我和你神清气爽，心里充满慈悲、爱怜。我盘腿坐在河边，打开那桶青稞酒，慢慢地啜饮。手里的念珠飞快地转动，念珠磕碰的轻微声响，让我的心灵宁静。你悠闲地低头啃草，偶尔竖立耳朵，警觉地注视呼啸奔驶的汽车。太阳落山之前，我和你慢腾腾地回家去。

这年的夏末，措门林寺里活佛在讲法。我带你去听法时，寺院院子里黑压压地坐满了人，我和你紧靠着坐在角落里。活佛讲法时，你竖着耳朵安安静静地卧躺在地上，眼睛时不时地瞟向法座上的活佛。待累了，你走向人群后面，转悠一圈，用不了多长时间，又回到我的身旁。看到你的这种表现，人们除了惊讶，还对你产生了怜惜之情。以后的每一天里，许多来听法的人会给你带些鲜草、蔬菜来，他们把这些堆放在你的面前，抚摩着你的背，说，"跟佛有缘，一定会有善的结果。"寺院的僧人们对你格外地开恩，允许你进入庙堂拜佛、转经，还给你赏了挂在耳朵上的红布条。

我和你每天都忙个不停，时间转眼到了中秋。这当中，我的胃虽有疼痛，但没有先前那般了。桑姆再也没有托梦给我，但愿你已投胎成人。我对桑姆的牵挂稍稍一松懈，发现对放生羊的牵挂与日俱增，担心自己死掉后没有人照顾你，怕你受到虐待，怕你被人逐出院子。这种烦恼一直萦绕在我的头脑里，促使我努力多活几年。每天我都要祈祷三宝，让我在尘世多呆些时日。趁着中秋时节,我想带你去林廓路上磕一圈长头。我跟你说这件事时,你的眼睛里充满了渴望。我给你重新缝了个褡裢,给我做了个帆布围裙,这样我们算准备停当了。

天,还没有发亮,黑色却一点一点地褪去,渐渐变成浅灰色。我一步一磕,行进速度非常缓慢。你慢腾腾地走在我的身边,不时用眼睛瞟我。你背上的褡裢左侧装着一小袋糌粑和一瓶茶,右边装了一把白菜和一塑料罐水。当阳光照耀时,我和你已经磕到了朵森格路南端。一辆辆大巴车开过来,停在路边,车上下来国内外来的游客。他们一见到我们俩,围拢过来,照相机噼噼啪啪地照个没完。我匍匐在地上又起来,走两步,接着跪拜在地上。你驮着东西,跟在我的身边。有些游客给我们施舍钱币,我把钱收了,合掌说,"谢谢!"这些钱哪天我们捐给寺庙吧。我们磕着头把他们甩在了身后。我只祈求三宝保佑我多活些时日,让我能够陪伴你久长一些。

午饭,我们坐在马路边吃的。我盘腿坐在人行道上,从褡裢里给你拿出白菜,掰碎了放在你的嘴下。你太饿了,几口就把它吃完了。我干脆把整坨白菜丢在你的面前,自己开始倒茶糅糌粑。路过的行人不免回头看我们,之后匆忙离开。我再给你喂了几坨糌粑,把水倒进塑料袋里,让你喝了个饱。我们俩在树阴底躺下休息。马路上飞驶的汽车和流动的人群,不能让我们完完全全地放松休息,嘈杂声使人的心悬吊。我们又开始磕起了长头,毒辣的阳光让我汗流浃背,滚烫的水泥板烫得我胸口发热。可这一切算得了什么,我要坚持一路磕下去。

翌日,我们又从昨天停顿的地方开始磕长头。发现,身边有几十个磕长头的人,从穿着来看,他们一定来自遥远的藏东。在嚓啦嚓啦的匍匐声中,我们一路前行,穿越了黎明。朝阳出来,金光哗啦啦地撒落下来,前面的道路刹时一片金灿灿。你白色的身子移动在这片金光中,显得愈加的纯净和光洁,似一朵盛开的白莲,一尘不染。

[提示]

次仁罗布(1947—),藏族,西藏拉萨人,西藏作家协会理事。代表作有中篇小说《界》《情归何处》,短篇小说《杀手》《罗孜的船》《朝圣者》《放生羊》等,其中《放生羊》获第五届鲁迅文学奖。

《放生羊》原载《芳草》2009年第4期,小说讲述了藏族老人年扎为给死去的老伴桑姆赎罪,助其投胎转世,从屠夫手中救下一只通灵性的小羊,从此一人一羊的身影每天早上出现在通往寺庙的林廓路上。他们转经礼佛,义务劳动,感情日笃,就在桑姆托梦已经投胎,放生羊也可以独自转经时,老人病情开始恶化,于是,他带着放生羊沿林廓路磕长头,祈祷放生羊可以安然度过余生……作为土生土长的藏族作家,次仁罗布向我们展示了充满地域色彩的藏民生活:烧斯乙、添供灯、拜佛、向寺庙护法献白酒和纸币,转经、磕长头等。藏民有虔诚的宗教信仰,他们相信生死轮回、因果报应,对天地万物怀有敬畏之情。万物有灵的自然崇拜又融合了藏民的生命观。年扎老人对小羊的怜惜与呵护,对信仰的坚守使他看透生与死,当得知自己将不久于人世时,他从容地接受了命运的安排,整个作品由此升腾出一种超越死亡的宗教意味。

此外,小说还展现了藏族生活的"常"与"变"。藏民的人情美和人性美,以及他们对信仰的坚守,长久闪烁在雪域高原上,觉布日山上的转经人、喂放生羊糌粑的老婆婆、喝茶的老头、茶馆服务员、老人的邻居、打抱不平的路人、听法的信徒……他们宽容善良,散发出人性的光辉。但在现代文明冲击下,传统美德日渐消失,坚韧慈悲的老一辈藏民也不免发出"一代不如一代"的感慨,这是作者对藏族传统文化的坚守和对现代文明的批判,借此警示我们思考现代文明的出路问题。

(夏 雪)

中国在梁庄（存目）

梁　鸿

梁鸿（1973—），河南邓州人，当代作家、评论家。著有长篇小说《中国在梁庄》《出梁庄记》《梁光正的光》，短篇小说集《神圣家族》，文艺评论集《历史与我的瞬间》《黄花苔与皂角树：中原五作家论》《灵光的"消逝"：当代文学叙事美学的嬗变》《外省笔记：20世纪河南文学史》。《中国在梁庄》获2010年度人民文学奖和2012年国家图书馆第七届文津图书奖。

《中国在梁庄》原载《人民文学》2010年第9期，是新世纪非虚构文学的代表作。梁鸿深入乡村肌理内部，采访具有代表性的乡民，并将采访记录集结成书，以个人生存境地辐射乡村生活的多个方面，并引入自身对国家政策和乡村现状的思考。《中国在梁庄》以一个中国大地上的乡村样本为出发点考察当代中国的乡土现状，从一村之景来管窥整个乡土中国的当下裂变，梁庄存于中国之上，中国又隐于梁庄之中。

作品共有八章，第一章"我的故乡是梁庄"和最后一章"何处是故乡"以作者的经历和感受为主，起说明性和总结性的结构作用。这两个章节形成了一个反向的问答，作者在一开始认定梁庄是自己不容置疑的精神故土，然而深入梁庄内部，她却发现已有的故土经验和梁庄的当下面貌相悖，在文本最后，她发出了失乡人的疑问：何处是吾乡？第二章"蓬勃的'废墟'村庄"描写"环境"，自己所见到的乡村外部景观。第三、第四、第五章以不同年龄层次的"人"为主，分别为"救救孩子""离乡青年""成年闰土"。第六章考察乡村"政治"，第七章呈现宗法"道德"。在每一章节中，她通过采访几个不同境遇的人，从他们各自经历出发对同一主题进行相互补充和反复加强。

在叙事方式上，作者采用了多个角度来书写梁庄，在描写梁庄的现状时，作为观察者和叙述者的作家通常以第一人称出现在作品中。在与乡村的被采访对象进行交谈时，作家的主体性身份又退居幕后，让口述者发声。这种叙事视角的转换更能从不同的方面呈现出文本的真实性。在语言上，由于不同的叙事角度使得文本的语言呈现出多样化的效果。如在对访谈者语言的呈现上非常符合访谈者的身份，他们的语言大多以方言出现，以短句为主，具有碎片化特征，语言真实生动、充满趣味。

（陈　敏）

春尽江南（存目）

格 非

格非（1964—），原名刘勇，江苏镇江人。先锋派作家，自1986年发表处女作《追忆乌攸先生》开始，迄今已创作长篇小说《敌人》《边缘》《欲望的旗帜》《望春风》以及"江南三部曲"《人面桃花》《山河入梦》《春尽江南》，中短篇小说集《迷舟》《呼哨》《雨季的感觉》《青黄》《戒指花》等，另有论著和散文随笔《小说艺术面面观》《小说叙事研究》《格非散文》《塞壬的歌声》《文学的邀约》等多部。其中，"江南三部曲"曾获第九届茅盾文学奖。

2011年格非完成长篇小说《春尽江南》，2012年由上海文艺出版社出版。《春尽江南》是格非探讨当代知识分子处境的长篇力作，作家围绕谭端午展开了对中国当下知识分子的生存境遇和价值选择的书写，通过谭端午夫妇以及他们周边人近二十年的人生遭际与精神蜕变，揭示出知识分子在市场经济时代的痛苦挣扎，展现了知识阶层的精神困顿。首先，作品对当下时代污浊不堪的现实做了精准定位。"春尽"并不单指时间节气，更强调，江南的环境已被毁坏，美景荡然无存，诗意、理想的江南大地已然千疮百孔，唐宁湾房子被侵占的荒诞事实说明，社会的诚信度已经堕落到了令人触目惊心的地步。

作家在批判当下现实的同时，把反思的矛头指向知识分子群体。知识分子在精神沦陷的当下究竟何为？是《春尽江南》的核心问题。主人公谭端午百无一用，是时代的"边缘人"和"零余者"。一面是行动上的退却，思想上的妥协，一面是由此导致的自我角色意识的分裂和痛苦，一面是感情上的自我怜悯和理智上的自我谴责，一面是因此而滋长的颓然和伤感。夹在被动的策略性选择和自觉的思考之间，谭端午不可避免地陷入了身份认同的危机。谭端午的孤独是知识分子面对时代剧变所产生的失落、痛苦、焦虑、迷茫等多种心理的综合体验。由此，"春尽江南"是现代社会精神荒原的象征，隐喻着知识分子的命运悲剧。

如果把"江南三部曲"作为"隐喻性修辞"来看，从陆秀米投身革命的义无反顾，到谭功达于政治旋涡之外的茫然飘零，再到谭端午在日常生活中的"在而不属于"，"三部曲"的主人公在现实的存在呈现不断被边缘化的抽离过程，而在精神指向上却呈现出某种回归与超越。可以说，"江南三部曲"贯穿着格非对历史、现实问题的思考，是格非自我反省的灵魂之作。

（夏　雪）

狐狸和一个女人的上午

秦　岭

要说日子是个啥，其实就是个水。一滴水，也是日子的影子，从家家户户的日常对话里就听出来了。

女人：水，挑回来了吗？

男人：挑来了。

女人：倒缸里了吗？

男人：倒缸里了。

女人：炉香续了吗？

男人：续了。

坝子凌晨五点就出门找水了，挑着满天星斗。女人等男人，等，等，等来了两束光，把昏暗的屋子戳了两个贼亮的窟窿。绝不是晨曦，厚实的挡风帘把早晨困在屋外。两束光平地而生，幽幽的，戳人。世界在这个早晨像是被吓跑了，静！恐惧不由分说漫上来，幽灵一样包抄了女人。女人一个寒战，又一个。眼前的一切像陷阱一样险象环生，她忘记了口干舌燥，忽略了干裂结痂的嘴唇带来的痛。

闪了一下，微亮。是两束光对接了水缸表层光滑的釉子，如流星，一瞬。

女人这才察觉，水缸前香炉里的那炷香早已咽气，火星子逃之夭夭。男人临出门还千叮咛万嘱咐过，身子再累赘，也莫忘续香。女人一个盹儿，又一个盹儿，光梦娃儿出世了，炉香却走到了生命的尽头。家家户户孝敬水龙王的香，万不能断火的。没人见过真正的水龙王，但人人见过水。水是个啥？不就是从几里外，十几里外的枯井里、泉眼儿里、崖缝里挤出来又被活物争抢的稠泥浆嘛。

光是从门洞子里进来的，不是射，是飘，像魔鬼的手挑着两盏小灯笼。女人本能地用被子捂紧了身子，准确地说是保护性地圈紧了高高隆起的肚子。她把身子斜倚在土墙上，惊恐绑架了全身的神经，脚趾紧紧扣住干硬的炕席。娃儿像是从沉睡中骤然惊醒，在羊水里气冲牛斗。女人的肚皮像个装了野兔的编织袋，再蹬踹一番，准要绽线的。

女人听到自己喉咙里的呻吟：老天爷呀！

一个破脸盆旋风般闪入女人的脑海。此刻的破脸盆一定守候在屋外的窗台上，像恪尽职守的哨兵一样期待女人的召唤。那是她和隔壁接生婆的约定。只要敲得破脸盆吼叫起来，接生婆就会应声而至。这是坝子教给她的法子。接生婆耳背，却能辨得刮锅底、敲破盆、驴叫的声响。坝子吓唬过她，怀娃儿的女人，不能穷着嗓子吼，会废了肚子里的娃儿。

两束光显然捕捉到了女人的意图，却丝毫没有退却的意思。门洞不大，充其量也就碗口大的量，平日里用蒿草闷着，就怕被老鼠当成凛然进出的城门。女人的目光和两束光对峙着。女人开始揽着被子悄然行动，是挪动，目标——窗外的破脸盆。

两束光敏锐地从对峙中撕扯开来。女人发现，对方又盯上了她身上的被子，不！是肚子，一定是肚子。这是个太危险的信号，女人下意识地停止了挪动，颤抖的手指在肚皮上敲鼓，像风中的雨点儿。

天哪！我的天爷！女人听见喉咙里的尖叫，怎么会盯住我的肚子呢？

约莫二十分钟后，一段啥东西像是被两束光拖曳了进来，显然，另一段被门洞毫不留情地横截在屋外。啊啊！真是活见鬼了。

女人疯了似的钻出被窝儿，刷地拉开窗帘。首先登台亮相的应该是破脸盆，它是第一视野中的主角儿，可是……破脸盆不见了，取而代之的是一束花儿——一束杜鹃花，一束谷雨时节盛开的杜鹃花。天哪！怎么可能呢？坝子简直是想当爸爸想傻了，这样的浪漫只在谈对象时才有过：两人躲在山洼里拉手手，坝子给她乌黑的秀发上插满杜鹃花……破脸盆是救命的盆，花儿能救命吗？女人顾不上责备男人，心，吊在嗓子眼儿打秋千。

晨曦像风一样卷进来，热吻屋子的边边角角。通亮了。水缸变成了真正的主角儿，登台了，唱戏了，光彩照人，它唱它自己，它就是一口缸。它开口那么大，顶得了十几个碗口，它嗓子发干，唱得一言不发。

缸有一米半高，这是陇原人家必备的大水缸。缸和水，古来的冤家。驮水、挑水、抬水，五六趟七八趟，缸就是不情愿满。女人的肚子六个月的时候，显大，肚皮儿绷得紧，愈发丝滑细腻，像水缸的釉子，聚敛了明丽的柔光，环绕着肚皮儿游走。有事没事，坝子都要一遍遍地摸，一遍遍地吻，说，缸总是满不了，但你的肚子满了。女人懂坝子的意思，说啥呢？老天爷旱得真不要脸，早上还看到山洼里有锅底那么大的一眼水，待回头挑了担子追去，早被人先下手为强了。人抢水，野物也抢。有次，女人和坝子披着星星钻进麻子沟找水，离泉眼还有几十米呢，驴蹄子却像生了根，死活不挪步。坝子朝女人耳语，快！快回！

女人不解，为啥？

少啰嗦，回！坝子催。

那晚的月光下，坝子的一张脸像绷紧的干树皮，汗珠子像豆子一样爬满脑门。他悄声说，想想水芸，就晓得了。水芸是村里的一个丫头，有次在一个泉眼儿旁等水。两个时辰，水才有了影儿。瓢还没有够着水呢，耳后传来一声苍老的轻唤，分明又有找水的来了。水芸一回头，喉咙就被一个既软乎乎、又硬邦邦的东西顶上了。软乎乎的是狼唇，硬邦邦的是狼牙。五六只嗓子冒烟的恶狼并没有咬断水芸的喉咙，它们喝干了泉水，集体朝村子方向嗥叫。

村里人攥着家伙赶到，发现魂不附体的水芸像一摊烂泥儿，却完整无损。水芸家水缸旁的香炉里，一炷香变成了两炷香，一敬水龙王，二敬狼。

此刻，自家的香炉无声无息，像一只瞎眼。

女人心里骂自己：美泉啊美泉，不是香炉瞎眼，是你瞎眼了啊！

香，在头顶的炕柜抽屉里整装待发，女人伸手可及。香在，胆儿没在。

两束光迅速被晨光湮没，变成了一双弯弯的眼睛。

居然是一只狐狸，真的！是狐狸。

狐狸，它，它要干啥？它到底要干啥？女人又缩进被窝。

光天化日并没有妨碍狐狸的行动，身子在艰难地扭动、挣扎。钻入屋子的上半身像兰州拉面一样被抻得老长，像哈哈镜里的幻物。狐狸突然闭了眼，嘴巴焖成了一条窄缝儿，显然在积蓄新一轮力量。随着一声痛苦的、绝望的呻吟，整个身子像是被弹射进来，一松一紧，强大的惯性甩了它三个滚儿。高度的警惕让它迅速稳住了重心，目光布满人类从狐狸身上演绎而来的一个词：狐疑。倏然，目光又变得像棉花一样，柔柔的，瞄上了窗台的杜鹃花，这一瞄，瞄得别有意味，瞳仁里活跃着一种欣慰和狡黠的光亮。目光收转，再次盯住了女人的肚子。

在这样一个上午，狐狸的另一显著特征超越了其他特征的全部——肚子隆得扎眼，像个横挂在身下的背篓，八个乳头鼓鼓的，在绒毛的草原上探头探脑。女人下意识地摸了摸自己的乳房。孕期的女人，乳房是秋风吹饱了的麻袋，是一个女人的五谷丰登。女人晓得，母狐肚子里一次会窝五六个狐娃儿，人不行，比如自己，充其量一个娃儿。女人是怀胎十月，而狐狸怀胎才两个月左右。

母狐的目光，像传说中的定身术，让女人僵成了一口缸。

女人心中有数，母狐有一万个理由复仇，尖山一带的狐狸都晓得她是坝子的女人。坝子到底捕杀了多少狐狸，出售了多少狐狸皮，女人记不清了。高中毕业后，懂世事了，才晓得作为女人的活法，可以这样也可以那样。有个奢望，将来有钱了，像城里女人一样穿上漂亮的狐皮大衣，那才叫女人哩。晚上打开电视，皮草广告云蒸霞蔚，美丽的女明星身上穿的，头上戴的，脖子上系的，手里拎的，多是狐皮制品，雍容华贵，仪态万千，光彩照人。坝子给她讲过一个常识，狐狸品种包括银狐、十字狐、水晶狐、蓝狐、红狐、白狐……多了！狐狸皮是裘皮中的软黄金，被誉为世界三大裘皮支柱产业之一。坝子后来满足了她的心愿，花上万元买了一件狐皮大衣。在村里不好意思招摇，进城时才风光一回。平时，那件宝贝一直高挂在衣柜里养尊处优，享受护理婴儿般的礼遇。日子的蓝图早已绘就，将来在城里买了楼房，穿的，戴的，系的，拎的，全狐皮化。女明星是人，她也是；城里女人是女人，乡下女人也是。

狐狸撞上坝子，就注定了妻离子散，家破人亡。狐狸有野洼里突袭田鼠、兔子、青蛙、小鸟的绝活儿，从来没听说攻击过两条腿的人。即便对坝子有不共戴天的仇恨，也只能闻风而逃。躲开坝子的飞刀、套索、毒饵和陷阱，才是狐狸们的幸运和造化，更是它们毕生伟大而辉煌的胜利。

坝子早年在伏羲庙磕过头，一磕两磕，心就善得一塌糊涂，简直到了扫地恐伤蝼蚁命的地步。如果不是南下打工野了心，断不忍朝狐狸下手。结婚后的坝子，在广州、深圳当过保安，送过快递，吃过喝过落不下几个银子，后来发现皮草生意火得邪乎，就理所当然地想到了故乡大山里的野生狐狸，并很快在一家豪华的野生餐馆学会了攥刀子，远走河西走廊练就了捕杀狐狸的十八般武艺。他习惯了狐狸的死亡，习惯了活剥狐狸皮时刺耳的噪音，习惯了血腥。狐狸遇袭时，尾腺施放出来的狐臊往往让袭击者晕头转向，退避三舍，但坝子不会，坝子适应狐臊就像适应了自己的女人。

坝子处理狐狸皮的技术后来变得炉火纯青，每捕获一只狐狸，就在村口的崖畔下挑裆、剥皮、刮油、剪修、洗皮。坝子告诉女人，狐狸比人精一百倍，万不能在院子里处理的。为了防止报复，家里从来没有养过鸡。坝子活剥狐狸皮时，决不让她近身。男人杀气重，鬼见愁，女人性子绵，说不定会遭狐狸暗算的。他有个弟兄剥皮的路数很臭，非得在院子里动手，后来外出打工，狐狸隔三差五窜进门，不仅咬断了娃儿的脚丫子，还在厨房、水缸里排粪撒尿，熏得老婆娃娃永无宁日。

　　两月前的一次，女人腆着八个月的肚子靠近了崖畔。那是早春的一个午后。这个季节的公狐、母狐该恋爱的恋爱，该做爱的做爱，该怀娃的怀娃，毛色旺盛，皮板坚韧。人一年四季都要换衣服，夏着单，冬裹暖，狐狸也一样，春季初暖，浑身开始脱毛，到三伏天，浑身的毛基本脱完，而新的针毛和绒毛也开始生长，仲秋时分，又长又厚的被毛已覆盖全身，年前年后，优质的被毛能让捕猎者二目喷血。这是坝子捕杀狐狸的黄金期，坝子和他手里的刀、剪、钳一起疯了。阳光肃静。女人偷偷躲在一棵干瘪的洋槐树背后。坝子正处理一只尚在喘息中的狐狸。这是一只壮硕的红狐，棕褐色的针毛密而厚，像小麦扬花时清波潋滟的细浪，一层层麦芒涌动着生命的盼望，在欢呼火热的夏天，在朝着银镰、连枷、簸箕、场院歌唱。但这不是夏天，是料峭的早春。崖畔上钉着两个坚硬的木楔，木楔上悬挂着两个弯曲的铁钩子。

　　女人用手紧紧捂住嘴巴，她担心自己会失控，会喊叫。

　　坝子嘴上叼了一支奔马牌香烟。剪刀换成刮刀，两手左右开弓，上下翻飞。女人这才辨清，是一只公狐狸。最终，一张完整无缺的狐狸皮，彻底离开了朝夕相处的肉体。

　　妈呀！女人的惊叫刺穿了旷野，像一口水缸突然遭到重击。

　　坝子转身，满脸杀气，眼睛喷火。他瞪了她一眼，蹲身，马步，扬手，嗖！一道白光，流星一样飞向灌木丛，那是一大片尚未到花期的杜鹃。

　　杜鹃丛里传来一声惨叫。是狐狸，是另一只狐狸的声音。

　　一只前额中刀的狐狸，挣扎着窜出来，差点扑倒在女人脚下。女人吓得后退几步。狐狸踉踉跄跄地朝坡下逃窜。

　　坝子挥起第二把刀……

　　坝子……女人紧紧地抱住坝子的腰，别，别杀它了。

　　坝子的手垂下了，叹口气。这第二把刀飞出去，必中后臀，狐狸准栽倒，但皮板一前一后多两个口子，价格也就打折扣了。

女人说，我好怕！

坝子气恼地推了她一把，不让你来，你偏要来，损了我一把好刀。

女人说，跑了的那只，是这只狐狸的女人吧？

男人说，那当然，交配期的狐狸，最怕失去自己的男人。我早就估摸着它潜伏在那里。本来想把它们两口子，但是让你搅局了。

坝子，我一辈子都不穿皮草了。女人抽抽搭搭。

肚子九个月的一天，女人独自去崖畔后的小道上遛弯。漫山遍野的杜鹃花次第绽放，香气悠悠。女人贪婪地做了几个深呼吸，肚里的娃儿一定感受到人间的香气了，佛一样安稳。她想采一朵杜鹃花插在头上，怕人家见了笑话。返回的路上，哈，路中央居然有一束，猜透她心思似的傲放着。

男人一本正经地说，不定是被你救的狐狸献给你的哩。

女人说，你又贫了，谁信啊？你脑子里除了狐狸，还有啥？

水缸岿然不动。母狐却动了，朝缸。

母狐的眼睛妩媚地眨了一下，总忘不了朝杜鹃花瞄一瞄，似乎在考察女人的反应。

阳光飘飘洒洒，给狐狸披上了一层神秘的袈裟。狐狸的眼睛漫上了一层湿气，湿气很快凝结成一种晶莹，是眼泪，一滴，两滴，三滴。女人听到自己的胸腔里狂风大作，心儿像一个千疮百孔的铃铛，跳着，响着，像要掉进被窝里。没想到母狐会流泪，母狐的泪，是为了诱使她上当吗？狐狸的聪明她是领教过的，有次坝子在玉米地旁挖陷阱，却仅仅收获了一只麂子。狐狸早就对坝子的行踪了如指掌。坝子挖陷阱的时候，狐狸会设伏四周，他一离开，狐狸立即在陷阱周围释放出臊味儿，暗示途经此地的同胞。

她发现，母狐的额头，有一块疤。

真的是一块疤，真的！

除了七窍，这是母狐脑袋上唯一没有被绒毛覆盖的部分。

女人怔怔的，泪，刷地就下来了。她的手摸到肚子上某个鼓起的部位，那里也许是娃儿狂躁的拳头。她内心在问娃：娃儿啊娃儿，你要干啥呢？你不晓得人间在发生啥，妈妈好紧张，紧张死了。

水缸里仅剩半尺高的水。水缸里的水无论派啥用场，都不能亮底儿，哪怕只剩下几碗。渴死也不能让缸干了，这是祖祖辈辈传下来的规矩。干缸，那是天塌了，地陷了，是日子没过了。

母狐再次勾了脑袋，脖子像弹簧一样压缩进肩胛处。屁股努力下蹲，前腿后弯，背部隆成一张蓄势待发的弓。它猛地向缸口一蹿——平时，这对母狐来说应该是个轻而易举的动作，而此刻——母狐重重地摔了下来，眼看肚子要撞地，迅即借助后腿单薄的支撑，玩命地一旋身，把不幸留给了后背。扑通一声——这是脊椎骨与大地撞击的声音。一种近似于碎裂的破坏力，撕裂了阳光和空气，同时撕裂了母狐的惨叫。

啊！女人也叫了，像是喉咙里撕开了一条口子，裹挟着生命的血腥。

母狐仰面朝天，滚圆的肚子撑开了绒毛，像西北风掠过的枯草，八个奶头坦露成山丘，让母性的尊严无处藏身。喘息像狂风一样卷起一团迷雾，把阳光揪扯地散散乱乱。它尝试了几次才翻过身来，扫了一眼女人，扫了一眼杜鹃花，朝缸口发起第二轮冲锋。这是一次生命的冲锋，一次不计后果的赌博，一次身体里负载着五六个狐娃儿的惊天冒险。它跃起来，像疯女人一样跃起来。前爪刚刚够着缸口，巨大的惯性摧毁了它的自控力，眼看就要栽进缸里，慌乱中撇开两条粗短的前腿，左右爪吸住了水缸的内外壁，腰部釜底抽薪地一弓，硬是把半截身子凌空举了起来，这才以一种危险的蹲姿，在缸口勉强锁定。

女人的目光从干燥的空气中穿越而过，牢牢钉住了母狐的身子。

母狐以女人死活也想不到的动作——用舌头轻轻舔了舔肚子，然后，把硕大的尾巴从缸口探下去，探下去。缸太深了，尾梢显然够不着水面，它尝试着把下半身斜倚进去，悬空的重心使它的前爪玩了命使劲。成功了，尾梢显然蘸了水。它努力把身子回正，尾梢与嘴巴相向靠近，整个身子奇迹般地在缸口筑成了一个完美的圆。窄小、单薄的舌头，有滋有味地吸吮着尾梢的水分，一下，又一下。

母狐不停地把尾巴探下去，每次，像极了火中取栗。

日头已经升高，过墙了，上树了，屋子鲜亮得像过了水。日头像一只温情的眼睛，注视着屋里的一切。

女人发现，刚才还蓬蓬松松的针毛，此刻像暴雨后坍塌了的茅草，紧紧地贴在骨骼突兀的躯体上。那是汗，真的是汗。女人没见过狐狸出汗的样子。天哪！简直就像从水里捞出来似的。母狐转过脑袋，汗水浸透了的一张脸，像瘦下去的一轮月亮。也许是喝够了，不！也许是喝好了，不！

也许是刚够解渴。两只眼睛被水气拂洗得格外明亮，眸子楚楚动人，照得见女人，照得见缸。

母狐再次调整重心，显然不准备选择一跃而下，试图沿着缸身溜下来。溜下来同样需要勇气。爪子举棋不定，脑袋左右徘徊，尾巴迟疑不决。

女人轻轻掀开被子，轻轻，轻轻……

但就是这个动作，却在母狐那里产生了巨大的不安。

女人只好收住了自己。她焦灼，慌乱，不晓得怎样向母狐表达援助的本意。她尝试和母狐对话。我……我是想帮你的。你晓得不？你这么聪明的人——不，这么聪明的狐狸，难到真的累糊涂了吗？

母狐停止了一切努力，耳朵高竖。目光由不安变成了惊惧，四条严重超负荷的腿开始发抖，身子一摇三晃。

女人也冒汗了。即便是扑上去，她能把它抱下来吗？平时，她能抱起一头猪，扛起一麻袋玉米，但如今……女人再一次想到破脸盆，破脸盆一定是莫名其妙地掉倒墙根了。对，把它拎回来，敲响，但她再次否决了这个战略。她不可能说服接生婆，母狐经不住劈头盖脸的铁锨……

女人的视野里突然一片空白，仿佛整个世界瞬间蒸发，天崩地裂之后，狐狸突然没影儿了。紧接着一声惨叫，一声扑通——

就剩了一口缸，一如既往圆张着大口，朝天。

妈呀！女人失声了，翻滚下炕，顾不得拎裤腰带，磕绊着，跌跌撞撞扑向水缸。

母狐是一个倒栽葱栽进缸里的，半尺高的水骤然膨胀到二尺高。水面上，尾毛像散开的满天云霞，轻飏漫卷，洋洋洒洒，缥缥缈缈。靠近髋部的两个奶头像失明的眼球，在尾毛下忽隐忽现。两只后爪从尾毛里挣脱出来，无望地抽搐，像两条绽了线的笤帚疙瘩。

女人哗啦一声拉开门，裤子掉到了脚踝，雪白的屁股、双腿把陌生的阳光撞得东倒西歪，她顾不上崖畔上会有过路男人的眼睛，想冲出屋找破脸盆，又迟疑了。她贴紧缸身，能感觉到彻骨的冰凉给肚子带来的强烈刺激。肚子疼了，有些痉挛，娃儿一定是伤着了、恼火了、盛怒了，朝她拼命呢。她顾不了自己的娃儿，朝缸内勾下身子，使劲勾下身子，她让一双手穿越尾毛。她首先想把母狐的脑袋翻上来，那里有母狐的脸，有那双眼睛，有坝子的飞刀留在那里的疤。

劳而无功，阻隔她的是大肚子的峰峦叠嶂。心慌了，失神了。智慧在最紧要的关头激活了女人，她立即收手，蹬掉裤子的绊索。转身，拎来木头板凳，死死贴紧缸腰，不假思索地踩了上去。高度立即消解了她探摸的难度，摸着狐狸的脑袋了。她的脸几乎贴着了水面，能闻到母狐尾毛清爽的气息。是的，是清爽。女人这才回味过来，母狐从进屋的第一时间起，就从来没有释放过那种臭名昭著的异味儿，即便，在它警惕性最高的时候。

女人使劲往上拽，拽，拽……母狐的脑袋终于翻卷过来。

母狐的前爪显然找到了支点，整个脑袋挣出了水面。眼珠子圆溜溜的，鼓满了水。目光瞄住了女人的眼睛，这眼神，女人熟透了，是瞄准杜鹃花的那种。自己不是杜鹃花，真正的杜鹃花在窗台呢。母狐嘴巴大张，剧烈的咳嗽把要命的水喷了出来，糊了女人一脸。但母狐的身子仍然折叠着，死神和肚子里的狐娃儿同时向它排山倒海。

你别担心，这世上，有我呢，听话！女人对母狐说，又像是给自己打气。她紧紧地抱住母狐的脑袋，像抱着分娩的婴儿，千方百计逃离人间的废墟……

坝子是快中午时才回来的，挑着一担稠泥水。推开院门，老远就看到屋子门开着，水缸上高高叉开两条雪白雪白的、修长修长的东西，像个美丽的 V 形几何体，那种耀眼的白，与水缸釉子的透亮融为一体，像水粉画里的雪景。嘿嘿，一定又是女人给她布置的一个啥惊喜，他情不自禁地叫了一声，美泉，水来了。

没有反应。阳光和空气安静得像那口缸，一动不动。

哐啷一声响。男人一个趔趄，差点甩了担子，有几滴水漾了出来。是踩着大门口的破脸盆了。男人恼死了，这个臭婆娘，都啥火候了，还敢给我玩这个悬，不要命了。目光下意识地移向窗口，愣神了！一束杜鹃花，灿灿的，吐露芬芳。

日头偏西，一群吃了豹子胆的狐狸填补了山梁的空旷。狐狸们一字儿排开，肃立，在蓝天的背景下，构成一个个史无前例的剪影。这是尖山村的一场葬礼，全村人倾巢出动，却不见儿孙哭棺，不见纸钱丧棒，不见招魂幡。几个壮汉抬着一个上等柏木箱子——不是棺材。走在最前面的抬箱人是坝子。那天村里并没死人，谁也不愿提及箱子里的死者姓甚名谁。抬箱人都纳闷，他们分明闻到了一种奇异的清香，是箱子里弥散开来的，均匀，清幽，纯正。有人猜测是柏香的变种，有人认为不是。坝子一言不发。

真正死人是几天以后的事情，一度昏迷的女人死于难产。躺在柏木棺材里的女人，像个睡美人。山里人都传，说是女人临死前有过回光返照，迷瞪瞪地和男人进行了不到半分钟的对话。

女人：水，挑回来了吗？

男人：挑来了。

女人：倒缸里了吗？

男人：倒缸里了。

女人：炉香续了吗？

男人：续了。

[提示]

秦岭（1968—），男，甘肃天水人。著有长篇小说《皇粮钟》《断裂》，中篇小说集《绣花鞋垫》，中短篇小说集《红蜻蜓》等。

在中国的传统民间文化中，狐狸是有灵性的，因此狐狸往往不被视为兽，而是"仙"。在这种动物身上，"兽性"与"神性"诡异地交织在一起。而在作家秦岭的笔下，在与坝子女人对视的那只狐狸身上，我们看到的却是另外一种东西——"人性"。

秦岭在小说里依然坚持他的民间立场，把目光投向了他熟悉的中国西部的乡村世界。在极度的贫瘠中，坝子南下打工，这个曾经"善得一塌糊涂，简直到了扫地恐伤蝼蚁命的地步"的人在外面的世界"野了心"，学会了"攥刀子"，开始捕杀狐狸，最终"习惯了狐狸的死亡，习惯了活剥狐狸皮时刺耳的噪音，习惯了血腥"。在坝子身上，人对动物的野蛮中展现了人类屠刀下的毁灭，欲望下的放纵，这不只是对人类良知的叩问，更是对人性与兽性界限的质疑。

小说里，人与动物在极度的干旱中都被逼到了生命的极限，从坝子手下侥幸逃生的母狐冒险到坝子家找水，两个"准母亲"就这样相遇在一种非常状态，这是生命的危机，也是人性的危机。但经过了最初的紧张试探之后，两位母亲的生命意识与母性情怀最终实现了极限状态下的交织共振，开掘出一条人与兽之间精神与情感互动的通道，她们从对峙、和解直到最后实现了默契——生命的极限并不意味着人性的极限——即使在人与兽之间。

　　小说最终是以悲剧结束的，母狐葬身水缸，女人难产而死。一对"准母亲"以死亡的方式完成了生命与精神对接，以伟大与圣洁的母性本色给人以灵魂上的洗礼，女人也以自己的死亡为坝子的罪孽进行了救赎。山民们以古老而庄重的形式为母狐举行葬礼。如果说，葬礼仪式本身弥合了人类生与死之间的意义鸿沟的话，那么在这场狐狸与女人的葬礼中，我们看到的是人类与狐狸两个物种间恩怨的消解，或者说是作家用这篇作品作为悼词完成了对残破人性的祭奠与招魂。

（刘　佳）

深 山 来 客

朱山坡

  有一年夏天,洪水过后,镇上的人看到一个陌生的中年人背着一个耷拉着头的女人走进电影院。他们觉得很奇怪,迅速摸了一下情况。令人吃惊的是,中年人是撑船从上游的支流鹿江来的。一条简陋的乌篷船,窄小得只能挤得下两个人。蛋河很少行船了,因为湾多水急,十分危险,曾经翻过好几次船,淹死过人,尤其是洪水过后,更加凶险莫测。鹿江很长,很窄,满是水草,几乎不为人知,它的尽头是鹿山。对蛋镇上的人来说,鹿山既陌生又遥远,像传说中的地名。蛋镇没几个人去过鹿山,不仅仅是因为偏僻,还因为险峻,不通公路,是深山野岭,仿佛是世外之地。过去是瑶民住的地方,他们很少出山,现在已经人迹罕至。中年人自称从鹿山来,都把蛋镇人吓了一跳,那得经历多少艰险啊!

  "我们大清晨撑船出发,晌午到达蛋镇,刚好赶得上电影。"中年人长得高高瘦瘦的,憨厚老实,脸膛比镇上的男人都白净,还显得比镇上的男人更斯文,"看完电影还得回去。船上有火把,还有猎枪。"

  人们不知道中年人叫什么名字,或者他说过了,他们没记住。他们都叫他鹿山人。背上的女人是他的妻子。

  看上去鹿山人的妻子五官长得真好看,是一个美人的模样,很年轻,但身体不好,脸色苍白,嘴唇没有一点血色。主要是腿不好,走不了路,浑身没有力气似的。蛋镇上的人都替她担心,也很疑惑:费那么大的劲来到蛋镇,难道就只为看一场电影?

  是的,鹿山人的妻子来蛋镇就只为看一场电影。那天,鹿山人背妻子进电影院后,随即出来了,蹲在海报墙墙脚下卷烟叶,一直在烧烟。烟很香,把电影院门卫卢大耳吸引过来了。他给卢大耳烧了一卷烟叶,呛得卢大耳一边粗俗地骂街一边大声地叫好。

  "你不陪老婆看电影?"卢大耳问。

  "不陪。电影跟戏一样,全是骗人把式,我不爱看。"

  "你对老婆真不赖。"卢大耳说,"烟叶也很好,我怎么从没烧过这么好的烟叶。"

"这是山里的野烟，遍地都是。除了电影院，山里什么都有的。"鹿山人把口袋里剩下的烟叶都送给了卢大耳。烟把卢大耳呛得涕泪横流。

电影散场，他赶紧逆着人流进去找他的妻子。然后，背着妻子匆匆往蛋河方向走。步履仓促，似乎又去赶下一场电影。

后来，在镇上几乎每个月都能见到一次鹿山人背着他的妻子来电影院。每次都是，从蛋河旧码头下了船，鹿山人赤脚背着她经过碾米房，从四方井过来，沿着石板路，走过肉行，来到电影院外，在海报前驻足一会儿，看看今天放什么电影，然后去售票口买一张电影票。电影快要开始了，鹿山人把妻子背进电影院，安置好，便出来，决不偷窥一眼银幕。电影散场了，他进去把妻子背出来，往河边走，上船，离开蛋镇，从不过多停留，更不在镇上过夜。卢大耳和鹿山人建立了相互信任的关系。卢大耳掐过时间，鹿山人从不在电影院里多待一分钟，他出来后，有时候还跟卢大耳边烧烟边攀谈一小会儿。卢大耳知道，鹿山人不看电影其实是为了省钱。他的衣服补丁很多，补丁的颜色各不相同，看上去实在有点寒碜。他还自带了干粮，烤红薯或南瓜饼。镇上的人都同情他，实际上也是担心居住在鹿山的人：在深山里，他们靠什么为生呀？靠什么养活孩子呀？

人们的好奇心和注意力主要在那女人身上。后来他们都知道了，鹿山人的妻子病得很重，危在旦夕。这让他们感到异常吃惊。但鹿山人似乎习以为常了，远没有他们揪心。趁她看电影之机，鹿山人从船上取下一些山货，竹笋呀、木耳呀、山药呀、干果呀，还有兽肉什么的，卖给镇上的人。"山里人不容易，能帮就帮吧。"大伙对这些东西并不是十分热爱，但也呼朋唤友把它们都买了。鹿山人千恩万谢，然后飞跑去卫生院买些药。药不多买，鹿山人说，山里什么草药都有，什么病都能治，买点西药主要是为了应急。

鹿山人的妻子得什么病，大伙慢慢都看了出来。严重贫血症，根治不了，而且会越来越严重，慢慢地，最后死掉。有人说，像这种病应该往北京、上海，至少得往省城的大医院送治。可是，哪怕是把鹿山卖掉，鹿山人也筹不到那么多钱啊。他就只能用山里的医术和药物治疗。这也没什么不对，很多城市里治不好的病，在山里却能治好。因此，大伙也没有责难他，只是觉得他可怜，他的妻子更可怜。

"她哪里也不愿意去。她只喜欢看电影。只要看上一场电影，她就觉得病好了一大半。"鹿山人说。

见过鹿山人妻子的人都相信鹿山人说的话是对的，因为他们发现，从电影院里出来后，鹿山人妻子原来苍白的脸竟然变得有些绯红，耷拉着的头也抬了起来，尤其是那双暗淡无光的眼睛变得像野草叶尖上闪亮的露珠。甚至，她要尝试着用双脚走路。电影真的有神奇的疗效。然而，未必每一部电影都是一剂良药。有一次，看了香港电影《胭脂扣》，从电影院出来，她在鹿山人的背上两眼发直，披头散发，哭得像山猫一样。鹿山人一边安慰她，一边往河边飞奔。好像是，若慢一点，她便要断气了。

如果不是为了看电影，鹿山人夫妇是不会千辛万苦撑船来到蛋镇的。鹿山人自己说，他原来也不是鹿山里的人，他曾祖父那代才从武汉搬迁到那里的。曾祖父是武汉最有名的戏子。有一天，一个国色天香的女子来听他的戏，迷上他了，连听了一个月。跟戏里一样，两个人走到了一起。山盟海誓之后，曾祖父才知道她竟是一个北京王爷的爱妾，但已经无法回头，只好带着她一路奔逃。辗转无数地方，才最终在鹿山安定下来。只是，从此以后，隐姓埋名，不再唱戏，做普通人。鹿山人没去过大地方，来到蛋镇也不愿意过多抛头露面，低调而谦卑，办完事就离开，好像跟他的祖宗一样，还坚持隐姓埋名、小心谨慎地生活。

卢大耳知道许多鹿山人的秘密。经过卢大耳的传播，秘密便成了公开的消息。卢大耳说，鹿山人的妻子身世也很复杂。她是来自武汉的知青。来到鹿山前，她的父亲跳进长江不见了。来到鹿山后第二年，她患贫血病的母亲也死了。鹿山来了十一个知青，到最后只有她一个人留了下来。武汉没有亲人了，她不愿意回去了。更重要的原因是，她和鹿山人好上了。

从神态和动作就轻易看得出来，鹿山人和妻子十分恩爱。从河边到电影院的路上，鹿山人不断地转过头来问背上的妻子：累不累？饿不饿？晕得厉害吗？妻子每次都是做出否定的回答，还不时给鹿山人擦汗，轻轻摸他的脸……蛋镇人把鹿山人当成了楷模，不少平时经常争吵的夫妇自从见识鹿山人之后竟然变得相敬如宾。蛋镇人还把鹿山人夫妇当成了客人，每次见到他们都主动凑上去，问鹿山人：这次又带什么山货给我们？他们对山货倾注了最大的热情，一抢而光，扔下来的钱让鹿山人感到既惊喜又不安。而他们更关心的是鹿山人的妻子。电影还没有开始，她就坐在电影院墙脚下等待。他们围着她嘘寒问暖，有时给她递上一碗热粥，一杯热开水，或者一根冰棍。还有人给她塞人参、鱼肝油、麦乳精甚至雪花膏，被她婉拒了。有一次，鹿山人夫妇上船离开了，走了好长一段水路，竟然又折返回来。因为妻子发现有人在她的布袋里塞了名贵的山东阿胶，她坚决要物归原主。可是没有人承认是自己塞的，大伙都劝她收下，补补身子。但她一再拒绝，决不肯接受。鹿山人很焦急，最后把阿胶交给了老吴，请他代为转交原主，她才同意回家。

"你们不必为我们担心。鹿山，除了电影院，什么都有。"她苍白的脸上是歉意而感激的表情。

这天晌午，鹿山人背着妻子又来到了蛋镇电影院，却在海报墙上看到一张白纸黑字的告示：台风将至，今天不放电影。妻子难掩失望，立马瘫软在鹿山人的背上，用力扯他的耳朵，责怪他来晚了，要是昨天或前天来就不会错过电影。鹿山人不断地解释安慰。他的两只耳朵红彤彤的，都被快扯裂了吧。街道上的人正为应付即将到来的台风疲于奔命，顾不上他们，只是匆匆跟他们打一声招呼就走了。

鹿山人背着妻子要走，却被妻子阻止了。

"我要看电影！"妻子像孩子撒娇似的说。

鹿山人说："台风要来了，今天电影院不放电影，我们赶紧回家吧。"

妻子说："可是，我们比台风先到呀。"

鹿山人说："台风过后，我们再来。"

妻子说："你害怕台风呀？你害怕回不了家呀？"

鹿山人沉默了。谁不害怕台风呀？台风来了，摧枯拉朽，地动山摇。还有暴雨、山洪，惊心动魄。

妻子从鹿山人的背上挣扎下来，扶着墙挪步到电影院正门，伸手摸了摸"蛋镇电影院"的牌子，突然变得莫名的哀伤，竟掩面低声地抽泣。

鹿山人吃惊地问："好好的你为什么哭？"

妻子说："我心里的悲苦，像台风，像鹿江，像山洪暴发。"

鹿山人知道妻子内心的悲苦，但她还是第一次说出来。平时，她从不埋怨，也从不哀叹，心里最难受、最绝望的时候，也只是对鹿山人说："我想看一场电影。"于是，鹿山人连夜准备，第二天一早便出发。这一次，本应该是昨天或前天出发的，但因为要收割最后的一亩庄稼推迟了。

鹿山人也黯然神伤，向妻子保证说："台风过后我们还来看电影，一个月看两场。"

妻子说："我不等了，等不及了……我等不到台风过后了。"

风似乎越来越紧了,天空中的云朵也变得慌乱起来。鹿山人不知道该怎么说服妻子,只是俯下身子,试图让她趴到他的背上,然后回家。可是,她固执地拒绝了。鹿山人尝试去背她,被她推开了。鹿山人站起来,要抱她。她躲闪开了,双手抚着电影院的牌子,突然号啕大哭。那哭声就是山洪暴发,悲痛欲绝。后来镇上的人回忆说,这辈子从没有听到过如此撕心裂肺的哭声,像孟姜女哭长城,电影院都快被她哭塌了。路过的人们都停下手里的活,围过来劝慰她。

"台风马上要到了,电影院没人上班了,连学生都放假回家了。"

"只是少看一场电影嘛,又不是世界末日。只要电影院还在,就还会有电影看。"

"台风过后,你可以连看三天电影。住我家里,管吃管穿,要住多久都行。"

……

可是,谁也无法劝止她的哭。不是一个孩子在哭,而是一个内心悲苦的人在宣泄。鹿山人和大伙都束手无策。这样哭下去,对本来就病弱的她无异雪上加霜。

这个时候,电影院院长老吴从电影院走出来:"这是哪个龟孙子贴的告示?"一把撕下自己亲手贴上的告示,对鹿山人的妻子说,"今天照常放映!"

鹿山人妻子的哭声戛然而止,将信将疑地盯着老吴。老吴让鹿山人背起妻子跟着他走进电影院。不一会,电影院里便传出片头曲的声音。

鹿山人从电影院里走出来兴奋地告诉大伙,真的放电影了!你们也进去看呀。

电影院的大门敞开着,没有售票员,守门的卢大耳也不见踪影,但大伙只是侧耳倾听,没有谁趁机进去。他们都明白,这场电影是老吴专门给鹿山人的妻子放映的。在蛋镇电影院历史上,这是头一次免费给一个人放电影。可是,没有谁说阴阳怪气的话。

鹿山人在电影院外头蹲着,独自烧着烟叶。人们走过来,心照不宣地摸摸他的头,然后默默走开。不断有女人过来叮嘱他:"电影散场了,你带她到我家吃碗热鸡汤再走。"她们不厌其烦地给他指路,哪条街哪条巷。鹿山人一概答应,反复致谢。女人们发现,鹿山人满脸疲惫,更瘦了,明显苍老了许多,不禁叹息:"他怎么还背得动自己的女人啊!"

这次，鹿山人始终没有离开电影院一步，一直到电影院结束，传来片尾曲的歌声，才进去把妻子背出来。

鹿山人的妻子脸上的绯红色更加明显，看上去比任何时候都亢奋。她在他的背上仍兴致勃勃，热泪盈眶。那是电影带来的泪水。鹿山人觉得今天的电影很好，妻子看开心了，心里感觉特别幸福。

老吴对鹿山人说，台风过后，欢迎你们再来看电影。

鹿山人对老吴千恩万谢。他的妻子眼含泪水，频频点头向老吴表达谢意。

老吴像一个老父亲，抬手轻轻地替她捋了捋被风吹乱的头发。

"你今天特别漂亮！"老吴慈爱地赞美她。台风的先头部队已经到了，它们攻打着电影院的窗户。上次台风攻陷放映室，毁了一台放映机。老吴不敢掉以轻心，转身跑回电影院。

鹿山人以为妻子同意跟他回家了，可是，她说要去照相馆，"老吴说我今天特别漂亮。"

"时候不早了……"鹿山人说。

妻子说："反正每次都要点火把回家的。"

"台风来了！"鹿山人伸出一只手去捕捉风，感受到了异样，焦急而不安地说。

妻子说："死都不怕，我还怕台风吗？"

鹿山人只好改弦易辙，去往国营照相馆。

这是蛋镇人最后一次见到鹿山人和他的妻子。这次台风过后，多少次台风过后，再也没有看到他们的踪影。

老吴有点想念鹿山人。他断言，鹿山人永远不会再带他妻子来蛋镇看电影了。可是，当别人问"为什么"时，他只是摇头，叹息，不愿意向大伙解释。

有人猜测说，洪水过后，是不是鹿江河道阻塞，行不了船？

也有人乐观地估计说，可能鹿山也有了电影院，比蛋镇电影院更宽敞更坚固，还免费，即使台风来了也不耽误看电影。

还有人小心翼翼地说，鹿山人可能带妻子去武汉治病了，只有大医院能治好她的病。

但就是没有人愿意说出那句话：鹿山人的妻子或许已经离开了人世。

……

有一天，国营照相馆在玻璃橱窗展出了一幅32英寸的大型彩色照片，镶在金色的相框里。照片上的女人穿着橘红色的旗袍端坐在黑色的椅子上，秀发及肩，脸色绯红，面带微笑，双目炯炯有神。

"多漂亮的女人啊！像《胭脂扣》里的如花。"

不少人乍看以为真的是梅艳芳饰的如花。但眼尖的人一眼便能辨认出照片上的人是鹿山人的妻子，当然，也看得出来，是化了妆的。国营照相馆的人说，鹿山人说好台风过后来取照片的，但两年多过去了，仍不见有人来取。

无论从哪个角度说，这张照片都好得无可挑剔。后来，它一直摆在橱窗里，已经成为国营照相馆的广告。

镇上见过鹿山人妻子的女人，有时特意路过国营照相馆，就为瞧一眼她的照片。常常有人在照片前驻足良久，一言不发，仿佛是，想跟她说些什么，却又不知从何说起，直到惋惜和哀伤使她们不堪重负，才默默走开。

[提示]

朱山坡（1973—），本名龙琨，广西北流人。代表作有长篇小说《我的精神，病了》《懦夫传》《拯救大宋皇帝》《大宋的风花雪月》《玻璃城》，中短篇小说《我的叔叔于力》《中国银行》《跟范宏大告别》《陪夜的女人》《深山来客》等。

《深山来客》原载《芙蓉》2018年第5期，是朱山坡"蛋镇电影院"系列之一。看一场电影有多重要？对于住在深山中的人来说，这可能意味着一种难得的现代生活体验，虽然鹿山人说，"鹿山，除了电影院，什么都有"，但只有看电影才能给自己重病的妻子以安慰。因此，鹿山人就背着妻子走出深山，每个月都撑船到蛋镇上看一次电影，逐渐成了蛋镇上的一对"陌生人"。

深山并不是完全闭塞的，因为鹿山人的祖上来自武汉，当年为了爱情逃到深山，而女人则是来自大城市的知识青年，两人因为现代历史的搅动而在深山里相遇，建立起一种"现代爱情"。因此，深山并不是远离尘世的"世外桃源"，否则，妻子不会如此渴望看一场电影，对她来说，这种精神上的需要远远超过了所有的草药和西药，成为支撑她活下去的最大勇气。同时，带给她勇气的还有丈夫那深沉的爱。无论要经过多少险滩，遭受多少磨难，鹿山人都默默背负着妻子在深山与蛋镇之间往返，也是因为这段爱情，他们既不再属于鹿山，也不再属于蛋镇，他们是一段传奇。

而他们的爱情也感动了蛋镇上的居民，在朱山坡的"蛋镇电影院"的16篇作品中，蛋镇居民的面目是复杂而真实的，如一切偏僻的小镇一样，镇上的居民们有着朴素的人生观，却也喜怒无常，做事全凭喜恶。因此蛋镇既像边城，也是马孔多。而鹿山人夫妇的闯入，就像他们手中举着的那支火把一样，照亮了小镇的暗夜，也照亮了人们心中的灰暗。在他们平凡而坚韧爱情的照耀下，蛋镇上的夫妻们也开始学着相敬如宾，他们像一股清风，吹开了蛋镇人愤怒的、计较的、阴阳怪气的脸。他们看鹿山人夫妇的眼光也不再仅仅是同情，而是多了几分羡慕与敬重，羡慕他们的琴瑟和谐，敬重他们的相濡以沫。最终，在一次台风天的电影院，鹿山人夫妇与蛋镇人一起上演了一场"电影与风暴"的大戏，这也成为鹿山人夫妇的谢幕出场，从此，他们的爱情就像鹿山人的祖辈一样，成为一段传奇，化作照相馆的那幅美丽得不真实的照片。

如果有天堂，那么天堂里一定是有电影院的。

（刘　佳）

好人宋没用（存目）

任晓雯

任晓雯（1978—），上海人，1999年开始发表作品。主要有长篇小说《好人宋没用》《她们》《岛上》，短篇小说集《我是鱼》《对影》《清平乐》《我爱莎莎》《生活，如此而已》等。《好人宋没用》获第十四届十月文学奖。

《好人宋没用》2017年由北京十月文艺出版。作为任晓雯"浮生"系列的续篇，《好人宋没用》延续了作家书写城市底层生活的一贯主题，在20世纪近一百年的历史时空内，描写了城市底层女性宋没用平凡又艰辛的一生，借小人物的命运浮沉表达了作家对上海百年沧桑历史的认识，从普通人的日常生活切入时代命题。

宋没用出生于苏北一个贫穷的小市民家庭，"没用"标识出她在家庭中可有可无的卑微存在，从一开始，宋没用就注定是被家人和社会抛弃的对象。由于孩子众多，母亲在她未出生时就想让她胎死腹中，但是她却顽强地存活下来，从她出生那一刻起，苦难便随之而来。作品将宋没用的苦难人生分四个阶段来讲述。第一阶段，宋没用随父母从江北来到上海，一家人在上海摸爬滚打，随着父母相继去世，药水弄的家被霸占，宋没用无家可归。第二阶段，宋没用嫁给杨仁道，生活依然很艰难，经常被婆婆虐待。丈夫被抓以后，宋没用独自把五个孩子抚养成人。第三阶段，宋没用被倪路得收留，生活逐渐好转，但哥哥宋大福又不断骚扰她，宋没用不得不接济哥哥。第四阶段，老年的宋没用为儿女操心劳碌，还遭到孩子的嫌弃与厌恶，最终死在一个小小的卫生间里。宋没用一生都在与苦难抗争，在奔波劳碌中挣扎，在种种道德、伦理的纠缠中演绎了一曲底层人的心灵之歌。

在语言运用上，作品多用文白夹杂句式，还大量加入沪上方言，极具地域色彩。人物对话更是简洁直白，干净利落。另外，在叙事态度上，作者使用了零度情感的方式，一方面保证了叙事的中立，一方面凸显了苦难本身的意义。

（陈　敏）

诗　歌

回　答

何其芳

一

从什么地方吹来的奇异的风，
吹得我的船帆不停地颤动：
我的心就是这样被鼓动着，
它感到甜蜜，又有一些惊恐。
轻一点吹呵，让我在我的河流里
勇敢地航行，借着你的帮助，
不要猛烈得把我的桅杆吹断，
吹得我在波涛中迷失了道路。

二

有一个字火一样灼热，
我让它在我的唇边变为沉默。
有一种感情海水一样深，
但它又那样狭窄，那样苛刻。
如果我的杯子里不是满满地
盛着纯粹的酒，我怎么能够
用它的名字来献给你呵，
我怎么能够把一滴说为一斗？

三

不，不要期待着酒一样的沉醉！

我的感情只能是另一种类。
它像天空一样广阔，柔和，
没有忌妒，也没有痛苦的眼泪。
唯有共同的美梦，共同的劳动
才能够把人们亲密地联合在一起，
创造出的幸福不只是属于个人，
而是属于巨大的劳动者全体。

四

一个人劳动的时间并没有多少，
鬓间的白发警告着我四十岁的来到。
我身边落下了树叶一样多的日子，
为什么我结出的果实这样稀少？
难道我是一棵不结果实的树？
难道生长在祖国的肥沃的土地上，
我不也是除了风霜的吹打，
还接受过许多雨露，许多阳光？

五

你愿我永远留在人间，不要让
灰暗的老年和死神降临到我的身上。
你说你痴心地倾听着我的歌声，
彻夜失眠，又从它得到力量。
人怎样能够超出自然的限制？
我又用什么来回答你的爱好，
你的鼓励？呵，人是平凡的，
但人又可以升得很高很高！

六

我伟大的祖国，伟大的时代，

多少英雄花一样在春天盛开；
应该有不朽的诗篇来讴歌他们，
让他们的名字流传到千年万载。
我们现在的歌声却那么微茫！
哪里有古代传说中的歌者，
唱完以后，她的歌声的余音
还在梁间缭绕，三日不绝？

七

呵，在我祖国的北方原野上，
我爱那些藏在树林里的小村庄，
收获季节的手车的轮子的转动声，
农民家里的风箱的低声歌唱！
我也爱和树林一样密的工厂，
红色的钢铁像水一样疾奔，
从那震耳欲聋的马达的轰鸣里
我听见了我的祖国的前进！

八

我祖国的疆域是多么广大：
北京飞着雪，广州还开着红花。
我愿意走遍全国，不管我的头
将要枕着哪一块土地睡下。
"那么你为什么这样沉默？
难道为了我们年轻的共和国，
你不应该像鸟一样飞翔，歌唱，
一直到完全唱出你胸脯里的血？"

九

我的翅膀是这样沉重，

像是尘土，又像有什么悲恸，
压得我只能在地上行走，
我也要努力飞腾上天空。
你闪着柔和的光辉的眼睛
望着我，说着无尽的话，
又像殷切地从我期待着什么——
请接受吧，这就是我的回答。

一九五二年一月写成前五节
一九五四年劳动节前夕续完

[提示]

何其芳（1912—1977），原名何永芳，四川万县人，现代诗人、散文家、文学评论家。代表作有散文集《画梦录》《还乡杂记》，诗集《预言》《夜歌》《汉园集》（与卞之琳、李广田合集）等，诗论和文论集有《关于写诗和读诗》《诗歌欣赏》《文学艺术的春天》等多种。

《回答》原载《人民文学》1954年第10期。这组诗，共分为九首，前五首完成于1952年1月，后四首完成于1954年劳动节前后，这两个时间点有着重要的意义，1952年1月之前，是全国文艺界思想改造积极动员时期，1954年4—5月是何其芳积极参与对俞平伯批判、胡适批判的重要时期。何其芳是文艺运动的重要参与者，但是在《回答》中却给我们传达出另一个"何其芳"。这组诗表达的是诗人对当时社会状况的一种感受，"奇异的风"吹得"我的船帆和心"不停地"鼓动"，"我"怕"风"太猛烈吹断了我的"桅杆"。实际上，这里的"风"指的是当时社会环境和政策的变动，这给诗人的内心带来了极大的恐慌，使诗人有种前途渺茫的悲伤。诗人面对"海水一样深的感情"却感到他们是那样的"苛刻"，面对眼前的事实，诗人做不到"把一滴说为一斗"，只是希望幸福是"属于巨大的劳动者全体"。在后面的诗中，诗人开始反思自己"为什么我结出的果实这样稀少"，充满悲凉与辛酸，这一时期由于一些外部原因，作者放弃了写作。接下来，诗人面对外界的鼓励，给出回应，认为"人又可以升得很高很高！"鼓足了勇气，获得了力量，开始歌颂伟大的祖国，紧跟时代的旋律。可是却总是有什么东西沉重地压着他，只能在地面行走，于是诗人发出"我的翅膀是这样的沉重"的声音，又回到了悲伤的格调中。诗人面对颠倒是非的社会现实，做不到与其他人一样同流合污，也没有盲目地被统一的文学潮流所裹挟，而是力图保持个人冷静和严肃理性的思考。表明了诗人对于当时社会环境的无声的控诉、抗议与发自内心的悲伤和失落感，以及对自己以往所作所为的深刻反思。

在这组诗中，尤其是前两首，采用隐喻、含蓄、质疑、设问、祈求等手法，避免了过分平白和过分散文化的倾向，讲究完整的形式、严格的韵律、和谐的节奏，并注意表现出诗的形象和意境。在《回答》这首诗里，宏大的历史事件与外在场景已彻底隐退，代之以内心细微复杂的体验感受，而这种体验感受又是借助委婉深致的文字表达出来的，具有何其芳式的独特感受和表达方式，实践了他关于现代格律诗的创作理论。

（李　达）

鱼 化 石

艾 青

动作多么活泼,
精力多么旺盛,
在浪花里跳跃,
在大海里浮沉;

不幸遇到火山爆发,
也可能是地震,
你失去了自由,
被埋进了灰尘;

过了多少亿年,
地质勘探队员,
在岩层里发现你,
依然栩栩如生。

但你是沉默的,
连叹息也没有,
鳞和鳍都完整,
却不能动弹;

你绝对的静止,
对外界毫无反应,
看不见天和水,
听不见浪花的声音。

凝视着一片化石,

傻瓜也得到教训：
离开了运动，
就没有生命。

活着就要斗争，
在斗争中前进，
即使死亡，
能量也要发挥干净。

[提示]

艾青（1910—1996），原名蒋正涵，号海澄，曾用笔名克阿、林壁等，浙江金华人，现当代文学家、诗人。主要作品有诗集《艾青诗选》《归来的歌》《欢呼集》《域外集》《北方》《彩色的诗》等，诗歌代表作《大堰河——我的保姆》《我爱这土地》《向太阳》《旷野》等。

《鱼化石》作于1978年，后收录于《归来的歌》，这是一首托物寓理诗。《鱼化石》是诗人艾青"归来"以后书写的一篇独具特色的诗歌。诗人借助不幸失去了自由的"鱼化石"这一形象，表现了过去二十年里所遭受的悲愤与压抑，表达了诗人和同时代共同遭遇政治挫折的人的苦难经历和沉痛命运，鱼化石的"鳞和鳍"都完整，却"不能动弹"，引发诗人对于被无端埋没的生命与能量的悲愤与惋惜，最后诗人发出"活着就要斗争，在斗争中前进"的宣言，告诫我们生命来自于运动，生命不止，斗争不息的生命哲学。

这首诗构思巧妙，艾青的诗歌常从日常生活现象中提炼出具体而鲜明的意象来表达自己的思想和观念。在这首诗中，"鱼化石"就是艾青在广泛观察生活的基础上，经过反复的提炼，再把自己的人生感悟融进去所创作的一个意象。以鱼的遭遇来象征自己的人生境遇，从而达到对历史的批判和反思。全诗基调深沉而激昂，如"即使死亡，能量也要发挥干净"。以一种昂扬的斗志写出自己的生命哲学。

（李 达）

祈　求

蔡其矫

我祈求炎夏有风，冬日少雨；
我祈求花开有红有紫；
我祈求爱情不受讥笑
跌倒有人扶持
我祈求同情心——
当人悲伤
至少给予安慰
而不是冷眼竖眉；
我祈求知识有如泉源
每一天涌流不息
而不是这也禁止，那也禁止；
我祈求歌声发自各人胸中
没有谁要制造模式
为所有的音调规定高低；
我祈求
总有一天，再没有人
像我作这样的祈求！

[提示]

蔡其矫（1918—2007），福建泉州人，诗人，散文家，中国作家协会会员。著有诗集《回声集》《回声续集》《涛声集》《祈求》《迎水集》《醉石》《蔡其矫选集》《双虹集》等，诗歌《波浪》《距离》《风中玫瑰》《别样温柔》《夜涛》《等待》《思念》《相思树和石榴花》等。

《祈求》写于1975年，收入《蔡其矫诗歌回廊之六·人生系列》。诗人以一种独特的视角和独特的方式表现了自己对现实社会和人生的关注与思考。诗歌以"我祈求"作为开头来表现诗人的追求与愿望，用"祈求"

的"夏风""冬雨""花色"这些普通的自然现象和"爱情""安慰""知识""歌声"这种普通生活中常见的事物来反向表现出"文化大革命"时期颠倒是非、黑白不分的令人窒息的社会环境对人的压抑和迫害。在那特殊的岁月里,人的基本生存权利和正当合理的诉求都是不被允许的,是被"禁止"的。诗人借助"我祈求"的这些寻常事物来表达对于当时社会现实的控诉、愤懑以及内心的苦闷之情,同时反向传达出诗人对平等自由、美好善良、公平正义、充满真情真意和人的基本生存权利能够得到保障的社会的向往渴求。

《祈求》结构整齐有序,具有诗歌的"建筑美",诗人共用七组"我祈求"来营造氛围,值得注意的是,诗人不是直接抨击社会现实,而是注重用一种诗化的表现方式来反映社会现实生活,常常采用社会现实中的一件小事或个人的生活感触来表现对于社会、历史、人生的感触。如采用"风雨""花朵""爱情""泉源""歌声"等给人带来纯美的审美体验和情感归宿,将平常事和个人的思绪情感融合在一起,营造出一个深沉缠绵的诗歌氛围。

(李 达)

望 星 空

郭小川

一

今夜呀,
我站在北京的街头上。
向星空瞭望。
明天哟,
一个紧要任务,
又要放在我的双肩上。
我能退缩吗?
只有迈开阔步,
踏万里重洋;
我能叫嚷困难吗?
只有挺直腰身,
承担千斤重量。
心房呵,
不许你这般激荡!……
此刻呵,
最该是我沉着镇定的时光。
而星空,
却是异样的安详。
夜深了,
风息了,
雷雨逃往他乡。
云飞了,
雾散了,

月亮躲在远方。
天海平平,
不起浪,
四围静静,
无声响。

但星空是壮丽的,
雄厚而明朗。
穹窿呵,
深又广,
在那神秘的世界里,
好像竖立着层层神秘的殿堂。
大气呵,
浓又香,
在那奇妙的海洋中,
仿佛流荡着奇妙的酒浆。
星星呀,
亮又亮。
在浩大无比的太空里,
点起万古不灭的盏盏灯光。
银河呀,
长又长,
在没有涯际的宇宙中,
架起没有尽头的桥梁。

呵,星空,
只有你,
称得起万寿无疆!
你看过多少次:
冰河解冻,
火山喷浆!
你赏过多少回:

白杨吐绿,
柳絮飞霜!
在那遥远的高处,
在那不可思议的地方,
你观尽人间美景,
饱看世界沧桑。
时间对于你,
跟空间一样——
无穷无尽,
浩浩荡荡。

二

呵,
望星空,
我不免感到惆怅。
说什么:
身宽气盛,
年富力强!
怎比得:
你那根深蒂固,
源远流长!
说什么:
情豪志大,
心高胆壮!
怎比得:
你那阔大胸襟,
无限容量!

我爱人间,
我在人间生长,
但比起你来,

人间还远不辉煌。

走千山,

涉万水,

登不上你的殿堂。

过大海,

越重洋,

饮不到你的酒浆。

千堆火,

万盏灯,

不如一颗小小星光亮。

千条路,

万座桥,

不如银河一节长。

我游历过半个地球,

从东方到西方。

地球的阔大幅员,

引起我的惊奇和赞赏。

可谁能知道:

宇宙里有多少星星,

是地球的姊妹行!

谁曾晓得:

天空中有多少陆地,

能够充作人类的家乡!

远方的星星呵,

你看得见地球吗?

——一片迷茫!

远方的陆地呵,

你感觉到我们的存在吗?

——怎能想象!

生命是珍贵的,

为了赞颂战斗的人生,

我写下成册的诗章；
可是在人生的路途上，
又有多少机缘，
向星空瞭望！
在人生的行程中，
又有多少个夜晚，
见星空如此安详！
在伟大的宇宙的空间，
人生不过是流星般的闪光。
在无限的时间的河流里，
人生仅仅是微小又微小的波浪。
呵，星空，
我不免感到惆怅！
于是我带着惆怅的心情，
走向北京的心脏……

三

忽然之间，
壮丽的星空，
一下子变了模样。
天黑了，
星小了，
高空显得暗淡无光，
云没有来，
风没有刮，
却像有一股阴霾罩天上。
天窄了，
星低了，
星空不再辉煌。
夜没有尽，
月没有升，

太阳也不曾起床。

呵,这突然的变化,
使我感到迷惘,
我不能不带着格外的惊奇,
向四围寻望:
就在我的近边,
在天安门广场,
升起了一座美妙的人民会堂;
就在那会堂的里面,
在宴会厅的杯盏中,
斟满了芬芳的友谊的酒浆;
就在我的两侧,
在长安街上,
挂出了长串的星光;
就在那灯光之下,
在北京的中心,
架起了一座银河般的桥梁。

这是天上人间吗?
不,人间天上!
这是天堂中的大地吗?
不,大地上的天堂。
真实的世界呵,
一点也不虚妄;
你朴质地描述吧,
不需要作半点夸张!
是谁说的呀——
星空比人间还要辉煌?
是什么人呀——
在星空下感到忧伤?
今夜哟,

最该是我沉着镇定的时光！

是的，
我错了，
我曾是如此地神情激荡！
此刻我才明白：
刚才是我望星空，
而不是星空向我瞭望。
我们生活着，
而没有生命的宇宙，
既不生活也不死亡。
我们思索着，
而不会思索的穹窿，
总是露出呆相。
星空哟，
面对着你，
我有资格挺起胸膛。

四

当我怀着自豪的感情，
再向星空瞭望，
我的身子，
充溢着非凡的力量。
因为我知道：
在一切最好的传统之上，
我们的队伍已经组成，
犹如浩荡的万里长江。
而我自己呢，
早就全副武装，
在我们的行列里，
充当了一名小小的兵将。

可是呵,
我和我的同志一样,
决不会在红灯绿酒之前,
神魂飘荡。
我们要在地球与星空之间,
修建一条走廊,
把大地上的楼台殿阁,
移往辽阔的天堂。
我们要在无限的高空,
架起一座桥梁,
把人间的山珍海味,
送往迢遥的上苍。

真的,
我和我的同志一样,
决不只是"自扫门前雪",
而是定管"他人瓦上霜"。
我们要把长安街上的灯火,
延伸到远方;
让万里无云的夜空,
出现千千万万个太阳。
我们要把广漠的穹窿,
变成繁华的天安门广场,
让满天星斗,
全成为人类的家乡。

而星空呵,
不要笑我荒唐!
我是诚实的,
从不痴心妄想。
人生虽是暂短的,
但只有人类的双手,

能够为宇宙穿上盛装；
世界呀，
由于人的生存，
而有了无穷的希望。
你呵，
还有什么艰难，
使你力不可当？
请再仔细抬头瞭望吧！
出发于盟邦的新的火箭，
正遨游于辽远的星空之上。

[提示]

郭小川（1919—1976），原名郭恩大，河北丰宁人，著有诗集《平原老人》《投入火热的斗争》《致青年公民》《月下集》《将军三部曲》《两都颂》《昆仑行》《甘蔗林—青纱帐》等，代表诗作《一个和八个》《白雪的赞歌》《致大海》《战台风》《深深的山谷》等。1985年人民文学出版社出版《郭小川诗选》及其续篇，收入大部分诗作。

《望星空》原载《人民文学》1959年第11期。这是一首体现个人与历史的复杂关系的政治抒情诗。在诗歌的前半部分，诗人通过星空的壮丽、雄厚、明朗以及其阔大的胸襟和源远流长的历史，赞美广阔的星空是多么的伟大，多么的令人敬仰，诗人希望借助"星空"寄托自己的远大理想，克服内心对于现实的怀疑否定和焦虑。诗歌的后半部分，诗人将"人间"和"星空"进行对比，发出"人间还远不辉煌""人生仅仅是微小又微小的波浪"的感叹，以此来凸显世间的渺小和微不足道，面对广阔的星空，诗人开始反思追问自己生命的意义，表达内心的惆怅与迷惑之情。最后，诗人用"暗淡无光""天黑了"等来表现人世间的一片黑暗，正当诗人惶恐不已的时候，却发现了一座"美妙的人民会堂"，诗人用大会堂的"殿堂""酒浆""灯光""桥梁"这四个意象表明大地上也有天堂，由大会堂体味出人生的壮丽和人的无穷力量，并对前半部分的诗思提出疑问，由此诗人的感情得以升华，发出"我错了"的声音，星空的浩大和宇宙的永恒哪里比得上大会堂的光亮，《望星空》折射出诗人以及知识分子面对当时思潮状况的一种矛盾心态，希望人们不要感到"惆怅"

和"忧伤",鼓舞人们要树立远大理想,对未来充满希望,歌颂祖国的新面貌,表现出对共和国的信心与充分肯定,以及对新的祖国面貌的自豪感,表达了诗人对人生和祖国的热爱和对人的本质力量的歌颂。

《望星空》是郭小川抒情诗篇中最富有艺术个性的力作之一,诗歌结构完整,基调深沉。诗人运用艺术上的抑与扬,虚与实,先抑人间的黑暗,后仰大会堂的光辉夺目,以对星空的虚写来反衬对天安门广场的实写。这是该诗在艺术构思上的一个重要特点。

(李 达)

这是四点零八分的北京

食 指

这是四点零八分的北京
一片手的海洋翻动
这是四点零八分的北京
一声雄伟的汽笛长鸣

北京车站高大的建筑
突然一阵剧烈的抖动
我吃惊地望着窗外
不知发生了什么事情

我的心骤然一阵疼痛,一定是
妈妈缀扣子的针线穿透了心胸
这时,我的心变成了一只风筝
风筝的线绳就在妈妈手中

线绳绷得太紧了,就要扯断了
我不得不把头探出车厢的窗棂
直到这时,直到这时候
我才明白发生了什么事情

——一阵阵告别的声浪
就要卷走车站
北京在我的脚下
已经缓缓地移动

我再次向北京挥动手臂

想一把抓住她的衣领
然后对她大声地叫喊
永远记着我，妈妈啊北京

终于抓住了什么东西
管他是谁的手，不能松
因为这是我的北京
这是我的最后的北京

[提示]

食指（1948—），原名郭路生，山东鱼台人，朦胧诗派代表诗人之一。代表诗作有《相信未来》《命运》《疯狗》《鱼群三部曲》《愤怒》等，诗集《食指的诗》《相信未来》《食指·黑大春现代抒情诗合集》《诗探索金库·食指卷》等。

《这是四点零八分的北京》原载《诗刊》1981年第1期。1968年年底，从北京掀起了一场波及全国的百万人口大转移的"上山下乡"热潮，诗人作为知青中的一员，也参与到了这项活动中，这首诗就是诗人在归往自己所要插队的山西农村的火车上所写下的经典作品。诗人抛开官方的视角和立场，以自己作为一个亲历者的视角记录下了四点零八分在北京站火车将要启动时的令人动容的告别瞬间。"吃惊"和"不知发生了什么"表现了诗人对于去向一个完全陌生的地方的茫然和对于未来的担心迷惘。诗人将自己的心比作一只风筝，"风筝的线绳在妈妈的手中"表达了诗人对于养育自己的母亲的不舍依恋。接着，诗人"想一把抓住衣领"，"抓"这个动词不动声色地表现了知青们告别北京时无言的悲哀，撕心的伤痛，其间交织着对自己命运的无法把握，以及诗人对母亲、故乡和都市文明的深情眷恋等复杂情感。这是作者的个人切身体验，也是当时千百万知识青年心灵的真实写照，因而具有极大的概括性和典型性。

全诗注重写实，客观冷静，同时借助比喻、拟人、反复等手法来强化诗人临别北京时的瞬间感觉，使全诗明朗中见含蓄，平易中见深远，例如："我的心变成了一只风筝"运用了暗喻和拟人，表现火车启动时的瞬间感觉，在诗的结尾，用双重的反复"我的北京/这是我的最后的北京"表现自己对于故乡、对于母亲深深的不舍依恋之情，使诗的情绪更加的饱满。同时，诗人在诗中还插入了幻觉描写，幻觉中"剧烈抖动"的"北京站"是诗人内心情感的外化表现，也是诗人对于未来的恐惧和迷茫。

（李　达）

雪白的墙

梁小斌

妈妈
我看见了雪白的墙

早晨
我上街去买蜡笔
看见一位工人
费了很大的力气
在为长长的围墙粉刷

他回头向我微笑
他叫我
去告诉所有的小朋友
以后不要在这墙上乱画
妈妈
我看见了雪白的墙

这上面曾经那么肮脏
写有很多粗暴的字
妈妈，你也哭过
就为那些辱骂的缘故
爸爸不在了
永远地不在了

比我喝的牛奶还要洁白
还要洁白的墙
一直闪现在我的梦中

它还站在地平线上
在白天里闪烁着迷人的光芒
我爱洁白的墙

永远地不会在这墙上乱画
不会的
像妈妈一样温和的晴空
你听到了吗

妈妈
我看见了雪白的墙

[提示]

梁小斌(1954—),安徽合肥人,朦胧诗代表诗人,1972年开始创作诗歌,代表诗歌《中国,我的钥匙丢了》《断裂》《母语》《一种力量》等,随笔集《地主研究》《我热爱秋天的风光》《梁小斌如是说》《独自成俑》等。

《雪白的墙》原载《诗刊》1980年第10期。"墙"是全诗的主要意象,"雪白的墙"象征的是经历过十年动乱的人们对于平和、安宁、美好的生活的向往和一种纯洁的心灵,以及充满希望的未来。诗人由现在的"雪白的墙"想起以往墙上遍布的"肮脏粗暴的文字"和"辱骂",这样的"肮脏的墙"象征的则是过去的人们所经历的一种荒谬、悲痛的生活。表达了诗人对于个人和历史的沉痛反思,孩子的"梦"则象征着光明和希望,诗人带着十年动乱留下的创伤,怀着对祖国的深情,以自己特有的音调,通过"一面墙"由肮脏到洁白的变化,传达着对于刚刚过去的那一段动乱历史的回顾和检讨,抒发出对于新的美好生活的向往与追求。

这首诗在艺术表现上的独到之处体现在:首先,采用象征的手法,用"一面墙"象征着特殊的历史内涵,这面"墙"见证了旧的时代的结束和新的时代的到来,是一个民族重新振作起来的"见证物"。其次,运用独特的抒情视角,诗人采用孩子的视角和心理的变化揭示这面"墙"所带来的新的意义。

(李 达)

划呀！划呀！父亲们
——献给新时期的船夫

昌　耀

自从听懂波涛的律动以来，
我们的触角，就是如此确凿地
感受着大海的挑逗：

——划呀，划呀，
父亲们！

我们发祥于大海。
我们的胚胎史，
也只是我们的胚胎史——
展示了从鱼虫到真人的演化序列。
脱尽了鳍翅。
可是，我们仍在韧性地划呀。
可是，我们仍在拼力地划呀。
我们是一群男子。是一群女子。
是为一群女子依恋的
一群男子。
我们摇起棹橹，就这么划，就这么划。
在天幕的金色的晨昏，
众多仰合的背影
有庆功宴上骄军的醉态。
我们不至于酩酊。

最动情的呐喊
莫不是我们沿着椭圆的海平面

一声向前冲刺的
嗥叫？

我们都是哭着降临到这个多彩的寰宇。
后天的笑，才是一瞥投报给母亲的慰安。
——我们是哭着笑着
从大海划向内河，划向洲陆……
从洲陆划向大海，划向穹窿……
拜谒了长城的雉堞。
见识了泉州湾里沉溺的十二桅古帆船。
狎弄过春秋末代的编钟。
我们将钦定的史册连根儿翻个。
从所有的器物我听见逝去的流水。
我听见流水之上抗逆的脚步。

——划呀，父亲们，
划呀！

还来得及赶路。
太阳还不见老，正当中年。
我们会有自己的里程碑。
我们应有自己的里程碑。
可那旋涡，
那狰狞的弧圈，
向来不放松对我们的跟踪，
只轻轻一扫
就永远地卷去了我们的父兄，
把幸存者的脊椎
扭曲。

大海，我应诅咒你的暴虐。
但去掉了暴虐的大海不是

大海。失去了大海的船夫
也不是
船夫。

于是，我们仍然开心地燃起爝火。
我们依然要怀着情欲剪裁婴儿衣。
我们昂奋地划呀……哈哈……划呀
……哈哈……划呀……

是从冰川期划过了洪水期。
是从赤道风划过了火山灰。
划过了泥石流。划过了
原始公社的残骸，和
生物遗体的沉积层……
我们原是从荒蛮的纪元划来。
我们造就了一个大禹，
他已是水边的神。
而那个烈女
变作了填海的精卫鸟。
预言家已经不少。
总会有橄榄枝的土地。
总会冲出必然的王国。
但我们生命的个体都尚是阳寿短促，
难得两次见到哈雷彗星。
当又一个旷古后的未来
我们不再认识自己变形了的子孙。

可是，我们仍在韧性地划呀。
可是，我们仍在拼力地划呀。
在这日趋缩小的星球，
不会有另一条坦途。
不会有另一种选择。

除了五条巨大的舳舻,
我只看到渴求那一海岸的船夫。

只有啼呼海岸的呐喊
沿着椭圆的海平面
组合成一支
不懈的
嗥叫。

大海,你决不会感动。
而我们的桨叶也决不会喑哑。
我们的婆母还是要腌制过冬的咸菜。
我们的姑娘还是要烫一个流行的发式。
我们的胎儿还是要从血光里
临盆。

……今夕何夕?
会有那么多临盆的孩子?
我最不忍闻孩子的啼哭了。
但我们的桨叶绝对地忠实。
就这么划着。就这么划着。
就这么回答着大海的挑逗:

——划呀,父亲们!
父亲们!
父亲们!

我们不至于酩酊。
我们负荷着孩子的哭声赶路。
在大海的尽头
会有我们的
笑。

[提示]

昌耀（1936—2000），原名王昌耀。湖南桃源人，诗人，新边塞诗派代表诗人之一。代表诗歌有《慈航》《意绪》《乡愁》《播种者》等，诗集《昌耀抒情诗集》《昌耀的诗》《命运之书——昌耀40年诗作精品》《昌耀诗文总系》等。

《划呀！划呀！父亲们》原载《诗刊》1982年第10期。这首诗的主导意象是"父亲们划向大海"，而大海象征着人类生存斗争的艰难，同时大海也是人类历史的起源，诗人通过"波涛汹涌的大海"和"船夫们"呼啸呐喊着的不懈划行，充分展示了人类坚韧、顽强、拼搏的优秀品质，这种坚韧、顽强、拼搏奋斗的精神，正是民族复兴的希望。诗人以不畏风浪和死亡的"船夫们"突出地表现了强烈的生命意识和对力的呼唤，赞扬我们民族奋进创造历史的伟大精神，表现出一种不屈服于命运的意志和坚定不移向前奋进的力量，诗作具有深刻的意蕴，它是诗人对生命本身的实质性思考，也暗含着诗人对于人类历史的回顾，无论是生命本身，还是漫长的人类历史，都充满了各种"风浪"，需要我们不断"划行"，我们渴望超越有限，达到"那一海岸"。同时，诗作也是诗人对宇宙生命本质的沉思，是诗人不断超越个人自我的小天地，积极融入人类生命的博大意识中的表现。诗作视野广阔，色彩斑斓，格调高昂，充满磅礴之气。

这首诗有两个突出的特点，首先，语言不是充分"诗化"的，诗人注重的是语言的"散文化"，强调诗歌的内在节奏。诗歌句式长短不一，词汇奇倔，将现代汉语与文言词语、句式相交错，使诗歌具有突兀、冲撞、紧张的效果。其次，诗歌多采用奇特的意象和神话传说，比如"父亲划向大海"的意象和"大禹治水""精卫填海"等神话传说。这些都是昌耀诗的情感内涵和哲学意识的构成因素。

（李　达）

冬

穆　旦

一

我爱在淡淡的太阳短命的日子，
临窗把喜爱的工作静静做完；
才到下午四点，便又冷又昏黄，
我将用一杯酒灌溉我的心田。
多么快，人生已到严酷的冬天。

我爱在枯草的山坡，死寂的原野，
独自凭吊已埋葬的火热一年，
看着冰冻的小河还在冰下面流，
不知低语着什么，只是听不见。
呵，生命也跳动在严酷的冬天。

我爱在冬晚围着温暖的炉火，
和两三昔日的好友会心闲谈，
听着北风吹得门窗沙沙地响，
而我们回忆着快乐无忧的往年。
人生的乐趣也在严酷的冬天。

我爱在雪花飘飞的不眠之夜，
把已死去或尚存的亲人珍念，
当茫茫白雪铺下遗忘的世界，
我愿意感情的热流溢于心田，
来温暖人生的这严酷的冬天。

二

寒冷，寒冷，尽量束缚了手脚，
潺潺的小河用冰封住口舌，
盛夏的蝉鸣和蛙声都沉寂，
大地一笔勾销它笑闹的蓬勃。

谨慎，谨慎，使生命受到挫折，
花呢？绿色呢？血液闭塞住欲望，
经过多日的阴霾和犹疑不决，
才从枯树枝漏下淡淡的阳光。

奇怪！春天是这样深深隐藏，
哪儿都无消息，都怕峥露头角，
年轻的灵魂裹进老年的硬壳，
仿佛我们穿着厚厚的棉袄。

三

你大概已停止了分赠爱情，
把书信写了一半就住手，
望望窗外，天气是如此萧杀，
因为冬天是感情的刽子手。

你把夏季的礼品拿出来，
无论是蜂蜜，是果品，是酒，
然后坐在炉前慢慢品尝，
因为冬天已经使心灵枯瘦。

你拿一本小说躺在床上，
在另一个幻象世界周游，

它使你感叹，或使你向往，
因为冬天封住了你的门口。

你疲劳了一天才得休息，
听着树木和草石都在嘶吼，
你虽然睡下，却不能成梦，
因为冬天是好梦的刽子手。

四

在马房隔壁的小土屋里，
风吹着窗纸沙沙响动，
几只泥脚带着雪走进来，
让马吃料，车子歇在风中。

高高低低围着火坐下，
有的添木柴，有的在烘干，
有的用他粗而短的指头
把烟丝倒在纸里卷成烟。

一壶水滚沸，白色的水雾
弥漫在烟气缭绕的小屋，
吃着，哼着小曲，还谈着
枯燥的原野上枯燥的事物。

北风在电线上朝他们呼唤，
原野的道路还一望无际，
几条暖和的身子走出屋，
又迎面扑进寒冷的空气。

[提示]

穆旦（1918—1977），原名查良铮，祖籍浙江，生于天津。"九叶诗派"（中国新诗派）的代表诗人，翻译家。主要代表作品有诗集《探险队》《穆旦诗集（1939—1945）》《旗》等，去世后，出版的诗集有《穆旦诗选》《穆旦诗全集》等。20 世纪 50—70 年代翻译的文学理论和诗歌作品有《文学概论》《怎样分析文学作品》《波尔塔瓦》《拜伦诗选》《唐璜》《英国现代诗选》等。

  《冬》写于 1976 年，原载《诗刊》1980 年第 2 期，后收入《穆旦诗选》。整首诗循着诗人的内心活动缓缓展开，情调沉重苦涩，使得全诗各段具有内在联系，"冬"是全诗的核心意象，诗人在严酷的冬天里做自己喜欢的工作，在炉火旁与好友闲聊，在不眠之夜里展开联想和思念，窗外"冰冻的小河还在冰下面流"，屋内人们"回忆着快乐无忧的往年"表明了诗人一边享受生活的乐趣，对生活抱有积极乐观向上的人生态度，但是一边又忘不了环境的严酷，隐含着对现实社会环境的担忧。严酷的冬天封杀了万物，使"生命受到挫折"，甚至封杀了感情，掠夺了一切，使心灵变得枯瘦，这些是诗人对现代知识者心理悲剧的质询与揭示，表现了诗人对于现实社会严冬般寒冷的控诉和愤懑，然而，诗人用枯树枝下"淡淡的阳光"表现了即使是在周遭阴冷的环境下，诗人仍然对光明的未来满怀希望，依然渴望新的"春天"的到来。"马车夫"在严冬里围着火堆休憩的悠闲、欢快的氛围与屋外的寒冬形成鲜明对比，由此，诗人借助"马车夫"这种昂扬的生活方式表明了即使面对严冬，但仍然坦然无畏的人生态度。

  诗人采用大量的暗喻和象征的表达，比如"冰冻的小河""盛夏的蝉鸣""蛙声""淡淡的阳光"等，来表现严酷的冬天带给万物的死寂和诗人对"新的春天"的渴望。诗歌的每一部分分别采用"我""我们""你""他们"作为叙述视角，全方位多角度地来服务诗歌主题的表达，使全诗的风格显得深沉、冷峻。

（李 达）

回　　答

北　岛

卑鄙是卑鄙者的通行证，
高尚是高尚者的墓志铭，
看吧，在那镀金的天空中，
飘满了死者弯曲的倒影。

冰川纪过去了，
为什么到处都是冰凌？
好望角发现了，
为什么死海里千帆相竞？

我来到这个世界上，
只带着纸、绳索和身影，
为了在审判之前，
宣读那被判决了的声音：

告诉你吧，世界
我——不——相——信！
纵使你脚下有一千名挑战者，
那就把我算作第一千零一名。

我不相信天是蓝的，
我不相信雷的回声，
我不相信梦是假的，
我不相信死无报应。

如果海洋注定要决堤，
就让所有的苦水都注入我心中；

如果陆地注定要上升，
就让人类重新选择生存的峰顶。

新的转机和闪闪星斗，
正在缀满没有遮拦的天空。
那是五千年的象形文字，
那是未来人们凝视的眼睛。

[提示]

北岛（1949—），原名赵振开，北京人，中国当代诗人，朦胧诗代表人物之一，是民间刊物《今天》的创办者。代表诗作有《冷酷的希望》《一切》《走吧》《陌生的海滩》《宣告》《结局或开始》《迷途》《太阳城札记》等，中篇小说《波动》，短篇小说《在废墟上》《稿子上的月亮》《归来的陌生人》等。

《回答》初刊《今天》创刊号（1978年12月23日），后刊载于《诗刊》1979年第3期，是中国当代诗歌的经典文本。这是一首充满时代号召力和感染力的诗歌，是诗人对不合理的社会现实的怀疑和挑战。诗人借"卑鄙者的通行证""高尚者的墓志铭""死者弯曲的倒影"和"冰凌"等意象，抒发对于当时黑暗的社会现实的不满和痛恨，在目睹了社会的荒谬以后，诗人发出这个时代的最强音"我—不—相—信"，质疑一切形式的虚妄，挑战所有人认为的不可能，表现出怀疑、否定一切的"反抗绝望"式的精神呐喊和坚定的不与社会黑暗势力同流合污的决心。最后以一句"就让所有的苦水都注入我心中"传达了诗人愿意肩负起社会现实变化的责任，警醒彷徨迷茫的国家、民族和青年一代，希望他们能够走向"觉醒复生"的道路。

这首诗读起来铿锵有力，极具震撼美和节奏感，是因为诗人运用了多种艺术表现手法，比如从"我不相信天是蓝的"到"我不相信死无报应"，这一连串的排比，表明诗人清晰的思辨能力和否定精神。又如"冰川纪过去了，为什么到处都是冰凌"等这些反问，加强了诗人对于现实不满的力度。全诗基调沉重悲壮，注意运用强烈的情绪流露来表现节奏的震撼力，同时，诗人运用意象化和象征化的手法，提供丰富的想象。

（李 达）

致 橡 树

舒 婷

我如果爱你——
绝不像攀援的凌霄花,
借你的高枝炫耀自己;
我如果爱你——
绝不学痴情的鸟儿,
为绿荫重复单调的歌曲;
也不止像泉源,
常年送来清凉的慰藉;
也不止像险峰,
增加你的高度,衬托你的威仪。
甚至日光。
甚至春雨。
不,这些都还不够!
我必须是你近旁的一株木棉,
作为树的形象和你站在一起。
根,紧握在地下,
叶,相触在云里。
每一阵风过,
我们都互相致意,
但没有人
听懂我们的言语。
你有你的铜枝铁干,
像刀,像剑,
也像戟;
我有我红硕的花朵,
像沉重的叹息,

又像英勇的火炬。
我们分担寒潮、风雷、霹雳；
我们共享雾霭、流岚、虹霓，
仿佛永远分离，
却又终身相依。
这才是伟大的爱情，
坚贞就在这里：
爱——
不仅爱你伟岸的身躯，
也爱你坚持的位置，脚下的土地。

1977.3.27

[提示]

舒婷（1952—），原名龚佩瑜，福建人，朦胧诗派代表人物，1979年开始发表诗歌作品。主要作品有诗集《双桅船》《会唱歌的鸢尾花》《始祖鸟》，散文集《心烟》等，代表诗歌有《致橡树》《神女峰》《这也是一切》《祖国啊，我亲爱的祖国》，曾获1980年全国中青年优秀诗歌作品奖，全国首届新诗优秀诗集奖等。

《致橡树》是舒婷的代表诗作，原载于《今天》1978年12月创刊号。作为一首爱情诗，诗人强调"我必须是你近旁的一株木棉/作为树的形象和你站在一起"，表达了女性的独立以及男女平等的爱情观。

诗歌开篇通过对"凌霄花""痴情的鸟儿""泉源"等六个连续的意象的否定表达了自己不依附于任何人的独立态度。诗中以北方的"橡树"象征阳刚伟岸的男性，南方的"木棉"象征丰盈独立的女性，描绘出男女双方在爱情中相互独立而又精神相通、共同承担风雨的场景。诗人选取"木棉"这一意象来作为女性的象征，木棉树的火红花朵象征了女性的美丽和火热的情感，而高大的树木又具有蓬勃的生命力和独立的姿态，完全不同于传统文化中柔弱的女性形象。最后，诗人直抒胸臆，真正伟大的爱是不仅爱你，还要"爱你坚持的位置，脚下的土地"，表达了女性对爱的坚贞，以及对爱情真谛的洞悉，使诗歌主题得到爱情的升华。

艺术创作方面，全诗长短句交替，形成了诗歌外在形式的节奏感；同时，诗歌运用了对偶的手法，有的两行相对，有的隔行相对，如"我们分担寒潮、风雷、霹雳；我们共享雾霭、流岚、虹霓"；每联诗末句押 ü 或 i 韵，增强了诗歌的韵律之美。意象的选取与营造是《致橡树》的另一鲜明的艺术特色。诗歌采用象征手法，以"木棉"这一意象来象征具有现代独立气质的女性，具有不同于传统女性纤柔依附的特点。此外，诗人采用直抒胸臆的表现手法，通过抒情主体"木棉"向"橡树"大胆进行爱的表达，热烈而又坚贞，使诗歌具有浓厚的抒情性。总之，《致橡树》是一首构思巧妙、情理交融、真挚浪漫的经典抒情诗歌。

（朱倩倩）

一 代 人

顾 城

黑夜给了我黑色的眼睛
我却用它寻找光明

[提示]

顾城（1956—1993），北京人，朦胧诗派代表人物，被称为"童话诗人"。主要代表作品有诗歌《一代人》《我是一个任性的孩子》，诗集《黑眼睛》《顾城的诗》《我会像青草一样呼吸》，小说《英儿》《睡眠是条大河》，散文集《树枝的疏忽》等。其诗歌简短纯净，既有孩子般的纯真，又有那一代人特有的反思和理性。

《一代人》原载《星星》1980年第3期。诗歌写于"文化大革命"之后，表达了黑暗过后人们对理想和光明的追寻。全诗只有短短两句，仅有18个字，却表达出深刻的哲思力量。诗人以"黑夜""黑色的眼睛"为意象，营造出一个沉重、绝望的时代环境。"黑夜"象征着灰暗漫长的"文化大革命"时期，"黑色的眼睛"则象征着时代影响下人的孤独、恐惧、绝望。然而，在这种情况下，诗人却依然固执地要寻找光明，这是在黑暗中对孤独、绝望、荒谬的反抗，也是对理想的追寻，对未来的希望。诗歌以《一代人》为题，诗中的"我"即是一代人的缩影。可以说，这首诗在整体上呈现了一代人悲壮的生命写照与心灵历程，体现了诗人对荒谬时代清醒的认识与批判。

诗歌以简短、凝练的诗句抒发了一代人的心声，诗中意象独特，富有深意，"黑夜"与"光明"更是形成了强烈的对比。有限的诗句中却包含着深刻、无尽的哲理意蕴，含义隽永。

（朱倩倩）

太　阳

杨　炼

疯了吗？辗转在黄昏的火刑柱上
无辜被击碎，灼热是一声哭喊
缰绳终于从强劲的手里挣脱
天空践踏城阵阵暮色——神谕远去
而六条龙倒下

骤然松开
狂暴背后的黑色时间
乌鸦渲染着那个记忆犹新的暗示
无处栖落，孤零零追逐
巨大的呼号在苍茫沉沦中高悬

此刻应当到哪儿沐浴
死亡指定的方位，缓缓漂移
又一次隐没，日暮荒芜了
岩石却在山巅痛苦洁白着渴望的心
深渊为每颗失明的灵魂怒放
这夜晚：浑圆、充血
如庆典

但，它复活了：那疯狂的，灼伤的
从黑暗啜饮照耀黑暗的威力
星星的正午——它何时起已不是落日
而俯瞰宇宙？

[提示]

　　杨炼（1955—），祖籍山东，出生于瑞士伯尼尔，朦胧诗派代表人物之一。代表作品有长诗《诺日朗》《同心圆》，大型组诗《太阳每天都是新的》《礼魂》，散文诗集《海边的孩子》，诗集《荒魂》《大海停止之处》等，曾获2012年意大利诺尼诺国际文学奖，2014年卡普里国际诗歌奖等。

《太阳》收录于1989年出版的诗集《黄》。诗歌以宏大的笔触描绘了落日时刻黑暗到来以及光明重现的场景，呈现出史诗般的格调。

20世纪80年代中期以后，杨炼的诗歌创作开始由对现实的关注转向对传统文化的发掘，意图以现代的方式呈现传统。《太阳》一诗出自组诗《天问》，诗歌所涉及的传统文化背景为"羲和浴日"，根据神话传说，太阳由羲和驾驭六条龙所拉的车护送，途中，浴于咸池，入于虞渊。诗人以此为根基，以现代的艺术形式对其进行了全新阐释。就诗歌内容来看，全诗以激烈的质问开篇，在激昂的诗情中对神话传说进行了大胆而富有创造力的想象，以宏大的笔触描绘出六条龙倒下、缰绳挣脱的落日场景，气势恢宏，极具震撼力。"狂暴背后的黑色时间"意味着黑暗的降临，乌鸦"无处栖落，孤零零追逐/巨大的呼号在苍茫沉沦中高悬"则呈现了黑暗来临时阴森可怖的氛围。接下来，太阳漂移到深渊沐浴，"深渊为每颗失明的灵魂怒放/这夜晚：浑圆、充血/如庆典"，使这一画面充满了原始的神圣感，同时体现了对光明重现的渴望与期待。最后，诗人以激昂的诗情写到"那疯狂的，灼伤的/从黑暗啜饮照耀黑暗的威力"，描绘出太阳已经凤凰涅槃般重生，光明已经到来的场景。

艺术特色方面，诗歌语言晦涩诡谲，部分用词甚至充满毁灭性的力量，如"无辜被击碎，灼热是一声哭喊""岩石却在山巅痛苦洁白着渴望的心"等，表现出语言的张力，同时，在现代艺术氛围下充分调动读者的视觉、听觉、感觉等，造成了强烈的阅读冲击。此外，诗中出现的意象密集宏大，如"日冕""山巅""深渊"等，使诗歌呈现出大气磅礴的壮观境界。

（朱倩倩）

先　锋

骆一禾

世界说需要燃烧
他燃烧着
像导火的绒绳
生命属于人只有一次
当然不会有
凤凰的再生……
在春天到来的时候
他就在长空下
最后一场雪……
明日里
就有那大树的长青
母亲般夏日的雨声

我们一定要安详地
对心爱的谈起爱
我们一定要从容地
向光荣者说到光荣

1982

[提示]

骆一禾（1961—1989），北京人，1983年开始发表诗歌、诗论。主要代表作品有长诗《屋宇》《大海》，短诗《麦地》《向日葵》，诗集《世界的血》《骆一禾诗全编》，诗论《美神》等，曾获"北京建国四十周年优秀文学作品奖"和1990年《十月》"冰熊奖"。

《先锋》写于1982年，是诗人早期的成名作。诗歌以牺牲为主题，塑造了一个为人类世界牺牲自我的"先锋"形象，诗歌洋溢着对这种悲壮崇高精神的礼赞。

诗歌开篇即描绘了一个需要拯救的世界，这个世界需要燃烧，尽管作为"先锋"的"他"深知生命只有一次，依然为了人类世界燃烧自我，体现出一种神圣的牺牲精神。"他"终于如愿以偿，以自我的牺牲换来了人类世界明日的美好，"明日里／就有那大树的常青／母亲般夏日的雨声"。诗人将牺牲的主题与爱的主题相结合，对"先锋"进行了真挚的歌颂，希望人们在幸福生活的同时不要忘记先锋者。在充满温情的诗句中鼓舞人们将这种崇高的精神、这份对人类世界的爱传递下去。

艺术特色方面，意象选取独特，带有诗意的特质，"春天""雪""大树的常青""夏日的雨声"等意象为诗歌营造了温馨美好的画面。此外，尽管诗歌表现的是"先锋"的壮烈牺牲，诗人并没有采取激昂的诗情来对此加以歌颂、呐喊，而是以舒缓的语调来加以表现，如"在春天到来的时候／他就在长空下／最后一场雪……"，诗意中又带有悲壮。

（朱倩倩）

春天,十个海子

海 子

春天,十个海子全部复活
在光明的景色中
嘲笑这一个野蛮而悲伤的海子
你这么长久的沉睡究竟为了什么?

春天,十个海子低低地怒吼
围着你和我跳舞,唱歌
扯乱你的黑头发,骑上你飞奔而去,尘土飞扬
你被劈开的疼痛在大地弥漫

在春天,野蛮而悲伤的海子
就剩下这一个,最后一个
这是一个黑夜的孩子,沉浸于冬天,倾心死亡
不能自拔,热爱着空虚而寒冷的乡村

那里的谷物高高堆起,遮住了窗户
他们把一半用于一家六口人的嘴,吃和胃
一半用于农业,他们自己的繁殖
大风从东刮到西,从北刮向南,无视黑夜和黎明
你所说的曙光究竟是什么意思

[提示]

海子(1964—1989),原名查海生,安徽查湾村人,1982年开始写诗。主要代表作品有诗歌《亚洲铜》《阿尔的太阳》《以梦为马》,诗集《河流》《太阳·断头篇》《面朝大海,春暖花开》,合唱剧《弥赛亚》,祭祀剧《弑》等,曾于1988年获第三届《十月》文学奖荣誉奖,2001年

获第三届"人民文学奖诗歌奖"。

《春天，十个海子》是海子生前的最后一首诗，收录于1995年出版的诗集《海子的诗》。诗人通过塑造"十个海子"和"一个野蛮而悲伤的海子"，表现了自我的内心挣扎与矛盾。

就诗歌内容来看，这首诗呈现出个人化的写作特点。诗中出现的"十个海子"与"野蛮而悲伤的海子"充满现代象征意味，在这里，"野蛮而悲伤的海子"可以看作在现实中不被世俗浸染的本真的自我，而"十个海子"则是由自我分裂出来的，符合现代社会规范却违背自己意愿的多重人格，两者的对峙形成诗人的内在矛盾，在一定程度上也是诗人理想与现实对立的写照。"十个海子"嘲笑"野蛮而悲伤的海子"，"低低地怒吼/围着你和我跳舞，唱歌"，纠缠着本我的灵魂，这无疑是诗人内心矛盾挣扎的曲折性表达。最终，"十个海子"未能征服本我，"野蛮而悲伤的海子"没有违背自我的意愿成为世俗中的俘虏。然而，"被劈开的疼痛在大地弥漫"，反映了诗人摒弃世俗却又不得不在世俗中生活的痛苦。另一方面，对于诗人来说，他所热爱的乡村，空虚、寒冷，已经无法成为他所理想的精神家园。最后一个"野蛮而悲伤的海子"在现实中找不到理想的出路，越来越孤独痛苦，越来越倾心于死亡，企图以死亡完成对现实的复仇。最后，诗歌以"你所说的曙光究竟是什么意思"结束全篇，在诗人的追问中传达出无尽的绝望。

《春天，十个海子》是一首抒情短诗，全诗笼罩在压抑绝望的情绪之下，诗歌意象独特晦涩，充满了现代象征意味，"黑夜""冬天""死亡"等意象与"春天""光明"形成了强烈的对比，增强了诗歌阴暗的色调，成为诗人痛苦挣扎的外在化表现。诗歌语言简短凝练却带有巨大的艺术张力，复杂多义。可以说，这首诗以现代的艺术姿态呈现了诗人内心的痛苦与挣扎、孤独与绝望。

（朱倩倩）

有关大雁塔

韩　东

有关大雁塔
我们又能知道些什么
有很多人从远方赶来
为了爬上去
做一次英雄
也有的还来第二次
或者更多
那些不得意的人们
那些发福的人们
统统爬上去
做一次英雄
然后下来
走进下面的大街
转眼不见了
也有有种的往下跳
在台阶上开一朵红花
那就真的成了英雄——
当代英雄

有关大雁塔
我们又能知道些什么
我们爬上去
看看四周的风景
然后再下来

[提示]

韩东（1961—），生于南京，第三代诗歌的代表人物之一。主要代表作品有诗歌《山民》《你见过大海》，诗集《白色的石头》《爸爸在天上看我》，长篇小说《扎根》，小说集《我的柏拉图》《西天上》等。

《有关大雁塔》原载《中国》1986年第7期。诗歌以"大雁塔"为代表，以戏谑的口吻描写了当代人们的世俗化生活，实现了对历史、英雄的消解。

20世纪80年代初期，韩东所在的"他们文学社"主张诗歌创作应"回到个人""回到诗歌本身"，并对日常口语加以重视。写于此时的《有关大雁塔》则显示出迥异于朦胧诗的日常化姿态。在某种意义上，这首诗可以看作是对杨炼《大雁塔》一诗的回应。在杨炼的诗中，大雁塔"墓碑似的一动不动/记录下民族的痛苦和生命"，"几千年的历史，沉重地压在肩上"，它是中华民族沉重历史的见证。而韩东在《有关大雁塔》中，以轻松调侃的语调进行反问，"有关大雁塔/我们又能知道些什么"，从而对以大雁塔为代表的神圣的历史文化进行了消解，"大雁塔"在诗人以及当代人眼中不过就是普通的场所，没有任何其他的特殊意义。接下来，诗人描写了那些要做"英雄"者的荒唐可笑，不过是爬上去，然后下来消失不见。"那些不得意的人们""那些发福的人们"，人生的空虚、不得意并没有因为这一行为而得到任何改变。而所谓的"当代英雄"其行为非但没有任何崇高感，在这里，他们的个人悲剧甚至于近乎荒诞。最后，诗人再次追问"有关大雁塔/我们又能知道些什么"，"我们"登上大雁塔不过是"看看四周风景"，不再是为了抒发感怀，也得不到任何有价值的意义，从而揭示了在历史感淡漠的情况下人们这种无目的行为的荒诞、无意义，展示了当代人们空虚的生存处境。

韩东曾提出"诗到语言为止"，《有关大雁塔》正是这一创作主张的代表作。诗歌以口语化的语言代替了精雕细琢的传统书面化语言，摒弃了意蕴丰富的典型意象，从个人生活经验出发，将笔触转向日常化的生活，进行着对历史、对英雄的消解，揭示着人们的生存困境，呈现出反诗化的特点，拓宽了当代诗歌的表现空间。

（朱倩倩）

中 文 系

李亚伟

中文系是一条撒满钓饵的大河
浅滩边,一个教授和一群讲师正在撒网
网住的鱼儿
上岸就当助教,然后
当屈原的秘书,当李白的随从
当儿童们的故事大王,然后,再去撒网

有时,一个树桩般的老太婆
来到河埠头——鲁迅的洗手处
搅起些早已沉滞的肥皂泡
让孩子们吃下。一个老头
在讲桌上爆炒野草的时候
放些失效的味精
这些要吃透《野草》的人
把鲁迅存进银行,吃他的利息

在河的上游,孔子仍在垂钓
一些教授用成绺的胡须当钓线
以孔子的名义放排钩钓无数的人
当钟声敲响教室的阶梯
阶梯和窗格荡起夕阳的水波
一尾戴眼镜的小鱼还在独自咬钩

当一个大诗人率领一伙小诗人在古代写诗
写王维写过的那些石头
一些蠢鲫鱼或一条傻白鲢

就可能在期末渔汛的尾声
挨一记考试的耳光飞跌出门外

老师说过要做伟人
就得吃伟人的剩饭背诵伟人的咳嗽
亚伟想做伟人
想和古代的伟人一起干
他每天咳着各种各样的声音从图书馆
回到寝室

一年级的学生，那些
小金鱼小鲫鱼还不太到图书馆
及茶馆酒楼去吃细菌，常停泊在教室或
老乡的身边，有时在黑桃 Q 的桌下
快活地穿梭

诗人胡玉是个老油子
就是溜冰不太在行，于是
常常踏着自己的长发溜进
女生密集的场所用腮
唱一首关于晚风吹了澎湖湾的歌
更多的时间是和亚伟
在酒馆的石缝里吐各种气泡

二十四岁的敖歌已经
二十四年都没写诗了
可他本身就是一首诗
常在五公尺外爱一个姑娘
节假日发半价电报
由于没有记住韩愈是中国人还是苏联人
敖歌悲壮地降下了一年级，他想外逃
但他害怕爬上香港的海滩会立即

被警察抓去考古汉语

万夏每天起床后的问题是
继续吃饭还是永远不再吃了
和女朋友卖完旧衣服后
脑袋常吱吱地发出喝酒的信号
他的水龙头身材里拍击着
黄河愤怒的波涛,拐弯处挂着
寻人启事和他的画夹

大伙的拜把兄弟小绵阳
花一个月读完半页书后去食堂
打饭也打炊哥
最后他却被蒋学模主编的那枚深水炸弹
击出浅水区
现在已不知饿死在哪个遥远的车站

中文系就是这么的
学生们白天朝拜古人和王力的黑板
晚上就朝拜银幕或很容易地
就到街上去凤求凰兮
这显示了中文系自食其力的能力
亚伟在露水上爱过的那医专
的桃金娘被历史系的瘦猴赊去了很久
最后也还回来了,亚伟
是进攻医专的元勋他拒绝谈判
医专的姑娘就有被全歼的可能,医专
就有光荣地成为中文系的夫人学校的可能

诗人杨洋老是打算
和刚认识的姑娘结婚,老是
以鲨鱼的面孔游上赌饭票的牌桌

这根恶棍认识四个食堂的炊哥
却连写作课的老师至今还不认得
他曾精辟地认为纺织厂
就是电影院就是美味的火锅
火锅就是医专就是知识
知识就是书本就是女人
女人就是考试
每个男人可要及格啦

中文系就这样流着
教授们在讲义上喃喃游动
学生们找到了关键的字
就在外面画上漩涡
画上教授们可能设置的陷阱
把教授们嘀嘀咕咕吐出的气泡
在林荫道上吹过期末

教授们也骑上自己的气泡
朝下漂像手执丈八蛇矛的
辫子将军在河上巡逻
河那边他说"之"河这边说"乎"
遇着情况教授警惕地问口令："者"
学生在暗处答道："也"

根据校规领导命令
学生思想自由命令学生
在大小集会上不得胡说八道
校规规定教授要鼓励学生创新
成果可在酒馆里对女服务员汇报
不得污染期终卷面

中文系也学外国文学

　　　　重点学鲍狄埃学高尔基，有晚上
　　　　厕所里奔出一神色慌张的讲师
　　　　他大声喊：同学们
　　　　快撤，里面有现代派

　　　　中文系在古战场上流过
　　　　在怀抱贞洁的教授和意境深远的月亮
　　　　下边流过，河岸上奔跑着烈女
　　　　那些石洞里坐满了忠于杜甫的寡妇
　　　　和三姨太，坐满了秀才进士们的小妾

　　　　中文系从马致远的古道旁流过
　　　　以后置宾语的身份
　　　　被把字句提到生活的前面
　　　　中文系如今是流上茅盾巴金们的讲台了

　　　　中文系有时在梦中流过，缓缓地
　　　　像亚伟撒在干土上的小便像可怜的流浪着的
　　　　小绵阳身后那消逝而又起伏的脚印，它的波浪
　　　　正随毕业时的被盖卷一叠叠地远去

［提示］

　　李亚伟（1963—），重庆人，第三代诗歌代表诗人，1982年开始诗歌创作。主要代表作品有诗歌《中文系》《少年与光头》《酒中的窗户》《异乡的女子》《秋天的红颜》，诗集《豪猪的诗篇》，曾获第四届华语文学传媒大奖·年度诗人奖、首届屈原诗歌金奖等。

　　"第三代诗歌"表现出了迥异于朦胧诗式的写作姿态，诗歌不再具有英雄主义式的崇高、启蒙式的书写，而是回归到日常化的生活，个人化的小我，呈现出多样化的写作风格。李亚伟的《中文系》则以随意性、口语化的语调对被认为神圣殿堂的"大学"进行着玩世不恭的调侃。诗人将中文系描写成功利性的渔网，"中文系是一条撒满钓饵的大河/浅滩边，一个教授和一群讲师正在撒网"，而且，中文系处处显示着一种僵化的教

育模式，教授们传授的所谓的知识对于诗人来说不过是"沉滞的肥皂泡""失效的味精"，他们本身也代表着僵化顽固的权威，学生们不想"挨一记考试的耳光"就要被迫听命，"吃伟人的剩饭背诵伟人的咳嗽"，传统教育的神圣感在诗人笔下消失殆尽。另外，诗中"亚伟""胡玉""万夏"等人放荡不羁、玩世不恭的生活，则表现了诗人与朋友们叛逆的态度、反传统的精神。在这里，年轻充满反叛精神的大学生与教育体制下固守成规的老教授形成鲜明的对比，两者甚至呈现出新与旧的对立。可以说，诗歌在肆意调侃中对传统教育的神圣进行了消解与颠覆，对教授所象征的权威进行了嘲弄。

语言的口语化是《中文系》的鲜明特点，部分语言甚至彰显出粗放的特点，显示了对传统诗歌语言的反叛。无论是对传统教育的批判，还是对大学生活的描写均以调侃诙谐的话语加以表达，使诗歌具有显著的幽默性。此外，诗歌意象的独特性，如将学生比为"小金鱼""蠢鲫鱼"等，以及诗人天马行空的想象力，将文学史上的伟大人物融入诗歌创作中，在调侃戏谑中消解了其长久以来的崇高神圣。可以说，《中文系》以强烈的叛逆与颠覆精神呈现了其反神圣、反常规的写作姿态。

（朱倩倩）

母　亲

翟永明

无力到达的地方太多了，脚在疼痛，母亲，你没有
教会我在贪婪的朝霞中染上古老的哀愁。我的心只像你

你是我的母亲，我甚至是你的血液在黎明流出的
血泊中使你惊讶地看到你自己，你使我醒来

听到这世界的声音，你让我生下来，你让我与不幸构成
这世界的可怕的双胞胎。多年来，我已记不得今夜的哭声

那使你受孕的光芒，来得那么遥远，多么可疑，站在生与死
之间，你的眼睛拥有黑暗而进入脚底的阴影何等沉重

在你怀抱之中，我曾露出谜底似的笑容，有谁知道
你让我以童贞方式领悟一切，但我却无动于衷

我把这世界当作处女，难道我对着你发出的
爽朗的笑声没有燃烧起足够的夏季吗？没有？

我被遗弃在世上，只身一人，太阳的光线悲哀地
笼罩着我，当你俯身世界时是否知道你遗落了什么？

岁月把我放在磨子里，让我亲眼看见自己被碾碎
呵，母亲，当我终于变得沉默，你是否为之欣喜

没有人知道我是怎样不着边际地爱你，这秘密
来自你的一部分，我的眼睛像两个伤口痛苦地望着你

活着为了活着，我自取灭亡，以对抗亘古已久的爱
一块石头被抛弃，直到像骨髓一样风干，这世界

有了孤儿，使一切祝福暴露无遗，然而谁最清楚
凡在母亲手上站过的人，终会因诞生而死去

[提示]

翟永明（1955—），四川成都人，1981年开始发表诗作。代表作品有组诗《女人》《静安庄》，诗集《在一切玫瑰之上》《黑夜中的素歌》《称之为一切》，散文集《纸上建筑》，随笔集《天赋如此》《坚韧的破碎之花》等，曾获2011年"意大利 Ceppo Pistoia 国际文学奖"。其诗歌从女性独特的生命经验出发，并对女性命运加以关照，显示出强烈的现代女性意识，其中，组诗《女人》被视为中国当代"女性诗歌"的开端之作，翟永明也被视为"女性诗歌"的领军人物。

《母亲》出自《女人》组诗，原载《诗刊》1986年第9期。关于写作背景，诗人曾坦言，是在与母亲无法互相理解的情况下所写的。诗人从个人情感经历出发，以独特的女性视角重新审视母亲这一传统中被定义为伟大的形象，显示了惊世骇俗的女性立场。

诗歌开篇即显示了强烈的女性反叛意识，诗人以女儿的身份与母亲进行对话，"无力到达的地方太多了，脚在疼痛，母亲，你没有/教会我在贪婪的朝霞中染上古老的哀愁"，她不想重蹈母亲的命运，不断尝试想要走出长久以来束缚女性的生存困境。然后，诗人将质疑指向自己的出生，尽管母亲给予了"我"宝贵的生命，但诗人并没有因此歌颂母亲的伟大，在她眼中，这恰恰成为"我"不幸的开端，"你让我生下来，你让我与不幸构成/这世界的可怕的双胞胎"，从而对传统以来神圣的母爱、对长久以来男权社会中女性的生育价值进行了质疑。然而，作为这一社会中的维护者，母亲从未质疑过这一切，而是以爱的名义希望女儿延续下去，"你让我以童贞方式领悟一切，但我却无动于衷"，在这里，女儿对母亲的期盼进行了颠覆与反叛。诗人以悲凉的笔调描写当母亲离去后，作为女儿的"我"的悲哀与无助，以及对于母亲的复杂情感，既有深沉的爱，又有痛苦的抱怨，最后只能"自取灭亡"来抵抗这种不被自己所认同的"亘古已久的爱"。

《母亲》一诗以反抗的姿态对母亲的伟大、神圣进行了颠覆与消解，在这里，母亲不再具有传统中神圣崇高的理想光芒，她反而成为诗人痛苦的来源。同时，诗人以近乎独语的方式进行着自我情感的袒露，在现代象征的艺术氛围中曲折隐晦地进行表达，诗歌基调痛苦压抑，语言晦涩奇诡，现代的艺术张力下彰显了其强烈而又独特的女性意识。

（朱倩倩）

独身女人的卧室（节选）

伊 蕾

镜子的魔术

你猜我认识的是谁
她是一个，又是许多个
在各个方向突然出现
又瞬间消隐
她目光直视
没有幸福的痕迹
她自言自语，没有声音
她肌肉健美，没有热气
她是立体，又是平面
她给你什么你也无法接受
她不能属于任何人
——她就是镜子中的我
整个世界除以二
剩下的一个单数
一个自由运动的独立的单子
一个具有创造力的精神实体
——她就是镜子中的我
我的木框镜子就在床头
它一天做一百次这样的魔术
你不来与我同居

窗帘的秘密

白天我总是拉着窗帘
以便想象阳光下的罪恶
或者进入感情王国
心理空前安全
心理空前自由
然后幽灵一样的灵感纷纷出笼
我结交他们达到快感高潮
新生儿立即出世
智力空前良好
如果需要幸福我就拉上窗帘
痛苦立即变成享受
如果我想自杀我就拉上窗帘
生存欲望油然而生
拉上窗帘听一段交响曲
爱情就充满各个角落
你不来与我同居

[提示]

伊蕾（1951—2018），原名孙桂珍，出生于天津，1974年开始发表作品。主要诗集有《爱的火焰》《女性年龄》《独身女人的卧室》《爱的方式》《叛逆的手》等。其诗歌融入个人独特的生命经验，以自由奔放、大胆直白的语言表达着独特的现代女性意识，丰富了现代女性话语。《独身女人的卧室》是伊蕾的代表作，也是中国当代"女性诗歌"的标志性作品，载于1987年《人民文学》第一、二期合刊。诗歌塑造了一个孤独寂寞又渴望爱情的独身女性形象，并对其内心进行了大胆而又深入的剖析，表达了自我的主体意识，并由此来思考、探讨女性的命运，呈现出鲜明的女性色彩与个人化特色。

全诗共分为14部分，其中，《镜子的魔术》以镜子为媒介来审视自我，这是一个独立、富有创造力的女性个体，孤独、失意，不属于任何人。《土耳其浴室》《窗帘的秘密》则表现了"我"内心的空虚寂寞，虽然生命充满激情却只能"顾影自怜"，无法填补内心的空虚，得不到所期望的爱，只好在窗帘所遮挡的私人空间下隔断与世界的联系，释放自我的压抑苦痛。而在《一封请柬》中，则暗示了"我"追求灵肉合一的理想爱情的失败，尽管"我们是知音"，可以进行精神上的交流，但"他永远是孩子"，无法与"我"在肉体上实现交融。《小小聚会》《星期日独唱》则展现出独身女性的日常生活充满了孤独感，诗人进而由生活表象深入到哲学层面，在《哲学讨论》中进行着女性生命意义的探索。面对现实的困境，"我放弃了一切苟且的计划/生命放任自流"，以自己的方式反抗，用幻想来满足自我的生命欲求，甚至于企图去"理想的王国居住"，以摆脱现在的人生困境。最后，诗人在连续的质问下激烈地宣泄着压抑的情感，宣告了她对理想爱情期待的破灭，揭露并批判了传统社会对女性所造成的压抑束缚的悲剧，彰显了追求自由、释放自我的现代女性意识。在这里，诗人将自我的生命经验融入诗歌创作中，淋漓尽致地表现出属于独身女性的孤独的生命感。

《独身女人的卧室》以片段的方式呈现了一个独身女人从渴望灵肉合一的理想爱情到最终破灭的过程。诗歌采用内心独白的方式，在压抑痛苦的诗歌氛围中进行着自我情感的宣泄，无论是日常化的生活表象，还是内在的心理层面，乃至生命意义的探求层面都传达出了一位被压抑的女性的孤独痛苦。值得注意的是，每节诗最后都以"你不来与我同居"结束，在大胆直白的自我袒露中传达出一个女性的哀怨与对理想爱情的期待，具有强烈的女性色彩。

（朱倩倩）

峨眉的风

孔 孚

它喜欢音乐
吹三千灵窍

还是位书家
善写狂草

似乎又有些孩子气
摸一下佛头就跑

[提示]

孔孚（1925—1997），原名孔令桓，字笑白，山东曲阜人，当代著名山水诗人，1950年开始发表作品。主要作品有诗集《山水清音》《孔孚山水》，诗论集《远龙之扪》等，其中，《山水清音》曾获山东省首届泰山文艺创作奖一等奖。

对于当代诗歌来说，孔孚的山水诗是颇为独特的存在，他独辟蹊径，自觉地将古典山水诗与现代诗歌相结合，以现代的形式来寄托古典的审美理想，属于现代化的山水写意派。一方面，他继承了传统的山水意识，自觉地将自然山水作为书写对象，在诗中融入古典的审美趣味，另一方面，又并非局限于传统山水诗的客观写实，而是注重将主观意识注入自然山水中，使山水具有人的个性、气质。其笔下的山水诗，不仅传达出浓郁的东方古典韵味，同时具有现代人的个性意识，从而实现了对传统的传承与超越。

《峨眉的风》载于《诗刊》1987年第12期。诗歌别具一格地将"峨眉的风"作为描写对象，呈现出深邃空灵的意境。就内容来说，诗人不落窠臼，运用拟人的手法，将"峨眉的风"视为"吹三千灵窍"的音乐家，善写狂草的书法家，从声音、抽象的形态层面赋予"风"以古典艺术的气息，使诗歌具有了一定意义上的禅趣。然后，又以现代的写作姿态，写出风的自然俏皮，"摸一下佛头就跑"，充满现代趣味，在一定程度上，也正是诗人自由洒脱性情的体现。在这里，风被赋予了人的主体意识，呈现出物我相合的审美境界。就艺术特色而言，诗人注重炼字，在简洁的诗句中传达出典雅空灵的韵味。语言方面，则将古典的诗歌语言与现代近乎白话的口语相融合，同时，注重形式美，诗句短小灵动而又押韵。此外，诗人从声音、形态等方面用各种有形的意象对无形的风进行了描写，给读者以无穷的想象，这一留白的艺术技巧产生了韵味无穷的艺术效果。

（朱倩倩）

一个人老了

西　川

一个人老了,在目光和谈吐之间,
在黄瓜和茶叶之间,
像烟上升,像水下降。黑暗迫近。
在黑暗之间,白了头发,脱了牙齿,
像旧时代的一段逸闻,
像戏曲中的一个配角。一个人老了。

秋天的大幕沉重地落下。
露水是凉的。音乐一意孤行。
他看到落伍的大雁、熄灭的火、
庸才、静止的机器、未完成的画像。
当青年恋人们走远,一个人老了,
飞鸟转移了视线。

他有了足够的经验评判善恶,
但是机会在减少,像沙子
滑下宽大的指缝,而门在闭合。
一个青年活在他身体之中;
他说话是灵魂附体,
他抓住的行人是稻草。

有人造屋,有人绣花,有人下赌。
生命的大风吹出世界的精神,
唯有老年人能看出这其中的摧毁。
一个人老了,徘徊于
昔日的大街,偶尔停步,

便有落叶飘来，要将他遮盖。

更多的声音挤进耳朵，
像他整个身躯将挤进一只小木盒；
那是一系列游戏的结束：
藏起失败，藏起成功。
在房梁上，在树洞里，他已藏好
张张纸条，写满爱情和痛苦。

要他收获已不可能，
要他脱身已不可能。
一个人老了，重返童年时光，
然后像动物一样死亡。他的骨头
已足够坚硬，撑得起历史，
让后人把不属于他的箴言刻上。

[提示]

西川（1963—），原名刘军，出生于江苏徐州，主要作品有诗集《西川诗选》《虚构的家谱》《大意如此》，散文集《水渍》《让蒙面人说话》，诗论集《大河拐大弯》，诗文集《深浅》等，曾获1992年上海文学奖、2001年鲁迅文学奖等。

《一个人老了》写于1991年4月，这是一首关于生命流逝的诗，呈现了人由衰老走向死亡的过程，凝聚着诗人的深沉思考。诗歌开篇描写了人衰老后的状态，在这一过程中人逐渐被推向世界的边缘，诗人通过连续的比喻与意象，如"落伍的大雁""熄灭的火"等，诉说着生命的孤独寂寥。伴随衰老而来的还有在时间、生命中累积的经验与智慧，然而当拥有这一切后却发现"机会在减少""门在闭合"，这不失为一种来自生命自身的悲哀。也正是因为"一个人老了"才能清醒地对生命进行远距离的审视，"生命的大风吹出世界的精神，/唯有老年人能看出这其中的摧毁"，在一定程度上，这也是属于人老后的睿智与通透。在诗人笔下，生命走向死亡的过程中充满了悲哀与沧桑，无奈与凄凉。面对生命不可挽回的流逝，尽管眷恋，最后也只能在回忆人生的欢乐苦痛之后，等待死亡，

"让后人把不属于他的箴言刻上",诗句交织着生命结束的坦然与无奈。

就诗歌情感来说,面对衰老与死亡这一沉重的人生课题,诗人只是宁静地叙述、克制地表达,而不是激烈地宣泄,充满了理性的沉思。语言修辞方面,诗歌语言质朴纯净,纯粹中带有诗意,而诗中对偶、比喻、复沓等手法的运用以及诗行中并列的短句则增强了诗歌内在的舒缓节奏。诗人以智者的眼光洞悉着人老去后的孤独、无奈与凄凉,透过生活的表象来深入思考、探究生命这一宏观课题,具有哲思的深度。

(朱倩倩)

镜　中

张　枣

只要想起一生中后悔的事
梅花便落了下来
比如看她游泳到河的另一岸
比如登上一株松木梯子
危险的事固然美丽
不如看她骑马归来
面颊温暖
羞惭。低下头，回答着皇帝
一面镜子永远等候她
让她坐到镜中常坐的地方
望着窗外，只要想起一生中后悔的事
梅花便落满了南山

[提示]

张枣（1962—2010），男，湖南长沙人。当代诗人，诗歌翻译家。20世纪80年代以《镜中》《何人斯》等作品一举成名，第三代诗歌的代表诗人之一。著有诗集《春秋来信》《张枣的诗》，随笔集《张枣随笔选》等。

《镜中》写于1984年10月，是张枣的成名作。写的是一种大家都逃不开的悔意，而且是一种诗意层面的后悔。"只要想起一生中后悔的事/梅花便落了下来"。诗人用"梅花"这一古典意象，来比喻人生中的后悔和怅惘。一生中有很多后悔的事，而在这里并没有特指某一件最后悔的事情，而是泛指。诗人在这首诗中展现出了中国古典诗歌美学的韵味，建立起当代诗歌与古典诗歌的意象层面的联系。"只要想起一生中后悔的事/梅花便落满了南山"这两行诗可谓"一切景语皆情语"，同时兼具一种陌生化的效果，这在古典文学中很常见。同时"梅花"的意象带有落寞的感觉，符合整首诗的感情基调与整体的风格。

同时诗中的"镜子"意象显得十分独特，"镜子"可以照出人的虚影，而人与镜中人则可望不可即，如同海市蜃楼般虚无缥缈。所以，镜子这一意象意味着诗人感情追求的虚妄，如"镜中花，水中月"一般，固然美丽，然而虚妄，即便后悔也没有意义，更添物是人非之感。诗人用"镜子"来隐喻求而不得的后悔，意味着情感的落空，这种艺术手法也是作者所常用的。

事到如今，"我""望着窗外"，似乎还有一丝奢望，但是"只要想起一生中后悔的事/梅花便落满了南山"，节奏更加舒缓，哀婉之情尽显于此。而且首尾呼应，完成了一次结构和情感的回环，读之回味无穷。

（王　廉）

感谢父亲

于 坚

一年十二月
您的烟斗开着罂粟花
温暖如春的家庭　不闹离婚
不管闲事　不借钱不高声大笑
安静如鼠　比病室干净
祖先的美德　光滑如石
永远不会流血　在世纪的洪水中
花纹日益古朴

作为父亲您　带回面包和盐
黑色长桌　您居中而坐
那是属于皇帝　教授和社论的位置
儿子们拴在两旁　不是谈判者
而是金钮扣　使您闪闪发光
您从那儿抚摸我们　目光充满慈爱
像一只胃　温柔而持久
使我一天天学会做人

早年您常常胃痛
当您发作时　儿子们变成甲虫
朝夕相处　我从未见过您的背影
成年我才看到您的档案
积极肯干　热情诚恳　平易近人
尊重领导　毫无怨言　从不早退
有一回您告诉我　年轻时喜欢足球
尤其是跳舞　两步

使我大吃一惊　　以为您在谈论一头海豹

　　我从小就知道您是好人　　非常的年代
　　大街上坏蛋比好人多
　　当这些异教徒被抓走、流放、一去不返
　　您从公园里出来　　当了新郎
　　一九五七年您成了父亲
　　作为好人　　爸爸　　您活得多么艰难
　　交待　　揭发　　检举告密
　　您干完这一切　　夹着皮包下班
　　夜里您睡不着　　老是侧耳谛听
　　您悄悄起来　　检查儿子的日记和梦话
　　像盖世太保一样认真
　　亲生的老虎　　使您忧心忡忡
　　小子出言不逊　　就会株连九族
　　您深夜排队买煤　　把定量油换成奶粉
　　您远征上海　　风尘仆仆　　采购衣服和鞋
　　您认识医生校长司机以及守门的人
　　老谋深算　　能伸能屈　　光滑如石

　　就这样　　在黑暗的年代　　在动乱中
　　您把我养大了　　领到了身份证
　　长大了　　真不容易　　爸爸
　　我成人了　　和您一模一样
　　勤勤恳恳　　朴朴素素　　一尘不染

　　这小子出生时相貌可疑　　八字不好
　　说不定会神经失常死于脑炎
　　说不定会乱闯红灯　　跌断腿成为残废
　　说不定被坏人勾引　　最后判刑劳改
　　说不定酗酒打架赌博吸毒患上艾滋病
　　爸爸　　这些事我可从未干过　　没有自杀

父母在　不远游　好好学习　天天向上
　　九点半上床睡觉　星期天洗洗衣服
　　童男子二十八岁通过婚前检查
　　三室一厅　双亲在堂　子女绕膝
　　一家人围着圆桌　温暖如春
　　这真不容易　我白发苍苍的父亲

[提示]

　　于坚（1954—），男，当代作家、诗人，云南昆明人。1986年发表成名作《尚义街六号》，为"第三代诗歌"的代表性诗人，著有诗集《于坚的诗》《一枚穿过天空的钉子》《彼何人斯》，杂文集《棕皮手记》，散文随笔集《暗盒笔记》《相遇了几分钟》。其中长诗《零档案》被誉为当代汉语诗歌的一座"里程碑"，《只有大海苍茫如幕》获第四届鲁迅文学奖诗歌奖。2017年于坚荣膺第十五届华语文学传媒大奖"年度杰出作家"。

　　《感谢父亲》写于1987年，原载于《诗刊》1989年第1期。诗人们在歌颂父亲的时候，往往是以威严高大和胸怀宽广来形容父亲。可在于坚的笔下，传统意义上的"父亲"的权威形象被解构，从神圣的英雄形象变成软弱的世俗凡人的形象。在那非常的岁月，作为世俗意义上"好人"的父亲，也揭发、检举、告密。干完这一切后，晚上忐忑不安地害怕儿子告密，内心承受着巨大的压力。于坚理解父亲的所作所为，深知那个特殊年代的父亲是多么的艰难与迫不得已。"感谢父亲"既有诗人对父亲的理解和宽容，也暗含着对那个特殊时代的批判，抗议当时的社会环境对人的迫害和扭曲。

　　这首诗歌充满了反传统的个人色彩，诗人曾希望把诗歌写得更口语化，口语的运用使得诗人采用较长的日常生活语言来描绘场景、抒发心情。这让于坚的诗具有了散文化与叙事性的特点，这样可以向读者更加直接地呈现诗人想表达的思想，诗歌的直接性、创造性和活力也由此体现出来了。

　　于坚擅长写生活中的一些世俗场景，从中表达出自己的感受，也让读者体会到生活的真与美。在表现世俗生活的时候，选择口语化的语言显然要比过于书面的语言更加合适。"三室一厅双亲在堂子女绕膝/一家人围着圆桌温暖如春/这真不容易我白发苍苍的父亲。"这种口语化的语言给生活题材带来了更浓的人间烟火气息，这符合作者想传达给读者的生活的体悟，也让生活题材的作品显得更平易近人，更加真实，也能打动更多读者。

（王　廉）

雨 中 的 马

陈东东

黑暗里顺手拿一件乐器。黑暗里稳坐
马的声音自尽头而来

雨中的马。

这乐器陈旧,点点闪亮
像马鼻子上的红色雀斑,闪亮
像树的尽头
木芙蓉初放,惊起了几只灰知更鸟

雨中的马也注定要奔出我的记忆
像乐器在手
像木芙蓉开放在温馨的夜晚
走廊尽头
我稳坐有如雨下了一天

我稳坐有如花开了一夜
雨中的马。雨中的马也注定要奔出我的记忆
我拿过乐器
顺手奏出了想唱的歌

[提示]

陈东东(1961—),祖籍江苏吴江,上海人,当代诗人、作家。1981年开始写诗,投身先锋文化运动,是第三代诗歌代表诗人。著有诗集《海神的一夜》《解禁书》和随笔集《黑镜子》以及散文集《短篇》。曾获第二届张枣诗歌奖,第六届天问诗人奖,2019年荣获第十七届华语文学传媒奖年度诗人奖,并于同年4月出版最新诗集《陈东东的诗》。

《雨中的马》写于1985年,后收录于陈东东诗集《海神的一夜》(1997年由改革出版社出版),是诗人早期代表作之一,篇幅不长,却很能体现诗人的艺术特色和情感追求。

  这首诗是诗人对音乐艺术的独特体验所产生的不自觉的联想。音乐作为一种纯粹的艺术形式，在诗人的内心深处幻化出了具体的形象、声音和速度，读者也和诗人一样，仿佛看到一匹骏马踏雨奔来。"雨中的马"作为中心意象却单列一节，给人留下深刻的印象，引发读者的遐想。接下来，诗人由乐器联想到马，这就是从听觉联想转为视、触觉联想。诗人只写了自己对音乐的感觉过程，以及这种感觉在他心理上引起的一系列联想，从容地将自己对乐曲的感受传递给读者，使得读者产生共鸣。

  诗人认为"诗之音乐"是他诗歌创作所追寻的目标。这首诗的中心意象"雨中的马"就是作者对于音乐的联想。黑暗中的独奏触发诗人内心的敏感，在黑暗中"稳坐"，表达了诗人此刻心灵的沉静。诗中用了一系列的比喻和意象来表达音乐带给他的审美感受，如"木芙蓉初放，惊起了几只灰知更鸟"，"像木芙蓉开放在温馨的夜晚"，营造出宁静优美的氛围和意境，使这首诗充满了个人色彩与抒情气质。诗人利用比喻和隐喻的艺术手法来塑造"雨中的马"这个中心意象，并且围绕这个中心意象展开丰富的联想与思考，展现了诗人高超的艺术技巧与独特的诗歌语言。

（王　廉）

帕斯捷尔纳克

王家新

不能到你的墓地献上一束花
却注定要以一生的倾注,读你的诗
以几千里风雪的穿越
一个节日的破碎,和我灵魂的颤栗

终于能按照自己的内心写作了
却不能按一个人的内心生活
这是我们共同的悲剧
你的嘴角更加缄默,那是

命运的秘密,你不能说出
只是承受、承受,让笔下的刻痕加深
为了获得,而放弃
为了生,你要求自己去死,彻底地死

这就是你,从一次次劫难里你找到我
检验我,使我的生命骤然疼痛
从雪到雪,我在北京的轰响泥泞的
公共汽车上读你的诗,我在心中

呼喊那些高贵的名字
那些放逐、牺牲、见证,那些
在弥撒曲的震颤中相逢的灵魂
那些死亡中的闪耀,和我的

自己的土地!那北方牲畜眼中的泪光

在风中燃烧的枫叶
人民胃中的黑暗、饥饿,我怎能
撇开这一切来谈论我自己?

正如你,要忍受更剧烈的风雪扑打
才能守住你的俄罗斯,你的
拉丽萨,那美丽的、再也不能伤害的
你的,不敢相信的奇迹

带着一身雪的寒气,就在眼前!
还有烛光照亮的列维坦的秋天
普希金诗韵中的死亡、赞美、罪孽
春天到来,广阔大地裸现的黑色

把灵魂朝向这一切吧,诗人
这是幸福,是从心底升起的最高律令
不是苦难,是你最终承担起的这些
仍无可阻止地,前来寻找我们

发掘我们:它在要求一个对称
或一支比回声更激荡的安魂曲
而我们,又怎配走到你的墓前?
这是耻辱!这是北京的十二月的冬天

这是你目光中的忧伤、探寻和质问
钟声一样,压迫着我的灵魂
这是痛苦,是幸福,要说出它
需要以冰雪来充满我的一生

[提示]

　　王家新(1957—),汉族,湖北丹江口人,著名诗人,诗歌评论家和翻译家。1984年写出组诗《中国画》《长江组诗》,备受关注。著有诗集

《纪念》《游动悬崖》《王家新的诗》《未完成的诗》,诗论随笔集《人与世界的相遇》《夜莺在它自己的时代》《没有英雄的诗》《坐矮板凳的天使》《取道斯德哥尔摩》。于 2009 年获首届"中国当代文学学院奖",2014 年获得首届"中国屈原诗歌奖·金奖",2018 年 9 月获得第三届"李杜诗歌奖·金奖"。

《帕斯捷尔纳克》写于 1990 年冬天,发表于《花城》1991 年第 2 期。王家新是"朦胧派"诗人之后具有强烈的艺术自觉意识的中国诗人,作为 20 世纪 90 年代以来知识分子写作的代表性诗人之一,在重视学习西方经典诗人的同时,十分关注当代外国诗歌。《帕斯捷尔纳克》是一首典型的抒写苦难的诗歌。虽然这首诗着力渲染苦难,但是,我们却能从中感受到一种崇高的力量,一种不屈的力量。这种苦难是以抒情的方式再现,诗人纯熟的艺术技巧使得苦难显示出某种振奋人心的力量——"这是痛苦,是幸福"。

在《帕斯捷尔纳克》中,虽然以"不能到你的墓地献上一束花"起句,但在诗人看来,帕斯捷尔纳克是永恒的,这位大师的精神依然活着。帕斯捷尔纳克追求主流意识形态下的个性化写作与精神的独立性,这在王家新的身上似乎具有了共鸣,同是遭受过苦难的两位诗人在此时灵魂仿佛有了契合,王家新完成了对个体命运与时代背景的思考,将诗人与时代联系在了一起,饱含着时代意识与现实关怀。在 20 世纪 90 年代初的诗坛,王家新特有的知识分子的情怀也可谓独树一帜。

(王 廉)

纪念维特根斯坦

臧　棣

人死后，鸟继续飞着。
我看着这幕情景。
情景消失后，鸟仍然飞着。
我将关心这样的事情。

维特根斯坦是一只鸟。
以前他不是，但现在是。
以前，人死后，有很多选择，
但很少有人倾向于变成一只鸟。

当然，我也可以这样交代——
以前，我是一只鸟，但现在
我是一个看鸟飞过头顶的人。
飞翔多么纯粹，像冰的自由落体。

我继续这样看下去，
正如维特根斯坦继续巧妙于
一只鸟的名字。空间多么美妙，
就仿佛空间也死过一回。

[提示]

臧棣（1964—），北京人，曾获 2000 年度《作家》杂志诗歌奖，2006 年当选"中国十大先锋诗人"，曾获"2015·星星年度诗人奖"，2018 年 5 月荣获第七届"中国桂冠诗人奖"，著有诗集《风吹草动》《新鲜的荆棘》《未名湖》《骑手和豆浆》《必要的天使》《截句诗丛》《红叶的速度》等。

《纪念维特根斯坦》写于 1994 年 5 月，收录于诗集《骑手和豆浆：臧棣集 1991—2014》，这首诗是为了纪念 20 世纪最伟大的哲学家之一路德维希·维特根斯坦，臧棣受维特根斯坦的影响很深，他的写作也被称为"智性写作"，他认为诗歌是一种小众的美学，十分注重语言的实验性，是一位具有自觉的现代性意识的诗人。臧棣诗句中的语言具有其独特的韵味，喜欢在语言的沉醉中追寻他的意识，借此唤起生命的觉醒——对生命存在的寻找与反思。

臧棣看重当代诗歌语言的"游戏性"，这种"游戏性"观念，可能是间接地来自于维特根斯坦，有着对诗歌语言无穷的"好奇心"，臧棣这首诗歌中的一个人能变成"一只鸟"，甚至人死后还能做出很多选择，无疑引起了读者的兴趣与好奇，带给读者一种新鲜之感。臧棣的诗歌也拥有着来自于20世纪80年代朦胧诗的现代主义诗歌理想，同时又因为诗人将个人介入到历史和现实中，从而有了新的色彩。"人死后，鸟继续飞着"，"就仿佛空间也死过一回"。即便是在诗句中充斥着"死"，我们也不难从中感觉到生命的非同寻常的意识所在。正是为了找寻这种独特的意识，臧棣的诗歌语言有一种迸发的生命力，渴望朝向新生、朝向未知。这首诗歌，让人们能够回到生命的觉醒状态中来小憩：原来一切事物都有这样的蓬勃生机与盎然意识，人也应该如此。《纪念维特根斯坦》具有丰富的想象空间与哲学的意蕴和思辨性，探讨了生命与存在、死亡与空间的关系，能引发读者反复的思考。

（王　廉）

岁月的遗照

张曙光

我一次又一次看见你们，我青年时代的朋友
仍然活泼，乐观，开着近乎粗俗的玩笑
似乎岁月的魔法并没有施在你们身上
或者从什么地方你们寻觅到不老的药方
而身后的那片树林，天空，也仍然保持着原来的
形状，没有一点儿改变，仿佛勇敢地抵御着时间
和时间带来的一切。哦，年轻的骑士们，我们
曾有过辉煌的时代，饮酒，追逐女人，或彻夜不眠
讨论一首诗或一篇小说。我们扮演过哈姆雷特
现在幻想着穿过荒原，寻找早已失落的圣杯
在校园黄昏的花坛前，追觅着艾略特寂寞的身影
那时我并不喜爱叶芝，也不了解洛厄尔或阿什贝利
当然也不认识你，只是每天在通向教室或食堂的小路上
看见你匆匆而过，神色庄重或忧郁
我曾为一个虚幻的影像发狂，欢呼着
春天，却被抛入更深的雪谷，直到心灵变得疲惫
那些老松鼠们有的死去，或牙齿脱落
只是偶尔发出气愤的尖叫，以证明它们的存在
我们已与父亲和解，或成了父亲，
或坠入生活更深的陷阱。而那一切真的存在
我们向往着的永远逝去的美好时光，或者
它们不过是一场幻梦，或我们在痛苦中进行的构想，
也许，我们只是些时间的见证，像这些旧照片
发黄，变脆，却包容着一些事件，人们
一度称之为历史，然而并不真实

[提示]

张曙光(1956—),黑龙江望奎人。当代诗人,翻译家,批评家。著有诗集《小丑的花格外衣》《午后的降雪》《闹鬼的房子》,随笔集《上帝送他一座图书馆》等,诗歌评论集《堂·吉诃德的幽灵》。曾获首届刘丽安诗歌奖,第三届"诗歌与人·诗人奖",首届"诗建设"诗歌奖等奖项。

《岁月的遗照》表达的是岁月变迁带来的失落之感。"岁月的遗照"是指大学时代与朋友们的旧照片,如今已经发黄变脆,是诗人青春岁月的遗留。每当诗人看见这些照片,就仿佛看见了那恣意不羁的年轻时代,是那么令人怀念。当岁月流逝,成为成熟的成年人,"心灵变得疲惫","我们已与父亲和解,或成了父亲",意味着曾经的叛逆和不羁都成为过去。"旧照片"的"发黄""变脆"象征着诗人青年时代的远去,表达对恣意挥洒青春的大学时代的怀念与追忆,以及走出校园之后的失落与彷徨。

20世纪80年代的诗坛由于外国文学的介入,一方面,诗人追求人格独立,思想解放。"我曾为一个虚幻的影像发狂"比喻诗人曾为了不能实现的理想信念而疯狂,青年时代的挫折不仅是身体上的伤害,而且也是精神上的创伤,面对破灭的梦想,"那些老松鼠们""有的死去"——心理上的崩溃,"或牙齿脱落"——在这种挣扎中希望证明自己的存在。"而那一切真的存在/我们向往着的永远逝去的美好时光"则表达出对过往生活的怀念以及永远无法回到过去的失落。诗歌末尾,诗人认为照片上记录了关于青年时代的个人记忆和诗歌的集体记忆,通过一种"旧事重提"的回忆呼应着"岁月的遗照",张曙光借"旧照片"的独特意象展现了时光与岁月的追忆与反思,末尾"人们/一度称之为历史,然而并不真实"却又留给读者无尽的遐想。

(王 廉)

工 业 区

郑小琼

白炽灯亮着,楼房亮着,机器亮着
疲倦亮着,图纸亮着……
这是星期七的夜晚,这是八月十五的夜晚
月光亮出了一轮空白,荔枝林中
清风吹拂着体内的素白,多年沉默不语的
安静,常绿草丛里虫鸣,一城的灯火亮着
工业区里,多少方言,多少乡愁,
多少微弱与单薄置身其中,多少月光照耀
星期七的机台与图纸,而它在上升着
照着我的脸,慢慢落下来的心

多少灯在亮着,多少人在经过着
置身于工业区的灯光,往事,机台
那些不能言语的月光,灯光以及我
多少渺小,小如零件片,灯丝
用微弱的身体温暖着工业区的繁华与喧哗

而我们有过的泪水,喜悦,疼痛
那些辉煌或者卑微的念头,灵魂
被月光照耀,收藏,又将被它带远
消隐在无人注意的光线间

[提示]

郑小琼(1980—),四川南充人,中专毕业后前往东莞打工,第三代打工作家。著有诗集《郑小琼诗选》《女工记》《纯种植物》《散落在机台上的诗》,曾获人民文学奖、庄重文文学奖等奖项,2018年12月荣获首届女性诗歌奖优秀青年女诗人奖。

《工厂区》最早于2007年3月发表在郑小琼的新浪博客，引起了强烈反响。这首诗对工厂生活的描绘和对打工群体的刻画显得真实而生动，文字朴实无华却充满着生命的力量。

诗人开篇就以白描的手法展示了车间的日常场景，描写打工者的生存体验。诗人以一个女性的审美视线，使普遍的象征和隐喻被诗人的诗化技巧所取代，因此产生了时间与空间的裂变。"工业区里，多少方言，多少乡愁/多少微弱与单薄置身其中，多少月光照耀"描写出工人们在车间流水线上的无奈与对故乡的怀念，只可惜在工厂区，这些都显得"单薄"而"微弱"。

郑小琼以个人的焦虑来展现打工群体的焦虑，诗人的自我意识开始觉醒，然而在现实中工厂车间流水线的压抑之下又无从反抗，只剩下感叹和悲哀，正如第三节末尾，"泪水""喜悦""疼痛"，都"消隐在无人注意的光线间"。诗中的打工者形象不同于20世纪50年代的工人阶级"国家主人翁"的形象，他们没有因为自己的工作而感到自豪和骄傲，反而觉得自己是卑微的、渺小的，没有话语权的存在，体现出打工者这个群体的焦虑和痛苦。同时《工厂区》中反复提到的"机台""图纸""零件"都是打工生活中最常见的东西，这种"工业元素"在诗歌中的运用正是郑小琼所擅长的。

郑小琼的诗歌充满了对底层劳动者的生存体验的关怀，字里行间充斥着揪心却执着的力量。诗人坚持人本主义立场，从打工者的角度出发，表现出对个体生命的悲悯情怀和衷心关爱，简单质朴的诗句却饱含着人文关怀，这也是为什么一个并非科班出身并且文化程度不高的"打工妹"能以这样充满力量和朴实无华的诗句打动万千读者。

（王　廉）

肯 登 镇

路 也

我一个人来到肯登镇
我要去瓦尔特·惠特曼的家
我看见遍地时代的草叶,命运的涂鸦

我一个人来到肯登镇
永恒的太阳照耀马丁·路德·金大道
大西洋起伏,跟我一起朗诵:"我听见美国在歌唱"
声音传送得多么广大

我一个人来到肯登镇
红砖楼的山墙上涂抹着粗糙的水泥
是贫穷的青色加上落魄的灰色
四周脏乱差,这是我热爱的诗人的家

我一个人来到肯登镇
门锁着,不见那个粗野又文雅的男人
透过窗子可望见空空的摇椅
这个寂静的晌午,我坐在他门前的台阶上
对房前两棵枫树说:"我写诗,来自中国,八里洼。"

我怀揣两个洲的孤独和一根琴弦,一个人来到肯登镇
我头顶三万里南风,沿着分行的道路,来到肯登镇
在我那同样带电的肉体里
英语单词在发芽,汉字在吐穗、在开花

[提示]

路也(1969—),本名路冬梅,诗人、作家、评论家。主要有诗集《山中信札》《从今往后》《慢火车》,散文集《我的树》《寻找梭罗》,长篇小说《幸福是有的》《别哭》《下午五点钟》等。2005年获华文青年诗

人奖，2011年获人民文学奖诗歌奖，2016年获"诗探索奖"杰出成就奖。

《肯登镇》写于2006年5月，诗人路也在费城时特意去了新泽西州的肯登镇，那里有惠特曼故居和坟墓。这首诗属于具有其个人特色的国外行旅诗写，既有横向的观察与思考，又有纵向的历史层面对于惠特曼的怀念与追忆，诗人跨越时间和空间追寻惠特曼的足迹，让读者也仿佛身临其境，从而引起读者内心的波动与好奇。

"我一个人来到肯登镇"，路也在诗歌的前四节开头都运用"反复"的修辞手法，有意识地强调自己是一个人前来缅怀惠特曼，反复咏叹也使得对惠特曼的热爱之情表达更为强烈，显示出两位诗人跨越时间、空间的相遇具有诗意灵魂的契合。"草叶"的意象更是对惠特曼所著《草叶集》的致敬；诗人对色彩的运用也恰到好处，"贫穷的青色"与"落魄的灰色"渗透个人情感，具有更强的艺术表现力。

诗人在诗歌的末节写道："我怀揣两个洲的孤独和一根琴弦，一个人来到肯登镇/我头顶三万里南风，沿着分行的道路，来到肯登镇"，在这横向的观察与思考中，路也更深刻地发现自己，也更真切地感受着自己，获得创作的灵感与冲动。"分行"的是道路，同时也是诗句的特点，显示出诗人独特的诗歌语言与艺术技巧。不仅如此，与不同文化背景的外国诗人的相遇更加激发诗人对母语和家乡的复杂情感——"英语单词在发芽"，"汉字在吐穗、在开花"。路也与惠特曼灵魂的相遇，东西方文化的交流都在这首饱含诗人创作灵感的诗中得到体现，读来余味无穷。

（王　廉）

从　前　慢

木　心

记得早先少年时
大家诚诚恳恳
说一句是一句

清早上火车站
长街黑暗无行人
卖豆浆的小店冒着热气

从前的日色变得慢
车，马，邮件都慢
一生只够爱一个人

从前的锁也好看
钥匙精美有样子
你锁了，人家就懂了

[提示]

木心（1927—2011），浙江乌镇人，本名孙璞，字仰中，号牧心，笔名木心，诗人、作家、画家。著有《哥伦比亚的倒影》《文学回忆录》《素履之往》，诗集《西班牙三棵树》《云雀叫了一整天》《我纷纷的情欲》，小说集《温莎墓园日记》，散文集《琼美卡随想录》《即兴判断》《鱼丽之宴》《散文一集》等。

《从前慢》收录于木心诗集《云雀叫了一整天》（广西师范大学出版社2009年版），诗人对过往慢节奏的生活和人际关系的描绘充满着怀旧的温情，整首诗显得平淡与真挚，含蓄却温馨。

开篇就用"记得"这个词语使全诗具有一种回忆的感情色彩，同时展开对过往生活的描绘，"早先""少年"两词都在有意强调时空的久远，再次将读者视线与想象拉回到不可返回的往日时光。

接着，木心用生动而巧妙的意象构成了一幅生活图景："火车站"和"长街"以及"小店"都是日常生活中最熟悉的东西。"冒着热气"却一下将原本显得孤冷的画面转到温馨的场景，这一转换只用了三句话，生活的质感就在这些词句中得到了体现。然后，诗人利用"日色""车""马""邮件"四个意象的组合刻画了久违了的生活场景：马车载着邮件慢悠悠地走动，有着前工业时代慢节奏生活的轻松与悠闲。简短的几行诗句却给人丰富的想象空间与画面感，体现出古典诗词所具有的"诗中有画""画中有诗"的独特韵味。

最后一节中，"锁"与"钥匙"这两个意象是全诗的点睛之笔。木心把这些意象组合起来，变成了一种记忆与回望，对故土的怀念，对过往生活的追思。最后一句则将整首诗推向了高潮，"你锁了，人家就懂了"，通过一个"你"字拉近了读者的距离，使得读者的情感也跟随诗人开始涌动，表现出含蓄的生活态度。"锁了"什么，又"懂了"什么，诗人没说，从而留给读者足够的想象空间，回味无穷，令人感怀。

（王　廉）

起风了

娜　夜

起风了　我爱你　芦苇
野茫茫的一片
顺着风

在这遥远的地方　不需要
思想
只需要芦苇
顺着风

野茫茫的一片
像我们的爱　没有内容

[提示]

娜夜（1964—），中国当代女诗人，满族，祖籍辽宁兴城，在西北长大。著有诗集《冰唇》《回味爱情》《睡前书》《娜夜诗选》等。曾获人民文学奖、天问诗人奖等奖项，《娜夜诗选》2005年获第三届鲁迅文学奖，《睡前书》2014年获首届刘章诗歌奖。

抒情短诗《起风了》写于2006年，这首诗把对自然景物的描写与诗人的感情的表达交织在一起，互相衬托和渲染，以简洁的语言营造出丰富的抒情空间。娜夜在首节就营造了一个极为宏阔的场面，"野茫茫"一词，巧妙地借助词语的外延赋予了阅读者视觉和心理上的强烈冲击，具有鲜明的西北地域色彩，同时直抒胸臆表达自己的情感。"在这遥远的地方不需要/思想/只需要芦苇/顺着风"，娜夜笔下的芦苇兼具古典的蒹葭意象与现代的感觉，可见诗人的艺术构思之精妙，既有现代风格，又有古典韵味。"顺着风"，有顺乎自然之意，表达诗人平和的人生姿态。"思想"和"顺着风"单独作为一行，也起到了很好的强调作用。

在一首很短的诗中，再次重复写到"野茫茫"这个带有浓郁情感色彩的词语,这个词句营造出苍茫开阔的意境,这和爱的复杂性有很多共同之处。"芦苇""风"都是为诗人情感的抒发作铺垫,诗人对这些客观景物的描写具有《诗经》"赋比兴"的艺术特点,同时也将情感融入了景物之中,可谓融情于景,简洁有力的语感彰显出娜夜独特的诗歌语言魅力。

(王　廉)

阳光中的向日葵

芒　克

你看到了吗
你看到阳光中的那棵向日葵了吗
你看它，它没有低下头
而是在把头转向身后
就好象是为了一口咬断
那套在它脖子上的
那牵在太阳手中的绳索

你看到它了吗
你看到那棵昂着头
怒视着太阳的向日葵了吗
它的头几乎已把太阳遮住
它的头即使是在没有太阳的时候
也依然在闪耀着光芒

你看到那棵向日葵了吗
你应该走近它
你走近它便会发现
它脚下的那片泥土
每抓起一把
都一定会攥出血来

[提示]

芒克（1950—），原名姜世伟，北京人，出生于辽宁沈阳。著名朦胧诗人。1969年到河北白洋淀插队，是白洋淀诗群的代表人物之一，诗人、画家。1978年年底与北岛共同创办文学刊物《今天》，并出版了处女诗集《心事》。著有诗集《阳光中的向日葵》《芒克诗选》《没有时间的时间》

《今天是哪一天》《芒克的诗歌》，长篇小说《野事》，随笔集《瞧，这些人》。

《阳光中的向日葵》写于1983年，芒克的这首诗表达了那一代诗人思想的觉醒。向日葵因为生物学上的向光性具有追随太阳的现象，这种现象常常被赋予各种象征的含义。作为全诗的重要意象，诗中的"向日葵"不但不追随"太阳"，反而一反常态地表达了摆脱太阳束缚的愿望，要"一口咬断/那套在它脖子上的/那牵在太阳手中的绳索"。"太阳"象征着权威与专制，代表着不可怀疑与不可抗拒的地位。这首诗中"向日葵"对"太阳"的强烈反抗，体现出蓬勃的生命力与不屈的意志。"向日葵"的形象象征着诗人的觉醒与反抗，渴望挣脱束缚，打破权威，表达对思想自由和独立人格的不懈追求。

芒克1983年写下这首诗歌，在那个时候国内刚刚走出动乱的特殊年代，整个民族都长时间受到思想的禁锢，在那个时期之前的文学话语中，"向日葵"总是被阐释为面孔始终朝向太阳，是丧失自我意志的人群的象征。作者打破窠臼，赋予"向日葵"新的定义和解释，他感慨于那十年使人们受到的精神禁锢和创伤，渴望摆脱思想上的枷锁，建立理性的思考，获得独立自由的人格。《阳光中的向日葵》在创作主题上的朦胧、象征的写作手法，都留给读者无穷的想象空间，让读者可以自由地展开联想。

（王　廉）

悲 伤

杨 键

没有一部作品可以把我变为恒河,
可以把这老朽的死亡平息,
可以削除一个朝代的阴湿,
我想起柏拉图与塞涅卡的演讲。
孔子的游说,与老子的无言。
我想起入暮的讲经堂,纯净的寺院
一柄剑的沉默犹如聆听圣歌的沉默。
死亡,爱情和光阴,都成了
一个个问题,但不是最后一个问题。
我想起曙光的无言,落日的圆满。
没有一部作品可以让我忘掉黑夜,
忘掉我的愚蠢,我的喧闹的生命。

[提示]

杨键(1967—),安徽马鞍山人,当代著名诗人、画家。著有诗集《暮晚》《古桥头》《杨键诗选》《惭愧》《哭庙》等。曾获首届刘丽安诗歌奖、第六届华语文学传媒年度诗人奖、骆一禾诗歌奖、袁可嘉诗歌奖等奖项。

《悲伤》写于1994年,收录于杨键诗集《古桥头》(上海文化出版社2007年版)。《悲伤》整体色彩偏于阴暗,诗中"老朽""阴湿""入暮""落日"让这篇诗歌的基调变得沉重。诗人尽管内心汹涌却保持了古典美学观点"哀而不伤"。没有痛心疾首的呼喊和撕心裂肺的哭泣,只是"无言",只有"沉默"。杨键认为"没有一部作品可以把我变为恒河",也觉得"没有一部作品可以让我忘掉黑夜",这表达了诗人对生命悲剧性的认识和对人生价值的终极思考。"恒河""柏拉图""塞涅卡"体现对外国文化的致敬,"孔子"和"孟子"的意象代表着对传统文化的追寻,"讲经堂"和"寺院"则是对佛教文化的吸纳,这些都展现出了诗歌所具有的厚重的历史感和人文底蕴,可这些都不能改变诗人对生命悲剧性本质的认识,所以才更觉"悲伤",这种对生命体验和人生价值形而上的思考富有哲理意味。

20世纪八九十年代以来,经济快速腾飞,人们的物质生活日渐充裕,然而精神却愈加空虚,杨键敏锐地把握到了这一点,所以在繁忙喧闹的年代里,杨键成为一个"孤独的流浪者"。无论在诗歌思想,还是在诗歌具体的创作中,杨键都在高举着回归传统、找寻身份的旗帜,坚持用朴素的语言和简单的技巧来创作诗歌,《悲伤》也是如此,所以才有了"忘掉我的愚蠢,我的喧闹的生命"。

(王　廉)

散 文

况 钟 的 笔

巴 人

看了昆剧《十五贯》，叫我念念不忘的是况钟那支三落三起的笔。

自从仓颉造字、蒙恬造笔以来，凡是略识"之乎"的人，都是要用笔的。读书人著书立说，吟歌赋诗，要用笔；种田的、赶买卖的，记豆腐白酒账，要用笔；甚至象阿 Q 那样的人物，临到枪毙之前，还要拿起笔来，伏在地上，在判决书上面画个圈圈，并且有慨于圈圈之画得不圆，这就可见笔之为用是大得很哩。

自然，笔各有不同，我们用的或毛笔，或钢笔，而况钟所用的是朱砂笔。况钟虽然是苏州府尹，但这回担任的工作，却是监斩。他的职责就是核对犯人和榜上名字是否属实。如果属实，那就算他"验明正身"了，大可朱砂笔一挥，向榜上名字一点，叫刽子手拉出去，一斩了事的。然而况钟偏不这么做，一听到犯人呼冤，拿起来的笔，便点不下去了。拿过判决书来看，竟是三问六审，并且自述经过，又点不出来了。经过临时一次调查，冤情已经属实，但他既是监斩官，无权过问判决，于是又拿起笔来，但又看到犯人含冤莫伸的情形，又点不下去。他想到人命关天，要对人负责。他终于立下决心，自相干系，延缓处斩，向巡抚大人据理力争，并且亲自勘察，破了案情，平反了冤狱。这样，况钟的朱砂笔，终于点中了真正的杀人犯。可见一个人会不会用笔是大有讲究的。

我们的机关首长，单位的负责人，以至一般的工作人员，都是要用笔的。有的是起拟计划、稿件，等等，有的则是拿起笔来在计划、稿件之类上面批示一下，或同意，或另拟，或写上一个名字。但是，我们用笔有没有象况钟那样用得慎重而严肃？实在是大可深思一下的。我们之间固然不缺乏象况钟那样的人，善于在笔底下看到"人"并且用行动来帮助用笔。但我们之间，也不缺乏象过于执那样的人，只知大笔一挥，看不到笔底下有"人"；或者把任何工作，往上一推，往下一压，自己仅仅经过手，签个名，只考究自己签名的字，是否"龙飞凤舞"，足够威势，也算是用过笔了。

没有对人负责的精神，不可能作出对工作负责的事。况钟的笔底下有"人"，就是况钟用笔的可贵精神。

但况钟的用笔是很不容易的。首先，这支朱砂笔必须点中真正杀人犯，那才能为社会除掉坏人。而除掉了坏人，也就是保护了好人。但要做到这一点，他得展开两条路线的斗争，一方面，他要同只知排比事件的表面现象，并且会用"人之常情"来作推理根据，却不研究事情的实质的主观主义者作斗争。另一方面，他还要同满足于自己的高官厚禄，闭着眼睛签发文件，而又讨厌下属提出不同意见，为了去掉不顺手的干部，就故意设下陷阱叫你跳下去的官僚主义分子作斗争。这样，况钟的笔就处在主观主义者过于执和官僚主义者周忱的两支笔锋夹攻之间了。他要在这两支笔锋夹攻之间，杀出一条真理的路来，实在是需要有大勇气、大智慧的。但一个能对人负责的人，一定会得到人民力量的支持，就会有大勇气；而一个得到人民力量支持的人，一定能集中群众的智慧，就会有大智慧。况钟就这样地战胜了两支夹攻的笔锋，平反了冤狱。况钟可说是善用其笔的人了。

经常用笔而又经常信笔一挥的人，是不能不想想况钟的用笔之法的。

[提示]

巴人（1901—1972），谱名运镗，字任叔，号愚庵，笔名巴人等。1922年5月始发表散文、诗作、小说，由郑振铎介绍加入文学研究会。1924年10月任《四明日报》编辑，主编副刊《文学》。主编剡社月刊《新奉化》。著有杂文《点滴集》《边风录》等。《况钟的笔》是巴人的一篇杂文。

《况钟的笔》原载《人民日报》1956年5月6日，是一篇借助日常事物来表达批判和情感态度的文章。文章从日常中大家随处可见的笔出发。巴人首先联想到了《十五贯》中况钟那支可以生杀予夺"三起三落"的笔，继而得出结论"一个人会不会用笔大有讲究"。然后引出自己的疑问，国家工作人员在相关工作中能否尽到自己的职责，用好自己的那支笔，真正做出正确的指示和批复，能不能注意到"笔底下有人"的问题。以小见大，从小小的一支笔出发，进而批判时事，针砭时弊，对当时的社会现象进行了有力的抨击。充分发挥了杂文"匕首"和"投枪"的作用。

作品谈古论今，借物说理，思想敏锐，文笔老辣。从看似常见的用笔出发,延续到引用《十五贯》中况钟的笔,然后笔锋顺势转到现实生活中的"用笔"问题,反对主观主义和官僚主义的任务便顺理成章地提出并且得到注意了。这篇文章的结构清晰,层次分明,论证严谨,一反杂文在篇首或者篇尾点题的习惯,不落窠臼地在篇中点明本篇文章的主旨"没有对人负责的精神,不可能作出对工作负责的事。况钟的笔底下有'人',就是况钟用笔的可贵精神"。出人意料的点题,却是瓜熟蒂落,水到渠成。

(王 丽)

长 江 三 日

刘 白 羽

十一月十七日

……

雾笼罩着江面，气象森严。十二时，"江津"号启碇顺流而下了。在长江与嘉陵江汇合后，江面突然开阔，天穹顿觉低垂。浓浓的黄雾，渐渐把重庆隐去。一刻钟后，船又在两面碧森森的悬崖陡壁之间的狭窄的江面上行驶了。

你看那急速漂流的波涛一起一伏，真是"众水会万涪，瞿塘争一门"。而两三木船，却齐整的摇动着两排木桨，像鸟儿扇动着翅膀，正在逆流而上。我想到李白、杜甫在那遥远的年代，以一叶扁舟，搏浪急进，该是多少雄伟的搏斗，会激发诗人多少瑰丽的诗思啊！……不久，江面更开朗辽阔了。两条大江，骤然相见，欢腾拥抱，激起云雾迷蒙，波涛沸荡，至此似乎稍为平定，水天极目之处，灰蒙蒙的远山展开一卷清淡的水墨画。

从长江上顺流而下，这一心愿真不知从何时就在心中扎下根子，年幼时读"大江东去……"读"两岸猿声……"辄心向往之。后来，听说长江发源于一片冰川，春天的冰川上布满奇异艳丽的雪莲，而长江在那儿不过是一泓清溪；可是当你看到它那奔腾叫啸，如万瀑悬空，砰然万里，就不免在神秘气氛的"童话世界"上又涂了一层英雄光彩。后来，我两次到重庆，两次登枇杷山看江上夜景，从万家灯光、灿烂星海之中，辨认航船上缓缓浮动而去的灯火，多想随那惊涛骇浪，直赴瞿塘，直下荆门呀。但亲身领略一下长江风景，直到这次才实现。因此，这一回在"江津"号上，正如我在第二天写的一封信中所说：

"这两天，整天我都在休息室里，透过玻璃窗，观望着三峡。昨天整日都在朦胧的雾罩之中。今天却阳光一片。这庄严秀丽气象万千的长江真是美极了。"

下午三时,天转开朗。长江两岸,层层叠叠,无穷无尽的都是雄伟的山峰,苍松翠竹绿茸茸的遮了一层绣幕。近岸陡壁上,背纤的纤夫历历可见。你向前看,前面群山在江流浩荡之中,则依然为雾笼罩,不过雾不像早晨那样浓,那样黄,而呈乳白色了。现在是"枯水季节",江中突然露出一块黑色礁石,一片黄色浅滩,船常常在很狭窄的两面航标之间迂回前进,顺流驶下。山愈聚愈多,渐渐暮霭低垂了,渐渐进入黄昏了,红绿标灯渐次闪光,而苍翠的山峦模糊为一片灰色。

当我正为夜色降临而惋惜的时候,黑夜里的长江却向我展开另外一种魅力。开始是,这里一星灯火,那儿一簇灯火,好像长江在对你眨着眼睛。而一会儿又是漆黑一片,你从船身微微的荡漾中感到波涛正在翻滚沸腾。一派特别雄伟的景象,出现在深宵。我一个人走到甲板上,这时江风猎猎,上下前后,一片黑森森的,而无数道强烈的探照灯光,从船顶上射向江面,天空江上一片云雾迷蒙,电光闪闪,风声水声,不但使人深深体会到"高江急峡雷霆斗"的赫赫声势,而且你觉得你自己和大自然是那样贴近,就像整个宇宙,都罗列在你的胸前。水天,风雾,浑然融为一体,好像不是一只船,而是你自己正在和江流搏斗而前。"曙光就在前面,我们应当努力。"这时一种庄严而又美好的情感充溢我的心灵,我觉得这是我所经历的大时代突然一下集中地体现在这奔腾的长江之上。是的,我们的全部生活不就是这样战斗、航进、穿过黑夜走向黎明的吗?现在,船上的人都已酣睡,整个世界也都在安眠,而驾驶室上露出一片宁静的灯光。想一想,掌握住舵轮,透过闪闪电炬,从惊涛骇浪之中寻到一条破浪前进的途径,这是多么豪迈的生活啊!我们的哲学是革命的哲学,我们的诗歌是战斗的诗歌,正因为这样我们的生活是最美的生活。列宁有一句话说得好极了:"前进吧!——这是多么好啊!这才是生活啊!"……"江津"号昂奋而深沉的鸣响着汽笛向前方航进。

十一月十八日

在信中,我这样叙说:"这一天,我像在一支雄伟而瑰丽的交响乐中飞翔。我在海洋上远航过,我在天空上飞行过,但在我们的母亲河流长江上,第一次,为这样一种大自然的威力所吸摄了。"

朦胧中听见广播到奉节。停泊时天已微明。起来看了一下，峰峦刚刚从黑夜中显露出一片灰蒙蒙的轮廓。启碇续行，我到休息室里来，只见前边两面悬崖绝壁，中间一条狭狭的江面，已进入瞿塘峡了。江随壁转，前面天空上露出一片金色阳光，像横着一条金带，其余天空各处还是云海茫茫。瞿塘峡口上，为三峡最险处，杜甫《夔州歌》云："白帝高为三峡镇，瞿塘险过百牢关。"古时歌谣说："滟滪大如马，瞿塘不可下；滟滪大如猴，瞿塘不可游；滟滪大如龟，瞿塘不可回；滟滪大如象，瞿塘不可上。"这滟滪堆指的是一堆黑色巨礁。它对准峡口。万水奔腾一冲进峡口，便直奔巨礁而来。你可想象得到那真是雷霆万钧，船如离弦之箭，稍差分厘，便撞得个粉碎。现在，这巨礁，早已炸掉。不过，瞿塘峡中，激流澎湃，涛如雷鸣，江面形成无数漩涡，船从漩涡中冲过，只听得一片哗啦啦的水声。过了八公里的瞿塘峡，乌沉沉的云雾，突然隐去，峡顶上一道蓝天，浮着几小片金色浮云，一注阳光象闪电样落在左边峭壁上。右面峰顶上一片白云像白银片样发亮了，但阳光还没有降临。这时，远远前方，无数层峦叠嶂之上，迷蒙云雾之中，忽然出现一团红雾，你看，绛紫色的山峰，衬托着这一团雾，真美极了，就像那深谷之中向上反射出红色宝石的闪光，令人仿佛进入了神话境界。这时，你朝江流上望去，也是色彩缤纷：两面巨岩，倒影如墨；中间曲曲折折，却象有一条闪光的道路，上面荡着细碎的波光；近处山峦，则碧绿如翡翠。时间一分钟一分钟过去，前面那团红雾更红更亮了。船越驶越近，渐渐看清有一高峰亭亭笔立于红雾之中，渐渐看清那红雾原来是千万道强烈的阳光。八点二十分，我们来到这一片晴朗的金黄色朝阳之中。

　　抬头望处，已到巫山。上面阳光垂照下来，下面浓雾滚涌上去，云蒸霞蔚，颇为壮观。刚从远处看到那个笔直的山峰，就站在巫峡口上，山如斧削，隽秀婀娜，人们告诉我这就是巫山十二峰的第一峰，它仿佛在招呼上游来的客人说："你看，这就是巫山巫峡了。""江津"号紧贴山脚，进入峡口。红通通的阳光恰在此时射进玻璃厅中，照在我的脸上。峡中，强烈的阳光与乳白色云雾交织一处，数步之隔，这边是阳光，那边是云雾，真是神妙莫测。几只木船从下游上来，帆篷给阳光照得像透明的白色羽翼，山峡却越来越狭，前面两山对峙，看去连一扇大门那么宽也没有，而门外，完全是白雾。

　　八点五十分，满船人，都在仰头观望。我也跑到甲板上来，看到万仞高峰之巅,有一细石耸立如一人对江而望,那就是充满神奇缥缈传说的美女峰了。据说一个渔人在江中打鱼,突遇狂风暴雨,船覆灭顶,他的妻子抱了小孩从峰顶眺望,盼他回来,一天一天,一月一月,他终未回来,而她却依然不顾晨昏,不顾风雨,站在那儿等候着他——至今还在那儿等着呢!……

如果说瞿塘峡像一道闸门,那么巫峡简直像江上一条迂回曲折的画廊。船随山势左一弯,右一转,每一曲,每一折,都向你展开一幅绝好的风景画。两岸山势奇绝,连绵不断,巫山十二峰,各峰有各峰的姿态,人们给它们以很高的美的评价和命名,显然使我们的江山增加了诗意,而诗意又是变化无穷的。突然是深灰色石岩从高空直垂而下浸入江心,令人想到一个巨大的惊叹号;突然是绿茸茸草坂,像一支充满幽情的乐曲;特别好看的是悬岩上那一堆堆给秋霜染得红艳艳的野草,简直像是满山杜鹃了,峡急江陡,江面布满大大小小漩涡,船只能缓缓行进,像一个在丛山峻岭之间慢步前行的旅人。但这正好使远方来的人,有充裕时间欣赏这莽莽苍苍、浩浩荡荡长江上大自然的壮美。苍鹰在高峡上盘旋,江涛追随着山峦激荡,山影云影,日光水光,交织成一片。

十点,江面渐趋广阔,急流稳渡,穿过了巫峡。十点十五分至巴东,已入湖北境。十点半到牛口,江浪汹涌,把船推在浪头上,摇摆着前进。江流刚奔出巫峡,还没来得及喘息,却又冲入第三峡西陵峡了。

西陵峡比较宽阔,但是江流至此变得特别凶恶,处处是急流,处处是险滩。船一下像流星随着怒涛冲去,一下又绕着险滩迂回浮进。最著名的三个险滩是:泄滩、青滩和崆岭滩。初下泄滩,你看看那万马奔腾的江水会突然感到江水简直是在旋转不前,一千个、一万个漩涡,使得"江津"号剧烈震动起来。这一节江流虽险,却流传着无数优美的传说。十一点十五分到秭归。据袁崧《宜都山川记》载:秭归是屈原故乡,是楚子熊绎建国之地。后来屈原被流放到汨罗江,死在那里。民间流传着:屈大夫死日,有人在汨罗江畔,看见他峨冠博带,美髯白皙,骑一匹白马飘然而去。又传说:屈原死后,被一大鱼驮回秭归,终于从流放之地回归楚国。这一切初听起来过于神奇怪诞,却正反映了人民对屈原的无限怀念之情。

秭归正面有一大片铁青色礁石,森然耸立江面,经过很长一段急流绕过泄滩。在最急峻的地方,"江津"号用尽全副精力,战抖着,震颤着前进。急流刚刚滚过,看见前面有一奇峰突起,江身沿着这山峰右面驶去,山峰左面却又出现一道河流,原来这就是王昭君诞生地香溪,它一下就令人记起杜甫的诗:"群山万壑赴荆门,生长明妃尚有村。"我们遥望了一下香溪,船便沿着山峰进入一道无比险峻的长峡兵书宝剑峡。这儿完全是一条窄巷,我到船头上,仰头上望,只见黄石碧岩,高与天齐,再驶行一段就到了青滩。江面陡然下降,波涛汹涌,浪花四溅,当你还没来得及仔细观看,船已像箭一样迅速飞下,巨浪为船头劈开,旋卷着,合在一起,一下又激荡开去。江水像滚沸了一样,到处是泡沫,到处是浪花。船上的同志指着岩上一片乡镇告诉我:"长江航船上很多领航人都出生在这儿……每只木船要想渡过青滩,都得请这儿的人引领过去。"这时我正注视着一只逆流而上的木船,看起这青滩的声势十分吓人,但人从汹涌浪涛中掌握了一条前进途径,也就战胜了大自然了。

中午,我们来到了崆岭滩眼前,长江上的人都知道:"泄滩青滩不算滩,崆岭才是鬼门关。"可见其凶险了。眼看一片灰色石礁布满水面,"江津"号却抛锚停泊了。原来崆岭滩一条狭窄航道只能过一只船,这时有一只江轮正在上行,我们只好等下来。谁知竟等了那么久,可见那上行的船只是如何小心翼翼了。当我们驶下崆岭滩时,果然是一片乱石林立,我们简直不象在浩荡的长江上,而是在苍莽的丛林中找寻小径跋涉前进了。

十一月十九日

早晨,一片通红的阳光,把平静的江水照得像玻璃一样发亮。长江三日,千姿万态,现在已不是前天那样大雾迷蒙,也不是昨天"巫山巫峡色萧森",而是:"楚地阔无边,苍茫万顷连"了。长江在穿过长峡之后,现在变得如此宁静,就像刚刚诞生过婴儿的年轻母亲一样安详慈爱。天光水色真是柔和极了。江水像微微拂动的丝绸,有两只雪白的鸥鸟缓缓地和"江津"号平行飞进,水天极目之处,凝成一种透明的薄雾,一簇一簇船帆,就像一束一束雪白的花朵在蓝天下闪光。

在这样一天,江轮上非常宁静的一日,我把我全身心沉浸在"红色的罗莎"——卢森堡的《狱中书简》中。

这个在一九一八年德国无产阶级革命中最坚定的领袖,我从她的信中,感到一个伟大革命家思想的光芒和胸怀的温暖,突破铁窗镣铐,而闪耀在人间，你看，这一页：

> 雨点轻柔而均匀地洒落在树叶上，紫红的闪电一次又一次地在铅灰色中闪耀，遥远处，隆隆的雷声像汹涌澎湃的海涛余波似地不断滚滚传来。在这一切阴霾惨淡的情景中，突然间一只夜莺在我窗前的一株枫树上叫起来了！在雨中，闪电中，隆隆的雷声，夜莺啼叫得像是一只清脆的银铃，它歌唱得如醉如痴，它要压倒雷声，唱亮昏暗……
>
> 昨晚九点左右，我还看到壮丽的一幕，我从我的沙发上发现映在窗玻璃上的玫瑰色的返照，这使我非常惊异，因为天空完全是灰色的。我跑到窗前，着了迷似的站在那里。在一色灰沉沉的天空上，东方涌现出一块巨大的、美丽得人间少有的玫瑰色的云彩，它与一切分隔开，孤零零地浮在那里，看起来像是一个微笑，像是来自陌生的远方的一个问候。我如释重负地长吁了一口气，不由自主地把双手伸向这幅富有魅力的图画。有了这样的颜色，这样的形象，然后生活才美妙，才有价值，不是吗？我用目光饱餐这幅光辉灿烂的图画，把这幅图画的每一线玫瑰色的霞光都吞咽下去，直到我突然禁不住笑起自己来。天哪，天空啊，云彩啊，以及整个生命的美并不只存在于佛龙克，用得着我来跟它们告别？不，它们会跟着我走的，不论我到哪儿，只要我活着，天空、云彩和生命的美会跟我同在。

"江津"号在平静的浪花中缓缓驶行。我读着书，一种非常珍贵的感情渗透我的全身。我必须立刻把它写下来，我愿意把它写在这奔腾叫啸、而又安静温柔的长江一起，因为它使我联想到我前天想到的"战斗——航进——穿过黑夜走向黎明"的想象，过去，多少人，从他们艰巨战斗中想望着一个美好的明天呀！而当我承受着象今天这样灿烂的阳光和清丽的景色时，我不能不意识到，今天我们整个大地，所吐露出来的那一种芬芳、宁馨的呼吸，这社会主义生活的呼吸，正是全世界上，不管在亚洲还是在欧洲，在美洲还是在非洲，一切先驱者的血液，凝聚起来，而发射出来的最自由最强大的光辉。我读完了《狱中书简》，一轮落日——那样圆，那样大，像鲜红的珊瑚球一样，把整个江面笼罩在一脉淡淡的红光中，面前像有一种细细的丝幕柔和地、轻悄地撒落下来。

最后让我从我自己的一封信中抄下一段，来结束这一日吧：

夜间，九时余——从前面漆黑的夜幕中，看见很小很小几点亮光。人们指给我那就是长江大桥，"江津"号稳稳地向武汉驶近。从这以后，我一直站在船上眺望，渐渐的渐渐的看出那整整齐齐的一排像横串起来的珍珠，在熠熠闪亮。我看着，我觉得在这辽阔无边的大江之上，这正是我们献给我们母亲河流的一顶珍珠冠呀！……再前进，江上无数蓝的、白的、红的、绿的灯光，拖着长长倒影在浮动，那是无数船只在航行，而那由一颗颗珍珠画出的大桥的轮廓，完全像升在云端里一样，高耸空中，而桥那面，灯光稠密的简直像是灿烂的金河，那是什么？仔细分辨，原来是武汉两岸的亿万灯光。当我们的"江津"号，嘹亮地向武汉市发出致敬欢呼的声音时，我心中升起一种庄严的情感，看一看！我们创造的新世界有多么灿烂吧！……

一九六〇年

[提示]

刘白羽（1916—2005），山东青州人，生于北京。散文家、报告文学家。主要有长篇小说《风风雨雨太平洋》，中篇小说《火光在前》，短篇小说《无敌三勇士》《政治委员》，散文集《游击中间》《为祖国而战斗》《朝鲜在战火中前进》《早晨的太阳》《红玛瑙集》《刘白羽散文集》，报告文学集《刘白羽东北通讯集》《环行东北》等。

《长江三日》选入《刘白羽散文选》（人民文学出版社1978年版）。刘白羽受多年军旅生涯的洗礼，颇具革命军人的豪放气质和理想信念，其作品以雄壮美著称，形成了一种"政治抒情诗"式的散文风格。《长江三日》就是最具代表性的一篇。

在《长江三日》中，作者以乘"江津号"从重庆出发沿长江顺流而下，穿越三峡到武汉的三天路程为线索，以每天的所见所闻为片段，连缀成了一幅壮丽多姿的万里长江航行图。作者从眼前的事物与感受出发，把诗意的触角伸进历史深处，将革命历史上的人物事件与现实结合起来，显示出乐观豪迈的战斗与进取精神。江轮穿梭，景色变换不停，作者的思绪随着奔流的长江而飞腾。行至夔门，作者和长江一起沉浸在了夜色中，与壮美的长江相比，人类变得十分渺小。而长江似乎也融入宇宙之中，成为大时代的一个巨大的剪影，作者也感受到自己作为时代建设者的自豪之情；船至瞿塘时，天朗气清，江面金光璀璨，两岸绿树青翠欲滴，远处群山层层叠叠，长江的俊美跃出水面；行至西陵峡，江水陡然变急，惊涛拍岸，乱石穿空。一只木船不畏艰险，迎着浪头向前。不由得使人惊叹：道路虽然如江水般艰险复杂，但只要我们有一颗不畏艰险的心，迎难而上，我们终会找到一条正确的道路；最后一日，船行驶出西陵峡，江面开阔，海天一色，惠风和畅，一切似乎重归平静，作者的思绪仍然和长江一起奔流。在作者笔下，长江不仅是壮丽的祖国景色，更是作者汹涌澎湃的战斗精神的载体，承载着作者克服艰难、寻找光明的向往。整个作品的时代精神、英雄光彩、战斗激情迸发出强烈的光芒，给读者以巨大的鼓舞和前进的动力。

（王　丽）

哥德巴赫猜想（存目）

徐 迟

徐迟（1914—1996），原名徐高寿，浙江吴兴人。报告文学家、翻译家。著有诗集《二十岁人》《美丽、神奇、丰富》《战争、和平、进步》，散文集《狂欢之夜》《我们这时代的人》《庆功宴》《法国，一个春天的旅行》，报告文学《哥德巴赫猜想》《地质之光》《祁连山下》《生命之树常绿》《结晶》等，还翻译了《瓦尔登湖》等六部长篇作品。其中，《哥德巴赫猜想》《地质之光》曾获全国优秀报告文学奖。

《哥德巴赫猜想》原载《人民文学》1978年第1期，是新时期报告文学里程碑式的作品。徐迟选择数学家陈景润为对象，从"哥德巴赫猜想"写起，对陈景润缺少快乐、内向敏感的个性以及酷爱数学的少年时代，特别是人到中年在"文化大革命"中的遭遇作了重点描述，突出了陈景润在逆境中矢志不渝、坚韧不拔勇攀数学理论高峰的坚强意志。作家走进陈景润的生命世界，用心灵感受他生命历程的悲欢离合，体会陈景润事业历程的每一个微小的突破带来的欣喜，每一次沉重的阻碍带来的打击，用生动感人的细节描写、诗意的语言细致入微地展现了陈景润的精神世界。在正面介绍陈景润经历的同时，作者还运用了恰如其分的背景烘托，比如主人公那间工作室兼卧室的六平方米小屋、清苦的生活条件、差强人意的健康状况以及动荡不安的社会环境等，使读者体会到陈景润献身科学事业的艰辛，也为陈景润在如此恶劣的条件下所取得的巨大成就而感动。陈景润是中国当代文学中第一次树立起的经历复杂、个性突出的科学家形象。这一形象与徐迟再现的其他科学家形象一起，构成了一个时代性的标志，它预示着解放思想，改革开放，建设社会主义现代化国家的新时期的开始。

此外，徐迟在诗性报告方面也有较大的突破。首先表现在抒情上，在《哥德巴赫猜想》中，强烈的抒情和诗性的议论比比皆是。其次表现在语言上，作者对古典语言进行创造性应用，言简意赅，取喻形象。对仗的应用也强化了作品的诗性特征。像"善意的误解,无知的嘲讽,恶意的诽谤,热情的支持"等诗意化语句的运用,有力地增强了作品的节奏感和抒情性。

(王　丽)

怀念萧珊

巴 金

一

今天是萧珊逝世的六周年纪念日。六年前的光景还非常鲜明地出现在我的眼前。那一天我从火葬场回到家中，一切都是乱糟糟的，过了两三天我渐渐地安静下来了，一个人坐在书桌前，想写一篇纪念她的文章。在五十年前我就有了这样一种习惯：有感情无处倾吐时我经常求助于纸笔。可是一九七二年八月里那几天，我每天坐三四个小时望着面前摊开的稿纸，却写不出一句话。我痛苦地想，难道给关了几年的"牛棚"，真的就变成"牛"了？头上仿佛压了一块大石头，思想好像冻结了一样。我索性放下笔，什么也不写了。

六年过去了，林彪、"四人帮"及其爪牙们的确把我搞得很"狼狈"，但我还是活下来了，而且偏偏活得比较健康，脑子也并不糊涂，有时还可以写一两篇文章。最近我经常去火葬场，参加老朋友们的骨灰安放仪式。在大厅里，我想起许多事情。同样地奏着哀乐，我的思想却从挤满了人的大厅转到只有二三十个人的中厅里去了，我们正在用哭声向萧珊的遗体告别。我记起了"家"里面觉新说过的一句话："好像珏死了，也是一个不祥的鬼呢？"四十七年前我写这句话的时候，怎么想得到我是在写自己！我没有流眼泪，可是我觉得有无数锋利的指甲在搔我的心。我站在死者遗体旁边，望着那张惨白色的脸，那两片咽下了千言万语的嘴唇，我咬紧牙齿，在心里唤着死者的名字。我想，我比她大十三岁，为什么不让我先死？我想，这是多么不公平！她究竟犯了什么罪？她也给关进"牛棚"，挂上"牛鬼蛇神"的小纸牌，还扫过马路。究竟为什么？理由很简单，她是我的妻子。她患了病，得不到治疗，也因为她是我的妻子，想尽办法一直到逝世前三个星期，靠开后门她才住进医院。但是癌细胞已经扩散，肠癌变成了肝癌。

她不想死，她要活，她愿意改造思想，她愿意看到社会主义建成。这个愿望总不能说是痴心妄想吧。她本来可以活下去，倘使她不是"黑老K"的"臭婆娘"。一句话，是我连累了她，是我害了她。

　　在我靠边的几年中间，我所受到的精神折磨她也同样受到。但是我并未挨过打，她却挨了"北京来的红卫兵"的铜头皮带，留在她左眼上的黑圈好几天以后才褪尽。她挨打只是为了保护我，她看见那些年轻人深夜闯了进来，害怕他们把我揪走，便溜出大门，到对面派出所去，请民警同志出来干预，那里只有一个人值班，不敢管。当着民警的面，她被他们用铜头皮带狠狠地抽了一下，给押了回来，同我一起关在马桶间里。

　　她不仅分担了我的痛苦，还给了我不少的安慰和鼓励。在"四害"横行的时候，我在原单位（中国作家协会上海分会）给人当作"罪人"和"贱民"看待，日子十分难过，有时到晚上九、十点钟才能回家。我进了门看到她的面容，满脑子的乌云都消散了。我有什么委屈、牢骚都可以向她尽情倾吐。有一个时期我和她每晚临睡前服两粒眠尔通才能够闭眼，可是天刚刚发白就都醒了。我唤她，她也唤我。我诉苦般地说："日子难过啊！"她也用同样声音回答："日子难过啊！"但是她马上加一句："要坚持下去。"或者再加一句："坚持就是胜利。"我说"日子难过"，因为在那一段时间里我每天在"牛棚"里面劳动、学习、写交代、写检查、写思想汇报。任何人都可以责骂我、教训我、指挥我，从外地到"作协分会"来串连的人可以随意点名叫我出去"示众"，还要自报罪行。上下班不限时间，由管"牛棚"的"监督组"随意决定。任何人都可以闯进我家里来，高兴拿什么就拿走什么。这个时候大规模的群众性批斗和电视批斗大会还没有开始，但已经越来越逼近了。

　　她说"日子难过"，因为她给两次揪到机关，靠边劳动，后来也常常参加陪斗。在淮海中路"大批判专栏"上张贴着批判我的罪行的大字报，我一家人的名字都给写出来"示众"，不用说"臭婆娘"的大名占着显著的地位。这些文字像虫子一样咬痛她的心。她让上海戏剧学院"狂妄派"学生袭击、揪到"作协分会"去的时候，在我家大门上还贴了一张揭露她的所谓罪行的大字报。幸好当天夜里我儿子把它撕毁。否则这一张大字报就会要了她的命！

　　人们的白眼、人们的冷嘲热骂蚕蚀着她的身心，我看出来她的健康逐渐遭到损害，表面的平静是虚假的。内心的痛苦像一锅煮沸的水，她怎么能遮盖住！怎么能使它平静！她不断地给我安慰，对我表示信任，替我感到不平。然而她看到我的问题一天天地变得严重，上面对我的压力一天天地增加，她又非常担心。有时同我一起上班或者下班，走近巨鹿路口，快到"作协分会"，或者走近湖南路口，快到我们家，她总是抬不起头。我理解她，同情她，也非常担心她经受不起沉重的打击。我还记得有一天到了平常下班的时间，我们没有受到留难，回到家里，她比较高兴，到厨房去烧菜。我翻看当天的报纸，在第三版上看到当时做了"作协分会"的"头头"的两个工人作家写的文章《彻底揭露巴金的反革命真面目》。真是当头一棒！我看了两三行，连忙把报纸藏起来，我害怕让她看见。她端着烧好的菜出来，脸上还带笑容，吃饭时她有说有笑。饭后她要看报，我企图把她的注意力引到别处。但是没有用，她找到报纸。她的笑容一下子完全消失。这一夜她再没有说话，早早地进了房间。我后来发现她躺在床上小声哭着。一个安静的夜晚给破坏了。今天回想当时的情景，她那张满是泪痕的脸还在我的眼前。我多么愿意让她的泪痕消失，笑容在她那憔悴的脸上重现，即使减少我几年的生命来换取我们家庭生活中一个宁静的夜晚，我也甘心情愿！

二

我听周信芳同志的媳妇说，周的夫人在逝世前经常被打手们拉出去当作皮球推来推去，打得遍体鳞伤，有人劝她躲开，她说："我躲开，他们就要这样对付周先生了。"萧珊并未受到这种新式体罚。可是她在精神上给别人当皮球打来打去。她也有这样的想法：她多受一点精神折磨可以减轻对我的压力。其实这是她的一片痴心，结果只苦了她自己。我看见她一天天地憔悴下去，我看见她的生命之火逐渐熄灭，我多么痛心。我劝她，安慰她，我想把她拉住，一点也没有用。

她常常问我："你的问题什么时候才解决呢？"我苦笑地说："总有一天会解决的。"她叹口气说："我恐怕等不到那个时候了。"后来她病倒了，有人劝她打电话找我回家，她不知从哪里得来的消息，她说："他在写检查，不要打岔他。他的问题大概可以解决了。"等到我从"五七"干校回家休假，她已经不能起床。她还问我检查写得怎样，问题是否可以解决。我当时的确在写检查，而且已经写了好几次了。他们要我写，只是为了消耗我的生命。但她怎么能理解呢？

　　这时离她逝世不过两个多月，癌细胞已经扩散，可是我们不知道，想找医生给她认真检查一次，也毫无办法。平日去医院挂号看门诊，等了许久才见到医生或者实习医生，随便给开个药方就算解决问题。只有在发烧到摄氏三十九度才有资格挂急诊号，或者还可以在病人拥挤的观察室里待上一天半天。当时去医院看病找交通工具也很困难，常常是我女婿借了自行车来，让她坐在车上，他慢慢地推着走。有一次她雇到小三轮车去看病，看好门诊回家雇不到车了，只好同陪她看病的朋友一起慢慢地走回来，走走停停，走到街口，她快要倒下了，只得请求行人到我们家通知。她一个表侄正好来探病，就由他去把她背了回家。她希望拍一张X光片子查一查肠子有什么病，但是办不到。后来靠了她一位亲戚帮忙开后门两次拍片，才查出她患肠癌。以后又靠朋友设法开后门住进了医院。她自己还很高兴，以为得救了。只有她一个人不知真实的病情。她在医院里只活了三个星期。

　　我休假回家的假期满了，我又请过两次假，留在家里照料病人。最多也不到一个月。我看见她病情日趋严重，实在不愿意把她丢开不管，我要求延长假期的时候，我们那个单位一个"工宣队"头头逼着我第二天就回干校去。我回到家里，她问起来，我无法隐瞒。她叹了一口气，说："你放心去吧。"她把脸掉过去，不让我看她。我女儿、女婿看到这种情景，自告奋勇跑到巨鹿路去向那位"工宣队"头头解释，希望他同意我在市区多留些日子照料病人。可是那个头头"执法如山"，还说：他不是医生，留在家里，有什么用！"留在家里对他改造不利！"他们气愤地回到家中，只说机关不同意，后来才对我传达了这句"名言"，我还能讲什么呢？明天回干校去！

　　整个晚上她睡不好，我更睡不好。出乎意外，第二天一早我那个插队落户的儿子在我们房间里出现了，他是昨天半夜里到的。他得到了家信，请假回家看母亲，却没有想到母亲病成这样。我见了他一面，把他母亲交给他，就回干校去了。

　　在车上我的情绪很不好。我实在想不通为什么会有这样的事情。我在干校待了五天，无法同家里通消息。我已经猜到她的病不轻了。可是人们不让我过问她的事情。这五天是多么难熬的日子！到第五天晚上在干校的造反派头头通知我们全体第二天一早回市区开会。这样我才又回到了家，见到我的爱人。靠了朋友帮忙,她可以住进中山医院肝癌病房,一切都准备好,她第二天就要住院了。她多么希望住院前见我一面,我终于回来了。连我也没有想到她的病情发展得这么快。我们见了面,我一句话也讲不出来。她说了一句:"我到底住院了。"我答说:"你安心治疗吧。"她父亲也来看她,老人家双目失明,去医院探病有困难,可能是来同他的女儿告别了。

我吃过中饭,就去参加给别人戴上反革命帽子的大会,受批判、戴帽子的人不止一个,其中有一个我的熟人王若望同志,他过去也是作家,不过比我年轻。我们一起在"牛棚"里关过一个时期,他的罪名是"摘帽右派"。他不服,不肯听话,他贴出大字报,声明"自己解放自己",因此罪名越搞越大,给捉去关了一个时期不算,还戴上了反革命的帽子监督劳动。在会场里我一直在做怪梦。开完会回家,见到萧珊我感到格外亲切,仿佛重回人间。可是她不舒服,不想讲话,偶尔讲一句半句。我还记得她讲了两次:"我看不到了。"我连声问她看不到什么?她后来才说:"看不到你解放了。"我还能再讲什么呢?

我儿子在旁边,垂头丧气,精神不好,晚饭只吃了半碗,像是患感冒。她忽然指着他小声说:"他怎么办呢?"他当时在安徽山区农村已经待了三年半,政治上没有人管,生活上不能养活自己,而且因为是我的儿子,给剥夺了好些公民权利。他先学会沉默,后来又学会抽烟。我怀着内疚的心情看看他。我后悔当初不该写小说,更不该生儿育女。我还记得前两年在痛苦难熬的时候她对我说:"孩子们说爸爸做了坏事,害了我们大家。"这好像用刀子在割我身上的肉,我没有出声,我把泪水全吞在肚里。她睡了一觉醒过来忽然问我:"你明天不去了?"我说:"不去了。"就是那个"工宣队"头头在今天通知我不用再去干校就留在市区。他还问我:"你知道萧珊是什么病吗?"我答说:"知道。"其实家里瞒住我,不给我知道真相,我还是从他这句问话里猜到的。

三

第二天早晨她动身去医院,一个朋友和我女儿、女婿陪她去。她穿好衣服等候车来。她显得急躁,又有些留恋,东张张西望望,她也许在想是不是能再看到这里的一切。我送走她,心上反而加了一块大石头。

将近二十天里，我每天去医院陪伴她大半天。我照料她，我坐在病床前守着她，同她短短地谈几句话，她的病情变化，一天天衰弱下去，肚子却一天天大起来，行动越来越不方便。当时病房里没有人照料，生活方面除饮食外一切都必须自理。后来听同病房的人称赞她"坚强"，说她每天早晚都默默地挣扎着下了床，走到厕所。医生对我们谈起，病人的身体经不住手术，最怕的是她的肠子堵塞，要是不堵塞，还可以拖延一个时期。她住院后的半个月是一九六六年八月以来我既感痛苦又感到幸福的一段时间，是我和她在一起度过的最后的平静的时刻，我今天还不能将它忘记。但是半个月以后，她的病情又有了发展，一天吃中饭的时候，医生通知我儿子找我去谈话。他告诉我：病人的肠子给堵住了，必须开刀。开刀不一定有把握，也许中途出毛病，但是不开刀，后果更不堪设想。他要我决定，并且要我劝她同意。我做了决定，就去病房对她解释。我讲完话，她只说了一句："看来，我们要分别了。"她望着我，眼睛里全是泪水。我说："不会的……"我的声音哑了。接着护士长来安慰她，对她说："我陪你，不要紧的。"她回答："你陪我就好。"时间很紧迫，医生、护士们很快作好了准备，她给送进手术室去了，是她的表侄把她推到手术室门口的。我们就在外面廊上等候了好几个小时，等到她平安地给送出来，由儿子把她推回到病房去。儿子还在她的身边守过一个夜晚。过两天他也病倒了，查出来他患肝炎，是从安徽农村带回来的。本来我们想瞒住他的母亲，可是无意间让他母亲知道了。她不断地问："儿子怎么样？"我自己也不知道儿子怎么样，我怎么能使她放心呢？晚上回到家，走进空空的、静静的房间，我几乎要叫出声来："一切都朝我的头打下来吧，让所有的灾祸都来吧。我受得住！"

我应当感谢那位热心而又善良的护士长，她同情我的处境，要我把儿子的事情完全交给她办。她作好安排，陪他看病、检查，让他很快住进别处的隔离病房，得到及时的治疗和护理。他在隔离病房里苦苦地等候母亲病情的好转。母亲躺在病床上，只能有气无力地说几句短短的话，她经常问："棠棠怎么样？"从她那双含泪的眼睛里我明白她多么想看见她最爱的儿子。但是她已经没有精力多想了。

她每天给输血，打盐水针，她看见我去就断断续续地问我："输多少西西的血？该怎么办？"我安慰她："你只管放心。没有问题，治病要紧。"她不止一次地说："你辛苦了。"我有什么苦呢？我能够为我最亲爱的人做事情,哪怕做一件小事,我也高兴!后来她的身体更不行了。医生给她输氧气,鼻子里整天插着管子。她几次要求拿开,这说明她感到难受。但是听了我们的劝告,她终于忍受下去了。开刀以后她只活了五天,谁也想不到她会去得这么快!五天中间我整天守在病床前,默默地望着她在受苦(我是设身处地感觉到这样的),可是她除了两三次要求搬开床前巨大的氧气筒,三四次表示担心输血较多付不出医药费之外,并没有抱怨过什么。见到熟人她常有这样一种表情:请原谅我麻烦了你们。她非常安静,但并未昏睡,始终睁大两只眼睛。眼睛很大,很美,很亮。我望着,望着,好像在望快要燃尽的烛火。我多么想让这对眼睛永远亮下去!我多么不愿她离开我!我甚至愿意为我那十四卷"邪书"受到千刀万剐,只求她能安静地活下去。

不久前我重读梅林写的《马克思传》,书中引用了马克思给女儿的信里的一段话,讲到马克思夫人的死。信上说:"她很快就咽了气。……这个病具有一种逐渐虚脱的性质,就像由于衰老所致一样,甚至在最后几小时也没有临终的挣扎,而是慢慢地沉入睡乡。她的眼睛比任何时候都更大、更美、更亮!"这段话我记得很清楚,马克思夫人也死于癌症。我默默地望着萧珊那对很大、很美、很亮的眼睛,我想起这段话,稍微得到一点安慰。听说她的确也"没有临终的挣扎",也是"慢慢地沉入睡乡"。我这样说,因为她离开这个世界的时候,我不在她的身边。那天是星期天,卫生防疫站因为我们家发现了肝炎病人,派人上午来做消毒工作。她的表妹有空愿意到医院去照料她,讲好我们吃过中饭就去接替。没有想到我们刚刚端起饭碗,就得到传呼电话,通知我女儿去医院,说是她妈妈"不行"了。真是晴天霹雳!我和我女儿、女婿赶到医院。她那张床上连床垫也给拿走了。别人告诉我她在太平间。我们又下了楼赶到那里,在门口遇见表妹。还是她找人帮忙把"咽了气"的病人抬进来的。死者还不曾给放进铁匣里送进冷库,她躺在担架上,但已经给白布床单包得紧紧的,看不到面容了。我只看到她的名字。我弯下身子,把地上那个还有点人形的白布拍了好几下,一面哭着唤她的名字。不过几分钟的时间。这算是什么告别呢?

据表妹说,她逝世的时刻,表妹也不知道。她曾经对表妹说:"找医生来。"医生来过,并没有什么。后来她就渐渐"沉入睡乡"。表妹还以为她在睡眠。一个护士来打针,才发觉她的心脏已经停止跳动了。我没有能同她诀别，我有许多话没有能向她倾吐，她不能没有留下一句遗言就离开我！我后来常常想，她对表妹说："找医生来，"很可能不是"找医生"，是"找李先生"（她平日这样称呼我）。为什么那天上午偏偏我不在病房呢？家里人都不在她身边，她死得这样凄凉！

我女婿马上打电话给我们仅有的几个亲戚。她的弟媳赶到医院，马上晕了过去。三天以后在龙华火葬场举行告别仪式。她的朋友一个也没有来，因为一则我们没有通知，二则我是一个审查了将近七年的对象。没有悼词，没有吊客，只有一片伤心的哭声。我衷心感谢前来参加仪式的少数亲友和特地来帮忙的我女儿的两三个同学。最后，我跟她的遗体告别，女儿望着遗容哀哭，儿子在隔离病房还不知道把他当作命根子的妈妈已经死亡。值得提说的是她当作自己儿子照顾了好些年的一位亡友的男孩从北京赶来，只为了看见她的最后一面。这个整天同钢铁打交道的技术员，他的心倒不像钢铁那样。他得到电报以后，他爱人对他说："你去吧，你不去一趟，你的心永远安定不了。"我在变了形的她的遗体旁边站了一会。别人给我和她照了像。我痛苦地想：这是最后一次了，即使给我们留下来很难看的形象，我也要珍视这个镜头。

一切都结束了。过了几天我和女儿、女婿再去火葬场，领到了她的骨灰盒，在存放室里寄存了三年之后，我按期把骨灰盒接回家里，有人劝我把她的骨灰安葬，我宁愿让骨灰盒放在我的寝室里，我感到她仍然和我在一起。

四

梦魇一般的日子终于过去了。六年仿佛一瞬间似的远远地落在后面了。其实哪里是一瞬间！这段时间里有多少流着血和泪的日子啊。不仅六年，从我开始写这篇短文到现在又过去了半年，这半年中间我经常在火葬场的大厅里默哀，行礼，为了纪念给"四人帮"迫害致死的朋友。想到他们不能把个人的智慧和才华献给社会主义祖国，我万分惋惜。每次戴上黑纱，插上纸花的同时，我也想起我自己最亲爱的朋友，一个普通的文艺爱好者，一个成绩不大的翻译工作者，一个心地善良的好人。她是我的生命的一部分，她的骨灰里有我的泪和血。

她是我的一个读者。一九三六年我在上海第一次同她见面，一九三八年和一九四一年我们两次在桂林像朋友似地住在一起。一九四四年我们在贵阳结婚。我认识她的时候，她还不到二十，对她的成长我应当负很大的责任。她读了我的小说，给我写信。后来见到了我，对我发生了感情。她在中学念书。看见我之前，因为参加学生运动被学校开除。回到家乡住了一个短时期，又出来进另一所学校。倘使不是为了我，她三七、三八年可能去了延安。她同我谈了八年的恋爱，后来到贵阳旅行结婚，只印发了一个通知，没有摆过一桌酒席。从贵阳我和她先后到了重庆，住在民国路文化生活出版社门市部楼梯下七八个平方米的小屋里。她托人买了四只玻璃杯开始组织我们的小家庭。她陪着我经历了各种艰苦生活。在抗日战争紧张的时期，我们一起在日军进城以前十多个小时逃离广州，我们从广东到广西，从昆明到桂林，从金华到温州，我们分散了，又重见，相见后又别离。在我那两册《旅途通讯》中就有一部分这种生活的记录。四十年前有一位朋友批评我："这算什么文章！"我的《文集》出版后，另一位朋友认为我不应当把它们也收进去。他们都有道理，两年来我对朋友、对读者讲过不止一次，我决定不让《文集》重版。但是为我自己，我要经常翻看那两小册《通讯》。在那些年代，每当我落在困苦的境地里，朋友们各奔前程的时候，她总是亲切地在我的耳边说："不要难过，我不会离开你，我在你的身边。"的确，只有在她最后一次进手术室之前她才说过这样一句："我们要分别了。"

我同她一起生活了三十多年。但是我并没有好好地帮助过她。她比我有才华，却缺乏刻苦钻研的精神。我很喜欢她翻译的普希金和屠格涅夫的小说。虽然译文并不恰当，也不是普希金和屠格涅夫的风格，它们却是有创造性的文学作品，阅读它们对我是一种享受。她想改变自己的生活，不愿作家庭妇女，却又缺少吃苦耐劳的勇气。她听一个朋友的劝告，得到后来也是给"四人帮"迫害致死的叶以群同志的同意，到《上海文学》"义务劳动"，也做了一点点工作，然而在运动中却受到批判，说她专门向老作家组稿，又说她是我派去的"坐探"。她为了改造思想，想走捷径，要求参加"四清"运动，找人推荐到某铜厂的工作组工作，工作相当忙碌、紧张，她却精神愉快。但是到我快要靠边的时候，她也被叫回"作协分会"参加运动。她第一次参加这种急风暴雨般的斗争，而且是以反动权威家属的身份参加，她不知道该怎么办才好。她张惶失措，坐立不安，替我担心，又为儿女的前途忧虑。她盼望什么人向她伸出援助的手，可是朋友们离开了她,"同事们"拿她当作箭靶,还有人想通过整她来整我。她不是"作协分会"或者刊物的正式工作人员,可是仍然被"勒令"靠边劳动、站队挂牌,放回家以后,又给揪到机关。过一个时期,她写了认罪的检查,第二次给放回家的时候,我们机关的造反派头头却通知里弄委员会罚她扫街。她怕人看到,每天大清早起来,拿着扫帚出门,扫得精疲力尽,才回到家里。关上大门,吐了一口气。但有时她还碰到上学去的小孩,对她叫骂:"巴金的臭婆娘。"我偶尔看见她拿着扫帚回来,不敢正眼看她,我感到负罪的心情,这是对她的一个致命的打击。不到两个月,她病倒了,以后就没有再出去扫街(我妹妹继续扫了一个时期),但是也没有完全恢复健康。尽管她还继续拖了四年,但一直到死她并不曾看到我恢复自由。这就是她的最后,然而绝不是她的结局。她的结局将和我的结局连在一起。

我绝不悲观。我要争取多活。我要为我们社会主义祖国工作到生命的最后一息。在我丧失工作能力的时候,我希望病榻上有萧珊翻译的那几本小说。等到我永远闭上眼睛,就让我的骨灰和她的骨灰掺和在一起。

一九七九年一月十六日写完

[提示]

巴金(1904—2005),原名李尧棠,字芾甘,四川成都人,祖籍浙江嘉兴。文学大师、出版家、翻译家,被誉为"二十世纪中国文学的良心"。代表作有爱情三部曲《雾》《雨》《电》,激流三部曲《家》《春》《秋》,中篇小说《憩园》《第四病室》,长篇小说《寒夜》,散文集《海行集记》《随想录》(五卷)等。

《随想录》第一卷于1979年12月由三联书店香港分公司结集出版,在海外产生热烈反响,伴随着内地报刊的不断转载和单行本的刊行,巴金随想在内地的影响逐渐辐射开来。1986年《随想录》五卷终稿,各种版本的《随想录》大量发行,影响范围更趋扩大。《怀念萧珊》是巴金《随想录》的代表性篇目,收入《爝火集》(人民文学出版社1979年版)。《怀念萧珊》以巴金的情感为线索,从萧珊的忌日开始写起,自然而然引到萧珊之前经受的磨难。萧珊在"文化大革命"中因为自己受到牵连,因为磨难忧愤最终成疾,身患疾病得不到及时治疗,最终离开人世。离开人世之前既没有自由,也没有看到作者得到自由。文章饱含着对萧珊离去的巨大悲痛，以及对亡妻深深的思念。透过巴金的激情书写，我们一方面感受到他对妻子浓浓的爱意，一方面感受到他对"文化大革命"的控诉，对刽子手的痛恨。平静、真诚的叙述方式，成就了巴金散文特有的艺术魅力。

尽管巴金写的都是与萧珊有关的日常琐事，我们依然能从中感受到萧珊的高贵品格。在困境中萧珊能与巴金同甘苦、共患难，互相扶持，跌跌撞撞地承受生活的煎熬。过往的心酸、对故人的怀恋，都跃然纸上。正是在这样的感染中，我们同样看到了一个感情热烈真挚，与读者零距离对话的巴金。

萧珊永远活在巴金心中，永远是巴金的精神力量。"我绝不悲观。我要争取多活。我要为我们社会主义祖国工作到生命的最后一息。在我丧失工作能力的时候，我希望病榻上有萧珊翻译的那几本小说。等到我永远闭上眼睛，就让我的骨灰同她的掺和在一起。"这最后的呼告，每一个字都渗透着巴金殷红的血。

（王　丽）

下放记别

杨 绛

中国社会科学院，以前是中国科学院哲学社会科学部，简称学部。我们夫妇同属学部；默存在文学所，我在外文所。一九六九年，学部的知识分子正在接受"工人、解放军宣传队"的"再教育"。全体人员先是"集中"住在办公室里，六、七人至九、十人一间，每天清晨练操，上下午和晚饭后共三个单元分班学习。过了些时候，年老体弱的可以回家住，学习时间渐渐减为上下午两个单元。我们俩都搬回家去住，不过料想我们住在一起的日子不会长久，不日就该下放干校了。干校的地点在纷纷传说中逐渐明确，下放的日期却只能猜测，只能等待。

我们俩每天各在自己单位的食堂排队买饭吃。排队足足要费半小时；回家自己做饭又太费事，也来不及。工、军宣队后来管束稍懈，我们经常中午约会同上饭店。饭店里并没有好饭吃，也得等待；但两人一起等，可以说说话。那年十一月三日，我先在学部大门口的公共汽车站等待，看见默存杂在人群里出来。他过来站在我旁边，低声说："待会儿告诉你一件大事。"我看看他的脸色，猜不出什么事。

我们挤上了车，他才告诉我："这个月十一号，我就要走了。我是先遣队。"

尽管天天在等待行期，听到这个消息，却好像头顶上着了一个焦雷。再过几天是默存虚岁六十生辰，我们商量好：到那天两人要吃一顿寿面庆祝。再等着过七十岁的生日，只怕轮不到我们了。可是只差几天，等不及这个生日，他就得下干校。

"为什么你要先遣呢？"

"因为有你。别人得带着家眷，或者安顿了家再走；我可以把家撂给你。"

干校的地点在河南罗山，他们全所是十一月十七日走。

我们到了预定的小吃店，叫了一个最现成的沙锅鸡块——不过是鸡皮鸡骨。我舀些清汤泡了半碗饭，饭还是咽不下。

只有一个星期置备行装,可是默存要到末了两天才得放假。我倒借此赖了几天学,在家收拾东西。这次下放是所谓"连锅端"——就是拔宅下放,好像是奉命一去不复返的意思。没用的东西、不穿的衣服、自己宝贵的图书、笔记等等,全得带走,行李一大堆。当时我们的女儿阿圆、女婿得一,各在工厂劳动,不能叫回来帮忙。他们休息日回家,就帮着收拾行李,并且学别人的样,把箱子用粗绳子密密缠捆,防旅途摔破或压塌。可惜能用粗绳子缠捆保护的,只不过是木箱铁箱等粗重行李;这些木箱、铁箱,确也不如血肉之躯经得起折磨。

经受折磨,就叫锻炼;除了准备锻炼,还有什么可准备的呢。准备的衣服如果太旧,怕不经穿;如果太结实,怕洗来费劲。我久不缝纫,胡乱把耐脏的绸子用缝衣机做了个毛毯的套子,准备经年不洗。我补了一条裤子,坐处像个布满经线纬线的地球仪,而且厚如龟壳。默存倒很欣赏,说好极了,穿上好比随身带着个座儿,随处都可以坐下。他说,不用筹备得太周全,只需等我也下去,就可以照看他。至于家人团聚,等几时阿圆和得一乡间落户,待他们迎养吧。

转眼到了十一号先遣队动身的日子。我和阿圆、得一送行。默存随身行李不多,我们找个旮旯儿歇着等待上车。候车室里,闹嚷嚷、乱哄哄人来人往;先遣队的领队人忙乱得只恨分身无术,而随身行李太多的,只恨少生了几双手。得一忙放下自己拿的东西,去帮助随身行李多得无法摆布的人。默存和我看他热心为旁人效力,不禁赞许新社会的好风尚,同时又互相安慰说:得一和善忠厚,阿圆有他在一起,我们可以放心。

得一揹着、拎着别人的行李,我和阿圆帮默存拿着他的几件小包小袋,排队挤进月台,挤上火车,找到个车厢安顿了默存。我们三人就下车,痴痴站着等火车开动。

我记得从前看见坐海船出洋的旅客,登上摆渡的小火轮,送行者就把许多彩色的纸带抛向小轮船;小船慢慢向大船开去,那一条条彩色的纸带先后迸断,岸上就拍手欢呼。也有人在欢呼声中落泪;迸断的彩带好似迸断的离情。这番送人上干校,车上的先遣队和车下送行的亲人,彼此间的离情假如看得见,就决不是彩色的,也不能一迸就断。

默存走到车门口,叫我们回去吧,别等了。彼此遥遥相望,也无话可说。我想,让他看我们回去还有三人,可以放心释念,免得火车驰走时,他看到我们眼里,都在不放心他一人离去。我们遵照他的意思,不等车开，先自走了。几次回头望望，车还不动，车下还是挤满了人。我们默默回家；阿圆和得一接着也各回工厂。他们同在一校而不同系，不在同一工厂劳动。

过了一两天，文学所有人通知我，下干校的可以带自己的床，不过得用绳子缠捆好，立即送到学部去。粗硬的绳子要缠捆得服帖，关键在绳子两头；不能打结子，得把绳头紧紧压在绳下。这至少得两人一齐动手才行。我只有一天的期限，一人请假在家，把自己的小木床拆掉。左放、右放，怎么也无法捆在一起，只好分别捆；而且我至少还欠一只手，只好用牙齿帮忙。我用细绳缚住粗绳头，用牙咬住，然后把一只床分三部分捆好，各件重复写上默存的名字。小小一只床分拆了几部，就好比兵荒马乱中的一家人，只怕一出家门就彼此失散，再聚不到一处去。据默存来信，那三部分重新团聚一处，确也害他好生寻找。

文学所和另一所最先下放。用部队的词儿，不称"所"而称"连"。二连动身的日子，学部敲锣打鼓，我们都放了学去欢送。下放人员整队而出；红旗开处，俞平老和俞师母领队当先。年逾七旬的老人了，还像学龄儿童那样排着队伍，远赴干校上学，我看着心中不忍，抽身先退；一路回去，发现许多人缺乏欢送的热情，也纷纷回去上班。大家脸上都漠无表情。

我们等待着下干校改造，没有心情理会什么离愁别恨，也没有闲暇去品尝那"别是一番"的"滋味"。学部既已有一部分下了干校，没下去的也得加紧干活儿。成天坐着学习，连"再教育"我们的"工人师傅"们也腻味了。有一位二十二三岁的小"师傅"嘀咕说："我天天在炉前炼钢，并不觉得劳累；现在成天坐着，屁股也痛，脑袋也痛，浑身不得劲儿。"显然炼人比炼钢费事；"坐冷板凳"也是一项苦功夫。

炼人靠体力劳动。我们挖完了防空洞——一个四通八达的地下建筑，就把图书搬来搬去。捆、扎、搬运，从这楼搬到那楼，从这处搬往那处；搬完自己单位的图书，又搬别单位的图书。有一次，我们到一个积尘三年的图书馆去搬出书籍、书柜、书架等，要腾出屋子来。有人一进去给尘土呛得连打了二十来个嚏喷。我们尽管戴着口罩，出来都满面尘土，咳吐的尽是黑痰。我记得那时候天气已经由寒转暖而转热。沉重的铁书架、沉重的大书橱、沉重的卡片柜——卡片屉内满满都是卡片，全都由年轻人狠命用肩膀扛，贴身的衣衫磨破，露出肉来。这又使我惊叹，最经磨的还是人的血肉之躯!

　　弱者总占便宜;我只干些微不足道的细事,得空就打点包裹寄给干校的默存。默存得空就写家信;三言两语,断断续续,白天黑夜都写。这些信如果保留下来,如今重读该多么有趣!但更有价值的书信都毁掉了,又何惜那几封。

　　他们一下去,先打扫了一个土积尘封的劳改营。当晚睡在草铺上还觉得燠热。忽然一场大雪,满地泥泞,天气骤寒。十七日大队人马到来,八十个单身汉聚居一间屋里,分睡在几个炕上。有个跟着爸爸下放的淘气小男孩儿,临睡常绕炕撒尿一匝,为炕上的人"施肥"。休息日大家到镇上去买吃的:有烧鸡,还有煮熟的乌龟。我问默存味道如何;他却没有尝过,只悄悄做了几首打油诗寄我。

　　罗山无地可耕,干校无事可干。过了一个多月,干校人员连同家眷又带着大堆箱笼物件,搬到息县东岳。地图上能找到息县,却找不到东岳。那儿地僻人穷,冬天没有燃料生火炉子,好多女同志脸上生了冻疮。洗衣服得蹲在水塘边上"投"。默存的新衬衣请当地的大娘代洗,洗完就不见了。我只愁他跌落水塘;能请人代洗,便赔掉几件衣服也值得。

　　在北京等待上干校的人,当然关心干校生活,常叫我讲些给他们听。大家最爱听的是何其芳同志吃鱼的故事。当地竭泽而渔,食堂改善伙食,有红烧鱼。其芳同志忙拿了自己的大漱口杯去买了一份;可是吃来味道很怪,愈吃愈怪。他捞起最大的一块想尝个究竟,一看原来是还未泡烂的药肥皂,落在漱口杯里没有拿掉。大家听完大笑,带着无限同情。他们也告诉我一个笑话,说钱锺书和丁××两位一级研究员,半天烧不开一锅炉水!我代他们辩护:锅炉设在露天,大风大雪中,烧开一锅炉水不是容易。可是笑话毕竟还是笑话。

　　他们过年就开始自己造房。女同志也拉大车,脱坯,造砖,盖房,充当壮劳力。默存和俞平伯先生等几位"老弱病残"都在免役之列,只干些打杂的轻活儿。他们下去八个月之后,我们的"连"才下放。那时候,他们已住进自己盖的新屋。

　　我们"连"是一九七〇年七月十二日动身下干校的。上次送默存走,有我和阿圆还有得一。这次送我走,只剩了阿圆一人;得一已于一月前自杀去世。

　　得一承认自己总是"偏右"一点,可是他说,实在看不惯那伙"过左派"。他们大学里开始围剿"五一六"的时候,几个有"五一六"之嫌的"过左派"供出得一是他们的"组织者","五一六"的名单就在他手里。那时候得一已回校,阿圆还在工厂劳动;两人不能同日回家。得一末了一次离开我的时候说:"妈妈,我不能对群众态度不好,也不能顶撞宣传队;可是我决不能捏造个名单害人,我也不会撒谎。"他到校就失去自由。阶级斗争如火如荼,阿圆等在厂劳动的都返回学校。工宣队领导全系每天三个单元斗得一,逼他交出名单。得一就自杀了。

阿圆送我上了火车,我也促她先归,别等车开。她不是一个脆弱的女孩子,我该可以放心撇下她。可是我看着她踽踽独归的背影,心上凄楚,忙闭上眼睛;闭上了眼睛,越发能看到她在我们那破残凌乱的家里,独自收拾整理,忙又睁开眼。车窗外已不见了她的背影。我又合上眼,让眼泪流进鼻子,流入肚里。火车慢慢开动,我离开了北京。

干校的默存又黑又瘦,简直换了个样儿,奇怪的是我还一见就认识。

我们干校有一位心直口快的黄大夫。一次默存去看病,她看他在签名簿上写上钱锺书的名字,怒道:"胡说!你什么钱锺书!钱锺书我认识!"默存一口咬定自己是钱锺书。黄大夫说:"我认识钱锺书的爱人。"默存经得起考验,报出了他爱人的名字。黄大夫还待信不信,不过默存是否冒牌也没有关系,就不再争辩。事后我向黄大夫提起这事,她不禁大笑说:"怎么的,全不像了。"

我记不起默存当时的面貌,也记不起他穿的什么衣服,只看见他右下颌一个红包,虽然只有榛子大小,形状却峥嵘险恶:高处是亮红色,低处是暗黄色,显然已经灌脓。我吃惊说:"啊呀,这是个疽吧?得用热敷。"可是谁给他做热敷呢?我后来看见他们的红十字急救药箱,纱布上、药棉上尽是泥手印。默存说他已经生过一个同样的外疹,领导上让他休息几天,并叫他改行不再烧锅炉。他目前白天看管工具,晚上巡夜。他的顶头上司因我去探亲,还特地给了他半天假。可是我的排长却非常严厉,只让我跟着别人去探望一下,吩咐我立即回队。默存送我回队,我们没说得几句话就分手了。得一去世的事,阿圆和我暂时还瞒着他,这时也未及告诉。过了一两天他来信说:那个包儿是疽,穿了五个孔。幸亏打了几针也渐渐痊愈。

我们虽然相去不过一小时的路程,却各有所属,得听指挥、服从纪律,不能随便走动,经常只是书信来往,到休息日才许探亲。休息日不是星期日；十天一次休息，称为大礼拜。如有事，大礼拜可以取消。可是比了独在北京的阿圆，我们就算是同在一处了。

[提示]

杨绛（1911—2016），原名杨季康，祖籍江苏无锡，生于北京，著名作家、学者和翻译家。著有小说《倒影集》《洗澡》，剧本《称心如意》《弄真成假》《风絮》，文论集《春泥集》《关于小说》，散文集《干校六记》《我们仨》《将饮茶》《走到人生边上》，译作《小癞子》《吉尔·布拉斯》《堂·吉诃德》等。

《下放记别》是杨绛散文集《干校六记》的首篇，1981年《干校六记》由生活·读书·新知三联书店先后出版，包括《下放记别》《凿井记劳》《学圃记闲》《"小趋"记情》《冒险记幸》《误传记妄》，反映知识分子在"文化大革命"中的干校生活，表达了杨绛对"文化大革命"的批判反思态度。其中，《下放记别》的叙事特点和美学风格能够反映出杨绛乐观豁达的人生哲学。

作为叙事散文，《下放记别》在叙事风格上很有特色，对三次离别的叙述都堪称有条不紊。作者叙述了在他们夫妇下放"干校"前后所发生的事，如下放前的不安、为丈夫准备行装、自己送别丈夫、与女儿分别、在"干校"与丈夫的重逢等生活场景。这些事件又始终围绕着一个"别"字从容展开。字里行间充满了作者对丈夫的牵挂、对女婿不幸遭遇的痛惜。杨绛的叙事技巧很巧妙，对所记叙的事情举重若轻，张弛有度，对下放后的"炼人"工作从挖防空洞到搬书再到打扫劳改营的描写都显得层次分明。

《下放记别》的艺术技巧十分纯熟，体现了杨绛对含而不露、返璞归真的美学境界的追求，包含着中国传统文学"怨而不怒"的艺术宗旨。具体到艺术手法上，作者以平出奇，以反写正，使历史的悲剧性在"变反常为正常"的荒诞中表现出来。比如写女婿得一遭受迫害而死，"这次送我走，只剩了阿圆一人；得一已于一月前自杀去世"。寥寥数语，没有控诉，没有追问，没有歇斯底里。然而仔细品味，却又有一种无法言说的大哀痛，正所谓"大音希声、大悲无泪"，让读者陷入沉思，体现出作者对"文化大革命"的批判和对人性的拷问。新时期的"反思文学"与"伤痕文学"往往都是以控诉为主题，杨绛另辟蹊径，在娓娓道来的理性冷静的叙述中不动声色地让读者感受到那个年代的荒诞和沉痛，也表现了作者在特殊年代面对苦难的坚强坦然的态度，以及对扭曲的年代里人性温暖的正面表现。总起来说，杨绛的《干校六记》对那个特殊年代的叙述含蓄隽永而又意味深长，让人掩卷沉思。

（王　廉）

朱 自 清

张中行

朱自清先生的大名和成就，连年轻人也算在内，几乎无人不知，无人不晓，因为差不多都念过他的散文名作，《背影》和《荷塘月色》。我念他的《背影》，还是在中学阶段。印象是：文富于感情，这表示人纯厚，只是感伤气似乎重一些。一九二五年他到清华大学以后，学与文都由今而古，写了不少值得反复诵读的书，如《诗言志辨》《经典常谈》等。一九三七年以后，半壁江山沦陷，他随着清华大学到昆明，以及一九四六年回到北京以后，在立身处世方面，许多行事都表现了正派读书人的明是非、重气节。不幸是天不与以寿，回北京刚刚两年，于一九四八年十月去世，仅仅活了五十岁。

我没有听过朱先生讲课，可是同他有一段因缘，因而对他的印象很深。这说起来难免很琐碎，反正是"琐话"，所以还是决定说一说。

我的印象，总的说，朱先生的特点是，有关他的，什么都协调。有些历史人物不是这样，如霍去病，看名字，应该长寿，却不到三十岁就死了；王安石，看名字，应该稳重，可是常常失之躁急。朱先生名自清，一生自我检束，确是能够始终维持一个"清"字。他字佩弦，意思是本性偏于缓，应该用人力的"急"补救，以求中和。做没做到，我所知很少，但由同他的一些交往中可以推断，不管他自己怎样想，他终归是本性难移，多情而宽厚，"厚"总是近于缓而远于急的。他早年写新诗，晚年写旧诗，古人说："温柔敦厚，诗教也。"（《礼记·经解》）这由学以致用的角度看，又是水乳交融。文章的风格也是这样，清秀而细致，总是真挚而富于情思。甚至可以扯得更远一些，他是北京大学一九二〇年毕业生，查历年毕业生名单，他却不是学文学的，而是学哲学的。这表面看起来像是不协调，其实不然，他的诗文多寓有沉思，也多值得读者沉思，这正是由哲学方面来的。这里加说几句有趣的插话，作为朱先生经历的陪衬。与朱先生同班毕业的还有三位名人，也是毕业后改行的：一位是顾颉刚，改为搞历史；一位是康白情，改为搞新诗；还有一位反面人物是陈公博，改搞政治，以身败名裂告终。最后说说外貌，朱先生个子不高，额头大，双目明亮而凝重，谁一见都能看出，是个少有的温厚而认真的人物。我第一次见他是一九四七年，谈一会话，分别以后，不知怎么忽然想到三国虞翻的话："生无可与语，死以青蝇为吊客，使天下一人知己者，足以不恨。"我想，像朱先生这样的人，不正是可以使虞翻足以不恨的人物吗？

泛泛的谈了不少，应该转到个人的因缘了。是一九四七年，我主编一个佛学月刊名《世间解》，几乎是唱独角戏，集稿很难，不得已，只好用书札向许多饱学的前辈求援，其中之一就是朱先生。久做报刊编辑工作的人都知道，在稿源方面有个大矛盾，不合用的总是不求而得，合用的常是求之不得。想消灭求之不得，像是直到今天还没有好办法，于是只好碰碰试试，用北京的俗语说是"有枣没枣打一竿子"，希望万一会掉下一两个。我也是怀着有枣没枣打一竿子的心情这样做的，万没有想到，朱先生真就写了一篇内容很切实的文章，并很快寄来，这就是刊在第七期的《禅家的语言》（后收入《朱自清古典文学论文集》上册）。当时为了表示感激，我曾在"编辑室杂记"里写："朱自清教授在百忙中赐予一篇有大重量的文章，我们谨为本刊庆幸。禅是言语道断的事，朱先生却以言语之道道之，所以有意思，也所以更值得重视。"这一期出版在一九四八年一月，更万没有想到，仅仅九个月之后，朱先生就作古了。

大概是这一年的五月前后，有一天下午，住西院的邻居霍家的人来，问我在家不在家，说他家的一位亲戚要来看我。接着来了，原来是朱先生。这使我非常感激，用古人的话说，这是蓬户外有了长者年辙。他说，霍家老先生是他的表叔，长辈，他应该来问安。其时他显得清瘦，说是胃总是不好。谈一会闲话，他辞去。依旧礼，我应该回拜，可是想到他太忙，不好意思打搅，终于没有去。又是万没有想到，这最初的一面竟成了最后一面。

死者不能复生，何况仅仅一面。但我常常想到他，而所取，大概与通常的评价不尽同。朱先生学问好，古今中外，几乎样样通。而且缜密，所写都是自己确信的，深刻而稳妥。文笔尤其好，清丽、绵密，细而不碎，柔而不弱。他代表"五四"之后散文风格的一派，由现在看，说是广陵散也不为过。可是我推重他，摆在首位的却不是学和文，而是他的行。《论语》有"行有余力，则以学文"的话，这里无妨断章取义，说：与他的行相比，文可以算作余事。行的可贵，具体说是，律己严、待人厚都超过常格。这二者之中,尤其超过常格的待人厚,更是罕见。这方面,可举的证据不少,我感到最亲切的当然是同自己的一段交往。我人海浮沉,认识人不算少,其中一些,名声渐渐增大,地位渐渐增高,空闲渐渐减少,因而就"旧雨来,今雨不来"。这是人之常情,不必作杜老《秋述》之叹。朱先生却相反,是照常情可以不来而来,这是决定行止的时候,只想到别人而没有想到自己。如果说学问文章是广陵散,这行的方面就更是广陵散了。

说来也巧,与朱先生告别,一晃过了二十年,一次在天津访一位老友,谈及他的小女儿结了婚,问男方是何如人,原来是朱先生的公子,学理科的。而不久就看见他,个子比朱先生高一些,风神却也是谦恭而恳挚。其时我老伴也在座,事后说她的印象是:"一看就是个书呆子。"我说:"能够看到朱先生的流风余韵,我很高兴。"

[提示]

张中行(1909—2006),原名张璇,河北香河人,哲学家、散文家。是 20 世纪末未名湖畔三雅士之一,与季羡林、金克木合称"燕园三老"。其散文集有《负暄琐话》《负暄续话》《负暄三话》《禅外说禅》等,哲学著作《顺生论》,学术著作《文言常识》《佛教与中国文学》《文言津逮》等。

《朱自清》初版由黑龙江人民出版社 1986 年发行,后收入《负暄琐话》。《负暄锁话》中收录的文章多是以北大旧闻为中心,记叙老北大文化名人的逸闻趣事。《朱自清》是张中行先生缅怀朱自清先生的抒情回忆散文,作者以从容细腻的笔法叙说了自己印象中的朱自清先生,在饱含温情的回忆中展现了朱自清先生的深刻稳妥的学识,柔而不弱的文笔,律己严、待人厚的一代文人形象。开头作者首先通过朱自清先生的两篇名作来介绍朱先生留给作者的初次印象以及表达对于朱先生的"大名和成就"的赞许。其次作者赞扬了朱自清先生"名如其人"的鲜明个性和朱自清先生过人的丰富学识,最后介绍了自己与朱自清先生的一段因缘,正是在与朱自清先生的这一段因缘中,作者认为相比于朱自清先生的学和文,更为推崇的应是朱自清先生个人的人格品质,即"行"。认为朱自清先生是"律于己、待人厚"的典范,尤其是在与人交往中。全文以"琐话"的形式表现了对于朱自清先生的无比怀念和敬仰之情。

作者写朱自清,寓悲天悯人之怀,在语言上,多用短句,间杂文言,节奏明快,使散文具有明显的"闲话风"色彩,在平淡的文字中有真的内容隐于字里行间,以清新平实的风格,在漫不经心的述说中,把人们带入记忆的深处,读来亲切平实,像与友人聊天话家常一样,这篇散文正体现了张中行散文的重要特点,即缓缓叙述,不急不躁,悠闲不乏深情。

(李 达)

黄鹂——病期琐事

孙 犁

  这种鸟儿,在我的家乡好像很少见。童年时,我很迷恋过一阵捕捉鸟儿的勾当。但是,无论春末夏初在麦苗地或油菜地里追逐红靛儿,或是天高气爽的秋季,奔跑在柳树下面网罗虎不拉儿的时候,都好像没有见过这种鸟儿。它既不在我那小小的村庄后边高大的白杨树上同鹥鸡儿一同鸣叫,也不在村南边那片神秘的大苇塘里和苇咋儿一块筑窠。

  初次见到它,是在阜平县的山村。那是抗日战争期间,在不断的炮火洗礼中,有时清晨起来,在茅屋后面或是山脚下的丛林里,我听到了黄鹂的尖利的富有召唤性和启发性的啼叫。可是,它们飞起来,迅若流星,在密密的树枝树叶里忽隐忽现,常常是在我仰视的眼前一闪而过,金黄的羽毛上映照着阳光,美丽极了,想多看一眼都很困难。

  因为职业的关系,对于美的事物的追求,真是有些奇怪,有时简直近于一种狂热。在战争不暇的日子里,这种观察飞禽走兽的闲情逸致,不知对我的身心情感,起着什么性质的影响。

  前几年,终于病了。为了疗养,来到了多年向往的青岛。春天,我移居到离海边很近,只隔着一片杨树林洼地的一幢小楼房里。有很长的一段时间,我一个人住在这里,清晨黄昏,我常常到那杨树林里散步。有一天,我发现有两只黄鹂飞来了。

  这一次,它们好像喜爱这里的林木深密幽静,也好像是要在这里产卵孵雏,并不匆匆离开,大有在这里安家落户的意思。

  每天,天一发亮,我听到它们的叫声,就轻轻打开窗帘,从楼上可以看见它们互相追逐,互相逗闹,有时候看得淋漓尽致,对我来说,这真是饱享眼福了。

  观赏黄鹂,竟成了我的一种日课。一听到它们叫唤,心里就很高兴,视线也就转到杨树上,我很担心它们一旦要离此他去。这里是很安静的,甚至有些近于荒凉,它们也许会安心居住下去的。我在树林里徘徊着,仰望着,有时坐在小石凳上谛听着,但总找不到它们的窠巢所在,它们是怎样安排自己的住室和产房的呢？

一天清晨，我又到树林里散步，和我患同一种病症的史同志手里拿着一支猎枪，正在瞄准树上。

"打什么鸟儿？"我赶紧过去问。

"打黄鹂！"老史兴致勃勃地说，"你看看我的枪法。"

这时候，我不想欣赏他的枪技，我但愿他的枪法不准。他瞄了一会儿，黄鹂发觉飞走了。乘此机会，我以老病友的资格，请他不要射击黄鹂，因为我很喜欢这种鸟儿。

我很感激老史同志对友谊的尊重。他立刻答应了我的要求，没有丝毫不平之气。并且说：

"养病嘛，喜欢什么就多看看，多听听。"

这是真诚的同病相怜。他玩猎枪，也是为了养病，能在兴头儿上照顾旁人，这种品质不是很难得吗？

有一次，在东海岸的长堤上，一位穿皮大衣戴皮帽的中年人，只是为了讨取身边女朋友的一笑，就开枪射死了一只回翔在天空的海鸥。一群海鸥受惊远飏，被射死的海鸥落在海面上，被怒涛拍击漂卷。胜利品无法取到，那名女人请在海面上操作的海带培养工人帮助打捞，工人们愤怒地掉头划船而去。这给我留下了深刻的印象。回到房子里，无可奈何地写了几句诗，也终于没有完成，因为契诃夫在好几种作品里写到了这种人。我的笔墨又怎能更多地为他们的业绩生色？在他们的房间里，只挂着契诃夫为他们写的褒词就够了。

惋惜的是，我的朋友的高尚情谊，不能得到这两只惊弓之鸟的理解，它们竟一去不返。从此，清晨起来，白杨萧萧，再也听不到那种清脆的叫声。夏天来了，我忙着到浴场去游泳，渐渐把它们忘掉了。

有一天我去逛鸟市。那地方卖鸟儿的很少了，现在生产第一，游闲事物，相应减少，是很自然的。在一处转角地方，有一个卖鸟笼的老头儿，坐在一条板凳上，手里玩弄着一只黄鹂。黄鹂系在一根木棍上，一会儿悬空吊着，一会儿被拉上来。我站住了，我望着黄鹂，忽然觉得它的焦黄的羽毛，它的嘴眼和爪子，都带有一种凄惨的神气。

"你要吗？多好玩儿！"老头儿望望我问了。

"我不要。"我转身走开了。

我想，这种鸟儿是不能饲养的，它不久会被折磨得死去。这种鸟儿，即使在动物园里,也不能从容地生活下去吧,它需要的天地太宽阔了。

从此,有很长一段时间,我不再想起黄鹂。第二年春季,我到了太湖,在江南,我才理解了"杂花生树,群莺乱飞"这两句文章的好处。

是的,这里的湖光山色,密柳长堤;这里的茂林修竹,桑田苇泊;这里的乍雨乍晴的天气,使我看到了黄鹂的全部美丽,这是一种极致。

是的,它们的啼叫,是要伴着春雨、宿露,它们的飞翔,是要伴着朝霞和彩虹的。这里才是它们真正的家乡,安居乐业的所在。

各种事物都有它的极致。虎啸深山,鱼游潭底,驼走大漠,雁排长空,这就是它们的极致。

在一定的环境里,才能发挥这种极致。这就是形色神态和环境的自然结合和相互发挥,这就是景物一体。典型环境中的典型性格,也可以从这个角度来理解吧。这正是在艺术上不容易遇到的一种境界。

一九六二年四月

[提示]

孙犁(1913—2002),原名孙树勋,河北省安平县人。现代著名作家,因发表短篇小说《荷花淀》而成为"荷花淀派"的代表人物。著有短篇小说集《芦花荡》《嘱咐》《采蒲台》,中篇小说《铁木前传》《村歌》,长篇小说《风云初记》,散文集《晚华集》《尺泽集》,杂文集《耕堂杂录》,叙事诗集《白洋淀之曲》等。

《黄鹂——病期琐事》写于1962年4月,原载1979年北京通县文化馆所编的《运河》,同年收入《晚华集》。这是作者于外在政治氛围以及个人内心情绪较为稳定的状态下创作的,描写了自己亲身经历的有关黄鹂的种种往事,并由此引发对人与黄鹂的关系、对艺术乃至对自由的独特思考。

内容方面,文章以黄鹂为中心线索,回忆了童年时期的家乡、抗日战争时期的山村、疗养时期的青岛、春日的太湖之畔四个不同的时期、地点有关黄鹂的往事,表达了他对充满灵性的黄鹂的美的热爱、对黄鹂生命的尊重。同时,通过不同人物对待黄鹂的态度,比如老病友对黄鹂的猎杀、鸟市老头儿对黄鹂的玩弄乃至中年人对海鸥的猎杀,都体现了作者对摧残生命的行为的厌恶,表达了作者对人与鸟和谐关系的期望,以及对生命自由的渴望。而在春季的太湖之滨,"江南三月,杂花生树,群莺乱飞"的环境中，黄鹂那种自然的充满生命力的美的描写，则反映出作者对极致的美的追求与向往。在作者看来，极致的美应该与自然融为一体，是不受任何束缚、充满生命的灵动的。最后，作者由黄鹂联想到艺术，使自己独特的人生感悟得到了艺术的升华，从而加强了文章的哲理意蕴。

  孙犁善于以平淡的笔触来写平常之事，《黄鹂——病期琐事》一文则以清新质朴的写作手法描写了有关黄鹂的日常生活片段，娓娓道来，没有强烈的情节冲突，然则意蕴深厚。文章融记叙、议论、抒情于一体，并将作者独特的生命感悟融汇其中，饱含对生命的尊重和对美的热爱，情感真挚，令人深思。语言简洁明净、清新淡雅。孙犁对美的感受极为细腻敏感，尤其文中对江南黄鹂生存环境的描写，诗意盎然。此外，在一定程度上，黄鹂也可以看作是作者自身的象征，正如黄鹂需要自由和谐的生存环境，作家也同样需要生存和创作的自由，对黄鹂的书写也正是作者追求自我生命极致美的一种含蓄表达。

（朱倩倩）

无事此静坐

汪曾祺

我的外祖父治家有方,他家的房屋都收拾得很清爽,窗明几净。他有几间空房,檐外有几棵梧桐,室内有木榻、漆桌、藤椅。这是他待客的地方。但是他的客人很少,难得有人来。这几间房子是朝北的,夏天很凉快。南墙挂着一条横幅,写着五个正楷大字:

"无事此静坐"

我很欣赏这五个字的意思。稍大后,知道这是苏东坡的诗,下面的一句是:

"一日当两日"

事实上,外祖父也很少到这里来。倒是我常常拿了一本闲书,悄悄走进去,坐下来一看半天,看起来,我小小年纪,就已经有一点儿隐逸之气了。

静,是一种气质,也是一种修养。诸葛亮云:"非淡泊无以明志,非宁静无以致远。"心浮气躁,是成不了大气候的。静是要经过锻炼的,古人叫做"习静"。唐人诗云:"山中习静朝观槿,松下清斋折露葵。""习静"可能是道家的一种功夫,习于安静确实是生活于扰攘的尘世中人所不易做到的。静,不是一味地孤寂,不闻世事。我很欣赏宋儒的诗:"万物静观皆自得,四时佳兴与人同。"唯静,才能观照万物,对于人间生活充满盎然的兴致。静是顺乎自然,也是合乎人道的。

世界是喧闹的。我们现在无法逃到深山里去,唯一的办法是闹中取静。毛主席年轻时曾采用了几种锻炼自己的方法,一种是"闹市读书"。把自己的注意力高度集中起来,不受外界干扰,我想这是可以做到的。

这是一种习惯,也是环境造成的。我下放张家口沙岭子农业科学研究所劳动,和三十几个农业工人同住一屋。他们吵吵闹闹,打着马锣唱山西梆子,我能做到心如止水,照样看书、写文章。我有两篇小说,就是在震耳的马锣声中写成的。这种功夫,多年不用,已经退步了,我现在写东西总还是希望有个比较安静的环境,但也不必一定要到海边或山边的别墅中才能构想。

  大概有十多年了，我养成了静坐的习惯。我家有一对旧沙发，有几十年了。我每天早上泡一杯茶，点一支烟，坐在沙发里，坐一个多小时。虽是犹然独坐，然而浮想联翩。一些故人往事，一些声音、一些颜色、一些语言、一些细节，会逐渐在我的眼前清晰起来，生动起来。这样连续坐几个早晨，想得成熟了，就能落笔写出一点东西。我的一些小说散文，常得之于清晨静坐之中。

  曾见齐白石一小幅画，画的是淡蓝色的野藤花，有很多小蜜蜂，有颇长的题记，说的是他家的野藤，花时游蜂无数，他有个孙子曾被蜂螫，现在这个孙子也能画这种藤花了，最后两句我一直记得很清楚："静思往事，如在目底。"这段题记是用金冬心体写的，字画皆极娟好。"静思往事，如在目底。"我觉得这是最好的创作心理状态。就是下笔的时候，也最好心里很平静，如白石老人题画所说："心闲气静时一挥。"

  我是个比较恬淡平和的人，但有时也不免浮躁，最近就有点儿如我家乡话所说"心里长草"。我希望政通人和，使大家能安安静静坐下来，想一点儿事，读一点儿书，写一点儿文章。

一九八九年八月十六日

［提示］

  汪曾祺的《无事此静坐》一文原载《消费日报》1989年10月18日。作者通过外祖父家南墙上的五个正楷大字"无事此静坐"写静是一种气质，一种修养。静是顺乎自然、合乎人道的。从诸葛亮的"非淡泊无以明志，非宁静无以致远"到唐人的"山中习静朝观槿，松下清斋折露葵"。汪曾祺写古人"习静"的重要性以及习于安静并不是常人所能做到的一件事。静，不是不闻世事，也不是一味孤寂，而是一门学问，心浮气躁是难成大事的。通过介绍毛主席的"闹市读书"，下放劳动时期作者自己心如止水地写小说和在家中"静坐浮想"以及齐白石的"心闲气静时一挥"这些日常生活小事，展现了静是最好的创作心理状态。尤其是在现在浮躁的社会生活中，更是需要"闹中取静"，作者希望现在的人们可以静下心来读书、写文章、做事，远离浮躁，这样社会则会和谐，政通人和。

  汪曾祺的散文以文字朴素自然，却余韵悠长著称，他的散文多喜欢用短句，文白夹杂，极少有大篇的议论，语句话语仿佛唠家常一般，可是就是这种平白的描写却营造出一篇篇余韵悠长的美文。如"静，是一种气质，也是一种修养。诸葛亮云：'非淡泊无以明志，非宁静无以致远。'心浮气躁，是成不了大气候的。"这样的语句简单至极，汪曾祺用白描的手法轻而易举地把文言和口语融合在一起，使文章充满文人雅气。

（李 达）

二 月 兰

季羡林

转眼，不知怎样一来，整个燕园成了二月兰的天下。

二月兰是一种常见的野花。花朵不大，紫白相间。花形和颜色都没有什么特异之处。如果只有一两棵，在百花丛中，决不会引起任何人的注意。但是它却以多胜，每到春天，和风一吹拂，便绽开了小花；最初只有一朵，两朵，几朵。但是一转眼，在一夜间，就能变成百朵，千朵，万朵。大有凌驾百花之上的势头了。

我在燕园里已经住了四十多年。最初我并没有特别注意到这种小花。直到前年，也许正是二月兰开花的大年，我蓦地发现，从我住的楼旁小土山开始，走遍了全园，眼光所到之处，无不有二月兰在。宅旁，篱下，林中，山头，土坡，湖边，只要有空隙的地方，都是一团紫气，间以白雾，小花开得淋漓尽致，气势非凡，紫气直冲云霄，连宇宙都仿佛变成紫色的了。

我在迷离恍惚中，忽然发现二月兰爬上了树，有的已经爬上了树顶，有的正在努力攀登，连喘气的声音似乎都能听到。我这一惊可真不小：莫非二月兰真成了精了吗？再定睛一看，原来是二月兰丛中一些藤萝，也正在开着花，花的颜色同二月兰一模一样，所差的就仅仅只缺少那一团白雾。我实在觉得我这个幻觉非常有趣。带着清醒的意识，我仔细观察起来：除了花形之外，颜色真是一般无二。反正我知道了这是两种植物，心里有了底，然而再一转眼，我仍然看到二月兰往枝头爬。这是真的呢？还是幻觉？——由它去吧。

自从意识到二月兰存在以后，一些同二月兰有联系的回忆立即涌上心头。原来很少想到的或根本没有想到的事情，现在想到了；原来认为十分平常的琐事，现在显得十分不平常了。我一下子清晰地意识到，原来这种十分平凡的野花竟在我的生命中占有这样重要的地位。我自己也有点吃惊了。

我回忆的丝缕是从楼旁的小土山开始的。这一座小土山，最初毫无惊人之处,只不过二三米高,上面长满了野草。当年歪风狂吹时,每次"打扫卫生",全楼住的人都被召唤出来拔草,不是"绿化",而是"黄化"。我每次都在心中暗恨这小山野草之多。后来不知由于什么原因,把山堆高了一两米。这样一来,山就颇有一点山势了。东头的苍松,西头的翠柏,都仿佛恢复了青春,一年四季,郁郁葱葱,中间一棵榆树,从树龄来看,只能算是松柏的曾孙,然而也枝干繁茂,高枝直刺入蔚蓝的晴空。

我不记得从什么时候起我注意到小山上的二月兰。这种野花开花大概也有大年小年之别的。碰到小年,只在小山前后稀疏地开上那么几片。遇到大年,则山前山后开成大片。二月兰仿佛发了狂。我们常讲什么什么花"怒放",这个"怒"字用得真是无比地奇妙。二月兰一"怒",仿佛从土地深处吸来一股原始力量,一定要把花开遍大千世界,紫气直冲云霄,连宇宙都仿佛变成紫色的了。

东坡的词说:"人有悲欢离合,月有阴晴圆缺,此事古难全。"但是花们好像是没有什么悲欢离合。应该开时,它们就开;该消失时,它们就消失。它们是"纵浪大化中",一切顺其自然,自己无所谓什么悲与喜。我的二月兰就是这个样子。

然而,人这个万物之灵却偏偏有了感情,有了感情就有了悲欢。这真是多此一举,然而没有法子。人自己多情,又把情移到花,"泪眼向花花不语",花当然"不语"了。如果花真"语"起来,岂不吓坏了人!这些道理我十分明白。然而我仍然把自己的悲欢挂到了二月兰上。

当年老祖还活着的时候,每到春天二月兰开花的时候,她往往拿一把小铲,带一个黑书包,到成片的二月兰旁青草丛里去搜挖荠菜。只要看到她的身影在二月兰的紫雾里晃动,我就知道在午餐或晚餐的餐桌上必然弥漫着荠菜馄饨的清香。当婉如还活着的时候,她每次回家,只要二月兰正在开花,她离开时,她总穿过左手是二月兰的紫雾,右手是湖畔垂柳的绿烟,匆匆忙忙走去,把我的目光一直带到湖对岸的拐弯处。当小保姆杨莹还在我家时,她也同小山和二月兰结上了缘。我曾套宋词写过三句话:"午静携侣寻野菜,黄昏抱猫向夕阳,当时只道是寻常。"我的小猫虎子和咪咪还在世的时候,我也往往在二月兰丛里看到她们:一黑一白,在紫色中格外显眼。

所有这些琐事都是寻常到不能再寻常了。然而,曾几何时,到了今天,老祖和婉如已经永远永远地离开了我们。小莹也回了山东老家。至于虎子和咪咪也各自遵循猫的规律，不知钻到了燕园中哪一个幽暗的角落里，等待死亡的到来。老祖和婉如的走，把我的心都带走了。虎子和咪咪我也忆念难忘。如今，天地虽宽，阳光虽照样普照，我却感到无边的寂寥与凄凉。回忆这些往事，如云如烟，原来是近在眼前，如今却如蓬莱灵山，可望而不可即了。

对于我这样的心情和我的一切遭遇，我的二月兰一点儿也无动于衷，照样自己开花。今年又是二月兰开花的大年。在校园里，眼光所到之处，无不有二月兰在。宅旁，篱下，林中，山头，土坡，湖边，只要有空隙的地方，都是一团紫气，间以白雾，小花开得淋漓尽致，气势非凡，紫气直冲霄汉，连宇宙都仿佛变成紫色的了。

这一切都告诉我，二月兰是不会变的，世事沧桑，于它如浮云。然而我却是在变的。月月变，年年变。我想以不变应万变，然而办不到。我想学习二月兰，然而办不到。不但如此，它还硬把我的记忆牵回到我一生最倒霉的时候。在十年浩劫中，我自己跳出来反对北大那一位"老佛爷"，被抄家，被打成了"反革命"。正是在二月兰开花的时候，我被管制劳动改造。有很长一段时间，我每天到一个地方去捡破砖碎瓦，还随时准备着被红卫兵押解到什么地方去"批斗"，坐喷气式，还要挨上一顿揍，打得鼻青脸肿。可是在砖瓦缝里二月兰依然开放，怡然自得，笑对春风，好像是在嘲笑我。

我当时日子实在非常难过。我知道正义是在自己手中，可是是非颠倒，人妖难分，我呼天天不应，叫地地不答，一腔义愤，满腹委屈，毫无人生之趣。在很长一段时间内，我成了"不可接触者"，几年没接到过一封信，很少有人敢同我打个招呼。我虽处人世，实为异类。

然而我一回到家里，老祖、德华她们，在每人每月只能得到恩赐十几元钱生活费的情况下，殚思竭虑，弄一点好吃的东西，希望能给我增加点营养；更重要的恐怕还是，希望能给我境添点生趣。婉如和延宗也尽可能地多回家来。我的小猫憨态可掬，偎依在我的身旁。她们不懂哲学，分不清两类不同性质的矛盾。人视我为异类，她们视我为好友，从来没有表态，要同我划清界限。所有这一些极其平常的琐事，都给我带来了无量的安慰。窗外尽管千里冰封，室内却是暖气融融。我觉得，在世态炎凉中，还有不炎凉者在。这一点暖气支撑着我，走过了人生最艰难的一段路，没有堕入深渊，一直到今天。

我感觉到悲,又感觉到欢。

到了今天,天运转动,否极泰来,不知怎么一来,我一下子成为"极可接触者",到处听到的是美好的言词,到处见到的是和悦的笑容。我从内心里感激我这些新老朋友,他们绝对是真诚的。他们鼓励了我,他们启发了我。然而,一回到家里,虽然德华还在,延宗还在,可我的老祖到哪里去了呢?我的婉如到哪里去了呢?还有我的虎子和咪咪一世到哪里去了呢?世界虽照样朗朗,阳光虽照样明媚,我却感觉异样的寂寞与凄凉。

我感觉到欢,不感觉到悲。

我年届耄耋,前面的路有限了。几年前,我写过一篇短文,叫《老猫》,意思很简明,我一生有个特点:不愿意麻烦人。了解我的人都承认。难道到了人生最后一段路上我就要改变这个特点吗?不,不,不想改变。我真想学一学老猫,到了大限来临时,钻到一个幽暗的角落里,一个人悄悄地离开人世。

这话又扯远了。我并不认为眼前就有制定行动计划的必要。我还有很多事情要做,而且我的健康情况也允许我去做。有一位青年朋友说我忘记了自己的年龄。这话极有道理。可我并没有全忘。有一个问题我还想弄弄清楚哩。按说我早已到了"悲欢离合总无情"的年龄,应该超脱一点了。然而在离开这个世界以前,我还有一件心事:我想弄清楚,什么叫"悲"?什么又叫"欢"?是我成为"不可接触者"时悲呢?还是成为"极可接触者"时欢?如果没有老祖和婉如的逝世,这问题本来是一清二白的,现在却是悲欢难以分辨了。我想得到答复。我走上了每天必登临几次的小山,我问苍松,苍松不语;我问翠柏,翠柏不答。我问三十多年来亲眼目睹我这些悲欢离合的二月兰,它也沉默不语,兀自万朵怒放,笑对春风,紫气直冲霄汉。

1993 年 6 月 11 日写完

[提示]

季羡林(1911—2009),字希逋,又字齐奘。山东省临清人,著名东方学大师、国学家、文学家。著有散文集《季羡林选集》《朗润集》《季羡林散文集》《万泉集》,散文代表作有《清塘荷韵》《牛棚杂忆》《病榻杂记》《留德十年》《人生絮语》《忆往叙怀》《赋得永久的悔》,学术著作《印度古代语言论集》《原始佛教的语言问题》《东方文学史》等。

  《二月兰》原载《怀旧集》（北京大学出版社1996年版），是作者的托物言志之作。《二月兰》中没有复杂的故事情节，作者主要通过对二月兰的描写和对往事的回忆来结构全文。通过对二月兰在"只要有空隙的地方，就是一团紫气"和从土地中得到原始力量的旺盛生命力的描写表现二月兰那种坚韧不拔的顽强生命力。同时，通过回忆老祖挖荠菜，以及婉如在二月兰开花时节的散步游玩和花丛中的猫咪表现了作者对亲人无比真挚的深沉思念。十年浩劫给作者带来巨大的身心折磨，在"被打得鼻青脸肿"时，看"二月兰依然开放，怡然自得，笑对春风，好像在嘲笑我"，物犹如此，人何以堪，作者在二月兰身上找到了精神寄托。二月兰是见证作者悲与欢的存在，作者一看到二月兰，便思念起当年的老祖、婉如、杨莹，然而物是人非，面对三十多年来的悲欢离合，作者不禁叩问关于生死悲欢的问题，是二月兰的无畏悲喜、无惧离合教会了作者坦然面对生命中的悲欢离合，认清所谓悲欢都是人生的常态。作者借二月兰表达了对亲人的深沉怀念和无尽哀思，同时歌颂二月兰坚韧顽强的生命力，传达了即使在人生黑暗和逆境中仍然傲然挺立的坚韧不拔的精神和对人世间悲欢的哲学思考。

  季羡林的散文内容涉及生活的方方面面，边边角角，反映了其一生的生活历程和情感经历，作家善于从生活中的琐事写起，一会儿写景，一会儿写物，一会儿写人，谈身边琐事而有所寄托，论人情世局颇有文采，注重从生活中捕捉细节，以小见大。语言朴素自然，细腻平静，感情浓而不腻，令人动容。

（李 达）

拣 麦 穗

张 洁

在农村长大的姑娘谁还不知道拣麦穗这回事。

我要说的，却是几十年前的那段往事。

或许可以这样说，拣麦穗的时节，也是最能引动姑娘们幻想的时节。

在那月残星稀的清晨，挎着一个空篮子，顺着田埂上的小路走去拣麦穗的时候，她想的是什么呢？

等到田野上腾起一层薄雾，月亮，像是偷偷地睡过一觉又悄悄地回到天边，她方才挎着装满麦穗的篮子，走回自家那孔窑的时候，她想的是什么？

唉，她还能想什么！

假如你没有在那种日子里生活过，你永远也无法想像，从这一颗颗丢在地里的麦穗上，会生出什么样的幻想。

她拼命地拣呐、拣呐，一个拣麦穗的时节也许能拣上一斗？她把这麦子卖了，再把这钱攒起来，等到赶集的时候，扯上花布、买上花线，然后，她剪呀、缝呀、绣呀……也不见她穿，谁也没和谁合计过，谁也没和谁商量过，可是等到出嫁的那一天，她们全会把这些东西，装进她们新嫁娘的包裹里去。

不过，当她把拣麦穗时所伴着的幻想，一同包进包裹里的时候，她们会突然发现那些幻想全都变了味儿，觉得多少年来，她们拣呀、缝呀、绣呀，是多么傻啊！她们要嫁的那个男人和她们在拣麦穗、扯花布、绣花鞋的时候所幻想的那个男人，有着多么的不同。

但是，她们还是依依顺顺地嫁了出去。只不过在穿戴那些衣物的时候，再也找不到做它、缝它时的情怀了。

这又算得了什么呢。谁也不会为她们叹上一口气，谁也不会关心她们曾经有过的那份幻想，甚至连她们自己也不会感到过分的悲伤，顶多不过像是丢失了一个美丽的梦。有谁见过哪一个人会死乞白赖地寻找一个丢失的梦呢？

当我刚刚能够歪歪咧咧地提着一个篮子跑路的时候，我就跟在大姐姐身后拣麦穗了。那篮子显得太大，总是磕碰着我的腿和地面，闹得我老是跌跤。我也很少有拣满一个篮子的时候，我看不见田里的麦穗，却总是看见蚂蚱和蝴蝶，而当我追赶它们的时候，拣到的麦穗，还会从篮子里重新掉回地里去。

有一天，二姨看着我那盛着稀稀拉拉几个麦穗的篮子说："看看，我家大雁也会拣麦穗了。"然后，她又戏谑地问我："大雁，告诉二姨，你拣麦穗做哈？"我大言不惭地说："我要备嫁妆哩！"

二姨贼眉贼眼地笑了，还向围在我们周围的姑娘、婆姨们眨了眨她那双不大的眼睛："你要嫁谁嘛！"

是呀，我要嫁谁呢？我忽然想起那个卖灶糖的老汉。我说："我要嫁那个卖灶糖的老汉！"

她们全都放声大笑，像一群鸭子一样嘎嘎地叫着。笑啥嘛！我生气了。难道做我的男人，他有什么不体面的地方吗？

卖灶糖的老汉有多大年纪了？我不知道。他脸上的皱纹一道挨着一道，顺着眉毛弯向两个太阳穴，又顺着腮帮弯向嘴角。那些皱纹，给他的脸上增添了许多慈祥的笑意。当他挑着担子赶路的时候，他那剃得像半个葫芦样的后脑勺上的长长的白发，便随着颤悠悠的扁担一同忽闪着。

我的话，很快就传进了他的耳朵。

那天，他挑着担子来到我们村，见到我就乐了。说："娃呀，你要给我做媳妇吗？""对呀！"

他张着大嘴笑了，露出了一嘴的黄牙。他那长在半个葫芦样的头上的白发，也随着笑声一齐抖动着。"你为啥要给我做媳妇呢？"

"我要天天吃灶糖哩！"

他把旱烟锅子朝鞋底上磕着："娃呀，你太小哩。"

"你等我长大嘛！"

他摸着我的头顶说："不等你长大，我可该进土啦。"

听了他的话，我着急了。他要是死了，那可咋办呢？我那淡淡的眉毛，在满是金黄色的茸毛的脑门上，拧成了疙瘩。我的脸也皱巴得像个核桃。

他赶紧拿块灶糖塞进了我的手里。看着那块灶糖，我又咧着嘴笑了："你别死啊，等着我长大。"他又乐了。答应着我："我等你长大。"

"你家住哪哒呢？"

"这担子就是我的家，走到哪哒，就歇在哪哒！"

我犯愁了："等我长大，去哪哒寻你呀！"

"你莫愁，等你长大，我来接你！"

这以后，每逢经过我们这个村子，他总是带些小礼物给我。一块灶糖，一个甜瓜，一把红枣……还乐呵呵地对我说："看看我的小媳妇来呀！"

我呢，也学着大姑娘的样子——我偷偷地瞧见过——要我娘找块碎布，给我剪了个烟荷包，还让我娘在布上描了花。我缝呀，绣呀……烟荷包缝好了，我娘笑得个前仰后合，说那不是烟荷包，皱皱巴巴，倒像个猪肚子。我让我娘给我收了起来，我说了，等我出嫁的时候，我要送给我男人。

我渐渐地长大了。到了知道认真地拣麦穗的年龄了。懂得了我说过的那些个话，都是让人害臊的话。卖灶糖的老汉也不再开那玩笑——叫我是他的小媳妇了。不过他还是常带些小礼物给我。我知道，他真疼我呢。

我不明白为什么，我倒真是越来越依恋他，每逢他经过我们村子，我都会送他好远。我站在土坎坎上，看着他的背影，渐渐地消失在山坳坳里。

年复一年，我看得出来，他的背更弯了，步履也更加蹒跚了。这时，我真的担心了，担心他早晚有一天会死去。

有一年，过腊八的前一天，我约摸着卖灶糖的老汉，那一天该会经过我们村。我站在村口上一棵已经落尽叶子的柿子树下，朝沟底下的那条大路上望着，等着。那棵柿子树的顶梢梢上，还挂着一个小火柿子。小火柿子让冬日的太阳一照，更是红得透亮。那个柿子多半是因为长在太高的树梢上，才没有让人摘下来。真怪，可它也没让风刮下来，雨打下来，雪压下来。

路上来了一个挑担子的人。走近一看，担子上挑的也是灶糖，人可不是那个卖灶糖的老汉。我向他打听卖灶糖的老汉，他告诉我，卖灶糖的老汉老去了。

我仍旧站在那棵柿子树下，望着树梢上的那个孤零零的小火柿子。它那红得透亮的色泽，依然给人一种喜盈盈的感觉。可是我却哭了，哭得很伤心。哭那陌生的，但却疼爱我的卖灶糖的老汉。

后来，我常想，他为什么疼爱我呢？无非我是一个贪吃的，因为生得极其丑陋而又没人疼爱的小女孩吧？

等我长大以后，我总感到除了母亲以外，再也没有谁能够像他那样朴素地疼爱过我——没有任何希求，也没有任何企望的。

我常常想念他，也常常想要找到我那个像猪肚子一样的烟荷包。可是，它早已不知被我丢到哪里去了。

[提示]

《拣麦穗》原载《光明日报》1979年12月16日。作品呈现了一幅看似温暖，实则悲凉的画面。田垄中拣麦穗的小女孩天真无邪，她最大的梦想是吃到灶糖，是嫁给一个饱经风霜的卖灶糖的老汉。我们怎么能苛责这样一个天真可爱的小女孩呢？卖灶糖的老汉也一样，他被小女孩纯洁的感情所打动，一老一少开始了一段充满人与人之间温情的交往。终有一天，卖灶糖的老汉再也没有回来，小女孩失去了生命中最甜的灶糖。我们被一开始的温暖所打动时，也不由得因为这个结局而感到悲凉。人世间的感情那样纯洁，又那样易逝，丢失在风中的，不仅是老汉的灶糖，更是老汉对小女孩毫无保留的关心与爱护，也有人与人之间的温情与美好。

张洁的写作风格也像这篇散文一样，看似温暖，却始终弥漫着淡淡的悲凉色彩；看似悲凉，仔细品味却能感觉到爱独有的温暖的力量。她从不直抒胸臆，而是把自己的感情藏在字里行间，藏在每一个细节里。唯有细细品味，才能感受到张洁独有的感伤和温暖。在张洁的作品中，我们既为生活的甜蜜而微笑，又为生活的感伤而感叹。我们本该为小女孩拾麦穗的诗意所感染，一转身却听到张洁的感叹，"她想的是什么呢？"我们被张洁描写的红的透亮的小火柿子，风刮不下，雨打不下，雪压不下，顽强的挂在枝头所感动时，却也为这个小火柿子担忧。因为它一旦掉到地上，便会粉身碎骨。小女孩一直想找到那个变得皱皱巴巴，不知道自己丢到哪里的猪肚荷包。我们的童年，那些陪伴我们的人，我们曾经感到温暖的感情，也像这个猪肚荷包一样，在自己不知不觉中，变得皱皱巴巴，被门挡住，被雪覆盖，丢在我们身后，再也找不到了。

（王　丽）

秦　　腔

贾平凹

　　八百里秦川，以西安为界，咸阳、兴平、武功、周至、凤翔、长武、岐山、宝鸡，两个专区几十个县为西府。秦腔，就源于西府。这里民性敦厚，说话多用去声，一律咬字沉重，对话如吵架一样，哭丧又一呼三叹。呼喊远人更是特殊：前声拖十二分的长，末了方极快地道出内容。声韵的发展，使会远道喊人的人都从此有了唱秦腔的天才。

　　秦腔是秦川农民大苦中的大乐，当老牛木犁疙瘩绳，在田野已经累得筋疲力尽，立在犁沟里大喊大叫来一段秦腔，那心胸肺腑，关关节节的困乏便一尽儿涤荡净了。秦腔与他们，是和西凤酒，长线辣子、大叶卷烟、牛肉泡馍一样，成为生命的五大要素。每到农闲的夜里，村里就常听到几声锣响：戏班排演开始了。演员们都集合起来，到那古寺庙里去。吹、拉、弹、奏、翻、打、念、唱，提袍甩袖，吹胡瞪眼，古寺庙成了古今真乐府，天地大梨园。导演是老一辈演员，享有绝对权威，演员是一家几口，夫妻同台，父子同台，公公儿媳也同台。按秦川的风俗：父和子不能不有其序，爷和孙却可以无道，弟与哥嫂可以嬉闹无常，兄与弟媳则无正事不能多言。但是，一到台上，秦腔面前人人平等，兄可以拜弟媳为帅为将，子可以将老父绳绑索捆。寺庙里有窗无扇，屋梁上蛛丝结网，夏天蚊虫飞来，成团成团在头上旋转，薰蚊草就墙角燃起，一声唱腔一声咳嗽。冬天里四面透风，柳木疙瘩火当中架起，一出场一脸正经，一下场凑近火堆，热了前怀，凉了后背。排演到什么时候，都有观众看，有抱着二尺长的烟袋的老者，有凳子高、桌子高趴满窗台的孩子。庙里一个跟头未翻起，窗外就哇地一声叫倒好，演员出来骂一声：谁说不好的滚蛋！他们抓住窗台死不滚去，倒要连声讨好：翻得好！翻得好！更有殷勤的，跑回来偷拿了红薯、土豆、在火堆里煨熟给演员作夜餐，赚得进屋里有一个安全位置。排演到三更鸡叫，月儿偏西，演员们散了，孩子们还围了火堆弯腰踢腿，学那一招一式。

　　一出戏排成了，一人传出，全村振奋，扳着指头盼那上演日期。一年十二个月，正月元宵日，二月龙抬头，三月三，四月四，五月五日过端午，六月六日晒丝绸，七月过半，八月中秋，九月初九，十月一日，再是那腊月五豆，腊八，二十三……月月有节，三月一会，那戏必是上演的。戏台是全村人的共同的事业，宁肯少吃少穿也要筹资集款，买上好的木石，请高强的工匠来修筑。村子富不富，就比这戏台阔不阔。一到演出，半下午人就扛凳子去占地位了，未等戏开，台下坐的、站的人头攒拥，台两边阶上立的卧的是一群顽童。那锣鼓就叮叮咣咣地闹台，似乎整个世界要天翻地覆了。各类小吃趁机摆开，一个食摊上一盏马灯，花生、瓜子、糖果、烟卷、油茶、麻花、烧鸡、煎饼，长一声、短一声叫卖不绝。锣鼓还在一声儿敲打，大幕只是不拉，演员偶尔从幕边往下望望，下边就喊："开演呀，场子都满了！"幕布放下，只说就要出场了，却又叮叮咣咣不停。台下就乱了，后边的喊前边的坐下，前边说最前边的还立着；场外的大声叫着亲朋子女名字，问有坐处没有，场内的悦声回应快进来；有要吃煎饼的喊熟人去买一个，熟人买了站在场外一扬手，"日"地一声隔人头甩去，不偏不倚目标正好；左边的喊右边的踩了他的脚，右边的叫左边的挤了他的腰，言语伤人，动了手脚；外边的趁机而入，一时四边向里挤，里边向外拱，人的旋涡涌起，如四月的麦田起风，一会儿倒西，一会儿倒东。

终于台上锣鼓停了，大幕拉开，角色出场。但不管男的女的，出来偏不面对观众，一律背身掩面，女的就碎步后移，水上漂一样，台下就叫："瞧那腰身，那肩头，一身的戏哟！"是男的就摇那帽翅，一会双摇，一会单摇，一边上下飞闪，一边纹丝不动，台下便叫："绝了，绝了！"等到那角色儿猛一转身，头一高扬，一声高叫，声如炸雷豁啷啷直从人们头顶碾过，全场一个冷颤，从头到脚，每一个手指尖儿，每一根头发梢儿都麻酥酥的了。如果是演《救裴生》，那慧娘站在台中往下蹲，慢慢地，慢慢地，慧娘蹲下去了，全场人头也矮下去了半尺，等那慧娘往起站，慢慢地，慢慢地，慧娘站起来了，全场人的脖子也全拉长了起来。他们不喜欢看生戏，最欢迎看熟戏，那一腔一调都晓得，哪个演员唱得好，就摇头晃脑跟着唱，哪个演员走了调，台下就有人要纠正。说穿了，看秦腔不为求新鲜，他们只图过过瘾。

在这样的地方，这样的环境，这样的气氛，面对着这样的观众，秦腔是最逗能的，它的艺术的享受，是和拥挤而存在，是有力气而获得的。如果是冬天,那风在刮着,像刀子一样,如果是夏天,人窝里热得如蒸笼一般,但只要不是大雪,冰雹,暴雨,台下的人是不肯撤场的。最可贵的是那些老一辈的秦腔迷,他们没有力气挤在台下,也没有好眼力看清演员,却一溜一排地蹲在戏台两侧的墙根,吸着草烟,慢慢将唱腔品赏。一声叫板,便可以使他们坠入艺术之宫,"听了秦腔,肉酒不香",他们是体会得最深。那些大一点的,脾性野一点的孩子,却占领了戏场周围所有的高空,杨树上,柳树上,槐树上,一个桠杈一个人。他们常常乐而忘险,双手鼓掌时竟从树桠上掉下来,掉下来自不会损伤,因为树下是无数的人头,只是招致一顿臭骂罢了。更有一些爬在了场边的麦秸集上,夏天四面来风,好不凉快,冬日就趴个草洞,将身子缩进去,露一个脑袋,也正是"有闲阶级"享受不了秦腔吧,他们常就瞌睡了,一觉醒来,月在西天,戏毕人散,只好苦笑一声悄然没声儿地溜下来回家敲门去了。

  当然,一次秦腔演出,是一次演员亮相,也是一次演员受村人评论的考场。每每角色一出场,台下就一片喊喳:这是谁的儿子,谁的女子,谁家的媳妇,娘家何处?于是乎,谁有出息,谁没能耐,一下子就有了定论。有好多外村的人来提亲说媒,总是就在这个时候进行。据说有一媒人将一女子引到台下相台上一个男演员,事先夸口这男的如何俊样,如何能干,但戏演了过半,那男的还未出场,后来终于出来,是个国民党伪兵,还持枪未走到中台,扮游击队长的演员挥枪一指,"叭"地一声,那伪兵就倒地而死,爬着钻进了后幕。那女子当下哼一声,闭了嘴,一场亲事自然了了。这是喜中之悲一例。据说还有一例,一个老头在脖子上架孙孙去看戏,孙孙吵着要回家,老头好说好劝只是不忍半场而去,便破费买了半斤花生,他眼盯着台上,手在下边剥花生,然后一颗一颗扬手喂到孙孙嘴里,但喂着喂着,竟将花生塞进了孙孙鼻孔,当即送到医院动手术。像这类因秦腔引出的悲、喜剧不计其数。每个村里,还总会有那么个老汉,夜里看戏,第二天头一个起床往戏台下跑。戏台下一片石头砖头,一堆堆瓜子皮,糖果纸,烟屁股,他掀掀这块石头,踢踢那堆尘土,少不了要捡到一角两角,甚至三元四元钱币,或者一只鞋,或者一条手帕。这是村里钻刁人干的营生,而有那馋嘴的孩子们则夜里趁各家锁门之机,去地里摘那香瓜来吃,或去谁家院里将桃杏装在背心兜里。自然也少不了有那些青春妙龄的少男少女,在台下混乱之中眼送秋波,或悄悄退出,相依相偎,到渠畔树林子里去了⋯⋯

秦腔在这块土地上，有着神圣的不可动摇的基础。凡是到这些村庄去下乡，到这些人家去做客，他们最高级的接待是陪着看一场秦腔，实在未逢年过节，他们就会要合家唱一会乱弹，你只能点头称好，不能耻笑，甚至不能有一点不入神的表示。他们一生最崇敬的只有两种人：一是国家领导人，一是当地的秦腔名角。无论在任何地方，即使这些名角没有在场，只要发现了他们的父母，去商店买油是不必排队的，进饭馆吃饭是会有座位的，就是在半路上挡车，司机也要嘎地停车。但是，谁要侮辱一下秦腔，他们要争死争活地和你论理，以至大打出手，使你永远记住教训。每每村里过红白丧喜之事，那必是要包一台秦腔的，生儿以秦腔迎接，送葬以秦腔致哀，似乎这个人生的世界，就是秦腔的舞台，人只要在舞台上，生、旦、净、丑，才各显了真性。广漠旷远的八百里秦川，只有这秦腔，也只能有这秦腔，能使八百里秦川的劳作农民喜怒哀乐。秦人自古是大苦大乐之民众，他们的家乡交响乐，除了大喊大叫的秦腔还能有别的吗？

[提示]

《秦腔》原载《人民文学》1984年第5期。这是一篇承载着深刻的文化内涵的散文佳作。贾平凹通过描写"秦腔"这一地方文化特色，从面到线，从线到点，从现实到历史再到现实展现了天、地、人的和谐以及人的生命的坚韧与活力和其中所喷发的鲜活的生命气息。贾平凹以独特的表现角度展现秦腔的产生以及秦地的山川地貌，民俗风情，秦人的生存状态和人格精神，文中写到秦腔源于八百里秦川西府的民性敦厚和特殊方言，秦腔作为秦川农民五大生命要素之一，和西凤酒、长线辣子、大叶卷烟、羊肉泡馍比较起来，它是唯一的精神性的需求，是恶劣物质条件下的精神享受，秦腔对于秦地乡村的重要性自不待言，农民把所有的农闲时间给它，也从中得到乐趣，全民动员的秦腔也成为村民生活的一部分，上演了各式各样的生活悲喜剧。作品虽在写秦腔，但其实际是在写人，写这里的自然和人文景观。贾平凹通过描写秦人自导自演自评秦腔的痴迷程度，展示秦地悠久的历史文化传统和秦人粗放、豪迈刚烈的民族气质以及精神上自给自足的生存状态，表现出秦腔是秦人一生喜怒哀乐的寄托，呈现出一个充满生气活力的自然和人文景观。赞美秦地厚重的文化底蕴和秦人勤劳、朴实、豪爽坚毅的生命意志与精神追求，并解释秦腔之所以富有鲜活生命力的缘由，表现自然朴素的生命气息和人性之美。

贾平凹的散文语言气度恢宏，使行文呈现出一种平静而又高尚，洒脱大气的风范气度，运用白描，勾勒出秦川之地特有的自然景观，语言干净利落，简洁明快，使秦川之地如真实般展现在眼前，同时运用口语化，地域化的语言还原生活的真实状态，比如"对话如吵架一样，哭丧又一呼三叹"，"活脱脱一群秦始皇兵马俑的复出"。尽显秦人粗犷的个性特点，引发读者想象联想。同时，语言极富张力，句子整散相间，气势磅礴。感情真挚，最大限度地表现出秦人秦地的原始风貌和秦腔悠久的文化底蕴。

（李　达）

惊　　蛰

苇　岸

［日期：农历二月初八；公历3月6日。时辰：寅时3时3分。天况：晴。气温：14℃—2℃。风力：二三级。］

二十四节气令我们惊叹叫绝的，除了它的与物候、时令的奇异吻合与准确对应，还有一点，即它的一个个东方田园风景与中国古典诗歌般的名称。这是语言瑰丽的精华，它们所体现的汉语的简约性与表意美，使我们后世的汉语运用者不仅感到骄傲，也感到惭愧。

"惊蛰"，两个汉字并列一起，即神奇地构成了生动的画面和无穷的故事。你可以遐想：在远方一声初始的雷鸣中，万千沉睡的幽暗生灵被唤醒了，它们睁开惺忪的双眼，不约而同，向圣贤一样的太阳敞开了各自的门户。这是一个带有"推进"和"改革"色彩的节气，它反映了对象的被动、消极和等待状态，显现出一丝善意的冒犯和介入，就像一个乡村客店老板凌晨轻摇他的诸事在身的客人："客官，醒醒，天亮了，该上路了。"

仿佛为了响应这一富有"革命"意味的节气，连阴数日的天况，今天豁然晴朗了（不是由于雨霁或风后）。整面天空像一个深隐林中的蓝色湖泊或池塘，从中央到岸边，依其深浅，水体色彩逐渐减淡。小麦已经返青，在朝阳的映照下，望着满眼清晰伸展的绒绒新绿，你会感到，不光婴儿般的麦苗，绿色自身也有生命。而在沟壑和道路两旁，青草破土而出，连片的草色已似报纸头条一样醒目。柳树伸出了鸟舌状的叶芽，杨树拱出的花蕾则让你想到幼鹿初萌的角。在田里，我注意到有十只集群无规则地疾飞鸣叫的小鸟（疑为百灵）；它们如精灵，敏感、多动，忽上忽下；它们的羽色近似泥土，落下来便会无影无踪；我曾试图用望远镜搜寻过几次，但始终未能看清它们（另一吸引我注意的，在远处高新技术产业开发区外缘公路边的人行道上，一个穿红色上衣的少女手捧一本书，不停地走过来走过去）。可爱的稚态、新生的活力、知前的欢乐、上升的气息以及地平线的栅栏，此时整个田野很像一座太阳照看下的幼儿园。

"惊蛰过，暖和和。"到了惊蛰，春天总算坐稳了它的江山。

[提示]

苇岸（1960—），原名马建国，北京人，作家。1982年开始在《丑小鸭》发表第一首诗歌《秋分》，代表作品有散文集《蔚蓝色天空的黄金》《最后的浪漫主义者》《太阳升起以后》等，散文作品《大地上的事情》《一九九八二十四节气》《去看白桦林》《上帝之子》《我与梭罗》《第二条黄河》等。

《惊蛰》创作于1998年。在《惊蛰》中，没有复杂的故事情节，作者主要以细腻的笔法全方位展现了二十四节气中惊蛰的"神奇"之处，将惊蛰的到来和万物复苏的春天融合在一起，并以优美细腻的语言给作者营造了一个清新、质朴、沉静、自然的审美意境。作者首先介绍了"惊蛰"这一中国古典诗歌般的名称所体现的汉语的表意美，这是一个带有"推进"和"改革"色彩的节气。其次作者采用从上到下的空间顺序法，从万千沉睡的幽暗生灵的苏醒写到天空渐变的晴朗的颜色，小麦的茸茸新绿和沟堑道路旁的青苗，以及抽出新芽的柳树，拱出花蕾的杨树，天空飞过的鸟的动作、形态，再加上远处人行道上的红衣少女，创造了一幅万物复苏，充满生机与新生活力的早春图景，表现了作者对于自然的热爱与赞美，以及对于新的希望的追求。

苇岸的散文呈现出人与自然和谐相处的状态和明显的生态意识，作者对大自然抱有敬畏之心，使散文充满万物的生命气息。其散文的魅力不仅在于其丰富的思想内涵和深刻的哲理性思考，更在于其文章中独特的文学语言，与大地和万物的亲近要求他的语言简约生动，清澈明朗，具有诗歌般的韵味。

（李　达）

青 岛 之 晨

林 非

　　黎明时分,当我沿着深深插进海湾里的栈桥,冲向大海去的时候,一阵浓浓的雾气团团地围住了我,顿时觉得天上和地下,都变成一片朦胧,像是凌空站在海上,真怕掉进这拍案的惊涛中去,就再也无法观察和揣摩广垠复杂的人生,更别说去做什么美丽的理想之梦了,于是聚精会神,踏着坚挺的步子,笼在迷雾里,慢慢地向前走去。

　　瞧那,在弥漫着一片雾气的汪洋里,有条小船正颠簸着,冲撞着,勇猛地航行着。我不禁挥起双臂,向这小船里的水手致敬。正在胆战心惊地张望着,只见那海天的连接处,灰蒙蒙的云层,像是突然被巨大的利剑劈开,露出一团暗紫色的朝霞,而在这紫色的光芒中间,又迅速地翻出玫瑰红的色彩,紧接着就射出了亮灿灿的阳光,照耀着远处的海面,闪烁出一阵阵红红的光影。这小船在火焰似的红光里继续前行,像是变成了一个小小的黑点,正要辨认时,血红的火球已经挂在天边,使我睁不开眼睛,只好垂着眼睑,眺望起北方明净的天空来。看完了大海这一幕奇妙的变幻,我心旷神怡地从栈桥折了回来,沿着海滨的大道快步走去。

　　这鲁迅公园里茂密的森林,清幽肃穆;这中山公园里夹道的樱花,旖旎可人。在这儿徘徊片刻,都像置身于世外桃源,虽然篱笆外面的马路那一边,就是鳞次栉比的高楼大厦,就是匆忙奔跑的车辆和人群。如果世界上的任何一个大城市,都能够种植广袤的树林,开遍鲜艳的花朵,顿时会变得异常绮丽的吧。人们却在这种环境里生活,也会渐渐变得文明和高雅起来吧。我每天在青岛的街头漫步时,向邂逅的人们问路时,往往都会得到彬彬有礼的回答,给我留下了相当美好的印象。

　　最使青岛变得迷人和深沉的,当然是因为有大海日夜陪伴着它。站在陡峭的岩壁上去,将这浩瀚的大海,当成一面映照自己容颜的镜子,怎么能不使人们的胸襟变得无限开阔,眼睛变得异常明亮呢?这宁静时分的大海,多么柔和与亲切,似乎有说不完的喁喁细语,诉说着最令人倾心的故事,而每当大海奔腾和呼啸起来,这卷起的浪头,这震耳的声响,又怎么能不使人豪情满怀,想去做一番壮烈的事业?

　　这幽静的海,奔腾的海,深沉的海,丰盈的海,神秘的海,迷人的海,确实是永远也看不完的,即使看它一辈子,也看不够。青岛的美,也许就簇拥在这儿。不过青岛也还给了我一种印象极深的美,这就是许多房屋的建筑艺术,真让人左顾右盼,流连忘返。其中尤以八大关的几十座别墅,令我生出了无限美好的遐想。有的是红瓦黄墙;有的是白屋蓝檐;有的是敞亮开朗的落地大窗;有的是幽深隐蔽的曲折回廊;有的是厚重巍峨的罗马式廊柱;有的是挺秀轻盈的哥特式屋顶。这些设计奇巧和色调鲜明的楼宇,一起都掩映在树林的浓荫和青草的绿荫中,还围绕着苍翠的山岚,碧澄的水色,实在是美不胜收,无法形容,有着说不尽的万千气象。不知道是什么幸运的人儿,住在这仙境般的地方。如果不光是前呼后拥的大官,不光是腰缠万贯的富商,而多数是辛苦操劳的平民百姓,也都能够生活在这样的环境里,才真算是实现了社会主义的现代化。

[提示]

　　林非(1931—),江苏海门人,学者,散文家。主要有散文集《访美归来》《离别》《世事微言》《人海沉思录》,文艺理论集《鲁迅前期思想发展史略》《鲁迅小说论稿》《中国现代散文史稿》《文学研究入门》《鲁迅和中国文化》《散文论》《散文的使命》《伟大的爱心》等。

　　《青岛之晨》收录于《云游随笔》,这是作者的一篇散文游记。作者以行踪为序,以平实细腻的笔法描写了青岛早晨时分栈桥、公园的美景和青岛人民的优雅礼貌以及令人魂牵梦萦的建筑艺术,向读者展现了一个美丽有韵味的青岛形象。文章从清晨栈桥的景色和海面上升起朝霞时闪耀着红光的海面景色写起,紧接着,作者按照游览的顺序写到鲁迅公园和中山公园,采用白描手法写了公园里茂密的树林和夹道的樱花的风光,公园里的美景与公园外的车水马龙以及现代化的城市成了一个鲜明的对比,更突出青岛这座"世外桃源"的难能可贵之处。作者从景写到人,写出青岛人的优雅高贵和彬彬有礼,最后作者借助青岛这片迷人深沉的海,抒发了自己的广阔胸襟和一腔豪情满怀的热血,赞美了青岛幽静深远、神秘迷人的海的独特美,同时也通过描写青岛独特的房屋建筑艺术美,抒发热爱与赞美之情,以及对这座城市的殷切祝福和对全面实现祖国社会主义现代化的殷切希望。

林非的散文对生活充满热爱、信念和坚韧不拔的追求,其散文关爱社会和人生,具有深刻性。散文重真情,讲求真情实感,同时又具有理性色彩,注重用现代文化来阐释哲学思考,因此创造了一个具有思想和诗意、理性和感性、现实与理想融合的艺术世界。

(李　达)

阳 关 雪

余秋雨

中国古代,一为文人,便无足观。文官之显赫,在官场而不在文,他们作为文人的一面,在官场也是无足观的。但是事情又很怪异,当峨冠博带早已零落成泥之后,一杆竹管笔偶尔涂划的诗文,竟能镌刻山河,雕镂人心,永不漫漶。

我曾有缘,在黄昏的江船上仰望过白帝城,顶着浓洌的秋霜登临过黄鹤楼,还在一个冬夜摸到了寒山寺。我的周围,人头济济,差不多绝大多数人的心头,都回荡着那几首不必引述的诗。人们来寻景,更来寻诗。这些诗,他们在孩提时代就能背诵。孩子们的想象,诚恳而逼真。因此,这些城,这些楼,这些寺,早在心头自行搭建。待到年长,当他们刚刚意识到有足够脚力的时候,也就给自己负上了一笔沉重的宿债,焦渴地企盼着对诗境实地的踏访。为童年,为历史,为许多无法言传的原因。有时候,这种焦渴,简直就像对失落的故乡的寻找,对离散的亲人的查访。

文人的魔力,竟能把偌大一个世界的生僻角落,变成人人心中的故乡。他们褪色的青衫里,究竟藏着什么法术呢?

今天,我冲着王维的那首《渭城曲》,去寻阳关了。出发前曾在下榻的县城向老者打听,回答是:"路又远,也没什么好看的,倒是有一些文人辛辛苦苦找去。"老者抬头看天,又说:"这雪一时下不停,别去受这个苦了。"我向他鞠了一躬,转身钻进雪里。

一走出小小的县城,便是沙漠。除了茫茫一片雪白,什么也没有,连一个皱折也找不到。在别地赶路,总要每一段为自己找一个目标,盯着一棵树,赶过去,然后再盯着一块石头,赶过去。在这里,睁疼了眼也看不见一个目标,哪怕是一片枯叶,一个黑点。于是,只好抬起头来看天。从未见过这样完整的天,一点儿也没有被吞食,边沿全是挺展展的,紧扎扎地把大地罩了个严实。有这样的地,天才叫天。有这样的天,地才叫地。在这样的天地中独个儿行走,侏儒也变成了巨人。在这样的天地中独个儿行走,巨人也变成了侏儒。

天竟晴了，风也停了，阳光很好。没想到沙漠中的雪化得这样快，才片刻，地上已见斑斑沙底，却不见湿痕。天边渐渐飘出几缕烟迹，并不动，却在加深，疑惑半晌，才发现，那是刚刚化雪的山脊。

地上的凹凸已成了一种令人惊骇的铺陈，只可能有一种理解：那全是远年的坟堆。

这里离县城已经很远，不大会成为城里人的丧葬之地。这些坟堆被风雪所蚀，因年岁而坍，枯瘦萧条，显然从未有人祭扫。它们为什么会有那么多，排列得又那么密呢？只可能有一种理解：这里是古战场。

我在望不到边际的坟堆中茫然前行，心中浮现出艾略特的《荒原》。这里正是中华历史的荒原：如雨的马蹄，如雷的呐喊，如注的热血。中原慈母的白发，江南春闺的遥望，湖湘稚儿的夜哭。故乡柳荫下的诀别，将军圆睁的怒目，猎猎于朔风中的军旗。随着一阵烟尘，又一阵烟尘，都飘散远去。我相信，死者临亡时都是面向朔北敌阵的；我相信，他们又很想在最后一刻回过头来，给熟悉的土地投注一个目光。于是，他们扭曲地倒下了，化作沙堆一座。

这繁星般的沙堆，不知有没有换来史官们的半行墨迹？史官们把卷帙一片片翻过，于是，这块土地也有了一层层的沉埋。堆积如山的二十五史，写在这个荒原上的篇页还算是比较光彩的，因为这儿毕竟是历代王国的边远地带，长久担负着保卫华夏疆域的使命。所以，这些沙堆还站立得较为自在，这些篇页也还能哗哗作响。就像干寒单调的土地一样，出现在西北边陲的历史命题也比较单纯。在中原内地就不同了，山重水复、花草掩荫，岁月的迷宫会让最清醒的头脑胀得发昏，晨钟暮鼓的音响总是那样的诡秘和乖戾。那儿，没有这么大大咧咧铺张开的沙堆，一切都在重重美景中发闷，无数不知为何而死的怨魂，只能悲愤懊丧地深潜地底。不像这儿，能够袒露出一帙风干的青史，让我用20世纪的脚步去匆匆抚摩。

远处已有树影。急步赶去，树下有水流，沙地也有了高低坡斜。登上一个坡，猛一抬头，看见不远的山峰上有荒落的土墩一座，我凭直觉确信，这便是阳关了。

树愈来愈多，开始有房舍出现。这是对的，重要关隘所在，屯扎兵马之地，不能没有这一些。转几个弯，再直上一道沙坡，爬到土墩底下，四处寻找，近旁正有一碑，上刻"阳关古址"四字。

这是一个俯瞰四野的制高点。西北风浩荡万里,直扑而来,踉跄几步,方才站住。脚是站住了,却分明听到自己牙齿打战的声音,鼻子一定是立即冻红了的。呵一口热气于手掌,捂住双耳用力蹦跳几下,才定下心来睁眼。这儿的雪没有化,当然不会化。所谓古址,已经没有什么故迹,只有近处的烽火台还在,这就是刚才在下面看到的土墩。土墩已坍了大半,可以看见一层层泥沙,一层层苇草,苇草飘扬出来,在千年之后的寒风中抖动。眼下是西北的群山,都积着雪,层层叠叠,直伸天际。任何站立在这儿的人,都会感觉到自己是站在大海边的礁石上,那些山,全是冰海冻浪。

王维实在是温厚到了极点。对于这么一个阳关,他的笔底仍然不露凌厉惊骇之色,而只是缠绵淡雅地写道:"劝君更尽一杯酒,西出阳关无故人。"他瞟了一眼渭城客舍窗外青青的柳色,看了看友人已打点好的行囊,微笑着举起了酒壶。再来一杯吧,阳关之外,就找不到可以这样对饮畅谈的老朋友了。这杯酒,友人一定是毫不推却,一饮而尽的。

这便是唐人风范。他们多半不会洒泪悲叹,执袂劝阻。他们的目光放得很远,他们的人生道路铺展得很广。告别是经常的,步履是放达的。这种风范,在李白、高适、岑参那里,焕发得越加豪迈。在南北各地的古代造像中,唐人造像一看便可识认,形体那么健美,目光那么平静,神采那么自信。在欧洲看蒙娜丽莎的微笑,你立即就能感受,这种恬然的自信只属于那些真正从中世纪的梦魇中苏醒、对前路挺有把握的艺术家们。唐人造像中的微笑,只会更沉着、更安详。在欧洲,这些艺术家们翻天覆地地闹腾了好一阵子,固执地要把微笑输送进历史的魂魄。谁都能计算,他们的事情发生在唐代之后多少年。而唐代,却没有把它的属于艺术家的自信延续久远。阳关的风雪,竟越见凄迷。

王维诗画皆称一绝,莱辛等西方哲人反复论述过的诗与画的界线,在他是可以随脚出入的。但是,长安的宫殿,只为艺术家们开了一个狭小的边门,允许他们以卑怯侍从的身份躬身而入,去制造一点娱乐。历史老人凛然肃然,扭过头去,颤巍巍地重又迈向三皇五帝的宗谱。这里,不需要艺术闹出太大的局面,不需要对美有太深的寄托。

于是,九州的画风随之黯然。阳关,再也难于享用温醇的诗句。西出阳关的文人还是有的,只是大多成了谪官逐臣。

即便是土墩、是石城,也受不住这么多叹息的吹拂,阳关坍弛了,坍弛在一个民族的精神疆域中。它终成废墟，终成荒原。身后，沙坟如潮，身前，寒峰如浪。谁也不能想象，这儿，一千多年之前，曾经验证过人生的壮美，艺术情怀的弘广。

这儿应该有几声胡笳和羌笛的，音色极美，与自然浑和，夺人心魄。可惜它们后来都成了兵士们心头的哀音。既然一个民族都不忍听闻，它们也就消失在朔风之中。

回去罢，时间已经不早。怕还要下雪。

[提示]

余秋雨（1946—），浙江余姚人，散文家、文化学者，主要有散文集《文化苦旅》《山居笔记》《霜冷长河》《千年一叹》《行者无疆》《摩挲大地》《寻觅中华》《文明的碎片》，文艺理论集《戏剧理论史稿》《戏剧审美心理》《中国戏剧文化史述》等。

《阳关雪》原载《收获》1988年第1期，后收入《文化苦旅》。《阳关雪》以行踪为序，以个人的感情抒发和自我表现为主，写了自己寻访阳关故址的经历和感受，采用游记笔法，从开头便交代自己寻访阳关的缘由，作者从白帝城、黄鹤楼游历到寒山寺再到如今的阳关，为的是许多无法言说的原因。作者冲着王维的那首《渭城曲》去寻阳关了，在去往阳关的路途中，经历了古战场中望不到边际的坟堆，战场上堆满了中华历史文化的残骸，作者站在阳关古址中想到王维，由王维想到唐人风范，表达对古人的缅怀之情。接下来作者婉转地写出了历史上人类的战争，封建阶级的愚昧对中华文化的破坏和摧残，西出阳关的文人大多成了谪官逐臣，这才是作者最为伤心欲绝之处，表面上写阳关的风雪愈渐凄迷，实际上，是这些外部的力量使中华文化更为凄迷。《阳关雪》表面上是写对这些历史古址的游历寻访，实际上，作者将自己深邃的目光聚焦在这些景观背后的文化内涵上，阳关的崩塌以及历史遗迹的存在，表现了作者对中华文化惨遭战争的破坏和封建统治阶级对文化的怠慢的谴责以及对被破坏了的中华文化的热爱与痛惜，充满历史感和对民族、文化的思考。

余秋雨的散文常以一个现代文明人的视角来重新思考有关国家和民族文化文明复杂底蕴的问题，注重国家的历史和现实，理性思辨的反省历史文化，并在这种反省思索中注入对民族文化文明的忧患意识和历史沧桑感，其散文具有独特的文化意识，深刻的文化思考和文化感受。余秋雨的散文开创了当代学者散文通俗化的先例，对当代文化散文的繁荣和发展产生了重大的影响。

（李　达）

人畜共居的村庄

刘亮程

有时想想，在黄沙梁做一头驴，也是不错的。只要不年纪轻轻就被人宰掉，拉拉车，吃吃草，亢奋时叫两声，平常的时候就沉默，心怀驴胎，想想眼前嘴前的事儿。只要不懒，一辈子也挨不了几鞭。况且现在机器多了，驴活得比人悠闲，整日在村里村外溜达，调情撒欢。不过，闲得没事对一头驴来说是最最危险的事。好在做了驴就不想这些了，活一日乐一日，这句人话，用在驴身上才再合适不过。

做一条小虫呢，在黄沙梁的春花秋草间，无忧无虑把自己短暂快乐的一生蹦达完。虽然只看见漫长岁月悠悠人世间某一年的光景，却也无憾。许多年头都是一样的，麦子青了黄，黄了青，变化的仅仅是人的心境。

做一条狗呢？

或者做一棵树，长在村前村后都没关系，只要不开花，不是长得很直，便不会挨斧头。一年一年地活着，叶落归根，一层又一层，最后埋在自己一生的落叶里，死和活都是一番境界。

如此看来，在黄沙梁做一个人，倒是件极普通平凡的事。大不必因为你是人就趾高气扬，是狗就垂头丧气。在黄沙梁，每个人都是名人，每个人都默默无闻。每个牲口也一样，就这么小小的一个村庄，谁还能不认识谁呢？谁和谁多少不发生点关系，人也罢牲口也罢。

你敢说张三家的狗不认识你李四。它只是叫不上你的名字——它的叫声中有一句可能就是叫你的，只是你听不懂。也从不想去弄懂一头驴子，见面更懒得抬头和它打招呼。可那驴却一直惦记着你，那年它在你家地头吃草，挨过你一锨。好狠毒的一锨，你硬是让这头爱面子的驴死后不能留一张完整的好皮。这么多年它一直在瞅机会给你一蹄子呢。还有路边泥塘中的那两头猪，一上午哼哼叽叽，你敢保证它不是在议论你们家的事。猪夜夜卧在窗根，你家啥事它不清楚？

对于黄沙梁，其实你不比一只盘旋其上的鹰看得全面，也不会比一匹老马更熟悉它的路。人和牲畜相处几千年，竟没找到一种共同语言，有朝一日坐下来好好谈谈。想必牲口肯定有许多话要对人说，尤其人之间的是是非非，牲口肯定比人看得清楚。而人，除了要告诉牲口"你必须顺从"外，肯定再不愿与牲口多说半句。

人畜共居在一个小小村庄里，人出生时牲口也出世，傍晚人回家牲口也归圈。弯曲的黄土路上，不是人跟着牲口走便是牲口跟着人走。

人踩起的尘土落在牲口身上。

牲口踩起的尘土落在人身上。

家和牲口棚是一样的土房，墙连墙窗挨窗。人忙急了会不小心钻进牲口棚，牲口也会偶尔装糊涂走进人的居室。看上去似亲戚如邻居，却又根本不是那么回事，日子久了难免会认成一种动物。

比如你的腰上总有股用不完的牛劲。你走路的架势像头公牛，腿叉得很开，走路一摇三摆。你的嗓音中常出现狗叫鸡鸣。别人叫你"瘦狗"是因为你确实不像瘦马瘦骡子。多少年来你用半匹马的力气和女人生活和爱情。你的女人，是只老鸟了还那样依人。

数年前一个冬天，你觉得有一匹马在某个黑暗角落盯你。你有点怕，它做了一辈子牲口，是不是后悔了，开始揣摩人。那时你的孤独和无助确实被一匹马看见了。周围的人，却总以为你是快乐的，像一只无忧无虑的夏虫，一头乐不知死的驴子、猪……

其实这些活物，都是从人的灵魂里跑出来的。它们没有走远，永远和人待在一起，让人从这些动物身上看清自己。

而人的灵魂中，还有一大群惊世的巨兽被禁锢着，如藏龙如伏虎。它们从未像狗一样咬脱锁链，跑出人的心宅肺院。偶尔跑出来，也会被人当疯狗打了，消灭了。

在人心中活着的，必是些巨蟒大禽。

在人身边活下来的，却只有这群温顺之物了。

人把它们叫牲口，不知道它们把人叫啥。

[提示]

刘亮程（1962—），出生于新疆，被誉为"乡村哲学家"，主要有散文集《一个人的村庄》《在新疆》《一片叶子下生活》，诗集《晒晒黄沙梁的太阳》，长篇小说《虚土》《捎话》等，曾获第六届鲁迅文学奖散文杂文奖等。

《人畜共居的村庄》一文以细腻的笔触呈现了黄沙梁人与动物相处、共居的画面，表达了乡村背景下关于人和动物的哲理思考。文章首先讲述动物们的生活与命运。在黄沙梁这样的村庄里，作为动物，不论是一头驴，或者是小虫或者狗，都过着悠闲的无忧无虑的生活，它们不会思考也无须思考。它们的生活呈现出原始朴素、怡然自得的生活状态。相比之下，"在黄沙梁做一个人，倒是件极普通平凡的事。大不必因为你是人就趾高气扬，是狗就垂头丧气"。由此引出作者的观念，他认为在黄沙梁这个人畜共居的村庄里，人类并不比动物优越。在这里，人和畜生活在同样的环境里，人观察动物，动物也观察人类。在作者眼里，动物生灵有爱有恨，没有高低贵贱之分，是与人类平等的生命个体，同时，它们是充满灵性的，洞悉人间的一切，甚至于更了解人类不易被察觉的孤独，是人类内心灵魂的一面镜子。这些来自生活细微之处的观察与感悟均体现了作者尊重、善待其他生灵的生命态度。而文中对人畜共居场面的描写则充满了温情，寄托着作者对人与动物、人与自然和谐共存的精神家园的殷切期望。文章最后，作者由动物来反思人类，如通过人心中活着的"巨蟒大禽"和身边活着的"温顺之物"的对比，表达了对人类灵魂深处的探索，增强了文章的哲理意蕴。

　　文章视角独特，作者将关注点聚焦于长久以来被人忽视的普通乡村事物，通过在平淡的乡村生活中领悟、思考，为读者呈现了一个万物有灵的乡村世界。同时，以悠闲散淡的文字诉说着自己质朴、深邃的生命哲学，并由此反观人类自身，从而使文章充满诗意和哲思，构建了其独特的"黄沙梁"乡村文学景观。

（朱倩倩）

一只特立独行的猪

王小波

插队的时候,我喂过猪,也放过牛。假如没有人来管,这两种动物也完全知道该怎样生活。它们会自由自在地闲逛,饥则食渴则饮,春天来临时还要谈谈爱情;这样一来,它们的生活层次很低,完全乏善可陈。人来了以后,给它们的生活做出了安排:每一头牛和每一只猪的生活都有了主题。就它们中的大多数而言,这种生活主题是很悲惨的:前者的主题是干活,后者的主题是长肉。我不认为这有什么可抱怨的,因为我当时的生活也不见得丰富了多少,除了八个样板戏,也没有什么消遣。有极少数的猪和牛,它们的生活另有安排。以猪为例,种猪和母猪除了吃,还有别的事可干。就我所见,它们对这些安排也不大喜欢。种猪的任务是交配,换言之,我们的政策准许它当个花花公子。但是疲惫的种猪往往摆出一种肉猪(肉猪是阉过的)才有的正人君子架势,死活不肯跳到母猪背上去。母猪的任务是生崽儿,但有些母猪却要把猪崽儿吃掉。总的来说,人的安排使猪痛苦不堪。但它们还是接受了:猪总是猪啊。

对生活做种种设置是人特有的品性。不光是设置动物,也设置自己。我们知道,在古希腊有个斯巴达,那里的生活被设置得了无生趣,其目的就是要使男人成为亡命战士,使女人成为生育机器,前者像些斗鸡,后者像些母猪。这两类动物是很特别的,但我以为,它们肯定不喜欢自己的生活。但不喜欢又能怎么样?人也好,动物也罢,都很难改变自己的命运。

以下谈到的一只猪有些与众不同。我喂猪时,它已经有四五岁了,从名分上说,它是肉猪,但长得又黑又瘦,两眼炯炯有光。这家伙像山羊一样敏捷,一米高的猪栏一跳就过;它还能跳上猪圈的房顶,这一点又像是猫——所以它总是到处游逛,根本就不在圈里呆着。所有喂过猪的知青都把它当宠儿来对待,它也是我的宠儿——因为它只对知青好,容许他们走到三米之内,要是别的人,它早就跑了。它是公的,原本该劁掉。不过你去试试看,哪怕你把劁猪刀藏在身后,它也能嗅出来,朝你瞪大眼睛,嗷嗷地吼起来。我总是用细米糠熬的粥喂它,等它吃够了以后,才把糠对到野草里喂别的猪。其他猪看了嫉妒，一起嚷起来。这时候整个猪场一片鬼哭狼嚎，但我和它都不在乎。吃饱了以后，它就跳上房顶去晒太阳，或者模仿各种声音。它会学汽车响、拖拉机响，学得都很像；有时整天不见踪影，我估计它到附近的村寨里找母猪去了。我们这里也有母猪，都关在圈里，被过度的生育搞得走了形，又脏又臭，它对它们不感兴趣；村寨里的母猪好看一些。它有很多精彩的事迹，但我喂猪的时间短，知道得有限，索性就不写了。总而言之，所有喂过猪的知青都喜欢它，喜欢它特立独行的派头儿，还说它活得潇洒。但老乡们就不这么浪漫，他们说，这猪不正经。领导则痛恨它，这一点以后还要谈到。我对它则不止是喜欢——我尊敬它，常常不顾自己虚长十几岁这一现实，把它叫做"猪兄"。如前所述，这位猪兄会模仿各种声音。我想它也学过人说话，但没有学会——假如学会了，我们就可以做倾心之谈。但这不能怪它。人和猪的音色差得太远了。

后来，猪兄学会了汽笛叫，这个本领给它招来了麻烦。我们那里有座糖厂，中午要鸣一次汽笛，让工人换班。我们队下地干活时，听见这次汽笛响就收工回来。我的猪兄每天上午十点钟总要跳到房上学汽笛，地里的人听见它叫就回来——这可比糖厂鸣笛早了一个半小时。坦白地说，这不能全怪猪兄，它毕竟不是锅炉，叫起来和汽笛还有些区别，但老乡们却硬说听不出来。领导上因此开了一个会，把它定成了破坏春耕的坏分子，要对它采取专政手段——会议的精神我已经知道了，但我不为它担忧——因为假如专政是指绳索和杀猪刀的话，那是一点门都没有的。以前的领导也不是没试过，一百人也逮不住它。狗也没用：猪兄跑起来像颗鱼雷，能把狗撞出一丈开外。谁知这回是动了真格的，指导员带了二十几个人，手拿五四式手枪；副指导员带了十几人，手持看青的火枪，分两路在猪场外的空地上兜捕它。这就使我陷入了内心的矛盾：按我和它的交情，我该舞起两把杀猪刀冲出去，和它并肩战斗，但我又觉得这样做太过惊世骇俗——它毕竟是只猪啊；还有一个理由，我不敢对抗领导，我怀疑这才是问题之所在。总之，我在一边看着。猪兄的镇定使我佩服至极：它很冷静地躲在手枪和火枪的连线之内，任凭人喊狗咬，不离那条线。这样，拿手枪的人开火就会把拿火枪的打死，反之亦然；两头同时开火，两头都会被打死。至于它，因为目标小，多半没事。就这样连兜了几个圈子，它找到了一个空子，一头撞出去了；跑得潇洒之极。以后我在甘蔗地里还见过它一次，它长出了獠牙，还认识我，但已不容我走近了。这种冷淡使我痛心，但我也赞成它对心怀叵测的人保持距离。

我已经四十岁了，除了这只猪，还没见过谁敢于如此无视对生活的设置。相反，我倒见过很多想要设置别人生活的人，还有对被设置的生活安之若素的人。因为这个原故，我一直怀念这只特立独行的猪。

[提示]

散文《一只特立独行的猪》原载《三联生活周刊》1996年第11期。王小波的杂文往往都是通过一个生动形象的故事来表达人生哲理，这篇杂文显然也是由猪讲人的，故事讲的是一只猪如何反抗命运。文章的关键词是"设置"。王小波痛恨有些人热衷于设置别人，而很多人也麻木地安于被设置的生活。

文章开篇从猪和牛讲起，王小波认为它们不需要人类的安排也知道如何生活，但人类强行给它们尤其是猪安排了或繁殖或长肉的各种任务，使它们痛苦不堪，但它们无法反抗，毕竟它们只是猪。作者指出："对生活做种种设置是人特有的品性。不光是设置动物，也设置自己。"接着就详细讲述这只猪是如何机智勇敢地抗拒人类对它的一切设置，坚持自由自在的生活。当绝大多数动物乃至人都顺从地安于他人的设置，丧失了追求自由的勇气和意志时，作者笔下的这只猪却敢于遵循自己的意志，特立独行。无论是跳出猪圈晒太阳，还是去别的村寨找母猪，处处表现出与众不同。最后，在与人类的对决中，它终于摆脱了人类的控制，成为一只真正自由自在的猪。而作为旁观者的"我"尽管痛恨设置，却因为不敢对抗领导而陷入矛盾之中，在这里，关于设置的反抗与屈服形成了鲜明的对比。作者之所以对这只猪倍加尊崇，原因在于它敢于蔑视权力与既定的人为规则，以其特立独行的勇敢反抗着来自权威的控制与束缚，在它身上，体现了潇洒、独立、自由的生命态度。同时，作者也通过它表达了对自由精神的追求。显然的，作者表面上是在写"猪"，实则是在写人、写时代、写自由，外在的荒诞下实则是对特殊历史时代、对人的拷问与批判。

王小波这篇杂文采取了寓言式的写作手法，以一只带拟人色彩的猪的故事作为文章的主体。在写作中还采取了一扬一抑的对比手法。通过对这只猪的赞扬来表达对人的批判。作者在结尾时说："除了这只猪，还没见过谁敢于如此无视对生活的设置。相反，我倒见过很多想要设置别人生活的人，还有对被设置的生活安之若素的人。"戏谑轻松的语气中包含了沉痛严肃的寓意，在诙谐调侃的语言中实现了对权力的消解，对人、对时代的暗讽，以及对自由的向往。

（朱倩倩）

人生麦茬地

张 炜

多么熟悉的情景，动人心弦。我只是轻轻一瞥，那图片就在心中化作了永恒。雪白的、强烈无比的阳光灼伤了我的双目。让我再也不要触动这一幕吧，尽快把它忘却。

可是这能够吗？

一个从无垠的原野上走来的人生，忘得掉炎炎夏日里，那一片接一片的银亮麦茬，像电光一样闪烁的麦茬？土地焦干烫人，没有一丝水气，如果有人划一支火柴，麦茬地就会一直燃烧到天边。土地烘烤出人的汗水，给自己解渴。人的脸和土地一个颜色，汗水还是不停地流出来。肌肉干贴在骨骼上，生命之汁已经剩下不多了。夏天，多么漫长。在这个滚烫的季节里，老人无声无息地劳作，一天接一天坐在地里。他们要熬过什么？或者，他们在期待什么？

母亲生下了健壮的儿子，儿子穿上小背心到更远的地方去了。她亲手播下种子，看着稚嫩的青苗破土、长旺，看着它挣扎出寒冷而枯燥的冬天。儿子回来吧，回来吧，这个世界怎么总要把儿子引诱到远处去？一想到儿子，她就联想到返青之后的麦苗。这个世界的年轻人不知忧愁地跳跳跃跃，那都是让血脉顶的。年轻人的世界火火爆爆，老年人的日子死寂无声。人老了，知道前边的日月是什么样子；人年轻，就不晓得以后的岁月是什么光景。其实一茬麦子与另一茬麦子总是差不多——麦茬的颜色一样，也同样在夏日里闪亮耀眼……儿子啊，在外面奔忙的儿子啊。

日当正午的时候我还不愿回去。我也没寻找一片树荫。这片土地太大太大了，我僵硬的双腿不愿挪来挪去。丈夫没有了，他埋在这片土里——很多的男人女人都埋在这片养活了他们的土里。谁将来也是一样。麦茬哟，像针一样刺我的手和脚，我的长了厚茧的皮肤都受不住了。我把散在垄里的穗子拣起来。这麦秸在阳光下刺眼亮，我不得不眯起双目。饱含了盐的汗水顺着深皱流进眼窝里，我一遍一遍去擦……远处有个百灵鸟，它不歇声地叫，它有了什么好事了？

一个女人到了八十多岁会想些什么？年轻人永远也不明白。他们会以为她对一切都无心无绪了，或者相反，像个孩童一样易喜易怒。他们错了。母亲老了的时候简直丰富质朴到了极点。她越来越离不开土地，与泥土紧紧相挨，仿佛随时都要与之合而为一。她举手投足间都流动着天然纯洁的韵律。一双手挨到麦茬上，像抚摸婴孩的毛发。这时候她的眼睛已经昏花，能够准确无误地拿到麦穗，大半是依靠一辈子积累的物感。一个乐手去触动弦上的音阶，哪里还需要依赖视觉呢！

　　这是生在泥土上的女人。

　　生在另一些地方的女人是另一种母亲。她的手虽然苍老却依然柔软，食指常常充做奶嘴儿让婴孩吸吮，慈祥的脸上溢满欢欣。如果她看到一位同等年龄的老人坐在麦茬地里，就带几分天真蹲下来询问。她们之间简直无法交谈，各自揣着自己的人生沉默下来。分离时，柔软的手攥住粗硬的手，泪水在眶里旋动……远处的百灵鸟一连声地叫，这个炎热的夏天，你有了什么喜事？

　　麦茬间的另一种颜色，是绿色的小玉米苗儿。一茬让给了另一茬。庄稼，这就是庄稼。谁熟悉农事？谁为之心动？谁在这旷阔无边的大野上耕作终生却又敏悟常思？苍穹下多少生命，多少搏动不停的角落，生生息息，没有尽头。可是土地再辽阔，她离我再邈远，我还是能把正午里坐在麦茬地里的母亲一眼辨认出来！她的雪白的头发啊，她的蓝布大襟衣服啊，我没有开口呼喊，夏日的白光已经灼伤了我的双目……

　　我的母亲，我的母亲。

　　我的兄弟呢？我的姊妹呢？我的可爱的朋友乡邻亲友，你们哪去了！你们也来看看我的母亲。我跪下来，双手托起她的胳膊，把微微颤动的拐肘捂在掌中。我为她按摩舒展硬硬的手指骨节。母亲已经不像过去那样爱说爱笑了，脸上木木的，看我像看一个陌生人。我伸手梳理她稀疏的白发，为她摘掉沾上的一根麦草。"孩儿孩儿，我的孩儿！"她嘴里一迭声呼叫。

　　正午的阳光把原野晒出了紫烟。母亲的后背贴紧了汗湿的衣服。我问她，什么时候来到麦茬地里的？已经坐了多长时间？……她不作声，像没有听懂。停了一会儿，她从那个盛满了麦穗的柳条篮子底下，翻出了一块焦干的锅饼。锅饼按在我的嘴上，它像石块一样坚硬。"孩儿孩儿，我的孩儿！"我张大嘴巴咬住了锅饼。

母亲笑了。

我的儿子从天边上飞来了。好孩子,你看脚底下的粗壮麦茬,就知道这是个好夏天。你再也不用担心春天的事情了——那时节花开草绿,渠水噜噜响!你爸离开时是个春天,那样的春天再也不会有了。我嚼了榆树叶儿往他嘴巴里抹,一下一下他都咽了。他的眼神亮晶晶,我想他会好好陪伴我。谁料到第二天早上叫他不应,他去了!我的好孩儿,你妈硬是让这眼神给骗了——他去时我连个准备都没有。

你走到高山上、大海边上,走上千里万里,也不会找到这么肥的一片土地。这里值得你做一辈子,值得你安下心生个娃儿。你走了,走得无影无踪,连小木板门都没有关严。我的孩儿,你长大了,大腿像屋梁那么粗。可我就觉得你才刚刚摘掉奶头,唇上沾了奶水。人都是这片泥土的孩儿,他们说到底都是趴在那儿喘息,吭哧吭哧咽下吃食。人不能吃饱了肚子,一抹嘴巴就跑开。

她在儿子手腕上惊讶地发现了一块表。儿子告诉她到了正午。她疑惑地盯着指针——指针没有指向太阳,怎么就是正午?可见这是块骗人的表。她往前挪蹭,去寻找麦穗。麦穗无一遗漏地给逮到了篮里。灿烂的、浓香四溢的收获激动人心!要知道它原来准备藏在土里,像黄金那样一直藏着。可是一个精细的女人来了,来把它们取走。

百灵鸟叫着,它为什么欢乐?

它的小小慧目能透过时空的栅栏,望到几十年前篦麻林里的少女吗?那时候她穿了火红的衣服,引逗一个百灵,又折了篦麻做成一支绿笛,呜啊呜啊吹不停。她的头发上插了枝美人蕉花儿。百灵想把花儿啄下来,她就歪头一下一下躲闪。

有个长腿汉子气喘吁吁地站在林子边上。他透过林隙盯着她的眼睛,咬紧牙关。百灵把花儿趁机啄下,交到男子手里。百灵笑了,脆脆的声音响彻云天。

他们一起坐在了麦子地里……麦子熟了,他们的头发和麦秸一块儿白了。唰唰割掉麦子,留下一片无边的麦茬。她坐在阳光下,让头发与麦茬一齐闪耀出光亮。

儿子与母亲分吃一块锅饼。后来,儿子取水去了。"渴啊!多么渴啊!"百灵用粗嗓子喊了一句,飞走了。

老人又一次撩起青布衣襟去擦脸。她的脸被遮住了,像为自己的突然衰老感到羞愧似的。

——我只是瞥了一眼，再也没有转过脸去。就像脚踏着锋芒向上的麦茬一样，我小心地、一声不吭地离开了。但我一辈子也忘不掉这一幕。我在心中默念着：麦茬地！

1989年2月8日

[提示]

  散文《人生麦茬地》原载《当代散文》1993年创刊号。作品以原野上的麦茬地为背景描写了一代又一代的人生，通过母亲与儿子在麦茬地的场景，表达了对母亲、对大地深沉的爱，同时呈现了乡村背景下两种不同的人生方式。

  文章开篇诗意地描写了母亲在麦茬地劳作的场景，烈日焦灼下无声无息地劳作，母亲正是用这种方式度过了自己的一生，而无数像母亲一样老去的人也是如此，他们质朴自然，以劳作为生，对土地充满原始的热爱，可以说，这代表了一种传统的乡村生活方式。而归来又再次离去的儿子，则代表了离开乡村故土接受城市物质文明的年轻一代，对他来说，麦茬地代表了一个质朴未经物质所侵染的纯朴世界，是他朴素却无法真正回归的精神家园。作者书写麦茬地，一方面是对母亲及其苦难人生、对大地的讴歌，同时，麦茬地也见证了以母亲为代表的年老一代与以儿子为代表的年轻一代，两种不同人生方式的改变——守护与离去，反映出作者对传统与现代生存方式转变的思考。

  艺术特色方面，作品带有浓厚的象征性，"麦茬地"象征淳朴的乡村故土，也是作者的精神家园。一茬一茬的庄稼则象征着一代一代生于此的人；文中的"麦穗"与"表"、母亲与其他女性的对比，则象征着传统乡村与现代都市的对比。同时，插叙、倒叙等手法的运用则打破了时空限制，增强了作品的艺术空间。另外，作者以独白的方式将内心的真挚情感表达出来，语言诗意深沉，具有强烈的抒情性与感染力，母子相见的温情与儿子离去的无奈，令人触动。

（朱倩倩）

五十五万顶帽子与四十年

王彬彬

我是"文革"后期上初中的。似乎是入学第二年，学校里来了一个中年人，高高的，瘦瘦的，戴一副眼镜，衣着寒素而又整洁。他负责卖饭票、打铃一类杂务。任何时候见到他，总是那么和蔼、谦卑。他姓胡，学校里无论老师学生，都一律叫他老胡。听人说，他本是一个很不错的中学教师，但在一九五七年被打成了"右派"。此后，经历过多年体力劳动的"改造"。至于到我们学校来干杂务，是正式分配的工作还是临时工作性质的，我不清楚。只知道，他每月领取很微薄的工资，"右派"的帽子还沉沉地压在头上。

只要身边有人，哪怕只是孩子，他总面带笑容。这是一种很得体的笑，一种不会吓着对方的笑，既让人感到明显的友善又让人感到明显的距离。

当然，他也有不笑的时候。黄昏时分，他常站在校门口的操场上，目光顺着那条公路一直伸向远方。那目光，是那样空茫……

一转眼，不见这位老胡已二十多年。在今年夏天，我又想起了他。想起他的同时，也想到其实自己不过一个十几岁的小毛孩，却一口一个"老胡"地叫了他好几年，不禁有些愧疚。我真希望能当着他的面叫他一声胡老师：这本是他在人间应得的称呼。

在这个夏天，我还想起很多很多当年的"右派"。整整四十年前的这个季节，编织了五十五万余顶"右派"的荆冠。五十五万余人，五十五万余有知识有文化的人，从此失去了作为正常人的资格，变为异类，沦为妖魔，开始了漫长的苦难。在这五十五万人中，有多少人是戴着荆冠离别人世的，又有多少人下落不明，像"大右派"储安平那样，"查无人，死无尸"？——整整四十年了，在那个"阳谋"时节出生的婴儿，在这个夏天，已步入不惑之年了。五十五万与四十年，这两个数字放在一起，总像是在昭示着什么和召唤着什么。

邵燕祥先生写过一本《沉船》，诚实地记叙了自己怎样"死在一九五七",怎样在那一年里从人变成"历史的垃圾"。这是他写给自己孩子的书,也是对所有后来者的一种交待。在结束语中,邵燕祥说:"我已经回答了你们的主要的问题:怎样发生了这一切。"但是,"我没有能够回答的是:为什么发生了这一切。"为什么发生了这一切——这的确并非能轻易回答的。正因为不能轻易回答,所以值得几代人深思。而在今年这个夏天,每一个有知识有文化的中国人,是否都应该抽出一点时间来思考一下这个问题?

要回答为什么发生了这一切,当然首先要知道怎样发生了这一切。每一个熬到活着"摘帽"的人,都应该把那段经历写下来,都有权利有义务对历史、对后人提供一份真实的记录。但这又谈何容易。文化界的一些知名人士,能够说清自己为什么成为五十五万余人中的一个:因为写了一篇小杂文,因为一首小诗一篇短篇小说,或者因为在某个会议上的一番发言……而绝大多数像胡老师那样的人,他们又因为什么?仅仅因为单位里必须有人成为"右派",于是他们便被"历史"选中了!那些文化界的知名人士,尽管他们是怀着一腔赤子的忠诚,但他们的文字、发言,毕竟以某种方式直接或间接地干预了政治、触及了政治、指向了政治。而绝大多数像胡老师这样的人,他们何尝想过要对国家大事施加什么影响。天地良心,他们从未有过这样的雄心壮志。他们是地地道道的草民。然而,一顶政治的荆冠仍然从天外飞来,牢牢地扣在他们的头上。既然帽子已经铸就,就必须有脑袋来顶着它。在一九五七年夏季的中国,五十五万顶"右派"的帽子在寻找五十五万颗头颅。

在一九五七年,中国有五十五万余人成为"右派"。但受难者却远不止这个数目。实际上是五十五万个家庭都陷入厄运。即使每个家庭以四人计,那也是二百几十万人。

一场将二百几十万人推入苦海的巨大的历史现象,如果在它四十周年的时候人们已经忘记了它,那么,当它六十周年、八十周年、一百周年的时候,人们一定会加倍地记起它。

[提示]

王彬彬(1962—),安徽望江人,南京大学教授,文学评论家、作家,主要有文艺理论集《在功利与唯美之间》《为批评正名》《城墙下的夜游者》《一嘘三叹论文学》《往事何堪哀》《风高放火与振翅洒水》《并未远去的背影》等。

《五十五万顶帽子与四十年》原载《中国经济时报》1997年9月19日。文章通过描写老胡、邵燕祥先生这类被打为"右派"的知识分子的遭遇，表现出对这一特殊历史事件的强烈反思。

文章以回忆初中时期被学生们称为"老胡"的右派为开端，他和蔼谦卑，却只能无声地隐忍着人生中的绝望。作者进而由作为单独个体的老胡上升至四十年间被迫害的整整五十五万余人以及他们的家庭，由此引发对为什么，以及怎么发生了这一灾难的拷问剖析。在这一特定的时代背景下，五十五万名"右派"与他们的家庭默默承受着政治身份带来的苦难却无从诉说，成为时代的牺牲品。文章通过描写这一特殊群体的苦难经历来控诉这一历史事件对人的戕害，同时，蕴含着作者对这段失去理智的荒唐岁月的反思、拷问，强烈的批判精神体现了一名知识分子所应该具备的理性与情怀。

《五十五万顶帽子与四十年》一文呈现出激愤、沉重的基调。文章虽然篇幅短小，却融入了大量直白的议论，作者愤慨地表达着对这一特殊历史事件的观点，站在受难者的角度为其遭遇呐喊，呼吁人们正视、反思这段历史，具有巨大的反思力量。任何人都不应该无视、淡忘那段人类历史上戕害自我的岁月，它值得一代代人审视与深思。

（朱倩倩）

一百年前的南京

叶兆言

一

一百年前的南京，鲁迅和周作人兄弟来描述最合适，他们的青少年时代，有很长一段时间是在南京度过的。鲁迅在这儿接连上过两个学校，分别是江南水师学堂和矿务铁路学堂，虽然他自己对这段学习生活不是很喜欢，但是并不妨碍他成绩的优秀，而且最后被保送到日本留学。江南水师学堂在辛亥革命以后，曾改名为"雷电学堂"。鲁迅觉得这很像是《封神榜》上的名字，后来写文章，专门有过一段议论。周作人在南京待的时间更长，一共有五年，所以他文章中，对于当时的描写就更多、更细致。

一百年前的南京，自然是破烂不堪的。中国的城市和西方的相比，早在一百年前，已经无法比拟。落后从来就不是一天造成的，俄国的彼得堡富丽堂皇，许多建筑都是一百多年前竣工的，当时就那个模样，经过一百年风风雨雨，岿然不动，风采依旧。在南京找不到什么百年老屋，我们把这些归结为战争，譬如内战，譬如外患。彼得堡也曾遭受德军的狂轰滥炸，从化学和物理学的角度来谈，这座城市受到的伤害要远远超过南京，但是俄国人硬是挺住了，很多厚实的老房子保留完好。石结构的房子经过岁月的考验，其优越性便能充分体现出来，我们的建筑大都是木结构，虽然有看上去很花哨的防火墙，一场大火往往还是会被烧掉一大片。

一百年前的南京，相对于北方来说，要平静许多。戊戌变法半途而废，北方正在闹义和团，紧接着八国联军入侵，大清帝国风雨飘摇。南京此时不在矛盾的旋涡之中，有一种置身于外的平安无事。三十年河东，三十年河西，此时的北方社会，正好和前些年南方的战乱相仿佛。太平天国给六朝古都南京带来了一系列不太平，南京人在动乱中饱受惊吓。太平军来，攻城，定都，以后清军来，围剿，你攻我守，反反复复，打来打去。有一个问题我始终不太明白，太平军定都南京以后，很长的时间里，清军都驻扎在南京郊区，江南大营和江北大营像把钳子，一直对着太平天国的喉咙。这是一种很荒唐的对峙状态，遭罪的是老百姓，太平天国时期，南京的市民根本谈不上太平，小战天天有，大战三六九。曾国藩的湘军最后打下南京，猛杀了一批人，此后几十年里，民间提到"长毛"之乱仍然心寒。

一百年前的南京，太平天国已成往事，毕竟三十多年过去，市民们正从惊惶中醒过来。随着新世纪的钟声敲响，战乱的创伤成了往事，南京悄悄地发生着变化。一切都在恢复之中，此时的两江总督是一代名臣张之洞，张是洋务派的头面人物，在清末的"新政"中起过重要作用。在帝国主义列强的压力下，上海虽然崛起，东南大城市的首席位置还暂时轮不到它。南京仍然是东南第一重镇，坐镇在此的两江总督，是一个十分显赫的要员，和别的封疆大吏相比，两江总督不仅是大军区的司令员，还相当于大清帝国的后勤部长，必须源源不断地为清政府提供财政支援。富庶的东南一直是中国政府经济支柱，俗谚有"苏常熟，天下足"之说，两江总督的首要任务，就是确保辖区的稳定繁荣。稳定是繁荣的基础，疲惫不堪的中国经济想得到复苏，最重要的还是先得稳定。

一百年前的张之洞已经老态龙钟，老并不意味着一定糊涂。张之洞是历任两江总督中，为南京做实事最多的一个官员，南京最早的铁路、公路，最大的工厂，第一所大学，都和他分不开。

二

南京的生机，说出来有些尴尬，那就是先繁荣秦淮河。作为明白事理的地方长官，都知道要想让南京这座城市有活气，两大举措不可避免。一是迅速恢复科举，为国举士，给读书人一个出人头地的机会，有了这样的机会，读书人就不会闹事，因为读书产生的荷尔蒙，得有地方发泄才行。秀才造反，十年不成，这是看轻了读书人。事实上，造反能成气候者，还非得是知识分子。太平军在南京定都的第二年，就开科取士，固执的洪秀全在这一点上，倒不糊涂，历史的经验值得注意，清政府入关之后，除了军事上的胜利之外，有个重要的原因，是不失时机地恢复科举，用高官厚禄，收买了汉族的读书人。"万般皆下品，惟有读书高。"有骨气的终究是少数，读书人再清高，一到科举制度面前，什么脾气都没有了。

恢复南京繁荣的另一举措，是"效管仲设女闾"，开放被禁止的妓院，有了红灯区，商业以及一切和妓院配套的行当，顿时蓬勃发展。洪秀全犯了个不大不小的错误，他显然是个禁欲主义者，不仅自己的军队设男营女营，不允许有自由的性生活，而且把活跃在秦淮河两岸的娼妓统统取缔。这么做的直接后果，是把妓女和嫖客都撵到上海的租界去了，于是立竿见影，租界立刻繁荣，秦淮河立刻萧条。不能说洪秀全的失败和禁娼有必然关系，太平天国灰飞烟灭之后，从被誉为一代完人的曾国藩开始，到后来的各任两江总督，无一例外，对秦淮河的娼妓，采取的都是纵容态度。

秦淮河的开禁确有速效之功。上海租界的妓女有很多又回来了，身揣万贯的富翁也闻风而来，白舫红帘日益繁盛，仕女欢歌，商贾麋集。据史料记载，秦淮河开禁直接影响了上海的经济，租界人口骤减，工商业随之萧条。但是，"娼盛"不可能带来什么真正的繁荣。六朝金粉，秦淮风月，那些已经远逝的繁华景象，一去不返。封建社会不可能起死回生，昔日的辉煌永远不会重来。一百年前的南京，破烂不堪，乌烟瘴气。这个古老的城市，和同样古老的中国一样，早就病入膏肓，无灵丹妙药可治。

科举制度和秦淮粉黛，挽救不了古城南京，秦淮河藏污纳垢，桨声灯影醉生梦死。陈独秀在自己的自传中，曾写到世纪之交参加科举的一段经历。1897年8月，陈独秀从安徽来南京参加乡试，在考场上，他的注意力无论如何也集中不了，原因是过去的两个小时，他一直在发呆。一个考生的怪模样老让陈独秀走神，这个考生头上盘着一条大辫子，一身肥肉，八月的南京酷暑难熬，或许是天气太热，他竟然在考试的小号舍里赤条条地来回走，一边走，一边呓语："好，好，今科必中！"陈独秀因此联想到所有考生的怪现状，想到这帮"动物"如果得了志，国家和人民将如何遭殃。

陈独秀把众考生参加科举，比喻为一场"动物展览会"，所谓乡试，无非隔几年，便把这些猴子、狗熊搬出来出一回洋相。科举制度的优越性不复存在，"明经取士""为国求贤"，都成了蒙人的鬼话。封建社会终于走到尽头，末日气氛笼罩南京城头。一百年前的南京死气沉沉，一百年前的南京成了旧时代的挽歌。旧南京寿终正寝，过不了几年，科举制度将彻底废除，同盟会将成立，清王朝将被推翻，这是一个地道的新旧交替时代，随着新世纪的到来，南京不得不变，不得不脱胎换骨。

三

　　周作人谈起在南京读书的情景，说了一个笑话。当时所谓新式学堂里，一位教汉文的老夫子讲地理，说地球有两个，一个自动，一个被动，一个叫东半球，一个叫西半球。这样的笑话在一百年前多如牛毛，由此也可见当时的社会风气。鲁迅和周作人兄弟在南京读新式学堂，刚开始颇有些被人看不起，譬如鲁迅的本名是周樟寿，鲁迅的叔祖认为本族后辈进学堂当兵是不体面的，不宜拿出家谱上的名字，所以就帮鲁迅改名为"树人"。后来很多文章把周树人当作鲁迅的本名，应该说不准确的，同样的道理，周作人的本名是周䰀寿。一百年前，新派和旧派尖锐对立，互相看不起。旧派看不起新派，这只是暂时的；新派看不起旧派，却是永久的，而且有一种大获全胜的得意。阅读周氏兄弟笔下一百年前的南京，这种印象尤其深刻。

　　自曾国藩以后，两江总督的职位，经常由汉人来担当。从表面看，当时的民族矛盾已经不怎么激烈，汉人奴化，满人汉化。男人脑袋后面拖着一条尾巴，这是满人给定的规矩，久而久之成了习惯。女人是一双小脚，所谓三寸金莲，这是老祖宗传下来的遗产，满人女子并不裹脚。男人辫子女人小脚，这是双方让步妥协的结果，在一百年前，还没有人敢向脑袋后面的辫子挑战，因为割辫子要掉脑袋，要割必须躲到国外去割，在国内，新派人物要想有所作为，只好大张旗鼓地反对裹小脚，于是有了"天足会"一类的组织。

　　民族矛盾并没有完全消失，民间的反满情绪偷偷地酝酿。当时南京的东郊驻扎着清政府的旗营，这些由八旗子弟组成的大兵，作威作福，常常欺负南京居民，一见到有人到兵营附近便吆喝，并且气势汹汹地投石子。这种做法有些荒唐，南京人因此很生气，胆大的偏偏骑了马去兜风示威，鲁迅和他的同学就不止一次这么干过。这么干的目的很简单，就是表示汉人并不害怕他们满人。谁都知道，到了1899年，八旗子弟组成的绿营兵，除吃喝嫖赌精通之外，早没有战斗力了。1911年10月10日辛亥革命爆发，以民团和起义新军组成的江浙联军，不费什么事就拿下了南京。

　　随着帝国主义洋枪大炮一起来华的传教士，成了新派人物可利用的对象，有时候干脆成为有力后盾。教会势力成为一种不可忽视的存在，义和团运动很快不成气候，南京的传教士和教民，度过了一段惶惶惕厉的日子后，气焰与过去相比，没有任何收敛，反而由于八国联军的武装干涉，变得比过去更加嚣张和有恃无恐。外国人的特权显而易见，做官的和当老百姓的都得让上三分，在南京街头，见到蓝眼睛黄头发的外国人，再也不是什么新鲜事情，不同教派的传教士到处活动，见缝插针，我们今天如果想重温当时的情景，传教士留下的照片和文字便成了最好的证据。

教民的数字显然被夸大了。为了降服古老的中国人，西方传教士在传教的过程中，使用了糖衣药丸，办了各式各样的救济所、难民营、医疗所，小学、中学以至大学。西式洋房成了南京市内最重要的建筑物，这类洋房有的至今保存完好。人们在饥饿的时候、生病的时候，包括打算接受教育的时候，毫不犹豫地利用了传教士们的善心，他们其中的一些，也许会跟着祈祷，甚至入教，但是真正信教的人，仍然是少数和极少数。大多数教民都是实用主义者，只是在吮吸糖衣药丸上的那层糖皮，一旦甜味儿没有了，便把药丸吐了完事。

现代化的雏形已经开始在南京出现，洋务运动初见成效。金陵机器制造局成为南京最大的工厂，这里生产的枪炮，"以剿内寇尚属可用，以御外患实未敢信"。一百年前的国产货让人不敢放心。比较有实效的是修路，修铁路和公路，这些都是从无到有的创举。多少年来，水上交通一直占据着主要位置，像鲁迅和周作人来南京读书，就不得不坐船，然后在下关码头上岸。陆路交通的良好前景已初露端倪，沪宁铁路成了一块大肥肉，英国人以极其苛刻的条件，与清政府签订了《沪宁铁路借款合同》。这是一条黄金通道，等到它修好，当年的客运量就达到三百多万人。在今天这样的客运量不当回事，在一百年前，可了不得。

四

一百年前的南京，像个已到了预产期的孕妇，挺着晃悠悠的肚子躺在那儿，等待着阵痛的到来。一百年前的南京，又像一个徘徊在十字路口的弃儿，无援地东张西望，不知道该往哪儿走才好。夜茫茫，野茫茫，路在何方？未来的一百年里，这座城市天翻地覆，注定要面临许多大事。孙中山将在这儿担任第一任的中华民国临时大总统，并由此掀开中国现代史的一页。旧南京将以此为一个重要了断。新的一页和新世纪的到来并不同步，和中国其他方面的发展一样，中国革命的进程，总有晚一步慢半拍的遗憾，然而，慢半拍也好，晚一步也好，历史终究阻挡不住。光阴似箭，一百年算什么，弹指一挥间。事实上，蓦然回首，我们还是被这座城市的巨大变化吓了一跳。

1999 年 9 月 17 日

[提示]

  叶兆言的作品多涉及故乡南京，以南京为书写对象，使得他具有较高的辨识度。《一百年前的南京》即是这方面的代表作，文章以南京为主题，从历史的角度讲述了一百年前南京的衰老面貌，以及在时代推动下的转变过程。开篇通过周氏兄弟在南京的求学经历、中俄两国城市建筑的对比、南京经历的历史战乱等不同方面来描述了一百年前南京的衰败。接下来，通过分析恢复南京的繁荣举措——科举制度与秦淮粉黛，对重现封建社会辉煌的想法进行了清醒的否定，封建社会已经走到尽头，对于南京来说，它需要的是真正意义上的脱胎换骨。在新旧派尖锐对立，以及民族矛盾尚未消失的历史阶段，作者从来华传教士、洋务运动等方面为读者描述了南京现代化雏形逐渐形成的阶段。然而，等待南京的是真正的现代化历史变革，文章最后，作者关于南京的今昔对比则产生了一种穿越时间的历史沧桑感。

  《一百年前的南京》通过在叙述中融入历史，使文章呈现出厚重的历史感、文化感，呈现出历史与文学、理性与感性交织融合的艺术特点。同时，作者并非简单地对历史加以陈述，而是糅合了自己对古老封建社会、对历史的感悟、思考。而他对南京的细致的描述、对历史反思的背后，正是他对于生长于斯的故乡的深沉之爱。在作者笔下，南京是近百年来动荡中国的一个缩影，也是新旧时代交替下观察、反思中国百年历史一面镜子。

（朱倩倩）

我 与 地 坛

史铁生

一

　　我在好几篇小说中都提到过一座废弃的古园，实际上就是地坛。许多年前旅游业还没有开展，园子荒芜冷落得如同一片野地，很少被人记起。

　　地坛离我家很近。或者说我家离地坛很近。总之，只好认为这是缘分。地坛在我出生前四百多年就坐落在那儿了，而自从我的祖母年轻时带着我父亲来到北京，就一直住在离它不远的地方——五十多年间搬过几次家，可搬来搬去总是在它周围，而且是越搬离它越近了。我常觉得这中间有着宿命的味道：仿佛这古园就是为了等我，而历尽沧桑在那儿等待了四百多年。

　　它等待我出生，然后又等待我活到最狂妄的年龄上忽地残废了双腿。四百多年里，它一面剥蚀了古殿檐头浮夸的琉璃，淡褪了门壁上炫耀的朱红，坍圮了一段段高墙又散落了玉砌雕栏，祭坛四周的老柏树愈见苍幽，到处的野草荒藤也都茂盛得自在坦荡。这时候想必我是该来了。十五年前的一个下午，我摇着轮椅进入园中，它为一个失魂落魄的人把一切都准备好了。那时，太阳循着亘古不变的路途正越来越大，也越红。在满园弥漫的沉静光芒中，一个人更容易看到时间，并看见自己的身影。

　　自从那个下午我无意中进了这园子，就再没长久地离开过它。我一下子就理解了它的意图。正如我在一篇小说中所说的："在人口密聚的城市里，有这样一个宁静的去处，像是上帝的苦心安排。"

　　两条腿残废后的最初几年，我找不到工作，找不到去路，忽然间几乎什么都找不到了，我就摇了轮椅总是到它那儿去，仅为着那儿是可以逃避一个世界的另一个世界。我在那篇小说中写道："没处可去我便一天到晚耗在这园子里。跟上班下班一样，别人去上班我就摇了轮椅到这儿来。""园子无人看管，上下班时间有些抄近路的人们从园中穿过，园子里活跃一阵,过后便沉寂下来。""园墙在金晃晃的空气中斜切下一溜阴凉,我把轮椅开进去,把椅背放倒,坐着或是躺着,看书或者想事,撅一权树枝左右拍打,驱赶那些和我一样不明白为什么要来这世上的小昆虫。""蜂儿如一朵小雾稳稳地停在半空;蚂蚁摇头晃脑捋着触须,猛然间想透了什么,转身疾行而去;瓢虫爬得不耐烦了,累了,祈祷一回便支开翅膀,忽悠一下升空了;树干上留着一只蝉蜕,寂寞如一间空屋;露水在草叶上滚动,聚集,压弯了草叶轰然坠地摔开万道金光。""满园子都是草木竞相生长弄出的响动,窸窸窣窣窸窸窣窣片刻不息。"这都是真实的记录,园子荒芜但并不衰败。

除去几座殿堂我无法进去,除去那座祭坛我不能上去而只能从各个角度张望它,地坛的每一棵树下我都去过,差不多它的每一米草地上都有过我的车轮印。无论是什么季节,什么天气,什么时间,我都在这园子里待过。有时候待一会儿就回家,有时候就待到满地上都亮起月光。记不清都是在它的哪些角落里了,我一连几小时专心致志地想关于死的事,也以同样的耐心和方式想过我为什么要出生。这样想了好几年,最后事情终于弄明白了:一个人,出生了,这就不再是一个可以辩论的问题,而只是上帝交给他的一个事实;上帝在交给我们这件事实的时候,已经顺便保证了它的结果,所以死是一件不必急于求成的事,死是一个必然会降临的节日。这样想过之后我安心多了,眼前的一切不再那么可怕。比如你起早熬夜准备考试的时候,忽然想起有一个长长的假期在前面等待你,你会不会觉得轻松一点?并且庆幸并且感激这样的安排?

剩下的就是怎样活的问题了。这却不是在某一个瞬间就能完全想透的,不是能够一次性解决的事,怕是活多久就要想它多久了,就像是伴你终生的魔鬼或恋人。所以,十五年了,我还是总得到那古园里去,去它的老树下或荒草边或颓墙旁,去默坐,去呆想,去推开耳边的嘈杂理一理纷乱的思绪,去窥看自己的心魂。十五年中,这古园的形体被不能理解它的人肆意雕琢,幸好有些东西是任谁也不能改变它的。譬如祭坛石门中的落日,寂静的光辉平铺的一刻,地上的每一个坎坷都被映照得灿烂;譬如在园中最为落寞的时间,一群雨燕便出来高歌,把天地都叫喊得苍凉;譬如冬天雪地上孩子的脚印,总让人猜想他们是谁,曾在哪儿做过些什么,然后又都到哪儿去了;譬如那些苍黑的古柏,你忧郁的时候它们镇静地站在那儿,你欣喜的时候它们依然镇静地站在那儿,它们没日没夜地站在那儿从你没有出生一直站到这个世界上又没了你的时候;譬如暴雨骤临园中,激起一阵阵灼烈而清纯的草木和泥土的气味,让人想起无数个夏天的事件;譬如秋风忽至,再有一场早霜,落叶或飘摇歌舞或坦然安卧,满园中播散着熨帖而微苦的味道。味道是最说不清楚的,味道不能写只能闻,要你身临其境去闻才能明了。味道甚至是难于记忆的,只有你又闻到它你才能记起它的全部情感和意蕴。所以我常常要到那园子里去。

二

现在我才想到,当年我总是独自跑到地坛去,曾经给母亲出了一个怎样的难题。

她不是那种光会疼爱儿子而不懂得理解儿子的母亲。她知道我心里的苦闷,知道不该阻止我出去走走,知道我要是老待在家里结果会更糟,但她又担心我一个人在那荒僻的园子里整天都想些什么。我那时脾气坏到极点,经常是发了疯一样地离开家,从那园子里回来又中了魔似的什么话都不说。母亲知道有些事不宜问,便犹犹豫豫地想问而终于不敢问,因为她自己心里也没有答案。她料想我不会愿意她跟我一同去,所以她从未这样要求过,她知道得给我一点儿独处的时间,得有这样一段过程。她只是不知道这过程得要多久和这过程的尽头究竟是什么。每次我要动身时,她便无言地帮我准备,帮助我上了轮椅车,看着我摇车拐出小院;这以后她会怎样,当年我不曾想过。

有一回我摇车出了小院,想起一件什么事又返身回来,看见母亲仍站在原地,还是送我走时的姿势,望着我拐出小院去的那处墙角,对我的回来竟一时没有反应。待她再次送我出门的时候,她说:"出去活动活动,去地坛看看书,我说这挺好。"许多年以后我才渐渐听出,母亲这话实际上是自我安慰,是暗自的祷告,是给我的提示,是恳求与嘱咐。只是在她猝然去世之后,我才有余暇设想。当我不在家里的那些漫长的时间,她是怎样心神不定坐卧难宁,兼着痛苦与惊恐与一个母亲最低限度的祈求。现在我可以断定,以她的聪慧和坚忍,在那些空落的白天后的黑夜,在那不眠的黑夜后的白天,她思来想去最后准是对自己说:"反正我不能不让他出去,未来的日子是他自己的,如果他真的要在那园子里出了什么事,这苦难也只好我来承担。"在那段日子里——那是好几年前的一段日子,我想我一定使母亲做过最坏的准备了,但她从来没有对我说过:"你为我想想。"事实上我也真的没为她想过。那时她的儿子还太年轻,还来不及为母亲想,他被命运击昏了头,一心以为自己是世上最不幸的一个,不知道儿子的不幸在母亲那儿总是要加倍的。她有一个长到二十岁上忽然截瘫了的儿子,这是她唯一的儿子;她情愿截瘫的是自己而不是儿子,可这事无法代替;她想,只要儿子能活下去哪怕自己去死呢也行,可她又确信一个人不能仅仅是活着,儿子得有一条路走向自己的幸福;而这条路呢,没有谁能保证她的儿子终于能找到——这样一个母亲,注定是活得最苦的母亲。

有一次与一个作家朋友聊天,我问他学写作的最初动机是什么?他想了一会说:"为我母亲。为了让她骄傲。"我心里一惊,良久无言。回想自己最初写小说的动机,虽不似这位朋友的那般单纯,但如他一样的愿望我也有,且一经细想,发现这愿望也在全部动机中占了很大比重。这位朋友说:"我的动机太低俗了吧?"我光是摇头,心想低俗并不见得低俗,只怕是这愿望过于天真了。他又说:"我那时真就是想出名,出了名让别人羡慕我母亲。"我想,他比我坦率。我想,他又比我幸福,因为他的母亲还活着。而且我想,他的母亲也比我的母亲运气好,他的母亲没有一个双腿残废的儿子,否则事情就不这么简单。

在我的头一篇小说发表的时候,在我的小说第一次获奖的那些日子里,我真是多么希望我的母亲还活着。我便又不能在家里待了,又整天整天独自跑到地坛去,心里是没头没尾的沉郁和哀怨,走遍整个园子却怎么也想不通:母亲为什么就不能再多活两年?为什么在她的儿子就快要碰撞开一条路的时候,她却忽然熬不住了?莫非她来此世上只是为了替儿子担忧,却不该分享我的一点点快乐?她匆匆离我去时才只有四十九岁呀!有那么一会,我甚至对世界对上帝充满了仇恨和厌恶。后来我在一篇题为《合欢树》的文章中写道:"坐在小公园安静的树林里,我闭上眼睛,想:上帝为什么早早地召母亲回去呢?很久很久,迷迷糊糊地,我听见了回答:'她心里太苦了,上帝看她受不住了,就召她回去。'我似乎得了一点安慰,睁开眼睛,看见风正从树林里穿过。"小公园,指的也是地坛。

只是到了这时候,纷纭的往事才在我眼前幻现得清晰,母亲的苦难与伟大才在我心中渗透得深彻。上帝的考虑,也许是对的。

摇着轮椅在园中慢慢走,又是雾罩的清晨,又是骄阳高悬的白昼,我只想着一件事：母亲已经不在了。在老柏树旁停下，在草地上在颓墙边停下，又是处处虫鸣的午后，又是鸟儿归巢的傍晚，我心里只默念着一句话：可是母亲已经不在了。把椅背放倒，躺下，似睡非睡挨到日没，坐起来，心神恍惚，呆呆地直坐到古祭坛上落满黑暗然后再渐渐浮起月光，心里才有点儿明白：母亲不能再来这园中找我了。

  曾有过好多回，我在这园子里待得太久了，母亲就来找我。她来找我又不想让我发觉，只要见我还好好地在这园子里，她就悄悄转身回去，我看见过几次她的背影。我也看见过几回她四处张望的情景，她视力不好，端着眼镜像在寻找海上的一条船，她没看见我时我已经看见她了，待我看见她也看见我了我就不去看她，过一会我再抬头看她就又看见她缓缓离去的背影。我单是无法知道有多少回她没有找到我。有一回我坐在矮树丛中，树丛很密，我看见她没有找到我；她一个人在园子里走，走过我的身旁，走过我经常待的一些地方，步履茫然又急迫。我不知道她已经找了多久还要找多久，我不知道为什么我决意不喊她——但这绝不是小时候的捉迷藏，这也许是出于长大了的男孩子的倔强或羞涩？但这倔强只留给我痛悔，丝毫也没有骄傲。我真想告诫所有长大了的男孩子，千万不要跟母亲来这套倔强，羞涩就更不必，我已经懂了可我已经来不及了。

  儿子想使母亲骄傲，这心情毕竟是太真实了，以致使"想出名"这一声名狼藉的念头也多少改变了一点儿形象。这是个复杂的问题，且不去管它了罢。随着小说获奖的激动逐日暗淡，我开始相信，至少有一点我是想错了：我用纸笔在报刊上碰撞开的一条路，并不就是母亲盼望我找到的那条路。年年月月我都到这园子里来，年年月月我都要想，母亲盼望我找到的那条路到底是什么。母亲生前没给我留下过什么隽永的哲言，或要我恪守的教诲，只是在她去世之后，她艰难的命运、坚忍的意志和毫不张扬的爱，随光阴流转，在我的印象中愈加鲜明深刻。

  有一年，十月的风又翻动起安详的落叶，我在园中读书，听见两个散步的老人说："没想到这园子有这么大。"我放下书，想，这么大一座园子，要在其中找到她的儿子，母亲走过了多少焦灼的路。多年来我头一次意识到，这园中不单是处处都有过我的车辙，有过我的车辙的地方也都有过母亲的脚印。

三

　　如果以一天中的时间来对应四季,当然春天是早晨,夏天是中午,秋天是黄昏,冬天是夜晚。如果以乐器来对应四季,我想春天应该是小号,夏天是定音鼓,秋天是大提琴,冬天是圆号和长笛。要是以这园子里的声响来对应四季呢?那么,春天是祭坛上空漂浮着的鸽子的哨音,夏天是冗长的蝉歌和杨树叶子哗啦啦地对蝉歌的取笑,秋天是古殿檐头的风铃响,冬天是啄木鸟随意而空旷的啄木声。以园中的景物对应四季,春天是一径时而苍白时而黑润的小路,时而明朗时而阴晦的天上摇荡着串串杨花;夏天是一条条耀眼而灼人的石凳,或阴凉而爬满了青苔的石阶,阶下有果皮,阶上有半张被坐皱的报纸;秋天是一座青铜的大钟,在园子的西北角上曾丢弃着一座很大的铜钟,铜钟与这园子一般年纪,浑身挂满绿锈,文字已不清晰;冬天,是林中空地上几只羽毛蓬松的老麻雀。以心绪对应四季呢?春天是卧病的季节,否则人们不易发觉春天的残忍与渴望;夏天,情人们应该在这个季节里失恋,不然就似乎对不起爱情;秋天是从外面买一棵盆花回家的时候,把花搁在阔别了的家中,并且打开窗户把阳光也放进屋里,慢慢回忆慢慢整理一些发过霉的东西;冬天伴着火炉和书,一遍遍坚定不死的决心,写一些并不发出的信。还可以用艺术形式对应四季,这样春天就是一幅画,夏天是一部长篇小说,秋天是一首短歌或诗,冬天是一群雕塑。以梦呢?以梦对应四季呢?春天是树尖上的呼喊,夏天是呼喊中的细雨,秋天是细雨中的土地,冬天是干净的土地上的一只孤零的烟斗。

　　因为这园子,我常感恩于自己的命运。

　　我甚至就能清楚地看见,一旦有一天我不得不长久地离开它,我会怎样想念它,我会怎样想念它并且梦见它,我会怎样因为不敢想念它而梦也梦不到它。

四

　　现在让我想想,十五年中坚持到这园子来的人都是谁呢?好像只剩了我和一对老人。

十五年前，这对老人还只能算是中年夫妇，我则货真价实还是个青年。他们总是在薄暮时分来园中散步，我不大弄得清他们是从哪边的园门进来，一般来说他们是逆时针绕这园子走。男人个子很高，肩宽腿长，走起路来目不斜视，胯以上直至脖颈挺直不动，他的妻子攀了他一条胳膊走，也不能使他的上身稍有松懈。女人个子却矮，也不算漂亮，我无端地相信她必出身于家道中衰的名门富族；她攀在丈夫胳膊上像个娇弱的孩子，她向四周观望似总含着恐惧，她轻声与丈夫谈话，见有人走近就立刻怯怯地收住话头。我有时因为他们而想起冉阿让与柯赛特，但这想法并不巩固，他们一望即知是老夫老妻。两个人的穿着都算得上考究，但由于时代的演进，他们的服饰又可以称为古朴了。他们和我一样，到这园子里来几乎是风雨无阻，不过他们比我守时。我什么时间都可能来，他们则一定是在暮色初临的时候。刮风时他们穿了米色风衣，下雨时他们打了黑色的雨伞，夏天他们的衬衫是白色的裤子是黑色的或米色的，冬天他们的呢子大衣又都是黑色的，想必他们只喜欢这三种颜色。他们逆时针绕这园子一周，然后离去。他们走过我身旁时只有男人的脚步响，女人像是贴在高大的丈夫身上跟着漂移。我相信他们一定对我有印象，但是我们没有说过话，我们互相都没有想要接近的表示。十五年中，他们或许注意到一个小伙子进入了中年，我则看着一对令人羡慕的中年情侣不觉中成了两个老人。

曾有过一个热爱唱歌的小伙子，他也是每天都到这园中来，来唱歌，唱了好多年，后来不见了。他的年纪与我相仿，他多半是早晨来，唱半小时或整整唱一个上午，估计在另外的时间里他还得上班。我们经常在祭坛东侧的小路上相遇，我知道他是到东南角的高墙下去唱歌，他一定猜想我去东北角的树林里做什么。我找到我的地方，抽几口烟，便听见他谨慎地整理歌喉了。他反反复复唱那么几首歌。"文化革命"没过去的时候，他唱"蓝蓝的天上白云飘，白云下面马儿跑……"我老也记不住这歌的名字。"文革"后，他唱《货郎与小姐》中那首最为流传的咏叹调。"卖布——卖布嘞，卖布——卖布嘞！"我记得这开头的一句他唱得很有声势，在早晨清澈的空气中，货郎跑遍园中的每一个角落去恭维小姐。"我交了好运气，我交了好运气，我为幸福唱歌曲……"然后他就一遍一遍地唱，不让货郎的激情稍减。依我听来，他的技术不算精到，在关键的地方常出差错，但他的嗓子是相当不坏的，而且唱一个上午也听不出一点儿疲惫。太阳也不疲惫,把大树的影子缩小成一团,把疏忽大意的蚯蚓晒干在小路上。将近中午,我们又在祭坛东侧相遇,他看一看我,我看一看他,他往北去,我往南去。日子久了,我感到我们都有结识的愿望,但似乎都不知如何开口,于是互相注视一下终又都移开目光擦身而过;这样的次数一多,便更不知如何开口了。终于有一天——一个丝毫没有特点的日子,我们互相点了一下头。他说:"你好。"我说:"你好。"他说:"回去啦?"我说:"是,你呢?"他说:"我也该回去了。"我们都放慢脚步(其实我是放慢车速),想再多说几句,但仍然是不知从何说起,这样我们就都走过了对方,又都扭转身子面向对方。他说:"那就再见吧。"我说:"好,再见。"便互相笑笑各走各的路了。但是我们没有再见,那以后,园中再没了他的歌声,我才想到,那天他或许是有意与我道别的,也许他考上哪家专业文工团或歌舞团了吧?真希望他如他歌里所唱的那样,交了好运气。

还有一些人,我还能想起一些常到这园子里来的人。有一个老头,算得一个真正的饮者;他在腰间挂一个扁瓷瓶,瓶里当然装满了酒,常来这园中消磨午后的时光。他在园中四处游逛,如果你不注意你会以为园中有好几个这样的老头,等你看过了他卓尔不群的饮酒情状,你就会相信这是个独一无二的老头。他的衣着过分随便,走路的姿态也不慎重,走上五六十米路便选定一处地方,一只脚踏在石凳上或土埂上或树墩上,解下腰间的酒瓶,解酒瓶的当儿眯起眼睛把一百八十度视角内的景物细细看一遭,然后以迅雷不及掩耳之势倒一大口酒入肚,把酒瓶摇一摇再挂向腰间,平心静气地想一会儿什么,便走下一个五六十米去。还有一个捕鸟的汉子,那岁月园中人少,鸟却多,他在西北角的树丛中拉一张网,鸟撞在上面,羽毛饺在网眼里便不能自拔。他单等一种过去很多而现非常罕见的鸟,其它的鸟撞在网上他就把它们摘下来放掉,他说已经有好多年没等到那种罕见的鸟了,他说他再等一年看看到底还有没有那种鸟,结果他又等了好多年。早晨和傍晚,在这园子里可以看见一个中年女工程师,早晨她从北向南穿过这园子去上班,傍晚她从南向北穿过这园子回家,事实上我并不了解她的职业或者学历,但我以为她必是学理工的知识分子,别样的人很难有她那般的素朴并优雅。当她在园子穿行的时刻,四周的树林也仿佛更加幽静,清淡的日光中竟似有悠远的琴声,比如说是那曲《献给艾丽丝》才好。我没有见过她的丈夫,没有见过那个幸运的男人是什么样子,我想象过却想象不出，后来忽然懂了想象不出才好，那个男人最好不要出现。她走出北门回家去，我竟有点担心，担心她会落入厨房，不过，也许她在厨房里劳作的情景更有另外的美吧，当然不能再是《献给艾丽丝》，是个什么曲子呢？还有一个人，是我的朋友，他是个最有天赋的长跑家，但他被埋没了。他因为在"文革"中出言不慎而坐了几年牢，出来后好不容易找了个拉板车的工作，样样待遇都不能与别人平等，苦闷极了便练习长跑。那时他总来这园子里跑，我用手表为他计时，他每跑一圈向我招一下手，我就记下一个时间。每次他要环绕这园子跑二十圈，大约两万米。他盼望以他的长跑成绩来获得政治上真正的解放，他以为记者的镜头和文字可以帮他做到这一点。第一年他在春节环城赛上跑了第十五名，他看见前十名的照片都挂在了长安街的新闻橱窗里，于是有了信心。第二年他跑了第四名，可是新闻橱窗里只挂了前三名的照片，他没灰心。第三年他跑了第七名，橱窗里挂前六名的照片，他有点儿怨自己。第四年他跑了第三名，橱窗里却只挂了第一名的照片。第五年他跑了第一名——他几乎绝望了，橱窗里只有一幅环城赛群众场面的照片。那些年我们俩常一起在这园子里待到天黑，开怀痛骂，骂完沉默着回家，分手时再互相叮嘱：先别去死，再试着活一活看。现在他已经不跑了，年岁太大了，跑不了那么快了。最后一次参加环城赛，他以三十八岁之龄又得了第一名并破了纪录，有一位专业队的教练对他说："我要是十年前发现你就好了。"他苦笑一下什么也没说，只在傍晚又来这园中找到我，把这事平静地向我叙说一遍。不见他已有好几年了，现在他和妻子和儿子住在很远的地方。

这些人都不到园子里来了，园子里差不多完全换了一批新人。十五年前的旧人，现在就剩我和那对老夫老妻了。有那么一段时间，这老夫老妻中的一个也忽然不来，薄暮时分唯男人独自来散步，步态也明显迟缓了许多，我悬心了很久，怕是那女人出了什么事。幸好过了一个冬天那女人又来了，两个人仍是逆时针绕着园子走，一长一短两个身影恰似钟表的两支指针；女人的头发白了许多，但依旧攀着丈夫的胳膊走得像个孩子。"攀"这个字用得不恰当了，或许可以用"搀"吧，不知有没有兼具这两个意思的字。

五

我也没有忘记一个孩子——一个漂亮而不幸的小姑娘。十五年前的那个下午,我第一次到这园子里来就看见了她,那时她大约三岁,蹲在斋宫西边的小路上捡树上掉落的"小灯笼"。那儿有几棵大栾树,春天开一簇簇细小而稠密的黄花,花落了便结出无数如同三片叶子合抱的小灯笼,小灯笼先是绿色,继而转白,再变黄,成熟了掉落得满地都是。小灯笼精巧得令人爱惜,成年人也不免捡了一个还要捡一个。小姑娘咿咿呀呀地跟自己说着话,一边捡小灯笼;她的嗓音很好,不是她那个年龄所常有的那般尖细,而是很圆润甚或是厚重,也许是因为那个下午园子里太安静了。我奇怪这么小的孩子怎么一个人跑来这园子里?我问她住在哪儿?她随手指一下,就喊她的哥哥,沿墙根一带的茂草之中便站起一个七八岁的男孩,朝我望望,看我不像坏人便对他的妹妹说:"我在这儿呢!"又伏下身去,他在捉什么虫子。他捉到螳螂、蚂蚱、知了和蜻蜓,来取悦他的妹妹。有那么两三年,我经常在那几棵大栾树下见到他们,兄妹俩总是在一起玩,玩得和睦融洽,都渐渐长大了些。之后有很多年没见到他们。我想他们都在学校里吧,小姑娘也到了上学的年龄,必是告别了孩提时光,没有很多机会来这儿玩了。这事很正常,没理由太搁在心上,若不是有一年我又在园中见到他们,肯定就会慢慢把他们忘记。

那是个礼拜日的上午。那是个晴朗而令人心碎的上午,时隔多年,我竟发现那个漂亮的小姑娘原来是个弱智的孩子。我摇着车到那几棵大栾树下去,恰又是遍地落满了小灯笼的季节;当时我正为一篇小说的结尾所苦,既不知为什么要给它那样一个结尾,又不知何以忽然不想让它有那样一个结尾,于是从家里跑出来,想依靠园中的镇静,看看是否应该把那篇小说放弃。我刚刚把车停下,就见前面不远处有几个人在戏耍一个少女,做出怪样子来吓她,又喊又笑地追逐她拦截她,少女在几棵大树间惊惶地东跑西躲,却不松手揪卷在怀里的裙裾,两条腿袒露着也似毫无察觉。我看出少女的智力是有些缺陷,却还没看出她是谁。我正要驱车上前为少女解围,就见远处飞快地骑车来了个小伙子,于是那几个戏耍少女的家伙望风而逃。小伙子把自行车支在少女近旁,怒目望着那几个四散逃窜的家伙,一声不吭喘着粗气,脸色如暴雨前的天空一样一会儿比一会儿苍白。这时我认出了他们,小伙子和少女就是当年那对小兄妹。我几乎是在心里惊叫了一声,或者是哀号。世上的事常常使上帝的居心变得可疑。小伙子向他的妹妹走去。少女松开了手,裙裾随之垂落了下来,很多很多她捡的小灯笼便洒落了一地,铺散在她脚下。她仍然算得上漂亮,但双眸迟滞没有光彩。她呆呆地望那群跑散的家伙，望着极目之处的空寂，凭她的智力绝不可能把这个世界想明白吧？大树下，破碎的阳光星星点点，风把遍地的小灯笼吹得滚动，仿佛暗哑地响着无数小铃铛。哥哥把妹妹扶上自行车后座，带着她无言地回家去了。

无言是对的。要是上帝把漂亮和弱智这两样东西都给了这个小姑娘，就只有无言和回家去是对的。

谁又能把这世界想个明白呢？世上的很多事是不堪说的。你可以抱怨上帝何以要降诸多苦难给这人间，你也可以为消灭种种苦难而奋斗，并为此享有崇高与骄傲，但只要你再多想一步你就会坠入深深的迷茫了：假如世界上没有了苦难，世界还能够存在么？要是没有愚钝，机智还有什么光荣呢？要是没了丑陋，漂亮又怎么维系自己的幸运？要是没有了恶劣和卑下，善良与高尚又将如何界定自己又如何成为美德呢？要是没有了残疾，健全会否因其司空见惯而变得腻烦和乏味呢？我常梦想着在人间彻底消灭残疾，但可以相信，那时将由患病者代替残疾人去承担同样的苦难。如果能够把疾病也全数消灭，那么这份苦难又将由（比如说）相貌丑陋的人去承担了。就算我们连丑陋，连愚昧和卑鄙和一切我们所不喜欢的事物和行为，也都可以统统消灭掉，所有的人都一味健康、漂亮、聪慧、高尚，结果会怎样呢？怕是人间的剧目就全要收场了，一个失去差别的世界将是一潭死水，是一块没有感觉没有肥力的沙漠。

看来差别永远是要有的。看来就只好接受苦难——人类的全部剧目需要它，存在的本身需要它。看来上帝又一次对了。

于是就有一个最令人绝望的结论等在这里：由谁去充任那些苦难的角色？又有谁去体现这世间的幸福、骄傲和快乐？只好听凭偶然，是没有道理好讲的。

就命运而言，休论公道。

那么，一切不幸命运的救赎之路在哪里呢？

设若智慧或悟性可以引领我们去找到救赎之路，难道所有的人都能够获得这样的智慧和悟性吗？

我常以为是丑女造就了美人。我常以为是愚氓举出了智者。我常以为是懦夫衬照了英雄。我常以为是众生度化了佛祖。

六

　　设若有一位园神，他一定早已注意到了，这么多年我在这园里坐着，有时候是轻松快乐的，有时候是沉郁苦闷的，有时候优哉游哉，有时候悒惶落寞，有时候平静而且自信，有时候又软弱，又迷茫。其实总共只有三个问题交替着来骚扰我，来陪伴我。第一个是要不要去死，第二个是为什么活，第三个，我干吗要写作。

　　现在让我看看，它们迄今都是怎样编织在一起的吧。

　　你说，你看穿了死是一件无需乎着急去做的事，是一件无论怎样耽搁也不会错过的事，便决定活下去试试？是的，至少这是很关键的因素。为什么要活下去试试呢？好像仅仅是因为不甘心，机会难得，不试白不试，腿反正是完了，一切仿佛都要完了，但死神很守信用，试一试不会额外再有什么损失。说不定倒有额外的好处呢是不是？我说过，这一来我轻松多了，自由多了。为什么要写作呢？作家是两个被人看重的字，这谁都知道。为了让那个躲在园子深处坐轮椅的人，有朝一日在别人眼里也稍微有点儿光彩，在众人眼里也能有个位置，哪怕那时再去死呢也就多少说得过去了。开始的时候就是这样想，这不用保密，这些现在不用保密了。

　　我带着本子和笔，到园中找一个最不为人打扰的角落，偷偷地写。那个爱唱歌的小伙子在不远的地方一直唱。要是有人走过来，我就把本子合上把笔叼在嘴里。我怕写不成反落得尴尬。我很要面子。可是你写成了，而且发表了。人家说我写的还不坏，他们甚至说：真没想到你写得这么好。我心说你们没想到的事还多着呢。我确实有整整一宿高兴得没合眼。我很想让那个唱歌的小伙子知道，因为他的歌也毕竟是唱得不错。我告诉我的长跑家朋友的时候，那个中年女工程师正优雅地在园中穿行；长跑家很激动，他说好吧，我玩命跑，你玩命写。这一来你中了魔了，整天都在想哪一件事可以写，哪一个人可以让你写成小说。是中了魔了，我走到哪儿想到哪儿，在人山人海里只寻找小说。要是有一种小说试剂就好了，见人就滴两滴看他是不是一篇小说；要是有一种小说显影液就好了，把它泼满全世界看看都是哪儿有小说。中了魔了，那时我完全是为了写作活着。结果你又发表了几篇，并且出了一点儿小名，可这时你越来越感到恐慌。我忽然觉得自己活得像个人质，刚刚有点像个人了却又过了头，像个人质，被一个什么阴谋抓了来当人质，不定哪天被处决，不定哪天就完蛋。你担心要不了多久你就会文思枯竭，那样你就又完了。凭什么我总能写出小说来呢？凭什么那些适合作小说的生活素材就总能送到一个截瘫者跟前来呢？人家满世界跑都有枯竭的危险，而我坐在这园子里凭什么可以一篇接一篇地写呢？你又想到死了。我想见好就收吧。当一名人质实在是太累了太紧张了，太朝不保夕了。我为写作而活下来，要是写作到底不是我应该干的事，我想我再活下去是不是太冒傻气了？你这么想着你却还在绞尽脑汁地想写。我好歹又拧出点水来，从一条快要晒干的毛巾上。恐慌日甚一日，随时可能完蛋的感觉比完蛋本身可怕多了，所谓不怕贼偷就怕贼惦记，我想人不如死了好，不如不出生的好，不如压根儿没有这个世界的好。可你并没有去死。我又想到那是一件不必着急的事。可是不必着急的事并不证明是一件必要拖延的事呀？你总是决定活下来，这说明什么？是的，我还是想活。人为什么活着？因为人想活着，说到底是这么回事，人真正的名字叫作：欲望。可我不怕死，有时候我真的不怕死。有时候——说对了。不怕死和想去死是两回事，有时候不怕死的人是有的，一生下来就不怕死的人是没有的。我有时候倒是怕活。可是怕活不等于不想活呀！可我为什么还想活呢？因为你还想得到点儿什么，你觉得你还是可以得到点儿什么的，比如说爱情，比如说价值感之类，人真正的名字叫欲望。这不对吗？我不该得到点儿什么吗？没说不该。可我为什么活得恐慌，就像个人质？后来你明白了，你明白你错了，活着不是为了写作，而写作是为了活着。你明白了这一点是在一个挺滑稽的时刻。那天你又说你不如死了好，你的一个朋友劝你：你不能死，你还得写呢，还有好多好作品等着你去写呢。这时候你忽然明白了，你说：只是因为我活着，我才不得不写作。或者说只是因为你还想活下去，你才不得不写作。是的，这样说过之后我竟然不那么恐慌了。就像你看穿了死之后所得的那份轻松？一个人质报复一场阴谋的最有效的办法是把自己杀死。我看出我得先把我杀死在市场上，那样我就不用参加抢购题材的风潮了。你还写吗？还写。你真的不得不写吗？人都忍不住要为生存找一些牢靠的理由。你不担心你会枯竭了？我不知道，不过我想，活着的问题在死前是完不了的。

这下好了，您不再恐慌了不再是个人质了，您自由了。算了吧你，我怎么可能自由呢？别忘了人真正的名字是：欲望。所以您得知道，消灭恐慌的最有效的办法就是消灭欲望。可是我还知道，消灭人性的最有效的办法也是消灭欲望。那么,是消灭欲望同时也消灭恐慌呢?还是保留欲望同时也保留人生?

我在这园子里坐着,我听见园神告诉我:每一个有激情的演员都难免是一个人质。每一个懂得欣赏的观众都巧妙地粉碎了一场阴谋。每一个乏味的演员都是因为他老以为这戏剧与自己无关。每一个倒霉的观众都是因为他总是坐得离舞台太近了。

我在这园子里坐着,园神成年累月地对我说:孩子,这不是别的,这是你的罪孽和福祉。

七

要是有些事我没说,地坛,你别以为是我忘了,我什么也没忘,但是有些事只适合收藏。不能说,也不能想,却又不能忘。它们不能变成语言,它们无法变成语言,一旦变成语言就不再是它们了。它们是一片朦胧的温馨与寂寥,是一片成熟的希望与绝望,它们的领地只有两处:心与坟墓。比如说邮票,有些是用于寄信的,有些仅仅是为了收藏。

如今我摇着车在这园子里慢慢走,常常有一种感觉,觉得我一个人跑出来已经玩得太久了。有一天我整理我的旧像册,看见一张十几年前我在这园子里照的照片——那个年轻人坐在轮椅上,背后是一棵老柏树,再远处就是那座古祭坛。我便到园子里去找那棵树。我按着照片上的背景找很快就找到了它,按着照片上它枝干的形状找,肯定那就是它。但是它已经死了,而且在它身上缠绕着一条碗口粗的藤萝。有一天我在这园子碰见一个老太太,她说:"哟,你还在这儿哪?"她问我:"你母亲还好吗?""您是谁?""你不记得我,我可记得你。有一回你母亲来这儿找你,她问我,您看没看见一个摇轮椅的孩子?……"我忽然觉得,我一个人跑到这世界上来真是玩得太久了。有一天夜晚,我独自坐在祭坛边的路灯下看书,忽然从那漆黑的祭坛里传出一阵阵唢呐声;四周都是参天古树,方形祭坛占地几百平米空旷坦荡独对苍天,我看不见那个吹唢呐的人,唯唢呐声在星光寥寥的夜空里低吟高唱,时而悲怆时而欢快,时而缠绵时而苍凉,或许这几个词都不足以形容它,我清清醒醒地听出它响在过去,响在现在,响在未来,一直在响,回旋飘转亘古不散。

必有一天,我会听见喊我回去。

那时您可以想象一个孩子，他玩累了可他还没玩够呢，心里好些新奇的念头甚至等不及到明天。也可以想象是一个老人，无可置疑地走向他的安息地，走得任劳任怨。还可以想象一对热恋中的情人，互相一次次说"我一刻也不想离开你"，又互相一次次说"时间已经不早了"，时间不早了可我一刻也不想离开你，一刻也不想离开你可时间毕竟是不早了。

我说不好我想不想回去。我说不好是想还是不想，还是无所谓。我说不好我是像那个孩子，还是像那个老人，还是像一个热恋中的情人。很可能是这样：我同时是他们三个。我来的时候是个孩子，他有那么多孩子气的念头所以才哭着喊着闹着要来，他一来一见到这个世界便立刻成了不要命的情人，而对一个情人来说，不管多么漫长的时光也是稍纵即逝，那时他便明白，每一步每一步，其实一步步都是走在回去的路上。当牵牛花初开的时节，葬礼的号角就已吹响。

但是太阳，它每时每刻都是夕阳也都是旭日。当它熄灭着走下山去收尽苍凉残照之际，正是它在另一面燃烧着爬上山巅布散烈烈朝辉之时。那一天，我也将沉静着走下山去，扶着我的拐杖。有一天，在某一处山洼里，势必会跑上来一个欢蹦的孩子，抱着他的玩具。

当然，那不是我。

但是，那不是我吗？

宇宙以其不息的欲望将一个歌舞炼为永恒。这欲望有怎样一个人间的姓名，大可忽略不计。

1990 年

[提示]

《我与地坛》是史铁生的散文代表作，原载《上海文学》1991 年第 1 期。这篇长篇散文内容丰富，意蕴厚重，文章叙述了多年来作者在地坛中的见闻和思考，并由个人的生存困境上升到对人生、命运的普遍性思考，具有强烈的哲理意蕴。

文章从作者与地坛的渊源开始，作者祖上从来到北京就一直居住在地坛附近，当他在"最狂妄的年龄上忽地残废了双腿"，历尽四百年沧桑的地坛在这个时候容纳了他，成了他精神上的避风港。他一年四季一个人在地坛，从对于生与死的思考开始，追问生命的意义。在长达十五年的时间里，他理解了母亲深沉无言的爱和痛苦，感受到了地坛的四季变化，观察了许多人与事，思考了人生、写作和生命的救赎等问题。对于作者来说，地坛不仅于外在形式上让他产生相同的宿命感，同时也为他提供了一个浓缩版的人生舞台，从而使两者产生了内在的精神联系，在这里，他不仅得以思考自己的人生，拷问自我的存在意义，也通过观察在地坛中上演的人与事，如相伴十五年的老夫妻、歌唱的年轻人、漂亮却智力残缺的小姑娘等，在细微与平凡中思考生命的价值与意义。这是一个在绝望中寻找希望的漫长过程，十五年间，作者从最初对生命变故的暴躁、苦闷到最后人生的睿智、通透，实现了他思想上由稚嫩到成熟的蜕变。文章最后，作者呈现出历经磨难困惑后，对生与死大彻大悟的坦然。

艺术创作方面，作者采取近乎独语的方式坦诚地进行自我剖析，诉说自己内心的苦闷，对生死、欲望的感悟。语言优美睿智，融思辨与诗意、简单与深刻于一体，含义隽永，回味无穷。情感真挚，饱含人生最真切的生命体验。其中，对母亲的追忆性描述饱含了他深深的愧疚、悔过，以及对母亲深沉的爱与思念，令人动容。文章呈现出景与情、诗与思相互渗透、交融的大境界。可以说，《我与地坛》是一部思想深邃、内涵厚重的生命之作。

（朱倩倩）

笑谈大先生

陈丹青

今天在鲁迅纪念馆讲话，心里紧张——老先生就住在隔壁，讲到一半，他要是走进来怎么办？其实，我非常巴望老先生真的会走进来，因为我知道，我们根本别想见到鲁迅先生了。

鲁迅先生被过度谈论了。其实在我们今天的社会尺度中，鲁迅是最不该被谈论的人。按照胡塞尔的定义："一个好的怀疑主义者是个坏公民。"鲁迅的性格、脾气，不管哪个朝代，恐怕都是"坏公民"。好在今天对鲁迅感兴趣的年轻人，恐怕不多了吧？

然而全中国专门研究鲁迅、吃鲁迅饭的专家，据说仍有两万人。所以要想比较认真地谈论鲁迅，先得穿越两万多专家的几万万文字，这段文字路线实在太长了，每次我读到这类文章，总是弄得很茫然，好像走丢了一样。可是翻出鲁迅先生随便哪本小册子，一读下去，就看见老先生坐在那里抽烟，和我面对面！

我不是鲁迅研究者，没有专门谈论鲁迅的资格。今天晚上孙郁先生给我大面子，叫到这里来，怎么办呢，自己想个话题讲讲？想不出来，就算有什么意思要来讲，一到鲁迅家，就吓得不敢讲；讲鲁迅先生？那么多人已经说过他了，还有什么可讲？

所以你在鲁迅纪念馆不谈鲁迅、谈鲁迅，我觉得都不恭敬，都为难。

我知道自己是属于在"鲁迅"这两个字上"落了枕"的人，我得找到一种十分私人的关系，才好开口谈鲁迅。可是我和老先生能有什么私人关系呢？说是读者，鲁迅读者太多了；说是喜欢他，喜欢鲁迅的人也太多了；天底下多少好作者都有读者，都有人喜欢，那都不是谈论鲁迅的理由。最后我只能说，鲁迅是我几十年来不断想念的一个人。

注意，我指的不是"想到"（thinking），而是"想念"（miss），这是有区别的。譬如鲁迅研究者可能每天想到鲁迅，但我不确定他们是否想念他——我们会想念一位亲人、恋人、老朋友，可是几十年想念一位你根本不认识的人，是怎样一回事？出于什么理由？

在我私人的"想念名单"中，绝大部分都是老早老早就死掉的人，譬如伟大的画家、音乐家、作家。在这些人中间，不知为什么，鲁迅先生差不多是我顶顶熟悉的一位，并不完全因为他的文学，而是因为他这个人。我曾经假想自己跟这个人要好极了，所以我常会嫉妒那些真的和鲁迅先生认识的人，同时又讨厌他们，因为他们的回忆文字很少描述关于鲁迅的细节，或者描述得一点都不好——除了极稀罕的几篇，譬如萧红女士的回忆。

可是你看鲁迅先生描述他那些死掉的朋友：范爱农、韦素园、柔石、刘半农等等，就比别人回忆鲁迅的文字，不知道精彩多少。每次读鲁迅先生的回忆文字，我立刻变成鲁迅本人，开始活生生回想那些死掉的老朋友。他那篇《范爱农》，我不晓得读过多少遍，每次读，都会讨厌这个家伙，然后渐渐爱他，然后读到他死掉——尸体找到了，在河水中"直立着"——心里难过起来。

我们这代人欢喜鲁迅，其实是大有问题的。我小学毕业，"文革"开始，市面上能够出售、准许阅读的书，只有《毛泽东选集》和鲁迅的书。从五十年代开始，鲁迅在中国被弄成一尊神，一块大牌坊。这是另一个大话题，今天不说。反正我后来读到王朔同志批评鲁迅的文章，读到不少撩拨鲁迅的文字，我猜，他们讨厌的大概是那块牌坊。其实，民国年间鲁迅先生还没变牌坊，住在弄堂里，"一声不响，浑身痱子"，也有许多人讨厌他。我就问自己：为什么我这样子喜欢鲁迅呢？今天我来试着以一种私人的方式，谈论鲁迅先生。

第一，我喜欢看他的照片，他的样子，我以为鲁迅先生长得真好看。

"文革"中间我弄到一本日记本，里面每隔几页就印着一位中国五四以来大作家的照片，当然是按照四九年后官方钦定的顺序排列："鲁、郭、茅、巴、老、曹"之类，我记得最后还有赵树理的照片——平心而论，郭沫若、茅盾、老舍、冰心的样子，各有各的性情与份量。近二十多年，胡适之、梁实秋、沈从文、张爱玲的照片，也公开发布了，也都各有各的可圈可点，尤其胡适同志，真是相貌堂堂。反正现在男男女女作家群，恐怕是排不出这样的脸谱了。

可是我看来看去，看来看去，还是鲁迅先生样子最好看。

五四那一两代人，单是模样摆在那里，就使今天中国的文艺家不好比。前些日子，我在三联买到两册抗战照片集，发布了陈公博、林伯生、丁墨邨、诸民谊押赴公堂，负罪临刑的照片，即便在丧尽颜面的时刻，他们一个个都还是书生文人的本色。他们丢了民族的脸，照片上却是没有丢书生相貌的脸。我斗胆以画家的立场对自己说：不论有罪无罪，一个人的相貌是无辜的。我们可能有资格看不起汉奸，却不见得有资格看不起他们的样子。其中还有一幅珍贵的照片，就是周作人被押赴法庭，他穿件干净的长衫，瘦得一点点小，可是那样的置之度外、斯文通脱。你会说那种神色态度是强作镇定，装出来的，好的，咱们请今天哪位被双规被审判的大人物在镜头前面装装看，看能装得出那样的斯文从容么？

我这是第一次看见周作人这幅照片，一看之下，真是叹他们周家人气质非凡。

到了1979年，"文革"后第一次文代会召开，报纸上许多久违的老脸出现了：胡风、聂甘弩、丁玲、肖军……一个个都是劫后余生。我看见什么呢？看见他们的模样全都坍塌了，无一例外地被扭曲了。这批文代会代表索性不是文艺家，不是名人，倒也罢了，现在你看看，长期的侮辱已经和他们的模样长在一起了——再忍心说句不敬的话：他们带着自己受尽侮辱的面相，还居然愿意去参加文代会，本身就是再次确认侮辱。我想，鲁迅先生不会去参加那样的会议的。

这时我就想到鲁迅先生。老先生的相貌先就长得和他们不一样，这张脸非常不买帐，又非常无所谓，非常酷，又非常慈悲，看上去一脸的清苦、刚直、坦然，骨子里却透着风流与俏皮……可是他拍照片似乎不做什么表情，就那么对着镜头，意思是说：怎么样？我就是这样。

所以鲁迅先生的模样真是非常非常配他，配他的文学，配他的脾气，配他的命运，配他的地位与声名。我们说起五四新文学，都承认他是头一块大牌子，可他要是长得不像我们见到的这副样子，你能想象么？

鲁迅的时代，中国的文艺差不多勉强衔接着西方十八九世纪。人家西方十八九世纪文学史，法国人摆得出斯汤达、巴尔扎克的好样子，英国人摆得出哈代、狄更斯的好样子，德国人摆得出歌德、席勒的好样子，俄国人摆得出托尔斯泰或者陀思妥耶夫斯基的好样子，印度还有个泰戈尔，也是好样子——现代中国呢，谢天谢地，总算五四运动闹过后，留下鲁迅先生这张脸摆在世界文豪群像中，不丢我们的脸——大家想想看，上面提到的中国文学家，除了鲁迅先生，哪一张脸摆出去，要比他更有份量？更有泰斗相？更有民族性？更有象征性？更有历史性？

而且鲁迅先生非得那么矮小，那么瘦弱，穿件长衫，一副无所谓的样子站在那里。他要是长得跟肖伯纳一般高大，跟巴尔扎克那么壮硕，便是一个致命的错误。可他要是也留着于右任那把长胡子，或者象沈钧儒那样光脑袋，古风是有了，毕竟还是不像他。他长得非常像他自己，非常地"五四"；非常地"中国"，又其实非常地摩登……五四中国相较于大清国，何其摩登，可是你比比当年顶摩登的人物：胡适之、徐志摩、邵洵美……鲁迅先生的模样既不洋派，也非老派，他长得是正好像鲁迅他自己。

我记得那年联合国秘书长见周恩来，叹其风貌，说是在你面前，我们西方人还是野蛮人。这话不管是真心还是辞令，确是说出一种真实。西洋人因为西洋的强大，固然在模样上占了便宜，可是真要遇见优异的中国人，那种骨子里的儒雅凝炼，脱略虚空，那种被彼得·卢齐准确形容为"高贵的消极"的气质，实在是西方人所不及。好比中国画的墨色，可以将西洋的五彩缤纷比下去；你将鲁迅先生的相貌去和西方文豪比比看，真是文气逼人，然而一点不嚣张。

有人会说，这是因为历史已经给了鲁迅伟大地位，他的模样已经被印刷媒体塑造了七十多年，已经先入为主成为我们的视觉记忆。是的，很可能是的，但我以为模样是一种宿命，宿命会刻印在模样上——托尔斯泰那部大胡子，是应该写写《战争与和平》；鲁迅那笔小胡子，是应该写写《阿Q正传》。当托尔斯泰借耶稣的话对沙皇说，"你悔改吧"，这句话与托尔斯泰的模样很配；当鲁迅随口给西洋文人看相，说是"陀思妥耶夫斯基一副苦相、尼采一副凶相、高尔基简直像个流氓"这些话，与鲁迅的模样也很般配——大家要知道，托尔斯泰和鲁迅这样子说法，骄傲得很呢！他们都晓得自己伟大，也晓得自己长得有样子。那年肖伯纳在上海见鲁迅，即称赞他好样子，据说老先生应声答道：早年的样子还要好。这不是鲁迅会讲话，而是他看得起肖伯纳，也看得起他自己。

我这不是以貌取人么？是的，在最高意义上，一个人的相貌，便是他的人。但以上说法只是我对老先生的一厢情愿，单相思，并不能证得大家同意的。好在私人意见不必征得同意，不过是自己说说而已。

我喜欢鲁迅的第二个理由，是老先生好玩，就文学论，就人物论，他是百年来中国第一好玩的人。

"好玩"这个词，说来有点轻佻，这是现在小青年随口说的话，形容鲁迅先生，对不对呢？我想来想去，还是选了这个词。这个词用来指鲁迅，什么意思呢？我只好试着说下去，看看能不能说出意思来。

老先生去世，到明年整七十年了。七十年来，崇拜鲁迅的人说他是位斗士、勇士、先驱、导师、革命家，说他愤怒激烈、疾恶如仇、是"没有半点媚骨的人"；厌恶鲁迅的人，则说他心胸狭窄、不知宽容、睚眦必报、有失温柔敦厚的人。总之，这些正反两面的印象与评价，都仿佛鲁迅是个很凶、很严厉、不通人情的人。

鲁迅先生到底是怎样一个人呢？

最近二十多年，"鲁迅研究"总算比较地能够将鲁迅放回他生存的时代和"语境"中去，不再像过去那样，给他涂上厚厚的意识形态涂料，比较平实地看待他。那么，平心而论，在他先后、周围，可以称作斗士、先驱、导师、革命家的人，实在很不少。譬如章太炎敢于斗袁世凯，鲁迅就很欣赏；创建民国的辛亥烈士，更是不计其数；梁启超鼓吹共和、孙中山订立三民主义、陈独秀创建共产党，蔡元培首倡学术自由、胡适宣扬民主理念、梁漱溟亲力乡村建设……这些人物不论成功失败，在中国近代史都称得起先驱和导师，他们的事功，可以说均在鲁迅之上。

当年中间偏左的一路，譬如七君子，譬如杨杏佛、李公朴和闻一多，更别说真正造反的大批左翼人士与共产党人，则要论胆量，论行动力，论献身的大勇，论牺牲的壮烈，更在鲁迅之上。即便在右翼阵营，或者以今天的说法，在民国"体制"内敢于和最高当局持续斗争、不假辞色的人，就有廖仲恺、傅斯年、雷震等等一长串名单。据说傅斯年单独扳倒了民国年间两任财政部长，他与蒋介石同桌吃饭，总裁打招呼，他也不相让，居然以自己的脑袋来要挟，总裁也拿他无奈何——这种事，鲁迅先生一件也没干过，也不会去干，我们就从来没听说鲁迅和哪位民国高干吃过饭。

或者说，以上人物多是政治家，鲁迅先生是文人、作家、思想家——这说法也对也不对。须知民国是个"国家兴亡，匹夫有责"的时代，书生问政，书生干政，多得是，譬如傅斯年本职就是教授。和民国许多文人一样，鲁迅一辈子叫喊国事天下事，可是你说他热衷政治，他既不入国共两党，也不做官；你说他是个文人，他却私下和当时的乱党交接甚密，还入过左联。就拿他常被通缉这件事来说，将鲁迅和政治家比较，也不算怎样不恰当。

要说斗士，我们先得假定鲁迅斗争的对象，并不一定就是错的，而鲁迅也并不全部是对的。如此,当年和鲁迅先生斗过较量过的大小"匹夫",数也数不过来,他们也是"斗士",也凶得很呀。我看过一本鲁迅研究专著叫做《鲁迅:最受诬蔑的人》,全是报告人家怎样对鲁迅咒骂批判吐口水。然而这本书的观点,仍设定鲁迅"政治上正确",仍然没有将鲁迅放在当时的语境中看待——长期以来,我们不是总在猜测鲁迅先生要是活在今天会怎样么?

阿弥陀佛,还是将鲁迅放回他的时代吧。在他的时代,他可以做爱默生所谓的"坏公民"——据说,白色恐怖时期,鲁迅曾经认真地向革命者打听严刑拷打究竟怎样滋味,可见他是准备吃苦头的。最著名的例子,是他出门不带钥匙,意思是横竖死了算了。然而他到底从未挨过整,挨过打,没蹲过一天班房。我们渲染他怎样地避难、逃亡,其实那正是鲁迅的奢侈与风流……鲁迅属蛇,蛇最会逃,而且逃到租界去。

总之,鲁迅的时代,爱国志士与英雄豪杰,多了去了,只不过五十多年来,许多民国人被我们抹掉了、贬低了、歪曲了、遗忘了……在我们几代人接受的教育中,万恶的"旧社会"与"解放前",除了伟大的共产党人,好像只有鲁迅一个人在那里左右开弓跟黑暗势力斗。鲁迅一再说,他只有一枝笔,可是我们偏要给他弄得很凶,给他背后插许多军旗,像个在舞台上唱独角戏的老武生……

现在我这样子单挑个所谓"好玩"的说法来说鲁迅,大有"以偏盖全"之嫌,但我不管它,因为我不可能因此贬低鲁迅,不可能抹煞喜欢鲁迅或讨厌鲁迅的人对他的种种评价。我不过是在众人的话语缝隙中,捡我自己的心得,描一幅我以为"好玩"的鲁迅图像看一看。

什么叫做"好玩"?"好玩"有什么好?"好玩"跟道德文章是什么关系?为什么我要强调鲁迅先生的"好玩"?

以我私人的心得,所谓"好玩"一词,能够超越意义、是非,超越各种大字眼,超越层层叠叠仿佛油垢一般的价值判断与意识形态,直接感知那个人——当我在少年时代阅读鲁迅,我就会不断不断发笑。成年以后,我知道这发笑有无数秘密的理由,但我说不出来,而且幸亏说不出来——这样一种阅读的快乐,在现代中国的作家中,读来读去,读来读去,只有鲁迅能够给予我,我相信,他这样写,知道有人会发笑。

随便举一个微不足道的例子吧,在《看萧和"看萧的人们"记》中,记录内山完造那边通知鲁迅说,萧伯纳到了上海了,正在孙夫人即宋庆龄家里吃饭，问他愿不愿意去见见。鲁迅于是写道：有这样的要去见一见，那就见一见吧。

什么意思呢？没有什么意思，但这里面有一层需要说却又不好说、说不好就很不好玩的意思。什么意思呢——萧是大人物，鲁迅知道自己也是大人物，不去见，或赶紧去见，看得很重，或存心看轻，都没必要，都不恰当，都不大方。其实鲁迅是想要见见的，又其实不见也无所谓。现在人家来了，邀请也来了，那么：有这样的要去见一见，那就见一见吧。

这意思很深，也很浅，很率性，也很得体，他当时那么想了一想，事后这么写了一笔，很轻，很随便，用了心思，又看不出怎样地用心思，然而有这么一笔在——后来便写他去了，居然坐在那里看萧和众人吃饭，看萧怎样不熟练地使筷子夹菜，还有许多令人发噱发笑的细节——这就是我所谓的好玩，很不起眼的两句话，我年轻时读到，不注意，中年后读到，心里笑起来。

太多了。鲁迅先生的文句中，布满这类不起眼的好玩，轻轻地，或者放纵地，故意的，或不是故意的，随时想到，随时好玩，随手写下来，因他是通体的、彻头彻尾的好玩，所以他知道自己好玩，不放过一行文字，在那里独自"玩"。所以除了"好玩"，鲁迅先生另一个偶尔被提到的特质，就是非常寂寞，因为他好玩了一生一世，结果大家把他看成个很凶很苦、一天到晚发脾气的人。这一层，鲁迅真是很失败，他害了好多读者，也被读者所害。

我常会想起胡兰成。他是个彻底的失败者、流亡者，因此他成为一个旁观者。他不是左翼，也不是右翼，他在鲁迅的年代，是个小辈，没有五四同人对鲁迅的种种情结与偏颇。四九年以后，他的流亡身份，也使他没有国共两党在评价鲁迅、看待鲁迅时那种政治意图或党派意气。所以他点评鲁迅，我以为倒是最中肯。他说，鲁迅先生经常在文字里装得"呆头呆脑"，其实很"刁"，鲁迅真正的可爱处，是他的"迭宕自喜"。

"迭宕自喜"什么意思呢？也不好说，这句话我们早就遗忘了，我只能粗暴而庸俗地翻译成"好玩"。然而"迭宕自喜"也罢、"好玩"也罢，都属于点到为止的说法，领会者自去领会，不领会，或不愿接受的，便说了也白说。我今天要来强说鲁迅的"好玩"，先已经不好玩，怎么办呢，既是已经在这里装成讲演的样子，只好继续做这吃力不讨好的事。

我们先从鲁迅的性格说起。

最近我弄到一份四十多年前的内部文件，是当年中宣部为了拍摄电影《鲁迅传》，邀请好些文化人的谈话录，当然，全是文艺高官，但都和老先生认识，打过交道。我看了有两点感慨。一是鲁迅死了，怎样塑造他，修改他，全给捏在官家手里。什么要重点写，什么不可以写，谁必须出现，谁的名字就不必点了，等等等等，这就可见我们知道的鲁迅，是硬生生给一小群人捏造出来的。第二个感触就比较好玩了：几乎每个人都提到鲁迅先生并不是一天到晚板面孔，而是非常诙谐、幽默、随便、喜欢开玩笑。夏衍是老先生讨厌责骂的四条汉子之一，他也说：老先生"幽默的要命"。

我有一位上海老朋友，他的亲舅舅，就是当年和鲁迅先生玩的小青年，名叫唐弢。唐弢五六十年代看见世面上把鲁迅弄成那幅凶相、苦相，就私下里对他外甥说，哎呀鲁迅不是那个样子的，还说，譬如老先生夜里写了骂人的文章，隔天和那被骂的朋友酒席上见面，互相问起，照样谈笑。除了鲁迅深恶痛绝的一些论敌，他与许多朋友的关系，绝不是那样子黑白分明。

这样子听下来，不但鲁迅好玩，而且我们看到了民国时期的文人、社会、气氛，都蛮好玩，并不全是凶险，全是暗杀，并不成天价你死我活、我活你死。我们的历史教育是严重失实的，我们的历史记忆是缺乏质感的，历史的某一面被夸张变形，历史的另一面却是给藏起来，总是不在场的。我们要还原鲁迅，先得尽可能还原历史的情境。我说"尽可能"，因为历史经常是哈哈镜，变了形的。我们要学会在"变形"中去找那可能准确的"形"。

在回忆老先生的文字中，似乎女性比较地能够把握老先生"好玩"的一面。譬如章衣萍太太回忆有一天和朋友去找鲁迅玩，瞧见老先生正在四川北路往家走，于是隔着马路喊，鲁迅没听见，待众人撵到他家门口，对他说喊了你好几声呢！于是老先生"噢、噢、噢……"的噢了好几声。问他为什么连声回应，鲁迅笑说，你不是叫我好几声吗，我就还给你呀……接着进屋吃栗子，周建人关照要捡小的吃，味道好，鲁迅应声道："是的，人也是小的好！"章太太这才明白又在开玩笑，因她丈夫是个小个子。

这样子看下来，鲁迅简直是随时随地对身边人、身边事在那里开玩笑。

近年的出版物，密集呈现了相对真实的鲁迅，看下来，鲁迅简直随时随地对身边人、身边事在那里开玩笑。照江南话说，他是个极喜欢讲"戏话"的人，连送本书给年轻朋友也要顺便开玩笑——那年他送书给刚结婚的川岛，就在封面上题词道：

"我亲爱的一撮毛哥哥呀，请你从爱人的怀抱中汇出一只手来，接受这枯燥乏味的《中国文学史略》。"

那种亲昵、仁厚、淘气与得意！一个智力与感受力过剩的人，大概才会这样的随时随地讲"戏话"。我猜，除了老先生遇见什么真的愤怒的事，他醒着的每一刻，都在寻求这种自己制造的快感。

但我们并非没有机会遇见类似的滑稽人，平民百姓中就多有这样可爱的无名智者。我相信，在严重变形的民国人物中，一定也有不少诙谐幽默之徒。然而我所谓的"好玩"是一种活泼而罕见的人格，我不知道用什么词语定义它，它的效果，决不只是滑稽、好笑、可爱，它的内在的力量远远大于我们的想象，甚至有致命的力量——希特勒终于败给丘吉尔，因为希特勒一点不懂得"好玩"；蒋介石败给毛泽东，因为蒋介石不懂得"好玩"——好玩的人懂得自嘲，懂得进退，他总是放松的，豁达的，游戏的。"好玩"，是人格乃至命运的庞大的余地、丰富的侧面、宽厚的背景，好玩的人一旦端正严肃，一旦愤怒激烈，一旦发起威来，不懂得好玩的对手，可就遭殃了。

我们再回头看看清末民初及五四英雄们——康有为算得是雄辩滔滔，可是不好玩；陈独秀算得鲜明锋利，可是不好玩；胡适算得开明绅士，也嫌不好玩；郭沫若算得风流盖世，他好玩吗？好笑倒是有一点；茅盾则一点好玩的基因也没有；郁达夫算是性情中人，然而性情并不就是好玩；再说周作人，他的人品文章淡归淡，总还缺一点好玩，论境界，我以为比他哥哥的纵横交错有声色，到底窄了好几圈，虽然这样说法不免有偏爱之嫌。

最可喜是林语堂，他在当年乱世提倡英国式的幽默，给鲁迅好生骂了好几回——顺便说一句，鲁迅批判林语堂，可就脸色端正，将自己的"好玩"暂时收起来——可是林语堂自己平时并不真好玩，他或许幽默的吧，但毕竟偏于西化之后的种种自我教养，与鲁迅那种天性里骨子里的大好玩，哪里比得过。

这样地比下来，我们就可以从鲁迅日常的滑稽好玩寻开心，进入他的文章与思想。

　　然而鲁迅先生的文章与思想，已经被长期困在一种模式里，我来插一脚，又是不好玩。倒是胡兰成接着说，后来那些研究鲁迅的人，"斤斤计较"，一天到晚根据鲁迅的著作"核对"鲁迅的思想，我以为也是中肯的话。

　　依我看，历来推崇鲁迅那些批判性的、匕首式的、战斗性的革命文章，今天看来，大多数是鲁迅先生只当好玩写写的，以中国的说法，叫做"游戏文章"，以后现代的说法，就叫做"写作的愉悦"——所谓"游戏"，所谓"愉悦"，直白的说法，可不就是"好玩"——譬如鲁迅书写的种种事物，反礼教、解剖国民性、鼓吹白话、反对强权等等，前面说了，当时也有许多人在写，其激烈深刻，并不在鲁迅之下，时或犹有过之。然而九十多年过去，我们今天翻出来看看，五四众人的批判文章总归及不过鲁迅，不是主张和道理不及他，而是鲁迅懂得写作的愉悦，懂得调度词语的快感，懂得文章的游戏性——写文章不见游戏性，观点便只是观点，深不到哪里去的。

　　可是我们看他的文字，通常只看到犀利与深刻，不看到老先生的得意，因为老先生不流露。这不流露，也是一种得意，一种"玩"的姿态，就像他讲笑话，自己不笑的。

　　我们单是看鲁迅各种集子的题目，就不过是捡别人的讥嘲拿来耍着玩，什么《而已集》啊、《三闲集》啊，《准风月谈》啊、《南腔北调集》啊，真是顺手玩玩，一派游戏态度，结果字面、意思又好看，又高明。他给文章起的题目，也都好玩，一看之下就想读，譬如《论他妈的》、《一思而行》、《人心很古》、《马上支日记》，等等等等，数也数不过来。想必老先生一起这题目，就在八字胡底下笑笑，自己得意起来。

　　鲁迅下笔，实在是讲快感的，他自己说他作文是被"挤"出来的，并非"文思泉涌"，我只信一半。因这又是他藏在胡子底下的"戏话"，几分认真，几分调笑，顺便刺刺煞有介事的文学家。而他所谓"匕首"之类，并不真要见血，不过刺着好玩，态度又常是温厚的。

　　譬如《论他妈的》，我们读着，以为是在批判国民性，其实语气把握的好极了，写到结尾，老先生另起一段，忽然这么写道：

　　但偶尔也有例外的用法：或表惊异，或表感服。

　　我曾在家乡看见农民父子一同午饭，儿子指着一碗菜向他父亲说：

"这不坏，妈的你尝尝看！"父亲回答道："我不要吃。妈的你吃去罢！"则简直已经醇化为现在时兴的"我的亲爱的"那种意思了。

我猜老先生写到这里，一定得意极了。

中国散文中这样子到末尾一笔宕开，宕得这么恳切，又这么漂亮，真是只有鲁迅。大家不要小看这结尾：它不单是为了话说回来，不单是为了文章的层次与收笔。我以为更深的意思是，老先生看事情非常体贴，他既是犀利的，又是厚道的，既是猛烈的，又是清醒的，不会将自己的观点与态度推到极端，弄得像在发高烧——一个愤怒的人同时是个智者，他的愤怒，便是漂亮的文学。

有这样浑身好玩的态度，鲁迅的文章便可以尽管严肃、尽管深刻，然后套个好玩的题目，自己笑笑——他晓得自己的文章站得比别人高，更晓得他自己站得比他的文章还要高——站得高，看得开，所以他好玩得起，游戏得起。所谓"嬉笑怒骂皆成文章"，其实古今中外，没几个人可以做到的。

文章的张力，是人格的张力，写作的维度，也是人格的维度——愤怒、但是同时好玩；深刻、然而精通游戏；挑衅、却随时自嘲，批判、却忽然话说回来……鲁迅作文，就是这样地在玩自己人格的维度与张力。他的语气和风调，哪里只是激愤犀利这一路，他会忽儿深沉厚道，如他的回忆文字；忽儿辛辣调皮，如中年以后的杂文；忽儿平实郑重，如涉及学问或翻译；忽儿精深苍老，如《故事新编》；忽儿温柔伤感，如《朝花夕拾》；而有一种非常绝望、空虚的况味，几乎出现在他各个时期的文字中——尤其在他的序、跋、题记、后记中，以上那些反差极大的品质，会出人意料地揉杂在一起，难分难解。

譬如鲁迅一篇序言的结尾，佩服黄（忠）汉升的拖刀计，但宁可喜欢张飞的鲁莽，偷了头去，讨厌李逵的不问青红皂白排头砍去，因此喜欢张顺的好水性，淹得两眼发白——这一段，其实就是鲁迅天性的自白，他自己同时就可以是黄汉升、张飞、李逵、张顺。

许多意见以为鲁迅先生后期的杂文没有文学价值。我的意见正好相反，老先生越到后来，越是深味"写作的愉悦"。有些绝妙的文章，我们在《古文观止》中也不容易找到相似而相应的例。雄辩如韩愈，变幻如苏轼，读到鲁迅的杂文，都会惊异赞赏，因鲁迅触及的主题与问题，远比古人杂异；与西人比，要论好玩，乔叟、塞万提斯、蒙田、伏尔泰，似乎都能找见鲁迅人格的影子,当然,鲁迅直接的影响来自尼采,凭他对世界与学问的直觉,他也如尼采一样,早就是"伟大的反系统论者"。只是尼采的德国性格太认真,也缺鲁迅的好玩,结果发疯,虽然这发疯也叫人起敬意。

将鲁迅与今人比,又是一大话题。譬如鲁迅的《花边文学》,几乎每篇都是游戏文章的妙品,此后报纸上的专栏文章,再也不可能请到这样的笔杆子。鲁迅晚期杂文,尤其是《且介亭》系列,我借桑塔格形容巴特尔的词语,则老先生七十多年前就半自觉地倾心于"写作本身"——当鲁迅闷在上海独自玩耍时,本雅明、萨特、巴特尔、德里达等等,都还是小青年或高中生。当十九世纪中叶,马克思主义在二十世纪三十年代的中国还是最前卫最时髦的思想体系时,当生于光绪年间的鲁迅也自认是唯物主义初学者时,他凭自己的笔力与洞察力,单独一人,大胆地、自说自话地,异常敏锐而前卫地,触及了二战以后现代写作的种种问题与方式。他完全不是靠讯息、靠学习获知并实践这类新的文学观念,而是凭借他自己内在的天性,即我所谓的"好玩"——玩文学,玩时代,玩他自己。

再借桑塔格对巴特尔的描述——所谓"修辞策略"、所谓"散文与反散文的实践"、所谓"写作变成了冲动与制约的记录"、所谓"思想的艺术变成一种公开的表演"、所谓"让散文公开宣称自己是小说"、所谓"短文的复合体"与"跨范畴的写作",这些后现代写作特质不论是否能够或有必要挪回去比照鲁迅,然而在鲁迅晚期的杂文中,早已无所不在。

而鲁迅大气,根本不在乎这类建树,根本不给出说法,只管自己玩。即便他得知后来的种种西洋理论与流派,他仍然会做他自己——他活在一个奉唯物主义马克思主义为最正确的时代,但是今天看来,他的许多见解和预测,比马克思主义者更深刻、更真实、更高明——他早就警告,什么主义进了中国的酱缸,就会变;他也早就直觉到,未来中国不知要出多大的灾难——因为他更懂得中国与中国人。他要是活在今天这个笼统被称作后现代文化的时期,他也仍然知道自己相信什么,怀疑什么。他会是后现代文化研究极度清醒的认识者与批判者。诚如巴特尔论及纪德的说法,鲁迅"博览群书,并没有因此改变自己。"

是的,我非常钦佩后现代文本,我们已经没有思想家了,只好借借别人的思想。但我觉得他们似乎还是没有鲁迅"好玩"——我们中国幸亏有过一个鲁迅,幸亏鲁迅好玩。为什么呢,因为鲁迅先生还有另一层最迷人的底色，就是他一早就提醒我们的话。他说：他内心从来是绝望的、黑暗的、有毒的。

他说的是实话。

好玩，然而绝望，绝望，然而好玩，这是一对高贵的、不可或缺的品质。由于鲁迅其他深厚的品质——热情、正直、近于妇人之仁的同情心——他曾经一再欣然上当：上进化论的当、上革命的当、上年轻人的当、上左翼联盟的当，许多聪明的、右翼的正人君子因为他上这些当而指责他，贬损他——可是鲁迅都能跳脱，都曾经随即看破而道破，因为他内心克制不住地敏感到黑暗与虚空，因为他克制不住地好玩。

这就是鲁迅为什么至今远远高于他的五四同志们，为什么至今没有人能够掩盖他，企及他，超越他。

鲁迅的话题，说不完的。我关于鲁迅先生的两点私人意见——他好看、他好玩——就这么勉强说到这里。有朋友会问：鲁迅怎么算好看呢？怎能用好玩来谈论鲁迅呢？这是难以反驳的问题，这也是因此吸引我的问题。这问题的可能的答案之一，恐怕因为我们这个世代，我们的文学，越来越不好玩了。

当然，这也是我的私人意见，无法征得大家同意的。我的话说完了。

[提示]

陈丹青（1953—），上海人，祖籍广东台山，著名油画家、文艺批评家、作家。主要有文艺论文集《退步集》《退步集续编》《荒废集》，长篇游记《无知的游历》，随笔集《纽约琐记》《多余的素材》《草草集》等。

《笑谈大先生》是陈丹青于2005年6月6日在北京鲁迅纪念馆演讲的演讲稿，后收录于文集《笑谈大先生：关于鲁迅的三次演讲》（2007年牛津出版社出版）。"大先生"是鲁迅生前亲近者对他的称呼，其一是因为鲁迅先生在家中排行老大，家人称之为"大先生"；其二则是其人格与才华都堪称"大"者，被人们尊称为"大先生"。对于很多人来说，鲁迅地位太崇高，在心目中的形象也是严肃而不苟言笑，横眉冷目的，可是陈丹青笔下的鲁迅先生却是"好看"又"好玩"。这无疑能够引起读者阅读的兴趣与好奇。

陈丹青认为鲁迅长得不像胡适、徐志摩这样的洋派形象，也不像于右任、沈钧儒这样的老派形象,恰好像他自己。同时,擅长以画家的眼光去审视——这显然源自陈丹青作为画家所具有的独特视角。"大先生"除了好看,还"好玩",不论是日常生活中还是写作中都具有丰富的幽默感,喜欢跟身边人开玩笑,寻找"自己制造的快感",同时深谙文章之道,"懂得文章的游戏性",消解了读者对鲁迅先生只有"横眉冷对"和"以笔为刀"的刻板印象。

  作者认为鲁迅先生的文笔独树一帜,一针见血地指出了鲁迅先生在现代文坛的地位之高以及其文章立意和艺术手法的精妙。最后陈丹青还说明了为什么鲁迅很难企及和更难以被超越的原因:"好玩,然而绝望,绝望,然而好玩,这是一对稀有的、高贵的、不可或缺的品质。"陈丹青将鲁迅的形象从"神"还原成人,用"个人化"的文字拉近了我们与鲁迅的距离,带我们认识了一个"接地气"的鲁迅先生。这样的鲁迅形象告别了"脸谱化",显得更加丰满和生动。

(王　廉)

馅饼记俗

谢冕

在北方，馅饼是一种家常小吃。那年我从南方初到北方，是馅饼留给我关于北方最初的印象。腊月凝冰，冷冽的风无孔不入，夜间街边行走，不免惶乱。恰好路旁一家小馆，灯火依稀，掀开沉重的棉布帘，扑面而来的是冒着油烟的一股热气。但见平底锅里满是热腾腾的冒着油星的馅饼。牛肉大葱，韭菜鸡蛋，皮薄多汁，厚如门钉。外面是天寒地冻，屋里却是春风暖意。刚出锅的馅饼几乎飞溅着油星被端上小桌，就着吃的，可能是一碗炒肝或是一小碗二锅头，呼噜呼噜地几口下去，满身冒汗，寒意顿消，一身暖洋洋。这经历，是我在南方所不曾有的——平易，寻常，有点粗放，却展示一种随意和散淡，充盈着人情味。

我在京城定居数十年，一个地道的南方人慢慢地适应了北方的饮食习惯。其实，北方、尤其是北京的口味，比起南方是粗糙的，远谈不上精致。北京人津津乐道的那些名小吃，灌肠、炒肝、卤煮、大烧饼，以及茄丁打卤面，乃至砂锅居的招牌菜砂锅白肉等等，说好听些是豪放，而其实，总带着一股大大咧咧的"做派"。至于许多人引为"经典"的艾窝窝、驴打滚等，也无不带着胡同深处的民间土气。在北方市井，吃食是和劳作后的恢复体能相关的活计，几乎与所谓的优雅无关。当然，宫墙内的岁时大宴也许是另一番景象，它与西直门外骆驼祥子的生活竟有天壤之别。

我这里说到的馅饼，应该是京城引车卖浆者流的日常，是一道充满世俗情调的民间风景。基于此，我认定馅饼的"俗"。但这么说，未免对皇皇京城的餐饮业有点不恭，甚至还有失公平。开头我说了馅饼给我热腾腾的民间暖意，是寒冷的北方留给我的美好记忆。记得也是好久以前，一位来自天津的朋友来看我，我俩一时高兴，决心从北大骑车去十三陵，午后出发，来到昌平城，天黑下来，找不到路，又累又饿，也是路边的一家馅饼店"救"了我们。类似的记忆还有卤煮。那年在天桥看演出，也是夜晚，从西郊乘有轨电车赶到剧场，还早，肚子饿了，昏黄的电石灯下，厚达一尺有余的墩板,摊主从冒着热气的汤锅里捞出大肠和猪肺,咔嚓几刀下去,加汤汁,垫底的是几块浸润的火烧。寒风中囫囵吞下,那飘忽的火苗,那冒着热气的汤碗,竟有一种难言的温暖。

时过境迁,京城一天天地变高变大,也变得越来越时尚了。它甚至让初到的美国人惊呼:这不就是纽约吗?北京周边不断"摊大饼"的结果,是连我这样的老北京也找不到北了,何况是当年吃过馅饼的昌平城?别说是我馋的想吃一盘北京地道的焦溜肉片无处可寻,就连当年夜间路边摊子上冒着油星的馅饼,也是茫然不见!

而事情的转机应当感谢诗人牛汉。前些年牛汉先生住进了小汤山的太阳城公寓,朋友们常去拜望他。老爷子请大家到老年食堂用餐,点的就是城里难得一见的馅饼。

老年公寓的馅饼端上桌,大家齐声叫好。这首先是因为在如今的北京,这道普通的小吃已是罕见之物,众人狭路相逢,不免有如对故人之感。再则,这里的馅饼的确做得好。我不止一次"出席"过牛汉先生的饭局,多半只是简单的几样菜,主食就是一盘刚出锅的馅饼,外加一道北京传统的酸辣汤,均是价廉物美之物。单说那馅饼,的确不同凡响,五花肉馅,肥瘦适当,大葱粗如萝卜,来自山东寿光,大馅薄皮,外焦里润,足有近寸厚度。佐以整颗的生蒜头,一咬一口油,如同路边野店光景。

这里的馅饼引诱了我们,它满足了我们的怀旧心情。此后,我曾带领几位博士生前往踩点、试吃,发现该店不仅质量稳定,馅饼厚度和品味依旧,且厨艺日见精进。我们有点沉迷,开始频繁地光顾。更多的时候不是为看老诗人,是专访——为的是这里的馅饼。久而久之,到太阳城吃馅饼成了一种不定期的师生聚会的缘由,我们谑称之为"太阳城馅饼会"。

面对着京城里的滔滔红尘,遍地风雅,人们的餐桌从胡同深处纷纷转移到摩天高楼。转移的结果是北京原先的风味顿然消失在时尚之中。那些豪华的食肆,标榜的是什么满汉全席,红楼宴,三国宴,商家们竞相炫奇出招,一会儿是香辣蟹,一会儿是红焖羊肉,变着花样招引食客。中关村一带白领们的味蕾,被这些追逐时髦的商家弄坏了,他们逐渐远离了来自乡土的本色吃食。对此世风,也许是"日久生情"吧,某月某日,我们因与馅饼"喜相逢"而突发奇想,为了声张我们的"馅饼情结",干脆把事情做大:何不就此举行定期的"馅饼大赛"以正"颓风"!

当然,大赛的参与者都是我们这个小小的圈子中人,他们大都与北大或中关村有关，属于学界中人，教授或者博士等等，亦即大体属于"中关村白领"阶层的人。我们的赛事很单纯，就是比赛谁吃得多。分男女组，列冠亚军，一般均是荣誉的，不设奖金或奖品。我们的规则是只吃馅饼，除了佐餐的蒜头（生吃，按北京市井习惯），以及酸辣汤外，不许吃其他食品，包括消食片之类的，否则即为犯规。大赛不限人种、国界，多半是等到春暖花开时节举行"大典"。大赛是一件盛事，正所谓"暮春者，春服既成"，女士们此日也都是盛装出席，她们几乎一人一件长款旗袍，玉树临风，婀娜多姿，竟是春光满眼。男士为了参赛，嗜酒者，也都敬畏规矩，不敢沾点滴。

我们取得了成功。首届即出手不凡，男组冠军十二个大馅饼，女组冠军十个大馅饼。一位资深教授，一贯严于饮食，竟然一口气六个下肚，荣获"新秀奖"。教授夫人得知大惊失色，急电询问真伪，结果被告知：不是"假新闻"，惊魂始定。遂成一段文坛佳话。一年一场的赛事，接连举行了七八届，声名远播海内外，闻风报名尚待资质审查者不乏包括北大前校长之类的学界俊彦。燕园、中关村一带，大学及研究院、所林立，也是所谓的"谈笑有鸿儒，往来无白丁"的高端去所，好奇者未免疑惑，如此大雅之地，怎容得俗人俗事这般撒野?! 答案是，为了"正风俗，知得失"，为了让味觉回到民间的正常，这岂非大雅之举？

写作此文，胸间不时浮现《论语》的侍坐章情景，忆及夫子"喟然叹曰，吾与点也"往事，不觉神往，心中有一种感动。夫子的赞辞鼓舞了我。学人志趣心事，有事关天下兴亡的，也有这样浪漫潇洒的，他的赞辞建立于人生的彻悟中，是深不可究的。有道云，食色性也。可见饮食一事，雅耶？俗耶？不辩自明。可以明断的是，馅饼者，此非与人之情趣与品性无涉之事也。为写此文，沉吟甚久，篇名原拟"馅饼记雅"，询之"杂家"高远东。东不假思索，决然曰：还是"俗"好，更切本意。文遂成。

2019年2月4—5日，岁次戊戌、己亥之交。除夕立春，俗谓谢交春，"万年不遇"之遇也。

[提示]

谢冕（1932—），原名谢鱼梁，福建福州人，文艺评论家、诗人、作家。著有文艺理论集《论二十世纪中国文学》《1898：百年忧患》，主编大型丛书《二十世纪中国文学》《百年中国文学经典》《中国新诗总系》等，学术专著《共和国的星光》《湖岸诗评》《文学的绿色革命》《新世纪的太阳》等，散文随笔集《世纪留言》《永远的校园》《流向远方的水》《心中风景》《我所理解的北大精神》等。

《馅饼记俗》原载《文汇报》2019年3月2日。文章开门见山，先介绍"馅饼"是北方有代表性的家常小吃，具有鲜明的地域色彩，让北方人读来觉得亲切，让南方人读来也觉得好奇——究竟北方馅饼有什么不同之处呢？作者写道："我这里说到的馅饼，应该是京城引车卖浆者流的日常，是一道充满世俗情调的民间风景"，指出这种"俗"不是庸俗或者低俗，而是一种"民间暖意"、"北方的美好记忆"。接着笔锋一转，开始讲述牛汉先生带大家到太阳城公寓的老年食堂吃馅饼，又勾起作者美好的回忆，最后发展成为"太阳城馅饼会"，与会者多是学界中人或者"白领阶层"，大家往往是气度不凡，高雅脱俗，可也免不了"正风俗，知得失"，让味觉回归民间。

作者在结尾处抒发议论，"可见饮食一事，雅耶？俗耶？不辩自明。可以明断的是，馅饼者，此非与人之情趣与品性无涉之事也"，那么，文人雅士争吃馅饼进行竞赛活动自是另一种"俗到极致的雅"。文章在写馅饼这样一种北方市井小吃的同时，回顾了作者几十年来的北方生活记忆，也讲述了北京城的时代变迁。《馅饼记俗》记录着关于味蕾上的一点滋味，更是作者心底挥之不去的情怀，字字句句饱含生活趣味，读来耐人寻味。

（王　廉）

一步三回头

袁劲梅

我小的时候不知道鱼会生病,鸟会中毒,小孩子会死。但是我的父亲知道。他是一个生物学家。后来我父亲死了。我父亲的学生告诉我,长江的鱼不能吃了;在江边白茅上飞着的鸟儿,飞着飞着就摔下来死了,是铅中毒;在长江边出生的孩子,小小的年纪就得了肝癌。

在人们还没有反应过来为什么的时候,那条从天际流进诗里和画里的长江,突然丧失了衬托落霞孤鹜的闲情逸志;突然关闭了博揽千帆万木的宽阔胸怀。长江,突然变成了我们的"敌人"。

在我最近一次回到江南的时候,我看见长江浑黄的水闷声不响地流着,像一个固执的老人,拖着一根扭曲的桃木拐棍,怨恨地从他的不肖子孙门前走过,再也不回头了。

这时候,我感到,我必须告诉长江和长江边的不肖子孙我父亲的故事。我父亲到死对长江都是一步三回头。我希望等到人们总算懂得该向自然谢罪的那一天,会想起我的这些故事。

一 鱼的故事

我父亲死在美国的亚里桑那州。他去世之前,我和我弟弟带着他旅行了一次。这是他一生最后一次旅行。他拍了很多他感兴趣的照片。回来后,他把这些照片一一贴在他的影集上,每张照片下还写上一两句话。像是笔记。每次,我翻开他这本最后旅行的影集,看着他拍的这些照片,他写在这些照片下的那些句子,就变成了一张张退了色的老照片插了进来,讲着一些关于父亲的故事。

譬如说,影集的第一页,贴着两张父亲在夏威夷阿拉乌玛海湾,用防水照相机在水下拍的鱼儿。那些红黄相间的热带鱼,身体扁扁的,像蒲扇,在海里煽动起一圈圈碧蓝的波纹,那波纹像一习习快活的小风,鼓动着旁边两根褐色的海草。热带鱼在水草间平静地游逸,逍遥自在。

父亲在这两张照片下写着:"鱼,鱼,长江葛洲坝的鱼是要到上游产卵的。"

父亲像很多老人一样到美国来看望他的儿女。没来之前想我和弟弟想得很热切。才到一天,就说:"我最多只能待一个月,我有很多重要的事情要回去做呢。"我和我弟弟说:"您都退休了,那些重要的事情让您的研究生做去吧。"父亲说,"研究生威信不够,没人听他们的。"我和弟弟就笑,"您威性高,谁听您的?"父亲唉声叹气。但过了一分钟,又坚决地说:"长江鱼儿回游的时候,我一定要走。"

长江鱼儿回游的时候,我父亲从来都是要走的。这个规矩从70年代长江上建了葛洲坝开始。我记得我父亲的朋友老谷穿着一双肥大的黑棉鞋,坐在我写字时坐的小凳子上狼吞虎咽地吃一碗蛋炒饭,父亲穿一件灰色的破棉袄唉声叹气地在小客厅转来转去。

"坝上的过鱼道没有用?"父亲问。

"没用。"老谷说。

"鱼不从过鱼道走?"父亲问。

"不走。"老谷说。

"下游的鱼上不去了?"父亲又问。

"我刚从葛洲坝来。鱼都停在那里呢。"老谷说。

"造坝前,我早就跟他们说了,鱼不听人的命令的,鱼有鱼的规矩。"父亲说。

"葛洲坝的人还以为他们今年渔业大丰收呢。正抓鱼苗上坛腌呢。"老谷说。

"你快吃,吃了我们就走。"父亲说。

我当时不知道他们要到哪里去,只觉得他们惶惶不安。像两个赶着救火的救火员。后来我知道了他们带着三个研究生去了葛洲坝,在那"过鱼道"前想尽了办法,长江的鱼儿终于没能懂得人的语言,也看不明白指向"过鱼道"的路标,一条条傻乎乎地停在坝的下游,等着大坝开恩为它们让条生路。

最后,父亲和老谷这两个鱼类生物学教授只好带着研究生用最原始的水桶把那些只认本能的鱼儿一桶一桶运过坝去。并且,从此之后,年年到了鱼儿回游的时候,他们都要带着研究生去拉鱼兄弟一把,把鱼儿们运过坝去。这叫做"科研"工作。鱼儿每年都得回游,于是我父亲就得了这么一份永不能退休的"科研"工作。

我父亲死在长江三峡大坝蓄水之前。要不然，他又会再多一个永不能退休的"科研"工作。我父亲说，"我们这些教授，做的只能是亡羊补牢的工作。'羊'没亡的时候，你再喊再叫也没人听。"

我们是一个非常功利的民族，而且是只要眼前功利的民族。我们可以把属于我们子孙的资源提前拿来快快地挥霍掉或糟蹋掉。我们喜欢子孙满堂，可是我们的关爱最多沿及到孙子辈就戛然而止。至于我们的曾孙，重孙有没有太阳和月亮，清风和蓝天，我们脚一蹬，眼睛一闭，眼不见心不烦。我们还大大咧咧地嘲笑杞人忧天。天怎么会塌下来呢？真是庸人自扰之。我们的这种好感觉来得无根无据，却理直气壮。

偏巧，我父亲就是这么一个忧天的杞人。只是比杞人还多了一个愚公移山的本领——带领徒孙一年一年移鱼不止。

二　鸭子的故事

父亲影集的第二页，贴的是一群鸭子的照片。那时候，我们在地图上看见有一个叫"天鹅湖"的地方。我们就带着父亲去了。我们在一片无边无际的玉米地里开了三个小时的车，然后，就钻进了这片树林。没有风，一根根老藤静静地从树枝上挂下来，像还静止在远古的时间多年不刮的胡须，非常祥和地垂到满地的腐叶上。我们找到了这个"天鹅湖"。湖里其实并没有天鹅，却停了满满的一湖鸭子。一个挨一个，远看密密麻麻，像一个个灰色的小跳蚤。我们的狗想到湖边去喝水，一湖的鸭子突然吼叫起来，像士兵一样朝我们的狗列队游过来，保卫它们的领域。父亲哈哈大笑，拍了这张鸭子的照片。

在这张照片底下，他写了："鸭子，上海浦东的鸭子是长江污染的证明。"

从七十年代末起，人们发现上海浦东，崇明岛一带肝癌的发病率非常高。父亲有个很好的研究生，叫黄成，是孤儿。父母都得肝癌死了。父亲时常给他一些零花钱。他们家有兄妹五个，相亲相爱，住在上海浦东地区。这个研究生读书期间，大哥也死了，还是肝癌。人们不知道原因。父亲就带着几个研究生开始了调查，研究为什么上海浦东地区肝癌发病率高。

父亲选择研究在长江下游生活的鸭子。那一段时间，不停地有一些鸭子被送到我们家来。家里小小的厨房，全是鸭屎味。我和弟弟踮着脚，捏着鼻子到厨房去找零食吃，什么油球，麻糕上都带着鸭屎臭。我妈跟我父亲吵，叫他把这些鸭子弄走。我父亲说："弄到哪里去，总不能弄到大学办公室里养吧。"

　　后来研究鸭子的结果出来的，上海浦东，崇明岛一带的鸭子活到两年以上的多半都得了肝癌。结论很明显：长江下游水质严重污染。

　　1989年我父亲带着一个黑皮箱，去美国参加"国际水资源环保大会"。我和他的研究生黄成送他上飞机。他的黑皮箱里装着详细的长江下游流域水资源污染状况的证据和研究报告。父亲身穿着崭新的西装。那西装的裤腿高高卷到膝盖，脚下还蹬着一双解放鞋。我和黄成要求再三，要他把西装的裤腿放下来，换上皮鞋。他说："我整天在长江水里泡着，就习惯这样。"他就这样上了飞机。哪里像个教授。地道一个长江上的渔民。父亲半辈子都在长江上闯荡，像武打小说里的一条江湖好汉，替那些不能保护自己的长江水资源打抱不平。

　　父亲从美国开会回来，并不高兴。他说："其他国家和地区的报告，谈完污染就谈整治措施。我报告完了污染，别人就问：你们国家的整治措施是什么？我没法回答。我们没有。"那会是在十几年前开的。那时候环境保护还没有被中国人当作一回重要的事情。重要的事情在八，九十年代是挣钱。人们热衷于把自己的小家装潢得漂漂亮亮。一出小家门，门庭过道再脏也可以看不见。谁还会去管如何清理那些流到长江里，让鸭子得肝癌的东西。

　　去年，我在一个偶尔的机会碰见了父亲的研究生黄成。他到美国来短期访问。我问他：你好吗？他说：我来之前刚到上海去了一趟。我的最小的妹妹得肝癌去世了。于是，我们俩都同时怀念起我的父亲。黄成回忆起我父亲写过的许多论文，做过的许多报告。那些论文和报告早早地就把长江水生资源的污染与危机呼吁出来了。不幸的是，在父亲有生之年，中国的社会先是只重视与天奋斗，与地奋斗，把人对自然的无知夸张成统治自然的权威；后来，社会又变成了是只重视向天要钱，向地要钱，把人的对自然的讹诈当作是从自然得来的财富。父亲像唐诘柯德，带着他的"潘安"——几个忠心耿耿的研究生，向社会——这个转起来就不容易停的大风车宣战，到死都一直在孤军奋战。

三　船的故事

　　父亲影集的第三页，是我们在卡罗拉多河划船的照片。我和弟弟怕父亲在美国寂寞，怀念他在长江上的浪漫漂泊，决定带他到卡罗拉多河上去划船。卡罗拉多河水是浅绿色的，我们的小机动船是象牙色的，父亲高高兴兴地戴着渔民的草帽，把西装裤腿高高地卷过膝盖，笑眯眯地架着方向盘，像是回到了老家。象牙色的小机动船在水面上滑过，溅起高高低低的水珠，像一只灵巧的溜冰鞋在晶莹的水面上划过一道白色的印子。我记得当时，有一只麻雀一样的小鸟飞来停在船头，我弟弟就喂它面包吃。小鸟并不怕人，居然大大方方地走到我们放食物的椅子上自己招待起自己来。父亲感叹不已，说："这种人和动物之间的信任不知要花多少代才能在中国建立。我们江南的麻雀见了人就像见了魔鬼一样。"我当然是很能理解父亲的意思。单靠几个科学家是拯救不了中国的动物危机和环境污染的。父亲在开船，他让我把他和小鸟还有船都照下来。

　　父亲在这张照片下写道："要教育长江流域的老百姓。"

　　上海浦东的鸭子证明了长江被污染了后，我父亲就长年在长江的水域奔忙。他和他的研究生半年半年地住在渔民的船上收集资料。我和弟弟当时还小，就想混上渔船，到长江太湖溜达一圈。放暑假的时候，父亲带我去过一次。我记得我去的那条渔船很小，睡在后仓里，连我的腿都伸不直。一泡臭尿得憋到天黑，才能把屁股撅得高高地站在船沿上尿。那时候正是鱼汛，船白天黑夜在水上颠簸。我父亲他们天不亮就起来在渔民打到的鱼堆里乱翻。他们把一些鱼做成切片，放在显微镜下面看。说是有些鱼脊椎弯了，有些鱼身上带血点，还有些鱼数量大减。我在船上，百无聊赖，吃了一个星期没盐没油的鱼煮饭。下了地，连走路都像只青蛙，只会一颠一跳。后来，我再没有兴趣混上渔船玩了。我弟弟还混上去过一次。那次他们去的是太湖，船也大一点。我弟弟回来连说："差点淹死，差点淹死。"以后也再不要去了。但是我父亲他们却从来没有间断过，一年又一年，到鱼汛的时候必去。紧密关注着长江流域的各种水生资源变化。后来他们干脆租了渔民的船，跟着鱼儿到处跑。从长江下游，一直到四川重庆，从太湖，一直到鄱阳湖。他们跑遍了长江流域，年年如此，不管刮风下雨。他们也收集长江流域变了形的鸟，有一只麻雀类的鸟长了三个翅膀，第三个翅膀很小，像小孩子衣服上被扯破的小口袋。我和弟弟看着好玩，父亲说，这种变异可能也跟污染有关。

后来，父亲在N大学的办公室里堆满了大大小小污染变形鱼和其它长江流域常见动物的标本。我有时候到父亲的办公室去，看见这么多被污染的鱼和动物的标本，真不知道该说什么好。父亲和他的同事，研究生讨论起这些被污染的鱼和动物，一个个的表情如兵临城下一般凝重。可长江沿岸的造纸厂和印刷厂依然往长江里排含铅的污水；肺结核病院和精神病院依然往长江里扔废弃的药品。父亲他们这些无权无势的知识分子到底能干什么呢？我甚至嘲笑父亲："您的污染鱼和动物不到严重程度的时候，您那些对策都不会有人用的。"

父亲依然故我地在长江上忙碌。后来我发现父亲这样做其实是为了一种精神，这种精神是父亲生命的意义。这种精神不可以用"献身"或"热爱"等形容词来描述。这种精神是一种冷静的理性，是一种负责任。是一种不仅仅对自己负责，而且对子孙后代负责，不仅仅对今天的发展负责，而且对人类所生存的地球的未来负责的精神。这是一种科学和人文的精神。为了这样一种科学和人文的精神，父亲和他们那一代知识分子忍辱负重，在最没有科学和人文精神的年代，做了许多直到今天，才被人们看出其重要意义的事情。

四　父亲追悼会的故事

父亲影集里的最后一张照片，是父亲追悼会的照片。那不是父亲贴上去的，是母亲贴上去的。母亲在照片下写了一行字："相濡以沫，不如相忘于江湖。"取的是《庄子·大宗师》里两条鱼的典故。小水塘里的水干涸了，最后的两条鱼往对方身上互相吐着水沫，以求一点湿润。人们感叹这是多伟大的爱情呀！可是对鱼来讲，还不如让它们快活地游在大江大湖里，而互相根本不用惦记着好。生死一别，父亲回归自然。

像其他许多中国贫穷而执着的中年知识分子一样，父亲突然英年早逝了。那时候，他从那次最后的旅行回来不久。因为长江鱼儿回游的季节就快到了，他回中国的飞机票都买好了。却终未能成行。父亲去世前几天全身的皮肤瘙痒，后来突然胃出血，吐血不止。等救护车开到我们家的时候，父亲已经过去了。除了这本影集和每张照片下写的几行对长江恋恋不忘的句子，他没有遗言。

医生告诉我们他的死因可能是铅中毒。母亲什么话也没有说，在长江鱼儿回游的季节快到来之前带着父亲的骨灰按时回中国去了。父亲就这样回到了长江边。

父亲在美国对长江是一步三回头地依念，他的追悼会当然是应该在江南故里开。可母亲带着父亲的骨灰回到南京后，父亲系里的系主任非常愧疚地对母亲说：因为他们的书记倒期货，暗自动用了系里的钱。结果钱全砸进去赔了。连教授讲师当年的奖金都发不出，实在拿不出钱来给父亲开追悼会。结果，父亲的研究生黄成来了，当时就捐了三百块钱为父亲开追悼会，接着老谷也捐了，其他父亲的同事和学生都捐了钱。母亲哭了。

父亲的追悼会是在长江边开的，除了他的同事和学生，还有很多渔民。在追悼会上父亲的生平被连续起来：

父亲叫袁传宓，出身在江南的一个极富裕地主家庭，毕业于金陵大学。以后在N大学生物系工作了一辈子。他年轻的时候非常洋派，打领带，说英文，绝不是后来连西装都不会穿的"渔民"。他还会瞒着母亲把我和弟弟带到鸡鸣酒家楼上的西餐店去吃一份牛排。后来，文化大革命了，他下了农村，在农村养了几年猪。他跟所有改造好的知识分子一样，非常努力地把自己脑袋里祖宗八代的非无产阶级意识当作残渣剩汁统统抖落出来清洗干净，然后紧密地和工农打成一片。七十年代，一有正常工作的机会，他就全力为长江的环境保护奔走，呼喊，直到死亡。这就是父亲的一生。很简单。父亲他们那一代知识分子，似乎没有内心世界，他们的内心世界都得公开于众的。唯一还属于他们私人的就是一种根植于中国优秀知识分子良心中的科学和人文精神。这是父亲生命的支点。

父亲的故事讲完了。长江的故事还没有完，也许永远也不会完。最近老谷寄给我一份当地的报纸，上面报道了一个渔民捕到了一只长江珍稀动物白鲟。报道里谈到，从渔民到科学家，大家都为抢救这只白鲟尽力。老谷看完之后，一定要他的儿子把这篇报道拿到我父亲的坟上去烧，以告慰父亲在天之灵。又因为长江里第一只白鲟是我父亲发现并命名的。那家报纸要我谈谈如果我父亲看见人们对珍稀动物如此关爱的事迹后会怎么想。这时候，父亲已经去世九年了。终于，那种父亲一代知识分子所坚持的科学和人文的精神开始成为民众意识了。我父亲会怎么想呢？

我想，父亲大概会说："相濡以沫，不如相忘于江湖。"

父亲的科学家职业，让他能够比许多人看得远一点。与其到动物濒临危机了，才来赞美人类对动物的关爱，不如不要干扰动物，让它们和我们人类一样，也在地球上有一个位置，过它们和平的生活。地球不是我们人类独霸的，长江里的鱼儿有权力拒绝人类对它们的指挥或关爱。让动物按照它们各自物种的本能自由地生活，我想这可能是父亲会替鱼儿，鸟儿，鸭子，白鲟发表的独立宣言吧。

[提示]

袁劲梅，美国克瑞顿大学哲学教授，华裔旅美作家，曾在国内外发表多篇散文、小说及哲学论文。中篇小说《忠臣逆子》获2003年台湾联合文学奖，北京文学2004—2005年中国最佳中篇小说奖；散文《一步三回头》获2005年《侨报》五大道文学奖；中篇小说《罗坎村》获2009年《人民文学》优秀中篇小说奖；长篇小说《疯狂的榛子》获2016年第四届《人民文学》长篇小说双年奖。近年来出版有散文集《东邻西舍》（2012）《剪烛西窗》（2013）《父亲到死，一步三回头》（2014）《宽广的自由》（2017），中篇小说集《忠臣逆子》（2010），长篇小说《青门里志》（2011）《疯狂的榛子》（2015）。

《一步三回头》原载《美文》2005年第9期。袁劲梅这篇散文以悼念去世的父亲为主题，一方面追忆父亲对于长江水质问题的研究调查，以说明长江污染严重，并警示后人保护环境；另一方面则通过对父亲的调查经过的记叙和回忆自己同父亲的生活经历，来刻画父亲的性格和品德，抒发自己对父亲的思念与敬佩之情。

作者以讲故事的形式回忆自己父亲"一步三回头"的经历，以父亲的生前的影集页码为逻辑顺序展开叙述，依次讲述鱼的故事、鸭子的故事、船的故事、父亲追悼会的故事。将父亲在长江中下游的奔走串联成为一个整体。作者从父女之间的亲情着手，回顾了自己父亲辛勤、执着而无悔的一生。她的父亲为长江的生态平衡奔走，在寂寞中前行，凭着对家乡对人民对国家的爱，他以一种"虽千万人吾往矣"的姿态坚定而行，这种对家乡对长江坚持治理污染和环境保护的执着凸显出了"一步三回头"的决绝——在回头与不回头之间的强烈对比，可见作者父亲的伟大与可敬。

袁劲梅极少在散文中灌输为人处世的大道理，多是还原生活本真，在平淡的讲述中给人以启发和深思。作者对散文节奏的把握堪称精妙，舒缓而有张力，徐徐道来又丝丝入扣，其中深意更是为了让读者们关注长江，关注生态环境，关注我们的环保事业，毕竟这一切最终还是为了人类自己的身体健康和子孙后代的福祉。正如作者所说："父亲的故事讲完了。长江的故事还没有完，也许永远也不会完。"

（王　廉）

羊 的 样 子

鲍尔吉·原野

"泉水捧着鹿的嘴唇……"这句诗令人动心。在胡四台，雨后或黄昏的时候，我看到了几十或上百个清盈盈的水泡子小心地捧着羊的嘴。

羊从远方归来，它们像孩子一样，累了，进家先进找水喝。沙黄色干涸的马车道划开草场，贴满牛粪的篱笆边上，狗不停地摇尾巴。这就是胡四台村。卷毛的绵羊站在水泡子前，低头饮水，天上的云彩以为它们在照镜子。我看到羊的嘴唇在水里轻轻搅动。即使饮水，羊仍小心。它粉色的嘴巴一生都在寻觅干净的鲜草。

然而见到羊，无端地，心里会生添怜意。当羊孤零零地站立一厢时，像带着哀伤，它仿佛知道自己的宿命。在动物里，羊是温驯的物种之一。似乎想以自己的谨小慎微赎罪，期望某一天执刀的人走过来时会手软。同样是即将赴死的生灵，猪的思绪完全被忙碌、肮脏与昏昏噩噩的日子缠住了，这一切它享受不尽，因而无暇计较未来。牛勇猛，也有几分天真。它知道早晚会死掉，但不见得被屠杀。当太阳升起，绿树和远山的轮廓渐渐清晰的时候，空气中的草香让牛晕眩，完全不相信自己会被杀掉这件事。吃草吧，连同清凉的露珠。动物学家统计：牛的寿命为二十五年，羊十五年，猪二十年，鸡二十年，鹰一百年。这种统计如同在理论上人寿可达一百五十年一样，永无兑现。本来牛羊可以活到寿限，它们并非像人那样被七情六欲破坏了健康。在人看来，牛羊仅仅作为人类的蛋白质资源而存在着。屠夫也从不计算它们是否到了寿限——像人类离退休那样有准确的档案依据。时至某日，它们整齐受戮，最后"上桌"。如果牲畜也经常进城，看到橱窗或商店里的汉堡、香肠和牛排之后，会整夜地睡不好觉。甚至自杀，像上千条的鲸鱼自杀一样。另一些思路较宽的动物可能这样安慰自己：那些悬于铁钩上带肋的红肉，在馅饼里和葱蒜杂掺一处的碎肉，皆为人肉。因为人是这样的多，又如此不通情理，他们自相残食。这样想着，睡了，后来有鼾。

"众生"是释迦牟尼常使用的一个词。在一段时间内，我以为指的是人或动物昆虫。一次，如此念头被某位大德劈头问住：你怎么知道"众生"仅为鸟兽虫鱼与人类？你在哪里看到佛这样说法？我不解，"众生"到底是什么呢？佛经里有一段话："众生皆有佛性，只是尔等顽固不化。"所谓"不化"即不觉悟，因而难脱苦海。后来获知，"众生"还包括草木稼蔬，包括你无法用肉眼看见的小生灵。譬如弘一法师上座时用垫子抖一抖，免得坐在看不见的小虫身上。可知，墙角的草每一株都挺拔翠绿，青蛙鼓腹而鸣，小腻虫背剪淡绿的双翅，满心欢喜地向树枝高处攀登，这是因为"众生皆有佛性"。即知，"佛性"是一种共生的权利，而"不化"乃是不懂得与众生平等。若以平等的眼光互观，庶几近于佛门的慈悲。

乡村的道上，羊整齐地站在一边，给汽车马车让路。吃草时，它偶尔抬起头"咩"一声，其音悲戚。如果仔细观察羊瘦削的脸，无神的眼睛，大约要得出这样的结论：这些生灵"命不好。"时常是微笑着的丰子恺先生曾愤怒指斥将众羊引入屠宰厂的头羊是"羊奸"。虽然在利刃下，"羊奸"也未免刑。黄永玉说"羊，一生谨慎，是怕弄破别人的大衣。"当此物成为"别人的大衣"时，羊早已经过血刃封喉的大限了。但在有生之年，仍然小心翼翼，包括走在血水满地的屠宰厂车间里。既然早晚会变成"别人的大衣"，羊们何不痛快一番，如花果山的众猴，上串下跳，惊天动地，甚至穿着"别人的大衣"跳进泥坑里滚上一滚。然而不能，羊就是羊，除非给它"克隆"一些猛兽的基因。夏加尔是我深爱的俄裔画家。在他的笔下，山羊是新娘，山羊穿着儿童的裤子出席音乐会。在《我和我的村庄》中，农夫荷锄而归，童话式的屋舍隐于夜色，鲜花和教堂以及挤奶的乡村姑娘被点缀在父亲和山羊的相互凝视中。山羊的眼睛黑而亮，微张的嘴唇似乎小声唱歌。夏加尔常常画到羊，它像马友友一样拉大提琴，或者在脊背铺上鲜花的褥子，把梦中的姑娘驮到河边。旅居法国圣保罗德旺斯的马克·夏加尔在一幅画中，画了挤奶的女人和乡村之后，仍然难释乡愁，又画了一只温柔的手抚摸画面，这手竟长了七个指头，摸不够。在火光冲天、到处是死亡和哭泣的《战争》中，一只巨大的白羊象征和平。在《孤独》里，与一个痛苦的人相对的，是一位天使和微笑的山羊。夏加尔画出了羊的纯洁，像鸟、蜜蜂一样。羊是生活在我们这个俗世的天使之一，尽管它常常是悲哀的。在汉字源流里，羊与"美"相关，又与"吉"有关，如汉瓦当之"大吉羊"。从夏加尔二十七岁离开彼得堡之后七十年的时光里，在这位天真的、从未放弃理想的犹太老人的心中，羊成了俄罗斯故乡的象征。在大人物中，正如有人相貌似鹰，如叶利钦；像豹，如萨达姆。也有人像山羊，如安南，如受到中国人民包括儿童尊敬的越南老伯胡志明。宁静如羊的人，同样以钢铁的意志，带领人们走向胜利与和平。

城里很少见到羊。我见过的一次是在太原街北面的一家餐馆前。几只羊被人从卡车上卸下来，其中一只，碎步走到健壮的厨工面前，前腿一弯跪了下来。羊给人下跪，这是我亲眼见的一幕。另两只羊也随之跪下。厨工飞脚踢在羊肋上。骂了一句。羊哀哀叫唤，声音拖得很长，极其凄怆。有人捉住羊后腿，拖进屋里，门楣上的彩匾写着"天天活羊"。

后来，我看到"天天活羊"或"现杀活狗"这样的招牌就想起给人下跪的羊，它低着头，哀告。到街里办什么事的时候，我尽量不走那条道，即使有人用"君子远庖厨"或"你难道没吃过羊肉吗?"这样的训词来讥刺我。此时，我欣慰于胡四台满山遍野的羊，自由地嚼着青草和小花，泉水捧起它们粉红的嘴唇。诗写得多好，诗中还说"青草抱住了山岗"，"在背风处，我靠回忆朋友的脸来取暖"。还有一首诗写道，"我一回头，身后的草全开花了，一大片，好像谁说了一个笑话，把一滩草惹笑了"。这些诗，仿佛是为羊而作的。

[提示]

鲍尔吉·原野（1958—），蒙古族作家，现居沈阳。1981年开始发表作品。著有散文集《草木山河》《草言草语》《譬如朝露》《掌心化雪》《那个叫世界的地方到底在哪》《童年书》《从天空到大地》等，长篇报告文学集《最深的水是泪水》，短篇小说集《哈萨尔银碗》等。曾获百花文学奖、中国少数民族骏马奖、蒲松龄短篇小说奖，散文集《流水似的走马》2018年荣获第七届鲁迅文学奖。

《羊的样子》原载《文艺报》，后收录于作者的散文集《梦回家园》（敦煌文艺出版社2000年版）。《羊的样子》开篇就由诗句引出作者对故乡草原上清泉旁羊在饮水的情景的回想，再由诗句收尾，抒发自己的个人情怀来照应开头，中间刻画了多种"羊"的样子，比如画家笔下的羊是纯洁的样子，餐馆（屠宰场）中的羊是可怜的样子，路边偶遇的羊是温驯的样子。其中，作者写亲眼所见的被拖入餐馆的羊的样子，场面是如此令人不忍：对比羊给人下跪、哀哀叫唤的凄惨，厨工的动作诸如踢、骂和拖表现出对生命的漠视,在这种对比描写与动作刻画中可以看出作者的同情与悲悯。也正是因为目睹了这一切,作者才格外怀念故乡自由地嚼着青草和小花的羊,表达出作者对于生命的敬畏与尊重之情。

  鲍尔吉·原野对羊的形象刻画堪称独步,作者从羊的外在形态和内在品质两个方面展开描写,文中的羊是纯洁的温驯的,和平的与世无争的,从而表达了作者对羊的同情,对自然的热爱,体现了对万物平等的向往。作者关爱草原上的生灵以及所有自然生命,追求人与自然的和谐,在他的作品里,没有以人类为中心,而是将世界上的自然生命一视同仁,认为花草树木同样是值得人类去交流和对话的。《羊的样子》正是这样一篇呼吁人与自然万物和谐共处,共同繁衍生息,对生命怀有悲悯情怀的佳作。

(王　廉)

冬 牧 场

李 娟

  南下跋涉的头一天上午，我们的驼队和畜群长时间穿行在没完没了的丘陵地带。直到正午时分，我们转过一处高地，视野才豁然开阔，眼下一马平川。大地是浅色的，无边无际。而天空是深色的，像金属一样沉重、光洁、坚硬。天地之间空无一物……那像是世界对面的一个世界，世界尽头的幕布上的世界，无法进入的世界。我们还是沉默着慢慢进入了。

  走在这样的大地中央，才感觉到地球真的是圆的——我们甚至可以看到大地真的在往四面八方微微下沉，我们的驼队正缓缓移动在这球面的最高点。

  大约两个小时后，空旷的视野里出现了一长溜铁丝网。从东到西，拦住了一切。而我们继续前进，很久以后走到近前，才看到土路与铁丝网的交叉处有豁口。穿过这豁口，继续深入大地的西南方向。很久很久以后，又看到这铁丝网的另外一面——仍然横亘东西，前不见头后不见尾。

  在这荒凉的戈壁滩上，为什么要建造这么巨大的一个工程，圈起如此广阔无物的土地？

  对此，居麻的说法是：为了能让戈壁滩变得跟喀纳斯（阿勒泰最著名的国家级森林公园）一样。不准我们的羊再吃草了，只让野马去吃，让草使劲长。不然的话，内地人来了，就会说："都说新疆是好地方，其实啥也没有嘛，全是戈壁滩嘛！"——草也没有，野马也没有，也拍不成电视，也照不成相，太难看了！太丢脸了！所以一定要保护起来……

  我估计这是基层干部们在给动迁的牧民做思想工作时给出的一个不耐烦的解释。

  真正的原因大约是近几年推行"退牧还草"政策，防止过度放牧，所以进行圈划，分区轮牧（其实游牧生产本身就是轮牧形式，不停地迁徙，令遭到破坏的植被得到有效恢复。但是，如果牲畜过载，牧场不堪负荷，只好强行休牧，令其喘息）。

  居麻说，铁丝网要围五年，现在已经围了三年了。

我们的邻居一家四口，一对夫妻，一个小伙子，一个小婴儿。男主人就是新什别克。

　　刚到沙窝子时，我问居麻女主人叫什么，居麻说不知道。又问那个小伙子叫什么，也说不知道。再问他们分别多大年纪，还是不知道。我大为奇怪："你们不是邻居吗？"

　　后来才知，今年是两家人开始做邻居的第一年，其实大家都不熟的。

　　往年，这数万亩的牧场上只住着居麻一家人。而新什别克家的牧地正好在铁丝网圈住的范围里，被勒令休牧后，虽失去了牧地，却得到了补偿金。于是他们用这补偿金重新租借牧场，继续放羊。这个冬天，新什别克共付给居麻家四千块钱的租金。去年雪大，今年牧草丰足。因此对居麻家来说，四千块钱还是很划算的。

　　我又打听了一番，隔壁有两百多只羊，三十来只大畜（骆驼居多）。一整个冬天下来，每位才摊十几块钱的伙食费，真是节约标兵。

　　我们生活刚稳定下来不久，一个大雾的月夜里，两个迷路的不速之客带来了一个坏消息，正与这次租借牧地有关。

　　话说这俩人原本去北面的邻牧场，结果迷路了。他们声称自己开汽车过来的，显然那辆汽车肯定不咋样，因为两人穿衣的架势跟骑马差不多。一位居然套着阔大笨重的生皮的羊皮裤，年轻点的那位像妇人一样裹着宝石蓝的厚墩墩的羊毛马夹。两人急于赶路，传递完消息，又问清道路，茶也不喝就走了。客人走后，居麻激动又气愤，就此事逮着嫂子大声争论起来，还把嫂子当成对立方呵斥了半天。嫂子始终默默无语地提着纺锤捻羊毛线。

　　原来这块牧地并不是居麻一家的，原先属于三家人共有，但其中一家多年前迁去了哈萨克斯坦，另一家也很快改行做起了生意。于是这些年来只有居麻一家守着这几万亩荒野，从没人过问什么。可草场刚租出去，做生意的那家就不乐意了。他家认为新什别克付的租金应该两家平分，便去乡领导那里告了状。居麻大怒，冲我嚷嚷："他自己又不来放羊，怪我干啥？别说告到乡里，就是告到中央也是我有理！"可我觉得他实在没啥理。

　　这件事大家议论了两天，并商量好了说辞，坐等告状的那家前来理论。可人家才不傻，犯得着吗？骂个架跑这么远。调解委员会的自然更不会来了，公家那么穷，哪有钱报销汽油费。

这事似乎再无后话，大家松了口气。可我却始终不安，隐隐感觉到了牧场和牧人日渐微薄的命运。

传说中最好的牧场是这样的：那里"奶水像河一样流淌，云雀在绵羊身上筑巢孵卵"——充分的和平与丰饶。而现实中更多的却是荒凉和贫瘠，寂寞和无助。现实中，大家还是得年复一年地服从自然的意志，南北折返不已。春天，牧人们追逐着融化的雪线北上，秋天又被大雪驱逐着渐次南下。不停地出发，不停地告别。春天接羔，夏天催膘，秋天配种，冬天孕育。羊的一生是牧人的一年，牧人的一生呢？这绵延千里的家园，这些大地最隐秘微小的褶皱，这每一处最狭小脆弱的栖身之地……青春啊，财富啊，爱情啊，希望啊，全都默默无声。

前来收购马匹的一位生意人告诉我：再过两年——顶多只有两年时间，就再也看不到这样搬家游牧的情景了！从明年开始，南下的羊群到了乌伦古河畔就停下，再也不会继续往南深入。

我大吃一惊："不会吧？这也太快了吧。"

我的反应很令他生气。他放下茶碗，庄重地面朝我说："你觉得我们哈萨克受的罪还不够吗？"

我噤声。其实我的意思是，虽说这种古老的传统生产方式本身正在萎缩，但这么突然的大动作，对人们的生活和心理该是多大的冲击和摇撼啊。

过了半天我忍不住又问："是真的吗？是谁说的？有正式的文件？"

他说："文件肯定有，我们肯定看不到。反正大家都这么说嘛。"

居麻大喊了一个国家领导人的名字，又嚷嚷道："是他说的！昨天给我打的电话！"

大家哄堂大笑，转移了话题。

其实我还想问："你们觉得定居好吗？"再一想，真是个蠢问题。定居当然好了！谁不向往体面稳定、舒适安逸的生活呢？

荒野终将被放弃。牧人不再是这片大地的主人。牛羊不再踩踏这片大地的每一个角落，秋天的草籽轻飘飘地浮在土壤上，使之深入泥土的力量再也没有了，作为它们生长养料的大量牲畜粪便再也没有了，荒野彻底停留在广阔无助的岑寂之中……荒野终将被放弃。

而在北方，在乌伦古河两岸，大量的荒地将被开垦成农田，饥渴地吮吸唯一的河流。河流渐渐断流，下游湖泊萎缩，从淡水湖转变成盐水湖，鱼类面临灭顶之灾。为了让停止南迁后的畜群渡过漫长寒冬，人们无法遵循贫瘠土地只能种两年停一年的轮耕法则，在有限的土地上大量投入化肥，化肥将催生出肥大多汁的草料。还有地下水的抽取，还有生活垃圾的污染……这些还有什么可说的呢？

居麻一喝醉了就骂我滚。我要是有志气，应该甩开门就滚。可甩开门能滚到哪里去呢？门外黄沙漫漫，风雪交加，无论朝着哪个方向，走一个礼拜也走不到公路上去。况且还得拖个比我还大的行李。况且还有狼。只好忍气吞声。

我刚进入这片荒野的时候，大家给我安排的工作不是太多。每天下午干完自己的活，趁天气好，总会一个人出去走很远很远。我曾以我们的黑色沙窝子为中心，朝着四面八方各走过好几公里。每当我穿过一片旷野，爬上旷野尽头最高的沙丘，看到的仍是另一片旷野，以及这旷野尽头的另一道沙梁，无穷无尽——当我又一次爬上一个高处，多么希望能突然看到远处的人居和炊烟啊！可什么也没有，连一个骑马而来的影子都没有。天空永远严丝合缝地扣在大地上，深蓝，单调，一成不变。黄昏斜阳横扫，草地异常放光。那时最美的草是一种纤细的白草，一根一根笔直地立在暮色中，通体明亮。它们的黑暗全给了它们的阴影。它们的阴影长长地拖往东方，像鱼汛时节的鱼群一样整齐有序地行进在大地上，力量深沉。

走了很久很久，很静很静。一回头，我们的羊群陡然出现在身后几十米远处（刚到的头几天，无人管理羊群，任它们自己在附近移动），默默埋首大地，啃食枯草。这么安静。记得不久之前身后还是一片空茫的。它们是从哪里出现的？它们为何要如此耐心地、小心地靠近我？我这样一个软弱单薄的人，有什么可依赖的呢？

在这无可凭附的荒野，人又能依赖什么呢？我们安定下来的第二天，就在沙窝子附近的沙丘最高处插了一把铁锨，挂了一件旧大衣。远远看去，像是站了个人在那里——用以吓唬狼。刚驻扎下来时，有寻找骆驼的牧人前来提醒：前几日，两只狼在大白天里袭击了羊群，咬死了四只羊。

从此，这个假人成为我们沙窝子的地标，无论走多远，只要回头看到它还好端端地站在那里，心里便踏实。反之则心慌意乱，东南西北一下子全乱套了。尤其是阴天里。

略懂汉话的居麻对"迷路"一词的说法是"忘了"。说："今天下午嘛，我又'忘了'。羊在哪个地方，我在哪个地方，这边那边，不知道了嘛!"

我试着打听过我们待的这个地方叫什么地名,但这么简单的问题,居麻却怎么也领会不了。于是直到现在我都没弄清自己到底在茫茫大地的哪一个角落度过了一整个冬天……只知道那里位于阿克哈拉村的西南方向,行程不到两百公里,骑马三天,紧挨着杜热乡的牧地,地势东高西低。据我的初步调查,这一带能串门的邻居(骑马路程在一日之内)有二十来户,每户人口很少有超过四个人的。共十来块牧地,每块牧地面积在两万至三万亩之间。大致算下来,每平方公里不到二分之一个人(后来我从牧畜局查了一下有关数据。密度比这个还小,整个富蕴县的冬季牧场,每平方公里不到四分之一个人)。

放下茶碗,起身告辞的人,门一打开,投入寒冷与广阔;门一合上,就传来了他的歌声。就连我,每当走出地窝子不到三步远,也总忍不住放声唱歌呢。大约因为,一进入荒野,当你微弱得只剩呼吸时,感到什么也无法填满眼前的空旷与阔大时,就只好唱起歌来,只好用歌声去放大自己的气息,用歌声去占据广阔的安静。

加玛一直戴着一对廉价又粗糙的红色假水钻的耳环,才开始我觉得俗气极了。很快却发现,它们的红色和它们的亮闪闪在这荒野中简直如同另外的太阳和月亮那样光华动人!

另外她还有一枚镶有粉红色碧玺的银戒指,这个可是货真价实的值钱货,便更显得她双手的一举一动都美好又矜持。

我还见过许多年迈的、辛劳一生的哈萨克妇人,她们枯老而扭曲的双手上戴满硕大耀眼的宝石戒指,这些夸张的饰物令她们黯淡的生命充满尊严,闪耀着她们朴素一生里全部的荣耀与傲慢——这里毕竟是荒野啊,单调、空旷、沉寂、艰辛,再微小的装饰物出现在这里,都忍不住用心浓烈、大放光彩。

有一天加玛在一件旧衣服的口袋深处摸到了一枚假金戒指。当时已经挤得皱皱巴巴,拧成一团了。居麻把它掰直了,再套在一根细铁棍上敲敲砸砸一番,使之恢复了原状。为表示友谊,加玛把它送给了我。我非常喜欢,因为它看上去和真的金子一模一样。若是以前,我是说什么也不会把这样的假东西戴在手上的。可如今,在荒野深处这个俭朴甚至寒碜的家庭里,在仅备最基本日常用具的生活里,在空无一物的天地间,它是我唯一的修饰,是我莫大的安慰。它提醒自己是女性,并且是有希望和热情的……每当我赶着小牛向荒野深处走去，总是忍不住不时用右手去抚摸左手的手指，好像那枚戒指是我身体上唯一的触角，唯一的秉持，唯一的开启之处。在蓝天下，它总是那么明亮而意味深长。

十二月初，每隔两天，就会有南迁的披红挂彩的驼队（迁徙是重要的仪式，负重骆驼会被极力修饰）和羊群遥远地经过我们的牧地。我和加玛高高站在沙丘上，长时间目送他们远去，默数他们的骆驼数量，判断他们的财富。什么也不为，什么也不说。他们的行进真是骄傲又孤独。荒野中，他们最倔强。

有一天早茶后，加玛唤我出去，我一看，又一支队伍经过西面的荒野向南慢慢行进着。但是加玛又提醒我："看，没有马。"仔细一看，果然，队伍里只有一个人步行牵着驼队，同时还兼顾赶羊。看来看去再也没有别人了。比起之前几支又是摩托车又是座饰华美的马匹的队伍，可真寒碜啊。加玛判断道：没有马是因为他家昨夜驻扎时，马跑散了；只有一个人前进是因为其他人都找马去了。

无论如何，那情景让人看了很是辛酸。这是荒野，什么样的挫折都得接受，什么样的灾难都得吞咽。

[提示]

李娟（1979—），女，作家，籍贯四川乐至，出生于新疆生产建设兵团。1999年开始写作，著有散文集《九篇雪》《我的阿勒泰》《阿勒泰的角落》《走夜路请放声歌唱》《遥远的向日葵地》，长篇散文《冬牧场》以及《羊道》三部曲，诗集《火车快开》。曾获人民文学奖、上海文学奖、朱自清散文奖，其中《遥远的向日葵地》于2018年获得第七届鲁迅文学奖。

《冬牧场》原载《人民文学》2011年第11期，2012年6月由新星出版社结集出版，是李娟的首部长篇纪实散文。《冬牧场》介绍了阿勒泰地区哈萨克牧民春天接羔，夏天催膘，秋天配种，冬天孕育的草原故事。本文节选自第一章《冬窝子》，主要介绍了进入冬牧场前的准备工作，这个阶段最为艰苦，首先连续的三天沙漠行程，其次是搭建地窝子——大地上挖出的两米大坑，用羊粪块堆砌而成大家的起居之处，接着讲述了食物的短缺和资源的匮乏，表达自己对"荒野生活"的态度，最后抒发个人的感叹和对大自然的敬畏之情。

作者的文字朴实无华，整篇散文都是对阿勒泰南部哈萨克牧民冬季"转场"生活的描绘，放眼全是温暖的笔触和自然的色彩。面对艰苦的自然环境，作者没有怨天尤人，而是以积极乐观的态度来看待生活："连我们的睡榻也是用粪块砌成的，我们根本就生活在羊粪堆里嘛。"

此外，作者对于牧民的刻画也十分成功，不管是居麻夫妇还是他们的女儿加玛以及隔壁新什别克一家，都让读者感到真实而鲜活，这种仿佛与书中人物面对面的亲切感来源正是作者文字的力量。李娟优美的语言与俏皮生动的描写结合其深刻又不浮夸的思考使得整篇散文清新而自然，有着"田园牧歌"似的美好诗意，为当下的文学注入了一股清新、温润之风。

（王　廉）

喀纳斯随想

徐宏力

夏尾秋头，迎着初起凉意，我们进入了喀纳斯——新疆北部的尖点。在地图上，它细微纤毫，在地面上，则茫无涯际。面对幽幽的起伏山峦与郁郁的原始森林，我突然感到，绘制地图的人，只能假设到过地域深处，走遍山川只是梦。喀纳斯比天山天池名气小，但却更精彩，名气不是最可靠的东西，底气才是，神气更是。

近几年，在汶川、舟曲的新闻中，堰塞湖悬于头上，有造成次生灾害的危险。而在喀纳斯，自然天成中的堰塞湖，则是孤悬世外的仙境，它垂直到底180多米，为中国最深的内湖。"水静则深"翻转为"水深则静"更合逻辑，水体庞大，来风摇不起波澜，才有真的安然。喀纳斯湖静卧于三道弯里，像晶莹的液体流淌不动而凝固下来的玉石。诗人高凯有很向往的诗句："喀纳斯湖/我想提前打听/一个湖的灵魂/是否会收留一个人的灵魂。"这是值得沉浸下来的地方，永远面对也不单调。据说，喀纳斯湖的颜色多变，云光游移的折射，花木盛谢的映衬，季节转换的泼彩，都是水色丹青。而此时的我只见到了碧绿，素面朝天，不饰粉黛。朦胧湖水下藏匿着无限遐想，盛传的喀纳斯湖怪多半是巨大的长寿红鱼，也许不止一条。科学探索不去多事，是自然的福分，也是人类自己的福分。人活人的，怪活怪的，互不惊扰，千百年来远远地守着自己的领地，还应这样平静下去。

水是大地血脉、生命乳汁。上帝把最美丽的地方与最荒凉的地方放在了一起。在缺水的新疆，哪里有水，哪里就富庶，哪里枯水，哪里就退化。葡萄沟里生机盎然，沟外赤地千里，不远处的火焰山下寸草不生。地上的突变，源于地下秘密。竖向的坎儿井里，引来横向暗渠，雪山河惠泽沟里，无暇顾及沟外，有多少捧水就有多少条命。我躺在葡萄架的荫凉下，仰面看着叶缝里的零碎蓝天，听着哗哗的水声，觉得一切有了安排，心一静就慵懒，没了精神，不知不觉地漂进幻境，梦中的新疆是水系发达的江南，一切希望都从喀纳斯湖淌来。

喀纳斯湖尾真的拖着一条蜿蜒的喀纳斯河。湖的情思在深处，河的情思在远处。由静而动，由凝而融，款款游出大山，一路滋润着干涸的土地。我掬一汪碧色水花，它在手心立刻没了颜色，凉爽的感觉猝然传遍燥热的全身，人从里面被冲洗了一遍，荡涤尘垢，精神越发清纯。心愈静，水愈喧，涧鸣带走一脉轻松心情，欢快地注入北冰洋。去处凉，来源也凉，喀纳斯河水发端于冰峰，一路释放着冷气，平抚天地内火。世事如斯。低温是现代人的高级状态，低温（低碳）生活最环保，低温心态最平衡。中国文化便是低温文化，博雅境界尤其清凉安然，不像西学那么亢奋。喀纳斯——书斋之悟的天地点睛之笔。

喀纳斯，维纳斯，东方的，西方的，自然的，人类的，都美。

月亮弯边的"圣水"是甘甜的山泉，从深邃的地眼中涓涓而来，默默地汇入喀纳斯河。许多游客都在这里洗洗手，明明目，清清脑，润润喉，间或有人灌一瓶带上，像得了宝贝。在圣水边的岩上，石块压着许多纸币，是心诚者孝敬给山神水母的心意。凡是神圣的地方都有过客丢下的散碎银子，像丢给乞丐，供奉与施舍的方式一样，我不喜欢这样。崇高连着诗意，在中国，找不到西方教堂里的高贵体验，那里与天堂太近，这里离人间太近。文酸至极就有了诗，说谁是诗人等于骂人——精神病前兆。"祖国啊！母亲！"是诗；"祖国啊！俺娘！"不是诗。没有诗人心境，没有诗意阅读，磕头上钱就是最真诚的敬畏方式了。

走在木栈道上，与河比肩同行，水跑多快我多快，水走多慢我多慢，浪花如笑靥，畅意似流水，"外师造化，中得心源"，好不惬意。导游是学中文的，她把自己包裹得很严，连手套都戴着，看上去是个喜欢悠闲生活的人，但却从事着穿梭职业。她说喀纳斯没过去美了，因为人多了。宋代画家郭熙在《山川训》中说："山以水为血脉，以草木为毛发，以烟云为神采。"这是无人之美。他又说："水以山为面，以亭谢为眉目，以鱼钓为精神。"这是有人之美。没人，美没深度；人多，美没纯度。而人多人少在心不在眼，以脑看，以神听，人多似人无。闲愁闲乐存于瞬间心情，心比天大。

一个来自北京的孩子好奇地仰视天空，喃喃地说："原来天是这样的！"真正的晴空绝对单纯，在天河里漂洗干净了，没有一纤杂质，蓝得清澈。蓝天的变体也纯粹，似喀纳斯湖水挂上了天，由蓝而碧，充盈欲滴，一旦兜揽不住，就会冲决下来，将人淋个痛快。云在云后日光的照射下，边缘霞光万道，中间白皙娇嫩，让人产生触摸欲望。喀纳斯的天象说变就变，乌云掠过，雨就来了。雨稀，雨点大，成了水线；雨细，雨点密，成了水幕。雨是天地之间的对话，天告诉地，生命来了，地告诉天，生命活了。一场雨后，森林草场的绿色又更新了一遍。彩虹画出了优雅的半圆天桥。能走上去，是仙；走不上去，是人。喀纳斯的感觉特奇妙，就像化妆出的假性美丽，实际上绝对真切，不是人力斧凿，而是天工用巧。

喀纳斯的空气有味道，是随风的花味儿？草味儿？都不是，味在气本身。鲜口呼吸调动嗅觉，使其更发达、更敏感。呼吸原为最不自知的感觉，人每时每刻都在呼吸，但都没感到自己在呼吸，有了其中的精细反应，人活透了。气无形，气有灵。找不到气动快乐，半残，无论肉体与精神，都残。

山无水不活，水无山不奇，流水在山间形变，弯出了千姿百态。喀纳斯峰峦叠嶂，山背后的故事一定很多，我们的眼中只有路边的山，没有山中的山，为植被所覆盖，看不到后面的真实。只是偶尔裸露的山石告诉游客，地里有另类精彩。石为天地骨，山水梁。喀纳斯湖边的石头呈青灰色，没有生命迹象，但这本身就象征不朽，看着踏实。西湖之美在媚艳，西湖之病在媚弱，与喀纳斯比较，少了石质，风景没硬度，便无丈夫气。喀纳斯河边有许多漂石，旺水期随着山洪翻滚而下，撞击冲刷得没了棱角，鹅卵石般的形状，有的体量像一跨房子那样大小，很难想象水流如何推得动它。我喜欢石头，玉为石核，可能就在巨石中，哪块里有，天知道。玉为石精，把玩在手，有亲近大自然的凉意，温润的水色雾气活在摩擦之间，养得有了变化，也就主人化了，成为掌间的柔顺活物，虽不喘气，但有气韵流动，看得见者才是玉成之人。

喀纳斯的植被具有西伯利亚特征，这在中国是唯一地貌。白桦与冷杉的混生林最具情调，两两相伴，不离不弃，一个婀娜，一个雄健。在山体上，有的地方长树，有的地方长草，导游说，这里的树木是寒带作物，喜欢避暑，所以阳坡长草，阴坡长树；而司机说，不长树只长草的地方，下面有矿，根子扎不深。不知这两种说法哪个对，也许都对。植被是水体跟腱：深入大地的根系紧紧抓住土石，固定了水道。经过常年冲刷，河水掏空了有些树的基础，苍劲的根须像老人皮下暴起的青筋，依然死死扣住河床，一些树已经倒伏在水中或岸边，未尽天年，正在慢慢枯去，并向生的方向挣扎，很有几分悲壮。在原始森林中，最有活力的是老死的大树，自生自灭，见证着此起彼伏的代际更迭。倒着的曾经站立过，拼命伸展，寻找蓝天，倒着的还会站起来，腐烂后营养后生，借体还魂。有些死树本身就是根雕艺术，千奇百怪的枝条自由张开，如果在大都市，早已入了厅堂，成为豪华陈设。而在喀纳斯，它们依然歪斜在生与死的地方，没人打扰。一到喀纳斯，就觉得木材用得有些奢侈，圆木叠成房屋，木板铺就小路。清华大学的土木专家倡导"新制宜主义"，主张因地制宜，因时制宜，因人制宜，高扬人、房、境协调的场所精神，力主保持原祖文脉与原地血脉。理论没血色，喀纳斯不苍白，实践了教授的主张。水泥建筑就像外来入侵者，单体再漂亮，也是大自然的病斑。用喀纳斯风物来点缀现代楼宇，不如原版亲切，木屋最养眼，木路最养脚。我像喜欢石头一样喜欢木头。即便是同样树种，木纹也有差别，活着的经历不同，留痕就有错动。森林中的木椅，四腿是粗糙的树段，椅面是切开的墩木，靠背是斑驳的树皮，坐在上面，似乎蹲伏在树洞里，有小动物般的窃喜。风过有痕，感觉到了；叶落无声，感觉木了。像木头一样安静树着，沐浴日精月华，天得。

喀纳斯的牛羊很安闲，自由自在地游荡，看不到牧人，偶尔可见几只懒洋洋的牧犬在看场子，更准确点儿说，是在打盹。羊的本事最大，再陡峭的山峰也能爬上去，像贴在绿色山壁顶端的云朵，慢慢移动。喀纳斯水草肥美，牛羊们不愁吃喝，活得松弛。它们常能寻得冬虫夏草，想暴食，不可能，但总有大补机会，偏得这绿色补品，长膘更长精神。我们入住的酒店院里溜达进了几只散步的黄牛，毛色光鲜，透着油质，它们把人工草坪当成了野生草场。尽管警示牌上写着"不要吵醒小草的梦"，但是牛们并不理会这诗意，人们也不理会牛的随意。人都不懂诗，牛会懂？我在喀纳斯机场男厕小便池上方看到一幅黄永玉的画作，主题是牛，题记上写到"人们赞美我，劳累我，吃我"，返回时我又找到那小便池，欣赏上方的画。牛挺冤的，人挺虚的。但细想也顺理成章，人类处在食物链顶端，吃遍天下无对手，新疆牛羊肉是正品美味，黄老先生大概也不忌口。

在草原上，与牛羊争口的是蝗虫，这种黄中带绿的家伙个头不大，但肚子与全身相比尤为出奇，成群后便是扫荡战阵，可以漫山遍野地吞没草地，像鬼子进村儿般地蛮横。最要命的是不能洒药，否则牛羊受害最深。据说当年动员百姓上山捕蝗，功劳最大的是土鸡与鸽子，它们啄食蝗虫稳准狠，一口一个，喙不走空。高蛋白，不花钱，当年土鸡与鸽子的品质非比寻常，产量也不小，最终的便宜还是人的。

哈萨克是马上民族，小姑娘骑在马背上就像城里人坐在沙发里一样悠闲。他们拴马不使缰绳，用绳子绑住马蹄子，另一头固定在桩子上，活动范围以绳子的长度为半径，马儿有些自由，但没绝对自由。最奇的拴法是绑住前后蹄，两蹄相距一米左右，马可顺拐而行，放不开脚步。新疆的朋友说，马不但靠脚力，也靠眼力与脑力证明自己的价值。有一年大雪封山，他去喀纳斯考察，积雪被风吹到沟里，路面与沟壑成了一个平面，拉雪橇的精壮牲口掉进了沟里，好不容易才拉上来，浑身哆嗦着不敢出步。后来，是匹老马在前面领路，他们才安全到达了哈萨克人的冬窝子。老马识途，百姓的话是生活真理。骑马是游客一乐，但是没人能驰骋而去，个个双手死扣鞍桥，全身肌肉紧绷，不比徒步快多少，但比徒步累多了。一位又高又胖的游客为了安全，骑上匹瘦马，那马嫌他超重，站在原地抗议，死活不走，耗到最后，庞大的游客悻悻地拱下来，马儿欢快地跑开，躲过了一劫。

原始森林中的野生动物很多，土著小店里出售的各种皮毛，可以透视林中的热闹，里面竟有黑豹。四季酒店圈养的藏獒见人狂吠，有一头格外高调。而那只灰白色的野狼却默不作声。养狼人剽悍、光头，腰里别着精美短刀，一身豪气，他把手伸进笼子，用手抚摸狼毛，把手伸进狼嘴，让那条猩红的舌头舔来舔去，双方亲昵得很。这狼从小就活在他身边，比狗温顺。狼有了人性，胆子小了，人有了狼性，胆子大了。当地人喜欢佩戴狼牙、狼的膝盖骨等饰物，据说避邪。人不怕狼，怕鬼，如果做事不做鬼儿，老老实实地做人，何以有邪？

爬山累得口干舌燥，我们在地摊上买了两个西瓜，刚一切开，飞虫便蜂拥而至，粘到瓜瓢上不下来，一开始我以为是苍蝇，看清其真实身份后，便也抢着吃起来。这些蜜蜂是最好的广告，它们本来在花粉中采蜜，现在奋不顾身地冲将过来，足见西瓜的甘甜。喀纳斯晚上九点才天黑，白天日照充分，昼夜温差大，水果中的糖分格外多。与蜜蜂争食也是一乐，我们一口一口地吃，它们一管儿一管儿地吸，它们不躲着我们，我们只好躲着它们，最后还要留些实惠任其享用。

喀纳斯的冷水系中，生长着一些水鲜，耐寒，也耐品。

餐桌上端来一盘狗鱼，嘴像鸭子，扁扁的，朝前撅起，嘴里长着两排细牙，锋利无比。看嘴应该叫鸭鱼，看牙的确可以叫狗鱼。它是喝矿泉水长大的，味道很不一般，掺和着当地老窖，别是一番滋味，在口头。酒水酒水，酒根为水，水质不同，酒香异样。喀纳斯饮品矿物质丰富，喝着容易饿，当地人说是微量元素在体内作法，让肠胃格外活跃。

新疆的哥们说口里人吃得太杂，所谓口里就是嘉峪关以内，他在委婉地批评我们。我把这批评当成了表扬，本人就特别爱吃香甜的一切，吃不好，就活不好，难说人生成功。人一辈子最主要的俗事就是为嘴忙活，有吃的，心里踏实，有好吃的，心里得意。嘴馋是优点，说明身体健康，到了什么也不想吃的那天，可能什么就都快没有了，富甲天下也要归零。我们在正统清真餐厅享用了一回贵宾待遇，不许喝酒、抽烟，虽然以肉食为主，感觉却非常清爽。新疆的哥们说得也对，节制同样是福分，就像放开肚皮一样有趣。

喀纳斯的图瓦人很特别，原为蒙古支脉，成吉思汗进军欧洲途中，留下些老弱病残，在此落地生根，以点将台为证。他们有语言，没文字，据说，其语言也与蒙语不同，受到了哈萨克人的影响。图瓦族以渔猎放牧为生，常年的紫外线强照，为他们的脸蛋儿涂上了醒目的高原红。漫长的冬季大雪封山，柴油发电机每天转动1小时，此时才可通电话，而在其他23小时中，外界只知其有，不知其然。冬天的图瓦人以喝酒打发时光，男人女人都有量，祖上就有。这个种群现存两千多人，基因库规模太小，近亲风险很大。旅游业使他们开阔了眼界，有些年轻人已经出走都市寻求发展。山外人来这里看风景，山里人到山外看世界。

导游建议大学开足素质课程，先让国人学会在公共场合悄悄说话，这是最基础的文明。有人喜欢高声对着手机喊叫，虽然同路人并不想知道他（她）的家事与公事，但是却被绑架着听其说讲，着实心焦。曾国藩以"耐烦"自勉，现代人也少不了这种控制力，有了皮实的心情才好出门。那天我们蹒跚在禾木，离得比较晚，不知什么时候，身边没了游人，一下子走失了声响，像缺了很多东西。尽管平日里喜欢安静，但是突然感到真实的安静有些肃杀。现代人吵着要回归自然，我看不行了，世事不可逆，原生态中有清静，也有清苦。猴子比人活得自然，可如果活回猴子那样简单，谁都受不了。

喀纳斯与蒙古国、哈萨克斯坦、俄罗斯交界，军方的一个连队要护卫上百公里国境线，几千米远一只界碑，那些铁打营盘里的流水兵，对国界熟不起来。但在人迹罕至的深山里，住着几户边民，他们是国家的眼睛，牧羊人经常告诉巡逻的战士，这是我国的，那是别国的，心中有条基准线，活生生地长在肉里。某天，一土著汉子见远山深处升起了哈萨克斯坦国旗，便找来自家的红布，缝上五角星，在显眼的高处挂起了祖国标志，这件事还上了中央电视台。边民很在意国境线，视其为自家篱笆。"国"与"家"两个字合起来才是一个词——"国家"。

[提示]

徐宏力（1953—），河北承德人，文学博士，教授，曾任青岛大学副校长。长期从事美学、国学研究与散文随笔的写作。主要作品为散文集《浮山随笔》《浮山笔记》等。

徐宏力的散文题材广泛，既有作者在生活和阅读中的思索和感悟，又有针对时事的评论与分析。他的散文清新、理性，对政治、社会与人生有深刻的洞察和理解，同时又拥有一种幽默与睿智、温暖与冷峻共存的语言风格。《喀纳斯随想》选自《浮山笔记》（人民出版社2012年版）是一篇游记，也是一篇充满自然灵性的写景散文。作者将自己在夏秋之交游览喀纳斯的经历与旅途中的所思所感融合起来，在随想中透出对自然与生命的热爱与感激，表达出了敬畏自然、亲近自然、感恩自然的思想。文章以空间为序，依次描写了喀纳斯的湖水、天空、山峦、植被、动物与人文风情等，使读者跟随作者的脚步与思考游览喀纳斯，体味喀纳斯的风土人情。位于新疆北部尖点的喀纳斯，蓝天绿水，峰峦叠嶂，牛羊成群，民风淳朴，是大自然馈赠的礼物。在作者笔下，这里纯净的不含一丝杂质的蓝天，甘甜的山泉，慵懒的牛羊，使读者心生向往。来到这里，似乎实现了身心的双重净化。

作者以饱含深情的笔触描写喀纳斯的风土人情，同时以科普的方式向读者介绍喀纳斯的自然景观，将叙述、写景、抒情、哲思熔铸成一个有机的整体。更为难能可贵的是，作者始终站在文化生态学的立场，来建构自然与人类的和谐关系。并且于景物描写中融入大量的文化因素，比如古诗词及文中提到的具有"低温"特色的中国文化对喀纳斯的自然景色进行了精炼的概括。"美"是全文的核心，作者在文中突出的，即是对美的理解与渴望。结构上，作者没有对内容进行明显的排布，而是根据空间和意识的变化而推进，达到了"形散而文不散"的理想效果。

（王　廉）

戏　剧

茶馆（存目）

老 舍

老舍（1899—1966），原名舒庆春，字舍予，满族正红旗人，新中国第一位获得"人民艺术家"称号的作家、语言大师。戏剧代表作有《茶馆》《龙须沟》《残雾》《方珍珠》等，其中，《茶馆》是其戏剧创作的高峰。

1957年7月，《茶馆》刊于《收获》创刊号，1958年由中国戏剧出版社出版。1956年3月29日，由焦菊隐、夏淳执导的戏剧《茶馆》于北京人艺首演，半个多世纪以来，《茶馆》作为北京人艺的"看家戏"，成为新中国戏剧的经典之作，并被西方誉为"东方舞台上的奇迹"。

《茶馆》是三幕剧，剧作以裕泰茶馆这片小天地的发展和变化为线索，展现社会的巨大变革。老舍将戊戌变法、军阀混战时期和新中国成立前夕三个时代的社会风云概括点染，搬上舞台，时空转换流畅而具有时代特征。人物作为时代风云变幻中的一个个关节，被老舍以精细的笔触展现出来，出场的近五十人在身份、语言、行为上都具有不同时代的特征，可谓是三教九流，鱼龙混杂。在"浮雕式"的人物群像中，不乏性格鲜明的典型人物，如贯穿全剧始终的茶馆老板王利发、旗人常四爷和松二爷、实业家秦仲义等，一个个旧中国儿女的形象丰满生动，在这样一幅气势庞大的社会历史画卷中展示各自的生命轨迹。

《茶馆》没有贯穿始终的矛盾冲突，没有统一的事件，而是以裕泰茶馆为载体，连缀三个年代的林林总总。老舍将对时代变迁、民生凋敝的悲痛感以及对逝去年代的怀恋糅为一体，再灌注以老舍式的哀伤、温和与幽默，使《茶馆》成为五十年代戏剧界的独特存在。此外，《茶馆》多涉及老北京的文化记忆，人物语言和场景描写都具有浓郁的"京味儿"，丰富了作品的文化内涵。

要之，老舍的《茶馆》以厚重的历史内容、丰富的情感内蕴和独特的戏剧风格，成为中国戏剧史上的瑰宝。

（李龙新）

关汉卿（存目）

田　汉

　　田汉（1898—1968），本名田寿昌，湖南长沙人，中国现代话剧开拓者、奠基人。著有各类作品百余部。主要有话剧《梵峨嶙与蔷薇》《咖啡店之一夜》《关汉卿》《获虎之夜》《莎乐美》《名优之死》；戏曲《白蛇传》《金麟记》《西厢记》《谢瑶环》；电影《风云儿女》《三个摩登女性》《丽人行》等。

　　《关汉卿》发表于《剧本》1958年第3期，是田汉艺术生涯的巅峰之作。开始为9场，后增写至12场。1958年6月由北京人艺首演11场版本，后又删去原剧第十场，并对结尾部分作了重大改动，将原来的喜剧结尾（关汉卿与朱帘秀得到和礼霍孙丞相手谕，并南行，彩蝶双飞）改为悲剧结尾（关汉卿与朱帘秀南北分飞）。剧作围绕"元杂剧鼻祖"关汉卿的作品《窦娥冤》创作和演出的过程展开，凭借稀少的史料记载，加以合理想象和艺术联想，塑造了侠肝义胆、宁折不弯的剧作家关汉卿形象。

　　善良无辜的少女朱小兰被人诬陷并被判为死刑，剧作家关汉卿义愤填膺，决心以朱小兰的冤情为素材而创作，希望能替朱小兰申冤。在歌伎朱帘秀等人的支持下，关汉卿几经艰辛，终于创作出《窦娥冤》。《窦娥冤》的演出获得巨大成功，但针砭时弊与权贵贪官针锋相对的内容引起了官员阿合马的不满，下令禁演该剧，关汉卿身陷囹圄却仍不屈服，万民上书为其脱罪。在二妞丈夫周福祥三次巧递万民禀帖与彻里不花的求情下，丞相和礼霍孙赦免关汉卿与朱帘秀死刑，二人离开大都，并辔徐行，沿途南下，此为其中一种结局——"蝶双飞"版本；另一"蝶纷飞"版本结局中，朱帘秀未能脱去乐籍，唱《沉醉东风》为关汉卿送行，二人情缘以惜别告终。话剧《关汉卿》作为田汉的创作高峰，极具思想深度，艺术手法炉火纯青，颇受赞誉。田汉将历史唯物主义思想与浪漫主义的历史虚构充分糅合，不仅塑造出了才华横溢、刚正不阿的剧作家关汉卿以及其他典型人物形象，还塑造出了民族矛盾、阶级矛盾尖锐的元代政治社会图景。

该剧以"戏中戏"的巧妙结构设置戏剧矛盾冲突,通过关汉卿代表作《窦娥冤》的创作和演出过程中的纠葛,表现主人公的关键抉择,情节跌宕,富有张力。关汉卿这一人物形象与田汉对于自己理想化剧作家形象的认同密不可分,更进一步说,这是他对自我性格和信念的一种描绘与定位,也是他终身执着并倾情于戏剧的一种精神再现。

(李龙新)

霓虹灯下的哨兵（存目）

沈西蒙

沈西蒙（1919—2006），笔名沈西门，曾任上海警备区副政委，中国剧协副主席。著有歌剧《买卖公平》、话剧《重庆交响乐》《杨根思》等。话剧《霓虹灯下的哨兵》由沈西蒙执笔，漠雁、吴兴臣参与，集体创作而成。

《霓虹灯下的哨兵》原载《剧本》1963年第2期，1962年由中国人民解放军南京部队前线话剧团首演，在全国引起巨大反响。剧作取材自上海"南京路上好八连""拒腐蚀，永不沾"，坚持和发扬革命传统的模范事迹，描写了上海解放初期一场以新的形式进行的错综复杂、惊心动魄的斗争，揭示了人民军队必须坚持和发扬革命传统，抵制资产阶级思想腐蚀，才能永远立于不败之地的深刻主题。

1949年5月，我军某部的一个连队奉命进驻被称为"冒险家乐园"的上海，并驻守在繁华的南京路上，在这期间，敌人并未放弃挣扎，特务、流氓老K、老七等人妄图在三个月内使解放军在灯红酒绿的十里洋场中腐化堕落。我军几位前线英勇善战的战士初来霓虹闪烁的上海，却没有料到守卫已经解放的上海并不那么容易。在这种情况下，几位战士思想上有了腐化堕落的苗头：童阿男擅自离开岗位，给了特务以可乘之机，受到批评后竟脱下军装扬长而去；陈喜在"香风"中忘乎所以，甚至开始嫌弃糟糠之妻。思想幼稚的赵大大面对上海实际存在的尖锐矛盾，却选择逃避，申请调离上海，到前线打仗。面对三排战士的种种情况，连长鲁大成和指导员路华最终选择以毛泽东思想为武器，教育战士们牢固树立阶级斗争意识，坚定立场，追求进步。最终，三位战士在党的领导下振作起来，圆满完成了守卫上海的任务。剧作把一个连队放在1949年解放上海前夕至1950年抗美援朝后近一两年的历史大动荡、大变革的广阔背景上，放在复杂尖锐的矛盾冲突中来突出主题，刻画革命战士的性格，积极响应了毛主席在中共七届二中全会强调的要警惕敌人"用糖衣裹着的炮弹的攻击"这一精神。

《霓虹灯下的哨兵》突破了传统军事题材作品写军营、战场的局限，通过人物和事件的描写，将敌我矛盾和人民内部矛盾串联起来，相互作用、彼此补充，使剧本彰显出深厚的艺术张力和极强的社会概括力，从而更准确地反映时代的本质特征。对鲁大成、路华等英雄人物的塑造，以及对童阿男、陈喜、赵大大等人在成长中不断进步的战士形象的塑造，都显示了剧作家将艺术性和教育性紧密结合的艺术探索，也使得《霓虹灯下的哨兵》成为经久不衰的红色经典。

（李龙新）

陈毅市长（存目）

沙叶新

沙叶新（1939—2018），江苏南京人。国家一级编剧，曾任中国戏剧家协会常务理事，上海戏剧家协会副主席，上海人民艺术剧院院长。著有话剧《陈毅市长》《耶稣·孔子·披头士列侬》《假如我是真的》《大幕已经拉开》《马克思秘史》等。其中，《陈毅市长》获第一届全国优秀剧本评奖首奖、首届全国少数民族文学创作奖。

十场剧《陈毅市长》原载《剧本》1980年第5期，自1981年首演以来广受赞誉，后被改编为同名电影。剧作表现了上海解放初期作为市长的无产阶级革命家陈毅勇担使命、力挽狂澜，将上海发展推入正轨的光辉事迹。

解放初期的上海局面混乱，满目疮痍，伴随着帝国主义对上海的封锁和敌人的挑战，经济发展几近停滞，社会问题严重。时任上海市军事管制委员会主任、上海市人民政府市长的陈毅同志面对复杂的局面没有退缩，在党的领导下，依靠上海工人阶级、革命干部等各个阶层的人民，团结民族资产阶级，仅用一年的时间，将旧上海改头换面，各方面全面振兴，打破了帝国主义在上海腐化我党的阴险预言。在民族资产阶级傅一乐的相关事件中，陈毅同志坚持中国共产党的领导，巧妙处理了民族资产阶级的相关问题；当得知市民缺乏盘尼西林等药品时，他夜访化学工业专家齐仰之，与之共商试制盘尼西林、发展民族医药事业的大计，尊重科学，礼贤下士。《陈毅市长》通过对不同事件的表现，塑造出了陈毅同志这一革命利益至上、心系民生、睿智机敏而又平易近人的无产阶级革命家形象。

在结构上，《陈毅市长》以陈毅这一典型人物为线索，将不相关的事件串联起来，每场戏可自成一个较为完整的故事，又在结尾部分为下一场巧妙地做出铺垫，被称为"冰糖葫芦式"结构。

（李龙新）

小井胡同（存目）

李龙云

李龙云（1948—2012），生于北京，祖籍河北河间县，1988年被中国话剧艺术研究会评选为"中国当代十名优秀剧作家"，并多次获曹禺戏剧文学奖。著有话剧《有这样一个小院》《小井胡同》《正红旗下》《洒满月光的荒原》《荒原与人》等。其中，《小井胡同》于1981年获建国四十周年创作奖一等奖。

话剧《小井胡同》最初发表于《剧本》1981年第5期，修改本发表于《钟山》1984年第2期，1983年由北京人民艺术剧院内部首演，1985年2月公演。该剧选取了当代历史中的五个重要节点，以北京一条小胡同中五户人家的命运起伏表现历史横截面，涵盖1949年至1980年间三十多年的社会生活变迁。

《小井胡同》共有五幕，分别表现了中华人民共和国成立前夕、中华人民共和国成立后、"大跃进"时期、"文化大革命"时期和"文化大革命"结束五个历史时期小井胡同人民的生活、思想和命运起伏。从新中国成立前期盼改朝换代的急迫，到"跑步进入共产主义"的狂热，"文化大革命"时期人人自危、互相猜疑，再到"文化大革命"后期的压抑愤懑与斗争，最终走出"文化大革命"，翻开历史新的一页，作者以出生地北京南城为原型，融入个人成长、生活经历，满怀热爱与悲悯的眼光塑造小井胡同中的人民，穿越历史的浮尘，不论善恶，皆真实而丰满，"在磨难中诙谐，在微笑中吞咽苦涩"。

话剧《小井胡同》最突出的特点，就是用民间视角来对中国当代历史进行透视、回顾和反思，堪称"反思文学"在戏剧领域的首创。剧作家敢于正视历史，直面现实，这一立场招来了当时评论界的众多非议，有不少人认为该剧专写"错误"，"哪壶不开提哪壶"，创作倾向值得怀疑。但客观来说，《小井胡同》从真实生活出发，站在普通百姓立场上去体味历史、认识历史、把握历史，这种既不悲观沉沦，也不沉溺于历史乐观主义的启蒙理性、反思历史的创作态度，在当代中国依然很有价值。

（李龙新）

车站（存目）

高行健

高行健（1940—），法籍华裔，祖籍江苏泰州。2000年以长篇小说《灵山》获诺贝尔文学奖，成为首位获诺贝尔奖的华裔作家。其戏剧主要有《绝对信号》《车站》《野人》《逃亡》等，独幕剧《车站》是其新时期实验戏剧的代表作。

《车站》原载《十月》1985年第2期。是高行健话剧三部曲之一。剧作以大胆的创新手法，表现等待与选择的意义，展开对人生形而上意义上的思考。《车站》中要坐车进城的八位乘客年龄、身份各不相同，面对迟迟不到的公共汽车，"沉默的人"率先做出选择，采取行动，离开了车站，剩余七位乘客则在争执和对话中陷入了漫长的等待。然而乘客们发现，无意义的等待不经意间竟持续了一年之久，"沉默的人"早已离开车站向城里走去，"喧哗的人"也想离开车站却仍然没有行动，最终在无意义的等待中蹉跎了十年时光，直到他们意识到车站被废弃，永远等不来进城的公共汽车，才终于在犹豫与抱怨中向城里走去。

《车站》打破了传统戏剧对外部情节上的戏剧矛盾的追求，着重表现七位乘客"想走"却"没走"的心理矛盾，使戏剧冲突"向内转"。同时，高行健还对舞台实践进行大胆探索。比如《车站》对戏剧假定性本质的尊重使该剧表现出强烈的荒诞意味；打破传统戏剧在时间方面的限制，分秒之间跳跃转换至一年后、十年后，以荒诞感来表达对"等待"的思考。结尾又创造性地突破了传统戏剧遵循的斯坦尼斯拉夫斯基表演体系，实现演员与角色的分离，演员既是角色，又能从角色中抽离，剧中演员们对角色行为的议论增强了剧本的思辨性。此外，高行健还尝试将"复调"运用于戏剧创作，比如人物语言的复调特征，不同人物同时进行对白、抒情或独语等，既还原了车站众生喧哗的真实场景，又在喧嚣中彰显了对"等待"主题的思考。

（李龙新）

一个死者对生者的访问（存目）

刘树纲

刘树纲（1940—），笔名柳岗，河北磁县人，国家一级编剧。著有话剧《南国行》《灵与肉》《十五桩离婚案的调查剖析》《一个死者对生者的访问》《都市牛仔》等，影视剧本《再塑一个我》《都市枪手》《让我们荡起双桨》《第二条战线》等。其中，话剧《一个死者对生者的访问》获全国第三届曹禺戏剧文学优秀剧本创作奖。

《一个死者对生者的访问》原载《剧本》1985年第5期。剧中主人公叶肖肖在众目睽睽之下，见义勇为却无人施以援手，最终死于歹徒刀下。叶肖肖不理解当时的乘客为何袖手旁观，于是他的灵魂重返人间，访问了八位当时在现场的乘客。

《一个死者对生者的访问》以荒诞手法来透视社会现实，将人性的真实以荒诞的形式表现出来，剧本更具极强的冲击力。生前的叶肖肖是生活中最不起眼的普通人，没有干出一番事业，对爱情也不够勇敢。但就是这样一个平凡人，面对歹徒勇敢地站出来，在见义勇为时却孤立无援，最终殒命，社会道德的力量在此刻被各种各样的私心挤压到最小化，这是对社会现实的真实表现和讽刺。随着死者对生者的访问，各种各样的人生世态和乘客们的心灵世界被展示出来，作者在对丑行无情披露的同时，又表现出主人公叶肖肖宽和、包容的心灵之美。面对各种各样在情理上似是而非理由，已然牺牲了性命的肖肖却选择了宽容，再一次与人性中的阴暗、丑陋形成对比，叶肖肖真正成为了平凡的英雄。

除死者访问生者的主线外，剧作还设置了一条死者与生前故旧、领导和上级部门的副线，深刻表现了叶肖肖成为英雄前后各方态度的变化以及"塑造英雄"这一现象的荒谬，透露出一种苦涩的幽默感。

该剧采用多声部"复调式"格局，将现代生活的复杂性和现代人心灵的丰富性表现得淋漓尽致。在舞台表现形式方面，剧作家也进行了大胆探索，除融入舞蹈、歌唱、造型艺术、绘画等多种形式之外，还创造性地采用演员充当道具、一人数扮等形式，优化了舞台效果，增强了剧作的表现力。

（李龙新）

潘金莲（存目）

魏明伦

魏明伦（1941—），四川内江人，国家一级编剧，有"巴蜀鬼才""梨园怪杰"的美誉。川剧艺术背景深厚，新时期致力于川剧改革，1987年被新华社《半月谈》评为中国当代九大剧作家之一，著有《易胆大》《四姑娘》《潘金莲》《巴山秀才》（与南国合作）等剧目，杂文集《巴山鬼话》，电影文学剧本《四川好人》等。其中，川剧《潘金莲》获1981年全国优秀剧本奖。

六幕川剧《潘金莲》原载《戏剧与电影》1986年第2期，又名《一个女人和四个男人的故事》。发表后反响热烈，争议扩散至港台欧美等地，全国各大剧种、大小剧团争相演出。《潘金莲》以当代的目光、多元的角度对潘金莲这一以往文学作品中的"淫女荡妇"形象进行了重新演绎，手法大胆，观点新奇，被称为"荒诞川剧"。

首先，在艺术形式上，川剧《潘金莲》运用了内外两层结构，一个是"戏中戏"的完整故事，叙述潘金莲与张大户、武大郎、武松和西门庆这四个男人的纠葛，展开了一个女性从反抗到沉沦的命运历程。潘金莲渴望美好爱情和婚姻，拒绝嫁入豪门为妾，却被张大户强制嫁给了懦弱无能的侏儒武大郎，她为武松的男子气概所倾倒，却遭到武松的断然拒绝，最后在西门庆的引诱下与之通奸，败露后走上杀夫之路。另一个是"戏外戏"，剧作家创造性地把古今中外不同身份的各类人物引入戏中来，吕莎莎、施耐庵、贾宝玉、武则天、安娜·卡列尼娜、芝麻官、人民法庭女庭长、红娘、现代阿飞、上官婉儿……这些人物直接参与到情节中，展开对潘金莲的多角度透视，折射出中国传统伦理道德的多元性。内外两层结构彼此交叉、相互融合。一方面，塑造了一个全新的潘金莲形象，写出了柔弱女性在男权至上的封建伦理秩序中走投无路，不得不堕落的心路历程。一方面，又给观众留下广阔的思考空间，触动了观众对现代女性命运的思考。

值得一提的是，这出戏当时是作为"荒诞川剧"而引发争论的。从内容到艺术形式上均有创新。它以川剧唱腔为主,大胆融入越剧、昆曲、现代流行音乐和外国咏叹调等,多种艺术形式相得益彰,彼此呼应,达到了多元汇聚的舞台效果,深受观众青睐。

(李龙新)

狗儿爷涅槃（存目）

锦 云

锦云（1940—），原名刘锦云，河北保定人，1985年发表处女作《山乡女儿行》（与王梓夫合作），此后推出《狗儿爷涅槃》《背碑人》《乡村轶事》《杀妃剑》《阮玲玉》《风月无边》等作品。《狗儿爷涅槃》获第四届全国优秀剧本奖，同名小说《狗儿爷涅槃》获第四届曹禺文学奖。

《狗儿爷涅槃》发表于《剧本》1986年第6期，由北京人民艺术剧院公演。该剧讲述了自新中国成立前、土地改革到合作化公社化、"文化大革命"直至现代化建设新时期这段漫长的岁月里一个农民的命运浮沉，剧作直面历史真实，审视农村及农民问题，对几十年来的农村政策和农民的心理特质进行了深刻反思。

狗儿爷是全剧的中心，他的命运和经历是一代农民真实际遇的缩影。他热爱土地，对赖以谋生的土地有着强烈的依赖和执念。从土改到合作化，再到人民公社，土地失而复得，得而复失，人物也跟着悲喜交加，从常人变疯子，最后一把火走向死亡。《狗儿爷涅槃》视角广阔，以狗儿爷对土地的渴望、疯狂和迷失写农民的特性，以狗儿爷与祁永年的斗争表现农村阶级斗争，以狗儿爷与陈大虎写两代农民间的思想差异与矛盾，以狗儿爷在烈火中的"涅槃"写一代农民的终结，具有厚重的历史容量。

剧作在艺术手法上独具匠心，通过不同时空穿插交织、幻影呈现表现狗儿爷的一生，通过象征化的情境和语言完成了写实与象征的融合，以现实主义手法刻画人物的同时，注重对人物精神层面的开掘和展示，把对农村现实的表现和对历史的反思推进到更深刻的层面。狗儿爷形象的多重性使《狗儿爷涅槃》超越了纯粹的揭露和批判主题，更多地彰显出剧作家对农民问题的思考和对农民命运的复杂情感。

（李龙新）

天下第一楼（存目）

何冀平

何冀平（1951—），广西人，当代著名编剧、制作人。代表作有戏剧《天下第一楼》《德龄与慈禧》，电影《新龙门客栈》《投名状》，电视剧《新白娘子传奇》《香港的故事》等。他创作的三幕剧《天下第一楼》作为北京人艺看家剧目广受赞誉。

三幕四场的京味话剧《天下第一楼》发表于《十月》1988年第3期，同年6月由北京人艺公演，轰动北京。该剧表现了创业于晚清、传至民国时期的京城老字号烤鸭店"福聚德"历经曲折、沧桑浮沉的发展历程。民国初年，因儿子不务正业而无心经营生意的福聚德老掌柜唐德源临终前将店铺托付于机敏过人、心怀志向的卢孟实。卢孟实呕心沥血，经过十余年的打拼，使"福聚德"东山再起，名噪京师。唐氏兄弟轻信流言，从卢孟实手中争夺掌柜权力，堂头常贵受辱，气绝身亡，最终卢孟实为救罗大头挺身而出，了事之后拂衣而去，只留下一副对联，使人唏嘘。

何冀平曾以四句话概括这部剧作："桌前推杯换盏，盘中五味俱全，人道京师美馔，谁解苦辣酸甜？"《天下第一楼》以老字号"福聚德"的兴衰荣辱写尽人生沉浮，从盘中五味变现人生五味，表达了剧作家对世事无常的切身体悟。

剧作家还刻画了精明机敏、雄才大略的卢孟实、聪慧手巧的玉雏儿、技艺超群的罗大头与李小辫、眼明嘴快的常贵等丰满的艺术形象，为"五子行"立传正名，道尽老北京饭庄行业的辛酸与风光。此外，《天下第一楼》对老北京的饮食文化，尤其是烤鸭文化进行了细致表现，并穿插老北京的世俗人情，丰富了剧作的内容，也提升了剧作的文化内涵。

（李龙新）

鸟人（存目）

过士行

过士行（1952—），笔名山海客，北京人，主要有话剧《鱼人》《鸟人》《棋人》《坏话一条街》《回家》，电视剧《寇老西儿》等，还曾与述平、姜文一起，担任电影《太阳照常升起》的编剧。2007年获中国话剧百年名人堂提名。《鸟人》与《鱼人》《棋人》合称"闲人三部曲"，《鸟人》被英国牛津大学1997年出版的《中国现代话剧》和日本的《中国现代戏曲集》收入。

三幕话剧《鸟人》创作于1991年，1993年在林兆华执导下由北京人艺首演并掀起了一股"鸟人热"，社会反响热烈。该剧选取日常生活中常见的"养鸟"这一消遣方式作为题材，巧妙利用象征手法，以"鸟人"这一整体象征来表达芸芸众生人生意义和价值的迷失。

"鸟人"虽是一种具有概括性的整体象征，但它在剧中是通过不同的"鸟人"个体来展现其意蕴和内含的。剧中的"鸟人"们，最终都被自己所爱的东西异化、扭曲，锁进"笼"中："鸟人"三爷将养鸟作为一种精神寄托，将生活中失败的不甘转移到驯鸟上来，以自己的鸟在鸟市上出类拔萃，来填补失落与孤独；陈博士是一位不养鸟的"鸟人"，他作为鸟类研究专家到处求一只珍稀的褐马鸡，得到后却将其制成标本，以这种残忍的方式据为己有；作为心理医生的丁保罗将诸位"鸟人"的内心和执念分析得头头是道，但他对于精神分析理论的执迷和想要用这一理论分析所有人的精神世界的欲望，使他"分析完一个又想分析下一个"，在不知不觉中，也已经被这种执念关进"笼子"，成为了"鸟人"中的一个。正如作者自己所言："似乎是我们越来越懂鸟儿，可毫无疑问我们是越来越不懂人；越来越有'鸟道'，可越来越无'人道'。"该剧表现出了现代人人生意义和价值追求的虚无，使人感到荒诞、悖谬，又给人以悲哀和苦涩之感。

过士行善于将禅与老庄思想融入戏剧创作，这一点在话剧《鸟人》

中十分明显。作者以"鸟道"来透视现实人生,以精神分析的方式消解了"养鸟"这一行为,又对精神分析的意义进行了连环消解,给人以充满禅意的顿悟之感。

(李龙新)

地质师（存目）

杨利民

  杨利民（1947—），黑龙江齐齐哈尔人，国家一级编剧，中国话剧百年优秀工作者。早年曾有一线石油工人经历，其话剧代表作为油田四部曲：《黑色的石头》《大雪地》《大荒野》《地质师》。1997年，话剧《地质师》在中宣部第六届"五个一工程"奖评比中名列榜首，并同时获第七届"文华大奖"和该年度曹禺戏剧文学奖。

  《地质师》自1996年首演以来，两年内在北京、上海、哈尔滨等12个城市和辽河、胜利等7个油城以及大庆市演出150多场，广受赞誉。该剧表现了一代知识分子自20世纪60—90年代的生命轨迹，勾勒出他们的思想成长轨迹，凸显他们的人格力量，反映他们献身祖国石油事业的热忱和崇高精神。

  话剧《地质师》共有四幕，剧作以固定的地点和场景（女主人公芦敬家的客厅），以1961—1994年四个不同时期发生的事件，来表现我国老一代石油工作者的人生追求，借以传达石油工作者的奉献精神。主人公骆明几十年如一日，不畏艰难、忧国奉公，扎根石油生产第一线，最终成为优秀的石油地质专家，他身上坚韧不拔的"骆驼精神"凝聚着一代石油人的崇高理想和忘我精神，他也是《地质师》中崇高精神的主要承载。与骆明不同，罗大生抓住回北京研究院的工作机会，离开了一线战场，并顺利地追求到了芦敬。然而，烦琐的日常事务占据了他的生活，使他无法潜心科研，罗大生也由此失去了实现理想的机会。痛定思痛之后，罗大生夫妇决定一起奔赴油田，重新开始奋斗。剧作通过骆明与罗大生之间人生经历的反差，启发人们思考生命的价值。

  从艺术风格看，《地质师》平实朴素、含蓄蕴藉，杨利民凭借丰富的工作经验，真实地再现了石油工作者的生活、事业和理想。在人物塑造方面，通过人物间的性格差异，指向不同的人生选择，深度开掘"信仰"和"价值"等主题，思想深邃，寓意丰厚。

（李龙新）

商鞅（存目）

姚 远

姚远（1944—），祖籍山东济南，生于重庆，南京军区政治部创作室专业作家。著有话剧《下里巴人》《商鞅》《李大钊》《伐子都》《马蹄声碎》等，参与《大转折》《国家使命》《历史的天空》等影视作品创作。其话剧《商鞅》曾于1997年获曹禺戏剧文学奖、1998年获第四届上海文学艺术优秀成果奖，2003年荣膺十大舞台艺术精品剧目。

《商鞅》发表于《剧本》1997年第3期，1996年由上海青年话剧团公演。剧作以史为本，表现了战国中期著名法家人物商鞅的一生，塑造了一个不屈从命运、性格果敢、义无反顾、锋芒毕露的改革家形象。

四幕剧《商鞅》展示了改革家商鞅的出身、变法、法与情的碰撞与最终毁灭的悲壮人生轨迹。剧作家在尊重史实的基础上，把商鞅置于错综复杂的人物关系和起伏跌宕的故事情节中，来立体地呈现一代变革者的惊天伟业。少年商鞅不甘居于人下，志向远大，归于公叔痤门下。成年后，商鞅的人生理想沾染了浓重的政治色彩，他渴望施展才华，成就政治抱负。在商鞅入秦舌战群臣之后，他开启了一生的仕途。与此同时，商鞅桀骜不驯、锋芒毕露的性格，也为他的毁灭埋下种子。商鞅变法的初衷在于打破社会不公，改变自己和母亲的命运，虽然变法过程中，商鞅大公无私、光明磊落，但他的每一次成功，都以亲友的牺牲为代价，这就注定，随着变法的推进，商鞅就越接近个人的覆灭，然而，如果他不具备实施变法的铁腕手段，他就不可能改变命运，取得成功。剧作写出了商鞅二律背反的人生悲剧。

话剧《商鞅》结构严谨，采用了一人一事，一线到底的传统结构框架，以主人公商鞅串联其他人物和情节，以商鞅的一生贯穿全剧。除商鞅外，剧作还塑造了忠心耿耿、见地深远的公子虞，伟大的母亲形象姬娘和颇具君主智慧的秦孝公等人物，全剧历史内容厚重，古朴悲壮，气势恢宏，令人回味无穷。

（李龙新）

恋爱的犀牛（存目）

廖一梅　孟京辉

廖一梅（1970—），中国国家话剧院编剧，1992年毕业于中央戏剧学院戏剧文学系编剧专业，1993年开始自由编剧创作。主要有话剧《恋爱的犀牛》《琥珀》《艳遇》，散文集《像我这样笨拙地生活》，电影《像鸡毛一样飞》《生死劫》《一步之遥》（与姜文、郭俊立、王朔合作），电视剧《龙堂》《绝对隐私》等。

《恋爱的犀牛》1999年由孟京辉执导，在中央实验话剧院首演，至今已成为当代演出场次最多、版本最多的小剧场话剧。该剧讲述了爱情偏执狂马路近乎疯狂的爱情故事，以先锋的形式表现超脱于物质社会之上的古典爱情。

动物饲养员马路是别人眼中的偏执狂，正如他饲养的非洲黑犀牛图拉一样，是这个时代和种群中的"异类"。在充满浮夸气的欲望时代，爱情也失去了原本的浪漫诗意。人们"聪明"地追求"经济实惠"的爱情，在情感和实利之间寻求平衡，以避免失恋带来的痛苦和他人的嘲笑。而马路这个爱情偏执狂，却近乎疯狂地爱上了美丽性感、个性乖张的女孩明明，他倾尽所有，不断改变自己，只为获得明明的青睐。但明明却同样对爱情有着可怕的偏执，她早已心有所属，马路的一切付出都无法打动铁石心肠的她。最终，马路绑架了明明，剖出了图拉的心脏，将这颗心脏和自己一起送给明明，为爱情做出了最后的献祭。与纯粹的执拗爱情相对应的，是剧中无处不在的世俗观念对诗意理想的嘲讽，例如，马路的朋友认为他"过分夸大一个女人和另一个女人之间的差别"，以世俗化的生存智慧消解了爱情的神圣感和专一性。整个剧作以动人的戏剧、情感饱满的台词呼唤诗意爱情的回归，引人深思。

《恋爱的犀牛》在舞台风格上保持了孟京辉一贯的先锋姿态和孟氏"快感"，孟京辉把流行歌曲、集体朗诵、说唱快板和丰富的肢体语言融入剧作，营造了动感、炽烈的舞台氛围，使《恋爱的犀牛》成为当代最具影响力的实验戏剧之一，为戏剧写作做出了可贵的探索。

（李龙新）

蒋公的面子（存目）

温方伊

温方伊，南京大学文学院戏剧影视艺术系2009级本科生，著有戏剧《蒋公的面子》。

《蒋公的面子》是南京大学文学院为纪念南京大学建校110周年而制作的话剧，2012年5月15日由南京大学艺术硕士剧团在南京大学首演，后于2013年开启全国巡演和多场海外演出，均引起极大反响，同年6月，《人民文学》刊载《蒋公的面子》剧本，9月，编剧温方伊获"人民文学之星"奖。

该剧的创作灵感源于民国时期的一则轶事：据说1943年蒋介石任国立中央大学（今南京大学）校长时，曾邀请南京大学中文系三位教授赴宴，三位立场不同的教授为是否赴宴踟蹰为难。《蒋公的面子》以此为素材，创作加工而成。剧作采用时空错位的舞台戏剧艺术，从1967年"文化大革命"时期的牛棚开场，讲述时任道、夏小山、卞从周三位被打成牛鬼蛇神的教授为洗刷自身历史问题而回忆1943年是否接受蒋介石邀请共进年夜饭，三人诚惶诚恐、各执一词。接下来，时空转换为1943年重庆的茶棚和时任道家——上演的往事为观众还原了故事的大致真相。时任道厌恶蒋介石的独裁做派，痛恨他处死学生的行径，但他又希望蒋公能帮忙运回战乱中的藏书；夏小山认为蒋介石不配做中央大学校长，但他爱好美食，想品尝席上的一道好菜；卞从周一方面寄希望于政府，想通过政府的力量支撑教育事业的创办，又碍于面子，不想独自承担谄媚蒋公的名声，想拉另外两人一起去。整出剧作场景简单，剧情集中，围绕三名教授各自辩论该不该给蒋介石"面子"去赴宴，让观众进入"蒋公面子"与"文人面子"的价值思辨，借古讽今、含蓄蕴藉。

导演吕效平曾谈及该剧的创作动机：首先是"与当今大学的衙门化体制和大学教授们缺乏独立人格和自由精神的现状对话"，通过三位教授之间的对话和争辩，该剧将关于学术界的自由意志和独立人格的讨论由剧中延伸至剧外，由叙事艺术延伸至社会现实，增强了剧本的现实意义，而这正是20世纪90年代以来戏剧创作普遍缺乏的。其次是"与当今中国的戏剧生产体制对话",《蒋公的面子》不落窠臼,把"当代知识界对民国知识分子的'集体想象'",上升到艺术精神层面来思考,因此,"它不是肯定道德,而是描写了道德伦理的片面性;它不是讨论道德是非,而是调侃了道德选择和道德坚守的荒谬与尴尬",从这个层面来说,《蒋公的面子》堪称一部真正有喜剧风格的佳作。

(李龙新)